新日本古典文学大系 62

田植草紙 山家鳥虫歌
鄙廼一曲 琉歌百控

友久武文
山内洋一郎
真鍋昌弘
森山弘毅
井出幸男
外間守善 校注

岩波書店刊行

目次

山家鳥虫歌　細目

鄙廼一曲 細目

鄙廼一曲 細目

巷謡編 細目

凡例

田植草紙　山家鳥虫歌　鄙廼一曲　巷謡編　童謡古謡

一　底本は、各作品の冒頭の解題に記した。

二　本文の校訂において、底本の本文を訂正する場合は、その旨を脚注欄に明記して、底本の原態がわかるようにした。

三　本文の翻刻に際しては、原則として、仮名・漢字ともに現在通行の字体に拠り、常用漢字表にある漢字については、その字体を使用した。

四　通読の便を考慮して、底本の仮名に適宜漢字を宛て、また難読の漢字には歴史的仮名遣いによって、読み仮名を施した。

1　仮名に漢字を宛てる場合には、もとの仮名を読み仮名(振り仮名)として残した。

2　底本にある振り仮名には〈　〉を施した。
左側にある振り仮名については、適宜、右側に残し、脚注で触れるようにした。

3　校注者の付した読み仮名には(　)を施した。

4　仮名遣いは底本のままとし、底本の仮名遣いが歴史的仮名遣いと異なる場合には、まぎらわしい場合に限ってそれを（　）に入れて傍記した。

5　反復記号「ゝ」「ゞ」「〱」については、底本のままとした。ただし、品詞を異にする場合等は、該当する字を宛てて、反復記号を振り仮名の位置に残した。また、反復箇所のまぎらわしい場合には、（　）で傍記した。

6　清濁は校注者により、適宜補正した。

7　漢文体の部分については、返り点を適宜補い、送り仮名を新たに補う場合は、（　）を付して訓み仮名を示した。

五　歌番号は、各作品ごとの通し番号とした。

六　歌謡の頭ならびに肩に加えられた、圏点、／▲などの記号は省略した（『田植草紙』『山家鳥虫歌』『鄙廼一曲』）。

七　本文中の句切れを示す「。」「、」（『巷謡編』『童謡古謡』）、「・」（『鄙廼一曲』）などの記号は、序文など文章中においては、句読点に置き換え、歌謡中においては、一字分あけて読み易さをはかった。

八　本文の校異は、特に必要な場合に限り、注の中で言及した。

九　底本における頭書は〈　〉を付して小字で該当の本文中にいれた（『鄙廼一曲』『巷謡編』総論）。また、傍書は、脚注で触れるようにした（『山家鳥虫歌』『鄙廼一曲』『巷謡編』『童謡古謡』）。

一〇　脚注は、見開き二頁の範囲におさまるよう簡潔を宗とした。引用書のうち、「延享五」とあるのは、『延享五年小哥しやうが集』の略である。

一一　巻末に解説を掲げた。

一二　『鄙廼一曲』の「いではみちのくぶり盲瞽人物話」の部分は、石井正己氏、『巷謡編』のうち「高岡郡仁井田郷窪川村囃子田歌」「高岡郡多野郷十一箇村総鎮守賀茂大明神御神役歌囃子」「高岡郡久礼村田植歌」「幡多郡楠山村田植歌」「幡多郡田歌」の部分は、永池健二氏の協力を得た。

琉歌百控

一　底本は、作品の冒頭の解題に記した。

二　本文の校訂において、底本の本文を訂正する場合は、その旨を脚注欄に明記して、底本の原態がわかるようにした。

　1　明らかな誤字・衍字は正し、その旨を注記した。

　2　また、本文の脱字、および節名の読み方未詳語には校注者による読みを（　）を付して補った。

三　本文の翻刻に際しては、原則として、仮名・漢字ともに現在通行の字体に拠り、常用漢字表にある漢字については、その字体を使用した。

四　本文では、上段に原文をそのまま翻字し、下段に片仮名による琉歌読み(文語)を示した。

五　底本にある振り仮名は底本と同じく片仮名で残した。

六　清濁、仮名遣いは底本のままとした。

七　反復記号「ゝ」「ゞ」「〱」については、底本のままとした。

八　改行は、底本での形式にかかわらず、校注者がこれを施した。

九　「節（ふし）」（曲）の説明は、ほとんど『標音評釈 琉歌全集』のそれを参考にした。

一〇　節名の異表記の場合は、次のように示した。

　　赤慶名節　前出「赤木名節」に同じ。一三三・一三四参照。

一一　検索の便宜をはかり、一連の歌番号を付した。

一二　脚注は、見開き二頁の範囲におさまるよう簡潔を宗とした。

一三　巻末に解説を掲げた。

田植草紙

友久武文
山内洋一郎
校注

中国山地は、日本の中で最も古くかつ美しい田植歌(囃し田歌謡)の伝承地帯としてよく知られている。この地域には、そうした田植歌を記した新古の写本が数多く残されているが、安芸・石見側に伝わる歌を記した代表的な一本が、この『田植草紙』である。原本は、大正の末年に広島県山県郡大朝町枝宮で発見された。はじめは鎌倉時代のものと捉えるむきもあったが、次第にいわゆる中世小歌圏の中で醸成されたものと認め、ようやく文学史にも定着、一定の評価を得るに至った。

『田植草紙』に収められた歌は、その各一首の形態と一日に歌うべき歌の配置(組織)に大きな特徴がある。

今朝鳴いた鳥の声は、よい鳥の声やれ　親歌
田一反に九石は、よい鳥の声やれ　子歌
よい鳥、米八石と歌うた　オロシ

一行目は音頭(ここでは「さんばい」)が歌い、二行目は早乙女が付ける。集団で詠唱する田植歌の一首は、通常この二行の掛合で構成され、それを次々に歌い継いでいく。ところが『田植草紙』の一首は、二行の掛合で終わらず、さらにオロシという特異な声を結びつける。オロシは三行が多く、親歌・子歌と併せて五行詩の世界を作る。例歌では、本文二四番歌で見られるように、省略したオロシの二行目で恋の歌に転調し、三行目で再び主題へ戻っている。こういった曲折に満ちた動的な構成が、他には見出しがたい『田植草紙』歌謡の特徴である。

『田植草紙』は、右のような歌約一四〇首を朝・昼・晩に分け、さらにその各々を四番ずつ計十二番に細分し、田植行事の進行と時間の推移にあわせて巧みに組織づけている。『田植草紙』ではたまたま失われているが、朝歌一番の「田の神おろし」に始まり、晩歌四番の「上り歌」に至るまで、「うなり」を送迎し、田主を讃え、矚目も歌にする。昼歌二番と晩歌一番にそれぞれ京上りと京下りを配して山場を作る。全体として恋の歌が多いのは、田植歌が呪歌としての側面を持つからである。

なお、『田植草紙』の原本は散逸したが、大正十二年に東京大学で忠実に影写され、同大学史料編纂室と同大学文学部国語研究室に各一本が所蔵されている。今回も前の日本古典文学大系『中世近世歌謡集』同様、国語研究室本を底本とし、朝歌一番と晩歌四番の「上り歌」以下の欠損は、追補としてそれぞれ高松屋古本田唄集と増屋甲本の本文を掲げておいた。

朝歌二番

1 一 裏の口の車戸を　ほぞ戸に明て見たれば
　　こがねにましたる朝日さす
　けさの朝日　さもてる　よげな朝日や
　朝日さいては　東山にかゝやく

2 一 けさ卯の刻に　山の端をみたれば
　　霧やろ　霞やろ　山のはをみたれば
　霧がふかふて　弥山の腰をたちまふ
　朝のくもりは　てろうがためのくもりか
　雨がふろうとて　弥山のこしの朝ぎり
　蓑笠はおいてをたちあれ　あれくもりははれてゆく

※底本は朝歌一番を欠く。追補(一三五—一四〇)参照。

1 朝日の輝きを黄金にもまさると讃え、今日一日の寿ぎの心を強くうたう。○裏の口　家の裏にある出入り口、背戸。○車戸　戸車を下に付けた板戸。「東西脇各在二開戸一具一。北方在二車戸一具一」(建久八年・多武峰略記・下)。○さもてるよげな朝日や　いかにも美しくきらきら輝いている、すばらしい朝日よ。「さもてりよげな」(田植大歌双紙)、「さもうらやかな」(中野有久本田植歌集)ともある。「けふの日は金(こがね)にまさる国照国てらし　七重の雲を分ててらす」(三州設楽郡の田歌)。○さいては　「さし」のイ音便。田植草紙にはサ行四段のイ音便が多い。○かゝやく　日葡辞書「カカヤク」。「輝く」は古代から近世初期まで清む。ここを「米(よね)がふる」(増屋甲本)とも歌う。▽系統諸本は終句の次に「今日の田主を朝日の長者とよばれた」(田植由来記)を置くことが多く、祝寿性を強めている。朝歌一番の最終歌(追補一三九)に出る「忍ぶ殿」の帰りを送って、裏口の戸を開く、と続けた。

2 早朝に起きてすぐ天候を窺う田人の姿と心。農作業の順調を祝う。○卯の刻　午前五時—七時、田植作業にとりかかる時間。○霧やろ霞やろ　「やろ」は「にやあらむ」の転じた「やらう」の更に縮まった形。霧かしら、霞かしら。○弥山のこしの朝ぎり　「弥山」は山岳信仰の中心になる峰。厳島や大山の主峰にもいう。どことは決めがたい。その中腹を霧が立って取り巻く。朝曇っているのは吉兆。やがて照るだろう。その前触れで曇っている。「朝ぎり」は底本破損「朝□」、他本により「ぎり」を補う。○蓑笠はおいてをたちあれ　「お…あり」は中世の尊敬表現の一。蓑や笠は家に置いてお出かけなさい。○あれくもりははれてゆく　「あれ」は詠嘆して指す語。諸本この語を欠くものが多い。「り」は「可」の草体のような字。▽前歌へ続ければ、車戸を出て帰っていく若者が仰ぐ弥山。朝霧が晴れようとしている。そこに風を感じ、次の歌を起す。

3 一 きのふからけふまで　ふくは何風(なにかぜ)
　恋風(こひかぜ)ならば　しなやかに
なびけや　なびかで風(かぜ)にもまれな
おとさじ　桔梗(きゝやう)のそらの露(つゆ)お(を)ば
しなやかにふく恋風(こひかぜ)が身にしむ

4 一 奥(おく)山の小兎(こうさぎ)　なにをぼうてこれまで
　萩(はぎ)やゆたのめや露(つゆ)をぼうてこれまで
小笹(こざゝ)かきわけ　露ほど契(ちぎ)りをこめいで
ちぎりこめたや　糸(いと)よりほそひ(い)ちぎりを

5 一 あさおの小鳥(がらす)が　露(つゆ)にしよぼぬれてな
　うら〳〵と鳴(な)いて通(とを)る　露(つゆ)にしよぼぬれてな
けさの見参(げんざう)　げにうらやかな殿(との)だ

6 一 朝霧(ぎり)にさしこめられて　小牡鹿(さおしかゝ)が

3 昨夜の恋の名残りの風が今朝も吹く。露も落とさぬしなやかさで。○恋風　田植の若い男女の上を吹く風、恋心を誘うような風。「恋風が来ては袂にかいもとれてなう　袖の重さよ」(閑吟集・七三)、「何ゆへに　身を恋風と尾花そよ〳〵袖の香」(松の葉三)。○なびけや…　句頭に「桔梗」の語を置く写本が多い。恋風には靡くのがいい。堅苦しいそぶりはお止めなさい。「もまれな」は「もまるな」に同じ。○そらの露　「そら」は物に接した上部。「蟬ガ…木ノソラへ上テ鳴ヤウニ」(山谷抄三)。「露」は暗に女の涙をきかせる。一句、男のやさしさ。▽初句、二句は、直接には隆達節「昨日より今朝の嵐のはげしさよ　恋風ならばそよと吹かな」を承ける。朝草刈りの若者の景物に寄せた抒情。兎を点じて次歌へつなぐ。

4 小兎が来る。萩やゆすらうめや露がほしいと。その愛らしさに、いとしい人を思う。○ぼうて　「食(は)うで」「奪(ば)うて」ともみられるが、諸本により「追うて」の転とみる。高松屋古本田唄集「なにをおうてこれまて」。○ゆたのめ　ゆすらうめ(桜桃)の転。「ゆさらめ」(田植歌雑紙)、「いさらめ」(青笹上大江子本田唄集)。「ゆたのめや」の「や」は「の」とありたいところ。○契りをこめいで　契りを籠めないでおかれようか、籠めようよ。「いで」は否定して続ける接続助詞から、反語的に強い意志・肯定を示す終助詞となる。○こめたや　籠めたいなあ。「た」は願望の助動詞「たし」→九五(「食いたや」)。▽恋の情趣の展開。兎が呪力の強い露に濡れたところが眼目で、露を介して次歌へ。

5 小烏が朝露にしょぼ濡れて行く。だがその声は明るい。今朝の殿の様子も晴ればれとして。○あさおの小烏　「あさお」は未詳。「小烏」は「五烏」(厳島の本地)、「神鴉(とがらす)」(芸州厳島図会)とも。「朝間よりのこん鳥が　露にしよぼろ濡れたような　ゆう〳〵と苗を取る　露に濡れたよな」(山家鳥虫歌・二六三)。○うら〳〵と　はればれと、穏やかに心地よく。小烏のさまから殿御の「うらやかな(機嫌良い)」へと続く。○見参　人に会うこと、対面。その様子。○殿だ　「だ」は上方の「ぢゃ」に相当する石見・出雲地方の方言形。→四六。▽オ

ゆくかたのふては　和歌をよむ
さしやこめられ　小歌も和歌もよまれぬ
鹿の腹毛をぬいては　筆に結われた
筆に結ふては　みな法華経をかゝれた

7
一
かい田のおきにこそ　鹿やふし候よ
　恋ひする鹿は　ふとふ鳴ひて候よ
こんよとなくは　鹿の子
子ではないもの　三こへとなくは　鹿の王
鹿のはつこへ　前にわ川瀬のなるをと

8
一
朝寝をしやうよりは　おきておきをみよやれ
　五月の佐兵衛がさよにこひだをみよやれ
さつきさみだれ　ねみだれたろうものをば
船子ども　たゞ磯崎にたゝれた
おどけか　刀の柄にもつれた

ロシ一行というのは不審。この前に「ねはだをしいによあ(け)のからすはやなく」(田植由来記)を置くことが多いが、諸本の揺れが大きい。露から霧へ。

6　朝霧の中の鹿の声。和歌で歌われてきた妻呼ぶ声から、歌う声、鹿毛の筆、法華経書写へと連想を拡げる。○さしこめられて　閉じこめられて。霧の中で動かないで啼く声が聞こえる。次行「ゆくかた」は「ゆきがた」とした写本もある。○鹿の腹毛を…　鹿毛は毛筆に好適。経文書写にも歌われる。「さを鹿の来立ち嘆かく…わが毛らは御筆(みふみて)はやし」(万葉集十六)。「峰に起き臥す鹿だにも　仏に成ることいと易し　己れが上毛を整へ筆に結ひ　一乗妙法書いたんなる功徳に」(梁塵秘抄・三九)。▽田歌と法華経の古くからのかかわりに注意。「若苗採る手やは白玉　法花経書く手こそ白玉なゆらや」(大嘗会田歌)。

7　広々とした田の向こうから鹿の声がする。声でわかる、年頃か、子か、いや鹿の王だ。○かい田　「掻き田」の音便形、稲作のために整えた田のこと、代掻きをした田であろう。○おき　田野の広々とした所。「野のおきは郊をいふ。奥の義也。遠きをいへり」(倭訓栞)。「苗札や笠縫をきの宵月夜／此筋」(続猿蓑、山田孝雄『俳諧語談』)。○こんよ　鹿の鳴き声に「子よ」を聞き重ねる。もと鹿の啼声は「かひよ」と聞かれた(古今集・雑体)。諸本は句頭に「年の始めに」を冠するものが多い。○鹿の王　成熟した大鹿。あるいは「雄(を)」の長呼か。▽終行の鹿の初声は、二七にも「門出でに嬉しやしかの初声」と出る。川瀬の音も「お台所と川の瀬は　いつもどんどと鳴るがよい」(鄙廼一曲・三三)とあるように、ともに繁栄に満ちたイメージを増幅して、歌を性格づける。

8　さっさと起きて、おきを見よ。昨夜の名残りがあるとても。サ音の語を重ねて歌う。○おき　→七。この「おき」で前歌に連接する。○佐兵衛がさよにこひだ　佐兵衛は人名、未詳。「小夜に漕いだ」か、或いは朝寝をする(こく)の意か。○さつきさみだれ…　「さみだれ」より「寝乱れ」へ同音で転じる。まだ寝乱れていただろうに。諸本「ねわすれ」が多い。○おどけか　寝乱れ髪のさまか、未詳。「おどけが(戯が)」と

9 一 卵になりたか　まだ巣いでのうぐいす
羽はゑそろはば　古巣いでよ　鶯
こゑを聞たが　まだ巣のうちやろ　寝声な
ならせや　ならさぬこゑはねごゑな
つれてきたもの　まだ人なれぬひよこを

10 一 宇治や栂尾の　茶園をみればな
新葉がたちて　いまよひさかり
露をはろふて摘むろう　寺の新茶を
女子にこぼんの鉢がな　茶つませう
新茶を露をもこめてつまいで

11 一 おきの磯際の　あの塩浜は
あれこそ　蜑のあまのしほはまよ
塩焼き　掻いてははまをほされた

も見える。▽この歌、男女情交の暗喩とみるなど諸説あるが、明解をえない。

9 春先鶯の啼き声の待ち遠しいのは農民も同じこと、その初声もまだ人慣れぬ声。そこに初々しい早乙女の歌声を重ねる。○卵　もと殻子(かひご)、たまご(玉子)は室町末より出る俗語。○巣いでの　「の」は否定助動詞「ぬ」の方言形。「見ればあわの時鳥な」(田植大歌双紙)。「うぐひすはまだすのうちにいたかとよ　サヤウナウ　いたかとよ　春早くれどおとづれもせで」(岐阜県下呂町森区水無八幡宮・田遊び歌)。○ならせや　歌い慣らせよ。鶯の声は春先から盛夏にかけて大きく変わる。○ひよこ　日葡辞書「ヒヨコ　雛鳥、あるいは鶏の子」。▽四句で鶯への呼びかけが早乙女へのそれに転じる。この変転の妙がオロシの特性。終行は余所(旅)の田植へ行った旅早乙女を紹介する場面。鶯はさらに六〇・八三・九四に出、その成熟が歌われる。ここはその誕生、新しい命のほのめきから新茶の若い芽ぶきへ。

10 田植の時期は茶摘みと重なる。村の新茶を摘む女衆を見て、宇治・栂尾の茶摘みを思う。○宇治や栂尾の　宇治は京都府宇治市、栂尾は京都市右京区、共に名刹と茶所として著名。「宇治・栂尾」(撮壌集・下・飲食の部)と併記されるが、盛衰はあった。茶は多く寺院を通じて全国に広まった。○女子に　「をなご」。多く召使う女にいう。俗語。○こぼんの鉢がな　「こぼん」は未詳。一説に「御本(ごほん)」、御本手のこと、白釉をほどこした高麗焼の陶器の一種、或いはそれを模倣して作った茶碗類(『田植草紙歌謡全考注』)。「がな」は「もがな」の転じた願望の終助詞。鉢があれば良いな、鉢が欲しいな。○つまいで　露もいっしょに摘もうよ。「いで」→四。▽「一番上り」とか「小昼のアガリ」と称する小休止(お茶)を予告する歌(渡辺昭五)。

11 あの向こうの塩浜は、あれこそ海人の塩浜。塩を採る新しい方法、新しい光景。○塩浜　海岸に塩分の濃い潟を作り、太陽で熱せられた砂に塩水を懸けては干し、砂を掻き集めては干しして濃くしていく。その濃い塩水を釜で熱して

均せや　はまの小砂を

寝うより　あの白浜を見さいや

朝歌三番

12 一

吉野の山へ　きさらぎがまいりて

花おりもちてかゑるやま人

桜花のつぼみをめされ候へ

めでたや　はなこそもののたねなれ

花おりにまいろう　吉野の山へは

13 一

奥山のこさうとめ　橡に花がさいたか

さいて候〳〵　八重に花がさいて候

あいらし　こずゑにはなが蕾うだ

花のひらきは　所領がまさるとひらいた

田主殿をば　一もり長者とよばれた

製塩する。塩田法は古来の藻塩焼く方法より進化した新しい方法、その光景。それへの驚きを歌う。○塩焼き　製塩の職人。日葡辞書「塩焼 塩を作る者」。○均せや　塩水を掛けた小砂を均して干しなさいよ。○見さいや　ごらんよ。「さい」は一・二段動詞に付き、軽い敬意を持つ命令表現。「あれ見さひなふ　空行(く)雲の速さよ」(閑吟集・二三五)、「こゝをあけさひ　あけずはもどらふ」(天正狂言本・西の宮参)。▽塩田の風景に眼前の掻き田の風景を重ねて歌う。

12　音に聞く、春は吉野の桜狩。花の枝を折り持ち帰る人、それを受取る人たちの華やいだ声。○きさらぎがまいりて　如月(陰暦二月)が吉野山に来て、春の到来。すぐに桜花の季節となる。「ちやうじやさまへ大つごもりがござりて」(青陽唱詁)と同趣の擬人化表現。○やま人　ここは山に分け入り、出てきた人。原義は、山に住む人、山での狩猟などで生計を立てる人、猟師。杣人。きこり。○もののたね「物種(ものだね)」の意、「ものざね」とも。物のもととなるもの、物事の根源。「命が物だねぢや。急いで落ちさしませ」(狂言記・武悪)。ここは花が持つ呪力を讃えた表現。▽二月は農耕の開始期で、山の神が下って田の神になるという。この歌、農の立場から見れば、春の山入りの習俗における花折り・花讃め。折り持って帰った花は田の水口(みなくち、ムナクト)に飾る風があった。花讃めが続く。

13　橡の花が咲き、甘い匂いが満ちる。早乙女も花のようで、田主殿はますます豊かな長者だ。○橡　とちは落葉闊葉樹、五月頃花が咲き、実は晩秋に熟し食用となる。芸北地方では橡餅を作る。「小早乙女どち」とする解もあるが採らない。○田主殿　田植草紙の伝承地では聞かれないが、「たあるじ」とも。田地を所有し、人を雇用する富裕階級。長者と讃えられる。強豪名主層を想定するむきもある。○一もり長者　市守り長者。市場を管理する大金持ち。広い田地の所有者への最大の讃辞。「やまとの国にかくれもなき一もり長者にてあるぞとよ」(虎明本狂言・二人の長者)。▽初句と次句の問答形式による花讃めから、巧みに田主の讃歌へ転じる。三句、梢の蕾から次の「藍花」の蕾へ移る。

14
一 藍(あい)花は蕾(つぼ)うだか　なに染(そ)めうとて
狩袴(かりうばかま)染(そめう)とて　といてはぬうたり
そめてほされた　播磨(はりま)の書写(しよしや)の紺搔(かうかき)
かりうばかまを褐(かちん)にそむれば　下品(げぼん)な

15
一 京櫛買(くしか)うてたもれ　京くしこそな
髪(かみ)も撓(しな)ゑ(へ)や　京くしこそな
くしはかふ(う)たぞ　かみかい梳(けづ)れ　わかい子(こ)
女子(をなご)が丈(たき)よりかみが長(なが)ふ(う)て
長(ながい)かみやれ　あゆめば草履(ざうり)にもつれて

16
一 捌(さば)い髪(がみ)　中を結(ゆ)ゑ(へ)　なかをゆわ(は)ねばな
都(みやこ)めいたや　中をゆわ(は)ねばな
ゆわ(は)ぬかみをば　寝乱(ねみだ)れ髪(がみ)とはいわ(は)ぬか
ながいかみおば(を)　寝乱(ねみだ)れかけてさばいた

14　藍染め前の軽い興奮から書写の紺搔きへ連想が飛ぶ。藍染めは播磨の書写が古来有名だが、田人には田人の染め色がある。○藍花は…　植物の藍の花ではない。藍壺の中で藍の葉や茎の汁が発酵して浮かび出る泡を円形に盛りあげたもの。乾して染色に用いる。藍蠟(あいろう)。節用集大全「靛花(あいばな)　青黛　藍出花(アヰノデハナ)。物染(モノヲソムル)」。「蕾うだ」は藍の発酵が完了する前の泡が立つ状態。○狩袴　「かりうばかま」は狩袴の長呼。「かり衣しかまのかちにそめてきむのごとのつゆにかへらまくをし」(新勅撰集・雑五・殷富門院大輔)。「栗(りく)の花咲(はなさ)きにけり　何(なに)を染有楼(そめうろ)　猟袴(かりはかま)染有迚(そめうとて)手取端縫(てとりはぬふ)た」(阿蘇宮の祭歌)。○播磨の書写の紺搔　「書写」は書写山円教寺(姫路市書写)、性空上人康保三年(九六六)開基。広く信仰を集め、室町時代には門前に市町があった。紺(藍染)が特産。「いかで磨　播磨の守の童して　飾磨に染むる搗(かち)の衣着む」(梁塵秘抄・四八二)、「書写紺(シヨシヤゴウ)、餝摩褐色染(シカマノカチンゾメ)」(毛吹草四)。「紺搔」は染色を業とする人。○褐　「かちん」は「かち」の転。濃紺色、深藍色、黒に近い。▽狩袴に寄せて田人の衣裳を歌う。褐(かち)色の衣裳は、武士と違って田人にとっては必ずしも下品ではなかった。稲が完熟したのを「黒む」というが、それにあやかった好ましい色。衣裳から化粧歌の連鎖へ。

15　長い髪は女の憧れ。髪をくしけずるのに京櫛が欲しい。女の京憧憬と、応じてやる優しい男の応答。○京櫛　都産の櫛。「山城…誓願寺前…紙表具、櫛(クシ)、硯細工」(毛吹草四)。「たもれ」は「たまはれ」の短縮。…してください。若い女のおねだり。○丈　「たき」は「たけ」の転。身長。「御タキ七尺五寸マシマス」(牛頭天王縁起)。

16　女の寝乱れ髪、背丈より長い黒髪に魅力を感じつつ、身だしなみをうながす。○捌い髪　「さばきがみ」の音便。もつれをきれいに解きほぐし揃えた髪。日葡辞書「サバキ、ク、イタ　糸とか頭の髪の毛とかなどを、ばらばらに解く」。○都めいたや…　長い髪の中を結わないのは、都ふうですよ。(いや)それは寝乱れ髪というよ。だらしない印象。○寝乱れかけてさばいた　「かけて」を大系注は、始める、初める、始

かけておかれた　丈より長ひ黒髪

17
一
宮仕いわ繁いもの　明り障子のかげで
　髪梳り化粧する　あかり障子のかげで
みやづかいをこのむと　人やおもふか
みやづかいをしやうにも　衣裳あらばや
われにお貸しやれ　わろうが上の小袖を

18
一
鼓打は工藤左衛門　鉦の役は梶原
　太郎らも次郎らも　化粧せいではかなふまい
けわひしやうにも　けわひの道具をわすれた
賜もれ　けわおう　わじやうが手壺の油を

19
一
白銀の黄金の御縁に腰をかけて
　髪とくひまを　まちたまゑ
とかじ　梳らじ　思ふがもつれかいたを

めたままである、とする。髪が寝乱れ始めたので整えた、の意か。王泊本「長(い)髪おばれんたいニ掛てさはいた」。「れんたい」は「簾台(衝立)」か。それだと終行によくつながる。

17　宮仕えは忙しいもの。化粧は明かり障子の蔭で。衣裳だって大変。表向きは御殿の侍女の述懐。○宮仕いわ繁いもの…　「宮仕い」は都での宮仕えではなく、ここでは領主の御殿に仕えること。「繁いもの」は忙しく煩雑であること。「十七八の化粧するは　どこのかげで化粧する　あかり障子をすいと立て　その中で化粧する」(鄙廼一曲・一五三)。○衣裳あらばや　宮仕えをしようとしても、衣裳なんかないよ。「ばや」は反語的に否定する助詞。→五六。「ひとはともいへかくもいへ　たちし其名がかへらばや」(宗安小歌集)、「うてどたゝけど　おちばや　さわのみどりか」(御歌惣志)。○わろう　童(わらは)の転で、多くは一人称であるが、ここは二人称。あなたの。→一九。▽田植着の正装に身を包んだ早乙女が、侍女の述懐へ自分の化粧や衣裳のことを重ねあわせ、宮仕えへの憧れを歌う。

18　太郎も次郎も、さあ化粧して。役は工藤祐経、梶原景時などなど。静御前の舞の場面。○鼓打は…　義経記六・静若宮八幡宮へ参詣事に、静が舞を奉納するのに、工藤左衛門尉祐経が鼓、梶原景時が銅拍子、畠山重忠が笛の役を勤めたとある。○わじやう　「わ上﨟」の短縮形。あなた。「太郎も次郎もお化粧しなくてはね」「化粧道具を忘れた。ください、化粧しましょう、あなたの手壺の油を」。▽二句の太郎・次郎は田植の囃し方。初句は囃し方を祐経とか景時に見立てて興がった。ここは若者の化粧。

19　金や銀で造ったような田主の立派な御殿で、化粧の寸景を歌う。○白銀の黄金の　近世初期まで「しろかね」と清む。「…の…の」と重ねた文勢。○思ふがもつれかいたを　愛する人、いとしい人が私の髪をもつれさせてしまったのを。「もつれかいた」は「縺れかした」のイ音便。○結わばまんせふ…　結うなら結うてさしあげましょう、あなたの髪を。「まんす」は「まゐらす」が変化した謙譲の動詞または補助動詞。…してさしあげる。「わろう」→一七。

結わばまんせふ　わろうが鬢のかみおば

朝歌四番の四季

20
一　早乙女のさ衣を　染め乾いたり
　萩の花いろにそめほいたり
そめてほされた　紺屋の柿の帷子
柿の帷子　うすくわそめてまいらせう
型や衣紋を　京紺搔に習ふた
紺搔き　易うや縞をあわせた
はたとあわせた　大領さきの三つ縞

21
一　けさ殿の朝狩に　弦巻を落いた
　つるまきわしよだいなや　五帖紙をおといた
おしやれ　おといた弦はたが弦
胡椒袋に　こせうをずんばとかい入れた

※この後へ系統諸本がほぼ一致して載せている次の一首がある。「このさとハけわいさとからすかねつけてな／つばくらハへにさいてからすかねつけてな／かねをつけさいかねにはだいくのまように／かねハてたるそつけいやとれのこ娘／かねをつけうもかねつほつゝきを忘た／ひとかほれるそつけいよ（の）へのはせうも」（増屋甲本）。

※各番の標示において、「四季」の語を添えたのはここのみ。写本には「式」としたものが多い。

20　早乙女の田衣は、染めといい、着付けといい、まことにすばらしいが、早乙女には早乙女にふさわしい色がある。

○早乙女のさ衣　「五月紗衣(さつきしやごろも)染干(そめほい)た　萩(はぎ)の花色(はないろ)に染干(そめほい)た」（阿蘇宮の祭歌）が同系。○柿の帷子　「柿」は柿渋で染めた赤茶色、或いは柿の実の色。「皮籠より、ふりたる烏帽子、柿の帷子、…取出し」（福富草子）。色としては地味で粗末なもの。華やかな「萩の花色」とは対照的。こうしたもどき的表現によって、早乙女が着る本来の色を示したと見る。○型や衣紋を　「型」は着物の模様・柄の紙型。室町時代に発達した型置き染めの方法による。「衣紋」は衣服の折り目などを整えて着ること。着こなし。○紺搔　→四。○易うや縞をあわせた　綴じ糸を解き別々に染めて乾した。それを容易に縞を合わせて、衣に仕立てた。○大領さき　衽(おくみ)の先端の尖ったところ。三つ縞もぴったり合っている。

21　今朝殿の朝狩に弦巻を落とした。五帖紙も。手にした袋には胡椒がいっぱい。○つるまきわしよだいなや　弦巻を落としたのはだらしないことよ。日葡辞書「ツルマキ…予備として戦争に携行する弓弦を巻きつける物」。「しょだいな」は「正体無し」の語幹。○五帖紙　未詳。大系注は小四方紙などから転じたか、とする。「ごしやがみ」（田植由来記）、「御書紙」（新庄上ミ田屋本田植歌集）、「小正かみ」（田植歌雑紙）など異文が多い。一説「五条紙」（湯之上早苗）。○おしやれ　お話しなさい。「おしやる」の命令形。○ずんばと　「づばと」の強調形。日葡辞書「ヅバト　副詞。容器などに物が一

摘(つ)んで見やれや　こせうはからいものじ(ぢ)や

22 一　麻苧(あさお)の種(たね)もて　けさもまいたれ
八(や)よめの筬(おさ)を　たれに請(こ)ひ借(か)ろ(ら)ふ(う)にや
かりてきたもの　姉御(あねご)のかたの八つをさ
あさのはが三つ葉(ば)にならば　擦(す)り剝(は)ご(が)う
煮(に)はぎすりはぎ　やらいそがしのわが身や

23 一　今朝夜(よ)のほの〴〵に　雉(きじ)やないた　殿(との)ばら
雉(きじ)やろ　鷹(たか)やら　ないてとお(ほ)り候(そろ)よ
きじめがないては　羽(はね)を伸(の)し〳〵(のし)
きじめがないては　鷹(たか)の餌(ゑ)になる
はねをのしては　あの山中へおちつろ(ら)う

24 一　けさないた鳥(とり)のこゑは　よいとりのこへ(ゑ)やれ
田壱反に九石は　よいとりのこへ(ゑ)やれ

杯に満ちているさま。水ガヅバトゴザル」。○摘んで見やれや　つまんで(齧って)ごらんよ。▽初句からの展開は不明瞭。難解歌の一。以下、「今朝…」の歌が続く。

22　農民の仕事の一つ、麻の種蒔きから茎を刈り取り、繊維(苧)を作るまでの忙しさ。○麻苧　麻のこと。古く麻といえば大麻(たいま)と麻苧(からむし)のことであった。前者は一年草、後者は多年草。ここは後者のカラムシ。○八よめの筬　機(はた)で縦糸を整える筬(おさ)の目の疎密で、やよめ、ここのよめなどという。七八目は太い糸、九十目は中糸、十一目以上は細い糸を織るのに用いる(久枝秀夫)。「もめんを織るおさは、大方六つおさより十をおさを用る。…一よみと云は糸四筋、なからと云は二十筋。おさば一つへ上糸・下糸二筋づつ入ものなり。…八つおさは三百廿筋」(百姓伝記十五)。○請ひ借ろふにや　「にや」は疑問、或いは反語の終助詞。近世の口語。「これを何としておれが飲もにや」(好色伝受・中)。○姉御　ロドリゲス大文典「アネ、アネゴ」。○三つ葉にならば　「三つ葉」は系統諸本「ふたば」としたものが多い。この葉は、カラムシの茎の傍らに生えた新芽のこと。カラムシの茎を刈り取るには、新芽の芽立ちの程度(三つ葉、双葉)を見計らって、小芽がまだ長くならない前に刈る。そして擦り剝ぐのであるが、一方この新芽を注意深く育て成長させて、また翌年刈り取る(宮崎安貞他『農業全書』六、取意)。一年草のタイマだとこうはならない。▽大嘗会之田歌「麻種(あさたね)らを　笥(け)の蓋(ふた)にいれて　…」を承ける。

23　朝早く雉の鳴き声がする。雉の様子を思い、また心配もする。共寝の殿に語る心。○雉やろ鷹やら　「やろ」は「…だろう」、「やら」は「…かしら」と意味に小異がある。もとはどちらかと同形であったか。「…やら…やら」とした写本が多い。○羽を伸し〳〵　羽を拡げて。「…とびといふものは羽をのして鳴くものじやが…羽をのして鳴かずはなるまい、ひいよろ〳〵〳〵」(狂言・柿山伏・大蔵虎寛本)。○きじめがないては鷹の…　東京地方子守歌「ねん〳〵ころ〳〵ころころよー　おころり小山の雉の子は　泣くとお鷹に捕られます」(『田植草紙歌謡全考注』所引)など子守歌のパターン。

よいとり　米八石とうたふた
とりがうとふて　夜深に殿をもどひた
聞こうや　めでたいとりのこゑおば

25
一
あさはかゆくや　ごぜ　取り苗をうゑてな
　秋刈り入て　蔵の下づみに
はやい稲やれ　うゑればさきから穂みだれ
いねのなびきわ　み蔵へさらりなびいた
蔵の下づみ　ことしのいねを鮨にせう

26
一
おもしろいは　富士の巻狩な
　弓鷹そろへて　ふじのまきがりな
ふじのまきがり　追手の勢は五万騎
われもしてきた　大山富士のしひれを
我にお貸しあれ　公方の狩場へしてゆかふ
むくげ前かけ　かりばの出立おもしろ

▽近似する系統諸本は四句と五句を入れ替えているが、五句「落つ」には情交をほのめかす祝言性がある(→二一・三八)。田植草紙はそれを重んじた。

24　今朝鳴いた鶏の声はまことにめでたい。「米九石」と謳う。今年も豊作は疑いない。○田壱反に九石　田一反(太閤検地以前は三六〇歩、約一二〇〇平方㍍)に八石、九石は通常の四、五倍の収穫。「稲三把にな　米は八石な」(六四)。共に農民の切実な願望。▽四句で恋に転じ、祝言で結ぶ。呪(寿)歌の典型。

25　朝仕事のはかどり良いのは、秋の豊作の前兆。稲は良く育ち、穂は乱れ、御蔵は俵の山積みだ。○あさはか　朝の農作業のはかどり、進みぐあい。「朝はかとは、朝うゑて出る事也。惣して一はか二はかといふは、一筋うゝるにも、苅にもいふなり」(本居宣長・奥の田植歌)。「朝はかにせいはひろふして　わせうへて　まずかりいれて　蔵のしたづみ」(佐渡八幡宮田あそびの歌・天正十年)。○ごぜ　婦人の敬称「御前」の略称。田植草紙では九つの用例すべて初句の中間にあり、「…やごぜ…な」の型がみられる。相の手程度に調子を整えていう語。○蔵の下づみ　蔵にまず搬入する稲米の俵。下部から積み重ねていく、めでたいさま。○鮨　「種子(じす)」とも解されているが、俵の重さで鮨にしようという比喩的描写。

26　富士山麓での巻狩は、話に聞くだけでも胸が躍る。それがいつしか大山富士と重なっていく。○巻狩　巻狩は大勢の勢子で鳥獣を取り巻き、狩ること。源頼朝麾下の武士たちによる巻狩は有名で、ここは建久四年(一一九三)五月、曾我物語の場面をふむ。○大山富士　伯耆大山のこと。大山は農民の厚い信仰を受けた。田植草紙に歌われる他に、備後・備中・出雲地方に別系統の田植歌群があり、大山を歌い込むものが多い。○しひれ　未詳。褶(しひ)の転で狩装束の一つか。「公方」は鎌倉幕府の将軍、富士の巻狩に関して想起したか。○むくげ前かけ　明解をえない。▽華やかな大田植を富士の巻狩に見立て、語りぐさを持ち込んでいっそう活気づける。大田植のめでたい代の掻き方にも「ふじのまきがり」がある。

27
一 青野の中にこそ　鹿やふし候よ
　弓そろゑ矢そろゑと　鹿やふし候よ
欲しか射てとれ　あをのにしかのふしたを
門出でに嬉しや　しかの初声

28
一 昼飯はきたや　ごぜ　なに負せにな
　若狭の浜へ　若布負せにな
わかめ刈りをき　お惣の菜にめされた
昼の菜にわ　かろふや　岩の狭間を
おうせもちては　いまこそ殿がきたりた

29
一 飯櫃八つや　ごぜ　匙は九つな
　それ盛るまゝよ　千代もへし〱な
千代がへ上て　かい九つでもりおる
何事も千代にお問やれ　ちよこそこれの給仕よ

この歌、内容上は一〇三につながる。
※この後へ主要な系統諸本が載せている次の一首がある。「なわしろのすまみよみすわかゝみかや／おもうひとのかげみせるからかゝみかや／おとこぜみたりとひとハほれまい／ひとハほれすとのさゑほれハいらぬよ」(増屋甲本)。

27　鹿の声が聞こえる。狩の用意をして出かけよう。二六と連続して狩の心を歌う。○弓そろゑ矢そろゑと　弓を揃えよ、矢を揃えよ、とはずむ。鹿が伏しているのだ。或いは鹿の身になって、「弓があるぞ、矢があるぞ」か。後者では「弓こそ候へ」の語調で「こそ」を略した表現となる。→一〇。○欲しか　欲しいなら。「欲しか」は「欲しくは」の約。○門出でに　狩の出発に。

28　間もなく昼食の時間になる。その菜の若布を持たせて殿がやってくる。○昼飯　「ひるま」で昼食のこと。広島・高知等の方言にある。「土州にては昼食をひるまといひ〈ひるまゝなり〉夜食をよいと云〈夜飯なり〉」(物類称呼四)。ここは昼食時の意。○ごぜ　→一五。田植草紙では田植に奉仕する女性(うなり→三二)でもある。「負(はお)す」は背負わせる。○若布負せにな　「昼飯(ひるま)は出来(でか)いたが　何がを汁の実でなよな　磯端の若布よし　それがお汁の実でなよな」(山家鳥虫歌・三七〇)。○お惣の菜　全体の者へのお菜か。○おうせもちては…　おなり(食事の給仕役。田の神とのつながりにもなる)に皆の食事を運ばせて、御主人様が今来られた。▽田植草紙が発見された芸北地方では、朝の出が午前五時頃なので、昼食は午前十時すぎ。その予告が二首続く。

29　田植の昼食時の活況を歌う。早乙女も給仕役も大勢、米は千石も炊(かし)いだ。○飯櫃　「いひびつ」の音便形。「飯櫃(いひつ)ハ八(や)つ　匙(かひ)ハ九(ここの)つ　盛手(もるて)も吉(よし)　賦(くば)る手(て)も吉(よし)」(阿蘇宮の祭歌)。○八つやごぜ　→一五。○千代もへし〱な　「千代」はおなりの名。「へしへし」は未詳。「へす〱」「へいし〱」「へいす〱」など諸本意味不明のまま書写。○へ上て　上へ上へと重ねて、の意か。○給仕　給仕(きよじ)の訛か。「ぎよし」とする写本が多い。千代が昼餉を田人に配る時は正装する。「黄金の匙を」はその様子の美

ひつにわ(は)黄金(こがね)の匙(かい)をおし立(た)てう
けふの田人(とうど)に　米千石を炊(かし)いた

昼歌壱番(ばん)

30 一 竜(りやう)の白鬚(しらひげ)　楊子(ようじ)にけづり　はそ(き)うだ
一 昼飯(ひるま)食(た)べだち　中の懸子(かけご)を(や)やすめた
一 けふの田主は　かねのようじをくわ(は)へた
一 よ(やう)ふじ木にわ(は)　南天竺(なんてんぢく)の枇杷(びわ)の木(き)
一 さつき花で　よ(や)うじを染(そ)めてもたいで
一 上臈(じやうろ)　やうじを花でそむれば　下品(げぼん)な
一 惜(お)しや　小柳　このふ(う)だやうじを落(おと)いた

31 一(ゆり) うなりおば(を)どこまで送(をく)るべし　関山(せきやま)
関山(せき)関寺(せき)　室積(むろずみ)や　室(むろ)が関(せき)
を(お)くりつめたよ　あれみよ　兵庫(ひやうご)の築島(つきしま)

化。田主への讃辞ともなる。〇田人　「とうど」は「たびと」の音便形。農夫。田の農作業をする男女。〇炊いた　「炊く」は近世初期まで清音。以後は濁るので「炊いだ」となる。▽「へし〳〵な」など意味がわからないまま歌い継いできたというのは、どうしても歌わなくてはならない大事な歌だったからである。役歌の一。

30 食事のあと楊枝を使う田主の姿。それを讃嘆して、楊枝歌となる。御方を添えたのが妙。〇竜の白鬚　「りやう」は竜の音韻を異にする表記。謡曲・白鬚の神も竜神である。初期の楊枝は一〇―二〇ｾﾝﾁの長さ。楊柳でできた楊枝を竜の白鬚に見立てた。〇けづりはそうだ　「けすりは候よ」(高松屋古本田唄集)、「けつり揃た」(新庄上ミ田屋本田植歌集)、「けづりほそめた」(田植由来記)など異文が多く、大系が充てた「挿む」は見当たらない。〇中の懸子をやすめた　「懸子」は飯櫃の内部に懸ける小箱で、副食物などを入れる。お伽草子・びしやもんの本地に「玉手箱二見の浦のおきながらなかの懸子のはなるべきかは」「何とてか二人の親をするながら中の懸子のはなれはつべき」とあって、「中の懸子」には子供の意をかけている。ここは母早乙女(田主の御方)が昼食後幼児に乳を含ませ、眠らせたの意。「ひるま」の後は昼寝の時間でもある。〇けふの田主は…　食後の田主の様子。楊枝を使う様を見て、楊枝の描写が続く。〇さつき花　五月つつじのこと。谷空木(たにうつぎ)かともいう。〇もたいで　持とうよ。「いで」→一四。〇上臈　女性の敬称「じやうらふ」の短縮形か。ここは田主の御方とみる。▽こういうオロシだけの連鎖を「一つ歌」という。主題を持つものと自由にオロシを並べただけのものとがある。田植歌はオロシから歌い始めるから、朝歌一番・昼歌一番・酒呑うで後・晩歌一番の要所、各々の最初に「一つ歌」が置かれる。この全部を歌うのではなく、時宜に合わせて取捨する。

31 昼食のあと、うなりが片付けて下がっていく。それを田人たちが送る。その心を籠めて歌う。〇ゆり　この注記は他に四四・五一・一三六にあるが、系統諸本によると三・六・一九・四六・六五・七一・一二四もそうである。詞型的には五七五・七五の定型を基本とし、音楽的には旋律の「起伏がゆるやかで、起伏の波が大

いそげ　ほそい子　峠の茶屋がちかいぞ

32 一

昼飯の上にこそ　盛るは清酒な
　よい清酒こそ　声もたをやかな
こへもたおやぐ　よい清酒の折にわ
酒をのむにわ澱がのまれて　小歌は節が聞れて
われが殿御わ　小歌も和歌も上手よ

33 一

田主の背戸田に　さくは何花か
　木綿のはな　酒の花　さては徳の花か
田主殿の背戸に　さくは銭花
蔵屋に鳴るは　銭のおとやろ
蔵にあまりて　銭をばくるまにつむとの
銭をおもちやれ　銭こそ袖はふらすれ
銭がほしくわ　伯楽座にこそ銭あれ

きく平板な動きで、音域も五度、六度の程度が多く、オクターブ以内に止まる」、役歌として神事歌謡的な傾向が強い(内田るり子『田植ばやしの音楽的研究』)。○うなり　一般に「おなり」という。田植に奉仕する女性で、炊事や配膳などに当たる。田の神の巫女としての性格を有する。○関山関寺…　関山は京都市山科区の東、山中にある逢坂の関と、そこより東の中腹の関寺。「関山・関寺」の併記ははやく梁塵秘抄・三六に見える。室積は周防(山口県)の室積の泊り。室が関は未詳。室積の近くか。東方の関尽くしに対応していうか。このあと系統諸本すべて「とう山峠まで」(新庄上ミ田屋本田植歌集)の句が付く。田植草紙歌謡伝承地の東西をあげている。○兵庫の築島　今の神戸港、築港事情は平家物語や幸若舞曲・築島で広く流布していた。○ほそい子　かわいい子、幼い子の意。→六七。▽三句は七二にある同じ「おなり送り」のオロシの混入か。主要諸本、三句からのオロシは「おくりたいかせきやま三里かとおうて／おそれ(ろ)し三里からちハまつやま／ほそいこあゆめやつたのほそみち」(増屋甲本)。役歌の一。

32　昼食時には酒が出て、自然に皆の拍子の中で歌となる。酒には上等の清み酒が振舞われた。○清酒　日葡辞書「スミザケ　澄んだ漉した日本の酒」。→四四。○こへもたおやぐ　声も優美でしなやかな。○澱がのまれて　「澱」は酒の醸造過程でできる沈澱物。前句の「折」から同音の「澱」へ移る。良い清み酒の宴の時には澱まで飲んでしまって。▽酒の酌もし、帰って行ったおなりが残した余韻の中で歌う。振舞ったのは田主。

33　田主の蔵に銭が溢れると、その財力を讃嘆する。○背戸田　裏口の前面に広がる田。○木綿のはな酒の花…　底本の「いふ」を木綿(ゆふ)としたが、「いひ」の転訛で、「飯(ひ)の花」と見るべき写本が多い。「田主殿(たぬし)の園(その)に社(そこ)華(なは)ハ咲(さ)いたれ、飯(い)の花(なは)酒(さけ)の花(なは)扨(さて)徳(とく)の花(なは)」(阿蘇宮の祭歌)。「今日のたろじ(田主)どんの背戸に咲く花は　そよな　咲く花は　飯の花酒の花　さては時の花そよな」(大津市伊香立八所神社・田遊び歌)。「徳の花」は得の花、現実的には銭の花。以下銭の観点に移る。○蔵屋に鳴る

34
一　栗(くり)の花こそ　しぎやう(げ)さいたり
なろう(ら)　ならじは　花(はな)にといた(ひ)まへ
栗(くり)の花がさいては　山をてらした
花がさいては　撓(たお)うだ枝(えだ)にみがなる

35
一　京にこそ奈良(なら)にこそ　興正寺(こうしやうじ)にこそな
蓮(はす)の花咲(さい)たれ　興正寺(こうしやうじ)にこそな
雨(あめ)ふらば笠(かさ)とたのむぞのふ(なう)やれ　小池(こいけ)の蓮(はす)の葉(は)
おそろし　こいけをからむはすのは

36
一　此田にさくは　壺草(つぼくさ)の花(はな)やれ
手(て)にもりいれて　御所へまいろう(ゐら)やれ
御所へ参れば　葵(あおひ)の花を手にもち
花を折(おり)ては　まいろう(ゐら)　御所の御出居(でい)ゑ(へ)

は「蔵屋」は貯蓄用の家屋。蔵に同じ。蔵に溢れて「鳴る」。○伯楽座　伯楽(博労)は牛馬の売買を業とする人。その人々の組合で伯耆大山にある座。

34　田植の頃、栗の花が一面に咲き、甘い匂いが満ちる。生殖の豊醇、ひいては豊作の予祝ともなる。○しぎやう繁う。「しろう」(田植歌雑紙)とした歌本も多いが、「繁る」には生殖の含意があり、「繁う」の方がよいか。○なろうならじは…　栗が生るかどうかは花に聞きなさい、と早乙女がことばを挟む(もどく)。中国山地に「栗の花盛りが田植の盛り」という諺があり、両者関係が深い。○撓うだ　「たをみた」のウ音便。→「おしたおめねば」(五八)。▽田の神の依代(よりしろ)として、栗の枝を水口へ立てる所もある。呪歌的色彩が濃く、しかも美しく歌われる。系統諸本では三句を欠き、終句に続けて「わさくりほそうてかねをつけたよ／かねをつけたよさようつやまのわさくり」(増屋甲本)とするのがある。田植草紙のよさを確認できる。晩歌三番の二一でこの実った栗が落ちる。

35　京に参れば、興正寺に参ろう。その小池の蓮の花は印象深い。○興正寺　京都市下京区の興正寺(真宗)か。田植草紙の地域は真宗の信仰が盛んである。「奈良にこそ」は対句として入った語か。○雨ふらば…　「面白の山崎通ひや　…傘(からかさ)は茶屋に忘るゝ　扇子は路次に落いた　雨降らば蓑と頼むよ　笠と頼まん　なよさて小池の蓮の葉　…」(業平をどり十六番・此外)。類句直前の句「傘は茶屋に…」は穴のオロシに。○おそろし　気持悪いよ。池に住む鮒の身になっていうか。

36　御所へ参上するのも一つの夢。「富草の花」と伝承された歌を身近な壺草で歌う。○壺草の花　路傍に多い野草、セリ科。「つぼぐさ　葉円く積雪草に似て…岸のかたはらに多く生ず」(大和本草九)。○御所へまいろうやれ　御所は皇居だけではなく、上皇・三后・親王・将軍・大臣などの住居や住所にもいう。ここは将軍のそれか。「荒田に生ふる富草の花手に摘みれてや　宮へ参らむや　参らむや」(風俗・荒田)ほか多くの類歌(大系注参照)にある「宮」を御所に、「富草の花」(稲の異称)を壺草の花に改めて歌った。○出居　武家造りで

昼歌二番(ばん)

37
一 夏(なつ)の装束(しやうぞく)　いそいで織(お)れや　衣織(きぬお)り
したてておるもの　やつの貲布(さいみ)を
夏の帷子(かたびら)　よいじ(ぢ)をそめ(染)てまい(ゐ)らせう
かたびら　花(はな)でそめてまい(ゐ)らせふ(う)

38
一 扇(おふぎ)の骨(ほね)や　ごぜ　七つ削(けづ)りてな
八つけづりてな　要(かなめ)とうどうたふ(う)や
このみたまへや　扇(おふぎ)わ(は)折(おり)てまい(ゐ)らせふ(う)
老(を)いに呆(ほ)れては　七つを八つとかづ(ず)ゑ(へ)た
しまへ参(まゐる)ぞ　下向に扇(おふぎ)をまい(ゐ)らせふ(う)

39
一 京へのぼれば　室(むろ)の林(はやし)にな
なく鵯鳥(ひよ)よ　たれを恋(こ)ひになくやろ
ひよ〳〵となくはひよ鳥　小池(いけ)にすむはお(を)し鳥

は座敷、客間。日葡辞書「デイ、ザシキ　客をもてなす室、または建物」。▽京憧憬を二首続け、京上りの準備へ。

37　夏になる、早く装束の用意を。織れよ、仕立てよ、染めも夏向きに。〇したてておるもの　底本「したゝて」は「したてゝ」の誤写。「もの」は底本「もつ」、系統諸本によって「もの」に改める。〇やつの貲布を　「やつ」は諸本「八つ」で表記するものもあるが、未詳。或いは「八つ筬」(→三)の織りのことか。「貲布」は織り目の粗い薄地の麻布。夏衣の料。日葡辞書「サイミ　帷子(カタビラ)を作るのに用いる、ある種の生(き)の麻布」。「細貲帷子(さいみかたびら)曝(さらさ)ねど　涼(すゞ)しかるろふ」(阿蘇宮の祭歌)。〇じをそめて　地を染めて。入(ほし)染めで、と解する説もある。▽朝歌四番の三で麻を糸にし、筬まで用意した。その機織りにかかる。旅衣の用意。
※この後へ主要な系統諸本が載せている次の一首がある。「なわしろハこもちかさもよいきぬおり／きぬおりそろゑてあわせきぬとおもふらう／きぬおりてハきてみてかたかゆられて／おなこによいかたひらをきせいて」(増屋甲本)。これは女の旅衣の用意。

38　夏には扇が要る。骨を削り、要を打ち、折って出来上り。では出掛けよう。〇扇の骨や…　紙扇の骨、平安時代末頃から五本だったのを七本、八本、十本と増やしていった。ここは七本削ったのか八本か。四句を見れば七本。「するゐひろのなつ骨にてはる扇やつれにけりなもとのたかさに」(夫木和歌抄・夏三・藤原忠房)。口拍子に乗って八つとはずんだ。削った骨を扇子形にして、要の所をしっかり締める。日葡辞書「トウド　シカトに同じ。思うとおりに」。「扇の骨や　ごぜ」→云。〇このみたまへや…　注文しなさい。扇を折るというのは、骨に貼った紙を折ること。扇作りの最終工程か。〇しまへ参ぞ　「しま」は安芸の宮島を指すか(大系注)というが、未詳。仕上がった扇を持って。▽扇は京の名産。次歌からの京上りを引き出す。

39　京へ上ると室の林でひよ鳥が鳴く。誰を恋うのか。鴛鴦は恋人といっしょ。私もせめて「思羽」が欲しいなあ。〇室の林　室の津なら京へ上る途中、兵庫県揖保郡室津。旅

池のをし鳥　おもふをつれてたゝいで
おしの思羽　壱すげゑたや　たのみに

40
一
扇のかざしより　竹のかざしこそな
　涼しけれ　竹のかざしこそな
殿は傘さす　若ふは扇をかざいた
かさをさせかし　なんぞや柴のかざしに
吹くなら　すんずしかろふ風ふけ

41
一
京へのぼれば　まづ室の宿で
　ほてを射たり　破魔いたり　殿原的いたり
殿の的矢に　京白鷺の羽をすげ
鳥毛靫に　三十五さいた的の矢
買ふてたしなめ　一手が三十五文ぞ

42
一
扇は一本なり　君ふたりなり

人を慰める女がいた。或いは京の室町か。○ひよ〳〵と…「ひよ〳〵と鳴くは鴨　小池に住むは鴛鴦　…」(松の葉三・ひよどり)、「ひよ〳〵と鳴くは鴨　鳴かぬは池の友におし鳥連れて行」(山家鳥虫歌・七九)。○おもふ　「思ふ」→一九。○たゝいで　立とうよ。「いで」→四。○思羽　雄の鴛鴦の尾の両側にある美しい羽。○壱すげ　羽一枚の意か。「ゑたや」は得たいなあ。○たのみに　贈り物に。結納の品。日葡辞書「タノミ　婚約のしるしとして贈る贈物で、手付金のようなもの。タノミヲヤル、または、送ル」。「云号(いひなづけ)　結納(たのみ)も取らず」(仮名手本忠臣蔵八)。→八七。▽三句を回転軸にして、前半の鴨から後半の鴛鴦へ移る。鳴く鴨と鳴かぬ静かな鴛鴦。

40　良い季節だが、涼の欲しい時もある。殿は傘、若様は扇、我々は…同じことなら涼しい風吹け。○かざし　翳しは頭上にさしかけて日光を遮るもの。竹の翳しは竹を粗く編んだものか。○若ふ　お邸の若様。日葡辞書「ワカゥ　貴族や身分のある人の息子」。○吹くなら　「なら」は指定の助動詞未然形が仮定の助詞となった早い例。▽系統諸本は五句に続けて、「きみのかといておうきをかさしおもうた」(増屋甲本)を添えたものが多い。これだと京上りをする者を見送る場面となって、流れが停滞しない。

41　京へ上ると、まず室の宿で射的の遊びだ。京白鷺の矢を三十五本用意している殿は見事。○室の宿　→三九。○ほて　藁を棒状に巻き固めたもの。○破魔　破魔矢の的。藁縄や藤蔓などをまるめて作った輪。転がして射る。○羽をすげ　羽を挿げ。白鷺の羽を矢がらに付ける。○鳥毛靫　鳥の毛で作った矢筒。○買ふてたしなめ…　「嗜む」は楽しく励むというほどの意。「一手」は二本一組の矢のこと。▽系統諸本は三句に「かつらはまおハあいしなやかにまわいた」(増屋甲本)を挿入したものが多い。葛破魔を嫋やかに転がしたのは室津の遊女か。京上りの楽しみ一入。

42　はや京土産に心をくだく。扇は一本、さし上げたい君は二人、裂いて二つにもならず、やはり…。○ほと　「ほ

割かふや〳〵　半らほとさかふや
さくにさかれぬ　扇の君のふかいに
君にまいせう　京絵書たる扇を

43 一　向いなる大寺を　けさおきてみたれば
いつくしき児たちが　花をりかざいて
花をかざひて参ふ　御所の御堂へ
花をかざひて　いまこそ楽がはじまる
おもしろひもの　楽に心がとまるに

酒来時之歌

44 一　酒はくる　肴はなにか　苣の葉
苣の葉を　酢和ゑにあへては　御肴
酒のさかなに　麻のほとりのちしやのは
さけのさかなに　五条へまいれば　ちさのは

ど」とする写本も少しあるが、「ぱつと」「とうと」「さつと」など擬態語を用いる本が多い。「ぱつと」という語の表記か。○まいせう　さし上げよう。「まいする」は「参らす」（動詞・補助動詞）の後の形。早く院政時代より見える。「下女ハ明日まいせ候」（東大寺文書・安元三年）。○京絵　京の名所を描いた絵のことか。四季絵とした写本も多い。

43 今朝起きると、もう向こうの大寺の練供養が始まっている。稚児たちは着飾り、楽が聞こえる。○大寺　在所の大寺。どこか定められない。○御所の御堂　系統諸本ほぼ一致して「しよしやのみとう」（増屋甲本）。これだと書写山円教寺（→一四）のこと。在所の大寺が変転する。○楽　延年中の稚児舞の楽。延年における稚児舞の資料は『書写山円教寺旧記』ほか（『田植草紙歌謡全考注』参照）。○おもしろひ　音楽で心に新鮮な印象を与えられることにしばしば用いられた。▽三句は、京上りの一節としては「書写の御堂」とありたいが、田植草紙はあえて「御所」とし、京へ着いたことを示すか。

44 昼歌が一番二番と過ぎて、酒が出る。酒を歌った歌が田人の心を浮き立たせる。○ゆり　→三二。○苣　易林本節用集など「苣 チシヤ」。「ちさ」とも。○酢和ゑ　「すあへ」のわたり音を入れた変化形。○さかな　酒菜、酒に添える副食。日葡辞書「サカナ　肉や魚などのような食物。また何であれ、酒を飲む時におかずとして食べる嗜好物」。「田の神のしやうじの肴ちさの葉で　サヤウナウ　ちさのはで　酢あへにあえてもりて肴に」（岐阜県下呂町森区水無八幡宮・田遊び歌）、「酒ハあり　さかなになにを　実ちしやのはを　そよなちしやのはを　すわゐにあへて　やらなへのさかなにや　そよな」（大津市伊香立八所神社・田遊び歌）。○五条　未詳。▽この頃酒が出るような長い休憩はない。日の真っ盛り。或いは酒の歌を出して田人を励ますのか。「ゆり」で歌う役歌。

45 今日の主役は田人だ、まず一杯きこしめせ、酒は加賀の銘酒、肴は塩打ち豆、とにぎやか。○千代の御盃　主人と田人を共に幾千代と讃めたたえる。「千代」は給仕の女性を

45 一　けふの田人に　酒をまいらせうやれ
　いざまいらせうやれ　千代の御盃に
壱つまいれや　これおち　酒の壺底
酌をとらせて　まいれや　加賀の菊酒
酒の肴に　京早生豆の塩打ち

46 一　三ばいに御酒まいらせうや　よひ酒
　長柄の銚子に　千代の御盃に
三ばいの御酒をまいるは　長柄の銚子に三つとや
三ばいの御酒をまいるは　砂田へ水の引くだ

47 一　ちりやれ〳〵と　濁り酒にちりあれ
　ちりあらばな飲ふぞや　わろうらがのまふぞ
飲ふでよわぬは　みな買い酒のならいか
やすひ酒やれ　五文に酒は八提げ
水くさいのわ　稲とり酒のならいか

もいう。美人のお酌で。→二九。○壱つまいれやこれおち酒の壺底　「これをち壱つまいれや」の転倒。「をち」は「を」を強める中世の助詞。「酒ヲチ飲デ悠々ト無心ニナッテヌルゾ」(四河入海十六)、「能き事を人にほどこし身にうくることをちするを義の道としれ」(愚息教歌百首)。○壺底　酒壺の底にある酒。盛んに飲んで呑み尽くすまでになっているさま。○加賀の菊酒　「加賀…菊酒(キクザケ)」(毛吹草四)。「元日に上頭へあがる実相坊のきくざけで御ざる」(虎明本狂言・餅酒)。○塩打ち　塩をまぶした豆。「九条…扣菽(ウチマメ)」(毛吹草四)。「振舞なかばに、亭主塩打大豆〳〵とよびければ、しほうちまめもちていでけり」(醒睡笑三)。

46　田植に田の神(さんばい)を招き祀る。田の神に代わる音頭取りは酒攻めにあう。○三ばい　田の神。語源もいわれも明らかでない。転じて田植神事を司る音頭取りをもいう。○長柄の銚子　銚子は長い柄のある酒を注ぐ器。現在は神前などで用いる。次行の「銚子に三つ」は、田植の重要な三役に捧げることを指す。天正六年さんばい由来書「五穀成就と申て、月々を守らせ給ふ御神なり。…三拝に御酒を捧に、長柄のてふし三ツ、壱ツは田主、壱ツは鼓頭、壱ツは先牛、田主の盃はゑぶりさし、鼓頭の盃は関恵比須、笛吹、鐘つき頭、早乙女、先牛の盃は尾上、三番、おい分」。三役は田主・鼓頭・先牛。田主は本来音頭取りとしてのさんばい役を兼ねた。○砂田へ水の引くだ　砂田へ水が引いて行くようだ、限りがない。「砂田に水のひくよな」(田植大歌双紙)、「砂だへ水おひくんだ」(田植歌之巻)。「砂田に水」の諺をふむ。「んだ」は指定の助動詞。

47　農村自家製の濁り酒のわれぼめ。安かろうが水くさかろうが、さあ参れ参れ。これぞ田酒。○ちりやれ　「ちり有れ」の転。塵は酒に混じる微細な異物。塵の混じるのは濁り酒では通常。○ちりあらばな飲ふぞやわろうらがのまふぞ　塵があるというのならあなた達は飲みなさるな、我らが飲もうよ。禁止「な…そ」はしばしば音便形を挟み、「な…ぞ」ともなる。「わろうら」は我ら。「のまふぞ」は底本「まふそ」、語頭の「の」脱とみる。「ちりあらばのもふもの　わろうらも

まい(ゐ)れ〱(まゐれ)と強(し)い(ひ)るは　田酒のならい(ひ)か

酒呑で後

48 一

酒をのふ(う)では　なんぼう田人(とうど)が勇(いそ)うだ
酒をのふ(う)では　たゞいやごとがいわ(は)れて
歌をうたへや　三ばい　酒のまぎれに

49 一

鳶(とび)〱(とび)まい(ひ)あがれ　鼠焼(ねづみや)いて突(つ)き上(あげ)う
白拍子殿(しらびやうしどの)こそ　舞(まい)の手の上手よ
一(ひと)手ならお(は)う　金剛(こんごう)兵衛が舞(まい)の手
まい(ひ)わ(は)舞(まう)たが　後の小歌をわすれた

50 一

弓そろゑ(へ)矢そろゑ(へ)というては　そろへたれども
又左衛門太郎が都(みやこ)見たらばやな
つれてのぼりて　京清水(きよみづ)をお(を)がませう
こしをかけては　三鈷(と)の松で和歌(わか)よむ

のもうぜ」(田植由来記)。○水くさいのわ　「の」は準体助詞の早い例。「稲とり酒」は未詳。○強いる　強ひる、諸本は皆一段化形となっている。▽これも「ゆり」で歌うところがある。酒を飲むことも田植儀礼の重要な一環であるが、ここまでくると埒を越え、くだけた談笑の世界がはじける。

48 労働の合い間の酒であれば、男も女もはなやいだ心になる。繰り言もあれば、歌も出る。○なんぼう　「何ほど」の変化形。日葡辞書「ナンボウ　どれだけの数か、または量か」。今も関西方言に多い。どんなにか。とても(多く)。○勇うだ　「いさみた」の音便「いさうだ」。はりきった。○いやごと　余分なことば。酒に酔っていう繰り言、繰り返しの多い冗舌。「譫語者　イヤコトスルモノ」(広本節用集)。「そちのいや言にある哉を足されよ」(醒睡笑三)。「いや書き」「いや字」の類。▽底本の各行に「一」の頭書がない。主題をもった一つ歌。

49 さあ歌え、誰か舞わないか、という座の雰囲気が伝わってくる。○鳶〱まいあがれ…　句末の「突き上う」は底本「つき上ニ」のごとき筆写体。「とび〱まい上レ　ねすミやいてつきあけう」(高松屋古本田唄集)。鼠を鳶の餌にするさま。土の匂いとともにわらべ歌の匂い。「とんび〱まはれ三まはりまはれ　鼠焼いてほり上る」(石川県・能登・鹿島郡わらべ歌、『田植草紙歌謡全考注』所引)。○白拍子殿　中世の歌舞を業とする伎女。日葡辞書「シラビャウシ　踊りや舞によって生計をたてる踊子・舞子」。○金剛兵衛　中世末期の歌舞を業とする人の名か。金剛流に又兵衛が数名居り、能楽系譜に兵衛尉などがいるのも参考となる(吾郷寅之進『中世歌謡の研究』)が未詳。底本難読、「こんかうびやうゑのまいのて」(高松屋古本田唄集)、「こんごう兵衛がまいの手」(田植大歌双紙)その他を参考とした。

50 酒のあと、京憧憬の心が田人にゆき渡り、京見物をしているように、そういう歌を歌う。○弓そろゑ矢そろゑと…　狩の用意をして、か。用意はしたが、都見物へ気持ちが変わった。○又左衛門太郎が　読みが揺れているが、底本の筆写体によって「又左衛門太郎」とした。「またもんのたらが」

京の唐松　いなかの杉にさも似た

昼歌三番

51 一 ほとゝぎす　小菅の笠をかたぶけて
聞どもあわぬは　ほとゝぎす
さ月菅笠　おもふが方へかたむく
菅は十編すげ　笠の緒に　三嶋の八つ打
大山笠に綾の緒

52 一 きのふ通　唐傘が　けふも通り候よ
とうらば通かし　誰が聟にとろふにや
きゑん坊主も　内儀はこれのむこのしやう
むこにまいせう　関東下りの僧おば
人がゆふとも　むこ取まいやれ　僧おば

(高松屋古本田唄集)、「またざいのたらうか」(田植歌雑紙)など異文が多い。○見たらばやな　見たことがないのでね、の意か。「ばや」は願望にも見えるが、否定であろう。「ベシテサナイ事ヲモ云タラバヤトテ不謝ゾ」(史記抄十二)。○三鈷の松　弘法大師が唐土から投げた三鈷が掛かった松。今昔物語集十一、本朝神仙伝など伝承は多様であるが、ここは東寺の三鈷の松。時代は下るが、今道念節の「松づくし」にも「…一条に下り松　さてそれよりも　東寺の前には三鈷の松　庭に唐松　五葉の松…」。都見物の一行は清水寺から東寺へ赴いたことになる。

51　田植のさ中にほととぎすが鳴く。その姿は見えぬ。聞くふりをして早乙女の笠は恋しい人の方へ。○ほとゝぎす　田植の頃よく聞こえる。枕草子「加茂へまうづる道」以来、勧農の鳥として田植歌に欠かせぬ鳥。「田うへよ、五月男女、皐月の農をはやむるは、かんのうの鳥、時鳥山がらこがら四十雀、此鳥だにもさわたれば、皐月の農はさかりなり」(幸若・伏見常盤)。○小菅の笠…　菅笠をちょっと傾けて。○あわぬは　「飽かぬは」か(大系注)というが、諸本「あはぬは」。○おもふが方へかたむく　恋しい人の方へ早乙女の笠が傾く。○菅は十編すげ…　「十編すげ」は目を十筋に編んだ菅。大阪府三島郡産の菅が万葉集より知られる。「みしま菅 笠にする也」(藻塩草八)、万葉集十一「みしますか笠」。「八つ打」は八筋の糸を組んだ紐。▽後半の笠づくしから傘の歌へ。

52　気を惹くように昨日通った唐傘が今日も通る。誰も聟にはしませんよ、僧などを。○きのふ通唐傘が…　「きのふとおるこがらかさがけふも通り候よ　あれみさいたよの」(狂言六義抜書・小傘)、「汝は植田(タウヘ)の時分　そうとめが珍敷い歌をうとふたが　汝はをぼへぬか…いとしのこがらかさ　誰もとれかし」(鷺流狂言・宝暦名女川本・小傘)、「とれ」は「通れ」。○聟にとろふにや　「にや」は反語の助詞。…ものか。→三。○きゑん坊主も…　「きゑん」「内儀」「しやう」ともに未詳。日葡辞書「ナイギ　ウチノコト。内密の事、または、内輪の事。また、結婚している婦人」。▽室町小歌の雰囲気。関東下りの僧を聟に、と早乙女をからかうが負けてはいない。

53 一
むか(ひ)いなる差(さ)し傘(かさ)は　何唐傘(からかさ)かやな
五月雨(さみだれ)の唐傘(からかさ)か　恋(こひ)のからかさかな
みられぬ五月雨傘(さみだれがさ)をさゝれた
かさの化粧(けしやう)は　所体(しよてい)か　主のこのみか
かさの化粧(けしやう)は　善悪(ぜんなく)かざりま(ゐ)いらせう
わかいとても見さいや　かさの化粧(けしやう)を

54 一
狭ひ小路(せま(い)しやうじ)の差(さ)し傘(かさ)をばな
さし上(あげ)てさいつれば　さいて通(とほり)候よ
すぼめてかたいでとを(ほ)れ　会下(ゑげ)の僧(そう)
さいてとを(ほ)れや　なんぼう見てはよいもの

55 一
きのふ京から下りたる　白(しろい)すげの笠お(を)ば
わろ(ら)うらに貸(か)さいでは　白(しろい)すげの笠お(を)ば
われにしなゑ(へ)や　京反笠(そり)をきせふ(う)ぞ
われにしなわ(は)ば　愛想(あいそう)小菅(すげ)の笠きせふ(う)

やりとりが聞こえるようだ。

53 向こうの唐傘(をさしている人)は何か気になる。見かけぬ五月雨傘。傘は美しく飾ってある。○唐傘　日葡辞書「カラカサ　大きな日傘」。○五月雨　底本「さみれ」、諸本によって「さみだれ」と改めた。○所体か　日葡辞書「ショテイ　為体(テイタラク)」に同じ。見かけ、または、うわべ」。体裁を整えただけか。「かさの化粧」とあるのは、傘を飾ったりしたのであろう。○善悪　是非、何はともあれ。○見さい　ごらんよ。→二。▽飾った傘としていわゆる風流傘(神の依代)があるが、ここへは結び付けにくい。

54 狭い小路を傘をさして通る。さして通るのも恰好良いもの。でも、会下の僧は別。○狭ひ小路の…　「せばいこふぢのから傘、さしあげてさそふるよ」(肥後国阿蘇宮祭礼田歌)。○会下の僧　定まった寺を持たず修行している僧。特別な傘をさす(会下傘)。○さいてとをれや…　(会下僧以外の皆さんは)傘をさして通りなさい。「なんぼう」→四八。「見て」は傘をさして通る姿を見ると。見る上、外観の意ともとれる。▽五二・五三・五四は一連のもので、地下の男たちが早乙女と関東下りの会下僧を冗語して興がる図。場面は京だとも解せよう。

55 白い菅笠をめぐって、男と女の問答。俺に靡いたら京笠をやるぞ。笠も着せないで何をいうの。○白すげの笠　「白いすげのかさ」(田植由来記)などによって「しろい」と読んだ。「わろうら」は二人称。「京より下るやら　白菅の笠か我等にハよもきせで　殿がめすよな　是等せきだよ　殿がめすぞよな」(長野県阿南町新野伊豆神社・田遊び歌)。○われにしなゑや　私になびけよ。男のことば。日葡辞書「シナウ　比喩、人に心を寄せる、または、人に服従する」。○京反笠　被る笠の縁が反っているものか。都で作るしゃれた笠か。○愛想　「小菅の笠」に続く。かわいいの意。○たんば　植物。葉を乾燥して粉にし、雑穀とともに細粉とし、熱湯で掻いて食用とする(新藤久人『田植とその民俗行事』)。昔の農民の代用食。初夏に山に行き葉をしごき取ることを「たんばを扱く」という。「扱かせそ」は「な」が上になく、「そ」のみで禁止する

かさもきせいで　わかいにたんば扱かせそ

56 一 奥山に刈る萱は　きのふ刈りかや　けふ刈りか
きのふがりははゞゑて　たゞけふがり〱よ
はゞゑてけふかる　萱のはを見よ
たてておいたを刈ろふや　檐のかやにわ

57 一 春日の宮にこそ　神神楽有との
いざやまいろうや　神神楽有との
赤熊かづきて　春日の宮のどうとり
しやぐまかづきて　どうとる殿がいとをし
してめせ　しやぐまはざめいてよう候

昼歌四番

58 一 長者どのの　門田の稲はな

表現。「高からぬ位なげきそわが智恵のひろからざるを深く悲しめ」(愚息教歌百首)。

※この後へ主要な系統諸本が載せている次の一首がある。「うゑ〱そうとめかさをかうてきせうそ／かさをかうてたもるならなをもたおうようよ／わかいおなごにしけめぬうたるかさきせう／われにしなゑや京そりかさをきせうそ／われにきせうとてたいせんかさやかうつる」(増屋甲本)。天正狂言本・田植に類歌がある。

56 屋根葺き用の萱刈りをしている。今日刈る萱の、すくすく伸びる稲にも似た興がる葉を見よ。○奥山に刈る萱は…　奥山などの萱の密生する所に、屋根葺き用に多量に用意しておく。「奥山の梛(なぎ)の葉は　きのふ刈りかけふ刈りかきのふがりはしばをまく　けふがりおもしろや」(巷謡編・四八)。○はゞゑて　「はばえる」は葉がしおれる意の方言。○けふかる　「今日刈る」へ「興がる」を掛ける。○たてておいたを…　育てておいたのを。春によい萱の芽が出、よく生育するように、春山を焼いて萱株のまわりをきれいにしておく(牛尾三千夫)。▽萱刈りの作業を稲刈りに見立てて、予祝の意をこめる。次歌へよくつながる。

57 秋、豊作感謝の神楽が奉納され、人々が集う。豪華な赤熊で舞う殿、それを見る人、とりわけ女の眼。○春日の宮にこそ…　奈良の春日大社、あるいは各地に分祀されている春日社の一。日葡辞書「カミガクラ　神(カミ)の前で奏せられる、歌を伴う一種の踊り」。中国山地は今も神楽が盛んである。○赤熊　赤色に染めた動物の毛によるかぶり物。払子や兜にも用いる。易林本節用集「赤熊　シヤグマ〈毛〉」。大田植でも用いられた。「道中之次第、かどよりぎやうれつにて、さきへ長刀ふり竹づゑ拾人、夫より久太夫しやぐまをき、へいをもち」(後藤弥左衛門殿鼓田之由来並田植歌覚書・寛延二年)。○どうとり　舞楽をする人の長。石見・出雲地方では「どうとり」といい、動作を「どうとる」という。○ざめいて　華やかになって。「ざめく」は、にぎやかに音をたてる、所作については、豪華な印象をふりまく。ざざめく。▽京慰みと見れば、京から奈良へ足をのばしたところ。

刈(か)れども減(へ)らばや　かど田のいねはな
かれどへらぬは　こなたの前の早田(わさ)よ
いねの柱(はしら)を(を)おしたおめねば　扱(こ)かれぬ

59
一
ほとゝぎすは　なにもてきたり
　斗(と)の枡(ます)に斗概(とかき)に　俵(たわら)もち来(きた)り
たわら(は)もちきて　戌亥(いぬい)の隈(すま)にをさめた
とれど減(へ)らぬわ(は)　戌亥(いぬい)の隈(すみ)のたわら(は)よ
いねがよいけに　たわら(は)をあめや　ぜんとく

60
一
うぐいす(ひ)とゆ(い)ふたる鳥は　興(きやう)がる山の鳥だ
　興(きやう)がる山にかくれて　和歌(わか)をよむ鳥だ
声(こゑ)がかれたら　鶯鳥のこゑ借(か)れ
こゑを上(あげ)ては　うたへや　野辺のうぐいす(ひ)
声は聞ても　あかぬは細声(ほそごへ)

58　田植をしつつ、田主を長者と讃え、お邸の前の田の豊穣を歌う。田主への讃辞でもある。○門田　邸の前にある田。農作業が行き届き、豊かに稔る。武家の時代には門田の年貢・公事は免除されたという。「田をつくらば門田をつくれ、かどでよし」(佐渡八幡宮田遊びの歌・正元元年)。○減らばや　減るものか、減りはしないよ。「ばや」は反語的否定の助詞。→一七。○早田　日葡辞書「ワサダ　早い米、すなわち、早熟の米を産する田」。○いねの柱を　稲株を柱に見立てた。強靱に生育していて、押し曲げないと、稲穂をしごき取ることもできない。○扱かれぬ　底本「ごかれぬ」。

59　ほととぎすは勧農の鳥で、福を運んでくる鳥だ。収穫の秋は、めでたい戌亥の蔵に俵が山積みだ。○斗の枡に斗概に　一斗の枡は常用としては大きいが、門田などで収穫された米や年貢をはかるための枡。「斗概」は、枡に盛った米を一杯にして均す棒。「ことしのうぐいすハ　なにをもてきたんど　そよな　と枡とかけてたわらもてきたじや　そよな」(大津市伊香立八所神社・田遊び歌)。○戌亥　北西の方角。陰陽道で尊ばれ、民間信仰でも福のある所、福の来る方角とされた。蔵は戌亥に置く。○よいけに　「け」は、…の故に。日葡辞書「ケ　ある事の理由、あるいは、わけ」。○ぜんとく　人名か。あるいは諸本にはないが、もと「せんとゝ(先途と)」とあったか。▽刈れど減らぬ門田の稲(五八)は、取れど減らぬ御蔵の俵だと、めでたい幻想を展開させ、重ねて田主を寿ぐ。

60　鶯は春を待ちかねて鳴き、田植の候にもその声は聞こえる。あの声を借りて、と早乙女を励ます。○興がる　おもしろい。「興がる鳥だ」と続く。次行も同じ。○山にかくれて和歌をよむ　鶯が初春には人里を訪れないことをいう。「花になくうぐひす、水にすむかはづの声をきけば…いづれか歌をよまざりける」(古今集・仮名序)。○声がかれたら　「たら」は完了の助動詞未然形が仮定の助詞化したもの。→「なら」(四〇)。▽鶯は今や人里に出、美しい声を響かせている。↓朝歌二番の九で歌われた幼い鶯の成熟した姿。

61 一 京の町を見さいやれ　大こうじはな
七つならべて　大こうじはな
まちがたてかし　七つ入子の鉢うろう
祇園町へ　よそうをつれてたゝいで
よそうつれては　たとふや　うたのせと市
でたちこぼいて　才上町でつまうろう

62 一 のぼるやら下るやら　鮎が三つつれてな
瀬いろう　せにすむ　淵へはいらいで
にごさじ　あゆとる川のかしらを
梁をうていの　あゆとる川の下にわ
あゆの白干　目もとの小しをにまゑふた

63 一 苗代へ乙御前が　小麦こぼいたげんな
げにこぼいたげんな　ゆすりこぼいたげんな
薩摩小麦は　いまよいさすりころだ

61 京への憧れが、京の町を思い浮かべ、いつか身近な市の光景と交錯してくる。○見さい →二。○大こうじ 京の東西南北にある大路、小路か。「らいこうじ」(増屋甲本)、「来光寺」(新庄上ミ田屋本田植歌集)とした写本も多いが、原形が何かには日光文庫蔵常行堂倶舎・しとろ「大柑子をしとろ〳〵七ならへて」も参考になる(湯之上早苗)。○まちがたてかし… 商店の並ぶ市(町)が立てばいいな。七重の入れ子の鉢を売ろう。○祇園町 京、東山区八坂神社下の町か。地方にも同名の街がある。○よそう 人名か。「よとう」(増屋甲本)とした写本も多い。○うたのせと市 未詳。系統諸本「大田」としたのがある。あるいは普通名詞としての大田か。広島県山県郡戸河内町あたりに比定される中世の大田郷か。○でたちこぼいて… 着飾り、大勢連れ立ちあふれて。「才上町」「つまうろう」ともに未詳。▽京慰みの歌といえるが、不明部分が多く、難解歌の一。連れだった町見物から次歌の鮎の三つ連れへ。

62 田植の季節、川を上り下りする鮎が三匹、その白干しの目許にふと想い寄るものがある。○鮎が三つつれてな 夫婦の鮎とその子を思わせる。鮎は淵に入らず、専ら瀬を上下している。濁せば鮎はとりにくい。○梁をうていの 梁を設けよのう。梁は編み並べた枝や竹で魚をとる仕掛け。「うてい」は命令形にさらに強意の「い」がついた形。○あゆの白干 鮎に塩を付けずそのまま干したもの。捕ったまま河原で干すこともある。日葡辞書「シラボシ 食用として保存するために塩をつけずに干した鮎」。○目もとの小しを 鮎から若い娘を連想する。「小しほ」はほのかな愛嬌、しな。「潮に迷ふた磯の細道」(閑吟集・一三)、「潮に迷ふた磯の通路」(隆達節)ほか。

63 田植最中の苗代へ、乙御前が小麦をこぼしたそうな。そういえば、小麦は取り入れ時。○乙御前 末娘、或いは若い娘の愛称。○げんな 助動詞「げな」を強く発音した形。…ようだ。田植時期は小麦の収穫期で、乾燥させた小麦を箕で簸(ひ)るなどして実を取り集めるのを「ゆする」と言ったか。○薩摩小麦 薩摩産の小麦、あるいは品種であろうか、未詳。

小麦さすりをまい(ゐ)れや　宮の女郎衆

64 一 きのふ京からくだりたる　目黒の稲はな
稲三把にな　米(よね)は八石な
福の種やれ　三合蒔いては三石
がごがさし候　げに千本　このいねにわ(は)
まかうや　福の種をば

65 一 燕にはねはゑ(へ)そろわ(は)ゝ(ば)　とを(ほ)くたてや
やしなふ親の　身はくるしみ
はねをそろゑ(へ)て　常磐の国へたゝれた
つばくらおやにわ(は)　心やすかれ
はねをそろゑ(へ)て　みな一どきにたゝれた

66 一 沖の浜のこ浜の　あの小白浪やれ
さらりさつと蹴て　はまぐりころいだ

○さすりころ・小麦さすり　ともに未詳。日葡辞書「タケヲサスル。竹の上皮を除く、または、竹をきれいにする」に準じて、小麦を臼などで磨いて表皮をとることをいうか。○まいれや…　召し上がれの意か。「宮の女郎衆」の指すところも未詳。▽系統諸本では三句に「したれかゝれやこむぎのは」(田植由来記)を入れるものが多い。全体を性的暗喩の歌と見る説があり、「目もとの小しをにまゑふた」娘への恋情(六三)が膨らむ形だが、未詳部分が多く難解。

64　今蒔く種は福の種、三合蒔いては三石も、と豊作を予祝する。○目黒の稲　目黒は田植草紙歌謡以外では「ふしくろ(節黒)」と伝承されているもので、当時評判の新種か。未詳。「やらん目出度や　京から来るふしくろの稲はな　稲三把で米は八石よな　やらん目出度や」(鳳来寺田楽歌謡・なりはひ)。「きようからくだるなる　ふしくろねん(の稲)ハそよな　いねさんばにや　よねはちこくや　そよな」(大津市伊香立八所神社・田遊び歌)。○がごがさし候　「がご」はひこばえの方言。刈り株からがごが出るのもめでたいこと。○千本　稲が千本にもなると、豊年を予祝する。「祝(わよ)ひには田こそうへて　見るべけれ　一もとうへて　ちもとこのいね」(佐渡八幡宮田遊びの歌・天正十年)、「君が代は数へ尽さん方ぞなき長谷千倉(ながたにちくら)ちもとこの稲」(夫木和歌抄三十六)。▽前歌に生殖の意味があれば、この豊作の歌への展開は自然。

65　田植のころ水を張った代田の上を早くも南から来た燕が飛び交う。去る姿まで目に浮かぶ。○とをくたてや　遠い南の国へ出発しなさいよ。○常磐の国　燕は常磐(常世)の国より来ると思われていた。「つばくらめとこよの国のつてなれや」(大山祇神社連歌・文明十二年)、「ときわのくにより、はるきて秋もどるつばさといふ鳥ふうふにて」(説経・しんとく丸)。「つばさ」は鳥類、ここでは燕。○おやにわ心やすかれ　親が心安らかであるように振舞いなさい。▽燕を常世の鳥と見るだけではなく、農家の軒に燕が巣を作り、子が生まれる、ひっきりなしに子育ての虫を運ぶ姿は、他人事でない想いがする、若い早乙女も親には…という気持ちをこめ

磯の真砂や　こいしと斗おもふた
たかふ褄とれ　なぎさは浪の高ひに
こひとわかめと　磯んで取ははまぐり

67 一
扇の絵を見ば　裏の絵をみよやれ
　六つなる若ふの　手習いおみよやれ
てならい　大人もんどきの手本や
ほそい子　仮名字は手がまさるぞ
旅人　おふぎは裏を見よかし

68 一
いざ〳〵もどろう　けふの日を見よやれ
　日もさがりたに　けふ日を見よやれ
編笠は茶屋に忘れた　扇子は町で落た
買ふてまいせう　今度の三吉町で
町にないやら　扇をかふてみゑぬのふ
夏はすぎゆく　扇子はもどしまいらせう

た表現。そして次歌の燕が飛ぶ海辺の光景へつないでいく。

66 沖のあの小白波がさっと寄せる。裾をからげて蛤を取る。磯で蛤に紛う小石(こいし)を見るにつけ、恋しと思う。○はまぐり　底本「はまり」、系統諸本一例を除いてすべて「はまぐり」(蛤)とあり、「く」の脱と見る。一例は「かい(貝)」。「ころいだ」は「転(ころ)がした－転がいた」の訛であろう。「けつらかいてはまくりこぼいたり」(田植由来記)。○こいし　「小石」から「恋し」へ転じる。○こひとわかめと　「こひ」は系統諸本「かひ(貝)」、元そうあったか。「わかめ」には「若女」を掛ける。○磯んで　「んで」は「にて」が「で」となり、鼻音の残っている形。「んだ」(七二)の類。方言形。

67 扇の表には本職の美麗な絵。でも裏をこそ見て欲しい。殿の坊ちゃんの手習いは見事ですよ。○裏の絵　「裏」は底本「から」。系統諸本によって改めた。五句にも「うら」とある。「をゝぎのえを見やらばうらのゑをみやれ」(田植由来記)。○若ふ　お邸の坊ちゃん。日葡辞書「ワカウ　貴族や身分のある人の息子」。→四〇。○大人もんどき　「おせもどき」の転。「おせ」は大人の意の方言。大人をまねた、大人ふうの。○ほそい子　かわいい子よ。→三一。○旅人　余所から田植に来た人たち。▽その旅の人が帰ると続ける。

68 さあ、帰ろう、日もだいぶまわった。茶屋に行き、市場を巡った男と女の、忘れ物をめぐっての会話。○けふの日を見よやれ　初行末句の繰り返し。「けふの日を」。但し系統諸本は繰り返しではなく、多く「いさもとろうや」(田植由来記)とする。○編笠は茶屋に忘れた…　「忘れた」→一三九。「傘(からかさ)は茶屋に忘るゝ　扇子は路次に落いた」(業平をどり十六番・此外)。○まいせう　さしあげよう。「まいする」は「参らす」の後の形。○三吉町　今の広島県三次市か。町は市(いち)、市場。▽この田植草紙があった芸北地方では、ほぼ午後二時の「お茶」(ハシマ)という長い休憩のため、田主の邸へ戻る。その予告の歌。次も同じ。

69 うなりの今日の晴着は地白の帷子、田植に白地の高級な舶来品では汚れが心配。でも鮮やか。○うなりは着たや　「うなり」→三一。ここはおなり迎えで、「着た」は「来た」を

69 一 うなりは着たや　ごぜ　しろい帷子な
よいかたびらな　裾は紗綾布で
塊がつき候　よいかたびらのすそには
よいが道理よ　五貫にかふたるかたびら
くれがつくとも　はやせや　地白の帷子

晩歌壱番

70 一 酒につくろふ　こひ清み早稲の米おば
酒をしぼろう　柳がもとの清水で

71 一 うなりおばどこまでおくるべし　かちが島へ
かちが島へ　情のためにとて　なるは兵庫
おくりつめたよ　あれみよ　兵庫の築嶋
をもしろいは　兵庫と西の宮んだ

掛ける。「着たや、ごぜ」→三五。○紗綾布　ポルトガル語サアヤの短縮形。絹織物の一種、船来の高級、洗練された布地。「紗綾(さや)俗云左夜」(和漢三才図会二十七・絹布衣服類)。○塊がつき候　底本「候」脱。「塊(れく)」は泥土。この句「付きよい」「良い帷子の」と重ねた如くで、「くれか付候　よいかたひらのすそニハ」(増屋甲本)に倣って「候」の脱とする。「くれ」のほかに「泥」ともある。○五貫　一貫は一千文、江戸時代には九六〇文のこともあった。京都の例であるが、米一石が天正十九年(一五八七)では六〇六文から六二五文、慶長十四年(一六〇九)で一八八七文(『日本史総覧』Ⅲ・Ⅳ)というから、帷子はひどく高価である。「よいが道理よ」となる。○はやせや　ほめそやせ、称美せよ(大系注)。○地白の帷子　地色の白いひとえ衣。「取分此ころはやる物　鉄砲鎌鑓大脇指　地しろかたびらあを手のごひ」(細川幽斎長歌)。▽おなり迎えの役歌。前歌の三吉の市で紗綾布の帷子を買ったと続けたのであろう。

70 酒が「お茶」(ハシマ)の休憩に皆に廻った。軽く酒の歌が出る。○こひ清み早稲の米おば　濃い清み酒の早稲の米を、の意を短縮したか。「清み早稲」「清み酒」双方の伝承がある。「酒につくろうこひすみさけの米おば」(田植由来記)。○柳がもとの清水　柳は清水の湧き流れる所に多い。「道のべに清水ながるゝ柳かげしばしとてこそ立ちとまりつれ」(新古今集・夏・西行)。▽主題をもつ一つ歌。

71 おなり(酒食の世話をした女性)を送る歌。兵庫へ、遠い世界へ。一転して奔放に巫女の肌を歌う。○かちが島　未詳。三句からすれば、兵庫の築島。→三一。○なるは　未詳。「おなりをばやンれ　どこまでかおくるべしや　からがしまゑやンれ　ゑんごしかんごしわたなべ　なアさけのたんめにおくるべしやんれ」(綾部市宮代町八幡神社・田遊び歌)。○西の宮んだ　西宮市の西宮神社。夷(えびす)神信仰で名高い。「んだ」は指定の助動詞「だ」の上の鼻音が記されている形。西の宮は、男にとって「おもしろい」ところであった。「大明出て人をよひ出し、ふほうこうとゆふておどす。西の宮へ参て、おもしろき事を見たとゆふ…」(天正狂言本・西の宮参)。○巫

そうてよいもの　こ巫女の肌は餅肌
なにとおしやれど　こ巫女のはだにわあかぬぞ
一夜そふては七日もつれる　こみこの肌はよい肌

72 一

弾正殿は京下り　笈わ何でつゝみた
　錦の油単かけ　鹿の子革でつゝみた
とののをひおば　京白革でつゝみた
かのこ帷子　じやう〳〵はだをゆるさで

73 一

京から下る京番匠の　肌にめした目結は
　肩は弓ずり　矢目ずり　腰は靫ずりやれ
めよいかたびら　いつ逢いそめてとげうぞ

74 一

わろふらが殿御は　きのふ京を出うな
　けふくるろうよ　播磨畷をな
播磨街道　匿路のみちが候よ

女　日葡辞書「ミコ 呪術者(巫女)」、または、神(ミカ)に仕える人」。西宮神社に関連して巫女を出した。巫女は色をひさぐ存在でもあった。西の宮ではないが、「住吉は南客殿中遣戸　思ひかけがねはづし気ぞなき」(梁塵秘抄・三二)。▽ここは昼歌一番の三のおなり送りと同じで、本来なら「ゆり」で歌う役歌とみられるが、五句からの展開は奔放。遊びも尽して、以下京下りの歌が展開する。

72　京下りの弾正殿は、錦の覆い、鹿皮の高級品で身ごしらえ、これでは近寄れないねえ。○弾正　律令制で弾正台の職員。官人の非違の糾弾にあたったが、検非違使が設置された後は次第に形骸化して名のみの存在になった。○笈　行脚の僧などが、仏具・衣服などを入れて背負う箱。○油単　油引きの覆い。日葡辞書「ユタン　物がひどい取扱いをされたり、損じたりしないように、荷物や箱などの上に掛ける油紙やその他いろいろの物」。○京白革　日葡辞書「シラカワ　煙でいぶしてない鹿の鞣皮」。「京白河」(地名)を掛ける。○じやう〳〵　「常々」の音読による副詞。いつも。つねづね。方言として各地に分布する。

73　京下りの番匠の着た帷子は、武具の散らし模様が付いている。惹かれるけれど近寄れない。○番匠　大工。木工を中心に幅広く製作に当たった。日葡辞書「バンジャウ　大工」。○目結　底本「めよい」は「めゆひ」の転。日葡辞書「メユイ　着物の染め方の一種で、小さな斑点を白く染め残す方法」。絞り模様。○弓ずり矢目ずり…　帷子の模様か。それとも武具で身体に残る摺り傷か。日葡辞書「ヤメ　矢傷、または、矢傷の跡」。模様とみておく。○逢いそめてとげうぞ　「逢ひ初めて、(思ひを)遂げうぞ」。帷子の「藍染めて」を匂わせる。

74　私の殿は昨日京を出て帰途についているはず。今頃は播磨街道、近道を通って早く早く。○播磨畷　播磨を通る細長い道。「畷」→九六。○匿路　日葡辞書「クケミチ、または、クケヂ　近道、または、人目につかないで通行する間道」。易林本節用集「匿路　クケヂ」。○むしやうよ　わけがわからないね(折角近道があるのに)。日葡辞書「ムシャウ　性無し。正体も気力もないこと。…無性ニナル　自分を失い、呆然とな

75
一
播磨街道　まわるといふも　むしやうよ
京下りの女郎たち　衣の褄になにやろ
墨　硯　筆有　からくれないの帯有
すみとすゞり　といもみよ　何ももたぬぞ
すゞりもちたわ　書こふがためのすゞりよ

76
一
わろうらが殿御は　京に小草刈るとの
石菖　駒草や　信濃萱をかるとの
我がとのごは　こくさの奉行にさゝれた
くさかりがのふては　山をまよふろう

77
一
将棋はさいたれど　盤の上をしらいで
十二の采わ揉めど　盤の上をしらいで
われが殿御は　盤双六の上手よ
上手ならば　盤取よせて采うとふ

る。または、判断力を失う」。「無用」とした写本もある。

75 京よりやってきた女性たち、衣の端に何がある。着物の模様と実際の持ち物との交錯。○衣の褄になにやろ「なにやろ」は「何やらん」「何やらう」の短縮形。何かしら。日葡辞書「ツマ　物のへり、たとえば、着物の縁。例、着ル物ノツマ」。○墨硯筆…　衣裳の図柄。時代は下がるが、女用訓蒙図彙(貞享四年)に筆・墨・硯等を大胆に描いた図柄の例がある(『田植草紙歌謡全考注』)。日葡辞書「カラクレナイ　南京(ナンキン)の絹撚糸。または、その糸の淡紅色」。「びぢやうおんの　びちやうをんの　きぬのつまになにある　けはい箱ニけんぬきニ　からくれないのべにある」(天竜市懐山新福寺阿弥陀堂・田遊び歌)。

76 私の殿は京で小草を刈るそうだ。その奉行に任命されても、慣れない仕事、お気の毒に。○京に小草刈る　徴用され、都の貴人の邸の草を刈る。「農夫田舎のわざなれば、庭の夫にさゝれ、なくなく京へのぼりつつ、百敷や大内の庭の小草を清めしに」(幸若・いるか)。○石菖　水辺に自生するサトイモ科の常緑多年草。菖蒲に似て小型。根茎は薬用。○駒草　代表的な高山植物、ケシ科の多年草。種子は古来霊薬として有名。○くさかり　日葡辞書「クサカリ　草を刈ったり切ったりする者」。案内を知らない土地で、手下のいない殿の苦労を思う。▽今の大田植でも草刈り役がいて、代掻き牛の飼料を用意する。

77 将棋は知っているが、盤の上の遊びは知らない。私の殿御はそれも上手。○十二の采わ揉めど…　二個の采に十二の数の目がある。それを手で扱うことはできるが、双六の遊びは知らなくて。日葡辞書「サイヲモム　骰子を「手のひらで」まぜ合わせる」。京風の遊びか。○双六　底本「しごろく」は四五六とする俗語。「おひる中ばん九(取カ)よせてすごろくをめす／すころくも我バかめすか皆人もめす」(三州設楽郡の田歌)。○采うとふ　底本「さや」は「さい」の転。「双六のさやにあらそひよもあらじ」(大山祇神社連歌・文明十五年)。▽将棋とか双六とか、そうした遊び道具も背負うて、都から商人が…と次歌へ展開。

おもしろいは　盤双六のあそびよ

78 一 おもしろいは　京下りの商人
千駄櫃にの(な)ふ(う)て　つれは三人なり
千駄櫃にわ(は)　おう(ほ)くのたからが候よ
たから負ひては　けふこそ殿が下りた
みやこ下りに　おもい(ひ)もよらぬ手土産

79 一 商人を恋ゆるかや　千駄櫃をこゆるか
千駄櫃の中の花紫をこゆるよ
櫃の中なる　芭蕉の紋の帷子
迷ふ(う)た　はなむらさきのいろにわ(は)
着せいで　糸よりかけのかたびら

80 一 坂東殿原は　弓は上手なるもの
そらたつ鳥を射ておといたり

78 京下りの商人は千駄櫃一杯の宝を持ってくる。殿も京より今日お帰りだ。思わぬ手土産を持って。○千駄櫃　日葡辞書「センダビツ　仕切り箱、すなわち、さまざまのこまごました商品を入れる抽斗(ひきだし)のたくさん付いている箱。またこの箱を背負って回る商人、すなわち、小間物行商人」。▽お伽草子・文正草子に二位中将が京下りの商人となり、千駄櫃を負い、供を一名連れ、文正の館で女房たちに言葉面白く商品を売るさまが描かれている。参考すべきだが、この場面を直接にふむわけではない。

79 (男)京下りの商人に御執心なのかい、千駄櫃にかい。(女)もちろん櫃の中の衣裳、あの色よ。○花紫　花紫色に染めた衣裳。花紫は藍色の勝った紫。後の江戸紫。○着せいで糸よりかけのかたびら　着せようよ。まゆ糸に縒りをかけて、その糸で織った帷子を。▽若い夫婦の痴話喧嘩ふうなやりとり。

※この後へ系統諸本の多くが載せている次の一首がある。「きのふみてけふ見ればかどの松が高いそ／たがいこそどうりよ徳のかさがまされた／松がたかふてそらまふつるおゝろいた／松の小ゑだにげにすみよいかつるの子／松のこゑだにおりひろがれやつるの子」(田植由来記)。「まされた」は他本「まさりた」「まされば」「まさるに」など。

80 坂東武者は弓の名手。空翔ける鳥を射落とすそうだ。え、落としたのは鶴だろうなんて、冗談は無し。ほんと素晴らしいんだから。○坂東殿原　関の彼方から下ってきた関東武士。○翔鳥　空を飛んでいる鳥。運歩色葉集「翔鳥　カケトリ〈那須与一一三ノ内二者射之　平家〉」。日葡辞書「カケトリ　飛んでいる鳥。例、カケトリヲイタ」。○弓手　弓業というほどの意。▽三句、空を舞う鶴は大きさといい、速さといい、射るのは容易。この句にはからかいの気分がある。一・二句

さても上手や　そら舞ふ鶴をおといた
わかい殿御が翔鳥射たる弓手は
さても射たのふ　見ごとや　弓のすがたは

81 一 弓と矢とがな　坂東方へ
　みやづかいをせう　坂東方へ
武士の奉公好むと　人やおもふろう
武家奉公　なんぼう見てはよいもの
殿にまいらせう　塗籠籐の弓おば

82 一 おもふ弓や　ごぜ　ひかばやはりこひやれ
　わがさいた弦ならば　引ばやわりこひやれ
殿の巻弓　なんぼうつよいか　引てみよ
聟にまいせう　重籐巻の弓をば
おもわば引ずと　こひや　関弦

の坂東武者への憧れ・讃嘆をいったん揶揄し、かえって讃嘆の度を深める手法とみる。ここを坂東武者ではなく、直接にはこちらの殿を皮肉ったとする見方もある。「京につづいて、坂東が多くあこがれ歌はれている」(佐佐木信綱『歌謡の研究』)。

81 弓と矢があれば坂東方へ赴き、武家奉公をと男の願い。女も意に添いたい風情。〇弓と矢とがな　「弓と矢」で一通りの武具をさすか。「がな」は「もがな」より出た終助詞。〇みやづかい　下二段動詞「宮仕ふ」は鎌倉時代より四段型が混じるようになり、名詞も「宮仕ひ」となる。〇なんぼう見てはよいもの　→吾。〇塗籠籐の弓　柄を籐ですきまなく巻き、漆で塗りこめた弓。直接には武具をさしあげようの意であるが、弓は女の暗喩として用いられることが多く(→六二・二〇)、女として自分を殿の傍らに置いて欲しいの意を含むか。▽朝歌三番の一七で歌われた女の宮仕え願望に対する男のそれ。オロシの構成も似る。三句目のオロシは一七の「みやづかいをこのむと　人やおもふか」と対応。

82 殿は弓自慢。聟にも重籐の弓を贈る。弓に女の姿態を重ねて歌う。〇弓や、ごぜ　→三五。〇やはり　ゆっくりと。おもむろに。〇わがさいた弦　私が張った弓弦。初句と二句は「陸奥の　梓の真弓　我が引かば　やうやう寄り来　忍び忍びに　忍び忍びに」(神楽歌・採物)、「陸奥の安達のまゆみわがひかば　末さへ寄り来しのび〳〵に」(古今集・神遊びの歌)を承ける。神霊を招く歌。もとは愛人を呼び寄せる意の恋歌で、田植草紙もそれに当たる。〇殿の巻弓…　「巻弓」は籐で巻いた弓。殿の弓を引くのにどれだけの力が要るか(強弓か)、試みに引いて見よ。暗に殿のお方を讃える。日葡辞書「シゲドゥ　籐で巻きくるんで結びからめた弓」。〇関弦　日葡辞書「セキヅル　…弦を他の糸で締めつけ巻き固めて、十分に強化した太いもの」。関弦を張ったほどの強弓の意か。▽含意としての女性から次の晴れやかな早乙女へ。

83
一 さ月のそう(さを)とめと　春(はる)うぐい(ひ)すはな
　いたらじ里(さと)もなや　春の鶯わ(は)な
しのびねをだせ　目籠(めかご)のうちの鶯
とりとなりては　お出居(でい)のかごに住(す)まいで
空(から)の刺籠(さしと)を　おでい(ゐ)にかけておかれた

84
一 御亭殿(ごていどの)〱(ごていどの)　駒(こま)どこにつないだ
　畝(うね)をこし　谷をこし　下(さが)り松につないだ
うねをこしては　野際(のぎわ)の松につないだ
野辺につないで　駒(こま)を勇(いさ)ませう

85
一 東(あづま)から片面(かたつら)やけたる僧がひとりくだりた
　その僧をわれにたもれ　わが僧(そう)にせうやれ
とまれや　旅(たび)のうき僧(そう)
異(い)な僧(そう)や　れんげしお(を)ばよまいで
とつてのけたや　高編笠(たかあみがさ)が縁(えん)のわ

83 五月には、早乙女の歌声と鶯の声が至る所に聞こえる。「五鶯も籠から出て羽ばたけ。○さ月のそうとめと… 「五月のさ女房と　春の鶯と　声比べせう　春の鶯と」(狂言抜書・田植)。○いたらじ里もなや　早乙女と鶯の声がどこでも聞こえる。「春の色のいたりいたらぬ里はあらじさけるさかざる花の見ゆらん」(古今集・春下・よみ人しらず)。○目籠　目を粗く編んだ籠。○出居　→亖六。○住まいで　お邸の座敷の籠に住まないで飛ぼう。籠に住みたいとする解もある。○刺籠　生け捕りにした鳥を入れておく籠。「刺籠　サシコ」(運歩色葉集)。「空の刺籠」は飛び出した鳥を思わせる。▽昼歌四番の六〇を受け、成熟し野辺からさらに人里へ出た鶯が歌われる。

84 御亭殿、あなたが野辺の松につないだ駒も元気いっぱいだ。○御亭殿〱　「ごてい」(田植由来記)と「こでい」(田植歌雑紙)の両表記がある。前者は「ご主人さん」と呼ぶ言い方。後者だと「健児(コテイ)」(牛飼などの足軽仲間の男)か。○駒　田の神(さんばい)を送迎する駒。神楽歌に「いづこにか　駒を繫がむ　朝日子(あさひこ)が　さすや岡部の　玉笹の上に　玉笹の上に」(日霊女歌・末)、「葦駮(あしぶち)の　や　森の　森の下なる　若駒率て来　葦毛駮(あしげぶち)の　虎毛の駒」(其駒・本)と、神送りの駒を歌ったのがある。ここは田の神(さんばい)送りの駒。○下り松　枝の垂れた松。下り松と呼ぶ松は諸所にあるが、ここは特定の松かどうかは不明。▽系統諸本、三句の次に「いわへやまつほどひさしきものわない／おもしろいぞや松おばふへにくられた」(田植由来記)を挿入したのが多い。松を祝い、それに繫がれた勇む駒を祝う。

85 東国から下ってきた僧一人、泊めたが、変な僧だ、経も読まない。○片面　片側、もう一方の意の方言。○うき僧　浮き僧で漂泊の僧をいうか、未詳。○異な　普通ではない。変な。日葡辞書「イナ　例、イナコト、イナヒト　普通でない、或いは、途方もない(もの)」。○れんげし　妙法蓮華経の訛か。変な僧だな、法華経も読まないで。○とつてのけたや　取って除けたいな。○高編笠が縁のわ　「が」は「の」の意。「縁のわ」は円い輪の縁(ちよ)どり。拡げれば円い高編笠を

86 一

旅の客僧　日高にやどをとられた
をきの田中のくろはなにくろか
けふの田主の　徳のまいくろよ
いざやまいろう　まいれば徳をたもるぞ
あやれ　うれしや　まいりて徳を得てきた

87 一

かい田へ転いだり　元結落いたり
さよ紙裂いてたもれ　元結紙にせうやれ
帯はたのみに　五帖のかみはもといに
をびはとるまい　おびとる契りはふかいに
みやこ下りに　おもひもよらぬおびかな

88 一

太刀うろう〳〵と　鞘もないたちうろう
熊の皮の尻鞘は　これにこそ候よ
たちは見て買へ　もり山たちの細身お

いう。僧との間に縁の輪ができることを掛ける。○旅の客僧…　「客僧」は山伏をさす。「日高」は日中、太陽の高い時分をいう。まだ日は高い、精を出せ。ここは道成寺縁起・日高川の伝説が歌詞の裏に流れているかもしれない。▽呪術者としての異な旅の客僧、連想は田中の不思議な塚へ。

86　あの田中のくろは何と言ったか。今日の田主の徳のまいくろよ。参れば福を授かるよ。○をき　→七。○くろ　畔より転じて、田畑中の塚をいう。「クロは中国・四国地方で塚を意味し、土石その他の物の堆積をいうのが普通」(『綜合日本民俗語彙』「カリグロ」の項)。田植草紙の地域ではグロと呼ぶ。底本「まいくろ」は「米(まい)くろ」か。ただし系統諸本は「なへくろ」(苗ぐろ)。「まいくろ」はこの転か。田中のくろには「早乙女グロ」「行者グロ」などの名のつくものがあった(新藤久人『田植とその民俗行事』)。○まいろう　くろに祀る稲作の精霊へ祈願をしに。

87　外に出て散々な目にあった。転げたり、元結を落したり。元結はまだしも、帯だったら大変。結納の品だ。○かい田へ転いだり　「かい田」→七。「転いだり」→六六。○さよ紙　未詳。「裂き紙」の音便「裂い紙」の転か(志田延義)。○たのみ　日葡辞書「…また婚約のしるしとして送られる物」。→三九。諸本「たのめ」が多い。「結納をタノメという所は高知・愛媛との西半分、その対岸の大分県の臼杵地方にもある。これから東は中国も紀州も広くタノミといっている」(『綜合日本民俗語彙』)。○五帖のかみ　未詳。「五帖紙」(三二)。○みやこ下りに…　「みやこ下りに、おもいもよらぬ手土産」(七八)。▽四句「をびはとるまい…」は、帯を受け取ると婚約のしるし、だから慎重にということへ、帯を解き去るほどの契りは…というのを重ね、後者へ転換して興がった。

88　太刀の刀身は要らないか。尻鞘ならそらここに。刀を売ろうと、言い立てさまざま。○太刀うろう〳〵と　系統諸本「と」のないものが多い。○尻鞘　底本「しんさや」は「しりさや」の転。太刀を保護するために鞘を被う毛皮の袋。「尻鞘　シンザヤ〈太刀ノ―〉」(易林本節用集)。「黒塗りの太刀に熊の革の尻鞘入れ」(義経記二)。「鮫新鞘」(新撰類聚往来・七

殿(との)がたちおば(を)　さきゑ(へ)もたせた
わかいものがたちとりなを(ほ)さば　笠(かさ)ぬげ

89 一 いつくしき鳥やれ　小立(こた)ちのよい鳥やれ
口(くち)は錦(にしき)　二てうれんげ　羽(はね)の白(しろい)鳥やれ
はねのしろいは　都(みやこ)の鳥のならいか(ひ)
都鳥(みやこ)がなけかし　きかふ(う)一声(こへ)
鳥の羽色(はいろ)は　はじめて見たる羽(は)の色

90 一 筑紫(つくし)舟の帆(ほ)の上に　いつくしき鳥有(あり)
嘴(はし)は黄金(こがね)　羽は白し　足はれんもゝやれ
白(しろい)くろいに五色(しき)の鳥の羽(は)の色(いろ)
船頭(せんどう)　見事の鳥(とり)をかわ(は)れた
舟に鳥は　筑紫(つくし)の国のならいか(ひ)

91 一 畠山六郎殿の差(さ)いたる太刀(たち)にこそな

月返状)。〇もり山たち　未詳。石見側では「あをひノたち」(中野有久本田植歌集)、「あヲいの刀」(青笹上大江子本田唄集)とする。青江造とか青江下阪といわれた銘刀、備中国青江の産。「もり山たち」も近江国・守山(森山・杜山)付近に産した細身の銘刀か(浅野建二『日本歌謡の研究』)。〇笠ぬげ　系統諸本「たちのけ」(増屋甲本)としたのが多い。若い者の無分別に逆らうな。▽四句から太刀をめぐる風俗・世相へ転換。

89　珍しく綺麗な鳥を見て、これも都の鳥かと思う。京文化へ憧れる心が鳥を見ても。〇いつくしき　端正な、上品な。〇小立ちのよい　立つさまがどことなくよい、くらいの意か。〇二てうれんげ　未詳。「にしわれんげ」(田植由来記)、「にせうれんけ」(新庄上ミ田屋本田植歌集)などの異文がある。〇都鳥がなけかし　都鳥が鳴けよ。都鳥は前行「都の鳥」に同じ。鷗に限定しない。

90　筑紫船の帆の上に美しい鳥がいる。嘴は黄金、羽は白、と挙げてみる。海の彼方への憧れ。〇筑紫舟　北九州を根城とし、瀬戸内を往来したり、大陸へも渡った大型の船。中・近世には西国船とも。筑紫船の用例は万葉集以来多数。「筑紫下りの西国船　艫(とも)に八挺舳(へ)に八挺　十六挺の櫓櫂を立て…」(狂言・靭猿)。→一三。〇足はれんもゝやれ　系統諸本「足はれんけもゝ白」(増屋甲本)としたのが比較的多い。「やれ」はない。脚は蓮華色、股は白い、の意か。〇五色の鳥の　底本「五しき鳥の」。系統諸本によって「の」を補う。

91　富士の巻狩で名を馳せた畠山六郎殿、その太刀拵えは感嘆するほどだ。〇畠山六郎殿　畠山六郎重保。重忠の二男。曾我物語八で射倒した鹿をめぐって梶原景季と争っている。〇刀には　刀は次の大刀に対して、いつも腰にさしている小刀の方をいう(大系注)。〇二王三郎　南北朝の頃の周防(山口県)の刀匠。「清綱(きよつな)　周防国玖珂庄住人、二王三郎、隠岐ノ院ノ御太刀此作也。嘉暦(かりやく)ノ比」(土井忠生蔵・刀剣目利。書名は仮題)、「にわう三郎のこぞりはのなぎなたとかよ」(狂言記・富士松)。〇備前兼光　備前の刀匠のうち長船派、

千両斗(ばかり)の金(かね)はかゝりたり
刀(かたな)には二王(おう)三郎　太刀(たち)にわ(は)備前兼光(びぜんかねみつ)
六郎殿の刺刀(さすが)は　蝦夷(ゑぞ)のつきおれ(を)

92 一
白銀(しろかね)のこがねの刃(やいば)の太刀(たち)は差(さ)いたれど
　腰(こし)より下　下(さ)げ佩(は)いたれば
源(みなもと)のさいたるたちは　金作(きんづく)り
こがね作りをさそう(き)も　位(くらい)なければ
たちを買(かは)ば　こがね作りをかわひ(はい)の

93 一
おもふ柳を門田(かど)へこそな
　枝(ゑだ)もさかへ(え)る　かど田へこそな
柳植(やなぎう)へ(ゑ)まい　柳はしだれ　わるいに
もりのなびきが　吉野(よしの)へとうどなびいた
もりのこかげでしのびあおうや(は)

鎌倉末期の名匠。刀匠の二人は時代的にも畠山六郎とは結びつかない。ここは名刀づくし。○刺刀　さし刀。短刀。「蝦夷のつきおれ」は未詳。「蝦夷」は大系注による。「狗母魚(えそ)」とも。▽系統諸本は五句に「たちおはろけんにかたいて」(増屋甲本)を加えたのが多い。「殿がたちおば　さきゑもたせた」(八八)と関係あるオロシか。

92　男はきらびやかな太刀を佩き、伊達に構えてみせたが、締まらないよ、その恰好は。○白銀のこがねの刃の太刀…　白銀作り・金作りの太刀、金銀で装飾した太刀(大系注)。「差いたれど」は、系統諸本は「こうたれと」(増屋甲本)とするのが多い。○腰より下下げ佩いたれば　刀を正しく佩びていない、しどけないさまか、或いは(落し差しふうな)かぶいた伊達なさまをいうか。後者と解してみた。○源のさいたるたちは金作り　源義経のいでたちについて、「黄金作りの太刀はいて」と義経記等にしばしば出る。ここもそれをいうか。○かわひの　四句は、義経を真似ようたって…とのもどきか。○かわひの「買はい」は四段動詞未然形に「い」の付く形。お買いなさい。「先(ま)放さひなう」(閑吟集・二八二)、「人ニカサズ、コチヘトツテヲカイ」(漢書綿景抄)。→「見さい」(一一・五三・六二)。▽かぶいた伊達男への揶揄か。

93　門田の柳は枝も栄えてめでたい印。でも、邸へ植えるのはよくないというよ…語らいつつ、茂みへ隠れる二人。○門田へこそな　「門田」→五六。柳を門田の傍に植えよう。柳は呪力の強い神樹。各地に苗代田の畔や水口へ柳の枝を挿す風習があった。「種蒔候時寺社の牛王を水口にたて、或柳の枝、茅などをたて」(備後国福山領風俗問状答)。「…田をつくらば門田をつくれ　かどでよし　田をつくらは柳のしたに田をつくれ…」(佐渡八幡宮田遊びの歌・正元元年)。「菊も柳も門田へこふそ　枝も栄えて門田へこふそ」(巷謡編・四八七)。○柳植へまい　田植草紙伝承地の安芸山県郡・高田郡あたりでは、家に枝垂れ柳を植えてはならない、という禁忌がある。家運が傾く(久枝秀夫・佐々木順三)。○吉野　大和の吉野か。ここの歌意不明。「いねのなびきわ　み蔵へさらりなびいた」(二五)と似る。▽三句、この意外性の強いもどきは異色。

94 一 梅のにおいたずねて　こずへをまわる鶯
さまりそつと鶯　花もらすなや鶯
こずへとおると　はなもらすなやうぐいす
しのびねをだせ　手にもつ籠の鶯
うぐいす　梅にぞ羽おばやすめた

95 一 さ月のそうとめは　梅はまいるまいかや
梅はすいし　歯かいし　桃はにがいものやれ
ひとつ食いたや　天神公の紅梅
梅をまいれや　むめにわ声がでるもの
ひとつまいれや　天神おしむ紅梅
うゑてもたいで　お前の岸の唐梅

96 一 京簓や　ごぜ　下衆はゑ擦らじな
君兄弟か　さてはとのばらか
たれもさゝらを二挺は　ゑするまいもの

94 鶯は田植時分の親しい鳥。「梅に鶯」の取り合わせを歌い、鶯に花漏らすなやと呼びかける。○さまり　しいしい。日葡辞書「サマリ　叱責するとか、感嘆するとかの場合に用いられる助辞。卑語」。「さもあれ」の約、「さまれ」の訛か(大系注)。○もらす　漏らす、こぼす、散らす。○とおると　通るとしても。「と」は逆説の助詞。として、の意でも通じる。○しのびねをだせ…　「しのびねをだせ　目籠のうちの鶯」(六三)と似る。▽「はなこそもののたねなれ」(二三)とも歌った花を慈しむ心の表現。続いてみのり、漬けた梅の実を歌う。

95 皆さん、梅はいかが。梅は酸っぱくて、声がよう出る。天神さんお下がりの梅なんだ。○まいるまいかや　参るまいかや。召し上がらないか、召し上がれ。○すいし歯かいし　「し…し」は並列を示す「し」の早い例。「歯かい」は「歯痒し」の転じた形。噛む歯当りの感じがむずむずする感じ(大系注)。○天神公　天満天神菅原道真公を祀った神社。道真が配所九州太宰府へ左遷された時の伝説に基づき、各地の天満宮に梅が植えられている。○天神おしむ　天神公が愛惜した。○うゑてもたいで　植えて持とうよ。「いで」→一四。○お前の岸　「お前」は天満宮。「岸」は方言、ぎし、と濁る。石垣、崖。▽系統諸本では「わかい志よろ志ゆのもゝのしろいわうめてなけれとつおひ(い)た」(増屋甲本)を挿入して笑いを誘ったのがある。「若い女郎衆の股の白いは、梅ではないが唾を引いた」。次には、梅をしゃぶってでも声を出さねばならない音頭(さんばい)の歌へ。

96 簓を擦る役は田植では特に重要。それを二挺いっしょに擦るのは上手な人だ。○京簓　京都産の簓か。ふつう簓を擦るというと、「すりざさら」のこと。竹の先を細かく割ったものと、刻みをつけた木の棒とを擦り合わせて音を出す。

さゝらを二てうする　げにならぬか
さゝらを二てうは　上手なるもの

晩　歌　二　番

97 一
播磨畷に鳴子延ゑたおな
　京下りの殿原が引てとをれかし
娘にわ稲のなるこを　嫁にわ粟のなるこを
あわのなるこが　引ずとたんこと鳴れかし
あわのなるこは　ひかでもならぬなるこか

98 一
畷を見よや　袖をふるを見やれ
　そのなわてにわ　愛敬こぼすな
いでて見やれや　愛敬こぼすすがたを
ひとてまいろう　愛敬苗の調子に
おなごに　わかいに　袖なふらせそ

田楽で用いる「びんざさら」ではない。但し伝承地で用いられているのは、以上のどれでもなく、竹製の楽器「さんばい竹」。長さ一尺二寸くらいの二本の竹で、両方に多くの割れ目を入れ、お互いを打ち合わせて鳴らす。音頭取りが両手で持つ。「京鄙や　ごぜ」→二五。○君兄弟か　お邸(田主)の男兄弟をさすか。女性とは見えない。▽系統諸本でこの歌を収めたのは僅少。

97 稲穂が充実する頃、鳴子を張る。京より帰る殿方が引いて鳴らすように。○播磨畷に鳴子…　「播磨畷」は播磨との間の細長い道。→七四。鳥を追うために鳴子を置くが、殿が戻ったと知らせる報知の用にもなる。○娘にわ稲のなるこを…　鳴子を設ける田に娘と嫁の差をつけた。或いは「稲の」に「去ねの」、「粟の」に「逢はの」の意を掛けるか。○引ずとたんこと鳴れかし　引かないでもたんこと鳴れよ。「たんこと」は擬声語か、「団子と」を含ませたか。○ひかでもならぬなるこか　系統本に「ひかでも」(田植由来記)もあるが、ほとんどは「ひいても」(増屋甲本)。▽初句・二句は「わろふらが殿御(とのご)はきのふ京を出(じや)うな／けふくるろうよ　播磨畷(はりまなわて)をな」(七四)へつながり、その展開。三句からのオロシは姑の嫁いびりにかかわり、嫁に同情的(→一〇〇)か。四・五句の並びが不分明で、句意も十分には把握しがたい。

98 京下りの殿を畷に見た。女たちが袖を振っている。待ちかねて愛敬をこぼすのも無理はない。○畷　田の間のあぜ道。→九七。○袖をふる　袖を振るのは殿ではなく、女たちの媚態。→三三。○愛敬こぼすな　あふれるような愛敬(媚態)をまき散らしているよ。「な」は感動の終助詞。日葡辞書「アイギャゥ　愛想のよい言葉のやりとりと愛情にみちた交際」。○愛敬苗の調子に　九九に出る「笛」と見くらべて、「笛の調子と見てよかろう」(大系注)とするが、未詳。「あいきやう苗のはやしを」(新庄上ミ田屋本田植歌集)ともある。今演奏の囃子を「愛敬苗調子」と当て込んだか。○わかいに袖なふらせそ　→「わかいにたんば扱(こ)かせそ」(五五)。

99 一 あい川の中の瀬で　児が笛をおといた
簗打〳〵　やなにふゑは止まるぞ
恋の尺八　な吹いそ　こゝろすごいに
ちごのしのびに　ふゑをふかれた

100 一 苗代ぞ　よふ植ゑや　嫁は盗人やれ
そふいふ人の小娘も　枕米を噛まれ
さまれいとしや　よめにわない名がたつかや
何といふとも　よめそしらじとはゑいふまい
しうとめのくちにわ　何がなるかや

101 一 山が田を作れば　おもしろいものやれ
猿は簓擦る　狸鼓打との
うてばよふ鳴る　たぬきの太鼓おもしろ
むかしよりさゝらは猿がよふ擦る

99 ちごが瀬で笛を落とした。早く拾い上げよ。ちごも年頃、吹く笛の音が身にしみる。○あい川　合川で、二つの川が合流している所か。「逢う」意を掛けるか。未詳。○簗　↓六二。これは鮎を捕る簗。○ちごのしのびにふゑを…　「柳の下の御児様　朝日に向かうて御色が黒い　御色が黒くは笠を召せ　笠も笠も　一向尖り笠をそり笠　序に吹く笛の麓に聞こゆ　あうそれも推した　忍び来いとの笛の音　裏道来いとの笛の音」(鷺保教狂言伝書小舞・柳ノ下)。

100 (姑)「よう働けよ。嫁は食うばかり、米盗人というからの」。(嫁の独白)「そういう人の娘も大事な枕米をお食いだったじゃないですか」。嫁は辛いもの。○苗代ぞよふ植ゑや…　姑のことば。「植ゑや」は「植ゑよや」の短縮形。「盗人」は「穀潰し」というほどの意。日葡辞書「ゴクツブシ　食うよりほか何一つ役に立たない者」。○そふいふ人の小娘も…　嫁の内緒の反論。「枕米」は死者のあった家に贈る飯米。「肥後下益城郡では、不幸のあった家へ夜食を送る。舅姑の場合には一俵乃至三俵の米を贈ることもある」(柳田国男『葬送習俗語彙』)。或いは(親の大切にしている)枕許の非常用のための米かともいう。「噛まれ」は、お食いになって。こういう荒いことばとばか丁寧な尊敬の表現を交えた言い方が当たっていよう。ごまかし取りの意(大系注)。▽オロシでは姑に苦言を呈し、嫁に同情している。
※この後へ主要な系統諸本が載せている次の一首がある。「たひゑたてはたわひするみやこゑいれは／みやこはいつるみやこゑいれは／われかとのこわうめかりやすのとうきぬ／うめやかりやすこのむとひとやおもふろう」(増屋甲本)。

101 山田の耕作はおもしろい。猿や狸が楽器演奏。上手だなあ。○山が田　山中の田。○おもしろい　↓四三。○簓擦る…　「簓」↓九六。簓、鼓、太鼓などは田植の囃子に用いる主な楽器。「へいふり　ゑぼし　けずきんさし、笠ふり、こきりこ、かねつき、さゝらすり、かつこのだい二つ、わのだい太鼓打八人、つゞみ打三十三人、笛吹弐人、小つゞみ打弐人、

山田の案山子　いつまで

102 一 はやい駒やれ　しげう采を見てな
轡嚙する　しげう采を見てな
四郎殿こそ　こまにわ上手なるもの
勇むこまおばよふのりとめた　四郎は
都卒天の竜をも四郎はのろふか

103 一 鼓打を恋ゆふより　肩の継をして着よ
ばん〳〵と裂かばさけ　恋しかろふものおば
裾のつぎより　万事はかたのつぎだ
かたの色継　おもふたほどはないもの
みもしらぬ恋する人はいとふし

104 一 おきの三反田より　門の弐反田をな
縫針免でたもれ　かどの二反田をな

太こ打弐人、立花持、花笠持、のぼりもち、都合弐百人余通し申候」(後藤弥三右衛門鼓田の由来並田植歌覚書・寛延二年)。○案山子　日葡辞書「カガシ　猪とか鹿とかをおどろかすために、耕作地に立てるおどし」。「おどろかし」ともいう。▽「茨小木(うばらこぎ)の下にこそ　鼬(いたち)が笛吹き猿舞(かな)で　播い舞で　蝗螽(いなごまろ)賞で拍子(はうし)付く…」(梁塵秘抄・三九三)の楽しい世界を継承する。「さるはさゝらをするかなりけり／うつの山うつはたぬきのつゝみにて」(守武千句)などは田植草紙と同時代の用例か。

102 殿の乗っている荒馬を見て、音に聞く仁田四郎の雄姿を思う。○采　采配。乗り手の持つ軍配をしきりに見て。○轡嚙する　気負い立った荒馬が激しく口を動かし、轡を嚙む音を立てること。○四郎殿こそこまにわ…　源頼朝の武将、仁田(新田)四郎忠常のことであろう。伊豆国仁田郷の人。富士の巻狩で荒猪を乗り止めて名を揚げた(曾我物語八)。○都卒天　兜率天とも。欲界六天の第四位の天で、内院は将来仏となるべき菩薩の住所。弥勒菩薩の説法所。▽朝歌四番の六を承けて富士の巻狩を叙し、仁田四郎の猪を荒馬に変えて歌う。田の神送りの駒を重ねるか。→八四。

103 鼓打に恋する前に自分の肩の継ぎをしては如何。裂ければ裂けたっていい。恋心と身拵えを歌う。○鼓打　囃し田における晴れの役。一〇二で引いた鼓田の由来にも「太鼓打八人、つゞみ打三十三人、笛吹弐人、小つゞみ打弐人、…都合弐百人余通し申候」とある。○継　日葡辞書「ツギ　補修布、すなわち、補い加えるきれはし」。○裾のつぎより…　裾の継は泥で汚れて映えない、肩の色継は人目をひく。○みもしらぬ　見も知らぬ。身も知らぬとも。

104 遠い三反田より近くて良質の田が良い、と女性のおねだり。考えもあれこれ変わる。○おきの　はるか向こうの。「おき」→七。○縫針免　化粧免と同じく、中世の免田の一。縫針免として下さい、門の二反田を。○とてもたもらば…

とてもたもらば　おきなる丁田(ちやうだ)をたもれや
化粧免(けわいめん)にわ(は)　かいくらしまをまいらせふ(う)

105 一　あの山中の寺は　たれがたてたか
桓武(くわんむ)天王　伝教(でんぎやう)大師
聞(きく)よりも見て有がたひ(い)　あの寺
でたちこぼいてまいろう(ゐら)　むかい(ひ)の大寺
たれが立(たて)たか　あの山中の薬師堂(やくしどう)

晩歌三番(ばん)

106 一　わかいものは三人なり　どれがこれの聟(むこ)やろ
れんげしの袴(はかま)着(き)て　綾(あや)手に持てな
扇(あふぎ)手にもち　横座(よこざ)に直(なを)るが　むこじ(ぢ)や
ひとてあそばせ　笄(かうがい)立てのあそびを
たてるぞ　あそばせ　殿原(との)

いや、どうせ下さるなら、遠くても広い一町の田を。○化粧免　化粧田(けはひでん)と同じか。婦人のものとして持つ田、領主階級で息女の嫁入りに持参させる。「駿河今川義元、信虎むこになるゆへ、息女のけわいでんとして、信虎より今川へ渡す」(甲陽軍鑑五)。○かいくらしま　未詳。女への返事。

105　あの山中の寺はどなたの御創建。さあ、連れ立って参詣しよう。○桓武天王伝教大師　桓武天皇は第五十代天皇。平安京に遷都し、治世中に伝教大師最澄が延暦寺を創建。田植草紙に歌われたものがこれとは定められないが、京に上っての一景を描く。○聞よりも見て有がたひ　噂に聞いていたよりも来て実際に見るともっと有難い。○でたちこぼいて　→六二。○むかいの大寺　さきに描いた延暦寺を背景に押し返し、田人の住む近辺の寺へ焦点を移す。

106　若者が三人、中で一きわ立派な服装で上座にいるのがこれの婿だな。はやりの遊びをどうぞ。○れんげし　「し」は諸本清濁共にある。袴の地模様をいうか。○綾　綾竹の略(『田植草紙歌謡全考注』)ともいうが、未詳。あるいは贈り物としての綾織物か。但し諸本「あや」としたもの無く、「まと(的)」(田植歌由来記)的、「まとや(的矢)」(増屋甲本)、が多い。○横座　上座。畳、敷物を横ざまに敷くところ。上座で威儀正しく坐っているのが婿だ。○笄立てのあそび　笄を立てる遊び。立て方に上手下手がある。笄は髪を整えるのに用いる細長い道具。或いは太刀に添える小刀か。「遊者請物の事、かうがゐはすぐに立れば百疋なり。なびけてたつれば五十疋なり。なぐれば十疋也」(大諸礼集、三議一統)。▽婿を褒め、ひいては田主を讃える。

107　結髪の仕方で良くも悪くも見える。その苦心のさまざま。もちろん上臈と見えたいから。○上郎下衆のきわを見ば　「上郎」は「上臈」が音、表記を変えた形。年功のある人の意から、身分のある婦人に用いるようになる。上臈と下衆の違いを見極めようと思えば。○笄散らいたり…　「笄」は髪挿しの一種。それを挿し散らしたり、がんぎを結んだり。「がんぎ」は雁木、斜めに階段状をした模様のあるもの、ここで

107 一 上郎下衆のきわを見ば　元結際をみよやれ
　笄散らいたり　雁木結んだり
もといぎわには　げに摺り墨をながいた
結わばまんせう　紅梅がんぎのもといを

108 一 わかいものの立やいと　紺の濡色はな
　見よいものやれ　紺のぬれいろはな
香梅はぬれて見事や　女性はぬれておとるぞ
かなわじ　紅梅　縁こそなかるろう
をなごに着せいで　木瓜のかたびら

109 一 夜乾しにするかや　播磨からかさを
　菊尽しはの　よい色のかわるに
染めはゑせひで　夜あけて菊をちらいた
型の手柄を　京紺搔でならうた

田植草紙　晩歌三番

は元結の一種か。「結(ゆ)んだり」の「ゆすぶ」は、「ゆふ」と「むすぶ」の混交形。○摺り墨　普通「摺る墨」という。墨。「墨をながいた」は、濃い墨のように漆黒であるさま(大系注)。○結わばまんせう…　→一九。「紅梅がんぎ」は赤色のがんぎ。▽前歌の聟に配する美形の嫁。

108　若い衆の着る紺の濡れ色と紅梅の濡れ色、ともに見事だが、紅梅と若い女性(にょしょう)となれば、これはもう女性に決まりだ。○わかいものの立やいと…　若い者が競い合ういでたちとつややかな紺色は。「紺の濡色」は、野坂本賦物集・何色「紺(コウ)ノ湿(ヌレ)」による。底本「かう」は「こん」の転「こう」の誤記。○香梅はぬれて見事や…　「香梅」は紅梅の誤記。紅梅は濡れて一層見栄えがするよ。女性は濡れて色が劣るぞ。「おとるぞ」は諸本「なおとる」(名を取る)(増屋甲本)、「いろわるい(色悪い)」(田植大歌双紙)、など揺れが大きいが、後者をとる。○かなわじ紅梅縁こそ…　紅梅が女性と競っても、所詮縁のないこと。花は女には叶わないよ。○をなごに着せいで…　「をなご」→一〇。「いで」は反語的否定の表現。→一四。着せないではおかない、是非着せようよ。木瓜の花色(紅色)に染めた帷子を。さすればもう最高。

109　菊尽しの模様の唐傘を歌う。これにも苦心があるのだと、作る人々を思う。○播磨からかさを　播磨(岡山県)に浅葱布・杉原紙を産することは知られている。但し系統諸本で「からかさをな」とあるのは一本(田植由来記)のみ、他は「かうがきは」(増屋甲本)、あるいは「こうかきを」(新庄上ミ田屋本田植歌集)。三句以下のオロシから見ると、もとは「播磨紺搔は」とあったか。○菊尽し　菊を鏤めた模様。菊尽しの例は「加賀のお菊は酒屋の娘　顔は白菊紅菊つけて　よいこの〳〵　よいこの小菊(とりなりしやんときくながし)咲いて見事な扇車の　くる〳〵車菊かさね菊…」(松の落葉四・菊づくし踊)など。○菊をちらいた　夜が明けてから傘の地紙に菊模様を染めたのであろう。○型の手柄　「型」は地紙に染める模様の型どり、「手柄」はその手並み。○褐前垂　濃い紺色の作業用の前垂。▽全体を播磨紺搔の染物歌として読み変えることもできよう。前歌の紺の濡れ色を承ける。

褐前垂（かちんまゑだれ）　紺屋（こんや）のよめかむすめか

110
一　重籐巻（しげどうまき）いたる弓のふりをしてな
　　坂東殿原（ばんどうとの）の肩（かた）にかゝらばやな
　　弓のふりして　坂東殿御（ばんどふとのご）にほれたよ
　　なにといふ（う）ても　おもふによらぬわが身（み）や
　　いつくしいは　坂東殿御（ばんどうとのご）のすがたよ

111
一　栗原をとお（ほ）れば　ていとおつるくりあり
　　やぶれたる袖（そでゝ）でたまらざりけりやれ
　　一つおちつる　さようつ山の早栗（わさぐり）
　　しぎやうおつるは　老端（おいは）のくりのならい（ひ）か
　　いのふ（なう）や　まいろふ（ゐらう）や　あの山中のくり原

112
一　梅の木の下で　鞠（まり）をたうど蹴（け）たれば
　　むめははらりこぼれる　まりはそらにとまりた

110　弓のふりして坂東の立派な男に倚りかかりたい、と願う女心。手の届く人ではないだけ、思いが募る。〇重籐巻いたる弓…　下地を黒く漆塗りし、籐を密に巻いた弓。→八三。弓は女の暗喩として用いられることが多い（→八一・八二）が、直截に弓になりたいと歌う「後れ居て恋ひば苦しも朝狩の君が弓にもならましものを」（万葉集十四）の例もある。ここもそれ。〇坂東殿原　関東の武士たち。戦国の時代風潮たる憧れの一つ。→八〇。〇おもふによらぬわが身や　思うにまかせないわが身よ、と身の程を振り返ることで一層讃嘆の度を強めている。

111　栗原を通ると、ばらばらと栗が。熟れきる前の栗は落ちやすい。さあ、あの山中の栗原へ行こう。〇ていと　とんと、ぽんと。擬声副詞。「山伏の腰に着けたる法螺貝の丁ど落ち　ていと割れ…」（梁塵秘抄・四六八）。栗が一つ落ちて、おやと気づいた。〇さようつ山　広島県山県郡芸北町才乙（さいおと）にある山か。一本「どつと落（つるは）才乙山のわせぐり」（田植歌之巻）。才乙は、公的にはサイオトであるが、地元では普段サヨートと呼ぶ。ある時期サヨーツ（さようつ）と呼んだ可能性が考えられる。三四でも「かねをつけたよさようつやまのわさくり」（増屋甲本）という一句を持つ写本が多い。〇しぎやう　繁う。〇老端　栗の実が充実に向かう頃。諸本「あさは」「まいば」「やまば」「たんば」など異文が多い。毬（がい）は大きいがまだ充実していない頃（鉄漿をつける前）によく落ちる。「落つ」には生殖の含意がある。→三三・三六。〇いのふや　行こうよ。▽昼歌一番の三四で花が咲き、実のなった栗が、充実と落果の秋を迎える。

112　梅の木の下での蹴鞠の光景は源氏物語をも思わせる。上手な殿を見る女はうっとりとして。〇梅の木の下で…　梅の下での蹴鞠は、都ぶり、公家風俗への憧れ。鞠の懸りの木は、桜・柳・楓・松が式木（正式の木）であり、梅がこれに準ずる。「懸事、本儀は柳桜松鶏冠木此四本也。其外梅も常に用之」（遊庭秘抄）。〇むめははらりこぼれる…　「あの日を御

とんと蹴上て　まりをば上手がけるもの
浅黄袴でまりける殿御がいとうし
われがとのごは　まりにわ上手なるもの

113 一 殿のまへの柳に　まりがかゝれかしの
とをりさまに蹴ていのふ　まりがかゝれかし
お茶をまいれや　まりけて咽喉かわくに
まりける　茶椀はとらで　手をとる
まりけてとをれ　殿原

114 一 天井の塵もとつたり　畳もさつとしいたり
これへとをり候へ　こなたへなをり候へ
これへ〳〵と　高麗縁のたゝみに
人はなるまい　なをりた人の衣紋は

115 一 馬乗りは三人なり　どれがこれの聟やろ

らふぜ、山のはにかかつた。梅はほろりと落れども、鞠は枝とまつた」(天正狂言本・いもじ関)、「あの日を御らうぜ　山のはにかかつタ　めい〳〵さらりと、梅はほろりとおつるとも、まりハ枝にとまつた」(狂言六義抜書・舟渡聟)。「柏木の右衛門の鞠をとんと蹴たれば　鞠は枝にとまりけれど　梅ははらりほろりと」(松月鈔・薄衣)など。大きい鞠が枝に掛かったのを空に止まったというのは、夕日と鞠を重ねた描写。夕日を夕月と見る解もある。○浅黄袴　薄い藍色の袴。ここで身の回りの場面に転換。▽二句「むめははらりこぼれる」とある梅は、花ではなく実。前歌の繋う落ちる栗に対応する。

113 蹴鞠の場は男女交情の歌垣的機会でもある。きっかけを求めてさまざまの思いや言動が交錯する。○柳　蹴鞠の懸り四木の一。→二三。○かゝれかしの　掛かれよなあ。鞠が掛かると、殿との間にきっかけができる。通りがけに蹴って通ろう。○茶椀はとらで手をとる　茶椀はさしおいて、殿は女の手を取る。「さなへとるとて手をとるぞおかしき」(天正本狂言・田うへ)。これは「梯立の倉梯山を険しみと岩懸きかねて我が手取らすも」(古事記歌謡)など記紀万葉に遡る古代歌垣の類型表現。▽大田植もまた歌垣的機会の一であった。

114 殿あるいは婿殿の御来訪。天井の塵を掃き落とすやら、畳を敷くやら。正座の殿の身繕いは誰も及ばぬ。○天井　諸本「出居」とするが、天井でも間違いではない。○これへとをり候へ…　こちらへおいで下さい。ここへ御正座下さい。○高麗縁　畳の縁の一つ。高級品。○人はなるまい…　他の人はかなうまい。できないだろう。「衣紋」は装束の着用の仕方。身繕いの良さ。▽系統諸本は、三句と四句の間に「おでいのたゝみになおりそうら〳〵」(田植由来記)を挿入したのが多い。

115 お邸に聟入りがある。人々の目は聟に集まる。その品評、感嘆、人々のため息が聞こえる。○馬乗りは三人なり

肌に地白地　紫　小太刀佩いたがむこやら
小太刀はいては　中のる人がむこじや
はなやかに候　あのむこ殿の出立は

116
一
たちくせ殿を　籐の弓にこめいで
巻きやこめたや　籐の弓にこめいで
たちくせにまよふは　鴫の羽風に
なにといふとも　たちくせ殿はわすれぬ
はづかし　たちくせ殿かとおもふた

117
一
まことのそうとめは　夕端にこそな
声もおもしろく　ようはにこそな
日さへくるれば　よいそうとめのさ声や
さ月そうとめ　暮端のこゑはおもしろ
さ声おもしろ　佩いたる太刀にかへいで
をもしろいぞや　うたゑや　しよ田のそうとめ

→一〇六・一一八。○やろ　→三。○地白地紫　地の白い織物と地の紫色の織物と。○小太刀　日葡辞書「コダチ　小形の太刀」。○小太刀はいては…　「扇手にもち　横座に直るが　むこじや」(一〇六)。○出立　日葡辞書「デタチ　着物をきちんと整えること」。▽系統諸本は、三句と四句の間に「銀ををもちやれしよていはいらぬものやれ」(田植由来記)を挿入したのが多い。「しよてい」→三三。田植草紙はこの皮肉を省いたことになる。

116　あの殿を弓に添えて巻き籠めたい。鴫の羽風にも殿の御出かと心ときめいて、恥ずかしい。○たちくせ殿　未詳。「殿」は男性への敬称で、歌意も男性についての女の歌と見える。(例外、四九「白拍子殿」、但し白拍子は男装の舞女)。○籐の弓にこめいで　籐の弓に巻き籠めようよ。籠めないではおかない。弓は女の暗喩(→八一・八三・一一〇)、籐の弓である私の中に巻き籠めたい。次行「こめたや」は籠めたいなあ、の意。○鴫の羽風　鴫が飛び立ち、或いは飛び下りる時にたてる羽音。和歌では別の「鴫の羽掻」が多用される。

117　夕方になった。早乙女は疲れ、声もしぶりがち。「ほんとの早乙女はね、夕方に良い声を出すものですよ。皆さんの声もとても良い」と激励する。○夕端　底本「ようは」は「よひは」の音便か。但し、時刻は一日の田植の終り時分をさし、歌もその区分である。夕暮れ時。系統諸本「よはか」(田植由来記)が多い。「朝はか」に対する語。→三五。○さ声　早乙女たちの田植で歌う声。○暮端　暮れぎわ。日が暮れかかる頃。○しよ田　未詳。一説、除田。ジョデンであるが、その重箱読み、ジョダ。平安末期から中世を通じて荘園・国衙領の中で一切の年貢・公事を賦課しない耕地。通例、(1)仏神田、(2)人給田、(3)井料田などが除田扱いの対象。(1)は域内に安穏豊穣をもたらす社寺の維持に要する田地で、しばしば各種の祭礼・法会の用途に充てるものを含む。(2)は預所・下司・公文・田所・定使・案主などの各種荘官および在庁・地頭らの給田を主とする。(3)…(『国史大辞典』取意)。大田植はこうした(1)や(2)の田でも営まれていたと考えられる。

118
一　馬乗は三人なり　どれが万十郎やろ
　　紺の手綱　斑馬に　中が万十郎やれ
　　児の祝は　紅梅手綱にぶち馬
　　人はなるまい　のりたるその身のすがたは
　　をもしろいは　ちごのよはいは

晩歌四番

119
一　大磯の虎御前は　恋に沈うだり
　　曾我の十郎まいするこひのなぐさみに
　　虎御前　こひおばやめてまいらせう
　　こひにわ歌がよまれて
　　なにと虎御前　いつ見てわれを恋ひるか

120
一　しろい小袖に　麝香移いたり

118　馬に乗ってくる三人の若者。最も人目を惹く姿、それが万十郎だ。男にも女にも注目の的。○馬乗は三人なり　→一〇六・一三五。○万十郎　三句の「児」にあたる。○斑馬　三句の「ぶち馬」に同じ。毛色がまだらに混じっている馬。○児の祝は　「よはい」は「いはひ(祝)」の変化形。「よわひには　田こそうへて　見るべけれ　一もとうへて　ちもとこのいね」(佐渡八幡宮田あそびの歌・天正十年)。○紅梅手綱　赤色の手綱。「紅梅」→一〇七。○人はなるまい　→一二四。▽田植草紙に近似した系統諸本のほとんどはこの一首を欠く。田植草紙の増補か。

119　大磯の虎御前と曾我十郎祐成との恋物語を歌う。語りあう二人の対話。○大磯の虎御前は…　大磯の遊君虎御前と曾我十郎祐成との恋物語は曾我物語、幸若・和田宴などの曲で知られる。流布本曾我物語でいえば、ほぼ巻四「虎を具して、曾我へゆきし事」あたりの場面。四句「こひにわ歌がよまれて」も同じ章段に見え、虎が口ずさむ「夏山に鳴くほとゝぎす心あらばもの思ふ我に声なきかせそ」(古今集・夏)の古歌をさす。○まいする　「参らす」の室町時代での形。→四三。▽以下、一三八まで恋の主題を歌い継ぎ、歌い変えていく。

120　共寝したくる原御寮の移り香がする。その寝乱れ髪の姿はいつまでも眼に。男の歌。○麝香　ジャコウジカの麝香嚢から製した黒褐色の粉末、香料。○くる原御寮　「くる原」は地名。「来原」なら出雲市大津町の通称地名、島根県那賀郡金城町、広島県高田郡高宮町にもある。広島県の場合は明治二十二年に成立した新しい村、特定することは難しいが、中世末に金木城の攻防が繰り返された島根県金城町来原か。広島県に隣接し、田植草紙歌謡の濃い伝承地。「御寮」は底本に「こりやう」「こりう」の二表記がある。中世末期以降、娘や若い嫁の名に付けて用いる接尾語。女性への敬称。ここは遊君を指すか。○寝乱れ髪のすがたわ　日葡辞書「ネミダレガミ　寝た後の、解けて乱れた髪」。この句は、「花の錦の下紐は　解けて中〳〵よしなや　柳の糸の乱れ心　いつ忘れう

くる原御寮と寝てうついたり
麝香薫　うつれや　袖のにおいに
なにといふともわすれぬ　くる原御寮は
いつまでもわすれやらぬ　寝乱れ髪のすがたわ

121
一　おきの浜の白石に　貝添ふたり
いそがしかろもの　かいそふたり
あやれ　そなたは　いとしい顔のゑくぼや
ゑくぼにほうづきそへいで
禿はよいもの　鬢櫛毛抜いらいで

122
一　しのぶ殿のおりやるやろ　裏の車戸が
きりりきつと鳴る　うらのくるま戸がな
しのぶ殿御は狗犬やら　戸を明かねてうめいた
刀おば枕もとに　太刀おば屛風の折目に
しのびまいろう　どの間に君はおよるか

ぞ　寝乱れ髪の面影」(閑吟集・二)ほか、他にも類歌の多い中世流行小歌を承けた表現。▽大磯の虎御前を身近なくる原御寮に置き換えて歌った。次いで、御寮人との恋の一場。

121 開けた向こうの海岸で、石に貝がくっついているのを見たというところから急転、馴染んだ男女の痴話めいたかけあいが始まる。○いそがしかろもの…　忙しいだろう、大変だろうよ、あんなにぴったり寄り添っていて。白石に貝が付着したさまから、同音の「かい添う」に転じた。貝・掻い添うのは女。句頭を「いとうしからうもの」(田植由来記)とした系統諸本が多い。○いとしい顔のゑくぼや　白石に添うた貝をえくぼと見立てて、この句を起す。(男から女へ)お前のえくぼがかわいいな。(更にえくぼの大きいのをからかい)えくぼの傍に酸漿を添えようよ、どちらが大きいか。「いで」は意志表現。○禿はよいもの…　丸いつるつるした酸漿からの連想で禿を出す。ここは、女から男への返し。日葡辞書「ビングシ　男の人が頭髪を整えるために使う、非常に細かな歯のついた櫛」。「いで」は否定。▽一首の中でも白石・貝―靨―酸漿―禿と連想をつなぎ、もどきの滑稽で結んだ。四句に酸漿を出したのは系統諸本中でも僅少。オロシの特性をよく働かせた歌といえる。以下、主体を男に移して、忍ぶ殿御を歌っていく。

122 殿がそっと訪ねてくる、裏口から。戸をあける時、一騒動あって。重々しい恰好をしているだけに、いっそうおかしい。○おりやる　おいでになる。御入りある―おいりやる―おりやる。○裏の車戸がきりりきつと鳴る　「裏の車戸」は「裏の口の車戸」(一)に同じ。「なんぼうさきのよ　しのぶこきりとが　きりりとなる程に　たそよと思ふて　…」(大蔵虎明狂言本・節分)。○しのぶ殿御は狗犬やら…　殿が女の家で狗犬のようにうめく滑稽。日葡辞書「エノコ　子犬」。○刀おば枕もとに…　桃山時代から脇差の小刀(ちいさがたな)と二尺以上の打刀(うちがたな)を併せ帯用するようになり、これを大小といった。○どの間に君はおよるか　「君」は女から男を指すのが普通であるが、ここでもそう見れば、女の積極さが強すぎる。「お

123
一 唐糸の真糸を　繰りやへる所へ
　太郎殿のござらば　からまいて取おけ
からいとから〳〵　絡巻いてとりおけ
君におふては　袖をひかれて
太郎殿のござつたほどはないもの

124
一 糸のもつれはほどくとも
　人のもつれたをばゑほどかじ
ほどかじ　おもふがもつれおうたお
一具瓶子の並ふだ中のよさよや
中がよいやら　瓶子の酒がざめいた

125
一 いつくしき桜花　おりもちてこひやれ
　閨のかざしに　折もちてこひやれ
花をなにせう　太刀こそねやのかざしよ

よる」は女房詞「御夜(およ)」の動詞化、寝る意の尊敬語。おやすみになる。この一句、忍ぶ殿を戯画化した表現と見る。▽前歌五句の滑稽を承けた展開。但し三句目のオロシを持つ写本は僅少。

123 糸紡ぎは女の仕事。そこへ男が忍んでくる。糸でもって搦め取っちゃえ、と女の陽気なしぐさを歌う。○唐糸の真糸を…　「唐糸」は、中国渡来の糸。「真糸」は、良質の糸。「繰りやへる」は「繰り合へる」の転。良い糸をより合わせていたところへ。○太郎殿のござらば…　「太郎殿」はお邸の若様。日葡辞書「カラマク 婦人が糸を紡ぐ際に、ぐるぐる巻きにするように、何か物を手に巻きつける」。「とりおく」は、手元に引きとどめておく、縁を結ぶ。太郎殿ならぐるぐる巻きにして、ものにしてしまえ。○からいとから〳〵…　「か」の頭韻をふみ、女の陽気なしぐさを表す。○ござつたほどは…　女のおとぼけ。

124 糸紡ぎから男女の忍び逢いへ。強く愛し合う二人のお熱いこと。酒に燗など不要。○糸のもつれはほどくとも…　糸つむぎでは糸がしばしば縺れる。でも、それは何とかなるが、愛しあう二人の縺れは。○一具瓶子　瓶子は二個一対を一具とする。おみき徳利。仲良く並ぶ若い二人をからかう。○ざめいた　「ざめく」は「ざざめく」に同じ。酒の燗が熱くなり、瓶子がごとごと音を立ててきた。→三七。▽忍び逢う恋の成就。その婚礼の酒宴と読むことができる。

125 婚礼の夜の閨の飾りに、わが住むあの山中の桜を。和合の夜を華やかな対話で歌いあげる。○いつくしき　見事な、の意。○閨のかざし　「かざし」は挿頭が原義であるが、「閨のかざし」は閨の飾り、室内に小高く挿して置くか。「ヤ霊ぜむみやまのヤ五えうまつ　ヤちく葉なりとぞひとはいふ　われもみる　ヤちく葉なりともおりもてこむ　ねやのかざしにヤまろさゝん」(綾小路俊量卿記・五節間郢曲事)を承け、「霊山御山の五葉松」を「いつくしき桜花」に改めた。この二行、語勢からすれば男であろうが、続くオロシの展開から女と見る。○花をなにせう…　桜の花を何としよう、太刀が閨のか

ねやのかざしに　あの山中のさくらを

126 一 地白の帷子は　宵に着べいものやれ
　傾城そうとめは　よいに晴をやろふや
ぢしろかたびら　傾城媚女にまよふた
をもしろいぞや　傾城こばめと話いて

127 一 むかいなる笹原は　楼か主殿作りか
　楼でもない　主でもない　さも寝よいさゝ原
たゝみより篠さゝ原がねようて
片敷き寝たにも　ふたりよいもの
しのぶつまを　あのさゝ原でおといた

128 一 日の暮に　鳴こそ二つ西へゆく
　にしにも池があるげな
しぎがおちつる　あの山中の小池に

ざしとしてあるではないか、と男。いえ、やはりあの山中の桜を、と女。「閨の太刀」→一三・一三九。

126 夕刻より若い男女が集まってくる。女は傾城かと見紛う姿。男は女との雑談に心を奪われる。楽しい和合の一時。○地白の帷子　地色の白いひとえ衣。今の、しゃれた浴衣がけ。→六九。「着べい」は着るのによい。○傾城そうとめは…「傾城」は美女の称。「晴をやろふや」は、晴れ着で着飾ろうよ、の意。○媚女　媚態のある女。日葡辞書「コバメ　遊女、または、卑しい女」。底本「こはめど」を「こばめと」に改めた。○話いて　「話して」の音便。「話す」は室町末期より出る語。雑談する、おもしろくよもやま話をする、が原義。▽親密な雑談から次歌は野の交歓へ。

127 あの笹原は、若い二人には結構な御殿だ、と田人男女の交歓の場を歌う。○楼か主殿作りか　「楼」は、たかどの、立派な建物。「主殿作り」は、邸内の最も中心になる建築、主殿のある結構。建築様式としての主殿造りではないだろう。○片敷き寝たにも…　袖を片方だけ敷いて寝る。日葡辞書「カタシク　袖などの片方だけを敷きのべる」。片敷いて寝るだけでも、二人いっしょなら良いものだ。○しのぶつまを…　「つま」は妻。この時代は女の配偶者を指すのが一般。「おといた」は「落した」の音便、意に従わせた。▽「つまを…おといた」から次歌の「しぎがおちつる」へ、野における人の交歓から鳥の交歓へ転じる。

128 夕暮、鳴が二羽西へ飛んで行き、消えた。やがて、高い鳴声が聞こえる。仲が良いなあ。○げな　→六三。○二つつれたる…　この句は、他の写本にはほとんど見いだせないオロシ。そうした例が田植草紙には幾つかある。「一具瓶子の並ふだ中のよさよや」(一二四)と類似。▽一一九から続いた恋の主題の展開が閉じられ、以下、夕暮の歌へ移る。上りが近い。

129 日がもう西に沈む頃になった。西山寺の蓮(すは)も盛りを過ぎただろう。西方世界が思われる。○ゆくやごぜ　→一三五。○蓮華の花　蓮の花。日葡辞書「レンゲ　ハチスノハナ。

しぎがちぎるか　声（こゑ）のたかいは
二つれたる並（なろ）うだ中のよさよのふ（なう）

129 一
日はくれる　ゆくや　ごぜ　西（にし）の山端（ば）にな
蓮華（れんげ）の花よ　さいてこだれたおうだ
さいてちるらう　西山寺（にしやまてら）の蓮華（れんげ）が
けふの日も　はや山端（ば）へかゝりたまふよ

130 一
極楽（ごくらく）は十二にや　ごぜ　わがうゑし木はな
松か竹か柳（やなぎ）か　わがうゑし木はな
松のしげりに　八幡（やわた）のばゞのくらいに
ほとゝぎす松にとまるよ　うぐい（ひ）す鳥は呉竹（くれ）
番匠（ばんじやう）　くらくわ柿（（は）こけら）をとぼいて

131 一
空色（そらいろ）の檜扇（ひあふぎ）に　月の輪（わ）をかいたと
げにかいた殿（との）ならば　こゝろにくい殿（との（ち））じや

蓮の花」。○こだれたおうだ　花の重みで傾き茎がたわんだ。日葡辞書「ナリコダル　果実が木に垂れさがる」。○西山寺　寺名ではない。西方の山にある寺。○けふの日もはや…　「山端」は「やまば」と表記した写本が多い。日・太陽について「かゝりたまふ」と尊敬している。「あの日を御らふぜ　山のはにかかつた　梅はほろりと落れども　鞠は枝とまつた〳〵」（天正狂言本・いもじ関）の前半と関連する。→一三。▽このオロシの中に「あれを見やれやひの入かたハおやさと」（田植大歌双紙）を挿入している写本もあって、仏教的世界への思い入れが窺える。

130　夕陽に極楽浄土を想う。周りの樹々は暮れていき、鳥たちは憩うが、番匠はまだ仕事だ。田植も続く。○極楽は十二にや…　浄土についていう十二方浄土仏世界を当てて考えてよかろう。東方に三仏、西南北四維上下に各一仏を配していうもの（大系注）。「十二にや　ごぜ」→三五。○八幡のばゞ　このオロシを伝える写本は少ないが、ほぼ「八幡の馬場」と解して伝承している。○番匠くらくわ…　「番匠」→七三。「柿」は手斧などで削ってできた屑。▽五句は田植が予定を越えて夜に入ったことを示す。音頭（さんばい）の機転で添える一声か。写本によっては、巻末に「夜田の部」という名目を付し、次のような歌を載せている。「夜田をめされればみなおふかめニかふらりよ／へたなばんしやうかゐるが千部のけふよむ／あれを聞れや千部のきよふよりしゆせうな／なんとくれゝばむらしげかゐるがしげい二」（大毛寺叶谷本田植歌双紙）、「土用まへをまかうより土用田をうやれ／おそたのゐねにみこそ有候よ／おそたうへたら穂にほがさゐてならふよ」（同）。いずれもかなり皮肉っぽい。

131　薄暮に月が出た。殿の檜扇は月の輪、心にくいね。心にくいのは屏風の絵女房とばかり、殿のお忍び、と自在に展開。○空色の檜扇に月の輪…　「空色」は水色。夕空を地に月が一筆で輪になっている。「檜扇」は、檜の薄板を重ねて作る扇。檜扇ではないが、中世には「空色の扇の月出したる持ちて」（長門本平家物語十七）など、表は紅の地に日を金箔でおし、裏は空色の地に月を銀箔でおした武者扇を持つ風俗が

かきもかいたよ　白地の屛風にひあふぎ
いつくしうても肌にそわ(は)ぬは　屛風にかいた絵女房
しのぶ殿御が　このふ(う)だあふぎさゝれた

132

一 筑紫舟の船頭殿の　夜寝言にわ(は)
盆は七つ　天目八つに　かねは十六丁有(あり)
聟がくるやろ　傘さしかけて　櫓をおす
いでて見よかし　こなたのむこのしるしを
むこのしるしに　かず〳〵たからをつまれた
これより上り歌

133

一 けふの田主は　田の嵩をうゑてな
八つ並に蔵をたて　徳をまねいたり
作りなびけて　四方に蔵をたてうや
蔵のかぎをば　げに京鍛冶がよう打(うつ)
けふの田主を　しゆつもり長者とよばれた

あった(『田植草紙歌謡全考注』)。○こゝろにくい　奥ゆかしく、気がきいている。○かきもかいたよ…　上手に、心にくく画いたものだ。日葡辞書「シラヂ、または、シロヂ　何もくっつけてない、あるいは、何の絵も描いてない白いままの物。例、シラヂノ扇。絵などの描いてない白い扇」。○絵女房　日葡辞書「エニョゥバゥ　…絵に描かれた女、すなわち、非常に美しい女」。殿の寝所にある屛風の絵に画かれているか。○さゝれた　(月の輪を描いた扇を)差された。

132　筑紫舟の船頭さんの寝言を聞くと、いやめでたい。聟が来ますぞ、数々の宝を積んで。絵女房(美女)のところへ。○筑紫舟　九州の船。→丟〇。中国貿易にもかかわった。○盆は七つ天目八つに…　盆・天目(茶碗)等、これら交易品を贈答品とするのであろう。日葡辞書「テンモク　茶や薬などを飲むのに使う、日本の茶碗」、上記「日本の」で、中国天目山産の陶器が日本で一般化したことがわかる。「かね」は金属の器か、あるいは銭貨か。七、八、十六と数も末広がり。○聟がくるやろ　「尼が崎から聟が来るやら、傘を差いて居らうぞ。お方は何処へ…」(狂言記・相合袴)、「尼が崎からこつちの聟殿〳〵　来るとさ　しつし艫櫂早めて一丁の二丁の　三丁の四丁の　五丁の六丁小早(こばや)…」(松の落葉四・しととん踊)。○むこのしるし　聟入りの贈り物。▽この一首を載せる写本は僅少。

※「上り歌」は、一日に配せられる田植歌の終りの歌。この歌が終わって、田人は田から上る。

133　一日の田植が終わり、快い疲れと満足感とですべてめでたし。田主讃歌となる。○嵩をうゑてな　一段と多く植えて(収穫も多い)。日葡辞書「カサ　ある物事に一段とまさっていること」。但し諸本「かさ」は無く「さご」。適期。「島根県邑智郡田所村(現瑞穂町)あたりで、田植の盛りを、田のサゴという(粒粒辛苦)」(『綜合日本民俗語彙』)。○八つ並に蔵をたて　蔵八棟を並べて。○作りなびけて　稲を作り、穂をなびかせて。穂波の揺れる景色であるとともに、田主の豊かさに人々の従うさま。○しゆつもり　未詳。→三「一もり長者」。

134
一　みあらい川がしげうながれかし

134　底本は二行以下を欠く。追補・一四〇参照。

(追補　朝歌一番・晩歌四番の上り歌)

朝歌壱番

135 一 早稲苗を　先さんばいに参せう
植へては　いなする姫に参せう

136 一 さんばいは今こそおりやれ　宮の方から
葦毛の駒に　手綱よりかけて
たずなよりかけ　今山ばいは乗ろうた
あしげこまには　山ばい乗せて勇ませう

137 一 思う殿御を待ちて　来ぬ夜はな
歌や和歌やよみて　さらに寝らればやな

135 大田植の朝、まず早稲苗を田の神さんばいに、次に稲鶴姫に捧げる。○早稲苗　底本「わさ□へ」、諸本によって補う。「わさ」は「早稲(わせ)」の複合形に起る母音交替形。早稲苗は田植の最初に植え、田の神に捧げる神聖な苗。最初に苗三把を植えるという所が多い。あるいは「さんばい棚」を作って三把の苗を供える。○さんばい　田の神。→四六。苗を捧げて田に降臨を願う。○植へては　底本「うへ□□」、諸本によって補う。○いなする姫　稲鶴姫とも書かれ、幾つかの伝承がある。さんばい神即稲鶴姫とも、さんばいの神と夫婦であるともいう。▽主題を持った一つ歌。→三〇。

136 さんばい様は我々の田へ御来臨なさる。葦毛の駒にきりりとしたお姿。○ゆり　→三二。○さんばいは　底本「さ□□いは」、諸本によって補う。○おりやれ　おいでになる。尊敬「おりやる」の已然形。○宮の方から　「宮」は郷村の信仰、農作業の拠り所となる氏神。○葦毛の駒に…　「葦毛」は馬の毛色の一、白毛に青・黒・濃褐色等の毛が混じるもの。神畏のある姿として現われた。「三拝は今こそ御座れ宮の方あし毛の駒に手綱ゆりかけ早は駒の足音」(天正六年・三谷村長江寺巻子本さんばい由来書)が最も古い記録。神おろしの類歌は、「寄り人は今ぞ寄り来る長浜の芦毛の駒に手綱ゆりかけ」(謡曲・葵の上・神子の口寄せ)、「いや我きみはいまそましますおおそらにいや大そらにあしけのこまにたつなゆりかけ」(伊勢神楽歌・上ふんの遊)ほか。○乗ろうた　「乗られた」の方言音便形か。「のられた」(田植由来記)、「のろんだ」(大朝沖田屋本田植歌双紙、石見田所亀田屋本田植歌集)。なお三行目からのオロシにも「一」の頭書があるが、すべて省略した。以下同じ。▽大田植の最初に、必ず歌わなくてはならない役歌「さんばいおろし」。

137 田植の朝の太鼓が聞こえる。早乙女の私は来ぬ殿を待って夜を明かした。○歌や和歌や　「歌」は小歌か。あるいは和歌に添えて歌としただけか。→「小歌も和歌もよまれぬ」(六)、「小歌も和歌も上手よ」(三二)。○寝らればやな　「ばや」

起きてきいたが　けさ打つ太鼓のようなる
うたをよみて　またうや　殿のくるまで

138 一
思う殿御の口すわぬ夜はな
恋いに〳〵おもわれて　こいとおもわれてな
けさもおきては　手水の水とこわれた
でうす水には　出合の清水七桶

139 一
忍ぶ殿のおりて寝たる其夜はな
恋ひの道をかたるとて　さらにねらればや
うらめし　夜明のからすはやなく
ねるとゆうても　枕に朝日のさすまで
しのぶ殿御が　小太刀ねやにわすれた

は反語的否定の終助詞。↓一七・五八。少しも寝られやしないよ。○けさ打つ太鼓の…　田植の囃し太鼓。早朝なので良く聞こえる。底本「ような」、諸本によって「ようなる」とした。「いつもより　今さうつ太鼓のねのよさよ　うへのお寺か安国寺かの　…」(業平をどり十六番・二番)。▽まだ早暁、昨夜の名残りがある。田の神おろしの後は、「しのび歌」(恋しのび歌・閨しのび歌)から歌っていくのが決まりである。その序歌、待つ女。

138　愛する殿と口づけせぬ夜は恋しくて…。今朝も起きては、殿のため手洗いの清水七桶。○思う殿御の…　「思う」は愛する、恋する。口づけする習俗は、今昔物語集ほか中世初期より資料がある。「夜はな」、底本の表記「余はな」。○恋いに〳〵おもわれてこいと…　恋しさが堪えられぬほど、の感じを同語を畳み重ねてかもし出す。○出合の清水七桶　「出合」は若い男女が出て逢うところをいう。「七桶」は近世の例であるが、「殿を見る迚朝水汲は水は七桶まだ見へぬ　水は七桶八桶の水を殿を見る迚またも汲」(天明四年〔一七八七〕・鉄山必要記事)。▽恋の成就を歌う。

139　殿の忍んで来られた夜は、寝られるものですか。朝烏が鳴くのが恨めしい。でも、殿は小太刀を置いて行った、又来てくれる。○忍ぶ殿のおりて…　底本「しの□□の〻おりて」、諸本によって補う。「おりて」未詳。殿の若様が来られて、ならば「下りて」。○恋ひの道を…　底本「こ□□道を」、諸本によって補う。「ばや」否定的反語の終助詞。↓一七・五八・三七。○うらめし夜明のからす…　朝烏を恨む歌は歌謡にも多い。「音もせいでお寝れ〳〵　烏は月に鳴候ぞ」(閑吟集・三七)。「お寝(よ)れ音もせでお寝れ　烏は月に鳴き候よ」(宗安小歌集)ほか。○ねるとゆうても…　「寝る」は一段化口語形。朝日がさすと、殿は人目につかぬように帰る。残る女の恨みがましさ。でも、と気を取り直す。底本「朝日のさつまて」、諸本により改める。○小太刀ねやにわすれた　「忘れた」と歌う背後には男女の情交が匂わされている(『田植草紙歌謡全考注』)。一方、忘れたものは取りにくる、再会の約束でもある。「ゆうべの夜這いさんはくけの帯を落とした／落としたやら

上り歌

140 一

身洗川がしげう流れかし
　追うてなりとも言おうに　しげうながれかし
一日のかけた情は　身洗川の約束
身洗川がしげうて　ものがいわれぬ
そなたたちに添おうも　ことしばかりよ
早乙女　なごりの心とまるよ
けうはそうたが　またいつごろにそおうか
五月おもしろ　そうまい人にそうて知る
六月の祇園ごろには　御堂で踊り合うよ
我が殿御におどりたふりおみせまい
一日のかけた情を　身洗川で流いた

忘れたやら　またも来うとて置いたやら」(広島市・口承)。▽前歌の恋の成就から、ここでは後朝の別れが歌われ、そのまま朝歌二番へ引き継がれていく。

140 一種の祭りとはいえ厳しい作業から解放され、洗川で一日の汗と泥を流す。別れ、しばらく会えないという余情が漂う。六月の祇園会で是非…。○身洗川　田植の汗と汚れを洗い流す川。○しげう　底本「しげ」、諸本によって改めた。○追うて　「会うて」とも解せる。○しげうながれかし　底本はこの句を欠くが、諸本によって補った。○一日のかけた情　心を通わせつつ過ごした田植の一日をいう。歌に合わせた苗の挿秧(そうおう)だけでも、心を一つにした通じ合いがないと、とても能率はあがらない。○そうまい人に　添うはずもない人に。大田植では旅(生活圏外)の人も多く参加する。○祇園　祇園の祭。京の祇園会は陰暦六月七日から十四日まで催される。田植草紙の祇園がどこかは定められないが、同様に催されたか。▽オロシがとても多い。一つ歌と同じく、時宜に合わせて取捨したか。

山家鳥虫歌

真鍋昌弘 校注

上下二冊、全四十七丁から成る。明和九年(一七七二)、大坂天満九丁目、神崎屋清兵衛版。内題・序文題ともに「山家鳥虫歌」。板心は「鳥虫歌」。表紙題簽は破れていて「山家」のみ読み取れる。本書の底本である高木令二氏所蔵本は合冊してある。明和八年の天中原長常南山による序文、明和九年の滝宣興による跋文を備えている。『享保以後大坂出版書籍目録』に「山家鳥虫歌、二冊。作者　中野得信(河州大井村)。板元　神崎屋清兵衛(天満九丁目)。出願　明和九年六月。許可　明和九年八月二十一日」とあるので、序文の天中原長常南山とは、この中野得信のことであると想定されているが、それを具体的に特定することは難しい。序文に続いて「山家鳥虫歌目録。巻之上　本朝　三十箇国。巻之下　同　三十八箇国」とあるが、正しくは上巻二十八か国、下巻四十か国。掲載順は、東海道・東山道・北陸道・山陰道・山陽道・南海道・西海道とならび、計三九二首、挿絵六種それぞれに一首ずつ歌が加えられているのを数えれば、合計三九八首となる。

『山家鳥虫歌』の写本系(諸国盆踊唱歌系)の伝本は次の諸本である。柳亭種彦本『諸国盆踊り唱歌』(文政八年〈一八二五〉書写。東洋文庫蔵。略号「種」)。小寺玉晁本『後水尾院諸国盆踊乃歌』(弘化四年〈一八四七〉書写。蓬左文庫蔵・続学舎叢書の内。略号「玉」)。甫喜山景雄編纂・我自刊我書の内『諸国盆踊唱歌』(明治十六年〈一八八三〉刊行。種彦本を忠実に活字化したとあるので、写本系一伝本としてよい。略号「我自刊」)。京都大学附属図書館蔵『山家鳥虫歌』(下巻が写本。玉晁本系統。書写年次不明。略号「京」)。我自刊我書本は、近江・美濃・飛騨・信濃・上野の五か国、計二十首欠脱。『山家鳥虫歌』に設けられている国風伝説記事(二十六か所)は、すべてこれら写本系には存在しない。

『山家鳥虫歌』は、近世期、明和期以前の民謡を蒐集した、わが国最初の全国民謡集である。ただし仕事歌や盆踊歌等のいわゆる民謡のみならず、広く流行歌謡・俗謡と称すべき歌謡も多く取り入れられていると見てよいのであって、その実体は近世期全国民衆歌謡集と見ておいてもよい。また恋の民謡のみならず、全体的に教訓性がかなり意図的に強く出ている歌謡集で、日本国民衆を教育しようとする、読む国民民謡読本の性格も認めてよい。『山家鳥虫歌』の中には、現代もなおかつ、われわれの生活の中で歌い続けられている歌もかなりあって、歌謡史のみならず、日本民衆文化史の深層を理解する上でもすこぶる貴重である。

山家鳥虫歌序

夫(それ)仁[一]は心の徳、五倫[二]は常の道にて、此(この)世の中に有(ある)人ごとに、是を乱すは人と云(いふ)べけんや。かくありて、事[三]の繁き中、見る事聞(きく)事に付(つけ)云出(いひいだ)せる、山ゝ里ゝに稲刈り麦搗くことわざ、声おもしろく諷(うたひ)なす賤(しづ)の女(め)の一節、いかなる故の心にやあらんと耳を傾けても、その心分ち難く、故に尋(たづね)て筆に記し、其(その)風俗を見れば、幾千世[四]と君を祝ひ、身に過ぎ楽しみのあまり、荒れたる家に葎這ひかゝり、蓬など高く生ひたる庭に、蓄へ置(おき)し籾を取(とり)出で、あやしき様したる女ども化粧して、男と共に臼挽歌[五]諷(うたひ)、心地よげに疲れを晴らさんとて、かたへの牛飼ひ所に休み、煙草のむ間に、茶うけと名付け、濃き茶に炒米を入(いれ)て、幼子ども持(もち)運ぶ有様、瓢簞[六]しば〳〵空し顔淵(がんねん)の楽しみ思ひ出(いで)

一 儒家に言う道徳の根本原理。社会の秩序の下における人間としての思いやり、いつくしみ。
二 儒教における五つの教え。君臣の義、父子の親、夫婦の別、長幼の序、朋友の信。
三 古今集・仮名序に「世の中に在る人、ことわざしげきものなれば、心に思ふ事を、見るもの聞くものにつけて言ひ出せるなり」。
四 本集には、五一・七七など「君の千代」を祝う歌がいくつかある。
五 たとえば二八七・三六八のような臼挽歌も所収。
六 和漢朗詠集・下・草に「瓢簞しばしば空し。草顔淵が巷に滋し。藜藋深く鎖せり。雨原憲が枢を湿す」。朗詠前半の原拠は「賢なるかな回や。一簞の食、一瓢の飲、陋巷に在り」(論語・雍也第六)。貧しくとも無欲で素朴な暮しをたとえる。「がんねん」は底本の振り仮名。

られて、あはれに思はるゝ其(その)言の葉、誰(た)が云(いひ)なしたらんも知(し)らず、世の風俗として、一花に鳴(な)く鶯、水に住(すむ)蛙(かはづ)の声、いづれか歌を詠(よ)まざらんと古事(ふるごと)に有(ある)よしして、山家鳥虫歌と名付(づ)けて、其(その)ところ〲の国風も知(し)らるべきやと集(あつむ)るもの也。

二明和八辛卯(かのとう)冬　三天中原長常南山序

山家鳥虫歌　目録

一 古今集・仮名序に「花に鳴く鶯、水に住む蛙の声を聞けば、生きとし生けるもの、いづれか歌を詠まざりける」。二 一七七一年。三 享保以後大坂出版書籍目録の「作者中野得信(河州大井村)」のことか。四 巻之上「二十八箇国」、巻之下「四十箇国」が正しい。写本系、上巻・下巻の区別なし。

1 ▽近世から現代に及ぶ祝言歌謡の代表。ほぼ全国に伝承。「ふなうた　うれしめでたのまん〲や　ゑだもさかゆるのふゑい〲〲」(古浄瑠璃・寛永十四年刊・あくちの判官・五段)。信濃奇勝録では、「祝儀の歌にはめでた〲の若松さまを第一に歌ふ」。巻頭でこの歌謡集を祝っている。↓解説。

2 五「シャウラク　都へ行くこと」(日葡辞書)。▽種・玉・我自刊に「寛永中、小町踊の唱歌也。還魂紙料にくわし」。「愚案問答に曰く、…其歌に、二条の馬場(ばん)にうづらがふけるぞ　立寄て聞ば　今年しや〇〇さまはんじよ　花の京はなをはんじよ。〈諷文のところに寛永の曲子(たう)なる証あり〉」(還魂紙料・下、七夕踊小町をどりかけ踊。守貞漫稿にも)。京都府丹後地方石場つき歌に伝承(『丹後の民謡』)。『対馬民謡集』祝言歌謡参照。「寛永三年秀忠上洛の時の歌なり」(有朋堂文庫)。徳川実紀に、大御所、寛永三年五月二十八日首途、六月二十日上洛。「御代はおさまる御もつはつまる猶も上様末繁昌」(小唄打聞、宇治茶摘歌。「御もつ」の傍書に「御茶壺を云」。麓廼塵にも)。

3 ▽豊作を喜び孝養をつくす農家。→九八・一五一。「今年世がよて穂に穂が咲いて…」は各地に歌われるが、四とともに一首としては伝承性希薄。種・玉・我自刊ともにこの歌を欠く。

4 ▽家族で田植をすませ、あとは神に一家繁栄の収穫を祈願するのみ。さなぶり祝いの気持を歌う。「心揃へてこの田を植ゑて　早く行きませう伊勢詣り」(愛知・田植歌、『愛知県地方の古歌謡』第一集)。

5 六「ササワラ　竹の小さな葉に似ている草がたくさんはえている所」(日葡辞書)。七 種「つまはこまつに」。玉「つまに〈は、なるべし〉こまつは〈に、なるべし〉」(我自刊も同)。▽「こいといふたとてさゝ山こえて　露に小つまがみなぬれ

山家鳥虫歌　巻之上

山城国風

1 めでた〳〵の若松様よ　枝も栄へる葉も茂る

2 今年御上洛[五]上様繁昌　花の都はなを繁昌

3 稲は刈り取る穂に穂が咲いて　どこに寝さしよぞ親二人

4 親子妻とも田を植へしまひ　神に千歳の種を待つ

5 来ひと誰が言ふた笹原[六]越へて　露[七]に小松はみな濡れた

6 ござるその夜わ厭ひはせねど　来るが積もれば浮名立つ

7 わしは小池の鯉鮒[八]なれど　鯰男[九]はいやでそろ 一〇

8 忍ぶ道には粟黍植へな　あはず戻ればきび[一一]悪ひ

た」(越志風俗部 歌曲)をはじめとして各地の伝承では「露に小棲はみな濡れた」。→鄙廼一曲・三三。濡れるは濡れ事を暗示。六と「来る」で連鎖。

6 ▽通って来る男を受け入れながらも、その浮き名が立つことを気にしている女心。「ござるその夜はいといはせねど　苦労積もれば浮名立つ」「夢になりとも会はせておくれ　夢に浮き名は立ちやしよまい」(京都・雑謡、『峰山郷土民謡集』)。

7 八「鯉」に「恋」を掛ける。九 ぬらりくらりと遊び暮らす男。種・玉の傍書「なまづ男とは、ぬめり男の事なるべし」。一〇 道歌・若衆短歌(宗祇作か)に「…しほれぬ人はいやで候」。玉「いやであろ」。▽延享五・三五七。「様は小溝の泥鰌や鯰へ　ぬらりくらりで気が知れぬ」(清元・柏葉集・江戸桜衆袖土産)。長唄「角兵衛獅子」の「様は…」参照。→一五三・三三。

8 一一 心残りで不満なこと。「きびのわるいこと」(日葡辞書)。▽「忍で行く道に粟と黍うるち　逢わだな戻る気味ぬ悪さ」(奄美諸島・八月踊歌)。「忍ぶ細道に松と胡桃を植ゑまい　待てる其身はくるみでもなし」(淋敷座之慰・昔ほそり)。「松の切株に苺を植えて　おまえ末代わしや一期」(鳥取・地搗歌、『郷土研究紀要　因伯民俗調査』)。

9 一 あなた。やや丁寧な二人称。▽種・玉の傍注「関東にて今もうたへり」。あふたその夜は千里が…」。「千里も遠からず　逢はねば咫尺(しせき)も千里よなう」(閑吟集・一八五)。「咫尺千里」(禅林句集等)参照。近世後期以後「おもてかよへば千里も一里　あはずもどればまた千里」(賤が歌袋・五編)の型で広く伝承(「惚れて通へば…」とも)。

10 二 暦の上の悪日。「くろ日、正月いぬ、二月たつ、三月い…此日よろづわろし」(大雑書)。三「ハるい」とあるが、「ハ」を「わ」に訂正。▽妻から夫へ、または奉公人から主人へ言う趣向。「隙をたもるならやれ今日ここにてたもれよの明日は黒日で日が悪い」(御船歌留・上・かごしま)。

11 ▽蟬と蛍を恋する虫として対照させ、忍ぶ恋に燃える蛍の方を愛でる。「明け立てば蟬のをりはへ鳴き暮らし夜

9 こなた思へば千里も一里　逢はず戻れば一里が千里

10 暇くだされ後日は待たぬ　明日は黒日で日が悪い

11 恋に焦がれて鳴く蟬よりも　鳴かぬ蛍が身を焦がす

12 飲みやれ大黒歌やれ恵比須　ことにお酌は福の神

13 幾世長かれこの殿の　めぐみ育ちて若菜摘む

14 様はさんやで宵〳〵ござる　せめて一夜は有明に

15 高ひ山には霞がかゝる　わしはこなたに目がかゝる

16 繻子の袴の襞とるよりも　様の機嫌のとりにくさ

17 船は出て行く帆かけて走る　茶屋の女子は出て招く

18 招けど磯へ寄らばこそ　思ひ切れとの風が吹く

19 様の寝姿今朝こそ見たれ　五月野に咲く百合の花

20 鉤は投げかけ揺すらば落ちよ　心つれなや山桃よ

21 こなた思へば野もせも山も　藪も林も知らで来た

は蛍の燃えこそ渡れ」(古今集・恋一・よみ人しらず)以下この系統の歌謡・和歌は多い。冒頭「恋し恋しと…」(延享五・二六三)とも。「蟬はじやんじやん暮六つ限り　蛍かわいや夜明けまで」(愛媛「大三島の民謡」『嶋』昭和九年)。

12　四 弁財天のこと(日葡辞書)。▽酒宴の祝歌。酒を酌み交わす人々を大黒や恵比須に、酌に立った女性を福を招く弁財天に見立てて囃す。→鄙廼一曲・一四。「飲めや大黒歌えや恵比須　中で酌とる宇迦の神」(宮城・さんさ時雨)。ウカノ神は五穀豊穣を司る)。

13　▽殿(藩主や一族の棟梁あたりか)の徳政の世を讃め、その恵みをもって早春の若菜を摘む喜びを歌う酒宴歌謡。

14　五 月の三日目の夜のことで、ここは三日月。「さんやは三日月なり」(玉)。▽あなたは三日月のように宵のうちしか居られない。せめて一夜ぐらいは、有明月のように明け方まで居てほしい。落葉集・荒木弓踊、御船歌留・さまは三日月、延享五・二〇三などにほぼ同型。その後は「君はさんやの三ヶ月様よ　宵にちらりと見たばかり」の型(艶歌選、利根川図志・潮来曲の唄など)で広く伝承。福岡市志賀島では盆踊開始の歌。

15　▽種・玉ともに「…わしはそなたがめにかゝる」。「高い山見りや霞がかかる　わたしやあなたに気がかかる」(岐阜「北飛驒の民謡」)。「桜島には霞がかかる　わたしやおはんがオハラハー気にかかる」(鹿児島・おはら節)。「淀の水車は水ゆへ廻る　わたしやお前に気が廻る」(小唄のちまた・天保三年流行歌)。

16　六 絹織物の一種。滑らかで艶のある厚手。▽種・玉ともに「さぎ娘のをどり歌にこのうたをもちひたり」。「繻子の袴の襞取るよりも　主の心が取りにくいさりとは…」(長唄・柳雛諸鳥囀・第一鷺娘)。「袷袴のひだ取るよりも　さまの機嫌はとりにくい」「繻子の袴のひだ取るよりも　様の機嫌のとりにくさ」(京都・仕事歌、『丹後の民謡』)。

17　▽本来、船乗りの男達が港々の酒盛りで歌った座興歌謡。「ふねは出てゆくほかけてはしる　宿の娘は出てまねく」(土佐浄瑠璃・宝永五年・蟬磨呂・木引歌)。以下、艶歌選、賤

22 いとし殿御の目許のしほを[一二] 入て持ちたや鼻紙に

23 恋[一三]といふ字がありやこそ来たれ 鳥羽[一四]の恋塚秋の山

24 さてもよひ子や黒木[一五]売の娘 恋[一六]の重荷かかつぎつれ

25 山に咲く花嵐が毒よ わしは君様[一七]見るが毒

凡 二十五首

[一八]君を松にたとへ、千代万世まで栄へ給へと祈りし賤の女の心ばへ、又は豊年[一九]の貢を祝ひ、妻子おくにのるの心、孝弟の道学ばずして人情感ずべき事なり。[二〇]他の国に勝れ水清く、男女ともに色白く、詞自づから分れて滞りなし。孝弟の道は国〳〵同じといへども記すにいとまなし。五畿内の外は大概を述ぶる。

此国に大原[二一]盃と云あり。図にいだす。[二二]東山殿時代此盃出来、蒔絵小原木の模様ゆへ大原と申よし、夫より後色〳〵形を変ずる。

が歌袋、浮れ草等に。第三句、宿の娘は・鳥羽の女郎衆はなど。一六と一連で伝承の例は、弦曲粋弁当・初編。鳥取・海唄(『郷土研究紀要 因伯民俗調査』)など。

18 一七「…ばこそ」は反語。寄りはしない。▽→三三。「とろりとろりと沖行く船も 女郎が招けば磯に寄る」(延享五・五五)。「走る船をも招けば磯へ 寄るは心のまことより」(福井・盆踊歌、『俚謡集拾遺』)。「思ひ切る」は中世小歌以来、近世流行歌謡でも好んで用いる。「思ひ切れ切れ切るなら今よ今が思ひの切りどきよ」(愛媛「大三島の民謡」)。

19 ▽後朝、女が共寝した男の寝姿を五月野の百合に譬えたか。女が窓から恋しい男の寝姿を垣間見たのか。「殿の寝姿今朝こそ見たれ 五月野に咲く百合の花」(延享五・一三二)。「加那が寝姿よ窓から見ちやりば 春ぬ野に咲きゆる百合ぬ小花」(奄美諸島・八月踊歌)。

20 一八 物をひっかけて手元に引き寄せたりするための、先の曲った長いかね。一九「楊梅。五月熟有二紅白紫三種一。山中果也」(和漢三才図会)。▽種は「かきはなけれど」と誤写し、行改め「かきはなげかけ…」の歌を書く。我自刊はそれを一行に翻刻して混乱。玉は種の誤写にあたる部分に「本書見レバ書損ナリ」。相手の女を山桃に見立て、自分に靡くことを期待する男の歌。初夏の山野の風景で前歌を受ける。「あのや小山に恋風が吹くとの 身をも投げ懸け揺すらば落ちよかのさてもつれなやあの君や」(落葉集二・地搗踊)。「山をとほれば山もゝほしや 身をもゆりかけゆすらばおちよ あいそすげなのはとのこゑ」(土佐節・蘭曲後撰集)。

21 一〇 野原。「のもせ」。野の平らかなこと。野の表面。詩歌語」(日葡辞書)。「野も瀬も」とも。一一 逢いたいばかりに無我夢中で。▽「さまを思えば野も瀬も山も 藪も林も知らでゆく」(京都・仕事歌、『丹後の民謡』)。淋敷座之慰・吉原しよくりしよ節に「そなた思へば…」。

22 一二 愛嬌。「…目もとのしほ、恋也」(はなひ草)。▽いとしい殿御の愛嬌をいつも胸に抱いていたいもの。田植草紙・六三。

一 小原(おはら)木や召(め)せ／＼黒木さゝを召(め)せ
濃(こ)くも薄(うす)くも聞(きこ)し召(め)せ／＼(きこしめせ)
二 栗本駿河家(くりもとするがけ)に形有レ之(これあり)。

23

一三 上のことばを強調した言いまわし。「母という字ましませど父という字御ざないよ」(説経節・かるかや)。一四 京都市の南部、鳥羽にある盛遠・袈裟の恋を伝える塚。秋の山は、同地鳥羽法皇城南離宮。紅葉を好んで植えたのでこう呼ぶ。この二つの名所は常にセットになる。▽「恋」に「来い」、「秋」に「飽き」を掛けた。暗に相手の心変わりを言う。

24

一五 黒木は竈で黒く蒸し焼きにした薪。八瀬大原の名物で都へ売りに出た。「必ず婦の業とす」(守貞漫稿)。一六 恋の苦しみを重荷にたとえる。→閑吟集・六九・七〇。黒木を頭上に戴き、二人連れで商いをしたのでかつぎ(本来、被き)連れ。▽その売り声は「…小原木／＼黒木召さいの」(おどり・小原木)。「大宮人の御竈木や　くろぎ召せ召せ柴召さぬかと」(近松・弁慶京土産二、近松・本朝用文章にも同形)。

25

一七 女にとって特定の相手。▽「咲いた桜に嵐が毒よ　若い娘に子が毒よ」(京都・雑謡、『日本歌謡集成』十二)。逢うと身も心も蕩けてしまうほど魅力ある君。女歌舞伎踊歌では気の毒を気の薬と対照させて歌う(京大本、国女歌舞伎絵詞所載踊歌など)。

〔山城の国風・伝説〕

一八 巻頭歌を踏まえる。一九 二・三を意識した表現か。二〇 新人国記・山城に「当国の風俗は、男女ともにその詞自ら清濁分りよくして、たとへば流水の滞ることとなくしていさぎよきが如し。風俗はその所の水土にしたがふものなり。この国の水の潔きこと他国にならぶことなし」。二一 類聚名物考・調度部・十四酒具に「小原酒盃。をはらさかづき、京都将軍の時出来し物となり。二寸四分の平盃なり。黒木の蒔絵有る故にさいふといへり」。俚言集覧に「大原形、盃の形也」。二二 足利義政の時代。

一 種・玉・我自刊ともに二行書きで山城の最後に入れる。種・玉には絵を入れ、「小原は小盃ノ名」。玉には加えて「栗本家に形有也」。天正狂言本・わかな(虎明本、和泉流狂言抜書にも)、女歌舞伎踊歌(おどり)・小原木、松の葉一・琉球組、巷謡編・一七などに類歌。 二 室町期御用蒔絵師幸阿弥派から分

〔**絵中歌謡**〕
年立〈た〉ち帰る春なれや　木の芽〈め〉もめだつ花も咲〈さ〉く
▽種・玉・我自刊ともに大和の冒頭に置く。玉は朱✡印あり。→解説。「年立ち返る春なれや　年立ち返る春なれや　花の都に急がん」（謡曲・東北）。「あらたまの年たち返るあしたより待たるるものは鶯の声」（拾遺集・春・素性）。→一﹅三。

かれた幸阿弥六代長清の子太郎左衛門が別家して栗本家の祖となる。その血統代々蒔絵に従事し徳川氏に仕えた（澤口悟一『日本漆工の研究』参照）。

26　▽春日は、松・三笠・朝日と付合（内閣文庫本・名所取要詞）。御影松は神降臨して姿を現ずる影向松。三笠の森には、千代を経た松がみごとに枝を茂らせているが、なかでも朝日を受けた春日社の御影松があらたかだ。

27　一種・玉・我自刊は「様と」。＝火を吸い付けておいて相手に差し出す煙管〈キセル〉の煙草。▽遊女が後朝に男を送り出す、色めいたありさま。火が付かぬのは、男を帰したくないという自分の思いがそうさせるのか。「様のつけざし名残のたばこ　思ひ増すやら火がつかぬ」（延享五・二四九）。各地民謡では「涙しめりで火がつかぬ」。

28　▽吉野は桜の名所。「梅と桜と吉野へ来たが　梅がすいとて帰された」（『大和民謡集』）。「…梅はすいのでかやされて桜はよいのでほめられた」（『奈良県風俗志』生駒郡）。以下三〇まで桜で連鎖。

29　▽『大和民謡集』に「吉野山見て雪じやとおしやる　あれが雪かよさくら花」（吉野郡白銀）の他同類型一首。「吉野の山を雪かと見れば　雪ではあらで　やこれの　花の吹雪よの　やこれの」（糸竹初心集）。

30　三奈良県北葛城郡当麻の石光寺境内、染の井の傍にある桜。中将姫が蓮の糸を掛けて干したという。当麻はタヘマ（易林本節用集、宝暦二年板和漢節用無雙嚢）。▽一・七・八の数を読み込む。大和地方およびその近辺で、盆踊歌・機織歌・手鞠歌として伝承。→解説。

大和

26 千代の松が枝三笠の森に　朝日春日の御影松

27 一様の暇の二吸付煙草　恋が増すやら火がつかぬ

28 梅と桜と吉野へ行たら　梅は酸いとて戻された

29 東山のは雪ではないか　あれが雪かや桜花

30 一に三当麻の糸掛桜　奈良の都は八重桜

31 ござれ初めたら様来初めたら　道の小草も枯るゝほど

32 吉野川には棲むかよ鮎が　わしが胸にはこひがすむ

33 わしは四山雀餌に落されて　明障子の内に棲む

34 人にもの言や油の雫　落ちて広がるどこまでも

35 五若ひ女の六願かけるのは　神や仏もおかしかろ

31 ▽恋しいあの人がいったんわたしのところに通いはじめたら、道の小草も枯れるほど繁く逢いに来て下さる。または、来てほしい。「来いじゃ行かいじゃ親さん方へ　道の小草の枯れるまで」(愛媛「大三島の民謡」)。「ござれこひので此の子ができた、今さらいやとはそりや気のまよいじや…」(滑稽本・多満望美源女物語)。

32 ▽「鮎」と「愛」、「鯉」と「恋」を掛ける。「鮎鮓(アイノスシ)」、吉野」(和漢三才図会)。奈良県五條市盆踊歌に伝承。「猿沢の池の水ではない、こいがすみ候身の池に」(松の葉一・裏組)。

33 四飼鳥。籠の内で胡桃を廻したりする。▽男の愛にほだされ妾となり、今は囲いの身となった女の科白。「身は山雀放せよ我を　松の実ばかりでくるみでもなし」(隆達節)。

34 ▽前歌「落されて」から「落ちて」へ。教訓。発言は慎重に。愛知県北設楽郡では前半を「恋の注文油の垂りよ」(『愛知県地方の古歌謡』第一集)。『俚謡千首櫓太鼓』では「人の口には戸がたてられぬ　流れ川には堰ならぬ」「物を言やるな言や屑になる　言はで包めば人知らぬ」と並べて掲載。

35 五種「をなご」。玉「おはな」。我自刊「せなご」。六恋愛成就の願。▽「神むつかしくおぼすらん　叶はぬ恋を祈れば」(宗安小歌集)。「どうぞ神様とこ聞き分けて　二度と頼まぬわいの今一度」(石川県加賀地方雑謡、『日本民謡大全』)。

36 七種・玉・我自刊の傍書「暦、こゆみとうたふなるべし。細字の文を三島暦にたとふる事、いとふるく見えたり」。ここは様への恨みごとがこまごまたくさんあること。▽新投節。延享五・五二〇、鄙廼一曲・一六にも。「三島暦ほどこ(かカ)き下された便りいたらば返事しよや」(延享五・四二七)。

37 ▽女盛りをこんな片田舎でむなしく過ごしてしまったとの嘆き。「花の世盛り十九は花の世盛り　十九ばかりか二十も花の世盛り」(肥後国阿蘇宮御祭礼田歌)。「花の盛りをしんとめられて　いつが春やら盛りやら」(大阪・女工歌、『日本民謡大全』)。

38 八これを撞くと、現世では有徳自在だが、来世は無間地獄に落ちるという謂れのある鐘。遠江小夜の中山、無間山観音寺(静岡県掛川市粟ヶ岳)にある。▽種・玉・我自刊の傍

36 様に恨は三島の暦[七] 言ふてなにしよに添はぬから

37 花の盛りをこなたでしまふた どこを盛りと暮そやら

38 昨夜呼んだる花嫁御 今朝は無間[八]の鐘をつく

39 花は一枝折り手は二人 わしはどちらへ靡こやら

40 一人山道[九]もの凄ござる はやく声出せ時鳥

41 情ないぞや今朝立つ霧は 帰る姿を見せもせで

42 雉子の雌鳥薄のもとで 夫を尋ねてほろゝ打つ[一〇]

43 月夜影にも干[一一]したい袖を 濡らしたよまた絞[一二]るほど

44 様よあれ見よあの雲行きを 様と別れもあのごとく

45 思ひ直しはないかよ様よ 鳥は古巣へ帰らぬか

46 人目思はず人さへ言はにや 織りて着しよぞや立縞[一三]を

47 [一四]添ふて添ひ飽く殿御もあるに 添はで思ひの増すも有

48 お月様さへ恋ぞよめさる こゝで待てとの雲蔭に

書「解しがたき歌なり」。健気な花嫁がわが夫の富貴を願い、我が身の来世を犠牲にして鐘を撞くさまを歌うか。「様の力(りき)なら無間の鐘を　撞いて奈落へ沈むとも」(延享五・一〇〇)。前半は手鞠歌「ゆうべござつた花嫁ご〳〵」の類型。→一七六。

39 ▽二人の男(折り手)から言い寄られた女(花)の歌。→三七。「花の盛りをあなたに折られ　あとの枯木を誰が折る」(神奈川・仕事歌、『神奈川県民俗芸能誌』)。「花は咲かすな蕾で居れよ　咲いて小枝を折られなよ」(愛媛「大三島の民謡」)。

40 九「深くて人気のない山林などのように、淋しくて恐ろしいこと」(日葡辞書)。我自刊「ものすこさゞる」は誤記。▽本来馬方道中歌。あるいは道中夜出のまじない歌か。「御坂夜道は何やらすごい　早く音を出せほととぎす」(山梨・御坂馬子歌、『山梨の民謡』)。

41 ▽後朝、男を見送る女の歌。「帰る姿を見んと思へば霧が朝霧が」(隆達節。閑吟集・一六七、宗安小歌集・二九参照)の影響あるか。歌い出し「情ないぞや」系歌謡の一つ。「霧は深し殿は見えずものが言はれうかい、霧が深ふても見やうぜ殿の姿」(広島・田植歌、『田植とその民俗行事』)。

42 一〇 雉子・山鳥が羽を打つ音、または鳴く声。「けい〳〵けんけんほろゝとうち候」(舞の本・八島)、「雉子がほろゝ打候、ほろゝの雉子の声」(肥後国阿蘇宮御祭礼田歌)。→鄙廼一曲・一四六、巷謡編・三六二。▽さんさ時雨では、祝言性をより強めて「雉子のめん鳥小松の下で夫(つま)を呼ぶ声千代〳〵と」。

43 一一 種・玉・我自刊「ほしたき」。一二 種・我自刊も「ぼ」。玉の「しほるぼど」は誤。▽成就しない恋に日頃泣いて暮しているのに、またしても涙で袖をしぼるほど　あなたはわたしを泣かせるのね。前半は譬えで、月夜の晩に男を待ちあぐむ女(有朋堂文庫)と見る必要はない。「袖しぼる」→一八一。

44 ▽淋敷座之慰・弄斎片撥・昔ぶし品々「はなれ〳〵のあの雲見れば　明日の別れもあの如く」(小異で松の葉二・恋づくし。近松・淀鯉出世滝徳・上)。「はなればなれのあの雲見れば　わしもはなれりやあの如く　ばいのうさよ」(長崎・対馬しんき節、『対馬民謡集』)。閑吟集・三三五参照。

49 蝶よ胡蝶よ菜の葉にとまれ　とまりや名がたつ浮名たつ

50 はやる簪髪かたちより　直な心がうつくしい

凡　二十五首

山ゝ里ゝにて云ならはすことわざ、世の人情、父を慕ひ君を敬ひ、宮仕の賤の女なれば、主を思ひ子を慕ひ夫を親しむ心のまゝ、やさしくも感ずべき事也。此国に大峯[一]と云深山あり。むかし[二]遠江国長福寺[三]へ山伏来り、「大峯に入路用の合力を得ん」と云。「かねと云は鐘楼より外はなし。路用にたらば参らせん」と云。客僧よろこび鐘[四]をさげて走り行、釈迦が岳[五]の松にかけ置て、今に存すと云、訝し。しかれども、かよふの事いにしへありし也。漢[六]の武帝の御時、未央前殿[七]の鐘故なくしてみづから鳴る事、三日夜まで止む事なし。帝驚かせたまひしに、東方朔[八]奏しけるは、「銅は山の子にして、山は銅の母とうけ給る。

45 ▽「様よ」で前歌に連鎖。慣用句「花は根に鳥は古巣に帰る」は、千載集・春下、謡曲・東北、同・竹雪等。「鳥も古巣にや七度戻る　思いがえしは無いか様」「思いがえしは無いことあないが　今で古巣に帰られぬ」(広島・仕事歌、『芸北民謡集』)。婚礼の場の民謡では「鳥は古巣へ戻ろとまゝや　娘は古巣へ戻りやせぬ」(『和歌山県俚謡集』長持歌)。→二六。

46 三 種・玉・我自刊も「たつじま」。伊達模様。派手好みで粋筋が用いた着物の柄。▽「人目は恋の中垣…」(二八明題集書入の小歌)。「人目しげきにもの言はぬ…」(隆達節)。

47 四 我自刊「そうてそひなへとのごもあるに」。▽「添ふ」は近世流行歌謡や民謡におけるキーワードの一つ。「添うて添えない殿御もあるに　添わで思いの増すもあり」(『三州田峯盆踊』)。「添うて苦労は世上の習い　添わぬ先から苦労する」(京都・雑謡、『丹後の民謡』)。

48 ▽お月様も恋をしている、待ち合わせのあれあの雲陰に入って。島根県邑智郡の盆踊歌に「お月様でも恋路の道をここで逢へとの雲影が」(『島根民謡』)。清元・月雪花名残文台(文政三年)に「お月様さへ嫁入よなさる…」。「お月様さえ夜遊びなさる　わしの夜遊び無理はない」「お月さんさえ博奕に負けて　雲の合間からてらてらと」のパターンは各地に。

49 ▽「とまる」に「止まる」「泊る」を掛ける。前半後半掛け合いか。江戸前期流行の小歌。「世の中よ蝶々とまれかくもあれ」(西山宗因)。上句、わらべ歌として伝承。→童謡古謡・一三。明治十四年刊『小学唱歌集初編』では「てふ〳〵てふ〳〵菜の葉にとまれ　菜の葉にあいたら桜にとまれ」。

50 ▽姿容貌より、人は正直な心が大切と諭す。「男ぶりより器量より心　こゝろよいのは人が好く」(愛媛・大工歌、『大洲市誌』)。

〔**大和の国風・伝説**〕

一 奈良県吉野郡にある修験道の霊山。新人国記・大和に「南に大山覆ふ。大峰といふて甚だしき深山なり」。二 この伝説は、諸国里人談(菊岡沾凉)五・大峰鐘、本朝故事因縁集二・大峯釈迦嶽之鐘などに見える。前書は挿絵あり。三 右掲二書によ

陰陽の気類を言へば、子と母とは相感ずべし。山崩るゝ所ありなん」と申けるに、三日の内に南郡[九]の山崩るゝ事三十余里とぞ奏しける。今も人家の釜鳴る事あるは此理にてぞはべる。これらの理をよく通じなば、其一気の感ずる所は百世といへども遠からざる事を知るべしと、鬼神論[二]に出たり。山伏の鐘を山上へ持ゆくこと、東方朔に尋ねたらばいかゞ答へん。

河内

51 君は八千代にいはふね神の[一二]　あらぬかぎりは[一三]朽ちもせん

52 今年世の中稲刈りそめて　神と君とに重ね[一四]餅

53 山家なれども我が故里は　柴[一五]の庵もなつかしや

54 山家山家となしげに[一六]おしやる　色のよひ花山に咲く

ると、遠江国佐野郡原田村長福寺と伝える。「長福寺釣鐘。この寺の釣鐘、和州大峰山上に有る事名高き事にして」(享和三年刊・遠江古迹図会)。御手洗清『遠州伝説集』(昭和四十三年)には、静岡県掛川市本郷、長福寺。四 本朝故事因縁集、『遠州伝説集』では、鐘を提げて虚空に飛び去る。五 吉野郡にある一七九九メートルの高峰。奥駈け修行の「崇嶸たる高峰也」(木葉衣・上)。本朝故事因縁集では、釈迦嶽の巌に掛けている。ただし伝説では、大峰山上の鐘掛岩がそれ(遠江古迹図会。高田十郎『大和の伝説』。後、大峰山本堂におさめたという)。鐘掛松伝説は各地にある。六 この伝説、最後に記すように、新井白石・鬼神論から引く。七 みあうぜんでん。未央宮正殿の前の小宮殿。未央宮は、漢高祖の初年、丞相蕭何が長安竜首山に建てた皇居。八 前漢の人。漢武帝に仕えた。方士で西王母の桃を盗んで食べたりした伝説がある。九 今の湖北省江陵県。一〇 釜がひとりでに鳴りだす不思議。二 新井白石(一六五七—一七二五)著。成立年未詳。朱子の説によりながら、鬼神について論じた書。鬼神は死者の霊魂と天地の神霊で、それらは陰陽二気の霊妙なはたらきとし、「陰陽二気と言も、もとこれ一気の屈(くっ)めると伸るとにて」と説明する。本書の伝説部分における陰陽論はこの書に負っている。

51 三「磐船」と「祝ふ」を掛ける。磐船神社は河内国、現交野市私市(きさいち)地区にある。「朽ちもせん」とあるように御神体は巨石。

三 あらむかぎりは、の意。▽「君が代は千代に八千代にさざれ石の巌となりて苔のむすまで」(隆達節。出典、古今集・賀)。

52 一四 大小重ねた祝いの餅。▽「今年世の中に穂が咲いて三把刈つたら五斗五升」(『三州田峯盆踊』)。

53 一五 玉「しばのいなか」は誤り。▽若緑四・夜深船、延享五・八、『日本民謡大全』日向・雑謡などに初句「故郷恋しや」で見える。隆達節の「すみかとて柴の庵もなつかしや　都なれども旅は憂いもの」参照。結句「懐かしや」民謡群の一つ。

54 一六 種・玉「なしげにいやる」。我自刊「あしげにいやる」。取るに足りないものとして、見下げて言う。▽類歌多い。延享五・三八七の前半「山家者(やまがもの)ぢやと里衆は云やる…」。「色

55 親が片親ござらぬゆへ(ゑ)に　人も悔りや身も痩せる

56 人は羨[一]なりや咲く花なれど　我は木蔭のしほれ(を)ぐさ

57 様とわしとは山吹育ち　花は咲けども実はのらぬ

58 富士の裾野の一本薄　いつか穂に出て乱れ合ふ

59 人が言ひますこなた[二]のことを　梅や桜のとり〲に

60 人の言ひなし北山時雨[三]　曇りなき身は晴れてのく

61 わしは谷水出[四]ごとは出たが　岩に堰かれて落ち合はぬ

62 なにを嘆くぞ川端柳　水[五]の出ばなを嘆くかや

63 五月雨ほど恋ひしのばれて　今は秋田[六]の落とし水

64 梅は匂よ桜は花よ　人は心よ振いらぬ

65 雨の降り出に名が立ちそめて　雨は止めども名は止まぬ

66 おもしろいぞや今咲く花は　後の散り端は知らねども

67 人のことかと立ち寄り聞けば　聞けばよしないわしがこと

のよひ花」は暗に美人。「山ぢや山ぢやと山やしみやれど　器量のよい花山に咲く」「器量のよい花山には咲けど　菊や牡丹は里に咲く」(岐阜「北飛騨の民謡」)は山と里の歌合戦。

55 ▽五四とともに子守する奉公娘達の仕事歌。「親がないとてたわけにしるな　親はふた親極楽さまで」(岐阜・子守歌、『日本伝承童謡集成』)。「親のない子は浜辺の千鳥　日さへ暮れたらしほしほと」(大阪・子守歌、『中河内郡誌』)。→九九・一〇一。

56 一 うらやましい。▽咲く花と萎れ草を対照。仕事の辛さと思春期の恋愛感情が混ざっている。→一〇〇・二五一。五七は「様は羨なりや」。「人はけなりや両手に花よ　私は片手に萎れ花」「お前や片手に萎れ花か　私や萎れた花も無い」(福井・草刈歌、「敦賀俚謡集」)。

57 ▽「様とわしとは」「花は咲けども実はのらぬ」は類型句。恋の花は咲くけれど、二人は夫婦としてめでたく結ばれることはない。一説に、山吹は花が咲いても実を結ばないように、夫婦となったわたしたちには子宝がめぐまれないのだ(佐々木聖佳。→参考文献)。「七重八重花は咲けども山吹のみの一つだになきぞ悲しき」(後拾遺集・雑五)、「山吹の花は咲けども誠がうすい　浮気で咲くせか実がならぬ」(長野・雑唄、『北安曇郡郷土誌稿』)。

58 ▽隆達節(「武蔵野の一本薄…」)以下、近世全期を通じて愛唱された流行小歌。「富士の裾野の一本薄」では、はやり歌古今集・さんさぶし、落葉集七・忘れがたき、から見える。語り物や物語等にやまとことばの一つとして。

59 二 あなた。→九・七八。▽世間ではあなたの事をいろいろに噂することだ。恋の浮き名の噂。「人が言ふ」で六〇と連鎖。

60 三 京都の北山から降り渡る時雨。さっと来て、まもなく止む。山之井・冬部・時雨の条に「北山時雨」。▽人の噂や悪口が我が身に降り懸って来ても、やましいところがなければ北山時雨のようにまもなく晴れて無くなるものだ。この歌、我自刊には欠落。宗安小歌集、隆達節「人の濡衣北時雨　曇りなければ晴るるよの」。近世伝承は「人の悪口北山しぐれ

68 阿波の鳴門に身は沈むとも　君の言なら背くまい

69 恋の山吹なさけの菖蒲　秋の枯草しほれ草

70 様とわしとはうちごみ柳　浮けど沈めどもろともに

71 思ふて恋して叶わぬ時は　稲の葉結びしてみやれ

72 こなた思ふたらこれほど痩せた　二重廻りが三重廻る

73 一夜落つるはよも易けれど　身より大事の名が惜しい

74 暇じやといふて挿櫛くれた　心とけとの解櫛を

75 飽きも飽かれもせぬ仲なれど　暇やります親ゆへに

76 鐘が鳴るかや撞木が鳴るか　鐘と撞木の間が鳴る

凡　二十六首

君をうやまひ豊年を祝し、神に祈りて安穏を願い、貧しきうちに楽しみ、あはれに聞ゆる古歌に、楽しみは浜の瓢の夕涼み夫はてゝら妻は二布して。御製の由。男女とも心和らかにて、言

…」(潮来風)、賤が歌袋・五編、麓廼塵・臼挽歌等に。大衆が心情の拠り所として大事に伝承。→三三。亖まで雨・水で連鎖。

61　四 我自刊「出るは出たが」。出ることは出たが。種・玉は「出事」とし、玉は「デゴト」と振りがな。▽忍び出たが他人の邪魔がはいってうまく逢引できなかったことを歌う。「わしら沢水出は出て来たが　岩にせかれて落ち合わぬ」(静岡・田植歌、『田方郡誌』)。「私は谷水出ることは出たが、岩に堰かれて落ちる…」(厳島御島廻歌・端歌、『俚謡集』)。

62　五 春になって川水が増し、勢いよく流れはじめたことか。▽「なにをなげくぞかわやなぎ〱　みづのでばなをなげきそろ」(梅玉本かぶき草紙)。川端の柳の糸が流れに翻弄される様を嘆くと見立てたか。明治三十三年頃「東雲節」参照。

63　六「飽きた」を掛ける。▽近松・心中宵庚申・中に「五月雨ほど恋ひ慕はれて今は秋田の落し水」(小異で心中万年草にも)。女の恋の成り行きが、稲作の季節の推移に絡めて歌われた佳品。「雨の足ほどわしョ通わせて今じや轆轤の弾きがね」(広島・仕事歌、『芸北民謡集』)。

64　▽宗安小歌集「梅は匂ひよ　花はくれなゐ　人は心」。「人は心」「人はなさけ」の教訓を歌う流行歌謡や民謡は中世・近世に散見。

65　▽重出歌。→二六。名は浮名。広島県山県郡の仕事歌(『芸北民謡集』)、島根県鹿足郡の雑謡(『柿木村の民俗』)などに継承歌。「夕立などの降り始めではなく、梅雨期の長雨を背景としたもの」(有朋堂文庫)。

66　▽「散り端」は散りはじめ、散り際。「生い端」(田植草紙・二二)。暗に、今咲く花は人生の若盛り、後の散り端は老いの果てを言う。

67　▽誰のことを噂しているのかしらと立ち寄って耳を傾けると、他人事ではなく、何と我が事ではないか。世間は油断ならぬもの。賤が歌袋・五編ではこれを出し「人の私語を聞かまほしく立寄るとは、心上に姦邪の脳ある人なり…。我が身正しければ、立寄て何も聞事はあるまい」。第三句、我自刊「きけばさしなハ」(『俚謡千首櫓太鼓』は「きけば指名ハ」)。

(一〇七頁へつづく)

葉美しくあれども、国の癖として、事を計る心多しと云。大和河内の境に一二上山と云あり。麓に雲母多くあり。雲母は水気にて、此山に霧立ちのぼり、雲合ば雨降るゆへに、三二上山に雲集まれば雨降ると、所のもの云は、陰陽相和し同気求むるゆへなり。雲母と書は此ゆへなり。相感ずる事は前に出づる。

和泉

77 千歳に余るしるしとて　君が代を経る春の四松が枝

78 こなた百までわしや九十九まで　髪に白髪の生ゆる迄

79 五ひよ〳〵と鳴くは鵯　鳴かぬは池の友におし鳥連れて行

80 六七つさがりて田の草取れば　七のばの露かや涙かや

81 声はすれども姿は見へぬ　君は深山のきり〳〵す

一 大阪府太子町と奈良県当麻町にまたがる山。万葉集にも歌われる。二 この近辺の地質的特色として、岩種は斑状黒雲母花崗岩、細粒黒雲母石英閃緑岩、角閃黒雲母花崗岩など(『二上山村史』)。三 付近の村々では二上山のことを嶽(だけ)と言い、最近まで「嶽の山に雲がかからねば雨は降らぬ」、また俗謡に「だけの権現さん　のぼりがおすき　のぼりも来い雨降らす」と歌い、「だけの権現さんは水神としておがんだ」(『二上山村史』)。実際に編者が見聞した語りぐさの可能性もある。

77 四 有朋堂文庫では、「浜の松が枝、の誤りか」。▽各句、単語の多くは祝言の和歌に散見する。→三二七。歌謡としての伝承性は薄い。詩型は短歌形式の初句を欠いた七五七七。

78 ▽祝宴の場を始めとして、全国的に現代も歌われる身近な民謡の一つ。「こなた百迄おりや九十九まで共に白髪の生ゆる迄」(宝永頃、今様くどき・順のこぶし)、以下「共に白髪の…」として延享五・四三、春遊興、浮れ草・大尽舞などに。

79 五「鵯、ひえどり、ひよどり。…常成レ群飛啼二叫喧一。其声如レ言二奇異奇異一」(和漢三才図会)。▽同歌は、田植草紙・三九、松の葉三・ひよどり、近松・鑓権三重帷子・権三おさゐ道行。その他真鍋『田植草紙歌謡全考注』三九考説、『日本民謡大観』九州篇北部参照。

80 六 午後四時ごろ。田植・草取りなどを終える目安の時刻。「二番三番取りや七つにあがれ　七つ過ぎると日が暮れる」(石川、『七尾の民謡と童唄』)。七 苗葉。のうばとも。▽草取歌。後半「松の露やら涙やら」も多く、仕事の辛さを嘆く。「夏の暑いのに田の草取れば　汗が出ますたらたら」(山口、『防長民謡集』)。

81 ▽いっこうに来てくれない恋人を、深山の蟋蟀(こおろぎ)に譬えて当て擦(こす)る。盆踊の場では、誰かわからないがよい歌声を聞きつけた時などに出た歌か。「…きみはふかみのきり〳〵す」(吉原はやり小歌)、「…きみはふかのゝきり〳〵す」(長府藩・御船歌本)など。

82 八 種は朱で左右に「ぢ歟」「節歟」。ふじ(藤)の可能性も見ている。玉「ふしつむぐ」。▽様の羨ましい状況に対して、

82 様は羨なりや細糸つむぐ　わしは山家の藤[八]つむぐ

83 人は悪ないわが身が悪ひ　破れ車[九]でわが悪ひ

84 朝は朝星夜はまた夜星　昼は野[一〇]畑の水を汲む

85 風がもの云や言伝しよもの　風は諸国を吹き廻る

86 夫[一一]たがへず娘は桛[一二]ぐ　妻は背戸へ出て米炊く

87 嫁を可愛がれ嫁[一三]こそかゝれ　娘他国の人の嫁

88 紅葉踏む鹿憎ひといへど　恋の文書く筆となる

89 尋ねてござれ恋しくば　わしは信太の森に住む

90 月夜うたてや闇ならよかろ　待[一四]たぬ夜に来て門に立つ

91 様に貰ふた根付[一五]の鏡　見れば恋増す思ひ増す

92 後世を願やれ爺様や婆様　年寄来ひとの鳥が鳴く

93 落ちよ〳〵と落とそとしやる　猿の木登り落ちやせまひ

94 おまへ追従[一六]か人事言[一七]ふか　お茶[一八]を荒らしに又来たか

わしの惨めさ辛さを対照させる型。→五六・一〇〇・三五一。山村では藤の繊維を績んで着物を作ったりした。節とするなら、節目のある品質の悪い節糸。「糸は切れるしふし扱きや詰まるつまりづめよなわしが身は」（滋賀・長浜糸繰り歌、『長浜の伝承』）。

83 九「我」と「輪」を掛ける。▽「わ」を五回用いて歌のリズムをつける。「人はよいものとにかくに破れ車よわが悪い」（隆達節。宗安小歌集・一七一、延宝三年書写踊歌・やよや節等参照）。「人はよい〳〵あのどこまでも　破れ車で輪が悪い」（静岡・粉挽歌、『田方郡誌』）。

84 一〇 有朋堂文庫「野端か」。▽一日中、農作業に従事して暮らす辛さを歌う。『若越民謡大鑑』には盆踊歌として。

85 ▽民衆が風を捉えて発想した代表的な恋歌の類型。同歌、京都府熊野郡久美浜町の船歌（『丹後の民謡』）。「風どんが物言ふたらば言づけどもしようらえ　風は空吹く物言はん」（長崎・新地節、『全長崎県歌謡集』）。「吹く風に消息をだに托(つ)けばやと思へども…」（梁塵秘抄・四三五）。「…物言ふ月に逢ひたやなふ」（閑吟集・八）。

86 一一 底本および玉晁本に「たがへず」とある。「耕へす」が正しい。「タガエス　田を耕す」（日葡辞書）。一二 桛(かせ)に糸を掛けて巻くこと。一説に稼ぐ。▽貧しいながらも親子力を合わせてはたらく様子。

87 一三 嫁にこそかかれ、の意。結局は嫁に面倒を見てもらうことになるものだ。▽嫁を蔑ろにする姑への教訓歌謡。「嫁はそしるまい嫁にこそかかれ　娘の末は人の子よ」（淡路農歌）。同系統は盆踊や田植の場でしばしば歌われ、第三者の声として人々を諭した。

88 ▽鹿の毛が筆の穂になって人間に役立つことを歌う。万葉集十六・乞食者詠「鹿の為に痛を述べて作れる」、梁塵秘抄・二三九、田植草紙・六などに同想の伝承。ただし「恋の文書く」とする発想は、近世民謡の特色。

89 ▽信太妻伝説の「恋しくは尋ね来てみよ和泉なる信太の森のうらみ葛の葉」による。信田の森は現大阪府和泉市。「恋してはまた尋ね来いヨー　昼は信太の森の中ヨー」（南葵

95　松が殿御で子を産めばこそ　山に小松が絶へませぬ

96　嫁を〱とゑ[一]と誇りやんな　誇るわが子も人の嫁

97　昔思へばうらめしござる　なぜに昔は今なひぞ

凡　二十一首

[二]永き世の松を慕ひ、豊年をよろこび、[三]友白髪の有様、[四]池のをし鳥の睦まじきを眺め、うれしき世に逢ふことは、[五]淀の流れの車絶へせぬ古事思ひ出られておかし。[六]民の風うはべ美しくをとなしといへども、実義うすき所といふ。[七]此国界の寺に白犬あり。勤行の時堂の縁に来り平伏する事年有。餅を咽につめて死す。和尚憐みて弔ひぬ。或夜僧の夢にかの犬来りて、念仏の功力により、門番人の妻に宿ると見しが、男子を産めり。出家させ異名を白犬と呼ぶ。安からず思ひて和尚に問ふ。餅を嫌ふゆへにといへば、しからば食すべしと言ひて、用ある体にて座を去り、

文庫旧蔵わらべ唄・子守歌)。→巷謡編・三六。九〇と連鎖。

90　一四 我自刊「またぬまにきて」。▽本来、異なる歌の前半と後半が合体してできた歌。→解説。三六六・三七六参照。「…来るか〱と待夜は来いで　びんぼ男や喉すばり」(淋敷座之慰)。

91　一五 根付のついた携帯用の鏡。別に絵付の鏡、柄付の鏡とも。▽鏡はあの人がくれた恋のお守。「様にもろたるきぬ糸でまり　つけば心も君うきごゝろ」(近江・盆踊歌、『日本民謡全集』続編)。

92　▽「年寄来ひ」は鳩の鳴き声。教化歌謡。「年寄来ひ〱若ひ者は跡に居て年寄来ひ〱。鳩の声に示ニ无常ニ」(たとへづくし)。「ねんねんほろろん後の藪で　年寄来いとの鳩が鳴く」(三重・子守歌、『日本伝承童謡集成』)。

93　▽口説き落とそうとする男に対して女が言い返した。「落ちる」→一三。「落ちよ〱と落して置いて　壁に蔦の葉退き心」(落葉集一、蔦の葉)。「おちよおちよと落しておいて末はつるべの逆落し」(愛媛・田植歌、『愛媛民謡集』)。

94　一六 諸本「ついしよ」。おべっか、ご機嫌取り(日葡辞書)。一七 傍書に、種は「言」、我自刊は「事」。一八 我自刊「を」欠脱。▽訪れた相手(男か)の言動を腹に据えかねて、その茶飲み話の場に居た何人かの女の一人が言った。「いうてよいのは娘の島田　いうて悪いは人の事」(三重・子守歌、『日本伝承童謡集成』)。

95　▽山に小松が繁茂することを歌い、子孫繁栄の予祝とする。松を松茸の女房詞だとすると、暗に男根、子を産む、小(子)松と連続してゆく。

96　一 たくさん。物類称呼五に久しきの意の「ゑつと」について「ただし多い又よほどなと云詞にも当るか」。▽「えつとそしるな人のこたそしるなよ　人のことそしればにくまれる」(長崎・子守歌、『全長崎県歌謡集』)。「しゆうとめお前も人の嫁　我も人の嫁　いくらほどの違いめに嫁をそしるらん」(藤枝市滝沢田遊びの麦搗歌、『静岡県の民謡』)。→八七。

行方知らずとなり。仏説に果過現在のことを云。[八]天地の間一元[九]気にして、[一〇]五行集まりてものを生ず。死しては散じ、散じては集まる。前生は人あるひは犬猿の霊とかたよりありて、生をかへんや。かくあれば、天地生々してやまざる事はいかならん。

摂津

98 今年世がよて穂に穂が咲いて　殿も百姓もうれしかろ

99 親はこの世の油の光　親がござらにや光なひ

100 人は羨なりや親様二人　わしは入日の親一人

101 親といふ字を絵に描いてなりと　肌の守とおがみたや

102 歌の返しは二度こそ返せ　三度返すは異なものよ

103 山を通れば茨がとめる　茨放しやれ日が暮れる

97 ▽昔がふたたび返ってこないことを恨めしく思っている老人の発想。「…あら恋しの昔や　思ひ出は何に付けても」(閑吟集・二三〇)。

〔和泉の国風・伝説〕

二 和泉の冒頭歌を踏まえた表現。 三 七六による。 四 七九による。 五「淀の川瀬の水車誰を待つやらくる〳〵と」(京大本・歌舞伎草紙)など、淀の川瀬の水車の小歌は近世期広く伝承。 六 新人国記・和泉に「当国の風俗、至りて実義なし。上べ美しく見すれども、底意はかつて用ひられざる事…」。 七「此国堺の寺に白犬あり」から「行方知らずとなり」まで、諸国里人談五・気形部・犬生レ人を参照。 八 以下、陰陽五行説によって述べる。 九 天地間に広がり万物生成の根本となる精気。 一〇 木火土金水の五つの元気。

98 二 種・玉・我自刊ともに「世がよふて」。世が良て、の意。日本古典全書「世が世で」。▽豊年祝いの盆踊歌。殿は藩主・大名あたりか。落葉集五・鄙男踊に「やんら目出たや　やんら楽しや　今年世の中穂に穂が咲いて」。

99 ▽「親は此の世の油灯候や　親がなければ光なや」(延享五・三六一)以下各地に伝承。福井県若狭地方に同一歌(『南越民俗』三号)。「親のある人は油火に提灯　わたしや親ない光ない」(愛媛「大三島の民謡」)。一〇一まで親で連鎖。→解説。

100 ▽初句は五六・三五一および八二にも見える類型句で、下句に「我は」を置く型。「入日」は暗に老齢の意。同歌は和河わらんべうた・一九。「親が二親ありさえすれば　こんな苦労はしよまいもの」「親が無いので悲しいわいな　二人ある衆はうらめしい」(『丹後の民謡』機屋歌)。

101 ▽賤が歌袋五編に「親といふ字をさま絵に書いて　膚の守と身にそへん。それ神儒仏のかしこき教も親に孝あるをこそさきとすなれ　孝行に増る守りはなし」。「親という字をわしや字に書いて　膚の守りにつけている」(和歌山米搗歌、『日高民謡集』)。「姉御やそれがしは、父といふ字御ざないぞ」「肌の守の地蔵菩薩を取り出して」(説経・与七郎正本さんせう太夫)など説経節における語りの口調と関係する。

104 いとし可愛子に旅させ親よ　憂いも辛いも旅で知る

105 心短気でわしや国を出て　今は習はぬ職をする

106 一半季女子に心を置きやれ　どこのいづくで語ろやら

107 腹の立つとき裏に二川欲しや　水に心をすゝぎたや

108 鳥も通はぬ深山の奥に　住めば都じやの三よ殿よ

109 野でも山でもお主様よかれ　お主のお蔭で世に出る

110 ものを言やるな言や屑になる　言はで包めば屑もなひ

111 人を使はば川の瀬を見やれ　浅い瀬にこそ藻がとまる

112 おれを言ふとて隣をおしやる　浜の松風うらを聞け

113 夢になりとも逢はせてたもれ　夢に浮名は立ちやせまひ

114 様が悪ひか我が悪しかろか　妬む心は菅の根か

115 思ふてござるか思はで来るか　おれが心を引いて見るか

116 お台所の連子の窓に　月と書たは四待てとかや

---

102 ▽歌詞や囃子ことばの反復はよいが、三度返すのはよくない。盆踊の場で唱謡の型を教え、リードする役歌の一つ。

103 ▽暗に、男に袖を引かれて難儀する女の科白。落葉集五・山庄太夫、姫小松・彦惣、長唄・春調娘七種(「様は茨かわしやゆひかねて」)、弦曲粋弁当・よいやさ、などに。

104 ▽「いとおしき子には旅させよといふ事あり。万事思ひしるものは旅にまさる事なし」(東海道名所記・一)。「イトシキ子ニ旅サセヨ　和漢古諺」(諺苑)。『和歌山県俚謡集』に、同歌と「可愛い子には旅さしなされ　酸い目甘い目旅で知る」。

105 ▽前歌の「旅」から「国を出て」へ連鎖。「心短気で我が国を出て　今は習はぬ職をする」(延享五・九七)。「心短気」は三〇七にも。

106 一 半年を期限として雇われている女。たとえば商家奉公人や子守。「好けりや一年悪けりや半期　半期勤めて出るがよい」(滋賀・子守歌、『今津町ふるさとのうた』)。▽半季奉公の女はとかく無責任だから気をつけろ、の意か。後半別の歌詞か。前歌の「職」から半季奉公へ。

107 二 我自刊「うしにかは…」は誤り。▽嫁の立場にある女の呟き。「裏に」がそれを物語る。「腹の立つ時背戸へ出て見やれ　紫竹小竹の節よ見やれ」(延享五・四七)。「腹のたつ時暫死んで　ながひ此世とおもふまひ」(安永八年・うすひき歌信抄)。

108 三 そうだよねえ、殿よ。夫へ念を押している。▽「すめばみやこ」(明暦二年・世話尽。この句は宗安小歌集・四九、隆達節にも)。「鳥もかよはぬ山なれど　住めば都よ我が里よ」(松の葉一・本手、鳥組)。「たとえ山中三軒家でも　住めば都じやのうや殿御」(山口・雀踊、『防長民謡集』)など。

109 ▽「主」は一族郎党の主人、あるいは奉公先の親方あたりか。「お主にかかれば朝起き夜づめ　汲までかなはぬお茶の水」(賤が歌袋・三編)。歌い出しは三九二や「野でも山でも子は産みおきやれ」(広島、『芸北民謡集』)の系統と同じ。

117 胸で苦しき火は焚くけれど　煙立たねば人知らぬ

118 雨の降り出に名が立ちそめて　雨は止めども名は止まぬ

119 浮名立たしてなぜ君は添はぬ　人がさますか我がいやか

凡　二十二首

千世を祝ひ孝弟の道ありて、云出すこと義に叶ふて情ありといへども、国富み華美を好むゆへにや、心ざま人をうらみ身をかこつことも、勢強くをとなしからざる姿あれども、よきに勧めなしたらば、義ある国と云べし。此国東成郡林寺村といふところに、鳥虫の類、石の上にとまれば、頂二つに割れて口を開き、落とし入て又もとのごとし。蛙の物を呑むに似たり。よつて蛙石と云となり。又河条国金遼山の廟に亀石あり。人食に尽きぬれば、此石に向ひ礼をなせば、飲食こと〴〵く出すと、三才図絵に出たり。蛙石は物を呑む。亀石は穀を吐く。一

110 ▽「屑になる」は屑(くず)が出ること。「オ、それでよい。長う物言やんな、屑が出るぞ伝兵衛」(近頃河原達引・堀川の段)。「何も言ふな〳〵物言ふた故に　父は長柄の人柱」(『大阪俚謡集』雑農謡)。一一三まで日常の対人関係における教訓。

111 ▽人を使う立場にある者は、相手と深く心を通わせるべし。浅い付き合いでは物事がすんなりとは行かぬ。ちょうど浅瀬には藻屑が引っ掛って流れの滞ることがあるように。

112 ▽あなたは、私の事をとやかく批判しようとして、遠廻しに隣の人にかこつけて言っておられる。人の話は、浜の松風ではないが、浦のいや裏の意味を解すべきだとばかりに。「松風トアラバ、浦…」「浜トアラバ、松、あらき浪風…」(連珠合璧集)。

113 ▽睦が歌袋・五編に同歌。宗安小歌集・四、大幣四・かすがの、ぬればとけ・河内、鄙廼一曲・二〇八などに類歌。「夢になりともお顔が見たや　夢ぢや浮名も立ちやせまい」(潮来風)。

114 ▽あの方が悪いのか、わたしが悪いのかしら。おたがい妬む心は菅の根のように入り乱れて、いつまでも解消しない。「よしやわたしが悪いにさんせ　日々に逢はれる身ではなし」(潮来風)。

115 ▽後半、おれの心を、靡くかどうかためしに引いてみようと言うのか。男女どちらの歌ともとれる。「思ふて来たのか思わで来たか　又は男がのて来たか」(延享五・二七九)。

116 ▣我自刊「まことかや」。「こ」は「て」の誤読か。▽「月」と書いたのは、民間行事としての二十三夜の月待ちから、「待て」の暗号。阿波地方風流踊歌に「廿三夜の玉章よ　月と書いたは待てとかよ来てとかよ」(『阿波ノ民謡』)。連子窓は男女の恋の中垣。「わしは庚申さんの猿やあるまいし　連子窓からのぞきやるな」(奈良・機織歌、『香芝町史』)。

117 ▽「火」はけげしい恋慕の思い。「煙」と縁語。「浅間山ではわしやなけれども　胸に煙が絶えやせぬ」(浮れ草・追分節)。「舟に千ばい柴たくけれど　煙上げねば人知らん」(岡山・糸つむぎ歌、『日本の民俗・岡山』)。

気なるによりさもありなん、訝しとて或人林寺村へ行尋ねしに、人家の藪の中に蛙石あり。いにしへは口を開けしよし、今はその事なしといへり。

伊賀

120 千世も長かれこの君の　老木の松は栄えゆく

121 他国隔てゝ海山越へて　見ずと心は変るまひ

122 松になりたや有馬の松に　藤に巻かれて寝とござる

123 咲いた桜になぜ駒繋ぐ　駒が勇めば花が散る

124 幼馴染に離れたをりは　沖の櫓櫂が折れたよな

125 寝たらよござる青田の中で　寝たら花咲く実ものりて

126 燕も軒の住処に帰る　君はなにゆへ帰らぬぞ

118 ▽重出歌。→亖。前歌と「立つ」で、次歌と「浮名」で連鎖する配置。

119 五 我自刊「たゝせて」。▽浮き名まで立たせておきながら、なぜあなたは私と添おうとしないのか。他人が水をさしたのか、それとも君自身が(私のことを)嫌になったのか。

〔摂津の国風・伝説〕

六 九八による。七 九九—一〇一による。八 新人国記・摂津に「益なき身の飾り、調度等に美麗を尽し費やすことを厭はず。終に己れも窮し、人の財を損ぜしむるなり」。

九「此国東成郡林寺村」から「よつて蛙石と云となり」まで、諸国里人談二・奇石部・蛙石を参照。

一〇 三才図会・人物十四・訶条国に「訶条国金遼山廟有二石亀一如レ人。飲食将レ尽向レ亀作レ礼則飲食悉具」とあって、二人の男が亀首のついた岩に祈る絵がある(文は和漢三才図会も同じ)。

120 ▽畿内五か国に準じて、祝歌を最初に置く。詩型、七五七五。「千世」「君」「老松」「栄ゆ」は祝儀歌謡の常套語。

121 一 見ずとも、の意。▽「たとへどのやうに遠ざかるともかはる心はないわいな」(潮来風)。「たとへ別れて遠ざかろうが　日々に思ひはますわいな」(潮来考)。

122 ▽重出歌。→一八九。有馬は現神戸市兵庫区有馬温泉郷。暗に「松」は男、「藤」は女。逆も可能。はやり歌古今集(元禄十二年)に有馬ぶしとして見えるのがはやく(「…情ありまの花のゑん」が加わる)、以後、替歌を伴いながら広く諸国に伝承。類型「…に成りたや」の一つ。

123 ▽前歌同様、人口に膾炙した俗謡。淋敷座之慰・春駒口説木遣、延宝三年書写踊歌・下・あやおどり、落葉集二・三つの車、延享五・三二他。元文年中(一七三六—四一)にも流行(小寺玉晁・流行小唄ちぎれ雲)。藤田『日本歌謡の研究』では、「元禄時代以前から行なわれている国民的な歌謡の一」。

124 ▽『小唄』が、『俚謡集』の「若い時にはなれたは　沖の中で櫓棹の折れたごとくよ」(神奈川・焼米搗歌)を引用。「幼馴染とけつまずいた石は　恋し憎くやと後を見る」(京都・機屋歌、『丹後の民謡』の他、各地に)。

127 見れども見へぬ沖の船　東風吹く空を閨に待つ

128 小石小川に子が捨てゝある　拾うて育てゝ花が咲く

伊勢

凡　九首

129 掛けてよひのは衣桁[二]に小袖　掛けてたもるな薄情　ヤアレ　ヤレ〳〵

130 勤めすりやとてわごれ[三]のような　野暮[四]の酌すりや足もする

131 鳥羽で咲く花　ヤアレ　女郎は大坂の新町に　ヤアレ　ヤレ〳〵　酒は酒屋によひ茶は茶屋に　ヤアレ　ヤレ〳〵

132 心中しましよか髪切りましよか　ヤアレ　髪は生へもの身は大事　ヤアレ　ヤレ〳〵

133 駒の痩せたに高荷をつけて　これで降りよかよ鈴鹿の山を　しかも

125 ▽妊婦を田植に参加させたり、田で男女が寝たりすることによって、稲も盛んに穂孕みして豊作が確約されるという民俗信仰や習俗が背景にある。田歌。三重県度会郡・田の草取歌に「今夜ここに寝て明日の夜はどこや　明日は田の中畦枕」(『三重県の民謡』)、『愛知県地方の古歌謡』第一集・田の草唄など。

126 ▽出稼ぎの夫の帰りを待つ女の歌。→四五。「はなはねにかへる。とりはふるすにかへる」(毛吹草・世話)。

127 ▽恋しい男の乗って来る船はまだ見えない。いまは東風吹く春の空を思い遣って、一人寂しく閨で待つことだ。「東風」に「此方(こち)」を掛ける。前歌とともに待ちわびる女の歌で、これは伝承・継承の気配なし。「船は千来る万来る中にわたしの待つ船まだ見えぬ」(宮城・松島甚九、『東北の民謡』)。

128 ▽捨て子(拾い親)の民俗を歌う。仮りに捨てた子をあらかじめ頼んでおいた人に拾ってもらう。その子も拾い親もともにめでたく幸せになる、といったほどの意味。「出船の船に花が咲く　戻りの船に実が成る」(宮城石巻地方・船囃子、『風俗画報』一九〇号)。

129 二 えもんかけ。衣架。▽梅玉本・かぶき草紙に「かけ(て)よひはいよすだれ　かけてわろひはうすなさけ」。同系は落葉集七・思やこそ他。「薄情」は隆達節にも。

130 三 わごりよ(我御料)の訛。玉の傍書「吾御令」。四 種・玉・我自刊ともに「野暮な」。▽勤めの身だとは言うものの、こうしておまえのような不粋な男の酌もすれば足も摩るなんて、いやなことだね。女郎の口ぶりか。「勤めすりやこそあの野郎めにも　お客様じやと手をさげる」(神戸節)。

131 ▽「鳥羽で咲く花安乗で開く　とかく安乗は花どころ」(三重県・志摩はしりがねの歌〈酒盛歌〉)の「鳥羽で咲く花」の部分が、はやり歌古今集・木津ぶし、落葉集七・酒は酒屋他に見える「酒は酒屋によい茶は茶屋に　女郎は木辻の鳴川に」の型と合体したもの。酒盛りのさわぎ歌。「鳥羽で咲く花的矢で開くほんに渡鹿野花どころ」(志摩大王町・船乗り歌、『三重県の民謡』)。→一四、鄙廼一曲・八九。

月夜か闇の夜に

凡　五首

志　摩

134 今朝のうの字はうれしのうの字　消ゆる間もなきうの鏡[一]

135 思ひ切らしやれもふ泣かしやんな　様の恋路は薄ござる

136 曇らば曇れ箱根山　晴れたとて　お江戸が見ゆるでもなし

137 勤めしやうとも子守はいやよ[二]　お主にや叱られ子にやせがまれて
間に無き名をたてらるゝ[三]

138 顔を汚すは白粉か　生まれながらの山桜

凡　五首

志摩国、いにしへは伊勢と同国なり。伊賀の国風伊勢と同じ。[四]

---

132 ▽心中(相対死)・髪切り、ともに遊女が男に真心を証する手段。髪切りを選んだ。都々逸、神戸節などで広く歌われる。『芸北民謡集』には仕事歌として。囃子ことばから見ても一三九・一三一とともに一連のものとして歌われた酒宴座興歌謡。

133 ▽痩せ駒に高荷をつけて、これで降りようとするのかよ、鈴鹿山を。しかも月夜かと思えばそうではなくて、こんな闇の夜に。馬子歌か。『木曾民謡集』に「馬の痩せたに高荷を積んで　上りかねたよこの坂を」「馬は痩せ馬のりかけ重い　下りておくれよこの坂を」。

134 一 我自刊は「きめる」。▽不可解な歌。様と一夜を過ごした今朝は嬉しのうの字。勤めする身が覗く朝の鏡には、いつも憂い辛いうの字が映って消えないのだけれど、の意か。

135 ▽恋にやぶれた女を、誰かが慰めているおもむき。「恋路」に「濃い」を掛けて「薄い」と対照させる。「思ひ切れとは身の儘か　誰かは切らん恋の道」(隆達節)。

136 ▽重出歌。→一六。明和(一七六四—七二)および天保(一八三〇—四四)にかけて断続的に流行(種の一六傍書および小歌事文類聚の記事「これは明和年中にはやりし小哥なり」)。江戸憧憬のはやり歌。伝承はほぼ関東。こちやえ節として広く歌われた(甲子夜話・続編八十九。小唄のちまた)。「あれ見ろ江戸へ雲が飛ぶ　雲じやない心が江戸へ飛びさうろふ」(山梨・草刈歌、『甲斐の歌謡』)「お江戸に妻はなけれども　お江戸から吹きくる風のなつかしや」(東京・麦打歌、『多摩ふるさとの唄』)。

137 二 種・玉「つとめしよとも」。三 種・玉「たてられる」。▽子守娘達の仕事歌。辛い理由を二、三並べる型。全国的伝承。「二度とせまいぞ子守奉公だけは　親に責められ子に責められ　人に楽よと思われて」(三重県・子守歌、『桑名市史』)。

138 ▽種・玉・我自刊ともに一三七の前にある。山桜は、都の桜と対照的であるから、暗に山家育ち、田舎者。出歯のことする説もある(有朋堂文庫)。前歌に続いて子守娘達が辻

婦[五]人のかたち山城と伊勢を第一とするなり。伊[六]勢の窪田と椋本の間に銭[七]掛松と云あり。参宮する人、此野の長きに飽きて、行程何ほどある、と問ふ。里人戯れて、豊国野へは十日にあまる、と云にあきれて、壱〆文の銭を松が枝に掛けて、大神宮を拝し国へ帰る。他の人かの銭を見るに、蛇の蟠るやうに思ひ、神霊ありと恐れて取る人なしと云。此[八]類漢の世に芦浦といふ所を過し人の、なにとなく藁沓を樹の枝に掛けて過る。後より来る人、また始め過し人のごとく掛く。後には幾百と云ことを知らず。何者の戯れにや草鞋大王と名を題して、後には終に御社を立しと也。これらの類淫祀と云て、蛇狐狸の類を祭ること、和漢とも多くあるなり。父母の気はすなわち天地の気にして、人体をうけ得てなんぞ故なき淫祀をうやまふ事やある。国〲往来の樹に藁沓を掛け、才[九]の神と云て旅行無難を祈る、此類

や軒下で掛け合った悪口歌。「さん子面(つら)見よ目は猿まなこ　口は鰐口えんま顔」(大分・宇目の歌げんか)。

〔伊賀、伊勢、志摩の国風・伝説〕

四　新人国記・伊賀に「当国の風俗は伊勢の国に等し」。

五　新人国記・伊勢に「婦人の形相は、上方にて京当国と第一なりとぞ」。

六　窪田は三重県津市(旧河芸郡大里村)、椋本は三重県芸濃町。

七　「伊勢の窪田と…」から「取る人なしと云」までの銭掛松伝説は、諸国里人談四・銭掛松による。銭掛松は伊勢別街道沿いの高野尾町と大里睦合町一帯の豊久野にある。「伊勢の豊国の銭掛松は　松は枯れても名はのこる」(滋賀・盆踊歌、「近江野洲の民謡」)。

八　鬼神論に「また蘆洲と云所を過し人の…」とあるところを引く。五雑組十五に「劉昌詩、蘆浦筆記、載草鞋大王事、甚可笑…」とある。芦浦に「ほうほ」と振るが、「ろほ」の誤り。浙江省平湖県盧瀝場。

九　塞の神。悪疫の侵入を防ぎ、道行安全を守る神。道祖神。

か。

尾張

139 萱も刈りたし麦刈り取りて　羽織仕立てて親も子も

140 女子好きなら八丈へ行きやれ　八丈むかしは女護の島

141 瓢葛屋に蚊遣を焚きて　綾や錦と夕涼み

142 山椒胡椒より辛ひもの世帯　ならぬ世帯はなを辛い

143 心清きぞ水鏡見やれ　濁る心はなきものよ

144 江戸に咲く花駿河でつぼむ　ことにお江戸は花盛り

凡　六首

国風実義あり。爽やかにしてよき風なり。此国中嶋郡国府の宮に、毎年直会祭と云あり。往来の人を壱人捕へるゆへに、

---

139 一種・玉・我自刊「かやもうりたし」。▽萱刈りもやっと済ませた。麦刈りの仕事も片付けたあとは、さあ羽織の一つも新調して、親子ともども骨休めに出かけるとするか。「しやんこらしやんと摺り上げてしもうて　明日は小藪の湯に行こうぜ」(愛媛・籾摺歌、『愛媛民謡集』)。

140 二玉は「ゆかれ」とあって、「か」に朱でキヤと傍書。▽「八丈島、古ノ女国也。世ニ女護島ト云」(宝暦二年板倭漢節用無雙嚢)。同歌『愛知県地方の古歌謡』第一集などに。民謡ではこの異界八丈島をつねに「鳥も通わぬ八丈が島」と歌う。暗に前歌の慰安旅行目的地として本歌を置く。

141 ▽重出歌。→三五。難解歌。夕顔の這い掛る草家で蚊遣火を焚きながらの夕涼み。戯れにあれこれを綾や錦に見立てて談笑するくつろいだ雰囲気を歌うか。一説に河内国風伝説中所載歌「楽しみは…」と関連あるとして、そこに歌われている、てゝら・二布を綾や錦に見立てたとする。

142 三種・玉・我自刊「辛いものは」。▽ならぬ世帯は、遣り繰り算段がうまくゆかない世帯。『三州田峯盆踊』に同歌。淡路農歌に類歌。

143 四玉・我自刊「心きよきは」。▽「人は何とも岩間の水候(みづろぞ)よ　我御料(わごりよ)の心だに濁らずは　澄むまでよ」(閑吟集・三〇二)。恋人に対して、自分の心の潔白を訴えている。

144 ▽江戸を讃美・憧憬するはやり歌の一つ。駿河で蕾むとするのは、徳川家康が江戸に幕府を開く以前、地盤を固めた根拠地であったことを言う。類型として三二注参照。

〔**尾張の国風・伝説**〕

五新人国記・尾張の条に「…また飾る気すくなき故に、間に実義の人も出づるなり。…男の言葉爽やかにしてよき国なりとぞ」。

六「此国中嶋郡」から「わが家に帰す」まで、諸国里人談一・直会祭参照。中島郡国府の宮は現愛知県稲沢市国府宮。

七天保十二年板尾張名所図会・後編二によると、尾張大国霊

其日は外へ出ずといへども、しぜんと捕られる者あり。人形を作りて、其人の代りとして、俎板の上に据へて、かたはらに人を置き、翌朝神前より追ひ放し、倒れたる所に餅を納めて、塚を築き、其人はわが家に帰す。これを考ふるに、[八]昔大蛇ありて人を呑む、生贄を納むればほかに祟りをなさずと云ことありて、淫祀を祭る過よりおこりて、後世其まねびをすると思へり。近年は国君の命ありて此祭を止め給ふの由、大智の君と云べし。

参河

145 様の心はなぜ薄くなる　こゝは八橋杜若

146 飽かぬ故里ふりすてゝ　誰がためかや君ゆゑに

神社、難負神事。つまり正月十三日、俗に儺追祭（なやらいまつり）にあたり、年中行事故実考を引いて「行路の人を捕へ、それに一国の厄を負はせて追ひ払ふ」と。なお諸国里人談では十一日とするが、右名所図会ではその日は、土餅封神事（つちのもちいふうじのしんじ）とする。『諸国奇風俗を尋ねて』（松川二郎著。昭和五年）には、「尾張国府宮の裸体祭」として、その近代における様子を記す。

八 古事記・八岐の大蛇、さよひめの草子、説経・まつら長者などの生け贄物語参照。

145 ▽伊勢物語九段によって、参河国の最初に八橋・杜若の歌を置く。濃紫色の杜若は上句の「薄い」を受ける。参考「君に焦れて蜘手に文を　思ひ八ツ橋杜若」（元禄正徳年間流行唄・四季）。

146 ▽なごり惜しい故郷を捨てたのも、みんなあなたゆえなのよ、の意。男の心変わりを恨みながら、他国で暮らす女の科白。七五七五型、参河・遠江に二首ずつ。

147 柳の糸に留められて　かへるもならず[一]子がつなぐ

凡　三首

遠江

148 明くれば出て暮るゝまで　身は粉になるか裸麦[二]

149 遠州浜松広いよふで狭い　横に車が二挺立たぬ

150 君はこがらす我はまた　尾羽をからすの羽根ばたき

凡　三首

[三]三河遠江とも虚談少なく、女も健気に恥を知る風といふ。大井川に夜堤の陰にしのびて見れば、鳶のごときもの来り魚を取る。人音すれば去る。俗に[四]木の葉天狗といふ。考るに夜鷹なるべし。夜川面へ出て蝙蝠虫魚などを捕る。すべての事、[五]我が心す

147 一 我自刊「ならび」とし、「らび」の傍書に「らすカ」。▽「かへる」に「帰る」と「蛙」を掛ける。二人の間には子供までいるので、いまさら親里に帰るわけにはゆかない女の科白。下句がまず先に生まれ、続いて「帰る」に「蛙」を連想し、小野道風の故事によって、柳の糸を上句に置いて一首が整った。一説に「子」を「妓」(若い女。遊女につく禿)と見て、遊里に遊ぶ男の立場の歌とする(岩波文庫本所載、西沢爽説)。

148 二 実と穎(ほさき)とが離れやすい大麦の一種。▽仕事で、身を粉にして毎日が明け暮れる貧しい農民を裸麦に譬える。→三〇。

149 ▽大田南畝・万紫千紅(『小唄』指摘)、浮れ草下・ばれ唄の部をはじめ、東海・関東を中心に広く伝承。後半、「焼けて廓が二度建たぬ」「中に廓が二町建たぬ」とも。前半部分地名を入れかえた替歌も各地に伝承。讃岐・水踊唄(『日本民謡大全』)など。『世事画報』(一の五)遠江の俗謡の部に、轅の長い大八車を横に二挺並べることもできないほど狭い道と解する。寓意を読む説(岩波文庫本)あり。なお、民謡では、狭い村などを、柳の葉、笹の葉で譬える。

150 ▽「こがらす」に「小烏」と「焦がらす」、「からす」に「枯らす」と「烏」を掛ける。尾羽打ち枯らす、は零落してみすぼらしくなること。相手の女に恋い焦れ身も心も奪われ、いまでは零落して、やつれてしまった男が後悔している様か。

[**参河、遠江の国風・伝説**]

三 新人国記・参河に「…親子の間も互ひに恥ぢらひ、虚談することなし」「…武士の風義、善多くして、女も健気に、恥を知る所なり」。

四 風に舞い散る木の葉のように、空を自在に飛ぶ小さい天狗。「かやうに候者は、愛宕山大天狗に仕へ申す木葉天狗にて候」(謡曲・大会の間狂言)。

五 鬼神論の「すべての事、我が心すでに惑ひぬれば…」以下による。

でに惑ひぬれば、神もまた暗し。神暗きがゆへにものに惑ふことあり。たとへば目を患ゐる者の、空中の花を見るがごとし。これを玄花 黒花といふ。孔子[六]曰、「人の信ずる所のものは目なり。眼もまた信ずるに足らざる事あるか」とのたまひしは、かゝる事にて見誤まつ事多くありと、[七]鬼神論に出たり。また[八]晋の楽広といふもの、常に親しく来る人ありしが、久しく怠りて来らざりしを不審に思ひ問ひければ、以前座敷にて酒を飲みたるに、盃の中に蛇の形現はれる。高位の賜はるものなれば飲みつくす。是より病に冒さるゝ故、来る事疎くなる、と言ふ。壁の上に蛇を描きたる弓を掛け置たり。是故のことにてありなんと思ひ、また其座敷にて酒を勧め、盃に物ありや、と問へば、以前のごとく蛇あり、と言ふにつき、其いはれを言ふにより、心晴れて病癒ゐたりとなり。心の惑ひより起る事しかり。

六 二程全書三・遺書二先生語第二下に「…如孔子言、人之所信者目、目亦有不足信者耶、此言極善」。

七 鬼神論には「…たゞ人の信ずる所は目のみ。目の及ばざる処は疑をまぬかれず」のように述べる文章もある。

八 晋書・列伝十三・楽広の項に「嘗有二親客一、久闊不二復来一広問二其故一、答曰前在レ坐蒙レ賜レ酒方欲レ飲見二盃中有一レ蛇、意甚悪レ之既飲而疾、…」。以下引用はほぼこれによることがわかる。楽広は西晋時代の政治家。岩波文庫本他「禾広」は誤り。

駿河

151 今年世がよて[一]思やうに叶ふ　親も喜ぶ身も立ちて

152 知つてをれども人にまた問ふて　母の指図で迎ひとれ

153 様のやうな〳〵瓢箪男　川へ流して鯰と語りや

凡　三首

[二]遠州と同じきうち取り締りなき風といふ。[三]此国富士へ登る事九里、信州浅間の岳は凡八里あるといふこと訝し。いづれか其山の本なるや。または谷峰を越へ行まがりも知れず。諸国土地の高きあり低き有。信州は本朝第一の土地高き所なり。富士海へ近き故山の本といふ事大概知るべし。山の本は海より測れば知らるべし。四海窪かなる土地に水たまるを海として、異

151 一 我自刊「よふて」。▽前半の類型は「うれしめでたい思ふ事叶うた…」「叶うた〳〵思ふ事叶うた…」など各地の酒宴祝歌にある。後半は「末は鶴亀五葉の松」とする場合が多い。→九八・二四三。

152 ▽嫁取りの心得を教える。たとえ相手の娘のことを知っていても、自分勝手な振舞はせず、近しい人の意見も聞き、家に波風立てぬように母の指示に従って事を運ぶのがよろしい。歌謡としての流行性、定着性はほとんどない。

153 ▽瓢箪男は、軽々しい浮気っぽい男の事。俗に瓢箪で鯰を押えるというところから、下句の「鯰と語りや」に続く。→七・三三。酒盛りのさわぎ歌。参考「…ランプ男にほかほかほれて　カサがあるとは知らなんだ」(福井・盆踊歌、『若越民謡大鑑』)。

[駿河の国風・伝説]

二 新人国記・駿河に「当国の風俗は、遠州と替り、人の気狭くして而も実少なし」「…すべて威厳多く、互ひに人を卑しめおとす。さらにしまりなき風なりとぞ」。

三 諸国里人談三・山野部・浅間の項に「上州より碓氷峠まで自然上りにして凡四里ほど登るなり。峠より軽井沢へは半里くだるなり。是によつて考ふれば、上州地より頂まで凡八里の高山なり。富士は登ること九里なり。さのみかはらず」。

国本朝高下ひとし。天文書に、雖ニ大山ト不レ過ニ六六丈ニとあり六六八三百六十丈ナリ。生物草木の数三百六十をかぎりとす。土地は円体なるにより、東の山へ登り西の山を見れば西低し。西の山へまた登り東の山を見れば東の山低し。是土地まどかなる故なり。

甲斐

154 殿は雨夜の月影なるか　心も知らぬ行末を

155 高ひ山から谷底見れば　おまん可愛や布さらす

156 己がさらすは布ではないぞ　あだな男の心をさらす

凡　三首

154 ▽雨夜の月影は、あっても見えないものの譬え。いっこう逢いに来てくれない殿御。詞花集・恋上・僧都覚雅の「影見えぬ君は雨夜の月なれや　出でても人に知られざりけり」。謡曲・当麻に「五つの雲は晴れやらぬ　雨夜の月の影をだに　知らぬ心の行方をや」。歌謡としての流行性希薄。

155 ▽「高い山から谷底見れば　瓜や茄子の花ざかり」が全国的な伝承。本来国見における予祝歌謡に用いられてきた「…から…見れば」の類型をもとに、近世期には多様な歌詞があるが、その一系統に可憐なおまんを歌うものがある。すでに寛文(一六六一―七三)頃には流行。淋敷座之慰・山谷源五兵衛節品々。近松・傾城酒呑童子・第一(享保三年)、浮れ草・宮島節、新潟県・さんがい節などに。真鍋「ウタの伝承性　民謡において」(『講座日本の伝承文学2　韻文文学〈歌〉の世界』)参照。

156 ▽前歌との掛け合い歌。後半、あの男の浮気心を洗い流しているのだ。「下高砂に雪が降る　雪じゃない　お政女さらす手拭」(山梨・盆唄、『山梨の民謡』)。

伊豆

157 今度ござらば持て来てたもれ　一伊豆のお山の梛の葉を

158 ゆふべそが〳〵降つたる雨は　虎が涙か風強し

159 実に添ふなら生爪離そ　己は五つの指を切ろ

凡　三首

相模

160 大工殿より木挽は憎や　同じ中をば挽き分ける

161 来るか〳〵と川下見れば　二伊吹蓬の影ばかり

162 夫は萱刈り三鎌倉山へ　我は子供に根芹摘む

157 一 静岡県熱海市にある伊豆山神社。社頭に梛の木あり。▽女が男に、呪木梛の葉を参詣の土産にほしいと言っている。鏡筥や守袋に入れて縁結びの護符とする。熊野三山ゆかりの梛の葉が古来有名。淋敷座之慰・投節品々「…伊豆のお山の梛の葉を」。古浄瑠璃・霊山国阿上人「…三つのお山の梛の葉をやん」。替歌が各地に伝承。真鍋『中世近世歌謡の研究』第二部・第一章・比丘尼歌参照。

158 ▽曾我伝説の一つ、虎が涙雨を歌う。建久四年五月二十八日、虎御前は討たれた曾我十郎祐成と惜別。以後この日は必ず雨が降るという。毛吹草、増山井等に「虎が涙の雨」。「そが〳〵」は、さむざむとした、あるいはわびしい雰囲気を言い、「曾我」を掛ける。富士三升幸曾我・序幕「道理で見るからそが〳〵と、貧乏じみた奴でござる」。

159 ▽初句は、あなたに、真実わたしと一生をともにする覚悟ができているのなら、の意。全体は男に対する遊女の決意。色道大鏡六・心中の部に「放瓜(ほうさう)、誓詞血書、断髪、黥(いれずみ)、切指(せっし)、貫肉(くはんにく)」。

160 ▽木挽歌には自分達が「木挽さん」を歌い、その生活や境遇にふれるものが多く、これもその一つ。第三句は「仲の良い木を」「仲の良いとこ」「相の良い木を」「かたい中でも」など(「木」に「気」を掛ける)。延享五・一亖は「思ふ仲をも」。第四句は「挽き分ける」に男女の仲を「引き分ける」を掛ける。若緑・しよんがえぶし「大工殿より鍛冶屋が憎い　寝屋のかきがね鍛冶が打つしようがえ」。

161 二 近江国伊吹山麓でとれる蓬。古来艾(もぐさ)にする。▽賤が歌袋・初編では「来るか〳〵と川しも見れば　河原蓬の影ばかり」で掲出し「待(ち)ぼうけの景色其儘聞ゆ」。「来るか〳〵と浜へ出て見れば　浜の松風音ばかり」(浮れ草・下田節)系統も各地に歌われる。待つ恋を歌う佳品。→二六六・三六八。

162 三 鎌倉周辺の山々。「鎌倉やかまくら山に鶴が岡　柳の都もろこしが里」(万治二年・鎌倉物語一)。▽九六と同想。貧しいながらも夫婦力を合わせて働くありさま。萱と鎌は縁語。鎌倉山に対して、後半は、我は谷に降りて根芹を摘もう、の意。

凡　三首

武蔵

163 都まさりの浅草上野　花の春風音冴へる

164 こゝはどこぞと船頭衆に問へば　こゝは梅若角田川

165 色のよひのは出口の柳　殿にしなへてゆら〳〵と

166 いとし殿御を遠くに置けば　烏啼くさへ気にかゝる

167 若ひ女子に殿御のないは　笠に締緒のないごとく

凡　五首

甲斐の国、南に富士を覆ふて、気籠り鋭なり。伊豆の国は気強くして清き心あり。相模の国は淫風多き所といふ。武蔵の国、心広く奢りの気ありといふ。此国足立郡大宮の森の内に、黒塚

---

163 ▽流行歌謡・民謡としての伝承性希薄。新作であろう。江戸浅草・上野の花盛りを京の都の春以上だと愛でる。

164 ▽旅人を渡す船頭が、ここは梅若ゆかりの隅田川だと名所案内している場面。梅若伝説を背後に置く。類歌が多い。「爰はどこぞと船頭衆にとへば　是は三国の川すそよ」(延享五・一三八)。「こゝは何処じやと船頭に問へば　ここは須磨浦　敦盛様のお墓所か薄原」(艶歌選)。隅田川は花の名所で前歌浅草上野を承ける。

165 四 遊里大門の脇に立つ柳。島原の出口の柳が知られているが、ここは吉原のそれ(見返り柳)。▽後半は、後朝、大門を出てゆく男の肩に柳の糸が纏りついているさま。

166 ▽俗に烏鳴きは凶兆とする。近松・持統天皇歌軍法(正徳五年)、文耕堂・仏御前扇車四(享保七年)、吟曲古今大全・朧月、延享五・六六、鄙廼一曲・三三などに類歌。「心短気な君さん持てば　鳥啼きさへ気にかかる」「鳥鳴きなど気にかけるなよ　烏その日の役で鳴く」(京都・労作歌、『丹後の民謡』)。前半「泣いてくれるな出舟の時に」の型もある。「月ぬ七日に様ふね仕出ろ　鴉鳴きゆん時わ気にかかる」(奄美諸島・八月踊歌)。

167 五 種・玉・我自刊「わかいをなごの」。▽後半は、頼りなく物足りないさまをたとえる。「今の若さでお前の器量でさだめないかや様一人」(京都・労作歌、『丹後の民謡』)。

〔**甲斐、伊豆、相模、武蔵の国風・伝説**〕

六 新人国記に「甲斐　当国の風俗は、人の気尖にして、…按ずるに当国は偏地の山中なり。殊に南に富士山覆うて一円に気こもれる所なり」。七 新人国記に「伊豆　当国の風俗は、強中の強にして、気を稟(う)くるところ都(す)て清きなり」。八 新人国記に「相模　色食を好みて、栄耀にまさる事なしと思へり」。九 新人国記に「武蔵　当国の風俗は、闊達にして気広きこと、…又気広きゆゑ過分に驕りの気象ありとぞ」。一〇 諸国里人談三・黒塚「武蔵国足立郡大宮駅の森の中にあり、又奥州安達郡にもあり。しかれども東光坊悪鬼退散の地は、武蔵の足立郡を本所と云り」。埼玉県大宮市氷川神社に黒塚があって、ここに居た鬼女を東光坊祐慶が退治したと伝える

といふありて悪鬼棲む。東光坊[一]といふ山伏、鬼を退散せしむると云。古へは人の来らざる所に塚穴あれば、盗賊こもりて、人来れば殺し、衣類を剝ぎ取る類を鬼といふ。しからざれば[二]山川木石水土の怪に過べからず。山深く水暗く、草木生ひ茂る所は日月の光及ばざれば、陰陽の気おのづから鬱して、百怪を生ずる事は、いはゆる蒸して菌を生ずるがごとし。これらの類に苦しめらるゝ事は避くる事を知らず、みづから恐れる所なり。[三]晋の温嶠といふ人、牛渚と云ふ地に舟をとゞめて、此所に水深く集まる所と事聞て、火を燃やし照らすに、さま〴〵の怪しきもの水に浮かみ出て逃げ去りぬ。[四]深山大沢はかれが居るべき所なるを、人行きてこれを鎮めんに、などか祟をなさざらんと、張南軒と云もの云けん、理にこそ覚ゆれと、鬼神論に出たり。

（江戸名所図会、新編武蔵国風土記、大宮市史）。また、高さ一丈ばかり、径り七八間の塚があって黒塚と呼ぶ。大宮の神主が彼の沼の雁鴨を取るのに、人が見とがめるのを恐れて鬼面を被ったのだという（『大日本地名辞書』）。

一 謡曲・安達原では、熊野山伏東光坊祐慶が陸奥安達原で鬼女を調伏する。

二 以下、最後の「鬼神論に出たり」まで、鬼神論を忠実に取っている。「…多くは是彼山川奇怪百物、木石水土の怪に過ぐべからず、山深く水暗く草木おひしげれる所は、日月の光及ばざれば、陰陽の気おのづから鬱して百の怪を生ずる事は、いわゆる「蒸して菌を生る」が如し」。

三 晋書六十七・列伝第三十七温嶠に「至二牛渚磯一、水深不レ可レ測。世云、其下多二怪物一。嶠遂燬二犀角一而照レ之。須臾見下水族覆レ火、奇形異状、或乗二馬車一著二赤衣一者上。嶠其夜夢下人謂レ己曰二与レ君幽明道別、何意相照也一、意甚悪上レ之」。

四 朱子語類三「…如二禹鼎鋳二魑魅魍魎之属一、便是有二這物一。深山大沢是彼所レ居処、人往占レ之、豈不レ為レ祟…」。この著者、張南軒（一一三三―八〇）は中国宋代の朱子学者。

〔絵中歌謡〕
相模〈さがみ〉横山照手〈てる〉の姫は　妻のためとて車引〈ひ〉く
▽種・玉・我自刊は武蔵の最後に置く。玉は朱✡印あり。説経節・おぐり、に登場する照手が、餓鬼阿弥(おぐり)を乗せた土車を引く場面を歌う。「妻」は「夫」とあるべきところ。種・我自刊は「夫のためとて」、玉は「妻のためとてくるまひく〳〵」。延享五・一三七、鎌倉市・田植歌、長野・道中歌他に同歌。

安　房

168 砕けても身はかまわ(は)ぬぞ　退くならば　なぜに我をば落したぞ

169 山な白雪朝日にとける　とけて流れて三嶋へ落ちて　三島女郎衆の化粧水

凡　三首

170 そなた命を捨てんと云(いふ)て　今は二道山越しに

上　総

171 臼よ回れよ回れよ臼よ　晩の夜びきに回りあふ

172 岩に堰かれて腹立つ波も　心直ぐなら波越さん

168 ▽添い遂げることができるのなら、たとえこの身がどうなろうともかまわないと思っていた女が、薄情にも逃げ腰になっている相手の男に詰め寄った。「落ちよ落ちよと落しておいて壁に蔦の葉退き心」(落葉集七)。

169 一 東海道五十三次の内の宿場町。箱根と沼津の間。▽春遊興(明和四年)に「富士の白雪朝日で解けて…」。弦曲粋弁当四編・ふじの白雪、浮れ草・有馬の松、常盤津・乗合船恵方万歳などに類歌。室町時代物語・さくらゐ物語に見える酒盛歌謡「きみは高根の雪かと見へて　とけてながれてさとにづる」も古例。

170 ▽謡曲・現在女郎花から摂取した閑吟集の小歌二一に「…二途かくる人心(ひとごころ)　頼むぞ愚かなりける」。徳島、広島地方に伝承する風流踊歌系統に「二道かける殿はいや」。閑吟集・二九七も参照。伝承過程で、伊勢物語二十三段も意識されたか。

171 二 夜なべ仕事としての臼挽き。夜の男女逢引を掛ける。▽「臼よ回れよ」は臼挽歌前句における定型の代表。くるりくるりと回って仕事のはかが行くようにとのまじない。後半に「晩の夜挽きにゃ座り合う」(鳥取)、「忍び夜づまがかどに待つ」(長野)などとあるのは、臼挽きの場の雰囲気を伝える。→二八七・三三八。

172 ▽素直な心、正直な気持を尊しとする教訓歌謡。初句は、誰かによって邪魔されること。「波越さん」は波越さぬの意で、腹立つ波も元通りおさまることを言うか。『音曲神戸節』に「岩にせかるゝわしや滝川のわれて逢ふ夜の嬉しさは」もあるので、この歌も百人一首の一つ「瀬をはやみ岩にせかるる滝川の…」を意識したか。

173 夫は北国まだ帰らぬか　文をやりたし帰る雁

174 思ふ心のまゝならば　妬む心はなぜやまぬ

175 昔見し夢ふり捨てゝ　今は昔の夢恋し

凡　五首

下総

176 三曇らば曇れ箱根山　晴れたとて　お江戸が見ゆるでもなし

177 土橋板ならよかろもの　四どんと踏んでは目を覚まそ

178 小夜の中山これではないか　様に撞いてやろ撞鐘を

凡　三首

173 ▽北国にいる夫の安否を気遣う妻の気持。帰雁に文を託すとは、前漢の蘇武が雁の脚に書状をくくって本国へ届けたという故事による。→一六六。「文は(を)やりたし」は、流行歌謡・民謡の慣用句。全体として創作性が強い。

174 ▽自分の心の奥にある嫉妬する気持を、拭い去ることができないでいるのをはがゆく思っている歌。これも類歌の伝承なし。次歌とともに七五七五形。

175 ▽昔と今を対照させ、今は、若い頃には振り捨ててしまった夢までもが恋しく思われる、と歌っているのか。「昔見し」は歌語。→九七。

176 三 種・玉は「くもれバくもれ」。▽重出歌。→三六。種・我自刊の傍書に「天保二年の頃此うた江戸にておこなはれぬ。へ見ゆるぢやあるまいし、とうたへり」(玉ナシ)。

177 四 種「とんと」。▽「おけさ踊るなら板の間で踊れ　板のひびきで三味やいらぬ」(佐渡おけさ)。夜を徹して手を振り足を踏んで踊る盆踊歌として用いられたか。

178 ▽本朝故事因縁集二・遠州無間寺鐘突因果の項に「昔ヨリ此鐘ヲ撞人、金銀ニ栄富貴スルコト疑ナシ。然共未来ニテ無間地獄ニ堕、後世永子孫断絶スル」。後半、ええままよ、いとしいあの方のために現世富貴を願って鐘を撞くことにしよう。→三八。

常陸

179 水戸で名所は千波[一]の川よ　蓮[二]のめごめに鴨がすむ　サツサ　ヲセ〳〵

180 潮来[三]出島のよれ[四]真菰　殿に刈らせてわれさゝぐ[五]　サツサ　ヲセ〳〵

181 潮来[六]出てから牛堀[七]までは　雨も降らぬに袖しぼる　サツサ　ヲセ〳〵

182 岩井町[八]とは誰が名付しぞ　金がなければつらい町　サツサ　ヲセ〳〵

凡　四首

[九]安房の国は心鋭なり。[一〇]上総の国安房と同じ。[一一]下総の国は上総と同じ。山沼流水多き所なり。[一二]常陸国風気よろしからず。病をもつて死せざるを誉とする風なり。[一三]此国息栖明神の磯海に、女瓶男瓶と云ふたつの石あり。中は素水にて塩の味わひなし。忍塩井の水と云よし。素水なる事は軽くして、[一四]湖は重し。海中霧上

179 一 茨城県水戸市にある千波湖を言うか。「茨城名所のひとめぐり、霞ヶ浦や筑波山、海の公園千波沼」(水戸二上り新内)。 二 玉「はしのめこめ」。種は一応「はしのめごめ」と読める。我自刊「はしのめでめ」。底本・種・玉では「めごめ」の部分の傍書に「根の事」とある。▽型は磯節にもある「…で名所は…よ」。以下、三種とともに同じハヤシをもつ船漕ぎ歌で、酒盛りや踊りの場にも用いられた。このハヤシは吉原通いの猪牙船で知られる。「…沖の鷗の二挺立　三挺立　…目白押し見世清搔(すががき)の　てんてつとん　さつさ押せ〳〵え」(長唄・教草吉原雀)。

180 三 底本・種・玉には傍書「遊女町」。茨城県行方郡潮来町の遊里。諸国遊所細見記の諸国色所次第の項にも、常陸では「潮来。松崎…」。 四 茎や葉がよれて、ねじけている恰好の真菰か。我自刊「すなまこも」。 五 諸本同じ。捧ぐ。運ぶさまか。▽水郷潮来地方の俗謡。茨城県東茨城郡田植歌には、後半「殿に刈らせてわれそそぐ」。浮れ草・潮来節、利根川図志・潮来節、只今お笑草(瀬川如皐)が宝暦(一七五一―六四)から明和(一七六四―七二)ごろ流行として記したそれ、および現代の潮来音頭などは「潮来出島の真菰の中に　あやめ咲くとはつゆ知らず(しをらしや)」。種・玉・我自刊では、諸国盆踊唱歌伝来についての記事の中で、この一八〇についてふれている。→解説。

181 六 底本・種には傍書「同」(遊女町)。 七 潮来から北利根川を通って霞ヶ浦にはいる河口にある町。「牛堀。霞が浦は至つて渡り難き海なれば、此所に滞船して風をまつ故に、出入の船多く此河岸に集り」(利根川図志)。▽男と遊女との別れ難いさま。牛堀あたりまでは後朝の恋情が尾を引く。

182 八 底本・種には傍書「同」(遊女町)。祝町が正しい。後半の「つらい町」と対照。現茨城県東茨城郡大洗町磯浜にある。那珂川の河口にあって、水戸近郊でよく知られた遊廓地。▽金がないと女郎衆にも相手にされないのが辛い。茨城県・磯節に「磯でまがり松湊で女松(めまつ)　中の祝町男まつ」。

[**安房**、**上総**、**下総**、**常陸の国風・伝説**]

九 新人国記・安房に「当国の風俗は、人の気尖なること譬へば刃の如し」。

るがごとく、かの石の中の水は砂漉(すなごし)をするがごとし。しかれども山上に水あり。海なき国の山に湖の出(いづ)る所あり。石中に潮湧く所あり。これらは山(やま)沢(さは)気を通(つう)ずる故(ゆへ)に、[一五]一気そのまゝ通ずなり。

近江

183 [一六]年立(としたち)返(かへ)る御代(みよ)の春(はる)　松(まつ)の緑(みどり)の千代(ちよ)を待(ま)つ

184 伊勢(いせ)の山田(やまだ)の[一七]今切(いまき)り竹(たけ)は　お杉(すぎ)お玉(たま)の簓竹(さゝらだけ)

185 [一八]堅田(かたゝ)船頭(せんどう)を夫(つま)にはいやよ　月に二十日(はつか)は沖(をき)に住(す)む

186 何(なに)も職(しよく)(ち)じやが鞍馬(くらま)の職(しよく)は　馬(むま)に七束(そくわ)我が身に二束(そく)　馬の手綱(たづな)を手に引(ひ)き纏(まと)ひ　花(はな)の都(みやこ)へ柴売(しばう)りに

187 わしが殿御(とのご)は明日(あす)から江戸へ　足(あし)も軽(かろ)かれ天気もよかれ　泊(とまり)〳〵に

一〇 新人国記・上総に「当国の風俗は、大体(いて)安房の国に異なる事なし」。

一一 新人国記・下総に「当国の風俗は上総に同じ。…当国も山多く、江水も多し」。

一三 新人国記・常陸に「盗賊多くして、夜討、押込、辻切等を好む。…却つて病を以て死なずとて子孫これを称談して…」。

一三 茨城県鹿島郡神栖町にある神社。息栖は「いきす」が正しい。諸国里人談二・奇石部の息栖瓶の項に「常陸国息栖明神の磯ちかき海中に、女瓶男瓶の奇石あり。…土俗曰、これは神代の銚子土器なりと、…その銚子の中は素水にして潮の味ひなし。これを忍塩井の水といへり」。馬士の歌ふくろ(十返舎一九)にも「雄亀雌亀」と書いて「汐みちたるときも此かめのうへ、せいすいながるる事いと〳〵奇なり」。『鹿島誌』に、「鹿島香取息栖と三処は鼎の三足の如く、いつれも三里づゝうち隔たり便よき処なれば、参詣のもの少からず」。

一四 後の「湖の出る所あり」とともに、有朋堂文庫本文は「湖」。日本古典全書、岩波文庫本は「潮」。湖と読む。

一五 鬼神論に、たとえば「陰陽二の気と言も、もとこれ一気の屈(く)めると伸るとにて」「…亦気を魂とし、精を魄とす」。

183 一六 種・玉は「としたつ帰る」。▽挿絵中の歌「年立ち帰る…」参照。伝承性希薄の祝歌。最初に置いて近江国を祝う。我自刊、ここから上野の二〇三まで欠落。→解説。

184 一七 種・玉ともに「今きる竹は」。▽お杉お玉は、伊勢・間の山で三味線を弾いて銭を乞うた女芸人。伊勢参宮名所図会四・間の山には、簓(さゝら)、綾竹、三味線の大道芸が描かれている。小屋掛けの二人の女(何代目かのお杉お玉)は三味線を弾いているが、そばに描かれているささら芸も上手にこなしたのであろう。

185 一八 琵琶湖西岸の港。現大津市。堅田は中世から網漁でも知られる。▽独り寝をかこつ船頭の妻の言いぐさ。あるいは夫と共に湖上の仕事に暮すなげきか。説経浄瑠璃・尾州成海笠寺観音之本地四段、御船歌留・上・都あたりなどに。

186 ▽鞍馬から都へ出てくる柴木売りの苦労を歌う。雍州府志六・土産門竹木部に「黒木　多出レ自二洛北矢背大原鞍馬、

女郎なかれ

188 一大田原見たか江戸見たか　大田原町はまだ知らぬ　お江戸に弓が千挺立つ　二弦引殿は我が夫か

凡　六首

美濃

189 松になりたや有馬の松に　藤に巻かれて寝とござる

190 三安積山かや山の井の　人の心の底見ゆる

191 底の見ゆるは誰が知る　深ひ仲とは三年まで

192 海が無ひとや此国に　舟も帆もある高瀬舟

193 高瀬舟には柴を積む　われは浮名の種を積む

凡　五首

又薪柴井炭毎日村婦戴ニ頭上一、村夫負ニ肩背一、又牛馬戴レ之来ニ売京師一」。詩型七七を三句、最後に七五と置く。次歌とともに、当世小歌揃に見える山谷土手節(基本は七七の四句に最後七五で締める)などの型の名残りか。

187 ▽この歌のおもしろさは最終句。「をれが殿御は今年はじめて伊勢参り　せきのをもいでみをやつす　旅籠安かれ関なかれ　泊りとまりで女郎なかれ」(兵庫・宍粟郡・ざんざこ踊、『兵庫県民俗芸能誌』)。

188 一 不明。一説に小田原の誤記。あるいは栃木県で矢に用いる篦竹の産地であったという大田原か。 二 弓の両弭に弦を掛けること。▽文政十年、長唄・月雪花蒔絵の巵(くちなし)「鎌倉見たか江戸見たか　江戸は見たれど鎌倉名所はまだ見ない」。最終句は夫や聟を褒める「小太刀はいては　中のる人がむこじや」(田植草紙・一二五)などと同類発想。今様調。

189 ▽重出歌。→一三。ただし種・玉ともに「夫にまかれてねとござる」。

190 三 現福島県郡山市にある山。「安積—山・沼　カツミ」(名所便覧)。▽万葉集十六「安積山影さへ見ゆる山の井の浅き心を吾が思はなくに」(安積山は、古今集・仮名序にも。大和物語一五五段では、後半が「浅くは人を思ふものかは」)。相手の浅い心を恨む。「人の心と汚れた川は　底が知れんで恐ろしや」(京都・機屋歌、『丹後の民謡』)。

191 ▽人の心底など誰も見定めることはできない。深い仲とは言っても、三年続けばよいほうだよ。あの方の薄情な心が見えました、と歌う。前歌と一対。

192 ▽「此国」は美濃を指すか。民謡の発想としては「木挽木挽と軽蔑するな　天下晴れての一の職」のように、後半に自慢自信のほどを打ち出す型に属する。

193 ▽高瀬舟で前歌と連鎖。主旨は後半にある。これも民謡の類型的表現に則って歌われている。たとえば一五五(山城)と同類型。

[四]近江の国風、言葉柔らかにして善を選ぶ心あり。[五]美濃の国、心柔らかにしてよき風なり。此国[六]月吉村と云所に、[七]長さ一二寸ばかりある、薄白き法螺貝のごとき月糞といふ石あり。[八]同所岩村田の辺に星糞と云ものあり。上天の星は末代変らず。流星は地中より出る陽気にて、空へ上り冷際と云大寒の所あるにあたり、擦れて光を発し、落るものを流星と名づけいふなり。土中の陽なる故、土気を含みのぼる。大なる流星は地まで火光とゞく。灯火の芯あるがごとく、陽は発し土気は固まりて、黒き焼石の[九]ごとくもの地へ落る。これを星糞といふなれば、岩村に限りてあるとは訝し。

〔**近江、美濃の国風・伝説**〕

四 人国記・近江に「賢佞の間を兼ねたる風儀なり。…非を隠して善を説く」。新人国記の同国にも「賢佞相交はりたる風なり。…身持上手にして、己れが非を隠して善を衒ふ」。

五 新人国記・美濃に「人の意地奇麗にして水晶の如し。…西美濃は風儀柔らかに、言葉も風流に見ゆるなり。東美濃は生得の木地なり。日本の内、四、五か国の能き風俗なり」。

六 現岐阜県瑞浪市明世町月吉。

七 諸国里人談二・奇石部に、美濃の月糞、信濃の星糞の記事がある。美濃国御嶽の麓に月吉村、日吉村があって、秋の夜に降るものがあるとして「長四寸ばかり、螺貝のごとく屈曲にして色薄白き石なり。これを月の糞といふ」。

八 諸国里人談・月糞記事に続いて「信濃国岩村田の辺に星糞といふ石あり。…色うす鼠にして性は水晶石に似たり。…此地は他所より流星多き所なり。すぐれて流星あるとしは此石もまた多し。これを星糞といふ」。

九 「ごときもの」の意。

飛弾

194 佐渡と越後は筋向ひ　橋を架きよやれ船橋を

195 橋の下には鵜の鳥が鳴くぞや　なにとなく　ヱヽぶりしやりと

196 おまんの部家で鳥蟬が鳴くいノフ　なにと鳴く　ヤア夫来い〳〵と
三声鳴く

凡　三首

信濃

197 うれしめでたの若殿様よ　知行増します程なしに

198 逢いた見たさは飛び立つごとく　籠の鳥かや恨めしや

---

194 一 玉「さどのゑちごは」とあって、「の」の傍書に「とナリ」。二 種「すむをかきよやれ」とあって、「すむ」に「ばし」と傍書。▽重出歌。→三八(第三句後半「かけたや」)。松の葉三・さいこのぶし、落葉集七・五尺手拭、延享五・一八七、巷謡編・一一〇、新潟県佐渡地方・いよこ節などは「筋向ひ」型。佐渡おけさなど現行民謡では、「竿差しや届く」型が多い。いよこ節では次歌一九五へ続く。

195 三 すねて相手の気を引くさま。「…人目忍んでくちすひ独楽　心すはらずぶりしやりの　いぶりぶり独楽…」(近松・松風村雨束帯鑑四)。▽落葉集七・五尺手拭「…鵜の鳥が小鮒イヨコノくはへて　小鮒くはへてぶりしやりと」、巷謡編・一一でも、一九四と一対になっている。

196 四 一五五にも歌われた伝説的美女おまん。一説におまえの方言かという。五 種・玉ともに「鳥せみ」。鳥と蟬か。▽「おまんの部屋で鳥がなく　何と鳴く妻来い来いと三声鳴く」(『飛騨風物記』)。本来、呪鳥がその家の御門や木にとまって、お家繁昌と囀ると歌う祝言歌謡発想の一バリエーション。

197 ▽巻頭歌を歌い替えた当時の新作。国主などを祝う酒宴の始め歌。田植草紙・一三・オロシ参照。

198 ▽次歌と一対。籠の鳥のように自由にならない我が身を嘆く女の歌。小異で当世なげ節、小歌吾聞久為志・当世はやる八重桜、幕府ふな歌・端歌、浮れ草・下関節など長く広く伝承。近現代の伝承形態として、たとえば石川県(能登島、金沢市)の籠の鳥五首連謡(「能登島の唄」他)、大正十一年流行歌謡「籠の鳥」等参照。

199
籠の鳥ではわしやござらねど　親が出さねば籠の鳥

凡　三首

飛弾の国の人の心狭し。他に漏るゝ気なき故なり。信濃国心健やかなる風なり。此国ある寺に猫あり。世に云猫又なり。商人来つて所望し帰り、我が家に悪鼠ありて猫を食い殺す事度〻のことなり。かの猫を合せければ鼠を食らふ。鼠又猫を食らひて、二つの獣とも死しけるとなり。昔夫子陳蔡の間に苦しませ給ひしとき、夜に入て、身の丈九尺ばかりの男、黒き衣に冠着たるが、つつと入り来りて声をあぐる事夥し。子貢進み寄り、「こは何者ぞ」といふ所を中に引つ提げ腰に挟む。子路続ひて大庭に引出して闘ふに、勝たん事叶ふべからず。夫子さしのぞき見給ふ所に、かの男がつらがまちの間、とき〲開き合ふ所ありと見へしかば、「そのつらがまちかい探り取て引寄せ、

199 ▽「…風はひかねど　親仁めがやかましゆういふて籠の鳥」(小歌志彙集・文政元年春流行唄)、「…親が出さねば籠の鳥」(新潟・刈羽村・臼挽歌、『新潟県の民謡』)、「…親が許さぬ籠の鳥」(福岡・田川地方・米搗歌)など。

〔**飛騨、信濃の国風・伝説**〕

六 新人国記・飛騨に「日本広しといへども我が国に如くことなしと思ひ、他国の望みもなし。井の中の蛙大海を知らざるがごとし。…按ずるに当国は、東西南北皆山にて、谷間の民家なれば、人の心狭し。他に漏るる気なき故、愚直なり」。

七 新人国記・信濃に「武士の風、天下一なり。百姓・町人の風儀も健やかなること他国の及ぶ事にあらず」。

八 諸国里人談五・気形部に「信濃国上田の辺の或寺に猫あり。…世にいふねこまたなりといへども」として出る。猫又は徒然草に「猫の経あがりて猫またになりて」とある。昔話では、魔性になった猫、尻尾が三つに裂けた猫(以上、香川県)、三毛猫の古猫(長野県)、老いた虎猫(岩手県)など。

九 以下の話は、終りの「鬼神論に出たり」まで、大鯰の話は鬼神論をほぼそのまま引用。その出典は後にも書かれてあるように、捜神記十九に見える話。「夫子」は孔子。

一〇 孔子が陳と蔡(ともに小国の名前)の間で厄難にあったこと。

一一 鬼神論では「皁衣(そう)」。

一二 孔子の弟子の一人。

一三 孔子の弟子の一人。勇者で知られる。

一四 上下の顎の骨。

跳び上がつて上になれ」と教へ玉ひければ、子路心得て組んで押し伏せ、これを見るに大なる鯰の九尺余りなるにぞありける。夫子見給ひて、「物老ぬれば、群の精これによる。亀蛇魚鼈草木の類にいたるまで、久しきものは神皆寄つて妖怪をなす。されば是を五酉といふ 酉といふは老るなり。殺す時は止む」と語り玉ひけり 捜神記、術波伝等に見ゆる。かの魚をしたゝめて人々にすゝめしほどに飢を救ふ。「天より賜ふにや」と後世の人はいひけり。凡五行の気を享けし類、老てはみな怪をなすべきもの也。人の老たるも妖をなすものにや。大原の王仁裕が祖母、二百余歳ばかりにて形ち小さくなり、三尺に足らず、妖をなしたるの類、鬼神論に出たり。鼠老たるにより猫を喰むの妖をなしたるにや。

一 亀、蛇、魚、すっぽん。

二 五行の妖怪。

三 「術波伝」は未詳。鬼神論では衡波伝。ただし衡は衝の誤りという。

四 「大原」は中国山西省の省都太原。この話は、瑯邪代酔編(張鼎思)三十三・柳廂の項に見える。太原王仁裕家の遠祖母は二百余歳でまことに小さく、約三、四尺ばかりで、柳箱を持っていて、いくつかの不思議をなしたという。

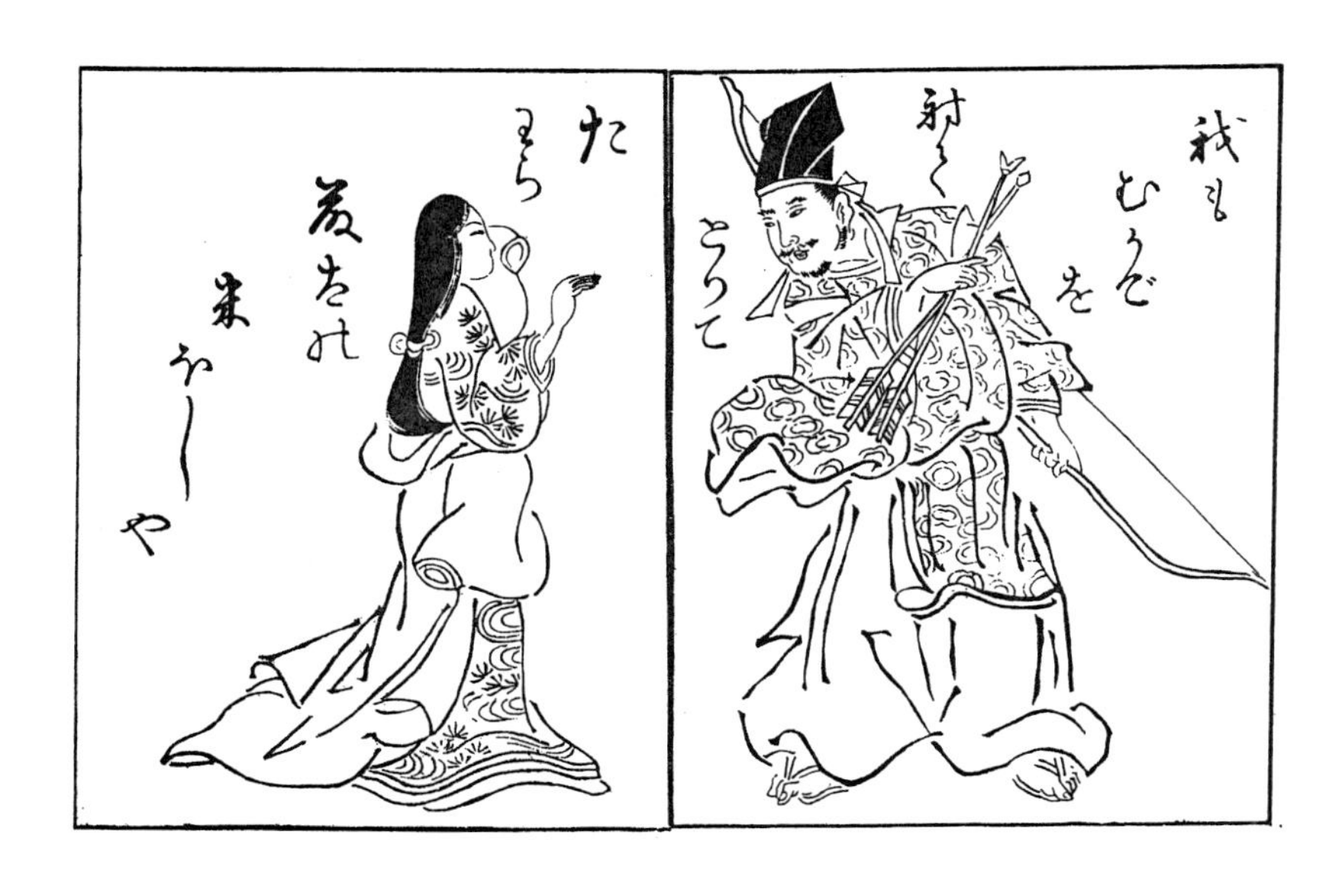

〔絵中歌謡〕

我も百足〈むかで〉を射て取〈と〉りて　俵〈たわら〉藤太の米ほしや

▽この絵は、一九の後、飛騨・信濃の国風・伝説記事の前に位置している。種・玉ともに、信濃の最後に行を低く落として加えている。玉では、朱✡印がついている。室町時代物語・俵藤太物語では、三上山の百足を退治した礼に、藤太は美しい女房（湖水の大蛇）から巻絹二つ、赤銅の鍋、首結うたる俵をもらったとあり、俵の米はいくら使っても尽きなかったという。「俵藤太のひでさとさんが　むかでいとめしせたのはし…」（鹿児島『下甑島郷土誌』手打はんや踊）

上野

200 わしは此町（このちやう）の軒端（のきば）の雀（すゞめ）　声で聞（き）ゝ知（し）れ名を呼（よ）ぶな

201 殿御（とのご）忍（しの）ぶは辛気（しんき）でならぬ　くゞり九つ古川七つ　十二小口の板戸を開（あ）けて　忍（しの）び込（こ）んだら夜（よ）が明（あ）けた

202 恋（こひ）と情（なさけ）はきり一あるものよ　仕立（した）て送（おく）るは三重（みへ）の帯（をび）

下野

凡　三首

203 十七が室（むろ）二の小口（こぐち）にひとり寝（ね）て　花がかゝると夢（ゆめ）に見た

204 人はともあれかくもあれ　わしは牝鹿（めじか）と肩並（かたなら）びよ

---

200 ▽延享五・三元は同一歌。わたしはこの花街でちょっとは知られたおしゃべり女よ。名前なんか呼ばないで、声でそれと分かってよ。女郎が歌っている趣き。開き直りの笑わせ歌。

201 ▽忍んで来る男の苦労を滑稽に歌う。これも主に酒盛りの座興に歌われた大袈裟な笑わせ歌。男の夜這いを第三者の目で追う。松の葉一・三味線組歌・葉手に「おちよぼ忍ぶに六つの苦が候　まづ一番に雨に霰に夜露に柴垣」。浮れ草・小田原節の「晩に忍ばゝヱ背戸から忍べ 表車戸で音がする」は各地に。種・玉は次歌と順序が逆。

202 一 限りか。義理か。種は「ぎり」。▽難解歌。恋や情といってもやはり義理はつきもの。義理を欠かぬようにあの人に三重の帯を仕立てて贈る、と見るか。「三重の帯」→一七三。

203 二 土壁で囲まれた部屋。あるいは神聖な空間としての部屋・小屋。種・玉「こぐち」。我自刊の「こぐら」は誤り。▽以下二首とともに獅子舞歌。新潟県南蒲原郡小栗山の獅子舞歌に「十七が室の小口に昼寝して　花のかゝるを夢に見にけり(浄土さがし)」。長唄・越後獅子は、この獅子舞歌の系統を摂取(「花の盛りを夢に見て候」)。『群馬県郷土民謡集』所載、利根郡白沢村生枝獅子舞など関東・東北の獅子舞歌にも「十七が…」の型は広く伝承。

204 ▽前後の歌とともに、簡単な夫婦獅子の物語にそって歌われた。福島県須賀川市上塩田の御法楽三匹獅子舞歌に「人はともあれかくもあれ　め獅子雄獅子が肩をならべた」(『田楽・風流 一』)。「奥山で笛と太鼓の音がすれば　女獅子男獅子が肩並ぶる」(『郷土芸能と行事・群馬県』所載、甘楽郡小幡町那須・獅子舞歌)。

205　白鷺や船の舳に巣をかけて　波にゆられてしやんと立つ

凡　三首

[三]上野の国は物に臆する事なき風也。[四]軒端の雀と云しにより、[五]かくとだにえやは伊吹のさしも草、と詠みし[六]実方朝臣は、[七]行成と同じ時の殿上人にて、[八]口論をし行成の冠を笏にて落とされしを、さらぬ体にて冠を著、色をも損はずして、「是はいかなる故に、乱冠にあひ候やらん」と申されければ、実方いへらん方なく、しらけて立たれけり。主上此事をひそかに御覧ぜられて、実方を陸奥の守になして遣はされ、ついに免じ還されずして国に卒す。帰洛せんことを願ひて、今一度、台盤の飯を食はばやと言われけり。其後実方雀とて、殿上の台盤のあたりに、かならず雀ありけりと云伝へたりと、百人首の抄にあり。其後歌の会席にて、転けたる殿上人ありしを、若き人笑ひしに、

205 ▽右引、那須の獅子舞歌に「白鷺が海のとなかに巣をかけて波に揺られてさつと立つそろ　さつと立つそろ（鞠掛り）」「沖中に二つの鴨は　波に揺られてはらはらと立つはらはらと立つ（いどみ）」。「しやんと立つ」「はらはらと立つ」には、獅子の所作を指示する機能あり。→鄙廼一曲・（陸奥）国風俗金掘唄。

〔上野、下野の国風・伝説〕

三 新人国記・上野に「弓箭を取れども負けても気を屈せず。…人の心堅固なり」。

四 三〇〇の歌詞を承ける。

五 「かくとだにえやは伊吹のさしも草さしも知らじな燃ゆる思ひを」（後拾遺集・恋一・藤原実方）。

六 藤原氏。長徳四年（九九八）没。中古三十六歌仙の一人。

七 平安中期の人。小野道風・藤原佐理とともに三蹟の一人。

八 この説話、今鏡十、古事談二、十訓抄八、源平盛衰記七、東斎随筆・草木類、奥州名所図会五、尾崎雅嘉・百人一首一夕話四・藤原実方朝臣、などに見える。

年老て転けるを笑ふ人〳〵の命長かれ思ひ知らせん、と詠みし人もあるに、歌道をたしなみ学問する人のつつしみ第一なるべし。下野・陸奥は言葉訛多しといふ。訛ると云事、五音四声の分ちを知るときはなきはづなるを、四声の考へなくして妄りに言葉を使ふ故なり。此国にかぎらず、諸国とも四声の分ちを言へば、雲はくも、蜘蛛はくも、恋はこい、鯉はこい、海人はあま、尼はあま、此平上去入の事を心得るときは、みな分つことなれば、自ら知るべきことなり。五畿内の人、音の事を学ぶにあらず、都に近き故、よき音をしぜんと小児より聞き覚ゆる故なり。

陸　奥

一 新人国記・下野に「民俗も野鄙にして、俚語尤も横訛れり」。
二 中国や日本の音階。宮・商・角・徴・羽の五音。四声は中国の六朝および唐宋の時代にあった声調。平声・上声・去声・入声。

206
橋のぎんぼし[三]を五兵衛かと思ふ(う)て　すでに言葉をかきやうとしたが　山椒食て見て[四]胡椒食て見れば　従兄弟同志やらにてからい　さんしよのせひ(ゐ)

207
秋風が吹けばひ(い)の秋風が吹けばサ　豆の葉も枯れるいの　豆の葉も枯れるサ　枯れたが大事か何としよ　さんしよのせひ(ゐ)

208
あの群千鳥[五]面憎やサ　我を連れてはなぜ行かぬ　連れて行(いつ)たら殿子に逢ふ(う)てサ　[六]わしが心の底うち叩き見捨てられたら島国へ　さんしよのせひ(ゐ)

凡　三首

出　羽

209
橋の欄干に腰をかけ　沖をはるかに眺むれば　沖の鷗が三つ連れて

---

206 三 傍書に「きぼうしの事」。種・玉・我自刊の傍書にも「ぎぼうしの事なり」。擬宝珠(ぎぼ)。欄干の柱頭につける宝珠の飾り物。四 この部分の「見て」は種・玉なし。▽享保頃読売はやり唄の一枚刷「うらのさんせよの木　いろざと御ぞんじもつともぶし」の「うらのさんせよの木を八兵へどのとおもふて　しらでだきついたれば　ばらでめをつついた…」に近い(この系統は、『九州民謡集成』所載、熊本県飽託郡盆踊歌にも)。江戸前期流行歌謡の断片。後半「山椒食て見て…」は、さんしょのせい節の決まったハヤシ文句であろう。

207 我自刊「…かれたが大事かなんとしよのせひ」。柳田国男『豆の葉と太陽』に引用されて著名な盆踊歌となった。次歌とともに『日本民謡全集』陸前・盆踊歌、『俚謡集拾遺』青森・盆踊唄にほぼ同型で見える。まめ→三七一。

208 五「千鳥トイヘルチ如何、又ムラチトリトテ、オホクツレタル也」(名語記)。六 わたしの真心のすべてを打ち明けて。▽宮城県・黒川地方獅子踊歌「海のど中の浜千鳥…」(『東北の民謡』)。

209 一 玉の傍書に「ゆられる事なり」。▽祝歌として、岩手県気仙郡・なかおくに節(『俚謡集』)、三重県志摩郡安乗・よ

又三つ連れて睦まじく　よられながらも君恋し[一]　さんしよのせひ

210 明くれば出でて暮るゝまで　辛苦するのは誰がためなるや　末を遂げんと思ひつめ　身は粉になるとかまわぬに　つれない言葉いかゞせん　さんしよのせひ

凡　二首

[二]陸奥・出羽の風俗、民家に子をぶつかへす[三]といふて三才の比、父母これをくびり殺す[四]。人是を怪しまず。夷狄のごとくありしに、仁風及び今其事なしといふ。陸奥国或村に古塚のありしを、其里の者畑地にせんとて暴きしに、大きなる郭[五]を掘り出し開けて見れば、錦の直垂に鎧・甲に大刀を佩き、其様七十歳ばかりなる老人と相見へ、生るがごとし。所の役所へ訴へ見分を受け、吟味の処、性名かつてなし。定て秀衡[六]にても有なんとて、今その所に社[七]を祭りありしとなり。納やうにより、数百年を経

いこの節(『志摩国の民謡』)に類歌。その他、「橋の欄干に腰かけて　遥かに向うを見渡せば十七八の姉さんが…」(手鞠歌、『土佐民謡集』他)。初句が同一の系統に「橋の欄干に腰うち掛けて　月をながめて歌を読む」(伊豆三宅島・雑謡、『日本民謡大全』。大和歌集〔琉球における近世小歌書留〕所載「心中ふし」の第十八番など)。部分的な初見は説経節正本・尾州成海笠寺観音之本地(刊記なし。元禄四年頃か)二段「沖にかもめが三つつれて　比翼の語らひやさしさよ」。竹久夢二『露地の細道』(大正八年)には、これを抒情小唄としてそのまま収載。

210 ▽これもさんしょのせい節の一つ。初句・第四句は一四八と同じ。注ぎ込んだ相手の遊女に、すげなく愛想尽かしされた男の科白。あるいは好きな男につれなくされた遊女の呟きとも解せられる。

〔陸奥、出羽の国風・伝説〕

二 新人国記・陸奥に「古昔は奥の夷とて人倫にも通ぜず、禽獣のごとき風なりしに、…されば近比までは、民家に子をぶつかへすと云ふ事あり。産子三乳に及びぬれば、その父母これを縊り殺す。…その不仁なること、まことに夷狄の風なりしが」。

三 「ぶつかへす」は、ひつくり返す、倒すの意から、ここでは間引きをすること、すなわち殺すこと。

四 締め殺すこと。

五 槨(椁に同じ)。棺を入れる外枠。

六 平安末期武将。平泉で奥州藤氏の黄金時代を築く。亡骸は中尊寺・金色堂に安置。

七 底本、「社を」の傍書として「建」の字を入れる。

〔絵中歌謡〕

浪も静〈しづ〉かに御代治〈をさま〉りて　臼挽〈ひ〉き歌はよも尽〈つ〉きじ　▽種・玉・我自刊は出羽の最後に入れる。玉は朱✡印あり。伝承性希薄な祝歌。謡曲・高砂に「四海波静かにて　国も治まる時つ風…かゝる世に住める民とて豊かなる君のめぐみぞありがたき」。臼挽歌の聞こえる豊穣の村の風景。

（七一頁からつづく）

68　▽「あわのなるとに身はしづむとも　きみのおほせはそむくまい」（延宝三年書写踊歌・やよやぶし）をはじめ継承歌謡は、当世小歌揃・江戸ろうさい、若緑・加賀ぶし、大分県姫島の民謡などに見える。前半は当時の語りぐさとしての誓文。

69　▽ときめきの恋の花もいつか飽きられて枯草に萎れ草になってしまう。女の多様な恋模様を歌う。「情の花は逢ふ時ばかり　別れになれば萎れ萎るゝ」（吉原はやり小歌・さかなはうたづくし）。萎れ草は「明日は嫁の萎れ草」（→童謡古謡・三）。淋敷座之慰・盆歌）、「あとの廿一やしぼれ草」（淡路農歌）のようにも歌われる。

70　七 枝が川に浸かって流れに揉まれている状態にある柳か。「打入簗よ、の誤か」（有朋堂文庫）とも。▽どんなことがあっても、二人はかたく契って離れないことを歌う。類型「様とわしとは」の一つ。

71　八 種「おもうこひして」。▽恋の成就を願って草の葉を結ぶおまじないが古くからあった。「稲の葉結び思ふこと叶ふ　末は鶴亀五葉の松」（壱岐・祝歌、『全長崎県歌謡集』）。「妹が門行き過ぎかねて草結ぶ風吹き解くなまた顧りみむ」（万葉集十二・三〇五六）。

72　▽「なんぼ恋には身がほそる　二重の帯が三重廻る」（おどり・ふしみをどり。同・ややこ、にも類歌）の系統が、近世後期においてこのように定着し広く伝播。前半を「この子もりしてこんなに痩せた」と替えて、雇われ子守娘の仕事歌に。帯で恋の痩せを歌う発想は万葉集四・七四二へ遡る。

ても損(そ)んぜざる納(をさめ)かた有事(ある)は古書に詳(くは)し。

上巻終

73 九 女が男に口説かれ関係をもつこと。▽「落つる」を軸に隆達節「…あのやうな人がはたと落つる」、落葉集一・春霞踊「若い衆は落ちよ落ちよと袖を引く…」など参照。→九三。後半は「…あさましや女の身なれば　一夜落ちて名を流す」(東京・西多摩郡小河内村鹿島踊、さんころりん)、延享五・五二・五三以下、流行歌謡・民謡の「名を流す」系列に関連。

74 ▽種・玉・我自刊「いとまぢやといふて」。女は男から貰った離縁の際の挿櫛を、心を解きなさい(分かってくれ)という暗示を込めた解櫛として受け取った。七五と対。

75 ▽男は、姑に嫌われたわが恋女房に暇を出した。社会や家族の事情によって崩れてゆく愛。「飽きも飽かれもせぬ中を、…めをとの恥は晒さぬ」(近松・心中天網島・中)。「添うて添い飽きないけど様に　暇をおくれりやぜひもない」(京都・機屋唄、『丹後の民謡』)。

76 一〇 鐘などを打ち鳴らす丁字形の棒。▽東海道中膝栗毛・続十二編上・中山道本庄宿人足仕事歌、神戸節をはじめ、各地に広く伝播。タタラや鐘鋳関係の民謡として定着するケースもあった(三重県桑名地方、京都府久美浜町他)。後半「…鐘に撞木が当りや鳴る」(石川・雑謡、『美川町史』)。禅問答によく引用される(日本古典全書、有朋堂文庫)。「鐘モ撞木ノアタリガラ」(諺苑)。

〔河内の国風・伝説〕

一一 以下「貧しきうちに楽しみ」あたりまで、五一—五三を意識している。　一二 醒睡笑五「夕顔の棚の下なるゆふすずみ男はてら妻(め)はふたのして」。うづら衣「ひさごがもとの夕涼み」の句を引く。北窓瑣談・後編四、物類称呼・糯半の項には「万葉集の歌に」として引く。夢想兵衛胡蝶物語・後編四・歓楽郷では西行上人の歌とする。ニューヨーク・メトロポリタン美術館所蔵、歌川豊広描く、瓢棚の下の夕涼みの絵参照。

一三 物類称呼に、単衣の短い野良着。和訓栞は、褌の意も加える。　一四 腰巻。物類称呼「二布、女の身に近く腰をふさぐ具也」。　一五 不明。語りぐさがあったか。　一六 新人国記・河内の項に「上下男女ともに気柔らかにして、…士農工商ともに高める人は驕る気ありて他人を見下す心あり」。

山家鳥虫歌　巻之下

若　狭

211 松より巣立つ鶴の子の　千歳は君と親の蔭

212 走る舟をも招けば磯へ　寄るは心のまことより

213 よそに思ひし昨日の菖蒲　今日は我が家の妻となる

214 昔竹馬老ては末の　杖と成たる親父さま

凡　四首

211 ▽北陸道七国を祝う。「常盤なる松の枝には雛鶴の　巣立つを見れば動きなき　巌(いは)のかたにゐる亀の　千代万代もかぎりなき　よはひは君がためなれや」(幸若歌謡・松の枝)。

212 一玉・京「まことなり」。▽山城の一七・一八と一連。茶屋の女が沖行く船に向って、寄って行けと手招きする海辺の風景が、背景にある。引けば靡くのが、まことの心というものだよと口説いている。「港入りすりや芸者衆紅葉のような手で招き」(石川県羽咋郡福浦・船方節、『石川県の民謡』)。

213 ▽頼政が、かねてから恋しく思っていた美女菖蒲前を、鳥羽院から賜わった話(源平盛衰記十六・菖蒲前の事)を踏まえるか。昨日・今日・明日など時間的経過に添って発想する歌謡の型の一つ。

214 ▽玉・我自刊は傍書に「西行の歌に似たり」。種・京にはなし。西行の聞書集に「嵯峨にすみけるに　たはぶれ歌とて人々よみけるを、竹馬を杖にも今日は頼むかなわらは遊びを思ひいでつゝ」。本歌の意は、父親とはありがたいもの。子供の頃はあたかも竹馬のように遊びの相手をしてくれ、行く末は人生の杖の役割りをしてくれたよ。

越前

215 山陰[一]やいがらし川の流れには　深山の奥の清の水

216 月の夜にさへ送りをもらふて　見捨て[二]られたよ闇の夜に

217 思ふて来たのに水かけられて[三]　わしが思ひを水にしやる

218 辛気〳〵が三つ四つござる　語る[四]辛気に語らぬ辛気　一つ枕に寝なひ辛気

219 相生見よより甲斐性見やれ　小鬢撫でふより櫃[五]撫でふよ

凡　五首

[六]若狭の国利発にして弁舌よしといふ。[七]越前の国邪智あれども淫風なき国と云。淫風を行はるゝと、物の怪をなす事さま〴〵あり。[八]いにしへ聖人の教には、女の孕める時は多くの慎みあり。

215 一 不明。日本古典全書では、信濃川の一支流の、五十嵐川ではないかという。▽国讃め。その表現の型「山蔭やいがらし川の流れには…」、用語「山陰・深山、いがらし川、流れ、清の水」などから見て、神楽歌の雰囲気がある。

216 二 京「みすてられたら」の「ら」は「よ」の誤写。▽「月の夜でさえな―送られましたよ―　見放されだがな―闇の夜もよ―」(遠野市・籾すり歌、『岩手県の民謡』)。『佐渡の民謡』には、盆踊歌として「月の夜に来てわし連れ出して　今は捨てるか闇の夜に」。「送り」は一説に、娼妓が客の男を船宿その他へ送ることを意味する遊里ことばとする(岩波文庫本、西沢爽説)。

217 三 悪くあしらわれて。▽閑吟集以来、一首の内に「思う」を何回か繰り返して歌う型が少なくない。その一つ。福井県鯖江市・情歌に、「おもてきたか思わずきたか　何も知らずにまた来たか」「おもてきたのに水かけられて　おれの思いを水にした」(『若越民謡大鑑』)。

218 四 我自刊「かゝるしんきにかゝらぬ…」の「ゝ」は誤読。▽「辛気の花は夜々に咲く　情の花の一夜咲かぬか」(隆達節)。松の葉三・さはぎ「せうし(笑止)〳〵が三笑止ござる…」、落葉集六・古今新左衛門節唱歌・みられし「うれし〳〵が三嬉しござる」などは同類型。長崎県対馬・しんき節「しんきしんきと山路行けば　笠に木の葉が降りかかる」(『対馬民謡集』)。酒宴座興歌謡。

219 五 傍書に「めしひつの事」。種・玉も「めしびつ也」。▽前半、後半ともにそれぞれ語句を対句としている。若者に対して、結婚相手の堅実な選びかたを教える。「器量きりようと言いやるけれど　器量で食われん手が利かにゃ」(京都・機屋唄、『丹後の民謡』)。写本系は前歌と順序が逆。

〔**若狭、越前の国風・伝説**〕

六 新人国記・若狭に「当国の風俗は…取廻し利発なる故、さし

気を享くるはじめなれば、一途にその正しきに感ぜしめんがため也。生薑を食へば、生るゝ子指多く世のことわざに、手のはじかむといふ。この言葉にならひてなり。兎の肉を食へば、生るゝ子唇欠くるなり、といひ伝へたり。かの兎の肉薑の魂魄入かはりて生まるゝにあらず。たゞその気に感ずる也。ものに感ずるといふことこれらの類なり胸に猪の毛生へ、猪の息の声に似たるものを、朱子の猪の気を享けしなりと云けんも、これらの理にやあるべし。人のはじめて気を享け、形をなさんとする時分は、生るゝの気もつぱらなる故に死して散りなんとする気、これに感じてたちまちに引かへさるゝ事、潮のさかんに満ち来る時、海に流れたる川水の堰き止められて、逆に流れ上るがごとし。それ世に幼き時敏なるが才のはやきを敏といふ也。やゝ年長けはじめよりの才鬼のよりしに才あるひとの魂魄なり。みづから享け得し気は日ゝに

当りの弁舌、一花の気勢はあれども…」。

七 新人国記・越前に「然れども北方の偏気を稟くる故に、正智少なく邪智多し。…この国淫風なき国第一たるべし」。

八 これ以下のほぼ全文、最後にも記すように、鬼神論によるが、文章は省略が多い。

九 和漢三才図会九十九・葷草類・生薑の項に「孕婦食レ之、令ニ児盈指一」。俚言集覧に「癩人の指の堕たるをシヤウガと云」。

一〇 「はじかみ」は生薑または山椒の古称。

一一 各地で、兎の肉を妊婦が食べると兎唇の子ができるという俗信がある(奈良県民俗誌『ふるさと』、『紀州有田民俗誌』など)。

長じ、たちまちに感じ得たる気は日ゝに散じたる故に才気尽きて、己が不才の本性現はれたるにや、此事世に多くあるなり。人物の気たがひに相感じぬる事みなこれらの事なり。また女の生まれながら男子に化し、男の女に化したる類、世ゝの史伝に見へたり。陰陽乖乱の気のいたすところは淫風盛んなるが故なり。慎むべき事なり。此事鬼神論[一]に出たり。

加賀

220 治まれる世のうれしさは　稲穂栄へる秋の水

221 里のあたゝまりで[二]むしやれて暮しや　[三]我は深山の蟬の声

222 今日か明日かと朝日を待つに　ついに曇りて日を暮す

223 様は流れの瓢簞男　ぬらりくらりはようもよも

一 鬼神論は「丈夫」。

220 ▽我自刊は「をさまる代の…」。種では、傍書に「稲穂」「秋」「水」。祝歌。伝承性希薄。以下佐渡まで各国冒頭歌は七五七五。

221 二 蒸されて。三 玉・京「我らは」。▽歌意未詳。里と深山を対照。里は遊里を言うか。夫が色里で遊び惚けて暮しているので、われ(妻)は深山の蟬のようにもっぱら孤独に泣き明かすばかり、の意か。

222 ▽今日か明日かと晴ればれとした朝日の出を待ってはいるものの、その甲斐もなくあいかわらず曇天の日々を暮していることだ。遊女の侘しい境遇や思いを暗に込めた流行歌謡。

223 ▽「瓢簞男」は一五三にも。七に見える「鯰男」に近い。「ようもよも」は、よくもまあ。はっきりとした態度や気構えを見せない、生半可な相手の男に対して、いい加減しびれをきらしている女の歌。

224 深山(みやま)六月布子(ぬのこ)[四]を着(き)るは　金(かね)がないから冷(ひ)ゆるやら

凡　五首

能登

225 親子草(をやこぐさ)[五]とは年ごとに　古葉[六]ゆづりの若葉(わか)かや

226 根笹野(ねざゝの)に住(す)む雲雀(ひばり)は山に　鶉粟穂(うづらあはぼ)に妻思(つまおも)ひ

227 飲(の)みやれ歌(うた)やれ先(さき)の世(よ)は闇(やみ)よ　今はなかばの花盛(ざか)り

228 沖の戸中の三本竹は　産(う)まず竹(たけ)やら子が咲(さ)かぬ

凡　四首

224 四 もめんの綿入れ。「布子 ヌノコ。卑賤所レ服」(合類大節用集)。▽種は、「みやま」「ぬのこ」「きる」「かね」「ひゆる」の傍書として、それぞれの振り漢字を示す。玉・京は逆に本文は漢字で振り仮名。後半は類型「…やら…やら」の歌い方に準ずる。金がないからか、それとも冷えるからなのか。

225 五 ゆずり葉、裏白の異名。若葉が出ると古葉が落ちる。「親子草、譲葉ヲ云」(たとへづくし)。正月の鏡餅や門戸の飾に用いる。六 種は「古葉にゆつりの」。▽新年を寿ぐ祝歌。

226 ▽「ねざゝ」の部分、種・我自刊「ねさゝ」とあって、傍書「きゞすカ」。玉「きゝす」とあって、左傍書「ねさゝ」。京「きゞす」。底本は誤伝。「きゞすのにすむ」が本来。「雉 キヾス、雉子 同」(合類大節用集)。「雲雀は山に」は謡曲・雲雀山の名前から言うか。「鶉(うづら)―…粟(あは)、秬(きび)」(毛吹草・付合)。鶉は粟や黍を啄む。この歌、雌雄仲良く寄り添う三種の鳥を、それぞれ野・山・粟穂のもとに配した鳥尽しの祝歌。

227 ▽酒盛りの今を盛り上げる座興歌謡。金平物・源平富士牧狩(元禄五年)四段目の酒盛歌謡に「飲めよ歌へよ夢の世の　明日をも知らぬ」。今道念節・かはり世話尽「飲めや歌へや一寸先は闇の夜　夢の浮世ぞや何のその　めつたに騒げやれ踊れ」。福井県鯖江地方・祝儀歌に、バレ歌と一連で「飲めや騒げや一寸先や闇じゃ　下戸の建てたる倉もない」(『若越民謡大鑑』。『飛驒の伝説と民謡』酒場歌にも)。同類の発想は中世小歌へ遡る。

228 ▽船人が航行の目印とし、嘱目の名物として親しんだ、瀬戸の、あるいは小島の三本竹を歌っている。本来は船歌か。尾張船歌拾遺・いせで天目「沖の渡中の三本竹　うまず竹やら子が咲かぬ」。延享五・一三三、『全長崎県歌謡集』北松浦郡・土搗歌。『民謡の和泉』船歌などに。

越　中

229 よろづ世を経(へ)る音なし[一]の　滝(たき)の流(なが)れはよも尽(つ)きじ

230 鮎(あゆ)は瀬(せ)につく鳥は木にとまる　人は情(なさけ)の下(した)に住(す)む

231 死(し)んでまた来(く)る釈迦(しやか)の身が欲(ほ)しや　みしよもの面当(つらあて)に

232 買(か)ふてくりやれよ粘(ねば)る[二]のを一両　胡麻(ごま)の油(あぶら)で毛(け)が伏(ふ)さん

凡　四首

越　後

233 老(おい)せぬ千世の松坂や　谷間(たにま)の岩に亀遊(かめあそ)ぶ

234 わしが思ふとて戸板(いた)[三]に豆じ(ち)や　なまじ言(い)はぬがましじ(ち)やもの

229 一 京都市左京区大原・来迎院に近い音無の滝か。「音無滝(おとなしのたき)は来迎院の東四丁にあり。飛泉二丈余にして翠岩にそふて南へおつる」(都名所図会)。▽祝歌。伝承性希薄。「…はよも尽きじ」は祝歌の類型句。上巻末の絵中歌参照。謡曲・猩々に「よも尽きじ　万代までの竹の葉の酒　酌めども尽きず飲めども変はらぬ」。

230 ▽「情」は、中世以後現代に至る歌謡史のキーワード。これは情こそ世間・人生の根本を民衆に教える近世歌謡の佳品で、伝承は広く東北から沖縄に至る。落葉集四・こんぎやら踊、延享五・五三、巷謡編・一四六、大和歌集・せうんかぶし、など。「鳥は木にとまる」を承けて、後半「わたしあなたのソリヤ目にとまる」(青森・盆踊歌)、「若い姉さん目にとまる」(同・あいや節)。歌い出しは「魚は瀬にすむ」「鯛は瀬にすむ」など。民謡における情→二五九。

231 ▽底本「みしよもの」の傍書として「しんで」を補っている。すなわち「死んでみしよもの面当に」。種・玉・京もすべて「死んで」を欠いて「みしよ物」。我自刊は「みしよや」。種・玉は二三ともに頭部に(印をつけ一段下げて筆写。「死んでまた来る道さへあらば　死んでみせたやつらあてに」(潮来風)。『愛知県地方の古歌謡』第二集には小異で子守歌に。

232 二 傍書に「びんつけの事」。種・玉・京・我自刊も同様。鬢付は毛髪を整えて立てるのに使用する膠のような固い油。▽粘る鬢付油でないと毛が思うように寝ない。胡麻油では効果なし。「伏さん」は伏さぬ。「両」は量目の単位。一量は四匁。女が相手の男にねだっている。「お初こりや〳〵髪ども解きやれ　櫛がないかい油がないか　櫛も油もかけずにござる」(島根・手鞠歌、『邑智郡誌』)。

233 ▽越後の部の冒頭に置かれた祝歌。松坂に千代の松を掛け、坂・谷・岩へと流す。また松坂には、越後で発生かつ各地に伝播した祝宴の座興歌謡「松坂」も掛けるか。「峰の小松に雛鶴かけて　谷の流れで亀遊ぶ」(須藤豊彦『日本民俗歌謡の研究』所収「江戸きやり大全」)。→二六一・二八七。

234 三 ここでは、自分の思うとおりにならないことの譬え。一説に、弾(はじ)かれることで、俗に肘鉄砲。▽「なんぼ口

235 千里走るやうな虎の子が欲しや　やるぞ此文富士[四]までも

236 いとし殿子の新開田[五]が割れた[六]　夕立にはかに来[七]めいこと

237 月夜烏[八]は迷ふても鳴くが　わしが真実思ふでもなし

凡　五首

佐渡

238 佐渡と越後は筋向ひ　橋をかけたや船橋を

239 様は釣竿わしや池の鮒　釣られながらも面白い

240 いとし殿子に逢ひたいことは　川の真砂[九]でかぎりなひ

241 雉子の雌鳥奥山指いて[一〇]　松の新葉のつよばみ[一一]に

242 池の小鮒に心をくれて　立ち[一二]やかねたか白鷺よ

凡　五首

説(どく)いても戸板に豆よ　いつそあんな奴死ねばよい」(春遊興、浮れ草・下・戸板に豆)。日本音曲全集『小唄歌沢全集』では、初句「いくら口説いても…」。

235 四 種・玉・京・我自刊ともに「江戸までも」。▽「虎は千里往て千里戻る」(たとへづくし)。俚言集覧に「千里走るやうな虎の子がほしい」。前半は当時の語りぐさ。後半は「…さまの便りを聞こずもの」(賤が歌袋・五編)、埼玉・機織歌「…便り聞きたい聞かせたい」(『俚謡集』)のようにも歌う。後半、国風・伝説の項に利用。

236 五 下男が自分で耕す、私収入を手にするための田で、新潟をはじめとする北陸に多い習俗(『綜合日本民俗語彙』)。越志風俗部・田ノ草取歌「殿のしんがい田のなぎおもだかに花がさいたがいつとりやる」。六 日照りが続いて旱魃で地割れがしたこと。七 傍書に「こいと云事」。種・玉・京・我自刊同じ。「めい」は助動詞「まい」。夕立はにわかに来ないだろう。心情としては来てほしいの意。▽いとしい殿御を案ずる女の歌。「いとし殿御の田の草の時にやあいのま風が吹きやよいに」(京都・田の草取歌、『日本民謡大観』)。

237 八 月夜に、明け方だと思って浮かれて鳴く烏。「鴉―月夜」(毛吹草・付合)。ここは暗に相手の浮気男を譬えている。▽隆達節に「月夜の鳥は惚れて啼く　我も鳥かそなたに惚れて泣く」。万葉歌集・名古屋山三「やもめからすはほれてもなくが　われは君故いつもなく」。「啼くが」は、玉では「啼くか」。

238 ▽重出歌。→一六四(飛騨)でもこれが冒頭にある。祝歌・盆踊歌として伝承。主として中部地方以西に広く伝播。佐渡いよこ節「佐渡と出雲崎はすじ向い　橋をばかきよもの船橋を」。

239 ▽「お前つりざほわしや池の鮒　つられながらもまたかかる」(潮来風。潮来考では、上句「おまへ釣針わしや池の鯉。他に鮒・鰌・鯰」)。『北設楽郡誌』盆踊歌、『対馬民謡集』抒情の類・しんきくずし。遊里で、或る種の所作を伴って伝承した酒宴歌謡か。

加賀の国、身をひそかに持ち、他へ出づる事を好まず、宜しき風なり。能登の国、主人つれなく使ふといへども外へ行心なき風なり。越中の国、智ありて佞のある所なり。越後の国、勇気を励ます気性あり。佐渡の国、越後に等し。「やるぞ此文富士までも」と言ひしより、天までも走る才智の者あり。蜀志巻の八に載せたる、劉備の臣下に秦宓と云人あり。呉の孫権より張温と云臣を蜀の国へ使者に遣はす。張温秦宓に向つて、「其方、学問したるか」と問ふ。「蜀にては十二才の童子さへ学問を励むに、我のみならんや」と云。張温難問を設けて詰めんと思ひ、「天に頭ありや」と問ふ。秦宓聞て「有り」といふて証拠を引く。「天の頭は西にあり。詩に曰「乃眷西顧」こゝをもつて推し量る」といふ。また問ふ。「天に耳ありや」。「天は処レ高聴卑、詩曰「鶴鳴二九皐一声聞二于

240 九 傍書に「まさごの事」。種・玉・京・我自刊ともに「まさごの事也」。▽逢いたい願望の強さを、数え尽せない真砂の数でたとえる。「外の海府の石名の浜の　砂の数よりや殿は可愛い」(『佐渡の民謡』盆踊歌)。「相模路の淘綾(よろぎ)の浜の真砂なす児らは愛(かな)しく思はるゝかも」(万葉集十四・三三七二)。同種の歌謡は真鍋『中世近世歌謡の研究』第五部「民謡研究」参照。

241 一〇 種・玉・京・我自刊「さして」。 一一 傍書「ゐばみの事」。種・玉・京・我自刊とも「ゐばみの事也」。ついばみ(啄)の転。意味としては、松の新葉の露食(は)みにとも理解されていた。▽「雉のめんどり」は鷺保教狂言伝書・小舞「雉の雌」、肥後国阿蘇宮祭礼田歌・国風二番などに見える。祝歌。

242 一二 種・玉・我自刊「たちやかねたりしらさきに」。「に」の傍書、種・玉は「よナリ」。我自刊「よカ」。京「たちやかねたるしらさきよ」。▽酒宴の立ち歌として用いられたか。「泣いてくれるな今立つ酒に　わしの心もにぶくなる」(宮城県宮城郡・お立ち酒、『宮城県史』民俗編)。佐渡の民謡として「白鷺の舞はしやる年は早稲もよい　早稲もよいあの中稲も糯晩稲も…」(苗取歌、『越佐民謡集一三七ッ』)、「浜千鳥波に打たれてたんと立たれた…」(小木木崎神社神祭唱歌、『佐渡の民謡』)。

〔加賀、能登、越中、越後、佐渡の国風・伝説〕

一 新人国記・加賀に「当国の風俗は、上下ともに爪を隠して、身を密かに持つ風なり」「譬へば他国に合戦ありて、これより助勢すべき事ありても、自国を全うして出づる事を好まず」。

二 新人国記・能登に「当国の風俗は、人の心別して狭くして、譬へば他国へ一足踏み出だせば、渇命に及ぶべしと思へり。これによつて主人よりつれなく使ふといへども、外に行く事を得ずして、是非なく勤むるなり」。

三 新人国記・越中に「当国の風俗は、陰気の内に智あり勇あり、佞(ねい)なる気多し。親子の間にても、一言にことば質を取り、巧みに佞をなすなり」。

四 新人国記・越後に「当国の風俗は、勝つ事を好む気象多し。

天」。耳なくばなんぞ聞かん」といふ。また「天に足ありや」と問ふ。「[15]詩曰「歩二艱難一」」とあり。足なくばなんぞ歩まん」と云。又「天に姓あるや」と問ふ。「天の氏は劉氏なり。天子の姓が劉なる程に、子は父の姓を継ぐ」といふ。又「日は東に生ずるや」と問ふ。秦宓「日は東に生ずるといへども、西に没すと云。蜀は西の方、呉は東の方なれば、東にて威勢をなすとも、西の方蜀に対しては入日のごとく其威を滅せんと云心なり」。張温難問を透かさずいへども、[16]響の声に応ずるごとく答へたにより、張温大に心服したりとなり。本朝にも此類あり。[17]林家の大儒に、[18]人々古書に有不審の事を尋しに、答とゞこふりなきゆへに、さま〴〵の俗説を問ふ。「[19]狂言の言葉に、「蓬萊の島なる鬼の持ちたる隠蓑に隠笠、打出の小槌、しよぜうむぜう」とは、いかなる事にや」と問ふ。かの宝は上々にして無

仮初にも勇を励み、痛きと云ふ事をば痒きと云ふ」。

五 新人国記・佐渡に「当国の風俗は、越後に似て気狭くして、伸びやかなる事なし」。

六 三五の後半句。

七 以下、蜀書(三国志の内)・許糜孫簡伊秦伝第八に見える話。

八 三国の蜀漢始祖。在位二二一―二二三年。諸葛亮と結び、魏の曹操を赤壁に破ったが後、呉と戦い敗けて白帝城に死す。

九 蜀、綿竹の人。諸葛亮に取り上げられた博学の士。

一〇 三国の呉の始祖。劉備とともに曹操の軍を破った。一八二―二五二年。

一一 呉の人。字恵如。孫権に仕えたが、後その名声ゆえに嫌悪を買い斥けられる。

一二 以下、「張温大に心服したりとなり」まで、蜀書・許糜孫簡伊秦伝第八の「温問曰、君学乎、宓曰、五尺童子皆学、何必小人。温復問曰、天有レ頭乎、宓曰、有レ之、温曰、在二何方一也」から、「…宓曰、雖レ生二於東一而没二於西一、答問如レ響応レ声而出、於レ是温大敬服」の部分を、ほぼそのまま訓訳している。

一三 詩経・大雅・皇矣「上帝耆之、憎其式廓、乃眷西顧、此維与宅」。以下、本文の返り点は、すべて底本のまま。一、二点の「二」が脱落している部分あり。

一四 詩経・小雅・鶴鳴「鶴鳴于九皐、声聞于天」。

一五 詩経・小雅・白華「天歩艱難、之子不猶」。

一六 応答がひじょうに迅速なこと。一七 林羅山(道春)。

一八 以下、新井白蛾・牛馬問(宝暦五年)一、道春先生の諺、の項に載る。本文も「正保二年の比とかや。御前に候せしに、種々俗諺に及びとり〴〵尋問給ふに、みな〳〵滞事なし」を取る。

一九 狂言・節分、同・宝椎に見える唱え言。和泉家古本・抜書一の宝椎には「蓬萊の島なる〳〵　鬼の持つ宝は　隠れ蓑隠れ笠　打出の小槌　しよぎやうむじやうじよ〳〵　くわつしこくにくわつたり」。同・抜書二の節分には、「鬼」が「おれ」とあり、牛馬問にも「…鬼の持たる宝は」と引用。節分の大豆を取り出して「福は内鬼は外」と唱える部分に続く。池田廣司『狂言歌謡研究集成』参照。

上ゝの宝なると云事の由答あり。「また童の遊に、手を寄せて数へ、[一]鬼の皿と云。其言葉に「[二]たいどの〳〵　たいが娘はかじはら　あめうじ盲が杖ついて通る所を　さらばよつてつひのけ」と云事、故ある事や」と問ふ。答に「頼朝卿の時出頭し、威を振ひたる人を数へたる事なり。たいどのとは御台所政子の方をいふ。一もたいどの、二もたいどのにて、続いて数へべきものなし、と云ことなり。たいが娘とは、頼朝の大姫君[三]清水の冠者の北の方を云。かぢはらとは、景時がこと。あめうじとは、安明寺とて[四]北条時政の妻牧の方の一族なるが、盲人となりて御伽をして、座敷も杖をつきて歩行する盲人なれども、大切の相談事に加へたまふ才智の人なる故、安明寺に行逢ふものは、傍へ立よりて通せしゆへに、さらば寄つてついのけとは云也」と答ありしと也。

一 鬼決め遊びの一つ。弄鳩秘抄・おにごと「おにのさらやさらや、さらのことゝて、あかいべをきたもの、ぬけめものよ。鬼の皿さがしといふはふるき事なり」。尾張童遊集・鬼どち「又三州岡崎辺にては、鬼のさらはいくさらかいて、一さら二さら三さら…是より一字ヅヽ其人へアテルトゾ」。『あづま流行時代子供うた』に手の動作を説明。

二 牛馬問に「その計へ詞に、ダイドノ〳〵、ダイガ娘ハ梶原、アメウジ盲ガ杖ヲ突テ通ル処ヲ、去バヨッテ終ノケ、といふ。これも又故ある事にや」。春風館本・諺苑に「イッチクタッチクタイノメ　タイガ女梶原源八　助六ヲンノキヤレ〈一云、タイ殿タイ殿タイカ女カチハラ〉」。徒然草野槌・下之三にもこれにふれる。

三 木曾義仲の長男。清水物語(寛永写)に「木曾の次郎義仲の嫡子、しみづの冠者よしたかにて…、此よしたかは鎌倉殿の御むこなり」。

四 鎌倉幕府執権。頼朝の妻政子の父。

丹　波

243 稲の葉結び思ふこと叶ふ　末は鶴亀五葉の松

244 わしが事かや志賀唐崎の　[五]一つ松とは頼りなや

245 谷の小藪に雀は止まる　止めて止まらぬ色の道

246 雨は降れ〳〵雪降るな　しのぶ細道竹撓む

247 梅や桜は七重も八重も　なぜに野菊は一重咲く

凡　五首

此国、都に近くその風を習ひ、[六]とりわけ婦人の風締りなし。[七]此所に多く蚕を飼ふ。前に出てあるものに感ずるといふ事、不思議なるもの也。蚕は性の霊なるものにて、物にふれ形をなす。[八]漢の時、寡婦なる女の寝ねやらで、枕によりて、壁のくず(つ)

243 ▽祝歌として最初に置く。壱岐伝承の同歌は七二注参照。初句以外は広く各地の祝歌として伝承。『下甑島郷土誌』青瀬ヤニハ踊、および『鹿児島県甑島昔話集』所載「歌い骸骨」に見える。後者では、殺された商人のしゃれ骨(髑髏)の歌で「かのたかのたよ思たことかのた　末じゃ鶴亀五葉の松」。丹波の五首、松・竹・梅・桜・野菊が並ぶ。

244 五 大津市下坂本町にある名物の松。唐崎の松。「辛崎　近江、一本松」(名所便覧)。▽「二つ松」に「ひとり待つ」を掛ける。伊達家治家記録躍歌(寛永十二年)「志賀カラ崎ノ一松デハナケレ共　浪ノヨル〳〵波ノヨル〳〵ヒトリヌルタンタ」。

245 ▽もっとも一般的な型は「竹に雀は品よくとまる　とめてとまらぬ色の道」。賤が歌袋・三編では「止めてとまらぬ此君(たけ)にすゞめは」。春遊興では「止めてとまらぬ我が思ひ」。

246 ▽松の葉一・本手腰組に「雨はふるとも雪ふるなさ　忍ぶ細道の笹の撓むに」(小異で、聖霊踊歌・鹿背山踊などに)。京都市久多花笠踊の「しのび」に「しのぶ道には竹はうゐよの　唐竹はうやの　雪ふりかゝりしのばれん」。対照的な発想として「降れ降れ雪よ　宵に通ひし道の見ゆるに」(閑吟集・二四九)。

247 ▽梅や桜に羽振りのよい他家の娘達を、野菊には恵まれぬ者(自分)を譬える。『三州田峯盆踊』、『丹後の民謡』機屋唄に同歌。金沢市・雑謡「梅は八重咲く桜は七重　なんで朝顔一夜咲く」(『俚謡集拾遺』)。第三句「なぜに…」は類型的表現。

〔**丹波の国風・伝説**〕

六 新人国記・丹波に「婦人の風俗一入取締なくして、粗末なる所なり」。

七 丹波の糸引歌として、「あなた糸引わしや繭つぶし　あがりますやらつまむやら」(氷上郡『幸世村誌』)。

八 以下の説話は、鬼神論に見え、この説話は「賈氏説林に見え侍る」と結んでいる(賈氏説林は、説郛・一百二十号、号三十一所収)。

れより隣の家の蚕を飼ふ、なにとなく眺めいたるに、蚕繭をなしけるが、かの女の形にぞ似たりける。目許眉のかゝりなど定かには見へねども、物思ふ女の形なりしを、蔡中郎といひし人琴を弾ずる名誉の人也、価あつく買い得て、其糸を練り琴の糸となしけるに、その声げにあはれに聞こへしと也。かの女の蚕となるにもあらず、たゞ蚕の性の霊なる故なり。ましてや人は万物の霊なるものなれば、怪なる事の有べきなれども、陰陽二気のほかに怪なることなきを考ふべきことなり。

丹後

248 わしとおまへは小藪の小梅　なるも落つるも人知らぬ

249 岩の清水は底から湧くが　様の心も底からか

一 後漢の人。学者で琴の名手。鬼神論に「祭邕(さいよう)なり。琴を弾ずる名誉有」。賈氏説林では、蔡邕。
二 鬼神論は、「其声世にあはれなり。蔡邕が女、一たび此琴の音を聞て、是寡女の糸なりけりといひしとぞ」。賈氏説林に「…繅レ糸製レ琴弾レ之、有ニ憂愁哀動之声一…」とある。

248 ▽「なる」「落つる」に、恋の成就、恋に落ちるを掛ける。和歌山県『日高民謡集』臼挽歌、『愛知県地方の古歌謡』第一集・渥美郡雑謡、『日本伝承童謡集成』巻一・静岡地方子守歌などにも同型。「わしとおまえは」の替歌は各地に伝承。

249 ▽様の愛が真実かどうかを確かめている。大幣・破手唱歌・待つにござれ「深山清水は底から澄むが　君の心は底からか」(小異で、松の葉一・葉手)。延享五・四二「二見清水は底から出るが　様の心も底からか」。清水での水汲みが、男女逢引の機会であったことが背景にある。

250 三 牡牛座にある星団で、肉眼では六個見える星。▽『丹後の民謡』仕事歌、『日高民謡集』臼挽歌などに同歌。『三州田峯盆踊』『三重県民謡集労作唄』田草取唄、『全長崎県歌謡集』北高来郡・新地ぶし、愛媛「大三島の民謡」、「八丈島の民謡」(『郷土研究』一の十一)などに類歌。

251 ▽『俚謡集拾遺』には石川県河北郡・雑謡として「あの子き(羨)なりや両手に花をわしは片手に仇花を」。一説に「むろん花は美女の比喩」とあるが、この歌の発想はむしろ女が他の人を羨む気持で、花は暗に情人としての男。思春期にある女たちの仕事歌。→兲・一〇〇。仌は「様は羨なりや」。

252 四 水仕ふぜいの女が玉の輿に乗って、大金持の妻になった当時の事例を踏まえて歌っている。▽賤が歌袋・五編に、「親に七度売られたけれど今は七階蔵の主」を掲げ「貧者の孫が長者となれば、禍福幸不幸はその身〳〵の一心の覚悟」。

253 ▽いくつかの韻を踏む工夫が凝らされている歌。国讃め。前半を「丹波田所よい畑どころ」(延享五・三)。「丹波田所よい棉どころ」(『丹後の民謡』嫁入道中歌)とも。浮れ草および大和国高取領風俗問状答・茶摘歌は「宇治は茶所茶は縁所娘やりたや聟ほしや」。地名を入れ替えて各地に伝承。

250 月は東に昴は西に[三]　いとし殿御は真中に

251 人は羨なりや両手に花を　わしも片手に花ほしや

252 昨日や今日まで水仕の女　[四]今は二ケ所の蔵の主

凡　六首

253 丹波田所よひ米所　娘遣りたや聟ほしや

254 親は子といふて尋ねもするが　親を尋ねる子は稀な

255 瓢葛屋に蚊遣を焚きて　綾や錦と夕涼み

256 [五]思案しどころ分別所　親の意見も聞きどころ

257 与作丹波の馬追ひなれど　今はお江戸の刀差し

258 与作思へば照る日も曇る　関の小まんが涙雨か

但馬

254 ▽舞の本・八島に「高きも卑しきも、親は子を思へど、子は親をさらに思はず」。延享五・四六三、和河わらんべうた、『三州田峯盆踊』、『南紀土俗資料』子守唄、島根『邑智郡誌』臼挽歌、『土のいろ』遠州俚謡号・浜名郡などに同歌あるいは小異で。広島『芸北民謡集』では「他人勤めと闇夜はつらい親と月夜はいつもよい」と連鎖して。「親は千里を往けども子を不レ忘」(たとへづくし)。

255 ▽重出歌。→一四一。種・我自刊に「尾張の部此歌あり」。玉は肩書に重出。貧しいながらも親子ともども睦まじく夕涼みをする風景として、前歌を承け次歌へ渡す。

256 [五]種・玉・我自刊の傍書に「あヲ俗ニやといへり」。我自刊の「しこゝろ」は「しどころ」の誤り。▽延享五・四六七「親の諫めは病に灸よ　心静めてよふ聞きやれ」。逆に「親の意見もほど聞き飽いた十九はたちの身ではない」(『丹後の民謡』機屋唄)。

257 ▽種・玉・我自刊の傍書として、「丹波与作、二うた」(「二」は「こ」とも読める)、「延宝八年ハッタン人漂着記」(波丹人漂流記のこと。ハッタンはバタン〔バーシーとも〕海峡に点在するバタン諸島)とある。→解説。元禄七年初演歌舞伎・丹波与作手綱帯・切に「与作丹波の馬方すれど　今は世に出て刀差しぢや　しやんと差せ与作」。落葉集四・与作踊は「与作丹波の仕合せよしの　…馬方なれど　今はお江戸の刀差ぢや　しやんとさせよさ与作へ」。宝永五年、近松浄瑠璃・丹波与作待夜のこむろぶし・与作小まん夢路の駒では後半「今は野ずへの放れ駒じや」とあり、次歌と一対。『愛媛民謡集』馬子歌、『丹後の民謡』嫁入道中歌をはじめ各地に伝承。

258 ▽弦曲粋弁当三・与作おもへば、では「与作おもへばてる日もくもるせきの小まんがなみだあめよ」。与作と小まんの恋の実説は不詳。松平大和守日記・寛文二年五月二十二日「源五兵衛おまんといふうたをうたふ、…与作といふうたも近年はやりしと聞」など参照して、近世前期からの流行小歌。『口丹波歌謡集』盆踊歌では二五七とともに。小唄・歌沢の「与作」はこの歌詞を用いる。竹久夢二『絵入小唄集三味線草』所収。

259 雨は降るとも身は濡りやせまひ(い) 様の情を笠に着て

260 都〳〵とわし連れてきて こゝが都か山中を

凡 七首

因幡

261 尽きせぬしるし岩に花一 峰の小松の茂り合ふ

262 朝間よりのこん鳥が 露にしよぼろ濡れたような ゆう〳〵と苗を取る 露に濡れたよな

263 今朝来たおなれど二が帷子はなよな三 裾も縫はずに着る帷子はなよな

264 昼間米搗くは十二から臼四でなよな 嫁も姑も寄つて搗きやれよ 十二から臼でなよな

265 五お主にや暇取りあの山越へ(え)て 都まさりの親里へ

259 ▽多難な暮しの中にあっても、様の情愛にまもられ、それをたよりとして生きていこうという女心を、象徴的に雨と笠で歌う。伝承密度の高い近世流行歌謡の佳品。延享五・二四八、尾張船歌・万松寺などに。成立時期不明ではあるが、天理図書館蔵・鼠の草子絵巻別本「あめはふるとも身はぬれやしよまい 君のなさけをかさにきて」(米搗歌)が江戸初期以前用例で初見か。情を歌う流行歌謡。→二三〇。

260 ▽「都みやことわしよ連れ出してどこが都かの一や殿御」(広島・仕事歌、『芸北民謡集』。小異で愛媛「大三島の民謡」にも)。「神戸行くとてうち連れ出して ここが神戸か山の中」(『倉敷地方の民謡と童唄』莫蓙織歌)。

261 一『皇国俚諺叢』に「あるまじき事の喩なり」。参照、諺苑、たとへづくし。ここは下句とともに祝言で、滅多にはない、すこぶるめずらしくめでたいこと。▽冒頭歌として備中の二九八に重出する祝歌。七五七五調。「かわい男に末代そわば〳〵 水にふみかくナア岩に花さかしよ」(天保十四年・石見『温泉津民謡集』)。→二三三・三八七。

262 ▽田植草紙・五五「あさおの小鳥が、露にしよぼぬれてなうら〳〵と鳴いて通る 露にしよぼぬれてな」の系統。以下二六四まで中国地方田植歌。「あさまとのこ鳥は露にしよんぼり濡れてな うらうらと鳴いてたつ露にしよんぼり」(島根県能義郡・田植歌、『俚謡集』)。三句目は「ゆら〳〵と鳴いて通る」の訛。「今朝ほどに小鳥が二三羽露に濡れ 空うららと鳴いて行く」(岡山『哲西の民謡』)。

263 二 傍書に「をなごの事」(種も同様)。田に食事を運んでくる女性。うなり、おなり。昼飯持(→二七五)。本来は田の神に仕える巫女的存在。三 ハヤシことば。閑吟集・一七八「なよな枕よ なよ枕」。▽うなりの到来をはやす田植歌。鳥取県日野郡の昼飯前の歌に「(サゲ)昼飯持ちがござるやら赤いかたびらで、(早乙女)ひいらりしやりと赤い方」(『郷土研究紀要 因伯民俗調査』)。『鳥取県民謡百選』では、後半「赤いかたびらでヒラリシヤラリ」。

264 四 唐臼か。あるいは、柄(から)がついている臼。▽続いてうなりをはやす歌。広島・比婆郡・田植歌に「ひるま米を

266 後世と契りて今また飽きやる　釘を打ちたや後の妻

凡　六首

伯　耆

267 心通はす杓子の先で　言はず語らず目で知らす

268 金の威光の[六]大柄顔も[七]　昨日かぎりの三途川

269 博奕や打たしやる大酒飲みやる　わしが布機無駄にして

270 昼飯は出来いたが　何がを汁の実でなよな[八]　磯端の若布よし　それがお汁の実でなよな

271 早乙女の股くらを鳩が睨んだとな　睨んだも道理かや　股に豆をはさんだとなよな

凡　五首

搗くはヤレ十二からうすでなう　嫁子様も出ておじやれ十二からへ」(『俚謡集』)。中国地方田植歌は、数十二を神聖視。

265 [五]おしゆ。ご主人。▽子守娘など年季奉公をする人たちの仕事歌。「お主に暇取りあの山越えて　都まさりの親里へ」(『三重県民謡集わらべ唄』)。「お里恋しやあの山越えて　里に行きたや帰りたや」(『郷土趣味』所載「備後三次民謡集」子守唄)。「田植に雇われた出稼ぎ者の、帰心矢の如しの心境」(岩波文庫本)は取らない。

266 ▽後世までもと約束を交わした男に、またもや飽きられ捨てられた女の科白。後半は、後の妻を詛って、丑の時参りではないが、釘でも打ちたい気持、と歌う。

267 ▽杓子の先(飯の盛り具合)や視線で、女は男への恋心を通わせる。「おもて居れども口では云はぬ　かねて推量しておくれ」(愛媛「大三島の民謡」)。

268 [六]種は「いかう」の傍書に「ゐくわう」(京、同じ)。玉「ゐくわやう」。[七]種「太平かも」。玉「太平かほも」。我自刊「太平がかほも」。京「太平顔も」。「ワゥヘイ　横柄。自由気儘で躾が悪く無作法なこと」(日葡辞書)な顔付き、の意と見る。▽絵本倭詩経に「金の威光もゆふべが限り死出の山路は淋しかろ」とし、「財宝栄花栄耀は更に仏道のたすけにあらざれば」と説く。

269 ▽後半は、わたしが機織りをして稼いだ金を無駄にして。絵本倭詩経に「博痴やうたしやる大酒飲みやる　いかに御器量がよけりやとて」とし、賭博・酒を慎むべきことを述べる。

270 [八]「汁」の字、「け」と判別し難い。種・玉・我自刊ともに「け」。京は「け」とあるが、それをもとにした、有朋堂文庫は「汁」、小唄所収本は「汁」。▽田植草紙・二八「昼飯(ひるま)はきたや…」の系統。田植歌で昼飯前に歌われる。島根・大原郡・田植歌「ひるまはできて候　何がお汁には　磯の端の若布よしそれがおしる」(『俚謡集』)など。

271 [九]女陰。▽田植歌のバレ歌。早乙女が疲労した頃を見計らって、こうした歌が出る。「ぼゝの豆やえん豆の花によく似とる　えんどの豆といとこなり」(『美古登下野本田植

出雲

272 [一]さんまれこれの嫁御様　どこな育ちのさんまれ様ぞ　稲の[二]末穂ののぎ育ち

273 [三]千家北島にやァ焼餅がはやる　中に味噌入れてボッボほや〳〵と

274 これの石臼は[四]ふかねど廻る　風の車ならなを(ほ)よかろ

275 昼飯持のござるやら赤い[五]かたぶらで　[六]ぶらりしやらりと赤ひ(い)かたぶらで

凡　四首

[七]丹後の国、悪しき風なれども、今は善に化すといふ。[八]但馬国、丹後と同じ。府中は淫風ありといふ。[九]因幡・伯耆は善心あれど、荒き心にて変じやすき所といふ。[一〇]出雲は仏神に祈りて加護を頼

唄』)。宗安小歌集・一四にも「十五にならば豆の垣を弱らせよ」。参考、小歌志彙集・文化九壬申年の流行歌「おまんまたぐらにつりがね堂が出来て…」。

272 一「さまれ」の転、さもあらばあれ。なるほど、ともかくも。田植草紙では、さまれ(一〇〇)、さまり(九四)。 二稲穂の先端の芒(のぎ)=イネ科植物の花の外殻にある針のようなとげ)。「のぎ」に出雲能義郡のノギを掛ける。▽田植歌。種・玉・我自刊および京ともに、出雲の配列は、二七四、二七五、二七二、二七三の順。『俚謡集』所載島根能義郡・苗取歌に「ヤレこちのよめごはどこそだち　ヤレ稲のおらぼののぎそだち」(同型が仁多郡・うらぼ、大原郡・おらぼ、『郷土研究紀要　因伯民俗調査』苗取歌に、うらぼ)。田の神・うなり、にもその出生を同類型(問答形式)で歌う。

273 三出雲国造家は南北朝時代にこの千家・北島の両家に分かれた。出雲大社神職。種・我自刊は「きたしま」。▽両家互いに嫉妬して不和なることを揶揄して、味噌餡の焼餅が蒸し上ってほやほやと湯気があがっている様子に譬える。次歌とともに臼挽歌か。『島根民謡』能義郡・臼挽歌に「石臼挽け挽け　ばば焼いて食はせうぞ　中へ味噌つけてこが〳〵と」。

274 四傍書「ひかぬと云事」。種・玉・京・我自刊ともに同類の傍書。「挽かねど」の出雲訛。▽「ふかねど」に吹くを読み取って、後半、「風の」に続く。「臼も車も挽きやこそ廻る挽かず廻るは風車」(『島根民謡』飯石郡・臼挽歌)。

275 五傍書「かたびらの事」。種は本文「かだふら」で、傍書「かたひらなり」。玉・京・我自刊の傍書も同。六傍書「べらり」。種の傍書「べらりなり」。玉「ゆらりなり」。我自刊「ゆらなり」。▽大田植のおなり迎えの歌。『島根民謡』仁多郡・田植歌「昼まもちのござるやう赤いかたびら　びーらりしやあらりと赤いかたびらでな」(昼前)。中野藤下本歌双紙(島根県邑智郡)に「ひるまもちのござるやる　あかいかたびらてのびいらりしやらりとあかいかたびらての」。

〔**丹後、但馬、因幡、伯耆、出雲の国風・伝説**〕

七新人国記・丹後に「当国の風俗は、上下男女ともに、万人の

みとする風なり。伯耆の国大仙に横山狐といふありて、[11]明神の使者なり。もろ〳〵の願望、此狐を頼みて祈るに、成就せずといふことなしといふ。神は正直の頭に宿るの事は捨てをき、山野に食を求めてさ迷ひ歩く狐を、神の使者にて不思議の神通をなすとこゝろへ、これを頼むと云事いかゞなることぞや。[12]世の愚かに暗き人、多くは狐魅をいつき祭りて神となし、又いづれの御神は御形蛇にてましますなどいふはあさましきや。[13]昔狐をまつる社の辺にて、狐を射殺せし者あり。かの宮主、君に訴へしに、[14]大納言経信卿、白竜の説を述べ給ふ。その事は、[15]昔白竜淵に下り、魚の姿となりて浮かみ遊びしが、[16]予且といふ者射殺せしを、帝に訴へしに、「魚は射らるべきもの也。予且何の罪かある」といふ事、[17]伍子胥が呉王を諫めし言葉にいづ。たとへいかなる神明にましま

内に一人も好き人なし」。

八 新人国記・但馬に「当国の風俗は、丹州よりは少しよし。出石・気多・城崎・二方の数郡は実ありて頼もしき意地あり。朝来・養父の風は意地きたなく…、按ずるに…国府は淫風あり」。

九 新人国記・因幡に「…高草・気多・法味・巨濃の数郡は、…邪智あり、武士は利欲に拘り、得のつく方に従ふ風なり」とあるが近い文章はない。伯耆では「…己を省みて善心生ずといへども、その人を離れて又悪心に変じやすし」とある。因幡・伯耆と重ねるが、国風は伯耆側ですませている。

一〇 新人国記・出雲に「…善悪邪正ともに、仏神に祈りて加護を頼みとする風なり」。

一一 「大己貴命をまつりしといふ」まで、諸国里人談五「横山狐」に拠っている。また本朝故事因縁集三ノ八十「伯州大仙狐」にも同様の伝説を載せる。

一二 「世の愚かに暗き人」から、「国の禁にぞ有ける」まで、鬼神論による。

一三 以下、続古事談二・臣節に見える。

一四 源経信(一〇一六―九七)。詩歌にもすぐれていた。家集に大納言経信集、日記に帥記。

一五 鬼神論も述べる如く、説苑九・正諫に見える。

一六 説苑では、「漁者予且射中二其目一、白竜上訴二天帝一」。続古事談は「白竜之魚勢、懸二預諸之密網一ト計リウチ云テヰラレタリケリ」。日本思想大系『新井白石』所収「鬼神論」頭注(友枝龍太郎氏)を参考にして文選十・潘安仁の西征賦を見ると「彼白竜之魚服、挂二予且之密網一」。

一七 説苑には「呉王欲下従レ民飲上レ酒、伍子胥諫曰…」とある。

すとも、狐蛇の形となればすなはち狐蛇にこそあるべけれ。何ぞ尊きことのあるべき。まして妖狐毒蛇の人を惑はし損はすを斎き祭る理やあるべき。これらの祭を淫祀といふて、国の禁にぞ有ける。魚を射ると云事、呉国には多くあるなり。本朝にても蝦夷の国には魚を射取りて、朝夕の食とするなり。

石　見

276 一これの御館御繁昌なさる　奥は琴の音中の間は鼓　門は二もののもが絶へませぬ

277 三関の地蔵に振り袖着せて　奈良の大仏聟にとろ

278 京の大仏に四帆柱持たせ　鯨釣りたい五島浦で

凡　三首

276 一我自刊「これの親方」。二種・玉・京・我自刊ともに「ものも」。「モノマウ　もしもしと言うような、門口で呼ぶ呼び方」(日葡辞書)。「物申す」の訛。ここは、「ものも」と言って門前に立ち、寿詞を述べて米銭の施しを受けた乞食。物吉。▽写本系四種の配列は、二七六、二七七、二七八の順。館讃め。風流踊歌のお屋形踊に相当。『丹後の民謡』に「これの屋形はめでたい屋形搗いて納めて末繁昌」。類型として「庭にや米搗く座敷にや碁打つ二階座敷にや金はかる」(長崎『五島民俗図誌』、石づき唄)など。

277 三三重県鈴鹿郡関町、宝蔵寺の地蔵尊。東海道名所図会には、行基作、三尺六寸とある。一休和尚がその尊像を再興し開眼供養した話は、東海道名所記五に見える。▽賤が歌袋・五編に同歌。「奈良の大仏振り袖着せて関の地蔵さんむこに取る」(兵庫・灘『酒造り歌』本櫂。大阪『交野市史』はがね唄)。誇張、ちぐはぐの手法によって笑わせる。大仏で次歌と連鎖。

278 四玉は「て」、傍書に「にナリ」。我自刊「京の大仏で」。▽『全長崎県歌謡集』南松浦郡、名所名物に「奈良の大仏さんに釣り竿もたせ　鯨つりたや五島浦で」。「肥前国土産、…鯨　五島」(和漢三才図会)。

隠岐

279 背を叩かれしんこほど腫れた[五]　これも悋気の固まりか

280 去なしよ〳〵と思ふたうちに　太郎が生まれて去なされぬ

281 われは奥山の笹小笹[六]　藤に巻かれて寝とござる

凡　三首

播磨

282 池田伊丹の上諸白も[七]　銭がなければ見て通る

283 いつか鴻池の米踏みしまひ[八]　播磨灘をば歌でやろ

284 今の若い衆は麦藁襷　一夜かけてはかけ捨てよ

279 五 糝粉(しんこ)＝乾かした白米を臼で挽いて粉にしたもので作った餅、またはそれで作った細工物。▽悋気する女(遊女か)に背中を叩かれた男の科白。糝粉餅が焼かれて膨らむほどの腫れ、とおおげさに言う。「背を叩かれしんそこ(心底)惚れた、の地口と解する方がわかりやすい」(岩波文庫本)とも。

280 ▽夫または姑の科白。『三州田峯盆踊』に同歌。『佐渡の民謡』に「縁の切れはにこの子ができた　子にも泣かせわしも泣く」(盆踊歌)。八七・九六あるいは「姑婆さまなぜ嫁にくひ可愛いわが子にそふ嫁を」(『愛知県地方の古歌謡』第一集・機織歌)などと切り離してしまえない歌。

281 六 種は「おざゝ」で、「お」の傍書に「小」。『小唄』は「さゝこざゝ」。▽後半は、一三・一八九と同一。「主は峰松わしゃ沢の藤あはひ遠けどからみつく」(「八丈島の民謡」『郷土研究』一の十一)。

282 七「酒　伊丹、池田」(和漢三才図会・摂津国土産)。「池田伊丹の六尺達は　昼は縄おび縄だすき　夜は綸子の八重まはり」(松の葉三・いけだ)。諸白は麹・米ともに精白して作った最上等の酒。▽延享五・一五「池田伊丹の新諸白も　銭がなければ見て通る」。『和歌山県俚謡集』子守歌など。

283 八 江戸前期以来の大阪の豪商(両替商として繁栄)。▽いつの日か、あの鴻池が取り扱う米を全部値踏みして買い取り、船に積んで播磨灘を悠々と行きたいものだねえ、の意。後半「…をば歌でやろ」は慣用句。「…さてもこの船、…艪ではやらじで歌でやる」(鹿児島県熊毛郡・船歌、『俚謡集』)。前歌を承けて、将来、商いで出世したいという男の気持。

284 ▽民謡の一つの機能として、当今の村の若者への批判・注文・からかいがある。これもその一つで、相手の女への薄情さを言う。「今の若い衆は梨の木育ち　なしはなしじやが金なしじや」(兵庫『民謡風土記』雑謡)。「村の若い衆は杉の木育ち　杉は杉ぢやがいきすぎぢや」(『ひだびと』所載「北飛騨の民謡」)。「今の若い衆は　伊達こき屁こき…」も各地に。

285 髪を島田に結はふよりお方　心島田に持ちなされ

286 ござる〳〵と浮名を立てて　様は松風音ばかり

287 思ふ殿御と臼挽きすれば　臼は手車中で回る

凡　六首

美作[一]

288 十七八はたいとうの藁で[二]　打たねど腰がしなやかな

289 前田[三]の稲の葉もちのよさは　黄金の露を巻き上げる

290 またと行くまひ[四]湯原の湯へは　三坂[五]三里が憂いほどに

291 近江の笠は形がよふて着よて　締緒が長ふて着よござる　ソリヤイノフ

292 どんどと鳴るは大竹[六]簓　鳴らぬは七九[七]こま簓　ソリヤイノフ

285 ▽「島田」に「締めた」を掛ける。前歌を承けて、これは女性への教訓。一説に「お方」を「妻君」。延享五「髪を島田に結をふより女　心島田によふ持ちやれ」。絵本倭詩経にも小異、講釈付き。『対馬民謡集』陽気節など。

286 ▽二八八に重出。→二六二。「松」に「待つ」を掛ける。類歌広く伝承。恋歌の佳品。おどり・所願に「おしやろ〳〵と名はたちて　上の松山をとばかり」。後半は落葉集二一・関東小六青葉にも。「来るか来るかと浜へ出て見れば　浜の松風音ばかり」(浮れ草・下田節。南葵文庫旧蔵・わらべ唄)の型が広く伝播。諺苑の「浜の松風音ばかり」は日常の言い草として蒐集。

287 ▽臼挽歌。「回る」は場において呪的な動詞。「思うといちと臼挽きすれば　臼は手車ただ廻る」(和歌山『日高民謡集』)。臼挽は男女逢引の場。前歌も臼挽歌としてうたわれる場合が多い。→一七一・三五八。

一 種は国名を「美濃」とし、濃の傍書に「作ナリ」と訂正。

288 二 種・玉・我自刊の傍書「大唐米の藁か、又大道か」。玉・京「だいとのわら」。大唐米は外来種の赤米。唐法師(日葡辞書)。▽「十七八はたいとのわらじやよ　うたいて(で)もこしわしなやかな」(和歌山県有田郡・雨乞踊歌・十七踊)など、同歌は主として風流踊歌系統に散見する。岡山県久米郡、ばんば踊では「十七八はあぜのうえのだいどうで　うたねど腰がたんだしなやかな」。巷謡編・一三にも。

289 三 種・我自刊「まへ田」。玉・京「まゝ田」。前田は門田のこと。▽田植歌の朝歌。『俚謡集』田植歌にも「前田の稲の葉もちのよさは黄金の露に盛りあげる」(岡山県苫田郡)、「朝起きてヤーレ細戸にあけて庭見れば　こがねの露がもりわたす」(島根県飯石郡、邇摩郡)。稲苗を讃める。呪力ある露。

290 四 岡山県真庭郡湯原町。五 真庭郡勝山町東北端、久世町と湯原町の三町が接するところにある峠。伯耆へ通う最大の難所。三坂越(みさかごし)といった。▽山深い湯原へ行く難儀を歌う。「来いとゆたとて行かりよか湯原　三坂三里は五里ござる」(真庭郡・胴突き歌、『岡山の歌謡』)。発想として承徳本古謡集・甲斐風俗・本、京都府丹後地方宮津節など参照。「二度と行くまい作州の津山　三坂三里が五里ござる」(『美作

凡　五首

八石見の国、丹後国と同じ。銀山の風うつりて淫風あり。九隠岐の国、実義(じつぎ)にして頼みある風なり。一〇播磨(はりま)、智ありて事を図(はか)る心あり。一一美作、邪智あり。しかれども化しやすき風なり。此(この)国にあやしきものあり。一二月の輪と云(いひ)て、屋宅の庭(には)、往来(おうらい)の道(みち)、田地等に、方四尺ばかり丸(まる)き形(かたち)にて、薄黒(うすぐろ)き地の気地面にあらはれ、これを除(のぞ)かんとて土を入替(いれか)へ、または平(ひら)みなる石を蓋(ふた)のごとくしても、もとのごとくにあらはれる。又山野・林にても一三虵ば(うはばみ)みといふあり。同物にて方廿間ばかり虵の目の紋のごとく、此下(このした)に虵わだかまりをる、千年に及んで天上すと諺(ことわざ)にいふ。月の輪の田の稲(いね)を外より見れば、虵ばみとも稲(いね)、草木(くさき)黒(くろ)し。そばへ寄(よ)ればさのみ黒(くろ)しとも見(え)へざれども、遠くよりは甚し。これを考(かんがふ)に一国山中にて、温泉所(をんせん)ゝにあり。かの月の輪、水気

の民俗』所載、馬子歌)は、「何の因果で馬方なろた　いつも夜出して夜もどる」と連続して掲出。

291 ▽玉「糸竹初心抄の、あふみおどりと大同小異」(種・我自刊も小異で)。糸竹初心集一・吉野山(大幣にも)、松の葉三・ぬり笠、巷謡編・一八、などに。宗安小歌集・三五・三六「京の壺笠　なりよや着よや　緒よや締めよや／ぢたい都は笠だに着よや　緒よや締めよや」。

292 六種・玉以下すべて「大竹さゝら」。「大竹」は淡竹(はちく)の古名。淡竹でできた擦り簓。七種「七九こまさゝら」。我自刊「七八こまさゝら」。『小唄』では「紫竹胡麻簓」と当てる。紫竹の細い(こまい。小さい)簓(岩波文庫本)。▽二八同様、岡山県久米郡仏教寺伝来、ばんば踊に「どんどとなるのは大竹ざさら　鳴らぬはひちくこまざさら　こまざさら」(『岡山の歌謡』)。前歌と同じ囃子ことば。

〔石見、隠岐、播磨、美作の国風・伝説〕

八 新人国記・石見に「当国の風俗は、丹後の国に異ならずして、偽り多くして実なる人稀なり」「按ずるに、…又銀山の風移りて淫巧の風所に多し」。

九 新人国記・隠岐に「当国の風俗は、柔弱にして放逸なり。知夫(ちぶ)一郡のみ実義にして頼みある所あり」。

一〇 新人国記・播磨に「当国の風俗は、智恵ありて義理を知らず」「被官も亦忠勤を二段にして、調儀を以て所知を得ることを計る」。

一一 新人国記・美作に「当国の風俗は、…片意地にして人の教訓を聞き入れず、邪智に任せて過ちを文(かざ)る。されどもその中にも、化しやすき形儀もあれば頼もし。石州には勝れり」。

一二 以下、各地の月の輪田の伝説を言う。岡山県には、たとえば、真庭郡湯原町二川の輪田。浅口郡金光町多崎の南、小高い岡があって、夏の月夜、月の輪が浮かび出る(『吉備の伝説』)。

一三 久米郡・吉備郡・苫田郡などに蛇石あり。中に割れ目があって蛇がいる、という。苫田郡には月影石がある。石の形円月に似る。この地を耕すと災害があるという(『作陽誌』)。

なき所の硫黄の気の類にてあるらん。また縄目[一]と云て、山道広野にても其所の道を通れば、皆人身振ひして、「物凄し、魔の通るごとし」と云。考るに陰気の寄る所にて、岩の前をまがる道、山の洲崎又は先の見へざる所の類なれば、陰気の集まる地と見へて、心の弱き人此気にあたれば、家に帰りて熱さかんに成わづらふ。をよそ[二]の事気につく。気また形につく。形強ければ気強く、形弱ければ気もまた弱し。ゆへに魂は気をもつて強く、魄は形をもつて強かるべし。人貴ければ其勢大にして其魂強く、富みぬれば其養ひ厚ふして其[三]魂強し。先に物なくして我と物を生ずる事あり。これらの事につき陰陽の気より外なきを知るべき事なり。

一 縄目の筋のこと。樹木や山の形などの自然を目標に、その筋にあたる線上の土地に家を建てると凶事がおこるという俗信。『綜合日本民俗語彙』では、「岡山県では主としてこの筋にあたる土地に家普請をすることを忌む」。同書には、同県邑久郡で魔筋・ナマムメスジ・ナメラスジ、久米郡ではナマメスジ、苫田郡ではマモノスジ。

二 「をよその事気につく」から「其魂強し」まで、鬼神論による。鬼神論では「をよそは魂は気に付て」。

三 鬼神論では、その諸本によって「魂」および「魄」の両方あり。「魄」とすべきところ。

293 四 都から言って、四つの方角にある四つの海(日葡辞書)。よものうみ。転じて、天下。▽隆達節冒頭小歌「君が代は……」、謡曲・高砂「四海波静かにて国も治まる時つ風」などか

備前

293 千世に八千代に御代治まりて　波も静かに[四]つの海

294 [五]塩飽大工はちよ／＼[六]まかちよ　[七]をれが木末にとまりて女郎招く

295 [八]御油や赤坂吉田がなけりや　なんのよしみに江戸通ひ

296 君に逢ふとて朝水汲めば　濁る心かまだ逢はぬ

297 [九]備前岡山新太郎様の　江戸へござれば雨が降る　雨じやござらぬ十七八の　恋の涙が雨となる

凡　五首

備中

298 尽きせぬしるし岩に花　峰の小松の茂り合ふ

ら祝歌を作ってある。『兵庫県民俗資料』川辺郡・麦かち歌に最終句「四海波」で入る。幸若歌謡にも「一天　平かにしては又四海なを無事なり」(一天下)。

294 五 中世から近世にかけて栄えた、瀬戸内海に点在する塩飽諸島の船大工。それを誇りとする気風は現代におよぶ(塩飽本島　平成八・九年歌謡研究会調査)。六 はやしことば。大工道具の一つ、手斧(ちような)を掛ける。「…大工柄より木柄よりも　ちようなと鉋のかけ柄」(岩手県『東和町誌』祝歌千福山)。七 我自刊は「それが」。▽塩飽大工が、手斧でちょんちょんと木を削っているさまを、女郎を手招いているのだと滑稽に見立てたか。

295 八 御油(愛知県豊川市)・赤坂(同宝飯郡音羽町)・吉田(同豊橋市)。三河国にある東海道五十三次宿駅。遊女町として栄えた。「吉田よりごゆ(御油)まで二里半四町。ごゆより赤坂まで十六町」「この宿(御油)も遊女多し。…やうやう宿(赤坂)に入りければ、宿ごとに遊女あり」(東海道名所記三、四)。種・玉・我自刊の傍書「天和三年種久が江戸くだりに五井とあるか」。徳永種久紀行(元和三年刊)のことを言う。▽遠くて辛い江戸通いも、道中での、宿々の遊女とのゆかりがあればこそ実行できる。『三州田峯盆踊』に同歌。

296 ▽『佐渡の民謡』に「殿を見たさに朝水汲めば　水は七桶殿はひと目」「水は七桶汲んでも殿は見えぬ　落す釣瓶に腹が立つ」(盆踊歌)。初句「あの方に逢いたいがために」。福島県・玄如節にも類歌。泉・井戸など水辺における男女逢引の恋愛習俗、および水鏡で恋を占う呪的心性が背景にある。

297 九 備前岡山藩主池田光政(一六〇九-八二)。幼名新太郎、名君として知られた。▽岡山県真庭郡・臼挽歌「備前岡山新太郎様の　上りにや雨が降る…」(『俚謡集』)。参観交代で江戸へ行く殿を慕い、別れを惜しむ娘達の心を歌う。「伊勢の津の津の津の殿さんが　お立ちじやと言や雨が降る」(兵庫『氷上郡昔話集』蛇女房に見える歌謡)。真鍋『日本歌謡の研究—「閑吟集」以後—』(Ⅱ浄瑠璃作品に見える歌謡)参照。

298 ▽重出歌。→二六二(因幡)。冒頭に置いて備中国を祝う。

299 こなた思(おも)へば照(て)る日も曇(くも)る　冴(さ)(え)へた月夜(よ)が闇(やみ)となる

300 こちの旦那(だんな)殿(どの)からかさ育(そだ)ち　世間(せけん)ひろがり内[一]すばり

301 こなたお背戸(せど)にひづる[二]と蓼(たで)と　なんのひづるめがたで〳〵と

302 こちの旦那(だんな)殿臭木(どのくさぎ)[三]の育(そだ)ち　うはべ美(うつく)し底苦(そこにが)い

凡　五首

備後

303 栄(さか)(え)へ久しき松(まつ)が枝(え)の　岩の岸根(きしね)に波寄(なみよ)する

304 江戸へ江戸へと木草もなびく　[四]江戸にや花咲(はなさ)く実(み)もなりて

305 憎(にく)(い)ひ〳〵は裏(うら)の裏(うら)　実(じつ)の憎(にく)(い)ひは思(をも)ひのあまり

306 たとへ火の中水の底(そこ)　およばぬ中(なか)に住(す)むも君(きみ)

307 心(こゝろ)短気(たんき)な男を持(も)てば　胸(むね)に早鐘(はやがね)[五]撞くごとく

299 ▽春遊興に小異で。潮来風は初句「おまへ思へば」。「照る日も曇る」は三六八(但馬)にも。『日本民謡全集』『日本民謡大全』が備中国盆踊歌として再録。福岡県糸島郡・石搗歌「思い廻せば照る日が　曇るはあ照る日が曇る　冴ゆる月夜が雨となる」(『俚謡集』)。『広島県の民謡』加茂郡・唐臼挽歌に「あんた思ひにや三度の食が　喉(のど)に通らず湯で流す」。以下備中は「こなた」「こち」で歌い出しを揃えた。

300 一 種・玉・京・我自刊は「内すぼり」。▽「外不見(そとみず)の内窄(うちすぼり)」(たとへづくし)。「内はだかりの外すばり」(俚言集覧)。奉公人の立場で主人を批判する型。子守歌(子守娘の仕事歌)などにも多い。「うちのおかみさんは金平糖の性で尻も頭もつのだらけ」(東京『多摩・ふるさとの唄』機織歌)。

301 二 備中・安芸・出雲・石見などで雑草「はこべ」のこと。蓼も道端や湿地に生えるイヌタデ・オニタデなどの通称。▽祝歌「これのお背戸に蘘荷(めうが)や蕗(ふき)や　みやうが目出たやふき繁昌」(延享五・一七など)を踏まえている。一首は、ここの背戸には蘘荷も蕗も生えないで、生えなくてもよい雑草のひづるや蓼ばかりがたてだてしく(かどかどしく)生い茂っているよ。「…めが」は相手を見下げた表現。人事における暗喩を含んでいる。やはり奉公人からの揶揄。

302 三 クマツヅラ科の落葉木。茎・葉に臭気あり。若葉は食用。▽前二首と同様、奉公人の旦那への批判。「うちの御寮さんながらがら柿よ　見かけよけれど中渋い」(福岡県・子守歌、『日本伝承童謡集成』)。

303 ▽備中の冒頭歌に続いて、備後も七五七五調で松を歌い込む祝歌。「松風は吹けど吹かねど白浪の寄する岩ほぞ久しかりける」(貫之集二)のような雰囲気。

304 四 種「江戸に」。玉・京・我自刊「江戸には」。▽前半、地名を替えて歌われる類型。広島県深安郡・盆踊歌として同型(『俚謡集拾遺』)。「江戸へ江戸へと枯木を流す　江戸で枯木に花が咲く」(和歌山県・子守歌、『日本伝承童謡集成』)。江戸への憧憬。「江戸へ雲が飛ぶ」「江戸へ行きたい江戸見たい」「お江戸ではやる繻子の帯」などの類型句参照。後半は一三五参照。

凡　五首

安芸

308 宮と広島に海が無かよかろ　いとし殿御を通はせはすまひ(い)　わしがちよこ〳〵通ひましよ

309 渦がまひます広島の沖に　渦じやごじせん〈六〉髭でごじす　おまへとわしが中じ(ぢ)やもの

凡　二首

〈七〉備前、男女とも人をさげしむ心あり。〈八〉今は風義よろしとなり。

〈九〉備中、備前と同じ。〈一〇〉備後、実義なれども愚痴にして事届きがたしといふ。〈一一〉安芸、一分を守る風なり。此国山県郡〈一二〉津志滝に観音あり。〈一三〉滝の下に潜石といふあり。滝水これにあたりて波を飛ば

305 ▽後半、憎いというのは、本当は愛しさ募り思いあまってのこと。「憎い〳〵は可愛の裏よ　この柏の二面…」(伊勢音頭二見真砂・意見の鐘)。逆に、諺苑に「カハイ〳〵ハニクイノウラヨ」(俚言集覧にも)。賤が歌袋・五編「可愛(かあい)〳〵は悪(にく)いのうらよ　何がかはゆかろ人の子」。

306 ▽たとえ火の中水の底のような、およびもつかぬところに居ようとも、君となら厭いはしない、の意か。「たとへ…とも」の類型句で歌う例は少なくない。「たとへどのやうに遠ざかるとも　かわる心はないわいな」(潮来風)。前歌の「思ひのあまり」の意を取ってこの歌を置いた。

307 五 心配、緊張で動悸が高く速くなること。▽延享五・夽「心短気なとの子を持てば　鳥鳴きさへ気にかかる」。『兵庫県民俗資料』に「心短気な殿さん持てば　鴉なく声気にかかる」。『日本民謡大全』備後国福山・盆踊唄。愛媛「大三島の民謡」には「心気短気な男につけば　胸に早がね撞きあまる」。

308 ▽宮は「安芸の宮島廻れば七里」の宮島(厳島)。岩波文庫本は、新町(宮島・東町の内)における遊女が歌っている趣と解している。「新町、東町の内にして娼妓(うかれめ)の廓なり。もとは広島の市中にありしを、寛永のころここに移さるといふ」(厳島図会二)。同図会は、金鳥居に居た辻君達も絵にしている)。次歌とともに、七七 七七 七五が基本的リズム。新潟柏崎盆おどり歌(さんがいぶし)に「あくたの渡り(渡し)が無かよかろ」。

309 六 傍書に「ござらぬと云事」(種・玉・京も同)。有朋堂文庫本は底本・京のまま「ごしせん」とし、頭注に「ござんせぬ」。ござんす→ごじんす→ごじす、と変化。『日本民謡大全』はこの部分、「ごいせん」「ごいす」として掲載。▽前歌同様主として安芸国の海辺に暮す遊女たちが歌い継いできた小歌か。田植草紙・一三には、沖の浜の白石に貝が付着したさまを、恋女の顔の髭(えくぼ)と見立てる歌がある。

〔**備前、備中、備後、安芸の国風・伝説**〕

七 新人国記・備前に「別して諂ふ心強くして、上(うは)べは上(かみ)の好む事に随ひて、内心は己れが様様に蔑(さげす)み謗(そし)るな

す。参詣の者、「滝水を止め給へ」と念ずれば、しばらく水落ず、その間に下をくゞり通る。[一]仏力奇なりといふ。この事いぶかし。行くものは過ぎ、来るものは継ぐ。一息の止まる事なきは道の本体なるに、流るゝ其水を止むるといふ事やある。考るに海の波打寄せては引、引ては打つ、其波のごとく盛んなる時と静かなる時なるべし。また[二]四国不動滝といふあり。[三]七つ時より登山して不動堂のある所に居て、夜明くると念仏をとなへ滝を拝す。朝日の後にあたり、日の影滝の中程に至ると日光盛んに滝を登る。その中に黒き不動の形あらわれ、上り下り薄づきて、だん／＼と滝の下へさがり、[四]四つ半時分になれば、滝の下の水中へかの不動の形入りて見へずなる。考るに黒き不動の形は、東の方に不動石ありて、西の山の谷筋より落る滝なるゆへ、水気に朝日の映りて、虹のごとき火光見へ、不動と

り」。

八 新人国記は「…五十年も後にはまことに善を悟りて、風義直になるべきかとぞ」。

九 新人国記・備中では「意地強し」「勇気ありて」などと国風を評す。また「当国及び備後ともに備前と一国にて、古は吉備の国と云へども…」。

一〇 新人国記・備後に「生得実義にして約を変ずる事なし。されども愚痴なる事多き故、覚えず不実になる事をわきまへずとぞ」。

一一 新人国記・安芸に「人の善悪ともに判ずる事なく、己々が一分を守る風なり」。

一二 以下の話は諸国里人談四・津志滝、本朝故事因縁集二・津志見滝潜石、に見える。津志は広島県山県郡豊平町都志見(つしみ)村のこと。そこに駒ヶ滝があって、芸藩通志六十一に、山県郡古蹟名勝「駒瀑(こまがたき)」について「一に観音滝とも云ふ。都志見村竜水山にあり。長十二丈、幅三丈、岩下に大なる石窟ありて三尺余の石仏を置く、人その窟に入り仏を拝し遂に瀑の裏面を観る。故に裡見の瀑とよぶ」。広島藩絵師、岡岷山の著、都志見往来日記(寛政九年〈一七九七〉)には、冒頭「山県郡都志見の滝は俚人談にも出せる名高き飛泉なれば、其真景を写さんと欲るの志多年やむ事なし」と書き出し、感動の文を綴り、景勝を絵にしている。

一三 諸国里人談では「滝の下に潜石とてさし出たる石あり」。都志見往来日記には、瀑布の下に、くぐり石を描き、その横の岩の如き部分に観音とある。

一 諸国里人談「是大慈大悲の仏力奇なりといふべし」。都志見往来日記「風に随ひ水簾転ずれば随意に(窟に)入るべし。俗此を山霊の所為といふ」。

二 愛媛県新居郡大保木(おおふき)(現在、西条市)の大字黒瀬山神前寺南一里にある不動滝。高さ二十間の瀑布の事(『大日本地名辞書』)であろう。

三 午後四時ごろ。

四 午前十一時ごろ。

見へるは、かの石の影映るにあらん。それ故四つ半を過ぐると太陽頭上に至るにつき、不動の形水中へ入と見へたり。これらは常にある事にて怪にあらず。まさしき考の至らざるにつき、民俗仏意の信を起すのたよりとなる。

周　防

310 東風吹きすさむ朝には　様の涙か雨の脚

311 一夜馴れ〳〵この子ができて　新茶茶壺でこちや知らぬ　ションガヘ

312 吉田通れば二階からまねく　しかも鹿の子の振り袖が　ションガヘ

313 酒は飲まねど酒屋の門で　足がしどろで歩まれぬ　ションガヘ

凡　四首

310 ▽一頻り降って通り過ぎてゆく春の雨を、逢えないあの方の涙雨だろうか、と見立てた。伝承性希薄。「涙雨」は二五八に「関の小まんが涙雨」、二九七も参照。上下句に「あし」を入れて調子をとる。七五七五調。

311 五 玉・京は「新茶壺」。六「古茶」と「こち(此方)は」の訛「こちや」を掛ける。有朋堂文庫本は「粉茶」。▽「新茶の茶壺よなふ　入れての後はこちや知らぬ」(閑吟集・三三)の系譜。前半の意味を承けて、茶壺は女陰を暗喩。延享五・三五二「新茶飲もより古茶貰ふて飲みやれ　いやの新茶やこちやしらぬ」。「こちやしらぬ」は民謡、流行歌謡に散見。季節労働者としてのお茶師と娘達の情交が背景にある。

312 七→二九五。▽落葉集七「吉田通れば二階からちよいと招く、しかも鹿の子のずんど振り袖が、なん君ちよいとしよ」。延享五・二六一、春遊興などに所載の他、各地に伝承。『流行音頭半九郎節』色里浮れ音頭下、その他御船歌等に替え歌。前歌からのハヤシことば「ションガヘ」は、宝永三年・若緑「しょんがえぶし」、浮れ草・潮来節、宮城県さんさ時雨、長崎県しょんがいな節、にも見える。招くのは、一説に吉田宿の飯盛女とも。

313 八 よろよろと乱れた様。「味気なと迷ふものかな　しどろもどろの細道」(閑吟集・二九八)。▽延享五・一六には「池田伊丹の上諸白も…」(播磨・二八三)とセットにして登載。ここも前歌の「…通れば…から招く」の内容を承けて配列させている。

長門

314 西吹く風の夕暮に　思ひ出でたよ里心

315 来ひと云たとて行れる道か　道は四十余里夜は一夜

凡　三首

316 恋じや急きやるな浮世は車　命長けりや廻り逢ふ

紀伊

317 幾千世久し松が枝の　君は栄へる若緑

318 月になりたや様が住む　閨の臥所を照らしたや

319 尋ねてござれ恋しくば　三輪の二本ともすぎん

314 ▽前半は周防冒頭歌の「東風」「朝」と対照的表現で、編者の配列上の技巧は明らか。類歌なく伝承性希薄。

315 ▽御船歌留下・裾の節「こひとゆたとてゆかりよかの道は〳〵四十五里波の上」をはじめとして、延享五・八七、艶歌選などに小異で見える。また元治元年の越後土産所載出雲崎おけさぶし「こへといふたとてゆかりよか佐渡へノ　佐渡は四十五里波のみちイ引」をはじめとする越後佐渡のおけさとしても知られた型。三六(土佐)はこれと一対になる内容。

316 ▽教訓歌謡。絵本倭詩経に「さまよくやむなうき世は車　いのち長けりやめぐりあふ」。春遊興に「余り嘆くな浮世は車　廻(ぐ)りめぐりて又めぐり合ふ」。愛媛県北宇和郡田植歌に「せくなせかるな浮世の事は　命長くばめぐりあう」(『俚謡集』)。

317 ▽国の冒頭に松を歌う祝歌が置かれているのは、この編者が特に意識した配列の手法。「いつも春立つ門の松しげれ松山千代も幾千代若緑」(隆達節)。『和歌山県俚謡集』が以下、紀伊の部の七種も含めてすべてを、やや変化した形で所収。三九まで七五七五調。

318 ▽「…に成りたや」型民謡(真鍋『中世近世歌謡の研究』第五部第二章・民謡の類型(二)参照)の一つ。→三三。様は相手の男。一話一言・遠江田歌「石に成りたや浜松石に　御社の御前の切石に」。→一九。

319 一共過ぎん。種は「ともつきん」とし、「つ」の傍書に「すナリ」。二人仲良く過ごそうの意。「すぎ」は三輪山の「二本杉」を掛ける。「杉トアラバ…三輪の山、二本、はつせ川…」(連珠合璧集)▽三輪山伝説に拠る。古今集・雑下「わが庵は三輪の山もと恋しくは訪(とぶら)ひ来ませ杉立てるかど」。梁塵秘抄・四五六には「恋しくは…」。後半、三輪の「山本」から「二本」へ。二本杉は、「初瀬河ふる河の辺に二本(ふたもと)ある杉又もあひ見む二本ある杉」(古今集・雑体。謡曲・玉葛参照)と歌われはじめている。謡曲・三輪「不思議やなこれなる杉の二本を見れば」。三輪山絵図(享保十六年・大智院宥信寄進)に二本杉あり。

320 思ふ殿御が野へござるなら　涼し風ふけ雨ふるな

321 山が焼けるぞ立たぬか雉よ　これが立たりよか子を置いて

322 人に云はりよと云さがさりよと　わしが身にさへ曇り無か

323 人の口には戸が立てられぬ　流れ川滝堰きならぬ

凡　七首

周防、気性速やかにして義の薄き所といふ。長門、人の音声下音にて、応対するに答鈍き風といふ。紀伊、実義薄き所といふ。此国に昔芋瀬の庄司といふ人の女子蛇になりしと云。あやしき事ながら、異国に此類あり。人生れながら虎となり 牛哀、虎となれるなり、狼となり 大原の王含の母、黿となり 口夏の黄氏が母、蛇となり 李勢が宮人、これらは死したるが変じたるにもあらず、生れながら化したるこそあやしけれ。これらみな陰陽乖乱の気いたす所と鬼神論に出たり。かの庄司が女子も生れながら蛇に

320 ▽仕事歌として広く各地に歌われた。「いとし殿御の野へ出る時は　涼し風吹け空曇れ」(奈良『二上村史』草刈歌)。「かわいお殿がよう浜引くおりにゃ　涼し風吹けそりゃ空曇れ」(『愛媛民謡集』越智郡・浜子歌)。酒造歌では「…水も湯となれ風吹くな」。田植草紙・四〇の最終行「吹くなら　すんずしかろふ風ふけ」はこの系統に属するはやい事例。前歌と「ござる」で連鎖。

321 二 種・玉・京・我自刊ともに「焼けるが」。▽『佐渡の民謡』に「山は焼けても雉の鳥は立たん　これが立たりよか子を置いて」。広島『芸北民謡集』に「山は焼けても山鳥やたたぬ　子ほどかわいなものはない」。親の、子を思う情が強いことを言う。「焼野ノ雉子(キヾス)夜の鶴」(諺苑。たとへづくし)。

322 三 種は「人にはいはりやと」とし、「や」に「よナリ」と傍書。▽世間の人からさんざん悪く言われようとも、自分自身に後ろめたいところが無ければ、そうした悪口は、やがては消えて無くなるものだ。→六〇。『和歌山県俚謡集』では前半「人に言はりよと言ひ騒がりよと」。次歌とともに教訓的色合い濃厚。

323 ▽教訓歌謡。諺「人ノ口ニ戸ハ立ラレヌ」(諺苑)を前半に置いた。後半は、川や滝の流れはさえぎることができない。広島『芸北民謡集』では、六〇(北山時雨)と連続する歌として「人の口には戸は建てられぬ　沖の大川塞きやならぬ」「人は言おうが邪魔しようがままよ　すいた同志の胸の内」。

〔**周防、長門、紀伊の国風・伝説**〕

四 新人国記・周防に「当国の風俗は健義なり。されども吉敷・佐波・都濃三郡は義理寡し」。

五 新人国記・長門に「当国の風俗は、人の音声も下音に、上調子なる事なし。人に応ずるにも、一思案して答ふる風なり」。

六 新人国記・紀伊に「…只利口を面前に顕し、実義露もなし」。

七 芋瀬(現奈良県吉野郡五百瀬(いもせ))の庄司という名前は太平記五に見える。吉野を目差す大塔宮を見逃したかわりに、錦の御旗を証拠品として取った人物。ただしその女、蛇になった伝説はない。

八 道成寺伝説を言うのか、とする説あり。別に紀州には次の

なりたるや。

淡路

324 船が着く〳〵百廿七艘　様がござるかあの中に

325 丹波雪国積もらぬさきに　連れてお出やれ薄雪に

326 [一]辛苦島田に今朝結ふた髪を　様が乱しやる是非もない

327 花は折りたし梢は高し　眺め暮らすや木のもとに

凡　四首

阿波

328 [二]あたけ甚兵衛様[三]つた山通ひ　つたの立石星月夜

歌がある。「阪本のむろやの娘　じゅ〳〵が池へ嫁入り　この子返やせよ子返やせよ　子返やせじゅじ池　池守や池守や　中立つ大蛇に問はれよ…」(『紀州文化研究』二巻三号所収「紀州の田植歌」。同系『日高民謡集』雨乞踊・坂本踊。『和歌山県俚謡集』那賀郡、雨乞踊歌。『民謡の和泉』農事歌などに)。九以下、鬼神論に「又人生ながら虎となり〈牛哀、虎となれるなり〉、狼となり〈太原の王含が母なり〉、黿(げん)となり〈江夏、黄氏が母なり〉、蛇となる〈李勢が宮人〉。これらは死したるが変じたるにも非ず。生れながら化したるこそ猶あやしけれ。自答(みづからこたふ)、これら皆陰陽乖乱の気致す所、多くは国家の滅亡の兆あらはるゝ所なり」。牛哀の話は、たとえば琅邪代酔編三十八・虎の牛哀李忠の項、荘子に見えるとして「牛哀病七日而化為虎」。太原は今の山西省にある地名。太平広記四四二・狼に、太原王含の母金氏は「後年七十余、以老病、遂独止一室、…後一夕、既扃其戸、家人忽聞輒然之声、遂趨而視之、望見一狼…」。江夏は湖北省武昌県の旧称。太平広記四七一・人化水族の黄氏母の項に「後漢霊帝時、江夏黄氏之母浴而化為黿、入于深淵…」。李勢の話は太平広記三六〇・李勢の項に「蜀王李勢宮人張氏、有妖容。勢寵之。一旦、化為大斑理蚰。長丈余…」。

324 ▽多くの入り船で繁昌する船着場の風景が見える。様は馴染みの男。祝いの雰囲気。「東風吹く日和に帆をはらませて　様の入り舟なつかしい」(『伊豆七島歌謡集』神津島、入り船歌)。

325 ▽神戸市灘地方酒造歌に「丹波雪国つもらぬさきに　連れて越します老の坂」(『民謡風土記』)。丹波篠山のデカンショ節として「明日は雪降りつもらぬ先に　連れてお立ちよ薄雪に」(松川二郎『民謡をたづねて』)。

326 一 苦労してやっと結った島田髷。▽恋しい男との情交で島田に結った髪が乱れてしまった女の科白。笑本板古猫(『日本歌謡集成』十一)に「しんく乱れてけさゆた髪を　ぬしの添寝でみだれ髪」。当世小歌揃・新なげぶし「乱れみだるゝあの黒髪は　わけていはれぬわが思ひ…」。

329 狭ひ広いとわしが寝た部屋を　いまはよそ目で見て通る

330 雨が降ろとて沖から曇る　[四]娘去ろとて聟が来ぬ

331 鳥もはら〳〵夜もほの〴〵と　鐘も鳴ります寺〴〵に

332 鉦を叩ひて仏にならば　江戸の早鐘みな仏

凡　五首

讃岐

333 様よ〳〵と焦がれて来たに　様は唖かよもの言わぬ

334 [五]志度はよい町西北をうけ　[六]八島颪はそよ〳〵と

335 花の絵島[七]は[八]からみがあらば　手繰りよしよものみ[九]の原へ

336 人の娘と新造の舟は　人が見たがる乗りたがる

337 八島山には大谷小谷　なぜにこなたに子が無ひぞ

327 ▽見ているばかりで手に取ることができない相手の女を、梢の花に譬える。落葉集一・古来十六番舞籥歌「花は折たしのや木は高し　花は折たし梢は高し　離れ難なの離れ難なの木の下や」。後半「心尽しのわが思ひ」(春遊興)とも。民謡として各地に伝承。「花ハ折リタシ梢ハ高シ」(諺苑)。閑吟集・一五系統も同想。

328 二 種・玉・京ともに「あたけ甚兵さまつた山かよひ」と読む。我自刊「あたけ□しくさま…」で、不明箇所の傍書に「恋しくカ」。有朋堂文庫は「あたけ恋しとさまつた山がよひ」。『小唄』は「あたけ□とさま蔦山(つたやま)がよひ…」とし、補注に「安宅甚太か」。「あたけ」は未詳。徳島市に安宅(あたけ)あり。藩水軍の根拠地。三 未詳。▽「…通ひ」は民謡・流行歌謡に少なくない。「やせた馬追うてのう馬子さんよ　引田通いをやめなされよ」(『阿波の民謡と民俗芸能』鳴門牛追歌)。「出雲通ひすりや雪降りかかる　戻りや妻子が泣きかかる」(『吉備郡民謡集』雑謡)。後半も「星月夜」を歌い込む類型の一つ。「財(たから)部通れば空見ておいで　花の丸山星月夜」(『日高民謡集』子守唄)。竹久夢二『露路の細道』星月夜に至る。「…星月夜」は、真鍋『中世近世歌謡の研究』第二部第四章参照。

329 ▽岡山県小田郡・雑謡に「広い狭いと云うて寝た室(へや)も今じゃ横目で見て通る」(『俚謡集拾遺』)。かつては遊び暮した遊廓の内を、今では落ちぶれてただ見て通るだけになった男の呟きか。

330 四 有朋堂文庫の注「さろは離別の意」。▽沖から曇ってくるのは、雨が降る前兆、聟が通って来なくなったのは、娘と別れようという魂胆の現れだよ。延享五・一六「雨が降ろとて西から曇る娘去ろとて聟が来ぬ」。

331 ▽徳島県・藍こなし歌「鳥はばらばらノーホイノーホイ夜はほのぼのと　明けりやお寺の鐘が鳴る　ションガエー」(『阿波の民謡と民俗芸能』。小異で半田地方藍切り歌にも)。「鳥はばら〳〵夜はほの〴〵と　鐘が鳴ります寺々に」(『愛媛民謡集』周桑郡・山行歌)。吉原はやり小歌・かぶろおはく踊に「思ひ別るゝ其暁は　鳥もはら〳〵われも泣く」。

(一五八頁へつづく)

338
みすじ風呂が谷朝寒むござる　炬燵やりましよ炭添へて

凡　六首

伊予

339
月は重なる腹の子はふとる　生木筏できがうかぬ

340
十九二十で夫無ひならば　ひとり丸寝が久しかろ

341
わしは浜松寝入ろとすれば　磯の小波が揺り起す

342
親も兄弟も無き身のはては　ともに情のかけどころ

343
闇の丸木橋様とならば渡ろ　落て流れて先の世ともに

凡　五首

338　一 京「みすしふろ谷」。有朋堂文庫は「みすじふろ谷(やが)」。「香川県木田郡三木町池辺(いけのべ)風呂谷(ふろんたに)附近」(岩波文庫本)。▽後半の類型として落葉集二・近江八景「木樵山賤柴刈が　笠も薪も埋もれて寒そふにござる　火桶遣りたや炭添へて〳〵」。中国地方田植歌「大仙オ山ハ寒カロモノヤレ　袷ノ小袖ヲ着テモヨカロ」(『美古登下野本田植唄』)をはじめ木曾節にも類歌。前歌と「谷」で連鎖するように配列。

339　▽身籠って腹が大きくなり、男との情事を世間に隠しきれなくなった女の呟き。「き」に「木」と「気」を掛ける。『愛媛民謡集』温泉地方・籾摺歌に「月日は重なる身は重(おも)となるしかも定めた殿はなし」「三月四月は袖でも隠すわたしなな月あらわれた」。『広島県の民謡』世羅郡・苗取歌、田植歌に「月は重なる腹の子は太る　心細いぞのや殿御」。後半は延享五・二六「何としたやら此の四五日は生木筏や気が浮かぬ」。

340　▽種・玉・京・我自刊、後半は「ひとりまる寝がさびしかろ」。「丸寝」は、「着物を着、帯をしたままで夜寝ること」(日葡辞書)。「一ツとかやひとり丸寝の袖枕　袂しぼるも我が恋かな…」(河内国星田・拍子踊拾七番記・恋踊り)。「男もつなら二十四五持ちやれ　十九はたちは上の空」(『愛媛民謡集』雑謡)

341　▽「寝入ろ」に「根入ろ」を掛ける。したがって「揺り起す」は、波が砂を洗い流し、根をあらわにさせることとの意味。種は「ね」の傍書に「根・寝」。前歌の「丸寝」と本歌の「寝入ろ」で連鎖。後半、暗に相手が情交をしかけてくるさま。「十七八は砂山の躑躅　ねいろとすれば揺り起こさるゝ」(松の葉一・裏組・青柳。隆達節にも)。類歌は各地に伝承。

342　▽親、兄弟もなく寄る辺ない男と女が、おたがいに情をかけ合って結ばれているさま。前半と後半は、本来別の歌か。「情のかけどころ」は淋敷座之慰・鞠つき歌に「…是の娘にちよつと惚れた…爰はどこ〳〵爰は膝さら　爰は内股爰は情のかけ所…」。

343　ニ 玉「闇の丸木橋」。隆達節に「竹の丸橋いざ渡らう　瀬でも淵でも落ちばもろとも」。絵本倭詩経、浮れ草・下・木曾山、小歌志彙集・文政五年壬午年冬・よしこのぶし、など

土佐

344 三田野のやまいち四茅は帆はひかぬ　五おさや手織りの八つ木綿

345 親に隠してお歯黒つけて　よそに降る雪六はを隠す

346 七云つら云つら女房にせふと　連れて他国をしよと云つら

347 様とわしとは焼野の葛　蔓は切れても根は切れぬ

348 来ひといふのに遠いと云やる　なんの四十余里四百里も　八心近くぞ

ナアレカシ

349 恋しゆかしも様ゆへばかり　逢はぬ昔に　ナアレカシ

350 惜しや欲しやと思ふはなんぞ　とかく君ゆへ　ナアレカシ

凡　七首

に類歌。鹿児島揖宿郡・おご節に「竹の一本橋様となら渡る一人心ぢや渡られぬな渡られぬな…」(『喜入町郷土誌』)など各地に伝承。閑吟集・三五参照。

344 三 高知県安芸郡田野町。四 玉「やまみち」。京「山道(やまみち)」。「帆」とあるのは「穂」の宛て字か。「茅は穂は」で茅の穂(若穂、はつばな)のことか。白い綿毛のそれは防寒の料とすることもあった。五 未詳。文庫本「筬や」と見る。女の名前か。「八つ」は八入(やつしお)で、織り方の一つか。▽不可解な歌。辺鄙な田野地方でも茅穂を引いて衣料とするようなことはしない。評判娘おさや(おさよ)が自ら織る名物の木綿布がある、の意と見る。村自慢の一つ。『俚謡集拾遺』高知県・盆踊歌として所載。

345 六 種・玉・我自刊は、「は」に「葉・歯」を掛けていることを、傍書して示す。▽落葉集一・春霞踊に「十七が親に隠して鉄漿つけて〳〵　笹にやあ降る雪やあの　さて歯を隠す」。広島県芦品郡・平句歌「十七が親にかくれて歯を染めて　笹に降る雪はをかくさん」。延享五・一六九六、『日本民謡大全』筑後国・雑謡、『丹後の民謡』労作歌などにも。ほとんどの事例が「笹に降る雪」。

346 七「つら」は、完了助動詞「つ」に推量助動詞「らん」の付いた「つらん」の「ん」が脱落した形。念を押している。▽言ったでしょう、あなたはたしかに言ったわよ、わたしを女房にしようと。わたしを連れて他国で暮らそうと言ったわよ。日常会話における科白の断片。前歌との連鎖を見てよい。

347 ▽表面では切れたように見えても、おたがい心の底では固く結ばれている間柄を言う。山村生活に根づいた譬え。和歌山丹生地方盆踊歌「私とお前と焼山葛　つゞら切れてもねや残る」(『日高民謡集』)。高岡郡籾摺歌「わしとお前とはすぼり茶釜　中の濃いこと人は知らん」(『土佐民謡集』一)など。

348 八 気の持ちようで近いものだよ。▽「惚れて通へば千里が一里　さほど遠いと思はずに」(『愛知県地方の古歌謡』第一集)。三二五(長門)および「来いと言うたとていかりやうか　佐渡へ佐渡へ佐渡は四十五里波の道」(越志風俗部・まつさかふ

筑前

351 独楽の名物博多と聞へ　帯にしてさへ廻りよひ

352 生れ来りしいにしへ問へば　君[一]と契れと夢に見た

353 後家を立ての身だしなみ　日陰に咲ける花好きか

354 茶物語に人事いふて　己が恥をば飲み隠す

355 駒の手綱を知りながら　様に引かれて身を汚す

凡　五首

淡路[二]、気健やかにして偽なしといふ。阿波[三]、鋭にして智あり、意地強き所といふ。讃岐[四]、気質弱く邪智の人多しといふ。伊予[五]、気柔かにして実義ありといふ。土佐[六]の国、気質素直なり。鳥獣にも風のうつるものにや、此国の猿は素直にして、芸をし

し。『日本民謡大全』佐渡・雑謡)は逢う側からの発想。参照、「宇久島をなどの泣くのも道理　灘は三十五里浪の上」(長崎『五島民俗図誌』雑謡)。以下都合三首、末尾に「ナアレカシ」のはやしことばを入れる。「心近くぞ」「逢はぬ昔に」「とかく君ゆゑ」に雅の雰囲気がある。この歌から土佐の三首、四音締め。

349 ▽『小唄』には、この歌脱落。逢いたくてこれほど思い焦がれて苦しむのなら、いっそ逢わぬ昔に戻ったほうがよい。「逢ふたうれしさ別れのつらさ　逢はぬ昔がましかいな」(松川二郎『民謡をたづねて』潮来節)。「あひとうて〳〵夜のめも寝ずにやくやもしほの身もこがしつゝ」(潮来風)。

350 ▽とかく君ゆえに恋情を燃やすさま。「惜しや欲しやと」では、閑吟集・八三「思ひ切りかねて　欲しや〳〵と」、「思ふは何ぞ」では、同・三〇五「…月見れば袖濡れぬ　何の心ぞ」など、中世小歌以来の発想表現の断片を受け入れている。

351 ▽博多名物の独楽と帯を歌う。和漢三才図会に独楽として、「近世、筑前博多独楽」。尾張童遊集所載、蜀山人作・児戯賦「とうごま(唐独楽)の音かすかに、博多ごまの手にとりあへず」。ゑびや節「博多独楽曲づくし」。毛吹草四・名物に「筑前、…帯絹也…」。「廻りよひ」は、独楽・帯を受け、「帯」と「廻る」で前出七二に通じる。

352 一種・玉・京・我自刊「きみに…」。▽明和六年刊・盤珪禅師うすひき歌「生れ来りしいにしへとへば　なにもおもはぬこの心」の後半が替えられた形。この盤珪教化歌謡は、延享五・四九三に「伴慶」の肩書を付けて所収。賤が歌袋・三編にも「盤珪禅師雨乞の歌の一つ也…」と解説して入れている。教化歌謡を恋歌に転換した。

353 ▽身嗜みのある年増の後家を、日陰に咲ける花としてちょっぴり揶揄した歌。「女ヤモメニ花カサク男ヤモメニウヂカワク」(諺苑)を意識。以下筑前の歌二首とともに伝承性希薄。三五五とともに七五七五調。

354 ▽内閣文庫蔵・御状引付(天文七年〈一五三八〉)余白記載盆踊歌の一つに「…隣あたりを呼び集め、人ごと言ふて、大

つくるによきといふ。筑前[七]、酒色を好む人多しといふ。此国、其外諸国にも狐付[八]多くあるを、思ふに四民とも中より上のものに狐付事なし。下部の男女に多くあり。愚にして常に雷どの狐どのと云て恐れ崇ぶ心あるゆへに、物に驚く時、かの狐にてやあらんと思ふの気わが神に感じ、狂乱のごとくなると見へたり。世に人の知る所なり。上の者に憑かざるは、狐出たらば殺さんと思ふ心にて、恐るゝ心なきゆへにてあらん。狐、曇る夜又霞多き夜にかならず火[九]を灯すといふことあり。或人川殺生[一〇]に行、夜堤を通りしに、先より青き火を灯し来るものあり。道の傍に藁の積みてある所へよりて、ひそかに火をうかゞひ見てをれば、狐草の中にある虫を取態にて、あちこちと行ては止まり留りては行に、狐の息火のごとくこれを見る事、疑ひなしといふ人あり。さもありぬべき事なり。夜猫の背を撫づれば青

茶飲みての大笑ひ」。「人のことでも言わっしゃるさまは　さぞやわが身は清うござろ」(広島『芸北民謡集』)など関連。教訓歌謡。

355 ▽理性でもって、恋の手綱さばきをせねばならぬと知りながらも、つい様の魅力の虜になって身を汚してしまった。女の立場での歌。

〔淡路、阿波、讃岐、伊予、土佐、筑前の国風・伝説〕

二 新人国記・淡路に「当国の風俗は、遠島の国ゆゑ、人の気健やかにして、何も偽りなし」。

三 新人国記・阿波に「当国の風俗は、大底気健やかにして智あり。…尤も意地強し」。

四 新人国記・讃岐に「当国の風俗は、気質弱く邪智の人多し」。

五 新人国記・伊予に「当国の風俗は、大形半分々々に別れ、東七、八郡は気質柔らかにして、実義強く、西郡はすべて気強くかえって実は少なく見る」。

六 新人国記・土佐に「当国の風俗は極めて真ありて、気質すなほなり。土佐、長岡、吾川の郡、別してこの風なり。鳥獣にも風の移るものにや、この国の猿すなほにして、芸を仕つけよきなり」。

七 新人国記・筑前に「当国の風俗は、…酒色を好む人多し」。

八 狐の霊が人間に憑依すること、またはその状態になった人。

九 狐火。狐が口から火を吹いたり、火を点したりすると語り伝えられていた。諸国里人談三「狐火玉」にも、京の人が夜川へ出て網を打っていると、狐火が手元に来たので網を掛けて取る話がある。

一〇 川狩り。川で魚などを取ること。

き火出づる、犬も同事也といふ。狐は熱気強き息にてあるや。[一]昔人有て江を渡るに、其妻あやまつて舟より落て沈みぬ。夫泣く〳〵寺[二]へ行て亡き跡のいとなみしける。かの女たちまちに[三]下部女に憑り来りて、「自らはなを何方の所にあり」とぞ云けり。かの死せし時の苦しさに、魂此世の中に迷ふらん事のあさましさよと云て、聞人みな袖をしぼりけり。かくて三日の後、釣する翁かの妻を具して来れり。まことは始めより死せしにあらず、水に浮び出しが、流れ行て渦巻く所にたゞよふ、海人の小舟をさし寄せて助け得たるなり。これ其下部女の主の別れを歎く心の切なるによりて、心相感じ得たるもの也と[四]程朱の語類に出。狐の憑くといふ事かくの類にて、我が心すでに惑ひぬれば、神もまた暗し。神暗きがゆへに、先には物なくして、我と心を悩まし、物狂はしくなる事と見へたり。

一 以下、鬼神論による。その出典は河南程氏遺書二上。
二 鬼神論、河南程氏遺書では具体的に金山寺とする。
三 河南程氏遺書二上では「婢女」。また後出の「釣する翁」は「魚人」。
四 鬼神論では、注として「宋の時の事也。程朱の語類に出」とある。程朱は、北宋の儒学者程顥・程頤の兄弟と、南宋の朱熹を言う。

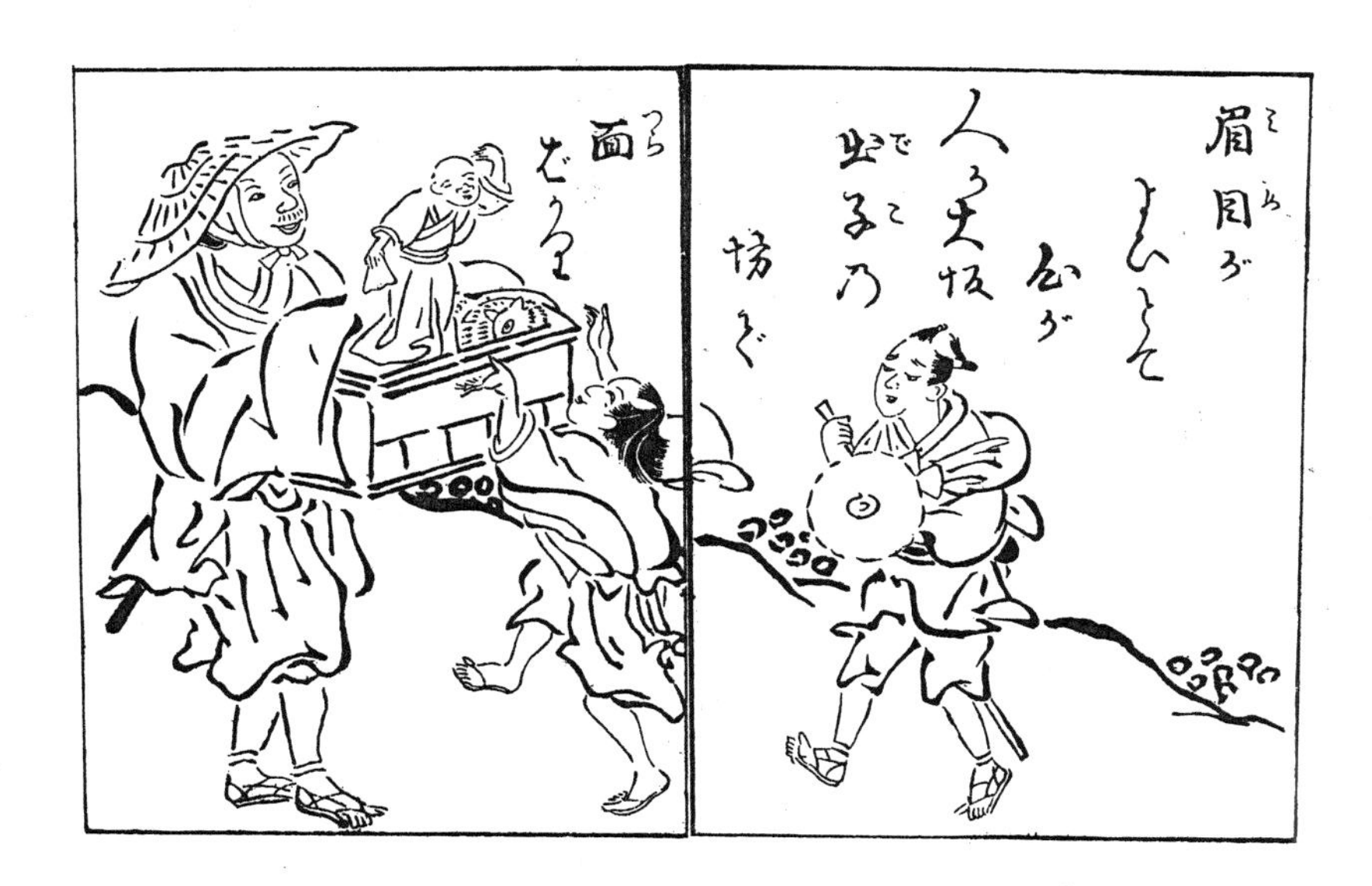

〔絵中歌謡〕
眉目〈めみ〉がよひとて心が人か　大坂出子〈でこ〉の坊で面〈つら〉ばかり

▽底本では筑後の歌四種の中に割って入る形で、この絵がある。種・玉・京・我自刊は、筑後の最後にこの歌を加える。「でこの坊」は人形（木偶）。大阪が人形浄瑠璃の中心地。「でくの坊。テ濁。偶人を云。デコロボウとも云。又デクル坊とも云。又デクとも云」（俚言集覧）、「傀儡子　テクヾツ、デクルバウ〈木偶人也〉」（合類大節用集）。延享五・三〇「見目がよいとて根生が人か　大坂でくのぼうでつらばかり」（絵本倭詩経に「おさかにんぎやう」で所収。小異で賤が歌袋・初編にも）。参考「見目にや迷はぬ姿にや惚れぬ　心ばせにぞ諸事迷ふ」（延享五・四〇七）。

筑後

356 高みに残る月影を　宿せし袖は変るまひ

357 いかで忘れん逢なれて　後世の契りもあきの山

358 臼は廻さで嬌態ばかつくる　嬌態で廻ろか此臼が

359 待つが辛ひか別れが憂いか　待つは楽しみ別れは辛い

凡　四首

豊前

360 わしとお前は諸白手樽　中のよひのは人知らぬ

361 連れて行んせいづくへなりと　たとへ塩屋の火を焚くとても　お前

---

356 ▽後朝の別れの涙で濡れた袖に、有明の月の光を宿す。最終句は一途な女の気持。和歌的情趣。次歌とともに伝承性希薄。

357 ▽最終句には、三五三の場合と同様「秋の山」と「飽きの山」を掛ける。後世を契った恋もやがてどちらかの心変わりで結局は冷めてしまった状態を歌う。「飽きの山」は前歌の「変るまひ」と対照、恋の成り行きを暗示する配列。

358 ▽臼挽歌には仕事の段取りを指示したり、仕事に注文をつけたりする類型的役歌が多いが、これもその一つ。嬌態をつくって仕事がはかどらない娘に忠告。「臼を挽く時やねむり目で挽きやる　団子食う時や猿まなこ」「臼も車もひきやこそ回る　ひかず回るは風車」など各地に。前出二七二、二八七とともに江戸中期あるいはそれ以前における臼挽歌の代表。

359 ▽『三州田峯盆踊』に再録。『愛媛民謡集』宇摩地方・雑謡「逢うて嬉しや別れがつらい　逢うて別れがなけりやよい」。『丹後の民謡』機屋唄「待つがつらいか待たれるつらさ　人目忍んで出るつらさ」。隆達節の「逢ふは今宵…」参照。

360 一 諸白→二八三。手樽は柄がついた祝儀用の酒樽。▽「わしとおまえはお倉の米よ…」「わしとおまえは羽織の紐よ…」など各地に伝承する「わしとおまえは」型民謡の一つ。→三四八。『諏訪の民謡』嫁入唄に「わしとお前は手樽の酒よ　仲のよいのは誰も知らぬ」。巷謡編・三一、などに類歌。

361 ▽次歌とともに、七七 七七 七五型。次歌のハヤシことばにヨイヤナとあるように、この二種は婚礼酒宴祝歌「よいやな」（大分県直入郡を中心として伝承）系民謡。どのような貧しい暮しをしようともあなたについてゆく、という嫁方からの誓い歌。「どんな苦労でもあなたとなれば　ついて行きますどこまでも」（岡山『建部町史』地形唄）。

ゆへなら苦しゆない

362 さても見事な御手洗躑躅　晩に蕾みて夜中に開く　夜明がたには散り〳〵とヨイヤナ

凡　三首

豊　後

363 後世を願ふは我が身じやないぞ　様を浮かめてともしたい

364 金の山吹風そよぐ　二けんな色はんな色　はんふく茶にすんふく茶ちよんきりちよんかいな

365 様の痴話文鼠に引れ　をれが思ひは三穴にある

366 四くんくるべいと待つ夜はなくて　待たぬ夜は来て　ちよんきりちよんかいな

362 ▽大分県直入郡『よいやな集』に「さても見事な祖母山つつじ　枝は南郷で葉は熊本で　花は野尻の川上に　ヨイヤナ」(『俚謡集』にも小異で入る)。鹿児島県熊毛郡・坂田節に「ゆふべ見て来た酒屋のつゝじ　朝は開いて夜蕾む」(『俚謡集』)。岩波文庫本「閨房の情事を喩えた婚礼祝歌に思われる」。

363 ▽教化歌謡。「後世を願ふ」の句は盤珪禅師うすひき歌にも見え、二句目を「ぞ」で締めるのも教化歌謡の一つの型。後半は、夫を極楽往生させ私もそのお供をしたい。「後世を願はば親様ねがへ　親にまさりた弥陀はなひ」(和河わらんべうた)。

364 二 玉の傍書に「そカけカ」。我自刊に「けカ」。▽「金の山吹」は山吹色の大判小判。「けんな色」は「けな(異な)色」で、ここは、特にすばらしい色の意か。「茶」は種・玉・我自刊・京すべて「茶」。「はんふく茶」は「万福茶」の意を込めるか。姫小松・唐人歌に「しよてんとめしようか　しよてれてんとねしやうか　きんふくちや　すんふくちや　きちやすい　こちも〳〵や」。以下、三六七まで、ちょんきりちょんかいな節(三六五はこのハヤシがないが、おそらくこれも)。酒宴座興おどけ歌群。

365 三 種・玉は「あるになる」として、種は傍書に「穴にあるか」。玉は傍書「穴か」。我自刊「穴なるか」。▽潮来風に「こひの千話文鼠にひかれ　主のとんたん棚にある」。『吉備郡民謡集』雑謡に「様にやる文鼠にとられ　実も誠も穴にやる」。穴は暗に女陰。新撰犬筑波集・恋部にも「人の情や穴にあるらん　玉章を今宵鼠に引かれけり」。

366 四 来るであろうと。田舎ことば(べいべいことば)でおもしろさを出す。▽「来(こ)で〳〵と待つ夜にやこひでまたぬ夜あけの門に立つ」(賤が歌袋・初編)、「来るか〳〵と待つ夜にや来んで　待たぬ夜に来て門叩く」(『愛知県地方の古歌謡』第一集・額田郡・糸紡唄)など、小異で広く各地に伝承する民謡の佳品。「門に立つ」が脱落。延享五・三六類歌。狂言小歌(和泉流・水汲新発意)に遡る。藤田『近代歌謡の研究』歌謡と和歌の関係で、香川景樹による和歌への雅訳を紹介。

367 筑波観音に口髭が生へたサ 生へたら大事かなんとせふ ちよんきりちよんかいな

凡 五首

筑後の国、筑前と同じ。言語に飾り事なき風也。豊前、義を捨てて利を取心あり。豊後、偏屈なる所といふ。此国にかぎらず西国辺、昔聖徳太子の、子を間引くとの玉ひしは、出家さする事なるを、心得違へ、子を殺害する事と思ふて、今も此風ありといへり。夷狄獣にひとしからずや。慎むべき事なり。

肥前

368 源が弟は ヤアレ 砂地の牛蒡 根底掘られて顕はれるよ ゲンゴベ

369 藪の中のきち〳〵坊主は なじよと鳴くぞ 親がないか子がない

367 一 未詳。岩波文庫本は「茨城県筑波山神社の南西に在った大御(み)堂中禅寺の本尊千手観音菩薩のことか」。▽同書は「この寺が徳川将軍家の崇敬篤かったので「口髭が生えた」は一種の隠喩で、寺院が歴代将軍の威光を嵩に着て振る舞う様子を揶揄した意と思われる」とする。座興のさわぎ歌か。文政十一年名古屋地方流行歌謡に「あの子よい子や意気な子や、十二やシテコイノ、十二や十三で、鎌で掻切(きか)るよな毛が生えた…」(小歌志彙集)。

〔**筑後、豊前、豊後の国風・伝説**〕

二 新人国記・筑後に「当国の風俗は、筑前にかはり、実義あり。…言葉に飾ること鮮(すくな)し」「按ずるに当国筑前に隣るといへども、入海をうけて大方山囲みたる国なり。かるが故、風義も別なりと見えたり」。

三 新人国記・豊前に「この国の風俗は、忠義を知らざるにもあらねど、理を捨てて命を惜しみのがるる者多し」。

四 新人国記・豊後に「当国の風俗は、気を稟くる所偏塞なり。…偏屈の内より出生のゆゑに、堅固なる事比なし」。

五 人国記・同国の文に、「扨聖徳太子の子をまびくと宣ひしは…」と同様に近い文が見える。

六 未開の民や鳥獣。

368 七 種は、「すなぢ」「こんぼ」の傍書で漢字を宛てる。玉はその逆。八 我自刊の「ねそこほらすてあらはするよ」は誤読。▽延宝四年成立の淋敷座之慰・山谷源五兵衛節品々に九種の歌詞が見え、すべて結びの句(ハヤシことば)に「源五兵衛」とある。この結句「ゲンゴベ」はその系統か。松の葉二・源五衆、落葉集四・源五兵衛踊など参照。砂地の牛蒡は掘られて顕れやすいように、忍んだはずの色事が露見した。

369 九 つくつくぼうし(蟬の一種)。「蛁蟟 ツクツクボウシ。七、八月鳴而色青者」(合類大節用集)。一〇 なぜ鳴くのか。▽各地に手鞠歌・子守歌として伝承。「つくつくぼうしはなぜ鳴くか 親もないか子もないか 親もどんす子もどんす 鷹じよにとられて今日七日…伯母御の方へ参ったら よう来たよう来たお茶参れ…」(高知・子守歌)、「坊さん坊さんなぜ鳴くの 親もなければ子もなくて…」(長崎・手鞠歌)などの系

か　親も子もござるけれど　伯母御の方へ帷子壱枚借りにいた

370 おまん股ぐらに釣鐘堂が出来て　今日も暮れぬと六つの鐘　サヨイナア

371 差せば押さへる押さへば飲めず　飲めば其身の仇となる　サヨイヤナ

372 平戸小瀬戸から舟が三艘見ゆる　丸にやの字の帆が見ゆる　塩飽に丸やといふ留たるものの印をいふ。むかしは木綿帆めづらし。

肥後

凡　五首

373 つまよな池のどん亀ならば　くんくるべい　ヅボンホヘ

374 鞆の向ひの仙酔山は　地から生へたか浮島か　エヽエ

375 宵に見初めた白歯の娘　よふもなりそな瓜の蔓　エヽエ

統における冒頭部分の一つ。この侘しく陰のあるムードは日本わらべうたの特質。

370 一一 暗に女陰。一二 午後六時ごろ。恋のしのびの時間がはじまる。▽おまん→一五五。娘の一般的な名前。小歌志彙集・文化九壬申年の流行歌謡「おまんまたぐらにつりがね堂が出来て、村の若衆がつきたがる、ついたとて何としやう、陽気な子じやもの」。はやしことば「サヨイナア」は、種・玉・京は同じ。我自刊はサヨイヤナア。

371 ▽酒宴での盃のやりとりを歌う。「押さへる」は相手が差そうとした盃を返してもう一度飲ませること。「サヨイヤナ」→三六二。種・玉では前歌と同じくサヨイナア。京はサヨイノウ。

372 一三 長崎県北松浦郡にある城下町・貿易港。小瀬戸は狭い海峡。一四 以下の説明は、この底本のみにある。▽御船歌留・花笠踊「沖にや見ゆるは丸屋が船か　丸にさやの字の帆が見ゆるとさ」。『俚謡集』岩手県西磐井郡・田植歌に「沖に見えるは丸屋が舟よ　丸にやの字の帆が見える」。延享五・六八。『全長崎県歌謡集』切支丹唄の一つは「沖に来るのはパーパの船よ　丸にやの字の帆が見ゆる」と歌う。「丸に…の帆が見ゆる」の類型を踏む一つ。有朋堂文庫本頭注には「元禄の頃江戸大伝馬町三丁目に、丸屋某といふ廻船持の富豪ありきとぞ」。「塩飽」→二六四。

373 一五 未詳。一六 傍書に「大亀の事」。種・玉その他傍書なし。俚言集覧「どんがめ。畿内にて鼈。かはかめをいふ。備前にて、すつぽんを云」。▽江戸長唄・奉掛色浮世図画（文化七年）「…池のどん亀なら　むんぐるべいとは　ヤレサテ実だんべい…」が近く、また『日本民謡大全』東京遊戯唄・つぼんぼ、はこの系統。「くんくるべい」→三六六。岩波文庫本はくぐる（潜）の転。酒盛のさわぎ歌。暗に、厚紙で亀の形を作り、それを団扇で煽る酒席での遊びが安芸広島地方にあって、「づぼんぼ〳〵」とはやす（松川二郎『諸国奇風俗を尋ねて』昭和五年）。

374 一七 広島県福山市鞆の浦。瀬戸内海要港。仙酔山は鞆の浦から眼前に見ることができる景勝の小島。一八 種・玉・

日向

凡　三首

376 月夜はいみじき闇こそよけれ　忍ぶ姿の顔見へ(え)ず

377 水に蛙の鳴く声聞けば　過ぎし昔が思わ(は)るゝ

378 思ひ乱れて飛ぶ蛍　ゆふべ〳〵に身をこがす

大隅

凡　三首

379 思ひ出せとは忘るゝからよ　思ひ出さずに忘れまひ(い)

380 幾夜明石の浦こぐ舟も　浮かれこがれて磯へ寄る

京・我自刊ともに「地から」。▽お国自慢祝歌。同歌は鞆節（「地から生へもせぬノウヤレ浮いても居らぬヨー　あれは殿様ノウヤレお立て山ヨー」に続ける）。『日本民謡大全』広島県竹原・船唄、愛媛「大三島の民謡」雑謡。『広島県の民謡』豊田郡大崎町・しょんがえ節。越志風俗部・船歌。鹿児島県甑島・大綱打歌は「薩摩はなれて甑の島は　地から生えたか浮島原か」（『南日本民謡曲集』）。

375 一九 未婚の娘。▽下句の「なりそな」に実が成ると恋の成就の意を掛ける。「一夜なれなれ背戸家のなすび　ならにや背戸家の恥となる」（宮崎県・高千穂神楽せり歌）。

376 一 ここでは、とても（恋の忍びにはふさわしくない）。▽『三州田峯盆踊』に「月はいみじき宵こそなけれ　しのび姿の顔見せぬ」。宗安小歌集・一四二の「しと闇におりやれ　月に現はれ名の立つに」など、恋忍びに月夜をよしとしない発想の歌謡は少なくない。

377 ▽延享五・一八九に「野辺の蛙(かは)の鳴く声聞けば　在りし昔が思わるゝ」（賤が歌袋・三編にも）。『佐渡の民謡』盆踊歌では「土手のかはづのなく声きけば　過ぎし昔を思ひ出す」。『日本民謡大全』は前歌とともに盆踊歌として再録。岩波文庫本は、西沢爽説の「蛙の鳴く農閑季節の晩などによく忍び込んだ夜這いの思い出」とする説を採用。前歌との配列の上からも一説。

378 ▽松の葉五・古今百首なげぶし「思ひ乱れて芦屋の里に海人(まあ)の焼く火か飛ぶほたる」。かしがましく鳴く蟬と対照的に、物言わず身を焦がす蛍を愛でるのが、歌謡・和歌の伝統。↓二。ここは前歌の蛙と対照。延享五・一九〇でも前歌、蛙の歌に次いで「さても優しの蛍の虫よ　忍ぶ縄手に火を点す」を置く。

379 二 玉・京「おもひだすとは」。▽この理屈と情味は、歌謡史上、中世小歌あたりから繰り返し歌われた。「思ひ出すとは忘るゝか　思ひ出さずや忘れねば」（閑吟集・八五）。鹿児島県姶良郡・やつざ節「思い出すよじや惚れよが薄い　思い出さずに忘れずに」（『俚謡集拾遺』）。

凡　二首

薩　摩

381 闇夜なれども忍ばゝ忍べ　[三]伽羅の香りをしるべにて

382 [四]千世の前髪下ろさば下ろせ　わしも留めましよ振り袖を

383 [五]洲山おかめ女は洲山の狐　尾ふり尻ふる人をふる

384 散りゆく花は根に帰る　ふたゝび花が咲くじやない

385 島が島なら世が世であらば　なんの地方に身は持とぞ　ヨイコノイカ

ニ　なんの地方に身は持とぞ

凡　六首

386 志賀唐崎の名はよけれ　一つ松とは聞さへつらい

[六]肥前、勇気にして[七]温和の心なし。[八]肥後、不義を憎む風。[九]日向、

380 ▽「明石」に「夜を明かし」を、「浮かれ」に「心浮かれ」を、「こがれて」に「漕がれて」と「焦がれて」をそれぞれ掛ける。「吉野川の花筏　浮かれてこがれ候よの　〳〵」(閑吟集・一四)。「身はここに思ひし君はあの沖に　海士の釣舟はやくてこがるゝ」(御笑草諸国の歌・大島木伐唄)。→一八(山城)。

381 三 玉は「伽羅の薫をしるべにて」。伽羅は沈香の一種で最高級。▽松の葉二・香尽に「とかく伽羅の烟と命の君はとめても幾夜　いくよ留めてもとめ飽かぬ」(若緑四・薩摩節、近松・曾我五人兄弟・虎少将道行などに)。

382 四 種・玉・京・我自刊「ちよの」。▽まだ元服前にある男に対して、夫婦になってともに暮したいという決意を述べている。娘の思い詰めた恋。『日本民謡大全』薩摩国・雑謡に「稚児の前髪切らんすならば　わしも切りましよ振袖を」。明治年間流行唄・琉球節「稚児が前髪切らしやるならば　私もとめましよ振袖を」(『俚謡集拾遺』)。

383 五 種・玉・京・我自刊も「洲山おかめ女」。洲山は地名。未詳。▽洲山の、評判の美女。おかめ女(遊女的存在)をからかった歌。鹿児島県曾於郡志布志町近辺には千亀女伝説がある(鹿児島民俗学会『民俗研究』第二号)。『西薩摩の民謡』巣山お亀女(伝説の唄)に「巣山お亀女は巣山の狐　尾振り尻振り人を振る」など都合六種の歌が載る。東海道中膝栗毛八編に「…ずやまお亀女は　ずやまの山の古狐　亀女しりよふれ　かんべまくれちやちよれちや…」(大坂新町における酒盛歌。西国方の侍が歌う)。浮れ草・下・薩摩踊に「津山お亀女は…」として。また「これのお背戸にや尾のない狐　わしをだました二度三度」(広島『芸北民謡集』)の系統参照。

384 ▽前半は「花は根に鳥は古巣に帰る」の慣用句を踏まえる(和漢古諺、諺苑、毛吹草など)。この歌は全体として、青春は再びやってこないこと、の思いを歌っているとしてよかろう。

385 ▽種・玉・京・我自刊は三六の次に入れる。地方(ぢかた)は都市に対して田舎(農村)の意。不本意な田舎住まいを悔む。あるいはその鄙での木遣・地突きなどの辛い仕事を悔むのか。発想上、「何の因果で…習うた」の系統に連鎖してゆく。

鋭にして死を恐れず危き風。大隅[一]、義なく死をいたすはずと心得、をとなしからざる風なり。薩摩[二]、大隅と同じ。此国にかぎらず諸国とも淫祠をまつる いんし事まへにも出る。徳もなく道もなき人、また狐狸のたぐひをまつるをいふなり。 祈ればかならず霊応ありて病を治し、足萎へたるもの歩行するなどいふ事は、其[三]神よく霊をなすにはあらず。かの斎き祭る人の精霊集まりて霊あるなり。むかし汝南[四]の人、田の中に網を張り麏[五]を捕らんとす、やがて麏かゝりけれど、その網主いまだ来らず、道行く人麏を盗みてげり。人の取得たらんものをあやなく取らんも罪深しと思ひて、麏の代り持ちし鮑魚[六]一つを網の中に入れて去る。網の主来りて魚のあるを見て、此ものこゝにあるべしこと覚へず、いかさまにも現神のあらはれさせ玉ふにぞあらめと大に怪しむ。村のものども集まり、やがて小社を建てゝ入まいらせ、鮑君と

386 ▽「二つ松」に、一本薄などと同様、相手のないひとり身の意を込め、「松」に「待つ」を掛ける。→三四。

〔肥前、肥後、日向、大隅、薩摩の国風・伝説〕

六 新人国記・肥前に「当国の風俗は、山陰を合せたるよりも猶勇気ありて、武勇に至りては義を知りて怯む色なし。…只温和の志を知らざるなり」。

七 「ヲンクヮ(温和) 人が他人を遇する時のもの柔らかさ、愛想のよさ、情愛」(日葡辞書)。

八 新人国記・肥後に「当国の風俗は、大躰肥前に似たり。…上下共に才の有る国にして、人々不義を憎む風なり」。

九 新人国記・日向に「当国の風俗は、無体無法の事のみ多く、只気の尖なるに任せて、…唯死するを以て善とする事、危ふき風俗恐るべし」。

一 新人国記・大隅に「当国の風俗は、これも死を以て表とし、男子たる者は死する道と覚え、…戦場に於て死するも、忠義の節義のと云ふ。工夫なく、戦に臨みては、死を致す筈とのみ覚ゆ」。

二 新人国記・薩摩に「当国の風俗、大隅に少しも違ふ事なしとぞ」。

三 以下「霊験の事もたちまちに止みけり」まで、鬼神論の引用。

四 中国、河南省南東の県名。

五 「のろ」とも言う。鹿に似て小さく美なる動物。その革は細軟。

六 塩をして干物にした魚。

名づけたてまつる。病さま〴〵癒ゆることあれば、此御神の恵みによるとて斎き祭りしほどに、社大に造りなし神楽の音絶ゆる事なし。七八年を過ぎて、かの鮑魚の主かの所へ来り、御神のかく現われさせ玉ふ事を問ふに、己が留め置きし鮑魚なり。「あな浅ましし。それは自らが留め置きしものを」と云ければ、霊験の事もたちまちに止みけりと、七鬼神論に出たり。此類美作の国高尾村といふ所に、道心坊主一夜の宿を借り、立去りしあとを見れば、寝ねたる蓙莚に、出家のかたち影のごとく薄黒きものうつりたるを、大師の泊り給ふと心得、これを聞伝へて参詣のもの夥し。二三月過ぎて狂歌を貼りをく。

八弘法の御影うつると名も高尾　参る人こそうそを空海

人〻これを見てたちまち参詣止みしとなり。

七 鬼神論ではこの記述の最後に「抱朴子に出たり」と注記する。それによって抱朴子・内篇巻之九・道意(太平広記三一五・淫祠・鮑君に引用)を見ると、鬼神論の引用は、神社の様子の描写が簡潔化されているが、その他はほぼ忠実。

八 村名高尾の「高」に、「名高い」を掛け、僧名「空海」に、嘘をくらったものだわい(喰う＋終助詞かい)の意を掛ける。

〔絵中歌謡〕

夫の留主に人寄(よ)せせぬは　扨(さて)も見あげた花嫁御(よめご)

▽種・玉・京・我自刊は、薩摩の最後に入れる。ただし種・玉は字高を下げて、他の歌とは別意識で書いている。教訓歌謡。『日本民謡大全』日向国・雑謡、『俚謡集拾遺』宮崎県・雑謡に再録されている。

壱岐

387 峰の小松に雛鶴つがひ　谷の流れに亀遊ぶ

388 ござる〳〵と浮名を立てゝ　様は松風音ばかり

389 一しまふた〳〵　団七どんのさら小麦　六把ばかりしまふた　裏のおかめ女と戯れ合ふて

凡　三首

対馬

390 いざや若い衆ござるまいかよ　昼狐なんの化かさりよ　とんとろ化けよ

387 ▽峰・谷・沢にそれぞれ鶴・亀・松を配する祝言歌謡の一つ。「…千代をさへづる雛鶴が　汀の方に巣をくひて　谷の流れに亀遊ぶな…」(松の葉二・いく春)。→二三三・二六一。

388 ▽重出歌。→二八六。玉は肩書に「重出」。

389 一有朋堂文庫は「小麦藁をだいなしにしたりとの意」。▽裏のおかめ女と団七どんが、積み上げて置いてあった麦藁の中に、埋もれてふざけあった結果、その麦藁が台無しになったというのである。「おかめ」は下女の一般的な名前。酒盛りのさわぎ歌。「裏の…」は日本民謡、伝承童謡における発想の類型。

390 ▽「さあ若い衆さん、わたしと一緒に行きましょう」「なんのお前のような女に化かされるものか。昼間から現れて男を誑かそうとは。この昼狐め」。前半は昼狐(遊女)の、男を誘う科白。後半はそれに対する若い衆の返答。「とんとろ」は手ぬるい、まだるっこいの意。あるいは「どんどろ」、つまりどろどろの変化と見て、狐の化けて出てきた様子を言うか。小歌事文類聚・和漢相似小歌十首の内「稲荷の前の昼狐　人を妖(ばか)とかゝるなり。〈右の小歌は正徳年中にはやりしなり。其比は伏見稲荷の社の前の町に、遊女ありしゆへ、かくうたひたるなり〉」。松川二郎『山の民謡・海の民謡』遊女の地方色と其唄・茨城県潮来地方に「そら〳〵潮来の白ぎつね　お客だまして金をとる」。愛媛「大三島の民謡」では「大下岡村に尾のない狐　わしも二三度だまされた。〈隣島大下島の大下(げお)、岡村島の岡村は何れも娼家繁昌した処である〉」。種・玉・京・我自刊、ともに三九一、三九二、三九〇の順。

391 いらぬ煙管(きせる)の羅宇(らう)[一]のよが長(なが)ふて　様(さま)と寝(ね)る夜(よ)の短(みじか)さよ

392 野にも山にも子無(な)きはおきやれ　万(まん)の蔵(くら)より子は宝(たから)

凡[二]　二首

[三]壱岐、遠嶋なれども花車(くはしや)なる事、大隅薩摩(すみさつま)にまさる。[四]対馬、壱岐と同じ。[五]壱岐は名古屋を去(さ)る事十三里。対馬は勝本浦(かつもとうら)より四十八里辰巳(たつみ)の方なり。対馬(つしま)より朝鮮(てうせん)へ通路(つうろ)又四十八里なり。

山家鳥虫歌　下巻終[六]

391 一 キセルの筒。竹の管。羅宇の「よ」に、竹の「節」と「夜」を掛ける。▽煙管の羅宇の長さを引き合いに出して、短い一夜の恋のやるせなさを歌う近世俗謡の佳品。『日本民謡大全』対馬・雑謡に「要らぬ煙草の羅宇が長うて　様と話す夜の短かさよ」。隆達節の「逢ふ時は秋の夜もはや明けやすやひとり寝る夜の長の夏の夜」も近い。伊豆八丈島・雑謡（『郷土研究』一の十二）。「逢はぬ其夜はきめいがいく　ちぬはへな合逢うた其夜の短かさよの…」（『日本歌謡集成』十二）。

392 ▽前半、野であろうと山であろうと（どの土地どの国であろうと）、子供の無い者は捨て置け。子宝讃歌。この祝歌を巻尾として、巻頭のめでた歌に対照させた。賤が歌袋・初編「野にも山にも子を産み置きやれ　子ほど宝は世にもない」。「北飛騨の民謡」に「野でも山でも子を産みおかれ　千の蔵より子は宝」。長崎『五島民俗図誌』に「万の倉より子は宝　銭宝より子は宝」。

二 「凡三首」が正しい。京「凡三首」。

〔壱岐、対馬の国風・伝説〕

三 新人国記・壱岐に「当国の風俗は、遠島なれども、物の花奢なる事、大隅、薩摩よりはるばる勝れり」。

四 新人国記・対馬に「当国の風俗、壱岐と同じ風なりとぞ」。

五 以下、新人国記の続きにあって小異。その部分は「…対馬は壱岐の勝本浦より四十八里乾の方なり…」。勝本浦は壱岐郡勝本町。

六 京は「下巻大尾」。

書鐫[七]山家鳥虫歌後

南山子非好閉戸。成千載之計耳。勝満籯[八]金之穪人也。性[九]恕直亮、操作一無外餝矣。端居自教乎孾児焉、使乎臧穀[一〇]無慍焉。生平耽北辰[一一]之学而観乎極星也。遊而天枢[一二]不移動、不動而著経緯天文之書也。未嘗臧否[一三]古今人物矣。常歎四民[一四]有業各以得志為楽、如山家舂[一五]或揄或簸或蹂也。知稼穡[一六]之中有楽地而嗟歎[一七]謳歌、手舞足踏、皆是為叵奪之志。已而今歳鳩寰宇[一八]広袤、耕穫杵臼[一九]之歌、遐索邇聞、悉詢質諸田畯[二〇]而以輯録之。所以意逆而考訳其旨趣、為教導之矣。可謂我朝周南召南[二一]者歟。化者教之至也。教者風之至也。則風天下而正夫婦焉。道之為道在乎茲也。夫[二二]融々洩々之歌者非瓏瓕乎。其声非紈綺[二三]乎。其質者也惟謂其志不匱焉。当欲視此集者、澡雪[二四]其汚心[二五]而深察其実情、思無邪[二六]也矣。一人有慎兆民帰之。及其謁叙為言其志云爾。

明和壬辰之歳仲春朔[二七]　　滝宣興

七　鏨(のみ)で木に彫刻して記した、ということ。
八　「籯」は竹籠。漢書七十三・韋賢伝第四十三「黄金を満籯に遺すは一経に如かず」。富貴は学問に及ばない。「穪」は稱の俗字。
九　その人柄は思い遣りがあり曲ったところがない。
一〇　奴婢。
一一　天文学。
一二　天の中心。または北斗七星の第一位にある星。
一三　よしあしを言って批判すること。
一四　あらゆる階層の人々。
一五　「舂き」は臼で搗く。「揄き」は臼で挽く。「簸り」は箕であおる。「蹂む」は唐臼で踏む。
一六　農事。耕作。
一七　詩経・大序「…情動於中、而形於言。言之不足、故嗟嘆之。嗟嘆之不足、故永歌之。永歌之不足。不知手之舞之、足之踏之也」。
一八　「寰宇」は世界、「広袤」はひろがり。広く各地に。
一九　農耕に関する歌を集めて。
二〇　農夫。
二一　詩経・国風の編名。
二二　春秋左氏伝・隠公伝の中で荘公が母の姜氏と再会したときの様子に「公入而賦、大隧之中、其楽也融融。姜出而賦、大隧之外、其楽也泄泄」。融融、泄泄(洩洩)はともに、和らぎ楽しむさま。
二三　紈は練絹。綺は綾絹。
二四　洗い濯ぐこと。
二五　よこしまな心。
二六　詩経・魯頌・駉に「…思無邪　思馬斯徂」の句あり。論語・為政篇第二「詩三百、一言以蔽之、曰思無邪」。
二七　明和九年(一七七二)二月一日。序文日付の翌年。

書林　大坂天満九丁目　神崎屋清兵衛版

鐫、山家鳥虫歌の後に書す

南山子好んで戸を閉すに非ず。千載の計を成さんのみ。満籯金の稱に勝ふる人なり。性は恕にして直亮、操作一も外の餝なし。端居自ら嬰児を教へ、臧穀をして慍ることを無からしむ。生平北辰の学に耽り極星を観るなり。天枢に遊びて移動せず、動かずして経緯天文の書を著はすなり。未だ嘗て古今の人物を臧否せず。常に四民業有り、各志を得るを以て楽しみと為し、山家に舂き或は揄き、或は簸り或は蹂むが如きを歎ふなり。稼穡の中に楽地有るを知りて、嗟歎謳歌、手の舞ひ足の踏む、皆是奪ひ叵きの志と為す。

已に今歳、寰宇広袤、耕穫杵臼之歌を鳩め、遐かに索ね邇きに聞き、悉くこれを田畯に詢質して、以てこれを輯録す。意に逆きてその旨趣

（一三九頁からつづく）

332 ▽松の葉二・富士詣に「鉦を叩いて仏にならばさ土手の道哲は気の通つた仏じゃ」（寛文元年刊・似我蜂物語にも）。延享五・三四「鉦を叩ゐて仏にならば」をはじめ各地の民謡としてもかなり伝承。歌い替えは主として第三句。「…新宮鍛冶町あ皆ほとけ」（『熊野民謡集』雑謡）、「…津山鍛冶町やみな仏」（岡山『建部町史』）。鉦を叩いて念仏する年寄や坊主を揶揄した。早鐘は火事など緊急を知らせる鐘あるいは鐘を打つ人。前歌と「鉦」「鐘」で連鎖。

333 ▽『三州田峯盆踊』『俚謡集拾遺』香川県那珂郡・盆踊歌にこれが見える。高野『日本歌謡史』引用の安永初年潮来節には「様よ引〳〵　と恋ひこがれてもヨ　末にゃ引逢ふやら引逢はぬやら　来た〳〵来たサノサノ　讃岐の金毘羅狸の金玉」。

334 五 香川県大川郡志度町。志度寺門前町。六 種は「てしま」で、「て」の傍書に「ヤ」。同県高松市にある半島の山。志度とともに源平古戦場。▽「志度はよい町西北うけて　屋島あらしがそよそよと」（『香川県総合郷土研究』盆踊歌）。京都府宇治茶摘歌にも類歌。「…はよい町（所、国）…を受けて、…颪（風・嵐）がそよそよと」の類型。土地讃めの祝歌。

335 七 淡路島北端にある島。歌枕。「絵島　エジマ〈淡州〉」（合類大節用集）。八 未詳。以下の例歌からして唐糸からの変化か。後掲のように唐見島とも。九 未詳。一説に「みか宿（身が宿）」の誤写が有力。▽御船歌留・上、上様踊に「…はなの花のゑじまかなん君さま　あつたものではないわさてのホン〳〵いとならばさ　ワキたぐりよせうもの身が宿へ」。淡路農歌に「花の画島は唐見てあらば　たぐり上ろもの身は宿へ〈唐見島は室に近き所也。絵島へは五里斗り也〉」。『伊豆七島歌謡集』八丈島・八丈節には「花の江島の唐糸ならば　たぐり寄せたいわがそばへ」（三宅島の江島節では「身がやどに」）。絵島があまりに美しいので、恋人同様、自分のそばへ引き寄せたくなることよ。一話一言・二十二では「生島新五郎、島にてつくれるうた」とし、江島生島事件に付会する世上の解釈を引く。

を考訳する所以は、これを教導せんが為なり。我が朝の周南・召南と謂ふべきか。化は教の至りなり。教は風の至りなり。則ち天下に風して夫婦を正す。道の道たるは茲に在るなり。夫れ融々洩々の歌は瓏瓓に非ざるか。其の声は紈綺に非ざるか。其の質者や惟其の志躓しからざるを謂ふ。当に此の集を視んと欲する者は、其の汚心を澡雪して、深く其の実情を察し、思ひ邪無かるべきなり。一人慎むことあれば兆民これに帰す。其の謁叙なすに及び、其の志を言はんが為に爾云ふ。

明和壬辰の歳仲春朔、滝宣興

書林大坂天満九丁目　神崎屋清兵衛版）

336 ▽広く各地で流行。種・玉・京・我自刊「新造」。延享五・四五三「人の娘と新し船は人が見たがる乗りたがる」。初句「女のよいのと」「若い娘と」とも。類似の発想として「人の女房と枯木の枝は　上る上るもおそろしや」（『吉備郡民謡集』雑謡）など。

337 ▽種の傍書に「寛永の作、竹斎ものかたり、さかの浦浜にや二子山とてある、なぜにそなたにや子がないぞ」（玉・我自刊にも小異で）。「小谷」「こなた」「子」および「谷」「こなたに」で韻を踏む。淋敷座之慰・お江戸口説船歌に「…ゑい〱さるの浦浜に　双子山とて又なふあるに　なぜにそなたにや子がないぞ」とある系統が、竹斎・下で「出づる舟入る舟、なみの船歌うたひつれ哥の節こそおもしろけれ」として引用されている。後半「なぜに」の型は、九七・一六八・二四七。

鄙廼一曲（ひなのひとふし）

森山弘毅 校注

『鄙廼一曲』は、菅江真澄（宝暦四年〈一七五四〉―文政十二年〈一八二九〉）が編集した歌謡集である。

菅江真澄は、天明初年から故郷三河国を出て各地へ旅をするが、同三年以降は、信濃、越後を経て、奥羽、松前にまで至る、長い旅のうちに過ごすことになる。『鄙廼一曲』は、その旅先で採集した各地の歌を編集したものである。文化六年（一八〇九）にはほぼ編み終えている。真澄が書留めた歌の地域は、美濃、信濃、三河、近江、出羽、陸奥の諸国にわたっており、本集は、天明初年から文化初年までの約三十年間に採集された、東日本歌謡集ということになる。

今し世の賤山賤の宿にて、よね、粟、むぎ、稗を舂くに、ひねもす小夜はすがらに聞なれて、舂女の臼唄、雲碓唄、磨臼唄もおかしきふしを一つ二つと聞にまかせてかいつくれば、さはなり。

序文の一節である。真澄の、歌謡採集の姿勢がよく表れている。「賤山賤の宿」で耳にした臼歌の「おかしきふし一つ二つ」には、この歌謡集を「鄙廼一曲」と名づけた真澄の思いも重なっていよう。また、「ひねもす小夜はすがらに」のさりげない言葉の背後には臼の労働の苛酷さも読みとれる。ここでは、ひねもす夜すがらの作業を促す臼歌が求められたのである。こうした労働に必需なものとしてあった多くの歌を真澄は書留めている。

本集の歌数は約七十編、三四三首、真澄は臼歌の他に、田植歌、山歌、草刈節、金掘歌、浜歌などの労作歌を収めている。多くは共同の労働の場の歌である。この労作歌の歌数は集中半数を超えている。

また集中には、田植踊歌、鹿踊歌、奴踊歌、念仏踊歌、剣舞、盆踊歌などの踊歌の一群を収めているのも注意を引く。いずれも深い民俗に根ざした芸能歌謡であり、村落共同体の心性を一つに歌いあげたものである。およそ八十首余。労作歌群と並ぶ主要な歌群といってもよいものである。

ほかにも、祝歌、宴席の騒ぎ歌、農事の合間に聞く早物語や口説歌、また、わらべ歌など、日常に生きている歌々が掬いとられてもいるのである。

『鄙廼一曲』は、民謡というものが村落の共有の歌であったことを、歌われた詞章のままで示している点でも、貴重なものといえるだろう。

底本　胡桃沢友男氏蔵菅江真澄自筆本。

なお、脚注に「柳田本」とあるのは、柳田国男校訂『ひなの一ふし』（昭和五年）を指すものである。

一 菅江真澄は父貞房主(ぬし)の学の友たり。三河(みかは)の国の人なりとも生国を慥(たしか)に
かたらぬよし。

三 貞臣

菅江真澄の直筆なり。

四 諸国植うた

一 以下四行、表紙裏の書入れ。
二 高階貞房(一七四一—一八〇七)。佐竹藩士、晩年の菅江真澄と親交があった。橘千蔭に従い和歌を詠み、本居太平の門に入り国学を学ぶ。菅園と号した。この序文の右上隅に「菅園文庫」の角印があり、裏表紙内面に「菅園所蔵」とあるのは、鄙廼一曲が何らかの経緯で貞房の所有になっていたことを示す。
三 高階貞臣(一八一七—九〇)。貞房の長男、この四行の筆者。
四 「諸国田植うた」の「田」脱。表紙が無題のままだったのを、この書の内容から貞臣が記したもの。真澄は文政七年(一八二四)頃執筆の「筆のまにまに」に「ひなの一ふし」の書名を記しているが、高階家所蔵の本書には何らかの事情でこの書名が記されぬままになったらしい(『菅江真澄全集』九、内田武志解題参照)。

一 この序文には草稿と思われる異文があり、冒頭「僕(ヤツカレ)」と書き出しているほか、いくつかの小異、脱落がある。
二 真澄が描いた諸国の臼の図絵集「百臼之図」をいう。異文一、二がある。
三 真澄が各地で様々な臼を写生する際に耳にした舂女の臼歌。「百臼之図」には多くの臼歌の書入れがある。
四 応神天皇(この時は皇太子)。
五 オキナガタラシヒメ、神功皇后。応神天皇の母。
六 古事記・仲哀天皇条、日本書紀・神功皇后十三年条の武内宿禰の歌。この歌を臼歌の始めとしてあげているのは、真澄の念頭に、この歌に関する古事記伝の一節「酒は上代には、飯を水に漬したるを臼に入レて舂きたゞらして醸(カミ)しなり。…歌ひつゝ舞つゝとあるのは、臼にて舂たゞらすしわざなり」があったためと思われる。「百臼之図」異文一の冒頭図に、記伝から臼に関わる箇所が長文で書き込まれ、この一節も引かれている。「その鼓 臼に立て」の主意を「鼓」ではなく「臼」にみたものといえる。
七 この歌を琴歌譜「十六日節酒坐歌」として載せる。古事記伝以来サカホカヒと訓んできたが、「酒坐」はサカクラと訓むことから「酒楽」もそれに従うべしとされる。

[一]おのれ百臼(ももうす)[二]の図(カタ)をかいあつめて、はた舂女(ツキメ)[三]がうたふ唄(ウタ)の一ふしの、そのはじめをおもへば、かしこくも遠き神世の風俗(テブリ)にして、誉田天皇(ほむたのすめらみこと)[四]、高志(こし)の角額(ツヌガ)より還幸のおほんとき、気長足比売(イキナガタラシヒメ)[五]、酒(ミキ)を醸(カメ)しさふらひて、祝ひたいまつりうたはせたまふに、武内宿禰(たけしうちのすくね)、天皇に代り奉りて答へ申(まうす)歌、「この御酒(ミキ)[六]を　かみけむ人は　その鼓(つづみ)　臼に立(たて)て　うたひつゝ　醸(カミ)けむかも　舞(まひ)つゝ　かみけんかも　この御酒(みき)のあやに　転楽(うたたの)し、さゝ」是を酒楽(サカホカヒ)[七]の歌といひて、今(いま)の世かけて大嘗会(だいじやうゑ)のとき、米舂くにもうたふとなん。今(いま)し世の賤山賤(しづやまがつ)の宿にて、よね、粟、むぎ、稗(ひえ)を舂くに、ひねもす小夜(さよ)はすがらに聞(きき)なれて、舂女(つきめ)[八]の臼(うす)唄、雲碓(フミウス)[九]唄(ウタ)、磨臼唄(ヒキウスウタ)[一〇]もおかしきふしを一(ひと)つ二(ふた)つと聞(きく)にまかせてかいつくれば、[一一]さはなり。それが冊子のなかに、田唄、[一二]神唄もかいまぜ、はて〱は、船唄、木伐(きこり)唄、金掘(かねほ)り、踏鞴(たゝらふ)踏みがうたふも、剣舞(けんばい)、念仏踊、盆踊(ぼんをどり)の唱歌までもかいあつめて、中(なか)にあはれふかゝらんを撰び出(いで)なんと、筆のまに〱しるし置事(おくこと)しか〲。

八 杵で搗く臼歌。
九 足で杵の一端を踏む踏臼、碓(からうす)の歌。
一〇 石臼などの摺り臼、挽き臼の歌。
一一 本書の歌数三四三首のうち臼歌は約四割を占める。
一二 以下は本書に収められた、神楽歌、労作歌、踊歌など多彩な歌の種類を具体的にあげたもの。

1　一三 田主(タアルジ)が、タルジ→タロジと転訛し漢字が宛てられて、親称化したもの。田の所有者で、田植作業を指揮する。　一四 田主讃めの類型句。田主の身に付けている物などを「こがね」の句で寿祝する。→二三・二六三。▽二へ続けて歌う。

2　一五 前歌の結句を尻取式に承けた。　一六「うら」は「末」の意、先端。「銭」は富裕の象徴。→田植草紙・三。「なり」は「鳴り」と「生り」を掛ける。▽底本に歌い出しを示す朱点がない。前歌を承け二章併せて、田主に寄せる富裕な長者像への予祝歌。→三六。「おめでたや　太郎次殿の笠のはに　黄金花咲く　黄金花咲きや　おめでたや　倉建てめされよ　七並の倉を」(『木曾民謡集』田植歌)。

3　▽瀬音を礼讃する歌(→三三)は多いが、ここは青淵の水の音を聞いた田人が淵に棲む水の神を礼讃したものか(柳田本)という。「淵の神」は柳田国男「日を招く話」参照。

4　一七 田から上がることを訴える詞句。　一八 若者宿の一種、ここは娘宿のこと。「に」に「へ」の傍書。歌い方の揺れを示す。菅江真澄の忠実な表記。→六二・一〇三。▽小宿に男が訪れる歌(→六五)があり、ここもそうした期待がこもるか。

5　一九「丐」は「乞」、「距」は「躍」と同義。　二〇 雨を呼ぶための呪言。雨乞踊歌には「雨雲」「黒雲」「霧立つ」などを歌うことが多い。　二一 雨乞いの行事には蓑笠など雨具を用意する慣行がある。　二二「北西」で降雨の方位を指す。北方に山のある地形は、北西の雲や雷に降雨の前兆があるとされ、中部内陸地方には「雷雨は北西方から来ること多し」などの諺が多い。▽「沖に村雨乾に夕立　今日は降りくる村雨が」(『愛知県地方の古歌謡』第一集・雨乞唄)。

6　二三「雨たもれ」「水たんもれ」などは雨乞いの呪言の類型句。「自雨」は未詳。しとしとと降り続く「地雨(ジアメ)」を指

三野(みの)の国 田植唄

1 やあらおめでたや　[一三]太郎次どの　笠の[一四]端(はし)にこがね花さく

2 [一五]こがね花咲(さけ)ばの　[一六]そのうら〳〵に銭がなりそろ

3 鳴る瀬はならで　淵(ふち)がなる　やあらおそろしや

4 [一七]太郎次腹(はら)たつなよ　あがりたや　行(ゆき)たや我(わ)れが[一八]小宿に

おなじ国(くに)ぶり　[一九]雨丐距唄(あまごひをどりうた)

5 [二〇]夕立(ゆふだち)雲が水まきあぐる　[二一]笠ふり上(あげ)て　[二二]乾(いぬゐ)をごろじよ

6 [二三]雨をたもらば白雨(シサメ)にたもれ　夕立村雨(むらさめ)いやでそろ

科埜(しなの)の国　舂唄(つき)　曳臼唄(ひきうす)　ともに諷(うた)ふ

7 君はよい声細[二四]谷川の　[二五]うぐひすの声(こゑ)おもしろや

すか。▽美濃地方には「夕立荒雨嫌で候　美事な地雨でしつぽりと」(八百津町杣沢・雨乞唄、『美濃民俗』一三七)の類の雨乞踊歌が多い(佐々木聖佳)。「雨をたもらハ地雨をたもろ　夕立村雨なをよかろ」(愛知県中島郡祖父江町・天保三年写雨乞踊歌「まつり」七)は逆説的だが、詞句の構造が似る。

7 二四 万葉集七・一一〇三、催馬楽・真金吹などを承ける。普通名詞で、声が細い(澄んでいる)のを掛けた。二五「君」の声を讃めて見立てたもの。「細谷川の鶯」は美声をあらわす類型句。▽山入りの場で男女が掛合いで歌ったものが臼歌に転用された。各地の草刈歌等に類歌。→巷謡編・一九七。

8 ▽上句は別れの酒宴歌の類型。「雲端のはなれ山」は別れの比喩。「はなれ〴〵のあの雲見れば　明日の別れもあの如く」(淋敷座之慰・弄斎片撥昔し節)。→山家鳥虫歌・四四。

9 一 甲信越以東の方言。「かだち」「おかだち」とも。二 騒がしい音をたてること。三 成就しない、永続しない意の方言(『日本方言大辞典』)。▽菅江真澄「伊那の中路」に採録。「百臼之図」筑摩郡「布久嫛于須(ふくべうす)」にも「舂女唄」として書き入れあり。類歌が『北飛騨の民謡』他に。

10 四「鏡を作るのに用いられる白銅」(日葡辞書)。七十一番職人歌合・三十三番「白みの御鏡」。▽男の心変りを案じたもの。上句に贈物を受ける型→九五。『日本民謡全集続篇』佐渡雑謡「殿が買うて呉れた姿見の鏡　心変らば影くもれ」。

11 ▽別れた男に出会った戸惑いを歌う。三〇七は類想歌。潮来風「切れたお人に途中で逢ば　塵も入らぬ眼をこする」。

12 ▽恋忘れの教訓歌として賤が歌袋等にも。当世小歌揃・江戸ろうさい「忘れ草がなの」、もとは初句から願望の型。「忘れ草を植えてはみたが　後におもひの根が残る」の類と連章で歌う場合も(『木曾民謡集』田草取唄、『芸北民謡集』等)。

13 五 越前産の上質の真綿。▽嫁への教訓歌。延享五「人が茶碗となげかきよならば　おれは極上の綿で受きよ」。

14 六 比喩で女の自嘲の類型句。隆達節「我は野の花ぬしもなや」。七 男の寄せる思い。▽もとは遊里の歌か。

8 のようたへよ今宵(こよひ)が限り　明日(あす)は雲端(ヘバ)のはなれ山
9 忍び夜夫(ツマ)と雷雨(カンダチ)[一]あめは　さゝらざめ[二]けどのが[三]とげぬ
10 君がくれたる白鑞(しろみ)[四]の鏡　心(こゝろ)かはらばはやくもれ
11 むかし馴染(なじみ)に田面(タンボ)で逢(あう)て　とけぬわらじの緒をしめる
12 忘れ草なら一本(もと)ほしや　植(うゑ)て育(そだて)て見てわすりよ
13 舅(しうと)短気で茶碗をわらば　嫁(ヨメ)は束(タバ)[五]ねの綿でうけよ
14 いかに野に咲く花[六]なればとて　吹(ふか)ぬ風[七]にはなびかれぬ
15 [八]辛苦(しんく)島田に髪結(ゆう)たよりも　心(こゝろ)しまだにしやんともて
16 君に恨(うらみ)は三島の暦[九]　いふ(う)て何にせよそはぬ身に
17 ひとり寐る夜はさびしよてならぬ　なけよ妻戸のきり〴〵す
18 お前(まへ)おもふ(う)てわしが姿(ナリ)をごろじよ　裾(すそ)は芝露(しばつゆ)袖はなみだ
19 見ても見あかぬそひあかぬ　親と鏡と忍(しの)び夫(つま)
20 憎(ニク)や今宵(こよひ)も又だまされた　明(あけ)の鐘(かね)聞(きく)　肘(ヒヂ)まくら
21 おもひ出しては死ぬほどくやし　ならぬ大角豆(さゝげ)に手をくれて
22 [一〇]雨の降(ふる)ほど弓矢が来るに　敵[一一]はむかふに双六(すごろく)[一二]で
23 お前(まへ)いとしは奏者(さうじや)[一三]の森の　落(おつ)る榎(ゑ)の実(み)の数よりも

15 八 シンクシマダは、しんき節「しんきしの巻」の語調を承けた。▽髪を島田に結うように、むしろ心持ちをこそ端正に保てとの教訓歌。延享五「髪を島田に結をふより女　心島田によふ持ちやれ」が原型。→山家鳥虫歌・二六五・三三六。
16 九 伊豆三島神社発行の地方暦。俚言集覧「三島暦のやうコマカナル喩」。▽上句は、君に恨みはこまごまとあるが、の意。「ミ」を中心にiの韻の響き。延享五「様に怨みは三島の暦　云ふて何しよぞ添わぬから」。→山家鳥虫歌・三六。
17 ▽妻戸を開ける音「きりり」と「きりぎりす」を掛けて、男の訪れを待つ意をこめる。「いとど名の立つ秋風に　誰ぞや妻戸をきり〴〵す」(狂言歌謡・和泉流・花子)。
18 ▽あなたを思って待ち続ける私の姿を思い遣って下さい、裾は草の露で、袖は涙で濡れそぼっています、の意。
19 ▽親・鏡と並べて主意の「忍び夫」を引き立てた。詞型は七五七五、挽臼の調子に合った、臼歌の古態を示すか。
20 ▽明六つまで男を待ち続けた女の無聊を「肘まくら」にこめる。遊里の気配を伝える、女のふられ歌。→六六注。
21 ▽「大角豆」は「娘盛り」の、「手」は「男の思い」の比喩。「ならぬ」は仲が成就しなかった意で、男のふられ歌。
22 一〇 二人の仲がひどい噂になることの比喩。→三八。「弓矢」はその激しさをいう。一一 相手の男。「弓矢」の縁でいった。一二 ここは博具。▽ひどい噂の渦中にいるのに、男は平気で博奕にうつつを抜かしている、の意。男への恨み歌。
23 一三 総社の森か。▽愛しさの尽きぬ思いをこめる。「殿さ可愛いゝこと　しのだの森の」(『木曾民謡集』踊歌)。
24 ▽下句に、阿波・伊予・土佐を掛けて、一首に四国の国名をすべて込めた言葉遊び。宝暦年間の「浦佐村年中行事」(新潟県南魚沼郡大和町)の盆踊歌に採録されている。
25 ▽女がふと見覚えのある男を見かけた時の思い。期待ははずれたが、野良で忍び夫の記憶を甦らせた、女心の歌。
26 ▽上句に「見立て」、下句に「伊達をする」の掛詞を用い、富士山を修辞で擬人化したもの。伊達ぶりを歌うのは流行。→三五。松の葉二・さんや踊に「伊達を駿河の富士白山ぞ」。松江藩等の御船唄に「雲の帯鹿の子の小袖裄長に　伊達を駿

24 君は四国の讃岐(さぬき)の性(しやう)で　あはでいよとさ曲(きよく)もない

25 忍(しの)び夫(つま)かと笠ふりあげて　見たりやそでない見まいもの

26 雲の帯して霞の小袖　伊達(だて)を駿河のふじの山

27 君に御異見　泥(どろ)田に垣根　なんぼゆふ[一四](う)てもきゝはせぬ

28 筥根(はこね)八里は歌[一五]でもこすが　越すにこされぬおもひ川[一六]

29 姨捨山(をばすてやま)に照る鏡[一七](かゞみ)　姪子に心(こゝろ)ゆるすな　更級郡(さらしな)にてうたふ也。

信濃の国ぶり　田殖(たうゑ)歌

30 ひと夜に落(おち)[一八]よ滝の水　おちてこそ　濁りも清(すみ)も見へ(え)れが

31 あの山陰でもずが鳴く　声もよや　音(ね)もよや岩のひゞきに

32 めでたいものは大根種(たね)　花咲(さい)て　みのりて俵(たはら)かさなる

33 お前とならばねとござる　大河の　たつ瀬の波の中にモ

34 あの山陰(かげ)のちまき[一九]艸　わかければ　あまたの人にいは[二〇]れる

35 山家(やまが)の人は伊達(だて)をする　二布(ふたの)[二一]に梅の折枝(をりえだ)[二二]

36 植田の中でねろ〱と　殖田(うゑ)は菩薩　お田の神

河の富士の山」。

27 一四「言ふ」と「結ふ」、「効き」と「聞き」を掛ける。▽日常の言い草「泥田に垣根」に掛けて、身勝手な男を歌った。

28 一五 近松門左衛門・加増曾我にこの句で歌う。類歌「馬でも越すが」。一六 類歌「大井川」が多い。加増曾我「死出の旅」。▽恋の思いの苦しさにくらべ箱根八里の険しさなど歌でも越せるほどだ、の意。「おもひ川」は、歌語(後撰集・恋一・五一五など)だったものが近世になって歌謡に用いられた。ここも、松の葉三・わきて節に「仇し情は何れ儚き思ひ川」、荻江節正本・思ひ川などの流行に通うものがある。

29 一七 月のこと。▽姨捨説話を背景にした教訓歌。俊頼髄脳に姪がおばを捨てにいく説話がある。菅江真澄「わがこころ」に「いにしへよりの諺ならん」として採録され、「姪子」にマイゴの振り仮名、姪の訛りかとする。同「断簡」にも田植歌として所収。詞型七五七四。→三五。

30 一八 女が男に迫られ承知してしまう意を掛ける。→山家鳥虫歌・七三・九三。▽「落ちてこそ」人世の清濁が見えてくると説く、女への誘い歌。七五五七四の詞型(→山家鳥虫歌・三六・一七六)が以下五首続く。菅江真澄「伊那の中路」に採録。

31 ▽早乙女の心を山陰に向けて和ませる。→三四。春は人里に姿を見せない山陰の百舌の声に季節感がある。上句「岩殿山になくとりは」(『古謡集』武蔵国入間川・もみすり歌)。

32 ▽作物の生育と多産を予祝する祝儀唄の類型。芋の種、そばの花などを歌って各地に分布。鄙雑俎中・俗世代々流布節歌之事に祝唄「初瀬」として収載。中古雑唱集・上総国菊間八幡宮神事歌の「そばの花」の同型歌も「ハツセ」。

33 ▽共寝の歌は稲の実りの予祝。「お前となれば河原でも　石畳寄り来る波を枕でも」(『木曾民謡集』田植歌)。

34 一九 端午の節句に作る粽(ちまき)に用いる葉。ここは若い男女を暗示して「わかければ」に続く。二〇「結ふ」と「言ふ」とを掛けた。▽春の山入りで仲が噂になっている若い男女をはやしたもの。→六九・二〇三。

35 二一 ゆもじ、腰巻をいう。二二 染め模様。→童謡古謡・三四。▽流行の「梅の折枝」が早乙女の二布にまで及んでいる伊

三河(みかは)の国麦舂唄(むぎつきうた) はた 臼曳唄にも諷ふ

37 恋の玉房鼠にひかれ　鼠よう捕る猫ほしや
〈手間房(タマブサ)[一]は、章とはおなじからず。文字なき懸想文(けさうぶみ)なり。「凡国風土器」[二]に、おのれその図を、やまとぶり、しなのぶり、三河ぶり、みちのくぶり、つくしぶり、のあらましをかいのせつ。玉むすび、といひ、あるは、たまぶさといふ。筑紫人、しま人は、「判(はん)じもの」ともいふ。其形、くさ〴〵也。たまずさも、手間すさみよりいひ初(そめ)し名ならんかし。〉

38 雨(あめ)のふるほど名を立(たて)られて　笹の露ほど添ひもせで

39 人がわるいとおもふな様(さま)よ　やぶれ車でわ[三]がわるい

40 [四]ひとつ枕に髪うちかけて　寐たとおもふた(う)りや夢じ(ぢ)やもの

41 五月雨(さつき)ほど恋したはれて　今は秋[五]田の落(おと)し水

42 お前見るとて田面(タンボ)へおちた　又もおちませよ谷底(ぞこ)へ

43 己(を)れと行かぬかお蔵(くら)の背戸(せと)へ　忍び桜の枝折りに

44 待(まち)てござれよ千年までも　柳真葉(しんば)[六]のくさるまで

達ぶりをはやしたもの。詞型七五七四。→二九。五を繰り返す。

36 ▽類歌は三句めに「寝まいもの」が入る。ここもその意が内包されたもの。神聖な田で男女が寝ること(→山家鳥虫歌・一三五)を揶揄したものか。詞型七五七五。菅江真澄「いほの春秋」には末二句「うへ田はぼさつ田の神」と七四の詞型。

37 ▽新撰犬筑波集・恋部「人の情や穴にあるらん　玉章を今宵鼠に引かれけり」の歌謡化。→山家鳥虫歌・三六五。ここは、その「鼠」から「猫」が連想された形。初句「恋の痴話文」で潮来節が流行。一三七の「玉房」を真澄が「文字なき懸想文」と解釈したもの。ただし元歌の連歌の「玉章」は「文字ある」手紙。二 未発見本だが、菅江真澄「凡国奇器」の「文字なき懸想文」に「たまぶさ」の各種の型が図示されている。

38 ▽浮名が立つことと逢瀬の浅いこととを、「雨」と「露」との対比で歌う。隆達節「朝顔の花の露ほど馴れ染めて富士の山ほど立つ名やの」などにこの型の淵源。景物＋本旨の繰返しは民謡の型の一典型(土橋寛)。

39 三「我」と「輪」を掛けた。▽宗安小歌集「身は破れ車わが悪ければこそ捨てらるれ」は女の嘆き歌。隆達節、山家鳥虫歌・八三などの歌詞が、我が身を責める教訓歌として流布。ここは「様よ」と呼びかけて相手を諭す歌。菅江真澄「久保田のおち穂」に臼挽歌として採録、「君よ」とある。

40 四 共寝のための括り枕(長枕)。→山家鳥虫歌・二八。▽下句は、男との睦まじい夢から覚めて現実にもどる歌詞の型。→三〇五。もとは遊里の歌。

41 五「飽きた」を掛ける。▽田植時の欲しがられる豊かな水と、収穫前に捨てられる水との対比で、男の心変わりを嘆く。ト養狂歌集に「秋田ぶし」として下句を引く。近松・心中万年草、落葉集七に収めるほか各地に広い伝播をもつ。

42 ▽男に見とれて田面に「おちた」から転じて、下句では「おちる」に男に身を任せる意が暗示される。→三〇。

43 ▽歌垣的な誘い歌の類型。下句に桜・梅などの花や独活、蕨の芽を歌って若い娘を暗示、「枝折り」「中折り」「摘む」などの語で思いを成就させたい願望を歌うものが多い。「菜

45 人にかつなよ心に勝テよ　とかく心(こゝろ)は敵でそろ

46 七わしとお前(まへ)は二葉の松よ　なんぼおちても離れまひ(い)

47 稲は穂に出る鈴花かける八　秋の田面(たんぼ)のおもしろや

淡海(あふみ)の国杵(きね)唄　臼曳歌にも諷ふ唄

48 ねんね太郎八　箭倉(やぐら)の小八　小八子でなくはそだつまい

49 むすめ可愛さによい茶をやろに　むすめもどさば茶も戻せ

50 九紅葉(もみぢ)ちれ〳〵夕陽(ゆふひ)にそふ(う)て　とかく一〇わかいは若い同士(どし)

51 とんと戸扣(たた)き現(うつゝ)二にあけて　蚊幮(かや)に旭のうつるまで

52 ねたか寐ぬのは枕が証拠　枕(まくら)もの言へはれやかに

53 寺の椽(えん)一二からおりるは誰じ(ぢ)や　おほん鉢(はち)巻うこんぞめ

54 一三わしとお前(まへ)は今咲(さく)花よ　後の散(ち)り際(ぎは)しらねども

55 鹿のしの字はしづかのしの字(じ)　谷でつまよぶ鹿の声

56 一四山本(もと)山がのいたらよかろ　塩津(しほづ)が見得て尚(なほ)よかろ

57 不二(ふじ)の裙野(すその)に西行の昼寐(ひるね)　歌を枕に田子の浦

種畑で寝てみたい」(『俚謡集拾遺』千葉県雑謡)とも。

44 六 新葉に同じ。▽ここは男から女へ「いつまでも待て」との歌だが、女の側が応じた歌「柳新葉はおろかな事よ石の土台の腐るまで」(『佐渡の民謡』盆踊唄)が各地に遺る。

45 ▽「欲勝人者、必先自勝」(呂氏春秋・先己)を踏まえる諺の歌謡化。人に勝とうと思う心が敵だ、と克己を論す。

46 七 男女の仲のよさを喩える類型詞句。→五四・六〇・六九。「二葉の松」は、淋敷座之慰・のほゝん節「様と我とは二葉の松よ〳〵　千代を経るとも」など松の永遠性と寿祝性を歌ったものが、「二葉」から二人の仲の良さの比喩に転じている。この型では、初期は相手を先に「君とわれとはふたばのまつよ」(延宝三年書写踊歌・やよやぶし)と歌うことが多い。

47 八 稲の花の方言(『全国方言辞典』)。▽出揃った稲の穂波を讃める。『愛知県地方の古歌謡』第一集・田植歌に類歌。

48 ▽子守歌の転用。「ねんねん太郎八太郎兵衛の子」(『日本伝承童謡集成一』子守唄・山形県)と同型。意味がとりにくい。「百臼之図」淡海国「夜具良紵秀(やぐらうすゝ)」に麦搗唄の書入れがあり、下句「小八子なかそ(そ脱カ)たつまい」。

49 ▽婚約時に酒の代わりに茶を贈る習慣があったことが背景にある。『全国民事慣例類集』婚姻ノ事参照。

50 九 年頃の娘の意をこめる。「娘十六深山の紅葉」(『東北民謡集　山形県』木流し唄)。一〇 アカイとの合韻。▽若い男女の仲をはやしたてたもの。

51 二 「開けて」と「明けて」を掛ける。▽下句に男を待ちわびた思いをこめる。六六の「夢」と「現」の対比が崩れた形。

52 ▽つれなくなった男を嘆く。恋の秘密を「枕こそ知れ」(閑吟集・一八〇)と歌うのと同じ系譜。「枕ものゆへこがるるに」(淋敷座之慰・弄斎片撥音し節)の流行歌の口吻を継ぐ。

53 三 慣用で「縁」と同義に用いる。えんがわ。▽語り物か村芝居の一場面を歌ったか(柳田本)。黄の「御鉢巻」の男の動きから広がる村落共有の世界を歌う。

54 三 →四六。▽二人の仲を今咲く花の盛りに喩えて歌うが、下句は恋の終りをも暗示する。→山家鳥虫歌・六六。

58 山本山を山家じやとおしやる　山家に舟がつくものか

59 恋といふ字を車にのせて　君と引たや恋の路

60 わしとお前は羽織の紐よ　胸にしんくをむすびさげ

越后の国　立臼　並　坐臼唄

61 明日はお立かお余波惜しや　桜林にたゞひとり

62 新保川風内竹あらし　遣るか新潟の荒磯に

63 麻の中にもつれない蓬　麻が延るならもろともに

64 かます頭巾が苫舟のぞく　桔梗の手拭が土手はしる

65 小宿の軒の夕顔に　こよひも頭ぶちに来た

66 夢に戸たゝき現に明て　月に恥かし我が姿

67 桜かざして清水を汲ば　水に影さす恋の淵

68 きやつたげなや枕の下で　鳴た地虫が音をとめた

69 わしと殿さは五月の笹で　曲てゆはりよと覚悟しやれ

70 風も吹ぬに妻戸の鳴るは　わしを殿かとおもはせる

55 ▽「し」の韻を踏み「鹿」と「静か」を同化させて、静寂さを際立たせた。山仕事の帰路の侘しさを歌う。→七六。

56 一四 →五六。▽塩津から船出する男を偲ぶ歌か、あるいは旅人の望郷歌とも。「山がなけらに但馬が見よに」(『因伯民謡』臼摺唄)。

57 ▽西行の東国修行伝承の一齣。山部赤人以来の「田子の浦」の歌枕がよく似合う歌人西行を歌う。上方の流行歌。粋の懐六「富士の裾野」はほぼ同詞句。

58 一 奥琵琶湖塩津湾の東岸の山。→五六。▽色をひさぐ女の口吻がある。「舟」は女の比喩あるいは陰名とも。→山家鳥虫歌・五四。『俚謡集拾遺』京都・茶摘唄。

59 ▽「恋」「車」「恋の路」のとり合わせに新味。「恋と情と車に乗せて」(三廊盛衰記・よいやなぶし・四季)。

60 二 →四六。▽「しんく」に「辛苦」と新語の「真紅」を掛けるのは歌謡のはやり。潮来風「主とわたしは」で流行した。

61 三「百臼之図」異文一「浦人…横臼を作り、是を踞臼(ネマリウス)といひて、安座して米を舂ぬ」。
四 別れ歌の類型詞句。→七三。▽荻江節正本・恋文字道中双六・麦搗唄の下句「せめて千石屋の曲迄」。長岡甚句「ヤーヤ今宵もまた騙された　桜林にサアわし一人」(『高志路』昭和十五年六月)。

62 五・六 加治川沿いの地名。▽惜別の歌。上句の陸歌と下句の海歌が交錯。本と末とは別の歌か(柳田本)。下句「いくら吹いても身に沁まぬ」(北蒲原郡のさつき唄、『高志路』昭和十五年九月)が自然。三国節「新保潮風三国は嵐　出村吹く風色の町」(『北国民謡の旅』)。

63 七 蓬は麻につれて真直ぐに伸びる意の諺「麻に連るる蓬」をもじった。→八一。▽「麻」に女の思いを、「蓬」に男の気持を喩えた。

64 ▽換喩で、川船の船頭と土手を走る女とを恋物語の小景風に。『俚謡集』新潟県盆踊歌では、二人の掛合いが続く。

65 八 →四。▽男が小宿を訪ねて馴染ができることも(『綜合日本民俗語彙』コヤド)。相手にされぬ男をからかった。

71 一四おもひ三条の橋にも寐たが　笠をとられた川風に

72 一五明日(あす)はお立(た)ちかお余波(なごり)惜(をし)や　一六風の身(み)ならば吹(ふき)もどそ

73 春の野に出て若菜(わか)を摘(つめ)ば　雪はやさしやふりかゝる

74 盆も過(すぎ)れば十五夜も過(すぎ)た　露に離れたきり〳〵一七

75 こよひ逢(あふ)とは夢さかしらぬ　ほんに優曇華(うどんぐゑ)の花の縁

76 わしは一八御免梨子(ごめんなし)　親達は案山子(かかし)　殿さ烏でもぎにきやる

77 逢夜(あふ)短し　逢(あは)ぬ夜長し　一九心(こゝろ)からともおもはれず

78 ひとり山道(みち)たそがれ行(ゆけ)ば　谷で妻よぶ鹿の声

79 二〇熱海(アツミ)街道を夜明(あけ)て通れば　種ゝの音を出す山鳩が

80 おもひ〳〵て二一撓(タゴ)めて柳　はなす心がなによかろ

81 二二人の風俗(フリ)見て我(わが)ふりよなを(ほ)せ　二三麻の中なる蓬(よもぎ)見よ

82 二四桔梗(ききやう)の手ぬぐひを前歯でくはへて　二五立(たち)て居たげか裏口に

83 二六太夫興野(タヒブコウヤ)の裏(うら)山道(みち)の　二七藪(やぶ)に黄金(こがね)とは二八夏が事よ

66 九 →五一。▽「夢」での男の訪れに「現(うつゝ)」に戸を開けてしまった女心を「月に恥かし」にこめた。『俚謡集拾遺』茨城県潮来節古謡。

67 ▽水鏡の歌。大蔵流・靭猿「汲んだる清水で影見れば　我が身ながらもよい殿御よい殿御」。ここは恋の淵に沈む己を歌う。

68 一〇「来やりた」の促音便。「やる」は、軽い敬意を示す方言。▽忍び夫の来る気配を歌う。「枕の下で」が草深い民家を思わせる。菅江真澄「筆のまにまに」に採録。「松虫」「こほろぎ」等で各地に類歌。

69 一一 北越月令・五月五日「粽を結ぶことは青笹を用ひ」。山入りで噂になった男女の仲を喩えた。→二〇三。一二「笹」を承け「事実を曲げて」を掛ける。→二四。

70 一三 →一七。▽淋敷座之慰・忍び口説木遣「風も吹かぬに妻戸の鳴るは　禿出て見よ殿ではないか　殿じや御座りませぬ桁を走る鼠じや」を承けたもの。

71 一四「こよひ三条」(芙蓉文集・麦搗唄)の誤写か。▽梁塵秘抄・三四三「君が愛せし綾藺笠落ちにけり」の余響がある。

72 一五 →六一。一六「風のまゝなら吹きかやす」(『諸国童謡大全』加賀国雑謡)。▽伊勢道中唄「雨の十日も降ればよい」。

73 ▽古今集・春上・二一の歌謡化。「若菜摘む」に祝儀性。狂言歌謡・若菜「君を祝ゐて若菜摘」。類歌『木曾民謡集』祝唄。

74 一七「きり〴〵す」の誤写。▽盆踊りや十五夜の祭礼の賑いが過ぎたあとの虚脱感を歌う。下句「鉈の目釘がの(抜)けたやうだ」(北蒲原郡の踊歌、『高志路』昭和十六年二月)とも。

75 ▽思いがけぬ逢瀬の「今」の喜びを「優曇華の花の縁」にこめた。隆達節「優曇華の花今ばかり」に脈絡。延宝三年書写踊歌・きやらおどり。

76 一八 運上金免除の梨か(柳田本)。▽生活圏の景物を並べて比喩とした。男に好都合な詞句が臼の場の笑いを誘う。

77 一九 自分のせいばかりとも思えない、の意。▽寛文・延宝の頃からの江戸の流行歌。吉原はやり小歌惣まくり・新なげぶし、延宝三年書写踊歌・やよやぶし。

越呉（えちご）の国田殖宇多（たうゑうた）一

84 加次二のこちかたの　五十公嶺（イチミネ）のむかふの　小松ならびの　長良の土堤で　ならぬ梨子（なし）の木に　むだ花（ばな）さいて　人がとふ（う）たら　なるといへ

85 沖のとなかの三本杉に　鹿のねふした　そりやときやれ　それをとく事は　糸より安い　身すぎ仕兼（しかね）たそりやといた

おなじ国（くに）ぶり　くどき唄

86 新発田（シバタ）御領内の　戸頭組（とがしらぐみ）三の　名主助市の　高田の内の四　一枚田　二枚田　三枚田　四枚田　五枚目の三角田の五　一本真菰（ひともと〈カツボ〉）六に　しつかとくつついたる　小蝦（ツノガラ）七どのの願ひ事聞（きき）やれ　米が七八（シツ）八合に　銭が四五十ほしや　温海（あつみ）九湯治して　腰を延（ノ）そに　一〇なした小蝦（つのがら）どのの無理な事いやる　孫子（まごこ）伝はるその腰の延（ノ）るなら　わしも願（ねが）ひ事がござる　銭一一

---

78 ▽亖の類歌。上句、山仕事の帰路を思わせる。初句→山家鳥虫歌・四〇、『気仙沼地方童謡・民謡集』麦搗歌。

79 二〇 温海（あつみ）温泉（山形県西田川郡）へ通ずる街道。▽越後から湯治に出かけた道すがらの小景。→八六注。

80 二一 比喩で「女心を引きつけておいて」。▽急につれなくなった男心を嘆く。越志風俗部 歌曲「まつさかふし」。

81 二二 諺。二三 →六三。▽二つの諺を並べて、我が身を省みよ、真直ぐに生きよとの教訓歌。上句は延享五他類歌が多い。

82 二四 桔梗花色の染め。→六四。二五 越志風俗部 歌曲「居たけが」。▽人目を忍び逢瀬を楽しんだ往時を回想する歌。

83 二六 新潟県北蒲原郡聖籠町の地名。二七「掃溜めに鶴」の意に同じ。二八 美女の名。▽鄙には稀な美女を讃える歌。「太夫興野の七十郎のお夏　器量は一番姿は柳」（北蒲原郡臼挽歌、『高志路』昭和十五年十月）。

一 八四は、類歌が『俚謡集』新潟県に盆踊歌とあり、古老の記憶でも踊歌（『高志路』昭和二十八年十月）。柳田本は口説きの一節かとする。八五も『俚謡集』に「口説歌」。両歌が、田植歌であったかは定かではない。

84 二 加次以下、小松、長良に「村名」の傍書がある。五十公嶺もふくめてすべて加治川流域の当時の村。▽松の葉一・裏組「なよし」他「ならぬ梨の木」の歌は各地に分布。ここは「なるといへ」と男女の仲が成ることを呪的に歌うのが主意。「お前とわしは梨の花　なるはなし　ならぬは梨のむだばな」（『俚謡集』山梨県南巨摩郡臼挽歌）。郷土の地名尽しの詞句の後に「ならぬ梨」の類型歌が結びついた形。

85 ▽謎かけの問答歌。「三本杉に鹿のねふした」を「身すぎ（三杉）仕兼ねた（鹿寝た）」と解いたもの。俚言集覧「身過世過　俗に三本杉四本杉といふも是也」とあるほどの、地口を楽しむ背景があった。「田植歌」よりも宴席の口説歌とする方が自然。→注一。菅江真澄の編集に紛れがあったか。

86 三 村組の名で後の戸頭村、現白根市の大字の地。四 山地の田で、一枚、二枚と階段状につくられた。五 五面並んだ端の三角形の田。六 カツボは方言。ここまで、一・

が七八文　米が四五合ほしや　蚯蚓(ハシ)[一二]も　湯治して　目を明(アケ)よ

同国風俗(おなじくにぶり)　佐委左以(さいさい)[一三]ぶし

87 朔日(ついたち)[一四]　十五日　廿八日　桶[一五]ごしがんがと投(なげ)て破(コワ)[一六]してたもるなや　スットコサイ〳〵　ナメトコスンバイ　滑処(ナメトコ)[一七]は、すはひ[一八]桃の実の名所たるよし。

〈桶ごしは、唯、桶といふ詞なり。みちのくにも此(この)こと葉ところ〴〵に聞えたり。〉

88 己(ヲ)[一九]らが隣の千太が　商ひするとて　煎餅焼餅(せんべいやきもち)　[二〇]一文落雁(らくがん)ちゝ[二一]でこしらへた一文人形(テンヅシ)[二二]　何で過(すぎ)[二三]るとの異見をいへば　やちや〳〵　やかましねへちや　はまりがくも[二四]　おきやがり小法師(こぼうし)で　なんで　すぎるとも　かまひやるなや　母(ヤングリ)[二五]のぐり〳〵子(こ)　生得[二六]くり子(こ)が　がつ[二七]かゞ　でく〳〵[二八]しいなァやァ

右、をりとして酒宴などを催してうたふ。

二・三・四・五枚、三角、一本と数字遊びがある。七 ツノガラは方言。八 ここから「腰を延そに」まで小蝦の言葉。九 農閑期に越後から温海温泉(→七九注)へ湯治に出かけた背景がある。一〇 ここから最後まで蚯蚓の言葉。一一 小蝦の用いた数字と同じだが銭と米が逆、ここにも数字遊び。一二 ハシは蚯蚓の方言ではなく「私」の意のワシ(柳田本)。三〇は「早稲」にハセの振り仮名を付す。▽座頭の座敷芸。湯治場での田植休みの村人を「小蝦」に託して「腰を延す」よう労をねぎらい、盲人である自らを「蚯蚓」に託して「ワシも目を明けよ」と語ったもの。柳田本は「蝦蚯蚓問答」型の話とし「なした小蝦どの」の前に「蚯蚓がこれを聴いて曰く」という言葉があるべき、とする。北蒲原郡岡方村「くどき唄」(『高志路』昭和十五年六月)など同型の「口説歌」にはその言葉がある。柳田の洞察力が思われる。『東北民謡集 山形県』飴売節・最上口説ほかに類歌。

一三 八七の囃し詞「サイ〳〵」による。酒宴の騒ぎ歌。→八六左注。

87 一四 守貞謾稿二十四「朔日、十五日、廿八日これを三日と云。さんじつと訓じ式日とも云」。将軍家、幕府の祝い日が民間にまで広がった。「さした盃なぜ手に取らぬ　朔日　一五日　二八日　おみきあがらぬ神もない」(『津軽口碑集』よされ節)。一五 頭書参照。一六 コワしての転訛コウ(フ)して。一七 新潟市名目所。一八 つばいもも(椿桃)の異名。ズバイモモ、ズンバイモモ。浜荻「つんばいもゝ　海石榴(ツバキ)の子(ミ)に似たる故なるべし。づばいもゝ」。▽三日(さんじつ)の酒宴での騒ぎ歌。詞の意味よりも詞句のリズムと囃し詞の弾む調子の面白さを楽しむのが主意。トコ・サイ・バイの同音、合韻のほか地名のナメトコ、特産のズンバイ桃を歌いこむ。囃し詞も「ナメトコズンバイ」と歌ったか。

88 一九 歌の主人公へ親しみをこめた。「おらが隣の千松公」(岩手県遠野「田植踊歌」)の類。二〇 安っぽいものをさす接頭語的用法。二一「ちゝ」に「土」の傍書がある。土人形は素材が土なので安価だった。二二 奥州仙台ことばいろは寄(猪苗代兼郁)「てんずし　人形の事」。二三 どのように生業を立てるのか、の意か。二四 未詳。二五 ヤングリは未詳、「母」につ

出羽の国荘内搗臼(つきうす)唄　或磨臼(ウスヒキ)或摺臼(スルス)唄

89 加茂で蕾(つぼ)んで逆田(さかた)でひらく　とかく酒田は花どころ

90 恋しさに浜の渚(なぎさ)一　さ出て見れば　船のとも綱杙(カシ)のあと

〈杙(カシ)とは、舳綱むやひなどにうちたる杭也。トモカシ、或、ツクシなどいふもの也。そのカシの有(あり)つる跡を見て、うちなげく女のさまをうたふ。〉

91 中島の萱(かや)の刈(かり)かけ刈(かり)残し　亦も刈るとて来てあはふ(う)

92 大船の舳の櫓(やぐら)さ松植(うゑ)て二　松の嵐で船(ふね)はしる

93 三一(ひと)つひかへてその中見れば　黄金(こがね)花やら豊四にさく

94 佐渡の沢根(さはね)でたてたる柱五　すぐに直さず敦賀(つるが)まで

95 君にもらひし唐糸(からいと)六の手鞠(テマル)七　つけば心もうき来(きた)る

96 つゝじ椿(つばき)は野山を照(てら)す　殿の御船は灘(なだ)照らす

97 八まだら習(なら)ひか　九いよ水からか一〇　裙(すそ)を染(そめ)たよ花染(ぞ)めに

98 舟は出るとて笘(ノマ)一一を巻く　己(を)れは暇(いとま)の文(ふみ)をまく

く振り仮名は下の「がつか」とあるべきだったか(小林存)とも。二六 未詳。二七 母の意の方言。二八 未詳。「でく〱と」で「肥満した人の歩くさま」(『日本方言大辞典』)。▽歌意がとりにくい。安物の商いの品の列挙の調子、「何ですぎる」の問答のリズム、チャ・グリ・クリの同音の繰返しなどに酒宴の騒ぎ歌としての軽快な調子があった。

89 ▽讃め歌の類型。「〇〇で咲く花〇〇で蕾む(開く)」とも。末句「花どころ」の地名(ここは酒田)に力点。↓山家鳥虫歌・一三・一四。

90 一 場所、方向を示す方言。▽頭書参照。船出して帰らぬ男への思いが「杙の跡」にこもる。以下三首五七五七五の詞型が並ぶ。転用した同型の歌をまとめたか。ここは浜歌。

91 ▽もと草刈歌。わざと刈り残して、それを口実に「また逢おう」という誘い歌。草刈りが出会いの場でもあった。

92 二 船霊として祀る。▽もとは船歌。船の早さを、寿祝的に「松の嵐」に歌いこめた。尾張船歌拾遺「さつまぶし」。「きさらぎ」系御船歌(『俚謡集』島根県舟歌等)の一節にも。

93 三 宴席での祝歌の類型、下句に寿祝的な詞句。「ひかへて」は、酒を受けた盃を座の前に置くこと。四「豊」の左右に「とろ」「十重」の傍書。詞句の揺れを併記。↓一〇三。▽盃を受けた側が勧酒の主を讃めて祝ったもの。↓一七九。菅江真澄「しげき山本」に採録、二句「その影見れば」。

94 五 帆柱。船霊を祀ったか。▽「是を直さで大阪まで」(北越月令「盆踊の唱歌べざいしゆ」)。船歌で、目的地までの航海の無事を祈ったもの。

95 六 唐土舶来の良質の絹糸。「唐糸の真糸」(田植草紙・一三三)。七 テマリの転訛。▽贈物を喜ぶ「君(様)にもらひし(ふた)…」の類型。↓一〇、山家鳥虫歌・九一。諸藩の御船歌にも類歌。

96 ▽「つつじ椿は××照らす、〇〇は××照らす」の類型詞句。〇〇が讃美の対象。本来「殿」は宴席で船主等を讃めたもの。伊豆大島、七島辺の祝歌に「様の千船は」。種子島では島主の讃美に転じている(『俚謡集』鹿児島県熊毛郡「じよ

〈此(この)あたりの浦人らは、苫(トマ)をなべて、苫(ノマ)といひけり。〉

99 銀の小枕[一二]長崎(ながさき)[一三]かもじ　入(いれ)てゆはして振(ふ)りを見る

おなじ国飽田(あきた)ぶり　同上

100 海[一四]の深(ふか)さを千鳥(ちどり)にとへば　わしはうき鳥浪[一五]にとへ

101 この山のほなとしどけ[一六]がものいはば　おさこ[一七]居たかと聞(きく)べもの

〈保菜(ホナ)も、しどけも、みな草の名なり。是を青ものとて、春の末、夏のはじめに採(とり)て、茹(ひたしもの)としてもはらくらふ。〉

102 朝の出がけに山(やま)〳〵見れば　霧(キリ)[一八]のかゝらぬ山もなし

103 里の鶯梅をばわすれ　となり屋敷(やしき)の桃の枝(えだ)

104 葭(よし)[一九]を束(タバ)ねてつくやうな雨に　通ひ来るのがにくかろか

105 比内(ひない)[二〇]河原に瀬[二一]は二筋を　おもひきる瀬(せ)ときらぬ瀬と

106 いわだらや[二二]　いはでしほでのしほ〳〵と[二三]　せめて一夜を草枕[二四]

〈いはだらは、赤升麻、しほでは、牛尾菜也。此しほでの、茎を折(をれ)ば塩気あり。しほ出のことばたり。これも、採りくらふ也。〉

や」)。原型は、おどり「ばんじ」。延享五に小姓衆讃美の類歌、宝暦年間には中国地方の田植歌(中野有久本田植歌集)にも。

97 八「まだら節」をさす。「晴れ着」の方言も(『日本方言大辞典』)。九 掛声。一〇 水に縁があるからか、の意か。▽座興のひやかし歌。祝いのまだら節にちなんでか、水に縁のある暮らしであるからか、娘たちは晴着に花染めの斑の裾模様を着ているよ、の意か。

98 一一 頭書参照。ノマは方言。苫はトマの国字で、真澄は双方混用している。→六四。出航時に船に覆ってあるトマを巻く。▽船で旅立つ男への別れ歌。トマ・イトマの同音で成り立つ面白さが方言のノマでは効果が薄くなった。

99 一二 髷を高くするため髢(かもじ)の根につけて自髪と結合する結髪具。一三 長崎製の髢か。→二八〇。「よめさまのひきてものにハ　長崎かもちが七さけ」(常州茨城田植歌・美濃国)ともあり貴重なものだった。▽女の髪を最高の結髪具で結わせてみたいという男の思いを歌う。「銀の小枕長崎根添へ」(『対馬民謡集』抒情の類)。

100 一四 男女の思いの深さを暗示。一五 波の上で過ごす男たちと、遊女の境遇、いずれの暗示とも。▽沖乗衆と湊の女との別れの歌。かぶき草紙「おきのかもめにものとへばわれは水とりなみにとへ」が原型。延享五「おれは立つ鳥」は船出する男の思いを歌う。ソーラン節「沖の鷗に汐時聞けば」に脈絡を継ぐ。

101 一六 頭書参照。山菜のボウナとモミジガサの方言。一七 この地方の若い娘の一般的な名前。▽山入りで、思う女の所在を確かめたい思いを歌う。詞型五七五七五は一〇六と同型の、この地方の山歌。菅江真澄「小野のふるさと」に結句「このしほでこへ」を添えて採録、現行「ひでこ節」系の囃子詞「コノシヨンデコエー」の原型がうかがえる。

102 一八「霧」の左に「モヤ」の傍書。詞句の揺れを併記。→九三。▽諺「朝霧は晴れ」の類が全国に分布、朝霧・朝曇りをその日が晴れる予兆として農事を予祝する習わしが背景にある。→田植草紙・二。各地の草刈歌、馬子歌等に類歌。真澄「小野のふるさと」に採録。

107 前の柴垣薄(うすう)してけやれ[一]　おもふ姉(あね)[二]やた見通(とほ)すよに

108 酒はよいもの気をなぐさめて　飲(のめ)ば[三]あかしの色に出る

109 [四]臼の回(まは)るよに姉(あね)[五]やたまはらば[六]　なして親方に[七]損(そん)かけよ

〈親方とは、家のぬしをいふ也。仙台にては兄をこそいひつれ。〉

110 [八]雨あられ風もたまらぬあばら屋に　君と寐る夜は憂(う)さしらぬ

おなじ国(くに)ぶり　久保田[九]のかうろぎ唄[一〇]

[一一]吹上沢といふ処より来る、女の乞食(かたゐ)ら、木の皮の仮面などかけ、鮑貝の鳴子を、杖として、是をほうしにつきて、睦(む)[一二]月(つき)の祝(いは)ひに、田歌をうたふ、振(ふ)りことにおもしろし。

〈[一三]阿倍家の家士、世の乱を避(さけ)て山陰にのがれたる、その妻子(め)ども世渡るたづきもしらず、夜る〳〵しのび出(いで)てものこひしが、いつとなう乞食(かたゐ)となりて、その末住める方へ行(ゆく)に、唐橋或いふ伽羅橋とて、いにしへ沈水香をもて作りしといひつたふ。香の木なれば、俚人香炉木といふ。此橋の名をもて乞食(かたゐ)の名ともはらよべり。尾張の国名古屋の乞食(かたゐ)をさしてげ[一四]

103 ▽一首が比喩。身近な若い女へ心移りした男への恨み歌。「浮気鶯梅をばよそに　泊りあるきの桃桜」(『二葉松』どゝいつぶし)が近世末江戸で流行。『吉備民謡集』雑謡等。

104 一九「篠つく雨」というのに同じ。▽宗安小歌集「篠を束ねつくがやうなあめに　夜々濡れて誰がおりやれとの」は男の思いだが、ここは女の思い。潮来風「篠を束ねてつくよな雨に　濡れて来たのに帰さりよか」の流行が背景にある。

105 二〇 北秋田郡比内の辺を流れる米代川上流。二一 恋の行方、あるいはその境となる「時」の比喩。▽恋の技術を知っている遊里の女の口吻を伝える。上方の流行歌の詞句が地方の歌に用いられて流布。落葉集二・男道成寺蚊屋之段「思ひ切る瀬と切らぬ瀬の　中に流るゝ妹背川」。浮れ草・名古家節「宮の神戸(どど)に二瀬がござる」。→三六。

106 二二 頭書参照。二三 言はでの意。二四「いわだら・しほで」の縁で「草枕」、仮初の共寝でも、の意。▽初句から「しほ〳〵と」まで尻取り式の合韻のリズム。思いも告げずうちしおれているばかり、の意がこもる。→一〇一注。

107 一 くれやれの意の方言。二「た」は「達」、複数を示す。▽思う女を垣越しに覗き見る「垣間見」の歌。ここは庭で仕事をする女たちを覗く。糸竹初心集「柴垣」の流行が背景に。

108 三「赤し」と「証(あかし)」を掛ける。▽讃酒歌・祝歌。酒造・酒屋・酒盛など酒にちなむ歌として各地に分布。延享五「酒のさの字の酒屋のさの字　飲んで明かしの色に出る」。

109 四 臼歌の類型詞句、「臼が廻るやうに仕事がまわりや」(『日本民謡全集』相模国臼引唄)。五 →注二。六 まめに働く意の方言。七 頭書参照。▽よく臼を回して働いたならどうして家の主に損などかけるものか、の意。「回る」を繰返して臼の場の仕事に弾みをつけたもの。

110 八 日葡辞書「アバラニシテアメカゼタマラヌ」(「荒(バア)らな」の項)。▽上句は「あばら屋に住むとても」の仮想であり、「君と寐る夜」の強い願望。地方民謡の口吻ではない。「憂さ」は松の葉等に頻出の語、上方の流行歌が流入したもの。

九 出羽国秋田郡の佐竹氏の城下町。現秋田市。一〇 傍注参照。

んかいといふ。げんかいとはその近(ちか)となりの御寺を円行寺といふ、その寺の開山を元海阿闍利といひ、その名高う聞えしが、そこにすむ乞食の名ともはらいふもあやし。かうろぎと橋(はし)の名をいひ渡りてさへ年久し。〉

111 それはめでたや　御坐[一五]見れば　黄金(こがね)[一六]の銚子　七[一七]銚子　御祝(いはひ)[一八]がしげければ　おつぼ[一九]の松がそよめく　[二〇]みちのくぶりにやゝ似たり。

112 苗の中のうぐひす[二一]　何をなにと囀(さへづ)る　銭蔵(ぜにぐら)[二二]　金蔵(かねぐら)　黄金蔵(こがねぐら)　秋田繁昌とさへづる

113 今日(けふ)[二三]の田の　田主(ぬし)は　果報な人とうち見ろ　たわら千俵(は)に腰(こし)かけて　黄金(こがね)[二四]の養歯(やうじ)[二五]をくはへけり

114 苗もよいば代(しろ)[二六]もよい　植(うゑ)[二七]てさがれや小しうとめ[二八]ども　笠も手縢(コテ)[二九]もいりもせず　はやく世[三〇]をとり嫁(よめ)になりたや

おなじ国(くに)ぶり　阿仁(あに)[三一]　小阿仁　大股　小派(コマタ)　鳥追[三二]

正月十五日、或十六日唄、亦大同小異せり。

115 朝鳥もほい〳〵　よん鳥もほい〳〵　長者殿の囲地(かくち)[三三]には　鳥もない[三四]

「かうろぎ」と呼ばれた「女の乞食ら」の歌う歌。一一 菅江真澄「無題雑葉集」(仮題)にここの叙述を思わせる図絵がある。二人の女が面を被り、一人は鮑貝の鳴子のついた杖をつき、片方の乳房も露わに赤児を背負う異様な物乞い姿に描かれている。一四の書入れがあり、「かくうたふかうろぎは吹上沢といふ一村より出るかたゐなり」とある。一二 小正月に門付して寿ぎの田歌を歌い歩くことをいう。一三 真澄「水の面影」に、秋田家落人の阿倍家の家士が乞食となった伝承を記す。一四 前注の書に「玄海法印は、駿河町の肆に在る円行寺の開祖」とある。真澄は名古屋駿河町に居住していたことがあり(井上隆明)、「げんかい」と呼ばれた「かうろぎ」の物乞い姿を見てかつて近くに住んでいた「げんかい」と呼ばれた乞食を思い出したのである。注一一の図絵と併せて、「かうろぎ」への真澄の関心の深さを思わせる叙述である。▽真澄の久保田居住は文化八年夏以降で、この「かうろぎ唄」はその折に補充されたものか(内田武志)。

111 一五 家の主の坐を讃めた。一六 「銚子」は酒を杯につぐ長い柄のついた器。「挑」は宛字。「黄金(白銀)の銚子」は田の神や田主に酒を参らせる時に用いられる寿詞。ここは家の主への祝意がこもる。一七 「七」の数字は一九七「蔵七ッ」など富裕の象徴。一八 以下は「御祝(ごいはひ)」として独立して歌われることが多く、主として旧南部領の各地に分布。五五七四の詞型は古態を伝える。一九 庭。二〇 南部で歌われる「御祝」をいう。▽門付のはじめに、訪れた家と主とを讃め寿ぐ歌を歌い、続けて以下の三首の寿祝的な田歌を歌う。

112 二一 鶯は勧農の鳥。ここは、鳴き声を富裕な長者への予祝の囀りとして聞きなしたもの。二二 以下は長者像の具体的表現。「銭蔵(ぜにぐら)銀蔵(かねぐら)は渡して…小判蔵一つ」(日本永代蔵三)。「銭」を富裕の象徴として歌うのは、三・三六等にも。↓田植草紙・三。▽玉勝間・みちのくの田うゑ歌「苗の中の鶯は　世をば何とさへづる　蔵桝に十かきそへて　おくら済ムとさへづる」等、類歌は各地に分布。→一五二注。

113 二三 結(ゆい)などの共同作業の田植を思わせる。「今日の」と当日の田主を讃める。田主→一注。二四 →一注。二五 「楊子」で、ここは総楊子(ふさようじ)、もと仏家の具。伊達な風粧とし

ちやおさる子 能代(のしろ)[一]のおかん子[二] 鳥ぼつてたもれ 何鳥ぼつて
すゞみやか[三] すゞみ 荒駒(あら)[四]に鞍(くら)おいて じやほれ〱[五] 稲こく鳥[六]は
頭割(わつ)[七]て しほをせて[八] しよだらへぶちこんで[九] 佐渡が島(しま)さ[一〇] ぼいあ
げれ〱 今年(ことし)[一一]の世中[一二] よい世中(よなか) 升はおいて箕(み)ではかる
むかしは、のしじよのおかんことうたひしかど、近き世には、能代のお[一三]
かむこと唄ふよし、古老のいへり。

亀甲山古四王の社の神楽唄[一四]

116 神世より三種(みくさ)のたから伝(つたは)りて 豊葦原(とよあしはら)のあるじとぞなる

117 将軍[一五]の唐石段(からいし)に腰(こし)をかけ 参る衆生(しゆじやう)をまもりつるため

おなじ国(くに)ぶり 秋田郡の讃引[一六]

七月唄之[一七]。秋田のかりねに精し[一八]。
「うまずめ[一九]、八橋、小萩、七ッ子、借り物返し」などいと多し。

て貴族らも用いるようになった。ここは田主の伊達ぶりを示す。▽「俵千俵」と「黄金の楊子」で富裕な長者の田主像を幻想し寿祝したもの。→二六三、田植草紙・三〇。

114 二六「よければ」の方言。二七 後ずさりしながら植えたことを示す。二八「小早乙女(こしよとめ)」の転訛。柳田本「小姑」。この句までが独立した詞章だったもの。同型の独立章の歌は多い。以下は別の歌が結びついて唱和の形となった。二九 手甲の方言コテ。三〇 一家の主婦となること。▽後段は「植れ〱早乙女 笠とたすきを買てやろ 笠もたすきも入申さぬ 婿とり嫁に成りたや」(秋田領風俗問状答)の後段をふまえており、この地方独自の歌を形成した。狂言歌謡・田植参照。

「からろぎ」の図絵に本歌の書入れ。→注一一。

三一 以下北秋田郡阿仁地方全域を示す。三二 傍注参照。田畑の害鳥を追い払い豊作を願う小正月の行事。鳥追歌を歌う。

115 三三 家の裏手をいう方言。「津軽、南部などに、家尻(やじり)をかくちといふ。囲地と書也」(真澄「かたゐ袋」)。三四 類歌「ないちやおざる」。鳴いている意か。「おさる子」は下の「おかん子」に語調を合わせたものか。

一 苗代の転訛。伝承過程で「能代」と結びついたもの。「苗代田(のしろだ)のおんばさ鳥逐うてくんさいせ」(『日本民謡全集』能登国鳥逐歌)。二「お神子」で、巫女、あるいはそれに類した女が鳥追の詞を唱えていたことの余響。三 スズメの転訛。「何鳥ぼってすゞめやのすずみ」(『秋田県政振興論』所収)。四 鳥を追い立ておどすさま。五 追い払う掛声。六「稲コ食ウ」の転訛。七 以下「ぼいあげれ」まで害鳥への制裁の詞句。八 類歌「塩せて」「塩つけて」。九「塩」と傍書。「塩俵」のこと。一〇 遠隔の島への追放を歌う。一一 以下終りまで害鳥放逐の後の豊作を予祝する詞。一二 作柄をいう。一三 伝承過程の揺れを伝えるもの。▽菅江真澄「氷魚のむらぎみ」に採録されている能代大裡田(おおだち)の鳥追歌に酷似している。阿仁地方の鳥追歌には本歌の型の伝承がない(本城屋勝)という。本歌は大裡田の鳥追歌を写

118 岩に〔二〇〕生(おひ)たる姫小松　せめては小松苔(こけ)たよる　われはみなし子ひとりもの　岩にはひ藤たよりない　父のゆづりの〔二一〕素小太刀(しら(こ)だ(ち))　恋しきときはぬいて見る　母のかたみの玉手箱　恋しきときは明(あけ)て見る　略〔二二〕

おなじ郡ぶり　地蔵尊

童女うちむれて七月唄ふ。是もあきたのかりねに記しぬ。

119 てんでに花籠肩(かた)にかけ　花をつめとやどれ〳〵や　桔梗〔二三〕　苅萱(かるかや)　女郎花(をみなへし)　色(いろ)よき花をば摘(つ)み花に　〔二四〕めんづごんづの鬼どもが　つみたる花をばかきちらし　略〔二五〕

おなじ国(くに)ぶり　鹿踊〔二六〕

120 まはれやまはれ水車　〔二七〕ほそくまはれやせきとめる

121 唐傘(からかさ)のしめる轆轤(ろくろ)に駒つなぎ　おしつおされつ駒(こま)の折(を)り膝(ひざ)

〔二八〕牝鹿狂(メジシグルヒ)といふ曲あり、唄に

した可能性を思わせる。真澄の編集の紛れか。

一四 秋田市寺内にある神社。四道将軍大彦命が武甕槌命(たけみかづちのみこと)を祀り、後に征夷大将軍阿部比羅夫が大彦命を合祀して越王(古四王)と称したとされる。

116 ▽天孫降臨神話を歌う。秋田県保呂羽山付近の湯立神楽、隠岐神楽の前座七座等の多くの演目で神歌に用いる。神歌は短歌調が多い。→三三以下。

117 一五 祭神の所伝を承けた。→注一四。▽神仏習合を反映しており、祭神「将軍」の神徳・仏性を讃えた。古四王社独自の歌。

一六 念仏踊で和讃を歌う演目をいうか。花巻市宮野目葛の大念仏で演ぜられる「サンシキ」が「讃引」かという(森口多里)。そこでは傍注にある「七ッ子」が歌われる。一七 盆に歌うこと。一八 現存の同名の日記とは別の未発見本。一九 以下は和讃の曲名を列挙。本歌は「七ッ子」の一部。

118 二〇 父母を亡くした七ッ子の寂しさを「姫小松」「はひ藤」に託す。二一 以下父母の形見を対句で歌う。二二 類歌では、以下に形見に依っても父母の姿が見えぬことを嘆く。▽岩手県紫波郡都南村永井の大念仏けんばい「七つこさん」等各地の念仏踊に類歌。

119 二三 「盆花を呼て花は桔梗刈萱女郎花にかぎる。他の花はまじへず」(閭里歳時記)。この三種の花の取合わせは類型。二四 地獄の獄卒馬頭牛頭(めずごず)から転じて、何もかも区別なく寄り集まる意の方言。二五 以下に、賽の河原が歌われているか。▽「をさなきこどもの戯れに　花の山へとかけのぼり　色よき花を折りて取る　色よき花はなになるぞ…桔梗刈萱おみなへし」(三重県一志郡松ヶ崎精霊踊・賽の河原)などの地蔵和讃の類。ここは童女が歌う。各地の手鞠歌・子守歌「花折り(摘み)に」に脈絡。

二六 秋田の鹿踊歌。真澄「月の出羽路 仙北郡」の図絵に三匹の鹿(しし)が描かれ「七月田舎楽(イナカアソビ)に、鹿踊(シヽヲドリ)てふ事、いではみちのくことに多し」とある。

120 二七 類歌の多くが「遅く」、ここは転訛。▽「廻れ」の詞句が踊の振を促した。労作歌が鹿踊歌に転用されたもの。

122 なんぼたづねても　見つけられない　一もと芒(すゝき)の陰に居たもの

123 青山で　松をそだてて見るとせば　松は吉野(よし)の女蘿(つた)にからまる[一]

おなじ国ぶり　秋田山唄

124 嶽(だけ)の松は　なしてこれまでながれ来た　どこでそだつも縁だもの

125 さら〳〵へ[二]　ながれ小川の底(そこ)見れば　石も真砂(まなご)も　みな金(かね)だ

126 来たときは　下におかずともてはやす　いまは日蔭(かげ)のにがところ[三]

陸奥　宮城　牡鹿あたりの麦搗(カツ)唄

127 さて又よんべの浅葱(あさぎ)染め[四]　あひが足らぬで[五]こくあんじる[六]

128 君さまは　近くであらば　お茶でもあげ〳〵話(かた)るべが　山川へだてて遠いほどに

129 忍び夫(づま)　来るかと待(まち)たなぜこない　戸もたてず　たらひの水もこぼさずに

121 ▽上句の意味がとりにくい。結句「駒の折り膝」は類歌に共通。「折膝」が踊の所作に通ずるので用いたもの。

[二六] 鹿踊の曲名。「雌鹿隠し」とも。姿を隠した雌鹿を複数の雄鹿が争って尋ね探す激しい踊で、各地の鹿踊の主要な演目。

122 ▽類歌は「一むら芒」が多い。「一もと芒」には象徴性がある。柳田本に「祭に顕るゝ神のまぼろしを見るための目標」という。愛媛県宇和島八ツ鹿踊「何ぼ尋ねても居らばこそ　一本すゝきの蔭に居るもの」(『日本歌謡集成』十二)が本歌に近い。

123 [一] 類歌はつたを主語とするのが多い。木や草につる草がまつわることを歌うのは、男女の情念の比喩。▽「からまる」は「雌鹿狂ひ」の恋物語の踊に沿った詞句。→三五。

124 ▽立木が流木となったことの「縁」を歌う。「水故に　奥のくれ木が流れ来て　今は吉野の下づまの橋／下づまの橋にかかるも縁でこそ…」(「飯能地方の歌謡の調査」二・宮参り)。淵源に今様「もろこし唐なる笛竹は　いかでか此処まで揺られ来し」。

125 [二] 類歌「さら〳〵と」。▽御用薪を筏に編んで流送した時の歌と伝える。現行秋田県民謡の山唄、ひでこ節、筏節、春秋の唄等に遺る。祝歌にも。下句に祝儀性がこもる。

126 [三] 所と野老(ところ)を掛ける。▽嫁の境遇の変化を歌う。以上三首の詞型は五七五七五、秋田県で労作歌に多い(小峰秀夫)。

127 [四] 緑がかった薄い藍色の染め。訪れた男を暗示する。[五]「藍」と「逢ひ」を掛ける。[六] 深くの意。浅葱の「浅」と対比。▽藍染めの作業を案じる思いに掛けて、男との満ち足りぬ出会いを歌う。「浅葱(黄)染」を恋歌に用いるのは類型。延享五「おれは浅黄の一しほ染よ　濡れて通へどあい足らぬ」。

128 ▽「お茶でもあげ〳〵語るべが」の土地言葉に男と親しく語り合いたい思いがこもる。菅江真澄「かたゐ袋」に三一とともに「南部仙台のさかひにて、よねつく女のうたふ」として、同「筆のまにまに」に一元とともに「みちのくいさはぶり」として採録、末句「海河をへだてゝ」。

130 おもへば来たや廿や　五里　おもはずば　何(なに)しにこべや　二十五里
〈此あたりは、みな小径(コミチ)[七]の法(ノリ)にて、百五十町也。大[八]みちのりにして三里[九]に余るみちを、ひと夜に来しといふ。〉

131 宵(よひ)に来てや　夜中に戻すはむぞけれど[一〇]　なじよにしべや[一一]　当座の縁[一二]とむすばれた

132 忍(しの)び夫(づま)　来たとはしらず戸をたてた　おいとしや　軒端(ば)の露にうたせた

133 南部殿(どの)は[一三]　弓箭(ゆみや)にまけて　牛にのる　牛(うし)[一四]も牛(うし)　鼻欠(はなか)[一五]け牛(うし)に木轡(きぐつわ)[一六]

134 忍(しの)び夫(づま)　南部の入り[一七]さへお茶売に　お茶の直(ね)[一八]は高かれ　旅籠(はたご)はやすかれ

135 忍び夫(づま)　枕がないとお腹立(はらだ)ち　何枕　互(たがひ)のお手をまくらに

136 川をへだてておせゝ[一九]をもてば　舟よ棹よ[二〇]が気にかゝる
〈おせゝとは、妹背とも、わが懸想(けそう)じける人をいふ。松前の、かんか、出羽(いでは)の国に、はなぐり[二一]といふがごとし。〉

129 ▽忍び夫を待つ思いを下句にこめる。以下忍び夫の歌が続く。臼の場に笑いを誘って仕事の辛さをまぎらせた。菅江真澄の採録。→一三八注。詞型は五七五反復型。東北地方の労作歌に多い。

130 ▽「二十五里」をくり返して、遠路はるばる逢いに来た思いを女に訴える。七 一般に東国で通用の六町一里(約六五四メートル)をいう。八 上方、西国で三十六町一里(約三・九キロメートル)。九 十六キロメートル余で四里余りが正しい。

131 一〇 無慙(むざん)の変化した「むぞう」の形容詞化。方言で、不憫、気の毒の意。一一 浜荻「なじよにしべい 何条也。どうしやう」。一二 その場の縁として。▽束の間の出会いだが、結局「結ばれた」ことを強めて笑いを誘った。「かたゐ袋」には一三八とともに「戯の一ふし」。同書では二句「夜中にかへるは」。→巷謡編・三九八。

132 ▽男を外に立たせておくのは懲らしめるため(閑吟集・二〇三等)が一般だが、ここはその逆で深い悔いを歌う。伊豆米搗唄「お前と知らで戸を閉てゝ」(『日本歌謡類聚』下)。秋田県「かまやせ節」に遺る。

133 一三 傍書「のトモ」。一四 底本「午」。一五 鼻縄も通せぬ牛。一六 金具であるべきものを木製の轡として揶揄した。▽近隣の殿様を笑い草としたもの。→三三〇。東北各地に遺る。

134 一七 奥の方、果て。「仙台にて奥の間をいりの間と云ふ」(『仙台方言考』)。一八 値。▽南部の奥まで行商に出かけた忍び夫を思う歌。夜間麦搗歌「おいら夫南部の果てに」(『岩手県史』民俗篇)。

135 ▽上句下句を掛け合いで歌ったか。臼の場の若い娘達には忍び夫を迎えるための教育にもなった。以上四首、結句四音。延享五「様と寝た夜は枕も入らぬ　互違いのお手枕」。

136 一九 情人。ここは男。頭書参照。二〇 船着場の人々の「舟よ棹よ」の声で、思う男が来たかと。▽近松・持統天皇歌軍法「いとし男と隔てて住めばの　鳥鳴くさへわしや気にかゝる」。→三三三。菅江真澄「はしわの若葉」に採録。
二一 物類称呼五「女色の事を…出羽の秋田にてはなぐりと云。江戸にていろと云」。

おなじ国(くに)ぶり　仙台[一]鹿踊[二]唱歌

137 太鼓(たいこ)の調(しら)[三]べをきりりとしめて　[四]編木(ささら)をとめそろ

138 曙に月の[五]出(いづ)べき山もなし　ひけや[六]夜客(ヤカク)も

139 [七]十七が枕の下(した)の玉手箱　あけて見たれば何もなし

140 [八]山達(やまたち)はいかなる日にか[九]生(うま)れ来て　をさなき鹿の声[一〇]ぞさはがす

141 [一一]てんじやうの岩がくづれて落(おつ)るとも　心しづかにあそべ[一二]友達

142 こゝは松山小松山　[一三]いでぬ月かな〱(いでぬ…)

おなじ国(くに)ぶり　胆沢(いさは)の郡衣川のこなたかなた祝言唄

143 [一四]さんさ時雨(しぐれ)と　[一五]萱野(かやの)の雨(あめ)は　音もせで来て降[一六]りかゝる

144 飲めや大黒　うたへやゑみす　いでて酌(しゃく)とれ[一七]をかの神

一 仙台風「ぼん踊一向なし。其かはりにしゝおどりといふものあり」。 二 一人立ちの鹿(しし)が多頭で踊る。

137 三 調べ緒のこと。太鼓の革面を締めたり緩めたりする締緒。 四 鹿の背に負う、紙片で飾られた割竹の幣。▽踊る前の緊張と統一をはかる歌。結句「ささら納めろ」等で踊りおさめに用いることが多い。各地の鹿踊に共通の歌。

138 五 類歌「入るべき」が多く、その方が意味が通る。 六 夜盗の意だが、類歌に「横雲」が多く、ここもその転訛。菅江真澄の宛漢字に無理がある。▽結句の「ひけや」が鹿の退出を促し、「引羽」歌となることが多い。「武蔵野は月の入るべき峰もなし尾花が末にかかる白雲」(続古今集・秋上・四二五)に近い歌が各地の鹿踊に遺る。ここもその崩れた形。

139 七 娘盛りをいう。▽下句「開けて見たよ恋の玉章」(岩手県江刺市梁川鹿踊)等、恋文を歌うことが多い。ここはその変型。伊勢神楽歌「かゝ見の御前の玉手箱あけてみるればにしきなるらん」に脈絡。

140 八 猟師。 九 類歌に「天下り」ともあり、ここもそれに近い。鹿の子との運命的な出会いを暗示。 一〇 類歌「胸をさわがす」「心さわがす」等。「をさなき鹿」の恐怖を表わす。▽鹿踊の演目「鉄砲踊」「案山子踊」に用いることが多い。一頭の鹿が撃たれ一同がこれを蘇らせるという物語を背景にする。

141 一一 天井。類歌「天竺」「万尺」「何尺」等。 一二 連れの鹿への呼びかけ。類歌「獅子ども」「吾が連れ」。▽「岩がくづれて落るとも」の詞句が鹿の「三人狂い」などの烈しい踊の振を促した。一七九頁注二六の図絵に本歌の二句目からの書入れがある。「落るとも」は古態。

142 一三 類歌「出る」「出ての」等。ここも「出づる」の転訛。打消しでは通じない。▽鹿踊の終盤に歌うことが多い。伊勢神楽歌「いや東山　小松かきわけ出る月　いや西へもやらん　ここも照さん」に近い歌が保呂羽山霜月神楽等各地の神歌に歌われる。ここはその崩れた形。

143 一四 初期は「さつさ」。「さんさ節」等の囃詞「さんさ」に同化したもの。 一五 先行類歌「萱屋(カヤ)の雨(霰)」。 一六 初期「ふり心」から現行「濡れかかる」へ移行する中継句。▽はじ

おなじ郡　西根山ぶり　いはひうた[一八]

[一九]此山里にて、嫁（ヨメ）をひめご、ともはらいひ、三十四十（ミソヨソ）斗（ばかり）なる女をなべて、ごんごひめご、といふ。里のならはしとて、楢の若菜を摘（つみ）とり、延（のば）したくはへて、ふところ紙のかはりとせり。祝ひの莚に連りては、この楢（なら）の葉に肴盛りて参らせ、酒しひぞしなど、[二〇]左に杯をとり、右の手に扇をひらきもて、小歌舞といふ事をせり、そのさう歌（か）に曰、

145 酒は諸白（もろはく）[二一]　お酌（さく）はお玉[二二]　お肴（さかな）[二三]には西根の池の鯉鮒（こひふな）[二四]　さしたき方（かた）[二五]はあまたなり　さしたき方は唯ひとり

とて、つと、ゆくりなうさしつ。その人のみて、又盃をもて、人にさすとき、しか唄ふ振（ふ）りことにふりたり。

陸奥国南部[二六]斯波稗貫和賀などの郡に在る[二七]米踏歌

〈[二八]早旦唄之〉

146 [二九]七（なゝ）つさがりの夜明方（よあけがた）　雉子（きじ）はほろゝたてそろ　十二の子をかい連（つれ）て

め上方で流行。はやり歌古今集・山椒太夫くどき「さつさ時雨のな　よいやさ　萱屋のあられよさ　音もせできて　ふり心ゑ」が原型。常盤津・三ツ人形、清元・土佐絵等により江戸で流行、浮れ草・下の関節等地方各地にも流布。祝儀歌では、北越月令・三月「弥彦の在にて百姓の祝ことにうたへるは、さんさしくれといふ唱歌」。仙台など東北地方の代表的祝歌。

144　一七 ウカノカミの転訛。倉稲魂（ウカノミタマ）（日本書紀・神代上）。稲の神。類歌「福の神」。▽祝歌として各地に分布。菅江真澄「かすむ駒形」に正月の酒宴で本と末とに分けて歌う。明和二年（一七六五）久保田の町踊り「さんさ踊」（国典類抄・土屋知虎日記）に用いる（井上隆明）。延享五「まいれ大黒歌をぞ恵比寿あいの酌取りや福の神」。→山家鳥虫歌・三。

一八 現岩手県胆沢郡金ヶ崎町辺。一九「はしわの若葉」「かたゐ袋」「百臼之図」「筆のまにまに」にもこの説明と本歌を収める。二〇 与論島のウキユヒアスビ、万葉集十六・三八〇七釆女の作法に類似。片手に盃、片手に呪物らしい物を持つのは相手を寿ぐ勧酒の所作で、愛の意思表示・賓客を歓待する形式（土橋寛）。

145　二一 麹、米ともに精白したものを用いた上等の清酒。二二 この地方に伝わる美女の名。「酒はもろはくお花は酌とり」（『諏訪北山民謡集』一・まり唄）等。二三 勧酒歌の添え句。「はしわの若葉」所収の本歌にはこの句がない。同書に「なによけん西根の池の鯉鮒」の単章の歌、『俚謡集』岩手県上閉伊郡ゆりゆり節の末尾に、「お肴には三島の池の鯉鮒」。二四 鯉の方言。二五「盃は一つ、さすべき方は数多」型の勧酒歌は、『俚謡集』広島県呉市漁人歌等各地に分布。▽盃を「ゆくりなう」さされた者が小歌舞を順次続けて「酒宴（サカモリ）」は「いとゞ酣（タケナハ）に」（「はしわの若葉」）なっていく。

二六 以下は岩手県の現郡名に同じ。二七 →一六四頁注九。ここは酒造のための米踏歌。早旦・朝飯後・昼飯後・晩及暮と時間によって歌の詞章を組み立てるのは、大量の米を搗くために多数の労力を組織して、作業を促進させるためのもの。田植草紙の配列に似る。酒造は、都市の専業化した酒屋以外の多くは、米の大量生産者（地主など）の兼業の形だったという（坂口謹一郎）。ここも地方の有力地主が主宰する酒造のため

雉子(きじ)はほろゝたてそろ

147 今朝(けさ)夜明し庭見れば　九十九羽のにはとりが　九十九様(やう)にさえづる

148 十七八の[一]今朝の役(やく)は何が役だ　お手水(てうづ)みづにお茶の水　九十九匹の駒の水　九十九疋に水をくれゝば　化粧するひまがない　馬屋の柵(マセ)にお手かけて　都がたをながめた

〈朝飯後唄〉

149 今朝夜明し御茶の水　こがね玉が九ッ　一ッをば宇賀(ウガ)[二]に参らせ　八ッで長者とよばれた

150 今朝(けさ)夜明し　お茶の水　咲(さい)たる花は何花　こがね花(はな)か　米(よね)花か　咲(さい)て長者と成りさふらふ

151 刺(さい)[三]鳥差(さ)しの聟でないか　歯朶(シダ)のなかをながめた　歯朶(しだ)[四]の中の鶯(うぐひす)　鳥(どり)　ゆふべなまで卵(たまご)だ　今朝見れば　羽(はね)が生(お)ひて　三日に十五里とばせた

152 十七八の化粧するは　どこのかげで化粧する　あかり障子をすいと立(たて)て　その中で化粧する

153 十七八が　かい連(つれ)て　桜山を通(とほ)たれば　さくら花は咲(さい)ても散る　顔

の米踏歌。『東北の民謡』青森県「米つきの唄」に一連の「酒屋米搗き」歌を伝える。「百臼之図」異文一に「あたゝら山の麓」「花巻」あたりの碓歌(フミウスウタ)、麦搗歌として、一四九・一五三・一五六・一六〇の書留あり。碓歌がこの米踏歌にあたる。

二八 早朝の歌。夜明けの詞章が並ぶ。

146 二九 午前四時過ぎ。夜明けを告げる象徴。→田植草紙・三三、巷謡編・三六一。▽「早旦」の仕事始めの歌。雉の声は「十二の子」(→二六三)にはその「多産」に重ねて豊穣を予祝する意がこもる。ここも米踏作業を寿祝的気分で歌いはやす。

147 ▽前歌の「雉子」から「にはとり」へ、時間の経過に合わせて歌ったもの。→田植草紙・三三・二四。以下「今朝」の歌が五首続く。「九十九」は数の多さをいう(→一四八・二四一)が、ここは富裕を象徴的にいったもの。「九十九様にさえづる」声に繁栄への寿祝性がこもる。『俚謡集』岩手県岩手郡田植踊歌「鎌倉の御所は、庭に九十九匹の鶏は、九十九いろとさやづり、御所に名所とさかえます」。

148 一 娘ざかりをいう。▽類歌は初句「ゆふべ迎へた花嫁御」が多く、ここの「十七八」も嫁入りしたばかりとみてよい。結句は、都からの嫁入りであることを思わせる。なれぬ土地での朝の水仕事の辛さに、馬柵に寄りかかって往時の幸せを思うのは、手鞠歌の型の一つ。ここは臼歌への転用。「九十九匹の駒」は、前歌の「九十九」を承けたもので富裕な長者像を示す。青森県「米つきの唄」に類歌。→一八三頁注二七。

149 二 →一四四「をかの神」。▽長者讃めの歌。ここは米踏を主宰する地主(→一八三頁注二七)への讃め歌。「こがね玉」は「鷹が巣をかけて　巣のうちを見入て見れば　こもち金が九つ」(玉勝間・みちのくの田うゑ歌)など「卵」が寿祝化されたもの。風流踊歌系の「今朝汲たるをちやの水　こ金の玉が九ツある　一ツは是の宝よ　八ツハ殿へ参らしよや」(伊予国北宇和郡津之浦・諫躍歌・鎌倉おどり)等に脈絡。前歌の「お茶の水」を承けた。「百臼之図」異文一に「こがね玉」として書留。

150 ▽前歌に続いて「お茶の水」を承けて、長者讃めの歌。「咲たる花は」以下、田主讃めの類型詞句。→三三六。

にかゝる小ざくら

154 十七八が　かいつれて　しらぬ里を通たれば　しらない者はしらないども　おぼえた同士はよろこぶ

155 十七八のさるかいもち　せばい小路の唐傘　おし上ておもちあれもてば殿がよろこぶ

156 向ヒの山の葛の葉　何を招く葛の葉　吹上て吹おろし　それを招く葛の葉

〈昼飯後唄〉

157 浜ばたに昼寐して　波に笠をとられた　笠も笠　四十八府の編笠うらめしや浪どの　よせて笠をとらせろ

158 鎌倉の御城の谷に　鳥と籠をわすれた　鳥ばかりも五貫五百　まして籠は八貫だ

159 やまと竹と　をなごの子は　育まいものそだてた　ゆるゆるとそだてておいて　しらぬ里の宝だ

160 日を見れば八ッにさがる　麦を見ればから麦　刈ると麦を七日搗てお手に豆が九ッ　九ッの豆を見れば　もたぬつまの恋しさ

151 三 以下「ながめた」まで、刺鳥差舞を舞う役の男の所作が投影。四 一三「苗の中のうぐひす」と同型、この方がより自然な、元の形。▽新しい生命の象徴として、鳥の巣立ちには、豊穣と繁栄への願望がこもる。→三六三、田植草紙・九・六五。

152 ▽以下四首「十七八」歌が続く。娘ざかりを歌う詞章で午前の作業に弾みをつけた。ここは女が物蔭で化粧をするさまに思いを馳せ、昼食の運び役への関心と期待感をこめる。「あかり障子」のかげ→田植草紙・一七。

153 ▽「十七八」の娘ざかりと花盛りの桜が映りあう。「百臼之図」異文一に「さくら山」として書留。『東北の民謡 岩手県の巻』「十七八を先に立てゝ桜山を越えれば　桜山の桜散りて顔にかゝる小桜」(岩手郡太田村地方田植踊)。

154 ▽一五三の替歌。「十七八がかいつれて…を通たれば」の型があった。「しらぬ里」(→一五九)に嫁いだ知人に会ったことを歌ったものか。若い娘たちの生活圏が思われる。

155 五 未詳。▽狭い小路を行く若い男女の相傘の景。→田植草紙・五四。「狭(せば)ひ小路(かうぢ)の傘(からかさ)指揚(さしあげ)て挘(そそ)ふ与(よ)」(阿蘇宮祭礼田歌)等中世末から「狭い小路」を歌う型があった。『俚謡集』広島県比波郡、山口県都濃郡、青森県三戸郡等各地の田植歌に広い伝播をもつ。「頗る隠微なる含蓄をもつ」歌(柳田本)とも。「唐傘」は「男陰の一称」(『陰名語彙』)。

156 六 クゾはこの地方の方言。▽日常見なれた「向ヒの山」の葛の葉が秋の強い山風を招く、とみたもの。米踏の季節を歌う。「葛の葉」の句の繰り返しが踏み臼のリズムに合った。「百臼之図」異文一に「葛の葉」として書留。

157 七 →七一。八 一三に同型の句。九「府」は編み目。編み目が四十八筋もある編笠。▽愛用の笠を波にとられた悔しさを歌う。「昼寝」の歌は「昼飯後」の時刻に合わせたもの。『俚謡集』千葉県田植歌「吉野山　昼寝して鳥籠わすれた」を「昼後」の歌とするのに同じ。大事なものを「とられた」「わすれた」と歌うのは昼飯後の眠気を払う機能も。→一五六。

158 ▽貴重な鳥籠を忘れた悔しさを歌う。前歌「笠をとられた」と同想。岩手県紫波郡田植踊歌(『田楽・風流一』)は本歌の後へ「十七八の寝肌よりも名残こよしい鳥籠」と続く。鳥

〈晩及暮唄〉

161 [一]七ッさがりの日暮れもと　寺の前を通(とほ)たれば　寺は神楽(かぐら)[二]があればこそ　大鼓　鉦(かね)の音がする　寺に神楽(かぐら)はなけれども　後生やためのご念(ねん)ぶち

162 搗上(つきあげ)の米を　白く[三]ついてあげ申せ　しろくついてあげ申せば　蔵(くら)の杜氏(とうじ)[四]がよろこぶ

同国南部　やらくろずり[五]

[六]正月十五日の夕、搗(つい)たる豆の皮と糠と糟、いはし、ひゝらぎ、松葉、炭、ゆづり葉とを笄に入(いれ)て、家の畔にまきありく。うぐろもち[七]、なが虫のまじなひともいへり。是を「ほが／＼」といふ処もありき。その辞、

163 豆の皮[八]ほん[九]がほが　銭[一〇]も金も飛(とん)で来る　泉酒[一一]が　涌(わく)やら　古(ふ)る酒の香がする　妾(ヲナメ)[一二]の殿かな

164 やれ　来るとんで来る　銭(ぜに)も金(かね)もとんで　くる　妾(おなめ)[一三]もちの殿(との)かな

籠を引立てるこの種の句を添える類型歌が各地に。初句は「鎌倉の御所」の転訛。→二三・二四。風流踊「鳥籠踊」等に脈絡。

159 一〇 日葡辞書「ユルユルト　ゴザレ　ゆっくりと、または、気楽にして居なさい」。 二 →一五。▽やまと竹と女の子は育てたくないもの、のびのびと育てあげても結局はよその里で重宝されるばかり、の意。主眼は娘を嫁に出す親の思い。

160 三 午後二時過ぎ。 三 殻のついたままの大麦。 四 七日間続けて搗くこと。「麦つく／＼と七日つく　七日めにヤー糸より細く身がやつれ」(『俚謡集』岩手県西磐井郡麦打唄)。 五 肉刺(めまめ)のこと。▽午後の時刻に合わせて歌ったもので、労働の辛さを「お手に豆が九ッ」にこめた。米踏に麦搗歌を用いたもの。もと物語歌の一部であったか。常州茨城田植歌・美濃国は、長者の娘がかどわかされ、売られて下女になる物語歌で、その中に「おた麦を七日ついてお手に豆が九ツ　九ツのまめをみれバおやのさとがこいしひ」(慶安二年奥書板本)がある。各地の手毬歌にも薄幸の娘の物語があり本歌と近似の歌が含まれる。浮れ草・麦搗歌、『俚謡集』山梨県南巨摩郡麦搗歌、『俚謡集拾遺』静岡県伊豆麦搗歌等各地に類歌。結句は類歌「親の在所が恋し」の変型で、ここは、夫をまだ持たぬ、麦搗く娘の思い。「百臼之図」異文一に「つま恋し」として書留あり、「刈ると麦を七つ舂て」。

161 一 午後四時過ぎ。 二 延年の楽、あるいは、山伏神楽などをいうか。→田植草紙・四三。▽「晩及暮唄」にふさわしい「七ッさがり」の歌を用いた。前段は偶然耳にした神楽の音を、後段は普段の寺で、神楽はなくとも念仏は何時でも聞こえる、と。主眼は後段で日常の信仰心がこもる。

162 三「白く」搗くのは良質の酒にするための条件(→一四五注)。 四 物類称呼 一「ろくしやく…酒製(さけつくる)事を司とるものをとうじと云は…」。▽これまでの一連の歌が、酒造のための米踏歌であったことを示すもの。ここはそのおさめ歌。酒蔵へ送って杜氏が喜ぶように、「白くついてあげ申せ」の句をくり返してめでたく歌いおさめた。

五 傍注参照。豊作と来福を願う小正月の予祝行事。やらく

南部沢内[一四]のさんさ[一五]踊

165 蘘荷(めうが)[一六]畑に生姜(せうが)を殖(うゑ)て サンサ[一七] みやうが[一八]せうがの訳(わけ)やしらぬ サンサ

166 さんさ踊らば品よくおどれ サンサ 秋が来(きた)らば嫁(よめ)にとろ サンサ

陸奥 気仙 本吉麦擣(カツ)唄

167 盛[一九]で鱈(たら)がとれろかし 奥浜[二〇]へ遣(や)りたくないぞ我妻(わがつま)を

168 すがら山[二一] 葦毛(あしげ)[二二]の駒の声がする わが夫(つま)の 高荷(たかに)[二三]をつけていま来(く)る

169 よべばくる よばねばこない堰(せき)の水 よばずともござれや 堰(せき)のほそ水

170 髪すぢを[二四] ひさごにまげて柄(え)を入(いれ)て ころも川 かへほすほど[二五]に己(お)らおもふ

171 はやぶさは きのふも通る又今朝も うれしなあわせ(は)てむずとくみたい

172 おまこ殿(どの)[二六] やれおまこ殿(どの) 晩に行(ゆく)べがどこに寐る ひがし枕(まくら)[二七]に窓の

ろ・やらくさ・ほがほが等とも。 六 真澄「津軽の奥」「すすきの出湯」では田植初めの所作に続けて行われる。同「津軽のつと」に図絵。 七 もぐら・蛇が出ないようにとの呪い。歌の末に「長虫は寄るな」(『俚謡集拾遺』秋田県北秋田郡・豆撒)とも。

163 八 本来は「豆の香」か(「民間伝承」五ノ四)。 九 香気を形容する語。下の「古る酒の香」とも対応する。 一〇 招福の呪言。「銭も金もとんで来い、福の神もとんで来い」(「津軽の奥」)。 一一 酒が湧く泉の伝承を踏まえる寿福的な句。「泰衡ノ館は…泉の御所ともいへる、そは泉酒とて豊酒の涌キたる事あり」(「かすむ駒形」)。同書の類歌「今年酒が涌やら、去年(ふる)酒の香がする」(注六の書にも採録)。 一二 「妾…奥ノ南部にておなめといふ」(物類称呼一)。ここは妾をもつことを富裕の象徴とみたか。→一六四。「馬こ持ちの殿かな、べココ(牛)持ちの殿かな」(『遠野物語』)とも。▽本来は前段、後段が独立した歌だが寿福来福の句を重ねて歌意を強めたもの。

164 一三 真澄「かたゐ袋」に「妾、みちのおくにて、おなめ、又おなめもち」。▽一六三前段が主となった形。「豆の皮ほんがほが」が初句か二句に入るのが通例(注六の書の類歌参照)。 一四 現岩手県和賀郡沢内村。 一五 歌の囃し詞「さんさ」からついた踊りの称。男色大鑑七ノ二「春の山道はさんさなど…踊ぶりおかしく」。岩手県下に盆踊として分布。

165 一六 「生姜畑に茗荷を植て 今年や子をとる男子とる」(淋敷座之慰・吉原しよくりしよ節)の流行歌をもじったもの。 一七 歌詞の途中にサンサが入るのは、糸竹初心集・菅笠節、松の葉二・源五衆等。 一八 「今年初めて粟の草とれば 粟とはこじやのわけ知らぬ」(『東北の民謡』青森県草取唄)に通ずる。▽しくじったことをはぐらかしたものか。

166 ▽さんさ踊を讃めたもの。類歌は初句「おどり踊らば」「じんく踊らば」、三句目「品のよいのを」。

167 一九 大船渡市盛町。→一七三。 二〇 一三四「南部の入り」参照。▽「盛」に「地名」と傍書。盛の近海で鱈が捕れるなら、夫を南部の奥浜へ行商にやらずにすむのに、の意。結句「我夫(わがつま)を」とあるべき。菅江真澄「津軽のつと」に「浦の乙女がうたふ」歌として、「筆のまにまに」に「南部のさかりぶし」とし

下(した)

173
一さだめるはごたん　いはふの　よこおつで　逢ふは　さかりの十日
町

四奥　気仙ぶり

五三十一言をうたふ。伊豆の国の田歌も三十一言をしか唄ふ。

174
綾里坂(レウリ)　九十九曲(まがり)　七曲　中のまがりで夜があけたとな

175
さえた夜を　闇(やみ)に成れとは罪ふかい　今宵(こよひ)ならずば明日(あす)の夜もある

176
此橋(この)をひとり渡れば中たるむ　しばしまちやれ八　さきの殿(との)さま

九奥　上川ぶり

北上川の古名也。いとふるき歌にや。

177
上川(かみかは)に花の林(はやし)があればこそ　一〇花の筏(いかだ)が流れ来る

て採録。「かた ゐ袋」にも。

168　二 所在未詳。類歌「志柄山」「やがら山」等。三 一般に、神の乗る馬として歌われる。亖 馬の荷物を高く積むこと。商いが良いことを示す。▽高荷をつけ交易から帰った夫を迎える思い。馬を「葦毛の駒」と見立てて喜ばしい思いをこめる。岩手県「しがら山節」「米搗唄」(『東北の民謡』)等に類歌。

169　▽男の訪れを願う思いがこもる。類歌「呼ばずともござれ　うらの細みちを」(『俚謡集』岩手県西磐井郡麦打歌)等。

170　亖 毛髪を杓の形に曲げて。亖 水を汲み尽くすこと。ここまで、際限がないことの比喩。▽男を思う深さを歌ったもの。『俚謡集』神奈川県足柄下郡田植歌「かみすじをちしやくにまげて　大川をくみほすほどに　おやこひし」。

171　▽狂言歌謡「昨日通る小傘が今日も通り候よ」(和泉流・小傘)の型を承けたもの。→田植草紙・三。ここは「はやぶさ」が男の比喩。下句に思いを遂げたい女心がこもる。

172　云 若い娘の方言「おばこ」に同じ。亡 よばい歌で女の寝る位置を示す慣用句。手鞠歌に多い。隆達節「東切り窓月うち入りて」。▽男の問いに女が寝る位置を教える類型歌。方言に地方色。「晩に参ろかどち枕、東枕に窓あけて」(淋敷座之慰・鞠つき歌)。→巷謡編・六。

173　一 互いの心を決める、約束する。二 以下地名、それぞれ「五駄」「岩府」「山根」の傍書がある。いずれも特定できない。恋の障害を暗示するか。三「盛り」と傍書。さかり(→一八七頁注一九)に市が立つ日の賑わいに、男女が逢えた喜びを重ねて歌う。▽曲折を経てやっと逢えた日々の喜びを歌ったもの。「さだめるに　かい沢(ざ)の　長峰のその下で　逢ふに高野の大石野で　石を枕に七日寝た　今もそこらに草生えぬ」(『田楽・風流一』秋田県仙北郡角館町・しゅでこ節)。四 陸奥、奥州をいう。五 短歌調は神歌、祝歌に多い。

174　六 大船渡市赤崎町と気仙郡三陸町綾里の間にある峠。七 綾里峠の険しい山坂道の通称。▽峠越えの厳しさを歌う。→三六・三〇四。

奥　一一 籬（まがき）ぶし

一二 まがきがしまの謂（いは）れやあらんかし。

178 一三 治る御代は四海（しかい）浪しづかにて　一四 さゞれ巌（いはほ）に亀あそぶ

179 一五 ひとつひかへて盃見れば　老を延（ノ）べしと一六 幾久（きく）の酒

奥　正月祝言

180 一七 正月は門に門松　あなたこなたにいはゝれて　床に一八 鶴亀（つるかめ）　五葉の松

おなじ国（くに）ぶり　津刈（つがる）の田唄

181 一九 今朝や出る旭（いづ）をば　誰れもたちて拝めよ　二〇 苗もよいば代（しろ）もよい　二一 たつ田う（ゑ）へろちや　二二 小じうとめ　二三 今日（けふ）の田植の田主どのは　二四 厚田（あつた）ばかりを好んで　秋は二五 株（カベ）を　刈（かり）こんで　二六 妾（ヲナメ）ごしに二七 見それた

175 ▽女のもとを訪うのに、「闇になれ」といって寄こした男の無理な言葉をたしなめる意があるか。

176 八 →六注一〇。▽吊橋の弛みにこと寄せ、先を急ぐ男に呼びかける。睦まじい間柄を思わせる軽妙な風情を歌う。九 傍注参照。北上川は「日高見川」の転訛とするのが通説だが、「加美(神)川」とする伝えもある(前太平記・奥羽観跡聞老誌)。

177 一〇 水面に散って流れる桜の花びらを筏に見立てた。▽花の林・花の筏で上川を讃めた。閑吟集・二四「吉野川の花筏」の余響がある。頭韻を踏み十七音のa音の響き。

一一 この地方の祝歌の称。岩手県上閉伊郡に祝歌「まがき節」→一七九注。一二 俚言集覧「籬が島 奥州松島にあり」。

178 一三 謡曲・高砂「四海波静かにて　国も治まる時津風」。一四 今様・蓬萊山「巌の上には亀遊ぶ」。▽上下句に祝意の句を重ねて時空の広がりある寿歌とした。久保田の町踊り「さんさ踊」(→一四四注)に「四海波風おさまる御代ハ」。

179 一五 →九三。一六 菊を掛ける。菊を浮かべた酒は長寿延命の効ありとされる。→巷謡編・三四。▽『岩手県史』民俗篇・まがき節「ひとついわへてその中見れば　黄金花やら起き廻る」。

180 一七 手鞠歌など正月を祝う類型句。一八 寿祝の類型句。→一九七。▽外の「門松」と内の「鶴亀五葉の松」とを歌い、あまねく正月を寿いだもの。初句、東北各地の手鞠歌。

181 一九 朝日にすべての生命を育む霊力を感じて讃えたもの。→田植草紙・一。青森県野沢・田植歌「今朝いンづる朝日をばどれもどなたも出ておがめ」(『東北の民謡』)は独立した歌。二〇 以下「小じうとめ」まで二四の前段の構造と似る。類歌に「苗もよいし代もよい　稼げや植えれや早乙女(ごじょ)」(『秋田県の民謡』井川町田植歌)。二一 稲の生い立った田で、そうなることを願って予祝した。二二 →二四注二八。二三 →一二三注二三。以下結句まで、青森県八戸のえんぶり歌に類歌。二四 地味の肥えた田。苗の間隔を狭くして植える意とも(『神奈川県民俗芸能誌民謡篇』田植唄参照)。二五 方言で、分蘖の多いことによって、前年より稲の刈数(稲束)が多くなることを「かべを刈る」という。二六 「をんなめ」の転、めかけ。→一六〇注。

182 かい葉折（をり）のわらひべ　かい葉は折らないで　われ〱

183 お昼飯（ひる（イヰ）も）持ちはきさふだ　どほらほどへ来（キ）さふだ　渡り橋（ばし）をかけよ

184 杁（イブリ）すりのながまら　ほそくながく七尋（なゝひろ）　夜（よ）るは船の帆柱　昼（ひる）は襷（たすき）にむずとかく

185 お日がくれるよ追採（おひと）りよ　追採（おひと）りはやい　袖がぬれてとられねてや

おなじ国（くに）ぶり　津軽路の山唄

186 石川の橋のたもとに　たつめらし　嫁（よめ）にとるべか名を名のれ　をれに問（とふ）より親にとへ　親のゆるした夫（ツマ）ならば　いくしましよてや　おちやく殿（どの）

〈めらしは、なべて若き女をいひ、おちやくとは媒をいふとなん。〉

187 鹿（か）のしゝが　やい　岩の狭間（はざま）にひるねして　猟師（マタギ）来るかと　夢に見た　夢も今朝（けさ）ほどはうわの空（は）　すゝき尾花（ばな）にだまされた

188 しだのなべ子が田子（たご）作る　うたずかゝずに糞（ジキ）もせず　からは七尺　穂は五尺　いかな駒でも　八穂つけぬ　八穂の米子（こめと）は七斗五升　し

二七「召された」の転か。類歌「おなめ越を召された　おなめ越は次の事　三人の女こしを召された」（『田楽・風流一』八戸市えんぶり）。「妾」は富裕な田主像を示すものか。→一八三・一八四。▽本来独立した三章（注一九・二〇・二三参照）であったものを真澄は連続したまま写したらしい。

182 一 田植の時に昼飯などを盛る広葉。朴・槲など。二 童の方言。三「われ〱に目をかけた」（『東北の民謡』青森県・えんぶり唄）とあるべきが省略されたか。はぐらかしの意、とも。▽山で仕事をせずに若い女に見とれていた年少の男をからかったもの。結句「十七八さ目をかけた」（前掲書・同県野沢田植歌）。真澄「風の落葉」に「かひ葉採（トリ）の童（コバシ）　かひばはとらないで　どさいて今来た」。「錦木雑葉集」にも。

183 四 田植の日に昼食を運ぶ役の女性。東日本では一般にヒルマモチ。→田植草紙・三三。五「来揃（キッウ）にやあらん」（菅江真澄「錦木雑葉集」天注）。→二五五。六「何処らほど」の転。→二四六・二五五。▽ヒルマモチには最良の橋を架けて迎える歌が多い。「金のそり橋架けようと」（『東北の民謡』青森県野沢田植歌）。

184 七 →二四三。八 男根。以下の詞句は「ながまら」を誇張した表現。▽男根を誇張することで性的に盛んであることを示すのは、豊作への感染呪術。類想歌「田のぢの大まらで梅をなぐいた　梅はばらばら　まらは木のうち」（『木曾民謡集』田植歌）。

185 九「苗の追採也けり」（菅江真澄「錦木雑葉集」の本歌注）。一〇 詠嘆や念をおす意の方言。→一八六・二二六。▽「日が暮れる」と歌うのは田を上る頃の歌の類型。→田植草紙・一三八・一三九。

186 一一 頭書参照。一二「いきましょう」の意の方言。一三 →一八五。一四 仲人。頭書参照。「オチャク　お客」（『岩手方言の語彙』）の転か。▽「橋のたもと」での言問いを思わせるが、ここでは仲人に答える形になっている。結婚に先立つ「嫁見」に、聟になる本人が行かず仲人が介在するのを必須とする習俗（森山泰太郎『津軽地方の民俗』）が背景にあるか。菅江真澄「津軽のつと」に正月の祝歌として採録。

だの鍋子(なべこ)はありがたや

189 鶯はどこで生れて声がよい　しんの深山(みやま)の滝の沢で　滝にうたれて声(こゑ)がよい

190 誰れまねく〳〵(たれ…)　まねけば袖の露(つゆ)もちる　しの〻(二一)をす〻き君まねく〳〵(きみ…)

浪岡(二二)ぶし古風(二三)

北畠顕家卿の遮流(二四)にして、津刈に波岡殿(二五)といひし舘の在(あり)し世の頃、唄(うたひ)しよし。

191 七坂(二六)(ヒラ)や　八坂(二七)さか中たつときは　麻(二八)の袴に色小袖　つまをたづねてほと〳〵と

亦、浅黄袴に色小袖ともうたひしともいへり。

187 一五 津軽の草刈歌、山歌につく囃し詞。→一九三・二〇一。▽鹿が夢を見るのは鹿踊の儀式の神秘か(柳田本)という。本来は鹿踊歌か。昼寝の歌には型があり、天敵を夢に見る(「二十鼠」→「山猫」、「鮒雑魚」→「鈞師」、「鶯」→「餌差し」など)ことが多い。「夢も」以下は別の恋歌がついたもの。

188 一六 未詳。柳田本は「信田の鍋子」で狐女房の名とする。一七 田のこと、子は接尾語。ジキ→三三頭書。一八 耕(たう)ず、田も播かず、肥料も施さずの意。一九 どんな馬でも八穂の稲の収穫を一駄とすることはないの意。二〇 八穂で七斗五升の収穫になる。▽豊作を予祝して「しだのなべこ」の呪力を讃えて歌ったもの。本来は田植踊歌。岩手県遠野盆地田植踊歌「おらが隣りの千松公　今年始めて田を作る　穀は七尺穂が五尺　なんたな馬でも八重穂つけた　やほはうそだべ斗穂つけた」(『東北の民謡』)等。類歌の初句「鍋子長嶺のほらのわか」(同・岩手県鍋子長嶺)、「十七が」(『東北民謡集　宮城県』しょんでこ節)はいずれも豊作をもたらす田作りの人を寿祝的に歌う。風流踊「千松踊」(八代の花笠踊)系の歌を下敷にして伝承北上する過程で、初句が地方色を強めていったか。

189 ▽男女が山入りの折に歌を掛け合う場で相手の声を「鶯」に見立ててほめたもの。→七。『俚謡集』青森県中津軽郡・よされ節、同・岩手県上閉伊郡・そんでこや等各地に類歌。

190 二一 「篠原の薄」で、篠と薄の意だがここは単に薄をいう。歌語。▽山入りの折に薄にこと寄せて人待つ思いを歌ったもの。和歌的情趣を歌謡化した。「ほに出でぬ物思ふらし篠す〻きまねくたもとの露しげくして」(源氏物語・宿木)等「篠す〻きまねく」「たもとの露」の和歌の句を承けた。

二二 青森県南津軽郡浪岡町。二三 真澄「百臼之図」に「ここにうたふ古き舂歌」として本歌の書入れあり。二四 庶流。二五 浪岡城の廃城は天正年間だが本歌がそこまで溯れる証はない。

191 二六 ヒラは方言で傾斜地、急な坂。「津軽の奥」に「軒ばの山をさして七平といふ」。二七 幾重にも重なる山坂をいう。七・八の数字の語調を合わせた。二八 旅の装い。左注にこの詞句の異伝を添える。▽妻覓(ま)ぎの説話が背景にあったのであろう。多聞院日記「ナラサカヤ　ヤサア(カヵ)サカ

おなじ国(くに)ぶり　浪岡の草刈(くさかり)ぶし

192 なゝひらが　やい　八平(やひら)おもてにたつ神は　津軽繁昌と守る神

193 浪岡の源常林の銀杏(いてふ)の木は　枝は波岡　葉は黒石(くろいし)　花は弘前城(ヒロサキ)と栄(サ)く

194 行陸(ナミオカ)の　玄猪林の力石　あげたばかりで　日がくれた

195 津軽殿が　新城長峰を今ござる　後(あと)と先とに鑓(やり)千本　中にお鷹を居(ス)え持(もち)て　殿のお前に立(たち)とめる

おなじ国(くに)ぶり　津軽の誉左(よさ)ぶし

196 衣類このまば十七八の　染(そめ)てたもれや　染屋どの　肩にかさ浪風車　裾にや　水仙百合の花　奥の内裡(だいり)の大寺(おほでら)に　坪に泉水(せんずい)梅の花　萩は枯(かれ)たや糸(いと)すゝき　いつか染(そめ)だす染屋(そめや)どの

奥の内裡は相馬内裏の在(あり)し世を唄ふ。遺風あり。

ナカ　サバ一(ツ)　行基ニクレテ　馬ノ腹ヤム」、阿波名所図会、雲錦随筆「大坂や八坂坂中…」の鯖大師伝承にちなむ歌を承けた。真澄の「すみかの山」「筆のまにまに」「混雑当座右日鈔」裏書に採録。→注二三。詞句の異同が多い。

192　一 →一九一。 二 →一八七注。 三 一九一の異伝に「七ひらや八平ひらなか」(「百臼之図」)。「七ひら」に引かれて「八平」に。 四 津軽の国讃めの寿詞。▽草刈歌、山歌は祝歌として歌われることが多い(→一八六・一九八)。ここも祝歌に。新岡累代日記七「島々の島の御腰のかばざくら　津軽繁昌ととつたかば」。真澄「津軽の奥」に採録、同「さくら狩り紅葉狩り」に類歌。

193　五 ゲンジョという人名にちなむなど、様々な伝説がある(菅江真澄「すみかの山」)。→一九四注。 六 「咲く」に掛けた真澄の用字。▽「枝は…葉は…花は…」は類型詞句。「…」に地名が入り国讃めの寿祝歌になる。新岡累代日記七に結句「花は堀越の城で咲く」。一九一の「古風」に対して「いまの世となりて、わかき女のうたふ」臼歌として書入れ(→一九一頁注二三)。真澄採録書は一九二に同じ。

194　七 浪岡に同じ。「行岡」「行丘」「行岳」とも記す。 八 一九三「源常林」に同じ。 九 力競べ、力試しの石。若者組加入の通過儀礼に用いた。 一〇 やっと持ち上げた時には日が暮れていた。▽力弱い若い男へのからかい歌。「すみかの山」に「源常林はその人栖て、紘上宇兵衛の堆に植し大銀杏木たてり、力石といふあり」として本歌を採録。

195　一一 津軽藩主。 一二 行列の様子を誇張して美化した表現。▽田植歌などで「田主の聟」(『日本歌謡集成』十二・新潟県雑謡)や「おれが殿」(延享五)が「手に鷹居(ナ)え」るのは、権威の象徴(渡辺昭五)。ここは転じて「殿のお前」へ鷹を据え持って、藩主の威容を讃美したもの。「津軽のつと」に正月の祝歌。

196　一三 祝歌か。→注一八。一八九注の「よされ節」に詞型が似る。 一四 →一四八注一。 一五 染物屋の約。紺屋よりも広い範囲でいう。 一六 仕上りの時を問う。 一七 下総国猿島の平将門に関わる「相馬大裏」を指すか。▽染模様を、頭韻を重ね、花

同　ごいはひ[一八]といふ よさぶし也

197 うれしや　めでたや　おもふ事はかなふた(う)　神の御夢想のありがたや　西と東に蔵七ッ　北と南に涌く泉(いづみ)　末は鶴亀　五葉の松

198 しも山で　鉈(なた)で　船うつ桂船(かつらぶね)　海さおろして黄金(こがね)つむ　綾や錦を帆にかけて　是(これ)の座敷(ざしき)へのりこんだ　これの亭主は　果報な人よ

おなじ国ぶり　津刈の十五七(ジュゴシチ)[一九]ぶし

八戸もはら多(おほし)。処〳〵大同小異せり。

199 [二〇]十五七は[二一]　ことし初(はじ)[二二]めて山のぼる[二三]　肩(かた)[二四]に鉞(まさかり)　腰に鉈(ナタ)　いたや[二五]花の木[二六]伐(き)りためて　流しとゞけて[二七]かこひおき　末は黄金(こがね)の山となる

200 十五七が　沢をのぼりに　独活(うど)の芽かいた　独活(うど)の白芽(しろめ)をくひそめた

201 十五七が　やい　沢をのぼりに笛[二八]を吹く[二九]　峰[三〇]の小松がみななびく

を並べ、季節を変えて歌い込む。「染めて下んせ紺屋さん」は手鞠歌の型。木綿と染物屋の普及が背景に(柳田本)。

一八 東北地方の祝歌の称。→二一注。「御祝」と呼ぶ誉左節の意。

197 ▽「天下泰平思ふ事叶ふた　末は鶴亀五葉の松」(延享五)は、願望成就を予祝する類型歌で、各地の祝歌に分布。ここは「蔵七ッ」「湧く泉」など富裕を寿祝する類型句を挿んで祝意を強めたもの。→一八〇、山家鳥虫歌・二四三。

198 ▽「良材での造船」「船おろし」「万宝を積んで座敷(蔵)に乗り込む」という構成は招福と屋敷讃めの祝歌の類型。「綾や錦」の帆は宝船を歌う類型句。真澄「津軽のつと」に正月の宴に「山歌」として歌う。淋敷座之慰・楠木口説木遣と脈絡あり、津軽の祝歌「ケネ節」(『津軽の民俗』)等に類歌。→三二〇。

一九 東北地方の山歌の称。ここは津軽のそれ。傍注は南部八戸地方に盛んであったことを示す。菅江真澄「おがらの滝」に秋田県山本郡地方の「十五七といふ山唄」として一九九・二〇〇・二〇一を採録。以下の詞章の数首は現行津軽山歌にも用いる。

199 二〇 男が成年式を迎える年齢をいう。津軽各地で十五歳で若者組に加入する(森山泰太郎)。二一 傍書「が」。二二 はじめて山仕事に入ることをいう。「十五七　十五になるから　山のぼり」(『俚謡集』青森県山歌)。二三 傍書「り」。二四 山仕事の道具を身に付けているさま。二五・二六「木名」と傍書。二七 伐採した木材を筏に組んで運んだことをいう。▽初めて杣入りした若者の初々しさと、そのハレ姿を寿祝的に歌う。結句「これを見せてちやわが親に」(「おがらの滝」)。

200 ▽初登りの若者と独活の新芽の生命力を歌う。「津軽のつと」に正月の宴の歌。「うどのしろ根」(「おがらの滝」)。

201 二八 笛は山子の象徴的道具。互いに連絡しあうためのもの。二九「吹ば」と傍書。三〇「峰の小松」に若い娘を暗示。▽結句に若者の男らしさがこもる。「今年はじめて山子にのぼれば　山毛欅(ぶな)と桂はみな女子　年々山子をよびよせる」(『俚謡集』青森県山歌)。真澄「けふのせば布」に臼歌で採録(岩手・渋民村)。

202 十五七と　五月五日（ゴクワチイツカ）の粽（マキ）一の葉は　年に一度（ヒトタビ）は　いはれぐさ二

203 十五七が　朝の出立（でたち）に水汲（くめ）ば　あげた釣瓶（つるべ）三で影見れば　十九はたち四
も過（すぎ）もしる五　かいたたすこを六　珠数（じゆず）と切る　前の前髪七ふさときる
はいた雪踏（せつた）は横（よこ）にはく　常居（じやうゐ）八の横座（よこざ）九にの一〇ゝとふす一一

204 十五七は　腹一二がやめるか　気がわりな　腹（はら）一三もやめねや気もよぐら
人の乞（こふ）一四時はくれもせず　親のしがら一五のけふねへまゝた一六

一七十五七節四五十種もあり、略ㇾ之。

おなじ国（くに）ぶり　金掘（かねほり）一八唄

一九石がね舂（つ）く雲堆（ふみうす）にも唄ひ、又、ざるあげぶしとて、鉑あらひの女のうたふ一ふし也。

205 ちらり〱と花めづらしや　雪のふり初（そ）めちら〱と

206 燕（つばくら）は　船の艫舳（トモヘ）さ巣をかけて　波はうてども子は育（ソダ）つ

207 冴（サエ）た月夜を夜明（あけ）とおもひ　君を戻して今くやし

208 夢に見たいや　あひたい見たい　夢にうき名は立（たち）はせまい

202 一「笹」と傍書。マキはチマキの女房詞(御湯殿上日記・文明九年五月四日)。各地の方言に残る。二「結ふ」と「言ふ」を掛けた。→二四・六九。

203 三 釣瓶の水鏡で自分の姿を見ると、の意。四 十九、二十を過ぎたように急に大人びて見えるようになったこと。以下大人びた振舞いを列挙。五「スル」と傍書。六「タスキ」と傍書。七 前髪落としは成年のしるし。八 居間の方言。九 炉の奥正面の家長の座る席。横長に敷物が敷いてある。俚言集覧「今田舎にてイロリの正面を横座と云」。一〇「のうのうと」の約まった形。横着そうに大きな顔をしているさま。一一 横になること。▽新成年の大人びた思いを畳みかけるように歌った。結句に得意気な思いがこもる。七五調のリズムと終止形の韻を重ねて、若者の弾んだ気分を乗せている。

204 一二 腹が痛むのか、気が変わるものだ、と息子の答。一三 腹も痛まぬし気分も良いことだと親の言葉。一四 人が頼んだ時には見向きもせずに、と以下も親の愚痴。一五 しがらみのこと。一六「無甲斐にや」と傍書。▽親と息子の唱和体。親の意のままにならぬ若い息子を嘆く歌。結句、親子の間柄など何の甲斐もないことだ、の意。底本では改行せず二〇三に続け、歌い出しの朱も付していないが、独立の一首とするのがよい。一七 十五七節の歌詞が非常に多いことの注記。「十五七といふ山唄みそよそもあるてふ」(「おがらの滝」)。一八 鉱山の労作歌。どの地方か特定していないが、「南部からめ節」との脈絡を思わせる。一九 鉱石を鉄槌や雲堆(ふみうす)で砕くのを「からむ」といい、その時に歌うのを「石からみ歌(節)」、砕いた鉱石を水で洗う際に笊にあげる時に歌うのを「ざるあげ歌(節)」という(「小野のふるさと」等)。両者は区別せずに歌うことが多い。

205 ▽雪の降り初めを花に見立てた風情を歌うが、下句は「雪の振袖　ちらと見そめしより　今は思ひの種となる」(吉原はやり小歌総まくり・かはりぬめり歌)を踏まえて、見そめた思いがこもる。糸竹初心集・柴垣、おどりの図(国会図書館蔵)詞書等にも。上方・江戸の流行歌が風流踊を媒介に各地に伝播した(佐々木聖佳)。

209 酒のさかなに数の子はよかろ　親は二しんで子はあまた

210 仔細らしさよおきやがり小法師　独りねまいとはね起た

211 荒川の千本小杉は女子なら　のぼる山師を戻すまい

212 沖の島から太鼓の音聞ば　尾崎参りの寄せ太鼓

213 門に立るは祝ひの小松　かゝる白雪はみな黄金

おなじ国ぶり　つがろぢ正月田植踊唱歌

214 小正月のお祝ひに　松の葉を手に持て　いはふなるものか　ヨエサ

215 朝の苗のよいは　つゆのうちばかり

いづこも大同小異の辞ながら、奥南部など、古風多くして、いにしへをしのぶに足れり。そのことどころは、今様におしうつれるかた多し。採り物には、松が枝、ゆづる葉、扇、あやづゝ、二尺ばかりの綾ある立烏帽子、鶏冠などきて、太鼓、笛、てびらがねといふものを鳴らし、又、口琵琶など吹もありき。

206 ▽燕はめでたい鳥とされ、危険な所での巣ごもり・子育てを歌って寿祝的な思いをこめた。『東北の民謡 岩手県の巻』紙漉唄・くるくる節「波にもまれて」。→山家鳥虫歌・二〇五。

207 ▽忍び夜夫を慌てて帰してしまった悔しさを歌う。「百臼之図」に「みちのおく二戸のあたり…稗舂く女」の歌として書留。「…を夜明と思ひ」は類型。潮来考ほか各地に類歌。

208 ▽浮名を恐れて思いをしのぶ歌。宗安小歌集「夢には来てお寝れ　それに浮名はよも立たじ」ほか同想の流行歌が各地に。大幣・かすがの、松の葉二・八重梅「夢になりとも逢ひたや見たや」。→山家鳥虫歌・一二三。

209 二〇 鯡(にしん)を「かど」といい、「かどの子の転語なりとも云」(俚言集覧)。二一 鯡と二親を掛け「二」と「あまた」の数遊びで多産を祝う。▽「酒のさかなに」は、勧酒歌の類型。

210 二二 さも訳がありそうなこと。二三 転ぶところから遊女の隠語。▽男を待ちながら弄んでいた起上り小法師に自嘲的に歌いかけたもの。狂言歌謡「京に〳〵はやる　起上り小法師　やよ　殿だに見ればつい転ぶ」(大蔵流・二人大名)。

211 二四 秋田県仙北郡の鉱山。二五 鉱山の事業家。▽金掘唄にふさわしい、女にもてる山師の讃歌。秋田地方の歌。

212 二六 釜石湾の入口にある島。二七 釜石市浜町にある尾崎神社。▽海の守護神としての同社への思いを海上から太鼓の音に寄せて歌ったもの。

213 ▽東北各地の祝歌に残る。『佐渡の民謡』金掘節に「蓬莱三つ物といって鉱山で最重の祝ひ歌」の注を付す。

二八 小正月を中心に行われる豊年予祝の踊り。田の農作業の過程を歌舞で風流化してある。ここは二章のみで組織だった構成になっていない。

214 ▽「松の葉」は稲の若苗に見立てたもので、葉のしげりに豊作への予祝をこめた。「奥のてぶり」の図絵に「正月のごいはひに」の書留がある。八戸地方のえんぶりの「摺り初めの歌」に用いられている。

215 ▽「苗取り」の踊り歌。「朝露」に苗の生命力を歌う田歌は多く、ここは「露のうち」の作業に弾みをつけた。二九「奥のてぶり」の図絵には「立烏帽子」「鶏冠」が描かれていない。

おなじ東日流（ツガル）盆距ぶし

外が浜のほとり、おたまぶしといふ一ふし、ふりたり。

216 こんやの月の夜は　いつもより白い　てや　いつもより白いてやてやすめ

217 むかひの山で　すきふむ親爺（おやぢ）　こはけりや　やすめ　けらこをしい

218 屋はづれの婆（ばゝ）に　猫の皮きせて　鼠とれとよ　爪がなふ（う）てとられね　ならずばおきやれ　おかばおけ　後といふな今（いま）だ

219 こよひの踊（おど）り子（こ）は　いつもよりそろた　秋（あき）の出穂（でほ）より尚そろた

220 松前の殿様　笹舟にのせて　かろけりやしづむ　おもけりやうきる

右　はやし　ヤチヤクチヤノ　モチヤクチヤ　ヤチヤクチヤノモチヤダへ

ヤリゴダイデヤァ　ヲヲタマヤツサ　やれござれてやお玉てふ辞也。

ヲヲタマエコハトヲホダヤツサ　お玉家子はいづこぞととひし辞。

シキリキ　シヤコタン　しやこたんは夏所（シヤクコタン）といふか、本名に東夷州に在り。

「津軽のつと」小湊辺の「えんぶり」もこの左注と異なる。

一「距」→一六五頁注一九。　二 津軽半島東岸の北浜。　三 末尾の囃し詞参照。

216 四 原本「てや」は朱で囲ってあり、末尾の衍字であることを示したか。「てや」→一六五注一〇。▽盆踊りは陰暦七月十五日前後に行われるので、月を歌う盆踊歌は多い。ここも明るい月を歌って踊りを盛りあげたもの。

217 五「鋤」と傍書。　六「困」と傍書。「困」とあるべき。「こはし」は、辛い、疲れた意の方言。　七「体」と傍書。「休」とあるべき。　八「蓑也」と傍書。▽山仕事の歌が盆踊りに用いられた。「やすめ」の繰り返しで、踊り疲れた者への呼びかけにも。『東北民謡集 青森県』北津軽郡相内村・ナホハイ節参照。

218 ▽猫の姿の老婆が掛合いの形で歌われるが、意味がとりにくい。北津軽郡中里町盆踊・なにもささ「百になるばばさまに猫の皮着せた　ねずみとれ　爪こねばならぬやヘオヤ　ジャンバラくぎ　ハーオーハーハー　まげてや　ジャンバラくぎまげてヤイ　ジャンバラくぎまげて　ヤーサイ」（『田楽・風流一』）。

219 ▽「そろふた〳〵踊子が揃ふた　秋の出穂のよに能くそろふた」（「久保田の落穂」）とある型が各地で歌われる。ここはその元の詞句。「躍（をどり）」は稲田のをさまる祝ひの祭（同書）という村人の思いがこもる。「そろた〳〵」の詞は崩れかけた踊りの輪を「そろえる」機能もあった（柳田『民謡覚書』）。

220 九 底本「取様」。　一〇 傍書「うきるトモ」。　一一 傍書「しづむトモ」。▽元歌「思ひと恋と笹舟に乗せて　思ひは沈む　恋は浮く」（寛永十二年跳記・伊勢おどりの歌）。近松・三世相、落葉集三・恋の風流などに用いられ、寛永から元禄・宝永の頃に流行、各地に伝播。ここは替歌にして松前藩主を揶揄したもの。寛政年間ロシアの南下政策に対応し切れず同藩の威信が低下したことが背景にあるか。元歌は「思ひ」を「重い」に掛けて「沈む」としたが、ここは「軽けりやしづむ」と松前藩主の軽重を問うて茶化したもの。同藩主を揶揄した歌に、「松前殿様鰯の茶漬」（『日本歌謡類聚』下・越中船唄）、「松前殿

おなじつがろぢ　浜唄[一三]

221 高館[一四]の　たかや林[一五]のむら雀　とまりたや臥(ふ)し処(ど)に

222 名所〳〵と浅虫(あさむし)[一六]は名処　前に湯の島[一七]　磯辺に千鳥(ちどり)　都まさりの裸島(はだかじま)[一八]

223 松前の蝦夷(えぞ)[一九]がさげたる巾着(きんちゃく)は　表[二〇]　べんこに裏万子　口のかゞりは　太郎千子

おなじ国(くに)ぶり　津軽の鹿距(シヽヲドリ)[二一]

224 奥の深山(み)の雌(め)じし子は　生れて落(おち)るとかしらふる

225 奥(おく)山の　松を育てて　それにからまる[二二]　女蘿(ツタ)[二三]の葉は　縁でなければ　[二四]さらんでほぐれる

226 きり〴〵す　綾(あや)の機織(はたを)り[二五]　もひとつはねろちゃ　綾の機織(リ)

227 むかひの山の百合の花　つぼんでひらいて　葉ひろげた

228 むかひの山の女蘿(つた)の葉は　縁でなければ　からまりやほぐれる

様お国が騒動で　お江戸へお立ちだ」(『愛知県地方の古歌謡』第一集・地搗唄)等。→巷謡編・一八九。　一二 囃し詞を菅江真澄が解釈したもの。以下も同じ。青森県「ホーハイ節」に「お玉家(ゑ)コどこだ　お玉家コここだ」、同「ナホハイ節」(二一七注)に「やり御座てや　おゝ玉ヤツサ　お玉家コは　何処だヤツサ」と伝える。題詞傍注「おたまぶし」はこの囃し詞によるもの。「お玉」は美女、「お玉家コ」は「お玉茶屋」の伝承がある。ホーハイ節は詞型八八、本歌群も八八が基調、脈絡があるか。

一三 海浜や磯で貝や海藻を採りながら歌う歌。

221 一四 大浦氏の居城のあった所(中津軽郡岩木町賀田)。一五「高屋」で賀田に隣接する地。▽「むら雀」以下の詞句にこの地の伝承をふまえた寓意があるか。詞型五七五五四。

222 一六 青森市北東部、夏泊半島の基部にある海浜の地。一七・一八 浅虫の眼前に浮かぶ島。▽「名所」歌は郷土の讃め歌。ここは「田舎なれども熱海は名所よ　沖に初島磯辺に千鳥　都まさりの女郎もある」(御船歌稽古本等)の型を承けて浅虫と海の眺望を讃めた。「筆のまにまに」に臼曳唄で後段「前に大島　裸島」。「外が浜づたひ」に四句目「霞に千鳥」として採録、貝を拾う女が声高く歌う「浜唄」のさまが描かれる。

223 一九 アイヌ人をいう。二〇 べんこは「紅粉」、万子は「万紅」、千子は「浅紅」の宛字か(浅野建二)と。▽色彩豊かな巾着への興味を歌ったともとれるが、脚韻の響きよく語調を楽しんで歌ったとも。「津軽の奥」に酒盛の歌として採録。

二一 津軽では、雄獅子・雌獅子・中獅子の三頭を中心にして踊ることが通例。南津軽郡平賀町沖館の獅子踊諷弁(文化年間以前書留)など「獅子踊」と記されている地域が多い。

224 ▽下句に、鹿(しし)の子の、生まれて直後の生命力がこもる。「かしらふる」は踊りの振に沿ったもの。類歌には「我等も見まねにかしらふるもの」(弘前市・猫右衛門家伝巻物・伝文化年間写)の詞句が続くことも。

225 二二 →二三。二三 松にからまるかずらをいう。二四 類歌は「さらり」「はらり」とあり「ほぐれる」にかかる。▽男女の仲が終ったことが暗示されている。物語性のある詞章で、類歌の多くは二二八と連章で歌われる。→二二八。

229 むかひの山のきり〴〵す　ひとはねはねれば　綾の機織る

おなじつがろ　汐干がへり

[一]此古風ところ〴〵にのこれり。

230 今日の汐干に蛤ひろふた　袂ぬれつゝ振り分髪の　しどけないふり
しほらしや

231 渡る雁しばしはとまれ　われは吾妻の流にすむよ　せめてたよりに
文ひとつ

おなじ国ぶり　搗臼唄

232 [二]お台所と川の瀬は　いつもどんどと[三]鳴るがよい

233 雨は降る　[四]船場に笠をわすれた　[五]笠も笠　四十八取の編み笠

234 江戸に妻　[六]お山に親はごされども　お山より　江戸吹風はなづかし
い

226 [二五] きりぎりすの足の動きを機織に擬したもの。▽踊りの振を促す詞章で、鹿が互いに入れ替わる時などに歌う。類歌は「つゞいてはねろ」と重ねるものが多い。

227 ▽花が開くと歌う詞句には寿祝性がこもる。ここでは、「つぼんで」以下に踊りの所作が関わっている。「莟んでひらいて　つゞれ拍子とな」(越志風俗部　歌曲・獅子踊歌)は末尾に踊りの拍子を促す詞句がつく。

228 ▽二二五の変型。初句「むかひの山の」は元歌にはなかったものだが二二七に合わせ二二九とともに同型で歌ったもの。

229 ▽二二六に同じ。「むかひの山の」三連章で歌ったもの。鹿踊歌には生活圏の「向ひの山」を歌う詞章が多い。「(鹿の)目を遠くの方に見するゝしめる暗示」(柳田本)とも。

一 二首とも詞型七七七七五、江戸・上方の流行歌の詞型詞句が流入したもの。菅江真澄はこれを「古風」とみた。同型の歌に、淋敷座之慰・吉原しよくりしよぶし、松の葉三・しがまつち・石切、大幣・ながさき等。

230 ▽汐干狩の童女の無心な姿を歌う。「しほらしや」は、女性の可憐さ、優しさを歌う詞句。「いつも常盤の振はさんさしほらしや」(松の葉三・浮れ女)。潮来節「潮来出島の真菰の中であやめ咲くとはしほらしや」。「津軽のつと」に採録。

231 ▽「雁信」の故事を踏まえた。→山家鳥虫歌・一七三。ここは、東国へ下った男の、都に残した女への思いを歌ったもの。底本は改行せず二三〇に続けるが、歌い出しの朱を付す。

232 二 厨(くりや)、あるいは、転じて生業の経営をいう。三「川の瀬」「鳴る瀬」の音を擬して、物事の盛んであること、勢いのあることを歌う類型句。▽霊岩夜話に徳川家の繁栄を讃える歌(徳川実紀一・東照宮御実紀付録八所引)。真澄「しげき山本」に秋田太良鉱山の石からみ歌、「花の出羽路　秋田郡」に臼曳歌として採録。

233 四 船着場・渡船場。五 一五七に同型の句。「四十八取」は「四十八府」に同じ。▽粋な笠と共に思いを船場に残す歌。笠などを忘れる、と歌うのは歌謡の型で、恋の思いの暗示(真鍋昌弘)。下句「笠も笠　お江戸で流行るだて笠」(『日本歌

235 君に別れば来るよでもどる　君は糸(いと)ひく車はめぐる

おなじ国(くに)ぶり　八戸の田植唄

236 [七]千刈(せんかり)の水口(みな)[八]に　咲(さい)[九]たる花は　何花(なにばな)やら　こがね花やら銭花やら[一〇]
是(これ)はちよんじやと　成り花(ばな)だ

237 五月は　なに咲く　肩と裾には　よもぎ菖蒲　中(なか)に[一一]うんのうづら花(ばな)

238 [一二]お昼(ひる)持(も)ちの館(やかた)は　何で障子を餝(かざ)りた　松と檜(ひ)の木のわかきめんどり[一三]
て　しやんじ[一四]をかざつた

239 お田の神は　どこらほどへ来そべつた　西[一五]が浜へ来そべつた

240 御田の神のお迎(むか)ひには　誰れ人が参りました　梶原が参りました

241 [一六]お田の神の御膳は　何膳(ぜん)斗(ばかり)そろへた　九十九膳そろへた

242 [一七]鎌倉の御所の姫の　五月めしたる帷子(かたびら)　肩と裾には　よもぎ菖蒲
中にうん卯の花

謡類聚』下・陸前国志津川町船歌)。船歌に類歌が多い。

234 六 郷里・田舎をいう。「里がえり」を「おやまげあり」という(『秋田方言』)。▽江戸から地方に旅に出た男の、妻を恋う歌。「越後に親子加賀に妻　越後より加賀吹く風はなつかし」(『俚謡集拾遺』長野県田植歌)。

235 ▽女と別れた帰り路の、後髪引かれる思いを歌う。下句、女に惹かれる思いを「君は糸ひく」、女を思いめぐらす男の心を「車はめぐる」と比喩したもの。

236 七「刈」は刈りとった稲の束を数える単位で、田の面積や収穫量を表わす基準。地味など条件により一定ではない。ここは「広い田」を意味し、多収穫への寿祝的願望をこめた。八 田へ水を引き入れる口。九 水口花のこと。水口に稲の象徴として松・つつじ・椿・山吹などの枝を挿し、田の神を祀る。以下は田主讃めの類型詞句。→一五〇。一〇 →一三注。▽出羽国秋田領風俗問状答・五月・田植歌の他、東北地方各地に類歌。現行の八戸えんぶり歌に伝承されている。

237 二 卯の花を強めて訛ったものか。→二四二。▽田植時の花の名を問うて、染模様の花で答えた歌。早乙女の気持ちを花模様の衣裳に向けて華やいだものにした。二四二の「鎌倉」歌を縮約し早乙女自身の歌としたもの。

238 三 →一八三。田主の娘がその任にあたることもあり、ここもそれで、「館」は田主の館をいう。一三「若き芽取りて」の意(日本古典全書)。掲出類歌参照。一四「障子」が訛ったもの。▽「お昼持ち」を歌う形で田主の館を讃めたもの。館の障子を松などの新芽で飾ったらしい。「お田の神のおもろの飾りな　何ヤ　なにや又よかんべ　檜のヤ　木のやはらごよと　若き松のごよと」(『田楽・風流一』岩手県遠野土淵村田植踊)の「ごよ」は「新芽・若芽」をいう。稲の実りの願望がこもる。

239 一五 津軽半島の日本海側「西の浜」を指すか。田の神を迎える方位を示すもの。▽以下三首は田の神迎えの歌。お昼持ち迎えの歌と同じ構造。→二四〇・二四一・二四六。

240 ▽田の神迎えに、従者として鎌倉の武者梶原(源太景季カ)が参上することを歌う。二四三などと鎌倉憧憬が根底にある。「昼持のお迎ひに誰人や参るべ　おんごくのな　若き

おなじ国風俗　八戸　田植踊[一]

正月興之。ヤン重郎[二]が口上[三]といふ。開口の辞なり。

243 ゑんぶりずりの藤九郎[四]が参(まゐ)りた　白き名馬(メンバ)[五]は　三十三匹　くろき名ン馬は卅三疋　合せて六十六疋　サア〱　鶴子[六]よ亀子よや　千歳子や万歳子や　主等(ニシラ)が年では　腰もいたくない齢(とし)だ　大埒(オホラチ)[七]小埒　四方四角にふつつめて　植(うゑ)ろ　ソヲレガヨエ

唄

244 鎌倉[八]のヲナン　御所の庭で　米(よね)を搗(つ)く　女の数[九]は三十三人　杵(キネ)[一〇]の数は三十三本　米(よね)をつくや　アエ

245 前[一一]田千刈(せんかり)[一二]　つぼ穂[一三]でそろた　七穂で八升　八穂で九升取る

246 昼持(ひるもち)[一四]の女郎[一五]が　まだどほらほどさ[一六]　きつそろた[一七]　竹が林へきつそろた　夏はしろき帷子[一八]　綾の襷(タスコ)[一九]を　しつかとかいて　ホヲイ〱　中食(ちうじき)[二〇]持(もち)の女郎は唯今(ただいま)きつそろた

口上

侍とかずばらが参るべ」(『東北の民謡 岩手県の巻』田植踊)。底本には以下二首に歌い出しの朱が付されていない。

241 ▽豪華な食膳での田の神へのもてなしを歌う。「九十九」は数の多さを象徴的に表わす(→一四七・一四八)もので、ここは田の神への寿祝的表現。「お昼もぢのお膳は　九十九人前揃へた」(『東北の民謡』青森県野沢・田植歌)。→二三八。

242 一六 「鎌倉の御所」は鎌倉を歌う歌(「鎌倉節」とも)の類型詞句。▽地方における鎌倉憧憬歌の一つ。→一五八・二四四。ここは、「鎌倉の御所の姫」の「帷子」を讃めることで、早乙女の関心を、鎌倉と、花の染模様に向けさせ、華やいだものにした。→二三七。「鎌倉の早乙女」や「鎌倉のかものすけ」など武者を歌う類歌(『東北の民謡』青森県えんぶり唄)も。

一 →一九五頁注二八。八戸地方では「えんぶり」という。　二 踊りの組のうち先頭の主役(太夫)をいう。真澄「奥のてぶり」の図絵に「ゑぶりすりをこゝにて藤九郎といひ、仙台にてはやん十郎といふ」とあり、二四三にも「藤九郎」とある。ここは真澄に紛れがあるか。　三 二四三がその口上。

243 四 田植踊の組の主役をいう。→一八四。口上をのべる役で、ここはその名告り。→注二。「朳(えぶり)」→注二九。　五 以下「六十六疋」まで、代掻きの「名馬」を讃め、その数の多さをたたえて、田主の富裕を寿いだもの。「三十三」は縁起のよい数とされた→二四四・二六一。　六 以下は早乙女の名前をめでたい名で呼び並べたもの。「さうとめの名と申せばやい　愛らし子にめづらし子　鶴子に亀子に千才子萬才子」(『田楽・風流一』八戸どうさい朳・畔止め)。　七 「埒」は苗を植え付ける時の株と株との間隔をいう。▽田主と早乙女を寿祝的な言葉で讃めて、田植踊の始めを促す口上。日本古典全書は三章に分けるが、「口上」を分割するのはふさわしくない。

244 八 →二四三注一六。　九 類歌は「臼が八から杵は十六　女の数は三十三」とあるのが通例。杵の数、語順なども崩れている。　一〇 浜荻「きゞ　きねの訛」。▽鎌倉殿に託し富裕な田主像を予祝的に歌った。類歌は「三十三人の女の中ではどれがこれの御嫁子」の類の「田主の嫁御讃め」の詞句が続く

247 檀那(だんな)[二一]さまのお田植[二二]へ(ゑ)あげた　是(これ)から　兄御(アンコ)[二三]さまのほまち田[二四]が　千(せん)[二五]刈(かり)ほどある　これを一文字(もんじ)[二六]に殖(うゑ)[二七]てしまつた

おなじ国(くに)ぶり 南陪 糠部(ヌカノブノ)郡 田名部県 田殖躍唄(たうゑをどり)

正月十五日[二八]より廿日の頃まで、若き女近き村より群来(ひれき)て諷ふ。弥武十郎、或、藤九郎、といふが、男姿して、鳴子竿を杖と突立(つきた)てうたふが、此鳴子、朳(えぶり)[二九]にとりなし、田面(たんぼ)するさましで、辞、凡(おほよそ)おなじ。

248 檀那(だんな)[三〇]の封田(ホウ)[三一]を　植(うゑ)て中(まうし)た　これから　兄御(アンコ)さまの保田(ホウタ)を殖(う)え(ゑ)中(まうす)　前田千刈(せんかり)　後(うしろ)田千刈(せんかり)　あはせて　二千刈(かり)　けら虫[三二]も通さぬやうに　鼠の穴も通さないやうに　しつぽりと植(うゑ)て申す　サア〱　早乙女どもうたへ〱　下畔(シタグロ)から上畔(ウハグロ)まで　千歳子よ万歳子よ[三三]　しつぽりこと植(うゑ)て申す

249 正月の御祝ひに　松の葉を手に持(もち)て　祝ふなるものかな

250 これは誰れが宝田(ホウタン)[三四]だ　右衛門(エモ)[三五]と左衛門(サエモ)が宝田(ほうたん)だ　一本植(うゑ)[三六]れば千本となる　街道の早稲(ハヤセ)[三七]の種かな

のが通例。踊歌系の「黄金の臼を百たてゝ…九十九人で米を搗く」(阿波南岩延神踊歌・黄金踊)等の長者讃め歌に脈絡。田植踊歌で、初句「けふの田植の田主殿」となる田主讃めが、ここでは「鎌倉」歌に同化し、女と杵の数だけの崩れた形に。

245 二 屋敷の前面にある田。門田。これを持つことが家格とも関わった。三 →三六。一三 「粒」状の穂。よく実った穂の意。▽田主の広大な前田を讃め、豊作を予祝した。七・八・八・九と数字を末広がりに並べるのは、多収穫への願望を歌う型。『俚謡集』京都府熊野郡田植歌等が同型。

246 一四 →一八三・三三八。一六 →一八三。一五 若い娘をいう。親しみ、軽い敬意がこもる。一七 →一八三。柳田本「来候」の転かという。一八 「綾の襷」とともに「昼持」の晴着の出で立ち。→田植草紙・六九、山家鳥虫歌・二二七、巷謡編・三六二。一九 「赤い襷」と歌うことが多い。タスコはタスキの訛り。二〇 「昼持」のこと。「中食」は「昼食」に同じ。▽「昼持の女郎」到来の期待感と、その到着を連続的に歌ったもの。後段の晴着讃めは「唯今きつそろた」と臨場感をもって歌う。二三五と同型。→一八三・三三九。

247 二一 寿ぐ対象の家の主。小作が寿ぐ場合は地主を指す。二二 田植の終了をのべて田植踊の区切りとした。二三 アニコの転訛で、兄・長男をさす方言。二四 税のかからない、小遣い儲けなどの余力の田。→二四八。二五 →三三六。二六 一息に、一気にの意。二七 「是から」を受ければ完了形は合わないが、めでたく踊りおさめるのに、連続的な所作で、すべて完了した形になったもの。▽藤九郎の踊りおさめの口上。「ほまち田」は富裕の象徴、「檀那さま」一家の富裕を寿ぎ退出する。類歌「大殿様の御田をも難なく片昼間に植ゑ仕舞うて呉れたことぢや程に　これよりおん若様のお化粧分とあつてこれも五六百刈もあるさうだ」(『岩手県史』民俗篇・西磐井郡田植踊)。二八 真澄「奥のてぶり」に、田名部の田植踊のさまが記され、同書の図絵にもこの傍注にある様子が描かれている。現在、田名部では行われていない。二九 長い柄の先に横板をつけた農具で、地面をならしたり土塊をくだいたりするもの。

248 三〇 →二四七注。三一 保田、宝田(→二五〇)とも記す。もとはホリタのことで開墾地・墾田(はり た)の意。ホリタ→ホツタ

251 田植の上手の田植(うう)るは　苗[一]にざんざら波たちて　風はそよとふかねど

252 かつち[二]田に　ねせ田[三]　つめをつい田もねせ田
〈糞(コヤシ)を、じきといふ。科野の国のかりしき、此里にかつちきといふ。田に生柴を敷(しき)わたす。刈敷にや、又刈糞(シキ)にや。〉

253 前なるくね[四]の竹こそ　もとの節(ふし)をそろへて　こき[五]竹によけれ

254 田の神の昼(ひる)の休ミ　何枕を参らせ申(まうす)　綾[六]の枕を参らせう

255 小昼(コンビリ)[七]持(も)ちがきそろふ(う)た　どこらほどまできそろふ(う)た　竹が林をま[八]んのぼり　新左平(しんざ)(タヒ)まできそろふ(う)た　昼持(ひるもち)の女郎は　夏の衣裳でめされた　夏はしろき帷子(かたびら)　染(そめ)たりやからかき[九]

256 苗取[一〇]リ川の中の瀬で　千代が文(ふみ)[一一]をおとした　何(ナイ)[一二]やそれをとらねば　袖がぬれてとられぬ　かい[一三]取り上(あげ)てとられねか[一四]

おなじ国(くに)ぶり　おなじ里[一五]の　田歌

[一六]五月田唄を正月にうたへば、正月田唄あり。

↓ホウタ。二四七「ほまち田」に同じ。三三 以下の対句は、本来「畔留(くろどめ)」に用いる詞句で、畔を田の土で塗り固めるためのもの。苗を植えるさまに用いるのは、詞句に紛れがあるか。三三 ↓二四三注。▽藤九郎(弥〈武〉十郎)の口上。主人のほまち田を植えた後、長男分のほまち田を植えるための寿詞。

249 ▽「奥のてぶり」の図絵(注二一八)に同じ詞句での書入れがある。「御祝ひ」は「ごいはひ」。↓二二四。

250 二四 ↓二四八注。二五 寿福的なゆかりのある名前であろう。二六 多収穫への願望をこめた類型詞句。二七 屋敷の前の私道に沿った早稲田の稲、の意。「街道」は「かいど」で「家から往還にでるまでの通路」(柳田国男「垣内の話」)。「街道端のはや早稲」(『俚謡集』山形県北村山郡田植歌)とも歌う。屋敷前の田は良田。↓二四五。ハセ↓八六注。▽「奥のてぶり」の図絵(注二一八)に書入れ。同書本文、「すすきの出湯」には「えもとさえもが」以下を採録。「一本植れば」以下で歌われることも(『東北の民謡』岩手県田植踊等)。

251 一「前トモ」の傍書。▽手際よく植えると苗が自然に波打つようだ、の意で、早乙女への讃め歌。梁塵秘抄・三四〇「此の波は打ち寄せて　風は吹かねども　や　小波(さざらなみ)ぞ立つ」の余響がある。

252 二 刈敷を施した田。カリシキはカッチキともいい、肥培法の一つ。頭書参照。三「寝せた」に「田」の字を用いた。貝おほひ・十八番の評に「稲」の縁で「おくて田」「定め田」とするのに同じ。「かつちき田」にことよせた言葉遊び。以下も同じ。

253 四 屋敷の周囲の檜・杉・竹などの林叢をいう。五 稲扱(こ)きの道具。扱き箸とも。二本の竹箸の間に稲の穂を通して扱き取る。▽稲扱きの労作歌。くねの竹を讃めて、効率のよいこき竹を願望したもの。

254 六 美しい織模様の高貴な枕。田の神に親しみをこめて尊んだ表現。▽田植の場で昼食時を迎える歌。田植踊でもこの歌を機に昼食となり、御神酒が入る。田の神も昼休みとなる。『東北の民謡』青森県野沢・田植唄の類歌は「昼の唄」。

257 かどの一七曲師(まげし)はよい曲師(まげし)　一八入(いれ)てこしたをたゝいた　叩くにも　たゝいた　一九しんとく〳〵とたゝいた

258 田の神の御膳をば　何膳(ぜん)ばかりそろへた　九十九膳(ぜん)そろへた

259 苗の二〇もとはおとれども　二一皿の数はおとるまいて二二

おなじ国(くに)ぶり　二三七戸のほとり田植唄二四

260 あれ見ろちや　むかひに七ッの姫が二五機(はた)巻く　まくまではおぼへ(え)たが　二六文糸(アヤ)のかけどこわすれた　手をとりて　をしへたれど　その身が鈍(どん)でおぼへ(え)ぬ　二七あや竹をすはとぬいて　殿(との)に三打(みうち)うたれた　うつ殿(との)二八は十五になる　うたるゝ姫は七ッになる　うたれたのくやしさに　桂二九川に身をしづめ　身はしづむ　髪はうかぶ　桂(かつら)川の浮(う)き草　うきくさは　何(なに)をたよりに身はしづむ　髪(かみ)をたよりにうきそろふ

255 一七 コンビリはコビルの訛り。コビルは朝食と昼食との間の食事。一八「まゐのぼり」の音便。一九 類歌は「からかさ」。▽前段、「竹が林」から「新左平」(未詳)まで、同型の二四六よりも、ここは「小昼持」がさらに近づいた期待感を歌う。後段「昼持の女郎」以下は独立して歌われることが多い。「染たりやからかき(さ)」には類歌「藍染だれのからかさ」(『三戸郡誌』上郷・田子の田植歌)など男の影がちらつく。

256 一〇 苗を運ぶ時の田の中の水路。一一 どうしてそれをとらないのか、の意。「バ」は、この地方の方言で疑問詞(藤原相之助『郷土研究』五ノ一)。一二 文使いの女の名。一三「掻き取り」の音便。着物の、褄や裾をからげること。一四 傍書「ネカトモ」。▽思う相手に文が渡らぬもどかしさを、問答の形で歌う。恋文の使者が途中で文を落す「落し文」の歌の系譜を持つ。閑吟集・二九三、狂言歌謡・文荷等に脈絡。中国地方の田植歌(『俚謡集』島根県)にも類歌。「月の出羽路 仙北郡」に近似の歌を採録、文使いの童女「千代」の伝承を記す。一五 前の「糠部郡 田名部県」に同じ、の意。一六 田植時に歌う歌と小正月の田植踊の歌とが共通であることを示す。二五七は田植踊歌、二五八は田植歌の類歌をもつ。

257 一七 曲物師のこと。一八 底板をいうか。「腰た」として「た」を接尾語とも。一九「こした」を叩く擬声語。慎重なさまを示す。類歌「こんちやく〳〵」「こんぢく〳〵」等。▽曲物師の手際よさを歌っているらしいが、歌意に「猥りがはし」(柳田本)さも。『東北の民謡』青森県えんぶり等に類歌。

258 ▽二四一の八戸の田植歌に同じ。田の神への最高のもてなしを歌う。二五九はこれを受けて効果を高める。

259 二〇「もと」は本数の意で、苗の数。二一 食事の量を比喩的にいったもの。二二 柳田本、日本古典全書等「ぞ」とするが原文「て」と読むのがよい。詠嘆の終助詞。▽仕事は手鈍(てのろ)いが食べるのは人一倍、という男を揶揄する歌。連章で歌うときは二五八の「九十九膳」の詞句が皮肉な効果をもつ。二三 現青森県上北郡七戸町辺。二四「田植踊歌」か。『気仙沼地方童謡・民謡集』田植踊歌「向ひ山」の他、田植踊歌系に近似の類歌が多い。

おなじ国(くに)ぶり　仙台[一]

261 明日は[二]大檀那のお田植だが　知(しつ)たしらぬか太郎次郎　[三]からすの八番鳥に　[四]むく〱むつくりと[五]むぐぢりおきて　[六]大黒小黒墨の黒　三十三疋引出(ひきいだ)し　苗つけて参ろ　早乙女にとりては　太郎が嬶(かゝ)に次郎が嬶(かゝ)　橋の下(した)の[七]ずいなしが嬶(かゝ)　[八]七月子腹(ななつきこばら)で　子腹(ばら)は　[九]つはくとも殖(うゑ)てくれまいじやあるまいか　サア〱早乙女たち唄へ〱

〈ズイナシ、とは、川鹿、[一〇]石ぶしやうのものをいひ、ツハリ、或、[一一]ツハイなどいふ、そのもとは、妊娠悪阻のつはりよりはじめて、食腹をつはきなどいふこと葉もはらあり。〉

262 今日(けふ)の田植の田主(ぬし)は　[一二]水ぐろに腰(こし)かけて　黄金(こがね)の楊枝を前歯(ば)でくはへて　さもや長者になりそふだ

おなじ国ぶり　南部[一三]二ノ戸ノ郡　[一四]祁武波比(ケンバヒ)

260　二五 七歳の女の子。　二六 物類称呼四「機躡…かざり　梭(ひ)　みちをわくる糸也。…下総にて、あやいと」。二七 物類称呼四「あぜ竹　升(よ)をわくる竹なり。…東国にて、あやだけと云」。　二八 以下殿十五歳、姫七歳の幼い夫婦であることを歌う。　二九 京都西部を流れる川。元歌が京都だったことを思わせる。　類歌は、転訛して「鳥川」と伝えるものが多い。▽粗相をした女が「面目ないとて…川に身を沈め」とする型が各地の手鞠歌に遺る。早婚の織姫の悲劇譚歌が形成される背景には、粗相投身の歌の型に「茶屋の娘は天下一の機織」型の早婚の歌などが複合する形で伝承していく過程があろう。

一 下に「田植躍唄」とあるべきところ、省かれている。

261　二 →二四七。　三 明鳥の遅い鳴き声。「鳥の八番鳥」は田舎のユーモア(柳田本)。延享五「鳥は八番八声のものよ　起きて往にやれよ忍びづま」。　四 以下「むく」の音を重ねて、歌と踊りに調子をつけた。　五 慌てて起き上がるさま。仙台方言(桜田欽斎)「ヒンムクジル・ムクシリカヘス　転倒スルコト・ヒツクリカヘスノ心ナリ」。　六 「黒」は馬の毛色。→二四三。初句から「墨の黒」まで玉勝間「みちのくの田うゑ歌」にほぼ同じ。　七 頭書参照。カジカが田植時の五月頃に産卵することから次の「七月子腹」を導いた。　八 妊娠七か月をいう。　九 悪阻(つわり)を形容詞として用いた。　一〇 物類称呼二「杜父魚」の項「かじか…近江にて、…いしぶし」。　一一 秋田県鹿角郡で「満腹」を「つわい」(『日本方言大辞典』)。「出羽では腹クチイを腹ツハイと云」(藤原相之助→三六六)。クチイは満腹の意。▽田植踊の弥十郎(→二四三)の口上。真澄「かすむ駒形」胆沢郡徳岡(当時、仙台藩に属す)の田植踊の口上に「七月妊身(ナナツキコバラ)で、腹産(コバ)こは悪阻(クツバ)こども」の詞句がある。妊娠中の女性が田植に加わるのは、稲の実りへの感染呪術。「八戸永えんぶり田植万歳」等、田植踊に孕み女が登場する例は多い。

262　一二 たっぷりと水を用いて畔留(くろどめ)をした畔。▽「黄金の楊子」を歌うのは田主讃めの型。一一三と同想。「黄金」と「長者」で寿祝するのは、一五〇・三三六も。

一三 現岩手県二戸郡。　一四 傍注参照。浜荻「けんはい　ねん仏七月舞之、唱歌左のごとし。

ケンバヒとは、剣舞をいふにや。落蹲(らくそん)[一五]のごとき仮面をかけて、つるぎをぬき、団扇、或、軍配扇などとりて舞ふ。仙台と大同小異也。[一六]

門入[一七]のとき唄

263 鵲(かささぎ)[一八]の門の扉さ巣をかけた[一九]　十二ッの卵子(かひと)を産みそだて　十二ッの卵子(かひと)のたつときは　いかな闇(やみ)も月とかゞやく

場(には)[二〇]を誉る辞

264 この庭に参り来て見申せば[二一]　さても見事な　お庭(には)かな　四方四角に斗形(マス)で　四方の隅(スミ)から黄金(コガネ)涌く

高灯籠[二二]をめぐりほむる時

265 この灯籠木(とうろぎ)　参り来て見申せば　火はする[二三]〳〵とあがり　天にかゞやく

富士の讃[二四]とて唄ふ詞

266 三国一の不二の山[二五]　あがりて拝めば　八(やつ)の峰　くだりてをがめば　谷七ッ　そのうちに　深さ八万四丈に　広さ八万四丈の川[二六]ひとつ　その川とて古跡[二七]なる石ひとつ　そのなかに　親に不孝な鳥がすむ

踊ともいふ。おそろしき面をかけ太刀ぬきてもふ也」。現在「剣舞」と書くのが通例だが、「剣佩」「顕拝」等とも。邪気、悪霊を踏み鎮める呪法「反閇(へんばい)」と関わるかという。「反閇の呪法的性格と民間の浄土信仰との結合した」(森口多里)念仏踊の一種。現在、鬼剣舞等宮城・岩手両県で行われている。

一五 雅楽の曲名。二人舞の「納蘇利(なそり)」を一人で舞う時の名で、緑青色の仮面をつける。古刹天台寺に舞楽面が遺されており、それを用いて当時阿修羅踊風のものを踊ったのを真澄が見たものか(森口)という。 一六 「かすむ駒形」に当時仙台藩に属した胆沢郡徳岡(現胆沢町)の剣舞を記し「いか目の仮面(テオモ)をかけ…軍扇を持(チモ)ち、また太刀はき、つるぎをぬきて舞ふ」とある。

263 一七 踊組が回向のため訪れた家に門がある時の「門讃め」の歌。 一八 中国・朝鮮に分布、日本には佐賀県のみに棲息。類歌は「白鷺」が多く、ここもアオサギをさす「笠鷺」か。 一九 類歌「は」「や」。▽巣、十二の卵、巣立ちは、新しい生命の誕生、多産を予祝する詞句。結句は「鵲」を闇に輝く月と讃めたもの。念仏踊系に広く歌われる他、備後国福山領風俗問状答「ひらく」等に類歌。「十二」は十二月(つき)を暗示し、鳥が十二の卵を産むことが正調な自然の循環と豊穣を願う詞句になり得た(渡辺昭五)という。→一四六。終りに「南無阿弥陀仏」を唱えるのは以下二六五まで同じ。

264 二〇 訪れた家の、剣舞を舞うニワを讃める歌の意。 二一 この詞句は、剣舞、鹿踊などの踊組が家々を巡る時の讃め歌の型。通例は「参り来て」が初句に。→二六六。▽庭を讃め、庭の主の富裕を予祝した。米を量る「桝」の形には寿祝性がこもる。類歌は結句が「桝形の庭」型か、「黄金湧く」型かのいずれかだが、ここは複合型で寿祝性を強めた。

265 二二 関東、東北で新盆の家で高い竿につけてともす灯籠。 二三 灯籠の火。類歌「つる〳〵と上る灯籠」とも。▽新盆の家々を巡り高灯籠を讃めて供養とした。鹿踊歌にも。

266 二四 和讃のこと。この歌を「歌念仏」とも(伝慶安二年写「釈迦舞流剣拝巻」仙台市泉区〈旧根白村〉けんばい)。 二五 類歌には「箱根さん」(岩手県紫波郡都南村永井大念仏けん

[一]羽(はね)をば浪にたゝまれて　觜(はし)をば氷につめられて　眼(まなこ)は霞にかけられて　[二]はやく春がこふがし　不二の山へまひあがり　[三]朝日にむかふ(う)て　父拝も　夕日にむかふ(う)て　母をかも　後生ねがはゞ　親(おや)をがめ　親(おや)にましたる後生がなひ　[四]石に成仏なむあみだ仏

[五]投艸

此踊せしものに、宿のあるじのもとより銭紙などのたぐひをとらせける。それをもほめてけり。

[六]光明遍照十方世界、念仏衆生摂取不捨の文をとなへて、

267 此(この)投艸(くさ)来り申(まうし)て　手にとれば　さても見事な投艸かな

銭

268 さても見事な銭(ぜに)かな　諸国めぐる貨物(タカラモノ)　後生のためとてくださるゝ　ありがたや

紙

269 さても見事な素紙(しら)かな　神の前では　御幣となる　仏の前では五色なる　ありがたや

膳

ばい）、「むさしの」の「大ミね山」（同村手代森念仏けんばい）等の霊山伝承も。二六 類歌に「御手洗い川」（根白村）、「三津川」（都南村永井）等があり、いずれもこの「川」以降冥界の叙述になる。二七 類歌に「五織ノ」（岩手県下閉伊郡岩泉町〈旧大川村〉けんばい）、「五色の」（仙台市太白区〈旧秋保村滝原区〉顕拝）とあり、ここも「五色の」の転訛か。

一 以下「觜」「眼」の責苦のさまが続く。類歌には「足」「羽」も氷雪に閉ざされることも（秋保村等）。二 上の「氷につめられて」を承けたもの。類歌は「雪も氷もみなとけた」（秋保村等）と続く。三 春が来てからの「親に不孝な鳥」のさま。四「西に成仏」（大川村）とも。ここも「西に」の転訛か。▽「霊山地獄の信仰が仏教以前にあった」か（柳田本）という、その可能性を思わせる（二〇五頁注二五・二六参照）。ここはそれが富士信仰と結びついた形。「富士和讃」（愛知県知多郡阿久比村念仏講）には「富士センケンヘ参ルナラ」と始まり「四逆五逆ノ罪キヘテ」「親ニアフコトウタカハス」と結んだあとに本歌と同趣の歌が続く。本歌は、霊山富士に登ることで親不孝も済度されるという信仰が和讃の形で伝播したもの。幼童への教訓（柳田本）にもなった。「親のない子は西向いておがめ　西は極楽親の道」（『日本伝承童謡集成』一長野県子守唄）にも通ず。

五 訪れた家で祝儀として供されたもの。傍注参照。→二八〇。それぞれの「投艸」には必らず「讃め歌」を歌う。以下はその歌。

六 観無量寿経の光明四句の文。（一々の）光明はあまねく十方の世界を照らして、仏を念ずる生ける者どもをおさめ取って、捨てられることがない（中村元他『浄土三部経』）、の意。念仏踊にこれを唱えることを常とした。国女歌舞妓絵詞参照。

267 ▽祝儀の投艸をまとめて讃めて、家の主への讃め歌ともした。終りに「南無阿弥陀仏」を唱えるのは以下も同じ。「投げ草をいかなる人がなげたるや　いかに御寿命長くあるらん」（『田楽・風流一』岩手県遠野郷の鹿踊）。

268 ▽銭の祝儀を讃める歌。現世の「諸国をめぐる貨物」と、「後生のため」と並列させた形。類歌の多くは「後生」のみ。「ごしやうぼだいと下さるる」（都南村手代森念仏けんばい）。

270 此膳(この)は　さても見事[七]　膳かな　もとのあるじへ今反(かへ)す　本屋の神も
仏も　うけてよろこぶ　ありがたや

おなじ国(くに)ぶり　三戸[八]の念仏踊　五倫砕[九]

七月の間これを行ふ。処〻大同小異せり。

墓[一〇]

271 墓(はか)じるし　さけて五倫が水となる　ひとつは天にとびあがり　ひと
つは義経たもとに入る

生キ口[一一]

272 いにしへの恋しき人の墓(はか)に来て　見るよりはやくぬるゝ袖かな

死ニ口[一二]

273 ぬる[一三]ゝとも其様(そさま)の袖はあれば見る　たゞくちはつる身こそつらけれ

外唄[一四]

274 木枯(こがらし)の身をしむほどにおもへども　恋しき人はなどやなるらん

---

269 ▽白紙の祝儀を讃める歌。純白の神聖さと仏教の五正色へ、神と仏を双方歌いこめて高い讃辞とする。各地で「白紙」は投艸となった。

270 七「見事な」の「な」脱。▽供された食事を讃めたもの。あるじの家の神仏へ供えたなら喜ぶもの、と歌い返すことで讃歌とした。

八 青森県三戸郡の辺。

九 浄瑠璃物語「五りんくたき」の段の伝承を踏まえた構成になっている。「五輪砕」が通例だが、「倫」「輪」は混用された。

271 一〇 歌の主題を示したもの。以下の各歌にも添えられ、整った構成をもった踊りであったことを思わせる。ここは「墓じるし」を指す。▽上瑠璃(MOA美術館蔵絵巻)「五りんくたき」に「そのゝち、みはかゝ、三どゆるいて、五りんか、三つにくたけて、ひとつのわれが、御さうしの右のたもとに、とひいれは、ひとつのわれは、とんしきのひかりを、はなちて、こくうをさして、とんて行、のこりしわれは、みはかのしるしとなりけれは、御さうしは御らんして」とあるのが歌謡化されたもの。「水となる」は「三つとなる」とあるべきが転訛したもの。この条がある伝本は上瑠璃のみであり、この系統の物語の伝承と本歌との深い関わりを思わせる(磯沼重治)。

272 一一 口寄せで生きている人の霊が語る言葉。ここは義経の言葉。▽「五りんくたき」で、「御さうし」(義経)が「上るり御せん」(浄瑠璃姫)の墓に向かって歌いかけた歌に同じ。「急ぎきて恋しき人の墓標、見るより早く濡るゝ袖かな」(『俚謡集』岩手県江刺郡奴歌)の他、青森県三戸郡階上村「鶏舞の唄」(『東北の民謡』)等の類歌に物語の伝承基盤が思われる。

273 一二 口寄せで死者の霊が語る言葉。ここは浄瑠璃姫の言葉。一三 前歌の結句を承ける。▽「袖はあれば見る」は、袖は現に生きている身には目にも見えようが、の意で、下句「くちはつる身」の死者の悲しみをこめたもの。「五りんくたき」では「御はかところ」(浄瑠璃姫)の「へんか(返歌)」とあり、「そなたのそては」のほかは同じ詞句。「濡るゝとも祖様の袖は世にあるが　我が袖こそは露と消えつつ」(『俚謡集』岩手県江刺郡奴歌)。

灯籠

275 此道(この)は浄土の道(みち)もうち見へ(え)て　数の灯籠をかけならべ　親の為か子の為か　六代先祖のおやのため

鹿踊

一おなじ里ぶり。

門二

276 参り来て三　これの　御門を見申せば　飛驒(ひだ)の匠(たくみ)が建(たて)たる門かな

庭

277 参り来て　これのお庭を見申せば　南さがりに北あがり四　さても見事なあそび庭かな五

家

278 参り来て　これの館(やかた)を見申せば　八棟(やつむね)作り六に柿(こけら)ぶき七　こけらをたよりに生ひたるから松　唐(から)松の一の枝より　二の枝まで　黄金(こがね)さがりて館(やかた)かゞやく

食八

---

274 一四 生霊死霊の歌に対して、第三者の思いとして構成。▽「五りんくたき」では二七三の「御せん」の歌に「御さうし」がさらに返した歌。「身にしむ」「などなかるらん」とある。切なく思慕しているのに、恋しい人はなぜこの世にいないのであろうか、の意。

275 ▽「灯籠」を主題にして、先祖代々への供養を歌い、念仏踊のおさめ歌とした。「五りんくたき」にはない。

一 念仏踊の里と同じ三戸の踊歌をいう。

276 二 家々を巡って「門」を讃める時の歌。→二六三注。以下「庭」「家」と続く。三「参り来て…見申せば」は家々を巡る讃め歌の型。→二六四。▽名工として伝説化した飛驒内匠を歌いこむのも門や家を讃める型。

277 四 庭や屋敷の地相が吉相であることをいう類型。「南さがりの御生の庭」(『俚謡集』岩手県江刺郡奴歌)。五 鹿が踊る場をいう。▽播磨波賀町戸倉・ざんざか踊・二つうちわ「こなたのお座敷けさこそ見たれ　乾の上(あが)り南の下(さが)り　今こそこれの世盛りよ」など各地の風流踊歌に脈絡。

278 六 多くの飾り破風などをつけて複雑な形になった屋根、あるいはその家。「柿ぶき」とともに館讃めの類型句。七 檜・槇など良質の木材の薄板で葺いた屋根。▽連鎖的に寿祝的な詞句を重ねて富裕な主と館を讃めた。類歌は「三の枝」まで歌うのが多い。獅子踊諷弄(一九七頁注二一)、猫右衛門家伝巻物(→三二四注)などに同型の歌。

279 八 訪れた家で食事を供された時のお礼の歌。食事の讃め歌。九 娘盛りをいう。→二三九。食事や酒をふるまう役。一〇「玉」は美称。類歌「綾の襷」とも。一一 類歌「湯漬け」とも。鍋や釜に入っている冷飯に熱湯を注ぎ、よくまぜ、それを掬い上げて盛って食べる(鳴海助一『津軽のことば』)。一二 類歌「芽出度や」「過分なりけり」など、寿祝と感謝の詞句で結ぶ。▽「湯漬け」を讃めるとともに、ここは、ふるまい役の「十七」の讃め歌にもなっている。

280 一三 →二〇六頁注五。ここは銭・煙草の祝儀を讃めたもの。一四 きざみ煙草をいう。長崎に最初に渡来した(また長崎

279 [九]十七は　[一〇]玉の襷をよりかけて　米のお湯かけ[一一]　われらにくださる
[一二]ありがたや

銭　煙草　など投草[一三]をほめる

280 [一四]長崎たばこに　丸き銭　恐れながら　これをいたゞく

南部　稗貫[一五]　和賀　両郡　神事　奴踊[一六]唱歌

281 鳥ならば〳〵　様のあたりに巣をかけて　いつもきん聞たや[一七]　様の
御声　その声[一八]さまの　我が中　ずつと聞たや　しんき[一九]

282 おもふとて〳〵　思はる[二〇]ふりして　末[二一]をとりさへ　しんき

283 色に出しては叶ふ[二二]さまよ　いつも酒のんで　しげり松山[二三]いはしやん
せ　唐も大和も　さゝ[二四]の上なる　露[二五]の浮世じやと　トセイ　世間か
らい[二六]はさらすいて来た

284 当世はやる　四海[二七]浪の大鍔[二八]　するり[二九]とぬいて　ごめんなれ　御宿[三〇]は
いづく山の殿ン

285 [三一]四角五角は　はやればこそに　はやりさまして　一角など〳〵　ト

で最初に栽培された、とも)ことからそう呼ばれたもの。仮名草子・露殿物語にも用例。▽貴重な「長崎たばこ」の「投草」への讃め歌。「銀の盆に長崎莨菪刻添て　巻絵羅宇(らう)の煙管(きせる)で呑とは過分なりけり」(猫右衛門家伝巻物→三四注)。
一五 現岩手県稗貫郡・和賀郡。
一六 奴姿の装束で華やかな振りを示す踊。岩手県稗貫・和賀・遠野・江刺地方に今も伝えられる。『俚謡集』岩手県江刺郡奴歌、『田楽・風流一』奴踊等に本歌群すべての伝承詞章を伝える。「奴踊」は御湯殿上日記、酔笑庵之記等に見え、小歌吾聞久為志所引の正事記に正保頃の江戸の歌舞伎踊のさまが記されて、二八七・二九一の類歌を伝える。落葉集四に「山之手奴踊」等の曲も。

281 一七「聞きたや」を歌う口調で強めた形。一八 前句を承けて歌う口調で倒置に。一九 辛気、気がもめる意。▽類歌に「鳥ならハ　近くの杜にすをかけて　こがれてなく声　しらせたや」(越志風俗部　歌曲・まつさかふし)、ここでは主客が逆転している。「しんき」を末尾に添えるのは歌謡の流行。浮れ草に一群の「しん気」歌。→山家鳥虫歌・二八。

282 二〇「思はぬ」の転訛。「思はる」では意味が通じにくい。閑吟集・八〇「思へど思はぬ振りをして」。二一 柳田本「末をどり」、日本古典全書「米踊り」。類歌に「踊り」はなく「末を留めさい」「末もとぎさに」等、ここも末を遂げる意か。このあと、二八三の初句へ続けて一首とするのが自然(→二八三注)。類歌も同じ。▽閑吟集・八七・八八、隆達節「思ふとてその色人に知らすなよ　思はぬ振りで忘るなよ」の余響。

283 二二 叶うまい、さまよ、の意か。二三 類歌「繁れ松山」(『俚謡集』奴歌)。閑吟集・七「茂れ松山　茂らふには　木陰に茂れ松山」の歌をこの一句で引用したもの。「しげる」は廓用語で、男女が睦み合う意。二四「笹」と「酒(さ)」を掛ける。二五 はかない世の意。二六 言われて来た意の奴言葉。▽冒頭「さまよ」まで二八二に続く句。→二八二注。類歌はすべて「いつも酒のんで」を初句とする。「はかない世」の現世享楽を歌ったもの。「世間から」以下は奴歌の型で、上の内容を世間一般の道理とする。→二八五・二八八。

セイ　世間からもつはらすいて来た

286 己らは若い時は　こぬか奴も振て見た　今は年寄り〳〵　てんと髭べにだまされた

287 己らもわかい時は　栗の毬などくんのんだ　今は年寄り〳〵　てんと髭べにだまされた

288 おもひ直して　もとの嬶さま呼やれ　もとはともあれ　子もあれをさな馴染みじやと　世間からいはさらす

289 こゝもとへ　うつされや　宇治の里の柴をつ葉を　粉にして　粉でくんのんだ

290 砂鉢はすべらめけども　そこしん心は仏ださ　とにかくさすぞ　娑婆に縁すへ　砂鉢に気が付た

291 おもひかゝれば　荒岩なんどもぶつとした　まして板戸の七八枚はなんだ弁慶だ

292 こゝへ持て来なされや　猫の皮の笠油単　三筋の　糸を　つよくさ〳〵引はる　鼬鼠の皮

293 武士のうきより　なぜに鞘うちなさつた　われらも若い時は　たま

---

284 二七 鐚の文様か。 二八 正事記(→注一六)に奴踊の装束を「脇指の柄の長さ、手一束なり。大鐚をすげ」とある。 二九 踊りのしぐさか。 三〇「久保田の落穂」に「古き奴躍の唄」として「おやどはどこじや山のてやまのて」。▽江戸山の手の大名・旗本に仕えた奴を「山の手奴」と呼ぶ。注一六「山之手奴踊」の末尾「爰は山の手よい〳〵奴のでどころ」。ここも「山の手奴」の誇りを歌った讃め歌。歌舞伎踊の詞章を伝える。

285 三一 何の形をいうのか不明。▽二八四「当世はやる」を承けたものか。 類歌の結句「当世世間では専ら言わしやらせ」(『田楽・風流一』江刺市梁川奴歌)。ここも「もつはらいはさらすいて来た」だったか。→二八三・二八八。

286 一 通例「己らもわかい時は」(→二八七)で、下の「今は」と呼応する「老人の歌」の類型句。 二「こぬか奴」は未詳。「奴を振る」は、行列の供先をつとめる奴が左右に手を大きく振って伊達の形をしてみせるのをいう。 三 全く、すっかりの意。 四「べ」は「奴(め)」の転訛で、見下げる意がこもる。▽若い時の勇壮な姿と対照させて下句で老人の悲哀を歌う。「年寄り〳〵」に踊りの歩調のリズム。

287 五 丸呑みする意の奴詞。→二八九。▽二八六と同型。正事記(→二〇九頁注一六)所引の奴踊歌「おらが若い時はさゞいから(螺螺殻)でもつんのんだ　今も一ツ二ツやあんだ弁慶」には老いの中にも強がりが歌われるが、ここは嘆老。歌舞伎踊の奴歌と深い脈絡をもつ。

288 六 他人の妻の敬称。▽別れた夫婦の仲をとりもとうとする勇みな気概を歌う。「もとはともあれ　子もあれ」は説得の理由だが、この詞句のリズムは踊りの歩調に合ったもの。結句は奴歌の類型詞句。→二八三。

289 七 自分の所へ持って来い(移せ)、と歌うのは、力を誇示する詞句。→二九三・二九四。▽二八七「栗の毬などくんのんだ」と同想。類歌『俚謡集』奴歌の囃し詞に「弁慶ダンベーカヤイ」とあるのは、二九一「なんだ弁慶」と同型の、強がりの誇張。

290 八 底の浅い皿形の磁器の鉢をいうが、ここは頭の形から奴詞で額をいう。ぬれほとけ・序「砂鉢を掛けて胸板まで

らぬ笑止なやつだ[一四]

294 朽(くさ)れ木(き)つ節(ふし)に[一五] 鉞(まさかり)添(そへ)て こさ持(もち)てこヲ ぶつさき〱 おんとい[一六]ぶして わかい衆にまじはる 見事なおしやつ面(つら)だ[一七]

〈香の会などを見て笑ふ辞にや。〉

295 浅艸(あさくさ)[一八]のゑんま王に 酒手[一九]三文はたられて 六道銭(せん)[二〇]をためておいて 緡(さし)[二一]までさんだした[二二] おしそなおしやつ面(つら)[二三]だ

296 地瘤(チボナ)[二四]のてつへつから[二五] 星の親父(おやぢ)[二六]がずぶぬけて 火事の卵(たまご)[二七]をぐわらりふんごした[二八] でつち目玉[二九]の鞘(さや)はづせ

〈山の嶺より月の出て、挑灯をふみくだきし、とうたふなり。〉

297 きり〲す この葉の下になぜに中(まうす)よ 夜明(あ)けのみだれ髪は いつに中(まうす)ぞ イヲホホンホ

をなじ(お)国(くに)ぶり 南部宮古[三〇] 七月踊唄[三一]

298 こゝは大(だい)[三二]の阪 七曲ﾘ[三三] なかの曲(まがり)[三四]に日をくらした

299 柴内(ナキ)[三五]や 出[三六]は入ﾘはよけれども 前がひどろ[三七]で身をやつす

切先外しに深々と」。▽意味がとりにくい。『俚謡集』奴歌「砂鉢めがつぶりめけども 底心こゝろは只仏たさ 兎角しやつら逡婆に縁すい 砂鉢に気が付いた さー〱見事なシャツラチヤエナ」。

291 九 その気になれば、の意。一〇 類歌には「ふんごはした」「ふんごした」等とある。→二九六。一一 弁慶など屁とも思わない、の意の奴詞で、奴踊歌の末尾に用いられる類型句。訛って「あんだ弁慶」とも。→二八七注。▽正事記(→二〇九頁注一六)の奴踊歌「おらが若い時は 岩のはなをもつゝかいたま(し脱)て戸壁は あんだ弁慶」、「槍ふり踊」(『東北の民謡』岩手県)に本歌と同詞句の歌。歌舞伎踊歌の系譜。

292 ▽「こゝへ持て来なされや」は二八九と同想。猫の皮製のものも良質の鼬鼠(いたち)の皮ほどにもしてしまう意の、大仰な自慢の歌。類歌『俚謡集』奴歌の囃し詞も二八九注に同じ。

293 一二 未詳。『俚謡集』奴歌の類歌「浮世に」。一三 未詳。一四 おかしいこと、滑稽なこと。▽意味がとりにくい。前段と後段は問答か。類歌の多くに「弁慶ダンベーカヤイ」の囃し詞があるのは、ここも二九一の「若い時」自慢の型であることを思わせる。→二八六・二八七。

294 一五 方言で、木の切れ端。一六「うんとゆぶして」(『東北の民謡』岩手県槍ふり踊)。たっぷり燻して、の意。一七 相手をののしっていう、顔の意の奴詞。▽頭書は、香の会を見て笑った歌かとする。「朽れ木つ節」「ぶつさき〱」「おんといぶして」に香会を皮肉る豪快さがある。奴俳諧「伽羅をいぶせる玉簾の内」の評に「松葉でもいぶせないで、やつこのやさしい事だ」。

295 一八 江戸名所図会六に「大倉前閻魔堂」の図。称光山長延寺。本尊閻羅王は運慶作と伝える。「閻魔」は顔の怖さから借金取りに擬せられる。ここもそれ。一九 酒代をいう。二〇 俗に三途の川を渡る船賃をいう。二一 穴あき銭を通す細い紐。二二 差し出すの変化した形。二三 →二九四。『俚謡集』奴歌は「サーサオシソナシヤツラチヤエナ」と囃し詞になっている。▽「浅艸のゑんま王」にこと寄せて、借金取りにあり金をすべて渡してしまった忌いましさを歌う。

300 なべこ長根[一]のひらのふさ[二]　見あげ見おろし見た斗リ(ばかり)

301 山伏は　やい　腰にさげたる[三]法螺(ほら)の貝　はても音(ね)はよい森岡まで[四]

おなじところぶり戯言[五]

鶯

302 [六]をごよすよ〱　己(を)らがとこへも来(キ)[七]とぶらひ　あまり　ねほひのよ[八]いをめの花(はな)

はたごやの詞

303 はたごゥやの言葉には　[九]おんだりました　ゑゝがもし　そこにごんざるさぶせんこ　のんべてたんもれ　おちごとなァ

おなじ国(くに)ぶり　[一〇]毛布の郡 鹿角 いまいふ　錦木[一一]堆の辺　盆踊[一二]大(だい)の坂ぶし

304 こゝは大(だい)の坂ヲヤイテヤ　七まがり　中のナア曲リ目でノヲ　ヲ、

---

296 二四「ぢこぶ」は山の意の奴詞。「爰かしこ地こぶの雪のきへやらず」(奴俳諧)。ヂホナは方言か(伝承類歌はヂコブ)。二五 浜荻「てッへつ 天辺の転 てッへん」。類歌「てつぺ」「てつぺん」。二六 月の奴詞。二七 提灯の奴詞。二八 踏み壊した、の奴詞。二九 浜荻「めのさやはづして 目鞘脱 よく目をつけて見ること」。ここは奴詞。▽頭書参照。注二四の句の評に「ろつぽうもの目には、てうちんを火事の玉子と見、月ヲほしのおやぢと見て、山をちこぶとなん」とあるのは本歌を念頭に入れたものか。奴詞に徹した歌。

297 ▽前段に嘱目を歌って後段に本意を歌うのは歌謡の型。ここは「申(す)」の繰返しが転換の軸。「夜明けのみだれ髪」に逢瀬への願望がこもる。『俚謡集』岩手県奴歌は「寝乱れ髪」。この語は閑吟集・一など中世歌謡以来の官能表現。↓田植草紙・一六・二〇。結句は類歌に「いつみますよ」(江刺市梁川奴踊)ともあり、ここも「いつ見申すぞ」の意であれば、「寝乱れ髪」の視覚的イメージは強まる。梁川では「引端」(退出)の歌、末尾に置かれる本歌もそれか。

三〇 岩手県宮古市。三一 盆踊歌。真澄は宮古を訪れていない。土崎で会った宮古の船人に聞いたか(「筆のまにまに」)。

298 三二 峠などの険しい山道をさす地名と思われるが、特定できない。三三 山道が幾重にも折れ曲がっていること。

三四 日暮れを迎えること。▽峠越えの厳しさを歌った。三〇四の鹿角地方の「大の坂ぶし」が伝わったもの。新潟県北魚沼郡堀之内町・大の坂踊「大の坂七曲り駒をよくめせ旦那様」、その類想歌が『島根民謡』道中歌に。ここも元は馬子歌・道中歌。

299 三五 秋田県鹿角市柴内。三六 地勢をいうか。三七 泥深い田の意の方言。▽柴内は地勢はよいが、前の泥田で苦労する、の意。二九八とともに鹿角地方から伝わったもの。『秋田郷土芸術』柴内村「七助節」に結句「米をとる」とあり「祝歌」。

300 一 岩手県下閉伊郡辺の地名とされるが特定できない。『東北の民謡』岩手県祝儀歌「鍋子長嶺の洞の雪」とも。二 未詳。柳田本は「ひらのふさ」で蝮蛇か、という。▽歌意がとりにくい。柳田本は、鍋子長根を通って蛇を見た話があり、

ヲ、　日をヤイくらす　ヲヤサキ サイノ　ソレヤ　ヤイ

305 俤(おもかげ)の来ては枕(まくら)をしと〳〵うつ　うつとおもふ(う)たりや夢じ(ぢ)やもの

306 夏蟬は　蜘(くも)のゐかぎ[一三]に釣るされて　これですぎ[一四]よか夏なかに

307 今朝　坂で　古[一五]の女房に逢(あひ)ました　にく〳〵　はづかしく　ね[一六]たくやし

308 十七[一七]八は籠[一八]の鳥　籠は小籠であそばれぬ

陸奥　松島　船[一九]唄　開口[二〇]

[二一]皇帝うたふといふ。

309 吾は[二二]異国黄帝(くはうてい)[二三]の臣下(しんか)　貨狄(かてき)[二四]庭上の池の面を見わたせば　秋吹風(ふく)に一葉の　散(ちり)て浮(うか)めば　その上に　蜘蛛(ちちう)の乗(のり)てさ〳〵がにの[二五]　糸曳(ひき)わたる姿をも　たくみて舟を造らる〳〵　黄帝お舟(ふね)にめされつ〳〵　おもひのまゝに　めでたう御代(おんよ)も治(をさめ)て　そのときの御座[二六]は　竜頭鷁首(りようとうげきしゆ)[二七]と名づけて　祝ひたまふこそ　さてもめでたや　此(この)[二八]御座に　おめしなさる〳〵我(わ)が君さまは　御代も栄(さかえ)て　御威光も　日〳〵にまさると　さ

それを即興に踊歌にしたか、という。結句には、恋情も、と。「湯田のさん子とおろせのくら(巌頭の名)は　見上げ見下す見たばかり」(『東北の民謡 岩手県の巻』沢内甚句)は恋の歌。

301 三 山伏の姿を歌う類型詞句。→梁塵秘抄・四六八、巷謡編・八五。 四 盛岡。▽この地方の山伏と神楽を讃めて下句に地方色を出した。『気仙沼地方童謡・民謡集』神楽歌「山伏の腰に下げたるホラの貝　一吹き吹けば村をさわがす　国をさわがす」。山伏神楽で、始めに法螺貝を吹いて神遊びの始まることを付近の人々に知らせる(本田安次)ことが背景にあろう。

五 滑稽な方言歌をいう。真澄の印象に残るものを収めた。

302 六 鶯。 七「来て下さい」の意の方言。物類称呼五「見よといふ事を奥州南部にて、みどうらいと云」。 八 梅の花。

▽大乗神楽狂言・宝狂言の歌に「女郎ハ二階ノ格子ノ梅ヨ　旅ノウグヒス来テ止レ」、ここもその風情を歌う方言歌。

303 九 おいでなさいました、の意。「おんだる〈おいでになる〉」(『南部のことば』)。▽客を歓迎する旅籠の言葉か。方言の意味がとりにくい。

一〇 実際の郡名はない。「けふの狭布(せば)(のの)」「けふの細布」といわれた幅の狭い布が調として納められたことから、「毛布」が地名と思われるようになったもの。菅江真澄「けふのせば布」にも「毛布郡」と記す。 一一 現秋田県鹿角市錦木の辺。「錦木堆」は「毛布(けふ)」を織る娘の悲恋を伝える錦木塚伝説を踏まえた地名。 一二 →二九八。

304 ▽二九八に同じ。囃し詞のまま採録。「百臼之図」異文一に毛馬内の春女歌として同詞句の書入れあり、「こは盆踊ぶしをおもひ出てうたふ」と、臼歌への転用を記す。毛馬内辺の現行盆踊歌に同じ詞句を伝える。

305 ▽前段に男の訪れを思い描き、後段でそれが夢だった現実を嘆く。下句は嘆きの類型詞句。→四〇。流行歌の流入。

306 一三 鹿角地方の方言で「蜘蛛の巣」、「網(い)掛く」の名詞化。 一四「過ぐ」は死ぬ意の方言(『全国方言辞典』)。秋田県仙北郡・平鹿郡に残る。▽夏蟬と蜘蛛のいかぎに寓意があるか。

307 一五「元の」の誤写か。 一六 妬(ね)(た)ましくも悔しいことだの意。▽別れた妻に偶然出会った時の複雑な心情を歌った

ても聞(きこ)えける　このまことに[一]

南部 及 津軽浦 船唄[二]

初夢[三]、とも、きさらぎ山、とも、宝の島、ともいふ一ふしあり。舟のり[四]そめ、あるは、ふなだままつりの時、是をうたふ。ところ〴〵[五]によて、振(ふ)りことなることなり。

310 正月の　ひと夜二日の初夢に　きさらぎ山(やんま)[六]の楠[七]の木を　船に造りて　はやおろす　柱[八]しろがね　蝉[九]こがね　筈(はず)[一〇]や　水縄(ミナハ)[一一]は　琴の糸　綾[一二]や錦の帆をかけて　舳(トモ)に大黒　艫(ヲモテ)にゑみす　おなか三社よ[一三]　お船(ふな)魂(ダマ)　よろづ[一四]のたから積込(つみこ)んで　たからの島へはせこむ

道奥の国　胆沢(いさは)[一五]の郡　神楽唄

優婆塞[一六]の神楽[一七]也。こは、みな[一八]羽黒派の山伏集りて舞ふ。重き神楽を、大[一九]嘗といふ。きぬがさの下に在りて、補任(ぶにん)をひらくなど、そのゆへ(ゑ)こと

ものだが、盆踊りの場で昔の恋人にこの歌でひそかに思いを通わせた、とも。類想歌→二。

308 一七 →一四八。一八 廓で身の自由にならぬ遊女を喩えたものが、次第に親の監視の厳しい娘の比喩として歌うようになる。ここも後者。→山家鳥虫歌・一九九。▽箱入り娘を男が揶揄した誘い歌。詞型七五七五。堀之内「大の坂踊」(→二九八注)は「十七は籠の鳥　籠がせまくてあそばれぬ」の五五七五の古態をもつ。

一九 御船歌のこと。御座船歌とも。将軍家や諸藩の御船手が、新造船の進水式や、将軍、藩主、巡見使など貴人の乗船に際して歌った祝儀歌。二〇 ここは御船歌の最初に歌う祝言の曲目であることをいう。

309 二一「皇帝」(「黄帝」とも)という曲名。二二 類歌「異国の」。二三 以下は謡曲・自然居士の「舟の起こり」を踏まえる。「黄帝」は中国古代の皇帝、舟の起源もこの皇帝からとする伝説がある。二四 皇帝の臣。はじめて舟を造ったとされる。説文「舟」に「古者共鼓・貨狄、刳木為舟」。二五「蜘蛛」の意をくりかえし、「糸」の枕詞とした。二六 御座船のこと。天子、貴人の乗る船。二七 船首に竜頭と鷁(大きな水鳥)の首を装飾にした、二艘一対の船。平安時代以来、貴人の園遊に用いた船で、ここはその起源を語る。二八 以下は将軍、藩主など貴人の乗船を寿ぐ詞句。

一 囃し詞。仙台藩御船歌「この嬉し」。▽黄帝、貨狄の舟の起源伝承から、御座船「竜頭鷁首」の由縁を歌い起こして、この船に乗る将軍、藩主の威徳を讃めた。自然居士「舟の起こり」の要約化、章句の踏まえ方に差はあるが、「黄帝(皇帝)」は幕府、諸藩の御船歌の殆どに用いられる。本歌は仙台藩御船歌「黄帝」とほぼ同じ詞句。題詞「松島 船唄」に符合する。

二 御船歌。→二一三頁注一九。三 以下「宝の島」まで、三一〇の詞章の構成要素「初夢」「造船」「宝の島(宝船)」のいずれかによる呼称。四 正月二日、仕事始めに安全と豊漁祈願のため船霊(ふなだま)を祀る。五『俚謡集』等に各地の類歌あり、注三の構成要素の有無、変型など多様な詞章がある。

ぐし。いづらもかぐらの庭に、まづ、[二〇]八雲たつの神歌をうたひ、[二一]しかるのちに唄ふこと也。

311 榊葉に木綿垂(ゆふしで)かけてうちはらふ　身には穢(けが)れのつゆくまもなし

312 かなねむるをさふみあらかいきなかへ　たつせもよろくうち神の主人(ナレリ)

313 人の子は親に似たるものをとてや　恋しきときは鏡をぞ見る

314 玉籬(たまかき)や玉吹(ふき)くだす神風に　なやみわづらふ雲ははれたり

315 火を撰(えら)み水を清むる捧(さゝ)げもの　風にまかせてそなへてぞおく

316 出雲路や八雲むらたつ不老不死　くだす剣(つるぎ)は罪を伐(き)るなり

317 空まこと昔(むかし)も今(いま)もかはらねば　心(こゝろ)の月がひとりほがらか

318 神垣や[二二]枢(とぼそ)をひらくたびごとに　[二三]和光の利益(りやく)いやましにけり

[二四]狂言

319 むかふ山のつ[二五]越すべとて　錆(さび)ゝ鑓子(やりこ)ひろつた　すつたりといだり
やつと光りをぶんだした

310 六 冬期間、山に入り伐木の山かせぎをすること。主に二月に行われることからいう。ニガッヤマとも。七 古代から楠は最良の船材として用いられた。「鳥の石楠船神」(日本書紀・神代)。八 以下「帆をかけて」まで船を讃美した表現。九 帆柱の上につけた滑車。水縄をかける。身縄、身綱(みづな)とも。一〇 帆柱の先端。一一 帆を上下させるための太い麻綱。一二 宝船など船の帆を美化する類型句。一三 船の屋倉内部に設けた神棚を三社の棚といい、伊勢神宮、住吉神社、船玉神などの祭神を祀る。一四 類歌「宝が島へ乗込んで、思ふ宝を積み載せて、こなたの蔵へと収め置く」(『俚謡集』島根県簸川郡・舟歌)等とあるのが通例。ここは、結句に混乱があるか。▽菅江真澄「牧の冬枯」に松前藩主の出立に歌うさまを記し、「えみしのさへき」では真澄の乗る船の楫取が歌うさまを記す。後者は、「うちたはれ、酔のまぎれ」にも常に歌う、とも記す。現在も宴席の祝歌で歌われる。淋敷座之慰・楠木口説木遣の「宝船」の詞句と重なり、深い脈絡を思わせる。一五 現岩手県胆沢郡。当時は仙台藩に属した。一六 修験者をいう。底本「優婆基」。一七 山伏神楽をいう。「ひなの遊び」に「又番楽といふものありて、修験者のもはらしけり。…陸奥の胆沢、岩井、桃生に在りては神楽といひ、糠部の郡にては能舞といひ、この飽田にては舞曲(ビアッ)ともはらいへり」。一八 以下は「かたゐ袋」にも同様の記事が見える。一九「大嘗といふは、其行ひいつくしうゆへあること也」(前注書)。ダイジョウは現行「大乗神楽」の呼称にも脈絡あるか(森口多里)。二〇 記紀の須佐之男命の歌。「かすむ駒形」に平泉毛越寺摩多羅神祭の法会の前に神楽が行われたことが記され、「まづ篠掛(スズカケ)衣着たる優婆塞出て、八雲たつ」歌から始めるさまが描かれている。二一 三一以下の歌はいずれも神招ぎの歌。

311 ▽「榊」は神楽の採物の一。鍋島家本神楽歌「榊葉に木綿取り垂でて誰が世にか神の御室を斎ひそめけむ」(或本榊木歌・裏書)が継承され、里神楽で、穢れを祓う下句を得て広く伝播した。山伏神楽で岩手県下閉伊郡黒森山(現宮古市)の「神舞」等各地に、出雲流神楽で隠岐神楽歌「湯立」等に用いる。『俚謡集』徳島県船歌にも。

(二二五頁へつづく)

320 [一]坐頭の坊の娘と　[二]ふんべんものの茶臼(うす)は　人にばかりひかるゝ

321 [三]せゝなぎの水がまして　飯匙(へら)と杓子(しゃくし)を流した　それをとめべとて
祖父(ぢぢ)と祖母(ばば)ながした

〈飯がひをなべてへらといひ、汁杓をのみ、[四]しやしとはいふなり。〉

[五]おなじ国(くに)ぶり　[六]松前の島音頭ぶし

322 海をへだてて馴染(なじ)[七]みをもてば　[八]からす鳴(なく)さへ気にかゝる

323 今朝の寒さに笹山越えて　露で羽織の袖ぬらす

324 今宵(こよひ)みそ萩わしやほうれんさう　君に心をつく〴〵し

325 かはひ男に何(い)いはれても　水にうき草根にもたぬ

326 [九]郡山には二本の葭(よし)[一〇]を　おもひきるよしきらぬよし

[一一]蝦夷国風(エミシブリ)唄歌

327 といまこたんに　おもひまつ　をほかいば　ぱしくろ　はいあし

---

320 一 仙台方言(桜田欽斎)「ザドウ　ザドノボウ　盲人ノコト。勾当検校ナトニ拘ハラズスベテザドウト云。座頭ノ字ヲ用ユ」。盲人をいう。二 仙台方言「フンベン　不便の転ナリ。貧シキコトヲ云」。ここは貧しい者をいう。▽臼挽歌が用いられたか(柳田本)。結句「ひかるゝ」の掛詞に面白さ。秋田県南秋田郡太平村大字山谷(現秋田市)の番楽「年寿」の道化の歌に「いけんと餅はつくほどいゝ　あねことひばこはだくほどいゝ」(『山伏神楽・番楽』)とあるのも同巧。

321 三 下水、流し元の小溝をいう。▽後段の「祖父(ちち)と祖母(ばば)流した」という荒唐無稽を笑ったもの。「雪の出羽路　平鹿郡」に「仙台にて羽黒山伏の仕(す)る狂言神楽といふものゝ戯唄に」と本歌の前段を引く。

四 「しやくし」の「く」脱。

五 松前・千島まで「陸奥国」と呼んでいた。「凡国奇器」等に「みちのおくの松前の嶋」。六 「奥の冬ごもり」に「松前の島おんどとて、うかれめなどうたふ」とある。ここも遊里の歌。

322 七 遊女のもとへ久しく通い馴れた客、またそうした遊女をいう遊里の言葉。ここは前者。八 凶兆とする俗説がある。▽松前地方の湊に出入りする東北地方などの舟人・漁夫を思って、遊里の女が気遣ったもの。「海をへだてて」の句、「馴染み」の語に松前島の遊里歌としての新味がある。類歌「いとし男と隔てて住めばの」(近松門左衛門・持統天皇歌軍法)、「可愛し殿御と」(吟曲古今大全・朧月)。→一三六、山家鳥虫歌・一六六。

323 ▽後朝に男を見送る女の思いとも、思いつめた女が男に会いに来た思いとも。賤が歌袋五編に「佇んで見送る後かげ」と添えるのは前者。延享五「様に逢ふとて篠山越へて露に小褄が皆ぬれた」は丹波篠山を越えて来た女の思い。「篠山」が「笹山」「笹原」と一般化し、歌う立場も動いて伝播した。「露」「ぬらす」には情交の余情がこもる。隆達節「濡れてこそ帰るらう　君は朝露に」。「えみしのさへき」に下句「露で羽織の褄ぬらす」。→山家鳥虫歌・五。

324 ▽「みそ萩」に「見」、「ほうれんさう」に「惚れ」、「つく〴〵し」(土筆)に「尽くし」を、それぞれ掛けて言葉遊び

おもひまつしかろん

「遠い処に[一二]懸想人（キミサマモテ）在ば　烏鳴（なく）さへ気にかゝる」といふ一ふしを聞（きき）ならひ唄ふにや。又汝れもおなじ思ひあれば、しからたひあはせたるにやあらんかし。

328

[一三]魯斉亜（ヲロシヤ）風俗距戯唄（ロシイヤブリヲドリ）

嫁（よめ）をとろなら　日本（にほん）のやうに　めぐろ[一四]　かみぐろ　とるがよい　サアハラ〳〵〳〵

サアハラ、[一五]砂糖をいふとなん。

むかし[一六]亭咩帝列邏椰巨紆府曳伎（テメテレラヤコウフエキ）といふそのくにうど、風にはなたれ[一七]福山に来しとき、[一八]父母のくに左井の浦人は、盆踊とて、はしきやしをとめらうちむれて、夜（よ）ごとに唄ひ舞ふおもしろさ、いふべうもあらぬよしをつたへ聞（きき）つ。さらば、その国（くに）もなつかしければ、うちよりて、まねしてあそばんと、[一九]わかきものらが、[二〇]さる事作りいでて唄ひたるよしを、[二一]遠島（しま）渡りするふな人どもが、[二二]梶枕の寐物がたりにせり。

を楽しんだ、遊里での戯れ歌。

325　▽どんな無理を言われても恨みはせぬ、と惚れた男への思いを歌う。類歌、初句「すいた殿御に」「わたしやお前に」「お前さんから」、結句「根は切れぬ」等で全国に伝播。「可愛い」を男に用いているのが新味。艶歌選に「情郎」「情人」をカアイオトコと訓んでいる。

326　九「諸国遊所競」（近世風俗志）に「行司」役としてあげられる「陸奥国　郡山」（現福島県郡山市）の遊里をさすか。

一〇 間投助詞。▽恋の迷いを下句にこめた。「思ひきる」の「きる」は葭を「切る」を掛ける。地名を変えて伝播「諏訪の平によしなら二本」（『俚謡集拾遺』長野県諏訪郡盆踊唄）。類想歌一〇五は「瀬」型、ここは「葭」型。

二 アイヌ人の歌。

327　▽頭書参照。和人の歌をアイヌ人が聞き覚えて歌ったもの。トゥイマ（遠い）コタン（村）に、思ひ待つオッカイポ（若い男）、パシクル（烏の）ハウェ（声）アシ（がする）、思ひ待つしかろん（然あらんカ）、の意（米田秀喜）。日本語とアイヌ語が交じった歌。

三 三三と同想。→山家鳥虫歌・一六六。三二七と共に「百臼之図」異文一、「筆のまにまに」に採録。

一三 ロシアの踊歌の意だが、ここはロシアに住みついた日本人の子孫が歌ったという盆踊歌をいう。

328　一四「黒睛」「黒髪」の傍書。「筆のまにまに」に「魯西亜（ヲロシヤ）の人は髪赤く紅毛（オランダ）人に似て眼色は葡萄のごとし。さるから日本の女を誉ぬ。その国に目黒髪黒の女出産（レイッ）ば后にたつといへり」とあるのは、伝聞による真澄の推断。

一五「此国にてもの誉（ホメ）る俗言（サトコトバ）に甜味（ムマ）〳〵といふに似たり」（前注書）。▽延享二年（一七四四）佐井の伊勢屋多賀丸が遭難し千島に漂着、舟人たちはカムチャツカを経てイルクーツクに住みついた事情が背景にある。注一四の書に頭書の内容を修正し詳しく記す（「風の落葉」の裏書にその下書あり）。

一六 安永八年（一七七九）アッケシに渡航し、日本との通商関係の交渉に当たったロシア側使節団の代表、ドミトリイ・ヤコウレウィッチ・シャバリをさすという。寛政四年（一七九二）ラクス

琉球国風（ウルマブリ）[一] 磨臼唄（ヒキウス）[二]

又、杵臼唄にや、俚女諷也。

329 九重[三]のうちにつぼて[四]　つゆまちよす　うれしご[五]と幾久（きく）[六]の花とやる

この一くさは、むかし舜天王のみすゑ、王子（ワンズ）のみもとより、あが国（くに）の都に、扇にかいてたいまつらしめたまふよし、人の物語を聞（きき）て、こゝにのせつ。

おなじ久迩不利（くにぶり）[七]

陸奥 磐井川[八]のほとり　小童（ワラシ）あそび

330 たいとうめんだう[九]　ぞうりがくし　鳥がてゝ

大唐めんだう[一〇]　唐（から）めんだう　臼のはたつくぐし　伴内殿さよつたれば　銭も金（かね）もざらめく〳〵

マン来航時にも同行した人物（中村喜和）。「かたゐ袋」にもこの名が記されている。一七 現北海道松前郡松前町。福山城（松前城）の所在地。一八「親の故郷」の佐井（現青森県下北郡佐井村）をいうが、この「親」は注一六の人物の親ではない。ラクスマン来航時に通訳として同行した、多賀丸漂流者の子トラベスニコフについての伝聞が、菅江真澄の念頭にあったか。一九 漂流者の子孫たちをいう。二〇 三八歌をいう。二一 蝦夷地・松前へ渡ることをいう。二二 菅江真澄がこの歌を知ったのは漂流者の子の来航（注一八）を聞いた後か。中村喜和「おろしや盆踊唄考」に考証がある。

一「筆のまにまに」に左注と同じ所伝あり。二 所伝に紛れがあるか。屋嘉比工工四等に祝賀の「かぎやで風節」と伝える。

329 三 首里城。四 蕾んで。五 うれしいことを。六「聞く」と「菊」を掛ける。▽露待つ菊の蕾を、王家の慶事を予祝するものとして歌う。詞型八八八六は琉歌の基調。『古今琉歌集』等に北谷王子朝騎を作者とするが疑問（池宮正治）。七 歌脱漏。注一の書所収の琉歌二首を載せる想定だったか。八 岩手県一関市を貫流し北上川に注ぐ。九 以下三三〇・三三一・三三二を指す。それぞれに草稿と思われる異文がある。

330 一〇 馬道（めどう）の変化した語。文明本節用集「面道 メンダウ」。▽弄鳩秘抄「大道めんとうこまめんとう　こまめかきたらハ水かけろ」について、新編常陸国誌の方言「コマメントウ」に「メンドウメンドウコマメンドウト云テヒトリシテメグルナリ」とあり、本歌も「堂々めぐり」の童戯を思わせる。「大唐」は「大道」の転訛、「唐（から）」はその縁で語調が合ったもの。伴内殿（邑主か）の富裕をたたえた地方色の濃い歌。『日本児童遊戯集』遠江「大道めぐり」参照。→童謡古謡・一六。

331 一一 隠した草履を探す鬼遊びの一種。全国に分布。▽鬼きめ歌。きめ方は多様であり、それぞれの草履を片足ずつ出して並べ、この歌を歌いながら順次棒などで突いていき、最後に当たった草履の主が鬼となるのも一つの方法。「橋の下の菖蒲」型（→童謡古謡・五）ではなく、ここは、対語を並べ「鬼」の句を重ねて、鬼きめを詰めていくリズムに特

草履かくし[一一]

331 草履(ざうり)きじよばんに　たん〳〵お茶の子　ぢんがらぼうに　ぢいとん
ばァとん　粟粥　稗粥　たが鬼　かゞ鬼　われこそ鬼の子たれか
とりがてて

332 鳥[一二]がてゝ[一三]は　どつさへいた[一四]　番所越(こえ)て荘(え)へて　麹買(かうじかひ)[一五]にまかつた
何升〳〵かつて来た　四升ばかり買(かつ)て来た　師匠殿[一六]の女郎は　釜の
前で孕(はらん)で　仏の前でつん出[一七]して　名[一八]をば何と付(つけ)ました　八幡太郎と
つけました　八幡(まん)太郎の御ン馬屋　馬[一九]はなんぼ立込(たちこん)だ　九十三[二〇]匹立(たち)
こんだ　艸(くさ)はなんだんかりこんだ　九十三駄刈込(かりこん)だ　貝ですつたる
鞍おいて　はやう〳〵と乗出(のりだ)した

おなじ国(くに)ぶり　栗原郡一迫[二一]　童子諺[二二]

333 いちにきつちやうにきちやう　二のはのなかに　れいらくりんだ
う　かくしてもとくしても　ひきないぽんち　ほんちが名をば　粟[二三]
鳥　稗鳥　幸(サイ)[二四]の神の五位鷺(ごゐさぎ)[二五]

色。狂言歌謡・柿山伏「一里けんじよ二けんじよ、しやうりけんじよしけんじよ」の転訛の過程で、ここはそれがさらに崩れた形。『東北の童謡』「じよーりきじよーりきじよばんの…」（青森県青森地方）等「草履隠し」歌に本歌の余響を伝える。

332 一二 類歌はカラス。 一三 浜荻「てて 父の事」。 一四 以下は問答形式で続く。 一五 類歌「…の湯さ行く」、「…へ胡麻蒔きに」など。ここは「麹買ひに」の型。 一六 上の「四升」を尻取式に承けて以下の譚歌的展開へ継ぐ。「四升堂の女郎」（仙台『郷土の伝承』一）とも。 一七 異文「つん出した」。 一八 異文「名を何と」。以下「名付け」から八幡太郎に関わる詞句は、「雀、雀、どこさ田コ作ったど」（『東北の童謡』岩手県）などの多様な歌に付き、挿入される。 一九 異文「馬なんぼ」。 二〇 数の多さをいう讃辞。▽初句カラスが通例だがトリもあったのか。あるいは何かの紛れか。全国に分布する「カラスどこへ行く」の型の一つ。「カラスの父(テテ)」は東北地方中心に伝播。カラスとの問答を尻取式に歌う型が多いが、ここは中途から「師匠殿の女郎」の出産と八幡太郎讃歌へ転ずる構成で展開する。奥州にゆかり深い源義家伝承が背景に。手毬歌にも用いられる（『日本伝承童謡集成』四・手毬唄・宮城県）。
二一 現宮城県栗原郡一迫(いちはさま)町。
二二 菅江真澄は紀行文で、古い伝承をもつ教訓歌や唱え言を「諺に…とうたふ」と記すことがある。ここも唱え言。↓二九注。草稿と思われる異文がある。

333 二三 鳥追歌「粟の鳥ほいほい　稗の鳥ほいほい」を踏まえたもの。 二四 さえの神、道祖神とも。小正月にさいの神祭を行う。左義長とも。 二五 さいの神の象徴とされた。貞丈雑記・左義長の記事に「ほがらかに竹五本立、さぎの鳥を二つ作り」。▽大意がとりにくい。狂言歌謡・柿山伏（↓三一注）、徒然草野槌・俗間に伝わる頼朝の時鎌倉の謡歌「一りけんぢやう二けんしやう、三りけんしやう四けんしやう、しこのはこの上には…」に脈絡をもつ。「草履げつちよ　にげつちよ　にのはの中に　ていらくてんぢよう　かくしてもとくしても…」（『東北の童謡』宮城県松島町草履かくし歌）に詞句の継承

一いではみちのくぶり　盲瞽人物話（メシヒドものがたり）

世に、二はやものがたりといふ。

334
三大唐の鎌三郎が畜（タテ）四たる牛の角　七曲り曲（まがり）て　八反（ソリ）反（そり）て　九くねりくねりて　くねり／＼めに毛が生（ハ）へ（え）て　五もとばつけに頭（ウヲ）ばつけ　傘形に次第／＼に太く成（なり）たる物語

〈バッケとは、広大になりたる也。世俗のほけた、ほうけたなどいふ六方言あり。〉

335
七こゝに蕪左衛門（かぶさゑもん）と申（まうし）て　男一人さふらひしが　かの男　金にも銭にも事かゝず　八たゞ摺小木（すりこぎ）に九はつたりと事かいて　あたりをきつと見たまへば　一〇親重代（おやじうだい）の古ル地蔵のおはします　一一かの地蔵のお前（マヘ）を　御（ご）免（めん）あれとて真さかさまにおし立（たて）て　一二摺らば唯（ただ）もすりもせで　すつてんぐわら／＼　りんとんぐわらりん　しやんぐわらりんと摺（ス）りまはし　もとのごとくにおつ立（たて）直して見たまへば　かの地蔵の頭（あたま）より一三南蛮塩（なんばんじほ）まじりの一四蓼汁（たでじる）が　一五たらば唯（たゞ）もたりもせで　だらりん／＼ずつ

がある。北越月令・正月「左義長　又さいの神、道祖神ともいふ」条に「一チぎちやう三ッぎちやう四ぎちやう、しくのはくの柳の葉…」と囃す記事がある。鳥追歌との結合（注二三）、結句「幸の神の五位鷺」など、ここも左義長の唱え言を思わせる。「草履かくし」歌の転訛、変型であろう。

一 出羽と陸奥両国の盲人、特に座頭が語った物語。
二 早口で語る物語で、「そうれ物語り候」などと始まり、「…物語」と結ぶ形式を持つことに特色がある。「はしわの若葉」の天明六年（一七六六）五月十日の条で、「めくらほふしども」が浄瑠璃を語った後に、「小盲人（コホフシ）」が出て語ったように、見習い中の小座頭が語った。出羽国秋田領風俗問状答の正月十一日の「鏡ひらきの事」の条には、「物語坐頭」が一連れ五人、七人で、「物語」を語ることが見え、「何の曲節もなく、いとはやく、息つきあへず申すにて候」という説明がある。北越月令に「今より三四十年前、村上辺にてもはら流行せしはや物語といふものあり」と見えるが、民間語彙では「早物語」と言うことはなく、単に「物語」というのが普通。

334 三 中国の尊称。北越月令と箱根番所の異伝では、「天竺」。四 方言で、飼っているの意。五 もとはつけ根、頭は先端の意。箱根番所では「どん中ばつけに尻ばつけ」。どん中は方言で、中程の意。▽類似の伝承は、北越月令の「此月（正月）万歳の類」、出羽の道わけ・五の「大年礼語之節法師祝言」（秋田県立秋田図書館蔵）、早池峰山麓の大償神楽の狂言・箱根番所の「めくら坊」の「芸」に見える。岩手県宮古市と下閉伊郡川井村の、座頭から覚えた早物語「長い名の子」には、この表現が入り込む（本田安次「阿呆陀羅経と早物語」の「してん坊の物語り」、池田弘子「早物語」）。→解説。
六 方言で、野菜などの薹が立ったの意か。

335 七「…に…一人さふらひしが」は、三三六・三三八にも見られる常套的起句の一つ。八 不自由せず。九 方言で、まった

たらりんともたりければ　かの地蔵　一化ヶ(ひとば)[16]ばけたる地蔵の事なれば　舌をべろ〳〵　こん〳〵　かいべろこんともつん出して　あら辛(から)いや辛すつからと　小[17]くびをふつておはします　親重代の古地蔵　一化(ひとばけ)ばけたるものがたり

こゝに大男ひとりさふらひしが　あんまり日本はせまいとて　すみ[18]ちがつて踞(ネマツ)てさふらふ　是では腰がやめるとて[19]　つつと[20]立(たて)ば　雲にぎ[21]たを引(ひき)かけて　霞に笠をはぎとられ　是ではこせがやけるとて[22]うしろ跳(は)ねにつつとはね　泥なる海にはね込(こん)で　さんぶこんぶと[23]漕(こぎ)たまへば　袴の襠(まち)[24]の空(あ)きめより　なんだやら　むやりぐやりといふほどに　武蔵野(むさし)へかけのぼり　うちほろつて[25]見給へば　鯨の子共が四五千疋とりついてさふらふ　須弥山(しゆみせん)[26]に腰うちかけ　富士山に火をかけて　ぢいぶら〳〵と[27]　いびつてたべてさふらふ　是では咽喉(のんど)がかはくとて　近海(あふみ)[28]の水海(みづうみ)を　小盞(こさかづき)などゝなぞらへて　する〳〵すつたりとた[29]べたりけり　是でも咽喉(のんど)が　かはくとて　大地をほつか[30]りとふみやぶり　地[31]獄の釜の蓋(ふた)を盗みとり　天竺[32]の八日町へ持行(もちゆき)三[33]千三百三十三文に売(うり)て　御酒を買(かふ)て　たべたりけり　是[34]もてんぽ[35]

くの意。一〇 先祖代々伝わってきている。一一 その地蔵のお方を、お許しくださいと言って真っ逆様に押しつけて立て。一二 擦るならいちずに擦りもするので。一三 南蛮塩は未詳。一四 蓼の葉や茎を入れた汁で、辛い。一五 垂れるなら。一六 ひとかどに化けているの意か。三七にも見える。一七 ちょっと首を振っていらっしゃる。ひどい辛さをこらえるさまをいう。▽柳田本は、「無左衛門は東北の「物草太郎」であつた。播木が無いので地蔵の木像を逆さにして、蓼汁をすつたという滑稽であるが、是にもう少し真面目な御利益譚が元はあつたのかと思ふ。「爺と地蔵と」の話は奥州には三種以上もあつて、何れも今では笑話の部に入つて居る」という。安間清『早物語覚え書』は、沙石集・一の「地蔵の頭にて、蓼すりなんどしけり」や新撰犬筑波集以来の伝統を指摘する。

336 一八 柳田本では、「斜に坐すること」。一九 痛む。二〇 さっと立つと。二一 顎(安間清説)。あるいはギダで、股引の意か。二二 ゴセガヤケルで、腹が立つの意。二三 水を渡る時の音を表わす語。二四 袴の内股の部分に足した布。二五 ちょっと振ってごらんになると。二六 仏教で、世界の中心に聳えるという山。二七 焼いて。二八 柳田本では、「「近江の水海」の誤写と認められる」。二九 飲んだそうだ。三〇 大きく穴があいたさまをいう。三一 地獄で、生前悪いことをした人を煮るという釜。三二 天竺はインドの古称。八日町は未詳。三〇一にも見える。三三 文は銭の単位。一文は千貫の千分の一。三四「是も…物語ﾘ」は早物語の常套的結句の一つ。三八—三四〇にも見える。三五 大嘘。▽『菅江真澄全集』本の異文には、末尾の一節が載る。柳田本は、「大男の物語は、よほど「幸運の猟人」の方へ近よりかゝつて居る」という。類似の伝承は、山形県の早物語(矢口裕康「早物語の語り手」、野村純一他編『飽海郡昔話集』)、宮城県の相撲甚句(『宮城県の民謡』)、鹿児島県のロッポウ(下野敏見「種子島のロッポウ」)に見えるほか、てんぽ舞や昔話にも入り込んでいる。

の皮の物語リ

337 黄金まじりの山の芋[一] 七駄片馬堀[二]おこし ないし十万貫[三]に商ふて長くふとく 丸く目出度 福徳[四]どつさりと 栄え[五]たるものがたり

338 鎌倉の建長寺[六]の門前に 名をば藤平太郎と申 男子壱人さふらひしが かの男子 九千八百八十八になる杓子を一梃[七] 持にけり かの杓子は 一化ヶばけたる杓子の事なれば さづけぶし[八]にかゝ[九]りて[一〇]とはれ願ひをはじめける 正月毛桃[一一]が喰ひたさよ 二月早稲[一二]米くひたさよ 三月胡瓜をくひたさよ 四月真瓜[一三]をくひたさよ 五月根芹[一四]をくひたさよ 六月垂氷[一五]をくひたさよ 七月さね雪[一六]くひたさよ 八月初雪喰ひたさよ 九月桑子[一七]をくひたさよ 十月苺をくひたさよ 霜月茹豆くひたさよ 師走初茄子くひたさよとも 願はれ[一八]けれども それ天竺のこんが河原[一九]の 猫の向顔[二〇] 鬼の向顔 紫竹[二一]淡竹の根まで喰ひたさよとも ねがはれけれども 男持[二二]たらよかろふが女持たらなんとすべ[二三] あくる九ッ月半と申に おんどう[二四]杓子にてぐわらりくわんぐはり くつこふ[二五]ともなし 是も杓子の問れ願をしたるもの話リ

337 一 芋は別に、「物語かたり候。めでたいものは芋の種、孫子沢山末広く、ばつばつと栄えたんの物語」(俚謡集・物語)とあるように、繁殖力がある、めでたいもの。二 一駄は馬一頭に付ける荷の重さの単位、片馬はその半分。三 貫は銭の単位。四 幸福と利益。五 早物語の常套的結句の一つ。二四一・二四三にも見える。▽『菅江真澄全集』本には、異文が載る。「はしわの若葉」で、「小盲人」が出て語った中に、「それ、ものがたり語りさふらふ。黄金砂(コガネスナ)まじりの山の薯蕷(モイ)、七駄片馬(シチダカタマ)ずつしりどつさりと曳込(ヒキコン)だるものがたり」とあるのは、この異伝。柳田本は、「「黄金まじりの山の芋」の話は、始の半分が欠けて居るか、又は大男の話の中程に続くべき別話かであらう。是も今では昔話になつて国々に行はれて居る」といい、『日本古典全書』本も、「長い歌詞の一部であらう」という。

338 六 臨済宗建長寺派の大本山。七 しゃもじ。八 柳田本は、「数へ歌といふ様な意味でもあつたか」。以下、十二か月を並べ、それぞれの月にはない物をほしがる。九 関係しての意か。一〇 無理な願いをなさることの意か。一一 桃。一二 早く成熟する稲からとった米。一三 真桑瓜。一四 芹。根を食用とする。一五 つらら。一六 方言で、氷の交じった雪のこと。一七 方言で、桑の実のこと。一八 「れ」は尊敬。一九 未詳。二〇 憎らしい顔つき。「鬼の向顔」は、「はしわの若葉」では「さるのむかつら」。二一 ともに竹の一種。根は食べない。二二 柳田本では、「前に其説明の句が脱して居るやうだが、九千八百八十八歳の杓子が、妊娠をして食好みをすることを述べたので、是も古い頃の物語に、妻が異常の子を身ごもつて居る場合に、殊に食好みが甚だしかつたといふ伝へがあつたので、此句が突然として現はれても、人は能く其可笑味を解したのであらう」という。二三 方言で、どうしようの意。二四 未詳。二五 未詳。▽『菅江真澄全集』本には、異文が載る。「はしわの若葉」で、「小盲人」が出て語った中に、「ごんが河

二六むかひの山の李(すもゝ)の木に　二七くわほう鳥が　ちよつとより　二八百に米を五斗売ろ〳〵と　呼(フ)二九れければ　烏殿(からすどの)が　ちよつとより　一文銭をもちもせず　百に米を　五斗うるならば　三〇かはふ〳〵といひにけり　買(かひ)たる米をはからんとて　鳩殿(どの)がちよつとより　八石八斗にはかりたりけり　はかつたる米を搗(つか)んとて　三一寺啄殿(てらつゝきどの)がちよつと寄り　てぎぶき〳〵　てんできぶきともついたりけり　ついたる米を　簸(フ)三二かんとて　三三鸛鳥殿(ばんどりどの)がちよつとより　ずは〳〵ばつともふいたりける　ふいたる米を淅(トガ)三四んとて　鳶殿(とんびどの)がちよつと寄り　ざきぶき〳〵　さんさきふぎとも磨(トイ)だりける　といだる米を　炊(カシ)三五がんとて　三六樫(かし)鳥殿(どの)がちよつと寄り　があし　くうし〳〵とも　かしいだりける　かしいだる米(メシ)を盛らんとて　百舌殿(もずどの)がちよつとより　もうずかずとも盛(もり)たりける　盛(もり)たるめしをくはんとて　水鶏殿(くひなどの)がちよつとより　三七さらばいづれもあがれとて　九十膳ほどたべたりける　たべたる膳をさげんとて　三八ひとと殿(どの)がちよつとより　さぶこぶ〳〵さげにけり　下(さげ)たる膳(ぜん)をすゝ三九がんと　四〇なから鴫殿(しぎどの)がちよつとより　ずうさつ〳〵ずつ〳〵さつとも　すゝいだりけり　すゝいだる椀を拭(フカ)んとて

原の猫の向面(ムカツラ)、さるのむかつら」とあるのは、この異伝の一節を引用したもの。秋田・岩手・山形各県には、瓢簞・瓠・ふくべ・ふくばいが願い事をするという早物語があり、その中には建長寺の前に生えるとする事例(関三男「鳥海山麓(海岸部)の早物語」、『日本庶民文化史料集成』四)も見られる。柳田本は、「藤平太郎の杓子の「問はれ願ひ」といふのは、単に月の名に合せて無さゝうな食物ばかりを挙げたゞけであるが、食物と季節の聯想に就て、是が又無くをかしかつたものと思はれる」という。柳田は「妊娠」による「食好み」を指摘したが、安間清『早物語覚え書』は、和歌山県の択食踊(『日本歌謡集成』十二)に、娘がつわりで「食好み」をする、よく似た詞章があることを挙げる。なお、室町物語・化物草子(『校註日本文学大系』)には、炭櫃の下にあった杓子が手に化けて、栗を乞う話もある。

339

二六「むかひの山の…」はわらべ歌の常套的起句の一つ。早物語にも見られる。二七 未詳。以下、「…がちよつとより」という定型的表現がくりかえされる。二八 百文で米を五斗売ろうの意か。斗は穀物をはかる単位。一斗は一升の十倍、一石の十分の一で、約十八リットル。二九 広く告げたところ。三〇 鳥の鳴き声と「買おう買おう」の掛詞で、カの頭韻を踏む。以下、擬声語を使って、鳥の鳴き声と飯の用意から片付けまでの動作を掛け、頭韻を意識した場合がしばしば見られる。三一 啄木鳥(きつつき)の異名。三二 方言で、箕(み)であおってゴミや糠を除こうの意。三三 未詳。方言では、鼯鼠(むささび)の異名。そうだとすると、鼯鼠を鳥と見ていたことになる。三四 水中ですりあわせて洗おう。三五 炊(た)こう。三六 懸巣(かけす)の異名。三七 それではどなたも召し上がれ。三八 鵐(ほおじろ)の異名。三九 洗い清めよう。四〇 未詳。

梟殿がちよつとより　のりつけおうほう　ふきのうほうともふいたりけり　是もあまたの鳥ども寄合(よりあひ)て　活斗をしたるもの話(がた)リ

340 山鼠の小叺切リ(こがますきり)の小鼠太郎が　親の敵の討つ手に参る　出立(いでた)ちの装束には　鉈大角豆(なたささげ)なんどを　太(ふと)たち丸となずらへ　長大角豆なんどを　親重代の友切丸ともなぞらへて　十文字にはくまゝに　秋野の飛蝗なんどを　野取(のとり)の駒の三歳なんどなずらへて　野木瓜がらなんどを金覆輪の鞍になずらへ　ゆらりまたがりのり出(いだ)す　寄せ手の方はいづく也　猫殿屋形のかくち畑の韮畑におしよせて　鐙ふんで大(だい)音上(おんじやう)　唯今こゝもとへ進み出(いで)たる大将を　いかなるものかとおもふらん　かたじけなくもぢいむ天皇の後胤　能登の守のりねぶりの末葉(まつえふ)　山鼠の小叺切りの小鼠太郎　親のかたき討ちに参りたり　いざ尋常に首をわたせ　腹をせよと　たつからかによばわ(は)りけり　猫どの是をきこしめし　にやんとも　神妙の奴ばらかな　それがしは　太刀も刀も持タざれば　親重代の古熊手　二梃(ちやう)持(もち)たり　出合(であへ)やつといふまゝに　十丈斗(ばかり)たちあがり　野取りの駒よりひきおとされて　返り討ちにうたれけり　むざんなるかな小叺切(こがますきり)の小鼠

一 柳田本・『日本古典全書』本・東洋文庫本・『菅江真澄全集』本すべて、活計とする。活計は御馳走の意。▽『菅江真澄全集』本の異文は、前半を載せるが、後半を欠く。柳田本は、「鳥類饗宴も、やはり古伝に根拠を置いた新物語であった。さうして此形は今でも卵と何とかゞ風呂屋へ行つた話として、田舎の子供の間には知られて居」るという。

340 二 方言では、栗鼠(りす)のことだが、山に棲む鼠をいうか。三 叺は穀物を入れる、藁筵(わらむしろ)の袋なので、ちょっと叺を食い破ることをいうか。四 以下、合戦物における武装の叙述を、見立てによってパロディーにする。五 隠元豆(いんげんまめ)の異名。六 太刀や刀の名称。下の「友切丸」も。七 十六大角豆(じゆうろくささげ)の異名。八 十の字の形に身に着けるやいなや。九 方言で、蝗(いなご)・飛蝗(ばった)などの総称の意。一〇 放牧されていた野から捕まえてきた、生後三年の若馬。一一 通草(あけび)の実の殻。一二 縁を、金または金色の金属で覆った鞍。一三 攻め寄せる軍勢。一四 方言で、宅地内の裏畑の意。一五 以下、「腹をせよ」まで鼠の名乗り。合戦物の名乗りの叙述のパロディーになっている。一六 神武天皇のことか。一七 切った首を渡せ、腹を切れ。あわてた言い方か。一八 猫の鳴き声と「何とも」の掛詞。以下、「出合やつ」まで猫の受け答え。一九 けなげなやつらだなあ。二〇 私は。二一 熊手は、長い柄の先に爪を付けた道具。ここでは、武具にする。猫の爪をイメージしたもの。二二 出て立ち向かえ、やあと言うやいなや。「やつ」は感動詞。二三 一丈は一尺の十倍。二四 田舎の家を持つことは数多い。以下、木に巣を作っていることをいう。二五 「ぢい〳〵」は鼠の鳴き声を表わし、「ねう〳〵」は猫の鳴き声を表わす。▽『菅江真澄全集』本の異文は、前半を欠くが、後半を載せる。柳田本は、「猫鼠合戦は所謂擬物語として、既に御伽草紙にも筆録せられて居る」とする。奥浄瑠璃の写本に、「怪談猫鼠大戦争記」が残る(『大衆芸能資料集成』三)ほか、山梨県の伝承(池田俊平「甲州雨畑の早物語」の「猫と鼠の大戦争」)にも見える。

341 二六 比叡山延暦寺の三塔の一つ。異文では、「斎藤」。二七 鎌倉時代初期の法師で、西塔に住んだが、源義経に

太郎　[二四]在家持事(もつこと)あまた也　紫檀在家(したんざいけ)に黒在家(くろざいけ)　松の木在家(ざいけ)に　栃在(とちざい)家(け)　その数あまたなりけれど　子孫にゆづる事もなく　猫と鼠の合戦なれば　[二五]たゞものぢい〳〵ねう〳〵いふ斗(ばかり)　是も猫鼠の合戦(かっせん)したる物語

341 [二六]西塔の武蔵(むさし)[二七]坊弁慶どのは　[二八]四国八島の合戦に　無下(むげ)にかたせたまひて　その軍功によりて　よき金(かね)すぐつて十万両を給(たまは)つて　天竺の八日町へ花(はな)聟に行(ゆき)て　七日七夜の酒盛(も)りをして　栄えたるものがたり

342 [二九]これの檀那(だんな)は長者也　[三〇]大黒眉に[三一]ゑみす顔　しかも頭(つむり)に　福の神　[三二]小耳のきはに果報が　しか〳〵しつかりとくつついたる物語り

343 [三三]此殿(このとの)の御蔵に　ゑみす大黒(とく)　[三四]おかの神　[三五]七福神はあつまりて　竹に鶴亀(つるかめ)五葉の松　[三六]蓬萊山を餝(かざ)りたて　末繁昌と栄えたるものがたり

従う。二八 香川県八島での源平の合戦にひどくお勝ちになられて。義経が奇襲をかけて、平家を破った合戦だが、弁慶に関する以下のような伝承を他に知らない。▽『菅江真澄全集』本には、異文が載る。

342 二九 ここの主人は金持ちだ。「これの檀那」はことほぐ相手を指し、どこでも応用が利く。三〇 大黒天の眉。大黒天は七福神の一つ。以下、顔をほめたたえる。三一 恵比寿のように、にこにこした顔。恵比寿も七福神の一つ。三二 耳の端に幸運が。▽『菅江真澄全集』本には、異文が載る。出羽国秋田領風俗問状答の早物語は異伝。また、『菅江真澄全集』本の『無題雑葉集』模写には、座頭五人が正月の門付けに訪れたところに、「四方四面に蔵建て／でつちむつくと十万歳／栄たるものかたり」と書かれた早物語が見える。これも、出羽国秋田領風俗問状答に異伝がある。

343 三三「此殿の御蔵」はことほぐ屋敷や御蔵を指し、やはりどこでも応用が利く。三四 宇迦(うか)の神の転。弁才天。三五 七福神は他に、毘沙門(びしゃもん)・福禄寿(ふくろくじゅ)・寿老人・布袋(ほてい)。三六 東海にあって、不老不死の仙人が住むという蓬萊山をかたどった台を飾り立てて。▽『菅江真澄全集』本には、異文が載る。山形県に類似した早物語がある(『飽海郡昔話集』)。

(二一五頁からつづく)

312 ▽意味不明。修験者の呪文か。

313 ▽親に死に別れた子の思いを歌う和讃と同想。二八「恋しきときは明て見る」。大念仏けんばい「七つこさん」「白ミのかゝミ七をもて　あけて見れ共母みえず」。→二八。

314 ▽神招ぎに心の清浄であることを歌ったもの。山伏神楽の遺風を伝える社風御神楽神歌之事巻(岩手県和賀郡小山田村〈現東和町〉)に「かみかきや　ひふきおろす　神風ふ(に)なやみわつろふ　くもぞはれける」(御神楽之神歌)。早池峰神社岳神楽本に「神風や玉ぶきおろす神風に」とも。

315 ▽除災祓魔の火の神と罪穢れを清める水神への、修験者の信仰を歌ったもの。社風御神楽神歌之事巻(→三一四注)に

「火と水と　ふたつの玉お　ささけもぢ　いてるも入も　ひとさかの山」。同書に火神と水神をそれぞれ歌う歌も。

▽「不老不死」は修験者の神仙思想の表われ。罪の懺悔は

316　修験者の十界修行の一。社風御神楽神歌之事巻（→三二四注）に「いづもぢや　やくも村たつ　ふろふふし　うたのつるぎに　つみぞきれける」。出雲流神楽・佐陀神能和田本に「出雲路や八雲村雲十振へて　ふらす剣につミは消けり」（日本武）、日本書紀・神代一書の「天叢雲剣（アマノムラクモノツルギ）」を踏まえて罪を祓う歌としたもの。ここはその山伏神楽化。

317　▽神招ぎに心の清朗であることを歌う。月を心の象徴とするのは「実相真如ノ月澄テ」（三一八注）と同想。

318　一二 扉をいう。一三 仏語で、仏菩薩が仮の姿を衆生の中へ現わすことをいう。ここは修験道の神仏習合思想を表わすもの。▽行者之讃に「抑モ役之優婆塞ハ　大権薩埵ノ化身ニテ実相真如ノ月澄テ和光利物ノ影清シ」とあり、「和光利物」は役行者への讃辞。ここの下句も同想。社風御神楽神歌之事巻（→三二四注）に「神かみの　とぼそおひらく　がみごどにわごふのりやぐ　いやましにけり」。

一四 山伏神楽には独立した狂言の演目があるが、ここはそれではなく、神楽の演目の中に登場する道化の戯れ歌。「かたゐ袋」に、神楽「蕨折」「をがの玉」に「戯」する男が登場するのを「狂言神楽といふ」とある。

319　一五 俚言集覧「ぶん　奴詞也、ブン抜（キヌ）ブンノメス等也」。▽「鋳こ鑓子」「ぶんだした」の詞句は奴踊歌（→二一〇九頁注一六）が用いられたことを思わせる。「かたゐ袋」に「戯の詞に」と本歌の前段を引く。

巷謡編

井出幸男 校注

『巷謡編』は、土佐の国学者鹿持雅澄(一七九一―一八五八)の編著になる、土佐の民俗歌謡の集成である。「総論」と本文部分とにより構成され、「総論」は天保六年(一八三五)六月二十二日の成立。本文は巻末に「天保十三年壬寅四月五日起筆同十二日功成」と記され、一応の成立年時は知られるが、その後も自らの手で増補が加えられており、全体が現存の形になったのは天保十五年九月以降に下る。

「総論」は民間の歌謡(巷謡)に視点を据えた画期的な庶民歌謡史。上代から当代近世に至る変遷を述べ、それを踏まえて土佐の神事歌謡・民俗歌謡を記録する意義を記す。その記述は資料を博捜した精細なもので、室町小歌を欠くことと若干の誤解を除き、「凡そ肯綮に中る」(高野辰之『日本歌謡集成』七)と高く評価されている。

雅澄の認識の根底にあるものは、「古学」(国学)を根幹とし、更には儒学をも取り入れて人々を導こうとする、学問をする者としての確固たる意識である。「言霊の風雅(みやび)」(『万葉集古義』総論二・古学)の世界を拠り所に、「雅歌(みやびうた)」と、三味線歌謡を淫楽とする歌謡観とを具体的な論拠として、後世に不朽に伝えるべきものとして土佐の伝承歌謡を選び取る。

本文として記録された歌謡は、風流踊り歌(花取踊り・こおどり・伊勢踊りなど)が最も多く、十一項目。次いで神社の祭礼で歌われる神歌、九項目。田植歌(田植儀礼も含む)、四項目。田遊の歌、三項目。神楽歌、二項目。田の草取歌、山歌、茶摘歌、各一項目。合計三十二項目となる。その歌詞は概ね現地採集による生の口承資料の記録であり、雅澄自身だけでなく、周囲の多くの協力者の長年の努力に成る貴重なもの。記録された時期が江戸後期と下るため、訛伝・誤伝が少なくないが、内容的には近世初期から更に遡って中世以前の古い文化の層へとつながる。また土佐一国に限定されるものではなく、関連歌謡は全国に分布し、時代の民衆の普遍的な心意を探る手がかりとなる。

底本は、宮内庁書陵部所蔵の自筆手沢本。諸本には、草稿本として天保三年成の『巷謡集』(書陵部蔵)、転写本として、天保十五年九月、北原敏鎌書写の国学院大学図書館佐々木文庫所蔵本、明治初年、吉村春峰作成の土佐国群書類従巻一四四所収本(国立国会図書館、内閣文庫、東大史料編纂所、京大文学部現蔵)がある。また、「総論」の資料編に当たる別本『巷謡編』が足摺の金剛福寺に伝存している。

総　論

古(いにしへ)ノ俗間ノウタヒモノヽ起(おこ)リヲ尋(たづぬ)ルニ、日本紀ニ載(のせ)ラレタル童(わざ)[二]謡(うた)ト云(いふ)モノモ、大略古ヘノ常ノ雅歌(みやびうた)[三]ニ歌句異ナラネバ、論ズルカギリニ非(あら)ズ。

[四]万葉集十六ニ「乞食者詠ノ二首」トテ載(のせ)タリ。コレハ乞食者[五]ノ作(ヨメ)ルト云(いふ)ニハアラデ、乞食者ガ人ノ家ノ門ニ立(たち)テ、謡ヒテ物乞(ものごひ)アリク其ノ詠(ウタ)ト云(いふ)コトナリ。歌字ヲ書(かか)ズシテ詠ト[六]アルニ心ヲツクベシ。サテ乞食者ヲ保加比(ホカヒ)ヽ止(ト)ト云(いへ)ルヨシ、和名抄[七]ニ楊氏漢語抄ヲ引(ひき)テイヘリ。何故ニ保加比人(ホカヒヽト)ト云(いふ)コトナラントト、予(わ)[八]レワカヽリシ程(ホド)イブカシク思ヒシニ、[九]ヨクキコエタルコトナリ。保加比(ホカヒ)ハ大殿寿(オホトノホカヒ)[一〇]・酒寿(サカホカヒ)[一一]ナド云(いふ)寿(ホカヒ)[一二]ナリ。乞食ガ徒ハ、件(くだん)ノ万葉集ヲ思ヒ合(あは)スルニ、古ヘヨリ人家ノ門ニ立(たち)テ、クサ〴〵ノ寿詞(ホカヒゴト)ヲウタヒテ、物ヲ乞(こひ)アリクヲ主(むね)トセルナルベシ。サルハ人ヲカシク興ガラセテ、其ノ代(しろ)ニ物ヲモラヘルナリ。サレバ其ノ徒ヲ保加比人(ホカヒヒト)トハイヘルナリ。今世ニモ、[一三]田舎ニ年ノハジメニサル者アリ

一　俗世間の謡物。一般民衆の間で行われている歌謡を中心に言う。以下の総論で取り上げている主なものは、「童謡」「乞食者ノ詠」「船人ノ唱」「風俗ノ歌舞」(風俗歌)、「歌垣ノ歌」「今様」「鎮魂歌」「語部ノ古物語」「平家物語」「田歌」「田楽」「白拍子」「早歌」「散楽」「猿楽」「花鎮祭ノ謡」「水猿曲」(水白拍子)、「浄瑠璃ノ物語」「三線ノ歌曲」「神事・祭式ノ歌」「樵夫・田農ノ歌」(仕事歌)など。

二　日本書紀には、皇極紀・斉明紀・天智紀の三代に、「童謡」「謡歌」と明記されている歌が十首、「童謡」とは記されていないが、童謡の類と見るべき歌が一首ある。童謡は作者不明の俗間のはやり歌で、何らかの意味において社会的・政治的事件を予言・批評するものと解釈された歌。中国史書の述作に学ぶ。記録に載る流行歌の最初のもの。

三　神製に始まる雅言(みやびことば・みやびごと)を用い、五言七言(五七調)をはじめ、「てにをは」に至るまで、一定の規格を守って作られている上代の歌。具体的には万葉集に所載の歌、及びその歌体の歌を中心に考えている。「上ツ代の歌ハさとび言もなく、とつくにことをもまじハらずして、たゞしきハミやびたるかぎりなるを」(永言格・上・総論)。

四　万葉集十六・三八八五・三八八六。それぞれの歌の末尾に「鹿の為に痛を述べて作れり」「蟹の為に痛を述べて作れり」という左注がある。祝言の歌とする説と、祝歌をもじった風刺の歌とする説とがある。

五　乞食者(ほかひびと)は、民間を漂泊する旅の芸能者。国家及び共同体の枠の外に置かれ、以下に雅澄も説く如く、人家の門口や庭、人々の多く集まる市などで、祝福の歌を初め様々な芸能を披露し、物を乞い歩いた。

六　声を長く引いて歌う意の「詠」の文字に注目すべきである。

七　倭名類聚抄二「乞児　列子云。斉有二貧者一。常乞二於城市一。乞児曰。天下之辱莫レ過二於乞一。〈楊子漢語抄云。乞索児。保加比々斗。今按乞索児即乞児也。和名加多井〉」。楊子漢語抄は養老年間(七一七―七二四)成。撰述者と思われる楊子は不詳。和名抄に引用されているほかには佚文も伝わっていない。

八　底本、「余」とあるを朱で「予」と訂正。

テ、其ヲ保米(ホメ)[一]ト云(いふ)ハ、即チ寿(ホカ)ヒ賛(ホム)ル謂(いひ)ノ称(な)ニテ、全(もはら)古ヘノ遺風ナリ。清少納言[二]ノイハユル尼法師ノ乞食者ノウタヘル歌、コレト同趣ナリ。サテカノ「乞食者詠ノ二首」トアルハ、万葉ニ載(のせ)タレバ、今更トカク沙(サ)汰(ダ)[三]スルニオヨバズ。人ノヨクシリタルトコロナリ。シカルニソノ歌詞ハ、少シハ戯(たはむれ)メキテヲカシキコトナドヲ雑(マジ)ヘタルノミニコソアレ、全(ク)古ヘノ雅(ビ)タル長歌(ながうた)ニ異ナルコトナシ。サレバコレハ、古ヘノ歌ヨミノ作(ヨミ)タル歌詞ヲキヽツタヘテ、乞食者ガトリテ謡ヘルモノカ、又ハ乞食者ノウタヒアリクガタメニ、ヲカシクヨミテ与(アタ)ヘタルニモアルベシ。イカニマレ法格(のり)[四]ハ雅歌(みやびうた)ニ異ナルコトナケレバ、論(あげつらふ)ニ及バズ。

又十九[五]ニ「遥聞ニ泝レ江船人唱ノ歌ヲ」トテ、

朝床尓聞者遥之射水河(アサトコニキケバハルケシイミツカハ)　朝己芸思都追唱船人(アサコギシツヽウタフフナビト)

トアル、ソノ船人唱(ウタ)ト云(いふ)モノハ、雅歌(みやびうた)ナリシカ又ハ俗歌(さとびうた)[六]ナリシカ、詞(ことば)ヲ載(のせ)ザレバ知(しる)ベカラズトイヘドモ、ヨノ常ノ歌ナルベク思ハルヽハ、歌ハ今世ノゴトク作(ヨム)ノミニハアラデ、ナベテハ古ヘハ唱(ウタ)フヲ主(むね)トセルコトナレバナリ。

サテ又歴史ヲ考(かんがふ)ルニ、諸国[七]ヨリ風俗ノ歌舞ヲ奏(ツカヘ)マツルト云(いふ)コト往

九 十分に得心できることである。
一〇 宮殿の安全・長久を祈り祝福する儀式。
一一 酒宴をし祝うこと。
一二 「ほかひ」は、神に祈る、祝福する意の四段動詞「ほく」に継続の意の助動詞「ふ」がついた「ほかふ」の連用形が名詞化したもの。
一三 「モ田舎ニ年ノハジメニ」は、朱で挿入の形で補訂。

一 正月の始めに門口に立ってめでたいことを歌い囃し、物もらいをする芸人。土佐では所によっては大正の中頃まで見られたという。「孟春の寿詞を長歌に作り、京摂ともに鳥追という物を賤敷者が諷ひはやす事有。当国にしては飼取が数に合せ門毎に諷ひはやす、其者をホメと云。吉事を褒入るゝと云名成べし」(皆山集三十八・孟春寿詞)。「城下にては俗に万歳又誉(ほめ)と称し、又其歌句により徳若とも称したり」(『土佐郷土民俗譚』正月行事・其八・万歳)。
二 枕草子九十一段(能因本)に、「老いたる女の法師」の歌として、「まろはたれと寝む、常陸の介と寝む。寝たる肌もよし」「男山の峰のもみぢ葉、さぞ名は立つ〳〵」と、二首の俗謡が書き留められている。その風体から仏教の乞食修行の形をまねているものと考えられる。
三 とりあげて、あれこれ論議するまでもない。
四 歌の規格。鹿持雅澄は「雅歌」の規格を本来神製のものと考え、概ね奈良時代以前を規範とする(闇夜の礫ほか)。
五 万葉集十九・四一五〇。大伴家持の越中国守時代の作。
六 歌詞が一般民衆の用いる俗言(さとびごと)を用いて作られており、又雅歌(みやびうた)のような上代の一定の正しい規格に拠らない歌。
七 「風俗ノ歌舞」は大嘗祭・卯日の記事に見える。地名を歌いこめた歌舞と共に諸国の国魂が献上されたと考えられる。
八 奈良時代初期の成立。以下の記事は抄録本である現伝本には無く、逸文として仙覚抄、万葉緯などに引かれる。雅澄は仙覚抄に拠り、要約して引用か。
九 底本「閭」の右脇下に、朱で「里カ」と挿入の記述あり。「閭

ミ見エタル、其歌詞ノハ載(のせ)ラレザレバ、イカヾアリケン詳(つまびらか)ニハシルベカラズトイヘドモ、肥[八]前ノ国風土記ニ、

杵島郡ノ有二一孤山一。名曰二杵島一。闔[九]士女、毎歳春秋登望、楽飲歌舞ス。
歌詞曰、阿良礼符縷耆資能加多塏烏嵯峨紫弥苔（アラレフルキシマガタケヲサガシミト）　区縒刀理我泥底（クサトリカネテ）
伊母我堤鷗刀縷（イモガテヲトル）。是レ杵島曲也。

トアル、コノ杵島曲(きしまぶり)ノ類(たぐひ)ヲ風俗ノ歌舞トハ記サレタルナルベシ。サラバ全(もはら)雅歌(みやびうた)ナリ。コノ歌ハ万[一〇]葉集ノ巻三ニモ出(いで)テ、ソノモトハ古事記ニ載(のせ)テ、速[一一]総別ノ王、女鳥ノ王ト倉椅山ヲ越(こえ)賜フ時ニヨミタマヘル歌ヲ、所[一二]ミ詞(ことば)ヲ換(かへ)テ杵島曲(きしまぶり)ニ用ヒタルナリ。又万葉十六ニ「豊[一三]前ノ国ノ白水郎ガ歌・豊[一四]後ノ国ノ白水郎ガ歌・能[一五]登ノ国ノ歌・越[一六]中ノ国ノ歌」ナドトテ載(のせ)タル、ソノ[一七]歌詞ニ少シハ戯(たはむれ)メキタルコトノ雑(マジ)レルトコロモアレド、全(もはら)ハ雅歌(みやびうた)ナリ。コレモカノ風俗ノ歌舞トイヘルモノヽ類(たぐひ)ナルベシ。今ノ世ニ伝(つたふ)ルトコロノ風[一八]俗歌ハ、全ク件(くだん)ノ歴史ニ見エタル風俗ノ歌舞ヲ奏(ツカヘマツ)ルトアルヲ取(とり)アゲ、エラバレテ伝ヘタルモノナリ。サレバ東[一九]遊ノ歌・駿河歌・陸奥歌・甲斐歌・常陸歌ナドトテ載ヽ(ノレ)ルニテシルベシ。サテカノ風俗歌譜ニハ、東[二〇]国ノ歌ヲノミ載(のせ)テ、西国ノ歌ヲバ載(のせ)ザルハ故(ユエ)アルコトナリ。

里」とし「むらざと」と理解したものと思われる。但し「閭」（仙覚抄も同じ）だけでも里、村里の意あり。万葉緯は「郷閭（むらざと）」とする。

一〇 小異あり。「霰ふり吉志美（きしみ）が高嶺（たけ）を険（さが）しみと草取りかなわ妹が手を取る」（万葉集三・三八五）。

一一 仁徳天皇が異母弟速総別王（はやぶさわけのおおきみ）と異母妹女鳥王（めどりのおおきみ）を争う恋愛伝説で、速総別王が女鳥王と駆け落ちした時に歌ったという歌。「梯立（はしたて）の倉梯山（くらはしやま）を嶮（さが）しみと、岩懸きかねて、我が手取らすも」（古事記・下・仁徳天皇の条）。

一二 雅澄は古事記の歌をもとの形とし、肥前国風土記逸文の歌垣の歌謡（杵島曲）をその改作と判定しているが、その逆で、歌垣などにおける民謡が元来の在り方か。

一三 万葉集十六・三八七六。

一四 万葉集十六・三八七七。

一五 万葉集十六・三八七八・三八七九・三八八〇の三首。

一六 万葉集十六・三八八一・三八八二・三八八三・三八八四の四首。

一七 特に能登の国の歌（注一五）の表現などを指しているものと思われる。

一八 風俗（ふぞく）は「くにぶり」とも訓み、本来は雅澄も説く如く、地方の諸国に伝わる歌舞を指しているが、大嘗祭をはじめとした儀式歌謡を経由し、平安時代には貴族の遊宴を中心とした社交歌謡「風俗歌」に成長し、前期から中期にかけて盛行した。承徳三年書写古謡集、文治奥書本風俗譜、楽章類語鈔などの伝本により、およそ五十首が伝えられる。古今集二十も東歌（陸奥歌・相模歌・常陸歌・甲斐歌・伊勢歌）をはじめとして同類の歌を伝えている。また神楽歌や催馬楽も風俗をその基盤として形成された歌謡である。

一九 賀茂・石清水などの諸社の神事に用いられた、舞に伴う歌謡。もと東国の風俗に属し、一歌、二歌、駿河舞歌（駿河歌）、求子歌（もとめごうた）、片降（かたおろし）より成る。延喜二十年に勅定せられた。雅澄は駿河歌を東遊歌（あずまあそびのうた）とは別に掲出しているが、駿河歌は駿河舞に伴う歌曲として、東遊歌の構成の一部を担うもの。承徳三年書写古謡集ほかに所収。

二〇 風俗歌は、肥後風俗（承徳三年書写古謡集所収）にも見ら

紀氏ガ土左日記ニ「西国ナレド甲斐歌[一]ナドイフ」トアルハ、即チカノ風俗歌ナリ。西国ナレバ西国ノニモ、折ニツケテ似ツカハシキ歌イクラモアルベキナレド、カノ頃風俗歌ハ曲節ヲ付(つけ)テウタフコトヲ常ニセル故ニ、事トアル折(ヲリ)ニハ、マヅ風俗歌ヲウタフコトナレバイヘルナリ。清少納言ガ双紙[二]ニ「歌ハ云々、風俗(フゾク)ヨクウタヒタル」トアルヲモ思(おもひ)合(あはす)ベシ。サテカノ風俗歌譜ノ中ニハ、歌句ノ世(ヨ)ノ常(ツネ)ノニ異(カハ)レルモアレド、マヅハ常ノ雅歌(みやびうた)ヲ以テ宗(ムネ)トセリ。

歌垣[三]ト云(いふ)モノ、古事記[四]下巻・清寧天皇ノ条ニ見ユ。日本紀[五]ニハ武烈天皇ノ巻ニ見エテ「歌場此云ニ宇多我岐一(ウタガキト)」トモ注(シル)サレタリ。其ハ歌ノ曲節ニ応(ツ)レテ舞踏セシコトニテ、ソノサマモ大略シラレ、又歌詞モ載(のせ)ラレタレド、其モ歌垣ノ歌トテ別ニアルニハアラデ、折ニフレテ作(よみ)テ歌ハレシ趣ナリ。摂津国風土記[六]ニ載(のせ)タル雄伴郡歌垣山、常陸国風土記[七]童女松原ノ嬥歌(カヒ)之会ヲ即チ歌垣トモ云(いひ)シト見エテ、ソノアリシヤウモミナ記紀ニ見エタル類(たぐひ)ナルコトシラレタリ。サテハ万葉[八]巻九ニ載(のせ)タル筑波嶺ノ嬥歌(かがひ)会亦コレナリ。シカルヲ続日本紀[九]巻十一ニ、

天平六年二月癸巳朔。天皇御ニ朱雀門一覧ニ歌垣ヲ一。男女二百四十余

れる如く、必ずしも東国の歌に限定されるものではないが、宮廷における担い手としては、東国より召集された近衛の舎人、衛門の衛士と密接な関連を有し、そうした点から、固定化の過程で東国歌謡の優勢が確立されたものと思われる。

一 甲斐歌は古今集二十・東歌の二首を始めとして、承徳本古謡集、楽章類語鈔にも歌詞が見える。古今集の歌はいずれも別離の心情に関わる歌であるが、土佐日記・十二月二十七日条で歌われているのも別れの場であり、甲斐歌のあるものは当時、別れの折に最もふさわしい歌曲として、歌う場が定着化する状況にあったものと思われる。曲調は哀調を帯びた点に特色があったものか。平中物語では行方不明の恋人を思って歌う曲の節として用いられており、曲節のみでも甲斐歌として流行していたと考えられる。

二 枕草子(能因本)の二五八段に「歌は、杉立てる門。神楽歌もをかし。今様は長くてくせづきたる。風俗よくうたひたる」とある。

三 本来は農耕生産の予祝的意義を持って行われた呪術的神事儀礼。その内容は、男女による飲食・歌舞・性的解放(婚約も含む)より成るが、中でも歌の掛け合いを最も重要な部分とし、「うたがき(歌垣・歌掛き)」の名称もこれに由来すると考えられる。神聖な山や海浜、市などで行われたが、のちには宮廷にとり入れられ、貴族たちの男女唱和による風流化した芸能となった。雅澄の歌垣に対する考証は、現在知られている資料を網羅した正確なものとなっている。

四 志毘臣(しびのおみ)と袁祁命(をけのみこと=顕宗天皇)の二人が、「歌垣」の場で大魚(おおうお)をめぐってする妻争い。歌の掛け合いをもって夜を明かして戦う。

五 日本書紀では、大臣平群真鳥(へぐりのまとり)の子鮪(しび)と太子時代の武烈天皇が、影媛(かげひめ)を争う話とされ、「歌場(うたがき)」の場は「海柘榴市巷」(つばいちのちまた=現奈良県桜井市金屋)とする。

六 逸文として釈日本紀十三に「摂津の国の風土記に曰はく、雄伴(をとも)の郡。波比具利岡(はひぐりをか)。此の岡の西に歌垣山あり。

人、五品以上有二風流一者、皆交二雑其中一。云々等為レ頭、以二本末一
唱和。為二難波曲(なにはぶり)・倭部曲(やまとべぶり)・浅茅原曲(あさぢはらぶり)・広瀬曲(ひろせぶり)・八裳刺曲(やつもさすぶり)之音一、
令二都中士女縦観一、極レ歓而罷。賜下奉二歌垣一男女等禄上、有レ差。

トアル、[一〇]コノ頃ニイタリテハ、格式モソナハリ、歌詞モサダマリタル
趣ナレド、ナホソノ歌ハ常(ツネ)ノ雅歌(みやびうた)ニテ、又時トシテハ新(あらた)ニ作(よみ)テ用ヒラ
レシトモ思ハルヽハ、同巻三十ニ、[一一]

宝亀元年三月庚申。車駕行二幸由義宮一云々。三月辛卯云々。六氏
男女二百三十人供二奉歌垣一。其服並着二青揩細布衣一、垂二紅長紱一。
男女相並分レ行徐進、歌曰云々。其歌垣歌曰云々。毎二歌曲折一、挙
レ袂為レ節。

トアルヲ、類聚国史巻七十七、音楽部・歌垣条ニモ載(のせ)ラレタリ。其時[一二]
ノ歌ドモハ、ミナ新(あらた)ニヨメル詞(ことば)ナルニテシルベシ。
カクテソノ後、同巻卅一ニ載(のせ)ラレタル童謡(わざうた)ニ、

[一三]葛城寺乃(カツラキノテラノ)、前在也(マヘナルヤ)、豊浦寺乃(トヨラノテラノ)、西在也(ニシナルヤ)云々。

トアルゾ、世ノ常(ツネ)ノ雅歌(みやびうた)トハ異ニシテ、[一四]七言五言ト歌ヒ出シタル、コ
レ雅歌(みやびうた)ノ他ナル体ナル歌ノ、物ニ見エタルハジメニテ、中昔ノ今様[一五]ノ

昔者(むかし)、男も女も、此の上に集ひ登りて、常に歌垣を為しき。因りて名と為す」と引かれる。

七 香島郡「童子女(うない)の松原」の項に「嬥歌の会〈俗(くにひと)、宇太我岐(うたがき)といひ、又、加我毗(かがひ)といふ〉」とある。嬥歌(うたがき)の会(つどい)で偶然に出会った年若い男女の僮子(うない)が、互いに歌いかけ、思いを遂げた後、夜が明けるのに気づかず、人目を恥じて松の木と化したという伝説を伝える。

八 高橋虫麻呂の歌として二首(一七五九・一七六〇)あり、題詞に「筑波嶺に登りて嬥歌会(かがひ)をする日に作る歌」とあり、注に「嬥歌は東の俗語にかがひと曰ふ」とある。

九 聖武天皇の天平六年(七三四)二月、平城京朱雀門で行われた歌垣。踏歌の影響を受け、宮廷風流化したもの。万葉集古義九之下(前注八、高橋虫麻呂歌の項)においても同じ続日本紀の記事を掲出し「右の続紀なるは、又いよ〳〵さらにうつりて、こと〴〵しくたくみなしたる、一ツの遊芸にて、かの踏歌と云もののたぐひにぞありける」と考証している。

一〇 万葉集古義十二之上(三六五一歌の項)には、続日本紀の記事を示した後「かくて古へのは、私の心と会集(ドツ)ひて、興ぜしことと見ゆるを、続紀の頃は、一ツの舞曲のごとなりて、御覧(オホミマヘ)にも供へ奉りしなるべし」と注している。

一一 称徳天皇が宝亀元年(七七〇)三月、由義宮(大阪府八尾市弓削)に行幸した時、渡来系氏族六氏の男女が行なった歌垣。

一二 続日本紀は、歌詞については「乙女らに、男立ち添ひ、踏みならす、西の都は、万代(よろよ)の宮」「淵も瀬も、清くさやけし、博多川、千歳(ちとせ)を待ちて、澄める川かも」の二首を記し、「其の余の四首は、並に是れ古詩なり。復(また)煩しく載せず」としている。歌詞のわかる二首については、由義宮を「西の都」と称え、「博多川」も由義宮付近を流れる川かと思われるので、この行事に合わせて作られたものと考えられる。

一三 続日本紀は、光仁天皇(七七〇―七八一在位)がまだ臣下の間にあった時に歌われたものとし、以下に続く歌詞により、識者は「蓋し天皇登極の徴(しるし)なり」と判じたと記す。本来は民間の井讃めの歌と考証されている。

一四 引用の歌詞の句切れは、巷謡編の底本には特に指定され

歌ノ祖(オヤ)トモイフベキモノナリ。此歌ハヤガテ一催馬楽譜ニモ取載(とりのせ)ラレタリ。ソモ〳〵短ヨリ長ニ行(ゆく)ハ、揚(あが)ル形ニテ勢(いきほひ)ノ増(マサ)ル理(ことわり)ナレバ、五言ヨリ七言ニウツルコト、神代ヨリ歌ノ二常格ナリ。長ヨリ短ニ行(ゆく)ハ、低(さが)ル形ニテ勢(いきほひ)ノ減(へ)ル理(ことわり)ナレバ、七言ニハジマリテ五言ニウツルト云(いふ)コトハ、サラニアルコトナカリシヲ、コノ頃ヨリ童謡(わざうた)ナドニ、七言五言ト歌ヒ出スコトノハジマレルハ、漸ク世ノ勢(いきほひ)ノ低(さが)レル故ナルベシ。草木ナドノ形状ヲ思ヒ合(あは)セテモシルベシ。五尺ノモノノ七尺ニウツルハ、長栄(ノビサカ)ユル形ニテ勢(いきほひ)ノ増(まさ)ル理(ことわり)ナルヲ、七尺ノモノノ五尺ニナルハ、チヾミ枯ル形ニテ勢(いきほひ)ノ減(へ)ル理(ことわり)ナリ。サレバ後マデモ、雅(みやび)歌(うた)ハ上古ノ格ヲマモリテ、五言七言ニ歌ヒ出スコトニ定(さだま)レルヲ、ナホ俗間ノ童謡(わざうた)ナドニハ、時ノ勢(いきほひ)ニツレテカク句ヲ三次第(ツイヅ)ルコトニナレルナリ。

サテソノ後カノ四伊呂波(いろは)歌、世ニ伝フルゴトクモシ空海ノ作ナラバ、件(くだん)ノ童謡(わざうた)ナドニモトヅキテ、七言五言ト歌ヒ出シタルモノニテ、コレゾ正シク今様ノオヤトゾ云(いふ)ベキ。ソノ後ハ五土左日記ニ載(のせ)タル舟人ノ歌ニ、

ていないが、雅澄の続日本紀以下の古歌謡の注釈書、南京遺響には本文に示したのと同じ句切れで記されており、七言五言とする雅澄の考えは明らか。

一五　平安中期から鎌倉期にかけて行われ、特に院政期において盛行した歌謡。前代の風俗歌、催馬楽などに対し「今様」(当世風)の今めかしい魅力による名称とされる。七五調又は八五調を主要な律調の一つとする。後白河院の手に成る梁塵秘抄一、二が現存最大の集成。

一　催馬楽の「葛城」。日本霊異記・下ノ三十八にも小異で出ている。催馬楽は、風俗(ふぞ)をはじめとした上代の民間の歌謡を基盤とし、平安時代の前期に外来音楽である雅楽の曲調に編曲されたもの。宮廷貴族の興宴歌謡として平安中期にかけて盛行した。「葛城」も奈良時代後期の歌詞を元に、新たに編曲し直したものと考えられる。

二　五言七言の順序を神代からの理想の常格とし「自然の妙」とする論は、既に本居宣長においても行われている。「大方五言七言にとゝのひたるが、古今雅俗にわたりて、ほどよき也。さればむかしの歌も今のはやり小歌も、みな五言七言なり。是自然の妙也。上代の歌は文字の数さだまらずといへるは誤也。神代の歌といへ共、五言七言にもるゝ事なし」(石上私淑言一)。

三　順序をつける。

四　音の異なる四十七の仮名を使った、七五調、四句の今様歌。「色(いろ)は匂(にほ)へど、散(ち)りぬるを、我(わ)が世(よ)誰(たれ)ぞ、常(つね)ならむ、有為(うゐ)の奥山(おくやま)、今日(けふ)越(こ)えて、浅(あさ)き夢(ゆめ)見(み)じ、酔(ゑ)ひもせず」の意を表わす。成立は十世紀末以降と考えられ、空海(七七四―八三五)作とする伝説は誤り。

五　承平五年(九三五)一月九日の条。大湊より奈半の泊への途中、船子(ふなこ)楫取(かじとり)の歌う船歌。歌い出しは七五調であるが、以下は「若薄(わかすすき)にて、手きるきるつんだる菜を、親やまぼるらん、姑(しうとめ)やくふらん、かへらや」とあり、不整形。若

春ノ野ニテゾ音(ね)ヲバナク云々。
トアルナドコレナリ。
カクテ今様ノ歌ト云(いふ)モノハ、ソノ始(ハジ)マリヲシラズトイヘドモ、紫式[六]
部日記ニ、
琴笛ノ音ナドニハタド〳〵シキ若人(ワカ)タチノ、[七]トネアラソヒ今様歌
ドモモ、所ニツケテハヲカシカリケリ。
〈紫式部日記[八]「月オボロニサシイデテ、若(ワカ)ヤカナル君タチ、今様(ヤウ)歌ウタ
フモ云々」〉
〈狭衣[九]「此ゴロ、童(ワラハ)ベノ口ノ端(ハ)ニカケタルアヤシノ今様(ヤウ)歌ドモヲ、イト
シヲ〳〵シキ声ニテウタヒテスグル気色(ケシキ)」〉
[一〇]枕双紙ニ、
歌ハ杉タテル門。神楽歌モヲカシ。今様ナガクテ曲(クセ)ツキタル。風(フ)
俗(ゾク)ヨクウタヒタル。
トアルニテ見レバ、ソノ[二]頃(コロ)モハラモテアソビシト見ユ。ソノ今様ト
云(いふ)名モ、古ヘノ手振(テブ)リニカハリ時ノ勢(いきほひ)ニツレテ今メカシク作リウタ
フヨリ、其行(ノ)ハレケル程(ホド)ヨリイヘル称(な)ナルベシ。サテソレヨリハルカ

六 薄は「我が薄」とする説もある。寛弘五年(一〇〇八)八月二十日余の条。
七 「とね」は「と(読)経」の誤写と推定されている。芸能化した読経を競う。
八 頭書として補足したもの。寛弘六年某月十一日の条。以上の紫式部日記の二例から、初期の今様歌が、今様の語意に見合う若い人の歌謡であったことは注目される。
九 頭書。狭衣物語の成立はおよそ十一世紀の後半。巻四のこの記事の主語は車力であり、この頃の今様歌が子供たちや荷車を運ぶ下層の人々の流行歌となっていたことを示す。
一〇 能因本二五八段。別本巷謡編にも同文を引用し、そこでは「今様歌トテ、催馬楽・朗詠ナドノヤウニ酒宴ニウタフ物也。慈円ノ御作ノイマヤウ歌、拾玉集ニアリ。古今著聞ニモイマヤウ歌、サマ〳〵見エタリ」と注記している。本文は清少納言の好む歌謡名を列挙したものと思われるが、今様の曲節の特徴を、長くて変化があるととらえているのは注目される。「曲ツキタル」については、雅澄は「一曲(ひとくせ)アルヲイフ也」(別本巷謡編)と傍記している。
一一 紫式部や清少納言の活躍した一条朝(九八六―一〇一一)。その頃を貴族社会における今様歌形成の初期とする考えは、現在の研究においても是認される所である。

一 鳥羽上皇の皇子(一一四一―五五年在位)。
二 源資賢(一一一三―八八)。平安時代後期の楽家・歌人。後白河院院司として活躍。初期の今様の師の一人でもあり、梁塵秘抄口伝集十には今様を中心とした院との交渉が示されている。このほか今様の名人としての記事は、平家物語六、源平盛衰記十二、郢曲相承次第など諸書に見える。雅澄も、口伝集十より応保二年二月十二日の熊野参詣の折の今様霊験譚等を別本巷謡編に引用。
三 頭書。亀山天皇在位(一二五九―七四)の頃成立かという歴史書。承安四年(一一七四)九月一日より十五夜にわたって、後白河法皇の御所法住寺殿において行われた今様合について記す。堪能

ノ後、近衛[一]天皇ノ頃ニ資賢[二]少将ナド云(いひ)ケル人、コノ筋(スヂ)ニ堪能ニテ、モハラ盛(サカ)リニモテアソバレシヨリ、世ニアマネクヒロマレリトオボユ。〈[三]百練抄。承安四年ニ今様合、近衛天皇ヨリ後也。〉

カクテカノ双紙[四]ニ載(のせ)タル尼法師ノ乞食者ノウタヘル歌ドモハ、世(ヨ)ノ常(ツネ)ノ歌ニモアラズ、今様ノ振(フ)リニモアラズ、今一(ト)振(フ)リノモノニテ、詞(ことば)イヤシゲニハキコユレドモ、今世ノ里謡ノ類(たぐひ)ニトリミダシタルモノニハアラズ。

[五]年中行事秘抄ニ載(のせ)タル鎮魂歌ハ、後ノモノニハアラズトオボユレド、[六]ソレハタ世(ヨ)ノ常(ツネ)ノ歌ヲ連(つら)ネテ、文(アヤ)・節(フシ)ヲ加ヘテ歌ヘルモノニテ、異ナル詞(ことば)ニハアラズ。

[七]梁塵秘抄口伝集ニ、「[八]大曲様・旧古柳・今様・物語・田歌」ナドトテ載(のせ)タル、イカナル詞(ことば)トモコトぐ\ハシラレネド、[九]物語ト云(いふ)ハ、[一〇]古事記ニ載(のせ)ラレタル鑽火(ヒキリ)ノ詞(ことば)、[一一]出雲風土記ニ出(いで)タル国引ノ詞(ことば)ナドノ類(たぐひ)ソノ宗(オヤ)ニテ、カノ[一二]語部(カタラヒベ)ノカタリ伝ヘタル古物語ト見ユ。語部(かたりべ)ハ、延喜式・弘仁式・江家次第・北山抄等ニ見エテ、[一三]大嘗祭ノ時古詞(ふるごと)ヲ奏ス。[一四]「其ノ音祝(はふり)ニ似、又歌声ニ渉(ル)」ナドモ見エタリ。昔ヨリ世ニアル物語

の公卿三十人を撰定し、藤原師長・源資賢を判者として毎夜一番ずつ雌雄を決したというもの。歌合等の遊戯にならい歌唱の実技を競ったものか。吉記、吉野吉水院楽書などにもその折の記事が見える。

四 枕草子。→二三〇頁注二。当時の俗謡。雅澄は形式・曲調において、世の常の歌(和歌)とも今様とも異なる、別格の歌としているが、今様歌謡との関わりはなお不詳。

五 朝廷の年中行事について古書より抄録、解説したもの。鎌倉初期の成立か。十一月中寅日鎮魂祭に歌われる鎮魂歌及び唱え言を記す。別本巷謡編には阿知女作法(あちめわざ)以下の歌詞を引用。

六 歌詞の多くは神楽歌(採物の歌)と共通。雅澄の説く如く一連の短歌形の歌詞を中心に、表現上の変化・曲節の工夫を加え、鎮魂の儀式の際の御巫の舞歌に仕立てたものと思われる。

七 口伝集十。

八 保元二年(一一五七)御白河院が乙前と師弟の契を結んだ後、乙前より直接習い得た広義の今様の種目。但し、「物語」とあるのは「物様(ものやう)」の誤り。従って以下に展開する雅澄の「物語」に関する考証とこの口伝集の記事とは本来無関係。

九 「レ」は朱で挿入。

一〇 上巻、大国主神の国譲りの条。水戸神之孫(みなとのかみのひと)と櫛八玉神(くしやたまのかみ)の二神が、火きり臼と火きり杵を以て火をきり出し、調理をして料理を献上する時の唱え言。火の由来を高天の原の神産巣日御祖命(かみむすびのみおやのみこと)のものと語る。

一一 意宇(おう)郡の郡名の由来を語る国引きの条。八束水臣津野命(やつかみずおみつののみこと)が、よその国の余りに綱をかけて引き寄せ、縫い合わせて国作りをしたと語る。口誦の伝承の詞を伝える。

一二 古代において、神話・伝説などの故事を伝承し、語ることを職とした者。「カタラヒベ」の傍訓は延喜式・九条公爵家所蔵一本系統のもの。

一三 卯日の条。語部の国名としては、美濃・丹波・丹後・但馬・因幡・出雲・淡路の七か国が見える(儀式、延喜式)。

一四 北山抄及び江家次第の「次語部奏ニ古詞一」に続く割注。「祝」は神職。神職の唱える祝詞に音声が似、また曲節を持っ

書ハ、カノ語部ノ語ル古物語ヲ伝ヘウツシテ作レルモノナルガ故ニ、イヅレモ詞(ことば)ヲカシク興アルサマニモノシタリ。後鳥羽天皇ノ[一五]御時、信濃前司行長ト云(いふ)人平家物語ヲツクリテ、ソレニ曲ヲツケテ、生仏ト云(いひ)ケル盲法師(めくらほふし)ニヲシヘカタラセシト云(いふ)ガ、[一六]カノ平家モ件(くだん)ノゴトク、モト語ルベキ物語書ニナラヒテツクレルモノナルユヱニ、ソノ心シテカキテ語ラセケルナリ。スベテ物語ニ節(フシ)ヲ付(つけ)テ語ルコトハ中絶(たえ)タリシヲ、生仏ガウマレツキノ声ノヨキニマカセテ、再興シテ語リ出シタルナリ。

〈[一七]四条院ノ御宇ニ性仏僧正トテ山ノ検校アリ。是ハ家道公ノ御末子、慈鎮ノ御弟子ナリ。此(この)僧正壮年ニシテ両眼シヒ盲人トナレリ。依(より)テ僧正ヲ申(まうし)カヘ当道ノ検校ニナル。性仏検校当道ノ業(ギャウ)トイタスベキ道ヲシメシ給ヘト、日吉ノ社ヘ三七日参籠シテ祈誓アリシカバ、平家物語ニ節ヲ付(つけ)テ唱スベシト御告アリ。〉

[一八]今ノ世浄瑠璃テフ物語ヲ語ルハ、詞(ことば)モ声モイヤシク[一九]心モサワガシクコソナレレ、其(それ)[二〇]ヲ語ルト云(いふ)ハナホ古へノ遺風ナルベシ。サレバ[二一]万葉巻三ニ出(いで)タル志斐ノ嫗(おみな)ガ強語〈シヒガタリ〉モ、タヾ[二二]ニ告〈イフ〉ニハアラデ、曲節ヲナシテ語レル

一五 以下の平家物語の成立に関わる考証の文章は、徒然草二二六段に拠る。別本巷謡編も同段を引用。後鳥羽天皇の在位は寿永二年(一一八三)より建久九年(一一九八)。
一六 雅澄は、盲法師(琵琶法師)を語部の流れに位置づけ、語りの視点から平家物語の成り立ちを説く。
一七 頭書。当道要集(成立年未詳)のうち「小高検校識」とする当道の歴史を述べる箇所より引用。当道大記録にもほぼ同内容の伝承がある。性仏(生仏)を山(比叡山)の検校とする伝承を記す。四条院は四条天皇(一二三二―四二年在位)。
一八 浄瑠璃を賤しい芸能とする考えは当時の儒者一般に広く見られるもの。この記述は特に太宰春台(一六八〇―一七四七)の「今ノ浄瑠璃ハ、猥褻ノ至極ニテ、甚シキ淫声ナレバ…」(経済録二・礼楽)などを念頭に置いている。
一九 「心モサワガシク」は朱で挿入。
二〇 浄瑠璃は、平曲を初め謡曲、幸若舞曲など中世以来の諸音曲を総合した語り物。三味線、人形芝居と結びつき発展した。名称の由来は、室町期の浄瑠璃御前の物語(文明六年〈一四七四〉冬頃の実隆公記紙背の絵詞草案が初見)による。
二一 万葉集三・二三六・二三七。天皇(持統天皇か)と志斐の嫗の、強語(強いて聞かせようとする物語)をめぐる問答歌。
二二 万葉集古義三之上の同歌の「強語」の注には、「源ノ厳水云」として語部に関する大嘗会の記事を掲出した後、「ここの語(カタリ)も、ただのむかし物語するにはあらず。おもしろくあるべかしく、ほどよく拍子を合セて、かたりしものにて、後ノ世の平家をかたるは、この名ごりなるべし。さてその語部の語りし事は、さま〴〵の古ことなど、をかしくつくりなして、かたりけるものにて、かの古き物語書は、みなその語部のかたる物にならひてつくれるにて、猶今の浄瑠璃てふもののごとくなるべく、おぼゆといへり。さもあるべし」と記す。「源ノ厳水」は土佐の古典学者中山厳水(一七六三―一八四三)。これによれば、一連の語部及び語り物についての考証は、中山厳水の説を承けたものとなる。厳水は雅澄にとって先輩にあたり、万葉集古義においてもその所説が最も多く引用された人物。

ヲイヘルナリ。サレバカノ資賢[一]少将ノ頃モ、ナホソノ物語[二]ニ曲節ヲツケテウタヒ語ルコトヲナラヒツタヘテ、ソヲヤガテ物語トハイヘルナルベシ。

[三]田歌ハ、[四]止由気宮儀式帳ニ「田儛」トアル、ソレナルベシ。

[五]〈天智天皇紀ノ十年五月ニ「奏(ツカマツル)田儛(ヲ)。」〉

コレハヤガテ[六]田夫ノウタフ歌ヲトリアゲウタヘルナルベシ。[七]栄花物語・御着裳ノ巻ニ載(のせ)タル[八]田歌ヲ見レバ、詞(ことば)ハナホ世(ヨ)ノ常(ツネ)ノ歌ナリ。サテソノ田植(うう)ル時、

[九]田楽トイヒテ、アヤシキ鼓腰ニ結付(ゆひつけ)テ、笛フキサヽラトイフ物ツキ、サマ〴〵ノ舞シテ、アヤシノ男(ヲノコ)ドモ歌(ウタ)ウタヒ、心地(チ)ヨゲニホコリテ十人バカリアリ云々。

トアルヲ見レバ、[一〇]北条家ノ時ニモハラモテアソビシ田楽ハ即(チ)ソレナリ。

サテ[一一]白拍子ト云(いふ)モノハ、[一二]鳥羽天皇ノ御時、島ノ千歳・若ノ前ト云(いふ)ニ人ノ妓女舞始(まひはじめ)シト云(いふ)。磯ノ禅師・静、平入道ノ寵セラレシ仏・妓王・妓女ナド云(いふ)モノミナ白拍子ナリ。[一三]彼等(カレラ)ガ舞ノ手ニ和(アハセ)テウタフ歌ハ、

一 →二三六頁注二。
二 二三六頁注八にも記したように、「物語」は「物様」の誤り。
三 神事歌謡として、諸社寺の田植神事や田遊びなどで歌われたもの。
四 止由気宮(とよけのみや)、すなわち伊勢外宮の、延暦二十三年(八〇四)当時における恒例の儀式の実際について記したもの。「即菅裁物忌父、田儛仕奉」とある。なお、本書と一具をなす皇太神宮儀式帳によれば、二月の行事として、「田儛」は「酒作ノ物忌ノ父」が田を耕し歌って舞ったとある。
五 頭書。日本書紀・天智天皇十年(六七一)五月の条。宮中の西の小殿(とあんどの)における宴で舞われたもの。「田儛」の記事の初出。
六 農夫の歌は、作業歌としての田歌そのままではなく、豊作予祝の呪的儀礼歌の段階で宮廷に取り込まれた、と考えた方がよいであろう。
七 巻十九、治安三年(一〇二三)五月に行われた太皇太后宮(彰子)、田植御覧の条。
八 「田人(たうど)どもの歌ふ歌」として次の短歌形の歌二首が記されている。「さみだれに裳裾濡らして植ふる田を君が千年の御まくさにせん」「植ふるより数も知られず大空を倉にぞつまん御まくさにせん」。
九 農夫の田植を囃す予祝神事の芸能。腰鼓・笛・摺りササラ(簓)などの楽器を用い、貴族の賞翫の対象ともなっていた。栄花物語のこれらの記事はその様子をよく伝えている。
一〇 太平記五・相模入道弄二田楽一并闘犬事に載る田楽の記事等を指していう。当時洛中に田楽が盛行し、北条高時(一三〇三―三三)は新座・本座の田楽法師の芸能を愛翫したと記す。但しこの田楽は法師形をした専業芸能者によるもので、本来、農耕行事の田楽とは別系統。ビンザサラ(編木)・腰太鼓などの楽器による田楽躍を基本とし、刀玉・高足など散楽系の曲芸的芸能も演じた。渡来系の芸能に由来すると考証されている。さらに鎌倉末期、北条高時の頃には、猿楽の能にならい演劇的な田楽能を行うようにもなっていた。要するに、同じく田楽とはいっても、別種の由来、形態によるものであり、雅澄の説くように全く同一視することはできない。

ミナ今様ナレバ異ナルコトナシ。

　サテ又早歌[一四]ト云(いふ)モノ、兼好ガ徒然草[一五]ニ、或人子ヲ法師ニナシテ、学問シ因果ノ理(ことわり)ヲモシレトヲシヘケルニ、法師ノムゲニ能ナキハ、仏事ノ後酒ナドス丶ムルヲリニ檀那スサマジク思フベシトテ、早歌ト云(いふ)コトヲナラヒケリトアリテ、ソノ早歌ノ詞(ことば)[一六]ハ體源抄ニ載(のせ)タルヲ見ルニ、コレ又一種ノウタヒ物トハシラルレド、アマネク世ニ行(おこなは)レシコトヲキカズ。

　又散楽[一七]ト云(いふ)モノハ、貞観儀式[一八]・践祚大嘗祭儀ノ中ニ「御巫・猿女[一九]」見エ、相撲節儀[二〇]ニ「散楽人」トアリテ、體源抄[二一]ニモ「散楽」見エテ、
　新靺鞨(しんまか)ハ目出度(めでたき)舞ナリ。而(しかるに)近来偏ニ実(げ)ニハ不レ習テ散楽(サルガク)ニ成ニケリ。浅猿(あさまし)キ事ナリ。

トアルヲ見レバ、ソノ楽ヲバ昔ヨリイヤシメケルニヤ。

　枕双紙[二二]ニ、
　男(ヲトコ)ノウチサルガヒ、物ヨクイフガキタルハ、物忌(イミ)ナレド入(いれ)ツカシ。

ト見エテ、スベテ滑稽(タハム)[二三]レ興ズルコトヲサルガフト云(いへ)ルコトノ多キ、ソノサルガフ[二四]ハ散楽ト云(いふ)コトヲ用(ハタ)ラカシテイヘルコトト聞(キコ)ユレバ、ソノ

一一 歌舞芸。院政期頃から鎌倉期にかけて盛行し、室町期に至って衰退した。白拍子という拍子に合わせ、鼓の伴奏で歌い舞うもので、それを舞う専業の妓女も白拍子と呼ばれた。
一二 以下の起源説は平家物語一・祇王、徒然草二二五段の記述による。当該箇所は別本巷謡編にも引用。
一三 歌は今様だけでなく、朗詠・和歌形式のものも取り込んでいるが、詞章の特色はむしろ同類のものを数えあげる「物尽し」にあり、白拍子を歌い舞うことも「数ふ」と呼ばれている。舞は、足拍子を踏みならしつつ旋回する点に特色があり、「数ふ」という表現も、拍子を踏み数えることによるともいう(永池健二『日本の歌謡』)。
一四 鎌倉時代の中後期に、鎌倉を中心とした関東文化圏で成立した中・長編歌謡。武士が担い手の中心的位置におり、室町時代末まで約二百年以上にわたる享受の歴史が確認できる。明空(晩年月江と改名)を創始者・大成者とし、宴曲集をはじめ一七三曲が伝わる。
一五 一八八段。以下の引用文はその要約によるが、当時の社会における早歌の魅力と流行をよく伝えているもの。
一六 巻十ノ中に所載。但しこの早歌は神楽歌の「早歌」で、ここで問題にしている中世の早歌とは別の歌謡。「前張」の末尾に位置する問答形式の歌で、余興的な滑稽技を伴うテンポの早い歌謡と考えられている。體源抄は永正九年(一五一二)成立の豊原統秋の手に成る楽書。
一七 中国より渡来の雑芸能。曲芸・奇術・幻術など多くの演目があり、奏楽を伴う。奈良時代には散楽戸を設けて唐散楽を教習せしめた。その実態は弾弓散楽図(正倉院御物)や信西古楽図などに具体的にうかがえる。
一八 内裏における恒例・臨時の諸儀についての式次第。「儀式」とも。貞観十四年(八七二)十二月以後成立。
一九 神事において神楽の舞などに奉仕した女官。天鈿女命(あめのうずめのみこと)を祖とし、もと滑稽な所作に関わるか。
二〇 天皇が宮中で相撲を御覧になり、竟宴を催す儀式。毎年七月に行われた。
二一 巻一及び巻九に所載の記事。

楽モ戯レ興ズルコトヲ宗(ムネ)トシテ、イヤシメケル事(コト)シラレタリ。又宇治[一]

拾遺ニ、
　陪従(べいじゅう)ハサモコソハトイヒナガラ、コレハ世ニナキホドノ散楽(サルガク)ナリ。

トアルハ、戯レ興ズルコトヲヨクスルヲイヘルニテ、散楽ノ芸ヲシタルニハアラズ。

〈文献通考[二]ニ「散楽、野人為レ楽之善者、非二部伍之正声一也。」〉

〈三代実録[三]三十八ニ「右近衛内蔵富継[四]・長尾末継、伎善二散楽一、令二人大咲一。所謂鳴呼人(ヲコヒト)近レ之」。印本ニハ鳴呼ヲ嶋滸ト作リ、今ハ古本ヲ以テ引(ひけ)リ。伝三十二七十一丁。〉

〈西宮記[五]四巻、相撲ノクダリニ「左見二蛇楽・散楽一[六]、右犬[七]・吉干」トアリ。蛇楽ハ蛇ノマネ、犬ハ犬ノマネヲセシナラン。吉干ハシラレズ。同記[八]ニ「散楽、侍臣五位六位・童相校[九]、走丼弄玉」〉

今世ノ謡曲[一〇]ヲ猿楽ト云(いふ)、其(それ)ハ遥(はるか)ノ後ニ造レルモノニテ、古ヘノ散楽ニナラヒタルモノニハアラヌコトハサルモノナガラ、猿楽[一一]ト云(いふ)名ハ古ヘノ散楽ニカタドリタルモノナルベシ。

二二 一四三段(能因本)所載の記事。
二三 雅澄は、別本巷謡編所引の同記事の「サルガヒ」には「猿楽トテ狂言ナドイヒタハル、也」と傍注している。枕草子の右の記事は、当時、滑稽なことをしたり冗談などを言うことも「サルガフ」と称したことを示すもの。
二四 「サルガフ」は、散楽(サンガク→サルガク→サルガウ)を動詞(四段)として活用させた語。

一 巻五・陪従家綱行綱互ひに謀りたる事の記事。陪従は賀茂・石清水などの臨時祭の東遊・御神楽などに、管弦に従事する身分の低い楽人。この記事より、人を笑わせる滑稽な散楽(サルガク)もその重要な職能であったことがわかる。なお、「又宇治拾遺ニ、…アラズ」の部分は朱による補入。
二 以下の三項目は散楽に関わる頭書。文献通考は元の馬端臨の撰。中国における散楽を、野人の楽の善なるもので、編成された正楽ではない俗楽とする。
三 清和・陽成・光孝三天皇の代(八五八―八八七)の間の国史。
四 元慶四年(八八〇)七月二十九日の相撲節会の散楽の記事。近衛の官人が散楽を善くし、それは人を大笑させる滑稽な芸で、道化者がこれに近いと記す。
五 七月、相撲召仰(御覧日)の条。西宮記は源高明(九一四―九八二)の撰に成る平安時代の儀式・故実に関する解説書。
六 「種々雑芸」の割注。「見二蛇楽」の箇所の返り点は雅澄の誤読。「見蛇楽」は諸本「見城楽」ともあり、雅楽(唐楽)の還城楽のこと。西域の人が蛇を食すことを好み、求め得て喜ぶ姿を模した舞という(教訓抄)。
七 諸本「狛犬」とも。師子に類する舞か。
八 童相撲の条。「侍臣」以下は「散楽」についての割注。
九 「相挍」は「相角」で、「相撲」に同じ。「挍、角也、比也」(正字通)。
一〇 能の詞章及び音曲の意。この語の通用は江戸末期以降という。
一一 サルガク(猿楽)はサンガク(散楽)の転。渡来した様々な

〈高尚[一二]云(いふ)。「猿楽(サルガク)ノハジメハ、猿ノ真似(マネ)シテヲカシキ業(ワザ)シケルヨリ、サル名ハイヒツラン。サテ後(ノチ)此(コノ)類(タグヒ)ノヲカシキ業(ワザ)何クレトイデキヌレド、ソノ祖(オヤ)ナル故(ユヱ)ニ、スベテヲカシキコトスルヲ猿楽ト云(いふ)ヤウニゾナリニケル。」〉

〈義経記「[一三]しづか吉野(よし)山に捨(すて)らるゝ事」の条に、蔵王権現の御縁(えん)日に、「大衆の所作の間はくるしみのあまりに衣(きぬ)引かづきふしたりけり。つとめも果(はて)しかば、しづかもおき居て念誦(ねんじゆ)してぞ居たりける。芸(げい)にしたがひておもひ〳〵の[一四]馴子(なれこ)舞(まひ)する中にもおもしろかりし事は、[一五]近江(あふみの)国より参りける猿楽(さるがく)、伊勢(いせの)国より参りける白拍子も一番(ばん)まふてぞ入(いり)にける」トアリ。〉

サテソノ後、[一六]京師紫野今宮社司ノ家ニ、頼朝将軍ノ頃ヨリ、寂蓮ガ書(かき)ツタヘタル花鎮祭(ヤスライ)ノ日踊(をどり)テ歌フ謡アリ。コレ又一種ノモノナリ。又[一七]水猿曲ト云(いふ)モノ、一名水白拍子トモイフ由(ヨシ)、コレハ正シク今様ノ歌ノ詞(ことば)ノ長キモノニテ更ニ論ナシ。

[一八]ソモ〳〵古ヘハ雅歌(みやびうた)ノ他ニウタヘル里謡トイヘドモ、ソノ詞(ことば)イヤシカラズ、キヽニクカラズシテ、[一九]拍子マバラニシテ、コト〴〵ニ古雅ノ

雑芸能は、平安時代には笑いを誘う滑稽な物真似芸に中心が移り、文字も猿楽と書かれるようになる。鎌倉期以降に成長を遂げる猿楽の能及び狂言はそれらの発展したもの。

一二 頭書。藤井高尚(一七六四—一八四〇)は本居宣長門下の国学者。

一三 この項は朱による行間注。義経記五所収。

一四 神前で手向けに舞う舞。熊野参詣の際の王子社の例が知られる(源平盛衰記九・康頼熊野詣附祝言の事。宴曲抄・上・熊野参詣)。

一五 鎌倉期の近江猿楽の実態は不詳。南北朝期から室町初期にかけては上三座(山階座・下坂座・比叡座)と下三座(大森座・酒人座・みまじ座)とがあり、このうち比叡座の犬王道阿弥は、世阿弥と並ぶほどの名手であったが、室町中期からは急速に衰えた。

一六 伝寂蓮(?—一二〇二)筆の「やすらひ花」歌切は、現在も京都市上京区紫野の今宮神社に伝存し、京都国立博物館に寄託されている。「やすらひ祭」の初出は、記録(百練抄、帝王編年記、梁塵秘抄口伝集十四など)によれば、平安時代後期の久寿元年(仁平四年〈一一五四〉)。京都紫野社における疫神鎮送の風流の遊びとして行われた。風流傘のもと、歌いはやし踊った様子については、梁塵秘抄口伝集十四の記述が最も詳しいが、その歌は中世における風流踊り歌の先蹤と認められる。歌詞は当時の神事歌謡としての田歌や詠唱念仏を取り込んでいるのが特徴で、全体としては田楽の影響も考えられる。その詞章については、雅澄は、松岡玄達の結毦録(宝暦九年〈一七五九〉刊)により、「京師紫野今宮社司ノ家ニ、寂蓮ヤスライ花ヲ詠セシ歌アリ。又三月十日、ヤスライ祭ニ躍リ歌フ謡アリ。倶ニ寂蓮ノ書ナリ。ヤスライ祭ノ日ハ、今宮社司ノ家ノ壁間ニコレヲ掛ク。ヤスライ花ハ公事根元ニ出ル花鎮祭ナリ」などの記事と共に、全文を別本巷謡編に引用している。

一七 綾小路俊量卿記(永正十一年〈一五一四〉奥書)「五節間郢曲事」に「水猿曲〈或号㆓水白拍子㆒〉」とある。広義の今様(雑芸)の一種。平安後期より宴席の歌謡として、また旧暦十一月の五節の際の歌謡として歌われた。「水のすぐれておぼゆるは…」で始まる、水の徳をたたえる水尽しの七五調あるいは八五調を

趣ヲ存シタリシヲ、近キ世ニハソノウタフ物ゴトニ詞（ことば）モイヤシク、声モイ[一]ソガハシクテキ、ニク、ナレルハ、ソノモト他ナラズ、コレヒトヘニ三線ト云（いふ）琴ノ罪ニゾアリケル。或説ニ、[二]文禄ノ頃石村検校ト云（いふ）琵琶法師、罪アリテ琉球ニ流サル。石村後ニ罪[三]ユルサレテ、彼国（かの）ヨリ三線ヲツタヘテ帰朝シ、虎沢ト云（いふ）モノニ伝ヘ、虎沢柳川ト云（いふ）モノニ伝ヘテ世上ニ流布セリトイヘリ。

〈大[四]河内秀元ガ朝鮮物語、慶長四年ノ処ニ、三味線ヲ翫（もてあそび）シコト見エタリ。其比ハハヤアマネク世ニ行ハレシニヤアラン。〉

三線ハ彼[五]国ノ楽器ナリトカヤ。和[六]名抄・音楽部ニ出タル阮[七]咸ト云（いふ）モノノ遺製ナリト云（いふ）ハ然モアルベキニヤ。

〈和[八]名抄「楽家有二阮咸図一巻一、今按云、楽器中無二此器名一、晋竹林七賢中有二阮咸字仲容一、疑仲容因二琵琶体一所レ造歟。按[九]図一決、阮[一〇]咸譜云、清風調与二琵琶風香調一同音、今按、琵琶之其頸不レ曲也。」〉

〈事[一一]文類聚続集「唐元行沖、有レ人破二古塚一、得二銅器一。似二琵琶一、身正円。人莫二能弁一。行沖曰、此阮咸所レ作器也。命易以レ木弦レ之。其声雅亮、楽家遂謂二之阮咸一。」〉

中心とした祝言歌謡。「白拍子」または「猿曲（宴曲）」とあることからもわかる通り、白拍子の歌謡と関わり、さらに早歌（宴曲）への発展の過程を示すものと考えられる。なお、雅澄は歌詞を結耗録により別本巷謡編に引用。

一八 以下は、冒頭から前項まで述べてきた歴史的過程における巷謡に対し、近き世及び当代の歌謡を取り上げ、三味線の影響とその罪を論じ、「雅歌」に対し「淫声」「淫楽」として排斥する考えを述べていく。

一九 「拍子マバラニシテ」は朱による挿入。

一 底本、もと「タハレ」とあるを「イソガハシ」と朱により見せ消ち。「イソガハシク」の「ク」は誤脱と見て補う。

二 雅澄の説く文禄（一五九二―九六）伝来説及び伝承者名は、早く糸竹初心集（寛文四年〈一六六四〉刊）などにも見えるものであるが、全く同一の記事はなく、典拠は不明。但し現在の通説は永禄期（一五五八―七〇）伝来説（大怒佐など）を妥当とする。伝承過程については諸説あるが、本土への最初の伝承者を琵琶法師とする点では一致する。

三 「後ニ罪ユルサレ」は朱による挿入。

四 頭書。大河内茂左衛門尉秀元著の軍記（寛文二年〈一六六二〉自跋）。豊後臼杵城主太田飛騨守一吉に従って渡鮮、一吉と秀元自身の軍功譚を中心として記す。但し版本には指摘の記事なく、雅澄の拠った写本は不詳。琉球人以外の本土人による三味線演奏の記録は指摘よりも早く、天正期（一五七三―九二）以前からの巷間への普及がうかがえる。御湯殿の上の日記・天正八年（一五八〇）二月十六日の条「舞の後、宮の御方、御河原の物、山しろといふ、しやみせん（三味線）ひかせらるる」。

五 琉球国。

六 倭名類聚抄四。

七 四弦で胴は円形または四角の弦楽器。その名称は、以下の引用書に見る如く、竹林の七賢の一人晋の阮咸の名に由来し、唐代（六一八―九〇七）よりその名でよばれる。宋代（九六〇―一二七九）以降は発達して月琴となる。三味線の祖型とする説（類聚名物考、

[一二]其製琵琶ニ類シタルトコロアレド、琵琶ヨリハ其形コヨナクイヤシクシテ、其ヲ弾(ひく)サマハ又キハメテ見苦(グル)シ。シカレドモ其音俗ノ耳ニ入(いり)易ク、[一三]拍子イソガハシクウキ立(たつ)ヤウニシテ、僅(わづか)ニ声ヲ発スレバ俄(にはか)ニ人ノ淫心ヲ引(ひき)起シ、放逸佚惰ナルニイタラシム。イヤシキ器トイヘドモ、カク奇妙ナル音ヲソナヘタルカラニ、カノ[一四]浄瑠璃ノ物語ハイフニヤオヨブ、ナニ歌クレ歌ナド名ヅケテ、長キミジカキ、折ニフレ事ニアタリテハ、其音ニ和(アハ)セテ歌曲ヲツクリ、淫声ニカナフヤウニ節(フシ)ヲツケテウタフコトトナレルヨリ、都会ノ人ハサルモノニテ、ハルケキ田舎ノ賤(しづ)ノ女ニイタルマデモ、コレヲマタナキ弄(もてあそび)ナリト思ヒテウタフコトトナレルヨリ、イツトナク来シカタ翫(もてあそ)ビコシ謡物(ウタヒモノ)ノ曲ハスタレユキタリ。婦人・小子ハサルモノニテ、丈夫トイヘドモ淫(みだ)レタル方ニハ心ノウツリヤスキ習(ナラ)ヒナルニ、カヽル淫楽ノ世上ニヒロマリ、コヽカシコニモテハヤサルヽコトニナリテヨリ、田舎童(ヰナカワラハ)ノウタフ歌マデモ、月ニ日ニイヤシク[一五]イソガハシクナリモテユクハ、ゲニウベナラズヤ。[一六]三線ト云(いふ)モノヽハジマラザリシ前ハ、[一七]雅楽ノ他トイヘドモ、曲節ユルヤカニシテ拍子マバラナリシコト、今世ニ盲法師ガ平家ヲ語リテ琵琶

琉球年代記など)もあるが、通説は中国の三弦が日本に伝来し、琉球の三線(さんしん)、本土の三味線の祖となったとする。この条、雅澄は太宰春台(一六八〇―一七四七)の独語を参照し記述しているものと思われる。「三線は琉球国の楽器なるを、慶長のころとやらん、此国に伝へしと云ふ。昔晋阮咸が造りし楽器を阮咸と云ふ。此の国に伝へて昔は翫びけるにや。延喜式に載せたり。今の三線は、阮咸の遺制なりと云ふはいかがあらん」(独語)。

八 頭書。

九 箋注倭名類聚抄六「四字不レ可レ読、疑有二誤脱一」。

一〇 箋注倭名類聚抄六「崇文総目、阮咸譜二十巻、文献通考、阮咸譜、阮咸曲譜、不レ著二撰人名氏一、今無二伝本一」。

一一 頭書。宋の祝穆の撰。古今の事実と詩文を類に分けて集めた書。

一二 以下の、三味線による歌曲を「淫楽」と論ずる考えは、基本的に儒者を中心に行われた当時の一般的、時代的思潮である。雅澄の文章は特に太宰春台の独語及び経済録の影響が著しい。「今の三線は甚しき淫声なり。其の作り、琵琶に似たるやうにて、琵琶に比ぶれば形甚いやしく、是を弾ずるさまも、極めてみぐるし。此の声纔に発すれば、俄に人の淫心を引起して、放僻邪侈に至らしむ」(独語)。

一三 「拍子イソガハシク」は朱による挿入。

一四 その名称は浄瑠璃姫と牛若丸との恋物語に由来し、起源は室町時代中期以前にさかのぼる語り物と考えられるが、初期の琵琶、扇拍子の伴奏に替って三味線と結びつき、近世芸能として発展していく。音曲としては三都を中心に様々な流派を生じ、殊に姦通や心中を扱う世話事は庶民の共感を呼ぶが、初代宮古路豊後掾の豊後節は風俗を乱す理由で禁止されるに至る。「此の浄瑠璃盛に行はれてよりこの方、江戸の男女淫奔すること数知らず。…是まさしく淫楽の禍なり」(独語)。

一五 「イソガハシク」は朱による挿入。「三線も、寛文・延宝の頃までは調子低く、ひく手もまばらにて、筑紫箏に類せり。うたふ歌も、詞やさしく節もゆるやかにて、俗調と云ひなが

ウツサマヲ見聞(きき)テモシルベシ。

コヽニワガ土左国ニテ、ソコノ社コヽノ祭ナド云(いふ)モノニ、ヤヽ古ク[一]ヨリウタヒツタヘタル歌、其他遠キ境ナル樵夫(キコリ)・田農(タツクリ)ナドノ徒ガ、昔ヨリウタヒツタヘタル歌ノ類(たぐひ)モアリ。モトヨリカヽル歌ハ、諸国ニテモメヅラシカラヌハサラナリ。[二]サテソノ詞(ことば)ミヤビタリトニハアラネドモ、今世ニアマネクウタフ歌ニクラベ見ルトキハ、サスガニ聞(きき)ニクカラヌハ、カノ三線ノ[三]エセ音ノ出来ヌサキニテ、彼音ニアハスベクカマヘテツクレルモノニアラザレバナリ。又ウタフヲ聞(きく)ニモ、[四]タハレタル音ノマジラヌハ、是又カノ淫声ノ出来ヌサキニウタヘルガマヽナレバナリ。[五]サレバ婦女ニ淫奔ヲスヽムルウレヒモナク、父子兄弟ノ中ニテモ聞(キ)キニクカラズ、官位アル人ノ前ニテモイヤシカラズ、少シハ品上リタルカタナレドモ、婦人・小子ハキカンモノトモセザルハ、カノ淫楽ノ声ニシミツキタルガ故(ユヱ)ナリ。

サテソコノ神事コヽノ祭式ナドトテウタヒナラフニモ、サル今メカシカラズ古代(コダイ)メキタルコトハ、ワカキ者ナドハ中ゝニハヂラフコトニナレルハ、[六]冠ト沓ト処ヲカヘタル業(ワザ)ナリトモ云(いふ)ベシ。サレバ今ヨリア

ら、いやしげすくなかりき。近頃は調子高く、ひく手も甚せはしくこまかになり、うたふ歌も、詞いやしく拍子つゞまりて、いそがはしさ云ばかりなし。淫声の至極、人の心をやぶること、是に過ぐるものなし」(独語)。

一六 以下「シルベシ」まで朱による挿入。

一七 雅楽を「淫楽」の対極の中心に置く考えは熊沢蕃山(一六一九―九一)や太宰春台にも見える。「真に道学を好む者は、必ず雅楽をもてあそぶべし。…楽の面白きところをしれば、淫声不正の事は見るも聞くもけがらはしく成もの也」(三輪物語一)。「凡雅楽は、拍子まどうにて、糸竹ともに手を使ふことまばらなり。雅楽とは正楽を云ふ。淫楽は煩手とて手を繁くす」(独語)。

一 次行「歌ノ類モ」まで朱による挿入。

二 雅澄は土佐の伝承民謡の中に、近世の三味線歌謡以前の「古雅ノ趣」(二四一頁)を見出し、その価値を主張。

三 出来の悪いひどい音楽。

四 くだけた、色情におぼれるような音。

五 特に浄瑠璃をはじめとした三味線歌謡を意識したことば。「浄瑠璃と云ふ物、…是に至りて、昔物語を捨てて、ただ今の世の賤者の淫奔せし事を語る。其詞の鄙俚猥褻なること云ふばかりなし。士大夫の聞くべきことにあらざるは云ふに及ばず。親子兄弟みな居たる所にては、面をむけて耳をおほふべき事なり」(独語)。

六 価値を取り違えた行為。

マタノ年月経ナバ、後ツヒニハコレヲウタヒ伝フル者(モノ)ダニナクナリテ、歌章(うたづさ)[七]モヤウ〱ニスタレユキナント思ヘバ、イト口チ[八]ヲシクアタラシサニ、セメテハ其ノ詞(ことば)ヲダニモ不朽ニツタヘマホシクオモヒテ、今其ノ歌曲ヲ聞(きく)ニマカセテ書(かき)アツメオクニナン。出雲国杵築宮ノ[九]ニウタヒツタヘタル御祭ノ歌ナドハサラナリ。下野国宇都宮ノ[一〇]ニツタヘタル若宮ノ歌、或ハ近江国犬上郡ノ[一一]ニウタヘル茶モミノ歌ナド云(いふ)類(たぐひ)ハ諸国ニモ多カランヲ、其ハコト〱ニ聞得(きき)ルタヅキ[一二]ナク、マタ他国ニテハサル方ニ心スル人モアルベキナレバ、マヅサシオキテワガ土左国ノ内ナルヲノミ書(かき)アツメツルナリ。

天保六年乙未六月二十二日

藤原太郎雅澄識

七「章」は「曲」を朱で見せ消ち「詞」とし、さらに見せ消ちしたもの。歌の詞章。
八 残念でもったいない。
九 島根県簸川郡大社町の出雲大社。
一〇 栃木県宇都宮市の宇都宮大明神社。宇都宮は式内大社二荒山神社の別称。「若宮ノ歌」は小山田与清(一七八三—一八四七)の擁書漫筆(文化十四年〈一八一七〉刊)巻二、七所載の「下野国宇都宮にて瞽女(めくら)(ごぜ)がうたふ謡」(「わかみやまゐり」と「たまてばこ」の二つの歌詞)を指す。雅澄は別本巷謡編に所収。
一一 滋賀県犬上郡。「茶モミノ歌」は本居宣長(一七三〇—一八〇一)の玉勝間六の巻「近江国の君が畑といふところ」所引の歌を指す。別本巷謡編所収。
一二 方法。手だて。「イトマ」とあるを見せ消ち。

一 以下の目録は、土佐の東のはし安芸郡(二項目)から始まり、以下西へ向かって香美郡(二項目)、土佐郡(二項目)、吾川郡(五項目)、高岡郡(十三項目)、幡多郡(七項目)と配列され、全体では長岡郡を除いて土佐のほぼ全域を網羅した形になっている。なお目録には項目名は無いが、「補遺」として「高岡郡仁井田五社大明神祭神渡シノ詞」が本文の末尾に追加されており、項目は全体で三十二項目となる。その内訳は踊り歌、神社の祭礼で歌われる神歌、神楽歌、田遊の歌、田植歌、その他の作業歌(草取歌・山歌・茶摘歌)などである。

二 この項、朱による補入。天保十五年九月、門人の北原敏鎌の書写になる巷謡編(国学院大学図書館佐佐木文庫)には、この目録の記述は無く、本文の末尾、「補遺」の直前に「右件ノ余、安芸郡吉良川村八幡宮御田祭歌、幡多郡有岡村法楽踊歌ナド云モノハ、名ヲ聞及ビタルノミニテ、未ダ其詞ヲシラザレバ此ニハ載ズ。重テ聞得タランホド書加フベシ」と記されている。すなわち天保十五年九月以降のある時点で、心にとめていた本項の詞章を入手したため、一旦出来上がっていた内容に補記したもの。本文の丁付も同じ廿一丁を、「廿一青」「廿一黄」「廿一赤」「廿一白」「廿一黒」と苦心の増補をし、本項に関わる詞章を書き加えている。

一 現安芸郡安田町、田野町、奈半利町。

二 安政四年(一八五七)の年記のある馬路村風土取縮指出扣には、「山踊」として次のような詳細な記事があり、北に接する馬路村(安田村の枝村)でも盛んに踊られていた様子がわかる。「六月七日、祇園牛頭天王宮におゐて、氏子中男女・老若相集、山踊ヲ踊。業前、音頭太鼓をたゝき、中に立、歌ヲ謡出。踊人は男女・老若扇子を持、手拍子足拍子ヲ揃、鐘・太鼓に合せ、脇廻り踊申候。踊の手色々有之、時々歌を替手ヲ替踊申候。尤装束は平服に而御坐候。笠・手拭・頭巾等かむり、持合之新キ着用仕、興行仕候。惣而きぬるいは聊無御坐候。右ヲドリノモンク。ワカトノ・ヤカタ踊・心実・イシカワ・カゴ・マキガシマ・カワナカ・ヲボロ・シガフネ・ヤマカゲ・リン・ネンブツ踊・コサブ・カナワカ・ツキトモ・ツキノマチ・トラマツ・アキナイヲドリ・トノゴヤ・カライジリ・ヤマブシ・キキヤヨフヤマカ

安芸郡土左をどり 又ハ山をどりトモ云(いふ) 凡(すべて)四十八番 花とり地歌ヲ合(あはせ)テ、番数如レ斯。

一 安田・田野(たの)・奈半利(なはり)ノ村〻アタリニテ往昔[二]ヨリ踊ル。安田村東島[三]ト云(いふ)所ニ祇園社[四]マシマス。六月七日祭日[五]ニヨリ、六日ノ晩ニ盛(さかん)ニヲドルヨシナリ。盆祭[六]ノ手向(たむけ)ニモヲドル。ソレヲ「入レをどり」ト云(いふ)。

かへり踊[七] 扇子ヲタヽンデ踊ルヲ云。シアゲアリ。

扇の手[八] 扇ヲヒラキテ踊ルヲ云。シアゲノ詞ナシ。

大鼓 大(おほき)サ、亘(わたし)壱尺八寸位。四ッモ五ッモ有(あり)。定数ナシ。

踊子 扇子ヲ持(もつ)。是モ定数ナシ。

○山[九]をどり かへり踊 九章

1 [一〇]一夜とかはの〳〵 ひとり寝(ね)た夜(よ)のさぶしさは 君に情(なさ)け[一一]をかけて見よ

[一二]カケサイヨ ナサケヨヲ ハンヤヲンコロリ ハンヤヲンコロリ

ゲ・ヤクシノマエ・クキノヲマツ・ハカタ・ナスビ」。上記の曲名二十六曲のうち、二十三曲までが本項所収曲名と共通する。

三 現安田町東島。安田川の下流東岸に位置し、古来より当地方の中心地。

四 東島村の産土神。中世期、安田庄領主安田三河守が京都より勧請と伝える。「祇園牛頭天王〈ヒヨ谷上ノ原、社地八代〉神体鏡」(南路志十)。明治初年に須賀神社と改称するが、現在も通称は祇園様。

五 現行は十月十五日。踊りは廃絶して行われていない。

六 安喜郡府定目(安政四年、安芸郡奉行より通達された庶民の生活規制)は、同種の踊りの挙行を盆祭の祖霊供養に限定している。「勿論小踊之儀ハ盆祭之外不相成候」。

七 踊りの所作は、扇子の扱い方、シアゲ(太鼓による囃子)の有無の違いにより、「かへり踊」「扇の手」の二種に分類されている。但し「かへり踊」の名称は、踏み出して踊った後、回転して元の位置まで帰ってくる踊り方に由来するものと考えられる。高知県土佐市市野々「神踊」の「かえり踊り」にその例があり、兵庫県宍粟郡波賀町戸倉「ざんざこ踊」の「カヤシ踊」と「ユリ踊」の区別もこれに重なるものと考えられる。臼田甚五郎(『著作集』四)の説に「カヤシ踊は進退をばキリッと一回転する事により原位置に戻って来るのを所作の基幹」とし、「ユリ踊は前後にしろ左右にしろ出した足は退く事により原位置へ復」すという。なお「カヤシ踊」には太鼓拍子が付くのに対し、「ユリ踊」はすべて最後に「引唄」が付く。

八 足についての説明を欠くが、「ユリ踊」に対応し、踏み出した足は基本的に退く形で元の位置へ戻る踊りか。「かへり踊」が太鼓拍子のシアゲにより活発な印象を与えるのに対し、全体に優雅な振りの踊りか。

九 巷謡集(雅澄自筆の草稿本)にも「山をどり歌」とあるが、本曲自体の題名というよりは、全体の総称「山踊」が紛れ込んだものか。その意味では代表曲とも考えられる。類歌は数え歌形式の「恋の踊」として、滋賀・三重・奈良・大阪・広島・徳島・愛媛・高知など、西日本各地に広く分布が見られる。但し、それらの中でも本資料の本文は高知・吾川郡伊野町大内の踊り

ヨイヨイヨイノ　シヤキリキニハンヤ　シツトロ〳〵　シツトロトニトン 以下八章、シアゲ同之。

2 二夜とかはの〳〵　〔一三〕ふたりめうぶの間(あひ)に寝(ね)て　思ひしことも語り尽せじ

3 三夜とかはの〳〵　見(み)る夜(よ)に恋がさめもせで　見(み)る夜(よ)に恋(こひ)が増(ま)さるよしなや

4 四夜とかはの〳〵　〔一四〕四日の月が出(いづ)るまで　しどろもどろと夢にこそみた

5 五夜とかはの〳〵　いつか〔一五〕ごぜんで結(むす)ぼれて　〔一六〕秋風たゝねば解(と)けやほどけん

6 六夜とかはの〳〵　〔一七〕むつごで結(むす)んだ〔一八〕玉章(づさ)は　〔一九〕恋風吹(ふか)ねば解(と)けやほどけん

7 七夜とかはの〳〵　なにもかにも〔二〇〕すりすてゝ　いぬる姿がなごりをしや

8 八夜とかはの〳〵　屋敷(やしき)一ッに〔二一〕目がくれて　諸国まはれば我(わが)身かなしも

歌と並び、独自性が強い。その源は、御伽草子・和泉式部、仮名草子・薄雪物語に見える恋の数え歌にあり(真鍋昌弘『中世近世歌謡の研究』)、諸国で多様に受容される中、土佐にも独自の一系統が定着したものと考えられる。

一〇 一つ、二つ、…と数える形式(多数派)に対し、一夜、二夜、…と進行する。同類に、三重・上野市猪田・雨乞踊歌・姫子踊、愛媛・北宇和郡宇和海村津之浦・いさ踊・ひと夜踊、同村蔣淵・ハンヤ踊・ひとよかよ、同村嘉島・ハンヤ踊・一夜踊、高知・吾川郡伊野町大内・こおどり・掛ざい。

一一 「君に思ひを掛けて見しよぞよ」(大内・掛ざい)。

一二 「シアゲノ詞」にあたる。太鼓の奏法を示す符丁(口唱歌)を中心に構成された囃子のための言葉。小歌のあとに続く器楽的部分で、他の太鼓踊りでは「拍子」「節」「打ち上げ」とも。

一三 「二重屏風(ふたへびやうぶ)」の転訛。本文は「めうぶ」の左横に朱で「屏風」と注記。「二とや　ふたへびやうぶのうちにねて　こひしき人をいつか見るべき」(丹緑本・いづみしきぶ)。

一四 月の初め頃の三日月形の月。日中から出ており、夜になって暫くして入りとなる。暗くなり月がはっきりと見える頃まで(恋の相手が見えるまで)あれこれと面影を思い浮べて心を乱した、の意か。「八日の月の入るまでは　おぼろ〳〵とゆめにこそはよ」(大内・掛ざい)。

一五 「御縁」か。「いつか御縁にむすばれて　思ふ殿子と語り合ふぞよ」(大内・掛ざい)。

一六 「秋」に「厭き」(愛情のさめる意)を掛ける。

一七 不詳。「睦言(むつごと)」の転訛か。「六つとかや　むつて結(ん)だ玉章を　秋風たたねばよもとかし　思ひし事を忘れたよおもひきろやれ　こひのみち〳〵」(大阪・交野市倉治・拍子踊・恋の踊)。

一八 手紙。ここでは恋文。

一九 恋慕の心をまきおこす風。

二〇 「ふりすてて」の転訛。

二一 利益や欲望に心を奪われ、分別を失う。「タカラニメガクルル　財宝に盲目になる。すなわち、財宝だけに心をひかれて他の事は心に留めない」(日葡辞書)。

9 九夜とかはの〳〵　古郷此世(この)はかりの宿　[一]らいしよたのむぞ弥陀(みだ)の[二]おんやくし

○[三]とら松 かへり踊 八章

10 [四]とら松殿はまだ[五]十五にはならねども　親の敵(かたき)をうたんとて　[六]小太刀(こだち)を一人たしなむ

とら松をどりは一夜(しとや)をどりおもしろや

ヨイヤソリヤ　トントント　シヤキリキノ　シヤキリキ　サアヲンコロリ　シインチヤン　シヤキリキ　シチヤヲチヤヲチヤチヤシヤアキリキシヤキリキ　シヤキリコノシヤン 以下七章、シアゲ同之。

11 とら松殿の刀(かたな)は何と好(この)ました　二尺七寸[七]浪の平　三尺[八]下緒(さげを)に[九]そりかへそらして　腰(こし)の品(しな)よとさゝしたり

とら松をどりは一夜(しとや)をどりおもしろや

12 とら松殿の槍(やり)よは何と好(この)ました　[一〇]竜巻(たつまき)に[一一]蛭巻(ひるまき)　末(すゑ)をば黄金(こがね)の銭巻(ぜにまき)よ

とら松をどりは一夜(しとや)をどりおもしろや

一「来世(らいせ)」の転訛。巷謡集(草稿本)は「らいしよたのもぞ」。
二 巷謡集(草稿本)は、元「ごくらく(極楽)」とあったものを墨滅し「おんやくし(御薬師)」とする。「九や　ここであはずはごくらくの　みだのじやうどであふよあるべし」(丹緑本・いづみしきぶ)。
三 虎(寅)松踊りとして、高知のほか、岐阜・三重・大阪・和歌山・徳島・広島・宮崎など西日本各地に広く分布するほか、具足踊り(福井・京都・大阪・兵庫・広島・徳島・高知)、軍(いくさ)踊り(滋賀・京都・三重・高知)、陣立踊り(京都・三重)、装束踊り(三重)、大将踊り(三重)、若武者踊り(奈良)、近江踊り(奈良)、出雲踊り・鎌倉踊り(徳島)などの名称で同類の踊りが各地に伝播している。具足(鎧)・兜・刀・槍・弓・矢・空穂・駒(馬)・鞍・鐙・手綱・母衣・幟などの軍装を次々と数え上げ、その素晴らしさを褒め称えるのが特徴で、中世特に商品経済の発展した、室町・戦国期の武者の世の美意識を反映したもの。軍記・語り物の武装描写とも軌を一にする譚歌風の叙事歌謡。本編二三一二九、二四一二八七にも類歌。
四 主人公の名は虎(寅)松とするものが最も多いが、転訛して虎(寅)光とするものや、千松・若松・清松・新松とするものもある。長禄四年若宮祭田楽頭記に、虎松・千松などの田楽法師の名が見えるが、室町期には一般的な幼名か。
五 十五歳くらいまでに元服をし、一人前の成人となるが、それ以前の年少ということ。
六 本来は「こぐち(虎口・小口)」。伝承の間に転訛したもの。「コグチ、トラノクチ 危険ないくさ。危険な合戦」(日葡辞書)。「虎松殿は　今十五には成らねども　小口を一事と御嗜なむ」(徳島・名西郡石井町城ノ内・曾我氏神社神踊・虎松)。
七 薩摩国谷山村波平の刀鍛冶が製作した刀。特に波平行安の名跡は鎌倉初期から江戸末期まで続き、その刀は波平物(なみのひらもの)と呼ばれたほか、室町期にも多くの刀工が輩出した。
八 鞘口に近い差表(さしおもて)に付けた半円形の栗形(くりかた)に通して下げる紐。戦場では刀を上帯にからみつけるために用いた。「下緒 サゲヲ〈刀飾也〉」(文明本節用集)。→三一九注二三。
九 刀の峰のそっている部分。一〇 以下は槍の長柄の仕様。

13 とら松殿の弓よは何と好ました　ところ〳〵は籐継がひ　弦をば京の関弦[一二]よ
　とら松をどりは一夜をどりおもしろや

14 とら松殿の兜は何と好ました　しぶとしらが[一三]に竜頭[一四]　大将鍬形縅し[一五]と一夜縅し[一六]
　とら松をどりは一夜をどりおもしろや

15 とら松殿の具足[一七]は何と好ました　上ミ六段は韓紅[一八]　下モ七段は紫一ト重に　綾のはつし[一九]を十三ぼろり[二〇]と縅したり
　とら松をどりは一夜をどりおもしろや

16 とら松殿のめしたる駒の毛色は　坂東[二一]名馬に虎月毛[二二]　金覆輪[二三]の鞍おいて　明珍[二四]ぐつわに綾の手綱をゆりかけて　駒もいさんで御(オ)立(たち)ある
　とら松をどりは一夜をどりおもしろや

17 とら松殿の今朝の軍を見てあれば　兵庫[二五]が前のすゝがも[二六]が　浪をけあげて立(たつ)ごとく
　とら松をどりは一夜をどりおもしろや

一一 柄を革・籐・銀などで間をおいてぐるぐると巻いたもの。蛭が巻きついたような形になるのでいう。丈夫さと手持ちのよさの実用性と共に装飾性も兼ねる。

一二 弦を絹糸で巻き、その上から漆を塗って堅固にしたもの。はじめ伊勢国関町で作られたからとも、せきとめ防ぐ意からともいう。軍陣に用いる。　一三 不詳。「しはふしろがね(四方白銀)」、あるいは「しはふしなだれ(四方篠垂)」の転訛したものか。「兜は何と好ませた　四方白金　ふきかへし」(徳島・鳴門市川内・神踊り・虎松踊り)。「兜はなにとこのまれたぞや　四方しなだれ　ふきかへし」(伊賀地方踊歌集・軍)。

一四 兜の鉢の前立につけた竜の形の飾り物。

一五 前立の一。兜の正面の眉庇の上に二本の角のような飾りを打ち威容を示す。縅しは、兜の鞠(しころ)を構成する札(さね)の上段と下段を連結する緒の手法。緒には絹の組糸や鹿のなめし皮などを用いたが、色彩にも趣向をこらした。

一六 不詳。以上、全体で風流の飾り兜の趣を示す。

一七 本来は完備した武具の意。中でも特に鎧をいう。「グソク　鎧の胴体」(日葡辞書)。

一八 舶来の紅の意で、濃い紅色をいう。深紅の組糸の縅し。

一九 「はつり(解)」に同じ。「はつり　糸の事なり。絹布の類をほぐしてつかふをいふ。今のはつし也」(和訓栞)。ここは綾織物の布をほぐした糸。

二〇 不詳。転訛があるか。あるいは擬音的表現か。「上七段は唐紅に　下六段は紫糸で　十三どころ縅させて」(徳島・名西郡石井町城ノ内・曾我氏神社神踊・虎松)。→二六六注二二。

二一 関東地方の古称。足柄・碓氷峠の坂より東の諸国。

二二 馬の毛色の一種。赤くて白みを帯びた中に虎斑(とらふ)のあるもの。まだらつきげ。　二三 金で縁どり飾った鞍。

二四 轡(くつわ)鍛冶から甲冑師へ転じ発展した鍛工の流派。室町後期からその名が表われ、江戸期には家元体制を整え栄えた。

二五 地名か。兵庫津。古来の要港で現在の神戸港の一部。

二六 「鈴鴨(すずがも)」か。体長約四十五センチの中形の海鴨。「スズカモ　この名で呼ばれる海鳥」(日葡辞書)。香美郡韮生郷虎松踊(三一四)には「すゝが森(鈴が森)」とある。

○槙が島[一]　扇の手　五章

18 槙[二]が島へもいて見たが　昼は布[三]つく布さらす　夜[四]さりは殿御に暇もらう

19 わしは酒屋の酒ぼてよ[五]　中をいはれて[六]門に立つ

20 わしは酒屋の酒柄杓[七]　昼は暇ない夜さござれ

21 わしは酒屋のひとつ桶[八]　中[九]のよいのは人はしらぬ

22 わしは備[一〇]前屋の錆び刀　おもひなほして[一一]とぎ[一二]なほせ

○月待[一三]　かへり踊　七章

23 そこな姫御は何を待つ　そこし[一四]殿御に寝取られて　廿三[一五]夜の月を待つ　夫待[一六]つ〳〵と　人のためには夫を待つ
月の待のをどりををどろよ引　ヨイヤソリヤ　ヨイ〳〵　マダシヤキリキニ　ヨイ〳〵　マダシヤキリキニ　ヨイ〳〵　ハンヤヲンコロリ　シインチヤントン　マダヨイ〳〵（ヨイ）〳〵ノシヤキリキ　ハンヤヲンコロリニ　シインチヤントン　ヨイ〳〵〳〵ノシヤキ

一 題名は冒頭の歌詞による。構成の五首は本来中世末、近世初期以来の流行小歌。歌舞伎踊り歌とも関連を有し、類歌は西日本各地の民謡・風流踊り歌を中心に広く伝播が見られる。
二 宇治川（京都府宇治市）の西岸、巨椋の池との間にあった島。「四十年已前までは、はなれ島なりしが、今は堤をつきて、宇治の里つゞきなり。もとより、この島には布をさらし侍りぬ」（万治元年刊・洛陽名所集）。「槙の島にはさらす麻布　賤が仕業の宇治川の　波か雪かと白妙の　いざ立出てゝ布さらそ」（大幣・さらし）。「槙が島では布さらす　我は様故名を流す」（御船歌枕・きやらな節）。「槙ケ島には布さらす　我は君ゆえ名をさらす」（徳島・鳴門市大麻町三俣・神踊り・槙ケ島踊り）。「宇治の里　槙の島でも布晒す　我は君故名を晒す」（大分・臼杵市東神野・風流・さらし）。
三 麻布を煮て臼に入れて搗き晒し、また何度も川水に漬け晒して白くすること。 四 夜になる頃。晩。
五 「サカバヤシ　居酒屋の門口に取りつけるもので、木の枝を束ねて箒状に作ったもの。下ではホテという」（日葡辞書）。
六 「いふ（言ふ）」（二人の間柄・関係を噂する）と「ゆふ（結ふ）」（紐などを用いて一つにゆわえまとめる）の意の掛詞。「われは酒屋のさかぼてよ　仲をいわれてはづかしや」（宮崎・西臼杵郡五ケ瀬町鞍岡・臼太鼓踊り・酒屋）。→三〇四。
七 「サカビシャク　ココ椰子の形をした一種の容器で、柄がついており、酒を汲み取るのに使うもの」（日葡辞書）。「俺も酒屋の酒柄杓　昼は隙無し夜さ御座れ」（京都・与謝郡伊根町・花踊り・歌舞伎踊り）。
八 →三〇五、山家鳥虫歌・三六〇。
九 「俺とお前と樽の酒　仲の良いのは人知らぬ」（兵庫・加東郡東条町秋津・百石踊・薩摩踊）。
一〇 備前は現岡山県南東地域。平安後期から室町末期にかけて優れた刀工が輩出、その刀は備前物、備前刀と呼ばれた。
一一 「砥ぎ」（砥石ですって鋭くする）と「伽ぎ」（枕席の相手をつとめること）の掛詞。
一二 巷謡集は「ほしや」とあるを墨滅し「なほせ」とする。伝承諸本の歌詞は「ほしや」。「我は備前のさび刀　思ひまはせば

リキニ　トントン〱　マダシヤキリキニ　トントント　シヤキリコノトン 以下六章、シアゲ同之。

24 [一七]いとし殿御(とのご)の帯(おび)をくける[一八]には　銀(ぎん)や麝香(じやかう)[一九]をくけこめて　腰(こし)[二〇]のまはりがにほ〱と
　月の待(まち)のをどりををどろよ引

25 [二一]にくい奴(やと)[二二]の帯をくけるには　茨(いばら)・這薔薇(はいばら)[二三]くけこめて　腰(こし)のまはりがいが〱と
　月の待(まち)のをどりををどろよ引

26 [二四]いとし殿御(とのご)の水をくむには　桶(をけ)もよい桶(をけ)よい柄杓(ひしやく)　清水(しみつ)〱の上澄(うはず)みを
　月の待(まち)のをどりををどろよ引

27 にくい奴(やと)の水をくむには　桶(をけ)もやぶれ桶(をけ)やぶれ柄杓(びしやく)　駒(こま)の蹴(け)あげのたまり水
　月の待(まち)のをどりををどろよ引

28 いとし殿御(とのご)のござる道(みち)[二五]には　黄金仏(きがねぼとけ)がいら[二六]〱〱(いら)と　[二七]そめの光(ひかり)に来(く)るもよし

伽ほしや」(新謡曲百番・歌舞妓)。

一三 題名は冒頭の歌詞(二十三夜の月待)による。月待は本来、特定の月齢の夜、精進潔斎した人々が寄り合い、月を拝する行事。飲食を共にし、様々な遊興も行なった。特に正、五、九月の二十三夜待が重視され、最も普及した。土佐では近年まで、陰暦十月九日を日待月待の日と定めて当屋に集まり、太鼓踊りを踊って月を拝し、翌朝日の出を拝んで結願する地域(吾川郡吾川村峰岩戸)もあった。月待踊りは京都・大阪・徳島・高知などに類歌分布。

一四 「いとし殿御を」の転訛か。「そこの姫ごは何を待つ　いとし殿ごをねとられて　二十三夜の月を待つ」(徳島・那賀郡鷲敷町百合・盆神踊り・月待踊り)。

一五 この夜に月待をすれば願いがかなうという信仰があった。「恋をせば〱廿三夜の月を待て　月の威徳はあるものを」(女歌舞伎踊歌・忍びおどり)。

一六 「廿三夜の月待(つ)おれを　様を待(つ)とは誰が言ふた」(延享五)。

一七 二四・二五の歌詞は巷謡集(自筆草稿本)による。底本は二首を混同し「いとしとのごのおびをくけるには　ぎんやじやうかうをくけこめて　こしのまはりがいが〱と」とする。

一八 表に縫い目が出ないように布端を折り曲げて縫うこと。帯は男女の結びつきの象徴。女から思う男へ贈る習俗も一般的にあった。

一九 粉末の香料。ジャコウジカの下腹部にある麝香嚢を乾燥して製した。

二〇 以下、巷謡集による補入。

二一 以下「…くけこめて」まで巷謡集による補入。

二二 高知方言。人を卑しめていう。

二三 野薔薇(のいばら)。和歌山・香川・高知方言。

二四 以下の二六・二七は、一四・一五にも同歌。

二五 朱の補入「にはカ」による。　二六 強く光り輝くさま。

二七 「それ」の転訛か。「アンヤ　いとし殿御の来る道は　アンヤ〱　黄金仏が居ればよ　アンヤ　それの光で来るがよい」(高知・吾川郡伊野町大内・こおどり・水くみ)。

月の待(まち)のをどりををどろよ引

29 にくい奴(やと)の失(う)せる道には　猿(さる)が酒盛(さかもり)をするがよな　それに見それて[一]
来(く)ぬがよい
月の待(まち)のをどりををどろよ引

○お寺をどり[二]　かへり踊
四章

30 尊(たふと)いお寺を門(もん)からみれば　門(もん)も黄金(こがね)お寺(てら)も黄金(こがね)　りん〳〵[三]かねをだしやみな黄金(こがね)
お寺をどりををどろよ引　ゼンゼコ〳〵ゼンゼコセセン　ソリヤハツテコテ　マダハツテコテ　シツテンハツテンハツテコテ　ヤアハツテコテ　テコテン〳〵　テコテコテン　ヤアハツテコテノテン　以下三章、シアゲ同之。

31 この寺(てら)で〳〵　いかなる大工がたてたる寺よ　おん雨水(あまみづ)もたゞ一ト所へおんちらす
お寺をどりををどろよ引

32 [四]角連(かくれん)そろりとのぞいてみれば　[五]唐(から)の茶臼(ちやうす)が七から八[六]から　引ケやし[七]

一 「見逸れて」(見て気持が移り目的とはずれて違った方へ行く意)か。あるいは「見とれて」の転訛か。「にくい殿ごの来る道にや　猿が酒盛りしよれがな　それに見とれて来ぬがよい〳〵」(徳島・那賀郡鷲敷町百合・盆神踊り・月待踊り)。
二 踊りを奉納する場の誉め歌。「何々見れば」という形で、寺の景物(門・庭・客殿・書院・座敷・茶の間・広間・縁・本堂・御堂・御厨子・内陣・仏壇・泉水・前栽・花壇・馬屋など)を列挙して称える。同形式の歌は西日本を中心に広く分布。但し本踊り歌の類歌の遺存は、高知のほか大阪・徳島などに限られ、「お寺踊り」の中では比較的少数に属する歌詞。
三 不詳。転訛があるか。「尊いお寺を門から見れば　門も黄金にとびらも黄金　金銀かんぬきや皆黄金」(徳島・阿南市新野町海老川・神踊・お寺踊り)。
四 角連子に同じ。社寺の窓に取り付けた菱形または方形の格子。連子窓からのぞいて見ると。
五 大陸渡来の上等な石臼。葉茶を碾いて抹茶を作る。
六 柄(から)のついた臼(から臼)を数えるのに用いる接尾語。
七 「新発意(しんぼち)」の転訛。剃髪したばかりの小坊主。
八 「粉葉(こば)」の転訛。抹茶をいう。「客殿そろりと覗いて見れば〳〵　からの茶臼が七から八から　ひけやしんぼちまわれや茶臼　こまかにおろせよこばのお茶」(『徳島県那賀郡福井村誌』神踊・お寺踊り)。
九 「御座敷」の転訛。「お座敷そろりと覗いて見れば　僧十六七人お座敷ぞろよ　お経を遊ばせ有難や」(『戸波村誌』子踊・お寺)。
一〇 「高麗陣(かうらいじん)」の転訛。いわゆる文禄・慶長の役(壬辰・丁酉の倭乱)。豊臣秀吉が明征服を目ざして朝鮮に出兵した戦争。天正二十年(一五九二)から慶長三年(一五九八)にかけ、前後七年にわたった。当時日本では「唐入り(からいり)」とか「高麗陣」と呼ばれた。風流踊りに仕組まれた様子は他の踊り歌からもうかがえる。「明日は陣立　御陣立　高麗陣の事なれば　先手の大将選ばれる　迚も大将給はらば　粧束好んで参らしよ」(三重・一志郡阿坂村・鼓踊・陣立踊)。
一一 底本は「る」とも読めるが、いずれにしても「かうらいじ

んぶつ回れば茶臼　こまかに回ればこまのおん茶臼

お寺をどりををどろよ引

33 おらしきそろりとのぞいてみれば　十六七の姉様がおん経あそばす

有難い

お寺をどりををどろよ引

○からいじん　かへり踊　五章

34 憂いもつらいもからいじち　夜は野にふし山にふし　昼はゆくさに

暇がない

ヨイヤソリヤ　トントントント　シヤキリキニ　トントントント　シヤキ

リキニ　ハンヤヲンコロリニ　シインチヤントン　ヨイ〱ノ

シヤキリキニ　ハンヤヲンコロリニ　シインチヤントン　トント

ント　シヤキリコノシヤン 以下四章、シアゲ同之。

35 ごきちよ〱といふてまはる　ごきちよなかまへせきがきた　うら

みながらも城をもつ

36 大坂〱といふてまはる　花の都も大坂なる

ん」(高麗陣)の誤伝。 一二「軍(いくさ)」の転訛。戦争。

一三「ごきちよ」、巷謡集は「ごきち」。

一四 大阪(おおさか)の古称。古くは「小坂」「尾坂」「大坂」を当て、近世は「大坂」を当てた。「おざか」とも。

一 近世初期以来の流行小歌。民謡、踊り歌、御船歌として広く伝播。「こよひ天満のやれ橋に寝て　声をとられた川風に」(延享五)。
二 淀川にかかる三大橋の一つ。現大阪市の東区と北区を結ぶ。
三「あぢきなし(味気無し)」に同じ。美しく風情がある対象に魅せられた状態。「あぢき花の下に　君としつとと手枕入れて　月を眺みような　思ひはあらじ」(宗安小歌集・九六)。
四 佐賀県東松浦郡鎮西町の地名。東松浦半島の北西端にあり、壱岐海峡に面する。天正十九年(一五九一)、豊臣秀吉が大陸(明・朝鮮)征服の基地を名護屋と定め、壮大な名護屋城を築いた。「ひんよふ　あぢき名護屋が花ならば　ひんよう　折りて一枝国の土産にしよふ」(伊豆新島若郷・大踊・名護屋踊り)。
五 題名は冒頭の歌詞による。中世末から近世初期の流行小歌による構成。各地の踊り歌に類歌が見られる。
六「石川」は小石が多く清く澄んだ川。心の在り様をたとえる。「みな石川(いしがわ)は　にごらぬものよ　きよたき寺へ参る身なれば」(三重・阿山郡島ケ原村・雨乞踊・かんこおどり)。「我は石川や濁らねども　人が濁りをかけうには何としんまゐらしよ」(落葉集・古来十六番舞籥歌・第七番)。
七 棚機女(たなばたつめ)の略。織女。中国の伝説の女性。相愛の織女と牽牛は仕事を怠った罰として天帝に仲を裂かれ、七月七日の夜、一夜だけ天の川を渡って会うことを許されたという。
八 かわいそうだ。不憫だ。「天の七夕おいとしござる　川を隔てて寝にござる」(福井・南条郡今庄町今庄・羽根曾踊り)。
九「身は小鼓　君はしらべよ　川を隔てゝ　ねにをりやる」(言継卿記紙背小歌)。
一〇「思ひ」(恋の物思い)に「重い」を掛ける。「思ひと恋と笹舟に乗せて　おもひは沈む恋は浮く」(寛永十二年跳記・伊勢を

37 こよひ[一]天満(てんま)[二]の橋(はし)にねて　声をとられた川風に

38 大坂天満(おさかてんま)の橋(はし)にねて　さても見事な川舟や　あじき[三]名護屋(なごや)[四]が花なれば　たとへ露宿(ろしゆく)で萎(しを)ろとも　をりて一枝(ひとえだ)わが里(さと)へ

○石川[五] かへり踊 三章

39 おれ[六]は石川にごりはせぬが　人がにごせばなんとせう　サンソリヤ
空の棚機(たなばた)[七]おいとしゆ[八]ござる　川[九]をへだてて恋をめす　ヱヽトント

以下二章、シアゲ同之。

40 わしは石舟おもひ[一〇]に沈(しづ)む　恋に浮(う)いていく

41 裏(うら)の御書ゐん(オ)[一一]でちよと[一二]なりそめて　今に思(おも)ひが種(たね)となる

○川中[一三] かへり踊 四章

42 川中へ鉄輪(かなわ)[一四]をすゑて火をたくとも　二道(ふたみち)[一五]かける殿(との)はいや　ストウトストウトヲイヨ　しかの[一六]塩釜(しほがま)身をこがす

43 足駄(あしだ)[一七]をはいて〳〵(あしだを…)　枝(えだ)なき木へのぼるとも[一八]　スト、スト、　しかの塩(しほ)釜(がま)身をこがす

どりの歌。南葵文庫旧蔵小唄打聞・こきりこおどり)。
一一 書院(しよいん)に同じ。床・棚・書院(床の間の脇に張り出して設けた窓付きの棚)を設けた書院造りの座敷。
一二「馴れ初め」に同じ。ふとしたきっかけで恋仲になり。
一三 内容は、いずれも前段に実行不可能なことを譬えとして述べ、後段の不誠実な男性への忌避の気持を強調する趣向。和歌をはじめとした伝統的文芸の発想に拠る組歌。踊り歌としては、高知のほか広島・徳島・愛媛・大分などに類歌。
一四 鍋や薬缶をかける三本足の鉄製の台。
一五 同時に二人の異性に心をかける意。「フタミチヲカクル 一人の男が二人の妻をもっている、あるいは、一人の女が二人の夫をもっている」(日葡辞書)。
一六「千賀塩竈(ちがのしおがま)」の転訛。宮城県松島湾西部の歌枕。また、塩竈(釜)は、海水を煮て塩を作るのに使うかまど。またその釜。「海越しなりし里までも　千賀の塩竈身を焦がす」(謡曲・善知鳥)。
一七 雨の日などに使う木造りの歯のついた高い履物。
一八「二道かける殿はいや」を欠く。以下同じ。「あしだをはきて　枝なき木には登るとも　いやよのう　二た道かける殿はいや〳〵　つとゝんとゝ　殿はいや〳〵」(『徳島県那賀郡新野町史』神踊り・早川)。
一九「ゆく水に数かくよりもはかなきは思はぬ人を思ふなりけり」(古今集・恋一・読人しらず)。「墨すりて流れし川に絵はかくともいやよ　二た道かける殿はいや〳〵つゝんと　殿はいや〳〵」(『徳島県那賀郡新野町史』神踊り・早川)。他にも「美豆の御牧の荒駒を　細蟹の糸もて繋ぐとも　二道かくる仇人を　頼むぞおろかなりける〳〵」(謡曲・現在女郎花。閑吟集・二一、小異)など類想歌は多い。ことに、最後の歌詞の形は本踊り歌の系統にも取り入れられ各地に伝播している。
二〇 題名は冒頭の歌詞によるが、同類の踊り歌は、土佐以外では「帷子(かたびら)踊り」(京都・三重・兵庫・徳島など)、「鎌倉踊り」(大阪・奈良など)とするのが一般的。「紺搔(こんかき・こうかけ)踊り」(京都・高知)、「ほそぬの踊り」(京都・徳島・兵庫)、「おばご踊り」(三重・徳島)、「にしがた」(高知)などとする所もある。内容は染め型の模様を数え挙げる譚歌風の叙事歌謡。愛知・鳳

44 あらやおみあらやおみ　綱(つな)なき舟をつなぐとも　さあいやよな　ス

ト、スト、　しかの塩釜(しほがま)身をこがす

45 墨(すみ)をすりて〳〵(すみを…)　ながれる水(みづ)へ字をかくとも　さあいやよな　ス

ト、スト、　しかの塩釜(しほがま)身をこがす

○鹿児島(かごしま)かへり踊　六章

46 鹿児島(かごしま)のおばのかたから　細布(ほそぬの)一反(たん)へてきて　白(しろ)できればよごれめ

がつく　褐(かちん)の目色(めいろ)は下衆(げす)しろ

ヤアヲンコロリ　マダヲンコロリ　ヨイ〳〵〳〵　シヤキリキニ

シヤキリキト　シヤキリコニ　ヨイ〳〵〳〵　シヤキリキニ　シ

ヤキリキニ　シヤキリコニシヤン　以下五章、シアゲ同之。

47 これこゝで染(そ)めてたもれ　染(そ)めるは易(やす)いが　ありまのしや〳〵のか

うがく　型(かた)をば何とつけます

48 肩裾(かたすそ)には牡丹(ぼたん)・唐草(から(くさ))　腰(こし)には兵庫の築島(つきしま)

49 胸(むね)をくだり小襟(こえり)さきには　西国(さいごく)舟が浪にゆられて　艫綱(ともづな)とつたる所

50 上交(うはがい)の小褄(こづま)さきには　秋鹿(あきしかゝ)がこいよと鳴(な)いたる所

来町の放下大念仏の放下踊歌などとも共通することから、鎌倉末から室町期に流行した放下の芸能との関連が考えられる。二二「鎌倉の…」あるいは「天竺の…」とするのが一般的。「鹿児島の…」とするのは土佐における変容か。「鎌倉のうばごのもとから　かたびら布をえてそろ」（愛知・南設楽郡鳳来町布里・放下踊歌）。二三 文字遣いを尊重すれば「祖母(ばゞ)」。「祖母 オバ〈非伯母也〉」（易林本節用集）。但し「伯母(ばを)」（父母の姉妹。及び「をぢ」の妻）を当てる地域もある。「伯母御踊」（徳島・名東郡上八万村・神踊歌）。

二三「綜て」か。本来、経(たていと)をのばして機(たは)にかけ整える意。転じて布を織る意に用いるか。二四 濃い紺色。黒に近い。

二五 和服で、地色に対し模様部分の色をいうが、ここは「色目」と同じで、色合いの意か。

二六 卑しく下品な感じである、の意か。→田植草紙・一四。

二七「播磨の書写の紺播」の訛誤。「これ〳〵染めてたもれ　播磨の書写の紺播(こうかけ)や　染めてやるはいと易けれど　紋にや何を書こいの　…書写坂本の紺播や」（踊唱歌・鎌倉踊り）。紺播は紺(藍)染を専業とする職人。播磨(国)の書写(飾磨郡)は今の兵庫県姫路市書写。性空上人開創の古刹書写山円教寺があり、室町期には書写坂本の地に、赤松氏の領国支配の拠点坂本城があった。古来、褐染の産地として知られる。

二八 染め型。模様の型紙。

二九 底本の記述は、前歌に続けて区切りが無いが、巷謡集(草稿本)の体裁及び本歌の歌章数の注記により別歌とする。

三〇 以下は模様を具体的に列挙。室町期の放下歌と関連。「おほとのへの孫三郎が　織手を留めたる織衣　牡丹・唐草・獅子や象の　雪降り竹の籬(まがき)の桔梗と…」（閑吟集・二五四）。

三一 治承四年(一一八〇)、平清盛が大輪田泊(現神戸市)に波浪を防ぐため修築を企図した島(玉葉・治承四年二月二十日条)。

三二 九州地方を主とする西国の廻船。「築紫下りの西国船　艫(とも)に八丁舳(へ)に八丁　十六丁の艪櫂を立て　しもにん〳〵の宝の中に　綾や綾羅(られう)金襴緞子練様朽葉唐織物」（狂言・和泉家古本抜書・靭猿）。三三 船の船尾をつなぎとめる綱。

三四 着物の上前(うはまへ)。

51 下交(したがひ)[一]の小襟(こえり)さきには　鶯の声はすれども姿(すがた)は見せん所

○山陰(かげ)[二]かへり踊　六章

52 こゝ[三]は山陰(かげ)もりどの下(した)よ　月夜[四]の烏(からす)はいつも鳴(な)く

ハイヤヨウサ　ナンヨサ　ソリヤナミタツ　ヱレタツ　ツンヨサ

ソリヤナミタツ　以下五章、シアゲ同之。

53 思(おも)[五]ひはすれども忘(わす)れはすまい　あの君様の御(オ)なさけ

54 水[六]になりたやむりどの水(みづ)に　汲(く)まれたいぞのおらん様(さま)

55 橋になりたやもりどの橋(はし)に　踏(ふ)まれたいぞのおらん様(さま)

56 機(はた)になりたやもりどの機(はた)に　織(お)られたいぞのおらん様(さま)

57 鳴(な)くなな鳴(な)いそ[七]磯辺(いそべ)の千鳥　今に初めて立浪(たつ)よ

○豊後(ぶんご)[八]かへり踊　四章

58 豊後(ぶんご)[九]の国の習(なら)いかや　姉(あね)[一〇]が妹(いもと)の酌(しやく)にでる

豊後(ぶんご)のをどりををどろよ引　ヤアシツチヤンチヤンノチヤン　をどろやれ　ヤアナラシヤルナロト

三五 着物の褄(「こ」は接頭語)。襟から裾にいたるへりの下の方。「さて上かひの小褄には　秋鹿々が妻恋ひかねて鳴く所を附けてたもれや」(踊唱歌・鎌倉踊り)。

一 着物の下前(したまえ)。「下交のきぬの褄先　何と書こやれ　谷川や細谷川のかくれ鶯　声は聞けども姿を見せぬ所を書こやれ」(三重・松坂市小阿坂町・鼓踊・帷子踊)。

二 題名は冒頭の歌詞による。近世小歌調(三・四・四・三・三・四・五)を中心とした六首による組歌構成。

三 狂言歌謡をはじめ類歌は多い。「爰は山かげ森の下　月よがらすはいつもなく　締めて御寝(よ)れよ夜は夜中　うつゝなやなふ」(狂言・大蔵虎明本・はなご)。

四 伝統的な後朝の閨の情景の発想。女が、鳥の声に帰ろうとする男を引き留める。「音もせいでお寝れ〳〵　鳥は月に鳴候ぞ」(閑吟集・三七)。

五 「思(おも)ひは増すと忘れはせまい　恋しゆかしを何としよにや　さゝら名も立つ　さらも名も立つ」(高知・手結浦八幡宮祭礼小踊唱歌・山かげ)。

六 以下三首は、前段でなりたい物を、後段でその理由を歌う共通の発想。「馬になり度い乗馬に　花のしんくの乗馬に」(徳島・名東郡国府村早淵・神踊り)。「竹になりたや竹の根に　根なら逢をものさ君様に」(京都・与謝郡伊根町菅野・花踊り・竹踊り)。そのほか各地の民謡に類歌多数。→山家鳥虫歌・三・一八九。

七 禁止の終助詞「な…そ」の間に「鳴く」の連用形の音便形をはさんだ形。勧誘・懇願的な禁止の意。

八 「豊後踊」の名称で各種の詞章が伝播しているが、これはその中の一類型。豊後の国の習俗として意表をつく表現を示し、その面白さをねらう。中世末、近世初期の小歌形式による構成。「豊後の国の習ひには　人の女郎衆のお手を引く」「豊後の国の習ひには　関屋関屋で帯を解く」(福岡・八女郡星野村・はんや舞・豊後の国)。「豊後の国の習いかや　聟もとらずに孫を抱く」(東京・三宅島神着村・踊歌・豊後の国)。

九 現在の大分県の大部分。宇佐郡・下毛郡および宇佐市・中津

59 豊後の国の習いかや　籠で水くむこれや名所
　豊後のをどりををどろよ引　以下同上。

60 豊後の国の習いかや　碁盤表に紅の裏
　豊後のをどりををどろよ引　以下同上。

61 豊後の国の習いかや　浅黄表に紅の紐
　豊後のをどりををどろよ引　以下同上。

○殿御やかへり踊　四章

62 殿御は女郎屋にお酒盛　尺八をたもれと七使ひ　うちやひしやげて火にはくべると　ヱイヱヱイ　ヱヱイソリヤヨイ　やるまい殿御に尺八を　ヤアコリヤ　コチラヘセ

63 恋しはへうだに大鼓うつ　ヱ丶　うつやと笛の音がする　鉦の音をきけ　ヱイヱヱイヱ　ヨイソリヤヨイ　心は空の浮雲

64 のまずがしくは狭いしく　銚子を借るに七使ひ　ねえてあたりや花婿に　ヱイヱヱ丶丶ヱノヨイ　ソリヤヨイ　ひやくで酌がとらりよかよ　ヤアコリヤ　コチラヘセ

市を除く地域。中世には大友氏の支配下にあった。
一〇 順序の逆をいうか。
一一 言葉遊び。荒唐無稽な面白さ。　一二 名高い所。
一三 縞柄の一つ、「碁盤縞」の略。縦横の縞を組み合せて、碁盤の目のような模様にしたもの。
一四 紅色に染めた生地。表に対し裏の派手やかさをいう。
一五 薄藍色。
一六 紅色の紐。色の取り合せの対照、非常識をいうか。
一七 冒頭の歌詞「殿御は」よりの転訛か。同類の踊り歌(徳島)の題名は「殿御踊り」あるいは「女郎屋踊り」とする。近世前期の都市遊里風俗に関わる小歌による組歌構成。
一八 女から夫または恋人を呼ぶ敬称。
一九 遊女屋。「女郎屋(ちよらうや)　傾城屋の事也」(色道大鏡一)。
二〇 一節・五孔(表四孔、裏一孔)で、長さは三十三センチ前後の中世以来の尺八。近世においてはその形態から「一節切」とも呼ばれた。十七世紀から十八世紀初め頃までは独奏及び歌謡の伴奏楽器として盛んに行われた(糸竹初心集・洞簫曲・紙鳶)が、十八世紀中に急速に衰退した。
二一 七は数の多いこと。何度も使いをよこす意。
二二 嫉妬の気持から尺八に当たる意。「科(おと)もなひ尺八を枕にかたりと投げ当てても　さびしや独寝」(閑吟集・一七七)。
二三 転訛により不詳。伝承類歌も意味不通。「ヤア恋しやよふださな　ヤア太鼓うちヒヨ　笛の音もするが　笛の音を聞けば　あの心は空のな　あの浮雲」(『徳島県那賀郡新野町史』神踊り・殿御踊り)。
二四 心が上の空になって浮かれるの意。巷謡集は「心は空の浮雲の」。
二五 「ぬまづがしゅく(沼津が宿)」の転訛。静岡県の東部、狩野川の河口にあり、駿河湾に臨む東海道の宿駅。
二六 酒を入れて杯に注ぐ長柄のついた器。
二七 転訛により意味不明。「あたりや」は「あたら」(もったいないことに、の意)か。「沼津が宿わなあせまい宿　ひしやげを借るになあゝ　あゝ借り兼て　渡る花聟に　あたら花聟にあの柄杓で　杓のあの取らしよふぞよヨヲ」(徳島・那賀郡和

65 山ちかけれど紅葉花[一]　花はお肴り[二]　花はお肴にも　ひとつ聞こし召せ[三]　召せ〳〵と　ヤアコリヤ　コチラヘセ

○鎌倉[四]　かへり踊　五章

66 鎌倉の下馬[五]が橋本で　十三小女郎[六]が綾おる　おる綾は目にはつかいで　十三小女郎が目についた
あやたをどりをひとをどろ[七]　ヨイヤソリヤ　トントントン　シヤキリキニ　トントントン　シヤキリキニ　ハンヤトントントン　シヤキリキニ　シヤキリコノシヤン　以下四章、シアゲ同之。

67 目につかば一夜ござれよ　一夜まゐらば[八]易きそろ　へて[九]小女郎は　どこにかおりやるぞ
あやたをどりをひとをどろ

68 東切窓[一〇]その下で　小女郎は手箱[一一]を枕に
あやたをどりをひとをどろ

69 ころの[一二]七月盆のころ　粟の中にも寝てみたが　粟ははし[一三]かし夜は長し　小女郎が寝屋のさぶしさ

食・大日本神踊歌・女郎屋踊り)。
二八「ひしゃく(柄杓)」の転訛。湯水などを汲むための長柄のついた道具。
二九 酒の酌をすることができようか。

一 紅葉を花に見立てたものか。
二「り」は「に」の転訛か。「山近ければなア　ヤアもみぢ花で　ヒヨ花をお肴で」(『徳島県那賀郡新野町史』神踊り・殿御踊り)。
三「一つ聞(こ)し召せたぶたぶと　夜のお伽にお伽にや身が参らう〳〵」(宗安小歌集。狂言・花子にも同歌)。「一つ聞(こ)し召せたぶたぶと　殊にお酌は忍び妻」(松の葉一・飛騨組)。この形で地方歌謡にも伝播。↓一〇八。
四 巷謡集(草稿本)には「かまくらをどり」とある。「鎌倉の…」で始まる一連の譚歌風鎌倉歌の類型の一つ。元歌は、鎌倉への関心の在り方からして、少なくとも室町期以前と考えられる。踊り歌として徳島・鹿児島などに広く伝播し、「綾機(あやはた)踊り」(徳島)とも呼称される。↓三六・四七八。
五 下馬札の立てられた橋のたもと。「鎌倉の下馬のお前で〳〵　十三小女郎が綾織」(徳島・那賀郡和食・大日本神踊歌・綾籏踊)。
六 十三歳の少女。一般に成女式を迎える年齢。一人前の女性となり初々しい魅力を具えた処女を象徴していう。「十三四五は今咲く花よ」(奈良・吉野郡十津川村・盆踊・十三四五)。いわゆる適齢期は、当時の通念では十七八歳位まで。類歌には「十七小女郎」とするものもある。「鎌倉の御所のお庭で　十七小女郎が酌をとる…　酒よりも肴よりも十七小女郎が目についた」(紙鳶・獅子踊の前歌、大幣にも同歌)。
七「綾機(あやはた)」の転訛。
八「参るは」か。「一夜参るは安き候へど」(徳島・那賀郡和食・大日本神踊歌・綾籏踊)。
九 それで。方言、滋賀・京都・兵庫・奈良・山口・香川など。
一〇 切窓は羽目板や壁などを切り抜いて開けた窓。「何と鎖いたる戸やらん　えい　押せども開かぬは切窓の戸」(宗安小歌

あやたをどりをひとをどろ

70 谷の根藤がうねの小松をしめるよに[一四]　わしもこなたをしめましよぞ

あやたをどりをひとをどろ

○おぼろ[一五] かへり踊 四章

71 おぼろ月夜は山の端に　ほろ〳〵と戸をいづる　兄様[一六]なみだの村雨

ヱイヤソリヤ 以下三章、シアゲ同之。

72 四百舟[一七]かよ君まつは　五百舟かよ君まつは　楫[一八]をしづめて名のりあふ

73 しめて寝た夜のあさときは[一九]　だいて寝た夜のあさときは　はなれがたない寝肌かよ[二〇]

74 かよふ細道夜は長き　しのぶ細道夜は長き　思ふ君様にあひたさに

○君様[二一] かへり踊 五章

75 君様の誰[二二]を待つやらくる〳〵(くる)と　アイヤ　つまつまつまいくと　ヤ

集)。東窓あるいは東枕に関しては類歌が多い。娘の機織り及び寝起きの場であったことによる。「東切窓月うち入りて　添寝の枕恥づかしや」(隆達節)。「晩に参ろかどち枕　東枕に窓開けて　窓は切窓戸はあり戸」(淋敷座之慰・鞠つき歌)。「むすめの寝床はどちらと問えば　東枕の窓のくち」(和歌山・日高郡中津村・米搗き歌)。「晩にまいるはどち枕　東枕の窓の下」(高知・吾川郡池川町・豊年踊り)。

一一 日用の小道具を入れる箱。

一二 「こぞ(去年)」の転訛。

一三 皮膚に触れて痛がゆい。「去年の七月盆の頃　粟の中にも寝て見たが　粟は目に入る夜は長し　小女郎の宿の恋しさ」(徳島・那賀郡和食・大日本神踊歌・綾簱踊)。

一四 土佐方言では山の斜面の高まった所をいう。峰の頂上(和歌山・新潟)、丘陵(中国地方)を指す地域もある。「谷の小藤が岑の小松をしめるよに　をれもそなたをしめましよ」(徳島・那賀郡桑野村・大日本神勇歌踊本)。

一五 初期歌舞伎踊歌による組歌構成。類歌は高知のほか新潟・兵庫・愛媛・大分など広い伝播が見られる。

一六 後朝の情景。にわかにあふれる涙を村雨(急に激しく降り出す雨)に譬える。「おぼろ月夜の山の端に〳〵　名残り惜しやつれなやう〳〵　はら〳〵おろと　いづれ誰が情ぞ村雨」(女歌舞伎踊歌・ややこ)。

一七 「塩飽船(しわくぶね)」の転訛。塩飽諸島(香川)を本拠として活躍した商船。「塩飽船かや君待つは　風を静めて名告りあをと」(女歌舞伎踊歌・ややこ)。

一八 船を動かす道具。櫓や櫂の総称。伝承類歌では「風」とも。

一九 「あかとき(暁)」の転訛。「抱いてぬる夜のあかつきは　離れがたなの寝肌やう〳〵」(女歌舞伎踊歌・ややこ)。「抱いて寝た夜の暁わン〳〵　イヨ離れがたなき寝肌や」(土佐国群書類従十一・手結浦八幡宮祭礼小踊唱歌・塩飽踊)。

二〇 底本「に」とあるを巷謡集(草稿本)により改める。

二一 江戸初期の流行小歌を中心とした組歌構成。

二二 「淀の川瀬の水車　誰を待つやらくる〳〵と」(京大本阿国歌舞伎草子。狂言・大蔵虎寛本・靱猿も同歌)。

アコリヤ　コチラヘセ　モヒトツセ　以下四章、シアゲ同之。

76 蟬(せび)の羽衣(はごろも)身をすれば　アイヤ　つま〳〵つまいくと

77 小車(をぐるま)の〳〵　[一]まはせば車(くるま)の輪(わ)のごとく　アイヤ　つま〳〵つまいくと

78 夜(よ)こそ寝(ね)られぬさ夜(よ)ふけて　アイヤ　つま〳〵つまいくと

79 [二]恋(こひ)しくは〳〵　たづねござれよ身(み)が宿(やど)へ　アイヤ　つま〳〵つまいくと

○[三]商(あきな)ひかへり踊　四章

80 [四]あすは吉日下(きちにちしも)くだろ　[五]思ふ夜妻(よづま)の暇乞(いとまご)ひ
商(あきな)ひをどりをひとをどろ　ヤアシイタカセ　サアヨイ〳〵〳〵
マダシヤキリキニ　トントントンヨイ〳〵〳〵〳〵　シヤキリキ
マダシヤキリキニ　トンデ〳〵　トントロ〳〵トヲ　シツタカセ
マダシツタカセ　シツタカ　トヲニトン　以下三章、シアゲ同之。

81 こゝは寺かよ竹し[六]やうぢ　出会(でよ)て何(なに)しよにやよいしやうぢ
商(あきな)ひをどりをひとをどろ

一「浮世は車の輪のごとく」(采女歌舞伎草紙絵詞・いなばをどり)。
二「恋ひしくは　たずねござれわが宿に〳〵」(福岡・八女郡星野村・はんや舞・うきふし)。「恋しくは　疾う〳〵おはせ我が宿は　大和なる　三輪の山本杉立てる門」(梁塵秘抄・四五六)。→三三六。
三 広く分布する「商ひ踊り」の中の一類型。荷い売りをして諸国を渡り歩く行商人の生活を歌う。
四 吉日を選んで都から地方へ出立する。旅立の呪術。「明日は吉日下くだり　いざや今宵は門出せう」(徳島・名東郡国府村早淵神踊歌・商ひ踊)。
五 いとしい妻が離別を告げる。「あすは吉日下くだり　イヨ〳〵ヤア思ふ夜妻のいとまごひ〳〵」(土佐国群書類従十一・手結浦八幡宮祭礼小踊唱歌・商ひおどり)。
六「小路(せうぢ)」、「障子(しやうじ)」、「床子(しやうじ)」など当てられるが不詳。
七 車馬や連雀、千駄櫃などに積み込んだ荷物。「こゝはどうこ　音に聞えし大津の名所　いざさらこゝにて　連雀おろして商しよう」(三重・飯南郡松尾村西野・鼓踊・唐人踊)。
八「此処で商ひしすませて　国へ帰りて物語り」(徳島・名東郡国府村早淵神踊歌・商ひ踊)。「よろず商しすまして〳〵　国の土産にかたるべし」(徳島・鳴門市大麻町池谷・神踊・商踊)。
九 広く分布する「山伏踊り」の一類型。不完全な形ではあるが、山伏の装束と共に恋する山伏を歌い、宗教的指導者として畏敬の対象でもある山伏を揶揄する内容のものか。
一〇 以下は山伏を特徴づけ、その験力とも関わる法具を列挙する。頭巾(ときん)は、頭にかぶる黒布製あるいは木製の帽子。十二の襞を作り十二因縁にたとえる。また大日如来の五智の宝冠にもたとえ、これをかぶった山伏は不動明王と同体になるとされる。
一一 山伏が衣の上に着る法衣。上衣と袴から成り、普通麻で作り柿色に染める。これを着るとそのまま凡聖不二の境地に至るとされる。
一二 結袈裟(ゆいげさ)。山伏が用いる独自の軽快な袈裟。これを着

82 こゝは近江の国境　名所〳〵を見すまして　上荷おろして商ひしよ
商ひをどりをひとをどろ

83 見事商ひしすまして　国へもどりて語るべき
商ひをどりをひとをどろ

○山伏かへり踊　三章　元有二四章一、今失二一章一。

84 山伏が頭巾・篠懸・袈裟・衣
山伏をどりをひとをどろ　サアヨイ〳〵〳〵ノ　シヤキリキ　マダヨイ〳〵〳〵ノ　シヤキリキ　トントロ〳〵　トントロト　トヲシツタカセ　ヤアシツタカ　トニトン　以下二章、シアゲ同之。

85 山伏が腰にさげたる法螺の貝　いくらがむねをめぐる山伏
山ぶしをどりをひとをどろ

86 山伏がむねいる姿もはたと忘れ
山伏をどりをひとをどろ

けることで十界が具足するという。「山伏が頭巾・袈裟をば脱ぎすてゝ　峰入りすることはたと忘れた」(徳島・名東郡国府村早淵神踊歌・山伏踊)。「山伏が〳〵　首にかけたるすゞかけは　宿の娘に目がくれて　峰入り忘れて貝を吹く」(『泉北地方の民謡集』神社小踊歌・山伏踊)。

一三 山伏の法具。フジツガイ科の巻貝の末端に穴をあけ、吹き鳴らすように細工したもの。山入りする時、猛獣を恐れさせるために用いた。また修験系の祭礼でも楽器として用いる。「山伏の腰に着けたる法螺貝の」(梁塵秘抄・四六八)。「山伏の腰にさげたる法螺の貝　一吹き吹けば国がおさまる」(山口・長門市深川湯本・南条踊り・山伏踊り)。

一四 「幾ら」で、「どれほどの峰」の意か。「むね」は「峰(みね)」の転訛。

一五 部分的に縮約、あるいは欠いた形か。「山伏が宿の姫御に目がくれて　峰入りすることはたと忘れた」(徳島・名東郡国府村早淵神踊歌・山伏踊)。「むねいる姿」は「峰入る姿」で、峰入りは修験道、山伏の根本的な修行形態。一定期間山中の行場に入り、苦修練行を重ねて即身成仏の境地をめざす。

一 「ぢん(沈)」の転訛か。冒頭の歌詞によれば沈香の意か。熱帯地方に産するジンチョウゲ科の高木より産する香木。黒色良質のものを伽羅という。踊り歌としては、江戸前期に属するか。

二 未詳。「御陵(みはか)」と関係あるか。「やすみししわご大君のかしこきや御陵仕ふる山科の鏡の山に」(万葉集二・額田王)。

三 「麻の中にも二人は寝たが　中にも〳〵二人は寝たが　麻が物言はにや名も立たぬ〳〵」(落葉集・古流中興脇踊歌之部・君から踊)。

四 侍のように角ばってとげとげしく寝にくいの意。→六九。

五 「細石」か。

六 寺の名前か。「高林寺」などが当てられるが不詳。広く分布する「お寺踊り」の一類型。但し本歌に近似する表現の遺存は、高知のほか京都、長崎など一部の地域に限られる。→三〇—三三、

○りん[一]　扇の手　六章

87 りんの移り香なつかしや　匂ひこがるゝ殿はいとし　君と我とは
みはかの鏡[二]でみてとつた

88 よしや浮名は君故よ　みはかの鏡で見てとつた

89 おれが子で候孫で候　まこと子なれば親にとへ　みはかの鏡でみて
とつた

90 麻[三]の中にも寝てみたが　麻が物いはねば名がたゝん　みはかの鏡で
みてとつた

91 蕎麦の中にも寝て見たが　蕎麦はさむらひ角[四]らしい　みはかの鏡で
みてとつた

92 磯のこまいし[五]波馴れて　しゆうくこがるゝ殿はいとし　みはかの鏡
でみてとつた

○かうりんじ[六]　かへり踊　五章

93 お寺へまゐりて御門ッを見れば　見事[七]なたくみや真木柱[八]

三一—三五。
七 すぐれた技巧、あるいはそれを成した大工・職人(工・匠)を称える。
八 檜や杉の立派な柱。「寺に参りて御門をみれば　やれ〱見事のまきはしら」(長崎・西彼杵郡野母崎町・盆踊歌)。
九 棟の数が多く複雑で立派な屋根の造り。「御寺へ参りし御寺のかゝりおながむれば　イヤ〱　仏だんようかんやつむねづくり　見事な柱まきはしら」(京都・竹野郡丹後町此代・神祭踊音説本・御寺踊)。
一〇 檜の生皮を精製し、葺足を小さく葺いた最上の葺方。「ノシブキ　板を他の板の上に次々に積み重ね、釘付にして屋根を葺くこと」(日葡辞書)。「寺にまいりて御寺を見れば　ひはだのせぶきやれ美事」(長崎・西彼杵郡野母崎町・盆踊歌)。↓二六・二九。
一一 風に吹き上げられて積もった砂。
一二 類歌では「ちご(稚児)」とある。「寺のまへなるちり〱小草　たがふみちらした　松若ちごのふみちらした」(長崎・西彼杵郡野母崎町・盆踊歌)。
一三 鷹狩をいうか。「御寺にちごが七人ござる　イヤ〱　七人ながらおたかのしやう　とんどの山へたかうちに」(京都・竹野郡丹後町此代・神祭踊音説本・御寺踊)。
一四 風に吹き上げられた幕の意か。
一五 透して見るの意か。全体の歌意は類歌によるも不明。「御寺のまくはふたけなまくで〱　さいさいみればしおれする」(京都・竹野郡丹後町此代・神祭踊音説本・御寺踊)。
一六 琵琶湖を往来する船をいうか。踊り歌としては近世初期の流行小歌を中心とする構成。
一七 琵琶湖の南西岸、大津あたりをいうか。古来交通上の要地。宿場町、港町として栄えた。「あれへ見ゆるはしが舟か　しがへござらば乗りてゆこ〱　のしてゆく事タやすければ　人の姫子はやらいやゝ〱」(土佐国群書類従十一・弘岡村神踊歌・シガ踊)。

一 「姫子なりともかぢをとれ　かぢをとりてもやらいやゝ

いざをどり　お寺をどりをいざをどろ　ヨイヤソリヤ　トントント　シヤキリキニ　トントント　マダシヤキリキニ　トントントトンデ〳〵　トントロ〳〵〳〵　トヲシツタカトホニトン　以下四章、シアゲ同之。

94 御寺へまゐりて御寺を見れば　仏壇とかく八棟造[九]　檜皮[一〇]の熨斗葺あら見事

95 御寺の前の吹き[一一]上げ小砂　誰がふみ散らした　御寺の警固[一二]がふみ散らす

96 七人ン警固はどれ〳〵どなた　こうだの山へ鷹[一三]するゑて

97 御寺のまへの吹き[一四]上げ小幕　誰がみすかした[一五]　誰がみすかした　御寺の警固が見すかした

○志賀船[一六]かへり踊　六章

98 あれへ見ゆるは志賀船か　志賀[一七]へござればのせて行こ　のせて行くのはやすけれど　人の嫁御はいやでそろ
ホイヤサンソリヤ　ヱヽトントニトン　以下五章、シアゲ同之。

〳〵」（土佐国群書類従十一・弘岡村神踊歌・シガ踊）。
二「かどかどし」に同じ。心に角があり、とげとげしい感じがする。「四角柱や角らしや　角のなひこそ添ひよけれ」（かぶき草紙）。「四角柱や角柱　角の無いこそ添ひよけれ〳〵　飛弾の踊はこれまでぞ〳〵」（狂言・大蔵虎寛本・靭猿）。「四角柱ヤノ屋　誠四角柱屋カドラシヤ〳〵　角ノナイコソヒヨケレ」（伊達家治家記録躍歌・団扇躍）。松の葉一・早舟、古今夷曲集・序にも出。このほか地方の踊り歌にも広く伝播。徳島に分布する「神踊り歌」は歌舞伎踊り歌の詞形に同じ。
三 開くこともない門の木戸に対し、風になって通いたい、の意。
四 松の落葉を恋の身投げに譬える。
五「さや」は土佐方言の助詞で「さえ」の意。
六 鳥の色を恋の煩悶の結果とする。「鳥さえだに恋をして恋にこがれて色黒や」（徳島・鳴門市里浦・神踊り・うれし）。「さよどりや」は「さえだにや」の転訛か。
七 姑の嫁いじめがテーマの組歌構成。姑の難題を揶揄。恨みつらみを笑いで包む。高知のほか、京都・大阪・滋賀・三重・和歌山・香川・徳島などに広く分布。また婚礼歌・草取歌などの民謡としても類歌が伝播している。題名は「姑踊り」のほか「嫁ふり踊り」「嫁そしり」「綾の踊り」など多様。→三二五―三二八。
八 土佐方言では、きつい・厳しい、の意。ここは意地の悪いことにはの意で用いるか。「おれが姑はきぶいぞ〳〵　あの松山の葉をよめ　あの松山の葉をよめば　そなたは天なる星をよめ　姑踊一踊」（落葉集・姑）。
九「水くめば　くんだる水をくみすてて　嫁がくまんと名をたつる」（大阪・交野市・拍子踊音歌・嫁そしり）。「嫁御寮や〳〵　朝とう起きて　水汲めば　汲んだる水をそろりと捨てて　嫁が汲まんと名を立つる　おもしろや　嫁には何がなるぞよ」（徳島・鳴門市大麻町池谷・神踊・嫁振踊）。
一〇「庭はけば　はいたるにはにちりまいて　嫁がはかぬと名をたつる」（大阪・交野市・拍子踊音歌・嫁そしり）。「嫁子が庭はきやちりまきこぼす　よめ子ははかんと名を立る」（滋賀・犬上郡甲良町北洛・太鼓踊・嫁そしり）。

99 嫁御[一]なれども楫をとる　楫をとりてもいやでそろ

100 四角柱が角[二]らしや　角のないこそ添ひよけれ

101 なさけないぞや門の木戸[三]　風になりたや開かいで

102 松[四]のみどりさ[五]や恋をする　高き空から身をなげる

103 烏[六]さよどりや恋をする　恋にやつれて色くろい

○姑[七]かへり踊　四章　元有五章、今失一章。

104 おれが姑のきぶいゆき[八]　今朝[九]くんだ水をふりふてゝ　まだ今朝嫁が
水をくまん
姑をどりををどろよ引　ヨイヤソリヤ　トントントント　シヤキリ
キニ　トントントント　シヤキリキニ　シインチヤン　トヲトヲト
トヲシツタカ　トンタカトンタカセ　トヲシツタカ　トホニトン

以下三章、シアゲ同之。

105 おれが姑のきぶいゆき　今朝[一〇]はいた庭へ塵をまきふてゝ　まだ今朝
嫁が庭はかん
姑をどりををどろよ引

一一 本踊り歌の中でも本歌の伝播が最も広く見られる。「おれがしうとめのきいぶんやうは　岩を袴に裁ち縫へと　岩を袴にたちぬはば　そなたは真砂を糸によれ〳〵」(踊唱歌・しうとめ踊)。「おれが姑がきついよは　岩を袴にたちのへと　岩が袴に裁ぬはりよなら　岩切庖丁と岩縫針と　まなごを糸によりのやれ」(滋賀・草津市上笠・雨乞踊・嫁引踊)。「しうとめごぜのきつさをごろぜ　岩を袴にたちぬへ〳〵と　岩を袴にたちぬへならば　岩きりがたなに岩ぬいばりに　まなごをよせて糸によれ〳〵」(三重・阿山郡島ケ原村上奥・雨乞踊歌・あやのおどり)。「おれが姑メのたけなさよ〳〵　岩を袴にたちぬゑと　岩を袴にたちぬわば　そなたはまなごう糸によりやいの〳〵」(徳島・板野郡松茂村中喜来浦・御神踊歌・姑踊)。

一二 こまかい砂。

一三 「ヤアおれが姑メのたけなさよ〳〵　水ない池で舟こげと　水ない池で舟こげば　そなたはかごで水ふつりやいの〳〵」(徳島・板野郡松茂村中喜来浦・御神踊歌・姑踊)。

一四 「わごりよ(我御寮)」の転。自分と同等及びそれ以下の相手を親しんで呼ぶ語。あんた。

一五 京都の北西端、山城と丹波との境にある山。頂上に愛宕神社があり鎮火の神、軍神として信仰された。「おれが姑のきぶいよは　愛宕の山をいたゞけと　愛宕の山をいたゞかば　そなたは富士の山いだけ」(京都・亀岡市千歳町出雲・花踊・姑おどり)。→三二八。

一六 近世初期の流行小歌による組歌構成。類歌は踊り歌をはじめとして、民謡の中に全国的に伝播が見られる。

一七 類歌は宗安小歌集をはじめ、狂言小歌、松の葉、その他踊り歌などに出。→六五。

一八 「きこしめせ」の「き」が脱落した形。飲食する意の尊敬語。

一九 転訛があるか。類歌は「ほど遠く」「さとこひし」とある。「イヨ佐渡で越後の鐘きけば　越後恋しやほど遠く」(土佐国群書類従十一・手結浦八幡宮祭礼小踊唱歌・佐渡島)。「佐渡のみさきのかん鐘きけば　ゑちごこひしや　さとこひし」(長崎・西彼杵郡野母崎町・盆踊歌・佐渡しま)。

二〇 「た」は「とは」の縮約変化(土佐方言)。

106 [一一]おれが姑のきぶいゆき　岩を袴に裁ちぬへ〱(ぬへ)と　岩を袴に裁ちぬふならば　わごれは[一二]真砂を糸によれ　姑をどりををどろよ引

107 おれが姑のきぶいゆき　[一三]水ない里を舟のれ〱(のれ)と　水ない里を舟をのるならば　[一四]わごれは[一五]愛宕の山をのれ　姑をどりををどろよ引

○[一六]恋慕かへり踊　四章

108 [一七]ひとつ[一八]こしめせたぶ〱と　ことにお酌は花むすめ　レエ〱〱ツノ　レエニシウヲ　ヲ丶ヲ丶ヲニシヤウ　以下三章、シアゲ同之。

109 佐渡で越後のかねをきけば　越後恋しや[一九]おどやと

110 佐渡と丶越後た[二〇]筋向ひ　橋をかけよぞや[二一]船ナ橋を

111 橋の下なる鵜の鳥が　[二二]鮎をくはへて羽をのす　羽をのさねば[二三]しほがない

二一 船を横に並べてつなぎ、その上に板を敷いて作った橋。「佐渡といよこの越後は　佐渡と越後は筋向ひ　橋をいよこのかきよやれ　橋をかきよやれ船橋を」(落葉集七・古来中興当流はやり歌・五尺手拭)。松の葉三・さいこのぶし、延享五。浅野藩御船歌集・尺八ぶし、山家鳥虫歌・一四四などにも出。地方の踊り歌、民謡にも広く流布。「佐渡島踊をいざや踊る　佐渡と越後はついすじ向い　橋をかきよもの船橋を　佐渡島踊りをいざや踊る」(伊豆新島若郷・大踊・佐渡島踊)。このほか、和歌山・日高郡美浜町・奴踊音頭、徳島・三好郡・西祖谷山村・神代踊、愛媛・西宇和郡瀬戸町大久・しゃんしゃん踊・しわく踊、広島・山県郡千代田町本地・花笠踊・佐渡島、鹿児島・肝属郡高山町本町・八月踊・五尺、同・枕崎市立神・十五夜綱引歌、同・西之表市現和・種子島大踊・佐渡と越後など類歌多数。

二二 →二五四。 二三 愛嬌。愛らしさ。

一一 「桔梗山陰」で秋草の桔梗が生えている山陰の意か。

一二 恋人、夫婦の間で相手を呼ぶ称。男女ともに用いる。類歌には「殿」とするものもあるが、一般的に「人」とするものもある。「ここは木の陰森の下　ここで殿すりゃよい所」(兵庫・宍粟郡波賀町戸倉・ざんざこ踊・倉間山)。ここは次の関わりからは女から男を指すか。類歌は三三にも。

一三 来るはずだと用意して待つ。 一四 若い女性。

一五 恋文。「王ぐさ」は「玉づさ(玉章)」(手紙。たより)の転。

一六 雨の筋が切れ目なく見えるさまから、絶え間のないことを譬えていう。ここでは恋文のひんぱんなこと。

一七 瀬戸内海に面した地名か。大阪の淀川の下流域に同名があるが未詳。

一八 兵庫県の加古川河口の地名。東岸に尾上、西岸に高砂。付近は古来、播磨の要津。風光明媚で歌枕にも。「今朝の出舟は何処が泊りぞ　大阪小島か室が泊りか　さては尾の上か高砂か」(愛媛・伊予三島市豊岡町大町長田・雨乞踊・豊後踊)。「今朝の出舟は何処が泊りぞ　尼ケ崎かよ室が泊りか　さては播磨の高砂かや」(徳島・那賀郡和食・大日本神踊歌・平野踊)。狂言・靭猿(大蔵流)、踊唱歌・豊後踊にも。→一五四。

○ききやう山陰かへり踊　四章

112 ききやう山陰森の下　つまを待つにはよいところ
アリヤヨイヤソリヤ　トントント　シヤキリキニ　トントント
シヤキリキニ　シヤキリキニ　シインチヤントン　以下三章、シアゲ同之。

113 待ち受け女郎の情けには　恋玉ぐさは雨の脚

114 今朝の出船はどこ走り　阿波か讃岐か福島か　さては尾上か高砂か

115 若殿様はどこにかござる　からだの山に鷹するゐて

○月ともかへり踊　八章

116 月とも星ともおもひしほさぶのかたべら
ヲイヤサン　サンソリヤ　エヽトントニトン　以下七章、シアゲ同之。

117 京から麻小笥　堺から掛子　績まずとたもれ七つ麻を

118 七つ麻はやつさの上下でそろ

119 なれ〳〵なすび　背戸の屋のなすび　ならねど嫁の名のたつ

九—一六。
一〇 七七七五調の近世歌謡を中心とした組歌構成。
一一 人名「こさぶ」の転訛か。「イヤ　月とも　ヨリヤ　星とも　アリヤ　思ひしこさぶは　いづもは御陣に討たれたよ」(高知・吾川郡吾川村上名野川・都踊り・こさぶ)。三重・阿山郡島ケ原村上奥・天保七年写雨乞踊歌本に「小さぶ踊」。
一二 「帷子(かたびら)」の転訛か。
一三 績(う)んだ麻を入れる檜の薄板製の器。麻笥(おけ)に同じ。
一四 櫃や箱の内部を二重にするため、外箱の縁にかけて内部につり下げる箱。
一五 「績む」は麻の茎を蒸し、その皮から繊維をつむいで糸によること。「たもれ」はくださいの意か。または「溜まれ」の転訛か。いずれにしても仕事のはかどることを願う幻想。「京からおごけ堺からかけご　うまずとたまれ月に七おごけ」(高知・高岡郡東津野村・笹見踊り)。「伊勢地苧ごけに信濃からむし　うまずとたまる七つそは　イヨこさぶ踊を一踊〳〵」(三重・阿山郡島ケ原村上村雨乞踊歌・小三踊)。
一六 不詳。転訛があるか。「七ツ麻は女郎の肌つき　八ツ麻は殿子の上下」(甲斐都留郡川口社上山三月三日宴遊風俗歌)。「七つそは千代子の肌着　八つそは小三の上下よ」(三重・阿山郡島ケ原村上村雨乞踊歌・小三踊)。
一七 一般に上衣と袴類。近世においては、紋服・小袖の上に着る肩衣と袴で武士の礼服。麻上下を最上とした。
一八 他の家の背戸側(裏手)にある家。
一九 「ならねば」の誤伝。類歌は民謡、踊り歌として広く伝播。「なれ〳〵茄子　背戸やの茄子　ならねば嫁の　これの嫁の名の立つに　これの」(吉原はやり小歌総まくり・一よぎり)。紙鳶、大幣(吉野之山)にも同歌。
二〇 「小女郎」で少女。「こいこい小女郎　かみゆてとらしよ小松の下でちやんとゆてとらしよ」(徳島・三好郡西祖谷山村・神代踊・あの畝踊り)。
二一 底本は「おてんのおそれ」。巷謡集(草稿本)により改める。三日月形ではお天道様(太陽)に恐れ多いの意か。
二二 近世、婦人の髪の結い方の一つ。下髪を笄に巻きつけて

120 こい〳〵子女郎[二〇] 髪を結てとらしよ 三日月形に結てとらしよ

121 三日月形はお天道[二一]のおそれ 笄髷[二二]に結てとらしよ

122 十六七はとだいとの稲[二三]よ 打たねど腰がしなやかに

123 しなやかな腰へ鳴子[二四]をかけて をんどるたびにがら〳〵と

○加賀の糸屋[二五] かへり踊 四章

124 加賀の糸屋のせん太郎[二六]は みめよき娘をもちたとて 今年すぎれば十七よ

お若い衆のをどりをひとをどり ヨイヤソリヤ トントントントニ シヤキリキニ トントントト シヤキリキニ ヲンコロリニ シインチヤントン トントントントニ シヤキリキニ シヤキリキニ ヲンコロリニ シインチヤン シヤキリコノシヤン 以下三章、シアゲ同之。

125 よかろ日を見て鉄漿[二七]をつけて 京へのぼして縁につけよ

お若い衆のをどりをひとをどり

126 のぼる装束みてあれば うはぎ一重は単物

止める。室町時代の宮中の女官に始まり、江戸時代に一般化した。

二三 「大唐米」をいうか。赤米(あかごめ)の異称。「タイタゥゴメ 赤い米。これは上(カミ)だけに用いられる」(日葡辞書)。類歌は民謡、踊り歌に多い。「十七八わたいとのわらよ うたねどこしはしなやかな」(京都・北桑田郡美山村鶴ケ岡・振踊)。このほか、京都・左京区久多・花笠踊本・十七踊り、大阪・貝塚市窪田・神踊歌・十七おどり、駿河国安倍郡大河内村平野盆踊歌・五拍子など。→山家鳥虫歌・二六八。

二四 小さな板に細い竹管をつけて鳴らすもの。本来は鳥獣をおどすため、田畑の上に仕掛ける。

二五 加賀の糸屋に関わる縁付け・婚儀をうたう譚歌。「加賀の踊り」「源太郎踊り」「ゑんの踊り」などの名称で京都・奈良・三重・兵庫・徳島などにも分布。

二六 類歌の人名は、源太郎・源内・けんさいなど多様。「加賀の糸やの源太郎は ア、ンみめよき姫を持ちたとな 今年過ぎれば十七よ〳〵」(徳島・那賀郡和食・大日本神踊歌・源太郎踊)。

二七 鉄漿付の祝。女子の成人式に当たる。鉄を酸化させた液で歯を黒く染める。おはぐろ。「鉄漿付し女と笄髷の女は夫定まるの印なり」(たとへづくし二)。

一 「間の使」で仲人をいうか。または「合ひの使」で婚儀の使者の意か。 二 一五に同一表現。具足(鎧)の縅しの態様をいう。「合(ひ)の使の引出物 加賀一番の鹿毛の駒 白金鎧に黄金鞍アン 先ツは見事な名馬かな〳〵」(徳島・那賀郡和食・大日本神踊歌・源太郎踊)。

三 武家の威勢を称える組歌構成。屋敷誉めなどの類似表現は「若殿踊・御殿踊」など、各地(岐阜・滋賀・三重・奈良・京都・大阪・広島・徳島など)に広く分布。

四 「しよりやう(所領)」の転訛。 五 「くに(国)」の転訛。「若殿様へ所領が参る〳〵 一国参る 二国参る 十三国が皆参る」(徳島・那賀郡鷲敷町中山・盆神踊・若殿おどり)。

六 構え。「屋かたへ参りて御門のかゝりを見わたせば 御門柱は真木柱 けたはせんだんたるきはけやき 尚も見ごとな

お若い衆のをどりをひとをどり

127 [一]あひの使ひの引出物　かみ六段は韓紅[二]　しも七段は紫一重に　綾のはつしを十三ぼろりと縅したり

お若い衆のをどりをひとをどり

[三]○若殿様かへり踊 六章

128 若殿様へせいりよがまゐる[四]　一トくみ[五]まゐる二くみまゐる　十三おくみがみなまゐる

ホイヤサンサン　サヽシツチン　チヤノチヤン　以下五章、シアゲ同之。

129 若殿様の御門のかゝり[六]をみてあれば　見事なたくみが真木柱

130 若殿様の御馬屋のかゝりをみてあれば　[七]七間御馬屋に七匹たてゝ

七人の警固が髪をまく

131 若殿様の御庭のかゝりをみてあれば　黄金のびし[八]やごが足につく

132 [九]若殿様の屋敷のかゝりを見てあれば　白木の弓が千本ゝに　黒柄の槍が千本ゝに

やかたかゝりや」(『古謡集』西讃府志・尾形雨花・屋形蹈舞)。九三にも類似表現。→一二五・一三一。

七 七は数の多いたとえ。類型表現として定着。二六三・二六六など。「馬屋の掛りを見てやれば　七間馬屋に七匹馬　やらは見事に建てられた」(奈良・吉野郡大塔村・篠原踊・御殿踊)。「との衆参りて馬屋のかゝりをみてやれば　百軒馬屋に百疋御座る　百人番衆がかみをまく　まいたりやまかりたりや唐糸なんどでまかれた」(滋賀・草津市渋川・花踊・殿のおどり)。

八「いさご(砂)」の転訛。「若殿様のお庭のかかり〳〵　参りて見れば黄金のいさごが足につく〳〵」(徳島・那賀郡鷲敷町中山・盆神踊・若殿おどり)。

九「それちしそめし槍の間見れば　槍千すぢに弓千張りでとらげの乙矢数知れず」(三重・阿山郡伊賀町愛田・宮踊・おとの踊)。「殿へ参りて宮殿みれば　ゆみ千張に鎗千本　こがねのうつぼが千五百」(『和泉史料叢書・雨乞編』掃守郷藤井村神踊覚書・殿見躍)。

一〇 正面の壁の意か。「若殿様の奥の間のかゝり〳〵　参りて見れば唐絵の屏風ゆりや立揃へ　廻りを見れば銭すだれ〳〵」(徳島・那賀郡和食・大日本神踊歌・若殿踊)。

一一 冒頭の歌詞によるが、「縁とは」の意。「た」は土佐方言で、格助詞「と」に係助詞「は」の接続した「とは」の縮約変化したもの。「縁」に関わる近世小歌による組歌構成。

一二 歴史的仮名遣いは「えん」。　一三 袖丈を長くして脇の下を縫い合わせない仕立の着物。またその袖。十五、六歳以前の元服前の男女が着た。「フリソデ 子供が着る習わしになっている着物の、〔腋の下の〕開いている袖」(日葡辞書)。振袖には縁付く前の年頃の男女のイメージがある。

一四「ひこずる」に同じ。引きずる。引っぱって行く。連れて行く。　一五 琵琶法師の属していた当道座の四官(検校・別当・勾当・座頭)の一つ。ここでは琵琶法師の通称としていう。「座頭、ザトウ、琵琶法師」(下学集)。「縁で連れゝば座頭の坊も愛し　さらば負いましよ琵琶箱を」(延享五)。

一六 思いを決めてしまっては、の意。

一七 本踊り歌(譚歌)の女主人公の人名。由来不詳。

133 若殿様の奥の間のかゝりを見てあれば　[一〇]大手の壁が銭すだれ

○[一一]縁た　かへり踊　四章

134 [一二]縁た何をいや御縁とは何ぞ　縁たおまへの[一三]振袖よ

イヨエヤアコリヤ　サイヤモヒトツセ　アリヤシツチキ　シツチキ　イヤコチラヘモ　以下三章、シアゲ同之。

135 縁で[一四]引こじりや[一五]座頭の坊はかわい　たもれいたゞくおんやれこの振袖

136 縁がうすいとはゆめ〳〵しらず　ゆめ〳〵しらず

137 縁ぢや妻ぢやと[一六]定めてからには　いかな美人でも目にはつかん

○[一七]くきのお松　かへり踊　四章

138 くきのお松が立てる茶はうまい　[一八]新茶・古茶かよ甘茶か宇治か　[一九]さてはお松が立て[二〇]殻か

サアヘンシ〳〵（ヘンシ）　ヘンシモ〳〵　ミツヽイクソン　コエヽヤア　アリヤシタ　コリヤシタ　ヨイトコ　トコ〳〵ナ　以下三章、シア

一八 新茶・古茶など、お茶を恋愛や女性に譬える俗謡は多い。ここも「お松」の魅力をお茶に見立てたものか。「宮鶴女（じょ）は新茶か古茶か　見る人毎に摘みたがる」（鹿児島・大島郡十島村平島・盆踊り歌）。「このお茶は新茶か古茶か宇治の茶か　旅の疲れでのみや忘れる」（『埼玉県民俗芸能誌』秩父地方獅子舞歌・切歌）。「新茶飲もより古茶貰ふて飲みやれ　いやの新茶やこちや知らぬ」（延享五）。「新茶の茶壺よなふ　入れての後はこちや知らぬ　〳〵」（閑吟集・三）。→山家鳥虫歌・三二。一九 事情を知り、そうか、それでは、と感じ入った意。二〇 出涸らし茶の意で、味の薄いことに魅力の欠如を掛け揶揄するか。

一 軽蔑の気持を表わす接尾語。二 「ごろうぜ」の縮約変化した形。御覧よ。三 転訛があるか。不詳。四 夜になるころ。晩。五 底本は「くすり」とある右側に「薬」と傍書。六 磯で採れるもの。磯で獲れる魚など。「つはり肴（な）に牡蠣もがな　ただ一つ牡蠣も牡蠣　長門の入海のその浦なるや岩の稜（ばそ）につきたる牡蠣こそや　読む文書く手も八十種好紫磨金色足らうたる　男子（をのこご）は産め」（梁塵秘抄・四六二）。「ヲツワリモノニトリテワ、…海ノ物ニトリテワ、赤鯛ニ黒鯛、欲シゾトヲモゾ、食ヲゾトヲモゾ」（三河・北設楽郡三沢・花祭資料・慶長十二年写神楽之次第事）。古来、妊娠初期のつわりに対する栄養食として様々なものが挙げられる。七 植物「せんぶり（千振）」の別名。またその茎根を乾燥し薬用にしたもの。八 以下は一般にミカンの種類をいくつか挙げたものか。また個別にミカンの異名を列挙し強調したものか。このほか、つわりに対応する食物として、前記三沢花祭資料は、「西ノ海道ノツクヅクシ」、「山ノ物」として「コムジナ（子貉）」「キジノコ（雉子）」「コウサギ（小兎）」を、「川ノ物」として「アイノコ（鮎子）」「コカジカ（子鰍）」を挙げる。九 水くみに関わる近世初期の流行小歌を中心とした組歌構成。踊り歌として奈良・和歌山・兵庫・広島・高知・愛媛・大分など各地に広く伝播。

ゲ同之。

139 くきのお松らが[一]髪を結たごろぜ[二]　巻いて巻き上げて月の輪のごとく
中にはおもひれ[三]を巻きや込め

140 くきのお松らが機おるごろぜ　七ッ拍子に八ッ拍子　夜[四]さりはこいと
の入れ拍子

141 くきのお松らがつはり薬[五]は何〳〵　磯で磯物[六]　山で当薬[七]・蜜柑[八]・柑
子・橘

○水くみ[九]かへり踊　五章

142 くんだ清水で影[一〇]をみれば　わが身ながらもよいや女子
水くみをどりをひとをどろ　ヤアソツコデセ　イヤモヒトツセ
アヽシツトロ〳〵（シツトロ）　以下四章、シアゲ同之。

143 釣瓶[一一]九つ身は一つ　釣瓶こきあげて[一二]褄[一三]を敷寝に
水くみをどりをひとをどろ

144 [一四]いとし殿御の水をくむには　桶もよい桶よい柄杓　清水〳〵の上澄
みを

一〇 水鏡に映る姿。「汲んだる清水で影見れば　我が身ながらもよい殿御　よい殿御」(狂言・大蔵虎寛本・靱猿)。「オイヨー汲んだ清水で影見ればヨ〳〵　我が身ながらもよい女ヨ　鉄漿を付けたらなおよかろ」(高知・高岡郡仁淀村都・都踊り・水汲)。「汲んだる清水で影見れば　我が身ながらも良い女房」(大分・大野郡野津町大字西神野・風流・飛驒)。

一一 手に余り忙しいこと。一二 扱き上げで、つるべの綱をしごき上げる意。一三 褄は着物の衽(おくみ)の襟先より下の部分のへり、またその裾先を言うが、「褄を敷寝」で契りを結ぶことをいう。「褄を重ぬ」に同じ。「つるべ九つ身は一つ　つるべを枕に何とおよるぞ　〳〵」(業平をどり十六番・十一番)。

一四 以下の一四四・一四五は、二六・二七と同歌。こちらの方が本来の構成か。「可愛い殿御の水を汲めば　可愛い殿御の水を汲めば　桶もよい桶よいひしゃく　清水清水の上澄みを」「憎い殿御の水を汲めば　憎い殿御の水を汲めば　桶も破れ桶破れひしゃく　馬の蹴上の泥水を泥水を」(高知・高岡郡仁淀村都・都踊り・水汲)。

一五 民謡として全国的に伝播。「鮎は瀬にすむ鳥や木にとまるどうしてなうはてなう　人は情のこんぎやら〳〵　きやらこんぎやらこ〳〵　下にすむ　やつささつさせい」(落葉集四・こんぎやら踊)。→山家鳥虫歌・二三〇。

一六 中世末から近世初期の念仏踊り歌の一形式を伝えるか。初期歌舞伎踊り歌の中の念仏踊りと類同性を持つ。念仏踊りは風流踊りの基盤になったもので、本来の念仏の詠唱に小歌を交えて成長する。「貴賤群集の社参の折からなれば、かぶき踊りを始めばやと思ひ候。まづ〳〵念仏踊りを始め申さう。…はかなしや　鉤にかけては何かせん　心にかけよ弥陀の名号　南無阿弥陀仏　南無阿弥陀」(京大本阿国歌舞伎草子)。

一七 平敦盛。修理大夫平経盛の三男。一の谷の合戦で熊谷次郎直実に討たれる。

一八 不詳。幸若舞曲には「大裡」とある。「御運の末の悲しさは、漢竹の横笛を大裡に忘れさせ給ひ、若上臈の悲しさは、捨てゝも御出あるならば、さまでの事のあるまじきを、かつうはこの笛忘れたらんずる事を、一門の名折とおぼしめし、取

水くみをどりをひとをどろ

145 にくい奴の水をくむには　桶もやぶれ桶やぶれ柄杓　駒の蹴あげの
たまり水(みづ)
水くみをどりをひとをどろ

146 鮎[一五]は瀬にすむ鳥は木にすむ　人は情けの陰にすむ
水くみをどりをひとをどろ

○念仏[一六]かへり踊　四章

147 敦盛[一七]が〳〵　おいせ[一八]の矢倉へ笛を忘れて[一九]　とりにもどりて　御座[二〇]や
お舟に乗りやはづれる
念仏をどりををどろよ引　チン〳〵チ　カンカンカ　以下三章、シアゲ同之。

148 わが親[二一]が〳〵　仏になるとは夢にもしらず　南無阿弥陀仏　弥陀
南無阿弥陀仏
念仏をどりををどろよ引

149 わが親が〳〵　故郷この世にあるといはば　墨の衣に墨の差傘[二二]　南

りに返らせ給ひて、かなたこなたの時刻に、はや一門の御座船を、はるかの沖へ押し出す」(寛永版舞の本)。
一九 底本は「す」。巷謡集(草稿本)により改める。
二〇 御座船。安徳天皇はじめ一門の方々がお乗りになった船。
二一 「我親の仏になるを夢に見た　嬉しながらも濡るゝ袖かな　南無阿弥陀　ハンヤ　タゝアポー　イヤタゝアポー　イヤポーポーポポー」(武蔵国西多摩郡小河内村・鹿島踊歌・念仏)。同踊り歌の詞章構成は、出羽・本歌・入羽の形式をとり、初期の歌舞伎踊りの影響により成立したものと推測される。
二二 手に持って差す傘。傘を差しかけて大切にしようものを、の意。

一 追善の為の念仏や読経をしても写経をしても、死者への心残りは尽きない、の意。銀河の数え尽くせない星の数の多さに無限の哀悼の気持を譬える。「読む」には、一つずつ数え上げてゆく意と、一字ずつ唱えてゆく意とを掛けている。
二 筑前国筑紫郡博多(現福岡市博多区)。古代より要港博多津があり、特に中世から近世初頭にかけては薩摩国川辺郡の坊津、伊勢国安濃郡の阿濃津と共に三箇の津と称され、海外貿易や国内交通の拠点、商業地域として繁栄した。踊り歌としては、博多の地名を詠み込んだ七五七七の詞型の小歌を中心に構成されている。
三 檜を薄くそいだ板で作った、績んだ麻を入れる器。異伝には「すぎおごけ(杉麻小笥)」とある。「はかたすぎをやすぎをごけ　おごけかけごにふみやいれつろ」(土佐国群書類従十一・手結浦八幡宮祭礼小踊唱歌・とうばしり)。詞型としてはこちらの方が本来の形式か。 四 外箱の縁にかけて内側にはまるように作った箱。 五 「う(績)みやいれて」の転訛。「績む」は麻の茎を蒸し、その皮から繊維をつむいで糸によること。「博多杉をや杉麻小笥　麻小笥・掛子に績みや入れつろ」(徳島・徳島市上八万町中筋・神踊・博多踊)。→二七。
六 恋人の容貌の形容。「顔と目もとは桜花　ふりと心は青柳の糸」(福岡・八女郡星野村・はんや舞・川風)。
七 「せばと(狭門)」で海の陸地にはさまれた狭い部分、海峡を

無阿弥陀仏　弥陀　南無阿弥陀仏
念仏をどりをどろよ引

150 天竺の天の河原の星の数　読んで[一]も書いても心つきせぬ　南無阿弥陀仏　弥陀　南無阿弥陀仏
念仏をどりをどろよ引

○博多[二]　扇の手　六章

151 博多[三]そぎ麻小笥　掛子[四]にふみ[五]やいれて
152 目[六]もと口もとさくら花　見目と姿と青柳の色
153 博多せば[七]たで櫓をおせば　今朝の櫓の手は[八]ようちやそろ
154 今朝の出船はどこ走り　夜さの泊りは[九]ゆきのしまもと
155 博多小女郎[一〇]が出てまねく　まねく荒瀬[一一]の船のはやさ
156 船の櫓[一二]で夜頃[一三]おとした[一四]　海は十九で恥をかくまい

○真実[一五]　扇の手　三章

157 真実思ふて打振[一六]しやんと[一七]

いうか。「博多せばとで櫓をおせば　今朝の櫓拍子にうちや惚れつろ」(徳島・徳島市上八万町中筋・神踊・博多踊)。
八 よく打ち揃っている。 九 不詳。長崎県の壱岐島を指すか。「壱岐島〈由岐〉」(元和本倭名類聚抄五)。又は、徳島県海部郡由岐町の由岐の港が当たるか。由岐港は古来、前面に篦野島(ぬのしま)を控えた天然の良港。特に中世には繁栄し広く知られたことがうかがえる。「阿波ノ雪ノ湊ト云浦ニハ、…在家一千七百余宇」(太平記三十六・大地震井夏雪事)。平家物語十・横笛にも「阿波国結城の浦」とある。「今朝の出舟はのふ遠走り　夜さの泊りは雪や柴もと」(徳島・名東郡一宮村・明治三十五年写四社神踊本・博多踊)。類歌は狂言小歌をはじめ多数。「夜さのとまりはどこが留りぞ　那波か坂越か室が泊りよ〱」(狂言・大蔵虎明本・靱猿)。→一二四。
一〇 少女。 一一 他の伝承歌では「嵐」。「はかた小女郎が出てまねく　まねく嵐に舟の早さよ」(土佐国群書類従十一・手結浦八幡宮祭礼小踊唱歌・とうばしり)ほか。
一二 「フナヤグラ(船櫓)　日本の船にある船尾の櫓。すなわち高層になった所」(日葡辞書)。 一三 数夜。 一四 不詳。
一五 ほんとうに、の意。一首目と三首目の歌詞による。用例は中世から近世初期の歌謡や能狂言に多い。ここも中世歌謡の系譜に連なる小歌による組歌構成。
一六 「打振舞(うちふるまひ)」に同じ。挙動・行動の意。 一七 思いを表情や動作に出さずきちんとした態度をしていること。類想歌は多い。「思へど思はぬ振りをして　しやつとしておりやるこそ　底は深けれ」(閑吟集・八七)。「我が思ふ人の心は淀川や　しやんとして淀川や　底の深さよ」(宗安小歌集・一三六)。
一八 近江国志賀郡、琵琶湖西岸の地域名(現滋賀県大津市内)。唐崎の松と呼ばれる一本松があった。歌枕。
一九 松の「連れ無し」の意から転じて、周囲に関わらず無表情で何気ない様子をしていることをいう。松を人にたとえる発想は古代以来のもの。中世・近世初期も一類型をなしている。「志賀辛崎のひとつ松　つれなき人の心かな」(謡曲・自然居士)。「しやむとして唐崎や　松のつれなさ松のつれなさ」(宗安小歌集・一六二)。→山家鳥虫歌・二四・三八六。

158 志賀唐崎松もつれなやよき人や

159 真実思ふてやりとる文は　夜さりは来いとのござれとの　まだも来いとの文がきた

○つばくろ　かへり踊　六章

160 つばくろが　瀬田の唐橋擬宝珠にて　よろこび栄えて巣をかけて

つばくろをどりをひとをどろ　ヨイヤソリヤ　トントントニ　シヤキリキニ　ハンヤヲンコロリニ　シインチヤントン　シヤキリキニ　マダシヤキリキニ　シヤキリコノシヤン　以下五章、シアゲ同之。

161 橋の下なる大蛇めが　十二の卵を呑もとして　橋の柱をきりゝやりんとまひあがる

つばくろをどりをひとをどろ

162 そこでつばくろ嘆きには　助けたまへの大蛇どの　おん身は子をばそだてぬか

つばくろをどりをひとをどろ

一八 志賀(しが)　唐崎(からさき)。一九 つれなや。二〇 夜(よ)。二一 来(と)。

二〇 夜になるころ。晩。二一 加えてさらに、重ねて。
二二「つばくら」の転。つばめ(燕)。常世の国から渡って来て、人間に農作・長寿をはじめ富貴繁栄をもたらす、春の神の使者と考えられていためでたい鳥。本踊り歌も大蛇から救われる燕をうたい、祝言で結ぶ譚歌になっている。卵を飲もうとする大蛇の話は、説教・しんとく丸をはじめとした中世以来の語り物の世界と基盤を同じくする。京都・滋賀・大阪・三重・兵庫・徳島・高知など広い地域に伝播。
二三 滋賀県大津市の瀬田川にかかる手すりのついた唐風の橋。旧東海道より京都への東の入口に当り、古来交通の要衝。
二四 欄干の柱頭に如意宝珠の形に似せてとりつけた飾り物。
二五 燕は天敵から身を守るため人通りの多い場所に巣をつくる習性がある。このことからも人の出入りが多く繁栄を招く鳥とされる。
二六 説経・しんとく丸では、河内国高安の長者の奥方の前生を大蛇とし、燕の卵と燕夫婦を飲み込んだ因果により子種が無いと物語る。その点、燕の嘆願に理解を示し、めでたい結末となる本踊り歌とは異なる。燕殺しと子種の因果は「長者踊」の系統にも(真鍋昌弘『中世近世歌謡の研究』)。

一 以下省略があるか。「そこでつばくろ喜んで　大蛇の庭へ羽を休め　末繁盛や御目出度やとお囀づる」(徳島・徳島市上八万町上中筋・神踊・つばくろ踊)。「そこで燕悦びて〳〵　来年まいろ春まいろ　来年春は疾うまいろ」(丹波国氷上郡稲塚風流神踊本・燕踊)。
二 常磐は永久不変、とこしえの意。常世の国に同じ。燕の原住地と信じられた島。「あれは常磐の国よりも来る鳥なれば、燕とも申すなり。又耆婆とも申すなり。なんぼう優しき鳥ぞかし」(説経・さんせう太夫)。「そこでつばくろ喜んで　十二のかい子をうみ育て　常磐が国へばんと立つ」(徳島・那賀郡鷲敷町・盆神踊・つばくろ踊)。→田植草紙・六一。
三 評判の美人の名。由来不詳。彼女をめぐり恋情をうたう。確認できた伝承地は高知・徳島の一部に限られるが、高知の伝承地(吾川郡吾川村上名野川、高岡郡仁淀村都)では共に

163 そこで大蛇きゝわけて　橋の柱をきりゝやりんとまひさがる
　つばくろをどりをひとをどろ

164 そこでつばくろ喜ん[一]で
　つばくろをどりをひとをどろ

165 十二の卵をうみそだて　親もろともに立つときは　常磐[二]の国へばら
〳〵と
　つばくろをどりをひとをどろ

○藤千代[三]かへり踊　三章

166 藤千代[四]が来たれども　まだ〳〵添はぬ夏の夜に
藤千代をどりををどろよ　ソリヤシヤキリキニ　シヤキリキシヤ
ン　ソリヤトントントニ　シヤキリキニ　ヨイ〳〵〳〵　シヤキ
リキニ　トントロトントロ　トントントント　シヤキリコニシヤン
　以下二章、シアゲ同之。

167 藤千代がかけた襷の綾の糸　かけてまはれば富士[五]の山
藤千代をどりををどろよ

「都踊り」と呼ばれる太鼓踊りの中に含まれ、その伝承は平家伝説と共に語られている。

四「藤千代が来たりとも　まだ肌なりぬ　夏の夜に夢に露ほど添ひもせず」(高知・吾川郡吾川村上名野川・都踊り・藤千代)。「藤千代が藤千代がまだ肌馴れず　夏の夜に夢が露ほど添いもせず」(高知・高岡郡仁淀村都・都踊り・藤千代)。

五 富士の山ほど高い評判が立った、の意か。「藤千代が富士の山ほど名を立て　ゆめの露程そひはせで」(藤田小林文庫・雲早山神踊歌枕・富士千代おどり)。六 夏に着る麻のひとえ物。「藤千代が麻かたびらの糸となりて　いつも添ひたい藤千代に」(高知・吾川郡吾川村上名野川・都踊り・藤千代)。

七 鳥籠のこと。踊り歌の類歌は「鳥籠」「籠踊り」の名称で、香川・大分に分布。近世前期の流行小歌と関連。

八 詞章が簡略で歌意は不分明。類歌は「恨み言」とし、籠が小さくて十分に遊ぶことのできないことを述べる。またそれに寓意を盛るものもある。「籠召せ籠召せ　鳥籠のうづらの子の親の　籠の内での恨み言　籠が小籠でのうさて遊ばれぬ」「籠召せ籠召せ　鳥籠の山がらの親の　籠の内での恨み言　籠が小籠でのうさて遊ばれぬ」(香川・仲南町十郷佐文・綾子踊・鳥籠)。「ハイヤ　籠召せ籠召せ鳥籠をハイヤ　やまがらの籠の内でのうらみごとハイヤ　籠が小籠での—さて遊ばれん」(大分・佐伯市大字青山黒沢・神踊り・籠踊り)。「山雀(やまがら)が籠のうちでの恨み言　籠が小籠でもんどり打たれぬ」(松の葉一・錦木)。「十七八は籠の鳥　籠は小籠であそばれぬ」(鄙廼一曲・三〇八)。

九 中世以前の「憂き世」ではなく、室町末以来の「浮かれ遊ぶべきこの世」の意識を含む語。踊り歌としては、中世末・近世初期の流行小歌による組歌構成。初期歌舞伎踊り歌と関連。

一〇 享楽にひかれる心。ここは特に女色におぼれる心、恋にひかれる心をいう。一一 物事を忘れること。殊に苦痛や悲しみを忘れること。ここは一途に夢中になってしまう状態をいうか。一二「おんみ(御身)」の転。「そなた思へば門に立つ寒き嵐も身にしまぬ」(京大本阿国歌舞伎草子)。

一三 苧(からむし)の茎の繊維で作った麻糸の一種。麻の繊維で作っ

168 藤千代が麻帷子[六]の風情して　いつも添ひそろ藤千代が
　藤千代をどりををどろよ

○籠[七]　かへり踊　四章

169 めせや籠の親鳥　籠の内でのあそびごと[八]　ヲイヤ　籠の内でのあそびごと
　アリヤヨイ　コリヤヨイ　以下三章、シアゲ同之。

170 ヲイヨ、鶉の鳥の　ソリヤ　親鳥　籠の内でのあそびごと

171 ヲイヨ　目白の鳥の　ソリヤ　親鳥　籠の内でのあそびごと

172 ヲイヨ　鷗の鳥の　ソリヤ　親鳥　籠の内でのあそびごと

○浮世[九]　扇の手　四章

173 浮世心[一〇]は物忘れ[一一]　オイヨセ、マダモセ、ハイヤ　おふみ[一二]思へば門に立つ

174 浮世心は物忘れ　オイヨセ、マダモセ、ハイヤ　真麻[一三]の帷子さらおろし[一四]
　着てはおよれど[一五]身に添[一六]はぬ

175 浮世心は物忘れ　オイヨセ、マダモセ、ハイヤ　綸子[一七]の帯が三重まはる

た麻糸に対して、特にこの名で呼ぶ。一四 新しい品をはじめて使うこと。一五 付箋の形で朱で頭注。「今モ江戸ノ俗常ニ云、およるは寝ル事」。一六 下ろしたての衣服が肌になじまないことを、共寝をし肌を合わせたものの十分に情が通わないことに掛けていう。一七 「りんず」の転。生糸を用いた紋織物の一。「常陸細帯三重まはる　締めてまはせば四重になる」(女歌舞伎踊歌・ややこ)。「なんぼ恋には身が細る　二重の帯が三重まはる」(女歌舞伎踊歌・ふしみおどり)。やせる思いの恋を帯にかけてうたう類歌は多い。→山家鳥虫歌・七三。

一 恋人を思いさびしかろう、の意。「小夜の寝覚めの暁は〳〵　飽かぬ別れの鳥ぞ鳴く」(女歌舞伎踊歌・ややこ)。

二 寝肌が恋しくつらいであろう、の意。「抱いて寝る夜の暁は　離れがたなの寝肌やうゝ」(女歌舞伎踊歌・ややこ)。

三 山城国大原・八瀬(現京都市左京区)の村里から産出した薪。大原女(おはらめ)と呼ばれた行商の女性が、頭にのせて京の町を売り歩いた。歌謡としては、その売り声が小歌に仕組まれ、狂言小舞以下風流踊り、歌舞伎踊り、三味線組歌、民謡などとして広く伝播した。本踊り歌は、近世初期に地方に流布した女歌舞伎踊歌と深く関連、中世末から近世初期の流行小歌による組歌構成になっている。

四 小原木のこと。蒸して黒いため黒木とも。

五 「め(召)さい」の訛伝。本来の形は「召され」でお召し下さいの意。「木からし〳〵　小原木召され黒木召せ　小原静原芹生の里　朧の清水に影は八瀬の里人　…小原木召されよ小原木召され候へ」(天正狂言本・若菜)。「小原木〳〵　召せや召せ〳〵　小原静原芹生の里　朧の清水の陰は八瀬の里しらず　…小原木召されよ小原木召され候へ」(西国諸家盛衰記・天正二年七月・小原木)。「小原木買わひ黒木召せ　小原木静原芹生の里人　…小原木召され候へ　小原木〳〵小原木召され候への　黒木召さいの」(女歌舞伎踊歌・をはらぎ)。他に越後国刈羽郡黒姫村綾子舞歌・小原木踊、松の葉一・琉球組、落葉集六・花軍、山家鳥虫歌・二四などに類歌多数。

しめてまはれば四重まはる

176 浮世心は物忘れ　オイヨセ、マダモセ、ハイヤ　小夜の寝覚めもさぶしかろ　夜の明けころには寝肌かよ

○小原木 かへり踊 三章

177 小原木は〳〵　小原木買わいのに　黒木みさいな
チヨウリヨニハウリヨ　ウリヨウリヨニシウリ　チヤウヨニウリ
ヨウリヨ　以下二章、シアゲ同之。

178 麻の中なるひとへ蓬　親ぢや子ぢやとてよれつもつれつひきよけつ

179 去年の今宵は父と寝た　あづま今宵は母と寝た　父より母がおいとしや

○なすび 近代強不レ歌、仍僅存二二章一。

180 なれ〳〵なすび背戸の屋のなすび　ならねど嫁の名のたつに
ヤアコリヤ　コチラヘセ

181 これから近江がみえる　近江の笠はなりよて着よふて　しめ緒が短

六 笛の擬音による囃子詞。類歌では女歌舞伎踊歌、松の葉一・琉球組などに同様の囃子詞あり。
七 類歌には「糸蓬」。「麻の中なる糸蓬〳〵　よれてかゝるも縁でする」(越後国刈羽郡黒姫村綾子舞歌・小原木踊)。
八 底本「ころ」。「ろ」は「そ」の誤字とみて訂正。 九 誤伝か。類歌は「殿」。「去年(こぞ)今宵は父(とゝ)と寝た　今年の今宵は殿と寝た　どこの違へやらのふ　父より殿がなおいとし　ハイヤ小原木〳〵」(越後国刈羽郡黒姫村綾子舞歌・小原木踊)。
一〇 近世初期の流行小歌による構成。二首共に一節切(ひとよぎり)の書、紙鳶の「芳野の山　盤渉の調子」の歌詞七首の内にあり、「右之唱歌ふしも吹きやうもよしの丶山と同前」と記され、また三味線の書、大幣の「吉野之山」においても、同様の八首の内に並記され「右之唱歌うたひやうも引きやうもよし野の山と同事」と記されている。これから見ると、二首は音楽的に同質のものとして当初からセットで流伝し、注記に示されている欠落した他の歌詞も、紙鳶や大幣に記されている詞章の流伝と関わる可能性が考えられる。京都・兵庫など他の地域に伝播している類似の踊り歌も、これらの詞章と重なるものが多い。
一一 「ならねば」の誤伝。「なれ〳〵茄子　背戸の家のなすびならねば嫁のんゝ　やあこれの　嫁の名の立つにんゝ　やあこれの」(紙鳶・芳野の山。大幣も同)。京都・宮津市下世屋・笹ばやしの「小歌おどり」も本踊り歌と同歌による二首の構成。このほか類歌多数。→二九。
一二 底本は「コチヘラヘせ」。巷謡集(草稿本)により改める。
一三 形状。 一四 原歌は「長うて」。「是から見いれば近江が見ゆる　笠買うてたもれんゝ　やあこれの　近江菅笠をんゝ　やあこれの」「近江の笠は形(なり)がようて着よて　しめ緒が長うてんゝ　やあこれの　なんぼ着よござるんゝ　やあこれの」(紙鳶・芳野の山。大幣も同)。以上の二首を一首につづめた形。兵庫・加東郡東条町秋津・百石踊・常田村入端踊、京都・宮津市日ケ谷・中踊・小歌踊、伊豆新島若郷大踊歌・役所伊勢踊など踊り歌として広く伝播。流行小歌としても宗安小歌集(「京の壺笠なりよや着よや　緒よや締めよや」)以下、松の葉

うて

ヤアコレヘノホンエ[一五]

○ちうた[一六]　かへり踊　三章

182 かさやのお船に女郎[一八]がのる[一七]　押せや漕げ船[一九]　うきつ[二〇]の森を目あてに

アンソリヤ　チウタ　アリヤ　ヨイトコヨイトコ　ヨイサツサ

コリヤシタ　アヽモヒトツセ　以下二章、シアゲ同之。

183 うきつの森が違ふたら　沖をのる[二一]とけい[二二]の船を目あてに

184 沖をのる船が違ふたら　白鷺[二三]の巣かけの松を目あてに

○薬師[二四]の前　かへり踊　五章

185 薬師の前の色よきつゝじ[二五]　あの色[二六]もちて　あの様[二七]がほしうござる

ノヲヲンヤレ　アヽヤレコリヤ　ヤレコリヤ　ヨイトコセ　以下

四章、シアゲ同之。

186 踊らしよと思ふて笠まで買ふて　はや子ができて　父と呼ばれよふ

か

三・さはぎ・ぬり笠など、類歌多数。→山家鳥虫歌・二九一。

一五 底本は「ノホレエ」。巷謡集(草稿本)により改める。

一六 題名は「シアゲ」の詞(囃子詞)による。意味は不詳。江戸前期から中期にかけての流行小歌による組歌構成。

一七 「葛西(かさい)」の転訛。武蔵国の地名。現在の東京都江戸川区南部と、葛飾区の江戸川と中川とにはさまれた地域。

一八 女性。　一九 櫓を押し船を漕げ。

二〇 「うきす(有喜寿・鵜樹巣)」の転訛。うきすの森は下高輪の海辺にあり、江戸湾及び江戸川、隅田川を航行する船の位置を確定する目標となる「当て木」であったと思われる。「此所海辺にして山の尾さし出たり。葛西行徳などの辺よりは成ほど目当になる所也。古き小歌に、葛西の船は女(おな)もこぐこげやうきすの森を目あてに、とうたふは此所の事なりとぞ」(続江戸砂子温故名跡志三)。後の二首も含め元来は船歌としてあったものか。

二一 進む。　二二 転訛があるか。不詳。

二三 うきすの森と同様に、目標となる「当て木」。

二四 薬師如来。題名としては冒頭の歌詞によるが、いずれも近世初期以来の流行小歌か。

二五 仏前の供花としての躑躅か。春から初夏にかけて咲く山の花。その形状から民俗行事においては神仏・霊魂と関わり、呪的霊力を備える。

二六 美しい色彩から転じて、美しい顔だちや姿。

二七 風体、品格。あるいは「君様」の略で、あの方の意か。

一 「なりと」の略。でも。　二 「泉水・前水」で庭さきの池、あるいはそれを備えた庭の意か。このあとの語句欠落か。

三 恋の物思いの原因。「思ひの種かや　人の情」(閑吟集・八二)。

四 地味が悪い土地の意で、我が身を卑下していう。

五 咲いても実を結ばない無駄花。はかない恋の譬え。

六 「重い」の意を掛ける。「思ひと恋と笹舟にのせて　おもひは沈む恋は浮く」(寛永十二年跳記・伊勢おどりの歌。麓廼塵・こきりこ踊)。「思ひと恋をササ舟にのせて　思ひは沈む恋は浮く」(鹿児島・大島郡三島村黒島大里・太鼓踊・高橋殿)。→四一。

187 父となと呼べ母となと呼べ　身はせんすいの　のんやれ

188 思ひの種を痩せ地にまいて　徒花さいて　つひには実がなる　のんやれ

189 思ひの種を笹舟にのせて　思ひには沈む　恋には浮いていて　のんやれ

○川なべ　かへり踊
近代強不レ歌、仍僅存二一章一。

190 川なべの橋の下なるおほこく姫が　我をもおもしろや　たんだヲサヽノトンタカセ　マダヲサヽノトンタカセ　シツタカトツタカ　トツタカセ　サアトンタカトホニトン　次章、シアゲ同之。

○住吉　近代強不レ歌、仍詞失。

191 前は大川ながれる水は　後は大蛇が岩を巻く

○観音　かへり踊
近代強不レ歌、仍僅存二一章一。

192 さても見事な奈良の観音　見事な所にお立ある

七「川辺」で、川のほとりの意か。歌い出しの歌詞による。
八「麻(を)を扱(こ)く姫」の訛伝か。「コク…また、日本でするように、水中で麻の皮を剝ぎ殻を取り除く。例、アサノヲヲコク(麻の苧を扱く)」(日葡辞書)。類歌の異伝では、「おこし女郎」「布つく姫」「布こく姫」「布干す姫」などと歌われている。「川なべの〳〵橋の下なおこし女郎　あれをば一ト目見よぞさまおんまはるる」(『徳島県那賀郡福井村誌』神踊・川なべ踊)。「川なれの川のすそで布こく姫　姫のような我れ程一目みるよりも」(高知・室戸市浮津奈良師・シットロト踊り・川なれ)。
九「まへは大川ながれゆく　うしろは根藤で岩を巻く」(三重・度会郡小俣町・羯鼓踊・長良)。「後(おせ)は山で　前は大川(いだわ)」(宮崎・都城市・棒踊、鹿児島・川辺郡川辺町・棒踊)。これら土地及び屋敷誉めの歌と関連を有するか。
一〇 摂津国の住吉神社(大阪市住吉区住吉)に関わる踊り歌。高知のほか、徳島・愛媛など周辺の地域には「住吉の四社のお前の反り橋を　誰がかけつろ中反りに」で始まる一連の住吉踊りが広く分布している。住吉神宮寺の社僧が夏の御田植祭のために創始、後に願人坊主の芸としてカッポレの母胎となったという「住吉踊」とは別系か。
一一 同種の踊り歌は、高知・吾川郡吾川村峰岩戸の太鼓踊り(観音)に八章、同・吾川郡池川町椿山の太鼓踊り(観音踊り)に四章伝えられている。
一二 奈良県桜井市初瀬にある長谷寺、またその本尊、十一面観世音菩薩をいう。天武年間の開基といい、古来貴賤を問わず信仰を集めた。「さても長谷の観音様は　見事な所へお立ちやれ　お前にちと流れる　一踊り」(『田上の民俗』太鼓踊り・十三踊り)。「さてもお奈良の観音さまは　見事な所にお住みある　観音踊りはひとやおどろ　ひとやおんどれ」(高知・吾川郡池川町椿山)。
一三 冒頭の歌詞による。男女のことに未だ不慣れな初々しい魅力を持った少女を象徴していう。「十三姫子は深山のをくなひとくろすゝけ　イヤゐいやとひけば手がきれる」(京都・舞鶴市吉坂・十三踊)。
一四 体裁が悪い、気恥しい、の意か。

シアゲ　失レ之。

○十二や三[一三]　かへり踊　近代強不レ歌、仍僅存二二章一。

193 十二や三はわろびと[一四]おしやる[一五]　寝茣蓙(ねござ)[一六]をのべて[一七]待(まつ)がわろびとおしやる

アリヤシタコリヤシタ　ア丶ヨイトコヨイトコ　ヨイトコナ　シツトロシツトロ　シツトロトホニシヤン　ソリヤヨイ　次章、シアゲ同之。

194 あの君様(きみさま)を見(み)まいとすれば　真紅(しんく)の房(ふさ)で目(め)についた

○たるいち[一八]　かへり踊　二章

195 たるいちが部屋(へや)には誰(だれ)と誰(だれ)と寝(ね)よ　誰(だれ)と誰(だれ)と寝(ね)よ

シアゲ　失之。次同。

196 おきよになれ[一九]〳〵(なれ)　栃(とち)の木(き)船(ふね)の帆桁(ほげた)[二〇]にしよ

一五「仰せある」の転訛。「言ふ」の尊敬語であるが、敬意の度合は低く、多くは丁寧語として用いられる。
一六 共寝をするのに用いるござ。
一七 広げて用意し恋人を待つ。
一八 不詳。
一九 訛伝があるか。不詳。
二〇 帆を張るために、帆柱の上に横にわたした細長い材。

一「小笹踊」と題して高知・吾川郡吾川村峰岩戸・太鼓踊りに九章、愛媛・宇摩郡土居町野田・雨乞踊りに三章が伝存している。
二 我が身を鶯に譬えて、声で訪れを知ってほしいと訴える。外聞を恐れる忍ぶ恋の情景。「小ざさの下のかくれうぐいす　声で聞きとれ名を呼ぶな」(高知・吾川郡吾川村峰岩戸・太鼓踊り)。「小笹の中のかくれ鶯　声で聞き知れ名を呼ぶな」(愛媛・宇摩郡土居町野田・雨乞踊り)。
三 不詳。
四「花取踊り」の踊りに合わせてうたう歌の意。→三二七頁、高岡郡半山郷姫野村三島大明神祭花鳥歌。
五 卯月八日を中心とした春山入りの習俗。山に登り、躑躅をはじめとした花を摘み取り、諸神・諸霊への供養とする。盆の花取りとする説もあるが、踊り歌にうたわれる花取りの対象は必ず躑躅であるのでとらない。
六 大きな節目の祭事を控えて、心身及び身辺の穢れを清めるために行う忌みの生活。古来、月の四分の一、一週間を当て、別火・水垢離などをした。→四三七。
七 その土地で評判の魅力的な女性の名前か。「御前」は婦人の名などにつける敬称。愛媛県の各地に伝承されている花取踊りでは「せんごぜ」ともうたわれている。
八「西宿」で地名か。愛媛県の花取踊りでは「御荘の緑のせんごぜ」とうたわれ、南宇和郡城辺町緑には「御荘緑のせんごぜ松は聞え渡らぬ島がない」といわれた「せんごぜ松」の伝説がある(『伊予国南宇和郷土史雑稿』)が、由来は未詳。
九 地名。仁淀川上流左岸の山間部(現吾川郡吾川村)と、下流左岸(現吾川郡春野町)の二か所に、中世以来の地名として

○小笹(こざゝ)[一]かへり踊　近代強不レ歌、仍僅一章。

197 小笹(こざゝ)[二]の中(なか)のかくれ鶯(うぐひす)　声でき丶しれ名をよぶな

シアゲ 失之。

○[三]こめんじよ　近代強不レ歌、仍詞失。

○[四]花取(と)り地歌

198 [五]花取(と)りは七日[六]の精進(しやうじ)　おとすな精進(しやうじ)　イヨ　[七]せい御前(ごぜ)

199 サア　せい御前(ごぜ)は何処(どこ)のせい御前(ごぜ)　[八]にしやどのせい御前(ごぜ)

200 サア　もり〳〵とあがりてみれば　名こそ森山(もり)[九]よ

201 サア　谷底(そこ)の人は邪見(じやけん)[一〇]なぞ　親(おや)より子より邪見(じやけん)なぞ

202 春咲(さ)く花はうつげ[一一]卯(う)の花

203 オンヤレサアモヲ　やめませう　やめてしさろぞ[一二]　[一三]オンヤレ。

右土左踊一名山踊幷花取(と)り地歌ヲ合(あはせ)テ四十八番ハ、予天保三[一四]年壬辰秋、[一五]田野浦旅館ニアリシホド、盆祭ノ節毎夜町中ニテ踊ルニヨリ、ソノ踊子

「森山」が見える。「ヨウもりもりと　ヨウ名こんこそ森なれど　あがりてみれば谷底」(高知・高岡郡越知町佐ノ国竜ノ上・花取踊り・もどし)。

一〇「ジャケンナ　残忍な(こと)、または残忍で無慈悲な(人)」(日葡辞書)。

一一「うつぎ(空木)」の転訛。晩春、白い花をふさ状につける落葉低木。卯月に咲くところから「卯の花」ともいう。「春咲くはうつげ卯の花　五月に咲くは片白」(高知・高岡郡檮原町、同東津野村・田植歌)。→三四。

一二「退ろ」で、後ろへさがろう、しりぞこう、の意。「引きは」にあたる退場の歌。

一三 底本は「オンヤン」。巷謡集(草稿本)により改める。

一四 一八三二年。この年雅澄は四十一歳。

一五 田野村(現安芸郡田野町)。南は土佐湾に面し、江戸期には安芸郡の政治・経済の中心地。

一六「御浦御分一役」(海浦収税吏)。雅澄は天保二年六月十六日拝命以来、天保六年七月十七日までほぼ四年間この役職にあり、その間、田野浦のほか羽根・和食・窪津など各地の御浦方御分一役場に、都合二年二か月ほど、単身で赴任している。

一七『巷謡集』(現宮内庁書陵部蔵)として整理され、伝存している。

一八 安芸郡。一九 現室戸市吉良川町。二〇 現御田八幡宮。祭神は誉田天皇・神功皇后・比咩神(神社明細帳)。

二一 古記録として寛政五年(一七九三)書写の御田祭記(当時の別当神宮寺の僧竜海が、大破した古帳を書写したもの。御田八幡宮所蔵)有り。但し先年火災で消失し、写真複製のみ現存。中世以来の田楽・田遊び・猿楽に由来する予祝神事。

二二 御田祭記にも同様の記事有り。現行は西暦奇数年の隔年。いつから隔年となったかは不明。

二三 明応五年(一四九六)霜月二十日、大旦越の和食親忠が鳥居を造立したと記すものが最も古い。

二四 殿と冠者は主従の関係。当日の神事芸能のそれぞれの演目の冒頭に出て、掛け合いで滑稽の所作も交え、狂言風の進行役を勤める。

ヲスル者ヲ呼(よび)テ詞章ヲ尋(たづね)見シニ、或ハ本ヲ覚エ居ル者(モノ)ハ末ヲワスレ、末ヲ覚エ居ル者モ本ヲワスレナド、全備シテ覚エ居タルモノナシ。去(さる)ニ依(より)テソノヨク覚エ居タル者(モノ)ヲコヽカシコ尋ネシトコロ、同村大野里、長平ト云(いふ)農民、年五十ニアマレルガ、先年ヨリ右踊ノ音頭スル者(モノ)ニテ、コレニ過(すぎ)テヨリ覚エ居ル者(モノ)ナシトイフニヨリテ、右長平ヲ窃(ひそか)ニ旅館ニ呼(よび)寄(よせ)、[一六]官務ノ間数日ヲ経テ漸(やうやく)ニ聞(きき)[一七]テ記シ留メツルナリ。

同郡[一八]吉良川村[一九]八幡宮[二〇]御田祭歌[二一]

三[二二]箇年ニ一度、五月三日
祭礼執行アリ。

当社勧請ノ年歴未レ審、明応[二三]五年以来ノ棟札アリ。祭礼ノ次第ハ、始メニ殿(トノ)[二四]ト称スル者大編笠ニ羽織ヲ着出(いで)テ、冠者(クワシヤ)〳〵ト呼(よぶ)。其時冠者(クワシヤ)ノ役仮面ヲ着(つけ)テ出ッ。殿ヨリ練(ねり)ヲ出(いだ)セト令スレバ、冠者(クワシヤ)承(うけたまはり)テ、練出(ねりいで)ヨトイヘバ練出(ねりいづ)ルナリ。

練(ねり)六人[二五] 麻ノ袴ニ黒キ羽織ヲ着、四手付タル大笠ヲ着。

付太鼓打一人、同持人一人

女猿楽二人[二六] タスキ掛仮面ヲ着、大笠ヲ着ルコト練ニ同ジ。

二五 現行は八人。午前中に社外ゆかりの地を巡回し、午後、奉納行事の最初に拝殿(舞台)で練り、納めとする。役者は手にビンザサラを持ち、「ヨッピンピイロウ、ヨッピンピイロウ」と、笛の音を模したと思われる唱歌を唱えながら、太鼓に合わせて円陣を作る。左回りに三つの所作の型を三周ずつ行い、全部で九周する(この三・三・九度の形式は以下の諸芸にも共通)。田楽の行道の芸に由来し、清め祓いの意味があるか。役者はすべて男子で世襲制(以下の役も同じ)。

二六 晴着で女装し女面をつけ舞う。現在、役者仲間では「苗取り」と称するが、苗取りの姿態を模したものか、室町期より登場する(看聞御記・永享四年初見)半職業的な手猿楽の一つ、女猿楽(女能)の形を伝えるものかは不明。

一 三番神(黒尉の面をつける)と翁(白尉の面をつける)の二人。三番神(さんばじん)が翁猿楽の三番叟に当たる。その演技・歌唱(後出)は共に翁猿楽の古態の形の一つを示す。

二 翁の寿詞の際に掛け合いのワキを勤めるほか、舞踏の所作の際に「あゝあんやを、あゝあんや」(御田祭記)とくりかえし意味不明の謡を唱える。

三 この牛から以下の田打・エブリサシ・田植・酒絞・田刈・穂拾いまでが、稲作の過程を象徴的に演じる豊作予祝のための田遊びの神事。牛は牛牽(牛使い)に小笹で追われながら舞台を三周し、土地を鋤き起こす形を演じる。

四 兄役(若太郎)、弟役(若次郎)の二人。面を付け、木製の鍬を肩にして登場、後出の「田打ノ歌曲」を歌唱する。また三方(北神前・東・西)で三回ずつ鍬を振り、田を耕す所作をする。

五 エブリは土をかきならす農具。御田祭記には「百姓面用ル」「冠者壱人添」とあるが、現在は素面のまま手ぬぐいをかぶり一人で登場、「そうとめ(早乙女)よう」と唱えながら、三方(東・南中央・西)で三回ずつ、エブリで田をならす所作を行う。次の演目、田植の早乙女を呼び出す役でもある。

六 早乙女の衣装は女猿楽と同様の派手な女装。現行は倍の十二人に、更に「早乙女てがい」と呼ばれる裃姿に小笹を手にした男十二人が付く。「てがい」は後出の「田植ノ歌曲」を歌いな

付太鼓

一 三番叟二人 大口・直垂・烏帽子ヲ着、翁ノ仮面ヲ着、扇子ニ鈴ヲ持出ル。

付地謡十二人 [二] 麻上下、脇指ニテ、扇ヲ持座ス。

三 牛一人 牛ノ頭ヲ紙ニテ作リ、其ヲ人カヅキ、猿繻半ヲ着、這ナガラ出ル。

付牛牽一人 冠着。

四 田打二人 烏帽子・直垂・長袴ニテ、鍬ヲカツギ出ル。

五 エブリサシ一人

六 田植六人 襷カケ、練ト同ジ笠ヲ着、左右ノ手ニ扇子[七]ヲ持、田ヲ植ルヲ学ブ。

付太鼓 [八]

九 酒絞一人 水桶ニ笊笥(ソウケ)[一〇]・批杓ヲ入、戴キ出、酒絞ラントスル時、安産ノ体ヲナス。

付取揚婆一人

一一 田刈二人 装束田打ニ同ジ。鎌カタギ出ル。

一二 穂拾ヒ十二人許 童子ナリ。仮面ヲカブリ、或ハ素貌モアリ。

一三 小林一人 赤熊[一四]・小林仮面[一五]・具足・大小。後ニ唐団[一六]ヲサシ、長刀持出ル。

付地謡[一七]十二人 装束、三番叟ノ時ニ同ジ。

一八 魚釣二人 釣竿ニ魚ヲ付ケ持出、釣上ル体ヲナス。

がら、手にした笹で早乙女の笠を打つ。早乙女は歌と共に東・西と交互に体を振り向け、田植の所作を九回する。

七 苗のかわりであるが、現行は二〇チャン程の木片を白紙で巻いたものを用いる。

八 現行は二人。「田植ノ歌曲」の伴奏をし、音頭をとる。

九 晴着(嫁入り衣装)に襷がけ、女面をつける。酒絞りの所作(柄杓で三回酒を汲む)の最中に裾から二〇チャン程の木偶人形(赤色の産着)を取り出し子産みの体をなす。取揚婆(普段着の産婆役)が「できたぞ」と高くかかげると、子供に恵まれない女性たちが一斉に奪い合う。この人形を抱くこと、あるいは人形の衣装を身につけることにより子宝が授かるという信仰がある。田遊びの中で子産みをする形は各地に見られるが、子供の誕生に稲霊の誕生・再生をかけ、豊穣を予祝したもの。

一〇 竹で編んだざる。

一一 装束・面とも田打ちと同じ。後出の「田刈ノ歌曲」を歌唱し、途中で長い竹の柄のついた木製の鎌で稲を刈り込む所作をする。場所・回数も田打ちと同じ。

一二 この記事は御田祭記、南路志には無く、また現行もこの役は登場しない。本編と皆山集のみ記録。

一三 山名氏清の臣、小林上野守時直。明徳の乱(一三九一)で討死。その奮戦の様が能・小林に仕組まれた。小林の幽霊が、甲冑姿で奮戦する様子を演じて見せる(詞章は後出)。断片的な演技ではあるが、廃曲になる以前の室町期の修羅(鬼)の能の現存例として貴重。

一四 白熊(はぐま)の毛を赤く染めたもの。頭にかぶる。

一五 追儺の鬼面を用いる。

一六 武将が軍勢を指揮する時に用いる軍配団扇(うちわ)。

一七 後出の「小林ノ歌曲」のワキを勤めると共に、前半の反閇風の舞踏の際に、三番神、翁の時と同様の「あんやお、あんや」の謡を唱和する。

一八 東・南・西の三方で三度ずつ、舞台から庭の見物人の中へ釣糸を垂れ、「大漁、大漁」と言いながら、板で作った魚を釣り上げる所作をする。半農半漁の地域性によるか。

一九 本来最後の演目として五方を踏み鎮めるもの。地謡の「あ

一九地堅一人 赤熊・地堅ノ仮面・具足・大小。腰ニ唐団サシ出ル。

二〇太刀踊六人 繻半ニ赤白ノ袖裏カケタルヲ着、棒ヲ手毎ニ持出遣フ。

○三番神ノ歌曲 二一三番神、三度ニ出、三ゝ九度舞。

204 奥山外山がおくの譲葉(ゆづりは)二二 去年(コソ)の人も迎へず 今年(コトシ)の人も迎へず 命二三ながらへなんの譲葉(ゆづりは)。

205 蕗(ふき)二四といふも草の名 茗荷(めうが)といふも草の名 富貴(ふつき)自在徳あり 冥加(みやうが)あらせ給ひし

○三番叟ノ歌曲 二五上ニ同ジ。

206 大夫とう〳〵二六たらり〳〵(たらり)ら〳〵(たらり) 二七かちりやら二八かとう ワキちりやたらりら〳〵(たらりら) ちりやら二九かとう

大夫当宮八幡大菩薩の御前に這(は)ッたる玉葛三〇 ワキなどかは挿頭(かざし)にさゝざらん

大夫とう三一〳〵たらり〳〵(たらり) らちりやら三二かとう ワキちりやたらり〳〵ら ちりやら三三かとう

んやお、あんや」の唱和に合わせ、「小林」とほぼ同扮装で同様の舞踏(潮払いの後、西—南—東と方形に九巡し、力強く踏んで回る)をする。「天開地堅ル」と唱」(御田祭記)。最後に南正面から観客に向け「さ来年ござれ」と叫んで終る。

二〇 この演目は番外の余興として後に加えられたもの。中世期成立の花取踊りが近世的に変容した踊り。

二一 舞台には翁役と共に登場するが、能の翁猿楽とは異なり三番神が先に演技する。舞台で烏帽子・黒尉面をつけた後、神前に向かって歌曲を奉唱。終って扇子及び鈴を採物として、三種の踏み鎮めの所作を三所(東—中央—西)で三回ずつ行う。

二二 常緑喬木。旧葉は新葉が成長するとたれ下がり場所を譲る。その名称の意味合いから新年や祝事の飾り物として使う。

二三 譲葉に老残の嘆きをかこつ意か。歌唱は哀調を帯びる。

二四 植物の蕗・茗荷に、音の通じる富貴と冥加(目に見えない神仏の加護)とを掛けて幸せを願う。「蕗といふも草の名 茗荷といふも草の名 富貴自在徳ありて 冥加あらせたまへや」(秦筝語調・越天楽謡物)。各地民謡に類歌多数。

二五 翁猿楽の翁の詞章に相当する。三番神の演技が終ると、翁役は同様に舞台上で烏帽子と白尉面をつけ、地謡(ワキ)と掛け合いで歌曲を奉唱。その後、三番神と同様に踏み鎮めの演技をする。詞章の全体は、古態を示す他の民俗芸能の翁に比べ簡略ではあるが、現行五流能の形へ移行する一過程を示す。また中古以来の神歌の流伝の一環として貴重。

二六 現行能の詞章は「とうとうたらりたらりら たらりあがりららりとう ちりやたらりたらりら たらりあがりららりとう」。陀羅尼的な呪文とする説と声歌(太鼓・笛・篳篥などの楽の譜の唱歌)とする説とがある。

二七 御田祭記は「か」の前に「ら」が入り「らか」。

二八 「がとう」(御田祭記)。 二九 「がとう」(御田祭記)。

三〇 「たま」は美称。「かづら」はつる草の総称。「いや大宮の御垣にはゆる玉葛 いやかざしにさして宮へ参らむ」(天文本伊勢神楽歌・上分の遊び)。

三一 「どう」(御田祭記)。 三二 「がどう」(御田祭記)。

三三 「がどう」(御田祭記)。

大夫たいとう[一]〳〵(とう)には弓遊(ゆみ)び　ワキ柳が裏葉[二]を的に立て　大夫上手が
[三]ためたる矢篦(の)[四]なれば　ワキ百矢(モヽ)は射れ共あだ矢[五]はなし
大夫とう〳〵たらりら〳〵(たらりら)　ワキちりやらかとう[六]
大夫地よりも筑後[七]へ通ふ道　ワキせんかゝやのはら亀が淵
大夫とう〳〵　ワキちりや
大夫千歳(とせ)経んとや姫小松[八]　大夫色(いろ)はふかりやらかとん[九]〳〵(とん)　ワキ総角(あげまき)[一〇]
やらかとんど[一一]
大夫東[一二]を遥(はるか)に詠(ながむ)れば　春の気色にて　さも目出度ゥて覚(おぼ)えたり　南
を遥に詠れば　夏の気色(けしき)にて　さも目出度ゥて覚えたり　西を遥に
詠れば　秋の気色にて　さも目出たうて覚えたり　北を遥に詠れば
冬の気色(けしき)にて　さもめでたうて覚えた　立廻(たち)り〳〵諸方をよく〳〵
観(かん)ずるに　峰[一三]に若松　沢に鶴[一四]と亀との齢(よはひ)には　幸(さいはひ)心に任せたり
あれは何所(なしょ)[一五]か翁(おきな)ども　ワキそよや何所(ナシヨ)か翁(おきな)ども　千[一六]年の鶴万年の翁
年くらべをせんとやいう　大国の御宝(オタカラ)[一七]を数(カズ)へて参らせよ　清進[一八]の殿
原　事の能(よ)ゥ序(ついで)に一さし舞よはやしてたべや清進の殿原　翁[一九]や先(さき)
松(まつ)や先(さき)とぞはやされたり

一「だいたうてい(大唐帝)」の転訛か。大唐は唐の美称。「大唐帝は弓遊び　柳がうら葉を的にたて　上手がためたる矢のなれば　百矢をいれどもあだ矢なし」(伊雑宮神楽歌・弓舞)。二「末葉」で先端の葉。柳は霊的な樹木として、吉凶を占う的に用いたか。三真っ直ぐにのばして形を整えた。四「矢の柄として調整した竹」(日葡辞書)。五的にはずれた矢。六「がとう」(御田祭記)。七今の福岡県南部。「府より筑後へ通ふ道　せんかう湯の原亀が淵」(古今目録抄料紙今様・旅)。八小さな若松。松の若木を称えたもの。「姫」も「小」も美称。「あはれ　ちはやぶる賀茂の社の姫小松　あはれ　姫小松万代経とも色は変は　あはれ　色は変はらじ」(東遊歌・求子歌。古今集・東歌・藤原敏行、梁塵秘抄・二句神歌にも小異)。「いや宇治の里五十鈴の原の姫小松　いやとしは経れども色も変はらず」(天文本伊勢神楽歌・内宮のわたり歌)。九「が」(御田祭記)。一〇現行能の詞章には「総角やとんどや　尋ばかりやとんどや」とある。催馬楽・総角(「総角やとう　尋ばかりやとうとう」)に拠る。総角は古代の子どもの髪形の名。一一「が」(御田祭記)。一二以下は四方(東・南・西・北)に四季(春・夏・秋・冬)のめでたい気色(様子)を順に拝す詞章。民俗芸能の翁のほか、室町時代物語・幸若・古浄瑠璃・風流踊りなど、中世文芸にその類例は多い。一三「峰には若松　沢に鶴　海に住み候亀の祝に」(兵庫・加東郡社町上鴨川・翁舞)。一四謡曲・翁の詞章には「鶴と亀との齢にて　幸ひ心にまかせたり」とある。一五翁の由緒を問うことば。現行能の詞章には「在原やなぞの翁ども　そやいづくの翁とうとう」。「我はなにしよの翁ども　そよやいづくの翁ども」(兵庫・加東郡社町上鴨川・翁舞)。一六御田祭記は以下は「太夫」(翁役)の詞章とする。一七翁猿楽「十二月往来」には「御貢(みつぎ)の御宝数へて参らん」とあるが、本詞章と同様に宝物の記述は無い。民俗芸能の翁には、静岡・引佐郡引佐町寺野、同天竜市懐山の「おこない」、兵庫・加東郡社町上鴨川の「翁舞」など、具体的に宝数えをす

207

○田打ノ歌曲

さい花は珍らしや　いつも花は珍らしや　吉野の奥に作〈サク〉[二〇]あがりして　雨ふれば花に宿とる都人とや　五月(さつき)まつくすけ[二一]の笠を傾けて　聞け[二二]ども鳴(なか)ぬは時鳥(ほととぎす)　[二三]春鍬(くわ)打(うつ)男(をのこ)の打(う)ちやはじめ[二四]　打(う)ちや納め給ひし所由(よし)ぞ目出たき〱(ところよしぞ…)

○田植ノ歌曲　三反

208

[二五]田歌うむみい〱　[二六]山田のう橋(はし)の下行(ゆく)は〱　鯉(こひ)かやならむ[二七]なか鮎(あひ)の子共や　ヤヨヤ

209

川岸(きし)むのう〱　[二八]めじろのう柳とあらはれて〱　いつかやあ君と枕定めて　ヤヨヤ

210

[二九]しらけはゆるや　ゆりや[三〇]けはなるや　どんどろ[三一]たくなるや　どんど[三二]ろたくなるや　どんどろめくなるや

るものがあり、こちらがより古態か。

一八「精進(しやうじん)」の誤伝か。「とう有物をばうちならし　ねある物をばふきならし　とみつんどうらく　つんとうらくとはやいてたべや　彼しやう人の殿原達」(静岡・引佐郡引佐町寺野・「おこない」の翁)。

一九 翁猿楽「初日の式」には「松やさき　翁や先に生れけん　いざ姫小松年比べせん」とある。

二〇「さくらがり」(桜狩)の訛伝。底本「り」の横に「本ノ」と注記。「桜狩雨は降きぬ同は　ぬる共花の影に宿らん」(岐阜・郡上郡白鳥町長滝・延年・花笠ねり歌)。 二一「こすげ(小菅)」の訛伝。「ほとゝぎす小菅の笠をかたぶけて　聞どもあはぬはほととぎす」(田植草紙・五二)。類歌各地に分布。

二二 時鳥は古来その声が珍重されると共に「勧農(かんのふ)の鳥」(幸若・伏見常盤)、「田長(たをさ)」(日葡辞書)と呼ばれるなど農事と深く関わる呪的な鳥。

二三 底本「春くわ」の「わ」は、横に「はカ」と注記。「卯月ノ空ノ曙ニ春田打コソヤサシケレ　タンタト云シ　男ノウチヤ初テ　所ヨシヤヨウカリ　イザヤ我等モ荒田ヒラカンヤ　ヨウカリ」(『古謡集』肥前国神崎郡仁比山村鎮座村社日吉神社毎申年四月大御田祭ノ歌・田打歌)。

二四 田打ちの二人の役者は、ここまでで一旦神前での奉唱を止め、田打ちの所作(二八四頁注四)に移る。終って再び神前に向き以下の詞章を奉唱。

二五「とほたふみ(遠江)」の訛伝。

二六「はまな(浜名)」あるいは「はまだ(浜田)」の訛伝。

二七「ふな(鮒)」の訛伝。「とほとほみなる〱　はまなのはしの下なるは　鯉か鮒かはへの子か」(幸若・伏見常盤・田歌)。他に體源抄十ノ末・風俗ノ事をはじめ、類歌各地に多数。

二八「ねじろ(根白)」の訛伝。「川岸の〱　ねじろの柳あらはれにけり　そよの　あらはれて〱　いつかは君と　君と我と　我と君と　枕さだめぬややうがりも　そよの」(能・藤栄・小歌)。類歌各地に分布。

二九「精げ・白げ」で精白米の意か。「朔日よりも〱くもりくもるはや　雨かやふるしらげこそふれや　あつはれやな」(寛

○田刈ノ歌曲

211
都なるらん　もゑば都なるらん　かみにめいをます時は　しもに時をうたうとかや　子(ね)の日の松に木隠(こがく)れて　若菜も年をふるとかやにやく太郎にやく次郎が田刈(か)りなどを見参らん　刈(かり)初め　刈納(かりをさめ)て所由(よし)ぞ目出度(めでたき)(ところよしぞ…)〱

○小林ノ歌曲

212
大夫是は抑(そもそも)小林の幽霊是也　ワキ三尺八寸の重代の長刀(なぎなた)を　茎(くき)長に取(とり)のべ〱(取のべ)　鐙(あぶみ)ふんばり鞍笠(かさ)につゝ立(たち)　大音揚(あげ)て名乗(のら)れたり　大夫扨こそ小林かつゝけの守　ワキ今日は軍(いくさ)にさきがけ〱(さきがけ)　大勢に名乗(のり)て割(わつ)て入(いる)所に　二条の宮なれば　大夫左はワキ岩神　大夫右はワキ官(くわん)の庁(ちやう)　大夫前はワキすれ石　ワキ思へばさながら神軍(いくさ)なれば　敵キかくればかけ合(あひ)〱(かけあひ)　引ケば追かけ　半時が間にしや金　大夫さてこそ小林名人なれば　ワキ多くの敵(かたき)は打(うち)もの業(わざ)にて　弓矢の名ぞ揚(あげ)たり

文本伊勢大々御神楽・御田之歌)。二〇「あ」(御田祭記)。
二一「め」(御田祭記)。二二「め」(御田祭記)。

一「思へば」の訛伝。「おもへば」(御田祭記)。
二 御田祭記は「神」の字を当てる。以下は全体にめでたい世をことほぐ歌。→四〇五。三 正月初子の日の行事に用いる松。古来、この日長寿を願い邪気を避ける意味あいで、小松を引き植え若葉を摘む野遊びが行われた。
四 木の陰に隠れる。五 稲の刈り入れをする二人の役者。現行は「若太郎・若次郎」の文字を当てるが不詳。「尺太郎と尺次郎は稲刈りがじやうずで…」(『古謡集』武蔵国杉山神社神寿歌・第三段)。「作太郎と作次郎は稲刈りが上手ようと…」(東京・板橋区下赤塚・田遊び・刈取り)。六「見まいらせ」(御田祭記)。七 ここまで唱えたところで田刈りの所作(二八四頁注一一)に移る。終って以下を再び神前に向かって奉唱。
八 能・小林のキリの場面。大夫(「小林」)は、反閇風の舞踏(拝殿の舞台を西—南—東—北と九巡し力強く足踏みをする)の後、舞台中央で地謡(ワキ)と掛け合いで以下の詞章(歌曲)を唱える。演技は概ね文句に即した形をとる。→二八四頁注一三。
九 梓弓に引かれて後シテとして登場。
一〇 長刀の柄の構え方。できるだけ手前を持って長く使う。
一一 鞍壺に同じ。「クラカサ　鞍の上」(日葡辞書)。
一二「かうづけ(上野)」の転訛。「小林上野守」(明徳記)。
一三「所は二条大宮なれば」(謡曲叢書「小林」)。
一四 石神に同じ。信仰の対象となっていた巨石。「上立売大宮通の西に石神あり。往古二条御城の南ありて、本体は石也」(出来斎京土産二)。一五 太政官庁。
一六「神泉苑」(謡曲叢書「小林」)。平安京造営に伴って設けられた禁苑。二条城の南、押小路通と御池通の間に位置。
一七「落居して失せにけり」(謡曲叢書「小林」)。
一八「名将」(謡曲叢書「小林」)。
一九「内野の原」(謡曲叢書「小林」)。平安京大内裏の跡。中世には官衙の荒廃により無人の野となり、内野の原と呼ばれて

右ハ先年南部巌雄[二〇]ガ筆記セルヲコヽニ記ス。

香美(かみ)郡韮生(にらふ)[二一]郷虎松[二二]踊

同郷柳瀬(やないせ)[二三]村　八幡[二四]・仁井田・天神相殿祭礼九月五日也。同四日夜ヨ
ノ踊アリ。

音人(オンド)　一人

拍子　大鼓・鼓

踊人　男女人数不定

213　虎松殿[二五]はどこ育(そだ)ち　鞍馬(くらま)の山の寺育(そだ)ち　まだ[二六]十五にはならねども
親の敵(かたき)を打(うた)むとて　小太刀を一事(じ)とたしなめて
虎松ヲドリハシトヤヲドリ　オモシロヤ　アヽヨイ〳〵〳〵　ヤ
アシヤキリキ　ソリヤモヒトツセ。

214　虎松殿[二七]のけさの軍(いくさ)をみてあれば　兵庫(へうご)が前(まへ)の鈴(すゞ)が森　浪をけあげて
立(たつ)ごとく
シアゲ　同上。

いた。明徳の乱の合戦場。「内(ち)」に「(敵を)討ち」を掛ける。

二〇　雅澄の門人で有力な研究協力者。南部仲助とも。本編にも七か所にその名が見える。「土佐郡潮江村に住す。藩に仕えて軽士たり。性強記にして和歌を能くす」(『続土佐偉人伝』)。

二一　物部川中流から上流域と、さらに上流の上韮生川流域の山間部。南北朝期から江戸期を通じて見える郷名。

二二　基本的に「安芸郡土左をどり・とら松」と重なるもの。→二五〇頁注二。

二三　現香美郡物部村柳瀬。

二四　「貞重筆記云〈村中氏神と祭。勧請年暦不知。元禄以前棟札なし。今の宮は寛保三亥年建立也。右神体木像也。明和七庚寅年神体を再造せし也。中八幡、右天神、左仁井田也〉」(南路志十三・柳瀬村)。

二五　牛若踊りの表現の混入。「牛若殿は何処育ち　鞍馬の山の寺育ち」(徳島・鳴門市大麻町三俣・神踊り・牛若踊り)。→二六八・三三〇。　二六　以下、一〇注五・六参照。

二七　→一七。

一　→一一。

二　→一二。

三　→一三。

四　弦を施すのに必要な人数。強い弓を誇張していう。

五　→一六。　六　馬の毛色の一種。灰色に白毛の混じった中に虎斑(とらふ)のあるもの。

七　→一五。

八　物部川最上流(槙山川)流域の山間部。現香美郡物部村。

九　現在、一般に「いざなぎ流」と称されている、祭文祈禱を中心とした祭式を有する民間信仰。土着の「太夫」と呼ばれる宗教職によって取り行われるが、その内容は、熊野修験・陰陽道・神道などが混在したもので、起源は中世以前の陰陽師・博士・巫女などの信仰に遡るものと考えられる。

一〇　神祈禱(各家に祭られた天ノ神・御崎神・みこ神以下の諸神を祭る)・家祈禱・日月祭・病人祈禱など諸祭式のうち、いずれ

215 一虎松殿の刀はなにと好ました　二尺七寸の浪のうへ　三尺下緒にとりかへとらした　うらのし付とさゝした

シアゲ 同上。

216 二虎松殿の鑓をばなにと好ました　竜巻に蛭巻に　末は黄金の銭巻

シアゲ 同上。

217 三虎松殿の弓をばなにと好ました　四七人張りに九継がひに十継がひ　弦をば京の関弦

シアゲ 同上。

218 五虎松殿の馬の稽古をみてあれば　坂東栗毛に六虎糟毛　けん覆輪の鞍おいて　明珍ぐつわに綾の手綱をゆりかけた　駒はいさいて御立ある

シアゲ 同上。

219 七虎松殿の具足はなにと好ました　かみ六段は韓紅　下七段は紫一ト重　綾のやつしを十三ぼろりとぼといたり

シアゲ 同上。

右文政二年己卯四月八日、韮生郷柳瀬村柳瀬五一郎貞重家ニテ、其地ノ

の祭式においても、神々の来臨を願う神迎えの部分の唱文として共通に歌われる重要なもの。内容は題名の如く一年十二か月、四季の美観(花などの風物や年中行事)の描写を根幹とし、懸命に神を迎えようとする表現になっている。その発想・表現は風流踊り歌(月の踊・正月踊・十二月踊・花の踊など)や各地の神事芸能の神歌とも共通する。

二「花祭」(湯立神楽)をはじめとした三信遠及びその周辺の神事歌謡、土佐の神楽歌などに類歌。「しきなればしきをば申いつとても　しきをば神のひとへたまわなな」(『花祭』前篇「歌詞一三九種」)。「一ヤイヤアいつとても四きおぞ申　四きは四せつの物なれば　春ノ四季をぞ申すよ　…」(静岡・引佐郡引佐町寺野「おこない」、安永八年「正月元日より三日ノ夜丼年中祭礼」)。「四季来れば四季をぞ申すやこの頃は　良きこの頃は神のみかつきよしとこそ言え」(高知・土佐郡本川村・本川神楽・神歌)。

三「門松」は本来年神の降臨する神樹の一種、「注連」は聖域を示す。「正月に門に門松しめかざり　内にはしらげの米がふる」(兵庫・三田市上本庄字大音所・百石踊・十二月踊。徳島・名東郡佐那河内村字尾境・御神踊・月踊)。ほか京都、愛媛など各地に類歌。

三「柰(ダイ・ダツ)」でカラナシ(唐梨)の意か。あるいはタヅ(鶴)の訛伝か。「春クルト　木ノメモメダツ　タヅモハルマダヲサナキハ　ハギノワカタチ」(周防行波神楽本・神道神楽目録次第)。「吉野の奥な八重桜　咲の盛りに　柳も芽立は鶴も春よ　雀の歌立やれおもしろや」(高知・長岡郡大豊町・岩原神楽・歌立て)。「春来れば木の芽も芽だつ花も咲く　おそなきは萩の若ばへ」(備後名荷神楽本・王子神儀次第)。「年立ち帰る春なれや　木の芽もめだつ花も咲く」(山家鳥虫歌・上・挿絵・万歳歌)。→六五頁。

四 底本は仮名書き本文の左に「御前」と傍書。「春の野にまづ色よきはおになへし　かざしに挿いて御前へ参ろよ」(高知・土佐郡本川村・本川神楽・神迎え歌)。

五 雛の節供。「三月は三月三日は桃の花　我もなりたい桃の花　祝の花じゃと呼ばれたい」(愛媛・宇摩郡別子山村・雨乞

老民ニ聞(きき)テ手ヅカラ記シヌ。

同郡梼山(まきやま)[八]郷[九]神祭次第四季[一〇]の歌

220
四季[一一]くれば　四季をぞ　うたふやこの頃(ころ)は　年たちもどり　春くれば　春のけしきを　みせふとて　門[一二]に門松　注連(しめ)かざる　正月七日(ナヌカ)に　若菜をつむとかや　柳も芽(め)だつ　だつ[一三]もはる　だつはまづさく　桔梗・刈萱(かるかや)　女郎花　牡丹・唐(から)松　五葉の松　五葉紫竹(しちく)に　今(コ)年竹(トシダケ)　吉野の奥なる　八重桜　挿頭(かざし)にさいて　御前(ごぜ)[一四]へまいるや　思(おも)白(しろ)や　二月きさらぎ　鶯の谷渡し　谷の氷に薄氷(うすごほり)　三月三日(サンガサンニチ)[一五]桃の花　四月(しがつ)[一六]さふにちの[一七]　卯の花　五月五日(ゴニチ)[一八]が　石菖蒲(せきしやうぶ)　六月祇園[一九]　夏(ナツ)山繁木(しげき)がもとの溜(たま)り水　夜〻の蛍(ほたる)と　あらはれる　七月　しなべ[二〇]の塩をかく人は　千年(トセ)のいのちを　まつとかや　八月　おほじやうゑ[二一]んには　こまくら[二二]　駒にうちのり　ながむれば　なびかふかたをばかつかた　九月九日(クグワツクニチ)[二三]の菊の花　八重菊かさねして　いんざや　きりぐ〵すのこゑ　思(おも)しろや　と告(つ)げわたす　十月　雁金(かりがね)　都(みやこ)の袖の

踊・十二の踊）。ほか京都・徳島など各地に類歌。

一六　底本は仮名書き本文の左に「四月」と傍書。

一七　訛伝あるか。「四月は卯月八日とて　軒にや躑躅がさされた」（徳島・鳴門市櫛木・神踊・正月踊）。

一八　端午の節供。「五月は五月五日の石菖蒲　軒に蓬がさされた」（徳島・鳴門市櫛木・神踊・正月踊）。

一九　祇園牛頭天王を祭る祇園会。疫神や水神に対する信仰。「六月十日祇園様　祇園参りに笠を借る　笠を貸すのは安けれど　わしは殿御の気をしらん」（高知・吾川郡吾川村峯岩戸・太鼓踊・十二踊）。「六月祇園の祭り　夏藪の繁木もとなる溜り水　夜は蛍をながめたり」（中尾貞義太夫手控本・四季の歌）。

二〇　七月七日の禊ぎはらい、蘇りの行事。訛伝あるか。「七月潮根の潮垢離七度もかく人は　千年の命をまつとかよ」（中尾貞義太夫手控本・四季の歌）。

二一　「放生会(はうじやうゑ)」の訛伝。供養のため、捕えた鳥魚などを山野や池に放つ法会。陰暦八月十五日に行われた。「八月来れば放生会に　駒に打乗り出て見れば　ゑれいの小島の浪の音」（高知・長岡郡大豊町・岩原神楽・歌立て）。

二二　「駒競べ」の誤伝か。「八月には又八放生会へ　神々のいかなる神も駒くらべ」（京都・亀岡市千歳町出雲・花踊・正月の踊）。

二三　重陽の節供。「九月には九月の九日は菊の花　我もなりたや菊の花　祝の御酒じゃと飲まれたい」（愛媛・宇摩郡別子山村・雨乞踊・十二の踊）。

一　神歌の系統に類歌多数。「若宮のおはせん夜には貴御前錦を延へて床を踏ません」（梁塵秘抄・五〇〇・神社歌・石清水）。「いや我君のましょます道に綾を延へ　いや綾を延へ　錦を敷きて御座と踏ません」（天文本伊勢神楽歌・上分の遊び）。「神々へ今日ぞ吉日綾をはへ　錦を敷きて御座と請じる」（『花祭』前編「歌詞一三九種」）。「しよ大明神のおりの御座には綾をはえ　錦を並べて御座とふましよ」（高知・土佐郡本川村・本川神楽・神歌）。

二　霜月祭。山に田の神などを送る。底本は仮名書き本文の左に「鎮祭」と傍書。

上に　綾をはやふ　錦をならべて　御座と踏ましやふ　あらめでた　霜月　鎮祭が中ｼに　会はふとて　峰の榊葉も　をりあそぶ
冬くる〳〵と　誰が告げし　山めぐり　奥山・外山が奥から　きのふは初ッ雪　けふは時雨　時雨も雨も　ふらばふれ　西が海　吹くる風の　はげしさ　やまとひらいて　戸をひらいて　神むかへふ
神清浄には　天竺天へは　遠くして　伊勢へ参るや　思白や　伊勢や小島に　寝てきけば　うてども鴎が　たゝばこそ　よき船に　よき梶かけて　船子そろへて　鐙　踏まして　轡づきして　手綱〳〵は　ゆりかけて　これ天ｯ竺で　楽が音　中天ｯ竺で　太鼓の音ﾄ
下天ｯ竺で　笛の音ﾄ　笛と太鼓と　楽と　調子と　六調子に　はやされて　神は　舞台へ　まうておりる　仏は斎垣に　おりあそぶ
神道は　しん道　百道　多けれど　中なる道が　神のかよひ道
上ﾐ坂ｶこえて　おはしませ　上坂遠しと　おぼさば　下ﾓ坂ｶこえて　おはしませ　下坂遠しと　おぼさば　道触天の　あらせの小風に　うちふけて　とびの　ほのほと　飛んでわしませ　万歳わしませ　いはふかうへで　神はそふだれ　いやりやァとんど　また此ﾉ

三　底本は仮名書き本文の左に「榊葉」と傍書。「霜月のあからが霜に逢はうとて　峯の榊をおりやあそぶら」(『花祭』前編「歌詞一三九種」)。

四　類歌、各地の神歌に多数。「ア、冬くればたれかわつげしア、うす氷よア、うす氷　しぐれのつげしア、山めぐりする　いやさいや〳〵」(伊雑宮神楽歌・御神楽大事・四季之追立)。「フユクルトタニ川ツゲシミヨシノ、　シグレゾツゲシ山メグリセウ」(周防行波神楽本・神道神楽目録次第)。「はんや　冬くればたれかやつげし北ロに　時雨ぞつげし山をはやめす」(信州大河内湯立神楽資料・池大神社うたぐら)。

五　神降ろしに唱える清めの詞か。「天清浄地清浄　内外清浄六根清浄」(能・葵上)。

六　頭書に「幸盛云。天ぢく天トハ高天原ナルベシ」と注記。幸盛は岡内幸盛(一七四四―一八四五)。藩政後期の郷土史家。本文末尾の注記にも示されているように、本資料の雅澄への提供者。著書に抜山風土記(十巻、文化十二年成)がある。

七　霊魂や神を降ろす歌に類似表現多数。「寄り人は今ぞ寄り来る　長浜の芦毛の駒に手綱揺り掛け」(能・葵上)。「神々は今ぞみわたる長浜へ　葦毛の駒にたづなよりかけ」(『花祭』前編「代表歌詞十五種」)。「いや我君は今そまします大空に　いや大空に　葦毛の駒に手綱ゆりかけ」(天文本伊勢神楽歌・上分の遊び)。→田植草紙・三六。

八　「ヘウシ歟」と左に注記。雅澄は「拍子(ひやうし)」と解したか。

九　斎み清めた神聖な垣。

一〇　神迎えの神歌として核となる代表的なもの。各地の神楽歌をはじめとした神事歌謡に広く類歌。「いや神道は千道百道その中に　いや中なる道は御前の通路」(天文本伊勢神楽歌・上分の遊び)。「神道はちみち百綱道七ツ　中なる道が神のかよみち」(『花祭』前編「代表歌詞十五種」)。祭式によっては、具体的に「神道」として縁側から座敷舞台の「バッカイ」(白蓋)へ注連を張り渡す。

一一　神の世界との交通が可能な聖なる空間。あらゆる道を統一する中心的・超越的存在の意。古代以来の民俗的・宗教的意識に由来する観念。→三三。

三千十六天へ　まだ入ㇼたゝぬ　神ならば　とびのほのほと　飛(と)ん
でわしませ　いはふかうへで　神はそふだれ　いやりやァとんど
右ハ槇山(まきやま)郷ナル[14]岡内京吾幸盛ガ記シテ見セニオコセシマヽヲ記写シツ。

土佐郡じよや[15]

[16]農民ノ田草ヲ取ルニウタヒシ歌ナリト云(いふ)。[17]宝暦ノ年間マデハ歌ヒシニヤ。ソノ故ハ、予若年ノ時隣家ニ老農アリ。ソノ老農ナド若年ノ程(ホド)ハ専(ラ)ウタヒシトナリ。ソノ程(ホド)ハウタフ者モ曾(かつ)テナカリシカド、昔ウタヒシサマヲ尋ネシニ、ソノ歌ノ節(フシ)ヲ二曲三曲ウタヒテキカセシコトアレバナリ。じよやト云(いふ)ハ、或説ニ唱野ナリトイヘリ。又或説ニハ序破ナリトイヘリ。今ソノ歌曲ノ音ヲ思ヒ合(あは)スルニ、序破シカランカ。伝云(いふ)、[18]土佐郡滝本村ノ民はげ次郎ト云(いひ)シモノアリテ、作リテウタヒ出(いだせ)シト云(いふ)。又[19]滝本非由斎ガ作ナリトモ云(いへ)リ。非由斎ガ詞ヲツクリテ、家人はげ次郎ト云(いふ)者ニ歌ハセシヨリヒロマレルカ。

一二「道触神」に同じ。陸路や海路を守護する道の神。
一三「ましませ」の転訛。
一四→注六。
一五 田植え後、苗の生長に合わせ数回行われた田の草取りの作業歌。酔筵昔話(逸民数慕子著)、城北耘謡三十首(秦泉隠士集録)にも歌詞の記録がある。酔筵昔話は、高知城下の鏡川・江ノ口川の周辺の村里に限って歌われたものと記す。「草取歌は一にジヨヤと名付るよし。高知城下江廻りの在所にある事にて、御城下二三里はなれては東西南北共になき事也」。
一六 岡本信古(一七〇一—八六)の記述によれば、豊穣に関わる歌争いの要素も持っていた。「ある人の話に、此ジヨヤ歌は江廻りの村里争ひ諷ひしに、諷ひまけたらんには其村穀物みのらずとて、草取おわりたりとも隣村に諷ふ声のやまぬきはみは道草をとりつゝ諷ひしという」(皆山集八・草とり歌)。
一七 宝暦年間は一七五一—一七六四年。同様の趣旨は「文化十五年(一八一八)孟春」の年記を付した岡本信古の記述にも見られる。「今や古稀にあまれる翁の総角なりし時諷ひしとて、二ツ三ツはものするはあれど、全くしるものなし」(皆山集八・草とり歌)。
一八 現南国市岡豊町滝本。
一九 真言宗の寺院滝本寺の住職。非有とも。学識・文筆に優れ、長宗我部元親(一五三八—九九)の帰依をうけ、外交・国政にも参画した。「昔時滝本ノ毘沙門は伽藍にて、(草取歌は)其時の住持のつくれるよし云伝ふ。殊勝の文句共多し」(酔筵昔話)。

二〇「年を申せば四十四になる　これの御山に二十一年　所々寺の仏を拝まん身こそつらけれ」(城北耘謡三十首)。「年を申せば四十四になる　参り〱て所々の寺の仏をおがまん身こそつらけれ」(酔筵昔話)。
二一「ぢしゆ」(地主)の訛伝。京都・清水寺の鎮守地主権現。「地主の桜は　散るか散らぬか　見たか水汲　散るやら散らぬやら　嵐こそ知れ」(閑吟集・二七)。「清水の地主の桜に花咲てちるかちらぬか見たか水汲　水汲は水こそ汲め　花のちるは嵐こそしれ」(酔筵昔話)。

221 年を申せば四十四になる[一]　これのお山へ参り〱て二十一年　諸社寺の仏を拝まん身こそつらけれ

222 清水のてしゆの桜に花咲(さき)て[二]　見たか水汲(くみ)　水汲は水をこそくめ　花のちるちらぬは嵐こそしれ

223 一ッ二ッで親はなれ　五ッ六ッから塩をしめて[三]　七ッ八ッから塩をくみ初め　桶と柄杓と浪にとられて　柄杓給はれ桶給はれと　寄(よせ)て給はれ沖の白なみ

224 くまの[四]をから銚子ひしやぎが三ッくだる[五]　五日(イッカ)子(ね)の日の酒の盛り初め

225 白鷺の立ちがよいとて国さわぐ[六]　本の古巣へ祝ひめでたき

226 おれが殿御はことし九ッ[七]　夜水を引き初め　おれが殿御はことし九ッ　夜水を汲みそめ　廿日か日照りが廿一日　沖に立(たち)たる黒雲が　よんよ雨と成(なり)て　畦を越せがなぞろ〱と　せめて越さずと花の露ほど

227 鳥もかよはぬ野根山を[八]　親にまさりて今日ぞ道こえ

228 本山[九]はせめずその日のふゆころに[一〇]　筆をそろへ書くとも尽きせん　読むとも尽きせぬ　やがてその日の堀の埋め草

三　製塩の作業につらい思いをしての意を掛けるか。「一ッ二ッは親ばなれ　五ッ六ッで塩をしそめ　七ッ八ッで塩を汲そめ　桶とひしやくを波にとられて　桶給れひしやくたまわれ　寄て給れ沖の白波」(酔筵昔話)。

四　「熊野」の転訛か。紀伊国の熊野権現の所在地。

五　「ひさげ」(提子)の転訛。銚子と同じく酒を入れて杯に注ぐ道具。銚子のような長柄はなく、鉉(つる)のついた鉄瓶のような形のもの。

六　「白鷺が立がよひとて国騒ぐ　本の如くに祝めでたし」(城北耘謡三十首)。「白鷺がよひとて国さわぐ　本のごとくにいわヰめでたし」(酔筵昔話)。→山家鳥虫歌・二〇五。

七　「おれがとのごは今年九ッ　よみづ引候　二十日ひでりが二十一日　沖に立たる黒雲が　夜雨となりてあぜを越せがなぞろり〱　せめて越さずとも　とのごのはなのつゆほどぞろり〱」(城北耘謡三十首)。

八　高知県東部、安芸郡北川村の南東部にある山地。安芸郡奈半利(現奈半利町)から野根(現東洋町)に越える野根山街道が通る。「自二奈半利一、至二野根甲浦一、通二阿波国那賀郡穴喰村一。坂路也。山中行程十里、高峻凌雲」(土佐幽考)。

九　酔筵昔話、城北耘謡三十首は「森山」に作る。

一〇　酔筵昔話は「昼頃」、城北耘謡三十首は「昼程」に作る。「森山をせめし其日の昼頃に　筆を揃へて書ど尽せず　読めど尽せず　頓て其日の堀の埋草」(酔筵昔話)。「森山を攻し其日の昼程に　筆を揃へて書けど尽せず　やがて其日の堀の埋草」(城北耘謡三十首)。弘治三年(一五五七)に落城した森山城(現吾川郡春野町森山)の合戦の戦死者を歌う。「(森山城)城主詳かならず、古城記に曰、吉良氏世々之を領すと。西郊余翰曰、本山越後守之に居ると。〈本山、一に森に作る〉」「弘治三年二月二十日、吉良茂辰六百余騎を率て、吾川郡森山城を攻む。城兵能く力め防ぐ。城中死屍累々相横はれども、一士の反する者なく、悉く死して而して城陥る。本山兵死する者三百余人」(土佐国古城略史三・吾川郡・森山城)。「弘治三年二月二十日、本山式部少輔攻レ之落城。又云、吉良駿河守居レ之」(南路志十九・森山村・古城)。

229 鷲(わし)[一一]の尾の松のひまよりながむれば[一二] 土左の名所は浦戸[一三]・種崎 入(いる)[一四]ぞ
釣(つり)舟 五艘ぞろり五艘ぞろり

230 花の蓮台(れんだい)[一五] 心のとまるは土佐[一六]の清水

231 本は一本 末弘(ひろ)[一七]ごりの根ざくら 坪(つぼ)[一八]の根ざくら

232 池に蓮 下[一九]のつゝじに花咲ィて 瀬戸(せと)風吹(ふか)ばなびけ刈安(かりやす)[二〇]

233 岳(たけ)の山の茄子一本 誰(た)が植(う)ゑて 牝鹿(めが)[二一]のをわりに鹿(しゝ)が植(う)ゑた

234 山畑(ばた)の作り荒(あら)しのよりこ草[二二] 粟になるとは人のいひなし[二三]

235 はせ山[二四]のさら[二五]がむね[二六]はふ藤の花 か[二七]へや鶯 あそべや鶯 花ふみこぼすな 鶯[二八]

236 朝露[二九]に塗(ぬり)の小鉢を手にするゑて 茶つむ御方(おかた)[三〇]の背のひくさよ 細(ほそ)さよ

237 鮎(あい)[三一]の白干(しらぼし) 日本ト[三二]の塩(しほ)をあらせ しと[三三]ゝあらせ

238 松どよも風[三四] こひ[三五]の月は有明の月

239 種崎を名所と申せども 後を三[三六]どう四方なみ 東をみれば入ル[三七]は釣(つり)船 二艘ぞろりく

240 潮江(うしほえ)[三八]を野根の煙で焼たてゝ なんぎ長浜・木塚・蓮池 まだもござる戸波(へは)の湯の本

一一 高知市南部の鷲尾山。標高三一〇メートルの山頂からは四国山地や土佐湾一帯の眺望が開け、戦国期には物見烽火場も設置された。 一二 朱で「下場で国見ればィ」と傍書。「鷲の尾の松の下葉で国見れば 土佐の名所は浦戸種崎」(酔筵昔話)。

一三 浦戸湾口の西が浦戸、東が種崎。共に風光明媚な港町として古くから栄えた。 一四 朱で「イ无」と傍注。酔筵昔話、城北転謡三十首所収歌とも以下無し。

一五 土佐郡蓮台村。現高知市、鏡川の支流大節川上流の山間部。古代建立という蓮台寺があった。南路志は、蓮台寺跡として塔頭十二坊を記す。

一六 現土佐清水市。足摺半島西岸の基部に位置し、清水港は県西部最大の天然の良港として古くから栄えた。「花のれんだい 心のとまりは土佐の清水」(酔筵昔話)。

一七 末の方になる程広がっているさま。

一八 土佐海続編鈔は、長岡郡五台山竹林寺略縁起を引き、行基の開創に関わる伝説に由来の桜とする。

一九 「しま」(島)の訛伝か。「池に蓮 しまのつゝじに花咲て瀬戸風ふかば靡け苅安」(城北転謡三十首)。

二〇 ススキに似たイネ科の多年草。

二一 不詳。異伝には「つぶり」とある。「嶽山の茄子一ト本 誰が植た 牝鹿のつぶりに鹿が植つろ」(城北転謡三十首)。

二二 狗尾草(ゑのころぐさ)をいう。「苗葉似レ粟而小。其穂亦似レ粟、黄白色而無レ実。…ゑのこ草頼むはおのれとあるものを あはのなるとは誰かいひけん」(和漢三才図会九十四之末・狗尾草)。「いぬあはの中にもまじるゑのこ草こと見おきて後にひかせん 西行」(六華集四・冬)。

二三 ありもしないことをあるかのように言うこと。

二四 「は」の横に朱で「まィ」。 二五 「ら」の横に朱で「さィ」。

二六 「むね」の横に朱で「森ィ」。 二七 「か」の横に朱で「くィ」。

二八 「鶯」の前に朱で「谷のィ」と挿入。城北転謡三十首の異伝歌は「ませ山の篠の嶺〈ネ〉はふ藤の花 食〈ク〉へや鶯 遊べや鶯 花踏こぼすな鶯」。

二九 「女子にこぼんの鉢がな 茶つませう 新茶を露をもこめてつまいで」(田植草紙・一〇)。

241　滝本[一]はよそで見れば細(ほそ)寺　入(いり)て見れば名所大寺

242　面白の藤白峠[二]が峰見れば　鹿はしる上り下りの舟のよび声

243　あの山の松の節がな三ッ弐ッ　殿御(とのご)待(まつ)夜の明松(あかし)[三]

244　加茂川のさらす布がな尋(ひろ)八尋　殿子待(まつ)夜の力ラ[四]帯

245　池水の底の心は通ふ[五]とも　岩にせかれて得(え)こそ通(かよ)はね

246　十七[六]が滝にあまりて黒髪を　墨田川原の堰(せき)の塞(せ)き草

247　これの御方(おかた)の髪挿(さし)[七]は　信濃じちく[八]を信濃の次郎が直(ろく)にけづりて彫(ほ)り物(もの)　何か彫(ほ)り物(もの)　磯に並(なみ)松　波に浮舟　是が彫(ほ)り物(もの)　三ッの彫(ほ)り物(もの)

248　笠[九]をめせ〳〵　めさねば顔が黒ひ

249　牛鍬(くは)[一〇]のへり[一一]手引(ひき)手を得知(えし)らひで　弥陀の浄土の父御(チヽご)恋しや

250　帷子(かたびら)[一二]のからの[一三]継(つ)ぎ目(め)を得知(えし)らひで　弥陀の浄土の母御恋しや

251　今年あいこう[一四]夢を見て候　何と見(み)て候　もどの[一五]素袍(すほう)[一六]の筋の袴を着ると見て候　南無妙諸りやうから[一七]　やがてその網(あみ)[一八]にかゝりて候

右ハ予若年ノホド、隣家ノ老農ニ聞(きき)テ書付(かきつけ)タルヲ、又其後ノ南部厳男[一九]ガ或人ニ聞(きき)タリトテ、補ヒ記シタルマヽヲ書(かき)ツ。

二三〇　人の妻に対する敬称。「ヲカタ　まだ家のとりさばきを任されていない若い嫁」(日葡辞書)。

二三一　塩につけずにそのまま干したもの。素干。

二三二　愛嬌の意を掛ける。「鮎の白干　目もとの小しをにまゐふた」(田植草紙・六三)。

二三三　やさしく、そっとの意か。「鮎の白干　目元トに塩をあらせ　何とあらした　しとゝあらした」(城北耘謡三十首)。

二三四　「どよむ」(動む・響む)の音転か。城北耘謡三十首は「動揺」と表記し、「ドヨモ」と仮名を振る。松を揺り動かすように風の音が響くの意。

二三五　「こよひ」(今宵)の誤伝か。「松動揺(ドヨモ)風　今宵の月は有明の月をまたふか　おそくと安か子またふか」(城北耘謡三十首)。

二三六　異伝歌は「後をみどう四方に並松」(酔筵昔話)。「後日を御堂四方並松」(城北耘謡三十首)。二三七→二三七。

二三八　地名列挙の歌謡。潮江(現高知市)、野根(現安芸郡東洋町)、長浜(現高知市)、木塚(現吾川郡春野町)、蓮池(現土佐市)、戸波(現土佐市)。寓意は不詳。戦国期の潮江城の合戦に関わる語り草をいうか。

一　現南国市岡豊町滝本にあった滝本寺。「淵岳志曰、毘沙門堂ハ長岡郡滝本村ニアリ。昔ハ真言宗大伽藍也ト、何ノ頃ニ退転スル事ヲ知ラズ。御城下江廻リノ草取歌　滝本ハ外カラミレバ小寺ナリイリ〳〵テ見レバ名所大寺、トウタフハ是也」(南路志・文十三秋・滝本村)。

二　和歌山県海南市藤白の藤白の御坂をいうか。「面白の藤代峠峰見れば鹿走る　南見おろし上り下りの舟のよび声」(城北耘謡三十首)。

三　たいまつ。

四　身体に力を入れるために強く締める帯。

五　「通へども」(城北耘謡三十首)。

六　「たけ(長・丈)」の転訛、誤記。「十七が長に余りて黒髪のすみ田川原の関の堰草」(城北耘謡三十首)。

七　「かんざし」に同じ。髪飾り。頭書に朱で「木曾名物、おろく櫛」と注記。

土佐郡神田村(かうだ)[二〇]小踊歌[二一]

神田村総鎮守権現社[二二]祭礼九月六日

○いれは[二三]

252 エ、さあ〳〵みさ〳〵　おれはサせきやう[二四]寺の寺[二五]子供　辛気[二六]サ〳〵が三ッござる　朝はサお坊主[二七]の起こし声　昼は手習の横目[二八]する　晩はサ千畳敷ねて辛気　辛気サ晴れをやれ気晴れをやれ　沖サの島ゝを見てなりそ[二九]

253 エメざん〳〵と入ルは江淵[三〇]の入レ潮　入ろやれひこやれの入レ潮ゑの　入レ潮　拍子

254 橋の下なる鵜の鳥をがうらい[三一]の　鮎[三二]をくはへて羽根をのすよの
(はねを…)〳〵　拍子

○禰宜[三三]かへり踊[三四]

255 宮[三五]へ参ロオ一ノ宮　宮へ参れば禰宜ぞろよ[三六]　白ィ出立[三七]で鈴をふる

八 城北耘謡三十首は「紫竹」。細工物に用いる黒紫色の竹。九「笠を召せ　笠も笠　浜田の宿にはやる　菅の白ひ尖り笠を召せなう　召さねば　お色の黒げに」(閑吟集・一五〇)。一〇 牛馬に引かせて耕す農具。唐鋤に同じ。一一「ふり手」(酔筵昔話)。「遣〈ヤリ〉手」(城北耘謡三十首)。一二 裏をつけないひとえもの。一三「肩」(酔筵昔話、城北耘謡三十首)。転訛か。一四「逢かう」(酔筵昔話)。「あいどうが」(城北耘謡三十首)。一五「もぢ(綟)」の訛伝。麻糸をよじって織り出した目のあらい布。「もし」(酔筵昔話)。「みち」(城北耘謡三十首)。一六 歴史的仮名遣いは「すはう」。素襖。直垂の一種。麻製の武士の常服。室町頃は庶民も日常に着た。「素袍に」(城北耘謡三十首)。一七「なんみやうしやうりやうぎやう」(城北耘謡三十首)。一八「その夜」(城北耘謡三十首)。一九 →二八九頁注二〇。二〇 現高知市神田。二一 表記は他に「こおどり・神踊・鼓踊・子踊・古踊」など多様。中世近世の小歌を基本とした風流踊り。歌詞・踊り(太鼓・鉦に団扇又は扇子を採物とする。図は三一二頁)共に近似のものは、周辺の高知市朝倉、土佐市市野々、須崎市浦ノ内、吾川郡伊野町大内、高岡郡日高村宮ノ谷などに遺存。かつては多様な形で土佐全域に分布。太鼓踊りと呼ばれているものもその一種。二二 三所権現(南路志十六)。現在踊りは廃絶。二三 庭入りの踊り。二五二の表現が特にその機能を果たす。二四 他の伝承地は「せきよ寺・清居寺・清京寺」などと表記。二五 寺にあって、勉学も兼ね住寺の雑用をつとめた少年。二六 気がふさぐような悩み。→山家鳥虫歌・二六。二七「朝起きお茶の水」(土佐国群書類従十一・弘岡村神踊歌・イレハ)。二八 わき見をすること。二九「と」の誤記か。「見てなりと」(高知・吾川郡伊野町大内・神踊・いれは)。「見てはりよゝ」(土佐国群書類従十一・弘岡村神踊歌・イレハ)。三〇 入江の水が淀んで深くなっている所。三一「御覧よ」(高知・須崎市浦ノ内・神踊・いれは)。

拍子

256 宮へ参ロオ二ノ宮へ　宮へ参れば禰宜ぞろよ　白い出立で鈴をふる　拍子

257 宮へ参ロオ三ノ宮　宮へ参れば禰宜ぞろよ　白い出立で鈴をふる

拍子

禰宜のをどりはこれまでよ　〱　拍子

○ゑびす[一]　前踊

258 爰は関所よ若松越えよャ　ゑびすの前はやらめでた　〱　拍子

259 蓑きて通へや　笠きて通へや　[二]こざこの露は雨まさり　〱　拍子

260 おれらがそんには[三]弓矢はとらずャ　楯[四]つく嫁はいやでそろ　〱

拍子

ャゑびすのをどりこれまでよ　〱　拍子

○御門[五]　かへり踊

261 こなたの御門を見てあれば　御門は白金扉は〈コオガネ〉[六]金　あふぎは赤銅や

三二 近世初期の流行小歌。鮎とするものと小鮒とするものとの二系列がある。「橋の下なる鵜の鳥は　鮎をくわえて羽根をのす」(和歌山・日高郡美浜町・奴踊音頭)。「橋のひよこの下では　あそれ橋の下では鵜の鳥が　鮎をひよこのくわえてあそれ鮎をくわえて瀬をのぼる」(高知・幡多郡大月町竜ケ迫・盆踊歌・ひよこ節)。「橋の下なる鵜の鳥が　鮎を喰はへて羽を休む」(鹿児島・肝属郡高山町本町・八月踊・五尺)。「橋のいよこの下には　橋の下には鵜の鳥が　小鮒いよこのくはへて　小鮒くはへてぶりしやりと」(落葉集七・古来中興当流やり歌・五尺手拭)。→山家鳥虫歌・一九五。

三三 神職の一。神の心を和げ、その加護を祈る者の意。

三四 →二四八頁注七。

三五 徳島・三好郡井川町井内「雨乞踊の歌」に異伝歌。「ござれまいろや一の宮　ござれまいろや一の宮　宮を見たれば禰宜どのよ　宮を見たれば禰宜どのよ　白衣したてて鈴を振る　白衣したてて鈴を振る　禰宜のおどりはおもしろい　禰宜のおどりはおもしろい　天竺天王竜王いの　雨をたもれ竜王いの」(以下十の宮まで続く)。本歌も全体で懇切な祈願の気持を表すか。　三六「そうろう(候)」の転。「ある」の意の丁寧語。いらっしゃる。　三七 装い。

一 夷神(えびすがみ)。ゑびす(恵比須)は慣用による後世の当て字による。中世以降、大黒天と並ぶ福徳の神。特に商家や漁民の信仰を集めた。

二「こざさ」(小笹)の誤伝。「小笹の露は雨まさり」(須崎市浦ノ内・神踊・夷)。

三「孫」で子孫の意か。「おらが孫は弓矢はとらん」(土佐市野々・神踊・恵比須)。　四 反抗する。

五 武家の屋敷誉めの歌。類歌は「屋形踊・御館踊・御殿踊・殿のおどり」などの名称で、高知のほか岐阜・滋賀・京都・奈良・三重・徳島・静岡など西日本を中心に広く分布。

六 不審。「塀には赤銅」(高知・吾川郡伊野町大内・神踊・御門)。「お棟は赤銅」(高知・須崎市浦ノ内・神踊・御門。高知・高岡郡

ら見事〳〵　拍子

262 こなたの馬屋を見てあれば　七間馬屋に七ひき立テ　七人番衆が髪をまく〳〵　拍子

263 こなたの亭を見てあれば　弓千挺・鎗千本　猿皮空穂千五百〳〵　拍子

264 いざもどろう吉野もどろふ　三尺妻戸を細戸にあけて　待つぞ吉野へいざもどろ〳〵　拍子

御門をどりはこれまでよ〳〵　拍子

○牛若　前踊

265 東山から月がさす　月かと思ふてでゝ見れば　月ではなふて牛若殿の召しの駒〳〵　拍子

266 牛若殿は馬屋は何とこのまれた　白金柱に金の垂木　八ッ棟づくりとこのまれた〳〵　拍子

267 牛若殿はしようろに御前をしのばれて　しのぶじようろは十四なり　牛若殿は十五なり　十四十五のことなれば　傍に御寝るも愛ら

日高村宮ノ谷・こおどり・御門)。

七 類型表現として定着。「夫指過て厩の懸りを見てあれば　七間厩に七匹繋ぐ　七ひの番衆は髪をまく」(伊賀国阿山郡島ヶ原村上村雨乞踊歌・森山踊)。→二三〇・二七六。

八 屋敷。邸宅。

九 数で威勢を誇張。「そうで天井見てあれば　荒木の弓や重籐や　千張ばかりと先づ見える」「そうで広間を見てあれば　青貝すりた御手鎗　手筋計り先づみへる」(伊賀国阿山郡島ヶ原村雨乞踊・内藤踊)。「夫指過て座敷の広さを見てやれば　鑓千筋に弓百挺　ほろかけ靫は数知らず」(大和国山辺郡都介野吐山太鼓踊歌)。→二三。

一〇 退場の歌。　一一 出入口となる開き戸。

一二 牛若丸(源義経の幼名)に関わる語り草による風流踊りの一類型。古浄瑠璃・十二段草子で知られる浄瑠璃御前との恋物語を取り込む。近似のものは高知のほか岐阜・徳島・広島・山口などに分布。

一三「鞍馬の山」とも。駒誉めにより牛若讃美。「鞍馬の山から月が出た　月かと思ふて出て見れば　牛若殿のりうの駒」(山口・熊毛郡熊毛町八代魚切・花笠踊・牛若踊)。

一四 屋敷誉めの歌に類似表現多数。「こなたへまゐりて御門のかゝりを眺むれば　白金柱の金のたるき」(広島・福山市本郷町・ひんよう踊り・館踊)。→二六一。　一五 →二四注九、二七九。

一六「浄瑠璃」の転訛。「牛若殿　浄瑠璃御前に忍ばれて」(土佐国群書類従十一・弘岡村神踊歌・牛若踊)。

一七「じやうらふ(上臈)」の転訛。貴婦人。ここでは三河国矢矧の宿、国司兼高と長者(遊女)夫婦の間に申子として生まれた姫君。「浄瑠璃御前は十四なり。御曹子は十五なり。十四と十五のことなれば、馴れう馴れじの相撲草、狂言綺語になぞらへて、言葉に花をぞ咲かせたる」(古活字版・浄瑠璃十二段草紙)。　一八「牛若殿は十五なり　浄瑠璃姫は十四なり　十四と十五の恋なれば玉文(さつ)書いて通わする」(岐阜・本巣郡根尾村下大須・雨乞踊・牛若丸)。「忍ぶ女郎が拾四なり　牛若殿は拾五なり　拾四拾五のことなればよその聞えも愛らしゆや」(徳島・鳴門市大麻町三俣・神踊・牛若踊)。

しや〳〵　拍子

268 牛若殿はどこ育ち　鞍馬の山の寺育ち　〳〵　拍子

牛若をどりはこれまでよ　〳〵　拍子

○玉章かへり踊
拍子飛をどり

269 伊勢の山田の六ゑみ殿の乙姫は　伊勢ぢや一とさゝれた　〳〵

拍子

270 十三からして乱れ襷をうちかけて　見事な茶園でお茶を摘む　〳〵

拍子

271 お茶摘む姫子にあまり言葉のかけたさに　殿はないかと問ふたれば　〳〵　拍子

272 殿は三人持つたるが　伊勢にひとり　熊野にひとり　朝熊が岳にまだひとり　〳〵　拍子

273 朝熊が岳の殿にもろふたる玉章を　どこで落したおぼえない　〳〵

拍子

274 落したとて大事かよ　それを頼ふだ身ではなし　〳〵　拍子

一「義朝の御末の子牛若殿と申候を…平家世ざかりにて候に…鞍馬へ参らせ候べし」(義経記一)。「牛若様はどこ育ち　鞍馬の山の稚児育ち」(広島・山県郡千代田本地・花笠おどり・大返り)。→二三。

二 手紙。本歌では恋文を落とす室町小歌の趣向が歌い込まれる。譚歌風は放下歌に由来するか。

三 現三重県伊勢市。伊勢皇太神宮の鎮座地として古来栄えた。

四 不詳。「六大夫殿」(高知・幡多郡大方町伊田・神踊り・玉章踊り)。「ろくよみ殿」(高知・須崎市浦ノ内・神踊・玉章)。「ろくろへ殿」(高知・高岡郡日高村宮ノ谷・こおどり・玉章)。

五 妹の姫。六 第一の美女と名指しされ評判になったの意。

七 成女の年齢。八 茶を栽培する畑。茶園畑。「俺んおせどのお茶園畑で　みめよし小女郎がお茶を摘む」(愛知・南設楽郡新城市大海・太鼓踊・放下歌)。

九「あまり言葉のかけたさに　あれ見さひなふ　空行く雲の早さよ」(閑吟集・二三五)。一〇「殿御」に同じ。恋人の意。「あんまりことばがかけたさまゝに　殿子はないかと問ふたれば」(愛知・南設楽郡新城市大海・太鼓踊・放下歌)。

一一 熊野信仰の地。熊野三所権現(本宮・新宮・那智)が鎮座。

一二 三重県伊勢市の東部にある霊山。里宮の伊勢神宮に対し山宮として信仰された。山頂に空海創建の金剛証寺がある。

一三 手紙を落とす小歌は広く流行。「久我のどことやらで　落ひたとなふ　あら何ともなの　文の使ひや」(閑吟集・二九三)。「賀茂の川原を通るとて文を落いたよなう　風の便りに伝へ届けかし」(狂言・大蔵虎明本・文荷)。「お伊勢の殿子に玉章うけて　朝起きて袂に入れて　お茶摘む〳〵とおゝといた」(愛知・南設楽郡新城市大海・太鼓踊・放下歌)。→鄙廼一曲・二五六。

一四 城誉めの歌。「御城踊・城の踊」などの名称で滋賀・奈良・三重などにも類似表現の踊り分布。表現は屋敷誉め・軍装誉めの歌とも共通で類型をなす。

一五 →二元注六。「おとのへ参りて城のかゝりを見てやれば七重の石垣八重の堀　こゝのへの塀をつき　うへはこがねの笹いた」(滋賀・草津市上笠・雨乞踊・城の踊)。

一六「おじゃる」の転か。「居る」の尊敬語。「お台所」とも。「御

玉章をどりは是までよ〳〵　拍子

○御城[一四]かへり踊

275 御城へ参りて御城のかゝり[一五]を見てあれば　御城のかゝりはやら見事

おんじやり所[一六]を見てあれば　鶴と亀とが昼寝[一七]して　銭を枕で米〈ヨネ〉ふらす〳〵　拍子

276 さァて馬屋を見てあれば　七間馬屋[一八]に七ᶠひきたてゝ　大黒・小黒[一九]・月毛に栗毛[二〇]　連銭葦毛[二一]に鹿〈カ〉毛の駒　なほも御番所やら見事〳〵　拍子

277 将侍[二二]とうち見えて　鐙と鞍とはぎんごうし[二三]　総鞦[二四]は唐の糸[二五]〳〵　拍子

御城をどりはこれまでよ〳〵　拍子

○大内[二六]脇踊　拍子飛をどり

278 大内殿へ参りて　御縁の柱を見てあれば　六十六本塗りおろし　釘[二七]かくし　垂木端[二八]へは金をのまして[二九]　上は檜皮[三〇]のを熨斗葺〳〵　拍

城へまいりて御城のかかりを見てやれば　御城のかかりはやら見事　お台所を見てやれば　鶴と亀とが昼ねして　銭を枕でよねふらす」(高知・吾川郡伊野町大内・神踊・御城)。

一七 めでたい場景で祝意を示す。「蓬莱山のふもとには　鶴と亀とが昼寝して　頭を枕にあい寝する」(土佐国群書類従十一・弘岡村神踊歌・鶴亀おどり)。「扨もおまゑのはすゆけに鶴と亀とが昼ねして　亀をまくらで米をふらしたやらみごと」(阿波那賀郡蔦蒲村・御神踊・屋敷踊)。

一八→一三〇注七。　一九 以下馬の毛色の種類を数え挙げることにより、そのすばらしさを示す。→二八。

二〇 葦毛(白い毛に黒色などのさし毛のあるもの)のやや赤みを帯びたもの。　二一 葦毛に円い斑点のまじったもの。

二二 前半欠脱か。「御城へ参りて将侍を見てやれば　将侍はやら見事」(高知・吾川郡伊野町大内・神踊・御城)。

二三 不詳。「鐙と鞍とは銀どうし」(高知・須崎市浦ノ内・神踊・御城)。「鐙と鞍とは銭どうし」(高知・吾川郡伊野町大内・神踊・御城)。　二四 馬具。装飾に総を垂らした鞦。鞦は馬の頭・胸・尾につなげる緒の総称。　二五 舶来の上等の糸の意。

二六 戦国時代の中国地方の大名大内氏。特に二〇の歌詞やその他の風流踊り歌などの資料からは、大宰大弐大内義隆(一五〇七‐五二)に関わる語り草によるものと思われる。「さても筑紫のをふちん殿と　お杵築参りに召されて候」(兵庫・宍粟郡波賀町戸倉・ざんざか踊・お杵築参り)。類似の表現は「大内踊・内みおどり・屋形踊」などの名称で、高知のほか京都・大阪・兵庫・徳島・愛媛などに分布。

二七 本来は長押に打った釘の頭を隠すための装飾金具であるが、あるいは塗装で釘の頭を美しく隠しているの意か。「大内(おうちん)殿へ参りては〳〵　御書院作りを見てあれば　表の柱が六十六本　なげしの釘はぬりがくし〳〵」(徳島・鳴門市大麻町池谷・神踊・大内踊)。

二八 屋根板を支えるため、棟から軒に渡した木の先端。

二九 「の(延)ばして」の転訛。「垂木口には銅をのばして」(愛媛・宇和島市戸島・ハンヤ踊・屋形踊)。「垂木ばなにはかね打延べて」(兵庫・宍粟郡波賀町戸倉・ざんざか踊・二つうちわ)。

子

279 熨斗葺の熨斗葺の　八棟つくりの空見れば　違ひ格子に菱格子
玉の御簾をかけある　〱　拍子

280 やがて次の間を見れば　諸国の侍あつまりて　弓・鎗稽古　歌・連
歌　大胴・小胴の調をよしれて　太鼓の楽うつ人もある　〱　拍
子
大内をどりは是までよ　〱　拍子

○小鷹かへり踊

281 一番小鷹が餌食ひする　〱　せりよう増さりと餌ぐひする　〱
拍子

282 二番小鷹が餌食ひする　〱　弓矢を冥加と餌ぐひする　〱　拍
子

283 三番小鷹が餌食ひする　〱　因幡がはち〱と餌ぐひする　〱
拍子
小鷹をどりはこれまでよ　〱　拍子

三〇 九四注一〇。「空は檜のお熨斗葺」(徳島・名東郡国府村早淵・神踊歌・御館踊)。

一 →九四注九。 二 天井。
三 美しい石。或いは転じて美称に用いるか。
四 大内義隆の治世を対象とするか。義隆は風流大名と形容しうる文人武将。「(義隆卿ハ)文武ニ達シテ双ナク…公家ノマジハリ計ニテ、朝夕ノ遊宴ニハ、歌ノ披講ニ管絃シ」(大内義隆記)。「殿へ参りて御門に立ちて内みれば　太鼓つづみ笛尺八で　いつも絶えせぬ鞠の音す」「さてお座敷を見てあれば諸国の侍あつまりて　ヤオハア軍勢がみごとかや」(京都・舞鶴市成生・内みおどり)。「国さむらいの芸能は〱　まりふし稽古は弓稽古」(徳島・鳴門市大麻町池谷・神踊・大内踊)。
五 大鼓(おおつづみ)・小鼓(こつづみ)に同じ。 六 転訛があるか。「調べをやらめて」(高知・須崎市浦ノ内・神踊・おおちん)。「調べをしめて」(高知・吾川郡伊野町大内・神踊・おおちん)。
七 ハヤブサ、ハイタカなどの小形の鷹。小鳥を捕える小鷹狩に用いた。鳥が神意や吉兆を告げるという民俗的心意による踊り歌。類歌は「尼子踊・お鷹踊」などの名称で、岐阜・滋賀・京都・大阪・三重・徳島などに分布。
八 餌を捕えて食べる意か。類歌は「囀る」「舞掛る」など。
九 「しょりゃう(所領)」の転訛。「花のひらきは所領がまさるとひらいた」(田植草紙・三)。「一番お鷹が舞掛る　処領参ると舞掛る」(徳島・那賀郡和食・大日本神踊歌・お鷹踊)。「一番お鷹の餌がへには　美濃や尾張が参るとの」(滋賀・甲賀郡土山町・太鼓踊・御にわ踊)。「一番小鷹の囀るは　泉わ湧くと囀る」(伊賀国阿山郡島ヶ原村下村雨乞踊歌・尼子踊)。「通る小鷹が羽を休め　何とさへずる出て聞けば　せりようまいりと囀るよ」(岐阜・本巣郡根尾村・雨乞踊・このほど)。
一〇 目に見えぬ神仏の助力。軍事を神仏が守ってくれるの意。
一一 転訛があるか。「二番小鷹の囀るは　伯耆は八国御座るとの」「三番小鷹の囀るは　因幡は七国御座るとの」(伊賀国阿山郡島ヶ原村下村雨乞踊歌・尼子踊)。「弐番のお鷹の餌がへには　因幡や伯耆が参るとの」(滋賀・甲賀郡土山町・太鼓踊・御

○具足かへり踊拍子飛をどり

284 おれが弟のとら松殿は　まだ十五にはならねども　小太刀を一事と
おたしなむ　〳〵　拍子

285 甲は何と縅された　五枚下がりに四方白に吹返し　大将鍬形縅し
た　〳〵　拍子

286 お召しの具足を見てあれば　惣毛の鎧とうち見えて　ヤうしろの板
は白金ぞろよ　前なる板は黄金でおぢやる　上ミ六段は紫糸よ　下モ
七段は紅ぞろよと　綾のはつしを　十三ぼろりと縅した　〳〵　拍
子

287 さて持槍を見てあれば　本は白金　中ひばく　上は黄金のを蛭巻
〳〵　拍子

具足をどりはこれまでよ　〳〵　拍子

○豊後脇踊

288 豊後の港を今朝出して　〳〵ヤア　今は備後の鞆へ着く　〳〵ヤ

にわ踊）。
二一 虎（寅）松踊りの一類型、具足踊り。→二五〇頁注二。具足は本来武具の総称であったが、特には鎧をいう。→二六。
二三 →二〇・二三。 一四 大切な一つの物事としての意。「おれが子息の虎松どのは　まだ十五には足らねども　こぐちを一じとたしなむ」（兵庫・三田市上本庄字大音所・百石踊・具足踊）。
一五 以下は装飾を重んじた風流の飾り兜の仕様をいう。
一六 鞠（しころ）。頭にかぶる鉢の下縁にめぐらし頸部を保護する部分）が、五枚の札仕立てであるということ。
一七 鉢の装飾の一つ。四方に鍍金・銀の地板を据え、上にそれぞれ数条ずつ鍍金・銀の篠垂（頂辺から垂らした細い筋金）を打ったもの。 一八 兜の眉庇の左右、鞠板（しころいた）のそり返った箇所。 一九 →一四注一五。
二〇 全体が縅毛（おどしげ）で統一されている鎧の意か。 二一 →一五注一九。 二二 →一五注二〇。「具足は何とよろませた〳〵　前なる板は白金ぞろよ　後の板は黄金でござる　後七段は紫糸よ　下六段は紅ぞろよ　サア綾のはづしで十三下りと鎧はせた」（徳島・鳴門市大麻町松村・神踊・鎌倉踊）。
二三 転訛があるか。「寅松殿の槍をば何ともたせたぞ　もと白金に中金箔（きんぱく）よ　末は黄金のひつまきよ」（大阪・和泉市父鬼・こおどり・具足踊）。「槍をば何と好ませた　本白金に中黄金　末は黄金の蛭巻」（徳島・名西郡石井町城ノ内・曾我氏神社神踊・虎松）。 二四 →三注一一。
二五 豊後（現大分県）を起点に瀬戸内海の要港の道行きを歌う。同様の道行き表現は、「山伏踊り」や「商踊り」の一類型などとも共通。「愛宕の山を今朝立て　急げば早付く山崎え」（大和国山辺郡都介野吐山太鼓踊歌・山伏踊）。「つくしの町をけさたてば　岩淵のてを打すぎて　はやくついたよゑちごまで」（久多の花笠踊・踊番附〈六拾壱番〉・あきない踊り）。
二六 豊後国。瀬戸内海および豊後水道に面し、長い海岸線に多くの港を持つ。 二七 備後国鞆ノ浦。現広島県福山市の南部。万葉集以来、潮待ち、風待ちの港として栄え、遊女の島もあった（とはずがたり五）。「豊後の国を今朝たちて　今は明石の浦へつく〳〵」（踊唱歌・豊後踊）。

289 豊後[一]のをどりはひとをどり　〳〵　拍子
備後の鞆をも今朝出して　〳〵ヤア　今は塩飽[二]の浜へ着く　〳〵ヤ
豊後[三]のをどりはひとをどり　〳〵　拍子

290 塩飽の浜をも今朝出して　〳〵　ヤア　今は宇多津[四]の浜へ着く
〳〵　ヤ
豊後[五]のをどりはひとをどり　〳〵　拍子

291 宇多津の浜をも今朝出して　〳〵　ヤア　今は播磨[六]の室へ着く
〳〵ヤ
豊後[七]のをどりはこれまでよ　〳〵　拍子

○しゆうご[八]かへり踊

292 しゆんご[九]殿の若殿は　十所巻いたる籐[一〇]の弓　まん中とりてふりか
たげ　はや〳〵鷹野[一一]にお立ちある　〳〵　拍子

293 上[一二]は松原・松林　下は檜皮の懸け造り[一三]　〳〵　拍子
しゆうごをどりはこれまでよ　〳〵　拍子

一「是ヨリ拍子ニナル」と傍書。
二 塩飽諸島。備讃瀬戸の西部にある島々。本島を中心に広島・手島など大小二十八の島からなり、古来瀬戸内海交通の要所。「塩飽船」は有名。→二三。
三「是ヨリ拍子ニナル」と傍書。
四 香川県綾歌郡の西北、大束川河口に古代より開けた港。現宇多津町。塩飽諸島に対面し、物資の集散地として、また軍事的にも要衝であった。
五「是ヨリ拍子ニナル」と傍書。
六 播磨国室津(むろのつ)。現兵庫県揖保郡御津町室津に比定される。古代より風待ちの良港として栄え、遊女の存在も知られる(法然上人絵伝三十四)。
七「是ヨリ拍子ニナル」と傍書。
八 武士の名。転訛により不詳。あるいは「新吾」か。
九「しうご殿の若殿は…」(高知・吾川郡伊野町大内・神踊・しうど)。ほか愛媛・高知に「新吾踊」。
一〇 折裂を防ぐため、要所を籐で巻いた弓。
一一 鷹を使って山野で鳥獣をとること。「タカノ(鷹野) 鷹狩に同じ。鷹による狩。タカノヲスル(鷹野をする) 鷹を使って狩をする」(日葡辞書)。
一二 上の句を欠くか。一三 傾斜地に張り出して造った建物。「カケヅクリ(懸造) 片方はしっかりした所に、片方は低い所とか険阻な所とかに[かけて]造った建築。たとえば海とか絶壁とかなどに臨んで造った建築」(日葡辞書)。
一四「さしとり」の転。刺捕竿で鳥をとらえること。またその人。鳥刺(とりさし)に同じ。「トリサシ(鳥刺) 先端にとりもちをつけた竹で鳥を捕える人」(日葡辞書)。室町期には職業としても行われ(三十二番職人歌合)、派生して風流踊り・囃子舞・万歳・御船歌などの芸能の中にも取り込まれた。詞章は多く祝言の数え歌風の形をとる。ここは「刺捕踊(舞)・鳥刺踊・餌刺踊」など風流踊り歌の中の一類型。
一五 数え歌の数字の音に合わせて鳥の名前を挙げてゆく。以下同じ。「初手の日はのう　一つ鴨　比叡の山の檜の枝の

○刺捕[一四] かへり踊

294 ひと日の日はまた 一[一五]ッひよ鳥刺いたもうれしき これも浮世のをどりかや さらばこをどり 拍子

295 ふた日の日はまた 二ッ[一六]ふるづく刺いたもうれしき 是も浮世のをどりかや さらばこをどり 拍子

296 三[一七]日の日はまた 三ッみゝづく刺いたもうれしき これも浮世のをどりかや さらばこをどり 拍子

297 四[一八]日の日はまた 四ッ夜鷹を刺いたもうれしき これも浮世のをどりかや さらばこをどり 拍子
刺捕をどりはこれまでよ 〳〵 拍子

○手拭[一九] 前踊

298 七[二〇]里通ひし手拭を 〳〵ヤア どこで落したおぼえない 〳〵ヤ
手拭[二一]をどりはひとをどり 〳〵 拍子

299 もしも拾ふた人あらば 〳〵 肌[二二]の木綿にかへまししよ 〳〵ヤ

すんちりもっちり 曲ってすねた小枝に 止ってをりて囀る様は ハア 天気よかれ御代も繁昌と囀るところを 刺いて呉りよと思って まづこの調子に構えて すぐに刺いておっ捕った」(新潟・柏崎市黒姫町女谷・綾子舞・さいとり舞)。

一六「ふくろう(梟)」に同じ。「二日の日はのう 二つふくろうふかがみ山のひんまがった松の小枝に ふくろう鳥めが止って囀る あすは日がいいのりつけほう〳〵 ちよいと刺いておっ捕った」(綾子舞・さいとり舞)。

一七「三日の日はのう 三つ木菟 美濃の国みかさの山の三笠の峠…」(綾子舞・さいとり舞)。

一八「四日の日はのう 四つ夜鷹 たかの鳥…」(綾子舞・さいとり舞)。以上の数え歌の形式は、わらべ歌などにも利用されている。「一つひよどり 二つふるつく 三つみみづく 四つ夜鷹 五ついしいし 六つ百足 七つなめくじ 八つ山鳥 九つ小鳥 十とんび」(高知・吾川郡春野町西分・手まり歌)。

一九 手拭と「木綿・小袖・刀」とを替えてほしいと歌う。類歌(高知・徳島に分布)で交換の対象として示されるのは、他に「乗馬(のりうま)・乗鞍・具足兜・鎧皆具・鐙・指矢・鏡手具足・肌守り・打出小槌」など。いずれも貴重な物として扱われており、その時代性から成立は戦国・桃山期にさかのぼるか。

二〇 手拭は身体をぬぐうほか被り物にも使用された布。男女の間で愛情を込めて遣り取りする習俗もあった。ここはそれ。七里(必ずしも七里ではなく長い道のりの意)をものともせず通った結果、ようやく得た女性の手拭。大切な愛の証。「五尺手拭いよこの手拭 五尺手拭中染めて おれにいよこのくりよより おれにくりよより宿に置け」(落葉集七・古来中興当流はやり歌・五尺手拭)。

二一「是ヨリ拍子ニナル」と傍書。

二二 肌着としての木綿。木綿は中世においては貴重な輸入品。戦国時代から急激に国内生産が高まり、末期には特産地も出現し庶民の日常衣料にも普及していった。それ以前は麻。「花の木綿」(徳島・名東郡国府村早淵・神踊歌・手拭踊)。「白地木綿にかえまらしょ」(徳島・那賀郡鷲敷町・神踊・手拭踊)。

300 手拭(てぬぐひ)[一]をどりはひとをどり 〱 拍子
肌(はだ)の木綿(もめん)がいやならば 〱ヤ 上着(うはぎ)[二]小袖(そで)にかへましよ 〱
ヤ
手拭(ぬぐひ)[三]をどりはひとをどり 〱 拍子 ヤ

301 上着(うはぎ)小袖(そで)がいやならば 〱ヤ 唐土刀(もろこしかたな)[四]にかへましよ 〱ヤ
手拭(てぬぐひ)[五]をどりはこれまでよ 〱 拍子

○ごとう[六] かへり踊 拍子飛をどり

302 ごとうしぐれて雨(あめ)ふらば 千代(ちよ)[七]が情(なさ)けとおぼしめせ 〱 拍子

303 酒屋(さかや)[八]〱か七酒屋(なゝさかや)[九] 中(なか)の酒屋(さかや)の姫(ひめ)こひし

304 わしは酒屋の酒林(さかばやし)[一〇] 中(ナカ)[一一]をいはれて門(かど)[一二]に立(た)つ 〱 拍子

305 わしは酒屋の一ッ桶(をけ)[一三] 昼(ひる)はひまない夜(よ)さござれ 〱 拍子[一四]

306 じようのきりきし[一五]菊(きく)の花(はな) 及(をよ)[一六]びござらぬ見たばかり 〱 拍子
ごとうをどりはこれまでよ 〱 拍子

○屋形(やかた)[一七] かへり踊

一「是ヨリ拍子ニナル」と傍書。 二 表着としての袖口を狭くした着物。小袖は元来は庶民の衣服であり、また上層階級の下着であったが、室町時代から桃山時代にかけて、男女階層を問わず表着として定着。桃山時代には豊かな装飾性を確立し、現在の着物の母胎となった。 三「是ヨリ拍子ニナル」と傍書。 四 中国渡来の、上等な刀の意。「こしの刀」(藤田小林文庫・御神踊歌枕・手拭踊)。「指た刀」(徳島・那賀郡和食・大日本神踊歌・手拭踊)。 五「是ヨリ拍子ニナル」と傍書。 六 地名か。不詳。類歌(高知・愛媛・兵庫など)では「五島・五桐」と当てる。中世末、近世初期の恋の流行小歌による組歌構成。七五調二句形式が特徴。 七 時雨を恋人(千代)の恋の情の涙と思ってほしい。「なさけ」の横に「涙」と朱で傍書。 八 この項、朱による補入。 九 七は数が多いこと。「酒や〱は多けれど」(藤田小林文庫・雫謡・五島踊)。 一〇 酒屋の門口に立てた店の目印。杉の葉などの枝を束ねて戸口に立てた。後には杉の葉を球状に結び軒につるした。酒箒(さかばはき)に同じ、→一九注五。 一一 →一九注六。 一二 二人の仲を噂されて腹が立つ(角に立つ)意を掛ける。「あれは酒屋のさかばやし　仲をいわれて角が立つ」(愛媛・西宇和郡瀬戸町大久・しゃんしゃん踊・五島踊)。「我は酒屋のさか林　よるも夜中も門にたつ」(滋賀・草津市上笠・雨乞踊・小原木踊)。 一三 滋賀・宮崎・大分・熊本・鹿児島など広く分布。「われは酒屋の一つおけ　昼はひまなし夜おじやれ」(鹿児島・大島郡三島村硫黄島・太鼓踊り)。 一四 朱注「拍子脱歟」により補う。 一五「五条の切石(ごでうのきりいし)」の訛伝。京の五条の橋の石材。正保二年(一六四五)、従来の木橋を石橋にかけ替えた。「五条の橋切石に掛けかはる時」(日本永代蔵二の三)。 一六 分不相応の恋。「五条の切石菊の花　ご用はなけれど見たばかり」(愛媛・西宇和郡瀬戸町大久・しゃんしゃん踊・五島踊)。 一七 貴人の屋敷。「屋敷踊・屋形踊」など屋敷誉めの踊り歌の一類型。

307 [一八]めでたい春の初夢に　扇の要に松植て　松の緑に鷹するゑて　屋形へ参ルと夢に見た　〱　拍子

308 さアて屋形へ参りては　屋形のか[一九]ゝりはやら見事　[二〇]うしろは山で前は川　[二一]四方四面に蔵たてて　銭米積んでやら見事　〱　拍子

屋形をどりはこれまでよ　〱　拍子

○八島[二二]かへり踊

309 ところは四国八島[二三]にて　源平両家の戦に　牟礼[二四]・高松の松原へ　物[二五]見に出たる大将[二六]の　御出立チのはなやかさ　〱　拍子

310 [二七]鍬形うつたる甲をめされ　[二八]赤地の錦の直垂に　紫裾濃の鎧きて　[二九]たけなる馬にぞめされ給ふ　〱　拍子

311 さアて其場の見物は[三〇]　[三一]那須の与市が扇の的の　要を射きれば扇は海に　其名は天下にあげにける　〱　拍子

八島をどりはこれまでよ　〱　拍子

一八 祝事に関わる吉兆の夢見を歌う。「今宵祝の夢を見た　夢は何と見た〱　扇の要に鷹据て　館へ参りた夢を見た」（広島・安芸郡熊野町・神楽踊・館踊）。「若殿様の世のはじまりは御馬も参る御鷹も参る　皆国々から使者参る」（『古謡集』西讃府志・屋形雨花・屋形蹈舞）。

一九 →二九九注六。二〇 類型的表現として定着。「これの屋敷はよい屋敷　前は大川うしろ山」（京都・相楽郡南山城村田山・花踊・屋敷踊）。「これの屋敷は好い屋敷　上は松山前は川」（兵庫・出石郡但東町虫生・笹ばやし・屋敷踊）。→一九二注九。

二一 「四方四面に宝庫　恵比須大黒祝ひ米」（京都・京都市左京区八瀬秋元町・赦免地踊・屋形踊）。

二二 文治元年（一一八五）二月に行われた源平の屋島の戦いに関する語り草による踊り歌。特に那須与一の話は多くの歌謡を生む。ここはそれらの一種。屋島は香川県の高松市の東北部にある瀬戸内海に半島状に突き出た台地。近世までは浅い海に隔てられた島であった。

二三 都落ちした平氏の根拠地。安徳天皇の行宮跡をはじめ多くの伝承地が残る。二四 屋島南方の牟礼・高松両郷。

二五 敵の様子を探ること。二六 源義経を指す。

二七 兜の威容を示す装飾。眉庇の正面に打った二本の角状のもの。古代の鍬の刃に似ることからの称。

二八 「九郎大夫判官、その日の装束には、赤地の錦の直垂に、紫裾濃の鎧着て」（平家物語十一・嗣信最期）。裾濃は鎧の上段を薄く、下段になるほど濃く染めて縅したもの。

二九 「猛（たけ）なる」で勇猛なの意か。

三〇 すばらしいみもの。三一 「那須与一」は多くは音頭口説に仕組まれて流布した。「的の扇の要を射きり　風にひらひら海にと落ちる…」（高知・吾川郡春野町秋山・さしおどり）。

一 憧れの対象として評判の男性の名。前歌の那須与一を当てる伝承もある。中世末、近世初期の流行小歌による組歌構成。物尽し的表現が特徴。

二 姿態の魅力を物にたとえる。「立てば芍薬座れば牡丹　歩く姿は百合の花」（延享五）。

○与市[一]かへり踊 拍子飛をどり

312 与市〳〵にほれたも道理　足[二]は白金　身は水晶　御寝る姿は萩の花〳〵　拍子

313 笠をたもらば三[三]盞たもれ　雨の降り笠・日照り笠　花[四]の与市の忍び笠〳〵　拍子

314 心[五]不調の殿[六]もちて　伊[七]勢へ七度〈ナヽ〉　熊野へ三度　愛宕様へは月参ル〳〵　拍子

与市をどりはこれまでよ〳〵　拍子

○姑[八]　前踊

315 おれが姑はきぶいの[九]〳〵　今[一〇]朝はき庭に塵まいて　まだ今朝嫁が庭はかぬ〳〵

なん[一一]ぼ姑のきぶいのきぶいの　拍子

316 おれが姑はきぶいの〳〵　岩[一二]を袴に裁ちぬへと〳〵　わ[一三]ごれは真砂を糸によれ〳〵

三 笠などを数える語。「笠をたもらば三盞たもれ　雨の降かさ日でり笠　雨の降笠いよ日照り笠　又は此方に通ひ笠」(延享五)。 四「那須の与一のしのびがさ」(高知・須崎市浦ノ内・神踊・与二)。

五「不調 フデウ〈淫乱義也〉」(文明本節用集)。 六 妻から夫をさしていう敬称。 七 神を頼む心の篤いことのたとえ。「茶屋のおかゝに末代添ふならば　伊勢へ七たび熊野へ十三度　愛宕様には月参り」(かぶき草紙)。「伊勢へ」以下は「伊勢へ七度熊野へ三度愛宕様へは月参り」の形で、近世には諺として流布。類歌も踊り歌・民謡・わらべ歌などに広く伝播。「愛宕様」は京都市の西北方、愛宕山に鎮座する愛宕権現。

八 全体に簡略ながら、構成は基本的に一四一—一〇七の「姑」踊りと一致。→二六六頁注七。

九 →一〇四注八。「きぶいの」の「の」は終助詞「な」の転。詠嘆の意。 一〇 →一〇五注一〇。「嫁御寮や〳〵　朝とう起きて庭はけば　はいたる庭に小草をまいて　嫁がはかんと名を立つる　おもしろや」(徳島・鳴門市大麻町池谷・神踊・嫁振踊)。

一一「何ほど」の転「なんぼう」の縮約形。なんとまあ、の意。「なんぼしうとめのきずきよう　をれらが姑のきずきよふは　朝とふをきてはいたる庭にちりをすてゝまいて　まだ今朝よめが庭はかぬ」(藤田小林文庫・阿波踊・しうとめ踊)。「なんぼ」の脇に「是より拍子ニナル」と傍書。

一二 実現不可能な無理難題の応酬。→一〇六注一一。「綾織れ〳〵と織らしたほどに　姑ごぜが岩を袴にたち縫へ〳〵と　岩を袴に裁縫ふならば　岩切庖丁に岩縫針に　真砂を糸によれ縫ほに」(三重・松阪市小阿坂町・鼓踊・綾踊)。

一三 →一〇七注一四。「わごりようはまなごを糸によれ〳〵」(藤田小林文庫・阿波踊・しうとめ踊)。

一四「是より拍子ニナル」と傍書。

一五 数をかぞえよ。「おれが姑メのたけなさよ　空飛鳥のはねよめと　そら飛鳥のはねよまば　そなたは天のほしをよみやいの」(徳島・板野郡松茂村中喜来浦・御神踊歌・姑踊)。「をれがしうとめのきついよは〳〵　かずらき山の木をよめと　かずらき山の木をよめならば　そなたはてんなるほしをよめや

なんぼ姑のきぶいのきぶいの　拍子

317 おれが姑はきぶいの　〱　空とぶ鳥の羽根を読め　〱　わごれは天なる星を読め　〱

なんぼ姑のきぶいのきぶいの　拍子

318 おれが姑はきぶいの　〱　水ない島へ船をのれ　〱　わごれは愛宕の山をのれ　〱

姑をどりは是までよ　〱　拍子

○刀かへり踊

319 京で九貫の打刀　三貫下緒をさしさげて　八貫目貫をまきこめて娘をおもはば婿にやれ　〱　拍子

320 もしも娘を去るならば　刀を添へてお戻しやれ　〱　拍子

刀をどりはこれまでよ　〱　拍子

○御寺前踊

321 御寺へ参りて御門のかゝりを見てあれば　御門のかゝりはやら見

れ〱」(藤田小林文庫・慶応三年神踊本・しうとめ踊)。

一六「是より拍子ニナル」と傍書。

一七「おれが姑のきついさよ　水ない島へ船漕げと　水ない島へ舟漕がば　はこりはあたごの山へこげ」(『泉北地方の民謡集(一)』神社小踊歌・嫁振踊)。「あれが姑のきぶい世は　水ない川で船こげ　水ない川で船こがば　そなたは目籠で水を汲め」(京都・亀岡市千歳町出雲・花踊・姑おどり)。→一〇七注一三。

一八→一〇七注一五。

一九「是より拍子ニナル」と傍書。

二〇片刃の斬撃用の武器。武士の精神・体面にも関わる大切なもの。腰に吊し刃を下に向けて佩く太刀に対し、帯に刃を上に向けて差す構造になっているのが特色。

二一立派な刀をいう。貫は銭を数える単位。銭一千文を一貫とする。「京で一チばん打チがたな」(土佐国群書類従十一・弘岡村神踊歌・刀おどり)。

二二刀のうち長大に仕立てて鐔をつけ、戦闘用の打ち合いに用いたもの。戦国時代以来、太刀に代わり盛んに使用された。

二三室町期以来、鞘が腰からはずれるのを防ぐため、また装飾としても用いられた紐。組糸・革緒などがある。「中古より…刀の下緒は刀丈とひとしくして、栗形より三四寸下にて一束に結び、すへはながくして置也。泰平の世には下緒の用更になし、戦場ばかりの用也」(本邦刀剣考)。→二注八。

二四柄(つか)の表裏の中ほどに据えた飾金。本来は刀身に柄をはめてとめるための金具(目釘)の役を兼ねていたが、室町期には分離され装飾化が進んだ。

二五柄糸に巻きこんで。　二六大切に思うなら。

二七離縁するなら。

二八寺詣めの「お寺踊り」の一類型。類歌の遺存は比較的少ない。→二五四頁注二。三〇—三三、六三—九七。

二九→三九・三五。「寺へ参りて御門がかりを詠れば〱　白銀柱にこがねの扉　ふいたる檜皮はやら見ごと〱」(兵庫・氷上郡春日町稲塚・風流神踊・御寺踊)。「お寺へ参りて御門を見れば　白金柱に黄金の垂木　ゆいたるなわは唐の糸」(奈良市大柳生町西垣内・太鼓踊・御寺踊)。

事　白金柱に黄金の垂木　この門見れば寺繁昌　〱　拍子

322 御寺へ参りてお庭のかゝりを見てあれば　お庭のかゝりはやら見事　千本小松がはえ廻ゝ、其枝ゝに四十雀が巣に巣をかけて　この子がそだゝば寺繁昌　〱　拍子

323 御寺へ参りて花壇のかゝりを見てあれば　花壇のかゝりはやら見事　石菖花に黄金がさいて　この花見れば寺繁昌　〱　拍子

324 御寺へ参りてお茶ノ湯所を見てあれば　お茶湯所はやら見事　白金茶桶に黄金の柄杓　朱天目に黒竹茶筅　十三稚児にて振らせ給ふ　〱　拍子

325 御寺へ参りて仏壇の体を見てあれば　仏壇の体はやら見事　青葉の笛に覆輪かけて　十三稚児にぞ吹せ給ふ　〱　拍子

御寺をどりはこれまでよ　〱　拍子

○鎌倉　前踊

326 鎌倉殿の板敷は　がらりと踏めば金の音　向ふの山をながむれば

五葉の松が三本ある　末には鶴が巣をかけて　本には白藤はへかゝ

一 屋根面を形成するため、棟から軒へ何本も連ねた長い木材。

二 大阪・三重・愛知などに近似の類歌。「てらゑまいりてせんざいみれば　千年小松が四方ゑさして　しじうからんがすにすをかけて　其子がそだば寺はんじよ〱」(『熊取町の民謡集』高田の雨乞踊音頭・御寺踊り)。

三 供花のための花園。「寺々の花壇の花は今がさかり　いざ立寄て花詠(ながめ)ん」(徳島・那賀郡和食・大日本神踊歌・寺引踊)。

四 石菖蒲。ショウブに似た水辺の植物。黄色の細花を円柱状に密生してつける。その花を黄金にたとえたもの。

五 「チャノユジョ(茶の湯所)、チャノユノマ(茶の湯の間)　茶をたてるための湯を沸かして、それを飲む支度をする所」(日葡辞書)。

六 「チャヲケ(茶桶)　茶の湯で使う水桶」(日葡辞書)。

七 朱色のはでな天目茶碗の意か。天目は浅く開いた摺鉢形茶碗の称。中国浙江省天目山の寺院から持ち来って賞翫したところからいう。

八 寺院の召使の少年。男色の対象ともなった。「チゴ　まだ頭髪を伸ばしていて、寺院で勉強する子供」(日葡辞書)。「偖茶の間を誉めければ　あられ鑵子や白天目や　泡切茶せん数知れず　花のわかしの数知れず」(兵庫・多可郡八千代町中村・千石踊・お寺踊)。「茶の間の掛りを見物すれば　あられせんすに湯りんりんと　八ツ輪の桶に水だぶだぶと　黄金の盆に白銀茶碗　そばなる若衆御茶をくむ」(三重・安芸郡豊里村山室・かんこ踊・お寺踊)。

九 仏像を安置する壇。須弥壇。→六四。「寺へ参りて仏壇かゝりを詠れば〱　独鈷三鈷仏具花皿鈴錫杖　燭台天目見台硯墨すりかけの唐の掛字を三幅一対　水晶盤上杉原なんど　御とりそろへ置れたり」(兵庫・氷上郡春日町稲塚・風流神踊・御寺踊)。

一〇 雅楽の横笛の名物。平安時代、名手博雅三位が鬼と交換して得たと伝えられる(體源抄一二)。

一一 金・銀などの金属で周縁を覆って飾る。

一二 「鎌倉踊り」の類型の一つ。めでたい祝言の歌で構成。全体に近似の踊り歌の遺存は少ない。→二六〇頁注四。

一三 鎌倉幕府の将軍。またその御所をさす。「鎌倉殿の板の間は　踏めばりゅんりゅん黄金の音」(『太鼓おどり』〈岐阜・揖斐

る〱　拍子

327 きのふ生(うま)れし亀の子が　けふはきりす一六の池に棲(す)む〱　拍子

328 御代一七はめでたの若松様よ　枝もさかえる葉もしげる

右文政十三年一八庚寅閏三月八日ニ、南部厳男一九ガ写シ置(おけ)ルマヽヲコヽニ記シツ。

吾川(あがは)郡二〇森山村二一小踊歌

八幡宮祭礼二二、毎歳八月十五日ナリ、其節(その)二三行ハルヽ歟、重(かさね)テ可尋。

329 牛若殿(うしわか)二四の馬屋は何と好まれた　白銀に金の垂木(たる)に八棟造りと好まれた

330 牛若殿二五はどこ育(そだ)ち　鞍馬の山の寺育(そだ)ち

331 牛若殿(うしわか)の召したる鎧見てあれば　萌黄威(もえぎをどし)二六の鎧きて　鍬形二七打(うつ)たる甲(かぶと)を召し　その出立(いでたち)のはなやかさ

右ハ先年或人ニ聞(きき)テ記ス。

郡春日村〉上ケ流鎌倉おどり・鎌倉踊り）。「鎌倉殿の板敷をさらりと踏めば金の音」（『戸波村誌』〈高知・土佐市〉子踊・鎌倉）。一四「鎌倉殿の御所のお庭に　祝の松が三本あり」（岐阜・上ケ流・鎌倉踊り）。他の「鎌倉踊り」では「唐松」とするものが多い。「鎌倉の御所のお庭に　植えたる松は唐松」（徳島・鳴門市大麻町池谷・神踊・唐松踊）。→四六。

一五「本」（幹）に対する木の先端。「本から白藤巻き上げて　上には鶴が巣をかけて」（岐阜・上ケ流・鎌倉踊り）。「うらへは鴨が巣をかけて」（高知・須崎市浦ノ内・神踊・鎌倉、『戸波村誌』子踊・鎌倉）。他の「鎌倉踊り」では鳥は「鷹」とするものが多い。「からまつのいちの小枝に　目出たいたかがすをかけた」（滋賀・犬上郡甲良町北落・太鼓踊・鎌倉踊）。

一六「きりぎりす」（『高知県方言辞典』）を指すか。あるいは語り草が背景にあるか。「昨日生れし鴨の子が今日は千里州の池に住む」（『戸波村誌』子踊・鎌倉）。

一七 近世に最も広く流布した祝賀歌。「祝ひ目出たのわか松様よ　枝も栄ゆる葉もしげる」（延享五）。→山家鳥虫歌・一。

一八 一八三〇年。一九 →二八九頁注二〇。

二〇 現吾川郡春野町森山。戦国時代までは国人森山氏の本貫の地。森山城があった。二一 →二九七頁注二一。

二二 森山八幡宮。祭神は応神天皇、日野資朝ほか。社伝によれば、正平二十三年（一三六八）、日野資朝の孫勝朝が南朝勢力の回復を願って八幡神ほかを祭ったことに始まるという。「祭礼八月十五日。昔ハ祭田有、今ハ無」（南路志十九・森山村・八幡宮）。二三 現行の祭礼は十月二十日。踊りは廃絶。

二四 広く分布する「牛若踊り」の一つ。隣接する春野町弘岡の「弘岡村神踊歌」（土佐国群書類従十一所収）との共通性から、元は浄瑠璃御前の語り草の歌詞を含む系統のものか。→二六六。

二五 →二六六。

二六 萌黄糸縅（もえぎいとおどし）に同じ。黄と青との中間の萌黄色の組糸で縅したもの。軍装束を誉める風流踊りの趣向の一つ。「御大将の粧(いでたち)に　赤地の錦の直垂に　紫裾濃の御鎧」（三重・松阪市小阿坂町・鼓踊・牛若踊）。「源氏三男牛若は　今年十五に成けるが　軍の装束好まれた」「鎧は何と好まれた　綾や錦

のひたゝれで　小金作りの腹巻」（藤田小林文庫・野間村踊歌本・装束踊）。　二七→一四・二八五。

神田村小踊の図

本図は、「土佐郡神田村小踊歌」の最終歌「鎌倉」の後に位置する。丁付けは無く、三十三丁と三十四丁の間に二丁分補入の体裁。見開きの彩色画で前丁表と後丁裏は白紙のまま。但し底本の転写本にあたる土佐国群書類従所収本（百四十四、上・下）の諸本には、いずれも前丁の表に「神田村小踊之図」とあるほか、後丁の裏には「神田村小踊」の歌本と関わると思われる記述も見られるので、内容は「神田村小踊」の具体的な態様を図示したものと判断できる。

また、皆山集八には別の「小踊図」と共に、小踊の芸態に関わる記事が収められており、本図を読み解く上で参考になる。合わせて以下絵解きを試みると、体形は輪踊りの形式で、中踊りと側踊りとを持つ。中踊りは太鼓打ちの童子二名と鉦打ちの大人六名。その装束は、太鼓打ちは頭巾様の被り物（皆山集「紫海色の手拭の如成」）に、白い振袖（皆山集「袖斗五色を重ねる」）、裁着け、草鞋・白足袋姿。胸には締め太鼓を肩より紐でつり、両手の撥（ばち）を頭上高く振り上げてたたく形。鉦打ちは、笠（皆山集「三度笠」）に紋付の着流し姿。手にした鉦（皆山集「八寸口」）を撞木で打つ形。側踊りは音頭とそれ以外の踊り子とに分かれ、左側の七名が音頭に当たる。その装束は、毛頭（皆山集「黒馬の尾の笠」）に紋付の上着、裁着け、草鞋。背には襷（皆山集「女帯」）を長く垂らす形に結んでいる。踊り子は鉦打ちと同様の装束で、笠と紋付の着流し。但し、帯の後に手拭をはさんでいるのが注目され、皆山集には「新き手拭を腰に挟む」とある。音頭・踊り子共に、手には扇子を持っている。このほか、皆山集には「太コ打、飛廻ル」という記述も見られ、全体に躍動感ある風流の踊りであったことがうかがえる。なお、踊り手はこの時点では女性の参加はなく、すべて男性で取り行われていたものと考えられる。

吾川郡猪野村神歌[一]

猪野村鎮座榲本(すぎもと)[二]大明神祭礼九月十九日[三]、波川河原[四]ニ神幸アリテミソギアリ、ソノ神幸ノ道スガラウタフ神歌[五]ナリ。

332 神(かみ)[六]しよふぢ　千(チ)みち百(モ、)みち多けれど　なんぼ[七]遠くと　中[八]の道こそ神の通ひ路(みち)[九]　神(かみ)しよふぢ

〈[一〇]古老ノ説ニ「神小路、千道百道多ケレド、中ノ道コソ神ノ通ヒ路(ぢ)、トイフガ本歌也、ナンボ遠クトト云(いふ)ハ問ノ詞、又下ノ句、神ノ通ヒ路(ぢ)ト云(いふ)、詰メテハ節ツギアシキユヱ、路(ぢ)ヲミチニカヘ、上ノ句五文字ヘイヒモドシタルモノ也」ト云(いふ)〉

右ハ先年予祭礼ノ節行(ゆき)テ正シク聞クトコロナリ。既ニ戸部良熙翁・韓川[一一]筆話ニ載レリ。

一 現吾川郡伊野町。猪野・井能とも表記した。
二 仁淀川の左岸にあり、主祭神は大国主命。「社記曰、往古大和国三輪洪水之節御神体流当国へ御渡着、杉本某と申者伊野村へ勧請仕」(南路志二十・伊野村)。通称大国様と呼ばれ信仰を集める。 三 祭礼、明治初年まで九月十九日であったが、現在は十一月二十二日。
四 神幸は、お旅所が対岸の波川地区の河原に設けられていた明治初年までは、神輿が仁淀川を渡御し、禊が行われていた。お旅所が川手前の天神地区の河原に移って以来、禊は途絶している。 五 戦前まで中絶している。現在でも神幸の途次に類似の神歌を歌う儀礼には、高知県高岡郡葉山村三島神社の「みうた」がある。歌詞は神迎えの神歌として最も広く伝播しているもの。→二九二頁注一〇。
六 朱による補入。「しよふじ」は神幸の道の意で「小路(ぢせう)」か、あるいは「請(しやう)じ」で神を招き迎える意か。
七 朱による補入。
八 土佐の祭礼では神幸の道の両側に注連縄を張りめぐらし、また辻幣を立てるなどして清められた聖なる空間とするが、その道のことを「中道」あるいは「中の道」と呼ぶ。→二九二頁注一一。 九 振仮名「みち」は朱による補入。
一〇 朱による頭書及び行間の注記。
一一 土佐藩の儒者(一七三一―九五)。韓川は号。韓川筆話(十巻)は明和六年成。

一 現吾川郡春野町東諸木。
二 「祭礼八月十七日。八幡尊像之背ニ享徳二年ト文字有。按享徳二年(一四五三)八月十七日所創乎」(南路志十九・東諸木村・正八幡宮)。祭礼、現行は十月二十八日。
三 「往古神主二十三人有、各給田幷行事之脂沢田有、…其給田に居住するものは今猶祭日行事の鉛粉(オシロイ)給を出すといへり」(南路志十九・東諸木村・正八幡宮)。神職の居住地は「根宜谷」の地名に残り、神田も伝えられているが、歌は廃絶。
四 清い神聖な浜。和歌山県西牟婁郡白浜町の海岸をいうか。

吾川郡東諸木村神祭歌[一]

当村鎮座正八幡宮[二]、八月十七日祭礼ノ節、神司[三]ノ唱(となふ)ル歌ナリ。

333 君を祝(いは)ふや白浜(しらはま)[四]の　おりゐる鶴をもろともに　ころもかんじよ[五]秋草(あきくさ)を　結(むす)ぶばかりになり給(たま)ふ

右ハ先年土人[六]ニ聞(きき)テ記ス。

吾川郡森山村[七]神祭ナバレ[八]ノ歌

八幡宮祭礼[九]ニ行ハル丶カ。

334 [一〇]ちりへつぽう　さゞらや[一一]　とくまか[一二]　はりしんでん[一三]又ちやうまんでん

右ハ先年土人[一四]ニ聞(きき)テ記ス。

「紀の国の　しらゝの浜に　ましらゝの浜に　おりゐる鷗　はれ　その玉もてこ」(催馬楽・紀の国)。「しらゝの浜に　ましらゝの浜に　おりゐる鷗　その玉もてこ」(重種本神楽歌)。→四三四。
五 「ころもか(衣更)へせう」の転訛か。→四三五。
六 その土地に生まれて住みついている人。
七 →三一一頁注二〇。 八 「ナバレ」は神幸をいう。「おなばれ(御神幸)」とも。「重遠先生(谷秦山)曰、当国当社ノナバレハ、他国ニテ御旅ト云。当国ニテナバレト云ハ、考ル所各役々ヲ勤ム、誰ハ何役〳〵ト名ヲ付ル故、名張(ナバリ)ト云訓ニヤ」(土陽淵岳志)。他に、神幸の行列の道には注連縄を張り渡すことから、「御縄張り(おなわばり)」を語源に考える説もある。歌は行列の途次に歌われる神歌の一種。
九 →三一一頁注二二。祭礼、現行は十月二十日。神幸はあるものの衰微し、歌は無い。
一〇 清め祓いや祝福の機能を持った呪術的なことば。「ちりへっぽう」は、三宮凱温の説に「地霊八方」の意で、道教に由来する呪言の一部「八方の天霊地霊」に拠るという。一部を唱えることで呪言の全機能を果たすという考え方に基づく。
一一 類歌では濁らずに「ささらや」、また「さざれ石」とも。
一二 「とくわか(徳若)」の訛伝で、いつまでも若々しい意の「常若」の転。
一三 不詳。類似の神幸の神歌は、土佐湾から仁淀川を中心軸とした周辺地域に分布。すなわち、吾川郡の春野町・伊野町、高岡郡の土佐市・日高村・須崎市など、限定された地域の神社に伝承されている。→四六五・四六六・四六七。 一四 土地の人。
一五 →三一三頁注一。
一六 「天神・天王相殿、天神山祭礼九月十八日、…正体二座鏡」(南路志二十・伊野村)。祭礼は、現行は十一月二十二日。
一七 神輿をかつぐことができるのは、かつては独身の男子のみ。神歌は太鼓の伴奏で歌ったが、戦後は廃絶。
一八 →三三四。
一九 小石。「わが君は千代にやちよに　さゞれいしのいはほとなりてこけのむすまで」(古今集・賀)。長寿を言祝ぐ。

吾川郡猪野(ゐの)[一五]村神祭歌

[一六]天神祭礼九月十八日、神幸ノ時道ニテ神輿[一七]ヲ舁(かく)者異口同音ニ謡(うたふ)。

335 [一八]ちりへつぽふ　[一九]さゞれ石　巌(いはほ)となるまで祈(いの)るなり

右ニ或人ニ聞(きき)タルマヽヲ記ス。

高岡郡仁井田郷窪川村[二〇]山歌[二一]

[二二]山民常ニウタフ歌ナリ。

336 [二三]恋しくは尋ねござれよ　[二四]信田が杜(もり)の葛の葉

337 [二五]恋しくて尋ね来たもの　逢(あ)はしてたまれ葛の葉

338 木も茅もよせ[二六]よ卯柘(うつげ)も　たゞ中頃[二七]はお愛(いと)しい

339 おとゝしの[二八]盆の夜(よ)さに　[二九]いとこに袖を引(ひか)[三〇]れた

340 夫(それ)や御前(おまへ)　[三一]いとこでもまた　袖引(ひく)たびにお愛(いと)しい

341 この苗をまいた夜(よ)さは　[三二]善悪二人ㇼ寝(ね)たげな[三三]

342 さて御前(おまへ)　寝(ね)たりやこそやれ　無理やりいふてわれた[三四]

二〇 現高岡郡窪川町の西南部。周囲の山地は林産資源に富み、その取引地として知られる。
二一 山中での仕事歌。田植歌、田の草取歌としても歌われる。
二二 山間部に住む人。山の仕事をする人。歌は中世歌謡の律調上の特色の一つ。四音の結びを示すものが多く、近世小唄調成立以前の民謡の一端を示す。掛け合いの形式を取るのも貴重。
二三 「信太妻」伝説による歌。地方歌謡に広く伝播。「恋しくは尋ね来て見よ　和泉なる信太の森のうらみ葛の葉」(古浄瑠璃・しのだづま三)。「信太の森の恨み葛の葉」(宗安小歌集・一八)。「恋しくばたづねごんせよしのだの森へ」(高知・須崎市下分大字坂川・花取踊り歌)。→七九、山家鳥虫歌・六九・三一九。
二四 大阪府和泉市、信太山の森。葛の名所。安倍保名とちぎった狐妻、葛の葉の伝説で知られる。
二五 前歌と掛け合いの形。母(葛の葉)に逢いに来た保名と童子(安倍清明)の心境。このままの形で花取踊りにも歌われる。「恋しくばたずね来て見よ　しのだが森のくずの葉」「恋しさにたずね来たもの　あわしてたもれくずの葉」(高知・高岡郡大野見村奈路・竹原)。
二六 「よせも」の誤伝。「よせ」は土佐西部の方言で葦のこと。「木もかやもよせもうつげも　たゞ中頃はおいとし」(高知・高岡郡大野見村奈路・竹原・花取踊り)。
二七 中ほどの所。寓意は不詳。
二八 盆踊りなど男女出会いの機会。　二九 父母の兄弟・姉妹の子。
三〇 袖をとって誘う、求愛の仕草。
三一 「いとこでもはとこでも　袖引く殿はおいとしい」(高知・高岡郡窪川町志和・田植歌)。前歌と掛け合い。さらに後の二連と続けて、いとこ同士の結びつきの首尾を歌うか。坂本正夫の説に、土佐の戦前までの民俗では「いとこ添い」は、財産を守り憑き物筋との関わりを避ける意味から、よくみられたものという。
三二 よかれあしかれ。何はともあれ。
三三 伝聞の意。…ということだ。
三四 「本ノマヽ」と傍書。「わかれた」の誤記か。

343 窪(くぼ)川のさけのお前(まへ)に[一]　流(なが)るゝ水はよい酒[二]
344 よい酒に菊(きく)[三]をちらして　おもふの酌[四]でよまいて[五]
345 実(げ)[六]にこゝは晴(は)れ[七]の海辺よ　さがれや絹(きぬ)の下妻[八]
346 下妻[九]に石をつゝんで　石より堅い約束
347 約束は堅(かた)かつたれど　迂論(うろん)[一〇]なやとで違(たが)ふた
348 あの山は親(おや)のたて山[一一]　見上(あげ)て見ればなつかしや
349 梅七ッ[一二]枇杷の房(ふさを)折り　こりよ廿一にことづけふ
350 追(お)ひつけやあとの小遍路[一三]　仁井田の五社[一四]に待(ま)ちよろふ
351 もし自然それが違(たが)ふたりや　足摺山[一五]で待(ま)ちよろふ
352 今一目見うとしたれば　早山端(はやばな)[一六]を行(ゆ)き越(こ)す
353 ありや見よ川の瀬(せ)を見よ　早瀬にもくはとまらぬ[一七]
354 友達はうつげ[一八]卯(う)の花　咲(さき)たるのちはちりぐ〲
355 日も暮(く)れる歌も満(み)てる[一九]　扨添(さてそ)ひ退(の)くや友達
356 [二〇]引ヶ引木(ひきぎ)まはれ小茶臼　ばんばとおろせ小茶臼
　右ハ或人ノ書付(かきつけ)タルヲ写シヌ。

一 誤伝。地名の入るべき所。「窪川の土居の面をよ　流れる水は良い水」(高知・幡多郡大正町田野々・花取踊り)。
二 「水」の誤伝。「大野見のなろの前を　流れる水はよい水」「よい水に米と糀を　浮かべておけばよい酒」(高知・高岡郡大野見村奈路・田植歌)。
三 菊酒は長寿の酒。主に重陽の節句に用いた。「玉の盃手にふれて、寿命を千代と汲み交し、なほ万代と菊の酒」(狂言・庵の梅)。
四 「思ふ人」の意。慕わしく思う相手。
五 「のカ」と傍書。「飲まいで」(現行の口承歌はこの形)で飲みたいものよの意か。打消の反語から強い願望・意志に転じたもの。「良い酒に菊を散らして　思うが酌で呑みたい」(高知・幡多郡大正町田野々・花取踊り)。
六 以下三連はそれぞれ末句を引き取っての掛け合い。
七 磯遊びや浜下りなどの習俗の場景か。歌掛けも行われた。
八 着物の下前(したまえ)の褄。「げにここは晴れのかけみちよ　さがれよ絹の下妻」(高知・高岡郡窪川町志和・田植歌)。
九 判じ物で恋の心を伝える「大和言葉」の伝統を踏まえた表現。
一〇 胡乱(うろん)な奴(やと)。不実なやつの意。「やと」は土佐方言で奴(やつ)。「胡乱な人 偽り欺く者、作りごとを構え、ごまかしを言って、他人の物を奪う者」(日葡辞書)。
一一 土佐方言、木を伐らずに置いてある山。
一二 梅や枇杷の実を恋の相手にたとえ、その魅力に引かれる気持を託したものか。「青梅の折枝　唾(つ)が〱唾が　やごりよ　唾が引かるゝ」(閑吟集・七六)。「紅梅の梅の折り枝　これを二十一にことづけう」(『土佐民謡集』二・田植歌・高岡郡檮原村)。
一三 四国遍路の仲間を親しんで呼ぶ。
一四 仁井田五社大明神。現高岡神社(窪川町仕出原)。社殿が五つあるため五社ともいった。神仏両部神社として、江戸末期まで四国霊場の三十七番札所。
一五 蹉跎山金剛福寺(土佐清水市足摺岬)。三十八番札所。
一六 「外の方へ突き出ている、山並みの先端」(日葡辞書)。
一七 土佐方言で、流れ藻をいう。早瀬のような急いた心を戒め、ゆったりとした穏やかな心の在り方を勧める。「人をつかへば川の瀬をごらん　なよい所にもくがよる」(高知・高岡

高岡郡仁井田(にゐだ)郷[二一]窪川村囃子田[二二]　一名大鼓田　歌

田植歌ナリ。ソノ業ハマヅ[二三]クハシロトテ鍬ニテ代(シロ)ヲナラシ、次ニ牝馬数疋立(たち)ナラベテ、追立(おひたて)〳〵代(シロ)ヲカク。其(その)アト田行司[二四]笠ヲ着、杖ヲ持(もち)[二五]テ早乙女ヲ指揮ス。早乙女モ皆笠ヲ着、歌ウタヒテ植ゥ。又大鼓打(うち)、大鼓ヲ首ニカケ両手ニ撥(ばち)ヲ持(もち)、植(うゑ)[二六]オクレタル所ニユキ、身ブリシテ拍子ヲトル。拍子ノ盛(さかり)ナル時ハ大鼓打ノ背水ニヒタル許(ばかり)ニソル也。早乙女ハ大鼓打(うち)ノ近ヅクヲ恥トシテ手早ク植ゥ。苗ヲクバルモノ共ハ、早乙女[二七]ニタヾ扣(ひかへ)[二八]サセジトスキ間ナクナゲ与フ。イヅレモソノ手業ノ早キコトカギリナシ。

早乙女　一田ニ七十人ヨリ三十人マデナリ。皆笠ヲ着。

[二九]タチウド　早乙女ヲ遣フ役ナリ。始終ノ作能人也。

大鼓打　二人、十四五歳ノ子供ナリ。ウシロダスキカ鉢巻ヲ為タリ、背[三〇]ニ五六尺許ノ笹ヲ立(たつ)ルナリ、五色ノ紙ヲ付ル。

[三一]サヽラスリ　二三人　サヽラ、長サ一尺許。

郡窪川町志和・水くみ歌)。→山家鳥虫歌・二一。

一八 卯木(ぎうつ)。五弁の花が円錐状に集まって咲く。

一九 土佐方言で、終わる・果てる・無くなるの意。次の歌と共に末尾を意識した配列。

二〇 花取踊りでは退場の歌。前歌と共に実際の作業歌としても締括りの役歌として歌われたものか。→四四〇。

二一 現高岡郡窪川町の西南部。四万十川上流域で最大の水田が開け、古来仁井田米の産地として知られる。

二二 笛太鼓などの囃子、歌、踊りを伴って賑わしくくり広げられる行事田植。「村によりて田を植るに囃子田といふ事有、又太鼓田ともいふ也」(南路志二十六・仁井田郷田植の事)。

二三 牛馬を使役するシロカキに対して、人が鍬を使ってシロを掻くこと。「全体植様他所に異り、先今年稲を刈りて来年早苗を植る時迄田を其儘にしておく也。稲を植る前に田をすきて直に苗を植る也」(前掲、仁井田郷田植の事)。

二四 後出の「タチウド」に同じ。田植の総指揮者が杖を採物とするのは、各地に見られる。杖は「招きおろす田の神の憑代、一種のミテグラ」(『分類農村語彙』上)。

二五 田を植える役を勤める女性。

二六 苗を植え遅れた早乙女の所に行き、太鼓ではやして景気付けるのである。→三六〇・三六三。　二七 底本「乙早女」。

二八 早乙女の田植えの手を休ませないようにと。

二九 タチウドは、屈んで仕事をするサヲトメに対して、「田植の日に田で働く男たち」を指す古い用語(『分類農村語彙』上)。ここでは、特にその中の指図役をいう。

三〇 「此笹へ五色の紙を付て七夕祭のごとし」(前掲、仁井田郷田植の事)。高知・中村市右山では、旧六月一日に、苗代の水口に祀られたオサバイ様(田の神)に五色の短冊を笹に付けて供え、「五色の旗をあげますけん今年もええ作つくらしてください」と唱え言をいう(津野幸右「『田の神』まつり」)。

三一 民間芸能に伝わる楽器。短冊型の木板を紐で綴り合わせたものを両手で操作する編木(ビンザサラ)と、竹の先を細かく割りさいたものを刻み目を入れた棒にすり合わせて音を出す摺簓(スリザサラ)の二種がある。ここはスリザサラ。

一番[一]

357 うすもとよりや[二]　奥を見たれはや　そりやかへらのや　ねほひ殿ば
らや

朝[四]

358 此頃[三]のお山へ行てものごろぜ　花は色〻で　鳥りや恋〻なくや

359 朝声[五]をならせや〱　ならさぬ声は寝へ声や

360 鼓打[六]ちやどふなる　声は繁[七]よなる　我心もやしやぎ[八]しやぎとなるや

361 朝霧[九]ふるやうぎりす[一〇]が野にや　雉子やこそなけや　けんけほろ[一一]〻と
や

昼

362 昼飯[一二]もなや　小父[一三]が田植にや　ぎわひ[一四]かとてや蜘[一五]おさへたよ

363 昼飯[一六]持ちがくるやら白ィ帷子で　びらりしやらりと白ィ帷子で

364 よひど[一七]ふにや涼みどふに　是に御堂たてていで

一 囃子田で最初に歌う歌の意。
二 「臼もとよりや　おくを見たればや　それはかつらのや　ねほひ殿原」(土佐海続編鈔)。
三 旧暦五月の田植の頃。花の盛りの山の様を歌う。「ごろぜ」は「御覧ぜよ」。山へと眼を向けるのは、田植歌の常例。
四 朝歌。一番に続いて昼飯の前の朝の作業に歌われる。
五 朝出の早乙女に歌声の勢いを求めるもの。その歌声が田植の場を晴れやかにする。田植草紙系歌謡、田遊びの歌謡など広く分布。多くさんばい降しの後の朝歌、苗取歌として歌われる。「朝声は　ヤーレ　ならしにならせ　ならさぬ声はねごゑ」(『備後三次民謡集』苗取歌)。→四〇一、田植草紙・九。
六 「鼓を打てば如何なる」という歌いかけであろう。早乙女を鼓ではやし立てる様を歌う。
七 「しぎょい　◎繁○多ク○間断ナイ△柱を――お立てる」(『高知県長岡郡国府村方言』抄』)。
八 元気で活発になる、の意。「しゃぎる」は、笛・太鼓などの楽器ではやし立てること。
九 「朝霧降るや」で切れるか。或いは「朝霧降るやう」か。
一〇 「ぎ(き)りす」は高知方言できりぎりすのこと(『高知県方言辞典』)。→三三七「きりすの池」。
一一 雉子の鳴き声。→田植草紙・三。
一二 「昼飯も無いか」の意。昼飯は、田植時、朝と昼の作業の間に供せられる中食。さんばい(田の神)に供える供饌でもあった。「土佐にては昼食をひるまといひ〈ひるまゝなり〉夜食をよいと云」(物類称呼)。
一三 老爺の意か。あるいは相続権のない次男以下の男の謂か。
一四 底本「ぎわ」の横に「草ノ名也」と傍書。「ぎわ引かんとてや」の縮約か。　一五 寓意不詳。
一六 昼飯を運ぶ役目の女性。「おなり」「うなり」とも。「食事が朝夕の二度だけであった時代にも、田植の時だけは昼飯があり、之を掌どる婦人には、特別な地位が与へてあった」(柳田国男『民謡の今と昔』)。「昼飯を持ちござるそうな　白い帷子でひらりしゃらりと　白い帷子」(島根・安来市赤江町・八幡宮御田植の歌)、「昼間持のござるやう　赤い帷子でな　ビーラ

365 一八津野殿がめしたる甲(かぶと)に咲(さい)たる花は何花(ばな)

366 一九くろみやうおくる日は何処(いづく)までぞよ　二〇情(なさけ)の為(ため)とて兵庫までぞや

晩

367 奥山(おくやま)の二一とゞろをたな引(ひい)て通るは　源氏平家と思(も)へば　たな引(ひい)て通るは

368 二二おどろの下や暗(くろ)ふなるまでや　まだややらぬかや寝太郎どてや

369 二三奥(おく)山のとゞろで火がチヨン〱ロ　鮎とる火かや小鮎とる火かや

370 二四まつのよいてばや　二五さばひ喜(よろこ)ぶや　二六そりやさひとれや　二七花早乙女(ぞふとめ)や

371 苗代はこりち田よ二八　もたよりきたよ　われも子(こ)持ちおらも子(こ)持ち　もたよりきたよ

二九已下イニアリ

372 三〇鼓こそ七重の台　七ナはち返して打(うち)ならせ

373 三一つゞみ聞(きけ)や　ほゝ〱となるや　三二我(わが)いもや　しやき〱となるや

374 三三つゞみ打(うち)は遠くなる　音は繁(しげ)くなる　其(その)声をやめてたもれ　三四たんちり兵衛殿(との)

リシヤアラリと　赤いかたびらでな」(『島根民謡』那賀郡浜田町)など各地に分布。「うなり歌では、その衣装に及ぶことが全国的なパターン」(真鍋昌弘『田植草紙歌謡全考注』)。↓山家鳥虫歌・二五五、田植草紙・六九。

一七「よい処(ど)に、涼み処に」の転訛か。「よい処　すゞみどころ　これへ御堂たてうぞ　御堂〱よいみだう　木からかからか　番匠からか　きる木は春のもみの木」「これよい処　すゞみ処　これこゝで御堂建てよで木はまた　春日のもみの木なれど神の木…さては見事や御堂なり」(以上『俚謡集』愛媛・田植歌)。『愛媛民謡集』和霊神社御田植歌にも。

一八↓三九一・四三八。「田主の背戸田に　さくは何花か」(田植草紙・三三)など、田植歌では、田誉め、田主誉めの歌として歌われる。

一九不詳。田植草紙系歌謡では「うなり送りの歌」。↓田植草紙・三一・七一。

二〇「かじがしまへヤアレ　なさけのためとてへふどへ」(広島・山県郡豊平町、田植大哥双紙)など。兵庫築島の人柱伝説を響かせる。↓田植草紙・三一。

二一底本傍書に「窪川ノ方言ニ大滝ヲとゞろト云」。

二二「草木の乱れ茂っている所」(『高知県方言辞典』)。

二三「奥山のとゞろで火がちょんちょろ　あいちよるげなやこあいぢよるげなや」(『土佐民謡集』第二集・高岡郡仁井田村山歌)。「奥山のとどろで火がちょんちょろ　あいとる火かよ　こわいとる火かよ」(高岡郡大野見村奈路・田植歌)。

二四「まづの良い手早」で、田植の手業の早きを誉めていうか。

二五さんばい。土佐では田の神を「さばひ」「おさばひ」という。

二六「差し取れや」か。

二七着飾って田植に出て立つ早乙女の姿を誉めていう。「花早乙女の代をかく」(高岡郡窪川町志和・田植歌)。

二八底本「り」の右横に「もカ」。南路志二十六・仁井田郷田植の事にも「子もち田」。苗を成育させる苗代田の生命力を讃える。

二九以下十九首の歌は、仁井田郷田植の事にはなし。異本によって付記したもの。

三〇以下三首は太鼓打を歌う。

375 [一]地頭様(さま)田こふらへ　四石蒔(まい)た苗は　いつ取上(とりあげ)ず[二]　四石萌[三]た苗に

376 [四]朝とる苗や　[五]三ッ葉咲(さい)たりや　よつる繁昌(はんじよ)とや　殿も栄(さかえ)よひや

377 [六]なかそふや　とまらば宵の内に　露は落(おつ)とも

378 [七]けさいふちかふさや出いろ　とのこしいち笠買(か)を　萓笠十八文と千

鳥笠百弐十

379 [八]植(うゑ)〱五月女(さをとめ)　笠買ふて着(き)せましよ

380 [九]やれうれしのしよてんや　昼は笠にきらやれ[一〇]　夜は抱(だい)て寝(ね)よれ

381 [一一]五月女(さをとめ)のみめよいは　笠買ふて来ふぞ[一二]　ひらりしらりと笠買ふて来ふぞ

382 [一三]女郎ふのうけ笠　こちは萓(すげ)の笠　買(か)ふていまさりの　白い萓笠

383 田には立(たつ)とも　日笠をあふせ　綾(あや)[一四]の緒着(つけ)た　ちよ局笠(つぼねがさ)

384 [一五]近江の笠(かさ)や　見たるもよいや　よたるもよいや　取替(かへ)もよいや

385 [一六]播磨の店(みせ)有(ある)白ィ萓の笠　我等にも買ふてたもれ　白ィ萓(すげ)笠

386 笠買ふて着よふとて　笠の直(ね)[一七]を思(おも)へば　やらひすに鐘(かね)の声　笠にもいらぬ

387 [一八]越後の糸や　加賀の白糸や　其(その)白糸や　しなやかに縒(よ)れや

三一 鼓聞けば。→三六〇。前書参照。　三二 早乙女をいう。

三三「つゞみ打てばほゝと鳴る」の訛伝か。

三四「だんぢり」か。だんぢり兵衛で囃し手を指すか。


一「日はたんと高うなる　千石蒔いた苗を　いつまた取ろいの　千石蒔いた苗を　そよな」(滋賀・大津市伊香立・八所神社春鍬踊りの歌)、「千石蒔きの苗をば　いつかこれの苗取りあげふ」(島根・平田市久多見・玖潭神社御田植の歌)。

二「いつ取りあげうず」であろう。前注参照。

三「蒔」の誤写か。

四 苗ぼめの歌。「わが取る苗は　三ッ葉さいたりや　四ッ葉になれば　殿もさかえとや」(『古謡集』武蔵杉山神社神寿歌)など。御田、田遊びの歌謡として広く分布。

五「三つ葉四つ葉」を歌うのは催馬楽「この殿は」以来の伝統。

六「仲添うや」か。

七「今朝の市に笠屋が出ておろう　殿御質に笠買おう」の訛伝か。「今朝市に笠屋が出つろう　笠きずに田へはたたれぬ　殿御を質に笠買う　すげ笠は十八文　おんとの笠は百二十」「殿御を質に　笠を買う　すげ笠が　十八文よ　塗壺笠が百二十文」(以上『愛媛県民謡集』北宇和・田植歌)。以下三八六まで早乙女の笠を歌う笠歌。

八「うへ〱さうとめ　笠かふてきせうよ　笠かふてたぶならば　〱なをも田をばうゆふよ」(天正狂言本・田うへ)、「うゑ〱さうとめ　かさこふてきしよぞ」(京都・木津町相楽神社・八幡宮御田次第)など、各地に分布。底本、前歌の末尾に続けてこの歌を記す。

九「やらうれしや　しってんや　ひるはかさきしよぞ　よるはだいてねしよぞ」(前掲、相楽神社・八幡宮御田次第)。

一〇「着ろやれ」か。前注参照。

一一「五月女のみ目のよいは笠からみかな　そよな　笠からみかな　笠や帷子や　おみかうみがあさ　そよな」(滋賀・大津市伊香立・八所神社春鍬踊の歌)。

一二「笠被ってこそ」の転訛か。

388 [一九]筑紫船下ると云(いふ)かよ　仰(おほせ)に付(つけ)てよ　御船はどこへこそとまらね　久(く)[二〇]
礼(れ)・加江(かえ)にこそとまらね

389 何やら船頭ざんざらめふく[二一]　宇賀[二二]の神のよりあひ　其(その)外か土佐へ廻
り　[二三]土佐は弥勒世の中

390 [二四]世の中七年よふか　花よふか　紅(くれなゐ)よふか　紅(くれなゐ)下緒(さげを)　サア下(さげ)さしよ

右ハ或人ノ書付(かきつけ)タルヲ写シツ。

高岡郡田植歌

[二五]多野(おほの)郷ノアタリノ田植ニモハラウタフニヤ、重(かさね)テ可尋。

391 [二六]津野殿の召(め)しの甲(かぶと)に咲(さい)たる花は何花　[二七]八重菊に小橘[二八]　花さく芹生[二九]に
まさる八重菊

392 津野殿の出(いで)し其(その)日の昼程に　物のあはれを恵良(あら)[三〇]でとゞめた

393 我(わが)殿はきのふ陣立(だち)[三一]　けさ卯[三二]の刻に討(う)たれた　討ッ[三三]殿は廿五で候　討(うた)[三四]
るゝ殿はつゞ[三五]二十(はたち)　討(う)たるゝは時の災難　弓矢に冥加[三六]のないけに

394 [三七]長かれとなげし黒髪　大井の関[三八]の柵(しがらみ)　柵(しがらみ)[三九]に懸(かけ)らりようとは　今朝

一三 「京から下るやうな白い菅の笠　わたしも買うてほしや白い菅の笠」(『俚謡集』京都・河鹿郡・苗取歌)。「白い菅の笠　じよろに着せよとて白いすげの笠」(「紀州の田植歌」)。白い菅笠を歌うのは閑吟集小歌以来の伝統。→三六五。田植草紙・三五。

一四 「とうじん笠にあやのをに千鳥かけてたもれや」(広島・高田郡美土里町・上佐屋本田植歌草紙)。

一五 「近江の笠はなりがようて着よて　しめ緒が長うてんゝやあこれの　なんぼ着よござるんゝ　やあこれの」(大幣・吉野之山)。→山家鳥虫歌・二九一。

一六 →三八二。

一七 「値(ね)」に同じ。

一八 笠を縫う白糸を歌うか。「しろがね糸で縫うたる笠は　しめ緒はしんくしら糸合うたかよ　おんとの笠よ」(『愛媛民謡集』北宇和・田植歌)。

一九 「筑紫船下ると聞かば　なこのりりうら　へにつけてんや」(静岡・藤枝市滝沢・八幡神社田遊びの歌)。田植歌では、筑紫船や筑紫下りのみやげがよく歌われる。

二〇 久礼、加江、どちらも高知・高岡郡中土佐町にある港の名。

二一 「ざんざらめく」で、「ざざめく」からの転。がやがやいう。

二二 福の神。「うかは、宇加とかけり。福禄をつかさどる神也、その垂跡なべては蛇体なるか」(名語記)。

二三 「土佐は弥勒の出現するような豊年満作の世の中」の意。宇賀の神たちがこう言い合っているのか。あるいは宇賀神たちを乗せた船が土佐へ廻るというのか。「世の中」は、稲などの農作物の作柄、転じて豊作の意。「弥勒」は釈迦入滅後五十六億七千万年後に出現して衆生を救うという菩薩。近世農民の間では、米を満載して訪れる救世神的性格を持っていた。「土佐は弥勒の世の中　世の中は七年よかれ」(『愛媛民謡集』北宇和・田植歌)。

二四 あるいは前歌末尾に続けて歌うか。前掲類歌参照。

二五 現須崎市多ノ郷を中心とした地域。

(三四六頁へつづく)

出る朝日思(おも)はぬへ　[一]来も来たり待(まつ)も待たり　[二]髻(たぶさ)に露のふるまで

395 [三]大野見の小深瀬にこそ　[四]八重玉章(たまづさ)は浮(うき)よれ　玉章は八重に結んでながすぞ　下の瀬でとれ

396 [五]思ふ殿御(とのご)が都にあれば　都へ枕が傾(かたぶ)く　早ふおきてお戻(もど)りあれや　都へ朝日がさすまで　さすやら〳〵汐がさすやら　[六]綱とる手もとの早さよ

397 吹(ふく)風は身にはしまひで　[七]いちじゆの詞が身にしむ　身にしまば抱(だい)て寝(ね)しよやれ

398 [八]いとほしや戻すまいもの　夜深ゥに殿子を戻(もど)した　日もまはる露も廻(マハ)る　いかに仮寝(かりね)が長(なが)かるろう　夜明(あけ)の鳥が[九]きめてなき候

399 我殿(わがとの)は朝日の山の草の[一〇]奉行にはられた　三日月鎌で刈るとも　日もまはる露もおちる　いかに[一一]仮寝(かりね)が[一二]なかるろう

400 十七八の姉様(あねさま)の脇(わき)ほころびは　二十四五なる殿原の[一三]手がい所よ

401 [一四]朝声をならせ〳〵　ならさぬ声は寝声な　[一五]まだ今朝(けさ)は霧(きり)の最中(もなか)　夜半の霧(きり)に迷ふな

402 鎌倉の[一六]あこや御前　憎(にく)の鶏(にはとり)うたうたりや　[一七]うたふた鳥の音のよさ

一 両軍の戦いぶりを賞讃。
二 朝露の降りるまで。時間の長さをいう。髻は髪の毛を頭頂に集めて束ねた所。待つ恋の歌の表現を転用。
三 現高岡郡大野見村。
四 厳重に結んだ手紙。ここは恋文をいう。
五 離れた恋人を思う一人寝の思慕の情。「さ月菅笠　おもふが方へかたむく」(田植草紙・五二)。
六 船をつなぎとめる艫綱か。満ち潮に乗って帰り来る殿の幻想。
七 土佐海続編鈔所収歌は「一樹の詞」。前世からの因縁をいう俚諺「一樹の陰一河の流れも他生の縁」を指すか。「しなやかにふく恋風が身にしむ」(田植草紙・三)。
八 後朝の情景。「とりがうとふて夜深に殿をもどひた」(田植草紙・二四)。
九 「道理を説いて聞かせる」(『高知県方言辞典』)。
一〇 草刈りの命を執行する役に当てられた。「我がとのごはこくさの奉行にさゝれた」(田植草紙・七六)。
一一 前歌の「うたたね・又寝」の意とは異なり、ここは旅寝の意。
一二 「なかる」は「なかゝる(長かる)」の誤写と思われる。
一三 「てがう」は「からかう」(『高知県方言辞典』)。「愛らしや手苗くばりゃ　こわきの下に手をやる」(高知・高岡郡窪川町志和・田植歌)。「手の通ひ所」とも。→四九一。
一四 →三五九、田植草紙・九。 一五 「まだ今朝は霧の最中よ　そろそろとべよ石橋」(高知・幡多郡十和村浦越・田植歌)。
一六 女房名か。能・烏帽子折に鎌田兵衛正清の妹として「阿古屋の前」の名が出るが不詳。 一七 「けさないた鳥のこゑは　よいとりのこへやれ」(田植草紙・二四)。
一八 →二八九頁注二〇。
一九 現須崎市多ノ郷を中心とした地域。
二〇 社伝では、延喜年間に津野氏の祖津野経高が京都の賀茂社を勧請したものという。
二一 現行の祭礼は、十二月二の酉の日。
二二 現行の祭礼には「馬長」は登場しないが、古老によれば、昭和三十年代まで背にシデ棒を飾った馬に八―十歳の少年が

右ハ南部[一八]厳男ガ写シモタルヲ記ス。

高岡郡多野（おほの）[一九]郷十一箇村総鎮守　賀茂[二〇]大明神御神役歌囃子

祭礼[二一]十一月中酉日臨時祭式

馬長（ヲサ）[二二] 童子二人、シデヲ被リ馬ニ乗（のる）モノヲ云（いふ）也。

田カキ馬[二三]

エブリ持[二四] 二人

大鼓打[二五] 四人

鍬持[二六] 二人

昼飯持（ひるまもち）[二七] 四人、白木ノ苧桶[二八]ニ酒糟ヲ入持来ル也。

サヽラスリ[二九] 二人　詞[三〇]〽けふの昼飯持は何として遅う候ぞ。
〽上の孫・下のまご、ゆくれ水くれおそう候。

神職[三一] 三人、馬ニ乗、馬場ノ末地蔵堂ノ有所ヨリ来ル。惣分。
右ノ者、段〻ニ行列ヲ立、神歌ヲウタヒユク。

馬場半ヘ神主・大夫[三二]四人迎（むかへ）ニ出（いで）テ神歌[三三]ヲウタヒ、夫（それ）ヨリ押岡[三四]・神田ノ者シタヒ[三五]、其（その）跡ヲ多野郷ノ者神歌ヲウタヒ宮地ヘ至リ、宮前ニテ神歌ヲウタヒ田ヲカキ、夫（それ）ヨリ昼飯持（ひるまもち）、酒糟ヲ四方ヘ投（なぐ）ル

乗る風があったという（高木啓夫『土佐の祭り』）。
二三 現行では、牛に木製のカナコ（代田を掻く時に用いる農具）を引かせ、行列の先頭を行く。
二四 エブリはシロカキの後、田の面を掻きならす農具。
二五 締め太鼓を用いる。
二六 現行では「田打ち」と呼ばれる人が、一メートルほどの木鍬を手に行列に加わる。
二七 田植時に昼飯（ひる）を運ぶ役目の女性。現行では、饅頭笠に絣の着物を着た女装の男性が、稲の摺り籾を入れた手桶を手にして参列。
二八 紡いだ麻の苧を入れる桶。
二九 スリザサラをする役（→三一七頁注三一）。以上、各神役は、行列の進行順に記されている。
三〇 現行では、参道を進んできた行列が二の鳥居をくぐり抜けた後、神歌が終わると、宇気母智大神の小祠の前で、歌人の一人がこの詞を唱え、それに応じて昼飯持が手桶の摺り籾を撒き散じる。
三一 現行では「地蔵堂」も廃絶し、以下の形は無い。
三二 土佐で神職のこと。
三三 以下、場所を移動しながら、後掲「已下イニアリ」の部の三首の神歌（四三・四四・四五）を、順次に歌い継ぐのであろう。
三四 現須崎市押岡、同神田。
三五 南路志二十五・賀茂大明神十一月中ノ酉ノ日臨時祭式に「和しうたひ」とある。文字の脱落か。

一 さあ、それでは。祭りに集う諸衆への呼びかけ、誘いかけの表現。祭りの始まりを告げる。 二 「げにもさあり」。あいづち、応答の表現。なるほどその通りだ。狂言歌謡の囃子詞では「げにもさあり、やようがりもさうよなふ」（末ひろがりなど）。多武峰延年の連事では、各曲の末尾、白拍子曲の最後の早歌の後に「ゲニサリ」の句が三度繰り返される。
三 神前での実際の拝礼のしぐさを歌う。
四 囃子詞。「さふよ（の）」の転。

事雪花ノゴトシ。

403 [一]いざやさらば殿ばら　賀茂宮へ参りて神の御幸を拝まん　[二]実もさり〳〵

404 [三]各御幣を指上ゲて　祈る〳〵は叶ふなりや　[四]そよ〳〵

405 [五]上一神の初には　下万民に至るまで　[六]永楽を申せば　国も静かなりけり〳〵

406 [七]賀茂の御田の[八]たい中に　[九]さすやいかにと問ふたれば　[一〇]君心さかいたりや〳〵

407 [一一]各様へとり持て　十万町を植よ　宝をふらす中賀茂の　五月の御田をはやさん　実もさり〳〵

408 [一二]秋田を刈り置行ば露しげし　稲葉の露に袖はぬれにけりや　[一三]ひきやうがりやそよ〳〵

409 [一四]五葉の松の緑には　千年の鶴も来りて　万歳楽をうたふよ　鶴と亀の祝には　君の御代ぞ久しき　目出度事は菊花　千代をかさぬる目出さよ

410 [一五]山御所と申は　いじまをつらいたりや

五 上一人。この世で最高の地位にある人。帝。上は帝から下はすべての民に至るまで。「上一人より下万民に至る迄」(浄瑠璃・花山院后諍)など。四一六に重出。→三二。

六 はるかに長く続く楽しみ。祝言の文句。「天も長く地もまた久しく、国土泰平に、…皆永楽を謡ふべし、皆永楽を舞ふとかや」(平泉毛越寺延年の児舞・花折)。

七 扒を使って田を均らす扒差しを歌う。「おきの沖の田中に　えぶりさす田中に　扒棒はさゝいで　君に心をさしやれ　君に心をさす時は　わが心しようあれ」(鹿児島・熊毛郡種子島宝満神社御田植唄)。田植の行事における扒差しの重要性とその歌の諸相については、臼田甚五郎「扒差論」(『著作集』四)参照。四一七に重出。

八 田中に。

九 底本「や」の右横に「ものイ」と注記(以下、この項における「イ本」の注記は、すべて南路志所載・賀茂大明神十一月中ノ酉ノ日臨時祭式の本文に一致)。賀茂大明神御歌はやし(神社蔵、享和二年写)にも「さすものいかに」。

一〇 「か」の右横に「イナシ」。「君にこころさァいたりや」(賀茂大明神御歌はやし)。

一一 第一句「と」右横に「通イ」、「持」に「待イ」。第二句「植よ」の間に中点あり、右横に「ふイ」。第四句「御」の右に「ミイ」。末尾「御田をはやさん」の一句は、歌と太鼓による「はやし」が、田植の作業だけでなく、稲を成育させる稲霊をも「はやす」ものであることを窺わせる。四一一、四一八に重出。

一二 稲刈歌。田植歌においては「露」はしばしば繁栄の象徴(真鍋昌弘『田植草紙歌謡全考注』)。二句末尾「や」の右横に「イナシ」。「秋の田を刈りわけ行は下葉成る　露にも袖をぬれにけり〳〵」(静岡・大井川町藤守・八幡宮田遊びの稲刈りの歌)。四一三、四一九に重出。

一三 囃子詞。狂言歌謡に多く見られる「やようがりもさうよなふ」の転訛か。

一四 「万歳楽」は、雅楽の唐楽の平調曲。ここでは、めでたい祝言の文句や歌の意。五葉の松、鶴、亀、万歳楽、菊、千代と祝言の語を連ねる。底本第二句「も」の右横に「はイ」、四句

411 各様へとり持て　十万町を植よ　宝をふらす中賀茂の　五月の御田をはやさん　実もさり〳〵

412 秋田を刈り置行ば露しげし　稲葉の露に袖はぬれにけりや　ひきよやうがりやそよ〳〵

413 日も入相の鐘きけば　遠山に入　緋緘の鎧には甲を上にかづいて　抜ひたる太刀は　持月の月毛の駒に打のりて　橋上になみゐたは　続く強者たれ〳〵ぞ　かくら氏のやと丸や　花ちらば木陰をさそをよ

414 雪下に鶴のをかむす　松風の山御所と中は　福所のとまりなりけり〳〵

415 御手洗川は泉酒〳〵

416 上一神の初には　下万民至まで　永楽を申せば　国も静かなりけり〳〵

417 賀茂の御田のたゐ中に　さす者いかにと問ふたれば　君心さいたりや〳〵

418 各様へとり持て　十万町を植よ　宝をふらす中賀茂の　五月御田をはやさん　実もさり〳〵

「亀の」の間に中点打ち、右に「とィ」、五句「き」の右に「くィ」、六句「菊花」の間に中点打ち、右に「のィ」。

一五 底本右肩に「此哥イナシ」と注記。賀茂大明神御歌はやしには「此御所ともふすは　いじまをつゥいたりや」。

一六 前出。→四〇七。底本第四句「つき」の右横に「いィ」。

一七 前出。→四〇八。第三句「ひきよ」の「よ」の右横に「イナシ」。

一八 日没時に寺で撞く鐘。

一九 緋色の糸や皮でつづりおどした鎧。「を」の右横に「よィ」。以下、戦場に臨む武人の出立ちを歌う。語り草を踏まえるか。

二〇 望月産の月毛の駒。望月は長野県東部、北佐久郡にある望月の駒の産地。底本「持月」の右横に「もちゐィ」。「月毛」は、やや赤みを帯びた葦毛の駒。

二一 底本「橋上」の間に中点、右横に「のィ」。

二二 句末「は」は感動を表す終助詞。

二三 不詳。底本「かく」の間に中点、右横に「まィ」。「かまくらうぢのやどまるや」(賀茂大明神御歌はやし)。

二四 底本「ゆき」の後に中点、右横に「のィ」。「の」の右横に「かィ」、「か」の右横に「りィ」。

二五 底本「山」の右横に「此ィ」。「此御所ともふすは」(賀茂大明神御歌はやし)。

二六 福神の宿る所。福所(フクジョ。ブクジョとも)は福の神。

二七 神域近くを流れる清流。参拝者が手を洗い口をすすいで身を清める所からこの名がある。賀茂大明神御歌はやしは、この歌を独立させず、前歌末尾からそのまま続けて記す。底本「は」の右横に「イナシ」。

二八 前出。→四〇五。底本第二句「民至」の間の右横に「にィ」。第三句「せ」の右横に「さィ」。

二九 前出。→四〇六。底本第一句「御」の右に「ミィ」。第三句「君」の後に中点、右に「にィ」。

三〇 前出。→四〇七、四一一。第四句「つき御」の右横に「いのミィ」。

一 前出。→四〇八、四一三。第三句「ひきよう」の「よ」の右横に「やィ」。

二 底本「おふ」の右横に「イナシ」。賀茂大明神御歌はやしには

419　一秋田を刈(か)り置行(おきゆけ)ば露(つゆ)しげし　稲葉(いなば)の露(つゆ)に袖はぬれにけりや　ひきよ
うがりやそよそよ

420　月も明行(あけゆく)浦かげの　納(をさま)る御代ぞ目出たき　月も久敷おふため二しには
爰住(すみ)吉の賀茂宮(かものみや)　三千秋万年の不老(ふろふ)門をたてふよ　其身(その)はよもにくど四
くよ　五都(みやこ)へ参(まゐり)たまへば　けふせいぜいとましませば六

421　七あの日をさごろぜ　山はへかゝつた　八明年母(も)十よ　さ明年母(も)十よ
九こゝなる松は興(けふ)なる松かな　本(もと)は只一ッ中ほどは万歳楽(まんざいらく)　末(すゑ)ひろご
りよ

422　一〇橋(はし)の上におりたる鳥は何とりぞ　時雨(しぐれ)の雨にぬれし鳥　さゝいさぎ
橋(はし)を渡した
一一已下イニアリ
一二神職四人迎(むかへ)に来る時三反ウタフ歌

423　一三いさりの上へ鴨(かも)が池のをし鳥　水増(ま)さば徳を増(ま)す
馬場半(なかば)ニテウタフ

424　一四白浜(はま)におりゐる鶴のゑともに　都にましします君を祝(いは)ふもろともに
鳥居のウチニテウタフ

「おゝ」。三 千年万年もの間老いることない不老門。賀茂宮を祝い立てる表現。不老門は中国洛陽城の門の名。内裏豊楽殿の北の門をもいう。「不老門前日月遅」(和漢朗詠集・下・祝)。四 不詳。底本「にくどく」の右横に「日ゝをィ」。賀茂大明神御歌はやしは「よもにくおふよ」。五「へ」の右横に「にィ」。六 済々。あるいは盛々。いずれも勢いの盛んなこと。七 あの日を御覧なさい。眼を入日に向けるのは、田植の作業の上がりを求める晩歌のパターン。第二句「山」の後に中点、右横に「のィ」。「あの日を御らふぜ。山のはにかかつた」(天正狂言本・いもじ関)、「あの日をごらふぜ　山のはにかゝつた　めい〳〵ざらり　ざらりやざらり」(虎明本・いもじ)など。京都・日吉町田原多治神社や綾部市宮代町八幡神社などの御田植の歌にも。八 底本第三、四句の「十」の右横に「とろィ」。「通らふよ」の転訛か。「こなたもなごりおしけれども　みやうねんもとをらうやう　さみやうねんもとをらふよ」(虎明本・いもじ)。ここまで、狂言・いもじ(虎明本)では別の歌として歌われている。九 以下は松誉めの祝言歌謡。本中末と順次に祝い立てる。あるいはもとは独立して歌われた一歌謡か。底本「中」の後に中点、右横に「のィ」。末尾「よ」の右横に「イナシ」。一〇 七夕伝説の鵲橋を歌う。もとは祇園祭の鷺舞の歌か。「橋の上におりたる鳥は何鳥て　さふよの何鳥て　時雨の雨にぬれしこれ〳〵」(岐阜・益田郡下呂町・森八幡宮田神祭踊歌)、「橋の上の　おりた鳥は　何鳥　かささぎの　かささぎのヤアかささぎの鷺が橋をわたした　さぎが橋をわたした　時雨の雨にぬれとをり〳〵」(島根・津和野町弥栄神社鷺舞の歌)、「時雨の雨にぬれじとて　笠さぎのはしを渡た　〳〵」(天正狂言本・おせぢ物)など。底本第二句「鳥」の後に中点、右横に「やィ」。第三句「ぎ」の後に中点、右横に「やィ」。末尾「た」の後に点、右横に「しィ」。一一 以下は南部厳男が異本に拠って付加したものか。一二 前書参照。一三「いざ立ちなむ」の訛伝。「いざたちなん　おしのかもどり　水まさらば　とくぞまさらむ」(五節間郢曲事)。

425
[一五]秋草は結ぶ斗(ばかり)に成(なり)にけり　いさ〳〵きりす　衣更(か)へせう秋草は
[一六]右ハ北原敏鎌が書付(かきつけ)タリシヲ、後ニ或人ノ書付(かきつけ)持(もた)リシヲ、南部厳男ガ
校合シタルヲ写シツ。

高岡郡半山(はやま)郷[一七]姫野村[一八]三島大明神祭[一九]花鳥歌

此(ノ)神ハ山(ノ)内蔵人藤原[二〇]経高、延喜十三年ノ頃此地(この)ニ下向アリシ後、[二一]伊豆国ヨリ勧請アリシト云伝(いひ)ヘタリ。[二二]祭礼九月十九日ナリ。種々[二三]神ワザナドヲハリテ、社ノホトリニテコノワザアリ。[二四]ワカキヲノコ十四五人バカリ集(あつま)リ、トリ〴〵[二五]剣ヲヌキ鎌ヲ持(もち)、拍子ヲ合(あは)セ歌ヲウタヒテ[二六]ソノワザスル、[二七]イト目サムルコヽチス。ソノウタフ歌、マヅ地歌ト云(いひ)テ[二八]念仏ヲ三反バカリ歌(ウタ)ヒテ、次ニ歌ヲウタフコトイヅレモ同ジサマナリ。[二九]床鍋村ノ花鳥ハコヽニ[三〇]太郎官者トイフモノアリトゾ。

一四　→三三。
一五　秋の衣更えを歌う。「きりす」は方言で「きりぎりす」のこと。→三一八頁注一〇。「秋草もムスフコトクニはへなひく□□キリキリスコロモカへせん」(『古謡集』備前国吉備津宮御神楽歌八月十五日コロモカへ歌)。「秋草を結ぶばかりとなりにけり　はやきり〴〵すころもがへせう」(『島根民謡』飯石郡東島村・出雲神代神楽の歌)。
一六　この項の原本は、北原敏鎌の筆写本に南部厳男が南路志所載本と同本か同系の異本に拠って校合したものであろう。
一七　現高岡郡葉山村姫野々。中世における津野氏の本城跡と伝えられる姫野々城跡がある。
一八　主祭神は大山祇神。「三島大明神〈天神・十六王子・諏訪明神〉正体木像。…右半山郷惣鎮守也」(南路志二十四・姫之野村)。
一九　「花取踊り」の踊り歌。土佐一円に広く分布するほか、同類のものは愛媛・徳島からさらに長崎・鹿児島など九州の海岸部の周辺地域にも見出される。春山入りの花取り習俗に由来し、修験山伏の関与の下、念仏踊りを基盤に現行のような風流踊りとして成立。中世後期に時代と共に各地でいくつかの変容が見られるが、当地のものは比較的古態を保つ。「花鳥」の名は特徴的な鳥毛(山鳥の尾羽など)の「カシラ」による。近世に下って「太刀踊り」を派生。→一九八—二〇三。
二〇　津野氏の祖とする。延喜十三年は九一三年。南路志も同記述。　二一　一説に伊与国ともいう。
二二　現行は十月二十八日。　二三　三日前の二十五日から注連引き・川下り(禊ぎ)・餅つきなど種々の準備に入るが、当日も「大和舞」「みうた」など古風な神事がある。
二四　踊り子は現行は十八人(太鼓打ち二・大太刀八・小太刀八)。戦前までは成人男子であったが、現在は人手が無く小中学生。装束は鳥毛の「カシラ」(大太刀のみ、小太刀は鉢巻き)に化粧襦袢・裁着け(大太刀のみ)・手甲・脚絆・白足袋・草鞋。いずれも背中には五色の「タクリ」と呼ぶ飾りを負う。
二五　採物は大太刀(柄の長い薙刀様)・小太刀・鎌・紙四手のついた竹棒。

○入り[一]は

426
こゝ[二]開けよ　よう[三]山の　とりけぞ[四]開けずは　ほん登り　はね越[五]えて
見ればよもきず　こち寄れ　本絹[六]の　褄着せう　着[七]そめぬきぬの褄
より　着そめた地白が百ましよ

○えつり[八]

427
花取[九]りは　七[一〇]日精進よ　七夜[一一]の注連を　八夜引く

○とんぼう

428
とのさま[一二]の　召したる甲に　咲いたる花は　何花や
他郷ニテハとのさまのヲ津野殿のト云(いふ)。コヽニとのさまト云(いふ)ハ、此郷津
野氏本領ナリケレバ、サケテイフナルベシ。

○脇払ひ

429
おれどもが　初の花取り　悪くと良いと　おしよあれ[一三]

二六 常に対になって踊ることと跳躍的動作が特徴的。地域によっては踊るといわずに飛ぶといい、「花とび踊り」と呼ぶ。

二七 現行も青・赤・黄・白・紫など豊かな色彩が印象的。

二八 各歌の始めには必ず「ナムオミド」など念仏の文句を掛け声と共にくり返し、ゆるやかな序の踊りから入る。

二九 現高岡郡葉山村貝ノ川床鍋をいうか。同窪川町床鍋とも。

三〇 太郎冠者。狂言で大名の召使いとして登場。風流踊り一般で指揮役として登場する「新発意」の役回りを演ずるか。

一 庭入り、登場の踊り。

二 「こゝ開けよ」「はね越えて」などの文句に「入りは」歌としての機能がある。地域によっては、踊りの庭に注連縄を張り巡らし、この歌と共に太刀で注連切りをして庭に踊り込む。類似表現の歌詞は踊り歌として広く流布。「こゝ開けさひ　開けずはもどらふ　佩ひたる太刀に露が置く」(天正狂言本・西の宮参)。女歌舞伎踊歌・豊島、松の落葉六・公時酒の酔、京都・大阪・兵庫・愛媛などの風流踊り歌にも。いずれも男が女性のもとへ忍ぶ恋の歌。

三 「よう」は掛け声が本文に混じったもの。

四 「おりきど(折木戸)」の訛伝か。折りたためるように作った木戸。「そこ開けて　ヨーやまとおりきど　ヨー開けずばイヨ登りイヨはね越え」(高知・高岡郡檮原町中平・花取踊り)。「鎖すやうで鎖さぬ折木戸　など待人の来ざるらむ」(閑吟集・三四)。

五 「忍ぶ其夜の太刀は鍔白し　大長刀は仰々し　…棒支え棒がな突いて行かふ　虎落(もが)りはね越えて」(狂言抜書・節分)。

六 上等の素材の着物の意。女の歓心を買う。

七 女のはねつけ歌。「着もそめぬ　ヨー絹の褄より　着そめたイヨ麻のイヨ褄がよい」(高知・高岡郡檮原町中平・花取踊り)。

八 以下題目は踊の所作による命名。「柄突き」で太刀の柄を地面に突く形によるか。

九 元来は山の神・田の神などを祭る春山入りの習俗。卯月八日を中心として山に登り、花を摘み帰り諸神・諸霊への供養

以上四種剣ヲ持(もち)テヲドル。

○一(ひと)つ切(ぎ)り

430 恋しくは　渡(わた)れ番匠(ばんぜう)[一四]　暗(くら)くばとぼせ　鉋屑(かなくづ)[一五]

○二(ふた)つ切(ぎ)り

431 打太刀(うちだち)[一六]の　袖がやぶれて　御方(おかた)[一七]になにと　言(い)はうぞ

○切(き)り分(わ)き

432 ありよ見(み)よや　川の瀬(せ)[一八]を見よ　早瀬(はやせ)にもく[一九]が　とまるか

○後(うし)ろ突(つ)き

433 あの山に　思(おも)ひ花(ばな)[二〇]さく　恋する殿(との)に　見せまい[二一]

○捩(もち)り

434 松風は　おろす[二二]夜(よ)もそろ　おろさで明(あ)かす　夜(よ)もそろ

とする。花取踊りでは躑躅を対象とする。「あの山のさんくみ山の　つつじの枝が二枝　一枝は釈迦の土産　また一枝が身のため」(高知・室戸市椎名ほか)。

一〇 かつては共同体あげて一週間の精進潔斎が求められていた。「花取りは七日精進ぞや　汚すな村の若い衆」(高知・高岡郡仁淀村ほか)。→一九六。

一一 「七重・八重」を掛ける。厳重な忌み籠りの意。

一二 遺存の歌詞はいずれも「津野(つの)」。土佐方言でツの発音は［tu］と破裂音にするため、トとも聞こえる。左注の説は推定の根拠無く支持できない。田植歌にも歌われる。→三六五・三九一。

一三 初めての参加にあたり、その首尾について許しを乞う意か。「おしょうなれ」(高知・高岡郡東津野村船戸)。「おしゆなれ」(同・窪川町若井)。花取り行事への参加は成人式の意味も持ち、一種の通過儀礼であったと思われる。

一四 大工。

一五 「かんなくず」の転。「かなくずは恋のしめりか　とぼらぬものはかなくず」(高知・高岡郡檮原町中平・花取踊り)。「恋しくば　通へ番匠よ　暗くば鉋屑ともせ」(大和国吉野郡大塔村篠原踊歌・御風呂踊)。→田植草紙・一三〇。

一六 腕前が上の人に打ちかかってする剣術の練習。またそれをする人。「ウチダチ(打太刀)　剣術で、自分よりも上手な人に習うために、その人に立ち向かう者」(日葡辞書)。

一七 奥様。ここは自らの妻を親しみ、ややおどけて呼ぶ意か。

一八 川の浅い所。水が静かに流れる平瀬と、流れの早い早瀬とがある。

一九 流れ藻(「もく」は土佐方言)は早瀬にはとまることはない。瀬の流れの態様に着目し、ゆったりした平静な心の持ち方を教える教訓歌。→三三三。

二〇 恋人への思いを表わす花の意か。

二一 見せよう。見せたいの意。「あの山に思い花さく　恋する殿に見せたい」(高知・高岡郡葉山村杉ノ川・花取踊り)。

二二 吹きおろす。

○招き[一]

435 来い〳〵と　招きよせて　野原に抱いて　お寝るか

以上六種鎌ヲ持(もち)テヲドル。

○太刀振り

436 真実に　おもへ兄弟　種[二]こそ変れ　弟兄よ

○柄出し

437 十五夜[三]の　月は窓から　忍びの殿は　裏から

○一つ膝

438 十三で　鉄漿[四]をまゐれや　十五になれば　よびそろ[五]

○車太刀[六]

439 花さいて　なれや山椒　お寺の門の　にほひ木[七]

一 手で招く所作をする。
二 血統。血筋のつながらない義兄弟の契りの深さをいうか。
三 「夜這ひ」の場景。「十五夜の月は窓から　忍びの殿は背戸から」(高知・吾川郡春野町仁ノ・花取踊り・しのぎ)。「東切り窓月うち入りて　添ひ寝の枕恥づかしや」(隆達節)。「東窓より月うちさへて〳〵　二人の枕はづかしや〳〵」(長崎・大村市福重・寿古踊)。
四 歯を黒く染めるための液。鉄漿をおつけなさい。「十三鉄漿(ネガ)」「十三祝」ともいい、女子の十三歳の祝儀。初経を機に大人になった処女のしるしに、親類縁者を中心に鉄漿親をたのみ、初めておはぐろに染めてやる。また腰巻をつけてやり、結婚有資格者として披露した。後には十七ガネ(十七祝)、十八ガネと年齢が下る。
五 婿を招き寄せるの意。「十三で鉄漿をまゐれや　十五になりて殿をよぶ」(高知・高岡郡葉山村杉ノ川・花取踊り)。
六 頭の上で太刀を回す所作。
七 山椒は全体に独特の芳香があり、実は香辛料、薬として利用された。
八 退場の踊り。
九 掛け声。 一〇 茶臼の挽き木を引くに、踊りの庭から引き上げる意を掛ける。 一一 抹茶。葉茶を臼で碾いた茶。「こ葉の御茶めし給へ」(七十一番職人歌合・一服一銭)。

○引(ひい)きは

440 [九]ようひけ[一〇]挽(ひ)き木　まはれ小茶春(こちやうす)　ばんばとおろせ　[一一]粉葉(こば)の茶

以上五種剣ヲ持(もち)テヲドル。

右ハ文化十二年乙亥九月十九日、祭式ヲ見物ニ行(ゆき)テ、親(した)ク踊子ニ詞ヲ問(とひ)聞(きき)テ書付(かきつけ)来レルナリ。

高岡郡久礼(くれ)[一二]村田植歌

久礼村鎮座[一三]八幡宮、毎歳[一四]八月十五日祭礼ニ歌フ。

441 [一五]京からきたよ　[一六]ふし黒(くろ)の稲は　[一七]稲(いね)三ばいや　米八石や

442 [一八]神の前(まへ)では御注連(しめ)しめ張(は)る　仏の前では鈴(りん)の音する

443 八幡の神の御田に　[一九]禊(みそぎ)の風(かぜ)がなつかし

高声アゲゑ[二〇]ひとな〳〵　三反唱

右ハ先年久礼八幡宮神官奥代重清ガ書付(かきつけ)テオコセシトコロナリ。

三 現高岡郡中土佐町久礼。
一三 久礼八幡宮。天保七年(一八三六)八月の「八幡宮指出」(『中土佐文化財報告書第二集』)によれば、久礼の領主佐竹玄蕃頭義辰が応永年中佐竹氏生国の関東より勧請と伝える。
一四 「祭礼八月七日より十五日迄日数九日の祭也」(南路志二十五)。祭礼は三軒の頭屋から御神穀を運び一夜酒を奉納する御神穀(おみこく)祭を中心に行われる。御田植式は、「八幡宮指出」によれば、旧暦八月十四日。現行においても旧十四日に行われ、絣に赤腰巻をつけ襷がけ菅笠姿の田植婆(「八幡宮指出」には「酒頭師婆」とある)三人、司三人、竹突き三人、笛、鉦、太鼓の囃子方などが参列、囃子に合わせて田植婆が手にした割竹を苗に見立てて田植えのしぐさをしながら後退、それに合わせて竹突きが竹を突きながら以下の歌をうたう。
一五 若苗をほめる「予祝田歌」(真鍋昌弘『田植草紙歌謡全考注』)。「やらん目出度や京から来るふしくろの稲はな稲三把で米八石よな」(愛知・鳳来寺田楽歌謡)など。田植草紙・六四をはじめ、草紙系歌謡、田遊びの歌謡として広く分布。
一六 「稲茎の節黒きなるべし」(栗田寛『古謡集』)。草紙系歌謡では「目黒の稲」と歌う。
一七 稲三把。田の神の名であるサンバイの意を含ませる。
一八 御注連は、神の占有する聖域を標示する縄。三河の花祭りを始め、各地の神事芸能において祭りの序段で「しめ」の歌が歌われる。「八幡宮指出」では、この歌を三首の歌の最初に、「ふし黒の稲」の歌を最後に置き、現行もそれに従う。→四三七。
一九 神前に吹く風を祝い歌う。「神舞ふ時は神風涼し」(島根・大原郡加茂町・出雲大社神謡)など。
二〇 囃子詞。

一 現高岡郡窪川町仕出原の高岡神社。東大宮・今大神・中宮・今宮・森宮(聖宮)の五社よりなり、祭神は順に大日本根子彦賦戸邇命(おおやまとねこひこふとにのみこと＝孝霊天皇)、磯城細媛(いそきくわしひめ＝孝霊帝皇后)、大山祇神、伊与二名島小千命、天狭貫神(あめのさづちのかみ)。由来には諸説あるが、河野氏の子孫小千(越知)玉澄が伊予から来

高岡郡仁井田(にゐだ)[一]五社大明神祭礼万歳楽[二]

祭礼毎歳九月十九日[三]

444 御代もゆたかに治(をさま)りける　扨(さて)もたつとき[四]日の本(もと)の　大宮社堂のはじまりは　昔暗夜の其(その)ときに　伊弉諾(いざなき)[五]・伊弉冉(いざなみ)二人の御神の　天ぢく（天上か　天軸か）よりも天(あま)くだらせ給ひて　天照太神[六]楯(たて)[七]について　始(はじめ)て日本(ほん)を取立(とりたて)給ふ　その後神宮皇后[八]の御たいしん[九]には（御太子か　御太神か）[一〇]　ほうらいの（高麗か）[一一]　三韓(かんせ)[一二]攻めほろぼし給ひて　八幡山(やま)[一三]にて跡をたれ　弓矢神[一四]とぞ祝(いはゝ)はれける　ありがたかりける　かゝるめでたき折からなれば　都の聖護院[一五]の大峰入(いり)[一六]のけいこふにん（下向にか）　御祈禱の其(その)ために　まはらせ給ふとこふく（何処(ここ)か）　日本六十六ケ国残りなく　山伏の通りけるには　行[一七]一力の山伏にては候はず　こふきせ[一八]つきあきとふで　山伏の召(めさ)れけるには　しやくはち[一九]の金剛杖[二〇]を楯(たて)[二一]について　はじめて貝[二二]をぞ吹(ふか)れける

445 扨(さて)[二三]大夫さん〳〵　国ゝから名酒(めいしゅ)[二四]が参りました　□何その名酒(めいしゅ)と

住、祖神を祭ったことに始まるという(仁井田之社鎮座伝記)。鎌倉時代奉献の鰐口、小神像の存在から、鎌倉期には既に現地に鎮祭されていたと推定されている。中世期には仁井田五人衆と呼ばれた在地豪族五氏の氏神的存在でもあった。境内には神宮寺福円満寺が置かれ、三十七番札所としても崇敬を集めていた。

二 御旅所への神幸の際、宮船で奏したものという。江戸時代に入り衰微し、江戸後期にはすでに廃絶か。

三 現行は十一月十五日。

四 「たふとき(尊き)」の音便形。

五 神話の中で、天つ神の命を受けて日本の国土や万物の神々を生み出した男女の二神。最後に天照大神・月読命・須佐之男命を生み、治めさせる国々を定めた。

六 天上を治める神。表記は、天照大御神(古事記)、天照大神(日本書紀、古語拾遺)。天上を照り輝かす偉大な太陽の神の意。皇室の祖神として伊勢皇太神宮に祭られた。

七 前面に押し立てて、頼りとしての意。

八 神功皇后。息長帯比売命(おきながたらしひめのみこと)(古事記)。仲哀天皇の皇后で応神天皇の母。神託により新羅を征討した物語の主人公として、記紀、風土記、万葉集などに伝えられる。

九 「退治ナルベシ」と傍書。

一〇 「征韓」の途次、神宮皇后の胎内にあり、共に征討をなしとげたという応神天皇(品陀和気命・胎中天皇)をいうか。

一一 朝鮮半島にあった国の名。ここは朝鮮一般の称として用いる。　一二 新羅・百済・高句麗の総称。

一三 京都府綴喜郡八幡町にある男山。石清水八幡宮があり、品陀和気命・息長帯比売命の神功・応神母子が祭神。

一四 弓矢の神、八幡神。古来武人の崇拝があつい。

一五 本山派修験の総本山。京都市左京区聖護院中町にある。

一六 吉野から熊野山中に至る大峰山系で行う修験者の峰入り修行。　一七 「一力」は自分ひとりの力。独力。修行を重ねて十分験力を備えている山伏である、の意か。

一八 「公義摂家御祈禱」と傍書。公義(儀)は朝廷・宮中の意。

一九 不詳。長さをいうか。　二〇 山伏が山岳抖擻(とそう)の際に持

は何と□ものた □野道[二五]通ればかきて[二六]からちよいと招(まね)く し
かもお花(はな)の唐紅(くれなゐ) 何(なに)がやれこりやちよいとな 順(じゅん)にまじれば順(じゅん)[二七]の
まへの音曲 松柏(まつかえ)[二八]の小謡ひ 大鼓(オホツヾミ)・小鼓(つゞみ)・手鼓(つゞみ)はのちごとに 名(な)[二九]
子衆(ごしゅ)の威徳(いとく) 国(くに)やまた たはむれ遊(あそ)べ ヤアンセ 治(をさま)る御代じや ア
トナ とねな〱 わが沓(くつ)が替りて 背戸(せど)には背戸松(せどまつ)[三〇] 門には門松
さつきは〱

是は仁井田五社祭礼の節、宮船[三一]にて舞(ま)ひかなづる万歳楽の謡物(うたひもの)なるを、
昔より口づからにのみ伝へつゝあるを、此度(このたび)とち巻としてしるしおかま
ほしくおもふとぞ。されど言(い)ひあやまり、聞(き)きたがへたるもあるを、物(もの)
知(し)りひとに問(と)ひあきらめたゞして、しるしおかまほしくおもふとぞ。
右奥書トモニ南部厳男[三二]ガ写シタルヲ記シツ。但(ただし)奥書ハ誰ノ書(かけ)ルナラン
シラズ。

高岡郡左川(さかは)[三三]郷玄蕃[三四]踊歌

毎歳六月[三五]十五日、左川村[三六]〻ニテヲドル。扇子ヲヒラキ、拍子[三七]ニシ

つ身長ほどの木製の棒。神や霊の依代でもある。
二一 力と頼んでの意。 二二 法螺の貝。魔障を払う修験道の法具。祭礼の神幸には山伏も参加していた。「其次に修験者四五人、宝螺を吹連れ」(仁井田之社鎮座伝記)。
二三 土佐では神主・神職をいう。神官さん。
二四 「メイシュ(名酒) 名ある酒、名高い美酒」(日葡辞書)。
二五 「吉田通れば二階から招く しかも鹿の子の振袖が」(延享五)。→山家鳥虫歌・三三。
二六 「かぎて(鉤手)」で曲がり角の意か。
二七 「順の舞(まい)」の訛伝か。酒宴の場で順々に披露する歌舞音曲の芸。 二八 めでたい祝言の小謡。松と柏は樹齢の久しい常緑樹の代表。
二九 「名子」は中世、土豪的名主や百姓名主などの有力名主に隷属し、労働力を提供すると共に、その名田の一部を小作していた下層農民。当地の豪族としては、東氏・西氏・窪川氏・西原氏・志和氏の仁井田五人衆があった。
三〇 表の入口の門松に対し、裏門にも立てたものか。
三一 「御船祭」と称し、三年に一度、浦戸湾の御畳瀬(みませ)、長岡郡の仁井田神社まで神幸していたもの。一条氏、長宗我部氏の時代までは行われていたが、以後衰微したという。「今はたゞ毎年九月十九日一日の御祭は、五社の前宮川瀬の上大鳥居の古跡をみませと号ておなばれ有て、如古代神楽を奏しける也」(甲把瑞益著・明和七年成・仁井田之社鎮座伝記)。
三二 →二八九頁注二〇。
三三 現高岡郡佐川町。
三四 名称は踊り歌に登場する主人公の名前による。中世末・近世初期の地方の盆踊り歌を伝える。各歌は前半と後半が分かれ、「出し」と「受け」の掛け合い方式で歌われるのが特徴。伴奏楽器は締め太鼓と鉦。踊りは扇子を採物とした輪踊り。
三五 疫神を祭る御霊信仰と、吾川郡吾川村大崎の正八幡宮(現川井神社)の祭日に由来する(皆山集五十四・玄蕃踊由来略説)。
三六 現在はほとんど廃絶。佐川町室原地区に衰微した形がわずかに残る。現行も陰暦六月十五日。
三七 扇子を打ち振って拍子を取りの意か。

テウタヒヲドル。横倉権現[一]ヲ祭ルタメニヲドルトゾ。但シ横倉権
現祭礼ハ九月八日・九日定日ニテ、其日行ハル丶、神事トハ別也。

446 こゝか〳〵仏崎[二]はこゝか　こゝよ〳〵仏崎はこゝよ

447 [三]大崎玄蕃殿は十七たち[四]をかたいだ[五]　弓をこそかたげ太刀をこそかた
げ

448 太刀は備前[六]太刀　鞘もなしの太刀打[七]　鞘のことはまあ言ふな　鞘は
こちに構へた

449 [八]今成河原に船を待ちるこれんで[九]　此大川で引船がよそろや

450 [一〇]よい職の所以なる硯箱のよりあひ[一一]　あれかくしごん殿[一二]はしがどのに
しましよ

451 [一三]よひのしまる福は　今宵こゝでおとまり

452 向ひなる梨の木は何のなる梨の木　嫁をそしる小姑[一四]をしばりつける
梨の木

453 [一五]御方の手には何を揉みつけた　こい紅の花揉みつけた

454 やろぞ〳〵八月にやろぞ　八月の田実[一六]は正月の松と思やれ

455 大崎茶園まに柿色の帷子[一七]　これより先は紅入の帷子

一 寛永十九年より二十年にかけて黒風という悪疫(ペスト)が流行、領主の深尾重昌は横倉権現(現高岡郡越知町、横倉宮)に祈願し、願解きの踊りとして広めたと伝える(皆山集五十四・玄蕃踊由来略説)。
二 中世末期に「踊堂」が設けられていた地名。「仏崎大道二ツ踊堂懸而」(天正十八年卯月朔日・土佐国高岡郡佐川郷地検帳)。踊りの最初に歌われる、土地の神霊への挨拶の歌。
三 中世末の語り草化した武将の名。在地の伝承では、天正十年(一五八二)に吾川村大崎に亡命したという武田勝頼を当てる(皆山集、『佐川町誌』、『佐川読本』ほか)。大崎玄蕃を名のって氏神正八幡宮を建立、武田氏の祖先神として木像十二体(川井神社に伝存)を祭り、祭日を六月十五日としたと伝える。一説に永正年間前後の武将山崎重兵衛茂守とも(『高吾北文化史』)。また、土佐国吾川郡片岡地検帳(天正十八年)には「大崎名」の名請人に「玄蕃」とあり、ゆかりの人物の可能性もある。
四 「はち(八)」の訛伝。「十七八」は結婚対象の女性として最も魅力的な年齢。
五 担ぐで、嫁かたぎ・女房かたぎ(略奪結婚)のこと。「大崎玄蕃殿は十七八をかたいだ　そしんなよそしんな　弓に太刀をこそかたいだ」(『佐川町史』)。→四六三。
六 備前国の刀工が鍛えた業物の意。太刀・鞘には男女の象徴の意を寓するか。「身は錆び太刀　さりとも一度　とげぞしようずらふ」「奥山の朴木よなう　一度は鞘に成しまらしよ〳〵」(閑吟集・一五五・一五六)。
七 太刀で戦うこと。
八 高岡郡越知町今成。仁淀川中流の大湾曲部左岸に位置。
九 「小女郎」(少女の意)の訛伝。「今成の河原で船を待つ小女郎　このような大川は引き船がよかろ」(佐川町長竹・玄蕃踊り)。「川のわたしばで船をいそぐ小女郎　向ひには殿御が待つと聞いていくぞ」(皆山集五十四)。
一〇 一流の職人の手になるの意。
一一 訛伝があるか。「よいふで(良い筆)」(『佐川読本』)。
一二 「わし(私)が殿にしましよ」の誤伝・誤記。「それでかいた

456 朝倉[18]に一人リ　弘岡に一人リ　鶉坂[19]またには[20]そうだ

457 かげ浦のしま殿　猪[21]の尻でうたれた　玄蕃殿のきかれたら　やさら[22]事は行（いく）まい

458 さても縫ふたり木綿袴[23]　薩摩針に土佐糸　手もとよしの縫はれた

459 をどり[24]くたびれて　どこで宿とろぞ　在家[25]の〳〵京の在家の浜の町で宿とろぞ

右ハ左川士人[26]岩神政直ガ書付（かきつけ）テ贈レルマヽヲ記シツ。

高岡郡左川郷（さかは）[27]三尾（みつを）[28]横倉中宮ノ祭礼神歌[29]

祭式毎歳九月九日

〇玉産霊（タマムスビ）[30]

460 久方の天の御中主[31]の大御神　大御心を種として　高皇産霊[32]の大御神　神産霊の大御神　二柱の神の大御神の皇産霊[33]により大御男伊弉諾[34]の大御神　大御女伊弉冉の大御神　淤能碁呂島[35]にあまり[36]まし　八尋殿[37]

しぐんわんどのは　わしがとのにしましよ」（『佐川読本』）。「それで書いたしぐんどのを　わしのとのにしましよ」（皆山集五十四）。

一三 訛伝があるか。また後半の「受け」の歌を欠く。「たのしまお方は　今宵こちでおとまり　うれしめでたの　若松さまよ」（皆山集）。「田の嶋の御方は　今宵ここえござれた　あらうれし目出度の　今宵ここえござれた」（佐川町長竹）。

一四 夫の姉妹。嫁の悪口をいうなど口うるさい存在を揶揄。

一五 他人の妻に対する敬称。また嫁御の意。寓意は不詳。

一六 熟した稲の実。ここは正月の松の祝い事と対照して「田実の祝い」をいうか。陰暦八月一日を元日に次ぐ大切な日とし、初穂を田の神に供えることに始まり、様々な贈答の儀礼が行われた。「八朔の祝い」とも。

一七 裏をつけないひとえの着物。寓意は不詳。

一八 前の部分を欠く。「玄蕃殿の近づきは　朝倉にひとり　弘岡にひとり　うづら坂またにはそうだ」（『佐川町史』）。

一九 高知市朝倉から吾川郡春野町弘岡へ越える山坂。長宗我部地検帳にも載る幹線路。

二〇 股にかけて遊んだの意か。「弘岡に一人　朝倉に一人　うづら坂をまたに　あそうだよな　としような」（佐川町長竹）。

二一 現土佐市井尻。横浪半島東端の入江。古来南海道海路の拠点。

二二 「やさな（優な）」の転訛で、穏やかにはすむまいの意。→四四。

二三 最新のファッション、上等の仕立ての意。木綿は室町末期より普及。→二九九・三〇〇。

二四 踊りおさめの歌。

二五 在郷の家。

二六 深尾家の家臣。

二七 現高岡郡越知町越知。

二八 横倉山にある横倉宮（祭神、安徳天皇）のうち、東中腹の杉原神社。「金峰山三所蔵王権現〈中宮〉、御正体中尊阿弥陀」（南路志二十三・分徳村）。

二九 土佐海続編鈔の考証によれば、三種の歌は、伊邪那岐・伊

のひろ〳〵と　合ひ初めませし御盃　中むつまじき玉産霊　けふこそ千代の初なれ〳〵

○神楽[一]

461
天の戸を明け初めしより高〳〵と　御影[二]照そふ日の本や　御影うるはふ天が下　五つのたなつほ[三]に人さかえ　都も鄙も鼓うち　笛ふきうたふ久方の　天の鈿女[四]の神遊び　あら面白や神遊び　千歳の鶴も天舞へば　万代の亀海に遊べり　かゝるめでたき神と君との御恵は　天地にこそ満にけれ

○治御世

462
朝日影　豊栄上る春日〳〵　匂ふ[五]平の都風[六]　唐土までも心安に治る御代ぞめでたかりける

右武市[七]半右衛門、或人ヨリ借写シタルヨシニテ、見セニ贈リタルマヽヲ記シツルナリ。今考ルニ此ハ中古ノ末質朴ナル世ノ詞メカズ、モシハ近キ世ニナリテ好事ノ者潤色シテ歌ハセタルモノニハアラザルカ。重テ

邪那美二神の婚姻盃を象った神事の歌とする。「夫(それ)は男女を伊弉諾尊・伊弉冉尊に表し、媒妁夫婦を高皇産霊尊・神皇産霊尊に表し、本杓加へを天児屋根尊・天ノ鈿女命に表し、神前に天御中主尊ましますとして、婚姻盃をなし此歌を唄ふ」。

二〇 記紀による伊弉諾・伊弉冉二神の結婚神話。

二一 天地の始まりの時、高天原に最初に現われた神。天の中心に存在する神の意。

二二 天御中主神について神産霊神と共に現われた神。生成力の神格化。

二三 ムスは生成、ヒは霊能の意。

二四 国生み・神生みを行う男女二神。

二五 天の沼矛の滴りがひとりでに凝ってできた最初の島。

二六 「あまおり(天降り)」の縮約。

二七 大きな家屋。

一 記紀の天の岩屋戸の神話による。神楽の起源と伝えられる。

二 天照大神の出でましをいう。

三 「たなつもの(穀物)」に同じ。

四 鎮魂祭などの神事で、楽舞を奉仕した「猿女の君」の祖神。伏せたウケを踏み鳴らし、神がかりして神々の哄笑を誘う。

五 色美しく映える。

六 横倉宮の祭神、安徳天皇の雅の遺風を賞揚する。横倉山は平家伝説の地。付近には安徳天皇御陵参考地もある。

七 鹿持雅澄の妻きくの兄。その長男は瑞山武市半平太。

クハシク正スベキモノナリ。

高岡郡大野見[八]郷花鳥[九]踊歌

神祭ノ節執行フナルベシ。今[一〇]須崎郷ニテモウタフヨシ。

463 大野見玄蕃[一一]とな　十七八[一二]ちよ[一三]かたいだ[一四]　太刀よこそかたげ

464 かげ浦のしま芋を猪のしゝが食ふた　玄蕃殿が見られたらやしやな事はあるまい[一五]

高岡郡日下[一六]村小村[一七]大天神祭神歌[一八]

小村神社祭礼正月三日、五・九月十五日[一九]ナリ。神輿[二〇]ヲカク者ウタフ。

465 ちィりへつぽう[二一]　はりしんでん　さゝらや徳若[二二]　はりしんでん

右或人ニ聞タルマヽヲ記ス。

八 現高岡郡大野見村。
九 歌詞は本来玄蕃踊りのもの。花取踊りにも転用か。
一〇 現須崎市の一部。
一一 「南部玄蕃ヲ云」と傍書。
一二 「三又ハツホネ」と傍書。「十七八」を「十三」または「ツボネ(局)」とも歌ったの意か。局は居室を持つ女房・女官など上流階級の女性。
一三 「ちよ」は「チヨ」と発音し、「(十七八)を」の転訛。
一四 嫁かたぎ・女房かたぎで略奪結婚のこと。→四四七。
一五 四五七の方が本来のものに近い形。流伝の過程で変化。
一六 現高岡郡日高村本郷・下分・沖名。
一七 小村神社。「土佐国二の宮」と呼ばれ、日本三代実録・貞観十二年(八七〇)三月五日の条にも社名が載る古社。祭神は国常立尊。神体の金銅荘環頭大刀は国宝。
一八 「ナバレ」と呼ばれる神幸の途次歌われた神歌。
一九 神幸は秋の例大祭に行われるが、現行は十一月十五日。
二〇 神輿は享保三年(一七一八)に寄進されたもので、それ以前は「行子・行司」と呼ばれた童子の憑坐による神幸が行われていた。頭屋から神がかり状態で神社まで神幸する特殊神事(頭屋ナバレ)であったが、現在は古式は衰微し、神歌も歌われない。なお行子による頭屋ナバレは、須崎市浦ノ内の鳴無神社に伝存する。
二一 呪歌。神幸の道筋を祓い清め、祝う機能を持つ。→三三四・三三五・四六六・四六七。
二二 「とこわか(常若)」の変化した語。永遠に若々しいさまをいうめでたいことば。

高岡郡高岡村[一] 三島大明神[二]
嚴島大明神 神歌

祭式毎歳九月廿五日[三]

466 ちやうまんでんや[四]　はりしんでん　さゝらや徳若（とくわか）　はりしんでん

ヘリヘツポウ[五]　チヤウマデ　サヽラヤ　トフクマデ　ハリシンデ

右或人ニ聞（きき）タルマヽヲ記ス。

高岡郡新居（にゐ）[六]村神祭ナバレノ歌[七]

祭式[八]

467 よろづわがめいや[九]　さゞらや　はりしんでん

右或人ニ聞（きき）タルマヽヲ記ス。

幡多郡入田（にふた）[一〇]村御伊勢踊歌[一一]

一 現土佐市高岡町。
二 南路志二十二・高岡村には「正体鏡」として記載。また神歌（神幸の歌）についても巷謡編と全く同詞章で載る。
三 現行は十一月三日。
四 神幸に際し、現行は神輿の前後で歌う、呪歌。現在の歌詞は「ちょうま　べいや　たかおか　べいや　ささらやあとと　くまがはりし　べいや」「ちりへっぽう　たかおか　べいや　べいやべいや　ささらやあとと　くまがはりし　べいや」の二種。「たかおか（高岡）」は地名。土佐市波介（はげ）の宇佐八幡宮ではここを「はあが」と替えて歌う。
五 「イニ」と傍書。異本の本文であることを示す。→三三四・三三五・四六五・四六七。
六 現土佐市新居。
七 →三一四頁注八。
八 土佐市一帯の神社では、類似の神歌の伝承が多く見られるが、現在新居地区にはナバレ（神幸）で神歌を歌う神社は無い。
九 琴弾八幡宮（土佐市太郎丸）の神歌に類句が見られる。「およろづまで　へわがめいや　はれしんでん　ささらやのと　くまがはりしんでん　へいりへいぽ　まりしんでん」（『土佐市史』）。→三三四・三三五・四六五・四六六。
一〇 現中村市入田。
一一 近世初期、伊勢神宮の託宣と称し流行した踊り。土佐神社（高知市一宮）に「御伊勢様おとり、慶長拾九年之霜月より始ル」（表紙）と記した慶長二十年（一六一五）正月五日付の古文書が残り、それにより土佐における起源が知られる。すなわち高知へは徳島より神木と共に移入、土佐神社で慶長二十年二月七日に受け取って以来、さらに西部へと広がっていったと思われる。現在は県西部のみに遺存。

入田村ノ辺ニテ神祭[一二]ニ踊ル歌ナリ。カノ村ニカギラズ、スベテ当郡ニテハ所〻ニ此踊[一三]アリ。ソノ踊ルサマ装束ハ平常ノ体ニテ、扇ヲ持テ踊ル。

468 伊勢のようだ[一四]の神まつり　むくり[一五]　こくり[一六]を平らげて　神代君代の国〻まで　千里の外まで豊かなり　老若男女おしなべて　参り下向[一七]のめでたさや
お伊勢踊りををどり〳〵てなぐさみ[一八]見れば　国も豊かに千代も栄えるめでたさや　お伊勢踊りのめでたさや

469 天の岩戸の神神楽[一九]　月に六度の神楽より　千供万供の代〻神楽[二〇]より　老若男女おしなべて　参り下向のめでたさや

470 東は関東の奥までも　老若男女おしなべて　参り下向のめでたさや
お伊勢踊りををどり〳〵てなぐさみ見れば　国も豊かに千代も栄えるめでたさや

471 南は紀州の三熊野[二一]の　里す〻〴〵までの人までも　老若男女おしなべて　参り下向のめでたさや
お伊勢踊りををどり〳〵てなぐさみ見れば　国も豊かに千代も栄え

一二 様々な神事・祭礼のほか、重篤な病人の平癒祈願に行われた。
一三 土佐神社の古文書には、五色の四手をつけた笠を用いたとあり、風流踊りの一種と考えられるが、現行は単の着物に榊の採物、所作は太鼓の伴奏で同じ場所で足を踏み替えるだけの形態。
一四 「山田」と傍書。現三重県伊勢市。伊勢皇太神宮が祀られる。
一五 「蒙古」と傍書。
一六 「高句麗」と傍書。元寇(文永・弘安の役)の時、蒙古・高句麗連合軍をいわゆる「神風」で退けたことをいう。
一七 参詣して帰ること。
一八 心を楽しませる。楽しんで遊ぶ。
一九 神楽の起源。素戔嗚尊の乱暴に怒って天の岩屋戸に籠った天照大神を誘い出すため、天鈿女命が舞い踊ったことをいう。
二〇 太太神楽。伊勢神宮へ一般参詣人が奉納する太神楽のうち、最も盛大なもの。
二一 和歌山県の熊野三山のこと。熊野速玉大社(新宮)・熊野本宮大社・熊野那智大社の三社をいう。

るめでたさや

472 西は住吉・天王寺[一][二] 四国・筑紫の人までも[三] 老若男女おしなべて 参り下向のめでたさや お伊勢踊りををどり〳〵てなぐさみ見れば 国も豊かに千代も栄えるめでたさや

473 北は越前・能登や加賀 越後・信濃の人までも 老若男女おしなべて 参り下向のめでたさや

474 千早振ちはやふる[四] 御幣に榊奉り をどりよろこぶ人はみな 心のまゝにぞ願ひこみ[五] とやはひとせわ保つなり[六] 栄え栄ふるめでたさや 老若男女おしなべて 参り下向のめでたさや お伊勢踊りのめでたさや

475 お伊勢踊りををどり〳〵てなぐさみ見れば 国も豊かに千代も栄えるめでたさや お伊勢踊りををどり〳〵てなぐさみ見れば 国も豊かに千代も栄えるめでたさや お伊勢踊りのめでたさや

右幡多郡入田村医生大黒俊祥[七]が書付テ見セニオコセタルマヽヲ記ス。

一 摂津国(現大阪府)。また摂津の住吉神社をいう。
二 四天王寺(大阪市天王寺区元町)。聖徳太子の創建と伝える。
三 九州地方の総称。
四 枕詞。神および神と縁の深い語(ここでは御幣)にかかる。
五 「こめ(籠め)」の転。
六 「とし(年)はちとせ(千歳)を」の訛伝。
七 雅澄と交友関係にあった医師大黒泰全(巌)の子息。文化十四年(一八一七)、雅澄二十七歳の時の幡多郡一覧の旅の成果。幡多日記にも本項と同内容の記事が載る。
八 現幡多郡大方町伊田。
九 南路志二十八(井田村天神宮)は、その態様を「神踊有レ之。伊勢頭ニ附神を被り、面ニ布を垂れ、大団扇・大鼓ニ而踊。伊勢踊又小踊共いふ」と記す。現行も鳥毛と馬毛で作った被り物に、顔には黒布を垂らす。採物の団扇は、長径約六十センチ、短径約四十センチの楕円形。周囲には色紙で飾りをつける。付け髪と大団扇は小踊りの特徴の一つ。締め太鼓を胸につけた太鼓

幡多(はた)郡井田(ゐだ)[八]村天神宮祭小踊[九]歌

天神祭礼九月九日、[一〇]今藤乗伯[一一]祭礼七月十七日、コノ両度小踊アリ。

476 [一二]日向の小浜へ松植(うゑ)て　何に付(つけ)ても大松恋し

477 日向の小浜へ菊植(うゑ)て　大菊[一三]こひし

[一四]右先年予幡多郡ニ遊ベルホド、井田村土人ニ聞(きき)テ記ス。

幡多郡入野(いりの)[一五]村[一六]八幡宮祭礼花鳥[一七]歌

祭礼毎歳九月[一八]十六日

478 鎌倉の御所の御庭の八重桜　八重にや咲(さか)いで九重[一九]にさく

右先年予幡多郡ニ遊ベルホド、[二〇]入野村土人ニ聞(きき)テ記ス。

幡多郡上川口(かみかはぐち)[二一]村豊後[二二]踊歌

[二三]八幡宮祭礼九月九日、小踊・花鳥アリ。祭礼重(かさね)テ可尋。

役と団扇役の二人が一組となり、筵二枚の上で二組が交差しながら踊る。

一〇 現行は九月十五日前後の土・日曜日。

一一 「古城〈松山寺向〉今藤乗伯居レ之」(南路志二十八・井田村)。但し、七月十七日の祭日は、現在は藩政期の義民掛川新吉供養の「新吉踊」の日(現八月十七日)と伝えている(『大方町史』)。

一二 「日向踊」の一部。「日向」の箇所を「豊後」と替えて「豊後踊」としても流布している。「豊後小浜へ松植て〳〵　何につけても待恋し」(藤田小林文庫・雫謡・豊後踊)。

一三 「何につけても」を誤脱。

一四 文化十四年(一八一七)、幡多郡一覧の旅の折の採集。幡多日記(八月十三日の条)もほぼ同内容の記載。

一五 現幡多郡大方町入野。

一六 「賀茂大明神、八幡宮相殿、…祭式〈神輿ナバレ・田楽舞・流鏑馬・小踊・花踊・花取リ・ネリ・神相撲・御神楽〉」(南路志二十八・入野村)。

一七 花取踊りの歌の意。但し近世に入って変容した太刀踊りの歌か。

一八 現行は十月の第三日曜日。踊りは変容しているが遺存。

一九 幾重にも重なる意に宮中・皇居の意を掛けた語。「いにしへの奈良の都の八重桜けふ九重ににほひぬるかな」(詞花集・春)。ここは鎌倉の将軍の住居を宮中に見立てて誉め称えたものか。土佐では吾川郡春野町仁ノ、土佐市蓮池、高岡郡日高村沖名など、太刀踊りの歌として流布。

二〇 文化十四年(一八一七)の幡多日記には、当時利岡村(現中村市利岡)の大庄屋であった永野浅右衛門秀枝(入野に旧宅有り)からの取材として記す。

二一 現幡多郡大方町上川口。

二二 幡多日記(文化十四年八月十二日の条)も「豊後踊ノ哥」として本文の歌詞を記すが、歌詞は「御伊勢踊」のもの。

二三 不審。「天神宮」の誤りか。「当浦(上川口浦)氏神天神宮也。祭礼ハ九月十日。小踊・花鳥アリト也」(幡多日記・同条)。また「八幡宮」としても、祭礼は九月十日(南路志二十八・上川口村)。

479 [一]もくり・こくりを平(たひ)らげて　千代も栄(さか)えんめでたさや

右先年予幡多郡ニ遊ベルホド、[二]土人ニ聞(きき)テ記ス。

幡多郡楠山(くすやま)[三]村田植歌

土地神祭礼ニ行ハル丶カ、又ハ常ニ田植(うう)ル時ウタフカ、重(かさね)テ可尋。

○よみ歌[四]

480 [五]けふの田の田主殿(との)へ参(まゐ)る宝物(たからもの)　[六]白金(しらかね)の米(よね)の鉢(はち)に黄金(こがね)ゆりするゑて

481 [七]奥山の梛(なぎ)[八]の葉(は)はきのふ刈(が)りかけふ刈(が)りか　きのふがりは[九]しばをまく
[一〇]けふがりおもしろや

○うたひ歌

482 [一一]声きけば鈴(りん)[一二]の初声(こゑ)　姿(すがた)を見れば八重菊　[一三]八重菊とことへ[一四]られても
猶(なほ)まだ心細(ぼそ)なや

[一五]右南部厳男ガ筆記ニアルヲ写ス。

一 蒙古・高句麗をいう。→四六八。
二 上川口浦御分一役の吉村内作(幡多日記・同条)。
三 現幡多郡宿毛市橋上町楠山。伊予国境、篠山の東麓に位置。
四 「儀礼的役歌」(真鍋昌弘『田植草紙歌謡全考注』)の意か。後段の「うたひ歌」と対比して掲げる。「よみ歌」の語は、早く日本書紀・神武天皇即位前紀に「うたよみ」、古事記・允恭天皇に「読歌」の例が見え、琴歌譜は正月元日節会の寿歌を「余美歌」と記す。土橋寛は、さらに与論島のユミウタ、ユミグトウ、八重山のユンタ、ユングトウなどの歌の分析から、ヨムとは「寿ぐ、讃める意の語」(「歌をヨムということ」)とする。
五 「この田の」「今日の田の」と歌い出すのは、田誉め、田主誉めの歌の常例。
六 「京の田の田主殿へまいる宝物はよ　白金のよねのはしゃこがねよりすえて」(『愛媛民謡集』(南宇和・田植歌)。「田の神にく　昼飯(ひる)(い)の御料を参らせて　白銀の御器黄金のおはち」(東京・板橋区徳丸町北野天神社・田遊びの歌)など。
七 「奥山なぎの葉は昨日刈りか　昨日刈りやしば巻いて今日刈りや面白い—よいよ」(『土佐民謡集』第一輯・幡多郡和田村)。「奥山のなぎの葉は昨日刈りか今日刈りか　昨日刈りゃしばまいて今日刈りゃ面白や」(『愛媛民謡集』南予・田植歌)。田植草紙・兲を始めとして、一、二句を「おく山にかるかやは」として草紙系歌謡に広く分布。
八 梛の葉は熊野をはじめとする修験の神樹。山入りの家苞として聖視される。ここは石鎚・篠山修験の影響があるか。「今度来る時持てきてたもれ　石鎚お山のなぎの葉を」(『愛媛民謡集』)。奥山の萱も梛の葉も山からの賜物。
九 類歌では「はゝゑて」(田植草紙)、「しなはへテ」(川根本田植歌草紙写)、「葉も巻く」(『愛媛民謡集』喜多地方)など。葉が萎れるの意か。土佐西部地域では、「しば」は①「木の葉」、②「皺(しわ)」のことをいう(『高知県方言辞典』)。
一〇 「今日刈り」に「興がり」(興味深く思う意)を掛ける。
一一 早乙女の歌声と姿の美しさを讃える早乙女誉めの歌。
一二 歌声を鈴の音に譬える。「雲の上をとめの神楽鈴の音松の初こゑと神きこしめせ」(『島根民謡』出雲神代神楽歌)。

幡多郡田歌

此(これ)ハ平常田植(うゑ)ニウタフ歟、又ハ土地神祭礼ニ用(もちゐ)ル歟、重(かさね)テ可尋。

483 門[一六]田をつくれや　門[一七]田へこふそ　稲(いに)や刈(か)[一八]りやましやして　門田へこふそ

484 沖[一九]の田で笛[二〇](ふく)吹は誰(たれ)　太郎殿(どの)か　おらゝ[二一]にも只いとこさい[二二]の太郎殿

485 奥山[二三]轟(とどろき)て火がちよろ〳〵　鮎とる火やら小鮎とる火やら

486 田主殿[二四](るじどの)が田に立(た)ちや　照(てる)日なれども　夕日かゝや　照日なれども

487 菊[二五]も柳も門田へこふそ　枝も栄えて門(かど)田へこふそ

488 去[二六]年より今年は　門田の松が高(たかい)は　高(たかい)こそ道理(どふり)よ　年の数がまさ[二七]はし

489 けふ[二八]の田の植(うゑ)よさよ　苗の分(わ)けよさよ　さん[二九]ごらい　りゝうれんが手にも似たるかよ

490 早乙女[三〇](さをとめ)のみめのよいは　笠をから[三一]にやこそ　一チく二く三く四く五ウ六七くの上はめされぬか

一三 前句末尾の「八重菊」がくり返されているのは、前半二句と後半二句が掛け合いで歌われたことを示す。前のよみ歌の二歌も掛け合いで歌われたものであろう。
一四 「たとえられても」の意か。
一五 →二八九頁注二〇。
一六 門田誉めの歌。多く田植えに先立つ田打ちや代踏(しろふみ)の歌として歌われた。カドは家の正面の空間。家の内と外を分かつ境界でもある。そのカドに広がるカド田は、日当たりもよく、多くの土地で特に重視された。「田作門田を作門田よし　さふよの　かど田よし　入舛米は蔵の下づみ」(岐阜・益田郡下呂町・森八幡宮田神祭踊歌)、「やら目出度や春来れば田を作る　門田作らうよなかんど田ようによしな」「かんど田よし〳〵　いゝりまはすとびはな　おくところよしな」(愛知・鳳来寺田楽歌謡)など。
一七 門田にこそ、であろう。「こそ」は強意の係助詞。→四八七。
一八 「刈り増して」の意か。
一九 ヲキは田畑などのはるか遠方。田植歌では、多くカド、カド田に対して、ヲキ、ヲキの田が用いられる。「おきの三反田より　かどの弐反田をな」(田植草紙・一四)。
二〇 男が笛を吹くのは女への恋のしぐさ。 二一 自称。
二二 従兄弟。サイは敬称か。高知の民謡では、イトコを恋の相手とする歌が少なくない。→三三九・三四〇。
二三 →三六九。
二四 田主誉めの歌。「かゝや」は「輝(かかや)く」の縮約か。
二五 四八三に続く門田誉めの歌。カドの柳を繁栄の象徴として歌うのは、催馬楽「わが門の」以来の祝言歌謡の伝統(渡辺昭五「中世歌謡の柳」、真鍋昌弘『田植草紙歌謡全考注』)。「おもふ柳を門田へこそな　枝もさかへる　かど田へこそな」(田植草紙・九三)、「田を作らば柳の下に田をつくれ」(『佐渡の民謡』八幡・八幡宮御田植歌)など。
二六 門田誉め。「去歳ヨリ今歳ハ門ノ松高ナ　高モ同理ヨ所ノ松カ増ヨ」(群馬・松井田町碓氷峠熊野神社御田遊唱詞)、「こうぞよ〳〵　こうぞよりことしのかどまつはたかいのう　たかいもどうりこそ　としの数がまいてきたとさほい」(愛知・

491 十[一]七八の小娘の脇のほころびはよ　二十一殿御(とのご)の手の通(かよ)ひ所よ

492 夜(よう)[二]さりやくると云(いふ)が　どこへ寝(ね)よやかゝ様　麻(を)[三]がらで戸詰(つめ)て　戸口寝や娘ら

493 早乙女(さをとめ)[四]と角力捕(とつ)た　よもぎ原の中でよ　扇[五]は落したよ　太刀は忘れたよ

494 土居[六]の掾[七]の白ゑんに　白衣[八]かてゝある　もしも時雨[九]がするならば　たゝみ込みけふばかり

495 夜(よう)[一〇]さの上(あが)り田にや　何[一一]さば買(かひ)に　煮ても焼ても喰(くう)て見て　味がよか買(かひ)に

496 男[一二]ほどめんどうや　包(つつみ)[一三]さげて田植(うゑ)る　女子程しんしやう[一四]や　巻[一五]をはつて田植(う)ゑる

497 手苗をくれたは　別(べチ)[一六]のこゝろざし　夜(よう)さりやござれとの　別(べち)のこゝろざし

幡多郡上山(かみやま)[一七]郷茶摘歌

西尾市熱池八幡神社御田祭歌)をはじめ、静岡・藤守八幡の田遊び、肥後阿蘇宮御祭礼田歌、島根の田植歌などに広く分布。

二七 類歌「まさるは」(藤守)、「まさるを」(島根・田植歌)など。増さるの意であろう。

二八 「ああこの田のうえよさよ　苗のわけよさよ　さんぱ二四　さんごじゅの手にもにつるかよ」(高知・高岡郡大野見村奈路・田植歌)。幡多郡大正町弘瀬の旧太鼓田の田植歌にも。

二九 転訛か。不詳。

三〇 「五月女のみ目のよいは笠からみかな　そよな笠からみかな」(滋賀・大津市伊香立・八所神社春鍬踊の歌)。→三八。

三一 借るの意か、或いは被(かぶ)るの意か。

一 十七八は恋する娘の、二十一は若者の盛りの年。→四〇〇。

二 「夜さり」は夜、晩。「今晩」の意も。「よさりやくるというがどこへ寝よやおなんよ　麦わらで戸つめてつべをそっくり出して戸口へ寝よやたまらよ」(高知・高岡郡大野見村奈路・田植歌)。

三 麻の皮をはいだ後の茎。

四 「角力」は野の情交を暗示。「むかいなる笹原」(田植草紙・三七)、「み山すゝきの穂の上」(三重・一身田御田神事歌)など野での情交を歌うのは晩歌のパターン。

五 扇や太刀、笠などを、忘れた、落としたと歌うのは恋の歌謡の表現類型(真鍋昌弘「笠などを忘れるということ」)。

六 「西の縁の日縁へ白い着物干したれば　若しや時雨が降るなれば　たゝみこめや経箱へ」(『土佐民謡集』第二集・高岡郡仁井田村山歌)。土居は、中世、防護のために家屋の周りに築いた土塁、転じて、そうした土居を持つ土豪の屋敷をいう。

七 縁に同じ。フチあるいはヘリと読むか。

八 「白衣が出てある」か。白衣が干してあるのであろう。

九 時雨は、ここではにわか雨。

一〇 夜さり(晩)に同じ。サ、サリは近づいて行く方向を示す。

一一 「上り田のお菜に鯵や鯖を買わんか　煮たり焼いたり食べてみて味が良けりゃ買おうよ」(『愛媛民謡集』南宇和・田植歌)。

一二 先行翻刻は「河さば」に作るが、下の句との掛け合いの形

[一八]中平隠岐守重熊ノ領セラレシホド歌ヒシト也。[一九]上山殿ハ中平氏ヲ云(いふ)カ。

498

[二〇]おらつらう　こぎなりでも　上山殿の　みいの子　みいの子　ながらすゝりうがた

右ハ楠目清次[二一]右衛門ガ筆録ニ出(いで)、見当(あた)リタルヲコヽニ記ス。右ノ歌今ハウタハヌニヤ、重(かさね)テ可尋。

右件(くだん)ノ余(ほか)、[二二]幡多郡有岡村法楽踊歌ト云(いふ)モノハ、名ヲ聞(きき)及ビタルノミニテ、未ダ其(その)詞ヲシラザレバ此(これ)ニハ載(のせ)ズ。[二三]其(その)他ニモ漏(もら)セルモノアルベシ。重(かさね)テ聞(きき)得タランホド書加(かき)フベシ。

だから「何さば」ととる。「何鯖」であろう。

一二 ホドは、比較する一方を取りあげていう副助詞。男の方こそ難儀である、の意。

一三 男性器を暗示。

一四 不詳。前半句に対して女こそ大変であることをいうか。

一五 不詳。女性器を暗示するか。

一六 別の下心(今夜忍んでいらっしゃいという)がある、の意。

一七 現幡多郡大正町、同十和村、中村市北東部、高岡郡窪川町北西部を合わせた地域。本村は田野々村(現幡多郡大正町田野々)。

一八 「楠目氏筆記曰、…上山郷大井川・野々川・四手其外、中平隠岐守重熊開て直に知行とし、四手村に中平古城土居有」(南路志三十三・田野々村・古城)。事歴は不詳。

一九 南路志は「田那辺氏」と伝える。「(万亀山五松寺)寺記曰、開基建久年中、田那辺別当旦増子永旦、八島兵乱之砌讃州え渡り、夫より当国に来上山領主と成。田野々村に居城、…往古之寺跡之傍に上山殿之廟と言伝古墳有之」(三十三・田野々村)。

二〇 転訛により全体の歌意は不詳。別本巷謡編にも「楠目清次衛門録」として同歌所収。その前文に「幡多郡田野々村は田那部堪僧所領アリシヨシ。紀ノ国熊野三所権現第一の臣なれば、田野々に権現を勧請し、其子孫修々有よし。其節茶つみ哥に」とあり、歌詞の後には「是を笑ふなれど、古体のしるしと聞侍る」とある。

二一 経歴不詳。楠目豊『楠目氏略史と系譜』によれば、墓は高知市筆山にあり、それには「享保十四年五月七日　五十歳没」とある。また同書所収の「楠目氏系図」には「清次衛門成郷」とその子「清次衛門成章」の二名の名前が見える。

二二 天保十五年(一八四四)九月の奥書の国学院大学図書館「佐佐木文庫」の巷謡編によれば、この部分は本来「安芸郡吉良川村八幡宮御田祭歌、幡多郡有岡村法楽踊歌ナド云モノハ」とあったもの。天保十五年九月以降、御田祭歌の入手により、十六字分を墨滅訂正して現在の形とする。

二三 「其…ベシ」は朱による補入。国学院本巷謡編にも無い。

補遺

高岡郡仁井田(にゐだ)[一]　五社大明神祭神渡シ[二]ノ詞

舞大夫ヨリ

499
抑(そもそも)　南瞻部洲中(なんせんぶしうちう)[三]　大日本国王城より未申(ひつじさる)[四]　南海道土州高岡郡仁井[五]田・窪川両郷の総鎮守五社大明神　其(その)外諸大明神・諸大権現の宇豆[六]乃広前仁[七]　一日一夜乃御神楽有由承(あるよしうけたまはり)[八]　天竺小金大夫子孫　宇賀ノ[九]父・宇賀(の)子供　数ゝ初参(はつまゐりまうし)申候　今日の注連口[一〇]ゆるしたび給へ

渡シ

500
如仰(おほせのごとく)　南瞻部洲中(なんせんぶしうちう)　大日本国王城より未酉(ひつじとり)[一一]南海道土佐国高岡郡仁井田・窪川両郷惣鎮守五社大明神　其(その)外諸大明神・諸大権現の宇豆乃広前仁　立(たた)せ給ふは神の化心(けしん)[一二]にて坐(マシ)ますか　ゆう所[一三]いはれ[一四]を名(な)のり候へ　今日ノ注連口ゆるし申ス

舞大夫

一 現高岡郡窪川町仕出原の高岡神社。→三三二頁注一。
二 現在は廃絶。幡多郡十和村に伝存する「十和大神楽」(幡多神楽)の例によれば、神楽の冒頭、参上した舞太夫とその神社の社頭(宮司)とが掛け合いで行う「宮入り」の詞に相当する。舞太夫が名乗りと共に訪問の趣を述べ、参入の許しを乞うのに対し、社頭は由緒来歴を問い、祭の場への参入を許す。
三 「南閻浮提(なんえんぶだい)」に同じ。須弥山をめぐる四洲の一つで、南方海上にある大陸。人間の住む世界をいう。
四 南西の方角。　五 現高岡郡窪川町。
六 尊く厳かなこと。　七 神の前をいう美称。
八 本来はインドの古称であるが、ここは小金(黄金)と共に美称として用いるか。
九 宇賀の神に同じく、五穀の神・福神の意か。
一〇 注連縄を張って清浄に保った神域の入口。
一一 未申(ひつじさる)に同じく南西の方角をいう。
一二 化身。人間に形を変えて現われたもの。
一三 「由緒」の訛伝。由来・素性。　一四 しかるべき理由。
一五 伊勢皇太神宮の神域内を流れる川。伊勢の神々に仕える大夫(神職)の流れを汲むの意で用いるか。
一六 一八四二年。本文部分の一応の成立年次を示す。但し、安芸郡吉良川村八幡宮御田祭歌、土佐郡神田村小踊の図など、増補の作業はその後も行われている。

(三二一頁からつづく)
二六 平安時代から中世にかけての賀茂社の荘園、津野荘の在地豪族津野氏。本文は「元高」と傍書。系譜には諸説あるが、津野元高は「元仁元(一二二四)甲申三月十四日卒、年廿五」(土佐国蠹簡集二)。但しここは戦国期の当主元実が当たるか。本歌より三四四までの四首は一連で、永正十四年(一五一七)の「恵良沼の戦」にまつわる語り草を歌ったものと思われる。元実は「永正十四年丁丑四月十三日、攻㆓戸波伊野甫喜城㆒〈城主福井玄蕃〉、勇敢無謀而軍潰、津野兵陥㆓深泥㆒者若干、遂於城下戦死、年三十六」(土佐国蠹簡集二)。→三六五。
二七 「津野紋」と傍書。津野氏の家紋は丸に一文字が普通だが、

501 某（それがし） 勢州五十鈴川小金大夫子孫[一五]　宇賀ノ父・宇賀ノ子供数〻引（ひき）具し

初参（はつまゐりまうし）申候　今日注連口ゆるしたび給へ

渡シ

502 誠に勢州五十鈴川小金大夫子孫　数〻引（ひき）具し参（まゐつ）たなら　今日注連口

ゆるし申（まうす）　早〻御入（いり）候へ

[一六]天保十三年壬寅四月五日起筆同十二日功成。

元実の墓石(須崎市下分・元享院。文化十四年建立)には菊紋が彫られている。ここは甲の前立の飾りとして付けたものをいうか。

二八「菊ィ」と傍書。

二九 かたまって生えた芹。湿地に自生、夏に白色の小花をつける。

三〇「戸波郷岩戸村ヱラ沢也」と傍書。現土佐市岩戸江良沢。「恵良沼」と呼ばれる深い泥沼があった。井場（いのはき）城の西北にあり、諸書元実討死の戦場と伝える。『津野興亡史』は以上二首(小異で記載)の解釈として「「元実三千余騎ヲ引具シテ出陣セントセシ時、召シタル兜ニ優曇華ノ花咲キシカバ、是吉兆カト人ノアヤシミタル意ヲ謡ヒタルナリ」トモ云ヒ、或ハ「元実ハ恵良沼ニ落チ入リテ兜ノミ田ノ中ニ在リシカバ、後世、此ノ田ノ中ニ咲ク色美シキ花ハ元実ノ兜ヨリ咲キ出デタルモノナランカトノ意ナリ」ト説クモノモアリ」と記す。

三一 戦場に向けて出発すること。

三二 午前六時。『津野興亡史』は「藩政時代ニ戸波ノ庄屋ヨリ公儀ヘ差出シタル書面ニヨレバ、「津野軍ノ、戸波ヲ攻メタルハ、十三日ノ卯ノ刻ナレバ、マダ、ホノ暗キ夜明頃…」ト云ヘリ」と「立石」の伝説を記す。

三三「元高ヲ云」と傍書。年齢(二十五は元高の享年)から記したものと思われるが否か。

三四「春高ヲ云歟」と傍書。津野春高は「仁治三(一二四二)壬寅五月四日卒、年二十」(土佐国蠹簡集二)。これも享年による注記と思われるが否か。「我殿」は津野氏に限らず、元実と共に討死した「我が思う殿」を一般的にいうか。

三五「十〈ツ、〉文選読」と頭書。「つづ」は十の意。また狂言などの用例では十九歳の意にも用いる。「ツヅ 十の数。ツヅハタチ、または、ツヅニヂュウ 二十歳」(日葡辞書)。「文選の古き訓に、十をつつとよめり。下のつは、一つ二つなどのつなり。上のつはとと通ふ音なれば、即ち十(と)也。…つづを十九のこととするはいかがか」(玉勝間十三)。

三六 神仏の加護が無いから。「けに」は理由を示す助詞。方言。

三七 命長かれの意か。

三八 堰（きせ）に同じ。川の流れをせき止めた所。

三九 恵良沢の藻屑となって戦死したことを寓するか。柵は水流をせくため、川の中に杭を打ち並べ、木の枝や竹をからみつかせたもの。

童謡古謡

真鍋昌弘 校注

修験僧行智による、江戸浅草に伝承した童謡の書留。一冊。底本は国立国会図書館蔵の自筆写本。タテ二四センチ×ヨコ一五・五センチ。表紙題簽「竹堂随筆」(竹堂は行智の号)。内題、左に「竹堂随筆」、右寄り上部に「童謡／古謡」。本書の内容から見て、書名は「童謡古謡」を採用(同図書館には、『竹堂随筆』が別に一本あり。表紙左に「竹堂随筆」とあり、中央にやや小さめに「論弁 言辞考索 故事 古謡 古実(ママ)」。「童謡古謡」と同筆)。本文には朱の書き入れがあって、柳亭種彦の筆と言われている(本書ではすべて傍書として脚注に移した)。『近世文芸叢書』俚謡第十一(明治四十五年)に「童謡集」としてこれが所収されているが、解説に「頭註は柳亭種彦の筆なり。紙魚堂所蔵柳亭旧蔵本に拠る」。『近世文芸叢書』の翻刻は『童謡古謡』と比較して、配列や記載の上で相違するところがある。

行智は安永七年(一七七八)生、天保十二年(一八四一)没、六十四歳。鷲尾順敬編『日本仏家人名辞書』(明治三十六年)によると、次のようにまとめることができる。(一)江戸浅草の人。字は慧日。阿光房とも号す。ことに悉曇学に達し、歌道・書道にすぐれていた。(二)江戸浅草福井町、銀杏八幡宮の別当覚吽院の住持。修験当山派惣学頭に補せられ、法院大僧都に至る。(三)天保十二年寂。六十四歳。下谷北稲荷町黄雲山竜谷寺に葬り、墓表に梵学興隆沙門行智と記す。(四)著作に『木葉衣』(天保三年)、『踏雲録事』(天保七年)など。悉曇学の著作も多い。

銀杏八幡宮は、現在も東京都台東区浅草橋一丁目二十九番十一号に銀杏岡八幡神社として鎮座。竜谷寺も現在、東京都台東区東上野五丁目五番に、曹洞宗の寺として認められるが、寺内の墓碑等は戦災で崩れ破損し土中に堆積していて、現在、行智のものを確認することができないのは残念である。

『童謡古謡』の成立は、序文に「当年四十三歳」とあるところからして、文政三年(一八二〇)になる。すでに寛政九年序文の太田全斎編『諺苑』にはことわざに混じって、かなりのわらべうた、唱え言が蒐集されているが、伝承童謡の書留として一冊の記録がなされたのはこれがはじめてである。安永・天明期以前の江戸の子どもたちが、自分たちのものとして管理し伝承した近世民衆文芸の側面が、ここに見えているのである。

一行智がいとけなき時、歌ひて遊びたるを思ひ出して、書附おく也。

二当年四十三歳。思へば昔なりけるよ。まだ此ごろのやうに思ふてゐたのに、とはいふものゝ年は取ても気はいつも若く、やつぱり子供と一所に遊びたひ心もち也。

〽三目隠し道念坊〳〵　一寸貰はう〳〵　〽しんぬう引け　〽鬼どのござれ〳〵　〽おいらを捕まへたもないゝこ

一 行智の著作で、これと類似した書き出しは、木葉衣(天保三年)・峰中略記部分の頭注「行智案ずるに…」。あとがき(跋文)の書き出しと対応。 二 文政三年(一八二〇)にあたる。 三 目隠し鬼遊びで、鬼をはやす歌。序文の後に添えた歌。「鬼さんこちら」「由良さんどこへ」などと同種。『近世文芸叢書』第十一所収、紙魚堂所蔵柳亭旧蔵本では、鬼わたしの一つとして、「同 御用の舟」の次に「同 道念坊」の題で掲出。↓解説。道念坊は道心坊と同じ。乞食修行する坊主のイメージ。説教・かるかやの苅萱道心の子、石動丸も道念坊。「土筆(つくし)ン棒 道心ぼう」(『あづま流行時代子供うた』)。「ほーたろこーい じようねんぼ」(『日本全国児童遊戯法』伊勢)。道心坊たちの通って行く日常生活風景がこの歌の背後にある。「しんぬう引け」の「し」は「ひ」の訛で、引き抜け、の意か。「捕まへたもな」の「もな」は「者は」の訛。

一 主として決まり文句「ねんねこよ」で歌い出す系統。以下の「目ざめ歌」「遊ばせ歌」とともに、子守歌を機能上で分類した一ジャンル。

1 ▽冒頭―「…ね引ゑん〳〵ねんころり引」、「ころ〳〵や引まの…」―「…枇杷の葉た引べてなご御ざる引」、「あ引すは…」―末尾、の三段から成る。それぞれ独立して伝承する場合も多い。前段、落葉集三に「京の土産に何々貰ふた、蒔絵の差櫛桐の臺(うた)」。近松浄瑠璃・天神記(正徳三年)・第一にも類歌。土産品はこれ以外にもいく種類かある(→『わらべうた』)。中段も全国的に伝承する歌詞。親兎がたべた物として、他に椎や榧の実、柳や笹の葉など。後段の類歌は「ねんねしなされおやすみなされ　明日はとうから起きなされ」(『日本伝承童謡集成』大阪)、「…暖(のつと)い飯(まんま)に魚(とと)そえて　赤い飯に塩かけて　さらりさらりと食わまいか」(『同』岐阜)など。「おひんなれ」は、目をさましなさい、起きなさい。「オヒン、またはヲヒル 貴人が眠りから目をさますとか、起き上がるとかすること。婦人語」(日葡辞書)。「女の詞に、人のねたるがおくることをおひなるといふ。伊勢などにてはおひるなるといふ」(俚言集覧)。大阪『中河内郡誌』は、この一番歌

子守歌　これは寝させ歌也

1 ねェ、んね引んねんねこよ　ねんねのお守はど引こ行たァ　や引まをこ引えてさ引といて引　さ引との御土産になによもろた引　でん〳〵大鼓に笙のふえ引　おきあがり小法師にふりつゞみ引　ね引ゑん〳〵ねんころり引　ころ〳〵や引まのう引さぎは引　な引ぜにお耳がなど御ざる引　お引やのお腹にゐる時に引　枇杷の葉た引べてなご御ざる引　あ引すは疾うからおひんなれ引　あ引かのまんまにとゝそへて引　ざ引んぶざんぶとあげましよよ　ね引ゑん〳〵ねんねこよ引

同　これは目ざめ歌也

全体を小異で記し、この部分「おひんなはれ」。

2 ▽諺苑、尾張童遊集(「往古よりかくわらんべの唄へる其意をあんずるに、応永の比にや」とある)、弄鳩秘抄以下諸書に見え、広く各地に伝播。「十三七つ」の句は、落葉集三・難波津壺論、近松の浄瑠璃・賀古教信七墓廻(元禄十五年)にも。「…お万に抱かしよ」までが前段、以下後段は問答で尻取式発想。「お万」は山家鳥虫歌・一五五・一九六・三七をはじめ民謡にしばしば歌われる女の名前。幼稚遊昔雛形には、児をおんぶした娘が満月を見る絵を添えてこの歌を出す。『あづま流行時代子供うた』は三と共に「月夜唄」とする。他に「十三一つ」「十三九つ」の型あり(→『わらべうた』)。類似した発想表現の伝承童謡は中国や台湾にも(金関丈夫『お月さまいくつ』)。

〔傍書1〕「俳諧崑山集。慶安四良徳撰。九がつ十三夜、深更に　お月さまやいくつ十三七つ時　吉時」。崑山集は良徳撰、慶安四年(一六五一)刊の俳諧撰集。巻十・秋部に「九月十三夜深更に　お月さまやいくつ十三七つ時　藤吉時」とある。

〔傍書2〕「宝暦年間の川柳点、久松は次郎太郎の犬の年」。お染久松の心中事件は、元禄・享保頃栄えた歌祭文で喧伝され、浄瑠璃のおそめ久松袂の白しぼり(紀海音。正徳元年初演)、染模様妹背門松(菅専助。明和四年初演)、お染久松新版歌祭文(近松半二。安永九年初演)などで上演され広く親しまれた。大坂の油屋に丁稚奉公して、情死に至る久松の身の上を、この子守歌の筋書きに引き付けて詠んだ。

3 ▽諺苑の「兎々ナニヲミテ躍ル　十五夜オ月ヲ見テ躍ル　児戯」をはじめ、諸書遊び歌として記す。三八に重出。守貞漫稿二十八もこれを掲出し、解説して「江戸ノ児童、八月十五日ノ月ヲ見テ、産跪リ飛テ云。京坂無ᴸ之」。『東京風俗志』下の巻もほぼ同様。『日本全国児童遊戯法』は「多くの児童みな蹲り居り、左の句を唱えつつ徐行し、句の終りには一斉に飛びはねるなり」。風流踊歌系歌謡としても「奥山のうさぎ〳〵何を見てはねる〳〵　十五夜の月を見てはねる」(三重県上野市小田、雨乞踊歌)のように見え、「雀が帰らばおれも帰ろ」「峰の松　谷をひびかすくつわむし　まはりをしづめて歌を聞き分けう」などの歌詞と同様、

2 お引月さ引ま引いくつ引　十三七(なゝ)つ　まだ年(とし)や引わ引かいな引　あの子(こ)を産(う)んで　この子(こ)を産(う)んで　だ引れに抱(だ)かしよ　お万に抱(だ)かしよ　お引万どこ行(い)た引　油買(か)いに茶引買(か)いに　油屋の縁で　氷が張(は)つて　滑(すべ)つてこ引ろんで　油一升こ引ぼして　次郎どんの犬と　太郎どんの犬と　みんな舐(な)めてし引まつた　その犬どうした　大鼓に張(は)つて　あッちらむいちゃ引どんどこどん　こつちらむいちゃ引どんどこどん

同　遊(あそ)ばせ歌(うた)

3 う引さぎ兎(うさぎ)　なによ見て跳(はね)る　十五夜お月さま引　見ては引ねる

鬼(ニ)渡(わた)し

4 お引　にんぶくろ引　ちゃんぶくろ引　む引ぎのゑのゑんぶくろ引

その場の踊の所作や段取りを指示する機能(これではキーワード「跳る」で、この所作を引き出す)があった。

二 鬼ごっこ遊びの鬼決め。物類称呼に「江戸にて鬼わたしと云。京にてつかまへぼと云。大坂にてむかへぼといふ。東国及出雲辺又肥の長崎にて鬼ごと〻云。…」(尾張童遊集「鬼どち」の項に引用)。

4 ▽第一段は、「鬼袋」「茶袋」「麦の餌の餌袋」を並べる。鬼決め開始の決まり文句。「鬼袋」は、鬼ごっこ遊びの事。宮城県石巻市では鬼ごっこをオニブクロ、オニブクラと言う(『綜合日本民俗語彙』)。「茶袋」以下は語呂で続けた。「はやさ引アれた」まで第二段。鬼になっても文句を言わない誓約をしている。「もちかけ」の「もち」に「望」と「餅」を掛ける。第三段は、まだあまりにも幼い味噌っかすや、ませた子供は仲間に入れない旨を皆に触れている。諺苑に「鬼(ヲーニ)ノ皿(サラ)ハ幾皿(イクサラ)ムサラ　七皿(ナヽサラ)八(ヤ)皿　八皿ノ内(ウチ)デ蓑笠キタモノア　メェニガ鬼(ヲーニ)タ　新米数(カズ)ノ子(コ)ヒネナラソッチヘノカシャアマセ」。「鬼袋小袋　鬼になつて腹立つものは地獄のもちかけぬすんで食つたとさ」(福島『歌謡の相馬』)。

一 草履を数えたり投げたりして鬼を決定する遊び。幼稚遊昔雛形には、歌を掲げたあと、遊び方について「みな〳〵の片々づゝならべたる草履(ぞうり)を足で勘定(かんじよう)し　歌(うた)の止(と)まりにあたつたるぞうりの子はだんだんに抜(ぬ)け、残(この)りし子が鬼となつて…」。『日本全国児童遊戯法』もほぼ同様。守貞漫稿では、「衆童各片履をぬぎ、一童集レ之地上に抛げ、履表出る者除レ之」のようにして再三行なったあと、最後まで草履の裏が出た者が鬼となる。

5 ▽鬼決めの呪文。冒頭部分と「橋の下の…」以下の部分の二段に分けられる。類歌は、諺苑に「児戯。能狂言ニ橋ノ下ノ菖蒲ハ誰ウエタ菖蒲ダ」。陸奥国白川領風俗問状答には秋の遊びとして見える。『あづま流行時代子供うた』は最後に「雪隠(ごう)の婆(ばば)さんすツとんとん」を付ける。「草履きんじよ」は「草履けんじよ」で、「草履蹴りせう」の意味が本来であるとするのが有力(佐竹後掲論文)。この歌の伝承・変化あ

お引になたとて腹立(はらた)つものは　十五夜の月の　もちかけ盗人(ぬすびと)とは
やさ引アれた　しんまい数(かず)の子(こ)　ひねならそつちへおんの引きやれ

同　草履まきに二ツ残りたる時、勝負分(わ)けの歌(うた)

5 草履(ジヤウリ)きんじよ〳〵　おじよんまじよんま　橋(はし)の下(した)の菖蒲は　咲(さ)いたか咲(さ)かぬかまだ咲(さ)かぬ　みやう〳〵車を手に取(と)て見たれば　しどろくもどろく十さぶろくよ

同　逃(に)げ詞

6 鬼どの留守(るす)に　洗濯(せんたく)しやうな

同　御用の舟

7 〽御用の舟に　手をつけまいぞ〳〵　鬼 何舟でござる　〽糞舟(くそぶね)〳〵

るいは意味・機能・背景については、徒然草野槌・下之三に「俗間に伝る頼朝の時鎌倉の謡歌」「又此時の俗歌」、狂言(天正狂言本「ふくろふ」、大蔵虎明本「こしいのり」、和泉流天理本・狂言抜書所収「柿山伏」他)に見える山伏の呪文、また「橋の下の鼠は…」の各地の多様な事例等に至るまで参照して検討する必要がある。庶民生活に大きな影響を与え、深く浸透していた山伏の呪術・風俗と関わっている歌。→前田勇『児戯叢考』。三谷栄一「橋の下の菖蒲は—狂言山伏物の一句」(『実践文学』第二号)。佐竹昭広「嘲笑の呪文—狂言の山伏」(『下剋上の文学』所収)。池田廣司『狂言歌謡研究集成』。『わらべうた』。

6 ▽諺苑、俚言集覧「鬼の留守に洗濯」。『あづま流行時代子供うた』に「鬼の居ないうちに洗濯しましよ。鬼ツこをして言ふ」。『諸国童謡大全』東京に「鬼の居ない内　洗濯ジヤブジヤブ」。尾張童遊集では鬼どちの項に「おにさのるすに、せんだくだく〳〵と、自分のすそを持て、かくいひながらにぐる」。このことわざを用いて、鬼をからかい刺激する。逃げる者達自身のスリルを増幅させる効果もある。

7 ▽底本は鬼を□で囲む。「御用の船」は、幕府の使用に供する船。「糞舟」は和漢船用集(宝暦十一年)に「糞船　在郷の船、農事に用、尿糞をいるゝ者」(芥船もほぼ同用)。『日本伝承童謡集成』に「東京の鬼ごっこ」として「何舟でござる」のない形を掲出、鬼からかいとしては「鬼になった蛇になったけつのまわりが糞だらけ」など。六と同様、鬼をハヤシて挑発。

8 ▽諺苑は「イッチクタッチクタイノメ　タイガ女(ムス)梶原源八助六ヲンノキャレ。一ニ云、タイ殿タイ殿タイカ女カチハラ」とし、俚言集覧は同歌の後に、この八を載せる。嬉遊笑覧、『日本全国児童遊戯法』(東京)などに鬼決めの詞として見える。『あづま流行時代子供うた』は「数人(おほぜい)の子供各両手の握(にぎ)りこぶしを並べ、中の一人指にて片端より拳(こぶし)の穴を突きながら云ふ」として、「ずゐ〳〵ずっころばしヤ…」の次に同前として引く。福岡県田川地方鬼決め歌(『郷土田川』十二号)などには「いつちくたつちく鯛の目…」の系統が見える。指遊び歌あるいはそれを鬼決め歌として用いる場合が多い。ただし編者は四—七を鬼わたしとし、八はその一つと

〵　といふてにげる也

いつちくたつちく

8　いつちくたつちく　たんゑむどんの乙姫(おと)が引　ゆ引やでおされてなく声(こゑ)は引　ちん〳〵もんがら〳〵　おひやりこひや引りこ

鼬(いたち)こつこ

9　い引たちこつこ　ね引づみこつこ。〳〵〳〵

山の主(ぬし)

10　山の主(ぬし)はおれひとり

していない。幼稚遊昔雛形は、小異でこれを記し、遊び方を「…と、片足(かたあし)で跳んであるくのなり」とし、片足跳びの男の子の絵あり。『あづま流行時代子供うた』に「片足を持上げ片足にて飛びながら」として「ちん〳〵もぐ〳〵おしやりこしア、、りいこ」とあり、最後の唱言「ちん〳〵もんがら…」が加わることがわかる。「ちん〳〵もんがら」↓前田勇『児戯叢考』。変化混乱を繰り返しながら全国に伝承(『東北の童謡』『南日本わらべうた風土記』など)。浮れ草・おどけ唄の部・大尽舞地口に替歌がある。

9　▽指遊びの歌。二人またはそれ以上の子供達が、両手の甲をかわるがわる抓む。『日本全国児童遊戯法』は同様の説明に続けて「後には中腰となり漸次起立し、遂に背延(せのべ)をなして他の手甲を抓むようなりゆきて面白し」。

10　▽諺苑に「山の主はヲレヒトリ　私龍断意」。俚言集覧も同じ。蜀山人・児戯賦(尾張童遊集付載)には「山のぬしはおれ一人とうちずしたるもおこがまし」。「お山の主」と「お山の大将」の二種類がある。

11　▽近世・近代を通じて人気のあった子取り遊びの歌で、淵源は中世に遡る。「めづき」は、諺苑にも「眼つき」。「目を付けた人、お目当て。「子をとろ〳〵どの子が目附き…」(長唄・花兄弟十二月所作・五月菖蒲人形。天保十一年)。守貞漫稿二十八・遊戯の項に絵を入れる。尾張童遊集所載、道成寺(絵入り)と同種の遊び。『日本全国児童遊戯法』も絵を入れ、「(鬼)子をとろ子とろ　(親)どの子を見つけ　(鬼)一寸見ちゃぁどの子　(親)サァ捕っちゃ見ーしゃいな」として、遊びの様子を説明。『あづま流行時代子供うた』に「仏説にある、ひふくめの余波にて古き遊びなり」。名語記九「小童部ノ遊戯ニ、ヒフクメトイフ事アリ」として、地蔵菩薩が弟子の比丘や比丘尼を獄卒の鬼に取られまいとするところを真似た遊びだとする。妙法院本・山王絵詞には「あやしの小童集ひて、ひとくめといふ事をして物さわがしく覚ゆれば…」(三国伝記二十七・比々丘女之始ノ事にも)。法然寺蔵・地蔵縁起絵巻および山東京伝・骨董集などに絵が見える。鷺流保教本・小舞所収、

子ヲとろ〳〵

11 〽子をとろ子とろ　どの子がめづき　あ引とのこがめづき　さあとつて見やれ

竹の子(こ)

12 〽竹の子(こ)はまだ生(は)へませぬか　〽まだ生(は)へませぬ　〽そんなら肥(こやし)をかけましやう ザブ〳〵　〽竹の子(こ)はもう生(は)へましたか　〽アイちつと生へました　〽又肥(こやし)をかけませう ザブ〳〵〳〵　〽竹の子はもう生(は)へましたか　〽アイもう生(は)へました　〽サア抜(ぬ)こう〳〵

蝶ゝ止(と)まれ

13 蝶(てふ)〳〵止(と)まれ　菜(な)の葉(は)に止(と)まれ　菜(な)の葉(は)がいやなら手に止(と)まれ

兎角子供達(とかくこどもたち)の小歌部分に見える「ヨトルマヒノハリウリ」もこの遊びに関連。ヒフクメ・ヒトクメについては、佐竹昭広「「子とろ」遊びの唱えごと」(『国語学』三十九号)参照。一江戸を中心に行われた子取り遊びの一種。『日本全国児童遊戯法』に、多くの児童の中から、売人(うりて)と買人(かいて)を一人ずつ定め、その他の子供を筍に見立て、問答の末、筍が買われてゆく遊びの方法が説明され、様子の絵が見える。

12 ▽『日本伝承童謡集成』に子取り遊びの歌として、次の二種を記す。「筍一本おくれ。まだ芽が一本。筍一本おくれ。まだ芽が二本。…(以下五本まで問答)。そら抜くぞ」(東京)、「筍一本頂戴な。まあだ芽がつかぬ。筍一本頂戴な。もう芽がついた」(茨城)。

13 ▽蝶に向かって言う唱言。傍書にもあるように本来は恋の流行小歌であろう。近松の浄瑠璃・津国女夫池(享保六年)、小歌志彙集(文政三年夏、物真似師吾妻喜茂八清寿院にて興行の節一芸の歌)などに同形あり。諺苑は、後半を「菘ノ葉カイヤナラ木ニトマレ」。たとへづくしは、童語として「蝶々(てふ)留(と)まれ　我(われ)も留まらば己(おれ)も留まろ」。『小学唱歌集』初編(明治十四年)は、後半「桜にとまれ」。↓山家鳥虫歌・四九。

〔傍書1〕「ふるき小唄なる、□文の頃歟。海老蔵が□売の□言より、再び此小唄はやりしとぞ」。「□文」は元文か。「□売」は蜻蛉売。「□言」は狂言。俳諧名物鑑(反故斎果然編。雪・月・華の三冊。明和八年刊。江戸名物鑑とも)・月之巻に、竹ひごらしき棒の先に蜻蛉の作り物を動かしている行商人の後姿を描き、画賛に「海老蔵蜻蛉売。国の名にたつ秋津虫の手柄かな／桃水。雪葱画」。これについて木村捨三著『絵入江戸行商百姿』には、延享二年正月江戸中村座の羽衣寿曾我に、市川海老蔵が、蜻蛉売(景清が世を忍ぶ姿)に扮していることに及んでいる。嬉遊笑覧六下には、上記、江戸名物鑑を掲げ「海老蔵蜻蛉売あり。竹の先に蜻蛉つなぎたり。今もある蝶々とまれといふものゝ製にや。(蝶も明和の頃よりあるか。宗因が句に、世中は蝶々とまれかくもあれと云は、この翫具より昔の句なり。)…」。守貞漫稿六・生業下に「弄物(もてあそびもの)」売。

蝙蝠(こうもり)

14 こうもり〳〵山椒(さんしよ)くじよ　柳の下で水飲(の)ましよ引

堂(どう)ニ〳〵めぐり

15 堂〻めぐりこうめぐり引　あ引わの餅もいゝやいや　米の餅もい引やいや　蕎麦切(そばきり)そうめん食(く)ひたいな

か引ごめ〳〵

16 かァごめかごめ　か引ごの中(なか)の鳥は　いつ〳〵出(で)やる　夜明(あけ)の晩(ばん)に　つる〳〵つッぺェつた　〽鍋(なべ)の〳〵底抜(そこぬけ)　底(そこ)ぬいて引た引ァもれ

蝶々・風車その他種々際限なし…」。〔傍書2〕「惟中十百韵。延宝四年印。世の中よ蝶々とまれかくもあれ　宗因」。梅翁宗因発句集(天明元年印本。江戸俳諧七世一陽井素外述)に「胡蝶」として「世の中や蝶々とまれかくもあれ」「もしなかば蝶々籠の苦をうけむ」が見える。上野洋三「岡西惟中年譜稿」(『国語国文』第三十七巻十一号)によると、延宝四年(一六七六)、岳西惟中吟西山梅翁判十百韻を刊行。「俳諧大辞典の該項目は、種彦俳書目の延宝四年説を採用している」とする。

14 ▽蝙蝠への呼びかけ。山椒は蝙蝠の好物。「性好二山椒一、包二椒於紙一拋レ之則、伏翼随落竟捕レ之」(和漢三才図会・伏翼かうもり・かはほり)。「くじよ」は「くりよ」(あげよう)の訛。諺苑に「蝙蝠(こうもり)コーイ山椒(サンシヨ)クレヨ　柳の下テ水ノマショ」。『日本全国児童遊戯法』東京では、同歌を「かわほり〳〵さんしよのこ…」。蝙蝠を誘う物として、右例以外に、草履・わらじ・下駄・卵・乳・味噌・塩・油揚・酒・糟など。鳶・蜻蛉・蛍などへの呼びかけと同類。

15 ▽堂宮の鳥居・家の柱・立樹などの周囲を旋回したり(『日本全国児童遊戯法』)、なにも持たずにくるくると回りながら(幼稚遊昔雛形)、あるいは二人の子供が互い違いに片手を握って回りながらうたう歌(『あづま流行時代子供うた』)。ニ多くは、何人かで手をつないでぐるぐる回る遊び。仏やお堂を回る宗教儀礼からきた名前か。嬉遊笑覧は「童のどう〳〵めぐりは行道めぐりなり。行道は仏家にすることなり」。屠龍工随筆(安永七年)に「童の遊戯に、一の膳いや〳〵二の膳いや〳〵といふより、段々かぞへて十の膳まで言立事あり」とあって(嬉遊笑覧も「どう〳〵めぐり」の項で引く)、酒井欣『日本遊戯史』はこれを古い形とする。〔傍書1〕「俳諧山の井。正保甲戌印本。時雨ハ云云の条、〽めぐるといふにつきて、地獄めぐり、山めぐり、どゝめぐりなどの詞をもとめ云云」。山之井・冬部・時雨の部分に見える。この傍書の筆者は、山之井巻末の「正保甲戌一陽天」によってこう記した。ただし正保年間に「甲戌」はない。現在、山之井の刊行については、正保五年(一六四八)が定説だから(岩波

笑ひ仏(わら)

17 ま引りの〳〵子仏(ぼとけ)は引　なぜ背(せい)がひ引くいな　親の日にとゝ食(く)つて
それで背(せい)が低(ひく)いな引

お寺(てら)の虫

18 お寺(てら)の虫(むし)は　きたない虫で　蓋(ふた)さへ開(あ)ければ　ごぢや〳〵〳〵

れんげ〳〵

19 れんげ〳〵　つぅぼんだ〳〵　やッとことッちやつぼんだ引　ひ引ら
いた〳〵　やッとことッちやひ引らいた引〳〵
こゝまでござれ

『日本古典文学大辞典』)、訂正するなら正保戊子(慶安元年にあたる)。

〔傍書2〕「季吟の山の井之。□板のハ□書」。

〔傍書3〕「俳諧崑山集。慶安四年印本。度ゝめぐり時雨や雲のたちぐらみ　玄徳。清水寺にて、巡礼のだう〳〵めぐり時雨かな　貞利」。崑山集・巻十二冬部・時雨「北野にて、小野の奥在所より風の時雨哉　梶山保友。度々(どど)めぐり時雨の雲や立くらみ　新川玄纛」「時雨の比清水寺にて、順礼とだう〳〵めぐりしぐれ哉　藤谷貞利」。

16 ▽輪遊び歌。「かごめ〳〵」は未詳。「籠目籠目」、「囲(かご)む」(「囲(かこ)む」は、室町時代京都地方では「こ」が濁音であったらしい。『時代別国語辞典　室町時代編』他)の命令形、屈(がか)めの意、などが言われている。幼稚遊昔雛形によると、これを歌って皆で一つの輪になり、一所の繋った手を持ち上げ、そこへ潜ると背中合わせになり、こんどは「鍋の〳〵…」を何回も歌ったあげく、やがて「底いれて…」(本歌では「底ぬいて…」の部分)と歌ってもとのように潜り出て再び「かごめ〳〵」になる。これが本書に最も近い時期の記載。伝承過程では「つる〳〵」あたりが鶴亀となり以下多様に変化混乱し、歌の最後は「うしろの正面だあれ」で終る型が多い。

一転輪蔵を発明した梁の傅大士善慧の二子、普建・普成の像のことを俗に言う。今に至るまでくるくる回る輪蔵の上に立つ。延宝九年板・日蓮大聖人御伝記一第二十七「聖人岩本実相寺経蔵に入給ふ事、付経蔵のはじめの事」の条に「(傅大士の)二人の子は普建普成と申て、天監十一年のおなじ日に生れけるとぞ。世に笑仏(わらひぼとけ)といふはこれなり」。

17 ▽輪遊び歌。「親の日」は親の忌日。命日。上方では「親のたいじよ」の例がある。逮夜の訛か。嬉遊笑覧「まはり〳〵の小仏」の項で、「たとへば三人已上にて、一人は立てゐ、その他は手をとりあひ、立たるものをかこみて旋り」、この歌を歌いつつひと回りしてかがむと、その中の者、めぐりの者の頭を「線香抹香花まつかう　樒の花でおさまつた」と言って数えてゆき、終りにあたった者がまた中に立つ、と説明。

20 こゝまでござれ　甘酒(あまざけ)しんじよ

あんよは上手

21 あんよは上手(じやうず)　転(ころ)ぶはおへた

子守(もり)歌

22 おらが隣(となり)の爺様(ちいさま)が　あんまり子供(ども)をほしがつて　京都鼠をとらまへて　月代(さかやき)そつて髪結(ゆ)つて　明日(あす)は御城の御普請(ふしん)で　ぼたもち売(う)りに出たれば　石垣(がき)なんどの間(あはひ)から　隣(となり)の三毛猫(みけねこ)お出(で)やつて　ぼた餅ぐるみにしてやつた

三　盆(ぼん)〳〵

23 〽ぼん〳〵〳〵は今日(けふ)明日(あす)ばかり　明日(あす)は嫁(よめ)の萎(しほ)れ草〳〵

守貞漫稿は、京阪では「中ノ〳〵小坊主、…親ノ日ニ海老(エビ)食(ク)テ…」、江戸にては、この一七と同様の歌詞で歌うとし、遊び方を、「三都トモ右ノ如ク唱ヘ、或ハ中童跪テ集童立チ、或ハ衆童跪テ中ノ童立ツノ戯レ也」と説明し挿絵を入れる。その後広く各地で、初句「中の中の小坊さん」、末句「うしろの正面だあれ」の、目隠し人あて鬼遊びとして伝承された。「中の中の地蔵さん…」は主として東北・関東地方に伝播。

二「おてら」は「おけら」(お螻蛄)の訛伝。

18 ▽『あづま流行時代子供うた』に「蚕(けら)を捕(とら)へて云ふ」として、「お蚕(けら)のむしは汚い虫で　雨さへ降ると　もじや〳〵〳〵」。東京・指遊び歌として「おけら来い〳〵　おけらの虫はぅじやこひ虫で　雨さへ降ればぅじや〳〵〳〵」(『諸国童謡大全』)。

19 ▽皆が手をつなぎ輪になって、大きくなったり小さくなったりして遊ぶ輪遊び歌。「やッとことッちや…」は、江戸歌舞伎で、市川家荒事の芝居に用いられた掛け声をまねる。歌舞伎十八番の内、矢の根では、五郎時致が砥石を枕に眠る場面で「ヤットコトッチヤア　ウントコナ」と言って臥す。『あづま流行時代子供うた』、『諸国童謡大全』とも、東京の例として、歌い出しに「開(ひぃら)いた〳〵何の花開いた」を置く。掛け声のところは「漸(やっと)こさと」。

20 ▽諺苑では「コ、マデゴザレ　醴進上(シンゼヨ)〈誘引スル辞〉」。尾張童遊集・幼児口遊に「爰まで御出　あまざけあげよに〳〵」。幼稚遊昔雛形には、二〇と二一を一つにして掲出し「つかまり立ちする子を地におろして、…手をたたいてまねき、あるきならはせるのなり」。

21 ▽諺苑では「アンヨハ上手(ジヤウズ)　コロブハオヘタ〈小児ニ歩ヲ学バシムル詞〉」。『あづま流行時代子供うた』も、二〇と連続させ、幼児の手を引いて歩きながらこのようにあやす、とある。『日本伝承童謡集成』でも「子をあやす唄」として。

22 ▽子守歌の遊ばせ歌。ほぼ同時期の皇都午睡では、京師盆歌として「盆の十四日に廿日鼠おさへて　元服させて髪結て　牡丹餅売にやつたれば　牡丹もちや売ず昼寝して猫にとられてひんよいよほ…」。盆の歳時歌としても歌われ

24 萎(しほ)れた草を櫓(やぐら)へあげて　下から見れば木瓜(ぼけ)の花〳〵

25 ぼけた〳〵どこまでぼけた　吉原(よし)女郎みなぼけた〳〵

26 〽向ふのお山の相撲(すもう)取草を　えんやらやと引(ひけ)ば御手がきれる

27 お手の切(きれ)たに御くすりやないか　せき〳〵菖蒲(せうぶ)大わうのねり薬

28 それより外にお薬はないか　お若衆(わかしゆ)様のお手薬〳〵

29 〽向ふの御山で何やら光る　月か蛍か夜這星(よばいぼし)か

30 月でもないが星でもないが　姑婆(しうとめばゞ)の目が光る〳〵

羽根突(はねつ)き

31 一子(ひとご)にふたご　三わたしよめご　だんのふやくし　あすこのやじや
十う　こゝのやじや十う

きしやごはじき

る。「月代そって髪結って」の句は、落葉集五・踊音頭の浮世法師「…月代剃って髪結ふて　今は千松髷のゑい」の他、世間胸算用二の二、風俗文選・鼠賦参照。また黒田月洞軒・大団・六十五番、貞享五年刊の咄本・二休咄にも見える(黒木祥子教示)。元来この言い草(慣用句)があって、俗謡では擬人化した鼠の風体として類型化した。「してやった」は三毛猫の側から言った。鼠が三毛猫にうまいこと食われてしまった。「ねんねろこんころ長兵衛さま　あんまり子供が欲しくって　キュウと鼠をとらまえて　頭を剃って髪結って　巾着下げて饅頭売に出したれば　横町の赤斑(ちぶ)にちょいと取らっちゃ二度と出すまい饅頭売りに　ねんころ」(『ふくしまのわらべ歌』安達郡小浜地方子守歌)。

三 盆に子供達が大勢手を引いて歌って歩くのをぼんぼんと言う。守貞漫稿に「江戸は京と同く手をひきあい、横に列り、一、二行或は二、三行に往く。…其辞発語必ずぼん〳〵と云。故に号てぼん〳〵と云」。浮世風呂四編にも「アレ〳〵向ふから男の子が盆(ぼん)〳〵をして来たよ」。大阪の「おんごく」、京都の「さあのや」に相当。

23 ▽淋敷座之慰・盆歌品々の内、「盆々々も今日明日ばかり明後日(あさって)は嫁のしをれ草〳〵」。初見か。浮世風呂では、本歌を出して、登場人物に「おそらくあの歌が盆唄の始だらうサ」と言わせている。松浦静山の甲子夜話・続編六十四(天保二年七月)に女児の歌謡する盆歌(みな行歌)を記録し、その中に、三・二四・二六・二七・二八・二九・三〇が含まれている。同書にはまた「…予が少年の頃と思ひ比ぶれば、今は稍々稀になりて」と。時代的推移がうかがえる。この「ぼん〳〵の歌」八種は、A—三・二四・二五、B—二六・二七・二八、C—二九・三〇の三グループに分けられる。Aは「草」、Bは「手」、Cは「光る」でそれぞれ連鎖。全体は「嫁」(三)で起こし、「姑」(三〇)で終える編集。同歌は他に還魂紙料・下・七夕踊(小町おどり)かけ踊、尾張童遊集・盆歌、熱田手毬歌などにも。

24 ▽三とセットで歌われてきた場合が多い。甲子夜話・続編六十四、盆歌「しほれた草をやぐらにあげて　下から

32 〽ちうじ〳〵たこのくわいが十ッ丁　○これはむかし也

33 〽ちう〳〵たこかいな　○これは近代也

鞠歌(まりうた)

34 むこ通うりやる　小田原通りやる　小田原名主の中娘　色白で桜色で　目元(めもと)に化粧して　江戸崎塩屋へもらはれて　其(その)塩屋(や)が伊達(だて)な塩屋(や)で　金襴緞子(らんどんす)に藍(あゐ)紫が七重(かさ)ね　七かさね八かさね〳〵(かさね)て　染(そめ)て下され紺屋(こうや)さま　紺屋(こうや)の事なら　染(そめ)てもしんじよが　張(は)つてもしんじよが　お模様(かた)はなんとつけまァしよ　肩裾(かたすそ)に梅の折(をり)枝(えだ)　中はこうしやの反橋(そりはし)　そりはァしを渡(わた)るものとて　渡らぬものとて　こきにこッきらこと　ちよきにちよッきらこと　そこで殿御の御心(こゝろ)〳〵

見ればぼけの花〳〵」。

25 ▽「ぼん〳〵の歌」八種中、各地の伝承性は最も稀薄。二四「木瓜の花」を受けて惚けた〳〵と展開した歌で、江戸で歌われていたか。

26 ▽「相撲取草」はすみれ。物類称呼に「菫。すみれ。畿内及近江加賀能登又東海道筋すべて、すまふとりぐさと云。…茎のかたはらに鈎の形あり。両花まじへ相ひきて小児のたはふれとす」。

27 ▽後半は「石々菖蒲、大黄の練り薬」。「石々」は石の繰り返し。石菖蒲は薬草で根を煎じる。鎮痛・健胃の作用がある。大黄はタデ科多年草。黄色の根茎の皮を除いて乾燥させ、健胃等の薬とする。

28 ▽若い娘にとっては、恋しい男に手を取ってもらうことがなによりの薬となる、の意。参考、田植草紙・一三「お茶をまいれや　まりけて咽喉(のんど)かわくに　まりける　茶碗はとらで　手をとる」。

29 ▽「夜這星」は流星のこと。「流星　ヨバヒホシ」(合類大節用集)。三〇とセットにして歌われる場合が多い。

30 ▽甲子夜話・続編六十四にも二九を受けて、「月でもなひが星でもなひが　しうとめごぜの眼が光る」。『あづま流行時代子供うた』では「…一(ひい)とつ目小僧の目が光(ひか)アる」。岩手県『東和町誌』では「忍び男のたばこ火だ」。

31 ▽諺苑の「一(ヒト)コニ二(フタ)コ、三(ミ)ワタシヨメゴ、五(イツ)ヨニ六(ム)サシ、七(ナ)ンノウ八(ヤ)クシ、九(ココ)ヤデ十(トウ)。ハゴノコノ謡」、幼稚遊昔雛形が「やりはご」(遣り羽子)の歌として載せる「ひとごにふたご　みわたしよめご　いつよにむさし　なあンのやくし　こゝのやぢやとをよ」などが近い。同系統と判断される羽根突きの数え歌は主として関東・中部地方以西に多様に変化しながら広く伝承する。正月の女子の遊戯で古く羽子板をコギイタ、羽根をコギノコと言った。『日本遊戯史』『新講わらべ唄風土記』『わらべうた』参照。一「きしやご」は細螺(きさご)のこと。直径二センチほどの殻をもつ巻貝の一種。守貞漫稿「ぜゞ貝、江戸にてきしやごと号く。小螺也」。諺苑も「キシヤゴハジキ」。和漢三才図会はこの貝の

大寒小寒(おゝさむこさむ)

35
大さむ小(こ)さむ　山から小僧(ぞう)が泣(な)いて来(き)た　なんとて泣(な)いて来(き)た　さむいとて泣(な)いて来(き)た

お舟はぎつちらこ

36
御舟はぎつちらこ　ぎち〱漕(こ)げば　恵比寿(ゑびす)か　大黒(こく)か　こちや福の神よ

道中駕籠(かご)

37
道中かごやからかごや　ゆきよりもどれば　やァすいな〱

うさぎ

説明に加えて「伊勢尾張及東海諸浜多。土人去レ虫洗浄以為ニ翫具一」。尾張童遊集では「よらみ」の絵を掲げ「他邦ニハ蚶(サキゴ)」、上方にては、したゝみト云」。

32　▽諺苑に「チウジ〱タコノクハイカ十(ツシ)チヤウ。キサゴ貝ヲヨムウタ」。嬉遊笑覧にこれを説明して「きさごを数(ぞか)ふるに、ちうじ〱たこのくはへが十てう、と云ふ。ちうじは重二なり。それを重ぬれば八ツとなる。章魚の足の数なり。是に又二ツ加へて十となるをいふ」とある。重二は二つの骰子でともに二の目が出ること(日葡辞書)。

33　▽二つずつ数えて十になる。幼稚遊昔雛形に「かんぢやう」(勘定)として、二つずつ数える時、「ちう〱たこかいな」、一つずつ数える時「はまぐりはむしのどく」とし、「おほくはきしやごはぢきに用ゆるなり」。

〔傍書〕「重二…タコノ加ヘテ十重」。「タコ」の部分に「未考」。

34　▽「向う通るは…」で歌い出す代表的手鞠歌。類歌は、部分的なものも含めると、変化・混乱があるものの、東北(『みやぎのわらべうた』他)から九州(『対馬民謡集』他)にかけて各地に伝承。「おかた」は型置き染めの模様のこと。「こうしやの反橋」は「五条の反橋」の変化。肩裾に梅の折枝・中に五条の反橋のデザインは、「むかへ通るは熊野道者か　肩にかけたる帷子(かたびら)　肩と裾(すそ)には梅の折枝　中は五条の反(そり)橋　そり橋の茶屋の娘は…」(『朝岡露竹斎先生手録子もり歌手まり歌』など)の系統で特に広く親しまれた。「殿御の御心」は殿御のお心次第、思いのまま、の意。

35　▽風のある寒い冬の日、このように歌って戯れる。『あづま流行時代子供うた』では「山から小僧が飛んで来た」を記載。その他、上方での江戸時代中期以前からの伝承は「おお寒むこさむ　猿のべべ(着物)借つて着しよ」「おおさむこさむ　猿のじんべ(甚兵衛羽織)借つて着しよ」(真鍋『日本歌謡の研究―「閑吟集」以後―』Ⅱ、浄瑠璃作品に見える歌謡参照)。熱田手毬歌「ヲヽさぶこさぶ　山からおやぢが泣いて来た」。尾張童遊集「ヲヽさむこさむ　猫の皮ひツかむれ」。

38 うさぎ〳〵　なによ見てはねる　十五夜御月さま見てはねる

　天象[一]

39 おまんがベェに　鰯雲(いわしぐも)

　一ッ星(ぼし)[二]

40 一ッ星(ぼし)を見つけたら　長者になろな

　天道さま

41 天道さま〳〵　鉈(なた)一丁貸(か)さつせへ　なんにしやる

　見(み)つかりこ

42 〽椎(しゐ)の実(み)見つかりこ〳〵　〽さくらんぼ見つかりこ〳〵

36 ▽あやし歌。遊ばせ歌。『あづま流行時代子供うた』に「赤児を膝の上へ載(せの)て揺りながら云ふ」として「千ぞや万艘　お船はギッチラコ　ぎち〳〵漕げば恵比寿歟大黒歟此方(ちこを)ア福の神(かあみ)いよ」。後半は酒宴の祝言歌謡を踏まえる。「参(ゐま)れ大黒うたをぞ蛭子(すえび)　あいの酌とりや福の神」(延享五)。→山家鳥虫歌・三。

37 ▽駕籠舁きのまねをして遊ぶ時の歌。「もどれば」の「れば」に同墨で「リハ」の傍書。「もどりは」に改めている。二人が肩から肩へ手を組み合せ、その上に一人を乗せたり(幼稚遊昔雛形)、二人の児で一本の竹か棒を肩に担ぎ、その上に客になった児を乗せて、「道中駕籠やからかごや　牛より馬より安(すや一)いな　これほど安いになぜ乗らぬ」と歌う(『日本全国児童遊戯法』)。

38 ▽子守歌の遊ばせ歌として前出。→三。俚言集覧には「小児の常言」とある。明治期『小学唱歌』二に、作曲者未詳、作歌者未詳として載せる。

一 この題は、『近世文芸叢書』所載本では「お万が紅」。

39 ▽大空の夕焼け雲を仰いではやす歌。前半、「お万(んま)が紅」。本来天(まあ)が紅であろうが、はやくから流行歌謡、民謡などに歌われてきた美女の一般的な名前「おまん」と重なり、そのおまんが空に紅を零(ぼこ)したイメージで歌われた(おまんは具体的に溯ると近松浄瑠璃・源五兵衛おまん薩摩歌、落葉集四・源五兵衛踊などのおまんに至る)。天が紅・尼が紅・おまんが紅については、嬉遊笑覧、用捨箱参照。鰯雲は一面に斑点状あるいは列状に広がっている雲。夕焼け空は明治以後もたとえば次のように歌っている。「天竺の天の河原を赤い物が流れる　おいらんの襦袢か　ただしや紅屋の看板か」(山梨、『日本伝承童謡集成』。以下同じ)、「猿が赤いべべ乾いて　商人(んあどき)さんに叱られるわ」(京都)、「夕焼け小やけ天竺婆さが紅こぼいた　いらん紅なら売っとくれ」(長野)。

二 夕暮、最初に輝く一つの星。宵の明星。一番星。

40 ▽諺苑にも「一星(ポヒトシッ)ヲ見ツケタラ長者ニナラウナ」。一番星を見つけると幸運になるという言い伝えがあった。『あづま流行時代子供うた』に同様の歌を掲げて「夕刻、星を見付(けみっ)んとして云ふ」。競って一番星を捜すときに唱えた。

41 ▽太陽の光が雲などによって遮られたときの唱え言。『日本伝承童謡集成』に「天道さま天道さま　顔出しておくれ」「天道さま天道さま　お手紙やるから日をおくれ」(長野)、「おてんとうさんおてんとうさん手拭おかせ　それがいやなら火をお貸せ」(静岡)。『あづま流行時代子供うた』手毬歌「お月様〱銚一挺　お貸し、何に仕やる　桃の葉刻む」が近い。

42 ▽物を捜し出そうとするとき、見付けようとする時の唱え言。『あづま流行時代子供うた』に「笥(たけのこ)やめツかりこ〱」(筍を探す時に言ふ)。

鬼渡しの仕様[一]

行智が小さき時には、大勢立並んで、胸をつきて、〽一ィ二ゥ三ィ四[二]ヲと云て、十づゝ退いて、残りが鬼になり、〽又は鬼袋茶袋をうたひ[三]て、当つたものが抜けて、残の一人が鬼になり、〽又は草履まきをし[四]て、残つたものが鬼に成たり。此二十年程こなたは其事は皆やみて、〽一けん二けんのじやんちきち、と云て、虫拳[五]をして、負けた者鬼になる。〽十四五年このかたは、たゞじやん〱〱と云て、虫拳をしてなる。〽近頃はそれもやめて、たゞ〽ちつ〱ちと云て拳[六]をする也。此次はどのやうになることやらん。○願人坊[七]が絵を、廿四五年前までは、〽天神様くだせ引と云て追かけあるきし也。其後は〽まかしよ[八]〱と云、今は〽まきやがれ〱と云。此次はどうなるやらん。

一 鬼渡しの遊び方。「鬼渡し」は前出三五三頁注二参照。ここでは、具体的に以下記述の鬼の決め方六種を指す。二『日本全国児童遊戯法』美濃地方鬼定め「一ィ二ゥ三ィ四ヲ　あげどヲふぅふのかみさま　稲くて藁くて」。三→四。四→五。五 尾張童遊集には、虫拳として「蛇〈勝〉―蛙〈負〉」「蛙〈勝〉―蝸〈負〉」「蝸〈勝〉―蛇〈負〉」とあり、指の所作は「蛇〈伸食指〉」「蛙〈伸大指〉」「蝸〈伸小指〉」。弦曲粋弁当二・粋弁当附録拳尽に勝負の図示あり。遊里酔客への指南。蝸は「なめくじり」、蛇は「くちなわ」、蛙は「かいる」とある。六 虫拳と書いていない。拳の種類は不明。七 江戸を中心に都市に流行した乞食坊主。加持祈禱の札をすすめ、人にかわって水垢離などをして銭をもらった。式亭雑記(式亭三馬。文化七・八年の日記)に、そのころ橋本町から出てきた六十近い坊主で、十一、二歳の小僧を連れたのが評判になった事を絵も添えて記す。「天神様くだせ引」は、刷物のお札の図柄が天神様だったことからきている。八 願人坊主が紙切れの刷物を蒔き散らして歩いたので、追いかける子供達がハヤシたてて撒け撒けの意味でこのように言った、と言われる。江戸長唄・寒行雪姿見(まかしよ)は願人坊主を描いていて、「まかしよ〱撒いてくりよ　まつかしよ方の門々に、無用の札も何のその、構ひ馴染の御祈禱坊主、昔気質は天満宮、今は浮世の色で持つ、野暮な地口絵餉箱から　引き出してくる酒の酔…」と歌う。

琉歌百控

外間守善 校注

『琉歌百控』は、三線にのせて歌うウタ(琉歌)を「節」(曲)を中心にして編纂した琉歌集である。正確には「琉歌百控乾柔節流」「琉歌百控独節流」「琉歌百控覧節流」と称し、三集から成っている。「乾柔節流」「独節流」「覧節流」と名づけた歌集を「琉歌百控」という語で包みこんでひとまとめにしたわけである。「独節流」の名は、巻頭の序歌二首が「独り百節の…」「独り三味線よ…」の「独」にかかわり、「覧節流」の巻頭序歌二首が「蘭の匂心…」「蘭の匂思り…」の「蘭」の音にかかわっていることはほぼ読みとれるが、「乾柔節流」の「乾柔」の意味は不明である。三集の頭に冠した「琉歌百控」は、琉歌を百節(一節に二首ずつ配されているから百節は二百首になる)集めたもの、の意である。一集に二百首ずつ収録しようとした意図がわかる。ところが編者たちは、各集の巻頭に序歌として二首、巻末に結び歌として二首ずつ添えてあるので、一集は二〇四首ずつで組み立てられ、三集では六一二首だったことになる。

原本は、二百首の琉歌に序歌二首、結び歌二首を添えて二〇四首、三集揃えると六一二首になり、きわめて体系的、構造的な節歌集であり、琉歌集だったはずである。

ところが、現存する『琉歌百控』(真境名笑古本、琉球大学附属図書館伊波普猷文庫蔵。本書の底本)は、「乾柔節流」が一九四首、「独節流」二〇三首、「覧節流」が二〇五首、あわせて六〇二首になっている。しかし、「覧節流」以外の二節流を詳細に分析するといずれにも脱落があり(詳細は「解説」の三参照)、そこを補うと二〇四首ずつに復元することができる。六一二首の『琉歌百控』が甦ることになる。

現存する『琉歌百控』は一冊になった写本で、中扉に「上編　琉歌百控乾柔節流」「中編　琉歌百控独節流」「下編　琉歌百控覧節流」と記され、末尾に各成立年代がついている。琉歌集とはいえ、三線にのせる為に選んだ琉歌を、歌う「節」で分類する方法がとられ、三集とも二十段で全体が組み立てられ、一単位が一段一部(節・物)五節十首、という構成になっている。

「節」に当てはめるという制約があるため、かならずしもよい琉歌ばかり集められたわけではない。曲節はしっかり整えられているが、歌詞の表記は当て字や乱れの多いのが目立つし、香り高い琉歌を集めた琉歌集とはいい難い。古典音楽をたしなむ人たちの為に編纂された歌うための歌集であるが、歌数の多さでは最古の琉歌集である。

上編　琉歌百控乾柔節流
中編　琉歌百控独節流
下編　琉歌百控覧節流

笑古蔵

琉歌百控乾柔節流　リュウカヒャッコウケンジュウセツリュウ

1
天御子の御神　アマミクヌンチャン
天下(クダ)りめしやうち　アマクダイミショチ
作る嶋国や　ツクルシマグニヤ
世ゝにさかる　ユユニサカル

2
歌と三味線の　ウタトゥサンシンヌ
むかし初や　ンカシハジマイヤ
犬子音東の　インクニアガリヌ
神の御作　カミヌミサク

初段　古節部

作田節　赤犬子神 音東神両人作　チクテンブシ

1　アマミクの御神が天降りして、作られた島国は、世々に栄えることであろう。○天御子　沖縄神話上の創世神。子は敬称辞。天美子、阿摩美久なども当て、「あまみこ」と表記してアマミクと読む。対語「しねりこ」(シニリク)。○御神　ンチャンと読む。みかみ→みちゃみ→ンチャンの変化。○めしやうち　召し給いて。なされて。「召しおはして」の変化したもの。「おはす」は、「ある」「いる」の意の尊敬の補助動詞。

2　歌と三味線の昔初めは、犬子(いんく)、音揚(にあが)り神のお作りになったものである。○犬子　あかいんこ(阿嘉犬子)と呼ばれているオモロ歌唱の名人。文化英雄的な人物で遊行詩人でもある。ここでは琉歌と三線の創始者として歌われている。○音東　「おもろねあがり」と呼ばれているオモロ歌唱の名人。あかいんこと同時代の人。「ねあがり」は音揚り、音頭とりの意。古典舞踊「作田節」で歌われ、代表的な節名。

○作田節　五穀豊穣、国の始まり、治国平天下、同胞親睦、長寿繁栄などの歌。

3 穂花咲出は　フバナサチディリバ
塵泥（チリヒチン）も附ぬ　チリフィジンツィカヌ
白ちやねやなひち　シラチャニヤナビチ
畔（アフシ）枕ら　アブシマクラ

4 銀春（ナンキヤウス）なかい　ナンジャウスナカイ
金軸（クカネチク）立て　クガニジクタティティ
計（ハカテ）てつき余（アマソ）そ　ハカティツィチアマス
雪の真米　ユチヌマグミ

中作田節　中城間切伊集村　チュウチクテンブシ

5 筵敷待れ　ムシルシチマチョリ
畳敷待れ　タタンシチマチョリ
夕さへ降雨や　ユサビフルアミヤ
雪の真米　ユチヌマグミ

6 月夜（キヨヤキヨ）や月夜ともて　ツィチヤツィチトゥムティ
明る夜や知ぬ　アキルユヤシラヌ

3　稲の穂花が咲き出ると塵も泥もつかないで、白種子の穂は風になびいて畦(あぜ)を枕にしている。○白ちやね　白種子。立派な種子。稲のこと。「ちやね」は「たね」の変化したもの。○畔枕ら　稲の穂が田の畔を枕にするほど実ったさま。豊作を表現する成句。▽叙景歌ではない。稲作が豊穣であってほしいと願う予祝歌である。

4　銀の臼に黄金の軸を立てて脱穀すると、雪のような美しい米が計りあまるほどである。○銀春　銀でできた臼。臼の美称。南鐐臼ともいう。○なかい　格助詞。…に。…へ。○雪の真米　米の美称。▽この歌も稲作豊穣の予祝歌。

○中作田節　懐旧の情、同胞会合の喜び、人情の有難さ、などの歌。曲に変化がある。

5　筵を敷いて待っていなさい、畳を敷いて待っていなさい。夕方になって降る雨は、雪のような真米を約束するものだから。○待れ　待ち居れ。待っていなさい。○夕さへ　夕方。夕暮れ方。夕去り、夕さりともいう。現代方言ではユサンディという。

6　月夜だ月夜だとばかり思って夜の明けるのも知らないで、女の腕を枕にしてもうすっかりうち惚れてしまった。○月夜や　ツィチヤまたはキユヤと三音でよまれている。○ともて　…と思って。…と考えて。「と」「思う」「て」が融合した形で、連語とする。オモロ語としてすでにみられるが、

童腕枕ら　ワラビウディマクラ
にや打ふりて　ニャウチフリティ

揚作田節　アギチクテンブシ
7 佐根久うく米か　サニクウクユニカ
うくちゆ米か一本　ウクチュビガチュムトゥ
本や押除て　ムトゥヤウシヌキティ
空に差め　スラニサスミ
8 二葉有る松の　フタバアルマツィヌ
老木成までも　ウイキナルマディン
御掛ふさへめしやうれ　ウカキブセミショリ
我御主加那志　ワウシュガナシ

拝朝節　高嶺間切国吉村　ハイチョウブシ
9 真福木の拝長　マフクジヌハイチョ
行廻り〳〵　イチマワイマワイ

琉歌語ではさかんに使われている。○童　子供。おとなに対する子供。乙女、娘にもいう。○にや打ふりて　もうすっかり心を奪われてしまって。「にや」は、もう、の意の副詞。「ふりて」は、惚れて、夢中になって、狂って、の意。

○揚作田節　五穀豊穣、国王万歳の祝歌で、活気に満ちた曲。
7 米種の小さな一粒であるが、播種したら、根本を押しのけ、穂先一杯に実入りしてほしい。○佐根久うく米・うくちゆ米　いずれも未詳語。米の品種名か。▽稲作豊穣を予祝する歌らしいが、上句の意味不明。

8 二葉の松が老木になるまでも、この世を治め栄えてください、わが国王様。○御掛ふさへめしやうれ　心を掛けて栄えてください。「掛」は、心を掛ける、心を相手に与える、の意。「ふさへ」は、栄える、の意。オモロ語に「ふさい」(栄える)とあり、琉歌ではブセと読まれている。「めしやうれ」は、召し給え。「召しおはれ」の変化したもの。尊敬の意を表す。琉歌ではミショリと読むが現代方言ではミショーレまたはミソーレ。○御主加那志　国王様。「加那志」は接尾敬称辞。

○拝朝節　盃をとりかわして祝う祝い歌。「はいちょう」は盃のこと。
9 真福木で作った盃が、行き巡り巡ってここに返ってきて落ちつくように、また廻り廻って無事に元の場所に帰っ

くまに根さそ　　クマニニザス
又廻り〱　　マタマワイマワイ
本に根差そ　　ムトゥニザス
10 石なこの石の　　イシナグヌイシヌ
大瀬成迄も　　ウフシナルマディン
御掛ふさへ召れ(メシャ)　　ウカキブセミショリ
拝て出(ステ)ら　　ヲゥガディスィディラ

嘉伝古節(カテク)　竜郷方之別　西嘉徳村　　カディクブシ

11 盛花はな小花　　ムイクバナクバナ
ものも言ぬ(イャン)計り　　ムヌンイヤンビケイ
露に打向て　　ツィユニウチンカティ
笑て咲さ　　ワラティサチュサ
12 花と露の縁　　ハナトゥツィユヌキン
あたらませ互に　　アタラマシタゲニ
夜〱毎に御側　　ユユグトゥニウスバ

て来て根を差しなさい。○拝長　拝朝。盃。○くま　この所、この場所。○根さそ　根を差す。根をおろす。落ちつく。▽真福木の盃は元に還るというよい縁起を祝った歌である。

10 小さな石が大きな岩になるまでも、天下を治め栄えてくださいお恵みに浴したいものです。○石なこ　小石。石。礫。○大瀬　大きな岩。○拝て出ら　お目にかかって恩恵に浴したい。ヲゥガディスィディラと読み、琉歌で用いられる慣用句。「拝て」はお目にかかって。「出ら」(すでら)は、貴人から物をいただこう、の意。

○嘉伝古節　奄美大島の地名「嘉手久」から名づけた曲名で、茉莉花の美しさを歌う。底本に傍書「嘉徳節」、「覧節流」には「嘉手久節」とある。

11 茉莉花の小さな花が、ものでも言いそうなようすで、露を受けて笑みこぼれるように咲いている。○盛花はな　茉莉花の花。白い花で芳香がある。モクセイ科のマツリカ。○言ぬ計り　言いそうなほど。「計り」は、副助詞でビケイと読む。ここでは動作が直ちに行なわれようとする状態を表す。「ぬ」は、推量の助動詞「む」の誤表記と思われる。

12 花と露のような親密な縁があったらよい、毎晩おそばに寄り添って居たい。○あたらませ　あったらよい。あってほしい。「ませ」は仮想・願望を表す助動詞。オモロ、琉歌

吸ひをらまへ　スヤイヲラマイ

二段　古節部

謝武那節　ジャンナブシ

13 寄る年のもとち　ユルトゥシヌムドゥチ
若なられよめ　ワカクナラリユミ
只遊ひ召れ(メシャウレ)　タダアスィビミショリ
夢の浮世　イミヌウチユ

14 立て志し　タティティククルザシ
立て有間と　タティティアルウェダドゥ
岩(イワヤ)や巌(カン)石も　イワヤイワイシン
掘(ホヤイ)ひとよる　フヤイトゥユル

首里節　尚徳王之時　シュイブシ

でも普通は「まし」と表記される。〇御側吸ひ　お側に寄り添って。「吸ひ」は「添い」。〇をらまへ　居たい。

〇謝武那節　夢の浮世、立志、恋人追慕、旧友再会などを歌う。

13 寄る年をもどして若くなれようか、夢のような浮世はただ楽しく遊んで過ごしなさい。〇もとち　戻して。〇若なられよめ　若くなることができるだろうか、できない。〇遊ひ召れ　遊び召し給え。遊びなさい。「召れ」はミショリと読む。「召しおはれ」の変化したもの。現代方言ではミショーレーまたはミソーレー。

14 志を立てて何かしようと思っている間こそ、岩や巌石も掘りとることができるのである。〇立て　立てて。〇有間と　ある間こそ、いる間こそ、の意。「間」はウェダと読む。「と」はドゥと読み、強めの係助詞。〇掘ひとよる　掘ってとるのだ。「掘りやりとりをる」の変化したもの。

15 天の根に飛る　ティンヌニトゥビュル
鷲(ハシ)も熊鷹(クマタカ)も　ワシンクマタカン
野原住鳥に　ヌハラスムトゥイニ
落て吸さ　ウティティスユサ

16 玉の美簾(スダリ)や　タマヌミスィダリヤ
白雲に見なち　シラクモニミナチ
内にいまへる無蔵や　ウチニメルンゾヤ
月に見なち　ツィチニミナチ

諸鈍節　東□之内潮殿村　シュドゥンブシ

17 しゆとん宮童の　シュドゥンミヤラビヌ
雪色(ノル)の齗(ハコキ)　ユチヌルヌハグチ
いつが夜の暮(クリ)て　イツィカユヌクリティ
御口吸わ(ハ)な　ミクチスワナ

18 しゆとん長浜に　シュドゥンナガハマニ
打い引波や　ウチャイフィクナミヤ

○首里節　首里王城内の大奥に住む女性たちの恋歌。
15　天空高く飛んでいる鷲も熊鷹も、低い野原に住む鳥と一緒になることもあるのです。○天の根　中空。高空。○熊鷹　鷹の一種。ワシタカ科の鳥。古くから鷹狩りに用いられ、尾羽は矢羽として用いられた。○吸さ　添うよ。「添ゆさ」の当て漢字。▽尚徳王女と身分の低い幸地里之子との悲恋にかこつけた歌といわれている。
16　玉の御簾は白雲に見なし、その内にいらっしゃる恋人はお月さまに見なして。○無蔵　男から女の恋人をさしていう。ンゾと読む。九州方言に広がる愛らしいの意のムゾカ、かわいがるの意のムゾーガルに通ずる。▽みすだれ(白雲)にへだてられた王女(月)を思慕する男の悲嘆を歌ったといわれている。

○諸鈍節　相思相愛の男女の情を歌う。「諸鈍」は奄美大島の地名。瀬戸内町諸鈍。「独節流」には「志由殿節」、「覧節流」には「諸殿節」とある。
17　諸鈍乙女の、雪のように白い口もとは美しい。早く日が暮れて、そのみ口を吸いたいものである。○宮童　娘。乙女。農村の年頃の娘をいう。ミヤラビと読み、美童、女童なども当てられる。○齗　口もと。歯並び。ハグチと読む。歯茎はハジシ(歯肉)という。
18　諸鈍長浜に打ち寄せ引く波は、諸鈍乙女の笑みこぼれる口もとを思わせる。○長浜　長く続いた美しい砂浜。日

しゆとん宮童の　シュドゥンミヤラビヌ
目笑断(ハクキ)　ミワレハグチ

瓦屋節　美里同村　瓦屋とも云　首里南風之平等　鳥小堀村　カラヤブシ

19 瓦屋辻登て　カラヤツィジヌブティ
真南風向て見れは　マフェンカティミリバ
嶋の浦と見よる　シマヌラドゥミユル
里やみらぬ　サトゥヤミラヌ

20 瓦屋森登て　カラヤムイヌブティ
那覇港見れは　ナファミナトゥミリバ
恋し釣舟の　クイシツィリブニヌ
なたる清さ　ナダルチュラサ

仲順節　中城間切仲順村　チュンジュンブシ

21 のかいそちめしやうる　ヌガイスジミショル
月も照清さ　ツィチンティイリヂュラサ

本列島各地にみられる地名。○目笑　ほほえみ。目もとのやさしげなほほえみをミーワレーという。「目笑断」は、にっこり笑った口もとから白い歯がこぼれているさま。

○瓦屋節　故郷を偲んだり、月の美をめでたり、心の深まる歌が多い。

19 瓦屋(から)(や)の丘の頂に登って真南に向かって見ると、故郷は見えるけれど、恋しい人は見えない。○辻　頂。頂上。「つじ」は、頭や丘や坂の上など高い所の頂上。○嶋　村。国。故郷。○里　恋しい人。女から男の恋人をいう時に用いる。▽古い共同体の集落をマキヨというが、十二世紀頃から形成される地縁集団の新集落を、ウラ(浦)またはシマ(島)という。

20 瓦屋の丘に登って那覇港を見ると、なつかしい釣り舟の並んでいるのが美しい。○なたる　並んだ(のが)。並んでいる(のが)。○清さ　美しさ。立派なさま。チュラサと読む。現代方言ではチュラサン(きよら十さ十あり)という。

○仲順節　別離を惜しむ歌、再会を期する歌としてしんみりと歌われる。

21 何でお急ぎなさいますか、月が照って美しいので、鶏は暁だと思って鳴いているのであろうに。○のか　何をか。どうして。「の」は何。「か」は、疑問の意を表す係助詞。ガと

暁よともて　アカツィチユトゥムティ
鳥やなちよら　トゥイヤナチョラ
22 むかし思出い　ンカシウビジャシャイ
袂れはやかて　ナガミリバヤガティ
涙に月影や　ナダニツィチカジヤ
曇て見らぬ　クムティミラヌ

三段　古節

柳節　読谷山間切楚辺村生 赤犬子作　ヤナジブシ

23 柳は翠(ミトリ)　ヤナジワミドゥリ
花は紅　ハナワクリナイ
人は只情　フィトゥワタダナサキ
梅は匂ひ　ウミワニヲゥイ
24 花の盛は　ハナヌサカリワ

読む。○いそちめしやうる　急ぎなさるのですか。急いで行かれるのですか。「めしやうる」は、「めしおはる」→「めしよはる」と変化し、「めしやうる」とも表記する。「おはる」は尊敬の助動詞。○なちよら　鳴くであろうか。「なきをら」の変化したもの。

22 昔のことを思い出して月を眺めると、涙に月影も曇って見ることができない。○思出い　思い出して。○袂れは　眺めると。ナガミリバと読む。○見らぬ　見えない。「ぬ」は打消の意の助動詞。

○柳節　古典舞踊「柳」で歌われる。

23 柳は緑がよく、花のよさは紅(くれない)である。人のよさはひたすらに情けで、梅は匂いが大切である。○匂ひ　香り。花の匂い、香の匂い、身体の匂いのほか、「い言葉の匂ひ」のように、ことばのすばらしさを表現するのにも用いられる。ニヲゥイ(niwui)またはニヰィ(niwi)と読む。▽前書に、琉歌の始祖と伝えられている赤犬子(アカインコ)の作、とある。

24 花の盛りは三月と四月で、月の盛りは十五夜である。▽花と月の盛りをとりたてながら、人間にも美しい盛り

三月四月　サングヮツィシグヮツィ
月のさかりは　ツィチヌサカリワ
十五夜かさかり　ジュグヤガサカリ

天川節　アマカワブシ

25 天川の池や　アマカワヌイチヤ
千尋(センヒルン)も立ら　シンピルンタチュラ
おれよひも深く　ウリユヰンフカク
おもてたはおれ　ウムティタボリ

26 天川の池に　アマカワヌイチニ
遊鴛鴦(アスフウシトリ)の　アスィブウシドゥイヌ
おもへ羽の契(チキリ)り　ウムイハヌチジリ
与所や知ぬ　ユスヤシラヌ

東熊節　ヒガシクマブシ

27 東(ヒカシ)細躍り　フィガシクマヲゥドゥイ

の時代があるが、それもあっという間に過ぎ去ってしまうものだ、という教えもこめられているらしい。

○天川節　「覧節流」には「雨河節」とある。恋の歌が多い。

25　天川の池は千尋の深さもあるであろうか。それよりもなお深く思ってください。○天川　地名。比定地不詳。○立ら　立つであろうか。深くなっているであろうか。タチュラと読む。○おれよひも　それよりも。「おれ」は、それ。ほかの歌集では「おれよりも」とある。○たはおれ　ください。尊敬の動詞「たぶ(給ふ)」に「おはれ」が付いて「たびおはれ」になり、「たはおれ」と表記されている。

26　天川の池に遊ぶおしどりの、思い羽の契りは誰も知りはしない。○鴛鴦　おしどり。ガンカモ科の水鳥で美しい羽をもつ。○おもへ羽　思い羽。おしどりの尾の両側にある羽。「おもひば」「おもひばね」ともいう。○与所　よその人。他人。

○東熊節　本歌は大島に発生。他は庭園の美、首里王城の勤務、人生の変遷などの歌。

我塁(コナチ)ち置ん　ワガクナチウチュン
みやこせと踊(ヲトリ)い　ミヤクシドゥヲゥドゥイ
我のとめか　ワガヌトゥミガ

28
籬内のはなや　マシウチヌハナヤ
花思て呉(クィル)な　ハナトゥムティクキルナ
千度おもてやり　シンドゥウムティティヤリ
本や乞(コイラ)ぬ　ムトゥヤクキラヌ

29
首里加那志公事(ミヤタリ)　シュイジャナシメデイ
取人やおふさ　トゥルフィトゥヤウフサ
かならすと里前　カナラズィトゥサトゥメ
御差召ち　ウサシミショチ

蝶(ハベル)節　永吟節　ハビルブシ

30
未明(ミツトメテ)て起て　ミストゥミティウキティ
庭向てみれは　ニワンカティミリバ
綾(アヤ)蝶無蔵か　アヤハベルンゾガ

27　東(江戸)のこま踊りを私は十分に習熟している。だから都(京都)の勢頭踊りを私が何と思うものですか。少しもひけめは感じません。○東細躍り　東国の駒踊か。「東駒踊」で春駒系の芸能とみる考えもある。○塁ち置ん　耕しておいて。ここでは、習っておいて。○みやこせと踊い　京都の勢頭踊り。○の　何。

28　ませ垣の内にある花を花と思ってくれるな。千度思っても根本はやれない。○籬内　籬の内。「籬」は、竹や木で作った垣。○てやり　引用の助詞。…といって。…とて。音数をあわせるために、ティヤイといったりテイといったりする。○乞ぬ　呉れない。「乞」は当て字。「くれらぬ」でクキラヌと読む。「くれる」は、ここでは、話者が第三者に与える意。

29　国王に御奉公を希望する人は大勢いるが、私の恋人は必ずお召しにあずかるであろう。○首里加那志　国王。「加那志」は接尾敬称辞。○公事　公務。国王や王府への御奉公のこと。「みやだり」「みやだいり」「みおやだいり」などとさまざまな表記がある。○おふさ　多さ。多い。「おほさ」とも表記する。○御差召ち　お召しなさり給うであろう。「御差」は御命令。「召ち」は「めしおはして」の変化したもので、ミショチと読み、なさり給いて、の意。

○蝶節　美しい蝶の歌。蝶に恋人への伝言をたのみたいという歌。「昔蝶節」「蝶小節」ともある。

30　朝早く起きて庭に向かって見ると、美しい蝶が、あの花この花の蜜を吸っているさまがねたましい。○未明て

あのはな此花　アヌハナクヌハナ
吸る妬さ(ネタサ)　スユルニタサ

31
飛立る蝶　トゥビタチュルハビル
先よ待て列ら　マズィユマティツィリラ
予(ハン)や花の本　ワンヤハナヌムトゥ
知ぬあもの　シラヌアムヌ
列て行ち見れ　ツィリティンジミリ

十七八節　永吟節　ジュウシチハチブシ

32
夕雀(ユスツメカ)か鳴(ナリハ)は　ユスィズィミヌナリバ
あ居(キ)ち居(ヲラリ)りらん　アイチヲゥラリラン
玉金使の　タマクガニツィケヌ
にや来(キヨ)らとめは　ニヤチュラトゥミバ

33
夕間暮(ユマングイト)と列て　ユマングィトゥツィリティ
たちゆる俤(ヲモカキ)や　タチュルウムカジヤ
浅猿(アサマシ)やわきも　アサマシヤワチム

朝。早朝の意。ミストゥミティと読む。中世日本語「つとめて(早朝)」につながる。○妬さ　恨めしさ。ニタサと読み、現代方言ではニータサンという。

31　飛び立つ蝶よ、ちょっと待って連れて行ってくれ。私は花のある所を知らないのだから、連れて行ってくれ。○列ら　連れよう。ツィリラと読む。○知ぬあもの　知らないのだから。○行ち見れ　行ってくれ。▽ほかの琉歌集では「列て行ち見れ」がない。古くはあって後に削除されたものなのか、あるいはその逆なのか不明。

○十七八節　音楽家は仏縁歌と解釈し、荘重な歌として歌う。文学研究者は、恋歌として解釈している。

32　夕暮れになると、ああ居ても立ってもいられない。恋しい人の使いの者がもう来るかと思えば。○夕雀　夕暮れ。夕方。ユスィズィミと読む。夕暮れになると群れて飛びかう雀のようすにたとえて、夕暮れを「よすずめ」「夕雀」としたか。○あ居ち居りらん　ああ、居ても立ってもおれない。「あ」は感動詞。「居りらん」はヲゥラリランと読み、居られないと訳す。○玉金使　かわいらしくだいじな子供の使者。○にや来らとめは　もう来るかと思えば。「にや」は、もう、の意。「来らとめは」は、チュラトゥミバと読み、「来をらと思へば」の変化したもの。

33　夕暮れ時と同時に立つあの方の面影はどうしようもない。あさましいことにわが心は、ぼんやりと何もできなくなってしまう。○夕間暮　夕暮れ。薄暮。ユマングィと読む。

とりて行さ　トゥリティイチュサ

五段　昔節物斗

永伊平屋節　伊平屋嶋　ナガイヒヤブシ

34
伊平屋渡立波や　イヒャドゥタツナミヤ
浪(ナミ)やれは濤(ナミ)い　ナミヤリバナミイ
岸隈本(キシカクマ)の　キシカクマムトゥヌ
大波小波　ウナミクナミ

通水節　カイミズィブシ

35
尾持ち赤鳥毛(クカルケ)に(ニ)　ヲゥムチクカルギニ
我無蔵打乗て(ウチノステ)　ワンゾウチヌシティ
通(カイ)水の山や　カイミズィヌヤマヤ
夜と越よる(コエヨル)　ユビドゥクイユル

○浅猿　あさましい。浅はかである。○きも　肝。心の意。○とりて　凪れて。ぼんやりとなって。茫然となって。

○永伊平屋節　伊平屋島に関係した歌が多く、曲も古代を思わせるような悠長なものである。「覧節流」には「長伊平屋節」とある。

34　伊平屋沖に立つ波は波というほどのものではない。海岸か湾内のさざ波のようなものだ。○伊平屋渡　伊平屋島の沖あいの海。波の荒い所で有名。○隈本　奥まった所。湾入した部分の奥の方。

○通水節　尚円王が若い頃、伊平屋の通水の山を越えた歌を本にした諸種の歌。

35　尾の毛がふさふさした栗毛の馬にわが恋人をうち乗せて、通水の山は昨夜越えた。○尾持ち赤鳥毛　毛がふさふさとした尾をもっている栗毛の馬。「赤鳥毛」はクカルギと読むが、クカルは茶褐色の鳥、リュウキュウアカショウビンのこと。○通水　伊是名島にある山の名。○夜　『琉歌全集』には「よべ」とある。昨夜。「ゆふべ」の変化した形。

36
洋の伊平屋嶽や　トゥリヌイヒヤダキヤ
浮上てと見よる　ウチャガティドゥミユル
遊て浮上る　アスィディウチャガユル
わ玉金　ワタマクガニ

通水節　伊平屋嶋　カイミズィブシ

37
通水(カイ)の山や　カイミズィヌヤマヤ
独い越て知ぬ　フィチュイクィティシラヌ
乗馬と鞍(クラ)と　ヌイウマトゥクラトゥ
主と三人　ヌシトゥミチャイ

伊野波節　本部間切伊野波村　ヌファブシ

38
伊野波の石くへり　ヌファヌイシクビリ
無蔵列て登る　ンゾツィリティヌブル
にやへも石くひり　ニャフィンイシクビリ
遠は有な　トゥサワアラナ

36　伊平屋岳は凪いでいるとき美しく見え、わが愛しい恋人は踊っているときときわだって見える。○洋　底本では、右に「泙〈トリ〉」とある。凪。風がないこと。トゥリと読む。○玉金　玉や金のように大切な人。恋人。

○通水節　前出、三五・三六。
37　通水の山は一人で越えてきたので誰も知る者はいない。知っている者は乗り馬と鞍と主人の三人だけである。▽尚円王が若い時、恋人の所へ忍んで行く苦心をよんだ歌と伝えられている。当時の尚円は村の若者たちに憎まれて、恋路の邪魔をされたという。

○伊野波節　生別の悲しみを歌った歌。本部町伊野波(ヌファ)にゆかりがある。古典舞踊「伊野波節」で歌われる。
38　伊野波の石ころ道の坂は、難儀な所であるが、恋人を連れて登るときは、この石ころの坂道が、もっともっと長く続く道であってほしい。○石くへり　石ころ道の坂。「くへり」はふつう「くびれ」と表記する。括れ。細く狭くなった所の意。○にやへも　もっと。さらに。なおも。○有な　あってほしい。アラナと読む。「な」は願望の意を表す終助詞。

39
義理や苦物
あかぬ生別れ
魚の水離れ
かにす有(アラ)らまい

ジリヤクルシムヌ
アカヌイチワカリ
イユヌミズィハナリ
カニスィアラメ

東江節　伊江嶋

アガリイブシ

40
東り明れは
夜の明んともて
月とのちやかよる
恋し夜半

アガリアカガリバ
ユヌアキントゥムティ
ツィチドゥヌチャガユル
クイシヤファン

41
東りかりちやこと
嶋東りともて
尋(トマイ)〳〵よ着(チヤレハ)は
知念東(アカリ)り

アガリカイチャクトゥ
シマアガリトゥムティ
トゥメドゥメイチャリバ
チニンアガリ

39　義理は苦しいものだ。あきもしないまま生き別れをしてしまったが、魚が水から離れるのもこんなものであろう。○あかぬ　飽かぬ。飽きない。ここでは、満足しないままの別れの意。○水離れ　水から離れること。ここでは、不離の関係にある二者が無理に切り離されること。○かにす　こうこそ。かくこそ。「す」は、強意を表す係助詞。○有らまい　あるであろう。「まい」は推量の助動詞「む」の已然形「め」の琉歌語的変形。

○東江節　親子、夫婦、兄弟、恋人、その他仲のよい人々の生別死別、哀別離苦の歌。組踊では、愁嘆場で歌われることが多い。

40　東の方が明るくなってきたのでもう夜が明けるのかと思ったら、まだ月がのぼってくる恋しい夜半であった。○東り　アガリと読み、語源は「上がる辺(へ)」。太陽の出る方。○のちやかよる　貫き上がる。勢いよく飛び出る。○夜半　夜中。真夜中。ヤファンとよむ。

41　東の方へ来たら、島の東方だと思って、尋ね尋ね来たら、知念の東へ来てしまった。○東りかり　東の方へ。「かり」は方位を表す助詞。○ちやこと　来やこと。来たようだ。来たら。「こと」は比況、例示を表す。○尋　探す。尋ねる。トゥマイと読む。「尋〳〵」は、尋ね尋ねて、の意。▽死別の悲哀を歌った挽歌。祝賀の席では歌わない。

散山節　サンヤマブシ

42 浅猿や浮世（アサマシヤ）　アサマシヤウチユ
人の上も知ぬ　フィトゥヌウィンシラヌ
我身や此世界に　ワミヤクヌシケニ
一期思て（イチコ）　イチグトゥムティ

43 あらしこゑのあらは　アラシグヰヌアラバ
無蔵独ひ成め　ンゾフィチュイナシュミ
行逢て事有は（イキヤ　テ）　イチャティクトゥアラバ
一道たいもの　チュミチデムヌ

六段　昔節物部

提作田節（サケツクテヤンブシ）　サギチクテンブシ

44 二三月の夜雨（ウリツミノ）　ウリズィンヌユアミ

○散山節　組踊に多用される。

42　あさましいものだこの浮世は。他人のことは知らないが、自分はこの世で一生暮らすのかと思うと。○浅猿や浮世　なげかわしいこの世。「浅猿」はアサマシと読み、情けない、なげかわしい、の意。○一期　一生涯。

43　凶報があれば彼女一人にするものか。行って会い、万一の事があったらどこまでも一緒だ。○あらしこゑ　嵐声。普通でないしらせ。「こゑ」は知らせの意。○一道たいもの　一緒だもの。一緒だから。一緒だ、という覚悟のほどを示す。

○提作田節　豊作物の豊作。国王の頌歌、その他。修業歌や恋歌。

44　うりずんの頃夜雨が季節も違わず降るので、苗代田の稲の色も鮮やかできれいである。○二三月の夜雨　うりず

時々よ違ぬ　シツィシツィユタガン
苗代田の稲や　ナシルダヌンニヤ
色の清さ　イルヌチュラサ

45
今日明て明日(アチャ)に　キユアキティアチャニ
学はたいすれは　マナバテイスィリバ
明日からの明日(アチャ)や　アチャカラヌアチャヤ
明後日(アサテ)なよさ　アサティナユサ

習節(ナライフシ)　大宜味間切　ナライフシ

46
実やう(ナレヤウ)実茄子ひ　ナリヨナリナスィビ
姑(スト)の屋の茄子ひ　シトゥヌヤヌナスィビ
実無(ナラナ)しゆて茄子へ　ナラナシュティナスィビ
嫁(ヨメ)名立め　ユミナタチュミ

47
勢(イカレ)れかり二才衆　イカリカリニセシュ
二三十といかる　ニサンジュドゥイカル
四五十に成は　シグンジュニナリバ

ん(旧二三月)の頃に降る夜雨。作物にとって恵みの雨である。〇違ぬ　違わない。はずさない。〇苗代田　稲の種を蒔いて苗を育てる田。ナシルダと読む。

45　今日があけて明日になってから学ぼうとすれば、明日からの明日は明後日になるよ。〇学はたいすれは　学ぼうとすれば。「たい」は「てやり」と同じで引用の助詞。…と。…といって、の意。〇なよさ　成るさ。成るよ。

〇習節　琉歌の節名だが曲節不明。「習節」の名は琉歌百控にだけみられる。『琉歌全集』では、「ちるれん節(チルリンブシ)」にこの二首が入っている。

46　実ってくれ茄子(なす)よ、姑の家の茄子よ、実らなかったら茄子よ、私の嫁としての名分が立たない。〇実やう　実ってくれ。〇実無しゆて　ならないでいて。実らなかったら。ナラナシュティと読む。〇嫁名立め　嫁としての名分が立たない。「め」は疑問反語の意を表す。

47　勢いよく遊べ若者たち、二、三十歳こそ遊べるのだ。四、五十歳になればもう大人だから。〇勢れかり　勢れ勢れ。勢いよく遊べ。「いかれいかれ」ともいう。〇二才衆　若者たち。〇いかる　勢る。勢いよく遊び興ずる。〇強たいもの　大人だもの。「強」はウトゥナと読む。

強(オトナ)たいもの　　ウトゥナデムヌ

胡波伝佐節(コハテサフシ)　久米嶋　　クファディサブシ

48
くはてさか御月　　クファディサガウツィチ
間と〳〵と照る　　マドゥマドゥドゥティユル
与所目間と計て　　ユスミマドゥハカティ
忍て参れ　　シヌディイモリ

49
高走り(タカハシリ)明て　　タカハシリアキティ
さと待る夜や　　サトゥマチュルユルヤ
はなの露吸す　　ハナヌツィユスユスィ
かにすあゆら(アラマイ)　　カンスィアユラ

名嘉真節　恩納間切名嘉真村　　ナカマブシ

50
忍(テ)て行先に　　シヌディイクサチニ
会者定離の有は　　ヰシャジョリヌアラバ
のよて此哀れ(アハレ)　　ヌユディクヌアワリ

○胡波伝佐節　恋人を待つ歌。『琉歌全集』には「こはでさ節」とある。

48　クハデサの上のお月様は、木の葉の間にこそ照るのだ。よその人の目のすきまを見計らって、忍んでいらっしゃい。○くはてさ　植物名。コバテイシともいう。方言ではクファディーサー。大木になり、深い木蔭をつくる。○間と〳〵と照る　木の葉の間にこそ照るのだ。「間と」は隙間。○与所目　人目。他人の目。「与所目間と計て」は、他人の目のすきを見計らって、の意。

49　高窓の戸をあけて恋人の来るのを待つ夜は、花が露を吸うのはこうかと思われるほどだ。○高走り　高窓の戸。タカハシリという。「走り」は走り戸の略で、雨戸のこと。○さと　里。恋しい人。女から男の恋人をいう。○吸す　吸うのは。異伝では「待す」(待つのは)。○かにす　こうこそ。かくこそ。

○名嘉真節　人生の行路に悩む人の姿を歌ったもので、しんみりとした歌曲。工工四の諸本にみえ、組踊でも歌われる。「覧節流」では「仲間節」とある。

50　忍んで行く先に会者定離ということがあるなら、なんでこのような哀れを私はしましょうか。○会者定離　会う者は必ず別れるという仏教用語より、現世の無常を表す。○のよて　なんで。どうして。○予や舎へか　私はしましょうか。ワヌヤシャビガと読む。「舎へか」は当て字で、「しや

予や舎へか　ワヌヤシャビガ

51
会者定離は知ぬ　ヰシャジョリワシラヌ
無蔵と縁結て　ンゾトゥキンムスディ
残る(ノクル)事今や　ヌクルクトゥナマヤ
浜の真砂　ハマヌマサグ

仲柄節(ナカンカリフシ)　伊江嶋　ナカンカリブシ

52
仲柄そはい戸　ナカンカリスベドゥ
真簾は提(サゲ)て　マスィダリワサギティ
あにやらわん思は　アネラワントゥマバ
参れ忍は　イモリシヌバ

53
中嶋の小矼　ナカシマヌクバシ
人繁さあもの　フィトゥシジサアムヌ
あにやらわん思て　アネラワントゥムティ
忍て参れ　シヌディイモリ

べが」の変化。

51 会者定離は知らないで彼女と縁を結んだが、今は思い残すことが浜の真砂のようにある。○無蔵　可愛い人。転じて恋人。男から女の恋人をいう。ンゾと読む。○浜の真砂　砂浜の砂が数えつくせないことから、数多いことを表す。「真砂」は砂の美称。

○仲柄節　哀恋悲恋、暮れ行く人生の姿、孤影悄然たる老境の姿、人生行路の悩みの歌。「仲村渠節」とも。

52 仲村渠の裏戸に真簾を下げてある時は大丈夫だから、そうと思われたら来てください。ひっそりお目にかかりましょう。○仲柄　伊江島の旧家。ふつう「仲村渠」と書き、ナカンカリと読む。○そはい戸　側屋戸。母屋と台所の間にある北面の戸。家の裏側にある戸。「そはと」「そばやど」とも表記する。○あにやらわん　そうであっても。そうと思われたら。「あにあらはも」の融合した形。アネラワンと読む。

53 仲島の小橋は人がひんぱんに往来する所です。そうだと思って忍んでいらっしゃい。○中嶋の小矼　那覇の遊廓仲島の入口にかけられた小さな石橋。○あもの　あるものを。「もの」は順接を表し、から、ので、の意。▽仲島は、辻、渡地とともに近世につくられた遊廓で、明治四十一年に渡地とともに辻遊廓に合併された。

七段　昔節物部

干瀬節　フィシブシ

54
干瀬に居る鳥や　フィシニヲゥルトゥイヤ
満潮恨よひ　ミチシュウラミユイ
予や暁の　ワミヤアカツィチヌ
鳥とおらめよる　トゥイドゥウラミユル

55
漣（サヽナミノ）の立は　サザナミヌタティバ
ぬかす浜千鳥　ヌガスィハマチドゥリ
恨啼無蔵や　ウラミナクンゾヤ
わかてをらね　ワカティヲゥラニ

七尺節　ナナユミブシ（シチシャクブシ）

56
七尺石垣の　ナナジョイシガチヌ

〇干瀬節　悲恋哀恋の歌。物の哀れをおぼえしめる歌。古典舞踊「かせかけ」でも歌われる。

54　干瀬にいる鳥は満ち来る潮を恨み、私は暁の鶏を恨むのです。〇干瀬　海岸の岩礁。海岸から沖の方にひろがり、水面上に出た岩礁、出ない岩礁にも干瀬という。ヒシと読む。〇暁の鳥　鶏。〇おらめよる　恨んでいる。「うらめをる」の変化した形で、「うらめよる」「おらめよる」などと表記し、ウラミユルと読む。

55　さざ波が立てばなぜ鳴くのか浜千鳥よ。お前も愛する妻が別れて居ないのか。〇ぬかす　なぜ。何故。〇わかてをらね　別れて居ないのか。「わかて」は別れて。「をらね」は居ないのか。「ね」は、打消疑問の意の終助詞「に」で、一般に「に」「ね」と表記される。

〇七尺節　乙女の純情な歌。哀恋悲恋、曲も哀音悲音。『琉歌全集』では「七よみ節」としてある。

56　七尺石垣の花を摘みとる間は、ここにいらっしゃるみなさんおゆるしください。〇七尺石垣　七尺もある石垣。〇花摘る　花を摘む。「摘る」は摘み取るの意でムユルと読む。

花摘る間や　ハナムユルウェダヤ
愛い前るまきり　クマイメルマジリ
免ち給れ　ユルチタボリ

57
長すやあまて　ナガサスィヤアマティ
いんちやさやたらぬ　インチャサヤタラヌ
中寸の一かね　ナカズィンヌチュカニ
肝の寸法　チムヌスンポ

子持節　クヮムチャアブシ

58
あけやう是ちやしよか　アキヨクリチャシュガ
思切や成ぬ　ウミチリヤナラヌ
引さりて行さ　フィカサリティイチュサ
我身の肝や　ワミヌチムヤ

59
あけやふ自由ならぬ　アキヨジユナラヌ
御身やてからや　ウンジュヤティカラヤ
吸ぬ先なかい　スワヌサチナカイ

〇愛い前るまきり　ここにいらっしゃる皆さん。「愛」はクマと読み、ここ、の意。「い前る」はイメルと読み、おいでになる、いらっしゃる、の意。「まきり」はすべて、皆、の意。〇免ち給れ　ゆるしてください。ユルチタボリと読む。「給れ」は「たびおはれ」の変化したもので、ください、の意。

57　長いのは余り、短いのは足りない。中心の大事な所を計るのが心の物さしだ。〇いんちやさ　短い。〇あまて　余って。一定の範囲を越えて残ること。現代方言ではインチャサンという。「いぢかさ」「いぢきやさ」などとも表記する。〇中寸の一かね　まん中の重要な所。「中寸」はナカズィンと読み、中心、中央、まん中の意。〇肝の寸法　心の物さし。

〇子持節　子を失った悲歌といわれているが、歌の内容は失恋を悲しんだものが多い。

58　ああどうしようか、思いあきらめることができない。私の心は彼女の方に引かれて行くことだ。〇あけやう　ああ、あわれ。感動詞「あけ」と終助詞「やう」の複合だが、感動詞「あけやう」で熟成している。口語ではアキヨー。〇ちやしよか　どうしようか。「いか(如何)しよか」の変化したもの。〇我身の肝　私の心。

59　あわれ自由にならぬあなたでしたら、一緒にならない前に言ってくださればよかったのに。〇御身やてからや　あなたであったからは。あなたでしたら。「御身」はウンジュと読むのであろう。あなた、の意。「やてからや」は、「ありてからや」(あってからは)の変化したもの。〇吸ぬ先なかい　添わぬ先に。一緒にならない前に。「なかい」は、…へ。…に。格助詞。〇言や呉な　言ってくれないか。「呉な」はク

言や呉な　　イチヤクィラナ

中風節　　ナカフウブシ

60 月やむかしの　　ツィチヤンカシヌ
月やすか　　ツィチヤスィガ
かわて行物や　　カワティイクムヌヤ
人のこゝろ　　フィトゥヌククル

61 彼(アマニ)に立ち　　アマニタチ
是(クマニ)に立ち　　クマニタチ
物思(モノミ)狂(フレ)〳〵と　　ムヌミフリブリトゥ
成か心気　　ナルガシンチ

述懐節　　シュックェエブシ

62 相痛(アヒタ)生爪(ナマツメヤ)や　　アイタナマズィミヤ
痛(ヤテト)とあかりよる　　ヤディドゥアカリユル
やまなしゆてわかり　　ヤマナシュティワカリ

ィラナと読み、(…して)くれないか、の意。

○中風節　熱烈で急迫した恋歌が多い。上句は和歌風、下句は琉歌風である。

60　月は昔の月であるけれど、変わっていくものは人の心だ。
○月やすか　月であるけれども。「やすか」は、断定の助動詞「やり」の語幹に接続助詞「すが」が付いたもの。ヤスィガと読む。…であるけれども、の意を表す。

61　あちらに立ちこちらに立ちして物思いに悩まされ、気の狂いそうな心地である。○彼　あちら。あそこ。アマと読む。○是　こちら。ここ。クマと読む。○狂〳〵と　惚れ惚れと。呆然と。ぼんやりと。狂うさま。副詞。フリブリトゥと読む。○心気　苦しく辛い心持ち。本土語の輸入らしい。

○述懐節　恋人に会って帰る者、会えないで悲しむ者、恋の千態万様の述懐。

62　痛い生爪は痛んでから指を離れるが、痛みもせず彼女と私は別れてしまった。○相痛生爪や　痛い生爪は。「相痛」は、感動詞「あ」に形容詞の語幹「いた」の付いた形で、「あいた」のまま感動詞的に使われる。○痛と　痛んでぞ。ヤディドゥと読む。○あかりよる　別れおる。別れる。「あかれる」は、別々になる、の意。日本古語でも、別れ散る、離れさる、などの意。○やまなしゆて　病まなし居て。痛みもしないでいて。痛まないでいて。

彼と我もと(ン)　アリトゥワントゥ
63 浮舟に乗へ　ウチブニニヌヤイ
風待るこゝろ　カジマチュルククル
吹出さぬ間の　フチダサヌウェダヌ
浮世更(サラ)め　ウチユサラミ

八段　昔節物部

満開節　大嶋時花之事　マンカイブシ

64 夏の夜も夜さめ　ナツィヌユンユサミ
冬の夜も夜さめ　フユヌユンユサミ
満開主の夜と　マンカイシュヌユルドゥ
本の(フンノ)夜さめ　フンヌユサミ
65 大嶋七間切　ウシマナナマジリ
鬼界五間切　チカイイツィマジリ

63 浮世は浮舟に乗って風を待っているようなものだ。吹き出さない間の浮世はよいが、吹き出したらはかないものである。○浮舟　頼りなく水に浮かんでいる舟。ウチブニと読む。○浮世　はかない世。無常の世の中。○更め　終助詞。…であるよ。…であることだ。…なのだ。断定、強意、感嘆などの意。

○満開節　奄美大島の歌で、満開主節というのであろう。

64 夏の夜も夜であろう、冬の夜も夜であろう、しかし満開主の夜こそほんとうの夜というものだ。○夜さめ　夜であることよ。「さめ」は、終助詞。…であることだ。○満開主　人名か。「主」は男性の敬称。○本の　ほんとうの。

65 大島は七間切、喜界島は五間切、徳之島、永良部島、与論島は那覇の範囲内である。○間切　現在の市町村に当たる。「まぎり」は、もと、境界の意だが、転じて行政区画名となる。琉球王国時代(十五—十九世紀)に成立し、明治期まで存在した。▽琉球王国時代(十五—十九世紀)、奄美大島と喜界島は自立的で、徳之島、沖永良部島、与論島は琉球に近い関係を保っていたらしい。「那覇の地の内」と表現したのは、那覇港を軸にした交易関係の密なるつながりのさまと考えられる。

徳永良部与論　トゥクイラブユルン
那覇の地の内　ナフヮヌジヌウチ

越喜屋節　宮古嶋 声喜屋節とも云　クイチャブシ

66 越喜屋躍の始や　クィチャヲゥドゥイヌハジマイヤ
今年の世も果報　クトゥシヌユンユガフ
明年の世や増て　ヤンヌユヤマサティ
よくの世果報　ユクヌユガフ

67 宮古に一つ（ヒトツ）有物や　ミヤクニフィトゥツィアルムヌヤ
寺の坊主の撞鏡（ツキカネ）や　ティラヌボオズィヌツィチガニヤ
又も有物や　マタンアルムヌヤ
御蔵の風籏（カスハタ）や　ウクラヌカジバタヤ

石屏風節　八重山西表嶋　イシヌビョウブブシ

68 石の屏風立て　イシヌブタティティ
七重八重内に　ナナヰヤヰウチニ

○越喜屋節　クイチャーは宮古島の古い歌謡。集団舞踊をともない、雨乞いや豊年祭のときに謡われる。
66 越喜屋踊りが始まれば今年も豊年、来年はなお一層まさる豊年になるであろう。○越喜屋躍　宮古島に伝わる豊年踊。クイチャヲゥドゥイと読み、男女による集団舞踊である。クイチャーは「声合わせ」の意。○果報　幸運。豊饒。○世果報　ユガフと読み、果報な世のことで、豊年、豊作の意。

67 宮古に一つあるものは、寺の坊主の撞鐘だ。もう一つあるものは蔵元にある風旗だ。○撞鏡　ツィチガニと読む。つり鐘。梵鐘。○御蔵の風籏　蔵元にある風旗。「蔵元」は王府時代、先島などに置かれた役所。宮古では漲水港にあった。「風籏」は航海安全を祈る時に立てたもの。船形や魚の形を作ったらしい。

○石屏風節　八重山西表島の舟浮港は、石の屏風で囲まれたような良港という歌。
68 七重八重に石の屏風を立てまわしたような舟浮港は、いついつまでも繁栄することだろう。○七重八重　七つも八つも重なること。幾重にも重なること。○舟浮　地名。八

幾世迄舟浮(フナキ)　　イクユマディフナキ
もたへ栄へ　　ムテイサケイ

屋久名節　屋久嶋　　ヤクナブシ

69
屋久名居る鳥や　　ヤクナヲゥルトゥイヤ
口(クチ)替いするな　　クチガワイスィルナ
わらへ口聞は　　ワラビクチチキバ
神か御嶋(ウハイシマ)　　カミガミシマ

70
屋久名嶽見は　　ヤクナダキミリバ
霧(チリ)雨のふよん　　チリアミヌフユン
霧(チリ)雨やあらぬ　　チリアミヤアラヌ
無蔵か御涙　　ンゾガナミダ

津堅節　勝連間切津堅村　　ツィキンブシ

71
津堅渡の渡り(ハタリ)　　ツィキンドゥヌワタリ
汗(アス)はてと漕る(コシヨ)　　アシハティドゥクジュル

重山西表島にある。○もたへ栄へ　繁茂し栄えるさま。繁栄するさま。「もたへる」は、繁茂する、の意だが、ふつう「もたへさかへ」という言い方で、副詞的に使われている。

○屋久名節　旅の空で故郷の妻を思う歌。屋久名は屋久島にある。

69　屋久島にいる鳥は鳴き声を変えるな。子供等の言うことを聞くと神の島に思われる。○口替いするな　口替りをするな。鳴き音を変えるな。○わらへ口　童口。子供のことば。「口」はことばの意。ウチナーグチ(沖縄口)は沖縄のことば。○御島　親島。位の高い島。村落の美称。「しま」は村落の意。

70　屋久名岳を見れば霧雨が降っている。いや霧雨ではなくて恋人の涙である。○屋久名嶽　屋久島にある山の名。○ふよん　降る。○あらぬ　有らぬ。…でない、の意。○無蔵　→六。

○津堅節　船頭衆の労働歌ほか。津堅島に起る。

71　津堅沖の渡りは汗を流して漕ぎ渡るが、恋人と会うことを思うと櫂の一漕ぎ半分である。○津堅渡　津堅島の海。「渡」は、海。海峡。航路。○渡り　渡ること。○汗はてと　汗を流してぞ。「と」は、その意の係助詞。○無蔵　→六。

無蔵に思すれは　　ンゾニウミスィリバ
ちよおはへくなから　　チュウェクナカラ

72
伊計の宮童や　　イチヌミヤラビヤ
狂者やあらね　　フリムヌヤアラニ
津堅赤ふしやに　　ツィキンアカブシャニ
にや打狂て（フレ）　　ニャウチフリティ

九段　覇節部

嘉謝伝風節　　カジャディフウブシ

73
あた嘉報の附す　　アダガフヌツィチャスィ
夢やちやうん見ぬ　　イミヤチョンンダン
嘉謝手報のつくへ　　カジャディフヌツクイ
混（ヘタト）と附さ　　フィタトゥツィチャサ

74
朝夕我願や　　アサユワガニゲヤ

○ちよおはへくなから　櫂の一漕ぎ半分。「ちよ」は「ひと（一）」、「おはへく」は、舟を漕ぐ櫂。ウェクと読む。「なから」は、中ら、半分。

72　伊計島の乙女は気が狂ったのではあるまいか。津堅の赤髪の男に惚れこんだりして。○伊計の宮童　伊計島の娘。「宮童」はミヤラビと読み、娘、乙女の意。女童、美童とも表記されている。○狂者　フリムヌと読み、気がふれた者。気が狂った者。○あらね　…でないか。「ね」は、反語を表し、「に」「ね」などと表記される終助詞。○赤ふしや　髪の赤ちゃけた人。黒髪が潮風や陽にさらされて赤くなった人。今の方言ではアカブサーという。○にや　もはや。「いな」の変化したもの。○打狂て　うち惚れて。惚れこんでしまって。

○嘉謝伝風節　国王の頌歌、国家の安寧、五穀の豊穣、その他すべて祝賀の歌。演奏会や宴席で最初に演じられる格調高い節。

73　大きな果報を得ようとは夢にも思わなかった。思いがけない果報が身にぴったりとついた。○あた嘉報　あた果報。思わぬ幸運。思いもよらぬ幸福。「あた」は、当たるに関係ある語らしい。○やちやうん　ですらも。でさえも。係助詞「や」に、強意を表す副助詞「ちやうん」のついた形。ふつう、「やちやうも」と書かれる。○見ぬ　ンダンと読み、見ない、の意。○嘉謝手報　「嘉謝伝風節」の意に同じ。○混と　フィタトゥと読み、ぴったり、ぺったりの意の副詞。

74　朝夕の私のお祈りは色々の事を思ってではない。健康としあわせをお願いしているのです。○事〻　大層な事。

事こや思ぬ　クトゥグトゥヤウマヌ
命果報重幸　イヌチガフチュユサ
あらち給れ　アラチタボリ

港原節　ンナトゥハルブシ

75 十尋屋にをても　トゥフィルヤニヲゥティン
八尋屋に居も　ヤフィルヤニヲゥティン
きもと肝さらめ　チムドゥチムサラミ
按司も下司も　アジンギスィン

76 金差ちをても　クガニサチヲゥティン
銀差ちをても　ナンジャサチヲゥティン
肝の持(モテ)なしと　チムヌムチナシドゥ
かさりさらめ　カザイサラミ

其万歳節　其満歳節　スヌマンザイブシ

77 天のふり星や　ティンヌブリブシヤ

あれこれいろいろな事。○命果報　命に関する果報。命が長らえる果報。長寿。○重幸　「づよさ(強さ)」の当て字であろう。○あらち給れ　アラチタボリと読む。あらしてください。「給れ」は、ください、の意。「たばうれ」「たぼうれ」などと表記する。

○港原節　今では「宮城こはでさ節」で歌うようだが、「港原節」と「宮城こはでさ節」の違いについては未詳。

75　十尋屋や八尋屋にいても、人間は(按司、下司などの)身分の上下を問わず心の持ち方が大事である。○十尋屋・八尋屋　十尋、八尋もあるような大きな家。「尋」は、両手を左右へ広げた長さ。一尋は五尺(約一・五㍍)または六尺。○きもと肝さらめ　心こそ大事であることよ。「さらめ」は終助詞。…であるよ。…であることだ。…なのだ。断定、強意、感嘆などの意。○按司　領主。古代社会の成立期頃「あさ」などと呼ばれた父老、長老階層の人々が社会的に成長して、政治的支配者となり、アジ、アンジなどと呼ばれるようになった。統一王朝成立後、首里に集居させられ、王府の官人制に組みこまれた。近世には高位の位階名となった。○下司　按司と民衆の中間の役人層。

76　金銀のかんざしを差していても飾りにはならない。心の持ち方こそほんとうの飾りであろう。○金・銀　金と銀のかんざし。○差ちをても　差していても。○持なし　持ちかた。○かさりさらめ　飾りであろう。飾りであるよ。「さらめ」は強意の終助詞。→七五。

○其万歳節　踊り遊び、月見、恋人を思う歌。工工四の諸本にもみえる。「覧節流」には「其満載節」とある。

皆(ソニヤカ)か上とてよる　　ンナガウィドゥティユル
金三つ星や　　クガニミツィブシヤ
わ上とてよる　　ワウィドゥティユル

78 千里渡海までも　　シンリトゥケマディン
照る月やひとつ　　ティルツィチヤフィトゥチ
彼も詠よら　　アリンナガミユラ
今日の月や　　キユヌツィチヤ

菠蘿垣(アタネカキ)節　　アダニガチブシ

79 あたねかきてやんす　　アダニガチデンスィ
御衣懸て挽ひ(ヒキヨヒ)　　ンスカキティフィチュイ
だへんす本へらへや　　デンスィムトゥビレヤ
手取て引さ　　ティトゥティフィチュサ

80 道端のさしや　　ミチバタヌサシヤ
袖振はすかる　　スディフリバスィガル
予(ハヽン)んさしなとて　　ワヌンサシナトゥティ

77 天の群星はみんなの上を照らしているが、黄金オリオンは私の上を照らしている。〇天のふり星　天の群れ星。〇てよる　照り居る。照っている。〇金三つ星　オリオン座のまん中の三つの星。古代信仰の対象であったらしい。

78 千里の海の向こうまで照る月は一つである。彼も今宵の月は眺めているであろうか。〇渡海　トゥケと読み、海洋の意。航海や船で海を渡ることも「渡海」という。〇詠よら　眺めるであろうか。眺めるであろう。「ながめをら」の変化したもの。

〇菠蘿垣節　男にすがりたいという女の歌。あだねも人の袖をかけて引く。

79 あだね垣でさえ着物をかけて引くのだから、げに昔つきあった人が手を取って引くのはあたりまえだ。〇あたねかき　阿旦垣。アダンの生け垣。〇てやんす　…であっても。…さえ。副助詞「てやん」に係助詞「す」が付いて強めの形になっている。琉歌では、ふつう「だいんす」と表記される。〇だへんす　実にこそ。「てやんす」と同じ。接続詞的に前の句を受けている。〇本へらへ　古くからのつきあい。ムトゥビレーと読む。「へらへ」は、つきあい。交際。

80 道端のさしは袖をふるとすがりつく。私もさしになって思うお方にすがりつきたい。〇道端のさし　路傍の草。「さし」はヤブジラミの類。道端に生えていて、その実はよく人の衣類に付着する。〇袖振は　袖を振ると。「振る」は「袖」の縁語として琉歌でよく使われる。〇すかる　縋る。まとわりつく。頼りにする。〇予ん　ワヌンと読む。私も、の意。〇なとて　なっていて。〇すがら　縋りたい。縋りつきたい。

里にすがら　　サトゥニスィガラ

美屋節　　チュラヤブシ

81
抛(ナゲ)や竹てやんす　　ナギヤダキデンスィ
御恐多(ウヤクメサ)あすか　　ウヤグミサアスィガ
おたに紛(マケリ)てと　　ウタニマジリティドゥ
御側寄る　　ウスバユタル

82
かにある御座敷に　　カネルウザシチニ
御側寄て拝て　　ウスバユティヲゥガディ
我躬やれはわ躬ひ　　ワドゥヤリバワドゥヰ
摘(ツテト)と見へる　　ツィディドゥナビル

○美屋節　女踊「苧引き」で歌われる。『琉歌全集』では、八〇は「なげや竹節」に、八一は「蝶小節」に入っている。チュラヤブシと読むらしい。

81　なげや竹を打ち鳴らして踊りながらでさえ身分の高い方の前へ出るのは恐れ多いけれど、歌にまぎれておそばに寄ってみたのです。○抛や竹　楽器の名。竹で作られた打楽器らしい。○御恐多　ウヤグミサと読む。恐れ多いさま。○あすか　…あるが。…あるけれど。○おた　歌。「うた」の類推表記。○寄る　寄った。ユタルと読む。「寄りたる」の変化した形。

82　こんな立派なお座敷でおそば近くお目にかかり、わが身はわが身かとつねってみるのです。○かにある　かくのごとくある、が原義であるが、かくも立派な、という意味にまで広がっている。○拝て　お目にかかって。原義の拝む、合掌するの意から転じて、お目にかかる、うけたまわる、などの意になる。○我躬やれはわ躬ひ　我が身は我が身であるか。「我躬」は我が身。「やれは」は、であるから、だから、の意。「ひ」は、「い」「ゐ」などと表記される疑問の意の助詞。「…やれば…ゐ」は、琉歌でよく用いられる反語表現。○摘と見へる　つねってぞみるのです。「摘と」は、「つみてど」から変化したもの。「見へる」は、みやべる。みます。「やべる」は謙譲の意を表す補助動詞で、「はべる(侍る)」の変化した形。

十段　覇節部　花風節

旅嘉謝風節　那覇より出 稲真積節　タビカジャディフウブシ

83
たんちゆかれよしや　ダンジュカリユシヤ
撰て差召る　イラディィサシミシェル
御船の綱取は　ウニヌツィナトゥリバ
風や真艫[トモ]　カジヤマトゥム

84
一の帆の帆中　イチヌフヌフナカ
吹つゝも御風　フチツィツィムミカジ
聞得大君の　チクィイウフジミヌ
御筋美風　ウスィジミカジ

白雲節　菊見節とも云　シラクムブシ

85
宵思は明る　ユイトゥミバアキル

○旅嘉謝風節　「かぎやで風節」(祝賀の歌)の中の旅にかかわる歌を「旅嘉謝風節」といったのか。琉歌百控の「乾柔節流」にみられるのみ。

83　ほんとうに、嘉例吉の船は吉日を選んで出ていくというが、いよいよその日になり、お船の綱をとれば風は真艫に吹いている。○たんちゆ　実に。まことに。「だにど」の変化した形で、琉歌ではふつう「だんじよ」と書かれる。○かれよしや　「かれよし」は嘉例吉。めでたい例の意だが、航海の祝福に使われることが多い。「や」は、係助詞「は」の変化したもの。○撰て　吉日を選んで、の意。○差召る　さし召しやいる。船出なされる。「差す」は、船などがある方向を目差すの意。「召る」は、ミシェルと読み、「めしある」の変化した形で、尊敬の意を表す補助動詞。○綱取は　綱をとると。「綱」は、船を繋留する綱。「取は」は、解き放つと。○真艫　船尾から風が吹くこと。順風。

84　一の帆には帆の中一杯風をはらんでいる。聞得大君の神の霊験ある風だ。○一の帆　一番大きい帆。○帆中　帆の正面。○吹つゝも　吹包む。帆が風をはらんだ状態をいう。○聞得大君　王国時代における最高級神女の称号。政治的支配者国王に対応する宗教的最高位の神女。○御筋美風　霊験のある風。霊力の乗り移った順風。「筋」はスィジと読む。不可視の霊力。

○白雲節　白雲と月、白菊と霜、露の玉を受けた光景の美しさ、菊見節ともいう。

85　暮れたかと思うとすぐ明けてしまう夏の夜の月は、白雲に宿るひまもない。○宵思は　宵だと思うと。「思は」は、

夏の夜の月や　　ナツィヌユヌツィチヤ
白雲にやとる　　シラクムニヤドゥル
隙やなへらぬ　　フィマヤネラヌ

86
村雲のかゝて　　ムラクムヌカカティ
時〻(トキ)や見らぬ　　トゥチドゥチヤミラヌ
さやかてる月の　　サヤカティルツィチヌ
光りやすか　　フィカリヤスィガ

早作田節　　ハイチクテンブシ

87
我童思て　　ワンワラビトゥムティ
墾(クナショラ)らは(ハ)くなす　　クナシュラバクナシ
くなし田の稲の　　クナシダヌンニヌ
畔(アフシ)枕　　アブシマクラ

88
成ぬ事思て　　ナラヌクトゥウムティ
朝夕焦らしゆす　　アサユクガラシュスィ
いたつらに御肝(キモ)　　イタズィラニウジム

トゥミバと読み、と思うと、の意。〇や　国語の「は」にあたる係助詞。〇なへらぬ　ない。「ないらぬ」と書くのがふつう。現代方言では、アン(有る)の打消はネーン(無い)であるが、ネーラン(無い)ともいう。「なへらぬ」はそのネーランを表記したもの。▽底本では、「やとる」の次に「宿る」とあるが衍字であろう。

86　さやかに照る月の光であるが、むら雲がかかって時々は見えなくなる。〇村雲　群れ雲のことで、集まり群がっている雲。一群の雲。〇見らぬ　見えない。〇やすか　…であるが。→六〇。

〇早作田節　恋と遊び、行く春を惜しむいわゆる惜春譜である。組踊や古典舞踊でも歌われる。

87　私を子供だと思って踏みつけにするなら踏みつけよ。よく踏まれて耕された田の稲は、畔を枕にするほど実入りするのだから。〇我童思て　私を子供だと思って。「思て」は、トゥムティと読み、…と思って。〇墾らはくなす　踏みつけにするならば踏みつけよ。「す」は、「せ」の類推表記で、命令形。「墾す(こなす)」は、踏みつけて細かく砕く、耕す、の意であるが、転じて(人を)踏みつける、馬鹿にする、の意。〇くなし田　こなした田。踏みつけ、こね回して耕した田のこと。〇畔枕　稲の穂が田の畔を枕にするほど実ったさまをいう。アブシマクラと読む。「あぶしまくら」は豊作を表す成句。

88　できもしないことを思って朝晩いらいらしていることは、いたずらにお心を労すばかりだ。〇成ぬ事思て　できない事を思って。〇焦らしゆす　思い悩むことは。いらいらしてじれったく思うことは。「す」は、事あるいは物の意を表す。

つくす計り　　ツィクスビケイ

立雲節　　タツィクムブシ

89
あかり立雲や　　アガリタツクムヤ
世果報しにゆくよい　　ユガフシニュクユイ
頓て明方の　　ヤガティアキガタヌ
近くなよさ　　チカクナユサ

90
惜む夜や更て　　ウシムユヤフキティ
明雲や立へ　　アキグムヤタチュイ
にや又よしまらん　　ニャマタユシマラン
別るさらめ　　ワカルサラミ

弥勒節　　ミルクブシ

91
弥勒代のむかし　　ミルクユヌムカシ
繰戻ち今に　　クイムドゥチナマニ
御万人の間切　　ウマンチュヌマジリ

○御肝つくす計り　お心を尽すだけである。「肝」は、心。心情。「つくす」は、尽す、使いきる意。「計り」は、…だけである、の意。

○立雲節　東方の雲は豊年の象徴、豊年には娘たちが踊りの準備をする明るい歌。

89　東方の空に立つ雲は豊年の準備をしているように見え、やがて夜明けも近くなったよ。○あかり　東。東方。太陽の上がる方向ということから、東方をアガリという。○世果報　果報な世のことで、豊年をいう。果報は幸福のこと。○しにゆくよい　準備をして。「しのくりをり」の変化→ゐ。したもの。○なよさ　なったことよ。「さ」は強調、詠嘆などに使われる終助詞。…だよ、…よ、の意。

90　惜しむ夜はふけて夜明けの雲が立つと、もう引きとめられず別れねばならない。○惜む　惜しいと思う。○や　国語の「は」にあたる係助詞。○明雲　明け方の雲。○立へ　立つし。「たちをり」の変化したタチュイを表記したものであろう。○にや　もう。もはや。「いな」が転訛したもの。○よしまらん　留められない。「よしむ」は引き留めること。○別るさらめ　別れるのだ。「さらめ」は上接語の意味を強める強意の助詞。

○弥勒節　豊年祝いの歌。弥勒仏は、沖縄では村々の豊年祭に、豊作を寿ぐ神として登場する。仮面は、本土の布袋に似ている。

91　弥勒代の昔を今にくり返し、万民とぞって一緒に遊ぶのはまことに嬉しいことだ。○弥勒代　弥勒菩薩が人間界に現れる世のこと。豊かな世をいう。○繰戻ち　たぐり戻して。昔に返して。○今に　『琉歌全集』に従えばナマニと読むのであろう。○御万人の間切　一般の人すべて。皆揃って。

遊ふ嬉しや　アスィブウリシャ

92 道路の巷(チマタ)　ミチミチヌチマタ
歌諷て遊ふ　ウタウタティアスィブ
頓て弥勒世の　ヤガティミルクユヌ
近く成さ　チカクナタサ

十一段　葉節部

金武節　金武間切　チンブシ

93 蒲(クハ)や金武蒲に　クバヤチンクバニ
竹や安富祖嶽(ダケ)　ダキヤアフスダキ
やねや瀬良垣に　ヤニヤシラカチニ
張(ハイ)や恩納　ハイヤウンナ

94 蒲の若蒲(クハ)や　クバヌワカクバヤ
笠張て(カサハテ)の美さ(キヨラサ)　カサハティヌチュラサ

92 道の辻々で歌をうたって遊んでいる。弥勒代が近くなってきた証拠だ。○巷　道の分かれる所。辻。○成さ　なったよ。

○金武節　山国のわびしさ。恋歌、潮汲み歌など、いずれも一種悲哀の調子をおびた歌。

93 蒲葵(ばく)は金武の蒲葵がよく、竹は安富祖の竹がよい。竹の骨組みを作るのは瀬良垣、蒲葵笠の張りは恩納がよい。○蒲　植物名。ビロウ。ふつう「蒲葵」と当てる。大きな広葉を持つ高木。沖縄では蒲葵の木に神が天降りをすると考えられている。「あぢまさ」ともいわれる。○金武　地名。現在の金武町金武。沖縄本島北部、恩納岳の裾野が東に緩やかに延びた丘陵上に立地し、南は金武湾に面する。○安富祖　地名。恩納村安富祖。沖縄本島北部の西海岸、東シナ海に注ぐ安富祖川流域を占める地。「安富祖嶽」は、安富祖に産する竹。○やね　(骨組みを)作ること。茅葺屋根の骨組を作ることもいう。○瀬良垣　地名。恩納村瀬良垣。沖縄本島北部西海岸、恩納岳の北麓に位置し、北は東シナ海に面する。○張　張り。張ること。○恩納　地名。恩納村恩納。沖縄本島北部の西海岸、北西は東シナ海に臨む。背後の国頭山地には恩納岳がひときわ高くそびえ、古くから伝説や歌の舞台となってきた。

94 若蒲葵の葉は笠を作って美しく、若竹は竹籠類の縁を作ってきれいだ。○美さ　美しい。立派なさま。みごとなさま。○まく結　マグイと読む。笠、笊、籠、箕などの縁を

竹の若竹や　　ダキヌワカダキヤ
まく結美さ　　マグイチュラサ

恩納節　恩納間切　　ウンナブシ

95
恩納嶽登て　　ウンナダキヌブティ
押下りみれは　　ウシクダイミリバ
恩納宮童の　　ウンナミヤラビヌ
手振清さ　　ティフイジュラサ

96
恩納松下に　　ウンナマツィシタニ
禁止の牌のたちゆす　　チジヌフェヌタチュスィ
恋忍ふまての　　クイシヌブマディヌ
きせやなひさめ　　チジヤネサミ

謝敷節　国頭間切謝敷村　　ジャジチブシ

97
謝敷板干瀬に　　ジャジチイタビシニ
打へ引波の　　ウチャイフィクナミヌ

巻き整えること。またその曲げたところ。

○恩納節　恩納岳を背景とした恩納なべの自由奔放な恋歌を始め、各地の美しい景色の歌を集めてある。

95　恩納岳に登ってはるかふもとの方を見ると、恩納乙女の踊りの手振りが美しい。○恩納嶽　山の名。沖縄本島北部、石川地峡の北にそびえ、標高三六二・八㍍。首里付近からも遠望でき、古来、沖縄の名山・高峰としてたたえられた。○押下りみれは　視線を下げてみると。はるかに見下すと。○恩納宮童　恩納の乙女。「宮童」は「めわらべ(女童)」の当て字で、農村の娘をいう。類歌には「恩納松金」(人名)とある。○手振　踊りの手振り。○清さ　美しい。立派なさま。みごとなさま。

96　恩納の松の木の下に禁止の碑が立っているが、恋をしてはいけないという禁止ではないであろう。○禁止の牌　禁止令を書いた掲示板。「牌」は板の碑。○たちゆす　立っていることよ。「す」は、事あるいは物の意。○忍ふ　恋の縁語として使われる。恋は人目をしのぶから「忍ぶ」といったのであろう。○きせ　「きじ」(禁止)の類推表記。○や　国語の「は」にあたる係助詞。○なひさめ　ないであろう。「さめ」は上接語の意味を強める強意の助詞。

○謝敷節　謝敷女童の美しさ、転じて梅と鶯の縁にちなんだ恋歌、その他四季折々の歌。

97　謝敷の板干瀬に寄せ引く波の白く砕けるさまを見ると、謝敷乙女の笑顔にこぼれる白い歯のように思われてならない。○謝敷　地名。国頭村謝敷。沖縄本島北部の西海岸に位置する。○板干瀬　板のように平たく広がってみえる干瀬。

謝敷宮童の　　ジャジチミヤラビヌ
目笑断き（ハクキ）　　ミワレハグチ

98
謝敷宮童の　　ジャジチミヤラビヌ
はなまさい姿　　ハナマサイスィガタ
わらいかをみれは　　ワライガヲゥミリバ
あけちやくさへ　　アキチャクサイ

源河節　羽地間切源河村　　ジンカブシ

99
源河渀（ハイ）川や　　ジンカハイカワヤ
潮か湯か水か　　ウシュカユカミズィカ
源河宮童の　　ジンカミヤラビヌ
御浴（ステ）とくる　　ウスィディドゥクル

100
流よる水に　　ナガリユルミズィニ
淪（シカラミ）は立て　　シガラミワタティティ
花の色清さ　　ハナヌイルジュラサ
掬（スク）て見ちやる　　スクティンチャル

「干瀬」は、海岸に潮が引くとあらわれる岩礁のこと。→五四。○打へ　「うちあり」の変化したウチャイを表記したもの。打って。○目笑断き　明眸皓歯。美しい目と白い歯がこぼれて見えるほほえみ。「断き」はハグチ、つまり白い歯の見える口もと、歯並びのこと。→一八。

98　謝敷乙女の花よりもまさる姿、その笑い顔をみれば、あどけなくかわいらしい。○はなまさい姿　花にまさる姿。花よりも美しい姿。○あけちやくさへ　未詳語。『琉歌全集』には「あをちやくさい」とあるが、不詳。

○源河節　すべて恋歌であるが、最後の一首だけ落花流水の歌。

99　源河走川の清らかな水は、潮水だろうか淡水だろうか、源河乙女たちの水浴び所である。○源河渀川　「源河」は地名。沖縄本島の北部、名護市源河。旧羽地村。源河川は、清らかな流れで名高い。「渀川」は、ふつう、「走川」と書かれ、流れの速い川のこと。○潮　潮水。○湯　淡水。「湯」は当て字。沖縄古語で「ゆ」は水を意味する。○水　淡水。○御浴とくる　おすでどころ。水浴びをする所。「すで」は、新生・再生の意味を持つ。「すでみづ」は神事祭式の浄めの水。浄めに使われたことからしだいに、浄めの沐浴、さらに一般的な沐浴そのものをもいうようになった。

100　流れる水にしがらみを立てて、花の色がきれいであったからすくいあげてみたのだ。○流よる　流れる。「ながれをる」の変化したもの。○淪　水流をせき止めるために、杙を打ち渡して横に柴・竹などを結びつけたもの。○は　国語の目的格の助詞「を」に相当するもの。○掬て　すくって。○見ちやる　見たのだ。「見たる」の変化したもの。

辺野喜節　国頭間切辺野喜村　ビヌチブシ

101
伊集の木の花や　イジュヌキヌハナヤ
あか清さ咲ひ　アガチュラササチュイ
予ん伊集成て　ワヌンイジュナトゥティ
真白(シラ)咲な　マシラサカナ

102
山の木の軽さ　ヤマヌキヌカルサ
朝比と夕比　アサグルトゥユグル
宮童の軽さ　ミヤラビヌカルサ
二十(ハタチ)宮童　ハタチミヤラビ

十二段　葉節部

大兼久節　名護間切大兼久村　ウフガニクブシ

103
名護の大兼久　ナグヌウフガニク

○辺野喜節　伊集の木の花の美しさ、松竹の色の美しさ、特に有名な国王頌歌がある。

101　伊集(姫椿)の木の花はあんなにきれいに咲いている。私も伊集の花のように真白に咲いてみたい。○伊集　植物名。姫椿。五、六月頃、白い小さな花をつける。○あか清さ咲ひ　あんなに美しく咲いている。「あか」は、あのように。「咲ひ」は、咲いている。「咲きをり」の変化したサチュイを表記したもの。○予ん　私も。○成て　ナトゥティと読む。なっていて。○咲な　咲きたい。「な」は願望の意を表す助詞。

102　山の木の軽いのはアサグルとユグルである。乙女の軽いのは二十歳前後である。○朝比と夕比　アサグル・ユグルと読む。ともにウコギ科の植物名。アサグル(フカノキ)は軽い木で、すぐ燃えつきてしまうので好まれない。○二十宮童　二十歳前後の若い娘。「宮童」は、年ごろの娘。乙女。↓一七。

○大兼久節　風光明媚な名護の大兼久を始め、各地の青葉若葉の夏の歌など。

103　名護の大兼久は馬を走らせて楽しい。しかし、舟を走らせて楽しいのはわが浦の泊である。○名護の大兼久　地

馬走ち喜悦(イシャ〱)　ウマハラチイショシャ
舟走ち喜嬉(イシャ〱)　フニハラチイショシャ
わ浦泊　ワウラドゥマイ

104
名護の番所　ナグヌバンドゥクル
たんちゅ豊まれる　ダンジュトゥユマリル
まつと槐(カツマル)と　マツィトゥガジマルトゥ
茂(モタイ)い栄へ　ムテイサケイ

与那節　国頭間切与那村　ユナブシ

105
与那の高坂(ヒラ)や　ユナヌタカフィラヤ
汗はてと登る　アシハティドゥヌブル
無蔵と二人成は　ンゾトゥタイナリバ
車とうはる　クルマトウバル

106
昼(ヒロ)やちやうん里と　フィルヤチョンサトゥトゥ
な原ゝやよひ　ナハルバルヤユイ
夜の小夜中や　ユルヌサユナカヤ

名。名護市の大兼久。「かねく(兼久)」は、もとは砂地を意味する。大兼久馬場は広々とした眺めのよい所であったという。○走ち　走らして。○喜悦　イショシャと読む。楽しい。嬉しい。面白い。○わ浦泊　我が浦の泊。浦は海岸に臨んだ集落。

104　名護の番所の評判の高いのはなるほどもっともだ。松とガジュマルが繁茂して栄えている。○番所　間切(村)の行政事務を行なう所。バンジュともいう。○たんちゅ　実にまことに。「だにど」の変化した形。○豊まれる　評判になる。○槐　植物名。榕樹。葉は橘に似て気根があり、高さ二十メートルにも達する熱帯性常緑樹。○茂い栄へ　繁茂し栄えるさま。→六八。

○与那節　仕事を恋人と思えという面白い歌。与那は沖縄一の高い山。

105　与那のけわしい坂は汗を流して登るが、恋人と二人なら車の通る平坦な原のようなものだ。○与那の高坂　「与那」は地名で国頭村与那。「与那高坂」は難所として有名な急坂。○汗はてと　汗が流れ出てこそ。汗を流してぞ。○車とうはる　車が動きやすい平坦な所。琉歌でよく使われる表現。「とう」は平地を意味する。

106　昼でさえあの方とは別々なのだから、せめて夜の夜中のちょっとの間は許してください。○やちやうん　でさえ。係助詞「や」に、強意を表す副助詞「ちやうん」のついた形。

免ち給れ　ユルチタボリ

本部拋節　本部間切　ムトゥブナギブシ

107
よかてさめ姉部　ユカティサミアニビ
神遊しち遊て　シヌグシチアスィディ
我すた世に成は　ワスィタユニナリバ
御留されて　ウトゥミサリティ

108
地頭代主したり前　ジトゥデシュシタリメ
御取次しやへら　ウトゥイツィジシャビラ
余万世の神遊　アマンユヌシヌグ
よるち給れ　ユルチタボリ

元散山節　ムトゥサンヤマブシ

109
染て染よらは　スミティスミユラバ
浅地予ないんはたう　アサジワネンパド
烏若羽の　ガラスィワカバニヌ

〇里　女の側から恋人をいう語。〇な原ミ　各々の畑。「はる」は畑のこと。〇やよひ　であって。「やりをり」の変化したもの。〇小夜中　夜中。〇免ち給れ　許してください。

〇本部拋節　本部間切各村の特色を歌った歌。拋節は道を行きながら歌う意。「独節流」では「拋節」とある。

107　よかったでしょう、姉さんたちは神遊をして遊んで。私たちの時代になるとそれが禁止されたのです。〇よかてさめ　しあわせなことよ。「よかて」は、幸福で、しあわせで、の意。「さめ」は上接語の意味を強める助詞。〇姉部　姉さんたち。「べ(部)」は複数を表す接尾語。〇神遊　シヌグと読む。神祭りの群舞。「シヌグ祭り」は、旧暦七月に稲の収穫後の豊作を神に感謝し、次の年の豊作を予祝する祭り。〇しち　して。〇我すた　私たち。〇御留　止めること。禁止。

108　地頭代さまお願いをお取り次ぎ申し上げます。どうぞ昔の神遊をお許しくださいませ。〇地頭代主したり前　地頭代さま。「地頭代」は王府時代の地方役人で、王府からの命令の伝達や年貢徴収など、間切(村)の行政全般を処理した。「主したり前」は接尾敬称辞。〇しやへら　しましょう。「やべる」は謙譲の意を表す補助動詞で「はべる(侍る)」の変化したもの。〇余万世　あまん世。神代の昔。大昔。また、豊年を意味するときもある。〇よるち給れ　許してください。
▽恩納なべの作とされるこの歌は、二句目に「首里がなしみやだいり　夜昼もしやべむ」(首里の国王様への御奉公は夜昼かけていたします)が入るのがふつうで、このほうがわかりやすい。

〇元散山節　音楽にも恋愛にも不熱心、不徹底、不満足な者は役に立たぬと嘆いた歌。「独節流」では「本散山節」とある。

ことに染れ　グトゥニスミリ

110 夜咲る花や　ユルサチュルハナヤ
匂と鼻(カン)知る　ニヲィドゥカンシユル
加那志思塩良(ショラヤ)や　カナシウミシュラヤ
抱(タチ)と知る　ダチドゥシユル

大浦節　久志間切大浦村　ウフラブシ

111 大浦港に　ウフランナトゥニ
船頭衆か入は　シンドゥシュガイリバ
瀬嵩蒲戸小や　シダキカマドゥグヮヤ
目笑断(ハコキ)　ミワレハグチ

112 船や出しゆらは　フニヤンジャシュラバ
朝潮に出す　アサシヲゥニンジャシ
嶋のあむしたか　シマヌアンシタガ
御待兼て　ウマチカニティ

109 染めるなら浅地染はいやです。鳥の若羽のように濃く染めてください。○染よらは　染めるならば。○浅地　薄い藍色染めのこと。紺地に対する。浅い縁のたとえに使われる。○予ない　ワネと読む。私は。○んはたう　ンパドと読む。いやだよ。ンパは否という拒絶を表す語。○ことに　如に。ように。

110 夜咲く花は匂いによって知ることができ、愛する恋人は抱いて知ることができる。○咲る　サチュルと読む。「咲きをる」の変化したもの。○鼻　かくも。「かに(斯に)」の当て字であろう。○知る　シユルと読む。「しりをる」の変化したもの。○加那志思塩良　愛しい恋人。「かなし」は接頭美称辞。「塩良」は「しほら」の当て字。恋人のことで、男女両方に用いる。「無蔵」「里」よりも範囲が広い。日本古語の「しをらし」に通ずる。○抱と　ダチドゥと読む。抱いてこそ。

○大浦節　祝宴や旅行などの歌。大浦は久志間切にある港。

111 大浦港に船頭衆が入って来ると、瀬嵩村のカマドがにっこり笑って嬉しそうである。○大浦港　大浦にある港。「大浦」は地名。名護市大浦。沖縄本島北部東海岸にある。南部に薪などを運ぶ山原(やんばる)船の寄港地であった。○船頭衆　船長さま。船頭の敬称。○瀬嵩蒲戸小　「瀬嵩」は地名で、大浦湾の奥に位置する旧久志村(現名護市)瀬嵩。「蒲戸」は女性の名。「小」は愛称卑称の接尾語。○目笑断　明眸皓歯。目もとのやさしげな、白い歯がこぼれてみえるほほえみ。↓六。

112 船は出すならば朝の満潮に出したほうがよい。故郷のかみさんたちが待ちかねている。○出しゆらは　出すならば。○朝潮　朝さしてくる潮。○出す　ンジャシと読む。「出せ」と書くべきもの。○あむした　船頭衆の妻たち。「あむし」は、百姓や船頭など平民の妻をいう。「た」は複数を表す接尾語。

十三段　葉節部

無蔵忍節　金武間切伊芸村　ンゾシヌビブシ

113 忍て行路の　シヌディイクミチヌ
山の端の露に　ヤマヌファヌツィユニ
濡て待兼る　ヌリティマチカニル
恋の慣や(ナラヘヤ)　クイヌナレヤ

114 忍て行心　シヌディイククル
与所や知ねとも　ユスヤシラニドゥム
笠にかほかくそ　カサニカヲゥカクス
恋の習や　クイヌナレヤ

沖泊節　大宜味間切塩屋村　ウチドゥマイブシ

115 沖泊真砂(マシヤコ)　ウチドゥマイマサグ

○無蔵忍節　恋人の所に忍び行く歌。
113　忍んで行く山路の木の葉の露に濡れながら待ちかねる心が恋の習いなのであろうか。○山の端　山のはし。稜線。ここでは単に山中の意であろう。○恋の慣や　恋の習いであることよ。「慣」は、習い。習わし。常であること。「や」は終助詞。…であることよ。歌の末尾や句の末尾にあって、願望、詠嘆などの気持ちを表す。

114　忍んで行く心を他の人は知るはずもないが、笠に顔を隠すのは恋のならいだろうか。○与所や　よその人は。他人は。「や」は国語の「は」にあたる係助詞。○知ねとも　知らないけれども。○かくそ　隠す。「そ」は「す」の類推表記。

○沖泊節　「沖泊」は「うちどまり」(宇地泊)の類推表記「おきどまり」に当て字したもの。浜辺の月夜の景、浮世の無情、祝宴歌など。「独節流」には「浮泊節」とある。三六・三七参照。
115　宇地泊の浜の砂は、昼は太陽の光と区別がつかず、夜は月の光と区別がつかないほど美しい。○沖泊　「宇地泊」

日と紛よる（テタト マキリヨル）　　ティダトゥマジリユル
月に紛よる　　ツィチニマジリユル
浜の真砂　　ハマヌマサグ

116 月の影てやんす　　ツィチヌカジデンスィ
袖に宿借い（カヨイ）　　スディニヤドゥカユイ
しはし宿めしよわれ　　シバシヤドゥミショリ
語らい欲の　　カタレブシャヌ

港節　　ンナトゥブシ

117 港清さや　　ンナトゥチュラサヤ
湖平底みなと　　クフィンズクンナトゥ
泊清さや　　トゥマイチュラサヤ
那覇の泊　　ナフヮヌトゥマイ

118 舟のつやうん〳〵　　フニヌツィヨンツィヨン
なたこと馬艦（ラン）船　　ナタクトゥマランブニ
だらんて出て　　ダランディンジティ

の当て字。宇地泊は地名。宜野湾市宇地泊。沖縄本島中部の西海岸、牧港川の河口右岸に位置する。〇真砂　きめの細かい砂。〇日　ティダと読む。太陽。〇紛よる　紛れる。見紛う。

116 月影さえ袖に宿を借ることがあります。しばしお宿りください、語りたいものです。〇月の影　月の姿。〇てやんす　…でさえ。→五。〇借い　借りていて。カユイとよむ。「借りをり」の変化したもの。〇宿めしよわれ　お宿りください。お泊りください。「めしよわれ」は、なさいませ、の意。〇語らい欲の　語りあいたいものだ。「欲の」は、…したいものだ、の意。

〇港節　波風荒い海を渡る恋の小船が、無事に海を渡って行くよう祈った歌。

117 港のきれいなのは湖辺底の港で、泊の美しいのは那覇の泊である。〇清さや　美しさは。立派なさまは。みごとなさまは。〇湖平底　湖辺底。名護市許田と幸喜の間の小さな湾。〇泊　港。〇那覇の泊　那覇港のこと。

118 船が港に着き、どら鐘が鳴ったので、馬艦（まらん）船かと出て見れば山原（やんばる）船であった。〇つやうん〳〵　どら鐘の音。〇なたこと　鳴ったので。「こと」は、原因、理由を示す接続助詞。〇馬艦船　大型の帆船で、十八世紀以降、琉球

見れは山原たう　ミリバヤンバラド

蜘節　大宜味間切　クブブシ

119 深山蜘てやんす　ミヤマクブデンスィ
経(カス)懸て置へ　カシカキティウチュイ
予女に成て　ワヌヱィナグニナトゥティ
油断しやへめ　ユダンシャビミ

120 経よ掛名付　カシユカキナズィキ
真南風向て見は　マフェンカティミリバ
嶋の浦と見る　シマヌラドゥミユル
里や見らぬ　サトゥヤミラヌ

漢那節　金武間切漢那村　カンナブシ

121 上に豊まれる　ウィイニトゥユマリル
漢那のろくもへ　カンナヌルクムイ
下に豊まれる　シムニトゥユマリル

王国内の交通の主役となる。○だらんて　だといって。○山原たう　山原船だよ。「山原」は山原船のこと。馬艦船より小型の帆船。山原地方と南部の港を往来した交易船。「たう」は終助詞で、口語ではドーという。強く念を押す意。

○蜘節　布を織るためかせ糸をかける歌。

119 深山の蜘蛛でさえかせ糸を掛けて働いていますものを、女である私が、なんで心をゆるめましょうか。○蜘　クブと読む。蜘蛛。○経　かせ。布を織るときのたて糸。○置へ　おいて。「置きをり」の変化したウチュイを表記したもの。○予　私。○成て　なって。「なりてをりて」の変化したもの。○しやへめ　しましょうか。「め」は疑問・反語の意を表す。

120 かせを掛けるふりをして南の方へ向かって見れば、島の浦は見えるが恋人は見えない。○よ　を。動作の目的、対象を示す国語の格助詞「を」が変化したもの。○掛名付　掛けるふりをして。「なづけ」は、かこつけて、ふりをしながら、の意。○真南風　真南。「南風(はえ)」は南風の意から、南の方位をもいうようになった語。○見る　ミユルと読む。「見えをる」の変化した形。○里　女の側から男の恋人をいう語。○見らぬ　見えない。

○漢那節　美女美男の評判、はたち娘の情熱、恋人の歌声を夢に聞く男の歌など。

121 上で評判の高いのは漢那の祝女であり、下で評判の高いのは川平山戸である。○上　沖縄本島の上、すなわち首里からみて北の国頭をさす。○豊まれる　評判になる。名高くなる。○漢那　地名。金武町漢那。沖縄本島北部の東海岸に位置する。○のろくもへ　「のろ」は神女。「くもへ」は「子」「思い」で共に敬称辞。○下　沖縄本島の下、すなわち南の島

川平真山戸　カビラマヤマトゥ

122
畔越る水や　アブシクヰルミズィヤ
おやけれは止る（トマル）　ウヤギリバトゥマル
我二十比に　ワハタチグルニ
留（トメ）のなよめ　トゥミヌナユミ

十四段　波節部

赤木名節　笠利間切之内赤木名村　アカキナブシ

123
赤木名鳥小か　アカキナトゥイグヮガ
早たいは諷てと　ハヤタイワウタティドゥ
夜深に諷て（テ）と　ユブカニウタティドゥ
わ無蔵や戻る　ワンゾヤムドゥル

124
壱の鳥庭鳥　イチヌトゥイニワトゥイ
かひもてられ庭鳥　ケムディラリニワトゥイ

尻をさす。○川平真山戸　人名。「川平」は地名であろう。「山戸」は男の名。島尻地方で有名な美男子だったという。

122　畦を越す水は土を盛りあげればとまるが、私たち二十歳頃の心をとめることができるものか。○畔　アブシと読む。田の畦。○おやけれは　織り上げれば。堰の土をもり上げれば。「織り上げる」は、石垣などを積み上げること。○留の　止めることが。「留」は止めること。「の」は格助詞。○なよめ　なるか。できようか。

○赤木名節　奄美大島赤木名村の歌。「独節流」には「赤慶名節」とある。

123　赤木名の小鳥が早く鳴いてしまったからこそ、夜分遅く私の恋人はもどっていったのだ。○赤木名鳥小　赤木名村の鳥。「小」は愛称・卑称の接尾語。○早たい　早く歌うこと。○諷てと　歌ってこそ。鳴いたからこそ。○夜深　夜遅く。

124　一番鳥の鶏が深夜に鳴いたので私の恋人は帰したのだ。○壱の鳥　一番鳥。暁、一番に鳴く鳥。○庭鳥　鶏。

夜深に諷て　ユブカニウタティ
予無蔵や戻ちゃる　ワンゾヤムドゥチャル

浮嶋節　沖永良部嶋　ウチシマブシ

125
扨も見事な　サティムミグトゥナ
永良部の嶋や　イラブヌシマヤ
地から離て　ジカラハナリティ
浮嶋小(グヮ)　ウチシマグヮ

126
長緒(ナガヲ)きせるに　ナガヲゥキシルニ
多葉粉は詰(ツメテ)て　タバクワツィミティ
宿にとつくかいつ　ヤドゥニトゥツクカイツ
待きやう　マチキヨウ

池当節(イケンタウ)　沖永良部嶋　イチントオブシ

127
池の上の蝶　イチヌウキヌハベル
水に影移ち　ミズィニカジウッチ

○かひもてられ　かい揉でられ。揉みしだかれ。ケムディラリと読む。○戻ちゃる　戻した。帰した。「もどしたる」の変化したもの。

○浮嶋節　国王の祝、長者の大主の祝、永良部の島が浮島のように美しいという歌。

125　さてもみごとな永良部の島は、本島から離れている小さな浮島だ。○永良部　地名。奄美諸島の沖永良部島。○地から離て　本島から離れて、の意。離島のことは「離れ」または「地離れ」という。○浮嶋小　小さな浮島の意。「小」は愛称・卑称の接尾語。

126　長緒きせるに煙草をつめて、宿であれこれ思いながら待っていてくれ。○長緒きせる　どのような煙管か不詳。竹の管が普通より長いもののことらしい。○とつくかいつ　不詳。○待きやう　「待ちをれやう」のくずれた形で、待っていろよ、か。

○池当節　春から夏にかけてすがすがしい歌。永良部島の池当が発祥地。「覧節流」では「異見道節」とある。

127　池の上の蝶は水に影を映し、玉や黄金のように美しい恋人の姿は、私の上に映す。○蝶　ハベルと読む。○移

玉金姿　タマクガニスィガタ
予におつす　ワンニウツシ

128 永良部思なやに　イラブウミナヤニ
送(ヲクン)ん酌されて　ウクンジャクサリティ
赤さ(アカサ)親泊　アカサウェエドゥマイ
日(テタ)や昼間(ヒルマ)　ティダヤフィルマ

満恋節　大嶋　マンクイブシ

129 愛し思里と　カナシウミサトゥトゥ
満恋しゅる夜や　マンクイシュルユルヤ
冬の夜の二長(タナケ)　フユヌユヌタナギ
あらち給れ　アラチタボリ

130 旅や浜やとり　タビヤハマヤドゥイ
草枕らこゝろ　クサマクラグクル
寝も(モ)忘らぬ　ニティンワスィララヌ
秘(ヒ)蔵(サウ)か御側　フィゾガウスバ

ち　映して。「ち」は「して」が融合し変化したもの。〇玉金　玉や黄金のように美しい、大切なものということで、恋人を指す。〇予　私。

128 永良部島の恋人に送り酌されて帰ると、与論の赤佐親泊に、太陽は真昼のように輝いている。〇思なや　思い人。恋人。「おもひをなりやあ」で姉妹、娘たち、の意とする説もある。〇送ん酌　送別のお酌。〇赤さ親泊　地名。赤佐親泊。与論島の茶花港の旧名という。〇日　ティダと読む。太陽。〇や　国語の「は」にあたる係助詞。

〇満恋節　満足した恋の歌。大島に起った。

129 愛しい恋人と満恋する夜は、冬の夜の二倍の長さもあるようにしてください。〇愛し思里　愛しいお方。愛しい恋人。「里」は女の側から男の恋人をいう語。「思(お)」は接頭敬語で、「思里」は、「里」よりもていねいな言い方になる。〇満恋　満ち足りた恋、の意か。〇二長　二倍の長さ。タナギと読む。「タ」は「ふた(二)」の縮まったもの。ナギは長さの意。〇あらち給れ　あらしてください。「あらち」の「ち」は「して」が融合して変化したもの。

130 旅は浜に宿って草を枕として寝るのであるが、寝ても忘れられないのが、恋しい人のおそばである。〇浜やとり　草枕らこゝろ　浜を宿に、草を枕のように。「こゝろ」は、ごとく、…のように、の意。〇寝も　寝ても。眠っても。〇秘蔵　男の側から女の恋人をいう語。奄美大島の方言で、「無蔵」と同義語。

多越金節（タヲカネ）　宮古嶋

トウカニブシ

131
多越かね主さり　トウカニシュサイ
浮名の旅　ウチナヌタビ
差てからや　サシティカラヤ
池の魚の　イチヌイユヌ
水離れ　ミズィハナリ
かにす有い　カニスィアルイ

132
浮名もらは　ウチナモラバ
浮名の主　ウチナヌシュ
落平の水に　ウティンダヌミズィニ
浴（アメサマ）んなやう　アミサマンナヨ
予（ハン）か匂　ワヌガニヲゥイ
かなし匂　カナシニヲゥイ
おさそなやう　ウトゥスナヨ

○多越金節　『琉歌全集』には「たをがね節」として、宮古島の多越金主の歌。南国の情熱のほとばしる曲譜、とある。

131　トーガニ主様、もし、あなたが沖縄に旅をされてからは、池の魚の水離れはこうかと思うほど苦しい。○多越かね主さり　トーガニ主様。トーガニは、宮古島歌謡の一ジャンル。抒情歌で、この歌を歌う人をトーガニ主という。「さり」は呼びかけの言葉。もし。○浮名の旅　沖縄への旅。「浮名」はウチナー(沖縄)の当て字。○かにす　斯にこそ。かくも。副詞「かに」＋係助詞「す」。○有い　あるか。

132　沖縄に行かれたら沖縄の主、落平の水を浴びないで。私の匂い、いとしい匂いを他人に落さないで。○もらは　参らば。行かれたら。○浮名の主　沖縄のお方。○落平の水　那覇の有名な湧泉の水。清冽さで名高い。「落平」はウティンダと読み、那覇市の奥武山の南西方にあった地名。○おさそなやう　落すなよ。移しなさんな。「さ」は「と」の誤記であろう。

十五段　波節

伊計離節　与那城間切伊計村　イチハナリブシ

133
伊計離嫁や　イチハナリユミヤ
成欲やあすか　ナイブシャヤアスィガ
犬那川の水の　インナガヌミズィヌ
汲の厭て(アクテ)　クミヌアグディ

134
勝連の嶋や　カツィリンヌシマヤ
通ひ欲あすか(カユエ)　カユイブシャアスィガ
和仁屋門の潮(オシホ)の　ワニャマジョヌウシュヌ
蹴い厭て(ケヤイ アクテ)　キヤイアグディ

高離節　与那城間切高離嶋　タカハナリブシ

135
高離嶋や　タカハナリジマヤ

○伊計離節　伊計島と周辺の島々を歌い、軽快な歌曲である。
133　伊計離島の嫁になりたくはあるが、犬那川の水を汲むのがたいへん難儀である。○伊計離　伊計島の別称。「離」は離れ島。伊計島は、与勝半島の北方、金武湾口に浮かぶ小島。○成欲やあすか　なりたくはあるが。文末の「か」はガと読み、疑問や反語を表す係助詞。○犬那川　井泉の名。伊計島の西岸の崖下にあり、急勾配を降りていく水汲みの難所である。○厭て　あぐんで。倦んで。難渋して。
134　勝連の村は通って遊びたいが、和仁屋門の潮波が荒くて渡るのがたいへん難儀だ。○勝連　地名。沖縄本島中部東海岸に位置する。現在の勝連町。○和仁屋門　地名。沖縄本島中部、北中城村、中城湾岸一帯をさす。「和仁屋間門」と書くのが古く、ワニャマジョと読む。○蹴い厭て　蹴り合い倦んで(和仁屋門の海は波が荒いので)、蹴って渡るのがむずかしい、の意。

○高離節　高離島(宮城島)に流された人の歌。
135　高離島は物の道理を知らせてくれる所である。もうよく解りましたからどうぞ(本島に)渡してください。○高離

物知し所　ムヌシラシドゥクル
にや物知へたん　ニャムヌシヤビタン
渡ち給れ　ワタチタボリ

136
寸舟樽舟の(スンネグイ)　スィンニクイフニヌ
浮る渡海やれは　ウチュルトゥケヤリバ
見ふしや浦切しや(キラ)　ミブシャウラチラシャ
のよてしやへか　ヌユディシャビガ

久高節　代朱節　大嶋　クダカブシ

137
久高思里や　クダカウミサトゥヤ
与論旅かいたう　ユルンタビカイド
いちやし思暮ち(クラ)　イチャスィウミクラチ
三年待か　ミトゥシマチュガ

138
久高思さとか　クダカウミサトゥガ
乗んしやる舟や(ノイン)　ヌインシェルフニヤ
伊集の木とやすか　イジュヌキドゥヤスィガ

嶋　与那城町宮城島のこと。つらなっている平安座島、伊計島の両ハナレより高くなっていることからの名称(タカハナリ)らしい。伊計島はイチハナリという。○物知し所　物を思わしめる所。深く物を考えさせる所。○物知へたん　物を理解しました。「たん」は、動作作用が完了したことを表す。○渡ち給れ　渡してください。「給れ」は、「たびおはれ」の変化したもので、くださいの意。

136　くり舟で行けるような所なら、なんで会いたい見たいと心悲しく思うことがありましょう。○寸舟樽舟　『琉歌全集』の重複歌には「すんねくりふね」とある。「すんね」「くりふね」ともに、くり舟のこと。同じ意味の語を重ねた形。今の方言では、サバニという。○渡海　航海。船で海を渡ること。○浦切しや　心切らしゃ。うらさびしい。心せつない。逢いたさ、見たさで切ない思いをすること。ウラは、心の意。○のよてしやへか　どうしてしますか。

○久高節　久高島と大島とのゆかりのある歌。

137　久高島の恋人は与論島の旅に出ますよ。三年間どんな思いをして待ちましょう。○久高思里　久高の恋人。「久高」は、沖縄本島南部の東海岸にある離島。島人は航海、漁撈にたけていて、東シナ海、環太平洋地域の方々に足跡を残している。「思里」は、恋人。女から男をいう時に用いる。○かいたう　…にですよ。「かい」は、方向を示す格助詞。…に、の意。「たう」は、ドーと読み、…よ、の意の終助詞。○いちやし　如何し。どうして。

138　久高島の恋人がお乗りなさる舟は、(白い花をつける)伊集の木であるが、紺色に染めてある。○乗んしやる　乗りなさる。「のりめしある」の変化した形。○伊集の木　ツバキ科の木で、五、六月頃に白い小さな花をつける。→一〇一。○とやすか　…であるけれども。「と」はドゥと読み、強めの係

紺染そめて　クンジスミティ

八月節　伊平屋嶋　ハツィグヮツィブシ

139
八月の月や　ハチグヮツィヌツィチヤ
遊ひ月たいもの　アスィビズィチデムヌ
安母(アム)しやれん遊ひ　アンシャリンアスィビ
予(ハヌン)も遊は　ワヌンアスィバ

140
八月の十五夜　ハチグヮツィヌジュグヤ
そなれやい見れは　スナリヤイミリバ
天久白浜の　アミクシラハマヌ
月の清さ　ツィチヌチュラサ

大田名節　伊平屋嶋　ウフダナブシ

141
大田名の嫁や　ウフダナヌユミヤ
ないほしやとあすか　ナイブシャドゥアスィガ
石あら朝道の　イシャラアサミチヌ

助詞。「やすか」は、断定の助動詞「やり」の語幹に接続助詞「すが」の付いたもの。→六〇。

○八月節　八月十五夜の名月の歌。伊平屋島に起る。

139　八月は豊年祭の月になっているから、かあちゃんも遊びなさい、私も遊ぼう。○遊ひ月　遊びをする月。稲・粟などを収穫した後の豊年祭の行われる月。○たいもの　…であるものを。○安母しやれ　百姓の主婦に対する敬称。アンシャリと読み、「あもしられ(阿母しられ)」などと表記される。後に高級神女の称にもなる。○予も　私も。「予」は、ワヌと読み、我、私の意。「も」は、ンと読み、係助詞。

140　八月十五夜に連れだって見ると、天久白浜に照る月が美しい。○そなれやい　あい集まって。連れだって。「そなれる」は、あい集まる、の意。○天久白浜　地名。泊高橋の西の浜。月見をする浜辺として有名だったらしい。

○大田名節　田名の風物、伝説、恋する者の心情などの歌。

141　大田名の嫁になりたくはあるが、(朝晩水を汲みに行く)石ころ道が踏みあぐまれるので、それがつらい。○大田名　地名。伊平屋島の田名集落の美称。豊かで美しい田名村の意。○ないほしや　なりたい。「ほしや」は、欲しい、の意。願望の意を表す。○あすか　あるが。○石あら朝道　石の多いでこぼこ道。「石あら」は、石原。「朝道」は、あざ道で石こ

蹈の厭て　フミヌアグディ
142 田名小堀鴨（カト）い　ダナグムイガトゥイ
能羽切鴨（カトリ）い　ヌハニチリガトゥイ
田名の宮童の　ダナヌミヤラビヌ
情（ナサケ）切て　ナサキチリディ

十六段　波節

恋（コイノ）花節　八重山新城嶋　クイヌハナブシ
143 越頂（コイノハナ）登て　クイヌハナヌブティ
真南風向て見れは　マフェンカティミリバ
真加か布晒し　マカガヌヌサラシ
見物たひもの　ミムヌデムヌ
144 高根久に登て　タカニクニヌブティ
西向てみれは　イリンカティミリバ

ろ道の意。「朝」は当て字。○蹈の厭て　踏み歩むことがつらくて。

142 田名の小堀の鴨は能羽の切れた鴨、田名の娘は情けが薄く冷たい。○田名小堀　田名の前方にある沼沢。「小堀」は池、沼。田名小堀は鴨の渡り場として有名だったらしい。○能羽切鴨い　能羽が切れて飛ぶ力のない鴨であることよ。「鴨い」は、ガトゥイと読む。○宮童　女童。娘。乙女。ミヤラビと読み、首里、那覇などで農村の娘をいう場合に用いる。

○恋花節　八重山新城島の歌。『琉歌全集』では「越の頂節」になっており、「恋花節」ではない。

143 越の頂に登って南の方を見れば、真加が布をさらしているのが見物である。○越頂　八重山新城島の高瀰久にある丘の名を別称してクイヌハナ(越頂)とよんだらしい。ほかの琉歌では「高瀰久に登て…」となっている。→一四四。○真加　女性の名。○見物たひもの　見てすばらしい、美しいと思う。「見物」は、見もの。美しい、立派である、の意。「たひもの」は、デムヌと読み、…であるものを、の意。

144 高根久の丘に登って西の方を見ると、片帆舟だと思ったものが真帆舟であった。○高根久　地名。八重山新城島の上地島北部にある小さな丘の名。現在は「高瀰久」と書く。

片帆舟思は　　カタフブニトゥミバ
真帆とやよる　　マフドゥヤユル

小浜節　八重山小浜嶋　　クバマブシ

145 小浜てる嶋や　　クバマティルシマヤ
嘉報な嶋やれは　　クヮフナシマヤリバ
大嵩は靠(クシャテ)て　　ウフダキワクシャティ
白(シラ)浜前なち　　シラハマメナチ

146 大嶽に登て　　ウフダキニヌブティ
押下い見れは　　ウシクダイミリバ
稲粟のなをり　　ンニアワヌナヲゥイ
今度世果報　　クンドゥユガフ

港越節　同小浜嶋　　ンナトゥクイブシ

147 独(ヒトリ)り店(テヤンノ)の娘(メトン)　　フィチュイテンヌミドゥン
離夫(ハナリヲト)持ち　　ハナリヲゥトゥムタチ

○真帆とやよる　真帆舟、すなわち立派な大きな帆をもった舟であることよ、の意。

○小浜節　八重山小浜島の歌。

145　小浜という島は果報な島であるから、後ろに大岳をひかえ、白浜を前にしている。○小浜てる嶋　小浜という島。「小浜」は、八重山小浜島。「てる」は、…という。格助詞「て」+動詞「言ひをる」が変化したもの。○嘉報な嶋　果報な島。しあわせな島。物に恵まれた豊かな島。○大嵩　小浜島にある山の名。小浜島のほぼ中央にあり、標高九九・四メートル。○靠て　腰当て。クシャティと読む。背にすること。頼りにし、後ろ楯の意に使われる。

146　大岳に登ってふもとの方を見ると、稲粟の五穀がよく実って今年も豊年だ。○大嶽　「大嵩」に同じ。→一四五。○押下い見れは　押し下り見ると。高所から低所へ(視線を)下げて見ると。○なをり　直り。五穀の豊作。○世果報　果報な世。豊年。豊穣。

○港越節　離れ島に嫁がせた一人娘を案ずる歌。八重山小浜島の歌。

147　一人娘に離れ島の夫を持たせて、朝なぎ夕なぎにはその便りを心待ちに待っている。○独り店の娘　『琉歌全集』に「たった一人の娘」とある。「店」は「テン(たえん)」の当て字。

朝洋（アサトリ）の夕洋（ヨトリ）　アサドゥリヌユドゥリ
うれと待る　ウリドゥマチュル

148
宮童てる宮童　ミヤラビティルミヤラビ
十七つ（トナヽツ）と（ト）宮童　トゥナナツィドゥミヤラビ
それから越ての宮童　ウリカラクイティヌミヤラビ
算用外（サンニヨノホカ）　サンユウヌフカ

打東節　（ウチアガリブシ）

149
東り打向て　アガリウチンカティ
飛る綾蝶る（アヤハヒル）　トゥビュルアヤハベル
暫（シハシ）待て蝶　シバシマティハベル
言遣（イヤリ）頼ま　イヤイタヌマ

150
哀褺（ナツカシヤ）見ても　ナツィカシヤンチム
見ほしやある花の　ミブシャアルハナヌ
春過て（ハルスチテ）匂の　ハルスィジティニヲゥイヌ
薄く（ウスク）成す　ウスクナタサ

意味未詳。○離夫　離れ島の夫。○朝洋の夕洋　朝凪・夕凪。○うれ　それ。○待る　待っている。待ちをる。

148　乙女という乙女は十七歳頃が乙女だ。それを越えての乙女は計算には入れられない。○宮童　娘。→一四三。○十七つ　十七歳。○算用外　計算外。計算に入らない。

○打東節　ウチアガリブシと読むらしいが未詳。琉歌百控では「乾柔節流」「独節流」にみえるが、『琉歌全集』ほか諸本になし。

149　東に向かって飛ぶ美しい蝶よ、暫く待ってくれ蝶よ、伝言を頼みたいから。○綾蝶る　美しい蝶。「蝶る」はハベルと読む。○言遣　伝言。ことづて。イヤイと読む。

150　なつかしく思ってみてもみたいと思う花は、春を過ぎて匂いがうすくなってしまった。○哀褺　懐かしい。過去の思い出に心がひかれる。ナツィカシヤと読む。今の方言のナチカサンは悲しいの意。○見ほしやある花　見たいと思う花。○成す　ナタサ（成さ）の誤記であろう。なってしまった。

坂本節　徳之嶋

151
坂本のいへや　サカムトゥブシ
たんちゆ豊まれる　サカムトゥヌイビヤ
よゝ清らか一本　ダンジュトゥユマリル
蒲(クハ)の三本(ミムト)　ユユジュラガチュムトゥ
　クバヌミムトゥ

152
真竹さうん垣(カキ)や　マタキソンガチヤ
押分て(ハケテ)入い　ウシワキティイユイ
明てしのはらぬ　アキティシヌバラヌ
無蔵か御閨(コキヤ)　ンゾガミクチャ

十七段　波節

特節(コテエフシ)　伊江嶋　クティブシ

153
大西の特や　ウフニシヌクティヤ

○坂本節　徳之島の坂本のいべ(拝所)を賛美した歌。「独節流」「覧節流」には「坂元節」とある。

151　坂本の威部(べ)は、なるほど評判高いはずだ。美しい黒つぐが一本に蒲葵(ばく)が三本あって神々しい所である。○坂本のいへ　徳之島の坂本の拝所。「坂本」は地名か屋号か未詳。「いへ」は威部。御嶽の神の在所。御嶽の奥まった所にあり、もっとも聖なる所。○たんちゆ　誠に。ほんとに。副詞「だに」に係助詞「ど」の付いたもの。琉歌ではふつう「だんじよ」と表記される。今の方言では、接尾語「か」が付いてダンジュカなどと使われる。↓八三。○豊まれる　世に鳴り響く。評判になる。名高くなる。○よゝ清ら　マーニ(聖木クロツグ)の美称。「よゝ」は竹などの節と節との間で、原義は節(よ)の美しいこと。○蒲　蒲葵(ばく)。ビロウ。蒲葵の木には神が天降りすると考えられていたので、拝所、御嶽など神聖な場所に多い。↓九三。

152　真竹の袖垣は押しわけても入るが、恋人の寝室にはたやすく入ることはできない。○真竹さうん垣　真竹で作られた袖垣。今の方言では、マタキソンガチという。○しのはらぬ　忍ばれない。人目を避け、恋人の許へ行くことを「しのぶ(忍ぶ)」という。○無蔵　ンゾと読む。愛しい人。可愛い人。男から女をいう場合に用いられる。○御閨　ミクチャ。閨房。寝室。

○特節　曲は荘重で、御前風五節の中に入っている。普通「特牛節」と書き、クティブシと読まれている。

153　大西の特牛はナザチャラが好きであるけれども、われわれ若者は花が好きだ。○大西の特　大西の特牛。「大西」

なさきやうらと数寄る(スキュル)　ナザチャラドゥスィチュル
我嶋若者や　ワシマワカムヌヤ
はなと数寄る(スキヨユル)　ハナドゥスィチュル

154
嶋もとな〳〵と　シマントゥナドゥナトゥ
蒲(クバ)もそよ〳〵と　クバンスユスユトゥ
繋きある牛の　ツィナジアルウシヌ
鳴らとめは　ナチュラトゥミバ

古仁屋節　東間切之内古仁屋村　クニヤブシ

155
久仁屋のふそなへか　クニャヌフスナビガ
などはたかなちゆて　ナドゥワタカナチュティ
脇文子親部と　ワチティクグウェビトゥ
ちや添へ吸はまへ　チャスィスワメ

156
脇文子親部か　ワチティクグウェビガ
鉸み切　銀(ナンキヤ)　ハサミチリナンジャ
もるなんちや給れ　ムルナンジャタボリ

は読谷村の古名。「特」は特牛。牡牛。強健な牡牛のことでクティと読む。日本古語の「ことひ」。○なさきやうら　植物名。ナジチャー、ナジチューなどとよばれるハイキビのことらしい。○はな　花。ここでは、花の美しさにたとえて美しい女。

154　島も静かで蒲葵もそよそよゆれていて、つながれている牛が鳴いているかと思うと。○とな〳〵と　副詞。静寂なさま。深閑と静まりかえるさま。○鳴らとめは　鳴くであろうと思うと。「とめは」は、と思えば、の意。

○古仁屋節　恋の歌、月夜の歌、梯姑(でいご)の歌など各種各様。奄美大島の古仁屋の歌。「独節流」「覧節流」には「具仁屋節」とある。

155　古仁屋村の細鍋は鷹のようになって、脇文子さまにいつも添いに添っている。見苦しいことだ。○久仁屋のふそなへ　奄美大島瀬戸内町古仁屋のほそなべ女。「ふそなへ」は細鍋で、女性名。○たかなちゆて　鷹のようにしていて。「なちゆて」は「なしておりて」の変化したもの。○脇文子親部　脇文子のこと。「親部」は敬称。「脇文子」は、王朝時代の間切の役職の一つ。文子(ティクグ)は下級の役職で、大文子、脇文子、見習文子などの等級がある。○ちや添へ吸はまへ　いつも添いに添っていることよ。「ちや」は、いつも、の意。

156　脇文子さまのくださる鉸み切銀はいやだ。純銀をください、そうしたらずっとあなたに添いつづけましょう。○鉸み切銀　鋏切南鐐(なんじゃ)。銀メッキのようなものか。○も

ちゃ添吸まへ　チャスイスワメ

富里節　伊江嶋　フサトゥブシ

157
富里から下て　フサトゥカラウリティ
夜更らち来は　ユブキラチクリバ
腰押風の　ユワラウスカジヌ
身冷るさの　ミフィジュルサヌ

158
我富里嶋や　ワガフサトゥジマヤ
水欲や無らぬ　ミズィフシャヤネラヌ
池小堀好て　イチクムイクヌディ
横ち置ん　ユクチウチュン

仲渠節　伊江嶋　ナカンカリブシ

159
仲渠畠　ナカンカリバタキ
おるし風畠　ウルシカジバタキ
富里屋の後に　フサトゥヤヌクシニ

るなんちゃ　諸南鐐。純銀のことといわれる。

○富里節　伊江島の富里村に関する歌。
157　富里の恋人に逢って夜がふけてから帰って来ると、腰のあたりに吹きつける風が冷たい。○富里　地名。伊江島の富里。○夜更らち来は　夜がふけてから(帰って)来ると。「夜更らち」は、夜を深めさせて。○身冷るさの　身にしみて冷たいことだ。

158　わが富里の村は水を欲しがってはいない。池を作って水を溜めておいてあるのだ。○水欲　水を欲しがること。○無らぬ　無い。○池小堀好て　池を造って。「池小堀」で、池のことを意味するが、「池」はイチと読み、自然の池、沼のほか、人工の庭池。「小堀」はクムイと読み、自然の池、沼のほか、人工の溜池にもいう。「好て」は、造って。○横ち置ん　水を寄越しておいてある。横にそらしておいてある。池に水を溜めていたという意。

○仲渠節　哀恋悲恋、蒼茫として暮れ行く人生の姿、孤影悄然たる老境の姿、人生の行路に悩むことを歌った。『琉歌全集』には、「仲村渠節(ナカンカリブシ)」とある。
159　仲渠畠は山おろしの風の当たる所で寒い。こんな所のたくさんの畠より富里屋の後ろに一枚の畠があってほしい。○仲渠畠　伊江島の仲村渠(ナカンダカリ)という所にある畠。

一切有な　チュチリアラナ

160
富里屋の後に　フサトゥヤヌクシニ
田畠のあとて　タハタキヌアトゥティ
原の行戻ひ　ハルヌイチムドゥイ
見欲計い　ミブシャビケイ

早嘉手久節　東間切之内東嘉徳村　ハヤカディクブシ

161
嘉手久思鍋か　カディクウミナビガ
こと付の多葉粉　クトゥズィキヌタバク
又もこと付の　マタンクトゥズィキヌ
藻列煙草（モツリタハク）　ムツィイリタバク

162
七葉あし多葉粉　ナナファアシタバク
髪ら（カシラ）組しちゆて　カシラクニシチュティ
里と原隣ひ（トナイ）　サトゥトゥハルドゥナイ
行逢はたひもの　イチュワデムン

〇おるし風畠　上から風が吹きおろして来る寒い所にある畠。〇一切有な　一枚の畠があってほしい。「一切」は、畠を数える単位数。一枚の意。

160　富里屋の後ろに田畠があって、田畠の行き帰りに富里屋の美しい娘を見たいものだ。〇あとて　あって。「ありてをりて」の変化したもの。〇原　田畑。主として畑をさすが、耕地一般のこと。〇行戻ひ　行き帰り。〇見欲計い　見たいと思うばかりだ。「計い」は、…ばかり、の意の副助詞。強意を表す。ビケイと読む。

〇早嘉手久節　奄美大島に起った歌。

161　嘉手久村の思鍋がことづけてくれる煙草は嬉しい。またもことづけてくれる煙草の縁の睦まじいことよ。〇嘉手久思鍋　嘉手久村の思鍋女。「思鍋」は女性名。「嘉手久」は、今の竜郷町嘉徳のことか。〇こと付の多葉粉　言付けの煙草。〇藻列煙草　睦れ煙草。親愛の情をこめてことづける煙草。

162　七葉もあるよくできた煙草を髪の毛のように細かく刻んで、畑隣の恋人に行き会ったとき贈りたいものだ。〇七葉あし多葉粉　七葉もあるよくできた煙草。「あし」は、有る、の意。〇髪ら組しちゆて　髪の毛のように細く刻んでおいて。「髪ら組」は、髪の毛のように細いこと。「しちゆて」は、しておいて。〇行逢はたひもの　行き逢いたいものだ。「たひもの」は、ふつう「でむぬ」、「だいもの」と表記し、文末に用いられ、詠嘆強調を表す。

十八段　波節部

仲里節　久米嶋仲里間切　ナカザトゥブシ

163
聞は仲里や　チキバナカザトゥヤ
花の本(モト)てもの　ハナヌムトゥティムヌ
咲出は一枝　サチディラバチュヰダ
持ち呉て給れ　ムチクィティタボリ

164
花と思は里前　ハナトゥミバサトゥメ
花持ち給れ　ハナムタチタボリ
いつまても思は　イツィマディントゥミバ
御身いまおれ　ウンジュイモリ

白瀬節　久米嶋　シラシブシ

165
白瀬済(ハイ)川に　シラシハイカワニ

○仲里節　美人の多い仲里村の歌。琉歌百控では、久米島仲里間切とあるが、『琉歌全集』では、伊平屋島の仲里村とある。

163　聞けば仲里は花の本場であるということだから、花が咲き出たら一枝持って来てください。○仲里　地名。ここでは久米島仲里。○花の本てもの　花の本場だということだから。「花」は、花の美しさにたとえて美しいもの、美しい女、遊女などの意にも使われる。「てもの」は連語で、…だということだから。○咲出は　咲き出たら。○持ち呉て給れ　もって来てください。

164　はかない花(遊女)に対する一時の愛なら花を持たせてください。いつまでもと思うのなら自分でおいでください。○里前　あなた様。女が男に対して用いる「さと(里)」に、接尾敬称辞「まへ(前)」の付いた語。○持ち給れ　持たせてください。○御身　貴方。ウンジュと読む。○いまおれ　いらっしゃい。おいでください。

○白瀬節　恋人に花の首飾りをやったり、道しるべの山葉をさしたり、情愛深い歌。『琉歌全集』では「白瀬走川節」とある。

165　白瀬川に流れている桜花をすくって、それを糸で貫きとめて恋人の首にかけてあげよう。○白瀬済川　白瀬川。

流よる桜(サクラ)　ナガリユルサクラ
掬て(スクテ)思里に　スクティウミサトゥニ
貫いはけら　ヌチャイハキラ

166 赤糸貫花や　アカチュヌチバナヤ
里に打はけて　サトゥニウチハキティ
白糸貫はなや　シラチュヌチバナヤ
よひり童ひ　ユヰリワラビ

半田間節　久米嶋　ハンタマブシ(ハンタメエブシ)

167 半田間の水や　ハンタメヌミズィヤ
溝割と(ンチヨハテト)行す(ユカソ)　ンズワティドゥユクス
三十田三田(サンシウマシミマシ)　サンジュマスィミマスィ
真水込て(クメ)　マミズィクミティ

168 半田間の下い　ハンタメヌクダイ
三十田三田　サンジュマスィミマスィ
かや苅い見は　カヤカヤイミリバ

久米島具志川村を流れる川の名。「済川」は、流れの早い川のこと。〇掬て　掬って。すくいとって。〇思里　あなた様。女が男の恋人に対して用いる語。〇貫いはけら　貫きとめて掛けてあげよう。「貫い」は、つなぎとめて。ヌチャイと読む。「はけら」は、佩けよう。玉などを首に掛けよう。

166 赤糸で貫き集めた花輪は恋人にかけて、白糸で貫き集めた花輪はもらいなさい童よ。〇貫花　花を糸で貫き通し輪にしたもの。花輪。〇打はけて　打ち佩けて。打ち掛けて。〇よひり　得なさい。貰いなさい。〇童ひ　子供。おとなに対する子供。ワラビと読む。

〇半田間節　田園風景、花見、月見、舟遊び、四季折々の歌。琉歌百控では久米島とあるが、『琉歌全集』では、「中城はんた前節」に入れてある。

167 はんた前の傾斜地に溝を掘って水を流し、たくさんの田に真水を満たして。〇半田間　はんた前。地名。久米島仲里村はんた溝付近の地名といわれている。〇溝　みぞ。地面に細長く掘った水路。田の水を引く水路。〇三十田三田　三十枡三枡。「田」はマシと読み、枡、すなわち田の一囲いをいう。大きさには関係ない。〇込て　引きいれて満たして。

168 はんた前の傾斜地にあるたくさんの田圃の稲を刈り入れてみると、一反歩から三十束もある。〇半田間の下い　はんた前の傾斜地。〇かや　稲束を数える語。手のひと握り

かやの三十束　　カヤヌミツィカ

打豆節　久米嶋　　ウチマメブシ

169
打豆と真豆　　ウチマミトゥママミ
我馬小に苅喰ち（クワチ）　　ワンマグヮニケクヮチ
我無蔵おち乗て　　ワンゾウチヌシティ
遊ひ庭かい　　アスィビナカイ

170
真謝の浦波の　　マジャヌウラナミヌ
今日洋て（トリテ）居もの　　キユトゥリティヲゥムヌ
馬に鞍覆て（クラウツテ）　　ンマニクラウスティ
予無蔵列ら　　ワンゾツィリラ

出砂節　渡名喜嶋　　イディスィナブシ

171
出砂の蛸（タク）や　　イディスィナヌタクヤ
いそみ抱ち（タチ）もたへる　　イズミダチムテル
真鍋抱盛る　　マナビダチムテル

の稲束三つで一ツカ、十ツカで一マルキ、百ツカで一ハキ、千ツカで一カヤとされる。

○打豆節　可愛い馬に大豆を食わして、遊びに行く楽しい歌。

169　大豆と小豆をわが可愛い馬に食わして、わが恋人を乗せて遊び庭に行こう。○打豆　大豆。○真豆　あずき（小豆）。元来は豆の美称。○無蔵　恋人。男から女の恋人をさしていう。○遊ひ庭かい　遊び庭に。「遊ひ庭」は、神遊びをする庭。また、遊びや村芝居をする所。「かい」は格助詞で、…に、の意。

170　真謝の浦は今日は風が凪いでいるから、馬に鞍をおいてわが恋人を乗せて連れて行こう。○真謝　地名。久米島仲里村の真謝。○洋て居もの　凪れているものを。ないでいるから。○覆て　（鞍を）かけて。○予　われ。私。○列ら　連れよう。

○出砂節　渡名喜島の出砂の拝所の歌。

171　出砂の蛸は泉を抱いて栄え、渡名喜の里之子さまは真鍋を抱いて得意満面だ。○出砂　地名。渡名喜島の西方にある出砂島。○いそみ　泉。地中から湧き出る水。「いづみ」を「いぞみ」「いそみ」と表記したらしい。○もたへる　栄える。

渡名喜里前　トゥナチサトゥメ
172 里と御衣重へ（ンシュカサビ）　サトゥトゥンスカサビ
別ち袖貫は　ワカチスディヌキバ
思事も言ぬ（イヤラン）　ウムクトゥンイヤラン
泪計り（ナミタハカリ）　ナミダビケイ

十九段　端節

早雨河節　大嶋　ハヤアマカワブシ
173 雨河の渡い　アマカワヌワタイ
手取ちやそはかり　ティトゥイチャスビケイ
拝み詰（ツメ）みなけな　ヲゥガミツィミナギナ
自由も成ぬ　ジユンナラン
174 一年（ヒト丶シニ）に一夜（イチヤ）　フィトゥトゥシニチュユル
天（アマノ）の河渡る　アマヌカワワタル

○真鍋　女性名。○渡名喜里前　渡名喜の里之子様。「前」は尊敬の意の接尾辞。

172　衣を重ねて寝た後別々の衣の袖に手を通せば、思うことも言えず涙を流すばかりである。○御衣重へ　衣を重ねて寝て。ンスカサビと読む。○袖貫は　袖に手を通すと。○思事も言ぬ　思うことも言えない。「言ぬ」の「ぬ」は、打消の意を表す助動詞。

○早雨河節　美しい天上の恋、それにあこがれる若者たちの恋歌。『琉歌全集』では、「早天川節」とある。

173　天川の渡りを手に取ってどうするというのか、お姿をみてますます思いを詰めていますのに、自由に渡って会うこともできません。○雨河の渡い　天川の渡り。「天川」は地名。奄美大島の天川か、読谷村比謝橋近くの天川か、未詳。○手取ちやそはかり　手に取ってどうするというのか。○拝み詰みなけな　拝み詰めているのに。お姿を見てますます思いを詰めていますのに。「詰み」は、詰める、の意で、思いがつのること。「なけな」は、接続助詞。…しているのに。…にもかかわらず。

174　一年に一夜だけ天の川を渡って会う星のように、私たちも相契って語り合いたいものである。○天の河　天の川。

星のこと契(チキテ)て　フシヌグトゥチジティ
語らへふしやの　カタレブシャヌ

原吉節　西原間切我謝村　ハルユシブシ

175
寄て来は(キユラハ)寄て来(クウ)　ユティチュラバユティク
退(シチチヨラハ)は退け　スィジュチュラバスィジュキ
我等(ハスタ)宮童の　ワスィタミヤラビヌ
ぬ驚舎(ウトルシヤカ)か　ヌウトゥルシャガ

176
打置(ウチヨケハ)はなよめ　ウチチュキバナユミ
提(サケ)とけは成め　サギトゥキバナユミ
里か持なしと　サトゥガムチナシドゥ
我躬(ト)やもちゆる　ワドゥヤムチュル

余万(アマン)節　那覇内壺屋村　アマンブシ

177
与那原の親川に　ユナバルヌウェガニ
天おり(クタリ)しやる乙女(ウトメ)　アマリシャルヲゥトゥミ

銀河。天の川は、今の方言ではティンガーラという。〇語らへふしやの　語りあいたいものだ。「ふしやの」は、欲しいことだ、の意。

〇原吉節　若者たちの歌。西原間切我謝村の歌。
175　寄って来るなら寄って来い。退くなら退け。私たち乙女が何を恐れるものか。〇寄て来は寄て来　寄って来るならば寄って来い。〇退は退け　退くなら退け。〇ぬ驚舎か　何が恐ろしいものか。「ぬ」は、何の意。「驚舎か」は、恐ろしいか。

176　打ち捨てておいて鳴るものですか、さげておいて鳴るものですか、恋人がかまってくださってこそ私は持つのです。〇打置はなよめ　打ち捨てておけば鳴るか。「なよめ」は、「鳴りをめ」の変化した形、鳴るか、の意。〇成め　「なよめ」に同じ。〇持なし　世話、取り扱い方。もてなし。〇我躬　わが身。

〇余万節　四方の静かなる御代、四方豊かなる御代の歌。ユマンブシとも読む。『琉歌全集』では、左記の琉歌は「与那原節」の中に入れられている。
177　与那原の親川に天降りをした乙女、豊年の世の中が近くなったよ。〇与那原の親川　井泉の名。与那原町与那原

余万世(アマンヨ)の中(ナカ)の　アマンユヌナカヌ
近く成さ(チチャクナタサ)　チチャクナタサ

178
長浜の真砂　ナガハマヌマサグ
読(ヨミ)や尽すとも　ユミヤツィクストゥン
言(イチ)も尽(ツク)さらぬ　イチンツィクサラヌ
君の恵(メク)み　チミヌミグミ

垣花節　玉城間切垣花村　カチヌハナブシ

179
円覚寺御門の　ヰンカクジウジョヌ
鬼仏加那志　ウニブトゥキガナシ
わ無蔵　惹すや(ユクシヨスヤ)　ワンゾユクシュスィヤ
威(ウトチ)ち給れ　ウドゥチタボリ

180
平良高嶺の　テエラタカンミヌ
夫婦樋川(メトヒキヤ)の御水(ウベヤ)や　ミイトゥフィジャヌウビヤ
おりか水給(タイハト)と　ウリガミズィテワドゥ
無蔵と別(ノカン)ぬ　ンゾトゥヌカヌ

にある。「御新下り」の拝所であった。天女伝説が伝わる。○天おりしやる乙女　天降りをした乙女。底本「お」の左側に傍書「下」。○余万世　あまみ世。昔、あるいは豊年、の意。アマンユと読む。

178　長浜の真砂は数え尽すことができても、君のお恵みは言い尽すことはできない。○読や尽すとも　数え尽すことができても。○言も尽さらぬ　言い尽すことはできない。○君　ここでは国王の意。

○垣花節　恋人を案じたり、永遠の縁結びを祈ったりした歌。玉城間切垣花村の歌。

179　円覚寺の御門に立っている鬼仏さま。私の恋人を誘惑する者はおどしてください。○鬼仏加那志　鬼のようなかっこうをしている仏さま。仁王像のこと。○惹すや　誘惑する者は。ユクシュスィヤと読む。「惹す」は、誘う者。誘惑する者。「や」は国語の「は」にあたる係助詞。○威ち給れ　おどしてください。

180　平良高嶺にある夫婦樋川の水は甘味である。その水を飲むと恋人と別れることはないといわれる。○平良高嶺　豊見城間切にある平良村と高嶺村。○夫婦樋川　樋川が二つ並んであるもの。「樋川」は、泉の流れを樋で導いて流すようにしたもの。○おりか水　その水。○給と　飲めばこそ。テワドゥと読む。飲む、食べるの敬語「たふ」に係助詞ドゥが付いたもの。○別ぬ　縁が切れない。別れない、の意。

屋慶名節　与那城間切屋慶名村　ヤキナブシ

181
屋慶名戊土樹(コハテサ)か　ヤキナクファディサヌ
首里にあたらませ　シュイニアタラマシ
おれか下なかへ　ウリガシチャナカイ
茶屋のたゝなませ　チャヤヌタタナマシ

182
屋慶名くはでさの　ヤキナクヮディサヌ
下影に便て　シタカジニタユティ
夏や涼(スタ)〳〵と　ナツィヤスィダスィダトゥ
遊ひふしやの　アスィビブシャヌ

二十段　端節部

百名節　玉城間切百名村　ヒャクナブシ

183
北谷真牛金か　チャタンモシジャニガ

○屋慶名節　与那城間切屋慶名村には有名なコハデサがあり、それに関する歌が多い。

181 屋慶名コハデサのようなのが首里にもあったらよい。その下に茶屋が立ってほしいものだ。○屋慶名戊土樹　屋慶名のコハデサ。「屋慶名」は地名。与那城町屋慶名。「戊土樹」は植物名。クファディサと読む。コバテイシともいう。方言ではクファディーサー。屋慶名のコハデサの木は、枝ぶりがよく、名木として有名だった。○あたらませ　あったらよい。あって欲しい。「ませ」は、文末にあって仮想、願望を表す助動詞。○なかへ　格助詞。…に。…へ。○たゝなませ　立ってほしい。

182 屋慶名コハデサの下かげをたよって、夏はすがすがしく涼みながら遊びたい。○下影　下蔭。樹木などの蔭になった所。○便て　頼って。頼りにして。○涼〳〵と　副詞。涼しく。すがすがしく。○遊ひふしやの　遊びたい。

○百名節　北谷まうしという女性の美声のこと及び恋人たちの別れの歌。

183 北谷真牛金が歌声を出すと、中空高く飛んでいる鳥もとまって聞くほどだ。○北谷真牛金　人名。伝説上の人物。

歌声打出は　ウタグィウチジャシバ
中辺飛鳥や　ナカビトゥブトゥイヤ
淀て聞さ　ユドゥディチチュサ

184
中辺飛鳥や　ナカビトゥブトゥイヤ
聞わんよたしや　チチュラワンユタシャ
かくり思さとか　カクリウミサトゥガ
聞はきやしゆか　チカバチャシュガ

芋葉節　真和志間切安里村　ンムヌファブシ

185
芋の葉や思れ　ンムヌファヤウムリ
竹の葉や抱れ　ダキヌファヤダチョリ
蘇鉄葉のことに　スティツィバヌグトゥニ
揃て思れ　スルティイモリ

186
安里八幡の　アサトゥハチマンヌ
松抱る槵　マツィダチュルウスク
おれか露給と　ウリガツィユテワドゥ

美声の持主だということで名高い。「北谷」は地名。現在の北谷町と嘉手納町にあたる。「真牛」は女性名。「金」は人名の下につく敬意を表す接尾語。〇打出は　出すと。〇中辺　中空。大空。〇淀て聞さ　止まって聞くことだ。「聞さ」は、「聞きをさ(聞くさ)」の変化した形。チチュサと読む。

184　大空を飛ぶ鳥は聞いてもよいが、隠れ忍んでいる恋人が聞いたらどうしようか。〇聞わん　ふつう「聞きやらはも」と表記する。聞いたとしても。〇よたしや　よろしい。よい。〇かくり思さと　隠れ思里。隠れ忍んでいる恋人。「思里」は恋人。〇きやしゆか　どうしようか。「いか(如何)しよか」の変化したもの。

〇芋葉節　芋の葉に関する歌、その他。
185　芋の葉は思い、竹の葉は抱いて、蘇鉄葉のようにそろっていらっしゃい。〇芋の葉や思れ竹の葉や抱れ　芋はンム、思れはウムリ、竹はダキ、抱れはダチョリと読む。一種の語呂合わせの歌である。〇揃て思れ　揃っていらっしゃい。「思れ」は当て字で、イモリと読み、いらっしゃい、の意。

186　安里八幡の松を抱いている榕樹(ウスク)の、その葉に置く露を吸うと、恋人と別れることがない。〇安里八幡　真和志間切安里村(那覇市安里)にある八幡宮。〇槵　ウスクと読む。植物名。アコー。巨木となる。ウスク・ガジマルと並称されるように、ガジマルと似た木。〇露給と　露を吸うと。「給と」は、テワドゥと読む。ふつう「たいはど」と表記する。飲む、食べるの意の敬語。原形は「たふ(食ふ)」。

里と別ぬ(ノカン)　サトゥトゥヌカヌ

棉花節　ムミンバナブシ

187
木棉花作て　ムミンバナツクティ
木棉経(カス)懸て　ムミンカシカキティ
布清く織は(ウラハ)　ヌヌチュラクウラバ
弟(ヲイケ)か手巾(ササジ)　ヱィキガティサズィ

188
園苧(アタエヲ)の中子　アタイヲゥヌナカグ
真白引晒ち(サルチ)　マシルフィチサルチ
旅(タヒニ)いまへる里か　タビニメルサトゥガ
躹衣袴(トンシヨハカマ)　ドゥンシュバカマ

満作節　マンサクブシ

189
大粒豆も満作紗ん　ウフツィジャマミンマンサクサン
青豆赤豆も満作さん　オマミアカマミンマンサクサン
今年来年(コトシンヤノン)満作しゆて　クトゥシヤヌンマンサクシュティ

○棉花節　畑に木綿花を作って繊維を取り、布を織る歌。
187　木綿花を作り木綿糸のかせをかけ、きれいな布を織ったら弟の手拭を作ってあげたい。○木棉花　木綿の花。「木棉」は、綿(わた)からとった繊維。綿花から糸をつむいでいた。○木棉経　紡いだ木綿糸を巻き取る道具。糸をかせ木にかけ整えたもの。「経」は、たて(経)糸にもいう。今の方言でたて糸は経(カ)、よこ糸は緯(ヌチ)。○弟　ヱィキーと読み、女からみて男兄弟。姉妹は、その霊力で兄弟を守護するという信仰がある。

188　屋敷畑に作った芭蕉の中子を真白に晒して、旅に出る里の胴衣や袴を作ってあげよう。○園苧　屋敷内の畑に植栽した苧。「苧」はヲゥーと読み、首里方言では糸芭蕉。○中子　芭蕉の幹の中心部。芯。○いまへる　おいでになる。いらっしゃる。「行く、来る、居る」の尊敬語。○躹衣袴　ドゥンシュバカマと読む。「どんしよ(躹衣)」は「どうみそ(胴御衣)」の変化した形。ドゥジン(胴衣)の美称。ドゥジンは、肌着の上に着ける丈の短い下着。カカン(下裳)と合わせて着る。

○満作節　農作物の豊作の歌。
189　大豆も豊作した。青豆小豆も豊作した。今年も来年も豊作させて、莢をたたいて遊ぼう。○大粒豆　大豆。ウフツィジャーとかトーフマーミ(豆腐豆)という。○青豆　緑豆。実が緑色で、もやしを作る。オーマーミーという。○赤豆　あずき(小豆)。○しゆて　していて。「しをりて」の変化。

たゝちゆて遊な　タタチユティアスィバナ
190 麦の穂もよかて　ムジヌフンユカティ
粟の穂もよかて　アワヌフンユカティ
稌(タフキン)真稌(マキン)よかて　トゥヌチンマジンユカティ
今度世果報　クンドゥユガフ

作米節　ツィクタルメエブシ

191 今年作たる米や　クトゥシツクタルメヤ
すゝ玉のないさめ　ズズダマヌナイサミ
南の風の押は　フェヌカジヌウシバ
西の畔(アフシ)し枕ら　ニシヌアブシマクラ
192 西風の押は　ニシカジヌウシバ
南の畔枕　フェヌアブシマクラ
わ嫁なて来すや　ワユミナティチュスィヤ
得米と抱る　トゥクメエドゥダチュル

〇たゝちゆて　叩いていて。「たたきをて」の変化。

190 麦の穂もよく実り、粟の穂もよく実り、とうもろこしもきびもよく実り、今年は世果報(豊作)だ。〇よかて　良くあって。良くて。「よかりて」の変化。〇稌　唐の黍。もろこし。こうりゃん。今の方言ではトーナチン。〇真稌　真黍。今の方言ではマージンという。〇世果報　果報な世。豊年。豊穣。しあわせな世。→六六。

〇作米節　米の豊作を喜ぶ歌。『琉歌全集』では、「作たる米節(ツィクタルメエブシ)」とある。

191 今年作った米は数珠玉のように(たくさん)なるであろう。南風が吹いて押せば北の畔を枕にするほどだ。〇米　こめ。稲。琉歌では音数律に合わせるため、メと読んだりメーと読んだりする。地域によって米のことを、クミ、ユニ、マイ、メーともいう。〇すゝ玉　数珠玉。草の実の名。琉歌では、ズズダマと読むが、方言ではスィスィダマという。〇ないさめ　なるであろう。「さめ」は強意の終助詞。〇西　ニシと読み、北のこと。西はイリという。〇畔し　あぜ。アブシと読む。→八七。

192 北風が吹けば南の畔を枕とするほどの得米を、私の家に嫁になってくるものは抱くのだ。〇西風　北からの風。冬の季節風。秋の初め、吹き始める北風をミーニシ(新北風)という。〇得米　上等の米の意らしい。あるいはたくさんできた米か。

琉歌百控乾柔節流　終

193
百年歳寄の　ムムトゥトゥシユイヌ
打笑ていまひす　ウチワラティイメスィ
是と世栄への　クリドゥユザケエヌ
しるしさらめ　シルシサラミ

194
道広き御代に　ミチフィルチミユニ
生れたるしるし　ンマリタルシルシ
歌の玉拾て（ヒロテ）　ウタヌタマフィルティ
寄合て遊は　ユラティアスィバ

大清乾隆六十年乙卯正月十日　撰写与書

193　百歳のお年寄りが笑っていらっしゃることは、この世の栄えのしるしであることだ。〇百年歳寄　百歳になるお年寄り。〇いまひす　いらっしゃること。〇しるしさらめ　印であることだ。「さらめ」は、強意の終助詞。…であることだ。

194　道の広い御代に生まれたしるしに、歌の玉を拾って、寄り合って遊ぼう。〇道広き御代　正しく広い政道の行われている御代。有難い御代の意。〇寄合て遊は　寄り合って遊ぼう。皆、揃って、歌を作りあって遊ぼう。

琉歌百控独節流

金武節　チンブシ

195
独り百節の　フィチュイヒャクフシヌ
歌よ咽車　ウタユヌドゥグルマ
三味線に載て　サンシンニヌシティ
引へ遊は　フィチャイアスィバ

196
独り三味線よ　フィチュイサンシンユ
引よ列立ひ　フィチユツィリタチャイ
百品の花の　ムムクサヌハナヌ
にをへ聞さ　ニヲゥイチチュサ

初段　昔節

○金武節　前出、九三・九四参照。

195　一人で百曲の歌をのどにのせて歌い、三味線に合わせて歌って遊ぼう。○百節　百曲。「節」は曲の意。○歌よ　歌を。「よ」は国語の「を」にあたる格助詞。動作の対象などを表す格助詞「を」は、現代琉球方言にはない。○咽車　歌うことを、三味線に「載て」の縁語で「のど車」といったのであろう。○引へ　フィチャイと読む。弾いて。○遊は　遊ぼう。

196　一人で三味線を弾いてみたり、百種の花の香をかいだり、まことに楽しいものだ。○三味線よ　三味線を。「よ」は動作の目的・対象を示す。国語の格助詞「を」にあたる。○引よ列立ひ　弾き連れ立って。「よ」は語調を調えたり、感動、余情、強調などの意を添える間投助詞。動詞と動詞の間に入れて韻律を調える働きがある。「列立ひ」はツィリタチャイを表記したものであろう。○百品　百草。いろいろの草。○にをへ　匂い。香り。○聞さ　チチュサと読む。嗅ぐよ。嗅ぐのだ。「さ」は軽い強調を表す。

永伊平屋節　　ナガイヒヤブシ

197 むかし詠たる　ンカシナガミタル
波の上の御月　ナミヌウィヌウツィチ
今に倈の　ナマニウムカジヌ
照よ増て　ティリユマサティ

198 昔恨たる　ンカシウラミタル
暁の鳥声　アカツィチヌトゥイグィ
今伽に成す　ナマトゥジニナユスィ
しらんあたさ　シランアタサ

通水節　　カイミズィブシ

199 庭の高莆に　ニワヌタカクバニ
音立て降る　ウトゥタティティフタル
雹米（アラリヨネ）ふよる　アラリユニフユル
年や世果（カ）報　トゥシヤユガフ

○永伊平屋節　前出、三四参照。
197 昔眺めた波の上の月は、いまも変わらず照りまさって美しい。○詠たる　眺めた。「たる」は動作の完了を表す。○波の上　地名。那覇の西海岸にある。波の上宮があって、月見の名所として知られた。○今に　今も。ナマニとよむ。「なま」は今、の意。○照よ増て　照りまさって。「よ」→一九六。
198 昔は暁の鶏の声を恨んだが、今はかえってその声が慰めになるとは知らなかった。○恨たる　恨んだ。○伽　とぎ。慰め。○成す　なることは。ナユスィとよむ。「なりをす」の変化したもの。「す」は事あるいは物の意。○あたさ　あったことよ。あったのだ。「さ」は軽い強調を表す。

○通水節　前出、三五・三六・三七参照。
199 庭の高い蒲葵(くば)の葉に、米粒のような白い霰が、音を立てて降る時は豊年だ。○高莆　高い蒲葵の木。蒲葵は直径一メートルほどもある広葉を持つ高木で、沖縄では蒲葵の木に神が天降りをすると考えられている。「あぢまさ」ともいわれる。→九三。○降る　降った。フタルとよむ。○雹米　霰のこと。霰を白い米粒に喩えた表現。沖縄では雪や霜は降らないが、霰はまれに降ることがある。○ふよる　降る。「ふりをる」の変化したもの。○や　国語の「は」にあたる係助詞。○世果報　果報な世。豊年をいう。→六六。

200 庭のさゝ竹に　　ニワヌササダキニ
散乱〳〵と降る　　サラサラトゥフユル
霞白玉よ　　アラリシラタマユ
拺て遊は　　スクティアスィバ

東江節　　アガリイブシ

201 此世人間や　　クヌユニンジンヤ
いつもかにさらめ　　イツィンカニサラミ
残る人無らぬ　　ヌクルフィトゥネラヌ
町の夕暮（クリ）　　マチヌユグリ

202 此世人間や　　クヌユニンジンヤ
水の泡こゝろ　　ミズィヌアワグクル
消て跡なへらぬ　　チイティアトゥネラヌ
夢の浮世　　イミヌウチユ

伊野波節　　ヌファブシ

200　庭の笹竹に、さらさらと音を立てて降る霰の、白玉をすくって遊ぼう。○さゝ竹　小さい竹類の総称。○降るフユルとよむ。「ふりをる」の変化したもの。○霞白玉よ　霰の白い玉を。「よ」は、「を」にあたる格助詞。○拺て　すくって。○遊は　遊ぼう。

○東江節　前出、四〇・四一参照。

201　この世の人間はいつもこのとおりであろうか、夕暮れになると町に一人もいなくなるように。○や　国語の「は」にあたる係助詞。○かにさらめ　かようにあろう。このようなものだ。「かに」はかく、このように、の意の副詞で、「さらめ」は上接語の意味を強める助詞。○無らぬ　無い。形は、「ない」に「ぬ」がついて二重の打消になっているが、意味は「ない」と同じ。○町　異伝では「市」とある。○夕暮　日暮れ。たそがれ。

202　この世の人間は水の泡のようなものである。消えて跡かたのない夢のような浮き世だ。○泡こゝろ　泡のようなもの。「こゝろ」は接尾語のように使われて、のようなもの、のような心地、の意を表す。○なへらぬ　無い。存在しない。→二〇一。

○伊野波節　前出、三八・三九参照。

203 義理の本絶て　ジリヌムトゥタユティ
尋行先や　タズィニイクサチヤ
真と行てと　マクトゥウクナティドゥ
道や知る　ミチヤシユル

204 義理思て互に　ジリトゥムティタゲニ
振別や居すか　フヤカリヤヲゥスィガ
馴し俤の　ナリシウムカジヌ
朝も夕も　アサンユサン

仲柄節　ナカンカリブシ

205 中嶋の浦の　ナカシマヌウラヌ
冬の淋しさや　フユヌサビシサヤ
千鳥鳴こゑに　チドゥリナククイニ
松の嵐　マツィヌアラシ

206 中嶋の浦の　ナカシマヌウラヌ
宵の三日月や　ユイヌミカズィチヤ

203 義理の本は何かと尋ねて行けば、誠を行なうことが、道であることを知るのである。○絶て　タユティと読む。『琉歌全集』には「たゆて」とあり、これだと、頼りにして、の意となる。○行てと　ウクナティドゥと読む。行ってこそ。「と」は、強意の係助詞ドゥで国語の「ぞ」にあたる。○知る　シユルと読む。「しりをる」の変化したもの。知る。

204 義理だと思って互いに別れているが、馴れ親しんだ面影は朝も夕も消しがたい。○思て　トゥムティと読む。と思って。接続助詞「と」と、「思って」が複合したもの。○振別や　別離しては。「振別」はフヤカリと読み、「ふりあかれ」の変化したもの。○居すか　居るけれども。○馴し　馴れ親しんだ。「し」は過去の助動詞で、回想を表す。○朝も夕も　朝晩。▽「あさもよさも」は、琉歌でよく用いられる慣用句。

○仲柄節　前出、五二・五三参照。

205 仲島の浦の冬の淋しさは、千鳥の鳴く声に加えて松の嵐でまことにわびしい。○中嶋　那覇の泉崎にあった遊廓の名。もとは小島であった。ふつう「仲島」と当てる。

206 仲島の浦の宵の三日月は風情がある。さざ波の寄る浜辺に千鳥の姿も見える。○寄る　ユユルと読む。「よりをる」の変化したもの。

漣波(サヽナミ)や寄る　サザナミヤユユル
浜の千鳥　ハマヌチドゥリ

二段　端節

半玉節　ハンタマブシ(ハンタメエブシ)

207
深山底洩る　ミヤマスクムリル
月の影知らぬ　ツィチヌカジシラヌ
与所(目)無ぬともて　ユスミネヌトゥムティ
しきやらやすか　シチャラヤスィガ

208
深山咲梅の　ミヤマサクンミヌ
若か匂へ漏て　ムシカニヱィムリティ
余多鶯の　アマタウグイスィヌ
付はちやしよか　ツィカバチャシュガ

○半玉節　『琉歌全集』には「はんた前節」とある。「乾柔節流」にある「半田間節」には「久米嶋」とある。

207　深山の底まで照らす月光を知らないで、他人の目がないと思ってやったはずだが。○深山底　深い森の奥。○与所(目)　底本は「与所」。他人。『琉歌全集』には「よそ目」とある。これがよい。よその人の目。他人の見る目。○無ぬ　ネヌと読む。無い。○ともて　と思って。○しきやらやすか　したのであろうが。「きやら」は「ちやら」の類推表記で、「たら」の変化したもの。「やすか」は、であるが、だが、の意。→六〇。

208　深山に咲く梅の花が、もしもその匂いがもれて、あまたの鶯が集まってきたらどうしよう。○匂へ　におい。「匂ひ」の類推表記。○付は　ツィカバと読む。付いたら。集まってきてまとわりついたら。○ちやしよか　どうしようか。「ちや」は「いか(如何)」→「きや」→「ちや」と変化したもの。「しよ」は「しを」の変化したもので、「する」の活用形。「か」は、ガと読み、疑問の意を表す助詞。

垣花節　カチヌハナブシ

209 沙汰かしち呉ら　サタガシチクィユラ
眠る夜もさめて　ニブルユンサミティ
かたふちゆる月と　カタブチュルツィチドゥ
伽にしやへる　トゥジニシャビル

210 沙汰も絶果て　サタンタイハティティ
消息もなひらぬ　ウトゥズィリンネラン
独へ焦よる　フィチュイクガリユル
胸のおもへ　ンニヌウムイ

芋葉節　ンムヌファブシ

211 雲や風便て　クムヤカジタユティ
天の果行い　ティンヌハティイチュイ
人やきもしきと　フィトゥヤチムシチドゥ
浮世渡る　ウチユワタル

212 雲や風儘に　クムヤカジママニ

〇垣花節　前出、一七九・一八〇参照。

209　噂をしてくれるのでしょうか、眠る夜もさめてしまって、傾く月を慰めにしています。〇沙汰　うわさ。評判。〇か　係助詞「が」で、疑問を表し、文末は推量を表す形で結ぶ。〇しち　して。「ち」は接続助詞「て」の変化したもの。〇呉ら　クィユラと読む。くれるのであろう。「くれをら」の変化したもの。〇眠る　底本「眼る」。誤りであろう。ニブルと読む。m音がb音と交替したもの。〇月と　「と」はドゥと読み、強意の係助詞。〇伽　慰め。〇しやへる　します。いたします。

210　音沙汰も絶え、何の便りもありません。一人思いこがれている胸の思いよ。〇消息　ウトゥズィリと読む。音信。便り。〇なひらぬ　無い。前出「なへらぬ」(二〇二)に同じ。〇独へ　ひとり。〇焦よる　思い焦がれる。〇おもへ　思い。

〇芋葉節　前出、一八五・一八六参照。

211　雲は風を頼りにして天の果てまでも行くが、人は心を頼りとして浮世を渡るべきである。〇や　国語の「は」にあたる係助詞。〇便て　タユティと読む。頼って。頼りにして。〇行い　イチュイと読む。行く。「いきをり」が変化したもの。〇きも　肝。心。心情。〇しきと　シチドゥと読む。してこそ。もとはサ変動詞であるが、手段・方法などを表す助詞に転成して、…で、…でもって、の意。

212　雲は風のままに空に吹かれて行くが、恋人は私の言葉のままになってくれないであろうか。〇無蔵　男の側から

空に行過る　スラニイチスジル
無蔵や我言(葉)に　ンゾヤワクトゥバニ
馴やすらね　ナリヤスィラニ

余万節　ユマンブシ

213 四方も統と　ユムントゥナドゥナトゥ
豊なる御代や　ユタカナルミユヤ
茂て(栄て)　ムテエティサケエティ
(月)の美さ　ツィチヌチュラサ

214 四方の波風も　ユムヌナミカジン
静成る御代に　シズィカナルミユニ
生れたる印　ンマリタルシルシ
沙汰よ残す　サタユヌクスィ

百名節　ヒャクナブシ

215 鳥や諷らわん　トゥイヤウタラワン

女の恋人をいう語。○我言(葉)に　ワクトゥバニと読む。私の言葉に。○馴や　ナリヤと読む。馴れることは。「や」→二一一。○すらね　してほしい。「ね」は、ここでは願望の意を表す終助詞「に」(文語の表記では「ね」)。→五五。

○余万節　前出、一七七・一七六参照。アマンブシとも。

213 四方も静かに、豊かな御代は、繁盛繁栄して月がきれいだ。○四方　四周。諸方。○統と　トゥナドゥナトゥと読む。静かに。静まりかえっているさま。○茂て　ムテエティと読む。栄えて。繁栄して。「さかえて」と同義語。この語の前後は欠字がある。『琉歌全集』の重複歌(一四〇三)により補った。○美さ　美しい。立派なさま。みごとなさま。「さ」は形容詞の末尾形成素。今の方言ではチュラサン(きよら+さ+あり)という。

214 四方の波風も静かな御代に、生まれたしるしに語りつがれるような仕事を残すことよ。○静成る　静かな。形容動詞。○沙汰　うわさ。評判。○よ　を。動作の目的、対象を示す。国語の格助詞「を」にあたる助詞。

○百名節　前出、一八三・一八四参照。

215 鶏は鳴こうとも夜は明けてくれるな。恋人とまれの手枕を交わしての語らいであるから。○や　国語の「は」にあ

夜や明て呉な　　ユヤアキティクィルナ
稀(マリ)の手枕の　　マリヌティマクラヌ
語らへてやもの　　カタレデムヌ

216
鳥諷は里前　　トゥイウタワサトゥメ
ぬか急ち召る　　ヌガイスジミシェル
かきりなる鐘の　　カジリナルカニヌ
鳴はい舞(モ)れ　　ナラワイモリ

三段　葉節

蜘節　　クブブシ

217
経掛て置ひ　　カシカキティウチャイ
績繋ち置ん　　ウミツィナジウチェン
染馴しかなや　　スミナリシカナヤ
織へ給れ　　ウヤイタボリ

たる係助詞。○諷らわん　ウタラワンと読む。歌おうとも。○呉な　くれるな。「な」は禁止の意を表す助詞。○稀の　まれの。めったにないさま。○てやもの　であるものを。であるから。『琉歌全集』では「だいもの」と表記する。文末に使われると、詠嘆強調を表す。

216　鶏が鳴いたといってあなたは、なぜお急ぎになるのですか、限りを告げる鐘が鳴ったらお帰りなさい。○里前　「里」は女の側から男の恋人をいう語。「前」は接尾敬称辞。○ぬか　ヌガと読む。なぜ。どうして。何をか。「ぬ」は、何の意の代名詞、「か」はガと読み疑問の意の助詞。○急ち召る　イスジミシェルと読む。お急ぎになる。「召る」は、「めしある」の変化したもので、尊敬の意を表す。○かきりなる鐘　(別れの)刻限である鐘の意で、明け六つの鐘を指す。○い舞れ　お行きなさい。お帰りなさい。「いまうれ」の当て字。「いまうれ」は、行く・来るの意の敬語「いみおわる」の変化したもの。

○蜘節　前出、一二九・一三〇参照。

217　経(たて)糸はかけておいて、緯(よこ)糸はつなぎ合わしておきました。染めなれたかせ糸を、織りなしてください。○経　かせ。布を織るときのたて糸。○置ひ　ウチャイと読む。(…して)おいて。動作の継続進行を表す。○績繋ち　ウミツィナジと読む。繊維を績みつないで。「績」は、芭蕉などの繊維をつなぎ合わすこと。○置ん　ウチェンと読む。(…して)おいてある。「おきてあん」の変化したもの。○染馴し　染め馴れた。○かな　織物を織るとき、かせにかける前の一束にした糸をいう。○織へ　ウヤイと読む。織って。「おりあり」の変化したもの。○給れ　…してください。

218
経掛て伽や
ならぬものさらめ
繰返し〳〵
思と増る

カシカキティトゥジヤ
ナラヌムヌサラミ
クリカエシガエシ
ウミドゥマサル

本散山節

ムトゥサンヤマブシ

219
昔手に汲す
いつの世かやたら
水や今迄も
澄て居すか

ンカシティニクダスィ
イツィヌユガヤタラ
ミズィヤナママディン
スィミィティヲゥスィガ

220
むかし手に汲る
情から出て
今に流よる
許田の手水

ンカシティニクダル
ナサキカランジティ
ナマニナガリユル
チュダヌティミズィ

拋節　本部拋節とも云

ナギブシ(ムトゥブナギブシ)

218　かせ糸をかけていても慰めにはならないようだ。くり返しくり返しかせを掛けながら、思慕の情が増すばかりである。○経　かせ。布を織るときのたて糸。○伽　慰め。○ものさらめ　ものなのだ。「さらめ」は上接語の意味を強める助詞。○思と　ウミドゥと読む。思いこそ。「思い」は思慕の情。「と」は、ドゥと読み、強意の係助詞。国語の「ぞ」にあたる。

○本散山節　前出「元散山節」に同じ。一〇九・一一〇参照。

219　昔、水を手に汲んであげたという話はいつごろのことであろうか。水は今でも澄んでいるが。○汲す　クダスィと読む。汲んだのは。汲んだことは。「す」は事あるいは物の意。○やたら　(で)あったろうか。○今迄も　ナママディンと読む。今も。今でも。「今」はナマと読む。○居すか　ヲゥスィガと読む。いるけれども。「すが」は、しかしながらの意の接続助詞。

220　昔、手に汲んで水を飲ませてあげたというが、その情けの許田の水が今も流れていることよ。○汲る　クダルと読む。汲んだ。「くみたる」の変化したもの。○許田　地名。名護市許田。沖縄本島北部の西海岸に位置し、名護湾に臨む。昔、許田の村の美しい娘が、旅の男の所望によって、許田の玉井で手水を飲ませたという。○手水　女が男に手で水をすくって飲ませること。またその水のこと。▽許田の手水は、組踊「手水の縁」の題材となった故事。二一九・二二〇の二首は、これを背景とした歌。

○拋節　前出「本部拋節」に同じ。一〇七・一〇八参照。

221
我山原習や　ワヤンバルナレヤ
いちや計へしやへか　イチャビケイシャビガ
引めしおれ歌や　フィチミショリウタヤ
載てしやへら　ヌシティシャビラ

222
我ふら草の落や　ワフラサヌウティヤ
山畠しゆんて　ヤマバタキシュンディ
夏ならは見やうれ　ナツィナラバミヨリ
粟穂苅は　アワフカラバ

漢那節　カンナブシ

223
弓の的こゝろ　ユミヌマトゥグクル
肝よ定やへ　チムユサダミヤイ
騒ねは届く　サワガニバトゥドゥク
人の思ひ　フィトゥヌウムイ

224
弓矢取て里か　ユミヤトゥティサトゥガ
引込へいよす　フィチクマイイユスィ

221　私たち山原(やんばる)の者がどれほどのことができましょう、でも、弾いてください歌を合わせましょう。○山原　沖縄本島の北部地方の総称。南部に比べて山岳地帯で山がちな地域ということでそう呼ばれる。辺鄙な田舎という響きがある。○いちや計へ　「いきやばかり」を表記したもの。いかばかり。いかほど。○しやへか　いたしましょうか。「やへ」は「やべる」の変化したもので謙譲の気持ちを表す。「か」はガと読み、疑問の助詞。○引めしおれ　フィチミショリと読む。お弾きください。「めしおれ」は「めしおはれ」の変化したもの。○や　国語の「は」にあたる係助詞。○載て　歌を三線(さんしん)に合わせてうたうことをいう。○しやへら　しましょう。いたしましょう。

222　蓬頭乱髪は山畠を耕すためです。夏になったらごらんなさい、粟穂はきっと豊作だから。○我ふら草の落や　『琉歌全集』には、「わほらさの落てや」とある。「わほらさ」は不詳であるが、蓬頭乱髪の落ちぶれた身のことかという。○山畠　山手のやせた畑のこと。○しゆんて　シュンディと読む。しようとして。「しゆん」は、動詞「しをん」の変化したもの。「て(ディ)」は、…とて、の意。○見やうれ　ご覧なさい。○苅は　刈ったら。

○漢那節　前出、三一・三三参照。

223　弓の的を射るように心を落ちつけ騒がなかったら、人の思いというものは届くものですよ。○的こゝろ　的のように。「こゝろ」は、のような、のように、の意。○肝　心。心情。○定やへ　サダミヤイと読む。定めて。○騒ねは　あわてなければ。

224　弓矢を取り貴方は引きしぼって射ているが、矢を放ってみせてください。私も矢を立てましょう。○里　女の側から男の恋人をいう語。○引込へ　フィチクマイと読む。引き込んで。○いよす　イユスィと読む。射ること。「す」は事

放ち見し召れ　ハナチミシミショリ
我身も立ら　ワミンタティラ

屋宇加那節　ヤウカナブシ(カナヨウブシ)

225
乱れ髪捌く　ミダリガミサバク
無蔵か角櫛　ンゾガツィヌサバチ
引か窊なたら　フィチガスクナタラ
垢も抜ぬ　アカンヌガヌ

226
乱れ糸心　ミダリイトゥグクル
加那志思無蔵や　カナシウミンゾヤ
今に結らぬ　ナマニムスバラヌ
切る恨めしや　チリルラミシャ

四段　波節

あるいは物の意。○放ち　放して。放って。○見し召れ　ミシミショリと読む。お見せください。○我身　私。一人称の代名詞。○立ら　立てよう。

○屋宇加那節　他の琉歌集にはみられない節名。「独節流」のみにみられる。

225　乱れ髪をくしけずる恋人の角(つの)製の櫛は、引きそこなったのか垢も抜きとることができない(話がいっこうはかどらない)。○捌く　くしけずる。とかす。○角櫛　ツィヌサバチと読む。『琉歌全集』は、牛の角で作った櫛、とする。今の方言では、歯の密でない、ときぐしをサバチという。○引か　フィチガと読む。引くことが。○窊なたら　スクナタラと読む。そこなったのか。○垢も抜ぬ　アカンヌガヌと読む。垢も抜き取ることは出来ない。転じて物の役に立たない、はかどらないことのたとえ。「抜ぐ」は、取り除く、の意。

226　愛する彼女と私の縁は乱れた糸のようなもので、いまだに結ばれないで切れるのが恨めしい。○乱れ糸心　乱れた糸のような。「こゝろ」は、のような、のように、の意。○加那志思無蔵　愛する彼女。「かなし」は愛する、いとしいの意の接頭美称辞。「思(うみ)」は接頭敬語で「無蔵」(→三五)よりもていねいな言い方になる。○今に　ナマニと読む。いまだに。「なま」は今の意。○恨めしや　恨めしい。ラミシャと読み、「うらめしや」の「う」が脱落したもの。韻文では「らめしや」の形が多い。八音にあわすためである。

高離節　タカハナリブシ

227
浜に打寄る　ハマニウチユシル
波の花汲ひ　ナミヌハナクナイ
てかやう押列て　ディカヨウシツィリティ
宿に戻ら　ヤドゥニムドゥラ

228
浜のはま長押　ハマヌハマナゲシ
我か呼ひ啼も　ワガユビャイナチン
のよて一言の　ヌユディフィトゥクトゥン
いらぬすらぬ　イラヌスィラヌ

伊計離節　イチハナリブシ

229
渡海隔無蔵も　トゥケフィジャミンゾン
今日や詠よら　キユヤナガミユラ
見れは思増る　ミリバウミマサル
十五夜御月　ジュグヤウツィチ

230
渡海や隔ても　トゥケヤフィジャミティン

○高離節　前出、一三五・一三六参照。

227　浜に打ち寄せる波の花を汲んで、さあ連れだって家に帰ろう。○波の花　花のように白く砕ける波のこと。潮の花ともいう。オモロや古謡には「なみはな」「なばな」などとある。○汲ひ　クナイと読む。汲んで。「汲みあり」の変化したもの。○てかやう　いざ。さあ。人を誘うときの語「でか」に終助詞「やう」のついたもの。○押列て　おしつれて。連れ立って。○宿　家。自宅。すみか。

228　浜の長い果てから果てまで私が泣いて呼んでも、どうして一言も返事をしないのか。○長押　「ながいし」と表記され、ナゲシと読む。長さの限り。…の続く限り。○呼ひ　ユビャイと読む。呼んで。「呼びあり」の変化したもの。○啼も　泣いても。○のよて　どうして。なんで。○いらぬ　「いらへ」の誤記。返事。返答。○すらぬ　しない。「ぬ」は否定の意を表す助動詞。

○伊計離節　前出、一三三・一三四参照。

229　海を隔てている恋人も今宵は眺めているであろうか、見れば思いが増さる十五夜の月である。○渡海　海。海洋。○隔　フィジャミと読む。隔てる。○詠よら　眺めようか。眺めるだろう。○思増る　思いがまさる。思いがつのる。

230　海は遠く隔てても月は隔てないで一つである。月に音信を言付けしてもらいたいものだ。○や　国語の「は」にあたる係助詞。○隔ても　フィジャミティンと読む。隔てても。

月や隔らぬ　ツィチヤフィジャミラヌ
月に音信や　ツィチニウトゥズィリヤ
言遣すらな　イヤイスィラナ

打東節　（ウチアガリブシ）

231
あわん夜の夢の　アワンユヌイミヌ
繋くあらよひや　シジクアラユイヤ
宵の手枕の　ユイヌティマクラヌ
稀にあらな　マリニアラナ

232
逢ぬ先今に　アワヌサチナマニ
くなひやい見れは　クナビヤイミリバ
迚も成欲や　トゥティンナシブシャヤ
吸ぬむかし　スワヌンカシ

浮島節　ウチシマブシ

233
波風や荒て　ナミカジヤアリティ

○隔らぬ　フィジャミラヌと読む。隔てない。○音信　便り。○言遣　伝言。ことづて。○すらな　しよう。したい。「な」は願望の意を表す助詞。

○打東節　前出、一四九・一五〇参照。

231　逢えないでいる夜の夢が繋くあるよりは、宵の手枕が、まれにあった方がよい。○あわん夜　逢えないでいる夜。○あらよひや　あるであろうよりは。「あらよりや」を表記したもの。○あらな　あって欲しい。「な」は願望の意を表す助詞。

232　逢わぬ以前のことを今に比べてみれば、添わぬ昔のようになりたいものだ。○くなひやい　「くなべやり」を表記したもの。比べて。○迚も　トゥティンと読む。むしろ。いっそのこと。○成欲や　ナシブシャヤと読む。なしたいのは。「欲や」は、欲しいことだの意。○吸ぬ　添わない。「吸」は当て字。

○浮島節　前出、一三五・一三六参照。

233　波風が荒れているときに通うのもよいが、港は変えないでほしい。真艫(まとも)の方向をとって。○通らわん　カユ

通らわん可砂(ユタシャ)　カユラワンユタシャ
港替そなよ　ンナトゥカワスナヨ
真艫取す　マトゥムトゥティス

234
波の夜昼も　ナミヌユルフィルン
通ひ漕小舟　カユイクグクブニ
思分て無蔵か　ウミワキティンゾガ
繋ち呉な　ツィナジクィラナ

小浜節　クバマブシ

235
長閑なる春や　ヌドゥカナルハルヤ
青柳の糸に　アヲゥヤジヌイトゥニ
連ね貫露の　ツィラニヌクツィユヌ
玉の光り　タマヌフィカリ

236
長閑成御代の　ヌドゥカナルミユヌ
春に誘れて　ハルニサスワリティ
ふける鶯の　フキルウグイスィヌ

ラワンと読む。通うのも。「わん」は「はも」で、逆接の意を表す接続助詞。〇可砂　「ユタシャ」と読む。よい。よろしい。〇替そなよ　「かはすなよ」を表記したもの。変えるなよ。〇真艫取す　真艫の風を取ってこそ。真艫の風を受けてこそ。「真艫」は真艫の風のことで、風が船の艫(船尾)を押すように吹くことをいう。「す」は強意を表す係助詞。

234　波間を夜も昼も通って漕いでいる小舟のような自分を、恋人が知って繋ぎとめてほしい。〇夜昼　「寄る」と「干る」を、「夜」と「昼」に掛けたことば。〇思分て　特に思い考えて。〇無蔵　男の側から女の恋人をいう語。〇繋ち　つなぎ留めて。引き留めて。「繋ち」は、「繋き」を表記したもの。〇呉な　くれないか。「な」は願望の意を表す助詞。

〇小浜節　前出、一四五・一四六参照。

235　のどかな春は青柳の糸のような枝に、露の玉が連ね貫かれて光り輝いている。〇青柳の糸　糸のように細い青柳の枝のこと。〇連ね貫　ツィラニヌクと読む。並べて貫き通す。

236　のどかな御代の春に誘われて、さえずる鶯の声が愛らしい。〇ふける　さえずる。〇しよらしや　しおらしい。愛らしい。

こゑのしよらしや　クイヌシュラシャ

五段　古節

瓦屋節　カラヤブシ

237
世界や物音も　シケヤムヌウトゥン
啼鳥の声も　ナクトゥイヌクイン
すみて有明の　スミティアリアキヌ
月の美さ　ツィチヌチュラサ

238
世界や狂者い　シケヤフリムヌイ
あかひ屛風立て　アカイニョブタティティ
はなや押隠ち　ハナヤウシカクチ
匂やちやしゆか　ニヱィヤチャシュガ

謝武那節　ジャンナブシ

○瓦屋節　前出、一九・二〇参照。

237 世間は物音もなく静かで、鳴く鳥の声も澄んで、澄みきった有明の月がきれいである。○世界　この世。世間。○有明　月が没しないうちに夜が明ける頃合。和語からの借用。○美さ　チュラサと読む。美しい。立派なさま。みごとなさま。今の方言ではチュラサン(きよら+さ+あり)という。

238 世間は馬鹿ではないか。障子や屛風を立てて、花をかくしても匂いはかくすことはできません。○狂者い　馬鹿者であろうか。「狂者」はフリムヌと読む。フリ(ふれ)は正しいところにあるべき心が外れることで、ぼける、放心の状態になることをいう。フリムヌは気がふれた者、あるいは馬鹿の意。「い」は疑問や反語の意を表す助詞。○あかひ屛風　障子と屛風。「あかひ」はあかり。日本古語では障子のことを「あかりさうじ(明り障子)」といった。沖縄語に「あかり(明り)」が、本土語に「さうじ(障子)」が残ったことになる。○押隠ち　隠して。○ちやしゆか　どうしようか。「ちや」は「いか(如何)」の変化したもの。「しゆ」はする、「か」は、ガと読み、疑問の意を表す助詞。→二〇六。

239 睦れ遊ひうたる　ムツィリアスィビュタル
友行逢て今日や　ドゥシイチャティキユヤ
むかしうの比の　ンカシウヌクルヌ
にや思わりて　ニヤウムワリティ

240 睦れ遊ひよたる(ス)　ムツィリアスィビュタル
いな昔成め　イナンカシナタミ
振合ちやる今日や　フヤワチャルキユヤ
昔語へ　ンカシカタレ

首里節　シュイブシ

241 笆込てをれは　マシクマティヲゥリバ
淋敷さあもの　ククティルサアムヌ
押風と列て　ウスカジトゥツィリティ
忍ていまおれ　シヌディイモリ

242 笆内の苦しや　マシウチヌクリシャ
おもへ知り召ち　ウムイシリミショチ

○謝武那節　前出、一三・一四参照。

239 今日は幼いとき睦まじく遊んだ友に会い、昔のあの頃のことがむやみに思われてならない。○睦れ遊ひうたる　仲睦まじく遊んでいた。朋友の交わりをいう。「遊ひうたる」は、「遊びをりたる」の変化したもの。○友　ドゥシと読む。友人。九州、出雲地方でも、仲間、友達のことは「どし」という。○うの比　あの頃。その頃。○にや　もう。むやみに。

240 睦まじく遊んだのはもう昔のことになったのか、久しぶりに会えた今日は昔の物語でもしよう。○睦れ遊ひよたる　仲睦まじく遊んでいた。重複歌では、「遊びゆたす」とあり、「す」は事あるいは物の意。○いな　こんなに。もう。○成め　ナタミと読む。なったのか。「め」は疑問の意を表す。○振合ちやる　めぐり会った。「振合す」は袖を振り合わすことで、会うことの意。「ちやる」は完了の意の「たる」の変化したもの。○昔語へ　「昔語らひ」を表記したもの。昔のことを語り合うこと。

○首里節　前出、一五・一六参照。

241 籬垣(ませがき)の内に引き籠っていると心淋しいので、そよ吹く風とともに忍んでいらっしゃい。○笆　ませ。籬垣。竹や木で作った低く目の粗い垣根。和語からの借用。○込て　クマティと読む。引きこもって。○淋敷さ　ククティルサと読む。心淋しいさま。寂寥たるさま。○あもの　あるから。あるものを。○押風　吹く風。○列て　つれて。連れ立って。○いまおれ　いらっしゃい。行く、来る、居るの尊敬語「いみおはる」の変化したもの。

242 籬垣のうちの苦しさを思いやってくださって、風の便りにでも音信をお知らせください。○笆内　ませ内。籬垣の内。○苦しや　苦しさ。つらさ。○おもへ知り召ち　思い

風の音信や　カジヌウトゥズィリヤ
聞き給れ　チカチタボリ

東熊節　ヒガシクマブシ

243
あかへさん走り　アカイサンバシリ
突明い見れは　ツィチャキヤイミリバ
庭の白菊の　ニワヌシラチクヌ
咲る清さ　サチャルチュラサ

244
あかり突明やい　アカイツィチャキヤイ
庭向て見れは　ニワンカティミリバ
はなに増姿　ハナニマスィガタ
あけ(ケ)ちやくさい　アキチャクサイ

伊良部節　イラブブシ

245
会者定離の慣い　ヰシャジョリヌナライ
知らな徒に　シラナイタズィラニ

知りなさいまして。つくづく悟りなさって。…なされて。「召ち」は「召しおはして」の変化したもの。〇音信　おとずれ。便り。〇聞き給れ　聞かしてください。『聞き』は『琉歌全集』では「聞かち」とある。「き」は「ち」の類推表記であろう。

〇東熊節　前出、二七・二八・二九参照

243　障子を突きあけて見ると、庭の白菊の咲いているのがきれいである。〇あかへさん走り　走り戸。雨戸。「あかへ」は「あかり(障子)」を表記したもの。「さん走り」は、走り戸のこと。〇突明い　突きあけて。〇咲る　サチャルと読む。咲いたのが。「咲きたる」の変化したもの。〇清さ　美しい。立派なさま。みごとなさま。

244　障子を突きあけ庭に向かって見ると、花より美しい人の姿を見て思わずはっとした。〇あかり　障子。日本古語では障子を「あかりさうじ(明り障子)」という。沖縄語に「あかり(明り)」が、本土語に「さうじ(障子)」が残ったことになる。〇あけちやくさい　未詳語。かわいい、美しい、の意らしい。

〇伊良部節　『琉歌全集』には、同じ歌詞に、「永良部節」とあり、自由にならぬ恋の歌。永良部島は大島にあり、元は大島と共に沖縄に属した、とある。

245　会者定離の慣いを知らないで、どうしてうっかり馴れ親しんだのであろう、一生いっしょだと思って。〇会者定

のよてもつりたか　ヌユディムツィリタガ
一期ともて　イチグトゥムティ
246
会者定離の慣へ　キシャジョリヌナライ
知らぬ恨しや　シラヌウラミシヤ
馴染し二人　ナリスミシフタリ
別る心気　ワカルシンチ

六段　覇節

寿幾節　スキブシ

247
詠たるむかし　ナガミタルンカシ
月の夜のかたらへ　ツィチヌユヌカタレ
おもわれて袖や　ウムワリティスディヤ
露に濡ち　ツィユニヌラチ

248
詠てもあかぬ　ナガミティンアカヌ

離　仏教で、会った者は必ずいつか別れる運命にあるという考え方。○のよて　どうして。なんで。○もつりたか　ムツィリタガと読む。馴れ親しんだのか。「もつり」は馴れ親しむこと、仲睦まじいこと。「ガ」は疑問の意を表す助詞。○一期　一生。一生涯。○ともて　と思って。接続助詞「と」と、「思って」が複合したもの。

246　会者定離の慣いを知らなかったのが恨めしい。馴れ染めた二人が別れると思うと実につらい。○恨しや　恨めしい。○心気　悲しく、つらい気持ち。心が晴れ晴れしないことにもいう。和語からの借用といわれるが、和語では体言として使われる。

○寿幾節　『琉歌全集』に「すき節」とあり、風流を好むときは数奇といい、長寿を祈るときは寿幾という。いずれにも通ずる歌、とある。

247　月を眺めながら語らった昔のことが思い出され、袖を涙の露で濡らしてしまった。○詠たる　ナガミタルと読む。眺めた。○かたらへ　語合い。語り合うこと。○や　国語の「は」にあたる係助詞。○濡ち　濡らして。「ち」は「して」が融合し変化したもの。

248　咲いた梅の花の美しさはいくら眺めてもあきない。鶯になって朝夕そばに添うていたい。○あかぬ　飽きない。

咲梅の美さ　サクンミヌチュラサ
鶯に成て　ウグイスィニナトゥティ
朝夕吸な　アサユスワナ

塩来節　シュウライブシ

249
譬ひ物毎に　タトゥイムヌグトゥニ
勝りやい居も　スグリヤイヲゥティン
人の見所や　フィトゥヌミドゥクルヤ
誠ひとつ　マクトゥフィトゥチ

250
譬ひ与所列て　タトゥイユスツィリティ
遊はわん可しや　アスィバワンユタシャ
匂へとも与所に　ニヲゥイドゥンユスニ
移ち呉な　ウツチクィルナ

美屋節　チュラヤブシ

251
蘭の匂こゝろ　ランヌニヱィグクル

○美さ　チュラサと読む。「きよらさ」の変化した形で、美しい。立派なさま。みごとなさま。○成て　ナトゥティと読む。なっていて。「なりてをりて」の変化したもの。○吸な　「添はな」の当て字。添いたい。添っていたい。「な」は願望の意を表す助詞。

○塩来節　『琉歌全集』に「しほらい節」とあり、奥ゆかしく、可愛らしく、すべてしおらしい歌、とある。

249　たとえ物事にすぐれていても、その人の見どころは誠一つである。○勝りやい　すぐれて。まさって。○居も　おっても。いても。○や　国語の「は」にあたる係助詞。

250　たとえよその人と一緒に遊んでもいいが、お前の匂いだけはよその人に移してくれるな。○与所　ユスと読む。よその人。他人。○列て　つれて。連れ立って。○遊はわん　「遊ばはも」を表記したもので、「はも」は逆接の意の助詞。遊んでも。○可しや　ユタシャと読む。よい。よろしい。○匂へ　「匂ひ」の異表記。○とも　だけ。だけは。強調を表す係助詞。○移ち　移して。「ち」は「して」が融合し変化したもの。○呉な　くれるな。「な」は禁止の意を表す助詞。

○美屋節　前出、八一・八二参照。

251　蘭の花の匂いを朝夕心にとめて、いつまでも人に飽きられないようにしたい。○匂こゝろ　匂いのように。

朝夕思留て　アサユウミトゥミティ
いつまてん人の　イツマディンフィトゥヌ
飽ぬ事に　アカヌグトゥニ

252 蘭の匂ひこゝろ　ランヌニヱィグクル
花の思童　ハナヌウミワラビ
朝夕聞匂の　アサユチクニヱィヌ
しゆらし御肝(キモ)　シュラシウヂム

沈仁屋久節　チンニヤクブシ

253 沈や伽蘿(キャラ)灯そ　チンヤチャラトゥブス
御座敷に出て　ウザシチニンジティ
躍るわか袖の　ヲゥドゥルワガスディヌ
匂の塩ら舎　ニヱィヌシュラシャ

254 沈や伽羅留て　チンヤチャラトゥミティ
はなの物語り　ハナヌムヌガタイ
いつまてん互に　イツィマディンタゲニ

「こゝろ」は、…のようなもの、の意。○思留て　心にとめて。深く心に思って。○いつまてん　何時までも。○飽ぬ事に　飽きないように。底本「飲ぬ」とあるが誤記。「事」は、「如」の当て字で、のようである、の意。

252 蘭の花の匂いのする美しい童、朝夕蘭の花の匂いを嗅ぐような奥ゆかしい心であれ。○思童　愛しい子。乙女。日本古語でも「わらはべ」「わらべ」がみられる。「思」は接頭敬語。○聞　きく。匂いや香りを嗅ぐこと。○しゆらし　ゆかしい。「しをらし」の変化したもの。「匂のしほらしさ」などと、香ばしい意でも用いられる。○御肝　お心。

○沈仁屋久節　『琉歌全集』に、起こりは大島、とある。

253 沈や伽羅の名香をたいているお座敷に出ると、踊っているわが袖までも匂いがかぐわしく、ゆかしく感じられる。○沈　沈香。南方産の香料。○伽蘿　香木の一種。琉歌では「沈や伽羅」と並称して使われる。○灯そ　焚く。(火を)点ずる。「そ」は「す」を類推表記したもの。○出て　ンジティと読む。出て。○塩ら舎　「しをらしゃ」の当て字。しおらしい。愛らしい。

254 沈や伽羅の名香を焚いて花の物語をすれば、いつまでも互いに飽くことがない。○留て　とめて。香を焚いて衣

あかの匂ひ　アカヌニヲゥイ

獅子舞節　シシメエブシ

255 虎瀬松山の　トゥラズィマツィヤマヌ
松の葉の数に　マツィヌファヌカズィニ
掛て願やへら　カキティニガヤビラ
首里の御嘉報　シュイヌウクァフ

256 虎瀬山の端の　トゥラズィヤマヌファヌ
(秋の夜の)御月　アチヌユヌウツィチ
曇無御代の　クムリネンミユヌ
鏡さらめ　カガミサラミ

七段　昔節物

干瀬節　フィシブシ

に籠めて。〇あかの　飽きない。「の」は「ぬ」を類推表記したもの。

〇獅子舞節　『琉歌全集』に、八月十五夜の獅子舞の歌初めは国王の頌歌、御代の輝かしさを歌ったと見える、とある。

255 虎頭山(とらずやま)の松の葉ごとに、願をかけて願いましょう、首里の国王様のおしあわせを。〇虎瀬松山　地名。虎頭山のこと。首里北方の丘で、松が生えていたことからの呼称。〇数に　ごとに。〇掛て　願をかけて。〇願やへら　願いましょう。「やべら」は丁寧の気持ちを表す補助動詞「はべら」が変化したもの。〇首里の御嘉報　国王様のしあわせ。

256 虎瀬山の端にかかる(秋の夜の)お月さまは、くもりのない御代を映す鏡であろう。〇端　山の稜線。〇(秋の夜の)　底本は欠字。『琉歌全集』の重複(歌)(一三八七)により補う。〇曇無　クムリネンと読む。くもりのない。「ネン」は「ないぬ」で、形は二重打消だが、「ない」に同じ。〇鏡さらめ　鏡なのだ。「さらめ」は上接語の意味を強める助詞。

〇干瀬節　前出、五四・五五参照。

257 啼ぬ思童　ナカヌウミワラビ
偽寄よひ彼か　スィカサユイアリガ
夜〻に啼我身や　ユユニナクワミヤ
止て呉な　トゥミティクィラナ

258 啼て恨ても　ナチュティイウラミティン
笑て咎めても　ワラティトゥガミティン
幼（アテナシ）しのあり（リ）か　アティナシヌアリガ
知め安か　シユミヤスィガ

七尺節　ナナユミブシ（シチシャクブシ）

259 一期面難に　イチグツィリナサニ
馴し身よ思て　ナリシミユトゥムティ
恋死は報い　クイシナバムクイ
誰に行か　タルニイチュガ

260 一期自由ならぬ　イチグジユナラン
事や白糸に　クトゥヤシライトゥニ

257 泣きもしない子供をあやしているようだが、夜々に慕い泣く私を慰めてくれたらよいのに。○思童　愛しい子。「思」は接頭敬語。○偽寄よひ　「すかさより」を当て字したものであろう。あやすより。なだめすかすより。○彼　あれ。彼女。○我身　私。一人称の代名詞。○や　国語の「は」にあたる係助詞。○呉な　してほしい。「な」は願望の意を表す助詞。

258 泣いて恨んでも笑ってとがめても、幼いあれ（恋人）が知るはずはないと思うのだが。○啼て　重複歌では、「泣きゆて」とある。泣いて。○幼し　アティナシと読む。幼い人。ものごころのつかないことをいう。○知め安か　シユミヤスィガと読む。知っているだろうか。「め」は疑問の意を表す。「安か（ヤスィガ）」は、であるが、の意。→六〇。

○七尺節　前出、二六・五七参照。

259 一生涯つらい事には馴れている身だと思ってはいるが、恋い焦がれて死んだら報いは誰に行くだろう。○一期　一生。一生涯。○面難　ツィリナサと読む。つれない。情けない。日本古語の「つれなし」と同根で、語源は「連れ無し」（つながりが無い）である。○思て　トゥムティと読む。と思って。○行か　イチュガと読む。行くのか。「か」は、ガと読み、疑問の意を表す助詞。

260 一生自由にならぬことは、ちょうど白糸に紺色を染めて（布にできないまま）朽ちさせる心地で心が痛む。○よ

紺染よ染て　クンズミユスミティ
朽そ心気　クタスシンチ

子持節　クヮムチャアブシ

261
焦れ馴れ思て　クガリナリトゥムティ
焦らしゆめやから　クガラシュミヤカラ
我身や塩焼屋の　ワミヤシュタチヤヌ
主し成て　アルジナトゥティ

262
焦れとて朝夕　クガリトゥティアサユ
早晩までも待め（マチュメ）　イツィマディンマチュミ
わ身や朝顔の　ワミヤアサガヲゥヌ
宵や知ぬ　ユイヤシラヌ

中風節　ナカフウブシ

263
思ひ寝覚の　ウムイニザミヌ
暁や　アカツィチヤ

動作の対象・目標を示す。格助詞「を」にあたる。○朽そ　朽たす。朽ちさせる。「そ」は「す」を類推表記したもの。○心気　悲しく、つらい心持ち。

○子持節　前出、二五八・二五九参照。
261　恋い焦がれさせようと思って待ち焦がれさせているのか輩（やから）、自分は塩焼屋の主と成って。○焦れ馴れ　いつも思い焦がれていることに馴れていること。○思て　トゥムティと読む。と思って。○焦らしゆめ　思い焦がれさせるのか。「め」は疑問の意を表す。○やから　やつ。野郎。もとは、豪の者、立派な人、しっかり者の意で、本土語にみられるような卑称の意味はない。○我身　私。○塩焼屋　塩を焚く小屋。○成て　ナトゥティと読む。なって。なっていて。

262　朝夕思い焦がれていつまでも待てようか。自分は朝顔に似て宵は知らぬ命である。○焦れとて　思い焦がれていて。○早晩までも　イツィマディンと読む。いつまでも。○待め　底本に「持め」とあるが誤記。マチュミと読む。待つのか。「め」は疑問を表す。○わ身　私。一人称の代名詞。○や　国語の「は」にあたる係助詞。

○中風節　前出、二六〇・二六一参照。
263　思うことがあって目覚めてしまった暁は、鳥も鳴き騒ぎ、共に起き出してしまう。○散乱〱　サラサラと読む。ここでは鳥が鳴きさわぐさま。

鳥も散乱〳〵と　　トゥインサラサラトゥ
我身も共に　　ワミントゥムニ
264 おもへ忍ふの　　ウムイシヌブヌ
雲霧や　　クムチリヤ
塩らと振合る　　シュラトゥフヤワシュル
節に晴ら　　シツィニハリラ

述懐節　　シュックェエブシ

265 涙た故へ外に　　ナミダユイフカニ
言の葉も絶て　　クトゥヌハンタエティ
恨み事てすも　　ウラミグトゥティスィン
限り有は　　カジリアリバ

266 涙た白川の　　ナミダシラカワヌ
千尋の(底に)　　シンピルヌスクニ
思ひ濵とす　　ウムイシズミトゥスィ
与所や知覧　　ユスヤシラン

264　思い忍ぶ心をおおう雲や霧も、あなたとお会いできる時には晴れように。○おもへ忍ふ　ひそかに恋い慕う。「おもへ」は「おもひ」を表記したもの。○塩ら　「しをら」の当て字。愛しい人。恋人のことで男女両方に用いる。「無蔵」「里」よりも範囲が広く、古い語である。日本古語の「しをらし」に通ずる。○振合る　フヤワシュルと読む。めぐり会う。「振合す」は、袖を振り合わすことで、会う意。○節　時節。○晴ら　晴れるだろう。

○述懐節　前出、六二・六三参照。

265　涙よりほかにいう言葉も絶えて、恨みごとといっても限りがあるから。○故へ　「より」を表記したものか。○言の葉　ことば。○恨み事てすも　恨みごとというのも。○有は　あれば。あるので。

266　涙を白川の千尋の底に沈めるようにして、思いをとらえているのを、よその人は誰も知らない。○千尋　「尋」は長さを計る単位。非常に深いことを表す。→二七五。○(底に)底本は欠字。『琉歌全集』の重複歌(三〇七二)によって補う。○濵とす　シズミトゥスィと読む。沈めていること。「しづめてをす」の変化したもので、「す」は、…すること、の意。○与所や　よその人は。他人は。「や」は国語の「は」にあたる係助詞。○知覧　知らない。「知らん」の当て字。

八段　端節

満作節

マンサクブシ

267
恵ある御代や　ミグミアルミユヤ
十日越の雨に　トゥカグシヌアミニ
四方の民種の　ユムヌタミクサヌ
色と増る　イルドゥマサル

268
恵ある御代や　ミグミアルミユヤ
打鳴す竹も　ウチナラスダキン
万代と響く　ユルズィユトゥフィビク
音の高さ　ウトゥヌタカサ

作米節

ツィクタルメエブシ

269
老木成松の　ウイギナルマツィヌ

○満作節　前出、一八九・一九〇参照。
267　恵みの豊かな御代は、十日ごとの雨で、四方の人民は喜びの色に満ちあふれている。○十日越　十日ごと。十日おき。○民種　民草。人民。民衆。○と　ドゥと読む。強意の係助詞で国語の「ぞ」にあたる。
268　恵み豊かな御代は打ち鳴らす四つ竹の響きも、いついつまでもと音高く冴えている。○竹　ここでは楽器の四つ竹のこと。○万代と　いついつまでもと。

○作米節　前出、一九一・一九二参照。
269　老木の松が若芽を出すように、嬉しいことが代々に続いて千歳までも栄えるであろう。○老木成　老木である。

翠（ミトリ）差毎に　ミドゥリサスグトゥニ
嬉しこと代ゝの　ウリシグトゥユユヌ
千年迄も　チトゥシマディン

270 老木成松の　ウイギナルマツィヌ
翠（ミトリ）葉の下に（ニ）　ミドゥリバヌシチャニ
亀か歌すれは　カミガウタスィリバ
鶴や舞方　ツィルヤメカタ

南嶽節　ナンダキブシ

271 月や月思て　ツィチヤツィチトゥムティ
人や詠めよら　ユスヤナガミユラ
我身や暮さらぬ　ワミヤクラサラヌ
秋の今宵　アチヌクユイ

272 月も照り清さ　ツィチンティリジュラサ
糸尋（トマヒリ）り童　イトゥトゥメリワラビ
露の玉拾て　ツィユヌタマフィルティ

○翠　みどり。緑葉、つまり若葉のこと。○差毎に　サスグトゥニと読む。(芽を)出すように。「毎」は、「如」の当て字で、…のようである、の意。○嬉しこと　うれしいこと。○代ゝ　いつまでも。

270　老木の松の若葉の下で、亀が歌えば鶴は舞っている。
○歌すれは　歌をうたうと。○や　国語の「は」にあたる係助詞。○舞方　舞の役。

○南嶽節　『琉歌全集』に、別名を「波照間節」という。八重山の波照間から起こった歌か、とある。

271　月はただの月と思って人は眺めるのだろうか、私にはたえられないよ、秋の今宵の名月は。○思て　トゥムティと読む。と思って。接続助詞「と」と、「思って」が複合したもの。○詠めよら　眺めるだろう。○我身　私。一人称の代名詞。○暮さらぬ　思い悩んで日々を暮らしかねる。耐えられない。

272　月も美しく照っている、糸を探しておいでよ童、露の玉を拾って貫いて遊ぼう。○照り清さ　美しく照り輝いて。○尋り　トゥメリと読む。捜し出せ。捜し尋ねよ。日本古語の「とむ」(求める、尋ねるの意)に通ずる。○童　子供。日本古語でも「わらはべ」「わらべ」がみられる。○拾て　拾って。

貫ひ遊は　ヌチャイアスィバ

源河節　ジンカブシ

273 便り押風の　タユイウスカジヌ
物言者やてや　ムヌイュムヌヤティヤ
日ゝに音信や　フィビニウトゥズィリヤ
聞ら安か　チチュラヤスィガ

274 便り有物と　タユイアルムンドゥ
文や長ん持そ　フミヤチョンムタス
恨みしや恋路　ウラミシヤクイジ
自由も成ぬ　ジユンナラン

算左右節　サンサユウブシ

275 空に吹過る　スラニフチスィジル
風てやんす庭の　カジデンスィニワヌ
松に音信も　マツィニウトゥズィリン

○貫ひ　ヌチャイと読む。貫いて。○遊は　遊ぼう。

○源河節　前出、九九・一〇〇参照。

273 頼みの風が物を言うのであったら、恋人の音信も毎日聞けるはずだが。○便り　頼りになるもの。頼みとするもの。○押風　吹く風。○やてや　であったら。○音信　ウトゥズィリと読む。便り。○聞ら安か　チチュラヤスィガと読む。聞けるはずであるが。「安か」は、であるが、の意。→六〇。

274 つてがあればこそ手紙も持たすのだが、恨めしいことに恋路は自由にならない。○便り　つて。てづる。○と　ドゥと読む。強意の係助詞で国語の「ぞ」にあたる。○文　手紙。○長ん　「ちやうも」の当て字。でも。でさえ。さえも。○持そ　持たせる。「そ」は「す」を類推表記したもの。○恨みしや　恨めしい。○成ぬ　ナランと読む。ならない。

○算左右節　「覧節流」には「算作与節」とある。『琉歌全集』に「算作与節」とあり、昔の家庭教育の歌、とある。工工四の諸本にはみえない節名。

275 空を吹き過ぎる風でさえ、庭の松におとずれのある世の習わしであるのに。○てやんす　デンスィと読む。でさえ。琉歌では「だいんす」と表記するのが普通。→七九。○世

有世安か　アルユヤスィガ

276
空の雲霧や　スラヌクムチリヤ
風の吹払て　カジヌフチハラティ
我身の慾悪や　ワミヌユクアクヤ
洗て無らぬ　アラティネラヌ

九段　葉節

港節　ンナトゥブシ

277
繋置港　ツィナジウクミナトゥ
波風(も)立る　ナミカジンタチュル
情積渡さ　ナサキツィミワタサ
恋の小舟　クイヌクブニ

278
繋留らゝぬ　ツィナジトゥミラヌ
恋の花小舟　クイヌハナクブニ

世間の習わしをいう。

276　空の雲や霧は風が吹き払ってきれいになった。私の欲悪も洗い清められた。○や　国語の「は」にあたる係助詞。○我身　私。一人称の代名詞。○無らぬ　無い。

○港節　前出、二七・二八参照。
277　繋ぎ置く港にも波風は立つ、情けを積み渡そう、この恋の小舟で。○繋置　ツィナジウクと読む。舟を繋留しておく。○立る　タチュルと読む。立っている。「立ちをる」の変化したもの。○積渡さ　積み渡そう。未然形で志向を表す。
278　恋の花小舟は繋ぎとめられない。どうぞ波風に馴れて浮世を無事に渡ってくれ。○繋留らゝぬ　ツィナジトゥミラヌと読む。繋ぎとめることのできない。「ら」は可能の意味を表す助動詞。○渡り　渡りなさい。「渡れ」の方音を表記したもの。

風波に馴て　カジナミニナリティ
浮世渡り　ウチユワタリ

安多節　アダブシ

279 美衣の袖取ひ　ンスヌスディトゥヤイ
わかよしみ拋な　ワガユシミナギナ
ちや成てやいともて　チャナリティヤイトゥムティ
捨てい前み　スィティティイメミ

280 美衣重へしちも　ンスカサビシチン
思逢ぬ両人　ウミアワヌフタリ
吸な者ぬしゆか　スワナムヌヌシュガ
思ひ尽ち　ウムイツィクチ

安波節　アワブシ

281 道広き御代に　ミチフィルチミユニ
生れたる印し　ンマリタルシルシ

○安多節　『琉歌全集』には、「安田節」とあり、遊女の歌。国頭間切安田村に発生、とある。

279 御衣の袖を取って引きとめるのを知りながら、どうにでもなれといって捨てていらっしゃるのか。○美衣　「御衣」の当て字で、衣の敬語。○取ひ　トゥヤイと読む。取って。○よしみ拋な　ユシミナギナと読む。引きとめているのに。引きとめるにもかかわらず。「よしむ」は、引きとめる意。「なげな」は、…にもかかわらず、の意の接続助詞。○ちや成てやい　どうにでもならばなれと。「ちや」は、「いか(如何)」が、「いきや」→「きや」→「ちや」と変化したもの。「てやい」は、…といって、の意で、引用の助詞「てやり」の変化したもの。○ともて　と思って。○い前み　イメミと読む。行きなさるのか。いらっしゃるのか。「み」は疑問の意を表す。

280 御衣を重ねても思うことは一致しない。添い得ない者が思いを尽して何になろう。○美衣重へ　衣を重ねること。同衾すること。「重へ」は重ねること。○しちも　しても。「ち」は接続助詞「て」の変化した形。○吸な者　スワナムヌと読む。添い得ない者。○ぬしゆか　何になるか。「ぬ」は普通「の」と表記し、何、の意。「か」は、ガと読み、疑問の意を表す助詞。○思ひ尽ち　思いのかぎりを尽して。

○安波節　『琉歌全集』に、国頭間切安波村に起こった歌、とある。

281 広やかで平和な御代に生まれたしるしに、露の玉を拾い集めて糸に貫いて遊んでいる。○へるて　「ひろて」を類

露の玉へるて　ツィユヌタマフィルティ
貫ちやへ遊ふ　ヌチャイアスィブ

282
道広き御代や　ミチフィルチミユヤ
四方の御万人も　ユムヌウマンチュン
歌諷て遊て　ウタウタティアスィディ
喜悦誇り　ウリシャフクイ

辺野喜節　鴨脚嘉節　ビヌチブシ

283
飛鳥の翅さ　トゥブトゥイヌツィバサ
仮は夜ゝことに　カリバユユグトゥニ
通路の空や　カユイジヌスラヤ
わ自由やすか　ワジユヤスィガ

284
飛鳥の翅さ　トゥブトゥイヌツィバサ
仮は自由なよめ　カリバジユナユミ
昔業平の　ンカシナリフィラヌ
羽のあため　ハニヌアタミ

推表記したもの。拾って。○貫ちやへ　ヌチャイと読む。貫いて。「貫く」は玉などを糸で貫き通す意。

282　広やかで平和な御代は、天下の万民も喜んで歌を歌って祝っている。○御万人　ウマンチュの当て字。「お真人」の変化したもの。一般の人。民衆。○諷て　ウタティと読む。歌って。○喜悦　ウリシャと読む。うれしい。○誇り　喜ぶ。喜び祝う。歓喜に満ちた喜ばしさをいう。

○辺野喜節　前出、一〇一・一〇三参照。

283　飛ぶ鳥の翼を借りることができれば、毎夜かよう恋路の空は私の思いのままなのに。○翅さ　翼。○仮は　カリバと読む。借りれば。動詞「借る」の已然形に接続助詞「ば」の付いた形で、ここでは未然形と同様仮定条件を表す。○通路　通い路。○や　国語の「は」にあたる係助詞。○やすかであるが。であるけれど。→六〇。

284　飛ぶ鳥の翼を借りることができたら自由になるだろうか。昔の在原業平には羽があったのか。○なよめ　なるか。できるか。「なりをめ」の変化したもの。「め」は疑問の意を表す。○業平　在原業平のこと。○あため　あったか。

呑布の節　（ヌンフイブシ）

285
春の花染の　ハルヌハナズミヌ
袖や振合ちよて　スディヤフヤワチュティ
涼〳〵となたる　スィダスィダトゥナタル
夏の衣　ナツィヌクルム

286
春なとて今日や　ハルナトゥティキユヤ
花の色〳〵の　ハナヌイルイルヌ
惜ち惜覧　ユシジユシマラン
夏のあつさ　ナツィヌアツィサ

十段　波節

娘節　赤俣節　ムスメブシ（アカマタブシ）

287
恋しさの肝や　クイシサヌチムヤ

○呑布の節　「覧節流」には「呑布留節」とある。工工四の諸本に「のんふり節」とみえる。

285　春の花模様の着物を着ているうちに、すがすがしい夏の薄衣を着る季節となった。○花染　花模様。○振合ちよて　振り合わして。「ふりあはしてをりて」の変化したもの。『琉歌全集』では、「ふりかへて」（着替える意）とある。○涼〳〵と　スィダスィダトゥと読む。すがすがしく涼しそうに。○なたる　なった。「なりたる」の変化したもの。

286　春になって今日は花の色々が咲きみごとであるが、夏の暑さは止めて止められない。○なとて　なって。なっていて。○や　国語の「は」にあたる係助詞。○惜ち惜覧　ユシジユシマランと読む。我慢しても我慢できない。辛抱しても辛抱できない。

○娘節　『琉歌全集』の「赤俣節」には、赤俣はやまかがしの当て字、とある。

287　恋しい心はさまざまにあっても、恋人も眺めているであろう、宵の空は。○肝　心。心情。○あても　あっても。

様〳〵にあても　サマザマニアティン
塩らも詠めよら　シュランナガミユラ
宵の空や　ユイヌスラヤ

288
恋死る命　クイシヌルイヌチ
惜(ウシモ)も身やあ覧　ウシムミヤアラン
彼か上に報ひ　アリガウィニムクイ
有はきやしゆか　アラバチャシュガ

越喜屋節　クイチャブシ

289
手習は坂に　ティナレエヤサカニ
押登る車　ウシヌブルクルマ
油断ともすれは　ユダンドゥンスィリバ
跡に戻る　アトゥニムドゥル

290
手習や童　ティナレエヤワラビ
闇のさく平等に　ヤミヌサカフィラニ
車押ことに　クルマウスグトゥニ

○塩ら　「しをら」の当て字。愛しい人。恋人のことで男女両方に用いる。「無蔵」「里」よりも範囲が広く、古い語。日本古語の「しをらし」に通ずる。○詠めよら　眺めるであろう。「ながめをら」の変化したもの。

288　恋い焦がれて死ぬ身は惜しくはないが、もしこの報いがあの人の身にいったらどうしよう。○惜も　惜む。「も」は、「む」を類推表記したもの。○あ覧　「あらん」の当て字。「あらぬ」で、…でない、の意。○彼　あれ。彼女。○有はあらば。あるならば。○きやしゆか　どうしようか。「きや」は「いか(如何)」の変化したもの、「しゆ」は「する」の活用形、「か」は、ガと読み、疑問の意を表す助詞。

○越喜屋節　前出、六六・六七参照。

289　手習いは坂に車を押して登るようなものだ。油断をするとすぐ後もどりするものだ。○手習　習字のけいこ。○とも　ドゥンと読む。でも。強意の係助詞。○跡　「あと(後)」の当て字。

290　子供たちよ、手習いは闇の夜の急な坂に車を押すようなものだ。油断するな。○童　子供。日本古語でも「わらはべ」「わらべ」がみられる。○さく平等　坂ひら。急な坂。険しい坂。「ひら」も坂のこと。日本古語では「黄泉比良坂」のように、坂のことを「ひらさか」といっていた。○押ことに　おす如に。押すように。

油断するな　ユダンスィルナ

多越金節　トウカニブシ

291
旅の仮枕　タビヌカリマクラ
寝は夜〻ことに　ニリバユユグトゥニ
夢や橋掛て　イミヤハシカキティ
無蔵か御側　ンゾガウスバ

292
旅の仮宿に　タビヌカリヤドゥニ
情懸られて　ナサキカキラリティ
哀別路や　アワリワカリジヤ
わ袖濡ち　ワスディヌラチ

赤慶名節　アカキナブシ

293
只にや長も面難　タダネチョンツィリナ
朝ま夕間暮ち　アサマユマクラチ
詰て淋さや　ツィミティサビシサヤ

○多越金節　前出、一三一・一三三参照。

291　旅の宿に仮寝をして休むと、夜ごと夜ごとに夢は橋をかけて恋人のそばに行っている。○仮枕　旅寝の枕。○無蔵　男の側から女の恋人をいう語。

292　旅の仮宿で情けをかけられて、悲しい別れ路に涙でわが袖を濡らすようになってしまった。○仮宿　仮の住みか。旅の宿。○哀　アワリと読む。悲しい。○わ袖　私の袖。「わ(我)」は、体言に直接付く。○濡ち　濡して。

○赤慶名節　前出「赤木名節」に同じ。一三三・一三四参照。

293　ただでさえ朝晩つれなく暮らしているのに、まして雨の音まですると淋しくてたまらない。○只にや長も　タダネチョンと読む。ただでさえ。「長も」は「ちやうも」を表記したもので、さえも、の意の副助詞。係助詞「や」について使われる。○面難　ツィリナと読む。つれない。情けない。○朝ま夕間　朝な夕な。朝晩。○暮ち　暮らして。「ち」は「して」が融合し変化したもの。○詰て　つめて。いよいよ。ますます。○音声　音。

雨の音声　アミヌウトゥグィ

仲渠節　ナカンカリブシ

294
恨しや恋路　ウラミシヤクイジ
わ躬の儘成ぬ　ワドゥヌママナラヌ
一期面難に　イチグツィリナサニ
おもひ残ち　ウムイヌクチ

295
恨しや無蔵か　ウラミシヤンゾガ
照る日や照そ　ティルティダヤティラス
わ袖降雨の　ワスディフルアミヌ
朝も夕さも　アサンユサン

○仲渠節　前出、一五九・一六〇参照。

294　わが思うままにならぬ恋路が恨めしい。一生涯つれなく悲しい思いを残したままだ。○恨しや　恨めしい。○わ躬　ワドゥと読む。私自身。わが身。○儘成ぬ　ままならぬ。思うようにできない。○一期　一生。一生涯。○残ち　残して。

295　恨めしい恋人よ、照る太陽は照らしてくれ、私の袖は朝も夕も降る雨で濡れ通しである。○日　ティダと読む。太陽。○や　国語の「は」にあたる係助詞。○照そ　照らす。「そ」は「す」を類推表記したもの。○夕さ　夕方。

十一段　覇節

嘉謝伝風節　カジャディフウブシ

296
今日の誇らしやゝ　キユヌフクラシャヤ
猶にきやな立る　ナヲゥニジャナタティル
莟てをるはなの　ツィブディヲゥルハナヌ
露ちやたこと　ツィユチャタグトゥ

297
今日のよかる日に　キユヌユカルフィニ
昔友行逢て　ンカシドゥシイチャティ
嬉しさや互に　ウリシサヤタゲニ
語て遊は　カタティアスィバ

与舎江納節　ユシャイノオブシ

298
嬉しさや庭の　ウリシサヤニワヌ

○嘉謝伝風節　前出、七三・七四参照。

296　今日の嬉しさは何にたとえようか。莟んでいる花が露に行き会ったようである。○誇らしや　喜ばしさ。うれしさ。歓喜に満ちた喜ばしさの意。○猶に　何に。「猶」は、疑問代名詞「なお(何)」の当て字。○きやな　がな。疑問の意の助詞「が」が変化した「ぎや」に、詠嘆の意の助詞「な」が付いたもの。○立る　譬える。「たとえる」のつまった形に当て字したもの。○莟て　つぼんで。○ちやたこと　会ったようである。「いきあった」の「い」が落ちて、「きあった」→「きやた」→「ちやた」と変化したもの。「こと(如)」は、のようである、の意。

297　今日の吉日に懐かしい旧友に会って嬉しい。お互いに語りあって遊ぼう。○よかる日　良い日。吉日。めでたい日。○昔友　昔なじみ。幼なじみ。旧友。「友」は、ドゥシと読む。九州、出雲地方でも、仲間、友達を「どし」という。○行逢て　イチャティと読む。会って。○語て　語って。○遊は　アスィバと読む。遊ぼう。

○与舎江納節　『琉歌全集』には「よしやいなう節」とあり、五風十雨の天恵と、万代までも栄える君の御代を祝う歌、とある。

竹の節〳〵に　ダキヌフシブシニ
君か万代の　チミガユルズィユヌ
祝ひ籠て　イワイクミティ

299
嬉しなる竹の　ウリシナルダキヌ
よゝの数〳〵に　ユユヌカズィカズィニ
籠る万代や　クムルユルズィユヤ
君と知ら　チミドゥシユラ

早作田節　ハイチクテンブシ

300
歌やうた諷ひ　ウタヤウタウタイ
節やふし節に　フシヤフシブシニ
声や恋ゝと　クイヤクイクイトゥ
裏や表て　ウラヤウムティ

301
歌の節ゝの　ウタヌフシブシヌ
時行世の中や　ハヤルユヌナカヤ
遊ひ楽の　アスィビタヌシミヌ

298　うれしいことよ。庭の竹の節々に、君が万代のお祝いをこめて。○節〳〵　竹の節々ごと、の意。

299　竹の節々に籠る万代のめでたさは、君こそよくお知りになるであろう。○竹のよゝ　竹の節と節の間の中空になっているところ。「世」に掛けてある。○と　ドゥと読む。こそ。国語の「ぞ」にあたる係助詞。ふつう連体形で結ぶ。○知ら　シュラと読む。知るでしょう。『琉歌全集』の重複歌は「知ゆる」とあり、連体形で結ばれている。

○早作田節　前出、八七・八八参照。

300　歌はいろいろの歌をうたい、曲は曲々に、声は切々と裏声や表声を出して歌う。○や　国語の「は」にあたる係助詞。○節　音楽のふし。旋律。○恋ゝと　クイクイトゥと読む。切々と。慕わしく情のこもったさま。「声」と「恋」が掛けてある。○裏や表て　裏声や表声。裏声はのどの奥でことさらに高く張りあげて出す声で、表声は普通の地声。この「や」は同種のものを示す並列助詞。

301　いろいろの歌が流行する世の中は、遊び楽しみの果てというものがない。○節ゝ　いろいろな譜曲。「節」は音楽のふし、曲のこと。○時行　『琉歌全集』の重複歌（一八〇）によるとハヤルと読むらしい。○楽　楽しみ。○無ぬ　ネラヌと読む。無い。語形は二重否定だが、無い、の意。

果も無ぬ　ハティンネラヌ

立雲節　菊見節とも云　タツィクムブシ

302
秋や色ゝの　アチヤイルイルヌ
菊の花盛り　チクヌハナザカイ
押列て互に　ウシツィリティタゲニ
出て見欲舎　ンジティミブシャ

303
秋の夜の御月　アチヌユヌウツィチ
雲晴て今日や　クムハリティキユヤ
四方に照渡る　ユムニティリワタル
影の清さ　カジヌチュラサ

立雲節　タツィクムブシ

304
別れ路の近く　ワカリジヌチカク
押詰て来は　ウシツィミティクリバ
片時も御側　カタトゥチンウスバ

○立雲節　前出、八九・九〇参照。
302　秋はいろいろな菊の花盛りである。連れ立っていっしょに出かけてみたい。○や　国語の「は」にあたる係助詞。○押列て　ウシツィリティと読む。連れ立って。○出て　ンジティと読む。出て。○見欲舎　ミブシャと読む。見たい。眺めてみたい。「欲舎」は「ぼしや」の当て字。…したい、の意。
303　秋の夜のお月さまはさえぎる雲もなく晴れわたり、今日は四方に照り輝く光が美しい。○四方　四周。諸方。○影　(月の)光。○清さ　チュラサと読む。美しい。立派なさま。みごとなさま。

○立雲節　前出、八九・九〇参照。
304　別れる日が近くおしつまって来れば、片時もおそばから離れ難い。○押詰て　おしつめて。おしつまって。せまって。○離れ苦舎　ハナリグリシャと読む。離れ難い。「苦舎」は「くれしや」の当て字。…し難い、の意。

離れ苦舎　ハナリグリシャ

305 別れ路の空に　ワカリジヌスラニ
濡るわか袖や　ヌリルワガスディヤ
誰かしふて干か　タガシブティフシュガ
日やてゝん　ティダヤティティン

十二段　葉節

金武節　チンブシ

306 宵も暁も　ユインアカツィチン
畀て思出は　ウズディウビジャシバ
はなの俤の　ハナヌウムカジヌ
立よ増て　タチユマサティ

307 宵も暁も　ユインアカツィチン
思出と限　ウビジャストゥカジリ

305 別れの時に濡れるわが袖は、誰がしぼって干してくれるか。陽は照っていても。○しふて　シブティと読む。絞って。○干か　フシュガと読む。干すか。「か」は、ガと読み、疑問の意の助詞。○日　ティダと読む。太陽。○てゝん　照っても。

○金武節　前出、九三・九四参照。

306 朝晩眼がさめて思い出せば、恋しい人の花のような面影が立ちまさるばかりである。○畀て　ウズディと読む。目が覚めて。○はな　花になぞらえて恋人をいう。○立よ増て　立ちまさって。「よ」は間投助詞。動詞と動詞の間に入れて韻律を調える働きがある。

307 朝晩いつでもあの人のことを思い出すと同時に、枕が涙のために浮舟のようになる。○限　かぎり。…と同時に。

枕ら浮舟に　マクラウチフニニ
なしゆる涙た　ナシュルナミダ

恩納節　ウンナブシ

308
山原の嶋や　ヤンバルヌシマヤ
荒目蒲筵　アラミガマムシル
敷は居ら召れ　シカバヲゥリミショリ
愛し里前　カナシサトゥメ

309
山原の習や　ヤンバルヌナレヤ
差枕ら無ぬ　サシマクラネラヌ
くなへてすけ召れ　クネティスィキミショリ
松の切くい　マツィヌキクイ

謝敷節　ジャジチブシ

310
笠に顔隠す　カサニカヲゥカクス
忍ふ夜や知ぬ　シヌブユヤシラヌ

○なしゆる　なす。「なしをる」の変化したもの。

○恩納節　前出、九五・九六参照。

308　山原(やんばる)の村は荒目の蒲むしろしかありません。敷きましたらおすわりください。わが愛する里前。○山原　沖縄本島の北部地方の総称。南部に比べて山がちな地域ということでそう呼ばれる。○嶋　島。村。国。故郷。血縁共同体の集落をマキヨというが、十二世紀頃から形成される地縁集団の新集落を、ウラ(浦)、またはシマ(島)という。○荒目蒲筵　編み目の荒い蒲のむしろ。粗末な蒲のむしろ。○居ら召れ　『琉歌全集』の重複歌には、「いりめしやうれ」とある。おすわりください。「いり」は「ゐり(居り)」で、坐ること。「めしやうれ」は尊敬の意を表し、「めしおはれ」の変化したもの。○愛し里前　愛するお方。「愛し」は愛する、いとしい、の意。「里」は女の側から男の恋人をいう語。「前」は接尾敬称辞。

309　山原の風習には差枕はありません。こらえて松のきりかぶを枕にしてくださいませ。○習　習い。風習。○差枕　板で箱形に作った枕。箱枕。○無ぬ　ネラヌと読む。無い。○くなへて　こらえて。○すけ召れ　お据えください。「すける」は、物を据えつける意。○切くい　木の切り株。

○謝敷節　前出、九七・九八参照。

310　笠に顔を隠して忍んで行く夜とも知らないで、冴えて照り渡っている月が恨めしい。○忍ふ　忍んで行く。人目

さやかてるわたる　サヤカティリワタル
月の恨舎　ツィチヌラミシャ

311 笠に音立て　カサニウトゥタティティ
降たる夏雨や　フタルナツィグリヤ
今や打晴て　ナマヤウチハリティ
日と照る　ティダドゥティユル

源河節　平敷節とも云　ジンカブシ

312 俤の立は　ウムカジヌタティバ
自由成よめ我身の　ジユナユミワミヌ
夜ゝに風便て　ユユニカジタユティ
互に語ら　タゲニカタラ

313 俤に匂の　ウムカジニニヲィヌ
立増い〳〵　タチマサイマサイ
こらさらんあてと　クラサランアティドゥ
忍て着る　シヌディツィチャル

に隠れて行く。○さやか　澄んでくっきりとしたさま。○恨舎　ラミシャと読む。恨めしい。「うらめしや」の「う」が脱落したもの。八音にあわすためである。

311　笠に音を立て降っていた夏雨は、今晴れあがって太陽が照り輝いている。○降たる　降った。降っていた。「降りたる」の変化したもの。○夏雨　ナツィグリと読む。夕立ち。にわか雨。○今や　ナマヤと読む。今は。「なま」は今の意。「や」は国語の「は」にあたる係助詞。○打晴て　晴れて。晴れあがって。「うち」は接頭語。○日　ティダと読む。太陽。○と　ドゥと読む。強意の係助詞で国語の「ぞ」にあたる。○照る　ティユルと読む。照っている。

○源河節　前出、九九・一〇〇参照。

312　面影が立てば私の自由になるだろうか。夜ごとに風を便りにして互いに語りましょう。○立は　立てば。○成よめ　成るか。できるか。「め」は疑問・反語の意を表す。○我身　私。一人称の代名詞。○便て　便りとして。

313　恋人の面影にさらに匂いが立ちまさって、我慢することができないで忍んで来たのだ。○こらさらん　暮らさらぬ。思い悩んで日々を暮らしかねる。耐えられない。我慢できない。○あてと　アティドゥと読む。あってこそ。○忍て　人目を忍んで。人目に隠れて。○着る　ツィチャルと読む。着いた。「着きたる」の変化したもの。

与那節　　ユナブシ

314
浅増や浮世　　アサマシヤウチユ
石の火の光り　　イシヌフィヌフィカリ
あかゝよんとめは　　アカガユントゥミバ
暗（クラク）く成さ　　クラクナユサ

315
浅増や人の　　アサマシヤフィトゥヌ
花染の心　　ハナズミヌククル
知らん徒に　　シランイタズィラニ
おもひ染て　　ウムイスミティ

十三段　昔節物

習節　　ナライフシ

316
首里加那志公事　　シュイガナシメデイ

○与那節　前出、一〇五・一〇六参照。
314　あさましい浮世は火打ち石の光に似て、明るくなったかと思うとすぐ暗くなってしまう。○浅増や　浅ましいことだ。あまりのことに驚く意が原義。○石の火　火打ち石の火。○あかゝよん　明るくなる。「あかがりをん」の変化したもの。○とめは　と思えば。○成さ　ナユサと読む。なるのだ。「さ」は軽い強調を表す。
315　華やかさを追う人の心はあさましい。それをも知らないで、いたずらに深く思ってしまった。○花染　美しい色染め。○知らん　知らずに。○徒に　いたずらに。むだに。

○習節　前出、四六・四七参照。
316　国王様の公事に新年の祈願をする七組の人々がそろって、出でたつ心にさわりがあろうか。○首里加那志　首里の国王様。「かなし」は、いとおしい、可愛いの意から転じて接尾敬称辞となったもの。○公事　首里での御奉公。首里でのおつとめ。「公事」はミャデイあるいはメデイと読み、おつとめの意。「みおやだいり」とも書き、「み」「おや」はともに接頭敬語、「だいり」は内裏すなわち首里王城のこと。○七の与

七の与な揃て　ナナヌクナスルティ
出立る肝に　ンジタチュルチムニ
鐙（サヒノ）の有い　サビヌアルイ

317
首里天加那志　シュユイティンガナシ
御慈悲有明の　グジフィアリアキヌ
月影と共に　ツィチカジトゥトゥムニ
拝てすてら　ヲゥガディスィディラ

珠数節　ズズブシ

318
哀さめ無蔵と　アワリサミンゾトゥ
かん自由もならぬ　カンジユンナラン
月日押詰て　ツィチフィウシツィミティ
年や寄い　トゥシヤユユイ

319
哀さめ朝夕　アワリサミアサユ
落るわか涙た　ウティルワガナミダ
石の袖やても　イシヌスディヤティン

な　ナナヌクナと読む。七の組。クナは組の意。新年に国王の長寿、国家安泰、五穀豊穣などを祈願して、組を作って諸々の拝所を回った人々。親方部二人、御座敷衆二人、当親雲上二人、勢頭親雲上二人、御書院親雲上二人、里之子二人、筑登之二人の十四人に、お供の家来赤頭七人、都合三人ずつの七組をいう。○肝　心。心情。○鐙　『琉歌全集』の重複歌には「さび」とある。「さび」は曇り、さわり。○有い　あるか。あろうか。「い」は疑問の意を表す助詞。

317　国王様の御慈悲を、有明の月影とともに仰いでお恵みに浴したい。○首里天加那志　首里の国王様。○有明　月が没しないうちに夜が明ける頃合。和語からの借用。ここでは掛詞。○月影　月の光。また、月。○拝て　仰いで。お目にかかって。○すてら　戴こう。恩恵に浴したい。「すでる」は孵化する意が原義だが、琉歌では「拝ですでら」で、拝謁する意に使われる。

○珠数節　『琉歌全集』には、「ずず節」とあり、御代の春風を歌ったためでたい歌。ほかの数珠をつまぐって祈る心持ちの歌、とある。

318　哀れなことよ。恋人と自由に会えないまま月日はおしつまって年が寄るばかりである。○哀さめ　哀れなことよ。「さめ」は強意の助詞で、「さらめ」に同じ。○無蔵　男の側から女の恋人をいう語。○かん　こんなにも。「かに」の変化したもの。○ならぬ　ならない。○押詰て　おしつめて。おしつまって。差しせまって。○や　国語の「は」にあたる係助詞。○寄い　ユユイと読む。寄るし。「寄りをり」の変化したもの。

319　哀れなことよ。朝夕落ちるわが涙ならば、石のような袖であっても朽ちないでおこうか。○落る　ウティルと読む。落ちる。琉球方言では下二段活用。○やても　であっても

朽ん置め　　クタンウチュミ

胡波伝佐節　　クファディサブシ

320
約束の御行逢や　　ヤクスクヌウィチェヤ
たにす又しちやり　　ダニスィマタシチャリ
袖の振合と　　スディヌフヤワシドゥ
御縁更め　　グヰンサラミ

321
約束のあてと　　ヤクスクヌアティドゥ
予尋て着る　　ワネトゥメティツィチャル
誰とてやり言すや　　タルトゥティヤイイュスィヤ
二人待ら　　フタリマチュラ

石屏風節　　イシヌビョウブブシ

322
可惜玉やすか　　アタラタマヤスィガ
朽糸に貫い　　クチイトゥニヌチャイ
結ひ留らん　　ムスビトゥミララン

も。○朽ん　クタンと読む。朽ちない。○置め　ウチュミと読む。おこうか。「め」は疑問の意を表す。

○胡波伝佐節　前出、四八・四九参照。

320　約束して会うのは当然だが、偶然に袖振り合わせたご縁こそ本当の縁というものでしょう。○御行逢　お会いすること。お目にかかること。○たにす　実に。誠に。ほんとうに。「たに」は副詞で、ダニと読む。国語の「だに」(助詞)とは文法的機能が違う。「す」は国語の「こそ」にあたる係助詞。○しちやり　した。したことである。「したれ」の変化したもので、「す」を受けて已然形。○振合と　めぐり会うことこそ。袖を振り合わすことで、会う意味になる。「と」はドゥと読み、強意の係助詞で国語の「ぞ」にあたる。○御縁更め　御縁なのだ。因縁なのだ。「さらめ」は上接語の意味を強める。

321　約束なので私は訪ねてきたのに、誰だというのは私以外の者を待っているのであろうか。○あてと　あってこそ。○予　ワネと読む。私は。一人称代名詞「わぬ」(「わん」ともいう)に係助詞「や」の融合したもの。融合して「わぬや」「わんや」になるが、この形が口語ではワンネー、文語ではワネと短く発音され、表記では「わない」と書かれる。○尋て　捜し求めて。捜し尋ねて。日本古語の「とむ(尋む)」に通ずる。琉歌では「とまいて」などと表記され、トゥメティと読む。○着る　ツィチャルと読む。着いたのだ。「つきたる」の変化したもの。○誰とてやり　誰といって。「てやり」は、といって、の意。○言すや　イュスィヤと読む。言うことは。「す」は事あるいは物の意で、「や」は国語の「は」にあたる係助詞。

○石屏風節　前出、六六参照。

322　大事な玉なのに朽ちた糸に貫いたため、結びとめられないで散らしてしまったのは惜しい。○可惜　アタラと読む。惜しい。大事な。○やすか　であるが。だが。○朽糸　朽ちた糸。○貫い　貫いて。ヌチャイと読む。「ぬきあり」の変化したもの。○結ひ留らん　結びとめられない。「ら」は

散る心気　チリルシンチ

323
可惜歌節や　アタラウタフシヤ
切ゝになとれ　チリヂリニナトゥリ
三味線の糸に　サンシンヌイトゥニ
貫い置り（な）　ヌチャイウカナ

白鳥節　シラトゥイブシ

324
若水に面　ワカミズィニウムティ
洗て九重に　アラティククヌイニ
登て首里加那志　ヌブティシュイガナシ
拝て巣出ら　ヲゥガディスィディラ

325
若水に面　ワカミズィニウムティ
洗て我姿　アラティワガスィガタ
若成て春や　ワカクナティハルヤ
遊ふ嬉舎　アスィブウリシャ

可能の意、「ぬ」は否定の意の助動詞。○散る　散る。散ってしまう。ここでは二段活用で、チリルと読む。○心気　悲しい気持ち。つらい気持ち。和語からの借用。

323　大事な歌の節が切れ切れになっているから、三味線の弦にのるように整えておこうか。○切ゝに　切れ切れに。いくつにも切れたさま。○なとれ　なっているので。「なりてをれ」の変化したもの。○貫い　貫いて。○置り　「おきやれ」を表記したものか。『琉歌全集』の重複歌には、「おかな」(おこう)とある。

○白鳥節　『琉歌全集』に、白鳥はをなり神の霊の現れという歌を始め、夫婦永遠の契りの歌など、とある。

324　若水で面を洗い九重の内に登って国王様に拝謁し、若くなろう。○若水　立春の日の早朝に汲む聖水。「わか」は美称辞。これを飲めばその年の邪気を払い、若返るという信仰がある。○面　顔。顔面。○九重　首里王城のこと。王城には九つの門があることからその異称となる。○首里加那志　首里の国王様。「かなし」は、いとおしい、かわいいの意から転じて接尾敬称辞となったもの。○拝て巣出ら　拝謁いたしましょう。「拝て」は、拝む、合掌する、の意から転じて、お目にかかる、うけたまわる、などの意になる。

325　若水で顔を洗ったらわが姿は急に若くなったようで、新春に遊ぶのは嬉しい。○若成て　若くなって。沖縄では、新年に、若水を使って若がえる、という思想がある。○や　国語の「は」にあたる係助詞。○嬉舎　ウリシャと読む。「うれしや」の当て字。うれしい。

十四段　波節

白瀬節　シラシブシ

326 袖や波下の　スディヤナミシタヌ
蚫貝よやよら　アワビゲユヤユラ
夢の間の浮世　イミヌマヌウチユ
独り濡ち　フィチュイヌラチ

327 袖よ引留て　スディユフィチトゥミティ
暫たい彼か　シバシテイアリガ
言るいことはの　イチャルイクトゥバヌ
忘りぐりしや　ワスィリグリシャ

半田間節　ハンタマブシ(ハンタメエブシ)

328 莟て露待る　ツィブディツィユマチュル

○白瀬節　前出、一六五・一六六参照。

326 私の袖は波の下の鮑貝のようなものだろうか。夢の間の短い浮世をひとり泣き暮らしている。○や　国語の「は」にあたる係助詞。○蚫貝　あわび。和歌に同じく、貝殻が一片のように見えるので片恋・片思いの比喩として使われる。○やよら　であろう。断定の助動詞の未然形であるが、動詞のように単独で文節となる。○濡ち　濡らして。涙がかわく間もないことの比喩的表現。「ち」は接続助詞「して」が融合し変化したもの。

327 別れるとき袖をひきとめて、もうしばらくと言ったあの人の言葉が忘れられない。○よ　動作の目的・対象を示す国語の「を」にあたる助詞。○暫たい　「しばしてやり」を表記したもの。もうしばらくと言って。「てやり」は、と言っての意。○彼　あれ。彼女。○言る　イチャルと読む。言った。「言いたる」の変化したもの。○いことは　ことば。「い」は接頭語。○忘りぐりしや　忘れ難い。「ぐれしや(苦しい)」は、…し難い、の意。

○半田間節　前出、一六七・一六八参照。

328 莟のまま露を待つ花の上には降らず、わが袖にのみ露はしきりに降ることよ。○莟て　つぼんで。○待る　マチ

花の上やふらぬ　ハナヌウィヤフラヌ
我か袖に降る（フヨ）　ワガスディニフユル
露のしきさ　ツィユヌシジサ

329
莟て未咲ぬ　ツィブディマダサカヌ
初花の童　ハツィハナヌワラビ
威（イツノ）の夜の露に　イツィヌユヌツィユニ
咲ち吸か　サカチスユガ

具仁屋節　クニヤブシ

330
自由ならぬとめは　ジユナラヌトゥミバ
思ひ増鏡み　ウムイマスカガミ
影やちよんうつき　カジヤチョンウツチ
拝み欲舎ぬ　ヲゥガミブシャヌ

331
自由成ぬ事や　ジユナラヌクトゥヤ
誰よ恨ゆか　タルユウラミユガ
無蔵とわか中の　ンゾトゥワガナカヌ

ュルと読む。待つ。「待ちをる」の変化したもの。○降る　フユルと読む。降る。「降りをる」の変化したもの。○しきさ　繁さ。頻繁なさま。

329　まだ咲かないつぼみのような乙女子よ、いつの夜の露に咲かして添い寝ができよう。○未　まだ。○童　子供。純真な女、幼い女のこともいう。日本古語でも「わらはべ」「わらべ」がみられる。○威の　何時の。当て字。○咲ち　咲かして。咲かせて。○吸か　「添ゆか」の当て字。寄り添えるだろうか。連れ添えるだろうか。

○具仁屋節　前出「古仁屋節」に同じ。一五五・一五六参照。

330　自由にできないと思うと思いは増すばかりだ。せめて面影だけでも鏡に映してお目にかかりたいものだ。○とめは　と思えば。○増鏡み　よく澄んだ鏡。「影」の枕詞。「思ひ増す」と掛詞になっている。○ちよん　「ちよも」の変化したもの。でさえ。さえも。○うつき　「うつち」を類推表記したもの。写して。「ち」は接続助詞「して」が融合し変化したもの。○拝み欲舎ぬ　拝みたいものだ。お目にかかりたいものだ。「欲舎ぬ」は、「ぼしやの」の当て字。

331　自由にならないと誰を恨もうか。恋人と私が結ばれない縁を恨むばかりである。○恨ゆか　恨もうか。「か」はガと読み、疑問の意の助詞。○無蔵　男の側から女の恋人をい

縁と恨る　キンドゥウラム

出砂節　イディスィナブシ

332 忍て入る路の　シヌディイルミチヌ
あたらませ里か　アタラマシサトゥガ
真実のこゝろ　シンジツィヌククル
探て見らな　サグティンダナ

333 忍ふ夜の空や　シヌブユヌスラヤ
雨や降ねとも　アミヤフラニドゥム
笠に顔隠ち　カサニカヲゥカクチ
忍ふ恋路　シヌブクイジ

阿嘉佐節　アガサブシ

334 篗の糸心　ワクヌイトゥグクル
繰返し〳〵　クリカイシガイシ
掛て俤の　カキティウムカジヌ

う語。〇縁と　縁こそ。「と」は、ドゥと読み、国語の「ぞ」にあたる係助詞。〇恨る　恨む。「うらむ」が下一段に活用した語。『琉歌全集』の重複歌では「恨む」。

〇出砂節　前出、一七・一七三参照。

332 忍びいる路があったのなら、恋人の真実の心を探ってみたい。〇あたらませ　あってほしい。〇里　女の側から男の恋人をいう語。〇見らな　見たい。「な」は願望の意を表す助詞。

333 忍び行く夜の空は雨は降らないけれど、笠に顔を隠しているのは人目を避ける恋路の故だ。〇忍ふ　忍んで行く。人目に隠れて行く。〇や　国語の「は」にあたる係助詞。〇隠ち　隠して。

〇阿嘉佐節　『覧節流』には「阿加佐節」とある。『琉歌全集』に、「あがさ節」として、経糸をかけたり、布を織ったり、女性の仕事のいとしさ貴さ、女性愛憐の歌、とある。

334 枠の糸のようにくり返しくり返し巻きつけていると、恋しい人の面影が立ちまさってくる。〇篗の糸心　枠に巻く糸のように。「わく」は機織りの器具で、績んだ糸を巻き取

増て立さ　マサティタチュサ

335 篗経の御縁　ワクカシヌグヰン
あたらまし互に　アタラマシタゲニ
掛て思里と　カキティウミサトゥトゥ
切ぬことに　チラヌグトゥニ

十五段　古節

拝朝節　ハイチョウブシ

336 御祝事続く　ウイヱグトゥツィズィク
御代の嬉しさや　ミユヌウリシサヤ
寄る歳迄も　ユユルトゥシマディン
若く成さ　ワカクナユサ

337 御祝事計り　ウイヱグトゥビケイ
栄い行御代や　サカイイクミユヤ

る道具。○立さ　タチュサと読む。立つことよ。「さ」は軽い強調の意味を表す助詞。

335 糸枠と綛木(かせぎ)のような縁でお互いにありたい。綛をかけて恋人と離れることのないように。○篗経の御縁「わく」「かせ」は、ともに織機の器具で、密接な関係にあることのたとえ。○思里「里」は女の側から男の恋人をいう語。「思(おも)」は接頭敬語で、「里」よりも丁寧な言い方になる。○切ぬことに　離れないように。「こと(如)」は、のようである、の意。

○拝朝節　前出、九・一〇参照。

336 お祝い事が続く御代の嬉しさは、寄る年までも若くなるようだ。○寄る　ユユルと読む。「寄りをる」の変化したもの。○成さ　ナユサと読む。なるのだ。なることよ。「さ」は、軽い強調の意味を表す。

337 お祝い事ばかり続いて栄え行く御代は、万民共に喜んで遊ぼう。○栄い行「盛り行く」を表記したもの。繁栄していく。○御万人　一般の人。民衆。「お真人」の当て字。

御万人も共に　ウマンチュントゥムニ
誇て遊は　フクティアスィバ

仲順節　チュンジュンブシ

338 月も照清さ　ツィチンティリジュラサ
花も匂しよらしや　ハナンニヱィシュラシャ
押風も涼しや　ウスカジンスィダシャ
出て遊は　ンジティアスィバ

339 月も詠めたひ　ツィチンナガミタイ
急ち立戻ら　イスジタチムドゥラ
里やわか宿に　サトゥヤワガヤドゥニ
待らたへもの　マチュラデムヌ

志由殿節　シュドゥンブシ

340 里と我中や　サトゥトゥワガナカヤ
灯炉の四つ柱　トゥルヌユツィバシラ

「お」は接頭敬語。○誇て　喜んで。喜び祝って。歓喜に満ちた喜ばしさをいう。底本「袴て」と誤記。○遊は　遊ぼう。

○仲順節　前出、三・三参照。

338 月も美しく照り、花も匂いがかぐわしい。そよ吹く風も涼しいので、さあ外に出て遊ぼう。○照清さ　照るさまが美しい。みごとに照ったさま。○しよらしや　しおらしい。愛らしい。○押風　吹く風。そよ風。○涼しや　涼しい。○出て　ンジティと読む。外に出て。

339 月も眺めたし、さあ急いで帰ろう。恋人がわが家に待っていなさるであろうから。○詠めたひ　眺めたし。「ながめたり」の変化したもの。○急ち　急いで。○立戻ら　立ち戻ろう。○里　女の側から男の恋人をいう語。○宿　家。自宅。すみか。○待らたへもの　マチュラデムヌと読む。待っているであろうから。待っているであろうものを。デムヌは、であるもの、であるから、の意。

○志由殿節　前出「諸鈍節」に同じ。一七・一八参照。

340 あなたと私の仲は灯籠の四つ柱、遠く離れていても心は一つだ。○灯炉の四つ柱　四角い灯籠の四隅の柱。○け

けとゝのち居る　キドゥドゥヌチヲゥユル
御肝一つ　ウジムフィトゥツィ

341
里と我中や　サトゥトゥワガナカヤ
今日成は連理　キユナリバリンリ
鳥成は(比)翼　トゥイナリバヒユク
幾もともに　イツィントゥムニ

今風節　イマフウブシ

342
語い欲舎　カタイブシャ
〱　カタイブシャ
語らいても飽の　カタラティンアカヌ
塩らし御肝　シュラシウジム

343
語て呉り　カタティクィリ
こゐ渡ら　クイワタラ
浮世鳥啼ぬ　ウチユトゥイナカヌ
嶋の有は　シマヌアラバ

とゝ　血統こそ。「けど」は一族一門の系統。間柄。「ゝ(と)」はドゥと読み、強意の係助詞。○のち居る　遠く離れている。ヌチヲゥユルと読む。「のきをりをる」の変化したもの。「のく」は退く。○御肝　お心。

341　あなたと私の仲は木でいえば連理、鳥でいえば比翼の鳥でいつも一緒である。○今日成は　『琉歌全集』には「木よなれば」とある。木ならば、の意であろう。「よ」は間投助詞。○連理　連理の枝のことで、隣り合った二つの木の枝が上のほうで一緒にくっついていること。男女の仲の親密な意に用いられる。底本「迷理」と誤記。○鳥成は　底本「側成は」。以下下句は語句が乱れて不詳。『琉歌全集』には、「鳥なれば比翼いつも共に」とある(吾〇六)。「比翼」は、比翼の鳥のことで、雌雄常に一体になって飛ぶという、中国での想像上の鳥。男女の深い仲の意に用いられる。

○今風節　『琉歌全集』には「仲風」とある。

342　語りたくて語りたくていくら語っても飽くことのないのは奥ゆかしい人の御心である。○語い欲舎　「語りぼしや」を表記したもの。語りたい。「ぼしや」は…したい、の意。○語らいても　語り合っても。○飽の　「あかぬ」を表記したもの。飽きない。底本「飲の」と誤記。○塩らし　「しをらし」の当て字。奥ゆかしい。愛しい。

343　語ってくれ、越え渡ろう。この浮(憂き)世に(別れを知らす)鶏の鳴かない島があったら。○語て呉り　語っておくれ。「呉り」は、「呉れれ」を表記したもの。○こゐ渡ら　海を越えて渡ろう。『琉歌全集』重複歌は、「こぎ渡ら」。○浮世鳥　浮世の鳥。後朝の別れの時を告げる鶏。○有は　あらば。あったら。

暁節　　アカツィチブシ

344
暁の別れ　　アカツィチヌワカリ
袖に波立て　　スディニナミタティティ
中島の小矼　　ナカシマヌクバシ
わたり苦しや　　ワタイグリシャ

345
暁の別れ　　アカツィチヌワカリ
惜故からと　　ウシムユイカラドゥ
啼よはしめよさ　　ナチユハジミユサ
鳥の先に　　トゥイヌサチニ

十六段　端節

屋慶名節　　ヤキナブシ

346
楽〳〵と浮世　　ラクラクトゥウチユ

○暁節　『琉歌全集』に、暁の別れに涙した歌を始めすべて別れを惜しむ歌、とある。

344　彼女と暁の別れの悲しさに袖を涙でぬらして、仲島の小橋は渡りかねるものだ。○中島の小矼　遊廓仲島と本地をつなぐ小橋。「仲島」は遊廓の名前で那覇の泉崎にあり、もとは小島であった。○わたり苦しや　渡りかねる。渡り難い。「苦しや」は、…し難い、の意。

345　暁の別れを惜しむゆえにこそ、鳥より先に泣き始めるようになった。○惜　(別れを)惜しむ。○故からと　ゆえにこそ。「と」はドゥと読み、国語の「ぞ」にあたる強意の係助詞。○啼よはしめよさ　泣き始めることよ。「よ」は、間投助詞で動詞と動詞の間にいれて韻律を調える働きがある。「さ」は軽い強調・詠嘆を表す終助詞。

○屋慶名節　前出、一八一・一八三参照。

346　浮世を楽々と渡ろうと願うなら、欲悪の企みをしないことだ。○渡い欲あらは　ワタイブシャアラバと読む。渡

渡い欲あらは　ワタイブシャアラバ
慾悪の巧み　ユクアクヌタクミ
無覧ことに　ネラングトゥニ

347
楽すれは頓て　ラクスィリバヤガティ
苦しや主る事も　クリシャシュルクトゥン
与所の上に見中て　ユスヌウィニンチュティ
心責れ　ククルシミリ

高覆盆子節　タカイチュビブシ

348
誰か袖か振たら　タガスディガフタラ
梅の香の立す　ウミヌカヌタチュスィ
匂ひ尋やい　ニヲゥイタズィニヤイ
御側拝ま　ウスバヲゥガマ

349
誰よ恨とて　タルユウラミトゥティ
鳴か浜千鳥　ナチュガハマチドゥリ
逢ぬ面難や　アワヌツィリナサヤ

りたいと思うなら。○巧み　たくみ。企て。○無覧ことに　ないように。「無覧」は「ないらん」の当て字で、無い、「ことに」は、グトゥニと読み、…のようである、の意。

347　楽をすればやがて苦しむことは、他人の身の上をみてもよくわかることで大いに自戒せよ。○苦しや　苦しさ。○主る　「しゅる」の当て字。する。「しをる」の変化したもの。○与所　よそ。よその人。他人。○見中て　「見ちゅて」を表記したもの。見ておって。○心責れ　心を責めよ。反省せよ、自戒せよ、の意。

○高覆盆子節　『琉歌全集』に、いちご取りの歌、とある。「タカイチュビブシ」の「イチュビ」は、いちごのこと。

348　誰が袖を振ったのだろう、梅の香の立っているあとを尋ねていってお顔を拝みたい。○立す　タチュスィと読む。立つのは。「す」は事あるいは物の意。○尋やい　尋ねて。○御側拝ま　お顔を拝みたい。お会いしたい。「拝む」は転じて、お目にかかる、うけたまわる、などの意にもなる。

349　浜千鳥よ、お前は誰を恨んで鳴いているのか、思う人に会えぬつれなさはわが身も同様だ。○よ　動作の目的・対象を示す国語の「を」にあたる助詞。○恨とて　恨んでおって。恨んでいて。「うらめてをりて」の変化したもの。○鳴か　ナチュガと読む。鳴くのか。「か」は、ガと読み、疑問の意を表す助詞。○面難　ツィリナサと読む。つれない。無情である。日本古語「つれなし」と同根で、語源は「連れ無し」(つながりが無い)。○我身　私。一人称の代名詞。

我身も共に　ワミントゥムニ

佐砂節　サスィナブシ

350
予觮やちやうんわ觮の　ワドゥヤチョンワドゥヌ
儘ならん世界に　ママナランシケニ
彼よ恨よる　アリユウラミユル
よしの有ひ　ユシヌアルイ

351
予觮やれはわ觮ひ　ワドゥヤリバワドゥイ
こへな御座敷に　クフィナウザシチニ
恐多も知ぬ　ヤグミサンシラヌ
御側寄さ　ウスバユタサ

無蔵佐江節　ンゾウサイブシ

352
夜嵐の扣く　ユアラシヌタタク
高走明て　タカハシリアキティ
見れは里や来ぬ　ミリバサトゥヤクン

○佐砂節　『琉歌全集』に、世の中の矛盾撞着、思うままにならぬなげきの歌、とある。

350　わが身さえわが身のままならぬ世の中で、ままならぬ彼女を恨むいわれがあろうか。○予觮　ワドゥと読む。私自身。わが身。○ちやうん　でも。でさえ。さえも。○彼あれ。あの人。ここでは、彼女。○よ　動作の目的・対象を示す国語の「を」にあたる助詞。○恨よる　恨む。「うらめをる」の変化したもの。○よし　わけ。理由。○有ひ　あるか。あろうか。「い」は疑問の意を表す助詞。「ひ」は誤った表記。

351　わが身はわが身だろうか。これほどのお座敷で、はばかりも知らずおそばによったのは。○わ觮ひ　ワドゥイと読む。私自身であろうか。「ひ」は「い」で、疑問の意を表す助詞。○こへな　こんなにも立派な。○恐多　ヤグミサと読む。恐れ多いさま。○寄さ　ユタサと読む。寄ったことよ。「さ」は強調・詠嘆を表す助詞。

○無蔵佐江節　『琉歌全集』に、「むぞうさえ節」として、月を見て恋人をしのぶ歌。「むぞうさえ」とは可愛いという意、とある。

352　夜嵐のたたく高窓の戸を開けてみれば、恋人は来ないで月の光がさしこんでいる。○高走　高はしり。高窓の戸。「走」は走り戸のことで、雨戸、くり戸をいう。○里　女の側から男の恋人をいう語。○や　国語の「は」にあたる係助詞。

月と入る　ツィチドゥイユル
353 夜嵐に空の　ユアラシニスラヌ
浮雲も晴て　ウチグムンハリティ
澄渡て照そ　スィミワタティティラス
月の美さ　ツィチヌチュラサ

原吉節　ハルユシブシ

354 遊欲舎あても　アスィビブシャアティン
まとに遊はれめ　マドゥニアスィバリミ
旅にいまへる里か　タビニメルサトゥガ
御祝やこと　ウイヱヤクトゥ

355 遊染馴て　アスィビスミナリティ
立別る今日や　タチワカルキユヤ
後るとて引さ　ウシルトゥティフィチュサ
嶋の名残　シマヌナグリ

○と　ドゥと読み、強意の係助詞で国語の「ぞ」にあたる。○入る　入っている。イユルと読む。「入りをる」の変化したもの。

353 夜の嵐に空の浮雲が吹き払われて、澄んで照り渡る月が美しい。○澄渡て　澄み渡って。○照そ　照らす。「そ」は「す」を類推表記したもの。○美さ　きよらさ。美しいさま。立派なさま。みごとなさま。

○原吉節　前出、一七五・一七六参照。

354 遊びたくてもそういつもは遊べない。今日は旅にいらっしゃる恋人のお祝いだから。○遊欲舎　「遊びぼしや」の当て字。遊びたい。「ぼしや」は、…したい、の意。○あても　あっても。○まとに　マドゥニと読む。いつも。「まど」は、平素、ふだん、ふつうの時、の意。○遊はれめ　遊ぶことができようか。「め」は疑問・反語の意を表す。○いまへる　いらっしゃる。行く、来る、居るの意の敬語。○やこと　であるから。「や」は断定の助動詞「やり」の変化したもの。「こと」は理由を示す接続助詞。

355 遊びなれていざ別れるという今日は、村の名残りに後ろ髪をひかれる心地がする。○遊染馴て　アスィビスミナリティと読む。遊びなれて。○後るとて　後ろ髪をとって。「後る」は、「後ろ」で後ろ髪をさす。○引さ　フィチュサと読む。「引きを(る)さ」の変化したもの。引くことよ。「さ」は軽い強調を表す助詞。○嶋　村。故郷。

十七段　昔節

浮泊節　ウチドゥマイブシ

356 住なちやる人の　スミナチャルフィトゥヌ
むかし尋ねれは　ンカシタズィニリバ
松に音立て　マツィニウトゥタティティ
風と吹る　カジドゥフチュル

357 住家立越て　スミカタチクイティ
馴も山路に　ナリンヤマミチニ
雨風に濡て　アミカジニヌリティ
歩て行さ　アユディイチュサ

無蔵忍節　ンゾシヌビブシ

358 頼む夜や更て　タヌムユヤフキティ

○浮泊節　前出「沖泊節」に同じ。一二五・一二六参照。
356 昔、どんな人が住んでいたかと立ち寄ってみれば、庭の松に音をたてて風が吹いていた。○住なちやる　住んでいた。「住みなしたる」の変化したもの。○と　「と」はドゥと読み、国語の「ぞ」にあたる係助詞。○吹る　フチュルと読む。「吹きをる」の変化したもの。吹く。
357 住み馴れた家を立ち出て、なれぬ山路を雨風に濡れながら歩いて行くことよ。○馴も　馴れない。『琉歌全集』の重複歌(八〇三)には、「なれぬ」とあるので「馴も」は「馴ん」の誤った表記であろう。○歩て　歩んで。歩いて。○行さ　行くことよ。イチュサと読む。「行きを(る)さ」の変化したもの。「さ」は軽い強調を表す助詞。

○無蔵忍節　前出、一二三・一二四参照。
358 頼みにしている夜は更けて訪れる様子もない。一人、山の端にかかる月に向かっている。○頼む夜　心待ちにしている夜。期待をかけている夜。○や　国語の「は」にあたる

音信も無覧ぬ　ウトゥズィリンネラヌ
独ひ山の端の　フィチュイヤマヌファヌ
月に向て　ツィチニンカティ

359
頼て此儘に　タユティクヌママニ
存命て居も　ナガレエティヲゥスィン
契り云言葉の　チジリイクトゥバヌ
深さあてと　フカサアティドゥ

提作田節　サギチクテンブシ

360
嶽も隔らん　タキンフィジャミラン
森も隔らん　ムインフィジャミラン
のゝよしの有とて　ヌヌユシヌアトゥティ
間切別て　マジリワカティ

361
嶽の嶽登て　タキヌタキヌブティ
平等の平等下て　フィラヌフィラウリティ
馴ぬ山路や　ナリヌヤマミチヤ

係助詞。○音信　ウトゥズィリと読む。訪問。音さた。○無覧ぬ　ネラヌと読む。無い。口語ではネーン、ネーランという。意味はいずれも打ち消し。○独ひ　ひとり。○山の端　山のはし。稜線。

359　頼りにしてこのまま生きながらえておるのも、深く契った言葉があるからだ。○頼て　頼って。頼りにして。○存命て　ナガレエティと読む。生きながらえて。○居も　ヲゥスィンと読む。おるのも。「す」は、…すること、の意。「も」は係助詞。○云言葉　「い言葉」の当て字であろう。ことば。「い」は接頭語。○あてと　あってこそ。

○提作田節　前出、四四・四五参照。

360　山も隔てないし森も隔ててないのに、何のわけがあって村が分かれているのか。○嶽　岳。山。○隔らん　フィジャミランと読む。隔てない。「ん」は否定の助動詞「ぬ」。○のゝ　何の。不定代名詞「なお(何)」に、格助詞「の」のついたもの。○よし　わけ。理由。○有とて　アトゥティと読む。あって。「ありてをりて」の変化したもの。○間切　村。市町村制以前の行政区画の単位で、現行の市町村にほぼ相当する。境界の意であったものが転じたもの。○別て　分かれて。

361　高い山々を登ったりたくさんの坂を下りたりして、馴れない山路は歩きにくいものだ。○平等　フィラと読む。坂。「ひら」の当て字。日本古語では「黄泉比良坂」のように坂のことを「ひらさか」といっていた。沖縄語に「ひら」が、本土

歩みくりしや　　アユミグリシャ

散山節　　サンヤマブシ

362 明様蹈迷て　　アキヨフミマユティ
深山底下て　　ミヤマスクウリティ
里尋る路の　　サトゥトゥメルミチヌ
先や知ぬ　　サチヤシラヌ

363 あけやう我胸や　　アキヨワガンニヤ
奥山の枯木　　ウクヤマヌカリキ
朽果る迄も　　クチハティルマディン
与所や知覧　　ユスヤシラン

比屋定節　　ヒヤジョウブシ

364 時の間の嵐　　トゥチヌマヌアラシ
吹もてや思ぬ　　フチュンティヤウマヌ
笆垣はすらな　　マシガチワスィラナ

語に「さか」が残った。○歩みくりしや　歩きにくい。「くりしや(苦しさ)」は、…し難い、の意。

○散山節　前出、四三・四四参照。

362 ああ、深山に迷い込み谷底までおりて恋人を探しているが、その行く先はわからない。○明様　アキヨと読む。ああ。感動詞。○尋る　トゥメルと読む。捜す。捜し尋ねる。日本古語の「とむ(尋む)」に通ずる。

363 あわれ、私の心は奥山の枯れ木のようなもので、朽ち果てるまで誰も知ってくれる者はいない。○や　国語の「は」にあたる係助詞。○与所　よそ。よその人。他人。○知覧　知らない。「知らん」の当て字。

○比屋定節　『琉歌全集』に、人生無常、人の命も世の中もすべてがはかないことを嘆いた歌、とある。「比屋定」は久米島の地名。

364 不意に嵐が吹くとは思わず竹の生垣を作らないでいて、大事なわが花を散らしてしまった。○時の間の嵐　一瞬の間に吹く嵐。思いがけない不幸。○吹もてや　フチュンティヤを表記したものであろう。吹くとは。「てや」は、とは、の意。○思ぬ　思わない。「ぬ」は否定の意の助動詞。○笆垣　ませ垣。竹や木で作った垣根。和語からの借用。○は　…を。動作の対象を示す係助詞。○すらな　しないで。作らないで。○わ花　私の(大切な)花。「わ(我)」は、体言に直接

わ花散ち　ワハナチラチ
365 時の間に散る　トゥチヌマニチリル
頼覧花に　タヌマランハナニ
心通合さ　ククルカユワチャサ
縁の面難　ヰンヌツィラサ

十八段　葉節

大浦節　ウフラブシ
366 潮と風と打合て　ウシュトゥカジトゥウチャティ
安〱と御旅　ヤスィヤスィトゥウタビ
行戻りしゆすも　イチムドゥイシュスィン
首里の御加報　シュイヌウクヮフ
367 潮浮る御船の　ウシュウチュルウニヌ
よしちよしまれめ　ユシジユシマリミ

つく。○散ち　散らして。「ち」は「して」が融合し変化したもの。

365 短い時の間に散ってしまう頼みにならぬ花に、心を通わせたよ、その縁がつらい。○時の間　一瞬の間。○散る　チリルと読む。散る。散ってしまう。○頼覧　「頼まらん」の当て字。頼みにならない。「ら」は可能の意の助動詞、「ん」は否定の意の助動詞の「ぬ」。○通合さ　通わすことだ。カユワチャサと読むか。『琉歌全集』の重複歌(五七四)には、「通はちやる」とある。○面難　ツィラサと読む。つらさ。つらい。

○大浦節　前出、二一・二三参照。

366 潮と風が調和をし、やすやすと旅の行き来できるのも、首里国王の御果報のおかげである。○打合て　調和して。○しゆすも　するのも。「す」は、…すること、の意。「も」は係助詞。○首里　首里の国王様のこと。○御加報　お果報。幸福。しあわせ。

367 海原に浮かんでいる船が止められようか、行って帰ってから朝夕会いましょう、恋人よ。○浮る　ウチュルと読む。「浮きをる」の変化したもの。○よしちよしまれめ　止めて止められようか。動詞「よしむ」は、引き止める、の意。

いまおち参り里前　イモチモリサトゥメ
朝夕拝ま　アサユヲゥガマ

大兼久節　ウフガニクブシ
368 夏の薗苧や　ナツィヌアタイヲゥヤ
わか手引しちよて　ワガティビチシチュティ
里か蜻蛉羽　サトゥガアケズィバニ
御衣よ摺に　ンスユスィラニ

369 夏の夜の今宵　ナツィヌユヌクユイ
押風も涼しや　ウスカジンスィダシャ
照る月も清さ　ティルツィチンチュラサ
出て遊は　ンジティアスィバ

上田節 不詳　ウイダブシ
370 振合ちゃん思て　フヤワチャントゥムティ
重たる袖に　カサニタルスディニ

「め」は疑問の意を表す。〇いまおち参り　「いみおはしていみおはれ」の変化したもの。「いみおはる」は、行く、来る、居る、の尊敬語。〇里前　「里」は女の側から男の恋人をいう語。「前」は接尾敬称辞。〇拝ま　お会いしたい。

〇大兼久節　前出、一〇三・一〇四参照。

368 屋敷周辺に植えた夏の苧(からむし)を自分で手引きして、恋人に蜻蛉羽のような薄衣を作ってあげたい。〇薗苧　アタイヲゥと読む。屋敷周辺の畑に植えた芭蕉。「薗」は屋敷周辺の畑、「苧」は苧麻、または糸芭蕉のこと。ここでは芭蕉のこと。〇手引　芭蕉の繊維を手で引いて糸を取ること。〇しちよて　していて。「してをりて」の変化したもの。〇蜻蛉羽御衣　蜻蛉(とんぼ)の羽のように薄くて涼しげな夏の衣。上等な芭蕉布の着物をいう。〇よ　動作の目的・対象を示す国語の「を」にあたる助詞。〇摺に　「すらに」を当て字したもの。したい。(御衣を)作ってあげたい。「に」は願望の意を表す終助詞で、「ね」とも表記される。

369 夏の夜の今宵はそよ風も涼しく月影も美しい。出て遊ぼう。〇押風　吹く風。「押(お)」は、風が吹く意。〇涼しや　スィダシャと読む。涼しい。〇清さ　美しい。立派なさま。みごとなさま。〇出て　ンジティと読む。外に出て。〇遊は　遊ぼう。

〇上田節　「独節流」のみにあり、『琉歌全集』には、恋歌二首。起原不詳、とある。

370 めぐり会ったと思って袖を重ねたが、移り香さえ残っていないのだから夢だったに違いない。〇振合ちゃん　め

移香や無ぬ　ウツィリガヤネラヌ
夢とやたる　イミドゥヤタル

371
振合しよる夜に　フヤワシュルユルニ
言んたい舎すか　イワンテイシャスィガ
別れ路に成は　ワカリジニナリバ
語い残ち　カタイヌクチ

屋久名節　ヤクナブシ

372
夢や自由なもの　イミヤジユナムン
まとるめは御側　マドゥルミバウスバ
おそてをる間の　ウズディヲゥルウェダヌ
思の苦しや　ウミヌクリシャ

373
夢に起されて　イミニウクサリティ
覚す戸は明て　ウビズィトゥワアキティ
月に恥しや　ツィチニハズィカシヤ
わ身の心　ワミヌククル

ぐり会った。「ふりあはしたん」の変化したもの。「振合す」は袖を振り合わすことで、会うことの意。○思て　トゥムティと読む。と思って。○や　国語の「は」にあたる係助詞。○無ぬ　ネラヌと読む。無い。○と　ドゥと読み、強意の係助詞で国語の「ぞ」にあたる。○やたる　であった。断定の助動詞「やりたる」の変化したもの。

371　めぐり会った夜に心のかぎり言おうとするが、別れる際になれば語り残したことが多い。○振合しよる　めぐり会った。○言んたい　「言はむてやり」を表記したもの。言いたいと。「てやり」は引用の助詞で、…とて、の意。○舎すか　「しやすが」の当て字。…するが、の意。○成は　なれば。なると。○語い残ち　語り残して。

○屋久名節　前出、六九・七〇参照。

372　夢は自由なもので、まどろめば恋人のおそばに行けるのに、さめている間は辛い思いだけだ。○まとるめは　うとうとすると。○おそて　ウズディと読む。目覚めて。○苦しや　苦しい。つらい。

373　夢に起こされて覚えず戸を開けてみると、一人身の切ない心を月に見られ恥ずかしかった。○覚す　覚えず。思わず。○恥しや　恥ずかしいことだ。○わ身　私。一人称の代名詞。

花風節　ハナフウブシ

374
那覇の親泊　ナファヌウェエドゥマイ
押立る柱　ウシタティルハシラ
大和山川に　ヤマトゥヤマカワニ
引よ柱　フィキユハシラ

375
那覇からや出ち　ナファカラヤンジャチ
今日三日と成る　キユミチャドゥナユル
幾の間に着か　イツィヌマニツィチャガ
山川港　ヤマガンナトゥ

十九段　波節

坂元節　サカムトゥブシ

376
干瀬に打波の　フィシニウツナミヌ

○花風節　『琉歌全集』には、「花風」として十三首収められ、女心を歌ったもの、別離と旅情の歌が多い。

374　那覇の港で勢いよく押し立てた帆柱よ。大和の山川港に無事に船を引いて行ってくれ。○親泊　港の敬称。那覇港のこと。○押立る柱　「柱」は、帆柱のこと。琉歌によく使われる表現で、勢いよく立つ帆柱は航海安全を予祝するものとされた。○山川　地名。鹿児島県揖宿郡にある山川港。○引よ　引けよ。(船)を引いて行け。

375　那覇港から船を出して今日で三日にしかならないのに、いつのまに山川港に着いたのか。○からや　からは。○出ち　出して。○と　ドゥと読み、強意の係助詞で国語の「ぞ」にあたる。○成る　ナユルと読む。なる。○幾の間に　いつと知らぬ間に。「幾」は、「いつ」の誤った当て字。○着か　ツィチャガと読む。着いたのか。「か」は、ガと読み、疑問の意を表す助詞。○山川港　港の名。鹿児島県揖宿郡にある山川港。

○坂元節　前出「坂本節」に同じ。一五一・一五三参照。

376　干瀬を打つ波の音に驚いて、友にはぐれた千鳥は夜半に鳴いているのであろうか。○干瀬　海岸の岩礁。海岸に発達した珊瑚礁で、水面上に出たものもあれば、出ないもの

音に驚と　ウトゥニウドゥルチドゥ
友迷て鳴ら　ドゥシマドゥティナチュラ
夜半の千鳥　ユワヌチドゥリ

377
千瀬に打寄る　フィシニウチユシル
波音も無覧　ナミウトゥンネラン
てかよ慰に　ディカヨナグサミニ
出て遊は　ンジティアスィバ

仲里節　ナカザトゥブシ

378
音信も聞も　ウトゥズィリンチカン
見詰覧あれは　ミツィミランアリバ
おもひ安まらん　ウムイヤスィマラン
旅の空や　タビヌスラヤ

379
音に聞恋に　ウトゥニチククイニ
思ひ焦とて　ウムイクガリトゥティ
拝て振別る　ヲゥガディフヤカリル

もあり、国語の磯に近いものである。○驚と　驚いて。『琉歌全集』には「驚きど」とある。あまりみられない表現である。○友　ドゥシと読む。友人。○迷て　まどって。はぐれて。見失って。○鳴ら　ナチュラと読む。鳴くだろう。鳴いているのであろう。

377　千瀬に打ち寄せる波音もなく、のどかで静かな日だ。さあ慰めに出て遊ぼう。○無覧　「ないらん」の当て字。無い。○てかよ　「でかよう」と表記されるのが普通。いざ。さあ。○出て　ンジティと読む。出て。「いでて」の変化したもの。○遊は　遊ば。遊ぼう。

○仲里節　前出、一六三・一六四参照。

378　音信も聞かず身近に見てもいないので、旅の空にいると心のやすまるひまもない。○音信　おとずれ。便り。○聞も　聞かず。「聞ん(聞かぬ)」を類推表記したものであろう。○見詰覧　「見つめらん」を表記したもの。見守ることができない。

379　話に聞いた恋に思い焦がれ一緒になったのに、すぐ別れるとは何とつらい縁であろう。○音に聞　評判の高い。名高い。○思ひ焦とて　思い焦がれていて。「思ひ焦れてをりて」の変化したもの。○拝て　お会いして。拝むの意から転じて、お目にかかる、の意。○振別る　フヤカリルと読む。

縁の面難　　ヰンヌツィラサ

特節　　クティブシ

380
花差んてやり　　ハナサチャンティヤリ
わぬ不思儀召な　　ワヌフシジミショナ
薗(アタイ)い花やてと　　アタイバナヤティドゥ
摘や差る　　ツィディヤサチャル

381
花や咲すりて　　ハナヤサチスィリティ
黄葉に成迄も　　チバニナルマディン
かわるなよ互に　　カワルナヨタゲニ
あの世迄も　　アヌユマディン

恋花節　　クイヌハナブシ

382
言ことはの花の　　イクトゥバヌハナヌ
色や無ぬあても　　イルヤネヌアティン
便り押風の　　タユイウスカジヌ

別れる。○面難　「つらさ」の当て字。つらい。

○特節　前出、一五三・一五四参照。

380　髪に花を差したからとて不思議に思わないでください。屋敷近くの畑に咲いた花なので摘んで差してみたのです。○差んてやり　サチャンティヤリと読む。差したからとて。「てやり」は、…とて、の意。○わぬ　私。一人称の代名詞。○召な　ミショナと読む。なさいますな。「な」は禁止の意の助詞。○薗い花　屋敷周辺にある畑の花。「薗い」は「あたり」で屋敷周辺の畑、の意。○やてと　であってこそ。「と」はドゥと読み、強意の係助詞で国語の「ぞ」にあたる。○摘や差る　ツィディヤサチャルと読む。摘んで差したのだ。サチャルは、「差したる」が変化したもの。

381　花の季節は過ぎて黄葉になるまでも、互いの心はあの世まで変わらないようにしよう。○や　国語の「は」にあたる係助詞。○咲すりて　花が咲き終って。

○恋花節　前出、一四三・一四四参照。

382　言葉の花に色はなくても、匂いだけは風の吹きまわしで送ってくるものだ。○言ことは　い言葉。ことば。「い」は接頭語。○無ぬあても　ネヌアティンと読む。無くても。○押風　おす風。吹く風。

匂ひ送る　ニヲゥイウクル

383
云言葉に出ち　イクトゥバニンジャチ
恋の語られめ　クイヌカタラリミ
歌に色付て　ウタニイルツィキティ
恋や語ら　クイヤカタラ

石根節　イシンニイブシ

384
打鳴そ竹の　ウチナラスダキヌ
音に紛(マキリ)てと　ウトゥニマジリティドゥ
恐多も知ぬ　ヤグミサンシラヌ
御側寄さ　ウスバユユサ

385
打鳴し〳〵　ウチナラシナラシ
四つ竹は鳴ち　ユツィダキワナラチ
今日や御座出て　キユヤウザンジティ
遊ふ嬉しや　アスィブウリシャ

383　言葉に出して恋が語られるものか。歌に色をつけて恋を語ることにしよう。○出ち　ンジャチと読む。出して。○語られめ　語られるか。語ることができるか。○語ら　語ろう。

○石根節　屋嘉比工工四には「石嶺之道節」とある。『琉歌全集』に、踊りと歌と梅と鶯の歌。宮古に発生した歌か、とある。

384　打ち鳴らす四つ竹の音にまぎれて、はばかることなく貴いお方のそばに寄ってみたのだ。○打鳴そ　打ち鳴す。「そ」は「す」を類推表記したもの。○竹　舞を踊る時に用いる四つ竹のこと。○と　ドゥと読み、国語の「ぞ」にあたる係助詞。○恐多　ヤグミサと読む。恐れ多い。恐れはばかるさま。○寄さ　ユユサと読む。寄るよ。寄ることよ。「寄りをさ」の変化したもので、「さ」は軽い強調を表す。

385　四つ竹を打ち鳴らし鳴らして、今日は立派なお座敷に出て踊って遊ぶのが嬉しい。○四つ竹　楽器の名。四枚の小竹片を二枚ずつ糸でつなぎ、両手の指にはさんで鳴らす。○鳴ち　鳴らして。「ち」は、「して」が融合し変化したもの。○御座　お座敷。○出て　ンジティと読む。「出でて」の変化したもの。出て。○嬉しや　うれしい。

二十段　古節

作田節　チクテンブシ

386 面て波立て　ウムティナミタティティ
白毛雪かめて　シラガユチカミティ
耳も目も叶て　ミミンミンカナティ
百十長はれ　ムムトゥチュワリ

387 面て花咲ち　ウムティハナサカチ
艫に虹引ち　トゥムニニジフィカチ
嘉礼吉の御船の　カリユシヌウニヌ
走か清さ　ハルガチュラサ

揚作田節　アギチクテンブシ

388 百敷の庭に　ムムシチヌウナニ

○作田節　前出、三・四参照。
386 顔にしわの波をたて頭に白髪をいただいて、耳も目も丈夫で百年も長生きしてください。○面て　ウムティと読む。顔。顔面。○かめて　いただいて。頭に載せて。○叶て　カナティと読む。しっかりして。丈夫で。○百十　百年、転じて、永遠。○長はれ　「ちよわれ」の当て字。居給え。ましませ。「きおはれ」(原義は来給え)の変化したもの。

387 へさきに花を咲かせ艫に虹をひかせ、嘉例吉の船の走るさまは実に美しい。○面て　(舟の進む)前面、すなわちへさきの方。○咲ち　咲かして。○艫　船尾。○引ち　引かして。引いて。○嘉礼吉　かれよし。めでたい。めでたい例。○走か　ハルガと読む。走るのが。走る姿が。「か」は、ガと読み、格助詞。○清さ　チュラサと読む。立派なさま。みごとなさま。

○揚作田節　前出、七・八参照。
388 広い庭に生い茂る竹の節々の間に、国王の長寿繁栄のお祝いをこめます。○百敷　大宮の枕詞だが、ここでは王

植繁る竹の　　ウヱィシジルダキヌ
節〳〵に君か　　フシブシニチミガ
祝ひ籠て　　ユワイクミティ

389
百敷の庭に　　ムムシチヌウナニ
枝も葉も繁て　　ヰダンフヮンシジティ
萌(ミトリ)差延る　　ミドゥリサシヌビル
松の美(キヨラ)さ　　マツィヌチュラサ

中作田節　　チュウチクテンブシ

390
弥増の勢　　イヤマシヌイチュイ
天の日の光り　　ティンヌフィヌフィカリ
有る間や共に　　アルウェダヤトゥムニ
仰き拝ま　　オウジヲゥガマ

391
弥増るおもへ　　イヤマサルウムイ
波の夜昼も　　ナミヌユルフィルン
乾く間の有い　　カワクマヌアルイ

城の広大な庭という意。和語からの借用。〇植繁る　ウヱィシジルと読む。草木が生い茂る。「植」と「生ひ」は、発音が同じため、誤った当て字。〇君　国王様。

389　広い庭に枝も葉も茂って、緑の若芽をさしのべている松の木が美しい。〇萌　新芽。若葉。〇美さ　美しい。立派なさま。みごとなさま。

〇中作田節　前出、五・六参照。

390　いやまさる勢いの天の日の光のある間は、喜んで共に仰ぎ拝むことにしよう。〇弥増　イヤマシと読む。いっそうまさること。〇拝ま　拝もう。

391　いやまさる思慕の情は夜も昼も果てしがなく、袖の裏は涙に濡れて乾くまもない。〇弥増る　イヤマサルと読む。いっそうまさる。いよいよ激しくなる。〇おもへ　思い。恋慕の情。「おもひ」を類推表記したもの。〇夜昼　よるひる。「寄る」と「干る」を、「夜」と「昼」に掛けたことば。〇有い　あるか。あろうか。「い」は疑問の意を表す助詞。

袖の裏や　　　スディヌウラヤ

天川節　　　アマカワブシ

392
済川のことに　　　ハイカワヌグトゥニ
月日押やらち　　　ツィチフィウシヤラチ
苦舎淋さ(も)　　　クリシャサビシサン
語らい欲舎の　　　カタレブシャヌ

393
済川のことに　　　ハイカワヌグトゥニ
年波や立い　　　トゥシナミヤタチュイ
繰戻ち見ほしや　　　クリムドゥチミブシャ
はなのむかし　　　ハナヌンカシ

柳節　　　ヤナジブシ

394
糸の柳に　　　イトゥヌヤナジニ
桜の色か　　　サクラヌイルカ
菊や馨　　　チクヤカヲゥリ

○天川節　前出、二五・二六参照。
392　流れの速い川のように月日を早く押し流し、苦しさも淋しさも昔語りとして語り合いたい。○済川　ハイカワと読む。流れの早い川。早川。「走川」と当てられるのが普通。○ことに　如に。のように。○押やらち　押し流して。過ごして。○苦舎　「苦しや」の当て字。苦しい。つらい。○語らい欲舎　語り合いたいものだ。「欲舎」は「ぼしや」の当て字で、…したい、の意。

393　流れの速い川のように年波は過ぎ去るものだが、どうにかして花の昔をくり返してみたい。○年波　年の寄ることを波にたとえた語。○立い　タチュイと読む。立って。過ぎ去って。「たちをり」の変化したもの。○繰戻ち　繰り戻して。元に戻して。○見ほしや　みたい。

○柳節　前出、二三・二四参照。
394　柳は糸のような枝がよく、桜は花の色がよく、菊は高い香がよく、蘭はひそやかな匂いがよい。○糸　ここでは、糸のように細い枝のこと。○馨　良いにおい。芳香。

蘭は匂いと　ランワニヲゥイドゥ

395
糸の柳と　イトゥヌヤナジトゥ
牡丹の花と　ブタンヌハナトゥ
塩良か姿や　シュラガスィガタヤ
彼か情の　アリガナサキヌ

琉歌百控独節流　終

396
濁水澄ち　ニグリミズィスィマチ
清水に成砂ゐ　キユミズィニナサイ
桃色の花や　ムムイルヌハナヤ
染てあもの　スミティアムヌ

397
濁水（ニクリ）ちやこと　ニグリミズィチャクトゥ
誠たらともて　マクトゥダラトゥムティ
誠呑て見れは　マクトゥヌディミリバ
玉の手水　タマヌティミズィ

395　柳は糸のような枝が美しく、牡丹は花が美しく、恋人の姿は、彼の愛情で一段と美しくみえる。○塩良　「しをら」の当て字。愛しい人。恋人のことで男女両方に用いる。日本古語の「しをらし」に通ずる。○彼　アリと読む。あの人。彼。彼女。

396　濁った水は澄まして清らかな水にして、百色の花は染めてあるから。○澄ち　澄まして。○成砂ゐ　「なしやい」の当て字。成して。して。「なしあり」の変化したもの。○桃色　『琉歌全集』の重複歌には「百色」とある。さまざまな色。○や　国語の「は」にあたる係助詞。○あもの　あるから。あるものを。「もの」は、から、ものを、の意の接続助詞。

397　濁った水だというのでほんとうかと思っていたが、試しに飲んでみると玉の手水であった。○ちやこと　言ったので。「いひた(る)こと」の変化したもの。○誠たら　本当だろう。「たら」は、だろう、の意。○ともて　と思って。○手水　女が男に手で水をすくって飲ませること。またその水のこと。

嘉慶三戊午五月五日

琉歌百控覧節流

美屋節　チュラヤブシ

398
蘭の匂心　ランヌニヱィグクル
朝夕思留て　アサユウミトゥミティ
早晩迄も人の　イツィマディンフィトゥヌ
飽ぬ事に　アカヌグトゥニ

399
蘭の匂思り　ランヌニヱイトゥムリ
咲く節の花や　サクシツィヌハナヤ
尋ね寄る塩らか　タズィニユルシュラガ
匂や聞る　ニヱィヤチチュル

○美屋節　前出、八一・八二参照。

398　蘭の匂いを朝夕心にとめて、いつまでも人に飽かれないようにしたい。○匂心　匂いのように。○思留て　心にとめて。○早晩迄も　イツィマディンと読む。いつまでも、の意。○飽ぬ事に　飽きないように。「事」は、「如」の当て字で、…のようである、の意。

399　花の咲く季節には、彼女の匂いは蘭の花と思いなさい。そうすれば尋ねる彼女の匂いは嗅ぎ分けられるだろう。○思り　トゥムリと読み、と思え、の意。○節　季節。時節。○や　国語の「は」にあたる係助詞。○尋ね寄る　尋ねる。「たづねをる」の変化したもので、「寄る」は当て字。○塩ら　愛しい人。恋人のことで男女両方で用いる。「無蔵」「里」よりも範囲が広く、古い語である。日本古語の「しをらし」に通ずる。○聞る　チチュルと読む。「ききをる」の変化したもの。ここでは、「きく」は、嗅ぐ。嗅ぎ分ける。

初段　覇節

嘉謝伝風節　カジャディフウブシ

400
首里天か那志　シュユイティンジャナシ
百年われ長われ　ムムトゥワリチュワリ
御万人の間切　ウマンチュヌマジリ
拝て巣出ら　ヲゥガディスィディラ

401
首里天加那志　シュユイティンガナシ
松の心嘗て　マツィヌシンタトゥティ
下草に成とて　シチャグサニナトゥティ
朝夕拝ま　アサユヲゥガマ

寿幾節　スキブシ

402
道路の清さ　ミチミチヌチュラサ

○嘉謝伝風節　前出、七三・七四参照。
400　国王様は、百年も末長くましませ。村々の民衆は揃って国王様のお恵みに浴したい。○首里天か那志　首里の国王様。「か那志」は、いとおしい、可愛いの意の「愛(かな)し」から転じて、接尾敬称辞となったもの。○百年われ　ムムトゥワリと読む。百年も末長く。○長われ　「ちよわれ」の当て字。居給え。ましませ。「来おわれ」の変化したもので、「おわる」は尊敬の意の補助動詞。原義は「来給え」であるが、来給えの意が慣用化するなかで、居給え、ましませの意まで広がった。○御万人　「お真人」の当て字で、ウマンチュと読む。一般の人。民衆。「お」は接頭敬語。○間切　まぎり。限り。そのすべて。○拝て　お目にかかって。うけたまわって。拝む、合掌するの意からさらに転じたもの。○巣出ら　戴こう。戴きたい。恩恵に浴したい。原義は孵(す)でら、生まれ変わろう、の意。
401　国王様を松の梢にたとえ、私はその下に生える草になり朝夕親しく拝みたいものである。○心　梢。○嘗て　タトゥティと読む。たとえて。○成とて　なっていて。「なりてをりて」の変化したもの。○拝ま　拝もう。拝みたい。

○寿幾節　前出、二四七・二四八参照。
402　道がきれいなのは世の中が繁栄しているからで、天下万民は寄り合って喜んでいます。○道路　ミチミチと読む。

世の中の盛り　ユヌナカヌサカリ
余多御万人も　アマタウマンチュン
寄て慶喜　ユラティウリシャ

403 治(ヲサマ)とる御代の　ヲゥサマトゥルミユヌ
押風に靡く　ウスカジニナビク
野辺の千種草や　ヌビヌヤチグサヤ
民の姿　タミヌスィガタ

湊原節　ンナトゥバルブシ

404 寄合て集たる　ユラティアツィミタル
歌の璧〻や　ウタヌタマダマヤ
節〻に引る　フシブシニフィチュル
声や今宵　クイヤクユイ

405 寄合ひ語らやい　ユライカタラヤイ
拾い集めやい　フィルイアツィミヤイ
読たる玉〻の　ユダルタマダマヌ

○清さ　美しい。立派なさま。みごとなさま。今の方言ではチュラサン(きよら＋さ＋あり)という。○御万人　→四〇〇。○寄て　ユラティと読む。寄り合って。○慶喜　ウリシャと読む。うれしい。

403 治まっている御代の吹く風になびいている野辺の八千草は、民の姿そのものである。○治とる　治まっている。「をさまりてをる」の変化したもの。○押風　吹く風。○千種草　『琉歌全集』には、「千種草(やちぐさ)」と振仮名がある。たくさんの種類の草。○や　国語の「は」にあたる係助詞。

○湊原節　『琉歌全集』にはみえないが、工工四の諸本にある。

404 みんなが寄り合って集めた璧玉の歌を、いろいろの曲で歌う今宵は実に楽しい。○寄合て　ユラティと読む。寄り合って。○璧〻　瑞玉。○節〻　曲譜の数々。○引る　フィチュルと読む。(節で)歌う。

405 みんなが寄り合い語り合いし、拾い集めたりして詠んだ玉のように美しい歌の数の多さよ。○寄合ひ語らやい　寄合って語り合って。「語らやい」は「かたらひあり」の変化したもので、動作の継続進行を表す。○拾い集めやい　拾い集めて。「集めやい」は「あつめあり」の変化したもの。○読た

数の多さ　カズィヌウフサ

異見道節　イチントゥウブシ

406
治とる御代や　ヲゥサマトゥルミユヤ
上下も共に　カミシムントゥムニ
歌諷て遊ふ　ウタウタティアスィブ
春の盛り　ハルヌサカリ

407
道歩み摺は　ミチアユミスィリバ
物よ思詰て　ムヌユウミツィミティ
迷る細道の　マドゥルフスミチヌ
多さあもの　ウフサアムヌ

塩来節　シュウライブシ

408
情け有る人や　ナサキアルフィトゥヤ
年の寄る迄も　トゥシヌユルマディン
忘らぬしちゆて　ワスィララヌシチュティ

る　詠んだ。「よむ」は歌をつくりだすこと。○玉ゝ　歌をほめて玉と言ったもの。

○異見道節　「池当節」とも書く。「池当」は沖永良部島の一地名。また、沖縄市池原その他の小字名にも「池ン当原」がある。三七・三八参照。

406　治まっている御代は上下そろって、歌をうたって遊ぶ春の盛りであることよ。○治とる　治まっている。「治まりてをる」の変化したもの。○上下も共に　身分の高い者も低い者も共に。すなわち全部の人々が共に。○諷て　歌って。

407　道を歩くときは用心するがよい。迷いやすい細道がたくさんあるのだから。○道歩み　道を歩くこと。○摺は　スィリバと読む。すれば。「摺」は当て字。○よ　動作の目的・対象を示す国語の「を」にあたる助詞。○思詰て　用心して。○迷る　まどう。迷う。○多さあもの　多いから。多いものを。「もの」は、…から、…ものを、の意。

○塩来節　前出、二四九・二五〇参照。

408　情け深い人は年の寄る後までも忘れられないで、人の噂話に残るものだ。○忘らぬ　忘れられない。ワスィララヌと読む。○しちゆて　しておって。○沙汰　うわさ。評判。

沙汰(ぬ)残る　サタヌヌクル
409 情有る人の　ナサキアルフィトゥヌ
いこと葉の花や　イクトゥバヌハナヤ
与所知ぬことに　ユスシラヌグトゥニ
匂ひ聞かな　ニヲゥイチカナ

二段　波節

出砂節　イディスィナブシ

野国按司

410 互に自由成ぬ　タゲニジユナラヌ
浮世小車の　ウチユウグルマヌ
廻て来る間や　マワティクルウェダヤ
忘て呉な　ワスィティクィルナ

411 互に儘成ぬ　タゲニママナラヌ
浮世たる掛て　ウチユタルガキティ

409 情けある人の美しい言葉は、他人に知られぬように一人でしみじみと味わいたい。○いこと葉　ことば。「い」は接頭語。○与所　よその人。他人。○知ぬことに　知れないように。「こと」は、のようである、の意。○聞かな　底本「間ま」。誤りであろう。嗅ぎたい。「な」は願望の意を表す助詞。

○出砂節　前出、一七一・一七三参照。

410 互いに自由にならぬ浮世であるが、小車が廻るようにめぐり会う機会が来るまでは忘れてくれるな。○浮世小車　この世が車の輪のように移り変って、また回りくることの表現。○や　国語の「は」にあたる係助詞。○忘て　ワスィティと読む。忘れて。○呉な　クィルナ。くれるな。

411 互いにままにならぬ浮世をあてにして、寄る年波を恋人は知らないのか。○たる掛て　頼みにして。あてにして。

寄詰る年や　ユリツィミルトゥシヤ
無蔵や知ね　ンゾヤシラニ

阿加佐節　アガサブシ

412
咲出たる花の　サチディタルハナヌ
色清さあれは　イルジュラサアリバ
匂写さ思て　ニヱィウツィサトゥムティ
御側寄る　ウスバユタル

413
咲や桜花　サクヤサクラバナ
咲みましみれは　サチミマシミリバ
春に浮される　ハルニウカサリル
吉の有い　ユシヌアルイ

恋花節　クイヌハナブシ

414
宵や先責て　ユイヤマズィシミティ
独寝の夜半　フィチュイニヌヤフヮン

○寄詰る年　ユリツィミルトゥシと読む。老い先短い年、の意。琉歌の慣用表現。○無蔵　男の側から女の恋人をいう語。九州方言に広がる愛らしいの意のムゾカ、かわいがる意のムゾーガルに通ずる。○知ね　知らないか。「ね」は、打消疑問の終助詞「に」で、反語や相手をなじる気持ちを表す。一般に「に」「ね」と表記される。

○阿加佐節　前出「阿嘉佐節」に同じ。三三四・三三五参照。

412　咲き出た花の色が美しいので、匂いを移そうと思ってそばに寄ってみたのだ。○清さあれは　美しいので。「きよらさ」は、立派なさま。みごとなさま。○写さ思て　ウツィサトゥムティと読む。(匂いを)移そうと思って。○寄るユタルと読む。寄った。

413　桜の花の咲き出て後の美しさを見れば、咲かないうちから春に浮かれることはあるまい。○咲や　『琉歌全集』には「咲きゆる」(咲いている)とある。○咲みまし　「みまし」の意味未詳。○吉　よし。理由。わけ。「吉」は当て字。○有い　あるか。あろうか。「い」は「ゐ」とも表記され、疑問の意を表す助詞。

○恋花節　前出、一四三・一四四参照。越(こ)の頂(ちじ)節とも書く。「越の頂」は、八重山の新城島にある峠の名。眺めよく歌の名所。

夢の浮橋に　イミヌウチハシニ
渡て忍ふ　ワタティシヌブ

415 宵の間に替る　ユイヌマニカワル
花染の袖に　ハナズミヌスディニ
のよて徒に　ヌユディイタズィラニ
思ひ染(か)　ウムイスミガ

屋久名節　ヤクナブシ

416 旅の夜の寝覚　タビヌユヌニザミ
十六夜の月夜に　イザユイヌツィチユニ
友迷て鳴ら　トゥムマドゥティナチュラ
夜半の千鳥　ユワヌチドゥリ

417 旅の空やても　タビヌスラヤティン
馴染し無蔵や　ナリスミシンゾヤ
独寝の空や　フィチュイニヌスラヤ
御側思て　ウスバトゥムティ

414 宵の淋しさはどうにか過ごせるが、独り寝の夜半は、夢の浮橋を渡って忍んで行く。○先　まず。なにはともあれ。ともかく。○責て　せめて。どうにか。○夜半　夜中。夜ふけ。○渡て　渡って。

415 宵の間に色が変わってしまうような花染めの袖に、どうしていたずらに思いをかけるのか。○花染　花の色で染めること。ここでは色の消えやすいたとえ。○のよて　どうして。なんで。○染(か)　染めるのか。「か」はガと読み、疑問の意を表す助詞。底本では欠落している。

○屋久名節　前出、六九・七〇参照。

416 旅の夜中に眼がさめると、十六夜の月の夜半に友にはぐれて鳴くのか千鳥の声が聞こえる。○迷て　マドゥティと読む。はぐれて。迷って。○鳴ら　ナチュラと読む。鳴くだろう。鳴いているだろう。「鳴きをら」の変化したもの。

417 旅の空ではあるが、独り寝の宿では馴れ染めた恋人のそばにいるような思いにかられる。○やても　であっても。○馴染し　馴れ親しんだ。「し」は、助動詞「き」の連体形。事柄が過去にあったことを表す。○無蔵　男の側から女の恋人をいう語。○思て　トゥムティと読む。と思って。接続助詞「と」と、「思て」が融合した語。

八月節　　ハツィグヮツィブシ

418
秋来は木草　　アチクリバキクサ
黄葉に成てをすか　　チバニナティヲゥスィガ
蘭と菊の花　　ラントゥチクヌハナ
匂ひ増て　　ニヲゥイマサティ

419
秋の夜とやすか　　アチヌユドゥヤスィガ
鶯のふける　　ウグイスィヌフキル
春の俤の　　ハルヌウムカジヌ
残てをたら　　ヌクティヲゥタラ

三段　節物

長伊平屋節　　ナガイヒヤブシ

420
詠れは空に　　ナガミリバスラニ

〇八月節　前出、一三九・一四〇参照。

418 秋が来ると木や草は黄葉になっているが、蘭と菊の花はその香が一段とまさってくる。〇成て　なって。〇をすか　おるけれども。「すか」は、…けれども、の意。もとは、事、あるいは物の意の「す」と、接続助詞「が」から成ったもの。〇増て　まさって。

419 秋の夜であるけれど鶯がさえずっている。もしや春の面影が残っていたのであろうか。〇と　ドゥと読む。国語の「ぞ」にあたる係助詞。意味を強めていうのに使う。〇やすか　であるが。であるけれど。→六〇。〇ふける　鳥が鳴く。さえずる。〇残て　残って。〇をたら　いたのであろう。居ったのだろう。「をりたら」の変化したもの。「たら」はもとは完了の助動詞「たる」の未然形。

〇長伊平屋節　前出「永伊平屋節」に同じ。三四参照。

420 空を見ると雲も霧もはれて、十五夜の月がさやかに照り渡っている。〇詠れは　眺めれば。見渡すと。〇さやか　冴えてくっきりと見えるさま。

421
雲霧も晴て　クムチリンハリティ
さやか照渡る　サヤカティリワタル
十五夜御月　ジュグヤウツィチ
翁長親雲上
詠よる内に　ナガミユルウチニ
俤よ残ち　ウムカジユヌクチ
山の端に入る　ヤマヌフヮニイユル
月の恨しや　ツィチヌラミシャ

通水節　カイミズィブシ

422
思無蔵やよかて　ウミンゾヤユカティ
深山底居て　ミヤマスクヲゥトゥティ
鳥の音も聞ぬ　トゥイヌニンチカヌ
浮世渡る　ウチユワタル

423
思無蔵と列て　ウミンゾトゥツィリティ
行欲(舎)とあすか　イチブシャドゥアスィガ
儘成ぬ事の　ママナラヌクトゥヌ

421　眺めているうちに、面影を残して山の端にかくれてしまった月が恨めしい。○詠よる　眺めている。「ながめをる」の変化したもの。○よ　動作の目的・対象を示す国語の格助詞「を」にあたる助詞。○残ち　残して。「ち」は「して」が融合し変化したもの。○山の端　山のはし。稜線。○入る　はいる。イユルと読む。「入りをる」の変化したもの。○恨しや　恨めしい。ラミシャと読む。「うらめしや」の「う」が脱落したもの。韻文では八音に合わすため、「らめしや」の形が多い。

○通水節　前出、三五・三六・三七参照。

422　愛しい恋人はしあわせだ、深山の閑静な所に住んで鳥の声も聞かないで浮世を渡っている。○思無蔵　「無蔵」は男の側から女の恋人をいう語。「思(おめ)」は接頭敬語で、「無蔵」よりも丁寧な言い方になる。○よかて　よい。幸せである。「よかりて」の変化したもの。○居て　ヲゥトゥティと読む。居って。居りながら。「をりてをりて」の変化したもの。

423　愛しい恋人と一緒に行きたいけれど、自由にできぬことが非常に恨めしい。○列て　連れ立って。○行欲(舎)　イチブシャと読む。行きたい。「欲舎」は「ぼしや」の当て字で、欲しい、の意。○と　国語の「ぞ」にあたる強意の係助詞。○あすか　あるが。あるけれど。○百恨しやの　たいへん恨めしいことだ。「百」は、非常に、の意。「恨しやの」は、ラミシャヌと読む。末句を六音にするための読み方。

百恨しやの　ムムラミシャヌ

伊野波節　ヌファブシ

424 面難や我身の　ツィリナサヤワミヌ
人は生れとて　フィトゥワウマリトゥティ
親と子の道の　ウヤトゥクヮヌミチヌ
与所に違て　ユスニタガティ

425 面難や思ひ　ツィリナサヤウムイ
身に余て居は　ミニアマティヲゥリバ
染(サヤカ)か照る月も　サヤカティルツィチン
泪に曇て　ナダニクムティ

東江節　アガリイブシ
東江筑登之親雲上

426 思ひ身に有は　ウムイミニアリバ
事の善悪も　クトゥヌユシアシン
言なこかりよめ　イワナクガリユミ

○伊野波節　前出、三八・三九参照。
424 つれなくも自分は人として生まれながら、親子の仲がよその人とちがっている。○面難　ツィリナサと読む。つれない。情けない。日本古語の「つれなし」と同根で、語源は「連れ無し」(つながりが無い)である。○我身　私。一人称の代名詞。○生れとて　生まれていて。生まれていながら。○与所　よその人。他人。○違て　タガティと読む。違って。
425 つれなくも思い悩むことが身にあまって、明るく輝いている月も涙に曇って見えない。○余て居は　余っているので。○染か　サヤカと読む。冴えてくっきりみえるさま。○泪に　涙に。「泪」は、ここではナダと読む。○曇て　曇って。

○東江節　前出、四〇・四一参照。
426 思うことがあれば言えばよいのに、事の善悪も言わないで焦がれてばかりいるのか、闇の蛍よ。○言な　言わないで。○こかりよめ　焦がれるのか。「め」は疑問・反語の意を表す助詞。「み」とも表記され、末尾音と疑問の終助詞「い」の融合したものといわれる。

427
闇の蛍　　　　　ヤミヌフタル
屋良筑登之親雲上
思ひ蛬す　　　　ウムイチリジリス
草に身は隠ち　　クサニミワカクチ
哀鳴声や　　　　アワリナククイヤ
憂名立て　　　　ウチナタティティ

仲柄節　　　　　ナカンカリブシ
428
惣慶親雲上
仲嶋の小堀　　　ナカシマヌクムイ
網打か行は　　　アミウチガイカバ
物よ思詰り　　　ムヌユウミツィミリ
おその住家　　　ウスヌスィミカ
429
仲嶋の小矼　　　ナカシマヌクバシ
波や立ねとも　　ナミヤタタニドゥム
逢ぬ戻る夜や　　アワヌムドゥルユヤ
我袖濡ち　　　　ワスディヌラチ

427　思い切るきりぎりすは草に身を隠しているが、悲しく泣く声で浮名をたててしまった。○思ひ蛬す「思い切り」と「きりぎりす」が掛詞となった語。○隠ち　隠して。「ち」は「して」が融合し変化したもの。

○仲柄節　前出、五二・五三参照。

428　仲島の池に網を打ちに行くときは用心するがよい、かわうその住家だから。○仲嶋の小堀　仲島の池。「仲島」は那覇の泉崎にあった遊廓の名で、もとは小島であった。「小堀」は池のこと。○打か　打ちに。「か」は、ガと読み、動作の目的を表す。○物よ思詰り　物をよく思え。用心せよ。「よ」は、動作の目的・対象を示す国語の「を」にあたる助詞。○おそ　かわうそ。川獺は人をだますということから、遊女の比喩。

429　仲島の小橋に波は立たないが、彼女に会えないでもどる夜はわが袖を濡らしてしまう。○仲嶋の小矼　遊廓仲島と本地をつなぐ小橋。○逢ぬ戻る夜　逢えないで帰る夜。○濡ち　濡らして。

四段　端節

作米節　ツィクタルメエブシ

430
豊成御代や　ユタカナルミユヤ
朝夕歌諷て　アサユウタウタティ
四方の御万人も　ユムヌウマンチュン
躍て遊ふ　ヲゥドゥティアスィブ

431
豊成御代や　ユタカナルミユヤ
躍羽しちよて　ヲゥドゥイハニシチュティ
上下も共に　カミシムントゥムニ
遊ふ嬉しや　アスィブウリシャ

満作節　マンサクブシ

432
喜屋武筑登之親雲上
時の間よ思て　トゥチヌマユトゥムティ

○作米節　前出、一九一・一九三参照。
430　豊年の御代は朝夕歌をうたって、四方の人民は踊って遊ぶ。○や　国語の「は」にあたる係助詞。○諷て　歌って。○御万人　一般の人。民衆。ウマンチュと読む。「お真人」が変化したもの。→四〇〇。○躍て　踊って。
431　豊年の御代に踊ったり舞ったりして、上の人も下の人も共に遊ぶのは嬉しいことだ。○躍羽　踊り跳ねて遊ぶこと。○しちよて　しておって。「してをりて」の変化したもの。○上下も　身分の上の人も下の人も。○嬉しや　うれしい。「しや」は形容詞の末尾形成素。

○満作節　前出、一八九・一九〇参照。
432　ほんのいっときだと思っていたのに、別れを知らす鐘の音と共に別れなければならない。別れ難いことだ。○時の間　わずかの間。○よ　間投助詞。語調を調えたり、感動・余情・強調などの意を添える。○思て　トゥムティと読む。

限成鐘と　カジリナルカニトゥ
押列て我身の　ウシツィリティワミヌ
別れ苦しや　ワカリグリシャ

433
時の間の濁　トゥチヌマヌニグリ
世界の慣い思り　シケヌナレトゥムリ
泉有川の　イズミアルカワヌ
澄な置め　スィマナウチュミ

半玉節　ハンタマブシ(ハンタメエブシ)

434
押風も今日や　ウスカジンキユヤ
心あて更め　ククルアティサラミ
雲晴て照そ　クムハリティティラス
月の美さ　ツィチヌチュラサ

435
押風に靡く　ウスカジニナビク
庭の糸柳　ニワヌイトゥヤナジ
姿た色清さ　スィガタイルジュラサ

と思って。接続助詞「と」と、「思って」が融合したもの。○限成鐘　刻限を知らせる鐘。「限りなる」と「鳴る鐘」を掛けたもの。○押列て　おしつれて。(…と)共に、の意。○我身　私。一人称の代名詞。○別れ苦しや　別れ難い。「苦しや」は、…し難い、の意。

433　一時的なにごりは世の中の習いと思いなさい。泉のある井戸が澄まないはずはない。○世界の慣い　世の中によくあること。通例。○思り　トゥムリと読む。と思え。と思いなさい。「思る」は「思ふ」がラ行活用化したもの。○澄な置め　澄まないでおくか(そんなはずはない)。「め」は疑問・反語の意を表す。

○半玉節　前出、二〇七・二〇八参照。

434　そよ吹く風も今日は心あるもののようだ。空は雲がすっかり晴れて照り輝く月が美しい。○押風　吹く風。○今日や　今日は。「や」は国語の「は」にあたる係助詞。○心あて更め　心あることよ。「さらめ」は上接語の意味を強める強意の助詞。○照そ　照らす。「そ」は「す」の類推表記。

435　そよ風になびく庭の糸柳は、姿も色も美しく、見あきることなくいつまでも見ていたい。○色清さ　姿の美しい。

見欲計り　ミブシャビケイ

垣花節　カチヌハナブシ

436
朝間夕間通て　アサマユマカユティ
見る自由の成は　ミルジユヌナリバ
見欲浦切砂　ミブシャウラチラシャ
のよて舎へか　ヌユディシャビガ

437 浦崎親雲上
朝夕績繋ち　アサユウミツィナジ
掛て有る経に　カキティアルカシニ
色深く加那の　イルフカクカナヌ
染な置め　スマナウチュミ

百名節　ヒャクナブシ

438
御側居てたいんす　ウスバヌゥティデンスィ
思や増やへい　ウミヤマサヤビイ
別てわぬ独い　ワカティワヌフィチュイ

姿の立派なさま。○見欲計り　ミブシャビケイと読む。見たいものである。「ぼしや」は、…したい、の意。

○垣花節　前出、一七九・一八〇参照。

436　朝晩通って自由に逢えるのであれば、会いたい見たいと何で心切なく思いましょう。○朝間夕間　朝な夕な。朝晩。○通て　通って。○見欲　見たい。○浦切砂　ウラチラシャと読む。やるせない。悲しい。「砂」は当て字。○のよて　どうして。なんで。○舎へか　シャビガと読む。いたしましょうか。「舎」は当て字。「しやべが」の変化した形で、謙譲の気持ちを表す。「が」は疑問の意を表す助詞。

437　朝夕紡いだり繋いだりしたかせ糸に恋人の心が色深くそまないことがあるだろうか。○績繋ち　うみつなぎ。績み紡ぎ。「績む」は、芭蕉などの繊維を、長くつなぎ合わせること。○経　かせ。布を織るときのたて糸。○加那　恋人をいう語。いとしい方。可愛い人。○染な置め　染まないでいるか。

○百名節　前出、一八三・一八四参照。

438　おそばにいてさえ思い増すばかりですのに、別れて私一人になったらどうしましょう。○居て　ヲゥティと読む。居って。○たいんす　でさえ。さえも。○思や　思いは。○増やへい　マサヤビイと読む。増すばかりです。「やへい」は「やべり」の変化したもので、謙譲の気持ちを表す。○別

成は茶主か　ナラバチャシュガ

439 御側馴染て　ウスバナリスミティ

別よる袖に　ワカリユルスディニ

匂移ち給れ　ニヱィウツチタボリ

伽に舎へら　トゥジニシャビラ

五段　葉節

金武節　チンブシ

440 照る日に代無巣　ティルティダニデンスィ

照さ事舎すか　ティラサグトゥシャスイガ

与所嶋の習や　ユスジマヌナレヤ

素相に有たら　スソニアタラ

441 与那原親方

照る日の毎に　ティルティダヌグトゥニ

仰く我君の　オオグワガチミヌ

て別れて。○わぬ　私。一人称の代名詞。○独い　ひとり。○成は　成らば。なったら。○茶主か　チャシュガの当て字。どうしようか。「きやしゆが」の変化したもの。「きや」は「いか(如何)」の変化したもので、「しゆ」は動詞「する」の活用したもの。「が」は疑問の意を表す助詞。

439 おそばで馴れ親しんだ思い出に、別れる際、袖に匂いを移してください。別れて後の慰めにしましょう。○別よる　別れる。「別れをる」の変化したもの。○移ち給れ　移してください。「ち」は「して」が融合し変化したもの。○伽　慰め。○舎へら　「しやべら」の当て字。しましょう。いたしましょう。

○金武節　前出、九三・九四参照。

440 照る日にさえあてまいと大事にしたが、他国で粗末に扱われていないかと気がかりである。○日　ティダと読む。太陽。○代無巣　「だいむす」を当て字したもの。琉歌では普通、「だいんす」と表記される。でさえ。さえ。さえも。○照さ事　照らさないように。日に当てないように。○舎すか　シャスィガと読む。したが。したけれど。○与所嶋　よその島。他国。○素相に　粗末に。粗略に。○有たら　アタラと読む。あったら(どうしようか)。

441 空に照り輝く太陽のように仰ぐわが君の、栄え行く御代は限りないものであろう。○日の毎に　ティダヌグトゥ

盛い行御代の　サカイイクミユヌ
限無さめ　カジリネサミ

恩納節　ウンナブシ

442
首里親国やれは　シュイウェグニヤリバ
楽ひや竿む聞へ　ガクヒャソンチチュイ
我嶋山国や　ワシマヤマグニヤ
鳴木計い　ナルキビケイ

443
首里や山原に　シュイヤヤンバルニ
田舎諸離の　イナカシュハナリヌ
歌の種よ拾て　ウタヌタニユフィルティ
紙に巻さ　カミニマチュサ

謝敷節　ジャジチブシ

444
恋の深山路に　クイヌミヤマジニ
入初てみれは　イリスミティミリバ

ニと読む。太陽のように。「ごと」は、のようである、の意。○盛い行　盛り行く。栄えて行く。○無さめ　ネサミと読む。ないよ。ないことよ。「さめ」は上接語の意味を強める強意の助詞。「さらめ」に同じ。

○恩納節　前出、九五・九六参照。

442　首里親国であればガクブラやハンソーも聞けるが、私の村の山国では木の鳴る音を聞くばかりです。○首里親国　首里の美称。「親国」はほめことば。○やれは　であるから。だから。指定の助動詞「やれ」に接続助詞「ば」がついて確定条件を表す。○楽　哨吶（チャルメラ）。俗にガクブラという。○ひや竿　ヒャソと読む。笛。俗にハンソーという。○聞へ　チチュイと読む。聞いて。「ききをり」の変化したもの。○鳴木　鳴子。鳥を追うもの。○計い　ビケイと読む。ばかり。

443　首里や山原（やんばる）や田舎・諸離島を巡って、歌の種を拾い集め、紙にしるしつけておこう。○山原　沖縄本島の北部地方の総称。南部に比べて山がちな地域ということでそう呼ばれる。○諸離　もろもろの離島。離島のことは「離れ」または「地離れ」という。沖縄本島の周囲には五十余の離島がある。○拾て　拾って。○紙に巻さ　巻紙に書きつけることよ。「さ」は軽い強調を表す。

○謝敷節　前出、九七・九八参照。

444　恋の深山路に入り初めて見れば、いろいろの花の匂いがどれもこれもかぐわしい。○入初て　はじめて入って。

色ゝのはなの　イルイルヌハナヌ
匂ひ増て　ニヲゥイマサティ

445 恋の奥山に　クイヌウクヤマニ
遠蹈迷て　トゥウクフミマユティ
谷の谺(ヤマビク)の　タニヌヤマビクヌ
音声計り　ウトゥグキビケイ

加那節　カナヨウブシ

446 昔打振たる　ンカシウチフタル
花染の袖も　ハナズミヌスディン
今や色醒て　ナマヤイルサミティ
本の白地　ムトゥヌシルジ

447 与那原親方
昔袖振る　ンカシスディフタル
花の物語　ハナヌムヌガタイ
与所に聞成よる　ユスニチチナシュル
歳の浦めしや　トゥシヌラミシャ

「そめる」は、…しはじめる意。〇はな　ここでは、美しい女、または遊女の比喩。〇増て　まさって。すぐれて。

445 恋の奥山に深く迷い込んでしまって、恋人の名前を呼んでも返事は山びこばかりである。〇遠　遠く、であろうか。『琉歌全集』には、「深く」とある。〇蹈迷て　踏み迷って。〇音声　（こだまの）響き。

〇加那節　かなやう節。田舎の男女交遊の歌。

446 昔うち振った花模様の着物の袖も、今は色がさめて元の白地になってしまった。〇打振たる　うち振った。「うち」は接頭語。〇花染　花模様。〇今や　『琉歌全集』には「なまや」とある。今は。「なま」は今の意。

447 昔袖を振って得意になった物語も、今はよそに聞き流さねばならぬ年になったのが恨めしい。〇振る　フタルと読む。振った。「袖振る」は、恋心をかわしあった、の意。〇与所　ユスと読む。よその人。他人。〇聞成よる　チチナシュルと読む。聞き流す。「与所に聞成よる」は、他人のこととして聞く、の意。〇浦めしや　恨めしい。「浦」は当て字。

蜘節　クブブシ

448 玉城按司朝昆

独り打向て　フィチュイウチンカティ
空よ咎れは　スラユナガミリバ
面難俤や　ツィリナウムカジヤ
月に尽ぬ　ツィチニツィチャン

449 勝連按司朝槇

独り寝る夜に　フィチュイニルユルニ
無蔵御側思て　ンゾウスバトゥムティ
面難や恋路　ツィリナサヤクイジ
夢とやすか　イミドゥヤスィガ

六段　古節

作田節　チクテンブシ

450 六十重へれは　ルクジュカサビリバ

○蜘節　前出、一二九・一三〇参照。

448 一人空に向かって眺めていると、恋人の面影が月にまといついてつれなく悲しい。○打向て　向かって。「打」は接頭語。○咎れは　ナガミリバと読む。眺めると。○よ　動作の目的・対象を示す国語の格助詞「を」にあたる助詞。○面難　ツィリナと読む。つれないことだ。無情なことだ。○尽ぬ　『琉歌全集』には「つきやぬ」とある。付いたことよ。「付きたん」の変化した形に当て字したものか。

449 一人で寝る夜であるのに、恋人のそばだと思う恋路の夢はつれなく哀れなものだ。○無蔵　男の側から女の恋人をいう語。○思て　トゥムティと読む。と思って。接続助詞「と」と、「思って」が融合した語。○面難や　ツィリナサヤと読む。つれないことだ。情けないことだ。日本古語の「つれなし」と同根で、語源は「連れ無し」（つながりが無い）である。○と　ドゥと読む。国語の「ぞ」にあたる強意の係助詞。○やすか　であるが。であるけれども。

○作田節　前出、三・四参照。

450 六十を重ねると百二十のお年、そのように御長命でこの世をお治めくださいませ、わが国王よ。○重へれは　重

百二十の御歳　ヒャクニジュヌウトゥシ
御掛ふさゐ召れ　ウカキブセミショリ
我御主加奈志　ワウシュガナシ

451
六七十成も　ルクシチジュナティン
歳読と知る　トゥシユディドゥシユル
いきやしかな肝や　イチャシガナチムヤ
早晩童　イツィンワラビ

揚作田節　アギチクテンブシ

452
十百年に松の　トゥヒャクセニマツィヌ
花咲る御代に　ハナサチュルミユニ
御万人も盛て　ウマンチュンサカティ
遊ふ嬉しや　アスィブウリシャ

453
十日越の夜雨　トゥカグシヌユアミ
草葉潤す(ウルハシヨス)　クサバウルワシュスィ
御掛報さゐ召る　ウカキブセミショル

ねれば。二重にすれば。「かさべる」は、「かさねる」のn音がb音に子音交替したもの。○御掛ふさゐ召れ　天下を治め、末長く栄え召されませ。「掛」は心をかけることで、支配すること。「ふさゐ」は、栄える意。「召れ」は、ミショリと読み、「めしおわれ」の変化したもの。○御主加奈志　国王様。「かなし」は、いとおしい、かわいいの意から転じて接尾敬称辞となったもの。

451　六、七十歳になっても年を数え、年をとったことを知るが、どうかして心はいつも子供でありたい。○成も　なっても。○読と　ユディドゥと読む。数えてこそ。「よむ」は、年などを数える意。「と」はドゥと読み、国語の「ぞ」にあたる強意の係助詞。○知る　シユルと読む。知る。○いきやしかな　どうにかして。○肝　心。心情。○早晩　イツィンと読む。いつも。○童　わらべ。子供。

○揚作田節　前出、七・八参照。

452　千年に一度松の花が咲くようなまれな御代に、みな栄えて踊り遊ぶのは嬉しいことだ。○十百年　千年。長い年月の意。○咲る　サチュルと読む。咲いている。○御万人　一般の人。民衆。もとの形は「お真人」。→四〇〇。○盛て　盛って。栄えて、の意。○嬉しや　うれしい。「しや」は形容詞の末尾形成素。

453　十日おきに夜雨が降って草葉を潤すのは、立派な政治の行なわれている御代のしるしである。○潤す　ウルワシュスィと読む。潤すことは。潤すのは。「す」は事あるいは物の意。○御掛報さゐ召る　ウカキブセミショルと読む。天下を治め、末長く栄え召される。「掛」は心をかけることで、支配すること。「報さゐ」は、「ふさえ」の当て字で、栄える意。○印　証拠。あかし。

御世の印　ミユヌシルシ

中作田節　チュウチクテンブシ

454
嬉しさや今宵　ウリシサヤクユイ
稀の友行逢て　マリヌドゥシイチャティ
浦〻と月に　ウラウラトゥツィチニ
語明さ　カタリアカサ

455　金城親雲上
嬉しや誇しや〻　ウリシャフクラシャヤ
懐に余て　フチュクルニアマティ
袖迄も包む　スディマディンツィツィム
無蔵か情　ンゾガナサキ

拝朝節　ハイチョウブシ

456
中嶋の小矼　ナカシマヌクバシ
渡て恨しや　ワタティウラミシヤ
恋の梯（カケハシ）や　クイヌカキハシヤ

○中作田節　前出、五・六参照。

454　嬉しいことよ今宵まれの友に会って、のどかに月見をしながら語り明かそう。○友　ドゥシと読む。友人。九州・出雲地方でも、仲間・友達のことは「どし」という。○行逢て　出会う。○浦〻と　ゆっくりと。のどかに。○語明さ　語り明かそう。

455　嬉しさ喜ばしさはふところに溢れて、袖まで包むわが恋人の情である。○誇しや〻　喜ばしさは。うれしさは。歓喜に満ちた喜ばしさの意に使われる。○余て　余って。溢れて。○無蔵　男の側から女の恋人をいう語。

○拝朝節　前出、九・一〇参照。

456　仲島の小橋は渡って恨めしい。恋のかけ橋は渡りにくい。○中嶋の小矼　遊廓仲島と本地をつなぐ小橋。「仲島」は遊廓の名前で那覇の泉崎にあり、もとは小島であった。○渡て　渡って。○恨しや　恨めしい。○梯　カキハシと読む。

457
渉（ワタリ）(苦)しや　ワタイグリシャ
中島の小堀　ナカシマヌクムイ
萍（ウチクサ）や引ぬ　ウキクサヤフィカヌ
浦の蓼（タテ）草や　ウラヌタディクサヤ
誰す彦（ヒチヨカ）か　タガスィフィチュガ

東熊節　ヒガシクマブシ

458 時之真勢
昔馴染たる　ンカシナリスダル
薄衣の袖も　ウスギヌヌスディン
今や取て挽も　ナマヤトゥティフィチン
匂や立ぬ　ニヱィヤタタヌ

459
昔見初たる　ンカシミスミタル
人や誰かやよら　フィトゥヤタガヤユラ
月に尋ね欲舎　ツィチニタズィニブシャ
秋の今宵　アチヌクユイ

橋渡し。〇渉(苦)しや　底本は「渉しや」。「渉苦しや」の誤りか。『琉歌全集』には「渡りぐれしや」とある。渡り難い、の意。

457　仲島の小堀に生えている浮草を引く人はいない。浦の蓼草は誰が引くか。〇中島の小堀　遊廓仲島に近接してあった溜池。〇や　国語の「は」にあたる係助詞。〇蓼草　植物名。一年草の植物。那覇周辺の湿地に群生し、美しい花をつけていたという。〇誰す　タガスィと読む。誰が。「す」は強意の係助詞。〇彦か　フィチュガと読む。引くのか。「か」はガと読み、疑問の意を表す助詞。以下同じ。用例多し。

〇東熊節　前出、二七・二八・二九参照。

458　昔着馴れた薄衣の袖も、いまは引き寄せて取ってみても何の匂いも立たなくなった。〇馴染たる　馴れ親しんだ。「なれそみたる」の変化したもの。〇今や　ナマヤと読む。「なま」は、今の意。〇取て挽も　トゥティフィチンと読む。引き寄せて取っても。フィチは「引きて」の変化したもの。

459　月を昔美しいと見初めた人は誰だろう、月に尋ねたい秋の今宵に。〇やよら　であろうか。〇尋ね欲舎　タズィニブシャと読む。尋ねたい。「欲舎」は、「ぼしや」の当て字で、…したい、の意。

七段　覇節

稲真積節　ンニマヅィンブシ

460 稲の穂や真積　ンニヌフヤマズィン
麦の穂や苅よれ　ムジヌフヤカユイ
夏と二三月や　ナツィトゥウリズィンヤ
慶喜誇ゐ(リ)　ウリシャフクイ

461 稲の穂もあらぬ　ンニヌフンアラヌ
粟の穂もあらぬ　アワヌフンアラヌ
やかれよも鳥か　ヤカリユムドゥヤガ
掛いすかい　カカイスィガイ

鶯節　ウグイスィブシ

462 深山鶯の　ミヤマウグイスィヌ

○稲真積節　稲の豊作を祝う歌。旅からの帰りを待ちかねたり、祝ったりの歌。

460 稲の穂は真積みにして麦の穂は刈りとり、夏と二、三月は嬉しい喜ばしいことばかりだ。○や　国語の「は」にあたる係助詞。○真積　刈り取った稲を積み重ねたもの。○苅よれ　刈り取り。「刈りをり」の変化したもの。○二三月　『琉歌全集』の重複歌(三五八)によれば、ウリズィンと読む。旧暦二、三月の、麦の穂の出るころ。○慶喜　ウリシャと読む。うれしい。○誇ゐ　フクイと読む。喜び。歓喜に満ちて喜ぶことをいう。動詞「ほこる」の連用中止法。「ゐ」はフクイのイを表記したもの。

461 稲の穂でも粟の穂でもないのに、憎らしい雀のようなものたちがうるさくつきまとって。○あらぬ　…でない。○やかれ　憎らしい。卑称の「やから」が転じて接頭語になったもの。○よも鳥　いやな鳥。ここでは雀のようなうるさい小鳥のこと。○掛いすかい　カカイスィガイと読む。かかりすがり。つきまとったり、すがったり。

○鶯節　鶯の歌。工工四の諸本にはみえない節名。

462 深山の鶯さえ春の花ごとに縁を結んで、添う世のならわしを知らないのか。○花毎に　花々ごとに。○吸る　ス

春の花毎に　ハルヌハナグトゥニ
吸る世の中の　スユルユヌナカヌ
習や知ね　ナレヤシラニ

463
深山鶯も　ミヤマウグイスィン
咲やくの花の　サクヤクヌハナヌ
匂ひ送る風の　ニヱィウクルカジヌ
便り待ら　タユイマチュラ

南嶽節　ナンダキブシ

464
淋さに任ち　サビシサニマカチ
知ぬ歌摺は　シラヌウタスィリバ
与所の物笑の　ユスヌムヌワレン
わ伽なゆさ　ワトゥジナユサ

465
淋さや今宵　サビシサヤクユイ
三味線とわ友　サンシンドゥワドゥシ
引は音高さ　フィキバウトゥタカサ

ユルと読む。「添る」の当て字。寄り添う。縁を結ぶ。○習　ならわし。○知ね　知らないのか。「ね」は打消の疑問・詰問などを表す終助詞「に」で、一般に「に」「ね」と表記される。

463　深山に住んでいる鶯も、梅の花の匂いを送る風の便りを待っているのであろうか。○咲やくの花の　「く」は「こ」の類推表記。「咲くやこの花」の「花」は梅の花。○待ら　待つであろう。

○南嶽節　前出、三七一・三七三参照。

464　淋しさにまかせて知らない歌を歌うと、他人からは物笑いにされても慰めになるものだ。○任ち　まかせて。○摺は　すれば。歌をうたうことをウタシュンという。○与所　よその人。他人。○わ伽　自分の慰め。○なゆさ　なるよ。なることよ。「さ」は軽い強調を表す。

465　淋しい今宵は三味線とそわが友である。弾くと高い音がでて鈴をつけた車のようだ。○と　ドゥと読む。国語の「ぞ」にあたる係助詞。意味を強めていうのに使い、連体形で結ぶ。○わ友　我が友。「わ」は私。一人称の代名詞。体言に直接つく。「友」は、ドゥシと読む。

鈴の車　スズヌクルマ

算作与節　三左右節　サンサユウブシ

466 仮初に聞な　カリスミニチクナ
此紙の内の　クヌカビヌウチヌ
書し言の葉や　カチシクトゥヌフヮヤ
誠ともて　マクトゥトゥムティ

467 仮初に見るな　カリスミニミルナ
書流そ松葉　カチナガスマツィバ
昔し人ゝの　ンカシフィトゥビトゥヌ
読し言葉　ユミシクトゥバ

早作田節　ハイチクテンブシ

468 待と嬉し事　マチドゥウリシグトゥ
慶も大さ　ユルクビンウフィサ
あた果報と付る　アダガフドゥツィチャル

○算作与節　前出「算左右節」に同じ。二七五・二七六参照。

466 おろそかに聞くな、この紙の中に書いた言葉は誠だと思って。○仮初に　かりそめに。いい加減に。おろそかに。○書し　書いた。「し」は助動詞「き」の連体形。沖縄では「し」の形のみで、動作が過去にあったことを表す。○や　国語の「は」にあたる係助詞。○ともて　と思って。

467 松の葉のように書き流した字もなおざりに見てはならぬ。昔の人々がよんだ言葉だ。○書流そ　書き流す。「そ」は「す」の類推表記。○松葉　松の葉のように細い字という意。○読し　読んだ。

○早作田節　前出、八七・八八参照。

468 待つのは嬉しいものだし待てば喜びも大きくなる。思わぬ果報がついたものだ果報な私は。○待と　マチドゥと読む。待つことこそ。○嬉し事　うれしい事。○慶　よろこび。○大さ　ウフィサと読む。大きい。○あた果報　思いがけない幸運。「果報」は幸福、しあわせのこと。○付る　ツィ

果報な我身や　クヮフナワミヤ

469 待兼て居れは　マチカニティヲゥリバ

思無蔵か使の　ウミンゾガツィケヌ

にや来ら〳〵思て　ニャチュラチュラトゥムティ

汧て居さ　ウズディヲゥタサ

八段　波節

東里節　アガリザトゥブシ

470 若狭大道や（慶田筑登之親雲上）　ワカサウフミチヤ

覚らすに過て　ウビラズィニスィジティ

醒て暁や　サミティアカツィチヤ

老の泊　ウイヌトゥマイ

471 若狭大道に　ワカサウフミチニ

引よ留め置な　フィチユトゥミウカナ

チャルと読む。ついたのだ。「つきたる」の変化した形。〇我身　私。一人称の代名詞。

469　待ちかねていると、彼女の使いがもう来るかと思われて、夜通し目を覚ましていた。〇思無蔵　「無蔵」は男の側から女の恋人をいう語。「思(うみ)」は接頭敬語で、「無蔵」よりも丁寧な言い方。〇にや　もう。〇来ら〳〵　チュラチュラと読む。来るか来るか。〇思て　トゥムティと読む。と思って。〇汧て　ウズディと読む。目を覚まして。〇居さ　ヲゥタサと読む。居ったのだ。「さ」は軽い強調を表す。

〇東里節　屋嘉比本、野村本などの工工四にもみえる節名。

470　若狭町の大通りはおぼえず過ぎてしまって、暁に眼がさめたら老の泊に来ていた。〇若狭大道　若狭大通り。「若さ」と掛けた語。〇や　国語の「は」にあたる係助詞。〇覚らすに　覚えずに。気が付かないで。〇老の泊　『琉歌全集』の重複歌(一九六)には「上の泊」とある。「上の泊」は地名。「上」と「老い」は、方言ではともにウィーといい、両方に掛けた語。

471　若狭町の大通りに引きとめておこう。空に行きすぎるお月さまとお日さまを。〇引よ留め置な　引きとめておきたい。「よ」は動詞と動詞の間に入れて韻律を調える間投助詞。

空に行過　　スラニイチスィジル
御月御日　　ウツィチウティダ

富里節　　フサトゥブシ

472 上原按司
目の前の契り　　ミヌメエヌチジリ
しゆん思て居な　　シュントゥムティヲゥルナ
あの世迄予や　　アヌユマディワヌヤ
頼て居もの　　タヌディヲゥムヌ

473 (祝)嶺親方
目に見らぬ事や　　ミニンダヌクトゥヤ
誠てやい聞な　　マクトゥテイチクナ
与所の云言葉や　　ユスヌイクトゥバヤ
替る浮世　　カワルウチユ

波照間節　　ハティルマブシ

474 惣慶筑登之
忘られめ塩らと　　ワスィラリミシュラトゥ
飽ぬ別路の　　アカヌワカリジヌ

○行過　行き過ぎる。通過する。○御日　ウティダと読む。お日さま。ティダは、日、太陽のこと。

○富里節　前出、一五七・一五八参照。

472　目の前の契りをするのだと思ってくれるな。あの世までもと私は頼みに思っているのだから。○しゆん　する。「しをん」の変化したもの。○思て　トゥムティと読む。と思って。○居な　おるな。いるな。「な」は禁止の意味を表す助詞。○予　ワヌと読む。私。一人称の代名詞。○頼て　頼んで。○居もの　いるものを。いるから。

473　目で見ないことはほんとうだとは聞くな、人の言葉は事実とは違うことが多い世の中だ。○見らぬ　見ない。国語の「見る」が、ラ行四段化した形に否定の「ぬ」が付いたもの。○誠てやい　マクトゥテイと読む。誠といって。真実だと思って。「てやい」は、「てやり」と表記されるのがふつうで、といって、の意。○与所　よその人。他人。○云言葉　いことば。「い」は接頭語。

○波照間節　別れの歌と、深い縁のある歌。「波照間」は八重山の南の果てにある小島。工工四の諸本にはみられない節名。

474　恋人と別れた名残りは忘れられようか。その面影は有明の月を見るたびに思い出される。○忘られめ　忘れられ

名残有明の　ナグリアリアキヌ
月に留て　ツィチニトゥミティ

475
忘るなよ今宵　ワスィルナヨクユイ
袖(ソテ)の振合や　スディヌフヤワシヤ
生らぬ先の　ウマリランサチヌ
御縁思れ　グキントゥムリ

店那節　ティンニャブシ

476
人間や原の　ニンジンヤハルヌ
溜水心　タマイミズィグクル
今日遊て明日や　キユアスィディアチャヤ
知ぬ命　シラヌイヌチ

477
人間の習や　ニンジンヌナレヤ
分知なからや　ブンシラナカラヤ
御肝安まれる　ウジムヤスィマリル
時や無さめ　トゥチヤネサミ

ようか。可能の意味を表す助動詞に、疑問・反語の意味を表す「め」のついたもの。○塩ら　「しをら」の当て字。愛しい人。恋人。男女両方に用いる。○飽ぬ　飽きない。名残りのつきない。○留て　とめて。とどめて。

475　忘れないでくれ今宵袖を重ねたことを、生まれない先から深い縁があったと思って。○忘るなよ　忘れるなよ。○振合　振り合わせ。めぐり会い。袖を振り合わすことで、会うことの意となる。○生らぬ　ウマリランと読む。生まれない。「ぬ」は、否定の意を表す助動詞。○思れ　トゥムリと読む。と思え。と思いなさい。

○店那節　屋嘉比工工四や『琉歌全集』に「天仁屋節」とある。これの当て字。「天仁屋」は地名で、名護市の東海岸にある。

476　人間は畑の溜り水のようで、今日はうかれ遊んでも明日のことはわからぬ命である。○や　国語の「は」にあたる係助詞。○原　ハルと読む。田畑。日本古語で新しく土地を開き開墾する意の「はる」に通ずる。○溜水心　溜り水のようなもの。「…こころ」は、…のようなもの、の意。○遊て　遊んで。○明日　アチャと読む。「あした」の変化した形。

477　人間の習いは、身分のほどを知らなかったら心の休まる暇はないだろう。○分　身分。身のほど。○知なからや　知らないでからは。知らないでいては。○御肝　心。心情。○安まれる　休まる。(心が)落ちつく。○無さめ　ネサミと読む。ないよ。ないことよ。「さめ」は強意の助詞。

主前節

478 沙汰かしち呉ら　サタガシチクヰユラ
絶て居る縁に　タイティヰヲゥルヰンニ
替そ手枕の　カワスティマクラヌ
夢に昇て　イミニウズディ

479 沙汰しゆら今宵　サタシュユラクユイ
照る月も清さ　ティルツィチンチュラサ
無蔵か俤の　ンゾガウムカジヌ
立よ増て　タチユマサティ

九段　節物

瀬高節　シダキブシ

480 巣無き鳥心　スィナチトゥイグクル

○主前節　主の前とは召使が主人を敬していう語。ここは別れた妾に対する恋歌。

478 うわさをしてくれるのであろうか。縁は絶えても手枕を交わす夢に起こされて。○沙汰　うわさ。○しち呉ら　してくれるのであろうか。「ち」は接続助詞「て」の変化したもの。○替そ　交す。「そ」は「す」の誤った類推表記。○昇て　ウズディと読む。目覚める、の意。

479 うわさをしているのであろう。今宵は月も美しく恋人の面影がいよいよ立ちまさることよ。○しゆら　するだろう。しているのであろう。「しをら」の変化したもの。○清さ　美しい。みごとなさま。○無蔵　男の側から女の恋人をいう語。○立よ増て　立ちまさって。「よ」は動詞と動詞の間に入れて韻律を調える間投助詞。

○瀬高節　『琉歌全集』には「瀬嵩節」とある。工工四の諸本にはみえない節名。「瀬嵩」は地名で、名護市の東海岸にある。

480 巣のない鳥が宿る木もないように、私も夜々の露にぬれながら泣きあかしている。○鳥心　鳥のようなもの。

宿る木も無覧　ヤドゥルキンネラン
濡て鳴明そ　ヌリティナチアカス
夜〻の露に　ユユヌツィユニ

481
巣無き浜千鳥　スィナチハマチドゥリ
嵐立波に　アラシタツナミニ
友迷て鳴る　トゥムマドゥティナチュル
声の哀れ　クイヌアワリ

七尺節　ナナユミブシ(シチシャクブシ)

482
枕うつ波に　マクラウツナミニ
夜終起されて　ユスガウクサリティ
夢にさへ御側　イミニサイウスバ
拝み欲舎の　ヲゥガミブシャヌ

483
枕故外に　マクラユイフカニ
誰か知か涙　タガシユガナミダ
夢程も彼に　イミフドゥンアリニ

「…こころ」は、…のようなもの、の意。○無覧　ネランと読む。無い。○鳴明そ　鳴き明す。「そ」は「す」の誤った類推表記。

481　巣のない浜千鳥が、嵐が吹いて立つ波に、友を見失って鳴いている声が哀れである。○迷て　マドゥティと読む。はぐれて。迷って。○鳴る　ナチュルと読む。鳴いている。「鳴きをる」の変化したもの。

○七尺節　前出、五六・五七参照。

482　枕元に聞こえる波の音に夜もすがら起こされて、夢にでもおそばにいたいと思ったのに。○夜終　「よすがら」であろう。夜もすがら。夜通し。○拝み欲舎の　拝みたいものだ。お目にかかりたいものだ。「欲舎」は「ぼしや」の当て字で、…したい、の意。

483　枕より外に誰が知ろう私の涙を、せめて夢になりとあの人に知らせてやりたい。○故　ユイの当て字。「…より外に＋否定」(…以外にない、の意)は、よく使われる表現。○知か　シユガと読む。知るか。知るのか。「か」は、ガと読み、疑問の意を表す助詞。○夢程も　イミフドゥンと読む。夢でなりと。○彼　あれ。あの人。○知しふしやの　知らせたいものだ。

知しふしやの　　シラシブシャヌ

子持(モチ)節　　クヮムチャアブシ

484
香□□
朝夕焦とて　　アサユクガリトゥティ
思よすか我身の　　ウムユスィガワミヌ
里や片思ひ　　サトゥヤカタウムイ
礒の蚫　　イスヌアワビ

485
□□□
朝夕馴染て　　アサユナリスミティ
哀片糸の　　アワリカタイトゥヌ
思ひ弥増る　　ウムイイヤマシュル
海の蚫　　ウミヌアワビ

中風節　　ナカフウブシ

486
別路の　　ワカリジヌ
露霜に　　ツィユシムニ
濡て暁の　　ヌリティアカツィチヌ

○子持節　前出、五八・五九参照。

484　私は朝夕思い焦がれているけれど、あの方は思ってくださらない。磯の鮑の片思いである。○焦とて　焦がれて。「こがれてをりて」の変化したもの。○思よすか　思うけれども。○我身　私。一人称の代名詞。○里　女の側から男の恋人をいう語。○蚫　鮑。巻貝の一種。貝殻が一片のように見えるので、和歌に同じく、片恋・片思いの比喩として使われる。

485　朝夕馴れ親しんでいるが、あわれ片糸の思いだけで、思いの増すのは海の鮑のようである。○馴染て　馴れ親しんで。○片糸　二本の糸を縒り合わせて糸を作る時の片方の糸。和歌の借用語である。○弥増る　いっそうつのる。『琉歌全集』には、「いや増しゆる」とある(六一五)。

○中風節　前出、六〇・六一参照。

486　別れ路の露や霜に濡れながら、とうとう暁の鶏の声を聞くようになった。○聞さ　チチュサと読む。聞くよ。聞くことよ。「さ」は軽い強調の意を表す。

鳥声聞さ　トゥイグヰチチュサ

487
別路の　ワカリジヌ
我袖や　ワガスディヤ
涙（ナミタ）たつ波に　ナミダタツナミニ
一期濡る　イチグヌリル

述懐　シュックヱエ

488
鳴は思知め　ナキバウミシユミ
啼なれは知らね　ナカナリバシラニ
兎角顔付や　トゥカクカヲゥズィチヤ
あたら安か　アタラヤスィガ

489
惣慶筑登之
鳴ぬ恨よる　ナカヌウラミユル
炭竈の煙　スィミガマヌチムリ
誰か知か恋の　タガシユガクイヌ
柴の山路　シバヌヤマジ

487　別れ路のわが袖は、あふれて流れる涙に一生涯ぬれ通しになるであろう。〇や　国語の「は」にあたる係助詞。〇一期　一生。一生涯。

〇述懐　前出、六二・六三参照。

488　泣けばわかるが泣かなければわからないというのか、顔付きをみればわかりそうなものだ。〇知め　シユミと読む。知るか。わかるのか。「め」は疑問の意を表す。〇啼なれは　泣かなければ。〇知らね　知らないか。「ね」は打消・疑問・詰問などを表す助詞「に」で、一般に「に」「ね」と表記される。〇兎角　とかく。とにかく。〇あたら安か　あったろうと思うが。「安か」は「やすが」で、であるが、であるけれど、の意。

489　炭がまの煙は泣かずに恨むばかり、誰が知ろう、柴の山路のような恋を。〇鳴ぬ　泣かないで。泣かずに。〇恨よる　恨んでいる。「恨めをる」の変化したもの。〇知か　シユガと読む。知るか。知るのか。「が」は疑問の意を表す助詞。

十段　端節

雨河節　　アマカワブシ

490 吉屋
花の身や哀　　ハナヌミヤアワリ
糸柳心　　イトゥヤナジグクル
風の押儘に　　カジヌウスママニ
馴る心気　　ナリルシンチ

491 惣慶親雲上
花の柵に　　ハナヌシガラミニ
心留られて　　ククルトゥミラリティ
我身や人波に　　ワミヤフィトゥナミニ
渡い苦しや　　ワタイグリシャ

無蔵佐江節　　ンゾウサイブシ

492
月よ詠れは　　ツィチユナガミリバ

○雨河節　前出「天川節」に同じ、二五・二六参照。
490　遊女の身は哀れなもので糸柳のようである。風が押すまにまになびくのがつらい。○や　国語の「は」にあたる係助詞。○糸柳心　糸柳のようなもの。「…こころ」は、…のようなもの、の意。○押　押す。(風が)吹く。○心気　悲しい心持ち。つらい気持ち。和語からの借用。

491　花のしがらみに心をひきとめられて、私は揺れ動く人波の中を渡りかねている。○花の柵　遊女をたとえた語。「しがらみ」は、水流を塞き止めるため杙を打ち渡して、横に柴・竹などを結びつけたもの。○我身　私。一人称の代名詞。○人波　揺れ動く人波の中を、の意。○渡い苦しや　渡り難い。渡ることができない。「苦しや」は、…し難い、の意。

○無蔵佐江節　前出、二五二・二五三参照。
492　月を見ればさまざまに物が思われて、一人夜を明かしかねることである。○よ　動作の目的・対象を示す国語の

様〻に物の　サマザマニムヌヌ
思われて独り　ウムワリティフィチュイ
明し兼て　アカシカニティ

493
月見れは晶(サヤカ)か　ツィチミリバサヤカ
秋風や立ひ　アチカジヤタチュイ
思事や真砂　ウムクトゥヤマサグ
尽し兼て　ツィクシカニティ

与那原節　ユナバルブシ

494
□太郎
見ちやる俤に　ンチャルウムカジニ
我無蔵(よ)と思て　ワガンゾユトゥムティ
早晩(ハスラ、) 忘ぬ　イツィンワスィララヌ
恋の迷ひ　クイヌマユイ

495
見欲舎浦切らしや　ミブシャウラチラシャ
誰かしきやる事か　タガシチャルクトゥガ
恨ても茶主か　ウラミティンチャシュガ

格助詞「を」にあたる助詞。○詠れは　ナガミリバと読む。眺めると。

493　月を見れば冴えて秋風は吹き始め、思うことは浜の真砂のように限りない。○や　国語の「は」にあたる係助詞。○立ひ　タチュイと読む。立っており。「立ちをり」の変化したもの。○真砂　砂の美称。数えきれないことのたとえに使われる。

○与那原節　与那原の親川に天女が降りた歌を始め、豊年、君主の恵みの歌などである。屋嘉比工工四はじめ諸本にみえる。

494　ふと見た女の面影が自分の恋人に思えて、いつまでも忘れられない、恋の迷いは。○見ちやる　見た。「みたる」が変化した形。○無蔵　男の側から女の恋人をいう語。○と思て　と思って。○早晩　イツィンと読む。いつまでも。○忘ぬ　忘れられない。底本「恋ぬ」と誤記。

495　見たいと切ないほどに思っても誰がしたことか、恨んでどうしよう、自分の心であれば。○見欲舎　ミブシャと読む。見たい。○浦切らしや　うら悲しい。心さびしい。○しきやる　「しちやる」の誤った類推表記。した。「しちやる」は、「したる」が変化したもの。○恨ても　恨んでも。○茶主か　チャシュガの当て字。どうしようか。「ちや」は「いか(如何)」の変化したもの。「しゆ」は動詞「する」、「か」は

我肝やれは　　ワチムヤリバ

佐砂節　　サスィナブシ

496
のかす毒かに有る　　ヌガスィドゥクカネル
世の中の慣や　　ユヌナカヌナレヤ
裏思は表て　　ウラトゥミバウムティ
定め苦しや　　サダミグリシャ

497
のかす山嵐　　ヌガスィヤマアラシ
咲出る花の　　サチディユルハナヌ
一盛り待(マタ)ぬ　　フィトゥサカリマタヌ
吹よ散す　　フチユチラス

砂持節　　スィナムチブシ

498
庭梅の花の　　ニワウミヌハナヌ
未莟て居すや　　マダツィブディヲゥスイヤ
深山鶯の　　ミヤマウグイスィヌ

ガと読み、疑問の意を表す助詞。○肝　心。心情。○やれは　やれば。であれば。であるから。

○佐砂節　前出、三五〇・三五一参照。

496　どうしてこうなんだろう世の中の慣いというものは、裏と思えば表で定めにくいものだ。○のかす　ヌガスィと読む。なぜに。「の」は代名詞「なお(何)」、「か」はガと読み、疑問の意を表す助詞。「す」は強意の係助詞。○毒　副詞「どく」の当て字。ひどく。非常に。○かに有る　かくのごとくある。かようにある。○思は　トゥミバと読む。と思えば。○定め苦しや　決め難い。定めにくい。「苦しや」は、…し難い、の意。

497　どうして山嵐は、咲き出ようとする花の一盛(ひとさか)りを待たないで吹き散らしてしまうのか。○咲出る　サチディユルと読む。咲き出す。○一盛り　盛んな一時期。○吹よ散す　吹き散らす。「よ」は動詞と動詞の間に入れて韻律を調える働きがある。

○砂持節　伊江島の砂運びの歌。

498　庭の梅の花がまだ莟のままなのは、深山から来る鶯の声を待っているのであろうか。○莟て　ツィブディと読む。つぼんで。○居すや　おるのは。いるのは。○待ら　マチュ

声と待ら　クヱィドゥマチュラ

499 庭の蜘経に　ニワヌクブガスィニ
馬や繋(ツナク)とも　ウマヤツィナグトゥム
二俣掛里に　タマタガキサトゥニ
御肝呉な　ワチムクヰルナ

十一段　葉節

呑布留節　ヌンフイブシ

500 嬉さや今度　ウリシサヤクンドゥ
弥勒世盛に　ミルクユザカリニ
上下も共に　カミシムントゥムニ
遊ふ嬉砂　アスィブウリシャ

501 嬉さや今宵　ウリシサヤクユイ
云言葉の限り　イクトゥバヌカジリ

ラと読む。「待ちをら」の変化したもの。待つだろう。待っているだろう。

499 庭の蜘蛛の糸に馬を繋ぐようなことがあっても、二心を持っている殿御に真心をくれるな。○蜘　くぼ。「くも(蜘蛛)」は、琉球方言ではm音がb音と交替して、クブという。○経　かせ。ここでは蜘蛛の糸。○二俣掛里　タマタガキサトゥと読む。ふたまたがけの男、つまり二人の愛人に掛け持ちで通う男のこと。「里」は女の側から男の恋人をいう語。○肝　心。真心。○呉な　くれるな。「な」は禁止の意味を表す助詞。

○呑布留節　野村本はじめ工工四の諸本に「のんふり節」とみえるが、『琉歌全集』にはみえない。前出「呑布の節」に同じ。二六五・二六六参照。

500 嬉しいことだ、今年は豊年になって、上下こぞって共に遊び楽しむのは。○弥勒世盛　最高の豊年。「弥勒世」は、弥勒菩薩が人間界に現れる世のことで、豊かな世をいう。→九一。○嬉砂　「うれしや」の当て字。嬉しい。

501 嬉しいことだ、今宵はある限りの言葉を語っても飽くことを知らぬ私の心と思ってくれ。○云言葉　い言葉。こ

語らても飽ぬ　　カタラティンアカヌ
心思れ　　ククルトゥムリ

元散山節　　ムトゥサンヤマブシ

502
人繁く渡る　　フィトゥシジクワタル
仲嶋の小矼　　ナカシマヌクバシ
誰か掛て置か　　タガカキティウチャガ
嶋世とゝめ　　シマユトゥトゥミ

503
人繁さてやり　　フィトゥシジサティヤリ
うれに事寄て　　ウリニクトゥユシティ
頼て居る今宵　　タヌディヲゥルクユイ
化に成そな　　アダニナスナ

本部拋節　　ムトゥブナギブシ

504
花の色深く　　ハナヌイルフカク
馴染し袖も　　ナリスミシスディン

とば。「い」は接頭語。○語らても　語り合っても。○思れ　トゥムリと読む。と思え。と思いなさい。

○元散山節　前出、一〇九・一一〇参照。

502　人が繁く渡る仲島の小橋は、誰がかけておいたか、島のある限りいつまでも。○仲嶋の小矼　遊廓仲島と本地をつなぐ小橋。「仲島」は那覇の泉崎にあり、もとは小島であった。→三四四・四三九・四五六。○置か　ウチャガと読む。おくか。おくのか。「か」はガと読み、疑問の意を表す助詞。○嶋世　世の中。「しま」は国と同義。○とゝめ　ある限り。いつまでも。

503　人が繁く通るからといってそれにかこつけて、頼みにしている今晩をあだにしてくれるな。○繁さてやり　頻繁だといって。「てやり」は、といって、の意。○うれ　それ。○事寄て　かこつけて。○頼て居る　頼みにしている。○化に成そな　あだになすな。むだにするな。

○本部拋節　前出、一〇七・一〇八参照。

504　花の色を濃く染めぬいた袖も、着物を替えてしまえば春の名残りはもう残らない。○抜替て　衣替えをして。

抜替て春の　ヌジカイティハルヌ
名残無さめ　ナグリネサミ

505 花の匂留て　ハナヌニヱィトゥミティ
馴染る小袖　ナリスミルクスディ
いなや抜替る　イナヤヌジカイル
与所に成さ　ユスニナタサ

大兼久節　ウフガニクブシ

506 日ゝに夏山の　フィビニナツィヤマヌ
青葉成迄も　アヲゥバナルマディン
花の俤や　ハナヌウムカジヤ
忘り苦しや　ワスィリグリシャ

507 日数降雨に　フィカズィフルアミニ
詰て染増る　ツィミティスミマサル
春の若草の　ハルヌワカクサヌ
色の塩ら舎　イルヌシュラシャ

「脱ぎ替て」の当て字。琉球方言では「抜ぐ」と「脱ぐ」は発音が同じことから、しばしば混同される。〇無さめ　ネサミと読む。ないよ。ないことよ。「さめ」は上接語の意味を強める。

505 花の匂いをとめて馴れ染めた小袖も、はや脱ぎ替えて他のものに変わった。〇馴染る　馴れ親しんだ。〇いなや　はやもう。もうこんなに早く。〇与所　よそ。他のもの。〇成さ　なったよ。なったことよ。「さ」は軽い強調の意を表す。

〇大兼久節　前出、一〇三・一〇四参照。

506 日に日に夏山の木が青葉になっても、春の花の面影は忘れ難い。〇や　国語の「は」にあたる係助詞。〇忘り苦しや　忘れ難い。「苦しや」は、…し難い、の意。

507 毎日降る雨にいよいよ濃くなって行く、春の若草の色のしおらしい美しさよ。〇日数　日毎。毎日。〇詰て　いよいよ。切実に。〇染増る　色が濃くなるさま。〇塩ら舎「しをらしや」の当て字。しおらしい。愛らしい。

大浦節　　ウフラブシ

508
村雲の掛て　　ムラクムヌカカティ
時ゝや見覧　　トゥチドゥチヤミラン
冷か照る月の　　サヤカティルツィチヌ
光り安か　　ヒカリヤスィガ

509
村雲の頓て　　ムラクムヌヤガティ
隠（カクソ）そ月代物　　カクスツィチデムン
影や身か袖に　　カジヤミガスディニ
宿て給れ　　ヤドゥティタボリ

十二段　古節

謝武那節　　ジャンナブシ

510
美□□□朝規
思事の有は　　ウムクトゥヌアリバ

○大浦節　前出、二一・二三参照。

508　さやかに照る月の光であるが、むら雲がかかって時々は見えなくなる。○村雲　「群れ雲」のことで、群がり集まる雲のこと。叢雲。和語からの借用語。○見覧　みえない。「みらん」の当て字。「みえらぬ」の変化したもの。○冷か　さやか。くっきりとしているさま。○安か　「やすが」の当て字。であるが。→六〇。

509　むら雲がやがて隠す月だから、せめてその美しい光は私の袖に宿ってください。○頓て　やがて。間もなく。○隠そ　隠す。「そ」は「す」の類推表記。○代物　「だいもの」の当て字。であるものを。であるから。「もの」は、から、ものを、の意。○影　（月の）光。○身か袖　私の袖。「身」は自分自身の意。○給れ　タボリと読む。…してください。

○謝武那節　前出、一三・一四参照。

510　空を眺めて思うことがあるのは、昔馴染みの人と眺めた思い出が形見になっているからだ。○思事　思うこと。○有は　あれば。○空に詠ゆす　空に眺めるのは。「空に」は、

空に詠ゆす　スラニナガミユスィ
馴染し人の　ナリスミシフィトゥヌ
形見心　カタミグクル

511 玉城按司
思事の有は　ウムクトゥヌアリバ
寝られらぬ独い　ニラリラヌフィチュイ
夏の夜の雨と　ナツィヌユヌアミドゥ
伽にしゆて　トゥジニシユティ

城節　グスィクブシ

512
形見なる小袖　カタミナルクスディ
いらぬ物更め　イラヌムヌサラミ
見目数毎に　ミルミカズィグトゥニ
思と増る　ウミドゥマサル

513 尚徳王娘歌
形見なる胴衣　カタミナルドゥジン
機に打掛て　ハダニウチカキティ
此と後生迄の　クリドゥグショマディヌ

『琉歌全集』では「空よ（空を）」とある。「す」は事あるいは物の意。○形見心　形見のような。「こころ」は、…のようなもの、の意。

511　物を思うことがあると眠れないで一人、夏の夜の雨の音を聞いてそれを慰めにしている。○寝られらぬ　眠れない。○独い　ひとり。「い」は「り」の音イをそのまま表した表記。○と　ドゥと読む。国語の「ぞ」にあたる係助詞。○伽　慰め。○しゆて　して。「しをりて」の変化したもの。

○城節　城女（首里城に奉公した女）の思い出の歌。工工四などの諸本にはみえない。

512　形見である小袖は無い方がよい。見るたびに昔のことが思い増すばかりである。○いらぬ物更め　いらないものだ。ないほうがましだ。「さらめ」は上接語の意味を強める。○見目数毎　見るたびごとに。○思と　思いこそ。

513　形見の胴衣を機（肌）にうちかけて、これがあの世に行くときの支度になるのであろうか。○胴衣　ドゥジンと読む。胴衣。婦人が礼装するときの下着、下裳と一緒に着たので、胴衣下裳（ドゥジンカカン）と称した。ドゥジンは「どうきぬ」の変化したもの。○機　「機」と「肌」が掛けられている。

支度更め　シタクサラミ

伊良部節　イラブブシ

514 我主よる枕　ワガシュユルマクラ
草の葉かやゆら　クサヌフヮガヤユラ
夜ゝ毎に露の　ユユグトゥニツィユヌ
宿る心気　ヤドゥルシンチ

515 予か自由のなよて　ワガジユヌナユティ
引よ留置な　フィチユトゥミウカナ
立別る彼か　タチワカルアリガ
御衣の美袖　ンスヌミスディ

嘉伝古節　カディクブシ

516 寝たらぬ浮名　ニティタラヌウチナ（二階堂彦太郎）
淋し夜の長さ　サビシユヌナガサ
幾度も大和　イクタビンヤマトゥ

○此と　これこそ。○後世　あの世。○支度更め　支度なのだ。

○伊良部節　前出、二四五・二四六参照。

514 私がする枕は草の葉であろうか。夜ごと夜ごとに露が宿るのがつらい心持ちだ。○主よる　「しゅよる」の当て字。○か　ガと読み、疑問の意を表す助詞。○やゆら　であろう。「やりをら」の変化したもの。○心気　悲しい心持ちである。つらい気持ちである。借用語。和語では体言として使われるのに対し、琉歌では述語的に使われる。

515 自分の思うとおりにすることができて引きとめておきたい。別れて行くあの人の衣の美しい袖を。○なよて　なって。なっていて。「なりをりて」の変化したもの。○引よ留置な　引きとめておきたい。「よ」は間投助詞。動詞と動詞の間に入れて韻律を調える働きがある。「な」は、願望の意を表す助詞。○彼　あれ。恋人をさしていう語。○御衣　ンスと読む。「みそ」の変化したもの、着物の美称。

○嘉伝古節　前出、一二・一三参照。

516 寝つけずにいる沖縄の淋しい長い夜には、大和にいる妻の手枕がしきりにしのばれる。○寝　『琉歌全集』には「寝て」とある(一三〇〇)。○たらぬ　不足である。満足できない。○浮名　沖縄。当て字として多用された。

忍ふ枕　シヌブマクラ

517 寝は夢繁さ　ニリバイミシジサ
畀て俤の　ウズディウムカジヌ
立増い〳〵　タチマサイマサイ
忘れくれしや　ワスィリグリシャ

瓦屋節　カラヤブシ

518 手枕の中の　ティマクラヌウチヌ
契り物語り　チジリムヌガタイ
聞染(て)一期　チチスミティイチグ
伽にしやへら　トゥジニシャビラ

519 手枕の語らい　ティマクラヌカタレ
昔馴染の　ンカシナリスミヌ
夢に無蔵御側　イミニンゾウスバ
近く成ゆさ　チカクナユサ

517 寝れば夢ばかり、覚めれば恋しい面影ばかりがちらつい て、忘れることができない。〇繁さ　頻繁なさま。〇畀て　ウズディと読む。目が覚めて。〇立増い〳〵　立ちまさりまさり。(面影が)いよいよたつ。〇忘れくれしや　忘れ難い。「くれしや」は、…し難い、の意。

〇瓦屋節　前出、一九・二〇参照。

518 手枕のうちの深い契りの物語を、胸に思い染めて一生忘れることなく慰めにしましょう。〇聞染(て)　聞きそめて。聞いて胸に思いを染める意。〇一期　一生。一生涯。〇しやへら　いたしましょう。「やべる」は丁寧の気持ちを表す補助動詞「はべる」の変化した形。

519 手枕をして語り合った昔の恋人が夢に現れ、恋人のおそば近くにいるような気になった。〇馴染の　馴れ親しんだ。〇無蔵　男の側から女の恋人をいう語。〇成ゆさ　なるのだ。「さ」は軽い強調を表す。

十三段　覇節

獅子山節　シシヤマブシ

520 物慶親雲上

絵に写ち置は　ヰニウッチウキバ
俤や有か　ウムカジヤアスィガ
物言楽の　ムヌイタヌシミヌ
無らぬ面難　ネラヌツィラサ

521

絵書墨書や　ヰカチスィミカチヤ
筆先の勝れ　フディサチヌスグリ
肝の上の真玉　チムヌウィヌマダマ
朝夕磨　アサユミガキ

樺花節　ディグバナブシ

522

庭鳥の卵や　ニワトゥイヌクガヤ

○獅子山節　精神修養の歌。工工四の諸本にはみえない。

520 絵に写しておけば面影は残るが、話し合いをする楽しみのないのがわびしい。○写ち　写して。「ち」は「して」が融合し変化したもの。○有か　あすが。あるけれど。「すが」は、しかしながら、の意の接続助詞。○物言　話すこと。会話。○無らぬ　ネラヌと読む。無い。○面難　『琉歌全集』の重複歌(二六九)によればツィラサと読む。

521 絵や書は筆先のすばらしさで、人として大切なことは朝夕心をみがくことである。○墨書　墨で書くこと。書道。○や　国語の「は」にあたる係助詞。○勝れ　すぐれていること。○肝　心。心情。○磨　みがけ。

○樺花節　ディグバナブシと読まれ、鶏のトサカが梯梧(でいご)の花に似ているためにできた節名か。工工四の諸本にはみえない。

522 鶏の卵は二十日の夜を越して孵化するが、私は国王を拝んで今日生まれかわる気持ちだ。○卵　クガと読む。卵。

廿日夜に孵る(ステル)　ハツィカユニスィディル
我身や御主拝て　ワミヤウシュヲゥガディ
今日と巣出る　キユドゥスィディル

523 庭鳥の卵や　ニワトゥイヌクガヤ
誰す恨たか　タルスィウラミタガ
孵て暁の　スィディティアカツィチヌ
声と恨める　クヱィドゥウラミル

主武堂節　シュンドウブシ

524 我主よる恋や　ワガシュユルクイヤ
干瀬に打小波　フィシニウツクナミ
寄付も思は　ユイツィチャントゥミバ
別て行さ　ワカティイチュサ

525 我主よる恋や　ワガシュユルクイヤ
渡地の舟よ　ワタンジヌフニユ
一期焦とて　イチグクガリトゥティ

○孵る　スィディルと読む。孵化する。生まれる。生まれ変わる。○我身　私。一人称の代名詞。○御主　国王。○と　ドゥと読み、国語の「ぞ」にあたる係助詞。意味を強めていうのに使い、連体形で結ぶ。○巣出る　「孵る」を当て字したもの。

523　鶏の卵は誰を恨むのか、孵化してのち暁の鳴き声を恨むのである。○誰す　誰こそ。「す」は強意の係助詞。○恨たか　恨むのか。「か」はガと読み、疑問の意を表す助詞。○孵て　孵化して。生まれ変わって。

○主武堂節　『琉歌全集』には、「立武堂節　薬師堂の浜で歌った恋歌。節名不詳」とある。「主」は誤記か、未詳。

524　わがする恋は干瀬に打つ小波に似て、寄りついたと思うとすぐ別れて行く。○主よる　「しゆよる」の当て字。する。○や　国語の「は」にあたる係助詞。○干瀬　海岸の岩礁。海岸に発達した珊瑚礁で、水面上に出たものもあれば、出ないものもあり、国語の「磯」に近いもの。○寄付も思は　ユイツィチャントゥミバと読む。寄りついたと思えば。○別て　別れて。○行さ　イチュサと読む。行くことよ。「さ」は軽い強調を表す。

525　わがする恋は渡地の小舟に似て、一生焦がれて浮世を渡って行くようなものである。○渡地　地名。那覇三遊廓の一つ。○一期　一生。一生涯。○焦とて　焦がれて。「こがれてをりて」の変化したもの。「焦がれ」と「漕がれ」が掛けてある。

浮世渡る　ウチユワタル

賀武節　ガンブシ

526
玉金無蔵や　タマクガニンゾヤ
花の顔咲ち　ハナヌカヲゥサカチ
朝貌と夕貌　アサガヲゥトゥユガヲゥ
露の命　ツィユヌイヌチ

527
玉金里か　タマクガニサトゥガ
蜻蛉羽御衣や　アケズバニンスヤ
今日の吉る日に　キユヌユカルフィニ
経よ懸ら　カシユカキラ

屋利久節　ヤリクブシ

528
朧夜の月に　ウブルユヌツィチニ
色や見らねとも　イルヤミラニドゥム
匂しちと知る　ニヱィシチドゥシユル

○賀武節　布を織る準備の歌と、美人薄命の歌。工工四の諸本にはみえない。
526　玉黄金のような恋人の美しい顔も、朝顔や夕顔に似てはかない露の命のようなものだ。○玉金　玉や金のように大切な人。○無蔵　男の側から女の恋人をいう語。○咲ち　咲かして。「ち」は接続助詞「して」が融合し変化したもの。○露の命　はかない命。
527　玉黄金のような恋人の蜻蛉の羽に似た薄衣の布は、今日のよい日に経糸をかけよう。○里　女の側から男の恋人をいう語。○蜻蛉羽　とんぼの羽。薄く美しい衣の形容。○吉る　ユカルと読む。良い。○経　かせ。布を織るときの経糸。○懸ら　かけよう。

○屋利久節　おぼろの梅と恋人の面影をしのぶ歌。工工四の諸本にはみえない。
528　おぼろ月夜には花の色は見えないが、匂いで梅のありかがわかるものだ。○しちと　してこそ。「と」はドゥと読み、強意の係助詞で国語の「ぞ」にあたる。○知る　シユルと読む。知る。理解する。「知りをる」の変化したもの。○有家　ありか。所在。当て字。

梅の有家　　ウミヌアリカ

529 朧夜の月の　　ウブルユヌツィチヌ
影のことやちやん　　カジヌグトゥヤチョン
拝て給れ　　ヲゥガマリティタボリ
彼か姿　　アリガスィガタ

十四段　波節

伊計離節　　イチハナリブシ

530 肝願の有は　　チムニゲヌアリバ
馴ぬ山路も　　ナリヌヤマミチン
苦舎てや思ぬ　　クリシャティヤウマヌ
行す代物　　イカズィデムヌ

531 肝勇しちゆて　　チムイサミシチュティ
漕渡る舟や　　クジワタルフニヤ

529 おぼろ夜の月の光のようであってもよいから、あの人の姿が拝まれるものであってほしい。○ことやちゃん　グトゥヤチョンと読む。のようにでも。「ごと(如)」は、のように、の意。「ちゃん」は「ちよも」の変化したもので、さえも、だけでも、の意。○拝て　ヲゥガマリティと読む。拝見されて。○給れ　タボリと読む。…してください。○彼　あれ。恋人をさしていう代名詞。

○伊計離節　前出、一三三・一三四参照。

530 心に願いごとがあれば、馴れない山路も苦しいとは思わないで行くものを。○肝願　心からの願い。「肝」は心の意。○苦舎てや　クリシャティヤと読む。苦しいとは。○思ぬ　思わない。○行す代物　イカズィデムヌと読む。行こうものを。「ず」は、『沖縄古語大辞典』では、意志・推量の助動詞「むず」の変化とする。「代物」は当て字で、琉歌では普通「だいもの」と表記される。であるから、の意。

531 心勇んで漕ぎ渡る舟は、たちまち沖の泊に着いた。○肝勇　チムイサミと読む。心が勇み立つこと。○しちゅ

時の間に着さ　　トゥチヌマニツィチャサ
沖の泊　　ウチヌトゥマイ

高離節　　タカハナリブシ

532
渡海やあらねとも　　トゥケヤアラニドゥム
浮舟の焦い　　ウキフニヌクガイ
如何し(いちゃし)漕着か　　イチャスィクジツィチュガ
(我)無蔵港　　ワンゾンナトゥ

533
渡海や風便て　　トゥケヤカジタユティ
自由な物安か　　ジユナムヌヤスィガ
恋の掛橋や　　クイヌカキハシヤ
渡い苦舎　　ワタイグリシャ

仲里節　　ナカザトゥブシ

534
かん自由も成ぬ　　カンジユンナラヌ
世界やなて来は　　シケヤナティクリバ

て　していて。「してをりて」の変化したもの。○時の間　一瞬の間。○着さ　ツィチャサと読む。着いたよ。着いたことよ。「さ」は軽い強調を表す。○沖の泊　沖縄の港、あるいは大きい港の意らしい。未詳。

○高離節　前出、一三五・一三六参照。

532　海を渡るわけではないが浮舟のように漂い焦がれている、どうして漕ぎ着こうか、あなたの所に。○渡海　海を渡ること。航海。○や　国語の「は」にあたる係助詞。○焦いこがれ。「い」は「れ」の方音「り」のｒ音の脱落。「漕がれ」と「焦がれ」が掛けてある。○如何し　イチャスィと読む。いかに。どのようにして。イチャは「いか」の変化。「いかし…が」と疑問の助詞「が」を伴って用いられる。○漕着か　クジツィチュガと読む。漕ぎ着くか。○(我)無蔵港　あなたの所。「無蔵」は、男の側から女の恋人をいう語。底本では「我」はなく、「港」の右に「泊」と傍書。『琉歌全集』ではこの部分は「我無蔵泊」。

533　海を渡るということは風を頼りとして自由にできるが、恋のかけ橋は渡り難いものだ。○便て　頼って。○安か　ヤスィガと読む。であるが。であるけれども。→六〇。○渡い苦舎　ワタイグリシャと読む。渡り難い。「苦舎」は「くれしや」の当て字で、…し難い、の意。

○仲里節　前出、一六三・一六四参照。

534　こんなに自由にできない世の中となってくれば、くよくよ物思いをして何になるものか。○かん　こんなにも。かく。副詞「かに」の変化したもの。○世界　世の中。○なて　なって。○の　何、の意の代名詞。○主か　シュガと読む。するか。するのか。「か」は、ガと読み、疑問の意を表す

の主か世話〳〵と　ヌシュガシワジワトゥ
物よ思て　ムヌユウムティ

535
かん自由も成ぬ　カンジユンナラヌ
のかすとくかにある　ヌガスィドゥクカネル
一期さへ居ぬ　イチグサイヲゥラヌ
世界と安か　シケドゥヤスィガ

宵佐節　ユイサブシ

536
命よい増て　イヌチユイマサティ
惜さ有物や　ヲゥシサアルムヌヤ
見果らぬ夢の　ミハティラヌイミヌ
醒て行す　サミティイチュスィ

537
命よい惜も　イヌチユイヲゥシム
春の花盛り　ハルヌハナザカリ
無常の山嵐　ムジョヌヤマアラシ
吹よ散そ　フチユチラス

の格助詞「を」にあたる助詞。○世話〳〵と　くよくよと。「せわ」は心配の意で、深く心配する様子の形容。○よ　動作の目的・対象を示す国語の格助詞「を」にあたる助詞。

535　どうしてこんなに自由にできないのであろうか、いつまでも生きられる世の中でもないのに。○のかす　ヌガスィと読む。なぜに。どうして。「の」は、何の意の代名詞。「か」は、ガと読み、疑問の意の助詞。「す」は強意の係助詞。○とく　ドゥクと読む。ひどく。非常に。○かにある　かくある。このようにある。○一期さへ　いつまでも。「一期」は一生の意。○居ぬ　居らない。居ない。○と　ドゥと読む。国語の「ぞ」にあたる係助詞。意味を強めていうのに使い、結語は連体形。○安か　ヤスィガと読む。であるが。であるけれども。→六〇。

○宵佐節　命より惜しい青春、命より惜しい見果てぬ夢の歌。工工四の諸本にはみえない。

536　命よりもまさって惜しいと思うものは、見果てぬ夢のさめていくことだ。○命よい　命より。「い」は「り」のr音の脱落したもの。○増て　まさって。○見果らぬ　見果てぬ。○行す　イチュスィと読む。行くことよ。行くことだ。「行きをす」の変化したもので、「す」は軽い強調を表す。

537　命よりも惜しいと思うほどの春の花盛りを、無情の山嵐が吹き散らしてしまった。○惜も　惜む。「も」は「む」を類推表記したもの。○吹よ散そ　吹き散らす。「よ」は間投助詞。動詞と動詞の間に入れて韻律を調える働きがある。「そ」は「す」を類推表記したもの。

石根節　　　　　　イシンニイブシ

538 切飛る歌や　　チリトゥビュルウタヤ
紙に書写す　　　カビニカチウツシ
塩らし御情や　　シュラシウナサキヤ
胸に染ら　　　　ンニニスミラ

539 切飛る梅に　　チリトゥビルウミニ
忍ふ鶯の　　　　シヌブウグイスィヌ
匂惜み兼て　　　ニヱィウシミカニティ
哀れ啼め　　　　アワリナチュミ

十五段　節物

提作田節　　　　サギチクテンブシ

540 独寝の夢の　　フィチュイニヌイミヌ

○石根節　前出、三八四・三八五参照。
538 散り飛ぶ歌は紙に書き写し、奥ゆかしいお情けは胸に染めよう。○切飛る　チリトゥビュルと読む。散り飛ぶ。「切(きり)」は、「散(ちり)」の「ち」の類推表記「き」に当て字したもの。○や　国語の「は」にあたる係助詞。○書写す　書き写し。「す」は、「し」を類推表記したもの。○塩らし　「しをらし」の当て字。奥ゆかしい。○染ら　染めよう。
539 散り飛ぶ梅に忍んでいる鶯よ。その匂いを惜しみかねて悲しく鳴きしきっているのか。○忍ふ　忍んで行くこと。人目に隠れて会うこと。○啼め　ナチュミと読む。鳴くのか。鳴いているのか。「め」は疑問の意を表す。

○提作田節　前出、四四・四五参照。
540 一人寝の夢がさめ悲しくやるせなさに、枕は涙で浮舟のようになるほどである。○面難　ツィリナサと読む。つ

醒る面難に　サミルツィリナサニ
枕ら浮舟に　マクラウチフニニ
成る涙　ナユルナミダ

541
独り寝と安か　フィチュイニドゥヤスィガ
塩らと振合の　シュラトゥフヤワシヌ
夢の浮橋に　イミヌウチハシニ
渡て忍ふ　ワタティシヌブ

石屏風節　イシヌビョウブブシ

542
啼かなし啼も　ナクガナシナチン
聞人や居ぬ　チクフィトゥヤヲゥラヌ
共に鳴物や　トゥムニナクムヌヤ
山の響(ヒヽキ)　ヤマヌフィビチ

543
啼ぬ夜の烏　ナカヌユヌガラスィ
闇の夜の恨み　ヤミヌユヌウラミ
聞ぬ思無蔵か　チカヌウミンゾガ

れないさま。情けないさま。日本古語の「つれなし」と同根で、語源は「連れ無し」(つながりがない)である。○成る　ナユルと読む。なる。「なりをる」の変化したもの。

541　一人寝ではあるけれど、恋人と思いがけなく夢の浮橋を渡って忍び逢った。○と　ドゥと読む。国語の「ぞ」にあたる係助詞。○安か　ヤスィガと読む。であるが。であるけれど。→六〇。○塩ら　「しをら」を当て字したもの。愛しい人。恋人のことで男女両方に用いる。「無蔵」「里」よりも範囲が広く、古い語。○振合　めぐり逢い。袖を振り合わすことで、会うことの意。○渡て　渡って。○忍ふ　しのぶ。人目に隠れて会う。

○石屏風節　前出、六八参照。

542　泣くだけ泣いても聞く人はいない。共に泣くのは山彦だけである。○啼かなし啼も　ナクガナシナチンと読む。泣けるかぎり泣いても。「がなし」は、…の限り…する、の意。○鳴物や　泣くものは。「や」は国語の「は」にあたる係助詞。○山の響　山びこ。

543　鳴かぬ夜の烏は闇の夜が恨めしい。声は聞こえなくても恋する人は山路を忍んで行く。○思無蔵　「無蔵」は男の側から女の恋人をいう語。「思(めお)」は接頭敬語で、「無蔵」よりも丁寧な言い方。

忍ふ山路　シヌブヤマジ

散山節　サンヤマブシ

544 □慶田筑登之親雲上
咲花に向て　サクハナニンカティ
誰か故に啼か　タガユイニナチュガ
活て此世界に　イチティクヌシケニ
見欲舎有と　ミブシャアティドゥ

545
咲花の一枝　サクハナヌチュヰダ
のかす吹散そ　ヌガスィフチチラス
一盛り待な　フィトゥサカイマタナ
無常の嵐　ムジョヌアラシ

珠数節　ズズブシ

546
胸に有る鏡み　ンニニアルカガミ
朝夕思詰り　アサユウミツィイミリ
塵積てからや　チリツィムティカラヤ

○散山節　前出、四二・四三参照。

544 咲く花に向かって誰故に泣くのか、死んだ人を今一度この世界で見たいと思うが。○向て　向かって。○啼か　ナチュガと読む。泣くか。泣くのか。○活て　イチティと読む。生きていさせる。花を「活けて」と、人を「生かして」の両方に掛けた語。○此世界　この世。世間。○見欲舎　「見ぼしや」の当て字。見たい。「ぼしや」は、…したい、の意。○有と　あってど。あってこそ。

545 咲いた一枝の花を何故吹き散らすのか。一盛り待ってほしいものを、無情の嵐だ。○のかす　なぜに。どうして。「の」は、何の意の代名詞「なお」の変化したもの。「か」は、ガと読み、疑問の意の助詞。「す」は強意の係助詞。○吹散そ　吹き散す。「そ」は「す」を類推表記したもの。○待な　待ってほしい。「な」は願望の意を表す助詞。

○珠数節　前出、三一八・三一九参照。

546 心の鏡に朝夕気をつけよ。塵が積もってからでは磨くのに苦労する。○思詰り　ウミツィイミリと読む。用心せよ。気をつけよ。○積てからや　積もってからでは。○磨け苦

547
磨け苦舎　ミガチグリシャ
兼久真□
胸内や泪　ンニウチヤナミダ
顔付(カフ)や笑て　カヲゥズィチヤワラティ
余多与所へらぬ　アマタユスビレン
摺な成め　スィラナナユミ

白鳥節　シラトゥイブシ

548
此間の思ひ　クヌウェダヌウムイ
今日と語らゆる　キユドゥカタラユル
契る言の葉や　チジルクトゥヌフヮヤ
あの世迄も　アヌユマディン

549
□真□戸
此間や小舟　クヌウェダヤクブニ
風儘に馴て　カジママニナリティ
今や川内に　ナマヤカワウチニ
錠留て　イカイトゥミティ

舎　磨き難い。「磨け」の「け」は「き」を類推表記したもの。「苦舎」は「くれしや」の当て字で、…し難い、の意。

547　悲しさで心内は泣いても顔では笑って、いろいろと他人とは応対しなければなるまい。○胸内　胸の内。胸中。○や　国語の「は」にあたる係助詞。○笑て　笑って。○与所へらぬ　ユスビレンと読む。他人とのつきあい。交際は、フィレーという。「ぬ」は、格助詞「の」であろう。○摺な成め　スィラナナユミと読む。しないでなるか。「な」は否定の意を表す助動詞。「め」は、疑問の意を表す。

○白鳥節　前出、三四・三五参照。

548　これまでの思いを今日語るのです。契る言葉はあの世までも変わらないように。○此間　この間。これまで。○今日と　キユドゥと読む。今日こそ。○語らゆる　語る。語り合う。「語らひをる」の変化したもの。

549　これまでは小舟のようなもので風のままであったが、今は川の内に錨を下ろしている。○風儘に　風の吹くままに。○馴て　なれて。慣れて。○今や　ナマヤと読む。今は。「なま」は、今の意。

十六段　波節

坂元節　サカムトゥブシ

550 恥よ思詰れ　ハジユウミツィミリ
朝夕物毎に　アサユムヌグトゥニ
我肝治よる　ワチムヲゥサミユル
要思て　カナミトゥムティ

551 恥も振捨て　ハジンフリスィティティ
尋て来る計い　トゥメティクルビケイ
女恋心　ヲゥンナクイグクル
麁相に思な　スソニウムナ

具仁屋節　クニヤブシ

552 塩良し小塩蘭に　シュラシクシュランニ

○坂元節　前出「坂本節」に同じ。一五一・一五三参照。

550　朝夕何事につけても恥を用心するがよい、それが自分の心を治める要(かなめ)だと思って。○よ　動作の目的・対象を示す国語の格助詞「を」にあたる助詞。○思詰れ　用心せよ。気をつけよ。○物毎に　物事。事柄。○肝　心。心情。○治よる　治める。「治めをる」の変化したもの。○思て　トゥムティと読む。と思って。

551　恥もふりすてて尋ねて来るほどの女の恋心を、けっして軽々しく思ってはいけない。○尋て　トゥメティと読む。捜し求めて。捜し尋ねて。日本古語の「とむ(尋む)」(求める、尋ねるの意)に通ずる。○計い　ビケイと読む。…ほどの。○麁相　スソと読む。そまつ。おろそか。○思な　思うな。

○具仁屋節　前出「古仁屋節」に同じ。一五五・一五六参照。

552　愛する恋人が越すであろうと思って、しおらしい蘭に山葉を差しておいた。また、袖は谷川の底に置いた。○塩良し小塩蘭に　この句は『琉歌全集』では、「しほらが越しゅ

山葉差ち置ん　ヤンバサチウチャン
袖や谷川の　スディヤタニガワヌ
底(に)置ん　スクニウチャン

553
塩良し言ことはや　シュラシイクトゥバヤ
予か肝に染て　ワガチムニスミティ
泪河波に　ナミダカワナミニ
袖やひたち　スディヤフィタチ

久高節　クダカブシ

554
面難や日(〻)に　ツィリナサヤフィビニ
思増鏡み　ウムイマスカガミ
見る〳〵に顔(の)　ミルミルニカヲゥヌ
やつり果て　ヤツィリハティティ

555
小波鮫筑登之親雲上
面難や夜〻に　ツィリナサヤユユニ
落るわか涙た　ウティルワガナミダ
石の袖やても　イシヌスディヤティン

らんで」とある。「しほら」は愛しい人、恋人のことで男女両方に用いる。「越しゆらんで」は、越すだろうと思って。○山葉　『琉歌全集』には、木の枝を地に挿して道しるべとするもの。北部の山原地方にある風習で、ヤンバという、とある。枝折(しおり)の類であろう。○差ち置ん　サチウチャンと読む。ウチャンは「おきたん」の変化したもので過去。○底(に)置ん　この句は『琉歌全集』では、「底にひたち」とある。「ひたち」は浸して。この方がわかりやすい。

553　恋人の可愛い言葉はわが心に深く刻み、川波のように流れる涙に袖をぬらした。○塩良し　「しをらし」の当て字。奥ゆかしい。愛しい。○言ことは　い言葉。ことば。「い」は接頭語。○予か　我が。私の。○肝　心。心情。○泪河波　川の流れのような涙、の意。○ひたち　浸して。「ち」は「して」が融合し変化したもの。

○久高節　前出、一三七・一三八参照。

554　あわれ悲しいことよ、日々に物思いが増すので、鏡に映る顔が見る見るうちにやつれ果てた。○面難　ツィリナサと読む。つれない。情けない。○日(〻)に　底本は「日□」と欠字。○思増鏡み　「思いが増す」と、「真澄の鏡」の掛詞。○見る〳〵に　たちまち。○顔(の)　底本は「顔□」と欠字。

555　つれなく悲しく、毎晩泣いて落ちるわが涙は、石の袖であっても朽ちさせることであろう。○落る　ウティルと読む。琉球方言では「落ちる」はウティユンと言い、下二段活用に対応する。○すらね　するだろうよ。「ね」は疑問・反語

朽やすらね　クチヤスィラニ

津堅節　ツィキンブシ

556 神村親雲上
誰宿かやよら　タガヤドゥガヤユラ
尋やい見欲舎　タズィニヤイミブシャ
月に琴の音の　ツィチニクトゥヌニヌ
幽か鳴す　カスカナユスィ

557
誰か宿かやよら　タガヤドゥガヤユラ
月の夜の夜終　ツィチヌユヌユスィガ
引や三味線の　フィクヤサンシンヌ
音の塩ら舎　ウトゥヌシュラシャ

特節　クティブシ

558
明様暮らぬ　アキヨクラサラヌ
尋て着ち居もの　トゥメティツィチヲゥムヌ
御門に出召れ　ウジョニンジミショリ

の意を表す。

○津堅節　前出、七二・七三参照。
556 誰の家であろうか尋ねてみたいものだ、月夜に琴の音をかすかに鳴らすのは。○宿　家。○やよら　であろう。断定の助動詞の未然形「やりをら」の変化したもの。○尋やい　タズィニヤイと読む。尋ねて。○見欲舎　「見ぼしや」の当て字。見たい。→五四四。○鳴す　『琉歌全集』の重複歌(四三九)には「鳴ゆす」とある。鳴るのは。「す」は事あるいは物の意。
557 誰の家であろうか、月の夜の夜もすがらひく三味線の音が冴えてすばらしい。○夜終　ユスィガと読む。夜通し。○塩ら舎　「しをらしや」の当て字。しおらしい。愛らしい。

○特節　前出、一五三・一五四参照。
558 あわれ暮らしかねて尋ねて来ました、ご門に出て来てください、一目でもお目にかかりたい。○明様　アキヨと読む。ああ。感動詞。○暮らぬ　暮らしかねて。○尋て　トゥメティと読む。捜し尋ねて。○着ち居もの　着きましたも

一目拝ま　フィトゥミヲゥガマ
559 明様綾蝶　アキヨアヤハベル
花に浮されて　ハナニウカサリティ
覚す蜘経に　ウビズィクバガスィニ
掛る心気　カカルシンチ

十七段　古節

今風節　イマフウブシ
560 思ひ半の　ウムイナカバヌ
かね庄に　カニジョウニ
万物毎や　ユルズィムヌグトゥヤ
当て見しれ　アタティミシリ
561 思ひ半に　ウムイナカバニ
引返そ　フィチカイス

のを。○出召れ　ンジミショリと読む。出てきてください。おいでください。「召れ」は、なされ、の意。○拝ま　お目にかかりたい。拝む、合掌するの意から転じて、お目にかかる、うけたまわる、などの意。

559 あわれ美しい蝶が花に浮かれて、思わず蜘蛛の糸にかかってしまったつらい気持ちである。○綾蝶　羽の紋様の美しい蝶。○浮されて　浮かれて。浮かれさせられて。○覚す　覚えず。うっかり。○蜘経　くもの糸。琉球方言のクブは、「くも」のm音がb音と交替したもの。「経(かせ)」は糸。○心気　悲しい気持ち。つらい気持ち。述部のように使われる。

○今風節　前出、三四二・三四三参照。

560 思案している最中の大事なところで、よろずの物事は実際に当たってみて知るべきである。○かね庄　大事なかなめのところ。『琉歌全集』では「かね口」となっている。○当て　当たって。

561 思っている半ばで引き返した方がよい、恋というものは武蔵野のように果てしがない。○引返そ　引き返す。「そ」は「す」を類推表記したもの。『琉歌全集』の重複歌に

恋や武蔵野の　　クイヤムサシヌヌ
果も無ぬ　　ハティンネラヌ

諸殿節　　シュドゥンブシ

562
彼か事思て　　アリガクトゥウムティ
照る月に向て　　ティルツィチニンカティ
詠れは露の　　ナガミリバツィユヌ
我袖濡ち　　ワスディヌラチ

563
彼と詠たる　　アリトゥナガミタル
月や又あらぬ　　ツィチヤマタアラヌ
見れは仮顔や　　ミリバツィリナサヤ
袖と濡そ　　スディドゥヌラス

天川節　　アマカワブシ

564　伯堂和尚
存命て居らは　　ナガライティヲゥラバ
又御行逢もすらへ　　マタウイチェンスィライ

は「引返せ」とある。○や　国語の「は」にあたる係助詞。○無ぬ　ネラヌと読む。無い。

○諸殿節　前出「諸鈍節」に同じ。一七・一六参照。
562　あの人のことを思いながら照る月を眺めていると、涙でわが袖をぬらしてしまった。○彼　あれ。あの人。○思て　思って。○向て　向かって。○詠れは　眺めると。
563　今見る月はあの人と一緒に眺めた月とは違い、つれない思いで袖をぬらすものである。○詠たる　眺めた。○仮顔　『琉歌全集』では「つれなさ」とある。「仮顔」と書いてツィリナサと読むが、意味による読みであろう。つれない。情けない。○と　ドゥと読む。国語の「ぞ」にあたる係助詞。

○天川節　前出、三五・二六参照。
564　ながらえていたらまた会えることもあるでしょうが、もしも先立つことがあったらあの世の花の台(うてな)でお会いしましょう。○存命て　ナガライティと読む。生きながらえて。○居らは　居ったら。居たら。○行逢　会うこと。出会うこと。○すらへ　スィライと読む。しょうが、の意。○花

若か先立は　　ムシカサチダタバ
花の台　　ハナヌウティナ
565 屋良筑登之親雲上
存命て居れは　　ナガライティヲゥリバ
亦も赤面の　　マタンアカツィラヌ
恋し細路も　　クイシフスミチン
蹈い見やへさ　　フニャイミャビサ

暁節　　アカツィチブシ
566 花城里之子
無蔵故に心　　ンゾユイニククル
闇に掻暮て（カキ）　　ヤミニカチクリティ
迷て行先や　　マユティイクサチヤ
恋の山路　　クイヌヤマジ

567
無蔵や予尋て　　ンゾヤワントゥメティ
予や無蔵尋て　　ワンヤンゾトゥメティ
一人尋い〱い　　チュイトゥメイドゥメイ
にや夜や明て　　ニャユヤアキティ

の台　ハナヌウティナと読む。極楽で、往生したものがすわるという蓮華の台の意。和語からの借用。

565 生きながらえておれば、またも赤津浦の恋しい細道を通って見ることがございましょう。○赤面　アカツィラと読む。那覇若狭町の海岸にある地名。辻遊廓へ忍び行く道として有名であった。○蹈い　フニャイと読む。踏んで。「踏みあり」の変化したもの。○見やへさ　見ることでございます。「やべる」は丁寧な気持ちを表す補助動詞「はべる」の変化した形。「さ」は軽い強調を表す。

○暁節　前出、三四四・三四五参照。

566 恋人故に心が闇にかきくれて、迷って行く先もわからぬ恋の山路に深入りしてしまった。○無蔵　男の側から女の恋人をいう語。○迷て　迷って。

567 恋人は私を探し私は恋人を探し、互いに探し合っていて夜は明けてしまった。○や　国語の「は」にあたる係助詞。○予　ワンと読む。私。一人称の代名詞。○尋て　トゥメティと読む。捜し求めて。捜し尋ねて。○にや　もう。もはや。→九〇。

仲順節　チュンジュンブシ

568 忍ふ路の昔　シヌブジヌンカシ
今思て見れば　ナマウムティミリバ
愛褻と多さ　ナツィカシャドゥウフサ
忍ふ心　シヌブククル

569 忍ふ路の空や　シヌブジヌスラヤ
闇の夜と便て　ヤミヌユドゥタユティ
月の夜に思案橋　ツィチヌユニシアンバシ
渡い苦舎　ワタイグリシャ

十八段　葉節

漢那節　カンナブシ

570 馴し俤や　ナリシウムカジヤ

○仲順節　前出、三一・三参照。
568 忍んで通った昔のことを今思ってみれば、忍ぶ心は悲しいことが多かった。○忍ふ路　ひそかに行く道。「忍ふ」は、ひそかに訪ねる意。○今　ナマと読む。今。現在。○思て　思って。○愛褻　ナツィカシャと読む。悲しい。○と　ドゥと読む。国語の「ぞ」にあたる強意の係助詞。
569 忍び行く路の空は闇の夜が頼りである。月夜には思案橋が渡りにくい。○便て　頼って。○思案橋　那覇の渡地(わたんじ)にあった遊廓の入口にかかっていた橋。○渡い苦舎　「渡りぐれしや」の当て字。渡り難い。

○漢那節　前出、三一・三参照。
570 馴れ親しんだ面影を忘れようとしたが、別れる時の袖の匂いが立ちまさって忘れられない。○馴し　なれし。馴

忘たひ舎すか　ワスィラテイシャスィガ
立別る袖に　タチワカルスディニ
匂ひまさて　ニヲゥイマサティ

571
馴し思無蔵か　ナリシウミンゾガ
歌思て畀て　ウタトゥムティウズディ
聞は恋しさや　チキバクイシサヤ
鳥の初音　トゥイヌハツィニ

山田節　ヤマダブシ

572　惣慶親雲上
流転しち居さ　ルティンシチヲゥタサ
知ぬ山路に　シラヌヤマミチニ
雲晴て拝も　クムハリティヲゥガム
月の光　ツィチヌフィカリ

573
流転そな童　ルティンスナワラビ
神仏てすも　カミフトゥキティスイン
誠故外に　マクトゥユイフカニ

れ親しんだ。「し」は過去の助動詞「き」の連体形。〇忘たひ舎すか　ワスィラテイシャスィガと読む。忘れようとしたが。〇立別る　別れる。〇まさて　まさって。

571　馴れ親しんでいる恋人が歌っていると思って、恋しさに目が覚めて聞けば鶏の初音であった。〇思無蔵　「無蔵」は男の側から女の恋人をいう語。「思(おめ)」は接頭敬語で、「無蔵」より丁寧な言い方。〇思て　トゥムティと読む。と思って。〇畀て　ウズディと読む。目が覚めて。〇聞は　チキバと読む。聞けば。聞くと。

〇山田節　人生の行路、よい指導者と誠実な心が大切なことを教えた歌。工工四などの諸本にはみえない。

572　まごまごして知らぬ山路に迷っていたが、雲が晴れ月が出て、やっと抜け出ることができた。〇流転　まごまごすること。仏教の流転輪廻という言葉から出た語で、迷いの生死を続け六道の間を生まれ変わることをいうが、琉歌では躊躇逡巡、目途を失い、さまようことをいう。〇しち　して。「ち」は接続助詞「て」が変化したもの。〇居さ　をったさ。居ったのだ。「さ」は軽い強調を表す。

573　ぐずぐずしないで童よ、神仏というものも、誠より外に(道は)ないのだから。〇そな　「すな」の類推表記。するな。〇てすも　というものも。「す」は事、あるいは物の意。

(道や)無さめ　ミチヤネサミ

忍節　シヌビブシ

574 拝み欲舎あても　ヲゥガミブシャアティン
大道□加那
女身の慣の　ヱィナグミヌナレヌ
里尋て拝も　サトゥトゥメティヲゥガム
道や無さめ　ミチヤネサミ

575 拝て恋しさや　ヲゥガディクイシサヤ
又も拝にやへら　マタンヲゥガナビラ
花盛り御側　ハナザカイウスバ
匂ひ忍て　ニヲゥイシヌディ

仲間節　ナカマブシ

576 我身や萍よ　ワミヤウチグサユ
八幡牛
風儘と成ゆる　カジママドゥナユル
吹合ち給れ　フチアワチタボリ

○(道や)　底本にはない。『琉歌全集』の重複歌(一三九六)により補った。○無さめ　無いよ。無いことよ。「さめ」は強意の助詞。

○忍節　恋人の所へひそかに忍んでいく歌。工工四などの諸本にはみえない。

574　お目にかかりたくても女の身の慣いで、あの方を探して行ってお会いする道はないでしょう。○拝み欲舎　ヲゥガミブシャと読む。拝みたいものだ。お目にかかりたいものだ。○あても　あっても。○里　女の側から男の恋人をいう語。○尋て　トゥメティと読む。捜し求めて。捜し尋ねて。日本古語の「とむ(尋む)」(求める、尋ねるの意)に通ずる。○拝も　「をがむ」の類推表記。拝む。お目にかかる。

575　花盛りの貴方の匂いをしのんで会っても、じきにまたお会いしたくなる。○拝て　拝んで。お目にかかって。○拝にやへら　ヲゥガナビラと読む。「拝みやべら」の変化したもの。拝みましょう。お目にかかりましょう。「やべら」は丁寧な気持ちを表す補助動詞「はべら」が変化したもの。○忍て　忍んで。偲んで。

○仲間節　人生の行路に悩む人の姿を歌ったもので、いずれもしんみりとした歌曲である。工工四の諸本にもみえ、組踊や女踊でも演唱される。前出「名嘉真節」と同じ。五〇・五一参照。

576　私は浮草のようなもので風のままです。どうぞ思いの港に吹き寄せてやってください。○我身　私。一人称の代名詞。○と　ドゥと読む。国語の「ぞ」にあたる係助詞。○成

577
思の泊　ウミヌトゥマリ
普天間思□
わ身の胸内や　ワミヌムニウチヤ
荒の海心　アリヌウミグクル
思ひ定まらぬ　ウムイサダマラヌ
浜の真砂　ハマヌマサグ

源河節　ジンカブシ

578
替るなやう互に　カワルナヨタゲニ
結て有る契り　ムスディアルチジリ
松の葉の心　マツィヌフヮヌククル
あの世迄も　アヌユマディン

579
替て行先や　カワティイクサチヤ
夢程も知らぬ　イミフドゥンシラヌ
誠たら思て　マクトゥダラトゥムティ
頼て居たさ　タヌディヲゥタサ

ゆる　ナユルと読む。なる。○吹合ち　吹き寄せて。○給れ　タボリと読む。…してください、の意。○泊　港。

577 私の胸の中は荒れた海に似て動揺し、定まらぬ思いが浜の真砂ほどもある。○わ身　私。一人称の代名詞。○荒の海心　荒れた海のように。「こころ」は、のような、のように、の意。○真砂　砂の美称。数えきれないことのたとえに使われる。

○源河節　前出、九九・一〇〇参照。

578 二人が結んである契りは永久に変わらないようにしてくれ。松の葉のようにあの世までも。○替るなやう　変わるなよ。○結て　結んで。

579 心変わりして行くとは夢ほども知らず、本当だと思って頼みにしていたよ。○替て　変わって。○や　国語の「は」にあたる係助詞。○たら思て　ダラトゥムティと読む。だろうと思って。○頼て　タヌディと読む。頼みにして。○居たさ　をったさ。居ったのだ。「さ」は軽い強調を表す。

十九段　波節

小浜節

580 勝連按司朝慎
(十)五夜照る御月　ジュグヤティルウツィチ
名に立ることに　ナニタチュルグトゥニ
四方に澄渡る　ユムニティリワタル
影の清さ　カジヌチュラサ

581
十五夜照る月や　ジュグヤティルツィチヤ
早晩もかに更め　イツィンカニサラミ
詠よる無蔵と　ナガミユルンゾトゥ
列て行さ　ツィリティイチュサ

嘉手久節

582
嘉礼吉の遊ひ　カリユシヌアスィビ

○小浜節　前出、一四五・一四六参照。
580　十五夜の照り輝くお月さまは名が高いように、四方に照り渡る光がまことに美しい。○(十)五夜　底本「□五夜」と欠字。○名に立ることに　ナニタチュルグトゥニと読む。名高いように。「ことに」は、…ように、の意。○影　(月の)光。○清さ　チュラサと読む。美しい。みごとなさま。今の方言ではチュラサンという。
581　十五夜の名月の晩はいつもこうありたいものだ。眺める恋人と共連れで行くよ。○早晩も　イツィンと読む。いつも。○かに更め　かようにあろう。このようなものだ。「更め」はサラミと読み、強意の助詞。○詠よる　ナガミユルと読む。眺める。○無蔵　男の側から女の恋人をいう。ンゾと読む。○列て　連れて。連れだって。ツィリティと読む。○行さ　行くよ。行くことよ。「さ」は軽い強調を表す。イチュサと読む。

○嘉手久節　前出、嘉伝古節に同じ。二・三参照。
582　嘉例吉の遊びが打ちはれたからには、夜が明けて太陽が出るまで遊びましょう。○嘉礼吉　カリユシと読む。め

打晴てからや
夜の明て日の
昇る迄も

583
嘉礼吉の御船の
手縄取て見ちやめ
手縄紅に
本帆錦

満恋節

584
袖やきの〳〵の
恋し色染れ
裔に貫留れ
塩らし匂ひ

585
袖からか入ら
裔からか入ら
よわら押風や

ウチハリティカラヤ
ユヌアキティティダヌ
アガルマディン

カリユシヌウニヌ
ティズィナトゥティンチャミ
ティズィナクリナイニ
ムトゥフニシチ

マンクイブシ

スディヤチヌジヌヌ
クイシイルスミリ
ススニヌチトゥミリ
シュラシニヲゥイ

スディカラガイユラ
ススカラガイユラ
ユワラウスカジヤ

でたいこと。縁起のよいこと。吉き嘉例の意。○打晴てからや　愉快に楽しむ、遠慮なく思う存分にくつろぐ。八重山では往古「うちはれの遊び」という裸踊りがあった、といわれる。○日　ティダと読む。日。太陽。

583　嘉例吉のお船の手綱を取ってみたか。手綱は紅で本帆は錦のように美しい。○手縄　船の帆をあやつる手綱。縄と綱は同意に使われている。○取て　取って。○見ちやめ　見たか。

○満恋節　前出、一二九・一三〇参照。

584　袖はきぬぎぬの恋しい色に染めてくれ、裾には恋人のゆかしい匂いを貫きとめてくれ。○や　国語の「は」にあたる係助詞。○きの〳〵　きぬぎぬ。後朝。一夜を共にした男女が、翌朝各自の着物を着て別れること。また、その朝。○裔　裾の当て字。すそ。○貫留れ　とどめてくれ。○塩らし　「しをらし」の当て字。ゆかしい。愛しい。

585　袖から入るのか裾から入るのか、やわらかく吹くそよ風は定めにくい。○か　ガと読み、疑問の意の助詞で、結語は未然形。○入ら　イユラと読む。入るか。○よわら　やわらかに。ゆっくりと。○押風　吹く風。○定め苦舎　「定めぐれしや」の当て字。定め難い。決めにくい。「ぐれしや」

定め苦舎　　サダミグリシャ

池当節　　イチントオブシ

586　玉城親方
稀の御行逢更め　　マリヌウィチェサラミ
甘く片時も　　アマクカタトゥチン
起れ〳〵里前　　ウキリキリサトゥメ
語らひ欲の　　カタレブシャヌ

587
稀に咲出たる　　マリニサチディタル
紙内の花や　　カミウチヌハナヤ
見れは色清さ　　ミリバイルヂュラサ
塩らし匂ひ　　シュラシニヲゥイ

大田名節　　ウフダナブシ

588
及らぬ里と　　ウユバランサトゥトゥ
思や主ゆれとも　　ウミヤシュユリドゥム
のかす毒かに有る　　ヌガスィドゥクカネル

は、…し難い、の意。

○池当節　前出、一三七・一三八・四〇六・四〇七参照。

586　まれな巡り会いですので、しばし片時でも語り合いたいものです。どうぞ起きてください。○御行逢更め　ウィチェサラミと読む。お会いすることよ。お目にかかることよ。「さらめ」は上接語の意味を強める。○甘く　「あまく」の当て字。ごく短い時間。一瞬。○里前　女の側から男の恋人をいう語。「前」は接尾敬称辞。○語らひ欲の　「語らひぼしやの」の当て字。語りたいことだ。語り合いたいことだ。「ぼしや」は、…したい、の意。

587　まれに咲き出た紙内の花は、見れば色美しくゆかしい匂いがする。○紙内の花　紙の内側に包みこまれた花、の意か、あるいは、思いをつづった文章かと思われる。『琉歌全集』では「紙に描かれた花の絵であるかとも思われる」とある。また「紙」は、首里方言ではカビというが、『琉歌全集』ではカミウチと読む。複合語の形で移入されたのであろう、とある。○清さ　チュラサと読む。美しい。みごとなさま。

○大田名節　前出、一四一・一四三参照。

588　及ばぬお方と思うけれど、どうしてこんなにも恋しいのであろうか、一目でもお顔を見たい。○及らぬ　及ばない。手の届かない。「ら」は可能の意味を表す。○思や　思いは。○主ゆれとも　シュユリドゥムと読む。するけれども。○のかす　なぜに。どうして。→五三五。○毒　「どく」の当て字。ひどく。非常に。○かに有る　かくのごとくある。かようにある。○拝み欲舎の　「拝みぼしやの」の当て字。拝みた

拝み欲舎の　ヲゥガミブシャヌ
589 及らぬ里と　ウユバランサトゥトゥ
兼てから知は　カニティカラシラバ
のよて悪縁を　ヌユディアクヰンヲゥ
袖に結ふ　スディニムスブ

二十段　覇節

賀武喜屋江節　カンチャイブシ

590 御万人の間切　ウマンチュヌマジリ
仰き拝みやへら　オオジヲゥガニャビラ
世界に照渡る　シケニティリワタル
御代の鏡　ミユヌカガミ

591 御万人の間切　ウマンチュヌマジリ
新玉の今日や　アラタマヌキユヤ

いものだ。お目にかかりたいものだ。

589 及ばぬお方とかねてから知っていたら、なんで悪縁を袖に結びましょうか。○里　女の側から男の恋人をいう語。○のよて　ヌユディと読む。どうして。なんで。

○賀武喜屋江節　『琉歌全集』に、「かんきやい節」として、すべて喜びの歌である。意義不明、とある。工工四などの諸本にみえる。

590 天下万民が共に仰いで拝みましょう、世の中に照り輝く御代の鏡のような君を。○御万人　ウマンチュと読む。一般の人。民衆。「お」は接頭敬語。→四〇〇。○間切　まぎり。すべて。一切。○拝みやへら　拝みましょう。お目にかかりましょう。「やべら」は、丁寧な気持ちを表す補助動詞「はべら」が変化したもの。○世界　この世。世間。

591 天下万民が、今日の元旦を心もはればれと喜び遊ぶのは嬉しいことである。○新玉　あらたま。新年。新春。正月。和語からの借用。○嬉しや　うれしい。

心晴ゝと　ククルハリバリトゥ
遊ふ嬉しや　アスィブウリシャ

其満載節　スヌマンザイブシ

592 名に立る今日や　ナニタチュルキユヤ
月影も清さ　ツィチカジンチュラサ
思童誘て　ウミワラビサスティ
詠欲舎の　ナガミブシャヌ

593 名に立る今宵　ナニタチュルクユイ
彼や是思は　アリヤクリウミバ
暉か照る月も　サヤカティルツィチン
涙に曇て　ナダニクムティ

綾蝶節　アヤハベルブシ

594 結て置契り　ムスディウクチジリ
此世ちやて思な　クヌユジャディトゥムナ

○其満載節　前出「其万歳節」に同じ。七七・七六参照。
592 評判の高い今日の名月は実にきれいだ。可愛い乙女を誘って月見をしたいものだ。○名に立る　ナニタチュルと読む。名高い。評判の高い。○清さ　チュラサと読む。美しい。みごとなさま。○思童　愛しい子。恋人。乙女。「思」は接頭敬語。○誘て　誘って。○詠欲舎の　「眺めぼしやの」の当て字。眺めたいものだ。「ぼしや」は、…したい、の意。
593 評判の高い今宵のさやかに照る月も、あれこれ思って眺めると涙にくもってしまう。○彼や是　アリヤクリと読む。あれこれ。○思は　ウミバと読む。思うと。○曇て　くもって。

○綾蝶節　美しい蝶と花、恋人たちの永遠の契りの歌。工工四などの諸本にみえる。
594 結んだ契りはこの世だけのものと思うな、あの世までも互いに変わらないようにしよう。○結て置　ムスディウクと読む。結んでおいた。○ちやて　ジャディと読む。だけ。まで。○思な　トゥムナと読む。と思うな。「な」は禁止を表す。○替るなよ　変わるなよ。

替るなよ互に　カワルナヨタゲニ
あの世迄も　アヌユマディン

595 結ひ置契り　ムスビウクチジリ
替るなよ互に　カワルナヨタゲニ
玉の緒の命　タマヌヲゥヌイヌチ
有ん限り　アランカジリ

白雲節　シラクムブシ

596 白菊の花の　シラチクヌハナヌ
露の玉請て　ツィユヌタマウキティ
磨け照増る　ミガチティリマサル
月の清さ　ツィチヌチュラサ

597 白菊の玉と　シラチクヌタマトゥ
今日や初霜の　キユヤハツィシムヌ
草に置替て　クサニウチカワティ
冬や来さ　フユヤチチャサ

595 結んだ契りは玉の緒の命のある限り、いつまでも互いに変わらないようにしよう。○結ひ置　ムスビウクと読む。結びおいた。○玉の緒の命　命。生命。「玉の緒の命」というように序詞的に用いられる場合もある。歌語として移入されたもので、もとは「魂の緒」の意。○有ん限り　底本は「有そ限り」と誤字。

○白雲節　前出、八五・八六参照。

596 白菊の花が露の玉を受けて、磨かれたように美しく、照りわたる月も美しい。○請て　うけて。○照増る　照りまさる。

597 昨日までの白菊の露が今日は初霜というふうに、草の葉におき変わる冬になってしまった。○霜　沖縄では霜は降りないので、「霜」の語は歌語として借用したもの。○置替て　おき変わって。○来さ　チチャサと読む。来たのだ。「さ」は軽い強調を表す。

立雲節　タツィクムブシ

598 夢の世の中に　イミヌユヌナカニ
のかす世話召る　ヌガスィシワミシェル
只遊ひ召れ　タダアスィビミショリ
御肝晴て　ウジムハリティ

599 夢や長ん見ぬ　イミヤチョンンダヌ
百嘉報の有や　ムムクヮフヌアラヤ
あの松と川の　アヌマツィトゥカワヌ
故とやゆら　ユイドゥヤユラ

琉歌百控覧節流　終

与舎江(納)節
600 みたり糸分ち　ミダリイトゥワカチ
歌の玉ゝや　ウタヌタマダマヤ
選て貫見れは　イラディヌチミリバ
名色ゝの　ナイルイルヌ

○立雲節　前出、八九・九〇参照。

598 夢のような短いこの世の中でどうして心配をなさいますか、ただ心はればれとお遊びなさい。○のかす　ヌガスィと読む。なぜに。どうして。→五三五。○世話　心配。○召る　ミシェルと読む。なさる。補助動詞「めしある」の変化したもの。○召れ　ミショリと読む。なされ。補助動詞「めしおはれ」の変化したもの。○肝　心。心情。

599 夢にさえ見ない大きな果報があるのは、あの松と川のおかげであろうか。○長ん　チョンと読む。でさえ。さえも。○見ぬ　ンダヌと読む。見ない。○百嘉報　たくさんの幸福。しあわせ。○有や　あるのは。『琉歌全集』では「つきやす」となっている。○やゆら　であるのだ。断定の助動詞「やり」の変化したもの。

600 乱れた糸を分けて歌のいろいろな玉を、選んで貫いてみるとおのおの特色がある。○分ち　ワカチと読む。分けて。分け直して。○玉　珠玉のようなすばらしい、立派な、の意。○選て　選んで。○貫見れは　ヌチミリバと読む。貫いてみると。集めてみると。

601
乱れ散残る　ミダリチリヌクル
紙の上の花や　カビヌウィヌハナヤ
匂ひ尋やい　ニヲゥイタズィニヤイ
忍て聞さ　シヌディチチュサ

嘉慶七年壬戌霜月朔日

以レ誠没レ世
602
浮世灘安　ウチユナダヤスィク
渡る身か舟や　ワタルミガフニヤ
誠しと漕る　マクトゥシドゥクジュル
思て見ては　ウムティミリバ

601　乱れて散り残った紙の上の花は、匂いを尋ねてひそかに忍んでみるとゆかしい感じがする。○尋やい　タズィニヤイと読む。尋ねて。「尋ねあり」の変化したもの。○忍て　人目を忍んで。ひそかに。○聞さ　チチュサと読む。匂いを嗅ぐよ。匂いを嗅ぐことよ。「さ」は軽い強調を表す。

602　浮世を安らかに渡る身を船にたとえ、考えてみると、誠という櫂で漕ぐということがわかる。○灘安　ナダヤスィクと読む。平和に。穏やかに。○しと　してこそ。「と」は「ど」で国語の「ぞ」にあたる強意の係助詞。○漕る　クジュルと読む。漕ぐ。○思て見ては　考えてみると。「見ては」は「見れは」の誤記。

解説

囃し田と『田植草紙』

友久武文

『田植草紙』は、中国山地の安芸・石見地方に流布した田植歌＝囃し田歌謡を記した数多い写本の中で最もすぐれた一本である。歌本としての成立は近世に下るが、歌謡として形成された時期については、「室町時代後期しかも閑吟集成立以後暫くの時を経てから、安土桃山時代(歌謡史上の中世末)までであって、なおその後に近世的な変形も幾分か行われていると思う」(吾郷寅之進)という説が大方の承認をえている。

一　仕事田と囃し田

田植に関する史料・伝承・近代の実態から見ると、機械化される前の当地方の田植には、それぞれ術語としてであるが、仕事田と囃し田という二つの形態があった。近世の史料によって説明しよう。浅野藩が編集した『芸藩通志』(文政八年)のために、各村々が差し出した「国郡志下調べ帳」(文政二年頃)から高田郡の場合を例示する。[一]

田植之儀、五月中前後半夏生ヲ末エニ、村中拾軒弐拾軒宛組合植付申候。囃植も数々御座候内、長立候家柄者諸[二]

組より寄集り、早乙女七八十人、田男七八十人、牛三四拾疋位、鼓六つ、大鼓六つ、其外笛・調拍子・筅囃立テ、
歌大工と申は拍子竹に歌を出せは、早乙女諷。（生田村）

傍書した(一)が仕事田である。「組合植付申」という結(ゆい)による共同作業を本義とする。その際、組み合って植え付ける前に、「銘々植初之日を早稲植又者三倍卸と唱、神酒等買申候」(井原村)ともいうように、各家々でサビラキの儀礼を執り行い、小さい田を植えた。一般には早稲植という。そして、結による田植組の共同作業として、残しておいた大田を植える。「扨中百姓大田と申には、代牛拾四五疋、苗持・鍬代拾四五人、早乙女弐拾四五人より三拾人位ひして、半日凡六七反植付申候」(市川村)といったふうであった。この時ももちろん歌い囃す。「手元相応暮ノ者ハ、大鼓・笛・拍子其外簓抔作り囃し植仕候」(深瀬村)ということになるが、「並百姓ハ、歌ノミニ御座候」(同)ということでもあった。

これに対して(二)が囃し田である。「長立候家柄者諸組より寄集り」とあるように、結を越えて組織される大掛かりな田植のことである。長百姓・親方百姓などの豪農主とか富裕な社寺といった経済力や権力のもとで、はじめて成り立つ性質のものであった。ここでは、「有徳人大田には、囃子田と申、螺貝・笛を吹き、大鼓・鐘を撃、賑々敷田植も御座候」(市川村)といった次第で、風流の限りを尽くしたと形容されるまでの芸能的で華やかな田植風景を現前させたのである。

ここまでの史料は、サビラキ以外は、田植が田の神(さんばい)を迎え、秋の豊作を予祝する呪的な儀礼としての側面を持つことに触れていない。次に、そうした儀礼面の一部を記した囃し田についての古い石見側の記録「後藤弥三右衛門殿鼓田之由来並田植歌覚書」を摘記しておこう。表紙に寛延二年(一七四九)とあり、田の神を迎えるしつらえ

（さんばい棚）、大田への道行、田の神迎えの儀式などについて書いたものである。

一、三ばい之次第、田ノ中ニ壱間四方ニ作り、四本之柱ニへいを立、中ニてんがいをつ里申候。（下略）

一、道中之次第、かどよりぎやられつにて、さきへ長刀ふり、竹づゑふり拾人、夫より久太夫しやぐまをき、へいおもち、其後より湯浅隼人殿小指にはかま、かたぎぬをかたニになわせ、下人弐人つれ、はさみばこをふらせ申候。並湯浅参河殿前之通りニふらせ被申候。

一、其後よりとらげ竹を猿とうじん、へいふりゑぼしけずきんさし、笠ふり、こきりこ、かねつき、さゝらすり、かつこのたい二つ、わのだい太鼓打八人、つゝみ打三十三人、笛吹弐人、小つゝみ打弐人、太こ打弐人、立花持、花笠持、のぼりもち都合弐百人余通し申候。（下略）

一、両太夫殿たなの上ニあがり、よみごとおわり、へいを持、諸人に向イ、「三ばいの御神と申ハ、名高キ事申もおろか、人間は不及申、鳥類、畜類、生年いけるもの迄、御恩の請ざるものはない故、大家組之内南佐木弥三右衛門、年々三ばいの御恩の請、御礼のため鼓田植被申。三ばいのゆらいと申奉るハ、正月ハ年徳、三月ハ井出の明神、五月ハ三ばい、六月ハいなづま、七月ハたなばた、八月ハごゝく成就の御神、九月ハかり田ノ明神、十月ハいのかミと成給ふ。三ばいも御のふじゆあつて、此所ニ御ようごう被遊候間、とうがしら殿さんばいのゆらいをうたい、みきを上ケたまへ」「かしこまつて候」（下略）

最後の（下略）部分には、田の神おろしの歌と田の神に酒を捧げる作法・歌を記している。囃し田で最も厳粛に執行される儀礼である。ここでいう「鼓田」は囃し田のことで、さんばい棚のしつらえといい、道行の華麗さといい、風流（ふりゅう）の様相そのものを呈しているといえよう。

こうした囃し田は近代にも継承され、農民の大きな慰楽ともなった。その様相は、たとえば牛尾三千夫『大田植と田植歌』(昭和四十三年)の「花田植三題」などの聞き書きによって偲ぶほかないが、現在でも民俗芸能の一として保存の措置が講じられ、毎年の六月頃、中国山地の所々で演じられていて、かつての片鱗を窺うことはできる。ただし、安芸・石見の側と出雲・備後の側に行事の上での差があるので、それぞれを花田植・牛供養と呼び分けて区別し、囃し田をその総称とするのが普通である。

ところで、こうした囃し田はどこまで遡ることができるのであろうか。『田植草紙』歌謡の成立を中世末期と認める以上は、当然その背後に囃し田を予想することになる。しかし、その史料的裏付けは困難であった。原本は焼失したという『大山寺縁起絵巻』(応永五年奥書)、「三谷村長江寺巻子本さんばい由来書」(天正六年奥書)などもあるが、近年になって藤井昭が明らかにした「田植・牛懸」の史料が非常に貴重だと思うので、ここで紹介しておきたい。藤井は、二種七条の文書を引いて周到に論じている(「中世末期、安芸地方における「田植・牛懸」について」、『田唄研究』16)。その中から最も具体性のある条を挙げて略述する。

広島市の北方三〇キロメートル余りのところに、佐伯郡峠がある。中世の当該文書(速谷神社所蔵「大願寺所務帳」『広島県史　古代中世資料編Ⅲ』所収)では「塔下」と表記されるのだが、天文十年(一五四一)に厳島外宮の修理免として、大内氏から大願寺道本上人にあてがわれたという。大願寺は、室町時代を通して厳島神社の造営にたずさわった真言宗の寺院である。大願寺は、塔下から所当と公事を収納した。所当というのは年貢米のことであり、公事はいわば雑税で米以外のさまざまの物品と夫役からなる。公事は当時の言葉では小成物(こなしもの)といった。これらは所の地頭から大願寺へ渡されるのが筋であった。ところが、当時、峠には塔下殿という村落内で隔絶した地位の者がいた。文書には、

「塔下とのゝてつくり　これはさんてんの分　てつくり十五貫百廿四文目」とある。塔下殿は、旧来の名体制が崩壊していく過程で出現する散田を集積しつつあり、その手作り(直接経営)部分に対して、これだけの年貢を支払っていたのである。それに対して、塔下殿が徴収する村落内の年貢は二十四筆にまとめられているが、その合計は十二貫八三四文目に過ぎない。一筆五百文である。十五貫一二四文と五百文の差。年貢分の百姓の経営は小さく、すでに自立の方向にはあったであろうが、塔下殿の支配から脱しきれてはいないと考えられる。

興味深いのは、この塔下殿が集積した散田の手作り部分における田植の形態である。文書に、

(五月四日)田うえ牛懸あり　てさく之時ハ牛家なミにあり　人夫も家なミにあり　ひる一度食あり

とある。田植は五月四日と定められた一日であり、村落の家ごとから「田植・牛懸」が徴収されている。「田植」は早乙女、「牛懸」は代掻き牛だという。つまり、塔下殿は支配下の年貢分の百姓から、小成物として早乙女・代掻き牛を夫役として徴収し、手作り部分の田植を行なっているわけである。しかも日を定め、それが一日であること、昼に食が供されていることは、たんなる労働力の徴収だけではないことを意味し、この田植が年中行事風に組成されたものではなかったかということを考えさせる。

以上を要するに、散田を蓄積しつつあった在地の領主あるいは地侍的存在による村支配において、その手作り部分に村から早乙女や牛が夫役として徴発され、年中行事に類した大規模な田植が行われていたということである。文書に直接触れているところはないが、囃し田はこういう田植に伴ったとしか考えられない、と藤井は言う。塔下殿のような存在が、太閤検地を経て刀を捨て、村の長百姓とか親方百姓といった近世の豪農主になっていく。そして、彼らが経営する大田植において、はっきりと歌い囃す囃し田が確認されたことは、上に述べてきた通りである。こうみて

くると、中世末の囃し田は、慰楽に偏った近代の様相から類推することは困難で、田の神に祈念し、作業本位に営まれたものであったと考えざるをえないであろう。

二　囃し田歌謡群と『田植草紙』歌謡

在地の領主的存在が経営する田植に、囃し田の先蹤を見た。そのことは、自営農民の結による仕事田が、まだ十分には発達していなかったということでもある。『田植草紙』歌謡は、仕事田ではなく囃し田の中で育まれたものだといえよう。そうした囃し田歌謡は、中国地方に広く分布していて、詩型と分布地からほぼ七類に分類できるかと思っている。ここでは、歌謡としての一首あるいは一まとまりという形態の上で特徴を有する五類までを列挙し、まず『田植草紙』歌謡の特徴なり独自性を確認しておこう。

第一類。田植歌では、音頭取り(サンバイ・サゲ・歌大工)が歌う親歌と早乙女が付ける子歌の掛合が基本になる。その親歌・子歌の掛合には、大多数の非定型歌(A)と少数の定型歌ユリ(B)の区別がある。このA・Bに対し、早乙女が音頭取りの歌の一部を復唱する形で歌いつぐオロシ(C)が加わって一首が構成される。『田植草紙』歌謡がそれであり、安芸・石見の山間部に広く分布する。

A　御亭殿〱駒どこにつないだ
　畝をこし谷をこし下り松につないだ　※非定型、ただし〈五五六四〉を標準詩型とみる説がある。

B　ほととぎす小菅の笠をかたぶけて

聞けどもあはぬはほとゝぎす　　　　※定型〈五七五／七五〉、ユリについては、本文三番歌の注参照。

C　五月菅笠おもふが方へかたむく　　　　※〈七七四〉が多い。

第一類は、〈A＋C〉または〈B＋C〉の形で示すことができる。Cは三行のことが多く、第一類は何にもましてこのオロシ付加構成に田植歌としての特色を有する。

第二類。〈B＋B＋……〉の中の所々へ、クズシ(Aまたはその変形)を挿入して一まとまりのナガレを作る。ただし、Bは基本詩型においては第一類と同じであるが、唱歌の実際においては繰り返しや囃しことばを多用し、テンポも早く、まるで違った印象になる。B_2で表すことにし、朝歌の一部を例示する。

B_2　五鳥がきしゆの国をたつときわ／まだよをこめてすごすごと

B_2　五鳥がまだよをこめてほのぼのと／さむすごけれど西エゆく

B_2　五鳥ガ夜のあけ六ツに西エ行く／西にモ森木があるじや(や)ら

B_2　五鳥わ西なる森木にすをかけて／つがゐのガらすがたゐしよする

A　けゐさとウる五鳥がつゆにしよんぼりぬれてのウ

　ウらウらとなゐてとウるつゆにしよんぼり（金子本大山節系田植歌集）

Aのクズシは『田植草紙』の五番歌にきわめて近いことがわかり、こうしたナガレ構成が第二類の特色となる。出雲・備中・備後に幅広く分布している。

以上の第一・二類が、中国地方田植歌の二大系脈である。そして、両者の接触地域にそれらしい様相が看取される。第三類。安芸高田郡には、オロシ形式だけを連鎖させたナガレ構成〈C＋C＋……〉が発達し、それにAとB_2が混在して、まことに多様な様相を呈している。引例省略。

第四類。東石見側、江川の東岸、旧大森銀山領一帯に、〈B_2＋A〉を繰り返したナガレ構成の所々へCを挿入するという形式のものがあった。B_2をネリ、Aをカケといい、小笠原近重流とか元重流などの名がある。

B_2　ひめぎみはまくらのうゑのみだれがみ／だれとりあげていいもせの
A　さばいがみわなこうゆゑなこうゆわねばな
　　めみだれがみするなこうゆわねばな
B_2　今日のたのしのやかたみわたせば／めめよきひめがけわいする
A　をかたなにをしやりやあかりしよじのかげんて
　　かみときけわ(ひ)しやるあかりしよじのかげんて
C　なにとをけなけわいのどうぐをみやれ（小笠原近重流御免田植歌本）

はじめのAは『田植草紙』一六番、次のAは同じく一七番に出る。Cのオロシは特異である。第二類と第一類を複合していく珍しい型であるが、この型通りのものは音楽的には未確認だという。

第五類。接触地域ではないが、西石見の局地(島根県那賀郡三隅町)に新詩型が誕生している。

X　はら〳〵と鳥のこゑ野原のつゆわしゆんけいと
　　サーつゆしゆげけれとかようハおのこのならいよな
A　けさないた鳥のこゑハよい鳥のこゑやれ
　　田一たん二九石とやううたふたとりやれ

C　さあもよい鳥よね八石とうたふた（井野串崎本田唄集）

Xは他の田植歌からは見出せない小歌で、それに『田植草紙』歌謡（例歌は二四番歌）を加えて一首を構成するというもの。地元では、Xをネリ、Aを大歌、Cをヒキと呼んでいるが、まさに初期女歌舞伎踊り歌の〈出端・本歌・入端〉に相当する構成で、囃し田の風流ぶりが直接歌謡に反映した典型例かと思われる。

以上、いずれもかつて囃し田が行われていたことが確認されている地域のものであるが、共通しているのは、どれも単一の詩型ではなく、複数の基本詩型が存在していることである。たまたま奥能登の輪島市大西山でも同様の事例を聞いた。ここでは、村に二軒の豪農があり、その田植をとくに大ダイエ（大田植）といった。それを済ませてから、一般のエあるいはエーカイ（結のこと）の田植になる。田植歌は、苗取・朝はか・昼はか・夕はかに別れ、それぞれの一首が曲節を異にする前歌と本歌で構成される。朝はかの一例。

前歌　朝はかに植えたる早稲は何早稲や、何早稲や、葉広の早稲で蔵の下（積み）

　　何時植えじゃ大畝町を、大畝町も歌えばよはかが行く

本歌　野鳥追うわい、野鳥追うわい、前田をせせる野鳥追うわい

　前田をせせる野鳥追うならば、鳴子を腰にかん付けて、かん付けて

（下略）

中国山地においても、複数の基本詩型が混在に終わっている場合（第三類）もあるが、多くはそれらを組合わせて、数行からなる新詩型（第一・五類）と、まま長大なナガレ（第二・四類）を作りあげている。改めて第一類『田植草紙』歌謡を振り返ると、親歌・子歌の掛合は、取り上げた他の四類のどれにも受容されており、分布の広さと影響の大き

さが窺われる。しかし一方のオロシは、ナガレとして行われた第三類を除くと、他の類での新展開はほとんど見られない。実は、だからこそオロシ付加構成が、『田植草紙』歌謡の特性であり、独自性として再確認されるべきだと考えられるのである。

ここで今一つ述べておきたいことがある。全国の田遊びを精査した新井恒易は、『農と田遊びの研究』(昭和五十六年)で、田遊びの歌謡を具体的に網羅し、総括している。とりわけ近畿の田遊びの歌に『田植草紙』歌謡と同系のものが多いことを指摘し、近畿にも中国地方の囃し田のような形態の田植歌がかつて存在していたが、それが失われて、田遊びの中に僅かに残留したと推定した。そして、「古い田歌の類、あるいは『田植草紙』の形式と内容の歌を含めて、その伝承のルートをたどると、近畿がうかんでくる。これはどう見ても、地方から逆流したものとは考えられない」とした。これは傾聴すべき見解で、かねて疑問であった『田植草紙』歌謡の源流について、それが近畿に措定されるといういちがいには否定しがたい情報をえたことになる。しかし、近畿など田遊びの歌謡を見渡した場合、その継承関係は主として親歌・子歌との間に認められるのであって、『田植草紙』歌謡の特徴としたオロシとの関連は薄く、また田遊びの歌謡においてはオロシ付加構成を見出すこともできない。その点、囃し田歌謡としては、オロシの独自性、さらに、ここでは説くゆとりがないが、創造性を認めていかなくてはならないと思われる。

しかし、問題はそれほど簡単ではない。『田植草紙』では、すでに述べたように、オロシ三行というのが多いが、これだけのオロシが実際に歌われたのかどうか。囃し田にせよ仕事田にせよ、作業の上での機能については不明な点を残している。現在の民俗芸能としての囃し田においては、オロシが歌われることは至って少ない。伝承でも、仕事田で能率を上げるためには、テンポの遅いオロシはなるべく歌わないのがよいとされていた。オロシ付加構成の成立と展開については、その合理的な説明はまだ十分にはなされていないのである。また、現存の『田植草紙』に従う限り、親歌・子歌にオロシの三行を加えて五行詩の世界を作る(新間進一)ということになるが、掛合として安定している親歌・子歌を一行分と捉え、オロシの三行とともに起承転結の四行詩の世界を作ると考えた方が理解しやすい場合もある。

三　『田植草紙』系諸本と組織

『田植草紙』の研究は、志田延義が注を付し、日本古典文学大系『中世近世歌謡集』(昭和三十四年)に本書を収めたことが一つの画期であった。その少し前から始まっていた広島中世文芸研究会による共同研究の成果は、やがて田唄研究会に引き継がれて研究の進展がはかられた。この時期は、中国山地に数多くの田植歌本があることが確認され、その発掘が研究調査の一つの柱ともなったから、結果としておびただしい写本群の翻刻がもたらされることになった。地元に住む筆者はその整理を自らの課題とした。同様の趣旨について何度か記したことがあるが、ここでも現在到達している整理の帰結を略記して参考に供したい。

数多くの田植歌本は、右の項で述べたどのような詩型の歌を載せているかで大別できる。『田植草紙』系はオロシ付加構成として識別は容易である。筆者は、それらの中から能う限りの善本と近世の書写本とを選び、『校本田植草紙』(平成二年)とその続編(平成四年)を編んだ。前者は狭義の『田植草紙』系、後者は広義の諸本によって作成した。ここでは、第一類『田植草紙』系に限定し、使用した諸本の分類一覧を掲げ、帰結点の要目とする。

資料名	書写時	所在地	翻刻者	掲載書	刊年
ⅠのA					
増屋甲本	近世末	広島県山県郡大朝町筏津	久枝　秀夫	伝承文学資料集『田植歌本集』二	昭46
新庄上ミ田屋本田植歌集	嘉永　四	広島県山県郡大朝町新庄	久枝　秀夫	伝承文学研究9	昭42
大朝沖田屋本田植歌双紙	明治一二	広島県山県郡大朝町大朝	久枝　秀夫	伝承文学研究29	昭58
芸北岡田本『田植由来記並ニ植歌』	明治二六	広島県山県郡芸北町橋山	湯之上早苗	日本庶民文化史料集成五	昭47
王泊利文久三年本	文久　三	広島県山県郡芸北町細見	渡辺　昭五	伝承文学資料集『田植歌本集』二	昭46
谷和山本本田唄集	明治中期	広島市安佐北区亀山綾谷	友久　武文	広島民俗33	平2
土佐本田植歌草紙	明治　八	島根県美濃郡匹見町芋原	牛尾三千夫	伝承文学研究26	昭56
ⅠのB					
高松屋古本田唄集	伝享保	広島県山県郡大朝町新庄	田唄研究会	広島中世文芸叢書6『田植唄本集』	昭41
田植歌雑紙	文政　九	広島県山県郡千代田町川東	田唄研究会	広島中世文芸叢書6『田植唄本集』	昭41
川小田藤田屋本『田植の歌』	文化一五	広島県山県郡加計町巴橋	友久　武文	日本庶民文化史料集成五	昭47
石見田所亀田屋本田植歌集	弘化　四	島根県邑智郡瑞穂町田所	久枝　秀夫	田唄研究16	昭54
ⅠのC					
宮迫村囃し田植歌書	寛政　二	広島県山県郡大朝町宮迫	久枝　秀夫	広島民俗30	昭63
田植大歌双紙	弘化　二	広島県山県郡豊平町吉坂	田唄研究会	広島中世文芸叢書6『田植唄本集』	昭41
金井坐本『田植歌之巻』	寛政一三	島根県那賀郡金城町波佐	湯之上早苗	田唄研究7	昭40
Ⅱ					
横路本田唄集	近世末	広島県山県郡大朝町岩戸	久枝　秀夫	伝承文学資料集『田植歌本集』二	昭46
新庄石津本『田歌手双紙』	文久　三	広島県山県郡大朝町新庄	友久　武文他	歌謡―研究と史料―4	平3
樽床後藤本『田歌用集記』	文政一一	広島県山県郡芸北町樽床	木下　忠	田唄研究1	昭36

豊平万束屋本田唄集	近世末	広島県山県郡豊平町中原	友久　武文	田唄研究15	昭49
苅田本『御歌惣志』	寛政　六	広島県高田郡八千代町土師	牛尾三千夫	田唄研究11	昭44
川根本『田植歌草紙写』	享和　三	広島県高田郡高宮町川根	牛尾三千夫他	田唄研究11	昭44
大毛寺叶谷本『田植歌双紙』	明治　初	広島市安佐北区亀山大毛寺	友久　武文	田唄研究1	昭36
Ⅲ					
田うゑ歌写	文政　二	広島市安佐北区安佐町鈴張	田唄研究会	広島中世文芸叢書6『田植唄本集』	昭41
鈴張藪本『歌双紙』	嘉永　七	広島市安佐北区安佐町鈴張	田中　瑩一	『安佐町史』	昭52
Ⅳ					
中野有久本田唄集	文政一三	島根県邑智郡石見町中野	山路　興造	日本庶民文化史料集成五	昭47
中野新宅屋本『歌乃双紙』	文化一四	島根県邑智郡石見町中野	田中　瑩一	山陰地域研究1	昭61
青笹上大江子本田唄集	文政　八	島根県邑智郡石見町日貫	牛尾三千夫	広島中世文芸叢書6『田植唄本集』	昭41
天川本田植歌	寛政　八	島根県邑智郡瑞穂町市木	牛尾三千夫	田唄研究15	昭49

『田植草紙』を基準にし、全体をⅠ―Ⅳに分類する。『田植草紙』は、一日の歌を朝・昼・晩に分け、その各々を四番ずつ計十二番に細分して歌の有機的な配列を心掛けている。それを組織と呼ぶが、Ⅰはほぼその組織に従ったもの、Ⅱは十二番に細分しながら、具体的な配置にⅠとは違う独自性を有するもの、Ⅲは朝・昼・晩に分けるだけという簡素な組織、Ⅳは歌うべき時刻をもっと細かく指定したものとする。Ⅰを狭義の『田植草紙』系とし、さらに細部まで『田植草紙』と近似したもの(A、完本系)、晩歌などの削減をはかり田植の実際に即応しようとしたもの(B、略本系)、削減すると同時にある程度別の歌を補入したもの(C、再編本系)とに分けている。

以上の諸本は、伝承文学としての『田植草紙』を捉えるもっとも基礎的な資料となるはずのものである。

最後に、『田植草紙』の組織を解説した近世後期の伝書があることを紹介しておこう。一般に「田植歌由来書」と呼ばれているもので、その要項が「式目」の名で田植歌本の巻頭に掲げられている場合もある。俗流解釈としかいえないが、田人たちが『田植草紙』の全体をどう捉えて伝承していたのかを窺わせる面があって、いちがいに退けることはできないのである。この度の注釈においては一切触れることをしていないので、以下に、十二番の組織について述べた部分を掲げておく。底本は広島県山県郡大朝町筏津の浅田家蔵「田うゑ歌の由来の事」、同郡千代田町川東の横山家蔵文政十一年本の若干を傍書して参考とした。

一、うたにあさの一ばんに、こいうたをつくりたもふは、いんやうわかふしたるなり。そうもくにとり候へば、じにたねをおろし申ところなり。人げんもそうもくも同心也。

一、あさうた弐番に、日りん、つゆ、きり、かすみとつくりたもふわ、そうも(く)なれば地よりめだち申てい也。日輪のはじめ申さず候へば、明(日)くれしれ申さづ故、人間なれば母のたいないよりうまれ申心也。

一、朝哥三ばんに、花のつぼみ、人のいろ〳〵けわい申事を作り給ふは、日りんなれば光りしだいにつよくなら せ玉ふ、御ひかりわまことに花のつぼむことくのていなり。そうもくなればたきのび、こずへに花のつほみ申ていなり。人間なれば年六七才にて、親のよういく申ていなり。

一、朝哥四番に、いろ〳〵物をそめほしたる事仕(る)などと作り玉ふは、日りんなればひかりつよく、さかんになり玉ふていなり。そうもくなればわかきとき、(わか立)人げんなれば十ばかりになり、いろ〳〵そめきぬき仕、たきのび申ていなり。

一、昼歌壱ばんに、そうもくに花さき申事を作り玉ふわ、日輪なればひかりにてはなのさき申ていなり。そうもくなればちやう〴〵になるていなり。人げんなれば十七八にて、すがたうつくし(く)、花と見申てい也。

一、ひるうた弐番に、をうぎなどの事、京都へのぼり申事作り玉ふわ、日りんなればをほぎのごとく、あさより末つよくひかりたまふていなり。人げんなれば二十四五にもおよび、家のぬしともなり、ぜんあく二つのときなり。おほぎひらき申は末ひろがり、たゝみ申をほんするゐなくものなり。夫により二つとはいへり。のぼりうたわ、日りんなれば東の山ばよりひるはあがりたまうていなり。そうもくは、をいでなりのどよう(土用迄そだち)までなりゐ申ていなり。人げんなればようしやうよりせいじんいたし、日輪どうぜんのていなり。

一、昼歌三番に、かさのたぐひを作玉ふわ、日りんなればひるのまん中にて、ひといろ(一入)まろくなりてり中により、かさと作給也。そうもくなれば花のさきみだれるじぶんわ、てんゐはなのよくむき、まことにしほれ申ていは、人間のかさをきたににたり。人げんなればにぎ〳〵(にやひ人)に人をもち、それうちへもとり申こゝろなり。

一、昼歌四ばんに、いろ〳〵なりうた(る)作玉ふは、そうもくもはやくあじわい(実のり)あり、花ばかりさき申もあり、しよしゆう(初め稗)のていなり。人げんなれば四十ばかり、めんめんひとたびわいをりをこしらへ申物もあり、おんなにはなれ申ものもあり、いろ〳〵になり申心也。

一、晩歌壱番に、くだりうたつくりたまふわ、日りんなれば西にかたむき申ていなり。そうもくもみのなり、こだれ申ていなり。人げんなれば、年五拾ばかり、まことにろうじんになりさかり申ていなり。

一、ばん歌弐ばんに、そうもくにみのなり申こと、人のさた、しよちやう(諸鳥)のたぐひ作玉ふは、そうもくにたしかにみのいり申も有、いまだしかとみ入もうさづもあり、すなわちなか(中稗)のあきのこゝろなり。人げんなれば、六十ばかりになり申心也。

一、ばんうた三番に、みのいりおち申ことをつくり玉ふわ、くれのしよう（秋、初冬）にもなり申こゝろ也。人げんなれば、七八十になり申こゝろなり。日りんなれば、西の山ばよほどいりかゝり玉ふこゝろなり。

一、ばんうた四番に、ねやゝこいしやと作り給ふわ、日りんなれば西へ入給ふ心なり。そうもくなればくきをり候て、おれかれ申心なり。こいじと作りたまふわ、いんやうわがふして、万事たねのめぐみあれとのこゝろなり。(下略)

参考文献

〔複製・翻刻・注釈〕

広島女子大学国語国文学研究室『影印田植草紙集』渓水社、昭和五十三年。

志田延義「田植草紙」(日本古典文学大系44『中世近世歌謡集』) 岩波書店、昭和三十四年。

真鍋昌弘『田植草紙歌謡全考注』桜楓社、昭和四十九年。

〔索引・校本・資料集〕

山内洋一郎『田植草紙校訂本文ならびに総索引』(『田唄研究別冊) 昭和四十二年八月。(→『田植草紙の研究』)

友久武文『校本田植草紙』(正・続) 渓水社、平成二、四年。

三上永人『東石見田唄集』郷土研究社、大正十五年。

田唄研究会『田植唄本集』(広島中世文芸叢書6) 昭和四十一年。

渡辺昭五他『田植歌本集』二(伝承文学資料集五) 昭和四十六年。

芸能史研究会『日本庶民文化史料集成』五、三一書房、昭和四十七年。

※雑誌『田唄研究』1―16(復刻・昭和六十一年)も毎号翻刻資料掲載。

〔研究書 他〕

柳田国男『民謡覚書』創元社、昭和十五年。(→定本柳田国男集十七)

臼田甚五郎『歌謡民俗記』地平社、昭和十八年。(→著作集四)

佐佐木信綱『歌謡の研究』丸岡出版、昭和十九年。

新藤久人『田植とその民俗行事』年中行事刊行後援会、昭和三十一年。

志田延義『日本歌謡圏史』至文堂、昭和三十三年。(→著作集『歌謡圏史』ⅠⅡ)

浅野建二『日本歌謡の研究』東京堂、昭和三十六年。

牛尾三千夫『大田植と田植歌』岩崎美術社、昭和四十三年。(→著作集『大田植の習俗と田植歌』)

日本放送協会『日本民謡大観・中国篇』日本放送出版協会、昭和四十四年。(→復刻、CD添付・平成五年)

田中瑩一『ふるさとの田植歌』今井書店、昭和四十四年。

Frank Hoff "The Genial Seed" Grossman Publishers Inc. 昭和四十六年。

吾郷寅之進『中世歌謡の研究』風間書房、昭和四十六年。

田唄研究会『田植草紙の研究』三弥井書店、昭和四十七年。

渡辺昭五『田植歌謡と儀礼の研究』三弥井書店、昭和四十八年。

新間進一「田植草紙」(鑑賞日本古典文学『歌謡Ⅱ』)角川書店、昭和五十二年。

内田るり子『田植ばやし研究』雄山閣、昭和五十三年。

新井恒易『農と田遊びの研究』明治書院、昭和五十六年。

竹本宏夫『田植歌の基礎的研究—大山節系田植歌を主軸として』笠間書院、昭和五十七年。

真鍋昌弘『中世近世歌謡の研究』桜楓社、昭和五十七年。

〔研究論文〕

広島中世文芸研究会「中国地方の田植歌—広島県を中心に—」『日本文学』42・43、昭和三十一年六・七月。(→『田植草紙の研究』)

友久武文「田植草紙の成立について」『国文学攷』22、昭和三十四年十一月。

高橋喜一「田植歌の創造過程」『国語国文』、昭和三十五年五月。

山内洋一郎「田植草紙のことば」「田植草紙の用語について」『田唄研究』3・4、昭和三十七年九月—三十八年四月。(→『田植草紙の研究』)

熱田公「民衆文化の台頭」(岩波講座『日本歴史』8)昭和三十八年六月。

森山弘毅「田植草紙の世界—京憧憬の問題を中心に—」『国語国文研究』26、昭和三十八年九月。

森山弘毅「中世農民歌謡における寿祝的発想—異郷「筑紫」憧憬をめぐって—」『国語国文研究』53、昭和五十年一月。

友久武文「囃し田の歌謡」『日本歌謡研究』18、昭和五十四年四月。

藤井昭「中世末期、安芸地方における「田植・牛懸」について」『田唄研究』16、昭和五十四年八月。

真鍋昌弘「『田植草紙』の世界」(新人物往来社『中世の風景を読む』6)平成七年八月。

『山家鳥虫歌』解説

真鍋昌弘

一　諸本

明和九年(一七七二)刊『山家鳥虫歌』には、比較すべき写本系伝本がある。「諸国盆踊唱歌」と題する部類である。蓬左文庫蔵『続学舎叢書』の五冊目にある『後水尾院諸国盆踊乃歌』がその一つとして注目すべきものである。小寺玉晁(小寺広路。続学舎、連城亭とも。寛政十二年〈一八〇〇〉生、明治十一年〈一八七八〉没)が、東都の柳亭種彦書写本をもとに転写したものであるが、巻末に次のような記事がある。

此さうしは寛文の頃、後水尾院諸国に勅して盆踊の唱歌を集給ひしものなりとて、今より二十年ばかりさきに、友人の許よりかりえたりしが、其刻は何の心もなくて写しとゞめず。其後見まくほりすれども、彼友人も亡たれば更にせんすべなかりしが、今又不意に此写本を得たり。御撰なりといふはたゞいひ伝ふるのみにてその虚実は不知。

いたこ出嶋云〻の歌はむかし見しさうしには無し。後人の書加へしものなるべし。其外も猶近くおもはるゝ歌あり。よく味ひて新古を分つべし。

文政乙酉六ノ朔　柳亭種彦花押

吾友笠亭主人、此書を東都柳亭大人に乞てうつされしを、天保五年甲午十月古今堂亀寿主人又求めて写させられしに、筆耕杜撰にして仮字などは本書と大に違へたるよし。朱書は柳亭物せしを、そがうへ笠亭の加へられ、其上亀寿校合の序に書加へしも所々あるよし。予もまた校合の序に書加へしなり。弘化四年丁未太郎月中の六日。

連城亭宝玉晁いふ。

記事冒頭から、柳亭種彦の花押までは、種彦本からそのまま写した文章である（文政乙酉の年は文政八年にあたる。また種彦本では「何のこゝもなくて」を、玉晁は正して「何の心もなく」としている）。この記事によると、文政八年（一八二五）から二十年ばかり溯った時点で、種彦はすでに写本を見ていることがわかる。そのまま受け取ると文化二年（一八〇五）ということになる。「いたこ出嶋云々」（常陸の一〇番「潮来出島のよれ真菰　殿に刈らせてわれさゝぐ」を指す）がその時は含まれていなかったと言っているから、推量すると、文化二年に彼の目にふれた本は、文政八年の段階での種彦本の親本とはまた別のものであったということになる。種彦の記憶が絶対正しいものであるかどうかはまだ疑問が残るが、ともかく種彦本以前に、文化二年に出合った本と文政八年に種彦が手にした本の二種があったと推定してよい。

「吾友笠亭主人……」から以後が玉晁の書き入れである。種彦本が笠亭仙果や古今堂亀寿によって名古屋文化圏に持ち込まれ書き写されたことがわかる。仙果本はいつ書写されたかよくわからないけれど、亀寿本は天保五年（一八三四）に成り、そしてこの玉晁本は弘化四年（一八四七）一月十六日に成立したわけである。朱の注（傍書）は、種彦・仙果・亀寿・玉晁それぞれにおいて随時加えられていったようである。

玉晁本にはさらに表紙裏に朱の書き入れがあるので触れておく必要がある。

胡月堂長嶌（ママ）丁五丁目　大野屋惣此盆踊の歌の欠本上ノ巻斗蔵。序文を其儘爰に写。癸丑秋。

と記し、続いて『山家鳥虫歌』の序文を忠実に書写し、その後に、

広道云。所〻にさし絵有て、其上に歌一つづゝしるす。爰にハヤハリ（ママ）並べ、しるし有は、其歌の上に✡印を付しハ、さし絵の歌の記也。

とある。玉晁は貸本屋大惣（大野屋惣八）から『山家鳥虫歌』の上巻を借りて、種彦本にはない序文を自分の玉晁本に書き込んだのである。癸丑年、つまり嘉永六年（一八五三）のことである。玉晁本が出来上がってから六年後に玉晁は『山家鳥虫歌』を知ったのである。『山家鳥虫歌』の挿絵の中にある歌についても、右に書いてあるように、玉晁本のそれに相当する四首の歌の頭部に✡印が付けられている（挿絵の歌は合計六首あるが、下巻にある二首については印がない。玉晁は上巻のみを見ることができたのであるから。玉晁本の翻刻は、真鍋昌弘・佐々木聖佳「翻刻　玉晁本『後水尾院諸国盆踊乃歌』」→参考文献）。

東洋文庫蔵写本『諸国盆踊り唱歌　全』（表紙題簽には「諸国盆踊の唱歌　全」。小野恭靖翻刻。→参考文献）は、その扉部分に「此ぬし浮世本かき種彦」とあって、現段階ではこれが種彦本であるとしてよかろう。前掲、玉晁本が書写している「此さうしは寛文の頃……」の文章は、最初に置かれていて、名古屋の文人仲間が手にした種彦本も、まさにこれであった可能性が大きい。そして前に触れたように、この本の親本として、種彦が文政八年に手にしたものと文化二年ごろに一度被見した本の二種が考えられるが、これら二種の写本と板本『山家鳥虫歌』が具体的にどのような関係にあったかはわからない。明和九年と文化二年との間には、三十三年ほどの間隔があるけれども、板本『山家鳥虫

歌』が生まれる以前の、その原本あるいは稿本のごとき実際を、この写本種彦本系が継承していると考えられないこともない。明和九年以前にすでにあったこの写本系に、序跋を加え、歌の順を何箇所か入れ替え、民衆の読み本として興味あるものにするために、歌を一つずつ入れた挿絵や、『新人国記』等をもとにした国風伝説を加えたりして『山家鳥虫歌』を上梓した、と想定できないこともないのである。『山家鳥虫歌』となってはじめて、日本全国民謡集が世に出たと理解してよいのであって、上方を中心に七道の国々をすべて押さえたこの完璧な編纂に、日本国を支える民衆文化の総まとめの意気込みを認めることができるのである。その点からゆくと、種彦本・玉晁本の如き写本系にはまだそうした意識の昂揚は感ぜられない。

種彦本を活字化したものとして、甫喜山景雄編『我自刊我書』に所収された『諸国盆踊唱歌』がある。これには校訂者が、

右の唱歌には、近江美濃飛驒信濃上野の五国なし。何の故を知らず、且傍書細注とも故柳亭種彦翁手写にかかる一字も増損せず。

と断っているように、東山道の五国が欠落し、歌数にして二十首が無い。東洋文庫蔵『諸国盆踊り唱歌 全』、つまり種彦本では諸国揃っていて欠落箇所はない。ゆえに『我自刊我書』の底本は、東洋文庫蔵の種彦本ではなくして、また別の本であったとしなければならない。東洋文庫蔵種彦本で見ると、「近江」の先頭歌謡「としたつ帰るみ代のはる……」から「上野」の最後に位置した「とのごしのぶはしんきでならぬ……」の歌および下野の国名の部分までが一丁表裏になっている。ちょうど一丁分が脱落するとその五箇国が欠落することになるのであるが、これも厳密にゆくと「近江」の国名は前丁裏最後に残っており、「上野」の次の「下野」という国名は、欠落した丁の裏最後にあっ

て、結局一丁脱落であればそのことが十分わかることになっていたはずである。我自刊本の「何の故を知らず」などという文句は出て来ないはずであった。つまり我自刊本の底本は、東洋文庫蔵種彦本とはまた異なる一本であったことがわかる。その事はたとえば次のような具体的事例二つによっても頷ける。

○こゑはすれどもすかたはみえぬ（種彦本）
○こえ（ゑカ）はすれどもすかたはみえぬ（我自刊本）

○むかし竹馬老てはすへのつへとなりたるおやじさま（種彦本）
○むかし竹馬老てはすへのつへとなりたるおやじさま西行の歌に似たり（我自刊本）

京都大学附属図書館にも『山家鳥虫歌』がある。上巻が板本、つまり『山家鳥虫歌』、下巻は写本になっていて合冊されている。下巻は各歌謡頭部に▲印を入れ、国々歌数を示す「凡○首」が入れられていて、見た目には上巻の体裁に近づけられているが、各国の歌謡の配列から見て、諸国盆踊唱歌系のいずれかの本を書写したことは確実である。そこでその類似の関係を見るために、四種を対照させてみる。

美作　まへ田のいねの（種彦本）
　　　まゝ田のいねの（玉晁本）
　　　まへ田のいねの（我自刊本）
　　　まゝ田のいねの（京大本）
加賀　われはみやまの（種彦本）
　　　我らは深山の（玉晁本）

われはみ山の（我自刊本）
我らは深山の（京大本）
周防 しんちゃや茶つぼで（種彦本）
新茶壺で（玉晁本）
しん茶々壺で（我自刊本）
新茶壺で（京大本）

いま三種の例にすぎないが、こうした対照を通して、この京都大学附属図書館本は、玉晁本に非常に近い本文を伝承していると見てよいのであって、この写本はむしろ名古屋における玉晁本あるいはその近辺にあった写本をもとに転写したものと判断してよさそうである。書写の年代は不明であるが、京都大学附属図書館が購入した明治三十二年四月三日以前に出来ていて、購入段階ですでに上巻『山家鳥虫歌』と合冊された体裁になっていたのである。合冊がなされたのは嘉永六年（一八五三）以後で、少なくとも明治三十二年以前である。つまり大惣は明治三十一年廃業、蔵書を売却、京都大学附属図書館はその多くを購入したことが『京都大学蔵大惣本目録』（一九八八年刊）によってわかるのであり、その中に『山家鳥虫歌』（下巻は写本）が見えている。

この上巻の『山家鳥虫歌』は、玉晁が嘉永六年に見た胡月堂大惣の、上巻のみの欠本『山家鳥虫歌』そのものであるということである。誰かの手によって、上巻のみであった『山家鳥虫歌』に、玉晁本あるいは名古屋文化圏内におけるいずれかの諸国盆踊唱歌系の写本を底本とした下巻の写本が添えられ綴り合わされたのである。この京都大学附属図書館本を底本にした活字本が、有朋堂文庫『近代歌謡集 全』（大正四年七月）所収「山家鳥虫歌」（藤井紫影校訂）、上田敏選註『小唄』(大正四年十月)所収「山家鳥虫歌」である。そしてこのほぼ同時に出た二つの活字本『山家鳥虫歌』において、非常に簡単ではあるが、近代になってはじめて注釈が加えられたのである(以上諸本成立をまとめると次ページの表のようになる)。なお本書題名、「山家鳥虫歌(さんかちょうちゅうか)」を、序文や五三番・五四番の歌の「山家(やまが)」の訓みなどからして、「やまがとりむしうた」と読む方が正しいのかもしれないという説(浅野建二、岩波文庫『山家鳥虫歌』)もあるが、いまだ一説にとどめておきたい。

二　構成・配列

『山家鳥虫歌』の巻頭にあるのは次の歌である。

めでた〳〵の若松様よ　枝も栄へる葉も茂る（山城）

当時もっとも民衆に浸透していた祝歌であるが、これに相対して巻尾には、

野にも山にも子無きはおきやれ　万の蔵より子は宝（対馬）

が配置されている。これも繁栄の子宝を歌い、背後に宝競べの物語をも想起させるような祝歌である(たとえば説経『愛護若』初段に宝競べ——つまり子宝競べが語られ、「子ほどの宝よもあらじ」「子なき者は一代者」などとある)。巻頭の茂る若松と巻尾の子は宝によってこの民謡集はめでたく繁殖の呪的雰囲気で整えられ纏められていることがわかる。中世小歌「茂れ松山茂らうには　木陰に茂れ松山」(閑吟集。『宗安小歌集』には後句が「木陰で茂れ松山」)に歌われているように、茂るには男女情交の意味が常に付き添っているから、枝も栄え葉も茂ったその結果、巻尾歌において子宝に恵ま

明和 9 (1772)	『山家鳥虫歌』刊(序文は明和８年).
文化 2 (1805)	この頃，柳亭種彦，諸国盆踊唱歌系１本を見る.
文政 8 (1825)	柳亭種彦，諸国盆踊唱歌系１本を再び見る機会を得て(前回の１本とは別本か)転写. 種彦本成立.
天保 5 (1834)	古今堂亀寿，種彦本を転写. なお，この頃までに笠亭仙果も種彦本を転写.
弘化 4 (1847)	この年までに小寺玉晁も種彦本を転写. 玉晁本(続学舎叢書)成立.
嘉永 6 (1853)	玉晁，大惣が所持していた『山家鳥虫歌』上巻を見て，序文を玉晁本に朱で書き込む.
明治 16 (1883)	諸国盆踊唱歌系１本(近江・美濃・飛驒・信濃・上野の歌が欠落した写本)をもとに，我自刊本成立.
明治 32 (1899)	京都大学附属図書館が，上巻・山家鳥虫歌，下巻・諸国盆踊唱歌系写本の合冊本を大惣から購入. 京大本.

れるということになるのである。そのように前後を押さえ、はっきり関係させる呪祝に満ちた編集意識が明らかである。

これに対して種彦本・玉晁本・我自刊本・京大附属図書館本等の写本系諸本は、すべて最後の国、対馬の配列が次のようになっている。

○いらぬ烟管(キセル)の羅宇が長うて　様と寝る夜の短かさよ
○野にも山にも子無きはおきやれ　万の蔵より子は宝
○いざや若衆(わかいしう)ござるまいかよ　昼狐なんの化(ば)かさりよ　とんとろ化けよ

「子は宝」の祝言歌謡を最後に置く意識がここにはない。対馬を、延いては集全体を祝言で締め括ろうとしていない。『山家鳥虫歌』はこうした諸国盆踊唱歌系統と異なり、序文・跋文で前後をかため、巻頭歌に対して巻尾歌においてもめでたく納めようとする意識が明確である。『山家鳥虫歌』には、日本全国民謡集あるいは日本民謡鑑を作成し残そうとした意識が、こうした技巧にも顕著に見えるとしてよかろう。

『山家鳥虫歌』や諸国盆踊唱歌系では、各国の最初の歌を祝歌にしている場合が多いのは当然のことであるが、そのなかでも次のように松を歌う祝歌が十四箇国におよんで、集の中に松の祝言歌謡が鏤められている趣である。

○めでた〱の若松様よ　枝も栄へる葉も茂る（山城）
○千代の松が枝三笠の森に　朝日春日の御影松（大和）
○千歳に余るしるしとて　君が代を経る春の松が枝（和泉）
○千世も長かれこの君の　老木の松は栄えゆく（伊賀）
○年立ち返る御代の春　松の緑の千代を待つ（近江）
○松になりたや有馬の松に　藤に巻かれて寝とござる（美濃）
○松より巣立つ鶴の子の　千歳は君と親の蔭（若狭）
○老せぬ千世の松坂や　谷間の岩に亀遊ぶ（越後）
○稲の葉結び思ふこと叶ふ　末は鶴亀五葉の松（丹波）
○尽きせぬしるし岩に花　峰の小松の茂り合ふ（因幡・備中）
○栄へ久しき松が枝の　岩の岸根に波寄する（備後）
○幾千世久し松が枝の　君は栄へる若緑（紀伊）
○峰の小松に雛鶴つがひ　谷の流れに亀遊ぶ（壱岐）

こうした松を歌い込む祝歌（松囃子）に、『山家鳥虫歌』という民謡集の性格を見る上で、まず注目しておいてよい。当然、意図的編集であるとともに、この背景には、松を歌う祝いの民謡が、近世を生きた人々の酒宴や祭礼の中に深

く浸透していた実体が見えてくるのである。なお松を歌い込んではいないが、河内、摂津はそれぞれ最初にめでたく挨拶として、

君は八千代にいはふね神の　あらぬかぎりは朽ちもせん

今年世がよて穂に穂が咲いて　殿も百姓もうれしかろ

と置いている。はじめにくる五畿内の五つの民謡群においても、呪祝歌謡集としての性格を強く出している。

『山家鳥虫歌』は、山城から対馬まで、挿し絵の中の民謡も含めて三九八首(重出歌六首。ゆえに正味三九二首)の歌が、五畿内・七道の国々に分けられ、ほぼ当時の常識的な順番で日本全国に亘って覆い尽くす体裁をとって成立している。『延享五年小歌しやうが集』(延享五年〈一七四八〉)は、『山家鳥虫歌』より二十四年溯り、歌数も五七〇首と多いが、歌詞中に散見する地名より推定して、但馬国豊岡地方を中心に歌われた民謡の集録と言われている。実際その歌詞を検討してゆくと、『山家鳥虫歌』と同一あるいは非常に近い形の歌も多く、近世期民謡、あるいは流行歌謡における類型のかなりの数が蒐集されているのではあるが、やはり全国を視野に入れた編集でもなく、また国別にもされていない。『樵蘇風俗歌』(天明二年〈一七八二〉)はその実際が明確でないままになっているが、藤沢衛彦『日本民謡研究』(昭和七年)のそれについての解説や引用歌謡三十四首、あるいは小野恭靖「近世歌謡資料二種――『絵本倭詩経』『和河わらんべうた』――」(『早稲田実業学校研究紀要』二十号)に、『樵蘇風俗歌』の初刻本として翻刻された『絵本倭詩経』の三十三首の歌などからしても、成立は近い時期で、教訓歌謡集としての性格の面でも参考にされるべきものであるが、その歌数・構成配列などの面で、全国民謡集『山家鳥虫歌』に対照させ得るものではない(右掲、小野氏翻刻の『和河わ

らんべうた』も同様のことが言える)。『鄙廼一曲』(文化六年〈一八〇九〉)、『巷謡編』(天保十三年〈一八四二〉)はともに、実際に採集したり、身辺において蒐集した民謡を載せ、その編集記録の方法もすぐれたものではあるが、『山家鳥虫歌』とは民謡集として性格を異にしている。『鄙廼一曲』は美濃から陸奥へおよぶが、それとても七道すべてからすると限られた地域であり、『巷謡編』は土佐国における民謡・民俗芸能の記録である。

『賤が歌袋』(文政五年〈一八二二〉)も教訓歌謡集の性格をもっており、その点で『山家鳥虫歌』と相通ずる面があるが、構成配列においてやはり全国的広がりではなく、歌の種類や内容においても、それほどバラエティに富んでいるものではない。その他江戸期において、民謡集あるいは民謡集的なものをいくつか数えることはできるが、『山家鳥虫歌』と構成配列の上で特に比較対照できるものはないとしてよかろう。

そこで明治期に限って一瞥しておくべきは、『日本民謡大全』(童謡研究会編、明治四十二年。近代の民謡集としては、『日本歌謡類従』下巻、『日本民謡全集』正編・続編に続いて出版された。最初は『諸国童謡大全』の名称であった)、『日本童謡全集』(大久保葩雪編、明治末期か。『学苑』昭和五十八年九月―昭和六十二年に五回に分け、滝澤典子・真鍋昌弘によって翻刻)である。『日本民謡大全』では、東京・京都・大阪の三都の歌を最初に置き、続いて畿内・東海道・東山道・北陸道・北海道・山陰道・山陽道・南海道・西海道を掲げ、これに琉球・台湾・韓国を加えている。明治期の民謡集としての必然性も加わっているが、基本的には『山家鳥虫歌』の体裁にもっとも類似するものとして認めてよい。『日本童謡全集』も、山城国・大和国・河内国と順に手鞠歌を中心とするわらべうたを蒐集している。惜しむらくは未完本で東山道の磐城国で終っているが、ともかく同様の構成配列をもつ伝承童謡全集を作ろうとしたものである。かくして、全国単位の民謡集史を見渡すとき、『山家鳥虫歌』のスタイルがもっとも中心的かつ基本的な型として位置づけてよさそうであり、これを継承する歌謡集は、江戸後期のものには見えず、時代は少しく下って、『日本民謡大全』『日本童謡全集』という二種の明治期における歌謡集に受け継がれてゆくことになるとしてよいのである。

三　個々の民謡の考察

三九八首の民謡それぞれにおいて、まず類歌・類型を精査し、その伝承の流れと広がりを見る必要がある。いわゆる個々の歌謡史である。これによって、その歌の場・機能が明らかになってゆくのであり、実体研究の地盤が出来てくると言ってよい。ここにいくつかの具体例を引いて、このあたりの問題点の一端を指摘しておきたい。用例は僅かな数に留めた。

○

○様はさんやで宵〳〵ござる　せめて一夜は有明に（山城・一四番）

伝承密度の濃い歌の一つである。元禄期を中心に次のように歌われている。

○様は三ヶ月よい〳〵　どつこいよい〳〵　どつこい宵ござる　せめて今宵は有明のさ（『落葉集』巻四・荒木弓踊）

○さまは三日月よい〳〵ばかり　せめて一夜は有明に（『御船歌留』さまは三日月）

『山家鳥虫歌』以後は、そのほとんどが、

○君は三夜の三日月様よ　宵にちらりと見たばかり（『艶歌選』）

○君は三夜の三日月さまよ　宵にちらりと見たばかり（『潮来風』）
○様は三夜の三日月さまよ　宵にちらりと見たばかり（大分県国東町・物摺歌）

の形で歌われている。大体において「せめて一夜は有明に」から「宵にちらりと見たばかり」への流れがあったようである。流行歌としての長い伝承があり、それが各地の民謡として多様な仕事や踊の場に定着していったのであろうが、この『山家鳥虫歌』一四番は、どちらかというと元禄期へ溯れるより古い方の形を伝えている例であると判断してよい。『山家鳥虫歌』においては、さらに他の事例においてこの傾向を述べることもできる。『山家鳥虫歌』に採録されたものが、その民謡史の上で、いつ頃のものかをまず考証する必要がある。

○

『山家鳥虫歌』には、これまで類歌・類型が提示されていない歌も少なくない。脚注で指摘したように、全体として見ると創作性の強い歌もあって、類歌は期待できない場合もあるが、基本的研究として、厖大な資料の中で調査検討する必要はある。

○一（いち）に当麻（たへま）の糸掛桜（いとかけざくら）　奈良の都は八重桜（大和・三〇番）

この歌についての考証はこれまでなかった。『日本民謡全集』は「大和奈良近在盆歌」として、『日本歌謡集成』巻十二は「奈良県添上郡盆踊歌」として掲げていて、おそらく蒐集したものであろうと推量される。これらに加えて新しく、

○いちに当麻の糸かけ桜奈良の都は八重桜（『当麻村誌』機織歌）
○いちにたいまの糸かけ桜奈良の都の八重桜（奈良『香芝町史』機織歌）

が認められる。背景の伝説もあって、これが機織歌として伝承されてきたのであるが、さらに鈴木鼓村『耳の趣味』(大正二年)に記された次の歌を加えることができる。

いーちや当麻(たへま)の糸かけざくら　奈良の都の八重桜　八重に咲いても実はならぬ　ならぬ程なら水に流いて　紅溶(べんと)いて紅溶いて　溶けて流れて吉野の川(かーは)の　川に立つ波竜田山から……

鼓村がさる年(この本の刊行から見て、明治末期のことであろう)、高野山へ出掛けた時のこと、学文路(かむろ)の宿で十三、四ばかりの小娘が歌うこの手鞠歌を聞いて書き付けたというのである(「八重に咲いても実はならぬ」は、『山家鳥虫歌』の「様とわしとは山吹育ち　花は咲けども実はのらぬ」〈河内〉に近い)。この三〇番がそのまま手鞠歌として用いられ、明治末期に歌われていたことがわかるのである。このように『山家鳥虫歌』所載歌すべてにおいて伝承の糸を手操る仕事が要求されている。

○吉野川には棲むかよ鮎が　わしが胸にはこひがすむ（大和・三番)

も、脚注に示した如く『松の葉』巻一・三味線組歌に溯ることができる歌であることや(御船歌にも)、『三州田峯盆踊』所載盆踊歌(『北設楽郡誌』にも)にも見えることが知られているが、加えて、現代には奈良県五條市に五條盆歌として、昭和三十五年頃にはまだ歌われていて(牧野英三『五線譜に生きる大和のうた』)、伝承の長さがよりはっきりと見えてくるのである。

○

『山家鳥虫歌』に記載されたそれぞれの歌が、その歌の伝承の上で、もっとも良好な歌詞であるかどうかということとも検討されねばならない。

○鳥羽で咲く花　ヤアレ　女郎は大坂の新町に　ヤアレ　ヤレ〳〵　酒は酒屋によひ茶は茶屋に　ヤアレ　ヤレ〳〵（伊勢・一三一番）

編者がこの形で歌われていたものを採集したのか、あるいは間接的に誰かを通してこの歌を入手したのかわからないが、意味が通じ難い。初めの句は、

○鳥羽で咲く花安乗で開く　とかく安乗は花どころ

と続いてゆくはずである。これは志摩地方のはしりがねと呼ばれた遊女達を歌っているわけで、おそらく酒宴座興歌謡としてその近辺の土地の人々や商船漁船の立ち寄る遠近の港々で歌われていたのであろうが、松川二郎『民謡をたづねて』（大正十五年）によると、次の歌などと一連になっている。

○鳥羽はよいとこ朝日を受けて　七つさがれば女郎が出る

「女郎は大坂の新町に」以下は、たとえば、

○酒は酒屋によい茶は茶屋に　女郎は木辻のヲ鳴川に（『はやり歌古今集』木津ぶし。『落葉集』『若緑』にも）

○酒は酒屋で茶は茶屋で　女郎は三国のうら町で（石川県石川郡『白峰村誌』雑謡）

のように歌われるのが本来で、これが広く伝播している類型である。これらの理由によって『山家鳥虫歌』の一三一番は、「酒は酒屋に」の歌に、他の歌の一部分「鳥羽で咲く花」が添加した不自然な形であることがわかる。同様のことは、

○月夜うたてや闇ならよかろ　待たぬ夜に来て門に立つ（和泉・九〇番）

でも言える。前半、後半は本来別の歌であった。一例ずつ示した次の事例によってもよくわかる。

○月夜恨めし闇ならよかろ　御手を引き合て忍ぼもの（神戸節）

○来ひで〳〵と待つ夜にや来ひで　またぬ夜あけの門に立つ（『賤が歌袋』初編。各地民謡では後半を「待たぬ夜に来て門に立つ」）

一三番にしろ九〇番にしろ『山家鳥虫歌』に記載されたような混乱した状態の、そうした歌詞で歌われていた事実がなかったとは言えない。そうした伝承をそのまま記載したのかもしれない。しかしそれぞれの民謡の歌詞からして大きくずれていることは確かであり、ともに意味が通じない。

○

○与作丹波の馬追ひなれど　今はお江戸の刀差し（但馬・二五七番）

この流行歌謡は『落葉集』巻四・与作踊などによってよく知られている歌であるが（一三番も関連）、種彦本・玉晁本・我自刊本には朱の傍書として、「丹波与作二（「こ」とも読める）うた」「延宝八年ハッタン人漂着記」と二つある。このバッタン人漂着記の記事は、当時の歌謡の流行する実体としておもしろい。柳亭種彦が書き入れたこのバッタン人漂着記とは、現在国立公文書館蔵内閣文庫本『波丹人漂流記』（二軸）のことである。第一軸には、延宝八年（一六八〇）五月十八日夜、日向国伊東出雲守様領沖に波丹人船壱艘飄着、六月十七日にはそれら波丹人十八人全員を長崎御奉行所牛込忠左衛門様方へ送り付けたことから書きはじめて、その後の取り扱いおよび彼らの風俗を詳しく書き留めている。第二軸には、彼らの内六名が巧みに写生されている。すなわちヌマチイ・シタヨムナック・スイモントック・スイモンカツカウ・スイモンムスリ・セイダイアックと名前が書かれてある裸の格好をした人々である。この第一軸の九月十八日の項に、波丹人六人が松平丹後守様の前で、日頃教え込まれた「日本小歌」を披露したとある。六人とは右の

人々であろうと思われるが、その歌詞は、

　与作丹波の馬おひなれど　今は御江戸の刀さし　しやんとさせ与作へ　〱（しやんと…）

とある。これはまさにこの系統の流行歌謡を書き留めたもっともはやい事例であり、「しやんとさせ与作へ」を入れる歌い方を伝えているとともに、バッタン人（バタン海峡に点在するバタン諸島の人々）に、武士としての役人が教え込んで、宴席の余興として歌わせたという特異な実体を知ることができる。歌謡史から言うと、それほどこの歌が広く流行し、人気があったこと、またそういう利用のされ方もあったことを示している資料なのである。

　個々の民謡の考察は、まず右に例記した如く類歌類型を掲げ、伝承の流れと広がりを見る必要があるとともに、場・機能に立ち入り、生きている実体をバリエーションを意識しながら把握すること、民衆文芸としていかに生活・恋情・時代・社会を歌っているかということ、また他の文芸ジャンルと具体的にどのように関わっているかということ、などの問題点を投げ掛けて、総合的に解明してゆく方法が肝要である。三九八首の歌謡それぞれにおいてこうした課題についての詳細な検討がなされなければならない。そこではじめて、歌謡の集成としての『山家鳥虫歌』全体について掌握できたことになるのである。

　さらに民衆歌謡集『山家鳥虫歌』を語る上で忘れてはならないのが教訓歌謡集、教導歌謡集としての性格である。特に「直（すぐ）な心」を尊び「心の徳」を教える強い意図を汲み取ることができるのであり、日本文化の根底に関わる「人は情」を教えているということである。その代表は、

　鮎は瀬につく鳥は木にとまる　人は情（なさけ）の下に住む（越中・三〇番）

であろう。近世から現代に至るまで、常に民衆の中に流れ続けた佳作である。また、

親はこの世の油の光　親がござらにや光なひ（摂津・九九番）

人は羨なりや親様二人　わしは入日の親一人（同・一〇〇番）

親といふ字を絵に描いてなりと　肌の守とおがみたや（同・一〇一番）

など、親に関する歌も散見するわけで、いわゆる盤珪や白隠などの創作歌謡——教化歌謡の広がりとも重ねながら、民衆の生き方や生かされ方に及ぶ必要もある。近世民衆教育の一つの集約とでも言えるものが『山家鳥虫歌』の中に認められてよいのであって、今に生きる日本民衆文化の一つとして忘れてはならない歌謡読本なのである。

四　伝説記事と『諸国里人談』

『山家鳥虫歌』には国風伝説の記載がある。畿内五箇国および尾張・駿河にはそれぞれに加え、それ以外の国には、二国またはそれ以上の国々をいくつかまとめて、その後に国風伝説の文を置いている。この国風については、すでに指摘されているように『人国記』特に『新人国記』（関祖衡。元禄十四年刊）を参考として書かれたものである。笹野堅は「各国の国情を説く記事を、これまた古くからあった人国記それも元禄板あたりから取って加へ、更に絵を挿み興を添へ編んだものが明和刊本の正体ではないであろうか」（『日本古典全書　近世歌謡集』解説）、浅野建二も「既に藤沢衛彦氏も、越前の人、関祖衡の著である『新人国記』（元禄十四年二月、江戸須原屋茂兵衛板）に拠って本書の編者が明らかにこれを一つの参考とした点を強調されたが、直接『山家鳥虫歌』の跋文等に与えた影響も著しいと思われる」（岩波

文庫『山家鳥虫歌』解説)と述べている。山城国に「他の国に勝れ水清く、男女ともに色白く、詞自づから分れて滞りなし」という部分があるが、『新人国記』山城にも「当国の風俗は男女ともにその詞自ら清濁分りよくして、たとへば流水の滞ることなくしていさぎよきが如し」とあって関係するところである。同様は「加賀の国、身をひそかに持ち、他へ出づる事を好まず、宣しき風なり」とある部分を、『新人国記』加賀国の「当国の風俗は、上下ともに爪を隠して、身を密(ひそ)かに持つ風なり」「譬へば他国に合戦ありて、これより助勢すべき事ありても、自国を全うして出づる事を好まず」と対照できる。また「筑後の国、筑前と同じ。言葉に飾り事なき風也。豊前、義を捨てて利をとる心あり」に相当するところを『新人国記』で見ると、筑後は「当国の風俗は、筑前にかはり、実義あり。常に義理を談じ得失を沙汰し、費を慎んで言葉に飾ること鮮し」、豊前は「理を捨てて命を惜しみのがるる者多し」の部分に相当する。「筑前と同じ」とあるところが、「筑前にかはり」とあって異なる部分もあるが、語句の上でも同一部分多く『新人国記』をはじめとする人国記を座右に置いていることがわかる。

しかし各国伝説部分についての考証はまだ十分でない。『山家鳥虫歌』の各国の国風伝説と言ったが、各国ともその国風を述べているのははじめのわずかな分量で、その多くは伝説に紙幅を割いていると言ってよい。一つは、編者が直接「『鬼神論』に出たり」(大和)などと書いているところからもわかるように新井白石(明暦三年〈一六五七〉—享保十年〈一七二五〉)著『鬼神論』を利用していることであろう。これはすでに、日本古典全書の頭注にも具体的に関係部分の指摘がある(本書では、友枝龍太郎校注〈→参考文献〉を参考にした)。たとえば薩摩の後に置かれてある伝説の中の「むかし汝南の人、田の中に網を張り麏(くじか)を捕らんとす……」の部分は、白石の『鬼神論』に見える「むかし汝南の人、田の中に網をもふけて、麏(のろ)をとらんとす……」に、文章もほぼ同じ形で見えるところで(原話は『抱朴子』にある)、おそらくそれから取り用いたものであろう。

さて伝説部分で特に注目しておくべきは、菊岡沾凉編『諸国里人談』所蔵の語りぐさである。『諸国里人談』は寛保三年(一七四三)成立。全五巻。奇蹟珍談が分類されて載せられており、所々に絵が挿入されている。菊岡沾凉は、他に『本朝世事談綺』『本朝俗諺志』『江戸砂子』なども残して延享四年(一七四七)十月に没している。左に『山家鳥虫歌』と『諸国里人談』の同一箇所を対照して示す。

A 此国に大峯と云深山あり。むかし遠江国長福寺へ山伏来り、「大峯に入路用の合力を得ん」と云。「かねと云は鐘楼より外はなし。路用にたらば参らせん」と云。客僧よろこび鐘をさげて走り行、釈迦が岳の松にかけ置て、今に存すと云、訝し。しかれども、かよふの事いにしへありし也。(『山家鳥虫歌』大和)

A′ 一日遠江国長福寺に一人の山伏来て斎料を乞。愚僧此度大峰に入るに路用つきたり、合力を得んと云に、住僧嘲哢して云、当寺にかねといふは鐘楼より外になし。あの鐘にても路用に足らば参らすべし。客僧よろこび、さらば得んとて、金剛杖を以て竜頭を突けば、鐘は即ち地に落たり。かろげに提て走り行。人々おどろきその跡を追ふに飛ぶがごとくにして走りぬ。此鐘、大峰釈迦嶽の松にかゝりて今に存す。是を鐘掛と云。此所嶮岨にして一身だも登りがたき所なり。(『諸国里人談』巻五・大峰鐘)

B 伯耆の国大仙に横山狐といふありて、明神の使者なり。もろ〳〵の願望、此狐を頼みて祈るに、成就せずといふことなしといふ。大仙は昔より大己貴命をまつりしといふ。(『山家鳥虫歌』伯耆)

B′ 伯耆国大山に横山狐といふあり。是則明神の仕者なり。もろ〳〵の願望、此狐を頼みて祈るに、成就せずといふ事なし。盗人にあいたるもの、此狐を頼み祈れば、即ち狐出て道しるべして、かの盗が家につれて行く事妙なり。

大山は大智明神なり。祭神大己貴命　神領三千石。坊舎四十二院あり。当山の砂、昼は下り夜昇ると云り。（『諸国里人談』巻五・横山狐）

いま二箇所を掲出するにとどめたが、このA―A′、B―B′の場合においても、傍線をもって示したように、『諸国里人談』とその文句が同一である箇所が少なくないのである。こうした対照が可能であり、類似が明瞭であるのは、大和・和泉・摂津・伊勢・尾張・遠江・武蔵・常陸・美濃・信濃・伯耆の十一箇国の伝説記事においてである。全体として言えることは、『山家鳥虫歌』が『諸国里人談』の文章から、人物や状況の細かい描写の部分は捨て、話の骨子を知る上で必要な要所を取り上げて綴っているということである。できるかぎり文章を簡略化しているために、意味が不明瞭になってしまっている箇所もところどころあるが、ともかく『山家鳥虫歌』における国風伝説の記事において、これまでに指摘されてきた『新人国記』や新井白石『鬼神論』に加えて、菊岡沾涼『諸国里人談』にも注目すべきなのである。

参考文献

〔翻刻・注釈〕

「諸国盆踊唱歌」（甫喜山景雄編『我自刊我書』）古書保存書屋、明治十六年。

「諸国盆踊唱歌」（水谷不倒校『新群書類従　第六歌曲』）国書刊行会、明治四十年。

「山家鳥虫歌」（藤井紫影校訂、有朋堂文庫『近代歌謡集　全』）大正四年。

「山家鳥虫歌」（上田敏選註『小唄』）アルス、大正四年。

「山家鳥虫歌」（高野辰之編『日本歌謡集成　巻七近世篇』）東京堂出版、改訂版昭和三十五年。

「山家鳥虫歌」（志田延義校訂　日本古典全集『歌謡集』中）日本古典全集刊行会、昭和八年。

笹野堅校註「山家鳥虫歌」(日本古典全書『近世歌謡集』) 朝日新聞社、昭和三十一年。

浅野建二校注『山家鳥虫歌 近世諸国民謡集』(岩波文庫) 昭和五十年。

友枝龍太郎校注「鬼神論」(日本思想大系35『新井白石』) 岩波書店、昭和五十年。

浅野建二校注『人国記・新人国記』(岩波文庫) 昭和六十二年。

小野恭靖「『山家鳥虫歌』と『諸国盆踊唱歌』―東洋文庫蔵『諸国盆踊り唱歌』をめぐって―」『研究と資料』第二十二輯、平成元年十二月。

真鍋昌弘・佐々木聖佳「翻刻 玉晁本『後水尾院諸国盆踊乃歌』」『歌謡 研究と資料』第三・四号、平成二年十月、三年十月。

〔**研究論文**〕(昭和三十年以後における直接関係するものから抜粋)

志田延義「近世小唄調の成立へ」『日本歌謡圏史』第四編第六、至文堂、昭和三十三年。

浅野建二「近世民謡の原型―山家鳥虫歌を中心として―」『日本歌謡の研究』東京堂、昭和三十六年。

三隅治雄・仲井幸二郎・中尾達郎・星野敏郎・西村亨「共同研究 山家鳥虫歌」『藝能』十七巻七号―二十二巻八号、昭和五十―五十五年。

小野恭靖「『山家鳥虫歌』と『鄙廼一曲』―近世民謡の世界―」『国文学 解釈と鑑賞』五十五巻五号、平成二年五月。

佐々木聖佳「『実のらぬ山吹』考」『歌謡 研究と資料』第四号、平成三年十月。

須藤豊彦「『延享五年小哥しやうが集』の一考察」『日本民俗歌謡の研究』おうふう、平成五年。

真鍋昌弘「『山家鳥虫歌』における諸問題」『日本歌謡研究 現在と展望』和泉書院、平成六年。

真鍋昌弘「ウタの伝承性」『講座日本の伝承文学第二・韻文文学〈歌〉の世界』三弥井書店、平成七年。

『鄙廼一曲』と近世の地方民謡

森山弘毅

一　『鄙廼一曲』について

1　『鄙廼一曲』の発見

『鄙廼一曲』は、昭和四年十一月に東京の古書店で胡桃沢勘内によって発見された。胡桃沢ははやくに柳田国男に師事し、菅江真澄にも深い関心をもっていた。この年は、真澄没後百年にあたり、柳田らが中心になり「真澄遊覧記」の刊行が企画され、八月にはその第一冊目の『来目路乃橋』が復刻出版されている。十月下旬には信州本洗馬で真澄の『菴の春秋』の発見があり、これにも胡桃沢は深く関わっていた。その二週間後に『鄙廼一曲』は発見されているのである。それは柳田らによって真澄自筆本であることも確かめられた。『鄙廼一曲』は、単なる「偶然に」ではなく、昭和初年の、柳田らが真澄の著作を世に出そうとする熱気のなかで発見されたといってよい。

柳田はその年の十二月一日付で次のような書簡を胡桃沢に送っている。

秋田大館に在る「筆のまに〳〵」九冊は全部民俗誌料なるよし此頃うけ給はり申候「ひなの一ふし」も其中に在るよしに候（『定本柳田国男集』別巻四）

柳田は、これもあらたに所在が確かめられた、真澄の『筆のまにまに』を大館市の栗盛記念図書館に人を介して確認し、その結果を胡桃沢に書き送っているのである。『鄙廼一曲』は、村井良八『菅江真澄翁伝』（昭和三年）巻末の著作目録にその書名が見えていながら、その所在が不明のままになっていた。文政年間（一八一八―三〇）に執筆された『筆のまにまに』のなかに、回想風に「おのれ集しひなの一ふしといふ、くにぶりの謡（ウタ）の中に」（四巻）とある書名を、柳田自らが確かめることで、古書店に埋もれていた書が真澄のものであることを確認したのである。この自筆本は、現在、勘内の子息で松本市在住の胡桃沢友男氏が所蔵している。

2　真澄の本文表記

この書の体裁は、いわゆる美濃判紙半裁二つ折の大きさ（縦一九・一センチ、横一三・八センチ）で、青表紙に「諸国田植唄 全」とあり、その上に黄色の題簽が貼ってあって「鄙廼（ヒナノ）一曲（ヒトフシ）」とある。振り仮名は朱筆であるが、すべて真澄の筆ではない。表紙裏には書入れがあり、本書一六三ページのとおりである。紙数は四十枚、一枚に二十四行で書かれている。頭書が細字で注として書きこまれ、各所に朱が入っている。朱は清書のあとにあらためて入れられたものらしく、歌の起首の右肩に歌い出しの印として、あるいは歌の句切れごとに読点のように入れてある。また清書後に付加する形で、歌の傍書、題の割注、歌の左注として、真澄の歌の覚えを書き加えてある。

この朱点は、真澄の不注意な清書をただすことにもなっているが、その注意が徹底しない箇所も残している。たとえば改行せずに書き続けてある三一歌には行の途中であっても歌の起首としての朱を書き入れているが、同様に改行せずに書き続けてある二〇四歌には朱は入っていないのである。明らかに十五七節としての独立章であるが、これは真澄の注意の行き届かなかったところといえる。

こうした観点で真澄の採録清書法をみていけば、「津刈の田唄」一八二歌は、清書の時には、最初の採録時の記憶が薄れて、改行せずに書き連ね、朱を入れる際にもそのままにしてしまったものといえる。歌意からしても、類歌から推しても、これは三章とするのがふさわしいものである。同様のことは二八二・二八三歌にもいえることである。

真澄の採録本文は、耳で聞いたままに書留められている点でも貴重である。詞句の揺れを傍書で示したり(四・九三・一〇二)、あるいはすでに意味が分からなくなっている歌も忠実に記されてある(三〇三・三二など)。また鹿踊、奴踊などの踊歌では伝承過程で崩れてしまった詞章がそのまま記され、ある場合は意味の逆転する詞句のまま記されている(一三八・一四三・二八二など)のにも真澄の採録方法の忠実さが表われており、口誦過程を探るうえでも貴重なものといえる。

しかし、真澄も時には、その知識に寄りかかることもあり、一三八歌「ひけや夜客〈ヤカク〉も」は聞こえた通りに「ひけややかくも」とすべきところだったが、意味を考えすぎた勇み足になったといえる。これでは「引けや横雲」の崩れた形だとは気づきにくい。

3　成立と配列

『鄙廼一曲』は、文化六年(一八〇九)にほぼその編集は終っていたと思われる。『真澄墨妙』と表題された雑葉集中に、『鄙廼一曲』の草稿と思われる異文が含まれており、その第一丁の表やや左に大きく「鄙乃手振」「ひなの手風俗」と書かれている。その右側に小さく「搗臼唄　曳臼唄　磨臼唄　田殖踊唄　鹿距唄　盆躍唄」とあり、中ほどには「ゑみしふり　うるまふり　魯斉亜ふり」と書かれている。さらに右上方に「剣舞」とあり、それに並べて朱で「文化六」と記されている。唄の種類からして、これは明らかに『鄙廼一曲』の内容をさすものであり、これでみる限り、文化六年に表題を「ひなのてぶり」とする歌謡集が一応整った、と考えるのが自然である。しかし、それが清書された完成の書であったものかどうか、これでは即断できない。

本集二五歌の阿仁地方の「鳥追歌」は文化七年の日記『氷魚の村君』に記された能代近郊の大裡田の鳥追歌とほぼ同じものであり、歌の左注は大裡田の歌の天注の要約と考えてもよいものである。本城屋勝は、歌の型からいっても二五歌は阿仁地方のものではなく、左注の内容からみても『氷魚の村君』の大裡田の歌が紛れ入ったものであろう、とする（『わらべ歌研究ノート』）。また二二歌以下の「久保田のかうろぎ唄」および頭書は、真澄が、文化八年（一八一一）久保田に居住するようになってからの、とくに文化九年正月の見聞によるものであろうとの内田武志の推測もある（『菅江真澄全集』十巻・十二巻解題）。いずれも合理的な推察と考えられる。そう考えるならば、『鄙廼一曲』には、文化九年正月までの歌が収められていると考えることが可能である。

文化六年に一応の編集を終えた『鄙廼一曲』は、その後いくつかの歌を補足して文化九年前半に清書しなおし完成させたものと考えるのが妥当と思われる。その時に「ひなのてぶり」の表題のついたこの冊子は、文化八年頃から親交のあった高階貞房の手に渡ったものと思われ、その後のある時期に、「ひなの一ふし」と改題する真澄の意志が貞房に伝えられたと推測される。現存する真澄自筆本の表紙が「ひなの一ふし」となっていないのは、その間の事情を物語るものであろう。その後の経過については、内田武志の推察が参考になる（『菅江真澄全集』九巻「解題」）。

『鄙廼一曲』に配列された歌の順序は、必ずしも真澄の旅の順序になってはいない。天明三年(一七八三)前後に訪れた国々を先に配して、越後、出羽と北上し、次に陸奥の宮城・仙台から北の津軽に至る。津軽では、労作歌を中心に並べたあと、田植踊、盆踊、鹿踊などの踊歌を配して、再び南下して仙台の田植踊を置いてある。以後も剣舞、念仏踊、鹿踊、奴踊、盆踊と踊歌を並べて、地域はまた二戸、三戸と北上したあと南へ下りている。その後、船歌、神楽歌と並べ、北辺遠隔の松前の歌を配している。その後は、蝦夷、魯斉亜、琉球の異風の歌を並べて、わらべ歌、早物語で終っている。

この配列には、とくに、一貫した視点は感じられないが、陸奥の諸地方の歌を同種のジャンルでまとめようとする、ゆるやかな意図があるように思われる。これは「ひなのてぶり」とした草稿に歌の種類が列記されていたことと無縁ではないようにも思われる。

4　菅江真澄と臼

菅江真澄は宝暦四年(一七五四)三河国で生まれた。姓は白井、名は幼名を英二、長じて秀雄と称した。初期の旅中は秀雄と名のっている。旅日記等では、秀超、白井真澄、菅水斎なども用いることもあり、「菅江真澄」は文化七年(一八一〇)頃から用いた雅号である。若くして故郷三河で、賀茂真淵門下の植田義方に国学を学んでいる。二十歳代で尾張藩医浅井図南のもとで本草学を修めていた(内田武志)ともいわれている。寛政九年(一七九七)津軽藩の採薬御用を任ぜられるのは、そうした閲歴があったためとも思われる。天明初年頃から各地へ旅するようになるが、同三年(一七八三)には、故郷三河を出て、信濃へ向かい、翌年、越後を経て奥羽へ向かうことになる。以後「遊覧記」の旅のうちに過ごすことになる。文化八年(一八一一)以降久保田(秋田市)に在住し、文政十二年(一八二九)に没している。真澄は自ら三河時代の己を語ることなく「三河の国の人なりとも生国を慥にかたらぬよし」(貞臣)と記されるほどに謎の多い面をもっていたらしい。

『鄙廼一曲』は、主として天明初年から文化初年の旅で採集した歌謡が編集されたものである。真澄は、各地の臼の写生図を集めて『百臼之図』を編んでいるが、それと対をなす歌謡集を編もうという意図があったと思われる。序文の書き起こしの文からもそうした動機が読みとれる。臼への関心と臼歌への関心は一体のものだったのである。「おほみたからのもて、みたからとすへきものは、五穀(イツクサ)を舂く臼杵にこそあらめ」と『百臼之図』の序で書き起こしているように、生命の源を生み出す臼を、この世の至上の宝としているのである。これは『鄙廼一曲』の序で武内宿禰の酒楽の歌を、「臼歌」のはじめとして引いていることにも通じている。「その鼓 臼に立て(たて)」を宣長が「鼓を臼として立てて」の意として読んだことに従っているのである。『百臼之図』の異文一の冒頭図には、『古事記伝』からの、この歌に関わる一節が書きこまれてもいる。宣長は、この歌を引いて「酒は上代には、飯を水に漬したるを臼に入レて舂たゞらかして醸(カミ)しなり」「歌ひつゝ儛つゝとあるは、臼にて舂たゞらす時のしわざなり」と記している。臼は酒を醸し生命の源を生み出したのである。真澄には旅の出発から、そうした臼への思いがあったのである。これには、若くして国学を学んでいたことも深く関わっていよう。

内田武志は、真澄が臼の写生に心がけたのは、臼が信仰の対象として扱われているという発見をして以来のことであり、それは天明六年(一七八六)胆沢郡徳岡の村上良知の家で正月を迎えた時だった、という。臼の写生図は「この時から旅の途次」に描かれたものであり、天明五年以前にはなかったものだとするのである。『百臼之図』編集なかばにして、文化五年(一八〇八)夏に帰郷の旅に出た、という考えをのべている(『菅江真澄全集』別巻一・「帰郷」)。帰郷の目的は「植田義方の死をとむらい、それまでの自分の生き方に訣別すること」にあったとして、その旅の路すがら、まだ得ていなかった諸国の臼の写生図と作業歌の採録に心がけようとした、とするのである。文化五年後半の半年で、出羽、越後、三河、駿河、近江、山城、伊勢、遠江(美濃には触れていない)を旅して、臼図と臼唄のほか作業歌を採録した、ということになるのである。これは、天明三年以前の旅のなかで真澄はすでに臼図を集めていた、とする「菅江真澄というひと」(『菅江真澄遊覧記』1)以来の内田の考えを修正したものといえる。

しかし、たとえば、信濃国には臼図が三枚残されており、それはすべて『伊那の中路』で宿った土地のものなのである。この三枚が天明三年のものではなく、文化五年の帰郷の途であらためて描いたものだという証はないのである。こうした例があがれば、天明五年以前の臼図がなかった、とする仮定は根拠を失ってしまうだろう。『粉本稿』の写生図に、信濃国伊那郡松島で見た臼と杵の祠が描かれていることからみても、臼を信仰の対象とみていたのは、旅の出発時からのものであり、臼歌もまた臼図とともに天明五年以前から集めていた、とするのが自然である。やはり、当初からの内田の考え方が穏やかなものと思われる。

臼図も臼歌も、短時日の、先を急ぐ慌ただしい旅での採集ではなく、諸地方の生活、民俗への好奇の旅のなかで集められたものなのである。『鄙廼一曲』の序にいう「今し世の賤山賤の宿にて、よね、粟、むぎ、稗を舂くに、ひねもす小夜はすがらに聞(きき)なれて」いるうちに臼歌が、沢山集まった、という、臼歌との出会いの味わいは、好奇の旅の中でこそのものであったろう。

5　鄙歌の風景

菅江真澄は、『鄙廼一曲』の歌の採集、編集とは別に、「遊覧記」と呼ばれる旅日記や随筆、地誌等にも多くの歌謡を書留めている。その歌謡を拾い集めてみると、重複も含めて三二〇首を超える数になる。そのうち『鄙廼一曲』所収歌と重なる歌は約六十首、歌の種類でいうと約七十編のうち四十編が何らかの関わりをもっている。約六割の、実際の歌の場を生き生きと書き残しているのである。歌を記録することが目的でない旅日記のなかで、村落の生活の一齣として描き留めているのが、かえって、生きた歌の場を伝えることにもなっているのである。ただ一首の歌の風景を描くことで、『鄙廼一曲』のある歌群が声とともに甦る仕組ともいえるだろう。『鄙廼一曲』所収の歌以外に、重複を除いて、一七〇首余の歌が採録されてもいるのである。『鄙廼一曲』の歌と補完し合い、双方あいまって近世後期の東北地方の鄙歌の在り様を示すものといってよいであろう。「遊覧記」の一例をあげてみる。

垣のとは、みな田面にて、男女うちまじりて、「一夜におちよ滝の水、おちてこそ、にごりもすみも見えれが」と、ちまち(千町)のをもに、声あまたしてうたふ。(『伊那の中路』)

現長野県伊那市殿島で聞いた田植歌の光景である。この日記には異文があり、そこには歌の前後が「田毎を見れば男女つどひて」「声うちどよみてうたひこちたり」とも記されている。言い換えてあるだけだが、合わせてみると歌の情景は少し広がってくる。言葉少ない叙述の中に、男女の「声あまたしてうたふ」田植歌の風景は鮮明である。この歌声は、いわば「群唱」の歌声の響きといってもよい。近世の農村では、こうした群唱の風景が日常なのであり、「田面は人あまたありて、うた唄ふが、こなたかなたに聞え」(『錦の浜』)るほどに響いていたのである。こうした群唱の風景の中に「ひと夜に落よ(おち)滝の水」の歌を含む、本集「信濃の国ぶり　田殖歌」の歌群の場もまた見えてくるのである。

『鄙廼一曲』所収の歌謡が、「生きた歌謡」と言えるのは、旅の各地で真澄が耳で聞いたまま歌の詞章を書留めていることとともに、真澄自身が旅日記等の中で、その『鄙廼一曲』の歌の場を生き生きと描いていることが大きな要素なのである。

二　『鄙廼一曲』の歌謡

1　臼歌と地方民謡

菅江真澄が、『鄙廼一曲』を編もうとした動機について、序文で「おのれ百臼(ももうす)の図(カタ)をかいあつめて、はた舂女(ツキメ)がうたふ唄(ウタ)の一ふしの」と書き起こした、その臼歌は本集で一三一首を数え、全歌数のおよそ四割になる。真澄の、この臼歌への着目について、柳田国男は本集をはじめて世に紹介した折に、次のようにのべている。

民謡の本質と、それが受けなければならなかった時代の変化とを、何よりも的確に知らせてくれるものは臼唄であった。今日我々が新たに材料を探らうとするにも、やはり主として是に着眼する他は無いのである。或は此翁の慧眼は、予め此帰趨を察して居たのでは無いかとさへ考へられる。(『ひなの一ふし』)

臼歌が、民謡の受ける、時代の変化をもっとも的確に伝えるものとしてとらえて、真澄の臼歌への着眼を「慧眼」

としているのである。いま、具体的に「飽田ぶり」十一首を例に、臼歌として歌われている地方民謡について確かめてみることにする。

柳田が、臼歌に時代の変化を受ける民謡の姿を見ようとしたのは、臼歌にはその時代の流行の歌が用いられるもの、との認識があったからであろう。この「飽田ぶり」でも、専用の臼歌というのは次の一首だけである。

臼の回(まは)るよに姉(あね)やたまはらば　なして親方に損(そん)かけよ（一〇九）

「臼の回るよに―まはらば」は臼歌の類型であり、この型の歌は近年まで臼歌として歌われたものである。他の歌は臼歌専用ではなく、日常、別の機会にもよく歌っていたものと思われる。こうした例を、真澄は旅日記にしばしば書留めている。『けふのせば布』には、杵の拍子をとる臼歌に、本集三〇一歌の山歌「十五七節」とともに次の歌が用いられたことが記されている。

はちのへの　とのご達は　にちやうさいた能さいた　おらもなたと鎌　にちやうさいた　能さいたな

本集には採録されていないが、これも山歌である。ここでは山歌が臼歌に用いられているのである。また『百臼之図』(異文一)では、毛馬内の「牟良佐伎宇須(紫臼)」の「舂女歌」の書入れに、本集三〇四・三〇五歌の「大の坂ぶし」が記され、「盆踊ぶしをおもひ出てうたふ也」との添書きもある。臼歌には、日常親しまれている歌を用いるのが常だったのである。転用というよりは、それが臼歌の在り様といえる。臼歌に民謡の時代の相が反映される、というのは臼歌の本質なのである。「飽田ぶり」に、この時代の、地方民謡のどのような相が表われているか、以下にみてみる。

この山のほなとしどけがものいはば　おさこ居たかと聞(きく)べもの（一〇一）

いわだらや　いはでしほでのしほ〱と　せめて一夜を草枕（一〇六）

この二首は、ともにこの地方の山菜の名を読みこんでいる、この地方の独自の歌である。二首とも五七五七五の同型で、同じ機会に歌われたものである。本来は、草刈歌か山歌かと思われる。臼歌にその地方独自の、たとえば山歌などが用いられる例といえる。右の『けふのせば布』の例と同じである。また、次のような歌も臼歌に用いられる。

　里の鶯梅をばわすれ　となり屋敷(やしき)の桃の枝(えだ)（一〇三）

　葭(よし)を束(タバ)ねてつくやうな雨に　通ひ来るのがにくかろか（一〇四）

これは、本来この地方の歌ではない流入の歌である。とくに、当時の流行歌謡の流入と思われる歌である。詞章そのものが地方村落的発想ではないということもさることながら、一〇三・一〇四歌は二首とも江戸の花柳界で歌われた俗謡集『二葉松』に収められているほか、一〇四歌は『潮来風』『柏葉集』にも収められている。『二葉松』は明治初年のものだが、江戸の三味線歌謡として狭斜に慣れ親しまれて来た歌を収めたものといってよい。一〇三歌はその江戸での流行を淵源にして各地へ伝播し、秋田へももたらされたとするのが考えやすい。その伝播が類歌を形成して『吉備民謡集』『愛知県地方の古歌謡』第一集にも収められるほどに流布したものと考えられる。一〇四歌は潮来節でも歌われ、『柏葉集』巻三「歌(か)へす〳〵余波大津絵(おなごりおほつゑ)」にも用いられるほどの流行歌であったから、秋田への流入も自然の流れと考えられよう。真澄は『小野のふるさと』で、次のような歌の一節をさりげなく記している。

　老たる女手をうち出たるに、こゝらの人ゑひしれてうたふにあはせて、いとわかき女顔そむけて、「蛙なく野中のしみづ」とうたひ出れば、男女はな声にうたひつぎ、あらぬさまにほうしとり……

現秋田県湯沢市のあたりの野遊びでの宴で、若い女が「蛙なく野中のしみづ」と歌った、というのである。この歌はおそらく次の歌だったにちがいない。

蛙鳴く野中の清水ぬるけれど　田毎の月は浮気じゃと　明暮（あけくれ）思ふて暮すへ（『浮れ草』明暮、『二葉松』むらさき）

『浮れ草』には、地方民謡は「国々田舎唄の部」と分類して収められているが、これは「田舎唄」ではなく、周辺の詞章の肩に「三下リ」「本てうし」などの指示があるところをみると、流行の三味線歌謡である。これが近世末から明治初年の江戸の俗謡集『二葉松』にも、「三下リ」の、三味線の調子もついて収められている。「蛙鳴く野中の清水」の歌は三味線歌謡として古くから親しまれたものだったのである。

真澄が『小野のふるさと』でこの歌を書留めたのは天明五年（一七八五）、『浮れ草』は文政五年（一八二二）の編であるから、真澄は『浮れ草』の四十年近くも前にこの歌に接したことになる。おそらく、江戸で流行していたこの歌が、天明の頃には秋田ではもう野遊びの宴で歌われるほどに親しまれていた、と考えられる。『二葉松』に収められた歌が、江戸の遊里などで天明の頃からも歌われていたことも十分考えられるのである。一〇三・一〇四歌が、当時の流行で秋田に流入した可能性はいっそう高いといえるだろう。

『鄙廼一曲』は、地方で生まれた民謡ばかりの「生きた民謡」集のように思われがちであるが、その詞章には、江戸、上方の三味線歌謡や潮来節などの流行歌なども敏感にとり入れ、地方の労作歌として自然な形で歌い用いていたのである。さらに、次のような歌も用いられている。

比内（ひない）河原に瀬は二筋を　おもひきる瀬（せ）ときらぬ瀬と（一〇五）

この「飽田ぶり」の臼歌の歌群には、この一〇五歌のように古い歌謡の詞句を継承しながら、地方化した歌が含まれている。これも広くいえば流入歌ということができるが、当代の流行歌で潮来節や三味線歌謡を直接経て入って来たものではなく、より緩慢な形でこの地へ伝承され、浸透し、地方化したものである。

あはれ浮世に河がな二瀬　思ひ切る瀬と切らぬ瀬の　逢ふて辛さを語りたや（『吟曲古今大全』思ひ川）

宝永・享保期のこうした歌謡の「思ひ切る瀬と切らぬ瀬」の句が地方へ流れて、

宮の神戸に二瀬がござる　思ひ切る瀬と切らぬ瀬を(と)（『浮れ草』名古屋節）

こうした歌を形成したのである。この「国々田舎唄の部」に収められた名古屋節の伝承過程で、同じ根をもつものとして、一方で秋田まで一〇五歌が流れて来たものであり、秋田地方の地名「比内河原に」の初句がついて親しまれるようになったのである。

真澄がとくに深い関心をもって採集した臼歌について、「飽田ぶり」を通してみて来たところだが、臼歌が、その時代のその地域の民謡の相をそのまま表わすことは十分確かめられるところである。とくに、地方民謡が、その地方独自の歌をもつこと、時代の流行歌を受け入れること、古い歌謡の伝承を独自に継承していること、などの諸相を持ちながら臼の場で歌われていたことが確かめられるのである。臼の場は、その地域がもつ独自の伝承の古層と、流入する新しい伝承の流れとの葛藤の場でもあり、その地方らしい新しいバリエーションを生む場でもあったのである。

2　地方民謡としての『鄙廼一曲』

秋田の臼歌の特質は、秋田の民謡の相を示すものであったが、その構造はそのまま『鄙廼一曲』の民謡全体にも敷衍できるものといえる。

お前とならばねとござる　大河の　たつ瀬の波の中にモ（三三）

山家(やまが)の人は伊達(だて)をする　二布(ふたの)に梅の折枝(をりえだ)（三五）（信濃の国ぶり　田殖歌）

君さまは　近くであらば　お茶でもあげ〳〵話(かた)るべが　山川へだてて遠いほどに（一二八）
南部殿(どの)は　弓箭(ゆみや)にまけて　牛にのる　牛(うし)も牛(うし)　鼻欠(はなか)け牛(うし)に木轡(きぐつわ)（一三三）
忍(しの)び夫(づま)　南部の入りさへお茶売に　お茶の直(ネ)は高かれ　旅籠(はたご)はやすかれ（一三四）（陸奥 宮城 牡鹿あたりの麦搗(カツ)唄）

右の歌は、直接古歌謡と詞章の継承関係をもたない、その地方で生まれた独自の歌である。「飽田ぶり」でいえば「この山のほなとしどけが……」（一〇二）の類であり、この地方の方言を用いたり、独自の風習、流行、話題などが歌われたりしたもので、その土地に親しみ深い歌といえる。周辺の同一基盤をもつ地域へも伝播し、広範囲での共有の歌ともなり得るものである。

これらの歌のうち一三三歌の詞型は七五五七四であり、歌謡史では「曇らば曇れ箱根山……」（『山家鳥虫歌』一三六・一七六）が初出とされる詞型である。「信濃の国ぶり 田殖歌」では、この型が五首並んでいる。この詞型のリズムを基調とする歌群があったということである。田植という労作と歌の伝承性を考えれば、「曇らば曇れ箱根山」が、これらの田植歌よりも先行する、とは言い切れぬものがある。また、一三五歌の詞型は七五七四であるが、一三三歌と同じ歌群であることを思えば、中の五音を繰り返して七五五七四の同型で歌ったものといってよい。一三六歌は末句「お田の神」と五音で歌われ、この歌群が七五五七五のリズムをも内包していることも考えられるのである。こうした七五五七四(五)の詞型は、独自の地方歌が形成して来た詞型といえるだろう。右の詞型の初句に五音を加えた型が「陸奥 宮城 牡鹿あたりの麦搗唄」であり、この歌群は、五七五五七四が基本型である。この詞型も、この麦搗歌の独自の詞章群に伴う型といえる。この詞型は末句が五音となり五七五の反復型を形成することにもなり、一二八歌はそれを基調としたリズムになっている。

よべばくる　よばねばこない堰(せき)の水　よばずともござれや　堰(せき)のほそ水　(一六九)(「陸奥　気仙　本吉麦擣(カツ)唄」)

この気仙・本吉地方の麦擣唄もまた同型の労作歌であり、末尾四音が『俚謡集』等では「ほそい水」となり、五七五五七四は同一詞章であっても五七五反復型に収斂していくことになる。この詞型はひろく東北地方一帯にわたる労作歌のリズムにもなっている。古歌謡と関わることのない発想で独自の詞章を生み出した、共通基盤の圏内で形成された詞型といえる。

また、地方への流入歌のうち、三味線歌謡の流行歌の詞章を、その流行のさ中で受け入れたと思われるものは、「飽田ぶり」以外でもいくつもあるが、ここでは次の例だけをあげておく。

恋の玉房鼠にひかれ　鼠ようとる猫ほしや　(三七)(三河の国麦舂唄　はた　臼曳唄にも諷ふ)

恋のちわぶみ鼠にひかれ　ねずみとるよな猫ほしや　(『利根川図志』巻六・潮来曲の唄)

潮来節は、宝暦・明和の頃から流行し寛政の頃にもっとも盛んであった、といわれ、右の詞章の対比からは、明らかにその流行の影響を受けていることが思われる。三七歌は、『新撰犬筑波集』の誹諧が歌謡化されたもので、『山家鳥虫歌』にも収められているが、そこではまだ句が誹諧に付き過ぎた歌であり、本集三七歌の下句「猫ほしや」はあきらかに潮来節を経ているものと思われる。本集には、六〇・六六・二〇七歌など潮来節の流行と関わっているもののほか、遊里の流行歌などが流入した例が少なくない。

『鄙廼一曲』に収められた歌謡のうち、先行歌謡と直接継承関係のある歌か、あるいはその類型をもつもの等の歌数は、全体の約三割余になる。これには、風土や生活基盤を同じくする地域での類歌関係はのぞいてある。たとえば、近世調の歌を中心とした短い詞型の信濃国の臼歌・田植歌三十首のうちでは十八首が、また三河国臼歌十一首のうち六首が先行歌との脈絡をもっている。短い詞型でいえば約六割が先行歌の強い影響を受けていることになる。これは少なくない歌数であり、地方民謡の一つの在り様を示すものといってよい。その継承関係の特質について触れてみる。

たとえば「いかに野に咲く花なればとて」(一四)は「我は野の花ぬしもなや」(隆達節)などの、また「なけよ妻戸のきりぐ〜す」(一七)は「誰そや妻戸をきりぐ〜す」(狂言歌謡・花子)などの歌謡語として常套的なものを継承している類のほか、「雨のふるほど……笹の露ほど……」(三八)が「朝顔の花の露ほど……富士の山ほど……」(隆達節)などの、また「わしとお前は二葉の松よ」(四六)が「君とわれとはふたばのまつよ」(『延宝二年書写踊歌』やよやぶし)などの前代の歌謡の型を承けている類の歌がまず目につく。「忘れ草なら一本ほしや」(一二)は、「忘れ草がなの一本ほしや」(『当世小歌揃』江戸ろうさい)の、本来は初句から願望を歌う詞句だったものの変化であり、この種の、意味を変化させて歌い継ぐ詞章は少なくなく、継承歌の一つの傾向といってもよい。「人がわるいとおもふな様よ」(三九)は『宗安小歌集』以来の脈絡をもつ歌謡であり、「人は悪ない我が身が悪ひ」(『山家鳥虫歌』)などと我が身を責めることが主題だったが、本集では「様よ」と呼びかけ、相手を諭す歌になっているなど、これは本集独自に伝えられたものであり、伝承過程での地方化ということができる。こうした変型は、詞章そのものでも起こっている。

辛苦(しんく)島田に髪結(ゆう)たよりも　心(こゝろ)しまだにしやんともて　(一五)(科埜の国　春唄　曳臼唄　ともに諷ふ)

髪を島田に結をふより女　心島田によふ持ちやれ　(『延享五年小哥しやうが集』)

髪を島田に結はふよりお方　心島田に持ちなされ　(『山家鳥虫歌』二八五・播磨)

辛苦島田に今朝結ふた髪を　様が乱しやる是非もない　(『山家鳥虫歌』三二六・淡路)

本集一五歌は、『山家鳥虫歌』淡路の歌の上句を承けたものと、同・播磨歌、『延享五年小哥しやうが集』の下句が結合したものに近い形になっている。こうした独自の継承結合の詞章で信濃の臼歌に定着したものである。これも伝承過程での地方化といえる。

右にあげた、『延享五年小哥しやうが集』『山家鳥虫歌』には、信濃国歌、三河国歌四十一首のうち、それぞれ七首・四首に継承関係をもつ歌がある。本集全体でも、その短詞型詞章で、前者は約二十首、後者も十首を超える歌に何がしかの脈絡をもっている。但馬豊岡町付近を母胎とする『延享五年小哥しやうが集』の歌々が静かに東上伝播していったものといえる。しかし、本集で、『延享五年小哥しやうが集』の歌が『山家鳥虫歌』と共通の継承関係にある場合、『山家鳥虫歌』の方により近い詞句の継承がみられるのは一つの特徴といってもよい。右の一五歌の上句も『山家鳥虫歌』のものであり、先に見た三九歌の上句、下句ともに『山家鳥虫歌』に近い。また四一歌「五月雨ほど恋したはれて」も、初句「五月水程」(『延享五年小哥しやうが集』)よりも「五月雨ほど」(『山家鳥虫歌』)が一致するのである。『延享五年小哥しやうが集』の歌が地方へ伝播していく過程で、『鄙廼一曲』は、『山家鳥虫歌』の歌が受けた、地方と時代の風を、より強く受けて来たといえる。

信濃・三河両国の歌を離れて、『鄙廼一曲』全体の古歌謡との継承関係について、その一例に触れておく。

「七戸のほとり田植唄」(二六〇)は、「七ッの姫」が機織で粗相をして、桂川に身を投げるという譚歌だが、これは京都周辺で歌われていたいくつかの型の歌が混合形成されたものである。天下一の機織姫が、「あやのかけ苧を忘れた　忘れたが面目ないとて」投身する手毬歌の型と、その天下一の機織姫が「十ぢや殿御に受けられ」と歌う早婚の手毬歌の型が北上伝承する過程で、二六〇歌の七ッの姫の、早婚、機織、粗相、投身の要素の混合した譚歌が形成されていったといってよい。本集には、こうした東北地方への、北上伝承過程のなかで形成され、あるいは変質、崩れていく詞章があることは、一つの特質といってもよい。「陸奥国南部斯波稗貫和賀などの郡に在る米踏歌」の一四六歌が「ゆふべ迎へた花嫁御」と歌い起こす手毬歌の北上伝承の帰結であり、「津軽路の山唄」の一六六歌は、「千松踊」(山口県熊毛町・八代の花笠踊)系の踊歌が岩手県などの田植踊歌へ伝承流入し、さらに津軽山歌へと行き着く経路が思われ、「八戸　田植踊」二四歌もまた、阿波の神踊歌「黄金踊」の長者讃めの系譜の歌が北上伝承の過程で、変型し崩れてしまった歌といってもよい。

東北地方の歌謡にはこうして、北へ向かって伝えられるなかで、再生し、あるいは意味不明となるほど転訛して歌われることが少なくないのである。また、「三戸の念仏踊　五倫(輪)砕」の伝承には、浄瑠璃物語の北上がその背景にあるのも興味深いことであり、この物語の伝承の在り様が解明されるのも待たれるところである。

3　近世の歌謡語

『鄙廼一曲』には詞句の継承関係のなかで、詞章に近世的特質ともいうべきものをもつ歌のあることを確かめることができる。信濃・三河両国の歌に関してだけみても、次の例があげられる。

「筥根八里は歌でもこすが　越すにこされぬおもひ川」(三八)の「おもひ川」はこの歌の伝承系譜のなかでも、地方に留まった特異な句といえる。「おもひ川」の句は、本来和歌的世界のものであり、『後撰集』の「思ひ川絶えず流るる水の泡のうたかた人にあはで消えめや」(五一五)などと用いられていた。近世には『松の葉』三「わきて節」に「仇し情は何れ儚き思ひ川」、荻江節正本に「思ひ川」の曲名があり「解くに解かれぬ思ひ川」とも歌われることになる。こうした流行のなかで三八歌の「おもひ川」が歌われたものであり、絶えることのない恋の思いの深さを表わす語として、歌語から歌謡語として再生したものといえる。「本歌取り」の効果である。「わしとお前は二葉の松よ　なんぼおちても離れまひ」(四六)の「二葉の松」も本来、双葉の若苗を意味するもので、「千年経る二葉の松にかけてこそ藤のわかえははるひ栄えめ」(『後拾遺集』四〇)など和歌的世界で「永遠性」を意味する語であった。それが、針葉の「二葉」そのものに転換し、仲の良い「二人」の喩えとなることになる。また、「雨のふるほど名を立(たて)られて　笹の露ほど添ひもせで」(三八)の「笹の露」は、先に類型で示したように「朝顔の花の露ほど添いもせで」(おどり)と歌われていたものであり、この「朝顔の花の露」もまた和歌のなかでは「あさがほの花にやどれる露の身はのどかに物を思ふべきかは」(『新勅撰和歌集』一三〇)など、もっぱら「無常」の「はかなさ」を歌う句であった。「朝顔の露」は「無常」を通り抜けて、ただ「短い時間」の意に転換することになる。すでに、和歌的情趣から脱化していよう。三八歌「笹の露」は「短時間」の集約的表現になったのであり、「二葉の松」とともに即物的な表現として近世の歌謡語として定着することになるのである。

また、信濃・三河以外の例だが、「胸にしんく(真紅・辛苦)」(六〇)などの流行の色彩をよみこんだ歌が地方にまで及んでいるのも近世的特質といえるだろう。

かます頭巾が苫舟のぞく　桔梗の手拭が土手はしる　(六四)(越后の国　立臼　並　坐臼唄)

さて又よんべの浅葱染め　あひが足らぬでこくあんじる　(一三七)(陸奥　宮城　牡鹿あたりの麦搗唄)

こうした時代の色が、口誦の歌謡でも比喩となって暗示的世界を形成するのは、文字の文芸にも劣らず、味わい深いことといえるだろう。

三　早物語について

末尾に収められた「いでは　みちのくぶり　盲瞽人物話」は、出羽と陸奥との地域に広がる盲人が語った物語をさし、一般には早物語といわれる。早物語という語は、『経覚私要鈔』に最も古い用例が見られ、『言継卿記』『言経卿記』などにも散見する。しかし、その詞章が具体的に記録されるのは、江戸時代になってからであり、その最もまとまった収録が、この『鄙廼一曲』の十編であった。この十編は「そうれ物語り候」などと始まる起句を欠くが、「……物語」という結句をよく残し、言葉の連鎖の面白さ、リズムの良さ、オノマトペの豊かさを見事に記述している。

具体的に冒頭の「大唐の鎌三郎」(三四)を取り上げてみると、次のような異伝がある。

①夫てんぽうものがたりかたり候、天竺の鎌三郎が買(飼カ)ふたる牛の角は、七曲まがりて、八そりそり、九のくねりくねりて、くねりのくねりめに毛がはえて、ねぢかたまつたりのものがツたり（『北越月令』）

②夫物かたり語り候　昔はたいどうのかま三郎がたてたるべこのつの　なゝまかりまかづて　やあアそりそる　こゝのくれりくねりさ　しろういけとくろういけと二ほんばいら〳〵とおつたる　其けをなめたる人は　寿命永く銭もうけかねもうけ　まご子たくさんむつく〳〵とさかへるのものかたり（『出羽の道わけ』）

③祖先その物語り語り候へ　天竺のうすこ町のうす三の売つたる牛の背の高さは一丈なり　角の長さは八尺なり　七まがりまがつて八そりそつて　九(こゝの)くねりくねつてくねりめ〳〵に毛が生えて　どん中ばつけに尻ばつけ　傘なりにぶんむけられけり　これも天保の物語り（大償神楽の狂言「箱根番所」）

①は、正月、盲法師に付き従った初心の盲人が語ったてんぽうがたり、②は、大年、法師(座頭をさすと思われる)が

語った祝言、③は、狂言の中で、番所を通るめくら坊が演じた芸であり、すべて座頭を語り手とした早物語であった。その内容は牛の角が伸びるということだが、それは現実にはありえない、まことに滑稽なことであった。それに加えて、②では、「其けをなめたる人は　寿命永く銭もうけかねもうけ　まご子たくさんむつく〳〵とさかへる」という祝言的表現を入れ、③では、「牛の背の高さは一丈なり　角の長さは八尺なり」という大話的表現を入れて、さらに面白くしている。

この早物語を特徴づける「七曲ﾘ曲て　八反反て　九くねりくねりて　くねり〳〵めに毛が生へて」という詞章は、座頭から聞き覚えたとして記録された、岩手県の早物語「長い名の子」にも見られる。宮古市の早物語では、「よき生名をつけて給はらば、七曲（まがり）曲つて、八反（そ）り反つて、九（こゝ）のくねりくねり目さ毛が生いて、よつりひつり、ひつり曲つて、横ちようがゝつて、細長い名を付けて給はれや」といい、下閉伊郡川井村の早物語では、「オボナを付けて下さらば、七曲り曲つて八反（そ）り反つて、九（とゝの）くねりくねつてくねり目〳〵さ毛が生えて、よぢりむぢりくねり、横町がかつて細長い名を付けて下されや」という。この定型的詞章は、もともとは牛の角の形容に使うものであったが、それを、細長くてよい名を求める時の言葉に持ち込んだ、ということになろう。こうして見ると、この詞章は、座頭が早物語の中で独占的に管轄してきたものだったことがうかがえる。

よく似た伝承がないか、遡って探してみると、この定型的詞章はないが、天正狂言本の「だちんざとう」に、牛に乗ったことを嘲された座頭が腹を立て、こきふ(官を得る前の盲人)に「目出（めで）たき御代のはじめには、駒にもつのがおひそろよ」と教える場面が見つかる。これは、嘲されたことに反発して発した言葉だが、めでたい御代の初めにはありえないことも起こる、という奇瑞を述べたものらしい。「駒にもつのがおふ」というのは、一種の諺だったのではないか。この狂言を参照する時、先に見た早物語で、牛の角が伸びる様子を語ったのもまた、滑稽であると同時に祝言だったことが明らかになる。

（この項、石井正己執筆）

参考文献

柳田国男『ひなの一ふし』郷土研究社、一九三〇年。

志田延義『歌謡集 中』日本古典全集刊行会、一九三三年。

志田延義「東北地方の民謡――「ひなの一ふし」に古きを索めて」『民謡研究』一九三八年一月。

柳田国男「越佐偶記」『高志路』一九三九年六月。『民謡覚書』所収「民謡と越後」創元社、一九四〇年。

小林　存「民俗をりふし話(四)『鄙の一ふし』の越後唄」『高志路』一九四〇年六月。

本田安次「奥羽の歌謡一・二・三」『旅と伝説』一九四一年一月・三月・四月。

笹野　堅『近世歌謡集』(日本古典全書) 朝日新聞社、一九五六年。

浅野建二『続日本歌謡集成』巻三、東京堂、一九六一年。

阿部正路『『鄙廼一曲』』『日本歌謡研究』四、一九六六年。

益田勝実「鄙廼一曲 地方歌謡採集の意味」『国文学 解釈と教材の研究』一九七五年八月。

内田武志・宮本常一『菅江真澄全集』第九巻、未来社、一九七三年。

浅野建二「菅江真澄と民俗芸能(一)―(五)」『文学』一九七九年八・十・十一月、一九八〇年一・二月。

森山弘毅「菅江真澄採録歌謡 上・中・下」『釧路公立大学紀要 人文・自然科学研究』一九九〇―九二年。

石井正己「盲僧の早物語――語り物の表現と語り手――」『学芸国語国文学』一九八八年。

付記

本稿をなすにあたり、関口静雄氏には、菅江真澄自筆本の写真撮影などの御協力をいただき、また本文校訂に関しても多くの御教示をいただいた。また、石井正己氏には、早物語の脚注、解説に多大の御協力をいただいた。記してお礼申しあげる。

『巷謡編』の成立とその意義

井出幸男

一　成立の過程と伝本

鹿持雅澄(一七九一—一八五八)は『万葉集古義』の著作を以て、それ以前の万葉研究を大成し、近代万葉学の先駆となった人としてその名を知られるが、万葉研究を志したのとほぼ同時期の二十代の初め、歌謡研究においても同じ熱意を持って既に取り組み始めていることが知られる。『巷謡編』の各項目の末尾には、それぞれの歌詞を採集した事情を注記しているが、確認できる最も早いものは、文化十二年(一八一五)二十五歳の折のもので、「高岡郡半山郷姫野村三島大明神祭花鳥歌」を「祭式ヲ見物ニ行(ゆき)テ、親(したし)ク踊子ニ詞ヲ問聞(とひきき)テ書付(かきつけ)来レルナリ」と記している。また「土佐郡じよや」は、「予若年ノホド、隣家ノ老農ニ聞(きき)テ書付(かきつけ)タル」ものとしており、民俗歌謡への志向は、彼の学問への始発と時を同じくし、本質的な要素として持続していったものと考えることができる。(1)

以下年次を追って採集の過程をたどると、文化十四年(一八一七・二十七歳)には八月十日から九月八日までほぼ一月間、幡多郡一覧の旅を企図、その折の成果は「幡多郡井田村天神宮祭小踊歌」(『幡多日記』八月十三日)、「同郡上川口村豊後踊歌」(『幡多日記』同日)、「同郡入野村八幡宮祭礼花鳥歌」(『幡多日記』「追加」の項)、「同郡入田村御伊勢踊歌」(『幡多日記』「追加」の項)の四項目に結びつけている。ただ、この旅の折に入手した「法楽踊」についての情報、

> 同郡有岡村真静寺ニテ、住侶話ニ云。此所毎年七月十五日、ハウ楽踊ト云テ踊申候。踊者ノ装束ハ各段カハリ申事モナク候。平常ノ客ニテ候。尤扇ヲ持テ踊候也。当寺本尊ヘノ手向ノ為トテスルコトニテ候。其ウタフ歌ノ巻一冊アリ候ト云リ。コノ歌巻尋ネ求ベシ。(『幡多日記』「追加」の項)

については、後年においても念願は果たすことはできず、結果として『巷謡編』の末尾、補遺の前の「幡多郡有岡村法楽踊ト云(いふ)モノハ、名ヲ聞(きき)及ビタルノミニテ、未ダ其(その)詞ヲシラザレバ此(これ)ニハ載(のせ)ズ」の記述に終ってしまっている。この歌巻一冊の行方はどうなってしまったのであろうか。気になるところではあるが、これに限らず、歴史の中で埋もれ消えてしまった歌謡資料は決して少なくないのであろう。

なお、この旅は歌詞だけでなく民俗の歌の在り方についても重要な情報をもたらしている。幡多郡中村(現中村市)の医師清水三益の話で、御伊勢踊りに関わることである。

> 同人云。当郡上山郷下津井村ノ辺トカヤニテノコトニテ候。村中ニ大切ナル病人アレバ、村ノ人五六日モ精進ヲシテ、御酒ヲ供、終日御伊勢踊ヲヲドル也。其ヲ病人ノ祈禱トスルコト也。御祈禱ヲ入ルト云リ。如此スルホドニ病人快気スル也、ト云リ。大切ノ病人ニアラザレバセザルコト也。大抵ノ病人ハ修験ヲヤトヒテ祈禱セシムルナリ。医者ヲヨビテ療セシムルト云コトハ、凡テ稀ゝノコトニテ候ト也、トイヘリ。(『幡多日記』「追加」の項)

大切な病人にとっては、医者よりも修験、修験よりも御伊勢踊りが第一というのである。伊勢踊りは本来、熱狂的な風流踊りの要素を持って始まったものであるが、ここでは完全に「神歌」へと変容し、踊り歌のことばは、直接、神

の世界と通じている。歌に対する信頼感、「神歌」の重さ、こうしたことに雅澄の心は深く感応したことであろう。同様の心意は、今も土佐の老人たちの心の中に持ち伝えられているが、『巷謡編』所収の歌はこれに限らず、多かれ少なかれ「神歌」の世界と通じているのが特徴であり、それがかつての歌の在り方の本質でもあると銘記すべきであろう。土佐においては、風流踊り歌であっても、まずは神祭(じんさい)や盆踊りの庭を荘厳し、神霊を慰撫するためのものであったのである。

採集の過程へ戻る。『巷謡編』の項目末尾の注記から判明する採集時点は、このあと文政二年(一八一九・二十九歳)の「其地(その)ノ老民ニ聞(きき)テ手ヅカラ記シ」たという「香美郡韮生郷虎松踊」から、文政十三年(一八三〇・四十歳)の「土佐郡神田村小踊歌」へと跳ぶ。「神田村小踊歌」は自らの採集ではなく、「南部厳男ガ写シ置(おけ)ルマヽヲ」記したものであるが、ここで資料提供者・採集協力者の存在についてふれておきたい。『巷謡編』の注記からは右の南部厳男をはじめとして七名の資料提供者の名前を知ることができるが、このほか「或人ノ書付(かきつけ)タルヲ写シツ」「或人ニ聞(きき)タルマヽヲ記ス」といったものもいくつかあり、当時周囲には多くの有名・無名の歌謡研究者がいたことがうかがえる。『巷謡編』はそうした人々に支えられての集成でもあったのである。

その中でも南部厳男は七項目の採集に関わり、最大の研究協力者であった。小関清明氏は、雅澄から南部仲助(厳男)宛の手紙(年次不詳)に、「高岡郡左川郷三尾横倉中ノ宮祭礼神歌」に関して、「カノ一冊ノ奥ヘ御書加ヘ置被下度御願上候」とあることを紹介され、制作途中の『巷謡編』が厳男の手許に置かれていた時期のあったことを指摘しているが[2]、ある意味では協力者の域を越えた存在であったかもしれない。松野尾章行の『皆山集』巻二十六「虫送歌」には、章行云、南部仲助・土佐国風俗歌集ノ書込ニ、五月廿日、当国中、鐘・太鼓・貝・旗・ノボリ、又大鞋一足ヲカキタテ、ウタヒツ、虫送ト云事スル也。

さいとうべつとこ(斎藤別当)さむねもり(早苗茂) いね(稲)のむしハ(虫者)ひしやげたゾ 早ウ越テ田植ヨトイフ意ミユルナリ

という記事が収録されており、巌男自身も『土佐国風俗歌集』なる著作をのこしていた可能性がある。

次いで、天保三年(一八三二・四十二歳)秋、「御浦御分一役」として赴任していた安芸郡田野村で、地元の農民から直接聞き書きした盆祭りの踊り歌は、『巷謡編』の半分近くを占める分量であり、この採集が本編完成に向けての大きな契機になったものと考えられる。「安芸郡土左をどり」に相当するが、この時の筆写資料は自らの手で『巷謡集』として整理され、現在宮内庁書陵部に納められている(曾孫の飛鳥井雅四氏が『巷謡編』と共に大正十四年に献納)。草稿本と見なすべきものであろう。

本文の採集について年記の確認できるものは以上であるが、冒頭の「総論」については、その資料編と目される別本『巷謡編』が、天保六年(一八三五・四十五歳)に執筆されている。わざわざ別本と称したのは、全く別内容でありながら、本書もまた同じ「巷謡編」の書名を有し、しかも外題(題簽)の文字も自筆と認められ、命名も雅澄自身によるものと判断されるからである。

その内容は、諸文献からの歌謡及び歌謡関連記事の抜書ということになるが、歌詞だけでなく歌謡史・音楽史の考証に資する資料的な記事をも積極的に写し取っていることが大きな特色である。所載書目を記載順に(若干の書名は訂正して)列挙すると、

土佐日記、枕草子、梁塵秘抄口伝集(巻十)、栄花物語、年中行事秘抄、結毦(けつじ)録、擁書漫筆、東斎随筆、體源抄、

曾我物語、平家物語、参考源平盛衰記、諸家前太平記、魚山私抄、楠目清次右衛門録、玉勝間、経済録、源氏物語、本朝世記、続古事談、止由気宮儀式帳、紫式部日記、庭訓往来、古今著聞集、女童子訓翁草、貞観儀式、徒然草

以上の二十七書となり、頭注（朱書）の『万葉集』も数えると二十八書となる。上代から近世まで各時代にわたり、様々な書目に当たっているが、中央の文献ばかりでなく、『楠目清次右衛門録』のような地元資料もその中に取り込んでいる。所載歌謡の歌詞数は、重複記載のものを除くと四十四と認定され、今仮に項目を立てて分類すると、

今様二十五、巷歌五、田歌三、瞽女歌二、船歌二、早歌・水の宴曲・やすらひ花・茶つみ歌・茶もみ歌・鎮魂歌・教化各一

となる。

これらの記事は「総論」の論旨（巷謡史）と深く関わり、具体的にその論述を支えるものとして機能している。おそらく雅澄は、こうした歌謡史の考証に関わる資料についても、若年の頃から心して着実に収集に努めていたのであろう。文献資料による「巷謡編」と、土佐の伝承資料による「巷謡編」とを合わせ、両編を以て全き『巷謡編』とする意志は、雅澄の心の中では確固たるものとして、二十余年の長期間にわたり育まれてきたものと考えられる。

本書（別本）の存在はこれまでほとんど知られることもなく、また研究の進んだ現在から見れば、その資料的価値は二、三を除きさほど無いと言えるかもしれないが、山崎美成の『歌曲考』をはじめ、大田南畝の『麓廼塵』（第四十一巻）、伴信友・黒河春村の手になる『中古雑唱集』などと共に、歌謡研究史の中でその位置をとらえ直すべきものとなろう。なお、本書は雅澄の孫に当たる飛鳥井玉衛（たまえ）さんに伝えられたが、玉衛さんの姉鹿（しか）さんが長崎家（足摺・金剛福

寺）へ嫁したことから、姉妹の縁で他の玉衛さんの蔵本と共に、現在は金剛福寺の所蔵に帰している。

右の別本『巷謡編』が執筆されたのは、巻頭に綴じ込まれた付箋から「天保六年乙未六月十七日起筆」と判明するが、『巷謡編』の「総論」末尾の日付は「天保六年乙未六月二十二日」となっており、別本執筆から日を置かずすぐに本編の「総論」が書かれたことがわかる。しかし、これに続いている本文部分はすぐには書かれなかったようで、本書でも底本として使用した自筆手沢本の末尾、折り目にかかる箇所には「天保十三年（一八四二）壬寅四月五日起筆同十二日功成」とある。七年後のこの時点を以て『巷謡編』の一応の成立としてよいであろう。

今「一応」と断ったのは、その後も大きな増補がなされているからで、「安芸郡吉良川村八幡宮御田祭歌」や「土佐郡神田村小踊」の図、その他数点にのぼる細々とした書き入れは、天保十五年（一八四四）の時点での転写本、国学院大学図書館「佐々木文庫」所蔵本には無い。おそらく雅澄は、『万葉集古義』ほどではないにしても、後年まで随時手を入れ続けたのであろう。なお、佐々木文庫本は皇典講究所二代所長、兼国学院三代院長であった佐々木高行（一八三〇―一九一〇）の旧蔵本で、彼は雅澄晩年の弟子の一人でもあった（『保古飛呂比――佐々木高行日記』）。また本書の書写者は、その奥書（「天保十五甲辰九月二日、於柏島官館起筆、同廿五日写畢」）の地名より、同じく門人の一人北原敏鎌と判明する。(3)

転写本にはこのほか吉村春峰（一八三六―一八八一）の編纂になる『土佐国群書類従』巻百四十四（上・下）所収本があり、『巷謡編』が世に知られるきっかけとなった。明治初年、当時の宮内省、文部省、内務省、農商務省、帝国図書館、岩崎家等に提出されたものというが、現在国立公文書館内閣文庫、国立国会図書館、東京大学史料編纂所、京都大学文学部等に所属されているものは、その折のものか或いはそれからの転写本と思われる。このうち国会図書館本は『日本歌謡集成』巻七に翻刻されているほか、『近世文芸叢書俚謡第十一』には「紙魚堂所蔵吉村春峰自筆本」が翻刻されている。なお、宮内庁書陵部蔵の自筆本は、『日本庶民文化史料集成』第五巻に翻刻がある。

二　本文の特質

『巷謡編』の本文にあたる土佐の伝承歌謡、民俗歌謡の集成は、「総論」においてその意図を強調しているように、当時の浄瑠璃をはじめとした三味線歌謡（淫楽）の流行により、それらが衰滅の手前にあるという危機意識に支えられたものであった。またそうした考えの基盤には、自らの学問「古学（いにしへまなび）」があり、『万葉集』をはじめとした古代の歌、「雅歌（みやびうた）」の側から見た譲ることのできない歌に対する美意識があったと思われる。雅澄は文字通り古代の文献の中に沈潜し、「ことば」に思いをこらし、古代の神の心、人の心を汲み取ろうとしていた人である。そうした「ことば」に対する厳しい感覚を通して選び取られた歌が、土佐の伝承歌謡であったと位置づけてよいであろう。その魅力を雅澄は「古雅ノ趣」「今メカシカラズ古代（コダイ）メキタルコト」と表現し、時代的には三味線歌謡以前、近世初期以前の響を伝えるものと考証しているが、以下いくつかの例で具体的にその様相を見ておきたい。

まず、古雅の趣にふさわしい「花」の歌。「香美郡韮山郷神祭次第四季の歌」は、「花」を以て神を迎える、「いざなぎ流」と称される祈禱神楽の「神歌」であった。唱文は正月の松に始まり、月を追って若菜・柳・桔梗・刈萱・女郎花・牡丹・唐松・五葉の松・五葉紫竹・今年竹・八重桜・桃の花・卯の花・石菖蒲・菊の花・榊葉と続く。神々はこれら様々な花木の美しさに感応し、「中の道」と称する人間との唯一の交流の道、神道（かみみち）を通じて祭りの場へ降りてくる。「いざなぎ流」の祭式においては、いずれの祭式においても、必ず神迎えの段で唱えられる大切なものであるが、高木啓夫氏によれば、かつての太夫(司祭者)の中には、途中で神が降りてきて神憑りの状態になり、仕舞いまで唱えられない場合もあったという。

ここには「花」に対する実に古めかしい心意が伝えられている。かつて柳田国男が説いた[4]、人の目の楽しみとする以前の花であり、季節の宗教的意味と密接に結びついた花である。土佐の民俗学者桂井和雄によれば、こうした花への心意が最後まで生きて伝えられていたのは、実に土佐・高知の地であった。「今ではきわめて珍しい心意に属するもの」として採集・記録してくれているので[5]、「神歌」を支えてきた土佐の庶民の心を理解する資料として、次に若干紹介しておきたい。

その心意というのは、屋敷内の庭に草花を栽培するのを忌みきらうというもので、この俗信のために必要な草花は、わざわざ屋敷うらなどのささやかな家庭菜園を選んで咲かせたり、屋敷外の菜園の一角をさいて栽培したりする習慣があった。……これは仏前や墓前に供える草花を、わが家のものでこと足そうとする心づかいからであった。

このほか、「高知市東北郊布師田の一農家では、庭いっぱいに草花を咲かせると、その栽培ぬしに進ぜられるようになるといって忌みきらった」事例、ツマベリ(ホウセンカ)を庭に咲かせるのを、サツキ・ハギなどと共に墓地に植える花だ、死人の喜ぶ花だといって極端に嫌った老婆(高岡郡檮原町四万川面谷生れ)の事例、「花の好きな人はふしあわせになる」(高知市浦戸)、「花を好む人は若死にするといった」(南国市、旧岩村分)という俗信、「幼子に花を持たすものでない」(幡多郡大月町小才角)という教えなどを記録している。実に近年まで、「花」は神仏の霊に供えるものであり、この世の人間にとっては異界へ誘うものであるという敬虔な心意が、一般の人々の間にも厳粛に伝承されていたのである。

呪的存在としての「花」の意味を証する歌は、「いざなぎ流」の祭文の中には、「四季の歌」のほかに更に二首存在する。一つは一定の資格のある人の霊を、墓の下から呼びおこし(「塚おこし」)、「アラ人神」として迎える際に歌われるものであるが、やはり「四季の歌」と同様に月を追って花の名を数え挙げるのが特徴である。歌詞は既に紹介したことがあるのでそれに譲るが、「これ(「花」)になびかん神もない、これになびかん仏なし」とあり、歌意は一層明瞭である。もう一つは同じ祭式の中で、「アラ人神」を上位の「アラミコ神」に昇華させる歌(「花ぐらえ」)として唱えられるが、カミを「花」よりも「色まさり法まさり」と誉め称えることでその機能を発揮する。(6)

かつて「花」がいかなるものであったかは以上の事例で明らかであるが、同様の古風な心意を示す歌は、『巷謡編』の中で他にも二項目を指摘することができる。

一つは「高岡郡半山郷姫野村三島大明神祭花鳥(取)歌」であり、関連歌謡は「安芸郡土左をどり」の中の「花とり地歌」にも出てくる。これは題目名の通り「花」(ここでは躑躅)を山より取り迎えてくる習俗に拠る踊り歌で、成立の背景・基盤には春山入りの民俗があったと考えることができる。(7)和歌森太郎によれば、「四月八日を中心とする春山入り、花祭は、里人が山の神を送って田の神を迎え、以後の田始めの契機とすべき重要な折目としての行事」であり、「山の神祭りに使った山の花を、むしろ里におろして田の神を迎えるしろともなし、これを有難く各家のまつりに供える」行事であった。(8)現行の踊りの形式は「入りは」「引きは」といった風流踊りの体裁を具え、歌謡自体も室町小歌との密接な関連を示しているので、その成立は室町中期から末期へ下ると考えなければならないが、「花」に対する心意は、中世を遡る古い意識を伝えているものとしてよいであろう。

なお、和歌森太郎『日本民俗論』(8)には、

大隅の肝属郡内之浦町では四月三日にミタケマイリと言う行事がある。この日若き男女が、未婚の間は毎年でも、国見岳、黒園岳、甫與子岳(母養子岳)などに参る。そしてつつじの花を採って帰って来る風である。「国見、黒園笹尾の嶽よ、三度参れば妻たもる」の歌もあり、このミタケマイリは彼らに結婚の機会を与えるとされる。

という民俗事例が紹介されているが、こうした春山入りの古代の歌垣にも通じるかたちは、はるかに花取踊りの芸態にも影響を与えているのではないかと思われる。すなわち踊りの体形には列をなすもの、円形をなすものと両様あるが、必ず二人が向き合い、対になって踊る形式がとられ、歌も、現在掛け合い形式で歌われる所はないものの、歌詞において一部対応構造が見出せるからである。

「花」の心意と関わるもう一項目は「安芸郡吉良川村八幡宮御田祭歌」の「三番叟ノ歌曲」である。現行五流能へ至る過程を考える資料として注目されているが、その中にいわゆる「四方四季」を歌った詞章が出てくる。といっても実際には他の古態を示す民俗芸能の翁に比べて簡略になり、「東を遥(はるか)に詠(ながむ)れば　春の気色にて　さも目出度ゥて覚えたり」とあるのみで、「花」の描写は省略されている。しかし類歌の表現を見ると、

こうの翁が東を拝み候へば　春ははんちく花開き　須弥山の山も高うなり　まうこと春の日静かなとて　霞さん〳〵とふりかかり　まうこと春の気色かと中をうかみ候へば　なやしき正じ（愛知・南設楽郡鳳来町黒沢「おこない」の翁）

などとあり、本来は「花」が祝意の表現として重要な役割を果たしていたことがわかる。「花」を歌うことが何故に

祝意の表現になるかは、既にこれまで見てきたことから明らかで、「花」を通して神仏の影がそこに顕現しているからであろう。「三番叟ノ歌曲」の表現もまた、そうした感覚を最も縮約したかたちで伝えている詞章と見ることができる。

「四方四季」や、月ごとに「花」を始めとした風物を数え挙げる表現は、それぞれ「神歌」から更には室町時代物語、幸若舞曲、古浄瑠璃、風流踊り歌などを通じて、室町期の代表的な寿祝表現の一類型を形成して行くが、そうした展開の根底には、根源的な「花」の本意が内包されていると理解することが肝要であろう。『巷謡編』の「花」の諸歌謡は、そうしたことを指し示してくれていると思う。

古雅の趣に連なるものとしてもう一つ、古めかしい呪術的な心意を伝えている例にふれておきたい。「ちりへつぽう」に始まる神幸(「オナバレ」)の「神歌」であるが、「吾川郡森山村神祭ナバレノ歌」「吾川郡猪野村神祭歌」「高岡郡日下村小村大天神祭神歌」「高岡郡高岡村三島大明神 厳島大明神神歌」「高岡郡新居村神祭ナバレノ歌」の五項目が、一類を形成している。地域的には土佐湾に注ぐ仁淀川の周辺に濃密に分布し、同一の信仰圏に拠るものと考えられるが、その成り立ちに至る歴史や歌詞の原義は具体的にはたどることができない。ただ本来は、神が神輿に乗って神幸される以前の、憑坐について「お旅」をするという古めかしい形に伴って歌われた「神歌」であったことは確かで、「行子歌・行司歌」(『南路志』巻二十一・鳴無大明神、巻二十二・小村天神)とも呼ばれ、古くから注目されている。[9] ギョウジとは憑坐の神子のこととされているが『秦山集』十七(甲乙録三)には「行事殿」ともあり、その名称の由来も詳らかでない。

歌のことばについては他の地域に類歌も見当らず、現在ではその意味を完全に明らかにすることは難しいであろう。ただ、神職をされている三宮凱温氏は、道教の魔障をはらうことばに由来するという説を示されている。江戸末期の神仙道家で、雅澄の門人でもあった宮地常磐（一八一九―九〇）が、特別に許された人にのみ伝えていたもので、扱いを誤ると重大な災厄を生じる呪言でもあるという。私は「全文を紹介しない」という条件で教えていただいたが、事の当否は別にして、こうした呪歌・呪言の霊威と、それに対する敬虔な心には、「神歌」伝承の基盤として十分留意しておくべきであろう。

さて、以上は本文の特質のうち「神歌」など一部のほんの一端をうかがったにすぎない。このほかにも草取歌、山歌、田植歌などの諸歌謡には、その詞型から題材から、確実に中世以前に遡り得ると考えられるものが多い。また踊り歌にしても、多分に近世的変容は被ってはいるものの、基本的に中世的習俗や心意を指し示していると思われる歌謡も随所に見うけられる。近世的な三味線歌謡の否定と、自らの古代への志向を以て成された巷謡の集成は、間違いなくその意図を実現したものとしてよいであろう。

雅澄の「雅歌」への思いは、結果として中世を核としたそれ以前の古い歌謡の層を捉え得た。その詞章は、口承資料であるが故の訛伝・誤伝により、十分な読解を阻むものもあるが、近代の歌謡研究の先駆者高野辰之は、「日本六十余州の各に雅澄の如き輯集家があったら、我等の歌謡研究は迂路を経ないで標的に近接し得ることであろう」(10)と評している。土佐のみならず、民俗歌謡の研究はここから始めなければならないであろう。「総論」で述べている鹿持雅澄の「セメテハ其詞(ことば)ヲダニモ不朽ニツタヘマホシクオモ(フ)」という、その遺志に報いるためにも。

注

(1) 小関清明氏によれば、雅澄の作歌から学問への転回は文化七年後半のころ、雅澄二十歳にあり、以後万葉研究に没頭し、文化十二年、二十五歳の時には、作歌においては万葉調を確立していたという。(「青年時代の歌稿」『鹿持雅澄研究』高知市民図書館、平成四年)。

(2) 前掲書「鹿持雅澄伝管見」。

(3) 小稿「『巷謡編』の成立」『梁塵 日本歌謡とその周辺』桜楓社、昭和六十二年。

(4) 『明治大正史世相編』「四 朝顔の予言」『定本柳田国男集』第二十四巻、筑摩書房。(初出は『明治大正史』第四巻、朝日新聞社、昭和六年)。

(5) 「花と俗信」『仏トンボ去来』(桂井和雄土佐民俗選集その一) 高知新聞社、昭和五十二年。

(6) 小稿「花の呪力——土佐の民俗歌謡・芸能から——」『本田安次著作集 日本の傳統藝能付録十三』錦正社、平成九年。

(7) 小稿「花取踊り歌考」『日本歌謡研究 現在と展望』和泉書院、平成六年。

(8) 「春山入り」『日本民俗論』千代田書房、昭和二十二年。

(9) 「土佐の神子『行子』」吉村淑甫『土佐の神ごと』高知市民図書館、平成元年。

(10) 「昭和三年七月十日」の識語がある。(『日本歌謡集成』巻七・近世編「解説」)。

参考文献

〔翻刻〕

朝倉無声「巷謡編」『近世文芸叢書俚謡第十一』国書刊行会、明治四十五年。(第一書房、昭和五十一年)。

高野辰之「巷謡編」『日本歌謡集成』巻七・近世編、春秋社、昭和三年。(東京堂出版、昭和三十五年)。

浅野建二「巷謡編」『日本庶民文化史料集成』第五巻、三一書房、昭和四十八年。

井出幸男「鹿持雅澄『巷謡集』翻刻と解説」『梁塵 研究と資料』第四号、昭和六十一年。

同 「鹿持雅澄編・別本『巷謡編』翻刻」『梁塵 日本歌謡とその周辺』桜楓社、昭和六十二年。

〔資料集〕

武藤致和『南路志』第二巻(郡郷の部上)、第三巻(郡郷の部下) 高知県立図書館、平成三年。

『高知県史 民俗資料編』高知県、昭和五十二年。

〔研究書・論文〕

鴻巣隼雄『鹿持雅澄と万葉学』桜楓社出版、昭和三十三年。
小関清明『鹿持雅澄研究』高知市民図書館、平成四年。
吉村淑甫『土佐の神ごと』高知市民図書館、平成元年。
高木啓夫『土佐の祭り』高知市民図書館、昭和五十七年。
同 『土佐の芸能 高知県の民俗芸能』高知市文化振興事業団、昭和六十一年。
同 『いざなぎ流御祈禱』物部村教育委員会、昭和六十三年。
同 『いざなぎ流御祈禱の研究』高知文化財団、平成八年。
井出幸男「『巷謡編』の成立」『梁塵 日本歌謡とその周辺』桜楓社、昭和六十二年。
同 「土佐の風流踊歌―未紹介資料を中心に―(一)(二)」『高大国語教育』三十八号、平成二年、『梁塵 研究と資料』九号、平成三年。
同 「鹿持雅澄の歌謡論―『巷謡編』「総論」を中心にして―」『日本歌謡研究』第三十二号、平成四年。
同 「吾川郡春野町仁ノの花取踊歌」『土佐民俗』六十号、平成五年。
同 「土佐の『なもで踊』と『こおどり』」『歌謡 研究と資料』六号、平成五年。
同 「花取踊り歌考」『日本歌謡研究 現在と展望』和泉書院、平成六年。
同 「伊野町大内の風流踊り歌」『中世伝承文学とその周辺』渓水社、平成九年。

『童謡古謡』解説

真鍋昌弘

一　行　智

修験の学僧――行智の経歴については、いくつかの辞書等に記されているが、最も早くかつ詳しいのは、『日本仏家人名辞書』(鷲尾順敬編、明治三十六年)で、次のようにある。

行智 二四三八 二五〇一　真言宗。江戸浅草覚吽院の修験者なり。行智は阿光房と称す。江戸浅草の人。俗姓松沿氏なり。祖父行春。父行弁に就いて内外の学を受け、殊に悉曇学に達す。後、冷泉家の歌道の秘奥を伝へ、持明院基時に就いて書道を伝ふ。行弁の後を継ぎて浅草福井町銀杏八幡別当覚吽院に住す。本山なる醍醐三宝院門跡より命ぜられて、修験宗当山派の惣学頭に補せられ、法印大僧都に任ぜらる。天保十二年三月十三日覚吽院に寂す。寿六十四。下谷北稲荷町黄雲山竜谷寺に葬り、墓表に梵学興隆沙門行智とあり。門下萩野梅塢等聞ゆ。著作踏雲録事二巻。木葉衣三巻。悉曇字記真釈三巻、悉曇字記真釈談議七巻等あり。(深川照阿氏返信、近世仏家著作目録)

すなわち修験僧行智は、安永七年(一七七八)に生まれ、天保十二年(一八四一)に六十四歳で没している(辞書中の生没は皇紀表示)。これ以後の辞書類はほぼこの記事を踏襲し、わずか悉曇関係の著書を追加したり、「字・慧日、号・円明院」などの事項を加えているにすぎない。

行智が一方で、竹堂と名乗った事は、本書(『童謡古謡』)の表題を「竹堂随筆」とし、別に残している考証随筆の一冊を題して「竹堂随筆　論弁　言辞　考索　故事　古謡　古実(ママ)」としていることによってわかる。また彼の行動範囲は広く、知識欲も旺盛であった事は、松浦静山(一七六〇—一八四一)が文政四年に起筆した『甲子夜話』の中に、たとえば「行智は加賀の支侯に出入する者なり」「予が隠荘乾隣の小荘、その門外通路の傍に一石像あり。奇形の物なり。……予こゝに其図を造る。又行智が記文あり」「予先年参府の蘭人に逢ひき。その時懇意の者一両輩を誘往たる中に修験行智もあり。……老公まづ行智に問こと有ん由を仰給ふ。因て訳司に就て行智問……」(巻六十三)などとその多様な活動が書かれているところによってもある程度想像はつく。修験者としてあるいは悉曇学の学徒としての本領を持ちながら、また文芸・芸術への志向のみならず、さらに広く多様な人々と交わり、多様な課題を持ち合わせ、積極的に考証し体験してみようとした人であったように思われるのであって、この人の日々の暮しの中で、街に遊ぶ子供達の歌に耳を傾け、自分の幼年時の記憶を記して残しておこうという意欲は、心の中にごく自然に湧き上がってきたものであろうと思う。

下谷北稲荷町黄雲山竜谷寺は、現在の地名で、東京都台東区東上野五丁目二十一番地にある曹洞宗竜谷寺のことである。現在の住職からは、行智の墓碑があったことはたしかに伝え聴いているということ、しかし戦災で墓碑は寺内にあった多くの墓石等とともに崩壊し、土石とともに積み重なったままになっていて、掘り出す仕事も現段階では進んでいない旨の話を聴くことができた。また寺庭の一隅に山伏姿の小さな石像が置かれてあるのも、曹洞宗寺院としては似つかわしくないということであった。この事とも合わせ考えられるのは、やはり修験僧行智の墓所との関係であろう。ともかく墓碑がなるたけ早い時期に見付け出されることを期待したい。『日本仏家人名辞書』が拠り所とした記事の多くが、おそらくはその碑面に刻まれてあるのであろう。

さらに行智ゆかりの銀杏八幡宮は、現在の地名、東京都台東区浅草橋一丁目二十九番地に銀杏岡八幡神社として存続している。『江戸名所図会』巻之六にも、福井町にあり、として源義家が流れてきた銀杏を植えたことにはじまるとあるが、社伝によると、元和四年(一六一八)福井藩松平家の屋敷となり邸内社として尊崇されていたが、享保十年(一七二五)この地が公収され、屋敷の跡は町家となり、時の町奉行大岡越前守により福井町と命名され、地域の産土神として崇敬されてきたという。現在この神社では別当覚吽院住持行智との関係はすでに忘れられてしまっているが、近い時期では、たとえば『台東区史』社会文化編にも、行智阿闍梨を梵学者とし「浅草福井町、銀杏八幡社僧、天保十二年丑年三月十二日歿。北稲荷町竜谷寺」とある。また古地図では、嘉永六丑年春新鐫、江戸麹町六丁目板元尾張屋清七の「東都浅草絵図」を見ると、福井町一丁目の一角に「杏八マン」とあるのを認めることができる。この位置は現在の銀杏岡八幡神社と一致する。行智の没した天保十二年からすると、十二年後ということになるが、ほぼその頃を偲ばせる地図の一つであるとしてよかろう。

二　構成・配列および編集意図

近世期江戸における伝承童謡集『童謡古謡』(古謡、を添えたのは、ここに記載した歌の中で、盆歌など必ずしも、子ども達だけが歌っているとはかぎらない歌も含まれているからであろう）の前書には、序文とは言えないほどの短く飾らない文章ではあるが、すでに四十三歳になってしまった行智の、幼い頃へのしみじみとした慕情や、いまだに波打っている彼の純粋な童心が十分に込められていると言えよう。一方この作品の最後にある「鬼渡しの仕様」は、鬼渡しの遊び方について述べられたものであるが、よく見るとこれが、前書と対照的に全体を締め括る後書の役割りをはたしている文章であることに気付くのである。すなわち前書が「行智がいとけなき時、歌ひて遊びたるを思ひ出して……」と始まるのを受けて、最後の文章に「行智が小さき時には、大勢立並んで、胸をつきて……」と書いているのは、はっきりと対照を意識した後書としての配置であるとしてよい。また前書では、当年四十三歳となった行智が、幼い頃を偲んで「思へば昔なりけるよ」と、その心情を昔（過去）へ向け、子供の頃への憧憬をもって伝承童謡を紹介してゆくという手法をとっているのに対して、後書は、鬼渡しの遊び方を順に取り上げながら、「此二十年程こなた」「十四五年このかた」「近頃は……」と過去から現在へしだいに話題を移し、やがて「此次はどのやうになることやらん」「此次はどうなるやらん」と、その思いをこの次（未来）へ向けて筆をすすめているのが特色なのであって、こうした方法にも、「昔」から「此の次」の時代への流れが意識されており、前書から後書へ、そこに過去から未来へという展開が読みとれるわけである。つまり前後がこのように対照的に整えられた体裁になっていることがわかる。

前書には、目隠し鬼遊び歌、

目隠し道念坊〳〵　一寸貰はう〳〵　しんぬう引け　鬼どのござれ〳〵　おいらを捕まへたもないゝこ

が添えられている。『童謡古謡』の個々の歌には必ずその歌や遊びの名称（題）がつけられているのであるが、この「目隠し道念坊」の場合はそれがない。すなわちこれを独立させて、他の歌と同様に扱おうという意識でここに書いたかどうかは甚だ疑問である。おそらくこれを独立させて書いたのではないと思われる。「やつぱり子供と一所に遊びたひ心もち也」ということばと、この「目隠し道念坊」の歌との間は、自分の幼い日々をなつかしむ心情や、さらには浅草の巷に無心に遊ぶ子供達への思いやりの、そうした心の糸で結ばれているとしなければならない。行智は前書を書き認(したた)めて筆を走らせてゆくうちに、昔の幼い日々の思い出が心を過(よぎ)り、まず彼の頭の中に遊びの歌が甦ってきて、その筆の勢いに乗って、道念坊の鬼はやし歌を続けざまに書き付けたと理解するのがよいと思われる。感興に乗ったごく自然な流れであろう。筆者の目にふと、目隠し鬼で遊んだ淡い情景も浮かんだのであろう。したがって伝承童謡の客観的な書き留めは「子守歌 これは寝させ歌也」から始まるのである。また修行の乞食僧――道念坊の歌が思い出されたについては、あるいは行智自身、若かりし頃からの修験僧としての苦しい修行の日々があったためであるかもしれないのであるが、ともかくこの前書の目隠し鬼遊び歌が、後書の鬼渡しの遊びの記事の中に流れ込み集約される形に仕立てられて、全体が纏められているのである。

なおここでふれておくべきは、『近世文芸叢書』第十一〈俚謡〉所収「童謡集」である。この『童謡古謡』と比較すると、内容で相違する部分があって、その最も顕著な箇所は、前書に「目隠し道念坊……」がないことである。「目隠し道念坊……」の歌は、「鬼わたし」歌グループの最後、すなわち、「同 御用の舟」の歌の次に、

○同 道念坊

△めかくし道念坊　一寸もらはう〳〵　「しんぬう引け　「鬼どのござれ〳〵　「おいらをつかまへたもないゝこ

のようにして位置を得ている。言わば合理的に修正され組み替えられていると見てよいのである。歌の配列としてはこれが最も整然とした形である。本来前書に添えられていたこの「目隠し道念坊」の歌は、そのように移動させられ、

「道念坊」という題をもって、「鬼わたし」の中へ組せられてしまったのである。
『近世文芸叢書』本における相違点としてこれが最も大きいのであるが、他に主な各歌の題名部分をいくつか選んで掲げると次の如くである(下段が『近世文芸叢書』本)。

いつちくたつちく　いつちく達竹
こうもり　蝙蝠
れんげ〳〵　蓮華
ぼん〳〵　盆唄
まりうた　手毬唄
天象　お万が紅
鬼わたしのしやう　(題名なし)

『近世文芸叢書』本が底本にした紙魚堂所蔵柳亭種彦本の段階でのことか、あるいはこの叢書の中に取り入れて活字化した段階でのことか明らかでないが、このように『近世文芸叢書』本における改変を見ることができる。

『童謡古謡』を編むにあたって、行智は歌や遊びにおける時間的、歴史的変遷を意識しているように見うけられる。童謡・童戯はある時期に一つの型が生まれ、それが伝承してゆくのであるが、けっしてそのままの状態で、常に固定したものではなく、江戸浅草においても時代とともに変遷があること、同時代においてもしばしばバリエーションが生まれ即興性が加わってゆくという実体を把握し理解していたのであろう。具体的には、「きしやごはじき」の唱え言を二種記して、三番を「これはむかし也」、三番を「これは近代也」としている(柳亭種彦による朱筆の傍書ではない)。また前にも引用したが、最後に書いている後書に相当する部分で、鬼渡しの遊びの変遷を、「行智が小さき時」「此二十年程こなた」「十四五年このかた」「近頃」「此次」のように説明してゆく手法をとっている。つまり過去ではどうであったか、今はどのようにして、そして将来どうなってゆくのかしら、と言っている。過去・現在・未来の時の流れの上に立って、客観的に見つめようとしている。どれが中心であり、正しい歌い方であるかという見方ではなく、すべてがその時代に生きた真の歌い方である、という把握の仕方である。変化を繰り返すのが実体である、と理解していたのである。

続いて、行智は歌の機能を見ているということであろう。子守歌を最初に置いているが、子守歌を、寝させ歌、目ざめ歌、遊ばせ歌の三種類に分けて記しているということではっきりする。子どもの、眠る・目覚める・遊ぶのそれぞれの段階にそれ用の歌が用意されていたことをはっきり示している。また「草履きんじよ」を、「草履まきに二ツ残りたる時、勝負分けの歌」として記し、「鬼どの留守に」は「逃げ詞」だと注記している。すなわち歌のその場における機能に気付いているのである。歌それぞれに、場や雰囲気の中での役割りが決められていたのである。このことからも江戸期の蒐集者として優れた目をもっている人物であったと言えよう。

付　記

本書脚注に使用した文献の内、次の五種について典拠を示す。なお、脚注で『わらべうた』とあるのは、吾郷寅之進・真鍋昌弘『わらべうた』(昭和五十一年刊)のことである。

諺苑　→『春風館本　諺苑』(古辞書叢刊第一)新生社、昭和四十一年。真鍋昌弘『中世近世歌謡の研究』(桜楓社、昭和五十七年)

所収「諺苑の中の童謡・童戯・唱言・俗謡」。

尾張童遊集(小寺玉晁、天保二年) →『日本歌謡研究資料集成』第八巻(勉誠社、昭和五十二年)所収影印本。

幼稚遊昔雛形(万亭応賀著・静斎英一画、天保十五年) →尾原昭夫編『近世童謡童遊集』(日本わらべ歌全集二十七) 柳原書店、平成三年。本書は日本古典伝承童謡研究資料集として、多様な文献を蒐集した労作。

あづま流行時代子供うた(岡本昆石編、明治二十七年) →志田延義編『続日本歌謡集成』巻五 近代編(東京堂、昭和三十七年)所収。

日本全国児童遊戯法(大田才次郎編、明治三十四年) →東洋文庫『日本児童遊戯集』(平凡社、昭和四十三年)所収。

琉歌 琉歌集『琉歌百控』の解説

外間守善

一 琉歌

1 琉歌のあらまし

沖縄のウタがことさらにリュウカと呼ばれ「琉歌」と書かれるようになったのは、中国から入ってきた唐歌に対して、大和の歌を和歌と称し、区別するようになった事情に似ている。大和の和歌が琉球に入ってきたため、琉球の歌を琉歌と称して区別したのである。奈良大和王朝の貴族たちが唐歌に対して和歌を意識したように、琉球王朝の首里貴族たちが和歌に対して琉歌を意識したものであろう。琉歌を記録したもっとも古い文献『混効験集』(一七一一年)に、すでに「琉歌」と記されているのをみると、その頃にさかのぼって「琉歌」と称されていたことがわかる。しかし、今日でも古老はウタというし、地方農村ではウタといったほうがとおりがよい。ウタというい方が古いわけである。

『屋嘉比朝寄工工四』(成立年不明・一七七五年頃)についで古い琉歌集『琉歌百控乾柔節流』(一七九五年)の冒頭に、

歌と三味線のむかし初や　　歌と三味線のその初めは
犬子音東の神の御作　　赤犬子神と音揚(にあが)り神が作られたものだ

と歌われているのをみると、表向きの標題に「琉歌百控」としながら、その内側では「歌(うた)」と呼んでいたことも明らかである。

古い昔に、ウタあるいは琉歌がどのようにして生まれ、どのように歌われたものであるか、なおまだ不明のことが多いが、『大島筆記(おおしまひっき)』(一七六三年)という古文献に記された次の文章は、当時の琉歌の姿をかなり適切に描写しているので、紹介しておこう。

琉球歌　うたひ物也　これに琴三線鞁弓などをも入るよし也　この歌をうたひ舞ふは扇を持又は四竹を打ても舞也　この歌ふしばかり往古よりかはらず　此ふしにうたはるゝ様に新歌を作るなり（後略）

これは、琉歌について解説された最初の文章ともいうべきもので、短い説明ではあるが今になってみると実に貴重である。「琉歌の節(ふし)(曲節)だけは昔から変わらない。この節で歌われるように、新しい歌を作るのである」という部分など、今に変わらない琉歌と「節(ふし)」(曲)との関係をよく解説してくれている。

明治二十六年頃、沖縄に来てオモロ研究の端緒をつくった田島利三郎も、その著『琉球文学研究』の中に、「琉球ばかり歌よむものゝ多きところはあらざるべし。其の巧拙はおきて、男女といはず、貴賤を問はず、凡そ物ごゝろ知れるものは、歌よめじとおもふ者一人もあることなし」と記している。

琉歌という言い方をする場合、広義の定義のしかたがあるが、普通に琉歌というときには、上句八・八、下句八・六、合わせて三十音(文字ではない)から成る定型の短歌をさしている。和歌が上句五・七・五、下句七・七の三十一文字(音)から成る定型短歌であることとよく似ている。和歌がなぜ五音と七音という基本的な音数律を持ち、その結びつきによる三十一文字の文学形式を作りあげていったのかということは、まだ学問的理由が明らかにされているわけではない。それと同じように、琉歌も、なぜ八・六の音数律で短く緊張するようになったのかという理由を明らかにすることは、今のところできない。しかし、沖縄に残されたさまざまな古謡を土台にして、八音と六音の成立していった道筋をたどることはできる。古謡のクェーナ、ウムイ、オモロの中に、五と三が結びつく八音的要素や、三と三が結びつく六音的要素が、歌そのものの発展していく新しい傾向として生まれていることから推し測ると、沖縄固有の歌の自律的な律動が素地になっているとみなければならないであろう。琉歌が八八八六調の歌形に整えられていったことについては、古謡クェーナやウムイからの流れ込みがまずあり、それは琉歌成立の底流として見逃すことのできないことではあるが、直接の母胎は『おもろさうし』の中にととのえられたオモロであり、その中の名人オモロ、ゑとオモロ、遊びオモロなどに叙情への傾斜と八八八六調への歌形の整えをみることができる。そのほか首里士族たちの貴族的成長と海上活動による世界観の広がり、共同体から離脱していったオモロ歌人アカインコ、オモロネヤガりたちの地方的活躍、三味線の渡来等々の社会的要因も、不定型なオモロ歌形を短く緊張させると同時に、それを三十音(八八八六)構造に定型化させ、叙情の裾野を広げていく力になったものと考えられる。

2 琉歌の種類

琉歌を、広い意味で区分すると次のようになる。

琉歌
- 短歌形式
  - 短　歌……八八八六音。
  - 仲　風……七五八六音・五五八六音。数は少ないが五七八六音、七七八六音もある。
- 長歌形式
  - 長　歌……八八八八音の連続で、末句が六音になる。
  - つらね……八八音の連続を基調にし、長歌より長くつらなりながら末句は六音になる。
  - 木遣り……八八音の連続を基調にし、八音の間にハヤシが入る。
  - 口　説……七五音の連続を基調にし、いわゆる和文調の歌である。

現在、一般的に「琉歌（りゅうか）」というときには、短歌形式の中の「短歌」のことであり、この中に「仲風（なかふう）」と「長歌（ちょうか）」を含める程度の範囲で「琉歌」の概念が作られているといってよい。そのような一般的概念にしたがえば、

琉球の歌
- 琉　歌
  - 短　歌
  - 仲　風
  - 長　歌
- つらね
- 木遣り
- 口　説

というように、「琉歌」の中に「短歌」「仲風」「長歌」をふくめ、「つらね」「木遣り（きやり）」「口説（くどうち）」を「琉歌」と同格のジャンルとする区分法を考えたほうが、わかりやすいのかもしれない。以下短歌(琉歌)・仲風・長歌の特徴についての

べよう。

短歌（琉歌）

恩納岳あがた　ウンナダキアガタ　八
里が生まれ島　サトゥガンマリジマ　八
もりもおしのけて　ムインウシヌキティ　八
こがたなさな　クガタナサナ　六

恩納岳のむこうに恋人の生まれた村がある
邪魔になる山を押しのけてこちらに引き寄せたい。

右のように八八八六の四句三十音から成る定型の短歌である。普通にウタといい、あるいは「琉歌」というときにはこれをさす。和歌の場合、五七五七七の五句三十一文字と、「文字」数で表現できるが、琉歌の場合、かならずしも一文字一音とは限られず、二文字一音、三文字一音があり得るので、三十音と「音」数で表わしている。四句のうち八八が和歌でいう上句にあたり、八六が下句である。八音を基調にし、末句を六音に転調して三十音で結句するという、短い文学形式を作りあげている。

和歌の三十一文字、琉歌の三十音という短い形式は、文学的に短く緊張したという点で似ているが、三十一文字を構成する五七音と三十音を構成する八六音とでは、基本的音数律に違いがあり、一文字一音の加減だけでは論じられない両者の差異が、それぞれ独自の発達段階を経てきたものと考えなければならない。
沖縄のウタはふつう「歌う」ものであり、三線楽器が流入して以後は三線に伴奏されたウタが急速に発展し、沖縄本島および周辺離島をはじめ、遠く奄美、宮古、八重山にまで、八八八六調のウタが広がっていったのであるが、「歌う」ウタとは別に、琉球王朝の貴族・士族階層のあいだでは、教養としての「読む」ウタが発達した。そのような教養階層に好まれた「読む」ウタこそが、和歌を意識した教養人たちによってことさらに「琉歌」と呼ばれるようになったものであり、その文学伝統は十八、九世紀の隆盛をみながら今日にまでつながっている。

仲風（なかふう） 七五八六の四句二十六音、あるいは五五八六の四句二十四音から成る定型の短歌である。いわゆる上句の七五あるいは五五が和歌調であり、下句の八六が琉歌調であるところに「仲風」の特徴がみられる。

語りたや　カタイタヤ　五
語りたや　カタイタヤ　五
月の山の端に　ツィチヌヤマヌファニ　八
かかるまでも　カカルマディン　六
語りたい語りたい、月が山の端にかかるまでも。

右のように五五八六音、あるいは七五八六音の歌が多いが、中には七七八六、五七八六音の「仲風」もある。「仲風」は「短歌」についでその数は多い。

「仲風」という名の由来については、和歌と琉歌を重ねたような歌形だからという説と、今風と昔風の中間的な歌だからという説があるが、私は前者をとる。

長歌(ちょうか)

首里みやだいりすまち　シュイメデイスィマチ　八
戻る道すがら　ムドゥルミチスィガラ　八
恩納岳見れば　ウンナダキミリバ　八
白雲のかかる　シラクムヌカカル　八
恋しさやつめて　クイシサヤツィミティ　八
見ぼしやばかり　ミブシャビケイ　六

首里での御奉公を終えて郷里の恩納村へ帰る途中、恩納岳を見ると白雲がかかっている。それを見ると恋しさはつのってただいちずに逢いたいと思うばかりである。

この歌のように、八・八・八・八・八と八音を連続していって末句を六音でしめくくる形式の歌を「長歌」と呼んでいる。八音の連続性が「短歌」より長いことが特徴といえよう。

八音の連続から成る「長歌」の歌形は、南島古謡の内律的な要素としてとらえることができるので、少なくとも

「短歌」よりは古い歌形である、という判断が成り立ちそうであるが、論証が不十分なので今のところ速断はさけたい。

ただ、「短歌」が八八八六音に短く緊張していく姿をたどるとき、避けることのできないのが、『おもろさうし』の中のオモロ形式と呼ばれる歌形である。

一おもろねやがりや	八	おもろ音揚がりは
世のさうず　いぢやちへ	八	世の清水出して
かみてだの　そろて	八	神と太陽が揃って
まぶりよわちへ	六	守り給い
又せるむねやがりや	八	せるむ音揚がりは

このオモロは、八八八六八の歌形であるが、さいごの八には、繰り返し記号の「又」が付いているから、そこを新たな詩的構造の始めの部分であると考えることができる。そうすると、「まぶりよわちへ」までは、八八八六で構造化されているオモロであるとみることができる。

「琉歌」(短歌、長歌を含めて)のほうは、逆に八八……と、八が無限につながる可能性をもってはいるが、詩的世界の構造化のために、無限に続く冗漫から抜け出す文学的緊張が生まれたわけで、末尾の緊張的六音はそういう機能を果たしている。してみると、ここで、オモロは「琉歌」の歌形と完全に重なってしまうわけである。このようにオモロと「琉歌」は、八八八六という音数律を共有しているという点で、歌形論的につながっているとみることができる。こういうみかたをすると、古いオモロから新しいオモロへ、そして「琉歌」への移り変わりがあり、「琉歌」の中の「長歌」は、その過渡的な歌形であると論じたほうが、すなおな解釈になってくる。しかしまた、次のような「長歌」もある。

飛立る蝶　トゥビタチュルハベル　八
先よ待て列ら　マズィユマティツィリラ　八
予や花の本　ワンヤハナヌムトゥ　八
知ぬあもの　シラヌアムヌ　六
列れて行ち見れ　ツィリティンジミリ　七

飛び立つ蝶よ、ちょっと待ってくれ、連れ立って行こう、私は花の下(もと)を知らないから連れて行ってください。

この歌の末尾の「列れて行ち見れ」の部分は、『琉歌百控乾柔節流』には出ているが、『古今琉歌集』を始めそれ以後の歌集にはほとんどないし、古典舞踊「柳踊」の出羽にもその部分は歌われていない。伊波普猷(いはふゆう)によるとその部分は「音楽者たちが附記したものであろう」(『伊波普猷全集』第九巻、一〇二ページ)ということである。もしその見解が正しいとすれば、古い琉歌集にあるからという理由で、この歌の八八八六七という歌形を古いものであるという位置づけをすることは問題になってくる。

八八八六という「短歌」の原形がまずあって、それに七音なり八音なりを付加する形での「長歌」の成り立ちもあるという考え方ができるわけで、「琉歌」の中にある「長歌」と「短歌」の関係が、万葉歌のそれのように、古い形の長歌が短くなっていったと説明してよいかどうか、やはり問題ぶくみのようである。

オモロから「琉歌」に移り変わっていくことは、ほぼ間違いのない事実であるが、オモロと「短歌」の間に「長歌」をつなぎ橋にすることが可能かどうか、今のところ十分に説得的な実証の方法を持ち得ないでいる。

「長歌」の数はそうたくさんあるわけではない。その全部をつくしてもせいぜい二十首内外というところではないだろうか。

3　琉歌の歌人群

「短歌」は、王、按司、親雲上、里之子等、首里の上層階級の人々から、恩納ナベのような農村の女、ヨシヤ思鶴のような遊廓の女に至るまで、階級・性別を問わず、多くの人に歌われ、読まれてきた。

それらの歌を三千首も集めた『標音評釈 琉歌全集』によれば、読み人しらずの歌が一七〇〇首、作者のわかる歌が約一三〇〇首である。読み人しらずの歌が多いということに、歌われる「琉歌」の性格とその底流がみられるのであるが、首里士族たちの社会的台頭とともに、しだいに読む歌にまで発展し、そのふくらみの中で「短歌」が隆盛をきわめ、「仲風」形式の「琉歌」まで生まれてきたのである。

目だつ歌人としては、ヨシヤ思鶴(二十三首)、恩納ナベ(十八首)、玉城朝薫(三十九首)、惣慶忠義(十四首)、平敷屋朝敏(二十六首)、北谷朝騎(五首)、与那原良矩(四十四首)、本部朝救(十二首)、宜野湾朝祥(三十一首)、神村親方

(十四首)、金武朝芳(二十首)、小禄朝恒(六十首)等があげられる。国王の歌では尚灝王(十一首)、尚育王(十三首)、尚泰王(八首)、が目だつ程度である。

いずれも「琉歌」の全盛期(十七世紀中頃から十九世紀初め)に活躍した人達である。

恩納ナベ(不明。尚敬王時代、一七一三―五一年頃)

○恩納岳あがた里が生まれ島
　もりもおしのけてこがたなさな

○恩納松下に禁止の牌の立ちゆす
　恋忍ぶまでの禁止やないさめ

ヨシヤ思鶴(一六五〇―六八年)

○恨む比謝橋やわぬ渡さともて
　情ないぬ人のかけておきやら

○流れゆる水に桜花うけて
　色きよらさあてどすくて見ちやる

玉城朝薫(一六八四―一七三四年)

○禁止の籬垣もことやればことゐ
　花につく蝶禁止のなゆめ

○蕾でをる花に近づきゆる蝶
　いつの夜の露に咲かち添ゆが
惣慶忠義(一六八六―一七四九年)
○見れば恋しさや平安座女童の
　蹴上げゆる潮の花のきよらさ
○仲島の小堀網打ちが行かば
　物よ思詰めれ獺の住家
平敷屋朝敏(一七〇〇―三四年)
○四海波立てて硯水なちも
　思事やあまた書きもならぬ
○春や野も山も百合の花ざかり
　行きすゆるそでのにほひのしほらしや
北谷朝騎(一七二二―三九年頃)
○九重の内に莟で露待ちゆす
　うれしごときくの花どやゆる
○ときはなる松の変ること無さめ
　いつも春くれば色どまさる

与那原良矩（一七一三—九七年）

○宵も暁も馴れし面影の
　立たぬ日や無さめ塩屋の煙

○心あてしばし空曇てたばうれ
　忍ぶ跡照らす夜半のお月

本部朝救（一七四一—一八一四年）

○寝ざめ驚きに誰が袖よと思ば
　庭に咲く梅のしほらし匂

○面影のだいんす立たな置き呉れば
　忘れゆる暇も有ゆらやすが

宜野湾朝祥（一八一七年頃）

○思事の有ても他に語られめ
　でかやうおし連れて遊で忘ら

○ままならぬ恋路深く踏み迷て
　物よ思尽すかたも無らぬ

小禄朝恒（不明）

○義理も踏み違ぬ情愛（しなさけ）も尽ち

浮世渡ゆすど人のかなめ
○にやへも音立てて吹きつめれ新北風
稀に振合ちゆて語る今宵

4 琉歌の表記法と読み方

琉歌の表記は、「沖縄の歴史的仮名遣い」（拙著『沖縄の言語史』収載「おもろさうしの仮名遣いと表記法」参照）で書かれているために、表記法そのものに、国語の表記法とは違う方式が確立されており、その読みもまた沖縄の標準語首里方言を基にした教養的な音である特殊な読みをするので、表記と読みにはかなりの差がある。よほど習熟しないと読みにくい。首里、那覇の士族階層の人たちは、琉歌や組踊の読みを教養の一つに課して、年少の頃から読みの勉強をさせたということである。琉歌の表記と読みの実例を示してみよう。

表　記	読　み
けふのほこらしやや	キユヌフクラシャヤ
なおにぎやなたてる	ナヲゥニジャナタティル
つぼでをる花の	ツィブディヲゥルハナヌ
露きやたごと	ツィユチャタグトゥ

ときわなる松の　　トゥチワナルマツィヌ
変ることないさめ　　カワルクトゥネサミ
いつも春くれば　　イツィンハルクリバ
色どまさる　　イルドゥマサル

下の読みをみてわかるように、かならずしも表記されている字面のとおり読むわけではない。一字一音、二字一音、三字一音で読むもの、平仮名を沖縄的に特殊に読むものがあるなど、なかなか一筋縄ではいかない。このような表記法と読み方は、『おもろさうし』記載の頃に確立された「沖縄の歴史的仮名遣い」によるものである。

二　琉歌集

琉歌集という名で伝わる歌集は、昔も今もそのほとんどが三線音楽を主にし、歌うための「節(ふし)」組みを中心にしたものであった。最古の歌集である『屋嘉比朝寄工工四(やかびちょうきくんくんしい)』『琉歌百控乾柔節流(りゅうかひゃっこうけんじゅうせつりゅう)　独節流(どくせつりゅう)　覧節流(らんせつりゅう)』などがその例である。純粋に読むための琉歌集を意図して編纂されたものとしては明治二十八年に刊行された活字本の『古今琉歌集』があるだけである。小橋川朝昇の『琉球大歌集』と、真境名安興(まじきなあんこう)・伊波普猷による『琉歌大観』も読む歌としての歌集であるといえる。『琉球大歌集』は、前半は節組みによる琉歌、後半が作者別による琉歌になっていて、その後者が読むための琉歌ということになる。読むための琉歌を意識して編纂した点では先駆的な仕事であり、『古今琉歌集』

につながっていく。『琉歌大観』は稿本のまま行方知れずになっているもので、「幻の琉歌集」である。

『古今琉歌集』は、その凡例に「本集は故小橋川朝昇大人の編輯したる歌集に基き、其他数本を参考にして取捨編成したるものなり」と記されており、『琉球大歌集』の流れをくんだものであることがわかる。明治二十八年、小那覇朝親によって編纂され、初めて刊本になり、明治四十四年になって富川盛睦が再版本を出したものである。

編纂方法は、名称からも推測されるように、『古今和歌集』の方法を踏襲したもので、「節」(曲)による分類をさけ、春之部、夏之部、秋之部、冬之部、恋之部、仲風、雑之部と、歌の主題による分類をしている。それまで、琉歌はもっぱら三線にのせ、歌われる歌として、「節」による分類に終始していたのであるが、『古今琉歌集』で初めて「節」組みから独立した新しい分類方法による琉歌集が生まれたわけである。

『古今琉歌集』は、『琉歌百控』の六〇二首に対し、春一〇三首、夏四十四首、秋八十三首、冬五十首、恋四七二首、仲風一二七首、雑八二一首の、計一七〇〇首となり、『琉歌百控』より一〇九八首も多くなっている。

『古今琉歌集』につぐ読むための琉歌集としては、『琉歌大観』(島袋盛敏著、沖縄タイムス社刊、一九六四年)があげられる。『琉歌大観』は、真境名・伊波による同名の稿本「琉歌集」にまぎらわしいが、「節」で分類した部分と、歌の主題によって分類した部分とから成り、二八九八首の歌が収められている。

その後この本は、『標音評釈琉歌全集』と改題され、島袋盛敏・翁長俊郎の共著として東京で刊行された(武蔵野書院刊、一九六八年)。内容的には、『琉歌大観』の歌に新たに一〇二首を加え、総歌数が三千首になったこと、評釈も新たに執筆したこと、歌のすべてに片仮名と音韻記号とで読み方が表記されたこと等々、学問的価値がますます高まり、今日みることのできる最高の琉歌集になっている。学問的な正確さを期するために、表記、評釈、読み方等々、内容にまでたちいって助力した人として、著者二人のほか比嘉春潮、服部四郎の名があげられる。

三線にのせて歌う歌を、「節(ふし)」(曲)を中心にして編纂した琉歌集としては『屋嘉比朝寄工工四』『琉歌百控』が有名である。

『屋嘉比朝寄工工四』は、屋嘉比朝寄(一七一六―七五年)によって編纂された琉球古典音楽のための楽譜であり琉歌集でもある。中国の記譜法を参考にして独自の琉球音楽記譜法を創案したもので、画期的な琉球古典音楽の楽譜である。カタカナで書かれた琉歌がそれぞれの譜面に対応する形になっている。楽譜に対応したカタカナ書き琉歌が最古の琉歌集というわけで、一一七首が収録されている。成立年代は不明であるが、一七七五年までに成立したことだけは確かである。原本も不明であるが、真境名笑古(まじきなしょうこ)(安興)所蔵の写本が今に伝わり、琉球大学附属図書館伊波普猷文庫蔵になっている。

『琉歌百控』は、「乾柔節流」「独節流」「覧節流」の三編から成り、三線にのせて歌うウタ(琉歌)を「節(ふし)」(曲)を中心にして編纂した琉歌集である。三冊から成るもので、それぞれが自立しながら組み合わされた本だったらしい。ただし、現存する琉球大学附属図書館伊波普猷文庫蔵の『琉歌百控』(写本)は一冊本である。詳細は後述(三節参照)する。

『天理本琉歌集』(元佐佐木信綱氏所蔵旧竹柏園本琉歌集)には、さまざまな「琉歌集」が入っている。その他、標題にただ「琉歌集」とのみ書かれた写本は大小とりまぜ多種多様に存在している。琉球大学附属図書館伊波普猷文庫の中にある十数種の「琉歌集」、ハワイ大学ハミルトン図書館ホーレー文庫の中の数種の「琉歌集」、その他個人蔵の「琉歌集」等々があるが、それらのすべてを集めて素性と内容を明らかにする作業が今後の課題として残されている。

三　『琉歌百控』

真境名笑古本『琉歌百控』
（琉球大学附属図書館伊波普猷文庫蔵）

『琉歌百控』は、三線にのせて歌うウタ(琉歌)を「節」(曲)を中心にして編纂した琉歌集である。正確には「琉歌百控乾柔節流」「琉歌百控独節流」「琉歌百控覧節流」と呼ばれており、三冊から成っている。それぞれが自立しながら組み合わされた本だったらしい。三冊ぜんぶができあがるまでには七年の歳月がついやされている。比嘉春潮は、「私の手許に三つの古い琉歌集がある」(「琉歌概説」雑誌『おきなわ』第二十号、昭和二十七年七月)と記し、三冊本だったことを示唆している。

ただし、本書の底本とした琉球大学附属図書館伊波普猷文庫蔵の真境名笑古本『琉歌百控』(写本)は一冊本で、中扉に「上編　琉歌百控乾柔節流」「中編　琉歌百控独節流」「下編　琉歌百控覧節流」と記され、

「笑古蔵」という署名がある。「笑古」は歴史学者真境名安興の雅号である。

琉歌百控乾柔節流　上編「琉歌百控乾柔節流」は末尾に、大清乾隆六十年乙卯正月十日(寛政七年＝一七九五)と記されている。収録された歌数は一九四首である。中編が二〇三首、下編が二〇五首で体系的、構造的に整えられているのをみると、上編の一九四首は変則である。原則を二〇四首だとすれば十首欠落していることになる。その理由は左記の表をみれば瞭然である。四段めがすっぽり抜けていて、十首脱落していることがわかる。書写の際の書き落としであろう。上編の構成は次のようになっている。

琉歌百控乾柔節流一覧表(仲程昌徳作成『南島歌謡大成』沖縄篇下収載)

段	部・節・物	節名
初段	古節部	作田節、中作田節、揚作田節、拝朝節、嘉伝古節(嘉徳節)
二段	古節部	謝武那節、首里節、諸鈍節、瓦屋節、仲順節
三段	古節	柳節、天川節、東熊節、蝶節(永吟節)、十七八節(永吟節)
四段	(空白)	
五段	昔節物斗	永伊平屋節、通水節、伊野波節、東江節、散山節
六段	昔節物部	提作田節、習節、胡波伝佐節、名嘉真節、仲柄節
七段	昔節物部	干瀬節、七尺節、子持節、中風節、述懐節
八段	昔節物部	満開節、越喜屋節、石屏風節、屋久名節、津堅節
九段	覇節部	嘉謝伝風節、港原節、其万歳節(其満載節)、菠羅垣節、美屋節
十段	覇節部	旅嘉謝風節(花風節)、白雲節(菊見節)、早作田節、立雲節、弥勒節

十一段	葉節部	金武節、恩納節、謝敷節、源河節、辺野喜節
十二段	葉節部	大兼久節、与那節、本部拋節、元散山節、大浦節
十三段	葉節部	無蔵忍節、沖泊節、港節、蜘節、漢那節
十四段	波節部	赤木名節、浮島節、池当節、満恋節、多越金節(阿弥句節)
十五段	波　節	伊計離節、高離節、久高節(代朱節)、八月節、大田名節
十六段	波　節	恋花節、小浜節、港越節、打東節、坂本節
十七段	波　節	特節、古仁屋節、富里節、仲渠節、早嘉手久節
十八段	波節部	仲里節、白瀬節、半田間節、打豆節、出砂節
十九段	端　節	早雨河節、原吉節、余万節(与那原節)、垣花節、屋慶名節
二十段	端節部	百名節、芋葉節、棉花節、満作節、作米節

右表のように、大きな柱を「段」とし、その下に「部・節・物」「節名」という小さな分類をしている。つまり、一段一部(節)に五つの節名を組んで一段ずつの単位にしているのである。二十段構成である。また、一つの節名に各二首ずつの歌が組まれている。整理すると、一単位が一段一部(節)五節十首、という形になる。

「乾柔節流」全体を見渡すと、まず、四段が五節十首すっぽり抜けていることが目立つが、そのほかにも一節二首を原則としているのに一節三首だったり一首だったりするいくつかの混乱が見られる。

特徴として見られるのは、一節に配してある二首が、作田節の「穂花咲出は塵泥も附ぬ　白ちやねやなひち畔枕ら」「銀春なかい金軸立て　計てつき余そ雪の真米」のように、内容の似かよったものになっていることと、中作田節に「中城間切伊集村」、拝朝節に「高嶺間切国吉村」、通水節に「伊平屋嶋」などと地名の書きこみがみられることである。

琉歌百控独節流　中編「琉歌百控独節流」は、末尾に嘉慶三戊午五月五日（寛政十年＝一七九八）と記されている。二〇三首が収録されている。しかし、歌構成の原則からすれば二〇四首でなければならない。はたせるかな、十段の赤慶名節が一首になっている。書写の際の脱落であろう。中編の構成は次のようになっている。

琉歌百控独節流一覧表（前表に同じ）

段	節・物・部	節名
初段	昔節	永伊平屋節、通水節、東江節、伊野波節、仲柄節
二段	端節	半玉節、垣花節、芋葉節、余万節、百名節
三段	葉節	蜘節、本散山節、拋節（本部拋節）、漢那節、屋宇加那節
四段	波節	高離節、伊計離節、打東節、浮島節、小浜節
五段	古節	瓦屋節、謝武那節、首里節、東熊節、伊良部節
六段	覇節	寿幾節、塩来節、美屋節、沈仁屋久節、獅子舞節
七段	昔節物	干瀬節、七尺節、子持節、中風節、述懐節
八段	端部	満作節、作米節、南嶽節、源河節、算左右節
九段	葉節	港節、安多節、安波節、辺野喜節（鴨脚嘉節）、呑布の節
十段	波節	娘節（赤俣節）、越喜屋節、多越金節、赤慶名節、仲渠節

十一段	覇　節	嘉謝伝風節、与舎江納節、早作田節、立雲節(菊見節)、立雲節
十二段	葉　節	金武節、恩納節、謝敷節、源河節(平敷節)、与那節
十三段	昔節物	習節、珠数節、胡波伝佐節、石屏風節、白鳥節
十四段	波　節	白瀬節、半田間節、具仁屋節、出砂節、阿嘉佐節
十五段	古　節	拝朝節、仲順節、志田殿節、今風節、暁節
十六段	端　節	屋慶名節、高覆盆子節、佐砂節、無蔵佐江節、原吉節
十七段	昔　節	浮泊節、無蔵忍節、揚作田節、散山節、比屋定節
十八段	葉　節	大浦節、大兼久節、上田節、屋久名節、花風節
十九段	波　節	坂元節、仲里節、特節、恋花節、石根節
二十段	古　節	作田節、揚作田節、中作田節、天川節、柳節

「独節流」も「乾柔節流」と同じように二十段構成で、一段一物(節)五節十首という原則が守られている。ただし前述したように一首の脱落があるため、全二〇四首でなければならない収録歌数が二〇三首になっている。特徴として見られるのは、永伊平屋節の「むかし詠たる波の上の御月　今に彿の照よ増て」「昔恨たる暁の鳥声今伽の成すしらんあたさ」にみられるように、初句の語頭が同じ言葉で揃えられていることである。二首の内容はかならずしも似ているわけではない。「独節流」の特徴は「乾柔節流」とは異なるが次の「覧節流」とは似ている。

琉歌百控覧節流　下編「琉歌百控覧節流」は、末尾に嘉慶七年壬戌霜月朔日(享和二年＝一八〇二)と記され、さらに一首が添えられている。それをいれると収録歌数は二〇五首になる。構成は次のようになっている。

琉歌百控覧節流一覧表（前表に同じ）

段	節・物	節名
初段	覇節	嘉謝伝風節、寿幾節、湊原節、異見道節、塩来節
二段	波節	出砂節、阿加佐節、恋花節、屋久名節、八月節
三段	節物	長伊平屋節、通水節、伊野波節、東江節、仲柄節
四段	端節	作米節、満作節、半玉節、垣花節、百名節
五段	葉節	金武節、恩納節、謝敷節、加那節、蜘節
六段	古節	作田節、揚作田節、中作田節、拝朝節、東熊節
七段	覇節	稲真積節、鶯節、南嶽節、算作与節(三左右節)、早作田節
八段	波節	東里節、富里節、波照間節、店那節、主前節
九段	節物	瀬高節、七尺節、子持節、中風節、述懐
十段	端節	雨河節、無蔵佐江節、与那原節、佐砂節、砂持節
十一段	葉節	呑布留節、元散山節、本部拋節、大兼久節、大浦節
十二段	古節	謝武那節、城節、伊良部節、嘉伝古節、瓦屋節
十三段	覇節	獅子山節、樺花節、主武堂節、賀武節、屋利久節
十四段	波節	伊計離節、高離節、仲里節、宵佐節、石根節
十五段	節物	提作田節、石屏風節、散山節、珠数節、白鳥節
十六段	波節	坂元節、具仁屋節、久高節、津堅節、特節

十七段	古　節	今風節、諸殿節、天川節、暁節、仲順節
十八段	葉　節	漢那節、山田節、忍節、仲間節、源河節
十九段	波　節	小浜節、嘉手久節、満恋節、池当節(八月節)、大田名節
二十段	覇　節	賀武喜屋江節、其満載節、綾蝶節、白雲節、立雲節

「乾柔節流」「独節流」と同じように二十段構成で、一段一物(節)五節十首という原則がしっかり守られている。歌の脱落がないため、構成法の原則どおり二〇四首になっているわけである。ただし、末尾の一首を添えて二〇五首と数える。

特徴は、「独節流」同様、初句の語頭が同じ言葉で揃えられていること、そう多くはないが歌の右肩に作者名が記されていることである。

「百控」という言葉　さいごに『琉歌百控』の「百控」という言葉は、「乾柔節流」「独節流」「覧節流」三編とも百節ずつで組み立てられているからである。つまり、各編百節に二首ずつで二百首、各巻頭と巻末に、序歌と結び歌として二首ずつ添えて二〇四首で構成しようとした意図を「百控」という言葉で表現したわけである。

「乾柔」「独」「覧」という言葉　「独節流」の名は、巻頭の序歌二首が「独り百節の……」「独り三味線よ……」の「独」にかかわり、「覧節流」の巻頭序歌二首が「蘭の匂心……」「蘭の匂思り……」の「蘭」の音にかかわっていることはさきに述べたが、「乾柔節流」の「乾柔」の意味は、天から降りてくる神、あるいは創造神に関係があるらしいのだが不明である。

「節流」という言葉　「節(ふし)」すなわち「曲」のくさぐさの流れを集めたもの、という意に解釈したい。

収録歌数　各編に収録された歌数についても付言しておこう。比嘉春潮は、前述した「琉歌概説」に、「三集とも編輯形式は全く同じく、何れも全巻を二十段に分ち、各段には五つの節を収め、各節に各二首の歌を配し、歌数が二百首づつあるが、各巻頭には序歌、巻末には結びともいふべき歌を各二三首添へてあつて、乾柔節流は二百三首、独節流は二百四首、覧節流は二百五首となつてゐる」と記しているが、だとすると三集の総歌数は六一二首になる。自らの所蔵本(雑誌『おきなわ』第二十号、昭和二十七年七月発行に再録)による数え方である。その数は、『琉歌百控』の各集が二〇四首ずつの構成を原則だとすれば六一二首になるわけで、数だけはその原則にもみあうことになる。

しかし、現存する真境名笑古本(琉球大学附属図書館伊波普猷文庫蔵、写本)の歌数は実数六〇二首である。しかし、真境名笑古本には明らかに十一首の脱落(乾柔節流　四段・独節流　十段)があるので、六一二首構成だとみなければなるまい。そういう意味で、『琉歌百控』の歌数は、構成法の原則にしたがえば六一二首になるはずだが、現存真境名笑古本では六〇二首である、と数えたい。

『琉歌百控』の歌数を、比嘉春潮が六一二首、外間守善が六〇二首、と数えた理由はそこにある。

参考文献

比嘉春潮「琉歌概説」『おきなわ』第二十号、昭和二十七年。
外間守善「琉歌概説」『南島歌謡大成』沖縄篇下、昭和五十五年。
仲程昌徳「三つの詞華集」『琉球文学の内景』一九八二年。

新日本古典文学大系　62
田植草紙 山家鳥虫歌 鄙廼一曲 琉歌百控

1997年12月22日　第1刷発行
2024年9月10日　オンデマンド版発行

ともひさたけふみ　やまうちよういちろう　まなべまさひろ
校注者　友久武文　山内洋一郎　真鍋昌弘
もりやまこうき　いでゆきお　ほかましゅぜん
森山弘毅　井出幸男　外間守善

発行者　坂本政謙

発行所　株式会社 岩波書店
〒101-8002 東京都千代田区一ツ橋 2-5-5
電話案内　03-5210-4000
https://www.iwanami.co.jp/

印刷／製本・法令印刷

ISBN 978-4-00-731470-4　Printed in Japan